目 录

天歌

三生不负三世（上）

伍家格格 著

重庆出版集团
重庆出版社

图书在版编目（CIP）数据

天歌：三生不负三世 / 伍家格格著 . -- 重庆：重庆出版社，2016.6

ISBN 978-7-229-09592-5

Ⅰ . ①天… Ⅱ . ①伍… Ⅲ . ①长篇小说 - 中国 - 当代 Ⅳ . ① I247.5

中国版本图书馆 CIP 数据核字 (2015) 第 048573 号

天歌：三生不负三世

TIANGE:SANSHENG BUFU SANSHI

伍家格格　著

责任编辑：郭莹莹

责任校对：郑小石

封面插画：清　茗

装帧设计：艾瑞斯数字工作室 clark1943@qq.com

重庆出版集团
重庆出版社 出版

重庆市南岸区南滨路 162 号 1 幢　邮政编码：400061　http://wwwcqphcom

重庆市国丰印务有限责任公司印刷

重庆出版集团图书发行有限公司发行

E-MAIL:fxchu@cqph.com　邮购电话：023-61520646

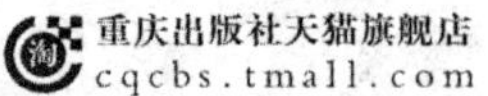

全国新华书店经销

开本：700mm × 1000mm　1/16　印张：39.75　字数：820 千

2016 年6月第 1 版　2016 年6月第 1 版第 1 次印刷

ISBN 978-7-229-09592-5

定价：59.80 元

如有印装质量问题，请向本集团图书发行有限公司调换：023-61520678

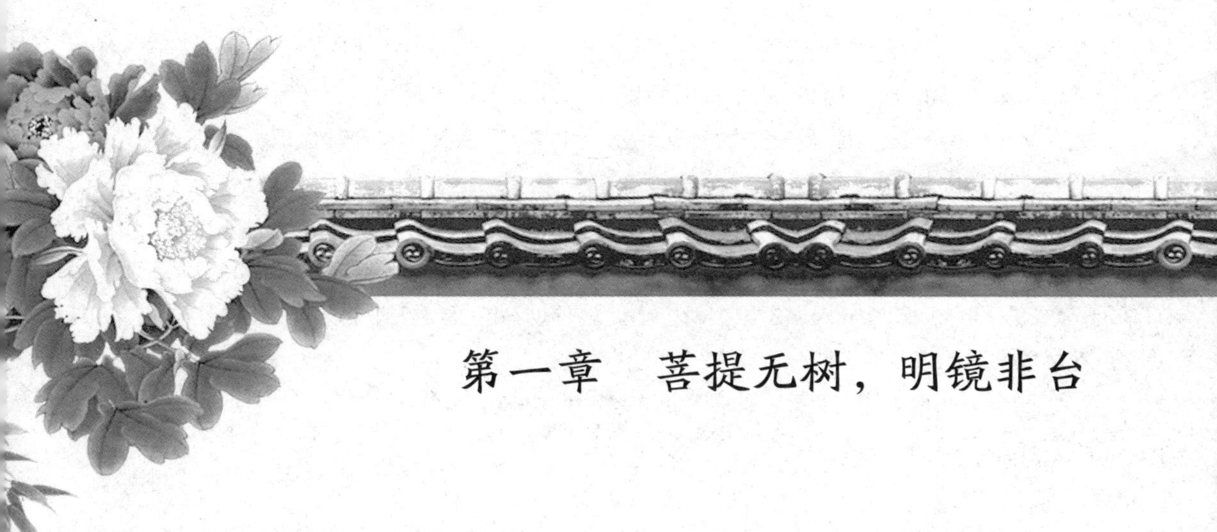

第一章　菩提无树，明镜非台

浩浩无极时光里，四海六道八荒无时无刻不在上演各种事情，或大或小，或喜或悲。

可若是说起三十三重天里近年发生了什么大事，那就非提到东古天星穹宫世尊家不可了！他家这一年发生的事，海口不敢夸，往前数一百万年，那是绝对能横扫一个第一出来的。世尊若称自个儿的事是百万年来第二大事，绝没人敢要那个第一了。至于往后能不能出更大的事，那就不晓得了。

东古天里数星穹宫最为宏伟，住的尊神又是世尊星华，更是办过两场大事的宫琼，饶是路痴也该寻得着正确的地方。偏生，今日来参加世尊家小殿下百日宴的客人里出了一个想当路痴都不够格的人。

四只朱顶鹍鹤站立四方，中间载一顶宫廷轻纱华轿。轿中端坐着一位身姿曼妙的少女，白纱垂严，瞧不真切她的容貌，只她飞过，空气里飘染着极为清雅的语佛花幽香，撩着人的呼吸。

“她那么可爱，怎么就死了。”忽而，一道十分不解的女音传进少女的耳中，跟着又一个啜泣的女声响起。

“我也想不甚明白。”女子泣声大了点，“她是我见过最完美的，原想着能活得长长久久的，怎知……”

纱中少女将鹍鹤仙轿停住，看着花丛里挨在一起悲戚的两个小仙娥，十分好意地点拨

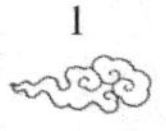

开导她们，声音轻轻的，慢慢的："一个人生得太美，又十分能干聪明，洗衣做饭煮茶扫地琴棋书画样样精通，家世又出众，关键脾气还十分地好，心地善良宽怀大度，这样的绝世好人，多半活得不长。因为，天妒红颜。若那人生平修善积德，自有转世重生之机，你们大可不必如此哀伤。"

一番话毕，花丛里的两个小仙娥面面相觑，同时转头朝后看，再抬头向上看，四只大鹍鹌承着一顶坐着一位少女的轿子停在空中。三十三重天里从不缺各种珍奇的灵宠，鸟类更是繁多，可朱顶鹍鹌却极为少见。两个小仙娥看少女这般架势料知她非一般的仙神，立即从花丛里站了起来，恭敬地施了施礼。

一个小仙娥摊开一只手掌，轻声道："我们说的是这个。"

于纱帘中端坐的女子目光向下微微移了移。

"……"

虽然把死了一只蟑螂误会成死了一个仙子，但女子很快就从无语中恢复了自己的派头，清着嗓子问："这儿可是星华世尊的星穹宫？"

"正是。"

四只鹍鹌齐展翅，贵雅的纱轿朝一眼隐约可见尽头宫门的巍峨大殿飞去。

离星穹宫还有三四十丈远时，女子见到颇多各路赶来的仙神，从他们的坐骑或是腾着的祥云色泽看，位阶都还不低，看来世尊这百日宴办得甚是讲究啊，此次求娘娘让她过来还真是来对了。

女子的鹌轿刚跟上众神队伍的最后一个，就见她跟前的仙神挨次到星穹宫宫门那儿，一个个都站住了脚步，侧身退到两旁，留出中间一条宽阔的金色长阶空无一人，从她的角度看去，场面颇是壮观。她忍不住想，这三十三重天里的仙神竟是如此有礼有节，定然是晓得她来自天外天，所以才用此等大礼迎接她，让她第一个登金阶。

女子悄然耸了耸背脊，他们如此礼遇，她自然也不能失了自己的身份，刚张嘴欲说"众神家不必如此多礼"，一道金光从她的身后普照过来，金灿灿的。紧接着，一条由大朵大朵白净无瑕的白摩花铺下的花道从空中飞延下来，花香泽闪，白摩花所过之处掀起强大的劲风，一个白衣白发浑身蕴着金色仙泽的男子御风踏花而来。

金阶两旁恭敬垂礼的仙神齐呼："帝尊。"

帝尊？！

听到众神齐呼声，轿中女子诧然，想看帝尊长什么模样，才瞧到半个根本看不清的侧脸，一股劲风吹得她的垂纱华轿都摇晃起来，稳住身子再瞧过去，帝尊他老人家已落到了她鹌轿的前面，留给她一个长身玉立俊挺优雅的背影，坠地的白发一丝不乱，亮如锦缎，引得她对他的正面好奇得很。

帝尊驾临带起的一阵劲风委实有些大，女子发现自己一直拿在手中的神籍卷竟在无知觉中掉到了帝尊的脚边。她觉着，帝尊定然是个见多识广又心怀博大之尊神，定然识得自己的身份，若是让他帮忙捡神籍卷，他应是不介意的，而她又能正正当当地看清楚他长什么模样。

“咳。”

女子极轻地咳了一下，用十分诚恳的语气对着已抬起脚欲拾级而上的帝尊说道：“帝尊，不知可否劳烦您帮我捡一下掉落在您脚边的东西。”

女子声音柔婉轻盈，如三月仙莺出谷，一曲绕天阙，九日不绝。她想，自己如此客气，帝尊又怎好在众神面前拂她这个小小的请求呢？于是，静静地等着帝尊好心帮她拾起神籍卷。

千离的脚步丝毫没有受到身后女声的影响，按着自己的节奏踩出一步，声音慵懒的，悠悠的：“本尊想活得长久点。”

轿中少女费解，下意识地发问：“什么意思？”

一个含笑的男声在鹤轿边响起，摇着百色扇的麒麟上神看着独自走在金阶中间很有一番派头和气势的千离，十分好心地当了一把解释官：“帝尊的意思是，他长得太美，又十分能干聪明，洗衣做饭煮茶扫地琴棋书画这些不在话下，家世真身更是出众，脾气也十分地好，如果他再心地善良宽怀大度，那他就成了绝世好人，活不长。而他，想活长点。”

女子愕然。

看着金阶上脚下步步生花的白衣金光男子，女子暗道，帝尊他老人家这算不算是不大要脸呢？

直到千离完全走进星穹宫里，金阶两旁的仙神才重新走到金阶中，朝星穹宫里走去。

空气里似乎还留存着白摩花的香气，鹤轿旁边的男子也不知何时离去，待到鹤轿里的女子恍然回神时，金阶上已空无一人。随即，她施小术将阶上的神籍卷吸入掌中，乘着鹤轿朝星穹宫里飞去。

世尊星华和世后飘萝入了席位，原本还有些小声的宴厅立即鸦雀无声，各路仙神都拘谨规矩极了。

众仙神向中主位的世尊世后行了礼后，又向坐在与中主位等高的左主位上的帝尊行过礼。众人的屁股才沾到凳子，听得殿外传来高亢的一声：

“天外天娲皇宫使者到！”

天外天与三十三重天是两个世界，一位仙神从身列仙班到最后的沉睡或者羽化，便是拐五百道弯儿也难与天外天扯上一星半点的关系。虽是八竿子打不着关系的两地，但因一人住在天外天，一提起那儿，三十三重天里众神都肃然起敬。

大洪荒前的避世之神——女娲娘娘！

大洪荒开始时女娲娘娘便住到了天外天的娲皇宫里，三十三重天里的事务便由大洪荒时期和后洪荒时代里出来的大神执掌，洪荒之神陷入无垠沉睡或者羽化后，自有新的出类拔

萃的大神出来。四海六道八荒也有其发展步调，新皇取代旧王，在哪界都是亘古不变的规律。

但不管四海六道八荒怎么变，对天外天娲皇宫的尊敬不变。

世尊世后费尽心血冲破天命成为夫妻，而他们诞下百日的小殿下，如果没有列入女娲娘娘的神策塔，便算不得神之子。上古神兽之子，得活过百日才能被女娲娘娘赐下神籍卷。

列位的众仙神都端坐着等天外天娲皇宫使者出现。

十丈高的青龙殿门巍肃雄仪，门鼎缥缈着白纱般的云雾，梵音弦乐轻轻流淌，宴厅里安静得谁稍稍呼吸重一点都听得出来。

四只朱顶鹍鹤慢慢飞进殿门，垂纱轿里隐约可见端坐一女子。

坐在千离左下手的麒麟上神在见到门口飞进的四只朱顶鹍鹤后，脸上出现了悟的神情。难怪小小年纪就能驾得四只朱顶鹍鹤，原来是天外天娲皇宫的人。

鹍鹤入门后停在空中，纱轿的垂帘从中间朝两边忽然飞开，轿中的少女以花佛手斜抱着神籍卷从轿中飞出，纯净的白纱神服飘散飞开，青丝垂膝，头顶一盘光芒四射的银阳，足尖一朵盛开得奇大的语佛花随着她飞行着，一派清雅绝尘的姿态。宴厅内的空气里一片语佛花的香气。

为示尊礼，少女飞落在主台下，准备走上玉阶给世尊世后送神籍卷。

在主台下，有一个圆形十二花柱喷泉，女子走近时，一尾绝色仙鱼跃出水面。女子缓缓停下，朝水中一群绝色仙鱼看去，水外水中的视线对上，喷泉中的绝色仙鱼全部沉至水底。

麒麟眉梢一挑，好一个沉鱼之貌啊！和世后的闭月之姿果真是不相上下。

行至主台上，白衣清美的女子对世尊世后微微点头，“恭喜世尊世后喜得小殿下。我乃娲皇宫幻姬。”

台下，包括麒麟都愣了。

幻姬，天外天女娲后人，幻姬殿下。

传说，幻姬殿下出生于一朵鲜艳赛血的异世花中。彼时，女娲娘娘正在花前冥经。花开艳绝，美幼现。娘娘赐名，凤语佛，别号幻姬。盛放之花从此名为语佛花。

传说，幻姬殿下六万六千六百六十六岁时，女娲娘娘赐予她一根尚未被唤醒的法杖，法力无边。无人知晓法杖如何唤醒，连幻姬殿下也不知。

传说，幻姬殿下……

麒麟是主台下一干人里最快回过神来的，下意识地去看左主位上的千离，他倒仍旧是慵懒闲适地漫不经心姿态，麒麟不由得笑了一下，他这一笑，引得千离朝他看了眼。

幻姬将带来的神籍卷交给世尊星华：“世尊只需将小殿下的名字写到此卷上，娲皇宫的神策塔内便会有他的名字。”

神籍卷下，一脉落成。

星华和飘萝终得圆满了，他们这一脉，此后代代相传，只需在神籍卷上写其名字，便与生即为神籍。

“有劳幻姬殿下走这一趟了。”星华道谢。

幻姬回以一个含美淡露的端雅微笑：“此乃三十三重天的一大喜事，该是幻姬有幸了。”

星华朝右主位推了推手，“幻姬殿下，请。”

幻姬微笑颔首。转身落了她的座。即有小神侍为她斟茶倒酒，恭恭敬敬地伺候着。立时，丝竹仙乐响起，歌娥舞姬从天空飞下，宴厅里气氛顿起。

女神侍端着酒壶退到一旁，幻姬抬手端起袅袅飘香的茶，送到嘴边浅饮，半垂的眼眸慢慢掀起，目光悄悄朝对面左主位上的男子投过去。宫外让他帮忙捡神籍卷不肯，这回总能瞧着帝尊他老人家的模样了吧。

咦？

幻姬举着茶杯忘记了饮，刚刚还在位子上的帝尊不见了？

放下茶杯，幻姬的目光在宴厅里不露痕迹地扫了一圈儿，不见那道白衣白发染金色仙泽的身影。

随后，世尊致词，说了些客套的场面话，十分世尊风格，简短得都算不得致词。不过，不管世尊说长说短，他的身份在那儿摆着，众仙神只需要做一件事，那就是敬仰。这个做好了，小殿下的百日宴他们就算做到位了。

幻姬看着世尊对身边世后的体贴呵护劲儿，想到了娲皇宫里那些仙侍姐妹们托她的事儿，在天外天她们耳闻了三两句关于世尊世后的爱情故事，据说特别荡气回肠，特别催人泪下，特别让人神往，让娲皇宫里那些怀揣着对爱情美好期盼的姐妹对这段足以写到三十三重天史册里的爱情经典异常有兴趣。她此次的任务之一就是还原整个爱情故事回去说给她们听。

想着想着，幻姬的目光不自觉地又瞟到了帝尊的位子上，帝尊的架子真是好大啊！按说他和世尊地位不相上下，这宴席才开始他就不见了，莫不是离席就不再回来了？

幻姬乃天外天女娲后人，身为主人的星华和飘萝免不了多敬她几杯。幻姬暗想，这回独自出来办事，娘娘肯定觉得她是个大人能独当一面了，既然娘娘都信任她了，那她就该拿出娲皇宫殿下的派头，不能让众神小瞧了。于是，星华和飘萝敬的酒，她都一干而尽，很是爽快。

瞧了千离位子四次之后，幻姬端起酒杯，边喝边想，看来帝尊真是不回来了。

“你在找本尊。”

一道格外清润的男声响在幻姬的耳畔，她猛然回头看清那张脸时，扑的一声，口里的葡萄美酒尽数对着白衣白发的男子脸上喷去。

幻姬实在想不到帝尊他老人家会在她的身后出现，也着实想不到他不仅不能称之为老人家甚至能稳坐……绝色美男子的头把交椅。不知不觉中，她看他看得有点儿呆了。

虽然她刚才惊艳于世尊星华的俊美，但在未婚少女的心里，已婚美男和单身美男有着

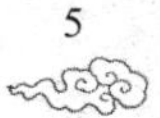

很大不同，算上世后所有的男人，最俊也都是别人家菜园子里的白菜，这帝尊可是全身都闪着本尊单身的金光啊。她那么一噗，虽是大不敬，不正是表明她被他的长相震撼到了吗，是赤裸裸地赞他啊！

但，满宴厅的众神可不觉得幻姬喷的那一口美酒是在赞他们英明神武的帝尊，一个个都像是被人施了定身术，定定地看着千离和幻姬，有些人的嘴巴张得足可以塞下一个鸡蛋。

麒麟摇着百色扇一副看好戏的表情，千离素来避人避事又避世，若非和星华交情十分了得，一年之内绝不可能三次出现在星穹宫，往常日子想见他，难如凡人想登天。这天外天来的幻姬殿下可真是好运气啊，喷谁一脸不好偏偏喷了三十三重天里人人都敬畏的帝尊，要晓得，帝尊可是一朵盛开在三十三重天里百万年都不败的奇葩，被他一句话就气哭的神女仙娥都数不清有多少了。

千离看着他脸前半寸处被定住的葡萄酒，一粒粒的紫红色小酒珠泛着莹莹的光泽，空气里一缕酒香滑过，随后淡去无味。目光从葡萄酒珠上移到幻姬的脸上，语速缓缓的，“本尊可是有多丑啊？把你吓成这样。”

自知失态的幻姬连忙道歉：“对不起，我不是故意的。”说完，觉得十分有必要表明自己的立场，“我不是觉得帝尊你丑被吓得喷你一脸酒水。帝尊您，非但不丑，反而……”从未赞美过男子的幻姬不大好意思地低下了头。她觉得，帝尊是聪明人，必然知道她未说完的话是什么。

静了片刻，幻姬听到一句。

“反而什么？”

幻姬抬起头看着千离，莫非他不明她的意思？

看着千离不偏不倚瞧着自己的目光，幻姬愈发尴尬了，赞他长得好看的话更是说不出口。

“天外天的人，都像你这么言辞匮乏吗？”

瞬时，幻姬想起自己是娲皇宫的殿下，不能损了身份，对着千离的视线，“反而玉颜俊美绝世，乃我所见过最好看的男子。”

宴厅里本就静得出奇，加之幻姬端着坦然之姿与千离说话，并未压低自己的声音，饶是对面偏后些的仙神都听清楚了。

偏生，离她最近最该听见的帝尊却没听到。

千离边转身朝自己的位子走边道：“年纪大了，耳朵不大好使，没听清你刚说的什么，你再大声说一遍本尊听听。”

幻姬看着越走越远的千离，帝尊你既然晓得自己年纪大耳朵不好使还走那么远，是想她吼着说吗？

回了自己座位的千离摆出了一个十足悠闲优雅的姿势靠在椅子上，目光懒懒地落到幻姬身上，等着她。

一句在平时很自然的夸赞之话若是放到了特定场合特定氛围里，很可能就变得不那么自然了。

眼前宴会上的人都将目光落到自己身上，幻姬委实有点儿不大自在，虽说身为娲皇宫的殿下平素少被人关注，可在众目睽睽之下夸一个男人长得好看，于她还是头一遭。若是一般品阶的仙神，她大可用自己的身份压过去，可招惹的竟是帝尊，大约只能在梦里压压他了。

心中权衡后，幻姬决定拿出大方的姿态，看着千离，“帝尊丰神俊朗，一派潇洒之姿。唯需注意的是，照顾好年迈的身子，莫让失聪更严重才好。帝尊安康，方是三十三重天里众神之福。”

麒麟的百色扇啪的一声收起，笑了。

千离倚着椅子，修长的手指慢慢地抚了一下额头，指尖停在眉骨处，眸光淡淡地落在幻姬的身上，“实在是不好意思，本尊年纪着实太大了，还是没能听清楚你说的什么。不如，你把之前的原话再大声说一遍，本尊或许就能听到了。”

主位上的世后飘萝转头看向自己的夫君星华，忍住笑。

“帝尊耳朵不便，想必我说再多也是听不到的。不若，咱们举杯共饮，便算向帝尊您赔罪了。”说着，幻姬为自己斟满酒杯，端着朝千离举了起来，姿态优雅，倒也显出几分大气之风。

千离声音缓缓的，“多谢幻姬殿下的美意。本尊向来不胜酒力。醉酒，可是极为伤身的。这年迈的身子需要时刻照顾，不然失聪更严重就不好了。”

摇着百色扇的麒麟上神要听不下去了。

不要脸啊！千离这小子实在是太不要脸了，什么不胜酒力？他和星华两人五百万年来喝什么酒都从来没有醉过！

幻姬端着酒杯暗道，不是说没听见她的话吗？！

“星华。”千离看着主位上的世尊星华，“女娲娘娘今日如此客气，赶明儿你回礼时我与你一道去天外天见见她。多年未见，甚是想念。”

幻姬若不明千离之意大概就不用坐娲皇宫殿下的位子了，连忙清聆着声音道：“帝尊。我有话要说。”

千离懒懒地应了声，“嗯。”

“帝尊您，非但不丑，反而玉颜俊美绝世，乃我所见过最好看的男子！”

满意了吗！

千离的嘴角淡淡地勾了下，“本尊与幻姬殿下此乃第一次相见，殿下当着这么多人的面如此直白地夸赞本尊，叫本尊真是不好意思。”停了停，继续慢悠悠地道，“虽然本尊有一个叫‘优点太多了！’的缺点，也深知自己的容貌是优点之一，但身为女娲后人的殿下你还是应该稍微含蓄点，如此热情奔放会吓坏很多年轻男子的。”

世后飘萝到底是没忍住，轻笑出声。嗯，他们的帝尊有一个缺点，就是“优点太多了”。

幻姬端着酒杯的手开始渐渐用力。

离主位远些的神者看不出幻姬的情绪，但星华麒麟这些又岂会瞧不出这天外天来的殿下在隐忍对帝尊的不满。稍想便知，在天外天被众人恭敬的娲皇宫殿下怎受过千离这类刁难。第一回来三十三重天就对上众仙神都不敢招惹的帝尊大人，确实也够她消受了。

这时，若主座上的两人有一个出来圆场，说一句“幻姬殿下别介意，帝尊只是同你开个玩笑罢了。”那主位上的气氛立即就缓和下来了。偏生，主座上的两人，一个话少，不爱管闲事；一个唯恐天下不乱，生怕日子过得太平淡无趣，闯祸精的名号响得四海八荒里鲜少人不知，那种大事化小、小事化了的行事准则到了她这儿就反了，没事找事，事上来事，看戏的不怕事大，烧火的不怕柴多。于是，世后飘萝状似为幻姬殿下解围地说了一句。

“据我所知，三十三重天里不少的俊美男子十分中意热情奔放的女子。”

亦不知幻姬到底是假傻还是真纯，随即问飘萝，“世后可是热情奔放之人？”

“噗。”

麒麟没忍住，一口清酒喷了出来。幻姬殿下，你这回击得可真够快的。

飘萝：“……”

面对幻姬期待的目光，飘萝避而不答是不可能了，“当然。本后是一个不会轻易热情奔放的人，但是热情奔放起来就不是人了。”

“这就对了！”幻姬莞尔，瞟了一眼正悠闲自得端起茶杯准备喝茶的千离一眼，声音不大不小不疾不徐地道，“一般热情奔放又生得极美的女子通常会爱慕上的男子是世尊这般的。那种霸居一处，危害八方的人，别说被人喜欢，就是主动喜欢人也是喜欢一个被拒绝一个的孤苦老人命吧。”

“噗。”麒麟又喷了第二口清酒出来。幻姬殿下，好眼力。

幻姬目光投向麒麟，优雅颌首，嘴角噙着笑，姿态大方得体。麒麟回点头礼之余不禁暗赞，果真是娲皇宫出来的殿下，虽是第一次赴宴，又遭千离刁难，竟也没有失态，更没表现得娇弱无助。要晓得，被千离毒舌刺伤的神女仙娥们几乎清一色的会向旁边的人求救，敢在千离出声之后再回击的女子，尚无！幻姬殿下真是无知者无畏啊。

宴会继续着，在世尊世后和贵宾喝过之后，按照品阶高低的次序，上神神君们开始向星华飘萝敬酒，宴会气氛热闹起来，觥筹交错，丝乐靡耳。

很是难得地出现一个敢当众挑衅千离的女子，麒麟着实不想放过打击他的机会，端着酒杯，朝他倾着身子，笑道：“霸居一处危害八方的孤苦老人，我们喝上一杯如何。”又恍然般地道，“啊，差点忘了，帝尊老人家你‘不胜酒力’，要照顾年迈的身子，免得失聪更严重。”

千离目光斜瞟麒麟，再扫一眼对面喝得正欢的幻姬，不想两人的视线恰好对上。

照说，姑娘家被人当众为难了，不是胆怯地躲避以防第二次刁难就是傲娇地将对方列为拒绝来往户，尤其对象是千离帝尊时，那更是无一例外的唯恐避之不及。

但目光和千离的意外相遇时，幻姬心底咯噔了一记，眼中却无紧张或是惧色，眸光润和坦荡，眼中清澈无尘，悠悠清清甚是谪净。微微上挑的嘴角噙着一丝笑，那抹笑顽皮地跑到眼睛里，让那双原本眼角就有些上扬的明眸更是染上一层说不出的魅色。

纵是阅尽各道千帆无数的千离都不得不承认，眼前这个伶牙俐齿的天外天殿下有一双他从未见过的清澈灵眸。不仅如此，她还有十分好的修养，一种与众不同的高贵之感从她身上很自然地散发出来。千离正想瞧瞧幻姬能跟他对视多久，两位神君过来给他敬酒，断了两人的对视。

幻姬收回视线，取了一粒葡萄剥皮。

刚回击完千离帝尊她就有些懊悔了。怎说他都是长辈，又是西古天的帝尊，确实也是她先喷了他一口酒才遭他刁难，她竟忘记自己的身份对他不敬，该是处理错了吧。若是对他忍、让、由、敬，似乎更为妥切呢。幻姬琢磨着，是不是真心实意给帝尊去道个歉才好。

幻姬还未有实际行动前，千离就在一个个向他敬酒的神者走后端起酒杯朝世尊星华敬了一杯，一饮而尽，随后离席而去。亦是他整个宴席上喝的唯一一杯醉仙酒酿，之前皆为清茶代酒地回礼敬。幻姬的目光一直追着千离的背影消失在宴厅的大门尽头，猜测着他是不是就这样回去了。

“幻姬殿下。”一道声音将幻姬拉回到宴会中。

麒麟上神摇着百色扇看着幻姬，玩世不恭的笑挂在他的唇角，“不知麒麟是否有幸和幻姬殿下喝上一杯？”

幻姬立即明白身前人是谁，连忙端着酒杯站了起来，因为之前别人敬的酒都喝干饮尽，致使酒量有限的她身子微微摇晃了两下，微笑道：“久仰麒麟上神的大名，是幻姬礼欠了。”

“呵。”麒麟接过仙侍呈上来的酒，潇洒一饮，“既是喝了这杯酒，我不妨好意地提醒殿下一句。凡事都不要跟千离帝尊斗，因为斗不过，他的无耻就在于，他根本就不要脸不要面子不要自尊心，对一个什么都不要的人，他已是无敌。”又笑了下，再道，“无敌于心，无敌于世界。”

乍一听，幻姬还没明白麒麟为何这般说千离。不久后，却是恨不得想捏死那个位及帝尊的男子。

宴中，有神侍抱来啼哭不止的小殿下，飘萝不得不提前离席。世尊星华又是出名的疼媳妇儿，自然也跟着她。幻姬好奇小宝宝，向飘萝说了心意，得到欢迎后，一道也跟着欢欢喜喜地下了席，留下一群神君们自在地饮酒玩乐，少了主台上的老大们，一个个喝得更欢畅。

幻姬喝了不少，步子有些浮，好在她心境明澈，自控力也不差，看上去并无大碍。跟着星华飘萝出了宴厅穿过一座碧金色的大殿，看到御道的前面有个人在凭栏远眺，身姿颇为眼熟，刚反应过来是帝尊千离时，忽见从他的袖中滑出什么东西。待三人走近，飘萝出声了。

“咦？地上怎么有个如此精巧的脚环呀？”飘萝仔细看了一眼，评价一句，“真好看。”

幻姬看着千离脚边的脚环，怎么有种好熟悉的感觉。瞬间，一张绝色的脸爆红。那哪里是什么好熟悉的感觉，那明明就是她今天戴的脚环。可是，怎么会在千离帝尊的脚边。

“啧啧。”不知从哪儿冒出的麒麟摇着扇子叹息，“太狠了！”对天外天第一次来东古天的贵客实在是太下得了手了。某人离席前的小动作做得他都不忍直视，若不是考虑到给星华留那么一点面子，他用的手法应该就不会只是让他和星华看得出来的了。

飘萝不解，遂问麒麟，“什么太狠？”

麒麟收起扇子，好心解释，“有人对女人下手太狠，真的不懂怜香惜玉啊。”

“女人？”千离微微扬高一些尾音，“不是前后都有货的才能称之为女人么？”

麒麟的目光将幻姬从头到脚地看了一遍，收到她射过来的目光，连忙抬起手遮住脸，发现遮不住，打开百色扇挡在脸前，声音里带着忍不住的笑意，“我可什么都没看到。”

星华眼中满含宠溺地看着飘萝抱着的小殿下，伸出手揽住飘萝的腰肢，嘴角染笑，“崽崽困了。阿萝，我们走。”于是，世尊搂着自己媳妇儿施施然地飘走了。不远处，世后一句轻飘飘的话钻进了这边几人的耳朵。她说，“星华，你有没有觉得我的胸再稍微大点更傲视群芳啊？”

幻姬连脖子根都红透了，目光朝自己的胸口瞟去，正想看看自己胸口有多少货，又听得星华的声音传来。

“嗯。这般力气活交给为夫就好。”

麒麟咳嗽了两声，“咳咳。那个，没我什么事，我也走了。”

留下两人后，幻姬气得浑身都要发抖了，又羞又恼地质问一脸悠悠然的千离，“你为何要偷我的脚环？”女子足，素来不可让男子瞧到，脚环是个戴得隐秘的饰物，现在落到他的脚边，叫她怎么好意思。

“嗯？”千离无辜的表情十足十地看着幻姬。

幻姬明白了，帝尊他是一个锱铢必较有仇必报的人，而且他还是那种从不承认干过坏事的无耻之徒。

“你以后再乱偷其他女子的……”幻姬气得面红耳赤，羞色布满面颊，连那个词都不想说出来，“我会……”没跟人吵过架的幻姬不知道要怎么放狠话，怒呼呼地瞪着千离。他身为帝尊，能无耻到这般田地，真觉不可思议。

千离眉梢忽然一挑，缓缓地道：“懂了！以后只能偷你的。”

幻姬：“……”

长长静静的御道里，千离倚栏淡目神态悠闲地看着因他一句“以后只能偷你的”而羞恼得气红脸颊的幻姬。他越来越漫不经心的样子，她则越来越气愤难平。于他看来，自己已是手下留情；于她来说，他却是不知廉耻，且还一副不知悔错的自得姿态。

“不会是想哭了吧？”千离语速慢慢的，声音里挑了一抹不甚在意的意味，眼底一丝悔意都没有。三十三重天里，被他一句话就气哭的女子数不胜数，他早已习以为常，除了眼泪，她们难道就没有别的反应方式么。“正好，本尊就爱欺负泪巴巴的人。”

幻姬中气颇足，“谁说我要哭了！”她已经是大人了，不会动不动就哭鼻子。今天她是以娲皇宫殿下的身份来东古天，绝不可丢了天外天的脸。虽然，她觉得自己在帝尊面前大概早就没脸了。可一想到自己在娲皇宫里多年难见一个男人，第一次来三十三重天就被陌生男子给……偷了脚环，她这张脸啊，没地儿搁了。

千离嘴角似笑非笑地扯了一下，弯下腰，将脚边落着的脚环捡了起来。他的手指格外修长，指骨异常匀称，骨节分明，那手好看得不像是从杀伐中磨砺过，更像是一双每日焚香操琴的白面书生之手。待幻姬反应过来想去捡自己的脚环时，已慢了千离一步，一只手略略伸出，又惊又羞地张着嘴差点叫出声来。

这一下，她真的要哭了！

她贴着肌肤的脚环竟……竟然被一个男子捏在手里了！

千离将手里的东西递给幻姬，看着她那张不能再红的脸，扬起嘴角，笑了。那般清俊的男子于微风淡香中朝她悠悠一笑，不觉让幻姬愣了愣，失了神。

“口水出来了。”

如果有人能用一句话就激起别人想揍他的决心，幻姬觉得这人一定是帝尊，不二人选。羞恼的她伸出手准备拿过自己的脚环，就在她的指尖要碰到时，脚环忽然从千离的手中飞开了，飞出御道，在空中飞向了远处……

这一回，她真的要哭了！

千离颇为关心地问，“还不去追？”

幻姬自认很凌厉很带气势地白了一眼千离，“帝尊以为谁都跟你一样不要脸吗？”那边有许多的星穹宫侍女，若是过去，别人当怎么看她？好端端戴在脚踝上的脚环飞空中去了，多奇怪的癖好。

“噢……”千离状似了悟地，“反正本尊不要脸。”说完，一道白影飞出御道。

幻姬，惊了！

看到千离飞往她脚环的方向，幻姬吓得魂儿都要出窍了，立即跟着飞到空中去追他。若是让他在众目睽睽之下拿着她的脚环给她，她直接昏死过去得了，再趁人不注意偷偷溜回天外天，再不来三十三重天了。

幻姬清楚地记得自己明明跟在千离身后追着他，可一眨眼，人不见了，慌忙四处张望。寻了一会儿，不见身影，更不见自己的脚环。他就是朝这边来的，怎么瞧不着了呢？无奈之下，幻姬扩大寻找的范围又转了一圈儿，仍旧不见千离。想着，也只能做最好的假想，无耻的帝尊良心发现，终于善良了一把，在替自己追回了脚环后站在御道里等着还给她。这个想法……嗯，着实是比较美好比较振奋人心。梦想的作用就是如此。

一个人在偌大的园子里转了数圈之后，除了千离帝尊和自己的脚环找不到，幻姬还惊恐地发现了一件事。

她，迷路了！

费尽诸多工夫后，幻姬总算在园子里见到了一个神侍，问路不明的情况下，请神侍带路领她找到了正在寝宫悠闲嗑瓜子的飘萝。

小殿下被哄睡，暂且无事的飘萝瞧了一眼默默坐在椅子上一脸心事重重的幻姬，笑道："幻姬殿下和千离帝尊聊得可还好？"

一旁正在和世尊星华下棋的麒麟竖起耳朵听着这边两女的聊天。

幻姬皱着眉头，很是哀怨地，"短时间内我真不想听见这个人的名字。"

飘萝失笑，"其实，千离帝尊也没有那么可怕啦。"

"什么？"幻姬像是听到了很惊悚的事情，睁大一双眼睛看着飘萝，"如果你面前一只野猪忽然直立行走了你怕不怕啊？"

麒麟一口老酒喷了出来，"噗！"眼角余光刚好瞟到门口飘过一方白色的衣袂，笑声止不住地爆发出来，"哈哈……"幻姬殿下，你这个比喻，甚为恰当啊。

幻姬表情诚恳地看着麒麟，"难道我说得不对么？"

天外天里男人本来就少得可怜，算是女儿国了，来三十三重天里才晓得，男神比女仙多忒多了。这倒也没什么，她的心中万物平等。可在她的正统思想里赫然冒出一个身份地位极高处世为人却特别无耻特别毒舌的尊神，她觉得自己被吓得着实不轻。果真是，天外有天，人外有人。印象里的尊神都该是世尊星华那样的，再不然也该是麒麟上神那般，像帝尊这种程度的，她敢断定，只此一人，绝无第二。

"对对，很对，非常对。"麒麟赞叹道，"我觉得幻姬殿下你看人的眼光格外准确，我不得不佩服。"就是不晓得那只"直立行走的野猪"如果听到有绝色美人这样说他是什么表情。

一见麒麟赞同自己对千离的评价，幻姬像是找到了盟友，朝他很感激地点头，愈发肯定千离的恐怖值很高，暗暗下定决心，往后不管是在三十三重天里还是在天外天，只要遇到千离帝尊她都绕得远远的，将他避在三丈之外，不，是十丈之远，此人有幸成为她九万多年来第一个唯恐避之不及的人。

飘萝剥了一粒瓜子送到嘴里，边嚼边问正在落棋子的星华，"野猪那种动物记不记仇来着？"

"好像不会吧。"星华停了下，又道，"但是直立行走的野猪记不记仇，就不好说了。"

麒麟从棋盅里拿了一颗棋，笑着道："你们就别吓唬幻姬殿下了。直立行走的野猪记不记仇都跟她没多大关系了，要晓得，中午大宴过后，依照我们那跩得头发尖都要翘起来的帝尊的习惯，这会子早就回了他的千辰宫。晚上的小宴，大概也就一桌子老友，他人都不在了，记仇又能拿我们幻姬殿下怎么着呢。”说着，看向窗下端坐的幻姬，“你说是吧，幻姬殿下。”

对于盟友如此宽慰她的心，幻姬很是感动，特别认真地点头，“嗯。就是。”帝尊不在，她还有什么可担心的呢。

麒麟似是想起什么，问道：“还没请问幻姬殿下，你这次来三十三重天打算待多久？若是时间许可，不如到四海六道八荒各处多走走转转，比起你终年在天外天娲皇宫，相信要有趣得多。”

“娘娘没有让我必须什么时候回去。”幻姬端了端下巴，拿出一点殿下的派头来，“我也算是大人了，身为女娲后人，于世行走，增长见识，掌苍生疾苦，了八荒态势，亦算是该修之事。”

身为女主人，飘萝适时地出声，邀请幻姬在星穹宫多住些日子。这位殿下听她说话看她处事极为单纯，架势是有，可到底是在娲皇宫里长大至今，外面的世道见识少，年纪也小，眼下若真去四海八荒走一遭，怕是要吃些不必要的亏的。

“我住下来不会打扰到你和世尊么？”幻姬眼中难掩激动。

飘萝轻笑，“怎会。若你愿意，往后星穹宫就是你在三十三重天的家。你可拿我当你的姐姐。”

“姐姐？！”

惊讶出声的是下棋的麒麟，看着飘萝，再看看幻姬，“你这么一把年纪当她的姐姐，合适吗？”又看向星华，“这么一个五百万岁的老男人当一个九万岁小姑娘的姐夫，咳，不妥吧。”

星华挑了下眉梢，“若本尊长得像你肯定就觉得当她姐夫不行了。”

“让你们儿子以后叫一个只比他大九万岁的姑娘为姨娘，你们考虑过他的感受吗？”麒麟脑瓜子转得奇快，搬出了星华和飘萝两口子的心肝宝贝儿。

飘萝不以为然地道：“他会理解的。”

星穹宫小殿下的百日宴办得很是热闹，到夕阳晚斜的时候，宫里的大神大仙才走了许多。

星月升空时，星穹宫留下了世尊世后的三五老友，麒麟上神是其一。另有神界执管神将神兵的昔阳神君和仙界拥有通心灵眸的灵雀上仙。还有一位是中午宴席没来参加的三十三重天老大之一，常年居住在北古天琉仙山的河古神尊。

传言，三十三重天的北古天河古神尊长相极为妖魅。他若笑，可魅色无疆。

白日大宴人员众多，星华借宴昭告四海六道八荒的人他极爱幼子，亦算得是为小殿下

日后铺个通畅的成长道路。晚上小宴则为尊后两人关系匪浅的朋友，叙叙旧，喝喝酒。照着飘萝来看，星华大摆宴席不过是瞎嘚瑟，他们儿子有一个世尊的爹，帝尊的叔父，一个神尊一个上神的伯父，外加统管神界神兵的舅舅，这小崽子扔三十三重天哪儿都没人敢对他不敬，还需要高调么？

棋局毕，瞧着时间差不多，星华和麒麟起身朝晚上小宴的园中亭走去。到的时候，昔阳神君和灵雀上仙正在一起聊着天，看到他们来，忙站起身招呼了一声。

“世尊。”

“麒麟上神。”

麒麟边落座边道：“河古来了可得先罚他三杯。中午缺席，晚宴迟到。”话音未落，一阵妖娆之香随风飘来。

一道似妖犹严的声音传来，“对于不胜酒力的我，情圣总是这么狠心，可是想灌醉我今夜与君同眠么？”声音过后，一袭粉色从园中池边树后走了出来，在夜明珠的光辉下，男子周身像是染了一层娇嫩无比的粉光，柔中带着含而不露的气势，魅色天成。

河古走入亭中，朝着星华笑了，“太得意的话小心被群殴噢。”

星华但笑不语。

麒麟摇着百色扇，笑得坏心，“此话深得我心。早想殴他了。”

正说着话，下午认了姐妹后的飘萝带着幻姬走了过来。连飘萝在此之前都只见过河古一次，更何况第一次来三十三重天的幻姬，看着一身粉色的河古，怔了下，心道，原来男子也能穿粉色啊，而且比天外天娲皇宫里的那些女子穿得更为精致绝伦。有了白天帝尊留在脑中的印象，对于乍一看不融群体的尊神，幻姬下意识带着防范准备，自从亲身见识过帝尊的无耻后，她觉得再遇到什么奇葩都能接受了。

踏入亭中，飘萝向幻姬道，“今夜小宴，不必有那么多规矩，随便坐就行了。”说着，简单地介绍道，“这位是昔阳神君，我从妖入仙宫后学礼时期的师兄。这个是灵雀上仙，灵眸可通心。”看了一眼河古神尊，笑了，“这位是北古天的河古神尊。”

幻姬愣了愣，连忙朝河古施礼，“幻姬失礼了。”原来北古天的河古神尊是这样的！

河古挑起眉角，“天外天幻姬殿下？”

“正是。”幻姬不卑不亢端得一派庄雅之姿。

麒麟冷不防地说了一句，“你怎么来了？”

呃？！

幻姬呆了一记，她不该来吗？见麒麟的目光投向她的身后，转头去看，吓得差点从椅子上掉下来。

他怎么来了！

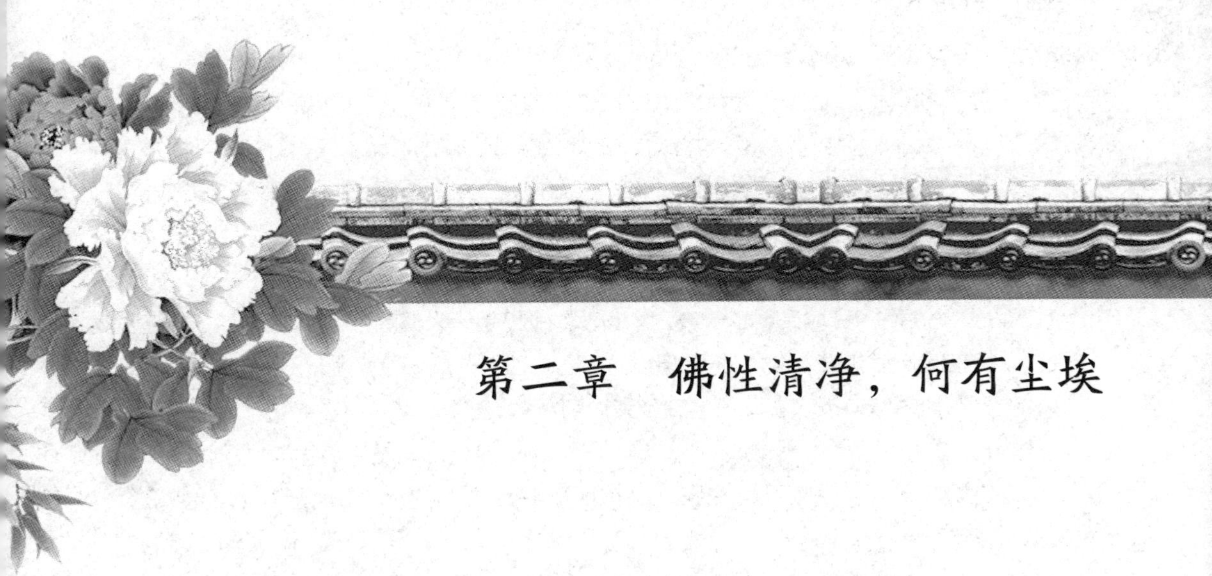

第二章　佛性清净，何有尘埃

看到幻姬被突然走进亭中的千离吓得花容微微失色，麒麟扑哧一声笑了，让千离帝尊好好瞧瞧自己有多么不讨喜是一件很让人开心的事情，对于打击帝尊的机会，他自然也是不会放过。

“帝尊你可吓着我们的幻姬殿下了。”麒麟手中的百色扇慢悠悠地摇得可以生出姿来，“以后还吓她，小心殿下不理你了噢。”

以后？！

幻姬在内心说道，没有以后，吃完今晚的小宴，帝尊回他的西古天，她就在东古天听世后世尊的爱情故事，再不然去三十三重天其他地方走走转转，绝对不会再碰到帝尊。

千离原本打算走到幻姬对面空位的脚步顿住，折身看着刚刚坐好的她，“被本尊的俊美吓到了？”

一颗心惴着的幻姬不觉千离是在与她说话，余光瞥见他的身影一直停在自己旁边，又见灵雀的目光从她的斜后方落到自己脸上，遂扭头去看。果然，帝尊一双清亮深邃的墨瞳正定定地看着她。他刚才……说什么来着？

“是吗？”千离复问，“幻姬殿下。”

幻姬想不明白，帝尊的自恋程度为什么能到让人发指的地步。不承认他好看吧，自己白天当着那么多仙神的面夸了他三回，岂能晚上就否认自己白天的话？承认吧，她着实真不

想成为他自恋史册里的一块纪念碑。

“帝尊俊颜卓绝自是大家公认的。”幻姬不紧不慢地道，“但幻姬以为，男子之俊，以内敛低调更为迷人。”像帝尊这种动不动就让她当着别人的面夸他好看的做法，她不敢苟同。

千离勾了下嘴角，朝自己的座位走去，声音淡淡的，“如果是一个霸居一处危害八方的孤苦老人，内敛似乎会抹杀掉他的存在感。我说得对吗？幻姬殿下。”

幻姬：“……”他怎么还记着这句话啊。

“啊。”千离很轻音地又啊了一声，像是忽然间想起什么似的，看着幻姬，“本尊还觉得，一只直立行走的野猪如果太低调的话，也不能显出他独一无二的特性，幻姬殿下，对吗？”

“噗！”麒麟一口茶水喷了一半到了旁边河古神尊的脸上。

什么！

幻姬觉得自己浑身的毛孔都在张开，有种汗毛竖立的感觉。千离帝尊怎么会知道“直立行走的野猪”？

河古神尊一边抹着脸上的茶水一边悠悠然地道：“看来，我错过了不少的好戏啊。”

幻姬的头在千离的注视中慢慢地，慢慢地，低了下去，如坐针毡。麒麟上神不是说千离帝尊不会来小宴么，为什么他又来了，真想时间快点儿过去，要是眼下能找个十全十美的借口离开可真就太好了。

小宴即是小宴，还是刚入席的小宴，不管幻姬怎么想，都没有一个万全的理由能离席。尤其，眼下席面上的人儿皆是四海六道八荒里数得出名号的人物，甚至过半为三十三重天里的老大，若是帝尊一来，与她说了几句话她就离开，岂不有负气不敬之嫌？倒叫这些人都看了她的浅薄娇弱去了，怎么着她现在代表的可是娲皇宫，决不能失了身份。

千离看着气势全敛的幻姬，挑起尾音，慢吞吞地道：“看来，幻姬殿下是不认同本尊的说法呀。”

“怎会！”

幻姬忽然抬头，脸上扬着清浅却甚是明媚的笑容，与刚才的紧张怯懦形成鲜明的对比，迎视着千离的目光，“帝尊乃浮屠天明睿尊神，说的话自然也都是对的。”

麒麟轻轻地笑出声，“呵……”不得不说，这个幻姬殿下还真不是一般人，是缺心眼儿呢，还是战斗力非凡？千离这般姿态压下去，她竟然还能优雅对视着他，要晓得，若是此事发生在三十三重天里其他姑娘的身上，大概都在想自己要找谁收尸了。

一旁的河古神尊用手指淡抹了两下自己的脸，不太满意，拈起旁边麒麟的广袖轻轻拭擦自己脸颊上的水珠。这个举动虽然让人有微微的异感，但也能理解，麒麟喷出来的口水当然用他的衣袖擦干净。但，河古神尊拈袖素手上略微跷起来的小手指是什么意思？

“你没带帕子啊？”麒麟颇为不满地看着河古。

他这一声，成功地转移幻姬的视线，看着河古的动作，视线再落到河古的手上，强忍着心中震撼略略转头看向身边的世后飘萝。河古神尊，没事吧？

飘萝双眉一挑，表示她也不知道。这个河古神尊，常年隐居北古天，与星华来往极少，也甚少听他提及，不过能来参加小宴，与星华的关系必是匪浅吧。但委实不想承认，他的老友怎么感觉没一个正常的，个个都是极品。

看到幻姬的目光瞟了一眼飘萝后又回到自己的身上，河古眼角飞出一个似笑非笑的笑，魅色斐然，“幻姬殿下接下来是打算夸我长得俊俏么？”

呃，什么？幻姬愣了愣，三十三重天里赞美人难道还要按着顺序挨个儿夸一遍吗？这什么规矩，她从没听说过。

不等幻姬出声，河古又道了一句，“别赞，我可不喜欢女人夸我。”说完，将手中麒麟的广袖潇洒一丢，像是扔一块脏兮兮的抹布。那动作，那嫌弃的感觉，让麒麟上神很是不爽。

幻姬：“……”河古神尊，你哪只眼睛看到本殿下想夸你呢？虽确是妖娆媚色，可她还不喜欢赞男人呢。活这么大，被迫夸了一个男人，被迫的。还没想好怎么回答河古，一个她不想听到的男声不疾不徐地响起。

“本尊觉得幻姬殿下既已看上了我，她是无论如何也不会瞧上你那种风格的。是吧，幻姬殿下？”千离嘴角微扬，望着幻姬。

幻姬顿生想哭的感觉。是，得罪了河古神尊。不是，得罪了千离帝尊。真要命！

面对千离刁钻的问题，幻姬取了个折中的说法，“幻姬以为，不细了解之人不可对其妄下断论，尤其是帝尊和神尊你们都是地位崇高的尊神，更是得仔细斟酌。”

对于幻姬两边都不得罪的做法，千离似是不满，四两拨千斤般地轻轻松松就把问题再扔给幻姬，而且将她逼到无法不回答的地步。

“评价本尊未免偏颇确实该细酌。白日里幻姬殿下当着众神夸赞本尊，莫不是这样做的？”

幻姬道：“自然是心之所声。”

“既是从殿下心中发出来的赞美，缘何到了现在却选不出了？”

被追问的幻姬一边想着怎么回答千离，一面觉得他刁钻古怪，难怪麒麟上神说三十三重天里没人敢招惹帝尊，他这么毒舌无耻，谁敢招惹。最让人气得牙根都痒痒的是，他反应忒快，脑子忒好使，虽然不想用睿智这个词赞美他，可他着实将此词坐得瓷实又稳当。

“帝尊有所误解。幻姬对您的赞叹自是不假，可我委实不了解河古神尊，以此将您俩作比较，于神尊算得不公平。”幻姬不卑不亢地笑了笑，“想必受万众敬仰的帝尊亦不会做出有失公允之事。”

圆桌上，响起三四道低低的笑声。幻姬不解，自己说错什么了吗？没来由地，心略略紧张了起来。

千离轻挑眉梢，“公平？那是什么玩意？”

帝尊从出生于世到贵为浮屠天的尊神，他的成长经历没有告诉他什么是公平，一次次的成王败寇战斗让他明白什么为弱肉强食适者生存。命在己手，不由天。

幻姬懂了，帝尊要的，不管是东西还是话，他必须得到才会甘休，没有不清不楚之说。

急中生智。

幻姬将问题很是机灵地扔给了星穹宫的当家主子，“姐夫，姐姐，鉴于幻姬确实不了解河古神尊，你们觉得千离帝尊和河古神尊哪个的风格更为迷人？你们的选择就是我的选择。”幻姬觉得，自己实在是聪明。一桌子人，能和帝尊神尊叫板，敢和帝尊神尊较劲的，也就世尊星华了。他可刚成为自己的姐夫，总不至于第一回就不给面子吧。况且，今天可是小殿下的百日，帝尊神尊不可能不给世尊薄面吧。

因为是小宴，桌面上的人倒也没拘束，星华和昔阳浅酌，飘萝和灵雀亦低声说着什么，忽然听到幻姬叫他们，星华面色如常，飘萝微怔，看看千离又看看河古。

“你肯定了解他们，你给幻姬选选。”

星华轻轻地放下酒杯，声音稍带挑剔，“一般人当不了我妹夫。”

麒麟没忍住，扑哧一笑。星华你这也够损千离和河古的，才当姐夫没一天就嘚瑟起来了。

幻姬正窃喜“姐夫出马一个顶俩”，悲从喜中扑面而来。

星华出声之后，千离对幻姬欣赏自己和河古哪一个的风格忽然变得不在意，仿佛是被星华一句话塞得无话可说一般。桌上几人随即笑笑，推杯迎盏，气氛一下就转和了。

幻姬在心底舒了一口气，总算没有得罪谁地过来了，多亏她反应够快，否则真不能应付这几位三十三重天里的老大。可还没跟飘萝说上三句话，就听到有道声音不紧不慢地与她说话。

“幻姬殿下乃首回到三十三重天，与本尊这个危害八方的孤苦老人又很是有些缘分。”

千离的目光里少了一丝悠漫多了一分认真，尊者之气自然而然地就从他的身上散发出来，瞧得幻姬对他不自觉地也多了些尊敬。这帝尊认起真来，倒也有模有样的。可很快，幻姬就推翻了自己对千离的评价。

只见千离边说边抬起手往他的衣袖里探去：“既是有缘，本尊便送殿下一点东西当作礼物吧。”

幻姬的视线落在千离的手上，一根神经瞬间绷紧，她绝对不会相信帝尊真好心给自己准备什么礼物，他想给自己的……脑中电光石火般地一闪，桌面上即闻少女妙音说着急急的话。

“帝尊不必如此客气。”看到千离的手在衣袖里掏着什么，幻姬急忙又道：“我觉得帝尊的风格才是我喜欢的。高贵，大气，优雅，成熟稳重，不管从哪一面看，幻姬都深深地折服。”

千离貌似惊讶：“当真？”

“嗯嗯嗯嗯。”幻姬头点得飞快，生怕点慢了千离就从衣袖里掏出点什么来：“千真万确。”

千离的手空空地从衣袖里拿了出来，嘴角不经意地微微勾起：“夸得这么直白，又害得本尊不好意思了。”

一旁的麒麟听不下去地用手掏了几下耳朵，有人真是无耻到无敌了。可他还没感叹完，千离的声音又响起来了。

“虽然幻姬殿下想让本尊当世尊的妹夫，可是本尊没有想过要哪位女子当帝后，怕是要辜负殿下的错爱了。”

哗的一下，端坐得好好的幻姬差点儿滑到椅子下面，若不是飘萝眼疾手快地拉住她，还真给跌到了地上去了。幻姬一张脸蕴满惊色和绯红地看着千离，急道：“帝尊误会了，我没有让你当什么妹夫的想法，而且我也不爱帝尊，并没有什么错爱之说。我相信世尊和世后刚才的话也不是出于从帝尊和神尊之间给我选一位夫君的意思。”

“听殿下这口气是嫌弃本尊咯？”

“当然不是。帝尊丰神俊朗，玉树临风，想必三十三重天里的神女人人都仰之慕之。”幻姬将自己放低再放低，以祈求能顺利地从千离手里逃劫：“幻姬人小位低，不敢高攀帝尊。”

一番话毕，幻姬觉得帝尊该放过自己了吧，可她没想到，帝尊的无耻源源不断。

千离端起斟满清酒的霄瓷玉杯，精秀的小酒杯在他修长的指间转着一圈又一圈，有两次像是要摔了结果又安稳地转回到他的手中。随后，动作优雅地将酒杯送到鼻尖闻了闻，不喝，又继续拿在手中把玩了起来，声音轻轻的，带着一丝玩味地复述着幻姬的话：“人小位低，不敢高攀？”

不知为何，千离的声音明明很柔和，但幻姬内心就是止不住地生出深深的担心，她越来越能明白麒麟上神之前的话了。凡事都不要跟千离帝尊斗，因为斗不过，他的无耻就在于，他根本就不要脸不要面子不要自尊心。现在她很不愿招惹他，可好像并没有那么容易脱身了。

“幻姬殿下真不愧是从娲皇宫来的，知书达理，谦逊优婉。”千离对幻姬显得颇为满意的样子，“殿下如此给本尊面子，本尊又岂能倚老卖老太清高。正好，本尊宫里在挑人为随身神侍，殿下既觉在我身边为高攀，不若我就顺了你这个人情。殿下以为如何？”

什么！

不止幻姬震惊了，连飘萝都大吃一惊，看着眼底亦显诧异的星华，千离让幻姬殿下为他的神侍？开什么玩笑！河古和麒麟也愣了下。千离还真是敢说啊，让幻姬殿下为他的神侍，他今天从千辰宫出来是没吃药，还是吃多了药？

千离目光悠悠地看着幻姬：“看殿下的表情，是不愿意吗？”

她当然不愿意！幻姬启唇准备婉拒千离。抢在她说话前，千离的声音不咸不淡响起。

“殿下是天外天来的贵客，若是拒绝本尊也是理所当然。”千离极浅地笑了下，抬起手探到自己的衣襟里，边道，“殿下与我虽无主仆的缘分，但难得相识，我再送一份礼物给

你。”

还有“礼物”？！

幻姬吓得就差飞身扑过去捂着千离在衣襟里掏着东西的手了，急忙道：“帝尊说笑了，幻姬年纪小，见识浅薄，能有跟随在帝尊身边的机会怎会拒绝呢。承蒙帝尊不嫌弃我不懂事，我很乐意为帝尊的随身神侍。”

“噢？”千离问，“殿下此话可是肺腑之言？”

“嗯。幻姬真心想跟着帝尊研学。相信，娘娘若是知道我跟在帝尊身边定然也会十分高兴的。”娘娘，救命！

千离的手还在衣襟里放着，看得幻姬一颗心紧张得不行。他要不要这么无耻啊，把她的脚环藏在怀中，在这样的场合一次两次地吓唬她，他的面子是浮云她的不是啊，他不要脸她要的。果然，帝尊已经无敌于心，无敌于世界。

“相较女娲娘娘，本尊觉得幻姬殿下应该更开心。”千离目光定在幻姬的脸上，手臂轻抬，一饮而尽那杯醇香留齿的清酒，姿态甚是潇洒。

幻姬觉得，再没有人比她更懂欲哭无泪是什么感觉了。

小宴约莫过半，幻姬不记得自己投了多少求救的目光给飘萝，她不想去给帝尊当随身的神侍，要知道，身为娲皇宫的殿下，她打出生起就被人供着伺候着，压根就不晓得服侍人怎样做的。何况，她要面对的人是三十三重天里的帝尊，这个人她真是惹不起啊。

一桌子人，除了幻姬，似乎人人都喝得欢畅舒心。不知道飘萝小声对世尊星华说了什么，只听得星华笑着赞同：“嗯。你看着点办吧。”

河古神尊抿了一口酒调笑星华：“我说小星星啊，自从你成亲之后，似乎变得很惧内啊，这大人的风范失得有点多吧。”

“呵。”麒麟的笑声响起：“河古你这可就说错了。什么叫成亲之后惧内呀，我们的世尊大人在世后面前就没雄风的时候。”

星华夹了一筷子菜放到飘萝的碗里，温柔地道：“你太瘦，多吃些。”像是没听到河古和麒麟的对话一般，又弄了一碗小羹汤放到飘萝的面前，随后才慢悠悠地扫了眼河古麒麟，缓缓地道：“我这没雄风的人都有种了，你们几个的情况有点惨不忍睹啊。”

坐在飘萝对面的昔阳神君忍不住了，“噗。”一张俊脸通红通红，对着桌上的人连连点头致歉。

星华眼不扫昔阳，姿态很是大方地又对着河古和麒麟说道：“回头我给你们制点鹿鞭丸带回去，按时按量地吃，别忘了。”

这回，桌上的三个女子憋得非常辛苦。幻姬年纪最小，但鹿鞭主效是什么，她岂会不知。世尊能用温和的声调关怀的表情说着如此损人的话，水平不可谓不高啊。如果她能学得一二真传用来应对帝尊的无耻和毒舌，虽无绝对胜算，但肯定不会一败涂地。

麒麟横了眼星华，“不就是有个儿子吗。”瞎嘚瑟什么啊，好像谁还生不出儿子一样。

星华挑起尾音：“你有？”

“我不稀罕。”

飘萝轻轻地吧嗒了一下嘴，看着麒麟：“纯嫉妒！”

星华浅笑：“娘子说得对。”

“那是，我说什么不是对的啊。”

星华笑容加大：“你永远是对的。”

幻姬暗暗地觉得，世尊这算不算是盲目地宠惯世后呢？哪里可能有人永远都是对的，就算是女娲娘娘也有行错之事。于是，她很谦诚地问飘萝。

“世尊说你永远都是对的，你会因此恃宠而骄吗？”

飘萝莞尔，看来这位幻姬殿下果真是娲皇宫出生的，受着正统思想教育，严肃且品行端正，平时应该也没人告诉她一些男女相处的哄腻之道吧，这么根正苗红的姑娘如何是帝尊的对手嘛。

“幻姬，凡间有这么一种说法。有一种人认为女人永远是对的，另一种人不这么认为。后来，没有女人嫁给第二种人，于是他们灭绝了。”

也不晓得该夸幻姬反应快呢，还是该说她抽风太严重，听完飘萝的话，她什么都没说地转头看着对面的千离，暗道，若是如此说来，帝尊岂不是要……“断子绝孙”。要命的是，她不自觉地将后面四个字说了出来，声音不大，却叫桌上的人都听了去。

小宴桌上，连灵雀上仙都忍不住为幻姬捏了一把汗，一桌子男神不止千离帝尊一人，除掉星华世尊还有三位没子没孙的，她怎么偏偏就看着帝尊去了，看也罢了，竟然还不知不觉地把心里话说了出来，她难道还没领教够帝尊的厉害？都应下去千辰宫为帝尊的随身神侍了，怎么也不晓得机灵地不去招惹他这位谁都招惹不起的尊神。

千离慢慢掀起眼帘向幻姬看去，“你……”

才说了一个字音，幻姬飞快地朝他鞠了一个躬，又急又慌地道：“我不是故意的。”嗖的一闪，椅子上的人不见了。

桌边的人皆是一愣，随即麒麟的笑声响起，“哈哈……”

连一贯清冷严肃的星华都忍不住低笑出声，看着千离边笑边摇头，这直接逃跑可比幻姬当着他的面说几句讽刺他的话威力大多了啊，一个字就慌得小姑娘给遁了。

河古理着自己的广袖，笑了：“我还真有点后悔今日白天没早些来了。”

“那可不是。”麒麟幸灾乐祸得很，啪的一声甩开百色扇，姿势俊雅潇洒地扇着风，调笑着面无表情的千离，“我说离啊，你该反省反省了啊，瞧瞧把人幻姬殿下吓成什么样儿了。这要是传出去，三十三重天里的人可都会觉得你帝尊欺人太甚了啊。”麒麟语重心长地劝说道：“虽然你不要脸，不怕大家怎么看你，可有道是欺狗还得看主人呐，我们的幻姬殿

下上头可是女娲娘娘。”

千离拿过酒壶给自己斟酒，目光落在酒杯里，看着清液慢慢盛到杯沿，悠悠地缓慢地说道：“你家的狗这么不会说话么。”

扑通一声，小宴所在的亭子顶上传来一声响动，似乎是什么东西栽下来的感觉，咚咚碎碎的几声后，安静了。

麒麟摇着扇子憋不住，笑了，声音颇大地说着：“你反正不也是打定主意不要帝后嘛，那不就是断子绝孙，幻姬殿下不过是将未来的结果直白地说出来而已。”

“本尊不要帝后和她说的，是一类情况吗？”

河古笑眯眯地看着千离，在麒麟的话上浇了一把油：“我觉着幻姬殿下说的也没错，离离啊，你该不会认为三十三重天里还有神女仙娥敢嫁给你吧？”

亭顶上传来低低的一声：“就是！”

飘萝抬手掩笑，她觉得，她要不要好心地提醒一下逃到顶上去的某人，说话声音小点比较合适呢。

千离端起酒杯，漫不经心地道：“一定要局限在三十三重天里吗？”

话少而温润的昔阳神君此刻说了一句：“难道帝尊的目标放在了天外天？”

又是扑通一声，亭顶上传来物什栽倒声。

“小仙听说天外天娲皇宫里的天仙美人个个水灵。”灵雀上仙声音清脆，悦耳动听。

亭子上面传来骨碌骨碌的滚动声，一个白影从亭顶上掉到了千离的背后。

幻姬从地上爬了起来，顾不得拍衣裳上沾到的灰尘，摸着摔疼的膝盖，看着桌子边目光齐刷刷投到她身上的几人，干干地笑了几声，“呵呵……”一张精秀绝色的脸红得像熟透的苹果。忒丢脸了！她长这么大还从来没有出现过这么丢人的事情，竟然在这么多人面前从屋顶上滚下来，她来三十三重天打算摆的姿态是高贵、大气、有气质、有风范。当然，眼下这些都不重要，最要紧的是她必须解释清楚：“其实，天外天没有你们想的那么美好。娲皇宫里的天仙也不是美人，她们都很丑的。”为了达到镇住人的目的，又补充道：“而且，大部分的人都笨手笨脚。琴棋书画不会，洗衣做饭嫌累。”

有道是，窈窕淑女，君子好逑。窈窕淑女，寤寐求之。

幻姬觉得，帝尊身份如此尊贵，本心又没打算娶帝后，这即便是真的想娶妻生子吧，也得是个极美的女子，虽不至赛过世后，但也绝不会收个丑姑娘吧，她可是在娲皇宫里长大的人，她说那儿的女子不美，他们定然是深信不疑的。如此一来，岂不就打消了帝尊将选后的目光放在娲皇宫的想法了吗。她这脑袋瓜子，忒聪明。

千离将幻姬从上至下打量了一遍：“都像你这样？”

正拍着衣裳上灰尘的幻姬停下动作，将自己看了看，要是天外天娲皇宫的仙子都像她这样，那娘娘就不会夸她长得好看了。她对自己的容貌可是有几分自信的，这自信来源于她最尊敬的女娲娘娘，娘娘曾说，她是天外天有史以来最美的女子，等她的天印完全盛放，一目足可羞花倾城。不过，她美不美是其次，现在要解决的是如何回答帝尊的问题呢？

说是吧，帝尊岂不是觉得娲皇宫里都是美人，刚才自己在撒谎欺骗大家；说不是吧，那岂不若承认自己是美人，万一因此帝尊看上自己，那可如何是好？幻姬还在纠结如何回答，千离的声音轻轻地响起。

“那是够丑的！”

幻姬：“……”

帝尊说她很丑？！神不知鬼不觉地偷了她的脚环她忍了，这回她不要忍！

“我丑怎么啦！我丑也有脸，知荣辱，有节操，有下限，不无耻，不毒舌，不吓人。”不像有的人，脸就是浮云，面子就是微风，随便吹一吹就没了。不，是吹都不用，走两步就没了。

麒麟使劲忍着笑，哎哟哟，够难得的一姑娘了，被千离损成这样还能和他对抗。

千离又将幻姬从脚到头地看了一遍：“听上去优点挺多的。正好，我中意丑的，越丑越好，不用费心。本尊瞧着，你满足条件，就你吧。”

幻姬呆若木鸡地站着，嘴巴张得可以塞进一个鹌鹑蛋，原本精妆发髻上簪着的唯一发饰——一朵纯色语佛花，因为从亭顶掉下来而斜挂在头发上，一双清澈的眼睛圆圆地瞪着嘴角含笑的千离。娘娘，我好想失聪。

幻姬不晓得自己怎么从小宴的亭子里离开的，只觉三十三重天里充满了恶意，整个人都不好的感觉。她第一次出远门，第一次单独办娘娘交代的事，也是第一次亮相三十三重天，她以为会留下一个娲皇宫幻姬殿下端庄秀美高贵优雅的印象，可是从一天的经历看，她留下的大概是天外天幻姬殿下是一个呆傻奇丑好色粗俗的形象。

将一只蟑螂误以为是仙子；请帝尊帮忙被他无视；当着众仙神的面直夸帝尊长得俊俏；在世尊世后麒麟上神的面前被帝尊扒了贴身小衣小裤；最要命的是，她竟然从屋顶上滚下来。对着东古天的星华飘萝，西古天的帝尊，北古天的河古神尊，还有神界之首的麒麟上神，神界神将统管昔阳神君，仙界上仙灵雀，她索性是一次性将脸都丢尽了。

不知不觉中，幻姬晃到了星华飘萝的寝宫，在门口想了想，现在大概只有小殿下对她的印象还不错了。嗯，也不错，小殿下身份尊贵，有一个对她印象好的总比没一个强，她是他的小姨娘，这个形象她得维护好。带着一颗受伤的心，幻姬走进星华和飘萝在寝宫里特地为小殿下在他们寝室旁边隔出来的房间，六个神侍见到幻姬进来，连忙施礼。

“幻姬殿下。”

幻姬看着神侍们捂嘴忍笑的模样，纳闷，有什么好笑的？走到小殿下的床边，她一低头，小殿下那双乌溜溜的大眼睛就从盯着床顶上吊着的毛球球上转过来，看着她。

“小殿……”

“哇……呜呜。”

幻姬连称呼都没喊出来小殿下就扯开嗓子哭了起来，慌得神侍们立即冲了过来，着急不安地哄着。

手足无措的幻姬看着神侍们忙着，看来连星穹宫的小殿下对自己都没有好感，为今之计她只能……回宫。

亭中小宴。

幻姬走后没多久，飘萝和灵雀也离席了，昔阳神界还有些事务要忙也回去了，小宴桌上剩下四位尊神。

麒麟摇着扇子嬉皮笑脸地看着千离：“我说，你就不怕她一气之下回了娲皇宫啊。”

“她不回娲皇宫还能回哪。”

“嘿！”麒麟像是听到个稀奇事地嘿了声，看了看星华和河古：“你们看看，踐得够狠的。人家可是娲皇宫的殿下，长得不比星华家那个差，你把人欺负成那样，好意思啊？”

千离挑了挑眉梢，他干吗不好意思，没穿肚兜亵裤的又不是他。

河古弃了酒杯直接拿起酒坛子对口就喝，夸了句，“好酒。”随后看着千离，笑道：“你无心一句话，我怕那小妮子会当真哎。”

“呵……”星华轻笑出声，按幻姬的性格来说，八成是会当真千离让她去当随身神侍。

麒麟鄙夷地看了河古一眼说：“河古，你也好不到哪儿去。一上来就装，你那只跷着的小手指连飘呆呆都惊了把。”

河古扭了一个兰花指点了下麒麟，小抛一记媚眼：“人家最近走的就是妖娆风哟。”

麒麟率先喷了一口之后，亭子里四个男人哈哈大笑起来。

亭中刮过一阵妖娆风后，气氛变得更加惬然随意，几位男神有一句没一句想到哪儿说哪儿地聊了一会儿。

和麒麟连喝三杯的河古吊了吊眼角地看了星华一眼：“现在怕是就小星星不觉得日子无聊了。”说着，只手托着下巴，继续道：“没事玩玩自家娘子，再没事就玩玩自家儿子，实在闲得慌还能拖家带口地到四海六道八荒里春个游、秋个游。或者，精力过剩的话，再跟世后滚几次软床，弄个小二殿下出来也不失为打发时间的好法子。”

星华端起酒杯，慢悠悠地抿了一小口，声音懒懒的：“谁说一定要在床上滚才能造出小二。无知！”

嗖嗖两声。河古手里的酒坛子和麒麟面前的酒杯不见了。

星华眉梢一挑，被定在他脸前一指远的酒坛和酒杯飞回到原处，朝着河古与麒麟笑了下：“你们跟我不是一类人，你们不会懂的。”

河古从齿缝里扔出一个字：“贱！”

“很贱！”麒麟白了一眼星华，不就是嘚瑟自己有女人有儿子么，搞得他们好像娶不到姑娘似的，他们只是不想娶。

千离参上一声：“相当贱！”

星华笑了，看着千离：“贱也没你跩。”

千离勾起嘴角挤对麒麟：“跩也没你笨。”

麒麟对着河古：“笨也没你妖。”

河古仰头一笑：“你们妖不出本尊这水平。”

四个人轻松愉悦地又聊了好一会儿，几人难得相聚，星华又是主家，一丝未动离席之意，几人不免聚得愈发高兴。月上梢头晚意闹，夜风拂面袖中香，倚春靠夏温馨处，四郎盈笑四郎惜。

亭中酒香微微醺的时候，三四好友相聚的氛围愈发浓烈。河古手里拎着一个酒坛子坐到了亭边的扶栏上，赏花赏景赏心情，见园中远处走过一道隐隐约约的白色身影，仰饮一口醇香，问道：“我好像记得天外天的那个殿下本名不是叫幻姬吧？”

此时，麒麟觉得就该他发挥的时刻到了。试问，三十三重天里还有谁比他知晓事情更多更广的吗？“正统与八卦的完美结合大典”以及“情圣”的名号可不是闹着玩的。

咳嗽了两声，清了清嗓子，麒麟道：“说起这个幻姬殿下，幻姬当然不是她的本名。她本名，凤语佛。幻姬不过是她的别号。这可都是女娲娘娘赐的。她头上那朵纯色大簪花就是语佛花。”顿了顿，再道，“这姑娘不过九万岁，头顶已有银阳相随，脚底能化出一朵奇大且盛开的语佛花，到底是尊贵血统出身的娇人儿。”跟着，麒麟疑惑了，“不过，她出生于一朵鲜艳赛血的异世花中，语佛花却白纯无瑕，着实想不明白。”

“凤语佛？”河古低声念了一遍，“名字倒十分端庄典雅。”

麒麟笑：“那是。不过，应该没人敢直呼她的本名。就如同，我们不会直呼女娲娘娘的名讳凤里牺一样。”

幻姬分不清楚东南西北地在原地转了两个圈儿，这里她好像走过了啊，怎么又回来了？她之前走的是哪条路来着？经过仔细的辨认后，幻姬选了一条自己没印象的御道。既然之前走的都是错的，这回该对了吧。走出去，回天外天，非到必要一定不来浮屠天了，这里的尊神和她完全不是一个世界的，稍感正常的就世尊和世后了。

只是，兜兜转转走了好一会儿，幻姬依旧没找到走出星穹宫的路，每一处都好像走过，每一处又似乎没有经过，尤其又是晚上，御道旁边的草丛花团色泽看得不清晰，她更没有判断的根据了。

幻姬站在御道里不知所措，该往哪儿走呢？想了想，不如直接飞到星穹宫的上面，看看大门在哪岂不是更简单。如此想着，即刻行动。可她还没飞起来，一道声音就蹿了出来。

“幻姬殿下这是想不告而别么？”

不晓得为什么，闻声的刹那，幻姬的脑子里冒出一个“阴魂不散”的词，让她有种今天诸事不宜的感觉，莫非真是她出门没有卜卦？

收起没有施出来的法术，幻姬转身看着斜靠在御道雕柱上神情似笑非笑望着自己的千离：“帝尊。”

“堂堂娲皇宫的殿下，应该不可能为了逃避当本尊的神侍而偷偷溜走吧？”

“当然不是。”

幻姬果断地否定。身为女娲后人，她非常清楚责任两字怎么写，也很明白“人无信不立，业无信不兴”的道理，既然自己在几位尊神面前应了当帝尊随身神侍的话，必然会遵从。可是，谁能明白她当时答应他是出于被迫，无奈之下不得不说违心的话，不然自己的形象就该丢到犄角旮旯去了。这样心不甘情不愿的答应，帝尊他应该是不稀罕的吧。于是，幻姬抱着一丝希望地走到千离的跟前。

“帝尊，我能不能跟你商量一件小事，很小的小事。”

千离显得很大方地：“殿下请说。”

“多谢帝尊。”幻姬理了理头绪，说道：“幻姬此次来浮屠天是第一次出远门，想来娘娘之所以让我一人出来，便是希望我能借此机会好好锻炼一番。帝尊身边的神侍何其重要，所选之人也必是神侍中最懂事最能干事的，幻姬左思右想，深觉自己恐难当此大任，能在帝尊身边学习的机会自然是非常难得，相信三十三重天里的神者无数人想获此殊荣，幻姬何德何能，断不敢霸占此位。望帝尊另择贤德兼备之人随侍左右。”

千离看了幻姬一会儿，悠悠地道：“若是本尊不改呢？”

“这……”

幻姬一时也找不出更好的借口来说服千离，只在内心里觉得，帝尊选她做随身神侍未必就是真觉得她合适，他应该是故意刁难自己，这个人忒讨厌。

“帝尊你就那么想我当你的神侍吗？”

千离回得迅速，想也不想地道：“不想。本尊又不是收破烂的。”千辰宫的事务一直都是花探在处理，神侍这种小事何须他亲自选择，花探晓得他的习惯，什么人适合近身伺候自会妥当安排。

原本幻姬以为千离会夸她几句，再不济也会奉承着说两个好听点的词语，比如看她机灵可爱、温婉贤淑，或者天生丽质、聪慧娇媚；实在没话赞她，念她是来自天外天娲皇宫的殿下，他想多多了解天外天的事情，于是邀她为他的随侍。这些话，不难为他吧？作为崇尚礼德仁善的三十三重天，哪怕身份贵为尊神，不也该给予他人基本的尊重和方便吗。何况，她算是世尊世后的贵客，帝尊给自己一个台阶下不是很正常的事情吗。哪晓得，一切期望在帝尊身上出现的善意、美好之举都是妄想。不夸她就算了，还贬她！她堂堂娲皇宫的殿下在他眼底竟然是一个破烂儿！

“帝尊既然不想我为你的神侍，为何偏偏不改初衷？”

靠着雕柱的千离将身子站直，周身的金泽熠熠闪闪，无时无刻不彰显他的尊贵，细长斜飞入鬓的黑眉轻巧一挑：“本来你说这句话之前我想改，现在听完你的话，坚决不改了。”

“你！”幻姬一口气哽在喉咙里出不来也咽不下去。

夜明珠在夜空将万物染上一层柔柔的光泽，似明晰似朦胧的星穹宫愈发显得宏大唯美。金色御道内，静得连一只小虫子飞过都能听得清楚。幻姬强忍着想捏死千离的恼气，葡晶剔透的双眸定定地瞪着他，她从来不晓得自己居然还能对一个人产生讨厌之情，娘娘教她博爱万生，她更是觉得自己不可有偏颇嫌怨等等消极的情绪和心思，但千离帝尊实在是太欠捏了。

夏风吹过，御道内白摩花的香气混合着语佛花的香味飘得很远很远，清风撩起千离和幻姬衣袂发丝，两袭白影静立道内，定目相望。若是不明真相的人经过，定然要被此男女凝视的一幕惊艳到。

看着看着，幻姬实在气不过了：“帝尊你贵及如此，为何不将精力用在更有意义的事情上，何苦强人所难地让我做不愿之事？”

千离忽然走近幻姬两步，浑身散发出来的气势让她略怯地小退了半步，看到他抬起手放到她的头上，心中纳闷地站定了。

将幻姬从亭子上掉下来时摔歪的发饰语佛花扶正，簪好，放下手，千离看着幻姬，轻声含笑道：“本尊时刻都在做有意义的事。”

笑话！幻姬不敢苟同，她就没见他做过一件不无聊的事。

“本尊做的最有意义的事情就是一直保持着呼吸。”

幻姬：“……”

千离的广袖轻轻擦过幻姬的衣裳，朝御道尽头走去。

“还不跟上？”

幻姬下意识地问：“去哪？”

“回宫。”

先前一直想走出星穹宫的幻姬跟着千离走着走着，心里渐渐出现如果去帝尊宫里还不如就在世尊宫里待着的想法，毕竟她来三十三重天除了想历练成长，还有一个私人任务就是还原最真实的世尊世后爱情故事带回去说给娲皇宫里的姑娘们听，去了帝尊那儿还怎么了解呢？当然，这些都是借口，最关键的在于，她开始之所以不想在星穹宫就是因为帝尊让她丢脸了，这会儿他回宫去，她怎么傻傻的还跟着去呢？

“那个……”幻姬犹豫不决地出声，“帝尊。”

千离步步如莲神姿优雅地行走着，似乎没有听到幻姬的声音。那一派姿态瞧着，让幻姬不得不承认，他已不单单是气质卓尔不群四字可以形容，只是看着他便觉无形的气势从他的身上散发出来，这样的威严，她当然明白不会是一张极俊的容颜带来的，漫漫时光镌刻在

他骨子上的东西是任何人都比不过的尊贵。

“帝尊。”幻姬稍大点声地再次喊道。

径直朝前走的千离低声应了：“嗯？”

“我觉……”

才说了两个字，幻姬见到不远处的御金辅道内走来几人，略加辨认即可认出，星华世尊，河古神尊和麒麟上神。可巧，麒麟上神也看到了二人。

“千离。”

走近后，麒麟笑着与幻姬打招呼：“幻姬殿下。”目光落到幻姬的头上，先是诧异，随后欲笑忍笑，装作若无其事地摇着百色扇。

因几人碰到的地方刚好是御道尽头，不时有神侍们走过，让幻姬感觉怪异的是，每一个朝他们施礼后的神侍看到她的表情皆显得奇怪，离开时会掩嘴强忍笑容，有些在走不远后竟笑出声。看着远走的神侍，幻姬不禁纳闷，她脸上有什么脏东西吗？

河古朝幻姬身后瞟了一眼，发出一声长长的“咦？”一手掐着兰花指指着她背后的地上，声音里带着惊喜：“那不是女子的贴肤脚环吗？”

闻言，幻姬顿觉背脊骨都发凉，一种十分不好的感觉油然而生。缓慢地，心里带着一丝侥幸期望地转身，看清身后地上的东西时，一股热血像是从脚尖直冲脑门，突然转身对着千离忿然不已。

“是你干的吧！”

河古神尊的兰花指又指向幻姬的头顶：“咦……”

麒麟收起百色扇拍了一下河古风情万种的兰花指：“别咦了。”

幻姬抬起手摸向自己的头顶，在语佛花上摸到一只肉肉的毛毛虫，眼睛里怒火直冒地瞪着千离，生平第一次有了怒气！亏得她刚才在心底感激他为她整理仪容，没想到……

善良此词果真是不该出现在帝尊的身上。

“帝尊你不想解释点什么吗？”

千离看着幻姬濒临发火的边缘，饶有兴趣地和她对视了一会儿，神情好似勉为其难地说道：“本尊就解释一句吧。”活像要他解释什么是一件异常难得的事情。

事实上，让帝尊开口解释什么还真是一件极难的事情，从他出生到现在还从未有过。但是，当幻姬最后一次给千离机会，希望他能给出合理解释从而原谅他，却发现她真的就不该对帝尊有任何期望。

“一个玩笑。”千离表情要多无辜有多无辜，仿佛是在埋怨幻姬自己的问题，走了一路都没发觉。

玩笑？千离的解释幻姬一个字都不信，她觉得就算是天外天仙桃树上的逗碧猴子都不得信他。

幻姬怒极反而镇定了，看着千离，散了怒气，微微一笑："听帝尊如此说来，好像真是我的错。"

"知错能改，很好。"

麒麟不敢置信地看着幻姬，这姑娘的性格太好了吧，这样就原谅了千离？啧，回头他真该好好帮她说说千离，如此对天外天的贵客实在是要不得啊。

"帝尊教训的是——"

谁都没想到，一直用温婉柔雅形象待人的幻姬"是"字音略重，瞬间从她的口中喷出一道宏凌天火。天火来得突然又猛烈，便是铜墙铁壁也能瞬间烧成灰烬，白衣飘飘的帝尊顿时全身无死角地被烧了个遍，瞬间就让他变得光不溜秋，慑人气势大减。

"嗷！"

大火喷出后，麒麟惊恐地朝后跳了一大步，生怕引火烧身。

河古化了一道镜光挡在身前，待天火散后，一张脸忍笑忍得极为辛苦，好大一只烤全狼啊！

幻姬惊讶又惶恐急忙转身背对着千离："帝尊对不起，我不晓得怎么就喷出宏凌天火，不好意思啊。"

千离盯着幻姬的丽影半盏茶的时光，她会不晓得？！慢慢转头看着旁边三个看好戏的男人："看够了吗？"

麒麟扇着扇子，朝四处看："刚才一阵风吹过，沙子迷了眼睛，不晓得是不是错过了什么。"

河古拉着星华看天上："哎，你宫里这颗夜明珠的光挺大的。"

"殿下烧了本尊的衣服不打算赔吗？"

幻姬忽闪了两下眼睛，像是惊醒般的："哎呀，年纪大了，腿脚也变得不利索了。"嗖的一下转身跑得老远，边跑还边喊："帝尊等等我啊。"

哼！他让她在几位尊神面前丢脸她不待星穹宫就是了，反正还能去他的宫里落脚。这回，看谁的脸丢得大。

耳边不绝"帝尊等等我啊"的女子妙音，麒麟看着跑远的幻姬，憋笑憋得很是辛苦。这姑娘一定是个演技派，瞧那边跑边挥舞的小爪子，活像千离真的走在前头多远似的，而实际的真主儿还在他们仨眼前一丝不挂地杵着呢。

活了五百万岁的帝尊估计怎么都没想到，有一天，他竟然会光着身子站在星穹宫里，身边是三个不怀好意幸灾乐祸的男人，而让他光不溜秋的罪魁祸首竟然是一个毛还没长齐的小丫头。

千离慢慢转头射了身边三个男人一记冷光："自己没有吗？"

星华抬起手摸着下巴，似是思索了一下："有是有，就是没有你这么小。"

"噗。"麒麟没忍住，扑哧一声，目光还有意无意地朝千离下半身某处扫去。

河古跷着兰花指娇俏地挥了一下星华："哎呀，小星星你这就不厚道了。你拿吃饱的自己跟饿了五百万年的小离子比，当然他肯定是要瘦很多的。"说着，河古表情十分不好意思地笑了下，继续道："哎哟，真是讨厌死了，你们这群人太色情了，人家才来半天就被你们带坏了。一个纯洁的我，怎么能拯救一群猥琐的你们。为此，我真是要操碎了心。"

三道目光齐刷刷地射向走妖娆风的河古神尊，说反了吧他！

麒麟的百色扇打掉河古跷着的兰花指："玩上瘾了吧你。应该说三个纯爷们怎么拯救一个骚包。"

河古仰头乐了。

"我再骚也比他露得少啊。你们看看，他还有哪儿没露吗。"

千离索性大大方方地转身看着河古："一个人露多少跟他的自信是相对的。"目光将河古上下扫了一遍："你的常年禁欲风格，本尊由衷地理解。"

一旁的麒麟对千离折服得直摇头，太自信了！太无耻了！

星华勾起嘴角轻轻笑出声，变了一片树叶挂在千离下半身某处关键部位上，朝他笑着："挺适合你的。别谢。"

河古不满地瞟着星华："小星星你也太抠了点吧，家大业大的，怎么说千离也是我们的老兄弟了，就送人一片树叶，怎么拿得出手啊你。"说完看着千离，安慰他："小离子别气啊，小星星现在要养妻养儿的，也不容易，我们也体谅下。来，我送你一片大点的树叶。"

河古长指凌空一点，一片黄土色的枯叶挡在了千离胸膛上的某一粒小粉红上。

看到枯树叶，麒麟不悦了。

"我说河古你和小星星真是半斤八两，千离好歹也是西古天的帝尊，你给片枯树叶挂人家身上合适吗？怎么也得是片绿叶啊。"

麒麟对着千离胸上的另一点粉色眨了下眼，一片绿油油的小树叶贴在了上面。

千离声音听不出一点情绪波动地问道："你们觉得本尊的三点式好看吗？"

星华、河古和麒麟齐声道："好看！"话音没落，三人唰的一下从千离眼前消失了。

还不走，不要命了！

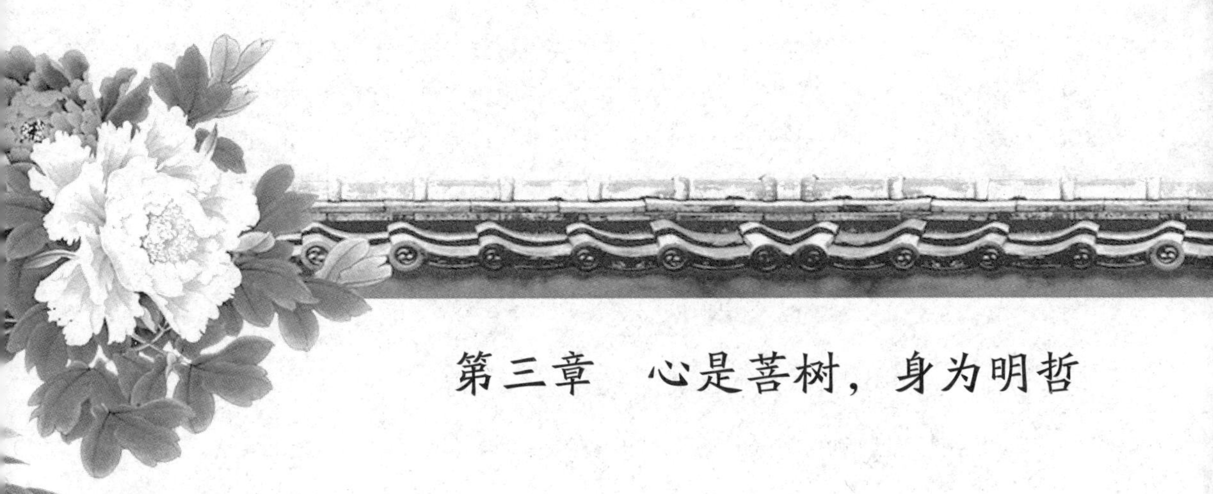

第三章　心是菩树，身为明哲

世尊家小殿下的百日宴过去了三个月，三十三重天里看似又恢复到了往素的宁静。

麒麟上神如今最爱溜达的地方就是星穹宫，每隔一个月就要来宫里看看小殿下。小殿下也是个极其争气的小家伙，一天天地越长越可爱，半岁的他一双乌溜溜的大眼睛特别的水灵，百日大时动不动就扯开嗓子嚎哭，现在却是见着星华和飘萝就挥着小胳膊求抱抱，粉粉的脸蛋儿让人特别想咬。麒麟抱着小殿下在怀中，看了眼在泡茶的星华，问道："你去了天外天吗？"

"没。"

"都过去三个月了。"

虽说三月前幻姬殿下送来了神籍卷，说是说星华这一支添人都不用去娲皇宫直接在神籍卷上写名字就行，可小殿下是他的第一个儿子，首次都不去给娘娘道谢也是说不过去的。

星华低头看着挑着茶叶："前阵子阿萝身子不大舒服，取消了计划。我给娘娘捎了鸿雁，等他再大点儿带他一起去。"

麒麟看着怀中的小殿下，一直都觉得十丈红尘的情爱是很麻烦的东西，可看着这小家伙越来越可爱，忽然觉得男女情似乎也有点好处，别的不说，能让男人看到小号的自己。

"哎，你去娲皇宫，可一定要记得夸夸幻姬殿下。"

原来，三个月前，一把宏凌天火将千离衣裳烧得干干净净的幻姬在闯祸之后，乘着她的朱顶鹖鹤一溜烟儿地跑了，至于是回了天外天娲皇宫还是去了别的地方就不得而知了。不过，大家都推算是回了天外天。若是在三十三重天里，帝尊掐指一算便能算得到她在哪儿，再以帝尊的性格和习惯分析一遍，他能轻轻松松地放过她？能让帝尊丢一把五百万年来的大脸，幻姬再遇帝尊的结局会是怎样，大家想想都打冷战。传闻，光屁股的帝尊那天是隐身回的西古天千辰宫的。

星华泡好茶，站起身从麒麟的怀中抱过自己的儿子，眉目里全是疼不尽的笑意。

“我再玩会儿。”麒麟不肯撒手。

“你玩够久了。”

麒麟为自己争取道：“我是他的帅麒麟伯伯。”

星华特别自信特别有底气地说了一句：“我是他帅得让人合不拢腿的父尊。”

“嘁！嘚瑟什么啊。”

“有本事你生一个。”

麒麟看着被星华抱回去的小殿下，坐到椅子上，叠起二郎腿，抬起手端过桌上的一杯香茶，很是享受地放到鼻下闻了闻：“小星星不是我说你，你现在是三十三重天里所有男人的公敌！群殴对象！”

星华将抓了一把他的头发在玩的小殿下的小手轻轻捏住，放到嘴边，爱怜不已地亲了一口又一口，看着他亲着肉肉的小手，麒麟摇头直叹，对他是又羡慕又嫉妒。

“你哪天去娲皇宫？”忽然，一道声音伴着白摩花香传了过去。

麒麟扑哧一声笑了！

看着千离走到跟前伸手将自己怀中的小家伙抱过去，星华笑道：“这身新衣裳不错。”

麒麟从旁笑出声来，补充道：“色泽均润，手工精绝，细节处彰显非凡品质，突显出帝尊的品位和尊贵，就是不晓得这衣裳耐不耐烧，如果耐烧就真是极好的了！”

千离抱着小殿下走到麒麟的旁边，抬脚踹了一把：“一男人没事屁股长这么大，挪点地儿。”

被挤对的麒麟觉得莫名其妙，他屁股再大也只坐了一把椅子，何况他屁股不是大是翘，又不是没别的椅子，他非赶着他这把椅子坐不可么？

“坐吧，小侄子。”麒麟笑着让座，顺道占了千离一回便宜。

落座后，千离将小殿下放到腿上坐着，一只手指拨弄他衣裳小屁屁位置的毛绒球，低眸看着小家伙问星华：“你们家这只小崽子的名字取好了吗？”

“阿萝给他取了个小名。”

麒麟问：“什么？”

“小毛球。”

千离和麒麟好一会儿没有说话，两人的目光都在小殿下的身上，然后移到他头顶帽子上的两个毛球球上，这个母后是想体现自己很爱毛球呢，还是在体现她有多懒？

“星华，这崽子不是你家那口子在便所里捡的吧？”

千离的话音刚落，小毛球就从他的腿上飞到星华的怀中。

“有本事你也捡一个我看看。”星华对自己夫人给自己儿子取的这个小名还是颇为满意的，多贴切啊，又可爱。

麒麟不敢苟同飘萝的品位：“星华你不会觉得这名字适合你儿子吧？”那真是太可怕了，他的品位也掉得如此厉害：“你看看你的身份，再看看他是什么品种，戴毛球小帽就够折他威风了，竟然连名字都如此地奶。小毛球？”麒麟笑了下：“这种和上古神兽青龙完全不搭的土鳖名字也就你家那口子想得出来。”

忽然，一把瓜子从麒麟的后面直直地射向他。

瓜子在麒麟身后一掌的距离被化成了白烟飘散，麒麟颇为得意地道：“世后娘娘的品位果真非同一般。”

“我也觉得我的品位与众不同。”飘萝的声音随着她的步子移近，慢条斯理地说道，“比如我觉得麒麟这个名字和小毛球的水平相当，可能还要差那么一点点，毕竟麒麟这两字凸显不出什么，可爱？风情万种？小清新？都不沾边。”停顿了一下，继续道：“若非说点特点出来，也就剩下土鳖这词来形容了。”

走到星华身边的飘萝朝着千离笑着问道：“帝尊觉得我说的对吗？”

“完全正确。”

飘萝从桌子上的点心碟子里抓了半把瓜子，边嗑边挨着星华坐下来，有一搭没一提地听着他们三人聊着，冷不防地想起一件事：“昨儿坤云山送来了请帖，我忘了跟你说，半月后的坤云会请我们出席。我看了下，一万年一办，此回是这代坤云山主办的第一百场，亦是他的传位大典，你这个世尊对之前的邀请无视便罢了，这次该去瞧瞧。”

坤云山是真身为爬行物种的仙神福源地，祖先曾拜神龙门下学艺，对龙族一直敬畏有加，而坤云山仙灵中最为有名的为蟒族，灵力最强大不说，天外天女娲娘娘为人首蟒身，也为其一族增了不少的地位。于是，每一代坤云山主都是从蟒族中选出，一代山主执掌坤云山一百万年，择贤能者而传。

三十三重天的东之尽，临海耸立一座十分高拔的巨峰，往西绵延九百里，名坤云山。山中珍禽异兽随处可见，稀花罕草处处丛生，山腰往上便常年飘舞着轻纱似的云雾，情境美得似幻。

幻姬乘着四只朱顶鹍鹤载着的软轿绕着坤云山巨峰飞了六遍，总算在第七遍的时候看到了坤云城的入口，大舒一口气，她真是太有本事了，竟然不用问人就找到了进城的路。检查了一下广袖中娘娘让她带给新一任坤云山主的令符，没丢。遂，高高兴兴地飞向城门。

妙曼身姿落在坤云城门外的刹那，幻姬不知道为什么想到了一个人，暗道，但愿坤云山里没有奇葩！嗯，应该是不可能遇到。

即将传位的老山主浚君惊闻侍卫急报天外天娲皇宫幻姬殿下驾到，连忙带着一干人从城宫里迎了出来，刚出宫门，幻姬已在引路侍卫的带领下从宫前长街那头走了过来。

“浚君拜见幻姬殿下。”

宫门前一群人齐整整地行跪礼，坤云山的仙灵只闻过幻姬之名，若非三月前她去过浮屠天星穹宫，三十三重天内无一人见过其真容。此一见幻姬，连山主浚君都不禁在心中叹其美貌，更是在心中疑惑又感激，惑的是幻姬殿下竟亲临坤云山，莫不是娘娘有什么绝密之事要交予他？感激的是自己传位大典娘娘如此抬举他，以往来的都是娲皇宫外遣使者，这回殿下前来，可是非同一般。

将幻姬迎到宫里后，主客寒暄少时，浚君命人将幻姬带到了城宫东阁，并嘱咐下属，幻姬在坤云山的这些日子里待遇比照他的水平，不得出现一分差异，只许更好不许降品。

坤云参师墨吕微诧：“山主，那东阁可是安排给世尊大人住的呀，若是幻姬殿下住进去了，世尊到来，可怎好安排呢？”

“你这就不懂了吧。”浚君山主颇有些把握地分析道，“天外天娲皇宫乃女娲娘娘的圣殿，我们坤云山仰仗着娘娘的恩辉才得以受到众界的格外敬畏，幻姬殿下亲临坤云山，这是娘娘对我们多大的泽被和高抬啊。你再想想，以前九十九次坤云会娲皇宫的那些使者不到大会开始前一刻不会到来，这回可是提前整整三天啊。”浚君山主竖起三根指头，表情甚是激动：“身份高，时间早，墨吕啊，你觉得我们能怠慢幻姬殿下吗？”

墨吕不由得担忧道：“可世尊的身份也极为尊贵，到时您让他住西阁？”明显不好吧！

浚君山主皱了皱眉，沉思片刻：“不必担心。每一届坤云会我们都恭请了世尊。可世尊呢？一次都没到。世尊久居浮屠天，早就不问世事，性子也喜好清静，娶妻生子后，那更是深居简出了。你琢磨琢磨，他单身时不喜外出，这有了世后和小殿下后，又怎会拖家带口地来我们坤云山呢？”

墨吕听着浚君说得很有些道理，连连点头。

幻姬在坤云山东阁住了三天，对坤云山的招待十分满意。她曾看过宾至如归一词，可到过星穹宫之后，她觉得那个词就是造来骗人的，哪有到了异地还像回到家中一样的感觉。可坤云山侍女给她的感觉，确实不错。

坤云会当天，浚君山主对着前来向他请安的墨吕笑道：“本主算得怎么样！”

“山主算得准。”世尊果然没有来。

“呵呵，快去看看大会都准备得怎么样了，时辰一到，立即开始。”

“是。”

墨吕转身时，浚君再叮嘱：“千万记得等人到齐之后再恭请幻姬殿下到场，莫出现殿下等我们的情况。”

“是。”

此时的浚君觉得自己是个神算子，可半个时辰后，他觉得自己是个蠢愣子。

墨吕将坤云大会各处检查叮嘱了一遍，走到大会的主台上，朝下扫了一圈，满意地点头。再朝传位的祭天台看去，微微笑了，几个时辰之后他就可以卸下参师之职过自己想要的闲云野鹤生活了。坤云山主一人一参师，山主传位时参师也完成了自己辅佐一任山主的责任。

“参师大人，时辰差不多了。”

墨吕点头：“打开场门吧。”

坤云山的众仙从四面八方赶来，如此重要的大会自是无人缺席，不多会儿，场下的宴客区已满是人，高品阶的大仙坐着，次品阶的小仙们则规规矩矩地站在旁边，议论声不绝。

墨吕见来人差不多齐了，连忙去请浚君山主。浚君山主秉着礼敬之心，带着墨吕亲自去请幻姬。临到东阁的门口，浚君站住脚步低声问墨吕。

“确定人都到了？”

“是的，山主。”

浚君点头，墨吕办事一向牢靠，应该不用怀疑。可是，也不知为何，他这心里从刚才起就有种七上八下的感觉，预感什么事情要发生，这是之前坤云大会从未有过的，莫非是因今日为传位大典？说起来，他还真是有些纠结，不晓得是把自己的位置传给关门弟子少夷好？还是自己的女儿鹤荼公主？论名望，鹤荼比少夷好；论能力，少夷比鹤荼好。贤能者，分翘而立，让他左右为难。公心评之，他觉得少夷更为合适，若枭雄般的男子执权，能让坤云山更具有威慑力。可是，鹤荼想成一代女山主的决心从三十万年前就表现出来了，为了她心中的目标，她处处与少夷较劲，为的就是用自己的实力压住他，证明自己比他更为适合一代掌权者。

走到东阁厢房的门口，一个侍女从里面走出来，见到浚君，连忙施礼：“山主。”

“嗯。幻姬殿下可起床了？”

“回山主，殿下早已起来。”

浚君点头，吩咐道：“你去传一声，就说我在门外恭请殿下到会场。”

“是。”

侍女进去没一会儿一袭白衣的幻姬便出来了，见到浚君山主和墨吕在门口恭候，笑了笑：“山主您真是客气了，让侍女传我一声便可。”

“殿下不远万里从天外天来我坤云山，这是天大的恩赏，浚君岂敢不亲迎殿下。”浚君抬起头朝幻姬笑了，“殿下，请。”

知道这是惯常的尊重，幻姬也没矫情，领头走了出去，姿态优雅，气质超群。

从东阁到坤云会场的距离不近不远，这也是墨吕当初的精心之设，为的是给世尊留下好印象，却是万万没想到娲皇宫来的是幻姬殿下，更是让他觉得自己聪明绝伦。

“恭迎幻姬殿下。”

坤云大会会场外一声高喊，大仙小仙闻声皆行了拜礼，直到幻姬在一群人的簇拥下走上主台，在大位前转身，看着台下，声音轻悠悠的：“大家起来吧。”

众仙刚从地上起来抬头看主台上，空中传来一阵强劲的气浪，一片奇异的花香飘来，众人转目望天，一条纯白的白摩花道从天空铺撒下来，花上御风而行一位白衣胜雪金泽金阳夺目熠熠的绝美男子。

坤云会场上的众仙时至此刻之前尚无一人见过帝尊千离的模样，包括浚君山主，只从他闪闪的金泽和头顶的金阳意识到来者是位身份极为尊贵的顶级尊神，到底是谁，不得而知。但是，这一点都不妨碍大家内心的激动，越是平时不晓得的尊神驾临越觉得坤云山倍儿有面子，一个大会竟然能让天外天娲皇宫的幻姬殿下与不知何方大圣的尊神同时出现，此等荣耀在其他地方可是不会出现吧。

相对于众人的好奇、激动、猜测，站在主台上还来不及坐下的幻姬有种一大片带着天雷闪电的乌云朝自己飞过来的感觉，他怎么来了！就算是来一位三十三重天的尊神，那也该是星华世尊吧。她从娲皇宫里出来前就打听清楚了，坤云大会每一万年举办一次，每次都会请世尊，这次又逢传位大典，她料想世尊会带着世后一道过来，还曾想着再见那位紫发飘飘艳冠群芳的世后娘娘。何曾想，来的人竟然会是千离帝尊！

看着气浪越来越强劲地压过来，御风而行的白摩花道越来越近，幻姬转头看着旁边嘴巴张成了“啊”字形正傻呆傻呆望着千离的浚君山主，他也太失态了吧？帝尊是长得极美，可浚君山主一男人用这么痴迷的眼神看着他，不觉很怪异吗？若换成她就不会对帝尊如此姿态，她会——

幻姬向浚君很勉强地扯了一个微笑：“山主，本殿下忽感不适，先回东阁休息了，你且在此好生招待千离帝尊。”

什么？！

幻姬的话最后四个字音响起，浚君山主和鹤荼公主以及另一边的少夷都呆了一瞬间忘了呼吸，千离帝尊？！传说中那位久居在尊知西古天千辰宫里避事又避世的传奇千王之王，千离帝尊！据说，他每隔十万年方亲自去一次西天佛祖那儿送《摩金经》，风雨无阻。三十三重天里的其他事情，可休想能请动他出宫现身，行事准则非一般仙神，无人敢轻易招惹。

这样一个身份忒高端的大尊神竟然会来坤云会，实在是不得不让浚君山主和坤云山的众仙觉得亢奋，一个个都觉得自己的脸跟澡盆差不多大了。整个坤云山无数个大澡盆拼凑在一起，于是够面儿让帝尊纡尊降贵地现身了。

也没管浚君山主是不是听到了自己的话，幻姬全部心思就一个，赶紧遁走！上次能安然无恙地回天外天全靠她跑得快，不然现在还不晓得被帝尊折磨成什么样子了，由此可见，有一双利索的腿脚是多么重要的事情。

幻姬走了不到十步，身前忽然落下一个白影，正正当当地拦了她的去路，一个慢悠悠的声音响起："年纪大了，落点果然找不准。"

幻姬："……"

帝尊你确定不是故意！

由浚君山主领头，会场响起一片高亢的呼声，"拜见帝尊！"一排排的大小仙们都跪了下去，独留幻姬心中惴惴的，站着迎视着目光一直盯着她的千离。

按照身份品阶来说，幻姬不必向千离行大礼。可若论起年岁，她比他小太多，长幼有序，倒也是应该向他主动问候一声。可受到他忽然而至的惊吓，措手不及的她脑子一片空白，不晓得要怎么面对才好，见他一直盯着自己，心想逃遁是没可能了，他来坤云会说不定就是特地逮自己，现在从他眼底灰溜溜地跑掉也忒掉她的份儿了，这么多人都在场，他应该也不会把自己怎么样。

等等！

幻姬警觉，三个月前在星穹宫里，她和帝尊可是铆上过一回，这次……

一直行跪拜大礼的浚君山主等人听不到千离让他们起来的声音，心中像是十五个吊桶打水，七上八下，主动出声怕得罪帝尊，若不弄点动静出来，一直跪着也不舒服。浚君山主和旁边的鹤荼公主交换了一下眼色，再和另一边的少夷对了下眼，三人刚准备抬头看千离时，听到幻姬说话，仨立即吓得低下头。

"帝尊你怎么来了？"

千离略略地扬起了一点儿尾音，"你认得本尊？"

她怎么可能不认得他！幻姬看着千离，她太认得他了，这一生一世都会记得他，自从三月前认识他后，回到天外天娲皇宫里连着做了半个月的噩梦，晚上总是从他追杀她的梦里惊醒，对他的无耻毒舌不要脸的特质太记忆深刻了，尤其他还是一个极度自信自恋的人，她想破脑袋也想不明白他这种奇葩怎么会修成帝尊的，忒不可能了！而且，她绝对不相信帝尊忘了她！当着好几位尊神的面将他烧得一丝不挂，他这种锱铢必较有仇必报的老人家肯定不会放过自己。只是想不到，居然会在浚君山主等人的面前装不认识她，太狡猾了。

"帝尊英明神武，威名远播，幻姬怎能不认得。"

千离眉梢微微一挑："看来幻姬殿下对本尊爱慕已久啊。"

幻姬："……"

浚君山主等人心中暗道，原来幻姬殿下爱着浮屠天西古天的千离帝尊啊，这件事还从未听说过呢。如果是这样，那就能解释为何这次幻姬殿下从娲皇宫亲自来坤云山了，她是为了见帝尊。

“帝尊好像自作多情了。”幻姬不慌不忙地为自己辩解，“幻姬虽认识帝尊，却是谈不上爱慕之意，若是之前有什么让帝尊误会的地方，还望帝尊莫往心里去。”

千离抬起脚朝主台上最正中的金椅走去，边走边随意地问了一句：“不晓得一个女子于万千人中独独识得一位极少现身的男子，算不算得将他深藏心底的情感呢？浚君山主，你来告诉本尊。”

浚君此时哪里敢说逆驳千离的话，立即附和：“帝尊所言甚是。”

千离优雅地落了座，看着幻姬，话却是问着浚君：“不晓得本尊说了什么你如此赞同？”

“幻姬殿下深深地爱慕着您。”

幻姬：“……”

娘娘，我是跳天河也洗不清了吧。

本来鹤荼公主和少夷并不觉幻姬殿下有多喜欢帝尊，可听到自己的爹（师父）这么一说，恍然又觉得可能幻姬殿下是真的爱慕帝尊许久了，若不然怎么偏偏这次帝尊来了，她也来了。说不定就是知道帝尊要来，特地从娲皇宫赶来的，要晓得，帝尊可是出了名的避世尊神，他们可没听说幻姬殿下不出天外天一说。

看着幻姬的表情，千离神情很是风轻云淡地道：“本尊瞧着，幻姬殿下是打算离席吗？怎么，怕见着本尊会把持不住？”

她会对他把持不住？！

幻姬正色看着千离，她才不会给他看扁，他能装不认识她，她难道还不会现学现卖吗？

“呵呵。”幻姬莞尔，“刚略感不适，确实准备离席。不过，见到帝尊的佛颜，感受到帝尊的谆谆佛音，幻姬的灵台现在变得清明通透，方才的不适感顿觉消失。”说着，幻姬走回到自己的位子前面，身姿轻巧地坐了下去，还不忘朝千离露出一个纯纯的笑。那笑里，带着小女子的傲气和不服，俏皮中带着一丝小挑衅，连带她的双眼都变得格外灵动，一双灵眸清澈得竟赛佛灵水，有种世间一切皆无可浸染她的纯净。

千离的嘴角几不可察地勾了一下。

两人对视着，一个不甚在意的悠然，一个念念不满的忿然。少会后，还是忿然的人发现前台跪着一大片的仙者，越发对淡然自得的帝尊不喜，这么多人对他行着跪礼，他居然还有心思和她暗斗。是了，她对他的定位就是与她暗斗的小气小心眼尊神。

“浚君山主，你们起来吧。”幻姬出声了。

浚君山主的身子动了下，没敢站起来，他们这番大礼迎的是帝尊，帝尊不发声，他们怎好听她的。

千离淡目扫了眼台下：“都起来吧。”

“谢帝尊。”

跟着浚君山主站起来的墨吕在心中暗暗为自己松了口气，幸好没有将原本设置给世尊的金椅撤掉，不然真是出了个大娄子，好险。可是，帝尊为何忽然驾临？他百思不得其解。

千离微微抬手朝下一级的浚君山主座位旁茶桌上拂了下，一个紫沁云木的精雕方盒出现其上：“因世后一人带小殿下不便，世尊无法前来，让本尊带了这枚青龙魂天珠过来，下一任山主的继位者就是这颗青龙珠的所有者。”

鹤荼公主和少夷同时看向紫沁云木的盒子，青龙魂天珠有镇守恶神之力，世尊从未亲临过坤云山，此次请了帝尊送如此厚礼来，算得是给了个大面子了，这下一任的山主可真够威风的，帝尊世尊和天外天娲皇宫殿下都赏脸了。

“有劳帝尊屈驾，浚君拜谢帝尊和世尊的厚爱。”

浚君一拜，坤云山的其他仙者也跟着又拜了一次大礼。

“本尊乐善好施又喜助人为乐，此乃小事。”

旁边的幻姬简直不忍再听下去，帝尊他还能再不要脸一点吗？很快，帝尊用实际行动告诉她，能！

二拜大礼后，落座前，鹤荼公主偷偷地朝金椅上的帝尊瞄了一眼，便是这一眼，叫她安静了五十万年的红鸾星动了，这可是打出生以来的头一遭，看着帝尊俊美无俦的玉颜，赫然间就呆了。旁边传来一声咳嗽的声音，鹤荼看了眼正提醒她失态了的墨吕，身姿轻轻地坐了下来，一颗心怦怦直跳，想着身后上方一派翩翩雅然仙姿的男子，脸颊悄悄地红了。听闻帝尊五百万岁了，避居浮屠天千辰宫，可怎么没人告诉她，帝尊原来生得如此好看呢！

墨吕走到台前对着台下的众仙高喊了一句：“恭请山主致辞。”

浚君山主站起来，向前走了三步：“今日坤云山大会，亦是本山主执管坤云山一百万年的最后一天，值此传位大典之日，浮屠天的千离帝尊和天外天娲皇宫的幻姬殿下亲临坤云山，实乃我山的巨大荣耀。我提议，大家用热烈的欢呼声来欢迎帝尊给我们说几句警示名言，让帝尊的教诲来指导我们从今往后的修行之路。”话音没落，会场上响起了震天的欢呼声。

原本心意是恭谦让贤的浚君山主满怀期待地转身看着金椅上的帝尊，还没出声，就听到帝尊轻轻地说：“好吵！”

浚君山主霎时心一紧，立马回身朝台下做着掌心向下压的手势，让大家安静下来。一旁的墨吕忍着笑，山主这回的马屁没拍中位置呀。

“帝尊刚到，我们应该体谅他的一路劳顿，下面还是由本山主来讲吧。”

看着略显尴尬的浚君山主，幻姬斜瞟了一眼千离，觉得劳累就别来啊。什么是祸害，他这种人就是祸害，人家好好的一场大会就因为他的到来，弄得大家都紧张兮兮的。

浚君山主说完后，一群舞姬飞上会场舞台，丝乐声声奏起，照着各种大会惯例拉开了一片歌舞升平的景象。幻姬提着一颗心暗中防着旁边的千离，台榭上表演的什么没细心看，不过那端正的姿势却是让台下的众仙都十足十地膜拜了一回。各人心中叹着，娲皇宫来的殿下气质就是与众不同。

不晓得过去几轮歌舞表演，只听得一个女声温柔地问："鹤荼斗胆，敢问帝尊一句，可觉得她们舞得好看？"

幻姬闻声转脸，见到鹤荼公主站在她的椅子边恭敬地询问千离对歌姬舞姬的看法，她觉得，作为主人家，问客人这句话挺正常，人家也许想做到尽善尽美。只是，鹤荼公主恐怕要伤心了，想从帝尊嘴里听到赞美人的话？呵呵，梦里可能会实现。不过，幻姬怎么都没想到，帝尊连让鹤荼公主伤心的机会都没有给她。只见他慢悠悠地睁开眼睛，随手端过茶桌上的一杯茶，悠然道："没看。"

帝尊，你要不要这样直接啊！

幻姬再次斜瞟千离一眼，不是欺负她，她忍！

鹤荼未料帝尊会如此回答自己，原本心中准备的话都没了说出来的机会。很快地，就为他找到了借口，她觉得帝尊之所以半点不在意舞榭歌台上的表演肯定是因为赶路太累，若不然他为何闭眼休憩呢？想到这里，鹤荼认为她能体谅帝尊，更加觉得自己要拿出主人家的好客与热情才行。

"帝尊。不若，小女为您舞上一曲可好？"

幻姬略略诧异，她来坤云山三天，多了解这里算不上，可也听闻了几句关于鹤荼公主的闲言，话不是坏话，还稍带了赞赏之意，说她是一个能力出众的公主，很争强好胜，对山主之位的争夺不掩不藏，大有准备来一场巾帼不让须眉的架势。这样一个强势的女子主动为帝尊献舞，有些难得。稍稍一想，幻姬又理解了。帝尊嘛，位高权重的，修为无边，长得又极俊美，难得现身一次，受人敬重也在情理之中。

千离慢慢地合上茶杯盖，盖碰杯沿发出轻轻的一声，目光淡淡地扫了眼座下的鹤荼，什么没说。

鹤荼收到千离那一眼，兴奋地觉得他是期待之意，福了福礼，转身走下主台，高兴地为帝尊跳舞去了。

估计坤云山的仙者们也难得看鹤荼公主亲自跳舞，一个个都看得眼不眨的，浚君山主的脸上也浮现了十分满意的笑容，自己闺女如此优秀，搁谁家老爹都会开心。

座上的幻姬看着丽台上翩翩起舞的鹤荼公主，着实觉得她跳得比先前的舞姬确好很多，这么一想，她转头去看千离。刹那，心房一紧，他正定定地看着自己！幻姬连忙转回头看着前方，但觉一双眼睛仍旧盯着自己。那道视线太有存在感，让她想逃遁。

一曲舞毕，鹤荼公主朝众人谢幕后心情欢快地回了主台，不及落座，眼含期待地看着帝尊，问："帝尊，你觉得小女跳得好看吗？"

"好看。"

千离声音轻轻的，却是清晰无比，只是目光一直落在幻姬的脸上，像是没看到鹤荼一般。

鹤荼公主惊喜地复问："真的吗？那鹤荼再为帝尊舞上一曲吧。"

千离缓慢地抬起手支着下颌："翦绝沉鱼之貌。"目光下移，"姿灵凹凸有致。"说着，嘴角微微地弯起。

鹤茶的目光顺着千离看过去，帝尊的那句"好看"是在夸幻姬殿下长得好看而不是说她跳得好看吗？

"帝尊？"鹤茶的眼中隐约有了受伤之意。

幻姬忍不过千离的做法，为鹤茶抱起不平，对视着他："帝尊是不是有点过于清高了？"完全就是目中无人。

"清高？"千离挑起尾音，似是不解。

"鹤茶公主在与你说话，你为何不听？"直勾勾地看着她又是为了哪般？

千离看了眼鹤茶，目光回到幻姬的脸上："原来本尊这般叫清高啊？那，幻姬殿下岂不就是假清高了？"

"我哪有！"

"莫非殿下想否认一直晓得本尊在看你？"

不善撒谎的幻姬一下哽了声。

千离移身靠近幻姬这边的椅背上，一只手肘撑到臂扶上，佛手托腮，目光大剌剌地瞧着双颊粉红的她："确实好看！"

幻姬觉得听到帝尊夸她比整她还想哭。

再次听到帝尊赞美幻姬的容貌，素有坤云第一美之称的鹤茶心里浮起了淡淡的不爽快，自小她便是在众目关注中长大，成年后更得坤云山男仙们的崇拜和爱慕，虽闻过三十三重天里最美的女子乃浮屠天星穹宫里的世后娘娘，可未亲眼见其人自是不会明白何谓差距。有道是，井底之蛙难明世缘广博，她心中虽为幻姬的相貌惊叹不已，多年来的傲气却不许她如此轻易地承认自己不战而输。

鹤茶公主不甘心被千离如此冷落不屑，拿出了看似委屈祈盼实则暗暗逼迫帝尊给自己一分台阶下来的姿态，轻声问道："帝尊，刚才鹤茶为您起舞一曲，您是一眼都没有看吗？"

主人家将身段放低到这份地步，当客人的该是懂得进退了，即便是帝尊身份尊贵不必顾忌什么，可好歹鹤茶公主是个女人家，哪怕就是一个身份低微的女子，身为男子在公共场合给她一个薄面也是于情于理的事。幻姬觉得，鹤茶公主都给帝尊铺好两人避免第三次尴尬的台阶了，他顺势就下来吧，端着一副熟人勿扰生人勿近的表情有意思吗？

只见帝尊将目光从幻姬的身上移到鹤茶脸上，表情十分自然地道："本尊只喜欢看漂亮的东西。"

幻姬见到鹤茶的眼睛里好像微微泛红，连忙出声安慰鹤茶："鹤茶公主别介意，帝尊不过与你开个玩笑罢了，你跳得很好看，帝尊肯定是看了的。"

鹤茶转看幻姬，真的吗？

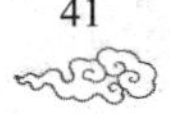

千离目光瞟向幻姬，悠悠然的："幻姬殿下撒起谎来可是脸不红气不喘的呀。"

幻姬："……"

鹤荼到底受不了千离如此不客气，一扭身，强忍着眼泪坐回到了自己的椅子上，双手在袖中捏得紧紧的。帝尊就只看得到幻姬殿下吗？她比殿下真就差那么多？差到他一眼都不想看？

看到鹤荼的模样，幻姬张了张嘴，终究没说出什么来。她觉得，有某人在场，她安慰什么话都是错，现在还是戳了鹤荼一针，说多了，搞不好就是直接在鹤荼心口划拉刀子了。随即，瞪着千离，"乐善好施喜助人为乐，帝尊撒起谎才真是面不红气不乱。"

千离浅浅地勾了下嘴角："一世人，谁还没说过几句谎话吗。"

幻姬腹诽，不要脸，不以为耻反以为荣。想到他之前的话，犹豫了一下，还是问了："那……帝尊你说我长得好看，是发自内心的吧？"

千离恍悟般地问："本尊说过这样的话吗？"

"说了。"

"不记得了。"

幻姬："……"

欢天喜地的歌舞之后，浚君山主说了一番即将禅位的感言，又颇骄傲颇为难地推出了两个传位人选，意味很明显，今日赛后，胜者即为坤云山下一任山主。照例，坤云山主在经过长时间的考察之后有权决定谁为权位的下一任继承人，而浚君心知自己的关门弟子少夷更为合适，奈何自己的女儿是个心高气傲又好强的人，如果他单方面地宣布少夷为下一任坤云山主，只怕两人的父女情分要折上不少。两相权衡后，他选择让爱徒少夷用实力赢下自己的女儿。如此，日后她也没得什么不甘在他面前说了。

受了帝尊的气却不敢对他发泄的鹤荼公主将一肚子火气全部撒到了和她一起争夺下一任坤云山之位的少夷身上，俩人从文治武学比到了佛理修为，直到半下午还没比出个胜负来。

幻姬看着台下在斗法的鹤荼公主和少夷，听说浚君山主最小的弟子少夷才不过四十万岁，年纪轻轻就有如此能力，难怪山主会挑他出来继承位置了。鹤荼公主自然也是很不错，可她这大半天看下来，心也偏向了身材修长模样俊朗的少夷，不为别的，她瞧着鹤荼公主施出的法术太过激进和凶狠，少夷则温和许多。为王者，当有慈悲包容之心，以德善服人方有大者之气。鹤荼过于躁了，少夷稳重谦润，有未来大主的风范。

正看着，幻姬听到旁边响起轻轻的脚步声，转头一看，千离离席而去。

鹤荼和少夷的比赛结果没有出乎浚君山主的意料，少夷赢了！

大约是比得累了，鹤荼公主并没有失态，只是显得浑身很无力地从赛台上走了下来，神情失落至极，连后面少夷的继位大典都没有参加，一个人离开了坤云大会。看着鹤荼离开的背影，幻姬略略地为她心疼了一把，今日对她的打击可是一桩连着一桩啊。

夕阳西下，浚君山主于祭天台上将主位传给少夷，而后，幻姬又将女娲娘娘赐给新一任坤云山主的令符交给他，新一代坤云山主诞生。

为庆贺新山主继位，坤云城晚上将举行一场通宵欢闹的全城大宴。

幻姬参会一整天，借着晚宴前的一点时间回了东阁，打算休憩一会儿，回了房间，撩开床幔，惊得立即后退两步。

帝尊怎么在她床上？！

虽说才活了九万岁出头一点点，可是过去的日子里，幻姬的寝宫从未进过男子，更别说她睡过的绣床上大剌剌地躺着一个男人了。上次在星穹宫没有过夜，她想，就算是真在那儿留宿，世尊世后定然也绝不会让男子进入她的客房，这是基本的尊重和礼仪。浚君山主对她的敬畏她这几天是看在眼里的，断不可能犯这种将‘帝尊安排到她房中’的错误，稍微一想，便可知此事笃然是帝尊自己的主意。

看着床上仅着里衣睡着的帝尊，幻姬的脸唰的一下红了，撇开眼睛看向别处，非礼勿视，非礼勿视。可，不看是不看，他不能躺在她的地方吧，且不说她睡到哪儿去，若是给其他人瞧见，还不得误会她和帝尊有什么……羞于启齿的关系啊。坤云大会上帝尊就扣了她一个爱慕他的黑锅，有道是拿贼拿赃捉奸捉双，这软床之上的事情给人撞见，怕是怎么解释别人都难以相信吧。

幻姬闭着眼睛，矮身抓到锦被的边缘，轻轻扯了扯：“帝尊，醒醒。”

床上之人毫无反应。

合着眼睛的幻姬再拉两下锦被：“醒一醒，帝尊。”

被中男子还是安然好梦中。

幻姬的手放开被子，小心翼翼地摸到千离的身躯，也不知道她的手摸了他哪儿，隔着被子轻轻地推了推他的身体，说话的声音也大了些：“帝尊，醒醒。你睡错地方了。”

也不知是不是真的赶路太累，幻姬叫了三次千离都没有醒来，忍不住，她睁开眼睛怯怯地去瞟他，闭合着双眸，浓密且长的睫毛显得尤其漂亮，高挺的鼻梁下唇瓣薄薄的，若是细细看来，帝尊的容貌真是她见过最好看的男子。看着看着，幻姬实在是忍不住心中的好奇，弯腰俯身凑近千离一些。他睡着的时候一副人畜无害的模样，照说白色的发丝会显得人老态和不精神，可他一头银色白发却增添了清绝出尘的卓然气势，长丝根根顺滑得让女子都嫉妒。

“长得是俊，心地却不怎么样。”

幻姬嘴里嘀咕着，伸手推推千离的肩膀：“帝尊，该醒醒了。”

还不醒？！

“着火了！快收衣服啊！”

就在幻姬觉得睡死过去的帝尊可能还是不会醒时，被子里的男子懒懒地略侧了个身，声音低低的，刚够幻姬听清。

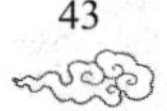

“衣服都烧光了还收什么啊。”

幻姬一喜，醒了！

“帝尊，你睡错地方了。”

锦被中的男人默默然地继续无声，仿佛刚才他没说过话一般。幻姬直起腰身看着千离：“我知道帝尊你醒了，这东阁是我的暂住之地，浚君山主不会将你安排进来的，我一姑娘家的床，你睡着好意思吗？”

千离的沉默让幻姬来了小恼火，决定用仙术将他扔出去，刚掐诀，房门被人推开了，一个不知何处来的劲道撞在她的后腰上，让她朝着床上扑倒下去，不偏不歪地压到了千离身上，伴随着门口的脚步声，幻姬看到千离慢慢地睁开了眼睛。

看到千离的眼睛睁开，幻姬慌张地手脚并用想站起来，可也不知道是不是太过于紧张害怕了，手脚都使不上什么力气，恼得她忍不住埋怨，早不睁眼晚不睁眼，为何偏偏就是此时睁开呢？脚步声趋近，幻姬急喝一声。

“站住！”

给幻姬送茶点的侍女不解为何，恭敬地站在隔开外间与里间的垂帘处：“殿下，我是来给您送茶的。”

“不用了。我现在不想喝茶，你出去吧。”

幻姬努力让自己的声音轻缓平稳与平时无异，心思都在如何拦住侍女上面，顾不得被她压着的千离，扭头看着垂帘外的身影，补了一句：“没有我的允许，任何人不得进来。”随即又附加了一句：“我累了，想好生休息片刻。”

“是。殿下。”

侍女端着茶盘转身，房间里乍响一记低低的嗯声，声音不大，可足够让人听清楚是一个男子的嗓音，侍女顿步，疑惑不已，幻姬殿下的房中怎么会有男子的声音出现？

纱幔内的幻姬被千离忽然发出的声音吓得胆儿都快破了，拧着眉心看着他，一根食指比到唇上朝他做了一个“嘘”的手势。好好的他叫什么呀？

“殿……”

侍女的话还没有说完幻姬就出声了：“出去吧，我困了。”

“是。”

侍女才走了两步，又听得房间里有男子低语声。

“殿下你轻点，弄疼本尊了。”

侍女惊惶地回身，透过垂帘看着纱幔，殿下的绣床上有男子，而且男子自称是……本尊？！三十三重天里，敢自称本尊的，也不过就那么几位，今日在坤云山出现的尊神，除了帝尊又能是谁呢！刚才帝尊说的话让人……不免耳赤心热，难怪幻姬殿下让她赶紧离开，原来是……

幻姬被千离的声音吓得不行，顾不得去查看自己哪儿压疼了他，双手急急地捂到他的嘴唇上，又急又气地用唇语道："你别出声！"

千离的手从被子里拿出来，拉下幻姬捂着自己的两只手，声音不做任何压制像是寻常与人对话般地道："本尊渴了。"

帝尊的音量实在是太正常了，要喝茶的意思表现得也太明显了，垂帘外的侍女从慌神中回了清明的神志，立即矮身行礼："拜见帝尊。"随即便问："帝尊，可需将茶点送进去？"

"嗯。"

"不要！"

千离的准许和幻姬突然出声的不许让侍女端着茶点一时不知该如何是好。眼下，该听谁的才对呢？

幻姬气不过千离一点不顾念她身为女子的清白，刚他若忍着不出声，等侍女出去什么误会都不会有，偏偏他要说话，说话便说吧，可他还不注意掩住些，存心就是想侍女晓得他在她的床上。而今反正侍女知道了，她不如主动问责，也好证明她是无辜的。

于是，幻姬三两下地从千离身上爬起来，站到床边，愠怒地看着他："此房乃我的房间，帝尊一声招呼不打就闯进来，合适吗？"

千离看了幻姬一眼："本来觉得不合适，可殿下将本尊压住后，觉得挺合适的。"说着，翻个身，继续睡觉。

幻姬觉得，帝尊他、他怎么能这么……不要脸呢。

看着施施悠然侧卧的千离，幻姬特别想将他扔出去，一来证明自己和他之间是清白的，她对他没有半点儿非分之想，她自觉但凡有点儿脑子的人都不会选择喜欢帝尊，他是能轻易喜欢的对象吗？喜欢他，九条命都不够给他气的。二则也让他晓得，自己虽是崇尚大善的女娲后人，却不是任人随意欺负的软柿子，为人处世的原则，她有！且颇多！比如一条就是，不对坏人低头！

"帝尊，我敬您是三十三重天的尊神，可是你莫要以为我不晓得生气为何物？男女有别，东阁既是我先住进来，您即便贵为帝尊也不可霸占我的房间。"

她先跟他讲道理，劝不走的话，那就真要冒犯他了。反正烧光他的衣裳一次，再来第二次又何妨？坤云山的传位大典已经完成了，她可以利利索索地跑路。

幻姬站在床边好一会儿，见千离完全没动静，心下不满起来，"帝尊你怎么一点儿先来后到的道理都不讲。"她不过将这句话当做抱怨说了出来，却没想到千离竟然出声回应了这句话。

"这床难道不是本尊先睡下的么？"

"今天是您，可是四天前是我。"

千离闭着眼睛，声音轻缓地说："你赶着一群羊去草原上吃草，同一个地方吃了三天。

第四天别人比你先把羊赶到那片草原，你好意思将别人赶走吗？那片草原写了你幻姬殿下的名字？”

“这……”

若是这样看来，她当然是没权利将别人赶走。可是……

“现在不是我放羊。你占的也不是无名无姓的草地，而是我的床。”只要一想到自己连着三天睡的地方被他睡了，还盖着她盖过的被子，她的心就止不住地跳得飞快。

千离略略扬起尾音：“你的床？你叫一声本尊听听它应不应你。”

幻姬：“……”

蛮不讲理！帝尊太蛮不讲理了！想跟他讲理简直就是白日做梦，他的认知里没有讲理一词。

词穷的幻姬压下想喷火的冲动。冷静，她要冷静。她是娲皇宫里的殿下，是女娲娘娘的后人，她不能在外面折了天外天的面儿。

悠悠宁静里，侧躺的千离说话了：“本尊忽然有点害怕，殿下可晓得为何？”

幻姬暗道，帝尊会害怕？他只会让别人感觉到害怕。

“上一回殿下急不可待地烧光了本尊身上的衣袍，不晓得怎么回事，本尊觉得幻姬殿下现在又想烧本尊了。”千离转而用略带忧愁的口吻继续道，“现在还有旁人在，本尊觉得殿下略微忍忍才好。”

幻姬忍得要出内伤了，回头一瞧，发现垂帘外的侍女还在：“你下去吧，帝尊不喝茶。”

“本尊渴了。”

幻姬瞪着千离，他偏要和自己反着么？

千离又道：“眼下本尊未着衣裳，殿下若是不想外人瞧见我此时的模样……”

话未完，意已明。

幻姬：“……”

端吧，好像自己真不想别的女子看到他此刻的样子。若不端吧，也显得她不想别人看见他，附带还有种两个十分熟稔的人在怄气的错觉。

幻姬气恼地在心底又添了一个对千离的印象，祸害！

纵是心不甘情不愿，幻姬还是为千离端过侍女送来的茶点，初衷自然不是不想侍女看到他着里衣的模样，而是她想侍女赶紧出去，有第三人在，说话略有些不便。

看着千离翻身从被中坐起来，站在床边的幻姬觉得自己还真有点神侍的样子了，见千离抬手端杯，不知怎地就问出了自己的心声：“帝尊这么不遗余力地将自己塑造成一个祸害，觉得有趣吗？”

千离长指掐杯，眼不抬，声轻轻：“不晓得幻姬殿下有没有听过一句话。”

“帝尊请说。”

“好人不长命，祸害遗万年。”千离将茶杯送到嘴边，微微抿了一点茶水，继续道，“本尊活了这么久，你还看不出什么问题么。”

幻姬决定要纠正千离的错误认识：“帝尊，就算你不祸害，你也会是无绝期地活着，你是神。既是为神，自然是要做一个万众敬仰好口碑好性格的神，如此方可流芳万万世，像世尊那样，岂不是更能显得帝尊你神威博善浩瀚。”

千离将茶杯放到幻姬托着的茶盘上，掀起眼帘看着她，缓缓的，问道：“你口中的流芳之神不正是指本尊么。”

幻姬：“……”算了，帝尊的自恋病已经到了膏肓之期，放弃治疗是最好的选择！

“这茶凉了，你给我换杯热的来。”

千离吩咐了一声后便施施然地躺下继续睡觉了。

端着茶点的幻姬走出房间，门外两名侍女见她出来，立即迎了上来，“殿下。”施礼后，一名侍女接过她手中的茶盘：“不知殿下可有吩咐？”

幻姬稍稍想了下，帝尊还让她泡茶进去，架子端得可真够，占了她的地方不说，还真拿她当使唤的神侍，左右不过自己明天就回天外天了，有言道，威武不能屈，她才不要向他臣服，若真乖乖送热茶进去了，指不定他就得寸进尺了，这种事情，她相信帝尊做起来毫无心理压力。

“没别的吩咐了，你们就在东阁伺候着吧，帝尊醒来唤人的话，你们莫要不在就行了。”

“是。”

从东阁出来，幻姬一时也没想去的地方，寻思着现在房间被帝尊霸占了，到了晚上他肯定还会厚着脸皮睡在那，她惹不起他难道还躲不过么，找墨吕参师换个住宿的地方便是了。如此一想，她决定去找墨吕。

识路能力差到让人惊叹的幻姬，又一次迷路在坤云皇宫里，兜兜转转了好半天都没找到墨吕，反而把自己转到了不知何处的林子里。路虽不识，可一处场景她见未见过，却是会有印象的，眼前的树林，她在坤云皇宫里几天，一次都没有来过。正找着出口，林中传来奇异的叫声。

虽说知道坤云山里有许多珍禽异兽，可幻姬住了几天都没看到很新奇的物种，这会儿听到“从从”的声音，不免好奇得很，循着声音慢慢地轻轻地走了过去。还未走近，从半人高的灌木丛中蹿出两只棕黄色的野兽，跑得飞快，乍一眼幻姬还没有看出是什么，目光追过去，发现是两只外形像狗却长了六只脚的动物，嘴巴里发出“从从”声。她忽然想起了，这种野兽就是叫从从，根据它自身叫声取的名。正想着，头顶嗖嗖几声飞过数只禽鸟。看到空中飞着外形似普通的鸡却长着老鼠一样尾巴的鸟，幻姬拧了眉，若是她没记错，这是蚩鼠，在哪里出现，哪里就会有大旱灾。

莫非，坤云山很快要现大旱？

幻姬还未思个什么出来，忽感背后一道劲气冲来，耳中听到一个似远犹近的呼吸声，瞬间闪身立于五丈之外的大树旁，白色仙泽莹莹绕身，头顶的银阳也随之出现。

呼！呼！

粗重的呼吸声传进幻姬的耳朵，看到从一排拔苍大树后面走出的野兽，顿时双腿软了些微。乍看像猛虎，头顶长着长长的毛发，一张人面上是满口的猪牙，粗壮的四肢如虎足，一条无毛的尾巴特别长，这些特征无不在告诉她，她运气实在太好，竟然遇到了上古四大凶兽之一的梼杌。传闻，此魔兽为一代凶神鲧死后的怨气所化，其身上的浓重怨气与生俱来。

咔嚓！

梼杌盯着幻姬，朝她走来，巨大的身体将拦路的大树直接挤断，惊起几只鸟儿。天色渐黑，浓密的树叶将头顶的天空密实地遮盖，林中的光线愈发暗了。

定睛看清梼杌面相时，幻姬差点叫出声来，这只梼杌不是双眸，而是四眼，且是四只闪着金红冷光的大眼，长着四颗獠牙的大嘴正朝着她张着，仿佛想一口将她吞下。

幻姬一面想着坤云山皇宫树林里怎会有梼杌呢？一面暗查如何脱身。身为女娲后人，她自然不会轻易伤害别的生灵，哪怕是凶兽。可是，她觉得自己有一个很明显的优点，便是有自知之明。眼前的这只凶兽以她的修为想拿下来……

啪的一声，梼杌有力的长尾扫了一下，一连三棵参天大树齐根而断。

幻姬自言自语道："怕是它拿下我了。"

说时迟那时快，四点金红倏地冲向自己，幻姬瞬间闪影消失原地，凶猛的梼杌站在她站过的位置，呼吸声粗重无比。

扑空的梼杌有些不耐地用前爪刨了两下泥地，细细感觉着幻姬的所在，忽然身形一动，朝着旁边跃扑过去。一道灵巧的身影从梼杌的爪下飞了出来，幻姬掠空连躲过梼杌的攻击。心想着，还准备用善念感化他呢，看来没法子了。两道银光从幻姬的手中射了出去，正正地打在梼杌的身上，却是让他不痛不痒。被幻姬仙术攻击的梼杌戾气大涨，朝她扑来速度越发快了。

幻姬在林中借树闪避梼杌，暗想着，不至于今日要成它的腹中餐吧？

光线极暗的树林里，幻姬盲目地四处闪避梼杌，本就识路能力低，到处窜来躲去后，愈发不晓得自己身在何处了，别说找到出口，就是来时的入口都不晓得在何方了。身后的梼杌追得紧，扑一次便要撞断多棵大树，林中树干折断声不绝。幻姬想着，这么躲避下去不行，必得想一法子甩掉它。至于为何不是找到出口或是转身迎敌，实乃她太有自知之明了，完全没有胜算的事情她不作想。

心思就岔了一下下，来事了。

幻姬"啊"的一声，不知道撞到了什么，跌到了地上，魔兽梼杌张着大獠牙嘴从空中扑将下来，情急间，幻姬只见一道蓝色的光芒闪现，身子朝后一仰，摔了下去。

“啊！”

快速坠落的身子让幻姬无措不已，赫然，一双手臂接住了她下坠的身子，一道轻轻的男声响在她的耳畔，“殿下。”

幻姬看清了，竟是坤云山新任掌权人少夷。再一看周围，灯火辉煌，众多仙者都在下面仰头看着他们。还没来得及问个一字半句的，一阵呼声传来，那梼杌居然追了过来。

看到乍然从天而现的凶兽，地上的仙者各种反应的皆有，吓得四散的，热血沸腾的，悠哉看戏的，置之不理的，坤云皇宫侍卫们则提着大刀飞了上来。

少夷抱着幻姬机敏地避过梼杌的追击，将她带到了安全之地，放下她后略带歉意地说道：“少夷之责，让殿下受惊了。”

“不是你的错。”幻姬抬头看着天上被侍卫围攻的梼杌，“先想想怎么拿住这只魔兽吧。”瞧它的模样，可不是容易对付的角色，也不晓得皇宫里藏着这么一只大家伙，坤云城怎么还能过着美好幸福的日子。

“殿下请回东阁，此兽交给少夷便是。”

幻姬还没来得及问一句为何坤云皇宫的树林里有一只四眼梼杌，少夷的身影已到半空中，掐诀召唤出了他的法器浑天戟，对着梼杌刺了过去。幻姬是个有责任心的人，她觉得梼杌是自己招惹出来的，若是就这么回东阁，有贪生怕死胆小如鼠之嫌，身为娲皇宫的殿下，她绝不能给人这种印象。一人时，要避。多人时，则战。随即，扬手化出一把长剑，提剑飞入空中，加入了斗兽的行列。

凶猛的梼杌强劲的长尾将侍卫们纷纷打落，不多时便只剩下少夷和幻姬在空中与之交斗。自从幻姬飞上天后，梼杌的目标明显针对她，而少夷则拼命地护着她，几次攻击都被拦截的梼杌怒气越来越重，四眼近乎要喷火。闻声而来的鹤荼公主召唤出自己的千节鞭，纵入天空参加斩兽。很快，四个侍卫统领带着人也飞了上来。坤云皇宫上方的打斗愈来愈激烈，梼杌的怒声传遍了整个坤云皇城，听着有种耳蜗边有人在打鼓的感觉，震颤人心。

没用多久，不止侍卫们，连少夷和鹤荼都受到了不同程度的伤，而梼杌却毫发未损。

幻姬施出一个个锁心圈，想困住魔兽，但却毫无作用，锁心圈碰到梼杌的身体就消失，愤怒的梼杌后腿蹬飞侍卫统领后抬起前肢朝她扑了过来。

“殿下小心！”

眼见梼杌扑向幻姬，少夷立即朝她飞去。

于他看来，自己重伤也比伤到她丝毫好，若是传出娲皇宫殿下在坤云山被魔兽所伤的消息，只怕他这个山主之位坐得就要摇晃了。尤其是鹤荼公主，给她抓到此把柄，大做一番文章，即上即下在位时间最短的一代坤云山主之名十有八九要落到他的头上。因此，在他迎敌之前就叫幻姬殿下回东阁安避了，不承想，殿下愣是要一道杀兽，让他砍杀之余分了大半心思在保护她安危上。见魔兽袭向她，护她都像是他的本能了。

幸得少夷速度够快，梼杌大肉爪划伤幻姬的瞬间将她从爪下救走。

“殿下，你没事吧。”

原本少夷就生得俊俏，尤其成为山主后一身锦衣环佩，将略微偏瘦的修长身型衬得更显翩翩儒雅，一番激战过来，虽未能砍杀梼杌，那打斗中的气势和招式却是帅气逼人，而此时加上奋不顾身地营救幻姬，将一出英雄救美唱得可算很是养眼，连鹤荼公主都为他的潇洒身形怔愣了片刻。

听着少夷轻柔的声音，幻姬感激的一笑，摇头：“我没事，谢谢你。”她觉得，光听他的声音真辨不出来他和梼杌斗了那么久，气息平稳毫无紊乱之象，连一点点的微喘都没有，而她，能感觉到自己的呼吸加重了不少，由此看来，浚君老山主的选择还真是对的。因为，将娘娘令她送来的令符赐给少夷的时候，她有过怀疑，不说鹤荼公主能不能胜任山主之位，只从浚君老山主的弟子中看，少夷是最年轻的，将一代山主的重担给修为四十万年的关门弟子，若不是他出类拔萃，恐难以服众。眼下瞧来，少夷不负老山主的希望。

“殿下，此处危险，你先回东……”少夷话未完，梼杌追将了过来，凶相毕露，将他和幻姬冲开。

为免梼杌伤到幻姬，少夷提着自己的浑天戟朝凶兽劈砍而去，把它的注意力吸引到自己的身上，留给幻姬离开的机会。奈何这只四眼梼杌太过凶猛，尾部好像有一双眼睛般的，只追着幻姬，劲尾如旋风疾扫。首斗少夷，尾扫幻姬，坤云城中的兽吼声不绝于耳。

幻姬灵巧地躲过接二连三的鞭劈，余光瞧到皇宫中的小道上有一个白色身影，边躲梼杌边投了一眼过去。

帝尊！

一瞬间，幻姬感觉到希望来了！传说中，帝尊一生战名赫赫，身为天兽王中王的他大大小小的战斗不知道经历了多少，刀下斩杀的上古魔兽更是多得数不清，这只梼杌于他们来说难以对付，对帝尊来说必然算不得什么。

幻姬的欢喜还没有显到脸上，便看到一袭白袍清俊金泽闪闪的帝尊悠悠然地走向了远处，好像全然不晓得他头顶的天空里众人正打得激烈，重伤仙者一大片。

走了！

他竟然就这么走了！

分心去瞧千离的幻姬一个没注意，梼杌的长尾劲扫而至，将她从天空打落。

“啊！”

梼杌长尾扫得太迅速，少夷离幻姬又许远，欲去救她时已是晚了，白色的身影急速下坠，所幸的是，落在了厚厚的软草丛上，若是跌在屋顶或者硬地上，怕是少不得折断骨头了。为了不让梼杌扑下去再次伤害到幻姬，少夷使出浑身解数与之斗在一块，鹤荼虽想看少夷的笑话，却心知若娲皇宫殿下在坤云山中受了重伤，他们必是无法向女娲娘娘交代，如果自己在杀梼杌上立下大功，利处自是不少，遂拼尽全力与魔兽混战。

一阵淡幽的白摩花香气飘到鼻端，幻姬灵台清铸，想到空中难以制伏的凶兽，忍着摔疼的身子从草地上爬起来，目光寻到几步开外的帝尊身影，恰好见到他步速不改地从地上横躺竖伏的仙者身体边走过，那些被梼杌打下来的侍卫，不知是重伤昏厥还是已死，一个个都不动弹。于空中乍见他走开时，她只当他不晓得天上在大战，可眼见地上这么多死伤者，他怎能做到无视？

“你站住！”幻姬气恼地冲着千离喊道。

那金泽闪闪的白衣男子步履匀匀地继续走着，完全没听见幻姬声音一般。

幻姬顾不得拍去身上的草屑，跑向千离，拦在他的面前，仰首看着他：“帝尊你明知我们需要你的帮忙，为何装作什么都没看到？”她一贯优雅温柔，谨记自己的身份和未来要担起的责任，她想包容万物对每个人都宽宏，可是他！只要面对他，她就恼火，为什么他就不能像书卷上记载的其他尊神一样处世行事？看到地上如此多的亡仙，难道他都不觉难过吗？她想对他客气，可真是客气不来。

千离神情若云淡风轻，看着幻姬，不紧不慢地道：“本尊诸多优点里有一个叫见死不救的，你没听过？”

见死，不救。

幻姬气得重重呼吸了两下：“你是帝尊，你是浮屠天的尊神，你就不怕那魔兽杀掉皇宫里所有的人吗？”

“我是帝尊跟孽畜杀尽此宫之人有什么关系？”千离反问。

“身为帝尊你不该拥有广博善心吗？救人一命胜造七级浮屠，这么多人命，你能眼睁睁地看着他们死掉吗？”

“能。”

幻姬一口气哽在喉咙里，她真的没法想象一个浮屠天的尊神能说出如此无情的话，这和娘娘授她的、书卷教她的太不同了，身为地位尊贵法力高强的尊神不该是这般样子，他、他……

“帝尊你根本就不是个神！”

看着幻姬气红的脸颊，千离走近她：“什么是神？”

“秉持正义，保护弱小，修心养性，福泽万物。神有多样，但绝对不是帝尊你这样。”

天空里传来一声尖叫，幻姬转眼看过去，鹤荼公主被梼杌一头甩飞，庞大的兽身朝她这边冲过来。

看着从千离背后天空冲来的梼杌，像是本能反应般地，幻姬迅速移动到他的背后，一道道的仙术射向凶兽，一瞬间，她脑子里想到的仅仅是护他。不，是护人。不管是不是他，哪怕是只小动物，她也会迎兽而上，自小她接受的教导便是要助人救人广播善根，普度众生，

护佑苍灵。

纵幻姬有心相护，奈何无力抵抗猛兽，梼杌越来越近，身后是焦急追赶的少夷。

与幻姬背身而对的挺拔身姿在阵阵兽吼声中迈开了步子，继续朝前走去，浑然置身事外，不管不看。

当幻姬看到梼杌獠牙上的涎光时，她悲戚了，想不到自己竟然是葬身凶兽之腹。梼杌扑吞幻姬的刹那间，一道亮光赫然闪现，白晃晃的，刺激得人闭上眼睛，想象中的剧痛没有出现，反而听到梼杌一声凄厉的惨叫，跟着是嘭的一声巨响，坤云皇宫都震动起来。

心跳加速中，幻姬睁开了眼睛，眼前不远处，那只追着她扑咬的梼杌正倒在地上，四只冒着寒光的眼睛紧闭着。拿下了？幻姬惊魂甫定地想向千离道谢，才转了小弧度的脸，赫然看到身边站着一个男子正对着她笑。

呃？

见幻姬惊诧的模样，麒麟摇着百色扇笑嘻嘻地道："看来殿下将我忘得干干净净啊。"

幻姬暗想，此人是……

麒麟继续笑着调侃幻姬，"果然是贵人多忘事。"

"是你救的我？"

"莫非殿下还以为是帝尊？"

闻言，幻姬转头寻千离，竟是身影空空不知去向。

"呵……"麒麟笑了，"殿下对三十三重天里的了解远远不够啊，帝尊可是出了名的不好管闲事。"

"闲事？！"

幻姬像是听到一个奇谈怪论，很是惊讶，人命关天的危急大事在帝尊看来竟然是闲事，于她看来任何事情皆没有关乎生死存亡来得要紧，却不想帝尊竟如此看轻生命。

"对帝尊来说，什么事就不算闲事呢？"

"关乎他本人的事。"

幻姬气得加重胸口的起伏，瞪着麒麟，一副想揍扁他的感觉。太过分了！

"哎！"麒麟挑眉，"殿下这火气可不该对着我发，刚刚情急关头还是我救了殿下，这俗话说得好，冤有头债有主，见死不救的人可是千离帝尊，莫要将本神牵累进去才是。"

本神？！

幻姬脑海一闪，连忙向麒麟行小礼："方才多谢上神相救。"

神首麒麟，幻姬是知道的，虽为上神之名，修为却早已到了神尊之境，只因他喜好自由不愿将自己归束在浮屠天而一直不晋尊神位，是三十三重天内最有名望与威望的神。于恩情，于老幼，她都该拜他。

"呵，殿下多礼了。"麒麟慢悠悠地扇着扇子，"刚才可有吓到？"

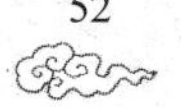

“尚好。”

说完，幻姬转头再去看千离消失的方向，同样为神，为何帝尊差这么多呢？心里实在是气不过，觉得自己如果不发泄出来定会闷坏的，冲着空无一人的宫中小道那头大喊了一句。

“我讨厌帝尊！”

听到幻姬对着空旷之地喊出的话，麒麟忍不住轻笑出声，虽然她处处端着娲皇宫殿下的架子，寻常时皆为稳重端庄大雅之姿，可终究不过九万岁，即便相较于其他人九万岁时来说沉稳智慧许多，但多少还是有些孩子气的。比如此刻，以前被帝尊气哭的神女仙娥纵是再委屈气愤也断不敢对着千离大喊讨厌他，她这种发泄方式显了她的童真直率，别有一番俏皮的味道。想来还是中了那句话，初生牛犊不怕虎，无知者无畏啊。

少夷查看了一下鹤荼公主的伤势，命人将她扶回她的寝宫疗伤，随后急急地来找幻姬，见到麒麟，连忙行礼。

“麒麟上神。”

麒麟对着少夷点下头，笑了：“英雄出少年，今晚表现不错。”

“麒麟上神过赞了，今夜若不是上神出手相助，想必坤云皇宫将成一片废墟。”少夷十分谦逊，对麒麟更是感激不尽，“少夷代表坤云山所有的仙者拜谢上神。”

“哈哈，新坤云山主太客气了。行了，赶紧收拾下，一场意外而已，莫要扫了今晚大家玩乐的兴致。”说完，麒麟摇着百色扇走开了。

看着麒麟远去，少夷不由得暗叹，今年的坤云大会可真够罕见的，娲皇的殿下来了，浮屠天的帝尊来了，神界的神首来了，连传说中四大上古恶兽之一的梼杌也来了，他的面子竟有这般大？委实有点不可思议，令人费解。

坤云皇宫的北黛湖是有名的坤云仙境之一，不管湖水多深都清澈见底，湖面波光粼荡，白日有引颈高歌的天鹅，夜晚有映水之月。若就仅仅此景，莫说天界，在坤云山都随处可见，自然也就不够出名的资格。北黛湖一个神奇之处便在于，湖水能散发出香气，一个时辰一种，一天换十二种香味飘散在空中。而湖边的树，不多不少，永远只有一百零九棵，哪怕是有人静心栽种新树也活不下来，一树一姿态，一叶一色形。北黛湖就像是一个整体，其他的外物掺和不进去它们的小世界。

“再怎么说，她也是女娲娘娘的后人，偶尔怜香惜玉一下费不了你多大的力气。”

麒麟的声音在映月湖边响起，空气里是幽兰的香气，怡人心脾。

“怜香惜玉？”一棵壮枝茂叶向着北黛湖中生长的大树里传来慵懒的男声，“不懂。”

麒麟飞上树，坐到千离旁边的一根树枝上，看着身姿随意靠在树干上的人，提点道：“看看星华如何对飘呆呆不就晓得了。不过，若想你做到星华那般，估计是不可能。”星华是什么脾气，他又是什么性格啊，天差地远的，一个随手能抓一把优点出来，缺点近乎没有。一

个打着灯笼也找不出几个优点，不，一个都难找。

千离掀开眼帘，看着麒麟：“你怎么来了？”

“猜！”

麒麟说完“猜”字后，邻枝上的白袍男子沉默了很久很久，久得被他发现竟然睡着了。

“德行！”

瞟了一眼睡着的千离，麒麟飞下树，走了。

坤云皇宫从梼杌事件中恢复了正常，欢声笑语丝竹弦乐声声不绝。麒麟悠闲漫漫地走着，想着是不是到新山主继位的晚宴上溜一圈儿，忽见一道白影从前面走过，幻姬殿下？随即尾随而行，左绕右拐之后，看到被囚在虚天境牢中的梼杌时，麒麟笑了下，这幻姬殿下果真是娲皇宫里出来的人，竟还有善心来看看这只被他打晕的凶兽。

幻姬站在被囚的梼杌面前，静静地看了片刻，低声自语：“为何独独要攻击我呢？”她自问从未伤害过谁，以前也没遇到过此兽。

“因为你是女娲后人。”

赫然听到麒麟的声音，幻姬惊忙回头，见是他，放下心来：“麒麟上神。”

麒麟摇着折扇漫步而来，看着四目紧合的梼杌，不紧不慢地说道：“梼杌为鲧死后的怨气所化而成，鲧是何许人也，殿下可知晓？”

幻姬摇头。

麒麟略有诧异：“你不看大洪荒古典的么？”他以为，如此尊贵正统出身的她第一本看的大典就是大洪荒记事。

“很小时就看过。可是，我所看的大典册内没有关于这个的记录。”

麒麟了然一笑，如此看来，大约是女娲娘娘觉得她当初太年幼，没有让她接触恶事恶人，想着保有她对万事万物的纯善之心。可如今她九万岁了，又开始接触天外天之外的环境，若是没点分辨善恶的能力，要吃的亏可就多了。这姑娘的历练成长之路，怕是有得折腾了。

“请麒麟上神不吝赐教。”幻姬虚心求教。

“殿下真是客气，赐教谈不上，此乃小事一件。”麒麟清了声嗓子，颇有些传道授业解惑的模样，“洪荒时期，鲧是黄帝后代中的一个，也是十分不幸的一个。作为颛顼之子，黄帝曾孙、上古五帝之一的帝喾的帝位应该是传给他的，但帝喾将权位传给了儿子挚，后经华胥族长老的反对，再将帝位传给了炎帝族的尧。帝尧时期，摄政大臣为舜，鲧的存在对尧舜来说是个威胁。典记云，帝尧借口鲧偷了他的息石息壤去治水，不待帝命，将其处死。传说中，鲧死后尸体三年不腐，有一名祝融的人用吴刀剖开他的尸体，禹从中出来，方才有大禹治水三过家门而不入的美谈。”

麒麟看着幻姬：“虽说这事跟你没有半点儿关系，可你是女娲后人，女娲娘娘和远古三皇五帝又颇有些渊源，你身子带着的上古尊贵血息被梼杌闻到，又岂能不对你产生愤懑之心。”

听完，幻姬转目去看梼杌，心沉了沉。

“原本以为它生来就恶，却不想背后还有这样的故事。”

“呵，看人莫看表面，责难莫太极端，他人身上总有些凄凉是我们瞧不见的。”

幻姬沉默了，一会儿之后，轻声问：“帝尊也有故事吗？”

听到幻姬询问千离的事情，麒麟似笑非笑地看着她好一会儿，看得幻姬渐觉不好意思，暗想自己是不是说错了什么，不过是问帝尊可有鲜为人知的故事，问错了么？

幻姬解释道：“麒麟上神莫误会。我问帝尊的故事，只因为先前我喊的那句讨厌他的话，若是帝尊有不得已的苦衷或者造成他如今性格的过往，那我岂不是……过分了吗。”看到梼杌是鲧的怨气所化，那帝尊是否也有他的原因，诚如麒麟上神说的，看人莫看表面，责难莫太极端，他人身上总有些凄凉是她不知道的。

“哈哈……”

麒麟朗声笑了，这娲皇宫的殿下可真够有趣，喊出来的话就如泼出去的水，对别人或许道个歉还能挽回，可对千离，自省或者歉疚都是不必的，他从来就不接受任何人的道歉：“对不起、我错了、帝尊饶命”，这类话在他耳朵里就是废话一句。

“殿下不用感觉到不好意思，帝尊他本就是个招人嫌的家伙，你说了句大实话。”

“是吗？”

帝尊不招人待见么？幻姬想了想，好像也不尽然，坤云大会上，那些神女仙娥们看到他个个眼睛都发光，眼中的倾慕惊喜之意毫不掩饰，连鹤荼公主都主动为他献舞，若是被人嫌，一介高傲的公主怎会于众人眼前放下身份助兴。

麒麟摇着扇子：“殿下大可不必因为帝尊没有及时出手相救而埋怨他，这是你的权利，你也有这种资格。不过，我要好心地提醒殿下一句，以后若再遇此类情况，就不要抱着等帝尊出手相助的美好愿望了。因为不单单是对你，对任何人，他皆能做到见死不救。不给自己招事，是他的习惯。”

闻言，幻姬猜测道：“帝尊是不是怕出手了却没成功折了他的尊神面子啊？”

“面子？”麒麟像是听到一个很稀奇的词，笑了笑，说道，“殿下是没有见识过帝尊的毒舌无耻不要脸么？能做到他那番程度，你觉得对他而言还有面子一说吗？而且，殿下看来真是一点儿都不了解帝尊啊。我们帝尊他……做饭可能不成功，种花种草可能不成功，追求姑娘可能不成功，但是有一件事，他出手绝对成功。”

幻姬闪着亮晶晶的眼睛看着麒麟，满是好奇。

“打架！”

幻姬：“……”

“殿下可知帝尊的真身是什么？”

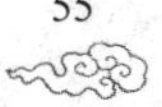

幻姬摇头，他又不是佛理大典，她怎么可能去将他了解透彻。

“帝尊的真身是一只天兽，白毛狼王。当然，他不可能一出生就是狼王，从小狼崽到为王之路，其中的艰辛只有他自己晓得。上古神兽血统尊贵暂且不说，单比兽种，那天兽可比远古神兽不晓得多了多少倍。帝尊一路浴血奋战从狼族里杀将出来，成为一代狼王，又带着狼族站到天兽族的顶峰，成为天兽千王之王。”麒麟停下摇着的扇子，眼底由衷地浮现佩服：“我们只闻帝尊战名赫赫，睿智强势，可要晓得，能谱写传奇一生的尊神，天兽里难出其二了。你我身为上古神兽，修仙之路已是不易，对于帝尊来说，他付出的努力是我们远远无法想象的。那条传奇的千王之王道路，路上行走的从来只有千离一人，他受过的伤，死里转生的惨，不计其数。”麒麟感慨地叹了一句：“五百万年，他可流尽血却未有过泪，修为高深却没有成魔，没有主动害过人，只是我行我素，呵呵，有何不可？”

麒麟朝着幻姬笑了，转身执扇慢慢走开：“王中之王的独修孤寂，未尝就不是另一种大善啊。”

这一刻，幻姬明白了一句话。

帝尊够傲，因为他够资格！

站在梼杌的面前，幻姬第一次对自己有了怀疑，她总是按照博善天地的思想做人做事，认为自己是完全正确的，就像在她眼中娘娘是绝对没有错误的时候，她要成为娘娘那样的神。若是用她行为准则来评说，帝尊担不起尊神之尊，可是麒麟上神说帝尊那样的方式未尝不是一种大善，他是对的么？可她……不明白这是怎样的一种善。

幻姬自问，世间善念千千万，是她狭隘了吗？

不觉站了许久，有些乏意时，幻姬转身离开，走到回东阁的半道上，停下脚步。暗想，傍晚帝尊浅寐便霸占了她的床，晚上睡觉以他的品行不可能好心地让东阁给她就寝，自己回去看到他那大剌剌一副“你奈我何”的模样岂不又是一番气结加无语。再者，白日里已叫鹤荼公主和不少的侍女误会她和帝尊有什么了，若晚上再和他于一房内拌嘴，他那般不要脸，指不定弄出什么让她颜面扫地的事情来。不行！不能去东阁！

可不去东阁，又能去哪儿呢？

离开梼杌囚牢的幻姬未曾发现在她转身走开几步时，那四只闭合的大眼睑颤动了。

琢磨晚上住处的幻姬转向另一条道。先前打算找墨吕参师换住所未成，如今少夷登任山主，不晓得他封了自己的参师没有，不管有没有，找他定然可行。

要找少夷，幻姬信心大增，晚上是新山主继任大宴，她只需往皇宫里欢声笑语最为热闹的一处走便是了。未到坤云皇宫的中心大殿，幻姬闻到空气里飘散着水羽紫罗兰的香气，像是一张温柔的飘纱将人包围起来，从心底浮出一层轻飘飘的感觉。在坤云宫里住了几日，她记得自己曾到过北黛湖边，一时辰一香味，眼下她应该就是走到北黛湖边了吧。闻着香气，原本的小困意一下散了，不觉间走到湖边树下，看着亮月倒映在水中，波光闪动，微微笑了。

如此神奇的湖水，来了这次也许就没了下回，不如在此好好沐浴一番，今夜就在湖中休息罢了，想来坤云山的事情办完了，明日她便可离开，和梼杌一番激烈的打斗出了身汗，是该好好洗洗，不然一身的味儿可是有损她娲皇宫殿下的形象。

轻解罗衣，窈窕女子巧然入水。

清清叮叮的水响在宁静的月下幽夜里显得格外清晰，水上一棵苍树里安眠的白衣男子缓缓打开眼睛，循着水声，透过一层层的树叶看向湖面，一轮轮荡开的清水涟漪中心一个赛雪纯兮的玲珑女子正走向深灵水域，月华洒在她的肌肤上，竟像是给她镀了一圈淡淡的光泽，她原本就极美，此时更是美得极不真实的感觉了。

浮在水中的幻姬舒服地闭上眼睛，深深地呼吸一记，果真是珍奇之境，比在浴盆里泡澡的感觉好了太多，毫无防备之心的她丝毫不知有双眼睛一直落在她的身上。

湖色清波微微漾，鸿雁藏秀丝丝香，青山魂梦丝竹声，月色浅落碧纱帘，树外青山楼外楼，水中水色美人绸。

没有梵音，没有弦乐，只那脆音滴滴在夜色里，仿是最动听的乐声钻进千离的耳朵里，看着香水中泡着的女子，寂然无声。

幻姬在水中没有待太久，湖水变成了一种异香，她闻了闻，不知道是什么花的香气，只觉通体顺畅，气息在体内流动得让人很是舒爽。这么好的北黛湖为何天外天就没有呢，若是以后想泡这样的澡，难有机会了，不晓得北黛湖如此奇异的原因是什么，若能知晓，她在娲皇宫里仿制一个也无不可。

独自琢磨着北黛湖的事情，幻姬不察有异动正靠近自己，等她发觉有东西在逼近自己时，是听到了一声重重的呼气，一种熟悉感顿时浮现她的脑海，猛地朝后方的天空看去，心脏几乎停跳。

梼杌！

这坤云山里到底有多少只梼杌？！还是那只逃出囚牢了？！

身型巨大的梼杌从空中俯视着幻姬，四只眼睛泛着与之前截然不同的红光，呼吸粗重非常，幻姬仿佛感觉从它口中喷出来的热气灼到她的肌肤上，四只有力的肢蹄每跨一步就迫近她很多，两双厉眼死死地盯着自己，好像她敢逃一丝它就会扑过来将她吞入腹中。幻姬暗暗分析自己逃离成功的可能性，她是女娲后人，在水中算得对她有利，纵然梼杌是上古凶兽，应该还没到水陆都雄霸的程度吧，只是这北黛湖是不是足够深就不晓得了，如果达不到避开梼杌追杀的深度，她今日怕真是要命终坤云山了。

目光眈眈逼视的梼杌嚎了一声，几乎要把北黛湖边的树都给震断，幻姬耳膜发疼，抬起双手捂住耳朵，天空中的巨兽抓住她分心的瞬间俯冲向她，梼杌的速度太快，快到缺乏战斗经验的幻姬根本来不及反应，她近乎觉得自己伸手就能碰到梼杌的嘴巴了，脑子一片空白，连呼救的意识都没了。

湖边树上忽然闪现一道白影，划空掠水，若长虹显世，快得让人完全看不清是何物。幻姬忽觉自己被什么东西搂住了腰肢，身子出水，梼杌的气息和吼声还在耳畔，可她感觉不到任何的疼痛，眼中只见到白色的华光一片，鼻息里竟闻到了白摩花香，定睛一看。

——帝尊！

浑身金泽闪闪的白衣男子广袖翻飞，急速飞退，修长的手指飞出一片窄长的绿色树叶，叶子从追冲过来的梼杌口中射进去，穿身而过，居然从它的尾尖出来，凶兽的四肢齐身裂断，树叶穿过的地方乍现一道白色光线，白光蔓延到兽身四处，一声凄厉的嚎叫都没发出来，整只梼杌便成了碎块落到了北黛湖中。

梼杌被分解的过程不过在幻姬的眨眼间，兽身上的裂痕最少五百条，自己所见的白光不过瞬间，帝尊施出的招数却多达五百以上，最后仅凭一片树叶就灭了上古恶兽，这……

幻姬将目光转到被自己双臂抱着脖子的千离身上，惊讶地发现他竟连一根发丝都没乱。他……他不是从不出手救人的么？

“还不放开？”

千离的声音钻进幻姬的耳蜗，缓缓的，轻轻的，也是冷冷的，若非这层冷意怕是还唤不回她的神志。他比她高了许多，一般男女在身形上有天生的差别，尤其他穿着整齐的华袍，她像条光不溜秋的小蛇，越发显得他俊拔许多，她纤细非常。幻姬双臂勾着千离的脖子，他搂着她飞在空中时不觉，待到两人都站到地面时，他不得不微微倾低脖颈才不至于被她的手臂勒到。这，怕也是帝尊第一次迁就人了，虽然幅度小到不值得一提，可在他的身上能做到这般，当真是不易了。

所以，当回神的幻姬看到千离被自己拉低的俊脸，一下慌忙放开：“不好意思。”

帝尊端起脖子，将幻姬从头到脚打量一番，悠悠道：“是也该不好意思了。”

幻姬低头。

“啊！”

一声尖叫划破北黛湖上方的天空。又急又羞又慌的幻姬双手环胸，想到下半身也羞，惊慌中不管不顾地扑到千离的怀中，双臂紧紧抱着他的脖子，羞得无地自容，一个劲儿地叫。

“你是在招呼大家都来欣赏你不穿衣裳的样子吗？”

幻姬立即惊叫。

“放开！”

幻姬反而将手臂缠得更紧：“不要！”

“本尊不喜欢别人碰到身体！”

“你忍忍！”

忍忍？！

帝尊眉梢微挑一记，此世间竟还有敢叫他忍忍的人？！不待他出手，幻姬又说话了。

“我现在情况特殊，我知道这样对帝尊你是不对的，可是我拜托你，你稍微忍忍好不好，就这一次。我不是故意的。帝尊你既然能出手将我从梼杌口中救下，能不能好人做到底，帮我……帮我把我的衣裳拿过来。”

幻姬说话的时候身体不停地轻颤，声音里也带着哭意，低低的声音娇娇软软的，像一撮小绒毛扫在人的心尖，柔得像是天边的棉花云。

“好人？”千离扬高尾音，颇有不赞同之意，“殿下误会了。本尊救你不过只是不想占你便宜。”

占她便宜？

幻姬不解：“帝尊你没有占我的便宜呀，你是不是记错了？”

“吃人嘴短，拿人手软。”千离略加提示。

幻姬从千离胸口抬起脸看着他：“我没给过吃的东西给帝尊，你也没有拿我的东西。”他一定是弄错的。

看着幻姬认真的模样，千离缓缓地道：“你洗澡吵到了本尊睡觉。”如此提醒她该明白了吧。

幻姬的脸从白到红，一口气哽在喉咙，羞恼到极点：“非礼勿视你不懂吗！”他看光了她，竟然还说是她打扰他睡觉，原来救她不过是觉得占了她便宜还她的人情。

“本尊没读什么书，不晓得什么叫非礼勿视。”千离微微勾起嘴角，“难道殿下不觉得该庆幸本尊正好在此湖边睡觉么？”

幻姬：“……”

远处，隐约有人声和急急的脚步声传了过来。

该是少夷他们发现了北黛湖处的异常，大量的人朝这边急赶而来。幻姬急得下唇都要咬出血了，她没有遇到过这样的事情，不知道要怎么处理，这场面太尴尬了。

“帝尊，求求你，帮帮我……”

千离将幻姬的胳膊从自己脖子上扯开，看着她，表情淡淡的，眼中没有一丝的波动，说话的声音就如同恢复宁静的北黛湖面，平平寂寂的：“麒麟上神没有告诉你，从没人祈求本尊有什么成功的么？”

“帝尊你为……”

幻姬的话没有说完，一个焦急的声音便传了过来。

“赶紧四处看看，那只恶兽逃了，幻姬殿下也不见了踪影。若是殿下在我坤云山出了事，我等如何向女娲娘娘交代。”

声音越来越近，幻姬知希望帝尊帮忙没可能，只能自救了，若是叫坤云山的众仙看去她未着衣裳的模样，她不如……不如再不踏进三十三重天一步。急中生智，咻的一声，只见千离身前的娇俏女子变成了一只张着四只小爪子趴在他胸口的白毛小狼崽，毛色纯白，毛茸

茸的模样甚是可爱，那小狼崽的头顶上还有一朵语佛花，越发显得狼崽崽的样子逗人。

“谁在那儿？”

兵器出鞘的声音纷纷响起。

“原来是帝尊。小仙拜见帝尊。”

千离转身时，胸前的小狼崽没抓稳他的衣裳，跌到了地上，滚了两圈，发出嗷嗷两声叫。那发现千离的小仙目光顺声看过去，见到一只白毛小狼崽在地上，眼睛一亮，刚要迈步过去捉住，千离的声音响起。

“何故打扰本尊静修？”

小仙止住动作，恭敬回答：“回帝尊，之前被麒麟上神制伏的恶兽梼杌逃出囚牢，如今不知去向，山主正带人四处寻找，小仙奉命寻幻姬殿下。不知帝尊可有见到幻姬殿下的身影？”

“幻姬殿下嘛……”千离拉长声音，迈开步子朝几步开外的白色小狼崽走过去。幻姬见状，心想，此时不跑更待何时！若是给他抓到了变出自己的人形，岂不是将脸直接丢尽在三十三重天。可她爬起来站好，不管四只小爪子怎么使劲地刨地，也跑不出半步，直到一只手掐住她后颈的毛皮将她拎了起来。“我看见了。”

小仙惊喜，忙问：“请帝尊告知殿下所在何处，我等好即刻赶过去保护她。”

被千离拎着的幻姬四只小毛腿不停地乱踹。不要说啊！不要说！

“咦，这么多人在这啊。”麒麟不知从哪儿冒出来，摇着扇子，笑嘻嘻的，“有什么热闹看吗？”

“麒麟上神。”

麒麟瞟了眼行礼的小仙，走到千离的跟前，目光落到他手里的白色小狼崽身上，端详了片刻，又咦了一声，“咦……这狼崽头上怎么有朵语佛花？”

幻姬第一次觉得，为什么她的天印不是浮云，那样随便飘飘就散了。

“给我看看是公还是母？”

麒麟说着就伸手来抓幻姬，幻姬嗷嗷直叫，就差哭出来了。

看到麒麟的手要碰到自己，尽管变成了白毛小狼崽，可是在幻姬的心里她此时就是没穿衣裳，帝尊看光在先，现在又来一个麒麟上神要碰她的身子，不可以，绝对不可以。这三十三重天里的尊神怎么一个个都如此恐怖，这些人活得久了，修为深了，地位高了，怎么反而没有尊神的样子呢？帝尊无耻得让人牙根都痒痒，随时都能让人涌起一种想捏死他的想法。而这个麒麟上神，看似和蔼可亲，怎么连一只小狼崽都要分公母，他到底有些什么癖好啊。

“试你眼力。”

麒麟的手还没有碰到幻姬，千离拎着幻姬朝天空高高地抛起，毛茸茸的小狼崽顿时像一个白色的大团子般翻滚着朝上冲，惊叫的嗷嗷声不绝于耳，到了一个致点，毛茸茸的白团子又翻滚着朝下掉。

天旋地转中，幻姬知道自己向下落，内心嚎着，她不想摔到地上啊！

没有痛叫声，没有落到地上，千离伸手抓住了掉下来的幻姬，揪着小狼崽的后颈毛皮，一双狭长的眼睛在月下树影里显得格外清亮，看着麒麟："如何？"

麒麟一派悠闲地摇着扇子："太快了，没看清楚。"

幻姬喘息间又被千离扔上天空，这次比上次扔得高很多，幻姬旋得有种想吐的感觉，到了制高点，白滚滚的身子飞快地下掉，小狼崽的嗷嗷叫声落到半空没音了。再被千离接住后，幻姬耷拉着毛茸茸的小脑袋，发出低低的呜呜声，头顶的语佛花歪在耳朵边，蔫蔫的。无力绵软中，幻姬庆幸自己一整天都没吃什么东西，否则一定吐得稀里哗啦。

"又没看清是吧？"

千离问着，抬手就准备扔第三次。麒麟不忍，拿扇子压住他的胳膊。

"看清了。"麒麟嘴角挂笑，"母的。"随即问道："此处又不是什么深山老林或者险峻之地，你哪里弄来的这只小畜生？"

"这个嘛……"千离瞟了一眼虚脱的幻姬，"她自己跑我怀中来的。"

麒麟兴趣大起："噢？竟有这等事情？稀奇，真是稀奇，我看，莫不是这只小狼崽将你当成了它的狼爹吧。"说着，很是一番仔细地端看，判定道："依我看，千离你的年纪当她父尊绰绰有余。"

"生几窝狼崽对本尊来说自然不算什么问题，只是你这么一说，我倒是想起一事。"千离状似略微思了下，"前阵子不晓得听谁说起，神界的上神中有个德高望重的常年不举，不晓得这事被大家称为天界移动大宝典的麒麟上神可听说了，知道是谁么？"

麒麟低喝，"纯粹胡说！"说完似觉不妥，"呵呵，呵呵……"干笑两声，"这事我不知道。反正不是我。"说着，岔开了话题，问千离："哎，你向来没有养玩物的习惯，不如这只小狼崽送予我吧。"

看到麒麟问自己要白毛小狼崽，千离将手中的狼崽拎到眼前，看着它有气无力的模样，不紧不慢地说道："以前不养不表示现在不养。"放下手，看着麒麟，"刚才一只梼杌忽然出现吓到了本尊，我正好养了这只小畜生来压压惊。"

幻姬：……

帝尊你确定是梼杌吓到了你而不是你吓到了梼杌？帝尊你确定你需要压压惊而不是放开她让她回去压压惊？

一旁的小仙急得都想跳脚了，帝尊说看到了幻姬殿下，可是还没告诉他殿下去了哪儿，麒麟上神就冒出来，两位老大聊得畅快无视掉他了，一边不敢打断帝尊和神首的对话，一边又担心幻姬殿下。听见帝尊说看到了梼杌，顿时抓住机会。

"小仙冒犯。不知帝尊看到梼杌向何方逃去了？"

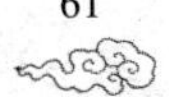

千离目光扫到恭敬小仙的身上：“后面。”

后面？！

小仙立即转身，带着人准备朝后面追去，麒麟出声了。

“帝尊说的后面是指他的后面。”

小仙顿下脚步，抱拳行礼：“多谢麒麟上神点明，是小仙愚钝了。”说完带着人朝千离的身后跑去。

千离拎着小狼崽绕过麒麟走开，麒麟在他的身后提了些音量说道：“太小了。”

帝尊的声音在夜里显得十分清润，字字清晰无比：“总比你没有好。”

不晓得为什么，麒麟总觉得千离这句话意有所指地指了别的什么，绝不可能是单单地说他没有小狼崽。想他一介神首，还能缺什么不成。目光落到千离手中的白狼崽身上，表情甚是同情地无奈摇头。太残忍了，太丧心病狂了。

被扔得头晕力乏的幻姬只知道帝尊带着她离开了北黛湖，等脑子稍稍清明一点，看到的竟然是熟悉的场景，在坤云山里能让她感觉到熟悉的地方太少，少得只有一个，东阁。帝尊竟然带她来了东阁，真没想到帝尊竟也有如此好心的时候，看来自己之前真是误会他了。

东阁的侍女们见到千离回来连忙行礼：“拜见帝尊。”

“准备浴桶香汤。”

“是，帝尊。”

侍女们很快在房中布置好沐浴用具，倒入热水，添加香料，准备妥当之后朝千离施过小礼，退出房间。

幻姬想着，一个大男人洗澡还要加香料，他难道……暗思不及完，只觉自己的身体悬空飞行，扑通一声掉进浴桶里。

“嗷，嗷嗷。”

被扔到水中的幻姬扑腾着自己四只爪子，浑身的茸毛湿透，连头上的语佛花也湿个透心。在热水中乱腾地游了两圈之后，她刚觉舒服，一个白影走过来，拎起她，满意道：“干净了。”

幻姬抗议地朝千离舞着爪子，她什么时候不干净了！

“嗷。”

又一声小狼崽的叫声响起，幻姬被千离直接抛向房中大床上，飞行的过程里，白毛被他顺手一个小诀给弄干了。

白茸茸的身子落到被褥上，幻姬立即转身去看扔自己的千离，见他转身朝外面走，愣了愣，随即就懂了。没想到帝尊还是很有尊神风度的嘛，不但救了自己，还把东阁让给她安寝，看来自己之前是真的误会他了。

脑中浮现帝尊在北黛湖边的树下从头至脚看她一遍的情景，幻姬懊恼得直叫，怎么办，怎么办，到底要怎么办，身子被帝尊看尽了，他是男的，她是女的，尤其她为了不让他看到自己的身子主动贴紧抱着他，一想到两人那会的姿势，幻姬便觉浑身都臊得紧，嗷嗷地呜……

心里又羞又急的幻姬用爪子刨着被褥，头上的语佛花抖啊抖的，越想越羞，刨坑已不足够宣泄她内心的羞赧了，毛茸茸的身子翻滚在大床上，从这头滚到那头，又从床尾滚到床头，边滚还边嗷嗷叫着。明天白天天一亮她就离开坤云山，以后绝对不轻易到浮屠天去，更不和帝尊同时参加什么宴会，今晚她太丢脸了。

千离进房后看到的就是一只纯白的小狼崽在他准备睡觉的床上翻滚成一个白团子。

“中风了？”

在床上翻滚得像一盘蛋炒饭的幻姬忽然停下来，她好像听到了有人说话的声音。扭头一看，一片白色锦缎映入眼帘，抬头一看，惊讶地叫了一声，帝尊？他怎么又来了？

千离看着把头上的语佛花滚歪的幻姬：“想不到让你上一回本尊的床竟激动成这样。”

上、上……上上帝尊的床，有没有搞错，这东阁的房间本就是她住着，是他鸠占鹊巢，是他霸占过去的，而且是他扔她上来的，她哪里是激动可以上他躺过的床啊，明明就是她先睡了三天的，帝尊根本就是颠倒黑白。幻姬想出声辩解，张嘴就成了嗷嗷声，发现自己是只小狼崽，她决定变成人之后再跟他解释。

仙法闪过，幻姬回到自己的人形，刚想说话，硬生生地变成了一声惊叫，“啊！”一眨眼，她又成了戴着语佛花的白毛小狼崽。谁给她送套衣裳来呀，她有赏。

瞧了眼再变回小狼崽的幻姬，千离施施然地宽衣。看到他解腰封，幻姬一下瞪大了眼睛，帝尊想干吗？看到千离将外袍放到旁边，动手解中衣，幻姬眼睛睁得更大了，连身上的毛都有种要竖起来的感觉。他、他不会是想……

穿着里衣的千离坐到床上，幻姬嗖的一下蹿到了床尾，全身的毛都竖了起来，一双乌溜溜的晶眼盯着他，看到他动作很自然地躺下，压根儿就没搭理她的迹象。幻姬歪着头，不理她？转念一想，她怕什么呢，现在她是小狼崽一只，即便不是小狼崽，帝尊也不至于把自己怎么着，她再不济也是娲皇宫的殿下，还怕他吃了她不成。

“一直杵着，是想本尊羸弱的身子生病么。”

什么？！

幻姬看看四周，房间里就她和帝尊，帝尊是在跟她说话吧？看看他，再看看被褥，他不是让自己给他盖被子吧？她又不是他的神侍，也不是东阁的侍女，她干吗要伺候他。

“本尊以前就想，若是我救了只白眼狼该怎么办才解恨。”

柔软的大床上，一只毛茸茸的小狼崽叼着被褥一角跳过千离的脚，再咬被褥的边缘跳过腰，扯开被褥盖上他的身体，最后跑到床头叼住又一只被角，跳向千离胸膛的另一边，结果因为体形太娇小，跳跃力道不够，落下的时候幻姬两只肉肉的后爪踩到了千离。千离没发声，幻姬嗷了一记，低低的，带着小幼崽奶声特有的柔软。咬着被角将被褥完全盖过千离，幻姬看了眼床面，有点乱。于是在床上蹿来蹿去，四角拉平整之后，觉得中间还不够整齐，

腾着四只小爪子就跳上了千离的身体，隔着被褥在他身上踩过来踩过去。羸弱的帝尊……羸弱的应该是她吧，还以为他好心让东阁给她，原来只是出门洗个澡又回来霸床，她好像也没求他从梼杌嘴里救她啊，是他自己先非礼视之占她便宜，还赖她是白眼狼，不讲理。整理好被子她就走，连夜离开坤云山。

“你刨洞的方式错了。”

幻姬站在千离的胸口看着他，说不出人话的她只能冲着他嗷嗷叫，“嗷，嗷。”她当然不晓得如何刨洞啊，她又不是真的狼。为了给自己辩解，幻姬踩着千离跳了几下，“嗷嗷嗷。”她才不是白眼狼呢，她很懂知恩图报的道理。

“本尊渴了。”

幻姬圆溜溜的眼睛和千离对视了片刻，很是不愿意地呜了一声，跳下床给他叼茶杯去了。

看到千离喝完茶，幻姬想着，这下她可以走了吧。再见，帝尊，再也不见。

千离修长的手指慢慢地旋转着白色的瓷杯，目光看着站在枕头边的幻姬，慢悠悠地道：“本尊怕水土不服，晚上你站这候着。”

幻姬嘴巴一张，没发出声音，看着千离，一晚上守着他？！

“不愿意？”

千离稍稍挑起的尾音让幻姬的心暗暗哆嗦一记，闪着溜溜亮亮的眼睛看着眉目低垂瞧着指间茶杯的男子，不知道是不是刚刚他才洗过澡的缘故，抑抑或是房间里夜明珠的光亮太柔润，她觉得帝尊的眉眼真是生得俊，护额中心的那朵金色白摩花看上去异常的精致，连垂在他脑侧银发里的金色护额坠穗都格外的精美，她也算来三十三重天两回了，见过的男神男仙不说上千，过百是必定有了，虽然他们长得都不差，可于她的眼光来看，帝尊是最好看的。

光顾着看千离的幻姬恍惚间听见一句，“看来很乐意啊。”回神定睛，千离放下茶杯一派悠然地躺下了。幻姬不满地嗷了一声，也不知是不是夜晚时分会让人的情绪都软和下来，嗷声绵乎乎的，更像是小狼崽在撒娇的感觉。她哪里有乐意，她不愿意，一点都不愿意。

看千离合着眼睛，幻姬有了主意，她等着，等他睡着了用法术偷偷地溜出去，走他一个神不知鬼不觉，等他醒来时，自己早就出了坤云山，看他还能使唤她什么。

时间慢慢地流走，幻姬估摸着差不多了，心中默默念诀。咦……怎么没走成功？

再念。

毛茸茸的幻姬还是站在千离的枕头边，顿惊，怎么回事，她的法术不灵了？仔仔细细地回想了一遍，问题只可能出在眼前这个无耻的帝尊身上，他必然是在什么时候偷偷禁了她的仙术，也许是带她到东阁的时候，也或者是给她干茸毛的刹那。太不要脸了，如此欺负小辈的事情他都干得出来。果然是只有人想不到的事，没有帝尊干不出的事。禁了她的仙法就禁了吧，她又不是没手没脚，走出去便是了，总之不能待在帝尊的身边。

幻姬刚抬起肉肉的小爪子准备撤退，从被子里忽然伸出一只手摁在了她的背上，帝尊眼未睁，声音却是清晰地不带一点儿含糊之意：“大晚上的就不要出去偷吃夜宵了。再长胖点，踩的就不是本尊的胳膊了。”

幻姬：“……”她不是出去偷吃！她……她跳不过他的胸膛是因为她太小，不是因为她太胖，她很瘦的，她不是胖墩儿。

不便化出人形为自己辩解的幻姬走不掉，留下又不甘心，嗷了一声，抗议对千离的不满。她怎么说也是一个殿下，他睡着，她站着，他享受着，她伺候着，像话吗？他是长辈，可她地位不低啊。这么多年下来，除了娘娘，她还没为谁端茶递水过呢，帝尊太不客气了。

未熄的夜明珠柔光里，千离翻过身子对着幻姬，慢慢地睁开眼睛：“为什么偏偏化成了白狼崽？”

幻姬将头扭到一边，不看千离。

“原来爱慕本尊到了这番地步。”

幻姬嗷嗷直叫，“嗷嗷嗷……”她没有爱慕他！

“了解了。”千离的表情很是明白她的样子，“对于能守着本尊安寝你很激动。”

幻姬猛甩头，头顶的语佛花像是要摇下来一般。帝尊，你这不是自我感觉良好，是相当良好。

瞧着那朵摇摇欲坠的语佛花，千离将按在幻姬背上的手移到花上，本是想着摘下来，却发现取不成，那花和她的身体是一体的，虽会歪斜，却不会掉落。他拉一下，幻姬呜一声，又拉一下，又呜。

“不管你变成什么，这朵花都会显现？”

幻姬嗷了下，点头。她身为女娲后人，又是娘娘亲自册封的殿下，不管变成什么都不能损了身份，所以即便变出来的东西会和原物有异也不能除掉，可以是一朵戴在头上的簪花，也可能是印刻在身体某处的一朵语佛花，总是会有识别她原身的东西不消失。

千离把幻姬头顶的语佛花扶正，手还没离开花瓣，幻姬嗷嗷两声忽然蹿开，紧张地看了眼千离，忽然转身跳下床，跑到梳妆台前，跳到铜镜面前看着镜子里的自己，还好还好。

等等！

幻姬转身看着床上闭着眼睛的千离，帝尊八成是为了上次烧掉他衣裳的事情来找她的吧。他定是怕自己再喷火烧他所以禁掉自己的仙术吧。真是锱铢必较的尊神，都过去这么久了，还记得那回事。眼下自己落到他的手里，如果不走，不晓得会被他恶整成什么样子，走，必须得走。

轻轻的，幻姬从铜镜前跳下，走到衣匣前，变回人形，手还没有动作，千离的声音像是就在她的耳畔响起，“殿下。”

“啊！”

一声尖叫，幻姬嗖地一下又变成了小狼崽，转身看着在床上躺得好好的千离。帝尊，

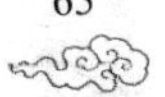

你不要这样无耻！

千离的声音慵懒得幻姬莫名来气："被褥有点乱。"

跳上大软床，幻姬故意踩着千离的身体跑来跳去，这里叼着整理下，那角叼着拉扯下，要是整理到千离身上盖着的地方时，借着叼被褥的机会尽力地张开嘴咬到他的身体，咬住后小脑袋不停地甩啊甩。突然一下，她也没注意自己咬到帝尊什么地方，只觉一只手倏地将她拎了起来，再看时，面前已经是帝尊清俊无比的容颜了。

"你变成白狼崽是不是觉得我就不会扔开你？"

"嗷。"

幻姬张嘴故意露出凶相，这不是废话么，以帝尊的自恋程度，如果在北黛湖边变成别的动物扒在他衣襟上，她应该会被他扔到千里之外。他既然不喜欢人碰他的身体，自然也就更不喜动物碰他，在他的心里，估计除了白狼，其他的物种长得都有碍天界美观。不过……幻姬的眼睛亮了，他要扔她，那太好了！赶紧扔！

幻姬满怀希望地等着千离扔她出东阁，结果——

"嗷唔……唔。"

"嗷唔。"

幻姬费劲地从千离的被褥里拱出一个小头颅来，头上的语佛花斜斜地挂在她左耳边，右耳边有两撮小毛毛纠结在一起，微乱的白毛让原本就很可爱的模样愈发显得蠢呆蠢呆的，一对溜溜黑的眼睛瞪着千离，目光里全是不满。他不是问她以为变成白狼崽就不会被他扔开吗？那言下之意不就是她即使是小狼崽也会被他扔，因为他就是这么无情的尊神，那怎么不扔自己出去，反而将她塞到被子里，要不是她腿脚利索拱出来，被闷晕过去也是有可能的。

千离一只胳膊横搭在幻姬的背上，懒洋洋地看着她，"你是不是想本尊把你丢出去？"顿了顿，继续道："你觉得这么没有风度的事情我能做得出来吗？"

幻姬："……"

帝尊，难道没风度的事情你做得还少吗？！

千离闭上眼睛，轻轻地道："放心吧，不会扔你出去的。"

幻姬心底嚎一句，为什么！求扔！

为了能激怒帝尊让他狠心将自己抛出去，幻姬刨着四只肉爪子朝千离的身上蹭，可她都蹭得没力气了千离还一声不吭，她觉得帝尊肯定是睡着了，若不然他的脾气不可能这么好。她是女的，怎么能跟一个男子同床共枕，就算她现在是只小狼崽，头也不可能放到帝尊的枕头上，但他们现在的状态可是盖着同一床被褥，这，就算是太过于亲密了。左思右想，幻姬觉得自己必须离开东阁。毛茸茸的身子才移动了一个指头的距离，一只温热的手掌就将她摁住了。

"嗷。"

“嗷嗷。”

千离眼皮都没有掀：“让别人事与愿违也是本尊的一个优点之一。”

幻姬：“……”

帝尊，你的优点能不能不要这么变态！

实在没法了，幻姬狠下心，扭着头隔着里衣对着千离的胸膛一阵乱咬。她觉得自己如此撒泼帝尊肯定发火，一怒之下把自己扔个十里八里地是必然的事情，可是她胡乱咬了一通，某人一点儿反应都没有。终于，幻姬累了，认了自己没逃离的命，瞪着千离愤愤难平，时间一长，睡意袭来，小脑袋刚栽下去又抬了起来。不行，她不能跟帝尊睡得如此近，要分开些才妥当。于是，千离手下的那团毛茸茸调转头，爬到了被子里，贴着他的肚子将软乎乎的毛绒身子盘成一个团子，睡过去了。

钻到被子里睡觉的幻姬丝毫不知，在她盘好身子后，有人的嘴角轻轻翘了一个微微的角度。

鸟鸣伴随着清亮的阳光叫醒了沉睡一晚的人们，新一天来临。

“雨禅，我饿了。”被子里的幻姬翻个身，嘴里咕哝着。

好一会儿听不到熟悉的殿下，你醒了的问候，幻姬睁开惺忪睡眼，没看清房间里别的什么，第一眼看到床边一个银发男人在系着腰封，惊得一下把眼睛睁圆，腾地一下从被子里坐了起来。

“你怎么在这儿？”

闻声，千离慢慢转过身看着幻姬：“本尊不在这该在哪儿？”

幻姬一刹那就想起了昨晚的事情，她和帝尊睡在一张床上，可……睡觉时她是小狼崽，这会儿怎么成了人形？她明明记得自己没有变身回来。

“啊！”

幻姬双手环胸钻到被子里，用被褥将自己裹紧，露出一只眼睛看着千离，他、他们……他们昨晚……

一张脸爆红、一颗心猛跳的幻姬声音抖得不像话：“是你干的，对不对？”

千离的表情很是平静，一派理所当然地道：“以本尊的身份来说，总不能让人发现我跟一只畜生在床上睡了一晚吧。”

幻姬：“……”

说完话的千离悠悠然地就走出去了。

看着千离的身影消失在眼前，幻姬想，除了捏死帝尊还有别的办法能挽回她的清白吗？

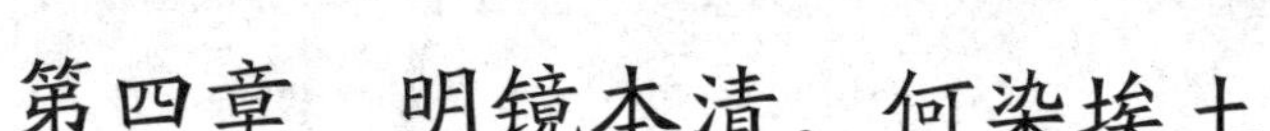

第四章　明镜本清，何染埃土

收拾好自己的幻姬看着镜子里的人，心中一叹，总算是恢复正常了，原以为上回在星穹宫遇到帝尊是她一生最丢脸的一天，没想到昨晚比上次的脸丢得更大，她真是没脸再碰到他了。

深觉自己不能再继续和帝尊相遇的幻姬走出房间，让侍女带她去见少夷。

看到幻姬，少夷忽行跪礼："请殿下治罪。"

"你何罪之有？"

"昨夜梼杌出逃，少夷未能随身保护好殿下，此为一罪。东阁帝尊入住，少夷竟忘差人安排殿下的寝阁，此为二罪。"

虽然幻姬真有那么一点点地觉得因这两罪罚少夷不冤枉他，如果他做好了这两件事她何至在北黛湖遇到帝尊，又怎么会被他拎回东阁欺负了一晚，但是她是娲皇宫的殿下，她心怀苍生博善万物，对于主动认错的人，她怎会怪责得起来，再说昨晚少夷对她有多次的舍命相护，她岂是不记恩情之人。

"昨夜我一人四处散步，你没找到我也是情有可原，何况那梼杌被帝尊灭在北黛湖中，未有伤及我丝毫，你无须因此事自责。"

少夷吃惊："恶兽被帝尊杀了？"

"你不知道？"

“只听人回报帝尊在北黛湖见到了梼杌，派人沿途寻了一夜，无果。”

幻姬对昨晚寻到北黛湖边的小仙有了智商上的怀疑，帝尊说后面，麒麟上神都解释说是帝尊的后面了，他后面就是北黛湖，他们沿途找什么呀，在湖里找不就得了。

“你起来。梼杌之事已经解决，不用再找了。”幻姬又道，“我是向你道别的。”

“殿下要走了？”

“嗯。”幻姬端得一派颇为沉稳的姿态，不紧不慢地道，“你既已继位，我该办的事也办好了。娲皇宫里还有些事情等着我处理，我需早日赶回去。”

幻姬的说辞让少夷找不到一点儿可以挽留她的可能，虽有遗憾，却不得不接受。

“那少……”

麒麟的声音突然响起，打断了少夷的话：“哟，幻姬殿下。”

对麒麟印象颇好的幻姬立即笑着与他打招呼：“麒麟上神这么早就在散步了。”

“早睡早起精神好。我的日息习惯可是被三十三重天里很多人模仿噢。”麒麟眼角含笑，手中的百色扇有一下没一下地极慢摇着：“所谓相请不如偶遇，既然我与殿下有缘分碰到一起，不知殿下可否赏脸一道吃早点。”

修为上乘的仙家确可不食人间烟火，但若有美食当前，自然也不会拒绝。坤云皇宫里如今住着三位贵客，皇宫的厨子们自然是铆足了劲儿大显身手。幻姬前几日的早点皆是送到了东阁，见麒麟邀请自己，脑中忆起前几日吃过的早餐小点心，味蕾暗动，又觉身为晚辈不好推辞，便点头应下了。

少夷暗中高兴幻姬能多留一段时间，便吩咐下去备早膳，不多久，几人落了座。加上后面凑巧路过的鹤荼公主，一桌一共四个人。鹤荼本是不愿和少夷一起吃饭，碍于幻姬和麒麟在场，不好发作什么公主脾气，麒麟开口一请，她即笑着坐了下来。

“公主的伤，不碍事吧？”幻姬看到鹤荼的脸色不佳，关切地问着。

鹤荼勉力笑了笑：“多谢殿下关心，我没事。”

“昨日承蒙公主出手相救，幻姬不胜感激。”

鹤荼瞟了一眼少夷，虽然打心眼儿里不喜欢他，可不得不说，登了山主之位的他就像换了个人似的，一朝锦服加身，生生地长出了气宇轩昂的感觉，果真是人靠衣装佛靠金装，想不到一件衣裳就让他变得如此招人眼光，还是她平时光顾着讨厌他和他作对而没有发觉他的好气质？尤其昨夜斗战梼杌。想到这里，连忙道，“鹤荼哪里受得起殿下的感激啊，昨夜屡次救殿下的是……山主。”后面两个字鹤荼说得很有些心不甘情不愿的，“最后收服恶兽的是麒麟上神，若非上神出手，鹤荼现在还不晓得有没有机会坐在这里吃饭。”说罢，端起面前的茶杯，对着麒麟道，“麒麟上神，鹤荼以茶代酒，多谢上神昨夜救命之恩。”

麒麟呵呵一笑：“鹤荼公主太客气了。哎，迟到了。”

桌前几人愣了下，麒麟前半句话好理解，后半句话是几个意思？顺着他的视线看过去，

一个白衣飘飘金泽闪闪的男子走了过来。幻姬顿时头皮发麻，差点儿就起身离了桌。为什么帝尊也来吃早膳，为什么麒麟上神不说约了帝尊一起，那样她寻遍理由也不得留下来一起吃饭啊。

幻姬虽没起身逃离，可随着千离走近，总觉得浑身不舒服，好像自己没穿衣服一样，身子不安生地扭了几下，有种随时拔腿跑路的感觉。

麒麟轻笑："殿下昨晚是不是没洗澡身上虱子咬啊？"

幻姬很认真地道："我洗了。"

麒麟摇着扇子笑容加大："鸳鸯浴吧。"

幻姬："……"

明明不是鸳鸯浴，幻姬却想到自己和帝尊睡在一张床上的事情，脸颊发红地回神想辩解时，千离已到了身边。

侍女为千离添座，一把雕花大椅放在了麒麟和幻姬之间。

主座上的少夷趁着起身行礼，说道："帝尊，请上座。"

"不用了，就这。"说着，千离坐在了麒麟和幻姬之间。

幻姬暗暗地咬了一下下唇，说道："帝尊，您身份尊贵，少夷山主请位，您是该坐那去的。"幻姬脸虽对着千离，可却没敢看他的眼睛，目光一直落在他的下巴上，"主位位宽，帝尊也能坐得舒服些。"

"经昨一夜，殿下对本尊的态度果真不同了。"千离微微勾唇，"没事，本尊腚糙。"

腚……腚糙……

麒麟没忍住，扑哧笑出了声："我说，你还让不让我吃东西了，臀部就臀部，还腚什么腚。"

这下，一直憋着的少夷和鹤荼到底没忍住，两人接连扑哧笑出了声，帝尊和神首是特地来搞笑的吗？一旁侍候的侍女们都笑出了声，唯独幻姬咬牙忍着，帝尊没读什么书就没读什么书吧，还玩文雅，也不怕让人憋出内伤。

吃饭时，除了麒麟话多点，其他四人都没说几句话，尤其幻姬，低头一小口一小口地吃着香甜柔面丸子，她觉得自己如果吃完了离开其他人就没什么可说的，那种吃一两个就走的模样带着一股子浓浓的心虚感，她可不能让人小瞧了自己，她要做个沉稳大气的娲皇宫殿下。她，就是这么一个有头脑的人。嗯，她觉得，自己真的很有脑子。

"哎，对了，有件事差点儿就忘了跟你说。"麒麟忽然想起一事，看着千离，"星华问你能不能顺道去南荒参加南荒太子的婚典。他大婚时，南荒国主带了重礼到了浮屠天，得回个礼。我来时，星华那宝贝儿子病了，这回好像挺严重的，他家那口子给小崽子吃错了东西，他抽不出空。"

千离勾唇："他胆子真够大的。"

呵呵……麒麟乐了："是不小。居然敢让飘呆呆喂东西。我觉得，飘呆呆喂的东西，除了母乳，其他都危险。”

千离挑眉，不赞同地道：“你不觉得她唯一没毒的东西喂了会拉低星华儿子的智商吗？”

幻姬：“……”

帝尊，你要不要这么损世后娘娘。

麒麟笑着问：“你顺不顺道啊？”

“不顺道。”千离回得很直接。南荒在南边，坤云山是东边，他还得特地过去，人国主送礼是送星华结婚又不是他，他去干什么。不过……

等了许久，千离都没说出什么话，麒麟瞟了眼幻姬，发现她碗里的丸子快吃完了，笑嘻嘻地看着千离：“不过你想去看看旧情人南荒第一美人天瓖公主是吗？我可记得，人家特地去过浮屠天找你诉衷肠。”

幻姬内心叮咚了一下，帝尊还有旧情人？

听到千离有旧情人，吃东西时一直偷偷看他的鹤荼公主忽然就怔怔地看着他了，满脸的惊讶。她听闻帝尊是谁都亲近不了的尊神，也从未听过他有什么旧情人，这无端端的从哪儿冒出来的一个天瓖公主。

幻姬虽也诧异千离有旧相好，但也仅就心里咯噔一下，他的故事不在她需要上心的事情里，吃完最后一个丸子，看了其他人一眼，用丝帛轻轻拭擦完唇瓣：“我吃饱了，大家慢用。”话音十分自然，动作十分自然，幻姬就差给自己大赞了，真是太不着痕迹了，如此离桌，多么聪慧的选择。等帝尊吃完，她都飞出坤云山了。

“别跑远了，若是迷了路还得差人找。”

离桌两步的幻姬听到千离的话，愣住了，这话……怎么像是对她说的？

“帝尊你在跟我说话吗？”

千离动作优雅地喝着素粥：“不然呢？”

“多谢帝尊关心，我不跑远。”她是跑很远，飞离他的可控范围，她能强忍着内心的尴尬坐在这儿把早膳吃完已是非常不易了，现在真是一点儿都不想看到他。

少夷刚好吃完，站起来看着幻姬：“殿下，我知你急着赶回娲皇宫，我送你出山。”

“好。”

千离扬起话音，“回娲皇宫？”慢慢地转过头，看着幻姬：“你昨夜把本尊给睡了，难道打算当做什么事都没发生地回天外天？”

一声轻轻的叮哒，麒麟筷尖上已经送到嘴边的白丸子掉到了地上，骨碌碌地滚了好远儿，一双眼睛盯着千离猛瞧，再看看呆若木鸡的幻姬，他似乎看到好大一口黑锅悬浮在她的头上。

饭厅里的人皆怔了，看着一脸惊恐的幻姬和十分淡定的千离，从神色上看，他们选择相信帝尊，干了亏心事的人面露紧张心虚难安，被欺负的人理直气壮不慌不忙，眼前幻姬和帝尊就是这样。

幻姬急忙为自己的清白辩解："我没有……那个你。我没有。"

"殿下你不承认昨晚在我床上？"

"我……"

鹤荼看着幻姬说不出话来，忍了忍心中的脾气，将声音放低放缓地问道："殿下，昨晚新参师忘记安排你的住宿，你睡在哪儿了？说出来，就能还你的清白了。"

幻姬："我……我急着回娲皇宫。"避而不答很多时候就是默认的意思。何况，幻姬避得太没有技巧性了，连一点儿迷惑人判断的机会都没有。

"既然殿下认睡了本尊的事实。着急回娲皇宫，是想准备聘礼迎娶我么？"

"我娶你？"

千离放下粥匙，一副大义凛然威武不能屈的模样："虽然殿下是女娲娘娘的后人，可本尊不会接受你的，感情这种事情，莫要强求的好。"

鹤荼公主十分赞同地点头："帝尊说得极是。"

幻姬："我……我……"第一次遇到这种情况的幻姬不知道怎么应对，急得都想哭了，她哪里表现得出想回宫准备聘礼娶帝尊啊，别说准备聘礼了，他就是倒贴重礼她都不要他，这样的奇葩只适合开在三十三重天，让他开到天外天她一天都要被气疯三百次。

千离起身，看着俏脸儿都红透了的幻姬，缓缓地道："虽然本尊不嫁你，可你睡了我……"

"帝尊你能换个文雅点的说法吗？"幻姬觉得自己真是听不下去了，太露骨了，太让人不好意思了。

"你眠了本尊。"

"……"

眠、眠了？！

麒麟着实是忍不住了，噗笑一声，"噗……"

"殿下不能因为本尊羸弱好欺就眠个干干净净拍拍腚就走吧。"

幻姬："……"

帝尊，您老还是不要走文雅风，还是说她睡了他吧，眠了他和拍拍腚听得她胃都要疼了。而且，他羸弱？！三十三重天谁都可能弱，就他不可能，毒舌无耻不要脸，自恋到无与伦比的程度，她真的不晓得要怎么修炼才能修到他这番境界，太叹为观止了。

看到千离淡定到让她好想扑过去咬他的俊脸，幻姬几乎是一个字一个字地朝外蹦着字，"帝尊想怎么样？"以他的风格，她觉得保守估计自己这回要折掉半条命才能回娲皇宫了。传说竟然也有真的，果然是得罪谁都不要得罪帝尊啊！

"本尊想……"

千离的话成功吸引了饭厅里各人的注意力，连麒麟都好奇他会对幻姬提什么要求，以他的变态风格，天外天的这位极品美人应该不会太好过。千离也真是，这幻姬殿下论容貌可算得挑不出一丝缺陷了，性格温柔无比，心地又很是纯善，对这样的美丽女子，他呵护都来不及，他竟然还能几次三番地恶整人家，真是不晓得何为怜香惜玉啊，不过……

麒麟摇着扇子，饶有兴趣地看着幻姬，以她的年纪来说，面对此时的千离还能如此平静算得非常不错了，眼前的千离摆明了刁难她，她尚可神色镇定自若，女娲娘娘对她的教导不可谓不成功，小小年纪比很多的神女仙娥面对帝尊都沉稳。只是，面色看没什么问题，她心里紧不紧张就不晓得了。

似是思了许久的帝尊终于说话了："暂时没想到。走吧。"

幻姬问："去哪儿？"

"南荒。"

"我为什么要去南荒？"南荒太子大婚跟她一点儿关系都没有，她回娲皇宫才是正道，世尊拜托帝尊去，娘娘可没让她去，"我要回娲皇宫。"幻姬想了下，道："帝尊现在暂时不知让我如何补偿，等想到了，命人送信笺一封到天外天即可，只要不违背仁义道德，在幻姬力所能及的范围之内，一定做到。"

千离行走节奏一丝不乱，对于幻姬提出的处理方式不作丝毫考虑，"依据殿下在本尊面前的表现，本尊有充足的理由怀疑你回了天外天，便如游龙入海肆无忌惮。"略略一想，转头看着跟在身边的幻姬，"殿下想回娲皇宫，莫不是还对备礼娶我心存愿念？"

幻姬被千离的话堵了一口气在喉咙里，不上不下的。

"强扭的瓜不甜。殿下莫要如此执念才好。"

"我才没有想娶你呢。"

帝尊太自作多情了，他以为天里天外的女子都会拜倒在他的长腿之下么。为了让自己的解释看上去更有说服力，幻姬快跑几步挡在千离的跟前，仰脸看着他。

"我从来都没想过嫁人，更别说娶一个男子。我所追求的，是成为一个普济天下万物的女娲后人。昨晚我是和帝尊你睡在一张床上了，可那并不代表我就非得娶你。何况……何况，昨晚的事情，事出有因，不能全部赖我。难道帝尊你就没有一点责任吗？"幻姬表情非常认真，好像真是在讨论一件大事的是非曲直，"给你盖好被子后我有想走的，是你不让我走。"岂止是不让她走，还拎着她塞到被子里，要不是他，昨晚她就不在坤云山了。

千离看了幻姬片刻："本尊原还想着是你一时糊涂犯下了错，人无完人，孰能无过。不想昨夜救了你之后你竟真想一走了之，枉我为天兽千王之王，倒救了一只白眼狼。"

"我不是！"

没想到自己一冤未雪又来一冤，幻姬急得不知道怎么办才好，娘娘教她的为人道理她谨记在心，不敢有一丝一毫的违背，受人恩泽定当回报，帝尊救了她的性命，她怎会不感激他。

"对，你不单单是白眼狼，还敢做不当。"

幻姬要急哭了："我没有！"

“刚才那句‘就算把我眠了也不代表非要负责’的话，是女娲娘娘教的？”

“我……”

“我……”

幻姬结巴了两句，她说不过他，可是事情不是他想的这样，她不是白眼狼，“我是女的，不能娶男人。再说了，就算我想娶帝尊，你也不会嫁我啊。”他都说了好几次感情不能强求，她又不蠢，知道他不喜欢她，当着这么多人的面被他拒绝，她好歹也是一个女子，面子上怎么过得去。她动没动娶他的念头是一码事，可他的拒绝却是清清楚楚，让她好尴尬。他不是有旧情人么，她若是负责，他的心上人不会难过么。

“嫁你……有什么好处？”千离的声音慢慢的，很悠闲。

旁边传来一声，“哇！”麒麟惊讶地看着幻姬。

“罢了。本尊素来仁厚，殿下身份又极为尊贵，赖皮耍泼我又能将你怎么样呢，你走吧，我一人独去南荒便是。”

千离神情和语气将一个受了欺辱的人的哀伤表现得淋漓尽致，各处细节拿捏之准确让麒麟佩服得五体投地，若不是早就对他知根知底，他这番话连他都能骗过去了，别的不说，就冲这句话，幻姬殿下的名声在坤云山想翻身是不可能了。在跟女娲娘娘扯得上一缕半缕蟒族关系的山头被毁得如此彻底，幻姬回宫怕是要哭个三天三夜了。

“我……”

看着千离步伐款款地走过自己，幻姬内疚得眼眶都红了，她哪里有帝尊说的那么可恶，她明明不是这样的人。她没有欺负他，她也不想拿自己的身份压人，她……她真的不是坏人。

“我跟你去南荒便是了。”幻姬转身追上千离，“我跟着你，直到你想出了让我怎么弥补你的法子为止。”

“殿下之前在浮屠天说过要当本尊的随身神侍，结果烧光了本尊的衣裳后跑得无影无踪。”

少夷和鹤荼看着幻姬，再给对她劣迹斑斑的印象上加一笔。殿下真是太过分了，看外表真是看不出她的本质。

“我这次不会跑了。”

千离一点回应都没有，整个儿就是完全不信幻姬的样子。

幻姬加重语气地道：“我保证。”

快到坤云皇宫城门时，麒麟摇着扇子咳嗽了一声，“咳。”口气像个谆谆教导的长者：“少夷。有个事我觉得你现在需要马上办。”

少夷神色很是严肃：“上神请吩咐。”

“幻姬殿下要随帝尊去南荒，此去路途遥远。尤其！从坤云山到南荒要经过一片广阔的兽沼林，殿下是为了你继位才从天外天来的，若是途中遭遇个什么意外，坤云山恐怕不好跟女娲娘娘交代吧。”麒麟关心地看了一眼幻姬，又道，“你们蟒族承蒙女娲娘娘的庇护才有如今的昌盛，昨夜你便差点让殿下出事，如果这回殿下不能安全地回到天外天，女娲娘娘首要问责的怕就是坤云山。”

“上神说的是。是少夷疏忽了。”

“你赶紧找几个不错的人随行保护殿下。”

经麒麟点醒，少夷岂敢怠慢，就差脱口而出他亲自保护了。但，他身为坤云山主，自不可能随意离开。正欲跟身边的参师说派哪些人跟着幻姬，一道声音响起。

“山主，让我带人护送幻姬殿下吧。”

少夷看着主动请命的鹤荼：“你？”

“难道山主怀疑我的能力？”

“怎会。公主的能力我很清楚。”

鹤荼将姿态摆得更坚决一些：“既然山主对我有信心，立即下令吧。”

少夷思虑，鹤荼公主对他这个新山主还没有完全臣服，如果留她在坤云山里，现在自己刚登位，不宜生出事端。护送幻姬是大事一件，他若驳了她的请求，只怕对他更加心生不满。浚君山主留下的老臣子里面不少对他很忠诚，有道是爱屋及乌，那些老人对鹤荼自然多一分偏爱，自己若不允她去，必然会被人怀疑是故意而为。但若让她去，则不短的时间里会和幻姬殿下接触，鹤荼虽然对他不满，为人倒是很端正，殿下那般行为举止的风格实在不可能得到她的认同，一路跋涉，万一脾气火爆的鹤荼公主对幻姬殿下大不敬，岂不是反而要给坤云山招惹祸端？

“若是我让殿下有所闪失，听凭山主惩处。”

“好！”少夷道，“公主可多带些人随行，确保殿下能安全回到天外天。”

鹤荼公主精神抖擞无比：“是。”

出了皇宫之后千离不管其他，自顾自地朝前走。幻姬和麒麟一道走出皇城，城门之外，她以为帝尊会等着自己，竟是瞧不见他的身影。莫非，帝尊先行一步了？若是她找不到他，岂不是刚开始就走散了？

麒麟啪的一声收了折扇，嘴角带笑：“殿下，我还有事要办，就此别过。一路小心。”

“嗯。”

幻姬朝四处看了看，帝尊也太我行我素了点，都说了她不会再跑掉，他影子都看不到，莫不是将来又要说她是故意走散好逃跑的，他给的诬蔑真是够多了。

“鹤荼公主可知如何去南荒？”

听闻幻姬对帝尊的行事作风后鹤荼原是不想恭敬她，可想到她身份在那儿，不敬不尊不行：“曾和我爹去过一次，尚记得路线。”

“如此甚好。”

幻姬召唤出朱顶鹍鹤承飞的白纱软轿，身姿飘逸地飞到轿中，端坐静睨。十六名坤云侍卫前后左右各四人围护鹍鹤大轿，鹤荼公主御剑飞行在纱轿的前方。第一次见到振翅高飞的朱顶鹍鹤，鹤荼和十六名侍卫都暗暗惊叹神鹤的强悍，一只朱顶鹍鹤的翼翅全部展开将近十丈宽，两只平行的神鹤疾飞时，算上中间白纱华轿的宽度，足有二十五丈。神鹤拍翅时掀起的气浪十分强劲有力，十六名侍卫都不敢靠得太近，而且四只鹍鹤疾飞的速度异常地快，连鹤荼公主都不敢有丝毫的分神走心。

白纱轿中，幻姬寂然无声。她私自决定跟帝尊去南荒，娘娘怪责定然是不会，她说过，她已九万岁了，该到处转转看看，长久地深居在娲皇宫里会看不到外面的真实景象，她心中亦知自己该多游历，可她预计的历练过程不是以眼下这种方式发生的，无奈地跟着帝尊，无奈地去自己根本就从没想过要去的地方，南荒之地在书卷中读到过，却不是她首选的见识之国。

唉……算了，已经说了要跟着帝尊过去，何必再纠结喜不喜欢。只是，希望帝尊能快些想到要她如何补偿，早些安抚他受伤的心灵早些去自己想去的地方。

“飞这么快是想扔下本尊么？”

陡然出现的男声让幻姬受到不小的惊吓，侧身看着忽然冒出来的帝尊，他怎么毫无征兆就出现了？

“我以为帝尊你飞到前头去了。”

千离放倒身子，悠悠然的：“千辰宫没有养鸟。”

幻姬听出千离话音里藏着的意思，不服地轻声道：“帝尊没有鸟，有白摩花啊。”每次他露面都要把排场铺得非常壮阔，生怕别人不晓得他是地位尊贵的浮屠天尊神一样，张扬得很。

“本尊没鸟你都知道？”

“是帝尊你自己说千辰宫没养鸟。”

千离翻身侧躺，说话慢慢的：“千辰宫没养鸟。”

幻姬看着用一只手支着头侧躺得很是慵懒的千离，不明白他说的是什么意思，千辰宫是帝尊的宫殿，那里面没养鸟的话，可不就是帝尊没有鸟吗？若是帝尊有鸟，不就算得千辰宫有养鸟吗？一有皆有，一无皆无，怎么会是两码事。不过，幻姬学乖了一点，不跟帝尊争论没有意义的事情，他有没有养鸟实在跟她没有关系，在这个问题上她不想跟帝尊起什么矛盾，免得他因此整自己。

风吹白纱飘动，语佛花的香气淡淡地飘在软轿内，令人心旷神怡。

见到千离闭着眼睛休憩，幻姬将心中劝他出轿的打算打消了。帝尊是长辈，俩人虽有昨夜的尴尬一晚，可他这会儿规规矩矩的，自己若是将他赶出去，显得太小气了，娘娘从小就教导她为人要大度宽容善良，这点容人的度量她还是有的。

四只朱顶鹍鹤动作整齐地拍着翅膀，华轿在空中行得飞快，幻姬转正身子静静地坐着，轿内一丝声响都没有。恼人的是，过去了好一会儿，她的心却怎么也静不下来，默心念经总是走神，鼻息里飘着白摩花的香气，很淡，可是挥之不去，心里老是不受控制地惦记着旁边躺着的男子。她就不明白了，帝尊好好地步下生花御风而行为何不用偏要钻进她的软轿，两人共乘不觉有点挤么。

“殿下觉不觉得轿内有点挤？”

闻声，幻姬一愣，很快回应：“嗯，是有点。”

“此轿是殿下的，叫殿下出去这般没有风度的事情本尊岂能做得出来。”千离略微停了停，便是这稍稍的停顿空当让幻姬嘴角扬了起来，帝尊总算是有点儿男神样儿了，他能主动出去，在她意料之外。可帝尊接下来的话让她觉得这个男人心中的男子风度肯定和正常人不同。她清清楚楚地听到他说：“殿下变成狼崽省点空间出来吧。”

幻姬：“……”

幻姬气得深呼吸一记，转头看着依旧闭目养神的千离，他不请自来地进了她的轿子，竟然还好意思叫她变成狼崽，“帝尊难道不觉得你变成狼崽节省下来的空间更大吗？”他身形比她更占地方才是。再者，她觉得轿内挤，那是她的心理作用，自己的轿子有多大她岂会不清楚，别说容他二人，就是再来四个人也不会拥挤，他还嫌挤？

“本尊变出来的就不是崽了。”

幻姬：“……”

第一次，幻姬好讨厌倚老卖老一词，因为她没有老可以卖，太吃亏了。幻姬想跟千离说自己又不觉得轿内挤了，刚才觉得有点挤是错觉，可开口竟听到了奶声奶气的狼崽嗷嗷声。帝尊居然不知不觉中将她变成了白毛小狼崽。

“嗷呜。”

只手支头的千离缓缓睁开眼睛，看着柔软蒲团上站着的纯白小狼崽，嘴角浅浅地勾了起来，

“过来！”

幻姬一甩头，看向旁边，头上的语佛花跟着抖了两下。

看到幻姬闹脾气，千离轻抬一脚，靴尖勾着她的肚子微微一挑，毛茸茸的小狼崽嗷了一声就飞了起来。千离伸手抓住幻姬，朝自己的脑后放下，翻身平躺，后脑靠在了幻姬的背上，加了些力道按下她，让她趴了下来。

“嗷。嗷嗷。”

幻姬气恼得很，这是她的轿子，凭什么当枕头的是她，帝尊太过分了。

“让你的鸟飞慢点。太快了，本尊会晕。”

幻姬：“……”

帝尊，这是朱顶鹍鹤，不是一般的禽鸟灵宠，它们承飞任何东西飞得再快都是极为平稳丝毫不颤的。

“它们如果慢不下来，本尊不介意殿下去拉轿子。”

幻姬：“……”

鹤荼公主奇怪幻姬的纱轿慢了下来，而且慢了很多，不放心的她御风飞到白纱华轿前，透过层层叠叠的纱幔看向轿内，却发现什么都看不真切。

“殿下，是否哪儿不适？”

被千离当成枕头的幻姬不敢出声，鹤荼公主虽不是法力超群的尊神，可近距离辨析动物的声音于她而言不是一件难事，若是听到狼崽叫，必然会更加好奇轿中情况，若是被她看到只有帝尊没有她，不晓得又要被误会成什么样子。如今才晓得，不管一个人多么小心谨慎地珍惜积累自己的好名声，有心人一句话一件事就能将一世英名都毁掉，哪怕是莫须有的指责，只要话放出来了，总有些智商不踩正常线的人会相信。

话虽不能讲，可幻姬也不能任由千离枕着自己让鹤荼一直站在外面，前腿爬着，后退蹬着，想从千离的脑下钻出来。他是怎么搞的，没听见鹤荼公主在外面问她吗？

“殿下？”

鹤荼公主朝软轿飞近一些，“殿下你没事吧？”好不容易让少夷派自己出来，本想着能多点时日和帝尊相处，没想到帝尊没追上，这娲皇宫的殿下倒是出了状况，若是真有个三病两痛的，她夸赞捞不到也就罢了，只怕还得被少夷那家伙狠狠地惩罚一番。

纱幔之内寂静无声，鹤荼真有些急了。

“殿下若是再不出声，鹤荼我便冒犯了，望殿下恕罪。”

幻姬四只小爪子更加用力地爬动，可横爬竖爬就是爬不出千离的压制，更可恶的是，他居然还抬起长臂反手拍拍她的头，十足十地安抚她不要躁动的模样。心中急着，幻姬别开头，不让千离碰自己，对着他修长的手指咬了一口。她明明是拿捏了力度的，只是表达自己的愤怒，不可能真的咬伤帝尊，可帝尊竟然一声惊呼。

“啊。”

幻姬一愣。

轿外的鹤荼也愣了，男人的声音？

鹤荼又愣，帝尊的声音？

幻姬的眼睛看向千离的手，刚才咬得很重么？

千离口气颇为柔软地控诉幻姬：“昨晚你可不是这样的啊。”

华轿之外的鹤荼公主一张脸蕴得红彤彤的，不知道是气愤还是顺着千离的话想到了什么，瞪着飘舞的纱幔片刻，扭头御风飞开了。

幻姬心性单纯，不觉千离的话有什么歧义，倒是反省似的回想前一晚自己做了什么，满满的都是她被他欺负的记忆，结果在别人看来反而是她欺负了他一整晚，要说她昨晚做的唯一算是欺负他的事情，便是踩在他的身上咬来咬去。若是用昨晚的行为对他，他还不得嚎叫得所有人都听见啊，灭梼杌的时候那么厉害，现在变成了绣花枕头，吃点小苦就喊疼，娇情！

鹤荼公主走开之后，幻姬越想越觉得自己憋屈，好端端的一个娲皇宫殿下成了帝尊的枕头用品，岂不折了自己的身份，咬牙横心，换回了人形。第一眼便是看自己的身上的衣裳还在不在，若没了，那岂不是一路都得是小狼崽。外裳纱衣是在，可幻姬细细觉察一番，发现自己的衣服还是少了点什么，尤其是什么时候给偷了去的她一点儿感觉都没有，心中的羞恼之气一下腾起，顾不得千离是不是还淡定地枕在她的后腰上，一把将他掀起来。

“还我！”

面对幻姬的讨要，千离充耳不闻地侧了身继续倒下休息。和风轻拂，幽香缕缕，正是睡觉的好时机，用来做别的事情就太浪费了。比如，听人讨债。

看到千离不闻不问地回应，幻姬觉得自己不能再忍了，因为真是忍不住。一次她忍了，这次又来这招，欺负她都欺负上瘾了不成，难道他又想被自己喷天火烧一回？想到这里，幻姬试了试，果然……和昨晚一样，帝尊把她的仙术禁了。

“帝尊你为何禁我的仙术？”

“既然你怕我烧你，把我的……还我！”

千离慢慢地睁开眼睛，看着幻姬：“怕？”

“你要是不怕，为何禁了我的法术？”幻姬对于自己看透千离的心思很有些得意，她果然是娘娘的后人，才九万岁就能看到帝尊老人家的内心去，假以时日，她一定会变得很厉害，像娘娘那般厉害。

千离将双手交叉枕在脑后，悠闲地支起一条腿，“同样的错误在本尊身上不会发生两次。”第一次不料她有那样的胆子，这再来，他不禁了她的仙术不是傻子么？

“那就是怕！”

“细细思来，确也说得是怕。”千离的目光投向幻姬，盯着她的眼睛，“若是本尊一丝不着地躺在殿下的面前，只怕又要遭上一番啃咬，殿下的热情与奔放，本尊见识了几次，不得不防。”

“你……”幻姬觉得冤得厉害，明明就是他错，为什么每次他随便一句话就能将局面扭转，弄得好像她时时刻刻都在对他犯错一样：“帝尊胡说！”

帝尊挑眉：“你没咬我？”

“我……我没咬多狠。”

“黄鼠狼没偷鸡和偷了一只鸡，殿下以为有没有区别？”

“我们现在不讨论你禁我仙术的事情。帝尊先把我的东西还我。”他到底是哪门子的尊神，干得出这种不要脸的事情，如果不是亲身经历，她真无法相信三十三重天里居然还有

这样的男神存在，太……可怕了。

千离饶有稀奇地看着幻姬，她九万多岁修为不会登峰造极这自然能理解，可三两下的小仙法不该不知道吧。

“你先告诉本尊，天外天的修仙和三十三重天里有何不同？”

“帝尊问的是哪方面？”

“比方，你可以自行化套衣物穿上？”

幻姬想想，摇头，很认真地回答：“这样的仙术天外天有，可是需要我学习的东西很多，每一项都是有时间安排，仙术的修炼也有很严格的规定，娘娘说凡事都得循序渐进不可操之过急，很多仙诀我还没来得及学。”说着，幻姬微微低下头：“小时候我用过仙术偷了次懒，被娘娘发现了，那之后但凡能让人省事的仙术她都不让人教我，一定要我先养成终生不改的好习惯。”

软轿里好一会儿没声音，幻姬疑惑地抬头去看千离，发现他居然……睡着了。她说的话有那么催眠人么？帝尊一言一行都能打击到人，难怪麒麟上神说被他打击到哭的神女仙娥数不胜数，他以为睡着了就能不还她东西了吗？

幻姬动了下身子打算自寻，帝尊说话了。

“女娲娘娘对你倒是极爱护，凭空化物或者借物变物的法术学起来特别耗费精力，学不好时，那头发一撮一撮地掉。”千离看到幻姬的头上，“以本尊看，你要学好，先得掉成个秃子。”

“我没帝尊想的那么笨。”幻姬颇为自豪地道，“娘娘夸我学东西快。”

“你见过黄鼠狼嫌弃自己儿子偷鸡的么。”

幻姬又被千离说得没了言语，为什么每次都是黄鼠狼？难道帝尊就不能拿别的动物来打比方吗？虽说母亲是不会觉得自己的儿女不好，可她就是聪慧，这是改变不了的事实，教她学文修仙的师父们都说过她很有智慧。

“我会用行动证明给帝尊看，我的智慧与生俱来，天定我是个聪明的女子，我会用最短的时间学好你说的那种仙术。”

“这么想本尊瞧不起你？”

幻姬不解：“什么意思？”

“本尊特别看不起学那种仙法的人，完全是为了投机取巧懒惰散漫学的不入流的东西。”

幻姬一下觉得帝尊竟然也有这么崇高的认知，实在难能可贵。想想也是，麒麟上神曾告诉她，帝尊的成长史就是一部传奇的奋斗史，他每一步走得比他们艰辛很多，他付出的东西比上古神兽的神君们要多太多，这样一个靠自己的实力打下赫赫战名的人，自然会看不起那些梦想走捷径或者拽着小心思偷懒的人，凭空化物和借物变物的法术确实能让人平日里懒上许多，娘娘不让她学是对的，帝尊看不起……也是对的。

“我又没说一定要学。”

“你可以偷偷学。”

幻姬的端正劲儿一下来了，“我不学！永远不学。”只是，她不学是她的事，他还她东西却是他必须做的事情，“现在，帝尊能把我的……还我了吧。”他一男人，要了也没什么用处，除了让她闹心不安之外，实在想不到还有什么作用：“帝尊若是对我心存报复，大可对我提出什么变态的要求，我必然竭尽全力做到，从此你我井水不犯河水，你做你的浮屠天帝尊，我为我的天外天殿下，之前的种种，一笔勾销。你如今对我这般刁难，不觉折损了你尊神的神威了么。”

“报复……是什么意思？”

帝尊，你装得也太纯良了吧，你会不晓得报复是什么意思？

“帝尊你拿了我的小衣小裤也没什么用途，就还了我吧。”

千离合上眼睛，“我没拿。诚如你所说的，我拿了没用。”

“你……肯定是你干的。”这软轿内除了她之外就只有他，不可能还有别人对她动手脚，他扒下的东西说没拿，谁信？

“此去南荒路途太远，为了减轻四只大鸟的负担，我扒了它们扔掉了。”千离懒懒地翻个身，声音更显慵懒：“这会儿怕是给人捡了也说不定。”

幻姬：“……”

嫌、嫌轿子重所以偷她的小衣小裤扔掉？这是什么逻辑！

“帝尊你怎么能这样！”幻姬气得从蒲团上站了起来，低头愤怒地看着千离，“扔掉它们能减轻什么。”最该扔出去的就是他！他才是轿子里最重的东西。

千离复睁眼睨着幻姬：“有道理。”

下一瞬，白纱轿内响起幻姬的尖叫声。

“啊！”

鹤荼公主和十六名侍卫闻声立即飞到朱顶鹍鹤的华轿周围，鹤荼更是紧张得不行：“殿下，你怎么了？”

幻姬扑在千离的怀中，话音抖颤得不像话：“你们走开些。我没事。”

“殿下，你真的没事吗？”鹤荼深表怀疑。

“没事。我很好。”

鹤荼挥挥手，让侍卫回了原位，自己不放心还留在了纱轿之外。殿下叫得那么大声，明显带着惊慌之意，怎么可能没事。帝尊在里面，她叫得这么惨烈，莫非是想让人误会帝尊欺负她么？怎么可能，她太会装了，欺负帝尊还想诬赖给帝尊，她绝不会相信她。

轿内无处藏身，只能是老法子再用，原本心就慌，微风吹过纱幔钻到轿子里面，身上一阵凉意，越发让她羞赧得不知所措。抬起头看千离，只见他一只手枕在后脑，好整以暇地看着她，脸上不喜不怒平平静静的，让人不晓得他现在想什么。

忽然，幻姬伸出双手捂住千离的眼睛。

“不准你看我！”

“本尊是不是要说，不准你挨着我？”

“你以为我想挨你啊。”幻姬火气噌噌地上涨，幻姬在天外天难得被人惹恼，九万年里生的气还没有一次遇到千离来的多，与人争执更不是她的强项，习惯说话轻声细语的她哪怕是生气时的声音都清润婉莹，甜甜的少女妙音让人听着心田里仿佛在流过清泉。

千离倒也不恼幻姬用手蒙着他的眼睛，悠闲地躺着，慢慢悠悠地说着话，“你觉得本尊是个会把女子什物放在身上的人吗？”

他、他……又扔了？！

“你凭什么扔掉我的衣裳，你赔！”

“不是殿下说扔点布料不足以减轻重量么？”

“我……”幻姬恼火得好想捏死千离，“我的意思是你扔掉布料根本没什么作用，完全不用多此一举。我的朱顶鹍鹤也不是帝尊想的那么没用，我们共乘的重量对他们来说轻如鸿毛，它们的神力不是你想的那么简单。”他倒好，还以为自己是嫌他扔少了，一并都扔得干干净净，帝尊做什么事情难道都是如此快狠准吗，一个招呼都不打地眨眼就出手。

千离眉梢一挑，轻轻地啊了一声，“啊，原来殿下是这个意思啊。不好意思，本尊天生愚钝，理解能力欠缺，比不得殿下的智慧与生俱来，天定聪明。”

“我不管你是愚钝还是聪明，扔了我的衣裳就得赔。”不然，她怎么出轿子呢？她又不会凭空化物的仙术。

“殿下好小气。”

幻姬放下捂着千离双眼的纤手，气得脸颊都发红了，她小气？！她也不想对他小气啊，可他怎么不看看自己干了什么事，无端端地就把她的衣裳给剥了，现在她除了扑在他怀里什么都做不了，什么地方也去不了，他还好意思说她小气，他到底有没有一点点逻辑。

“你害的。”

“殿下是不是忘了我说过一句话。”

他说的话没有千句也过了百句，她哪里晓得他指的是哪一句，忘记了也情有可原，幻姬问，“哪句？”

“我不喜有人碰我的身体。”

“我也不喜欢。”幻姬耷拉下脑袋，“可是我现在没办法。”不躲他怀中她能藏哪儿去。

千离稍稍动了一下身子，似乎真是被挤得不舒服，连说话的语气都变得淡淡的，“殿下没办法跟我有什么关系？”

“你不能好心帮我一次吗？我变成这样，都是谁干的。”

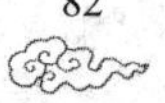

“好心？”千离皮笑肉不笑地扯了一下嘴角，“殿下觉得我有那玩意吗？”

幻姬瞬间就蔫了，帝尊不打击人就算善良了，好心那个东西对他来说确实稀罕，她实在不该奢望在他身上没有的东西能因为她一句话霍然出现，那真不实际。

“我该怎么办？”幻姬细声地说着话，也不知道是自言自语还是在跟千离说，没穿衣服的感觉实在太糟糕了，好没安全感，仿佛一阵风过来就会让自己被天下人都看光的感觉，“我要衣服。”

“殿下你顺手把蒲团给本尊挪一下。”

幻姬扭头看了下自己端坐的柔软大蒲团：“为何？”

“腚疼。”

幻姬：“……”

看着身上娇俏玲珑的小女子羞恼不已的样子，千离扬起嘴角，笑了。

白日里不停飞行一天的朱顶鹍鹤终于在夕阳的余晖中慢慢落了下来，在流经坤云山的塔沓河边，白色纱轿像是一间精致的房间，垂纱飘动，甚是漂亮。轿内，千离枕着一只白毛小狼崽睡得安稳。

是了，幻姬光溜溜地在他身上趴了一会儿后，无奈变成了小狼崽，只有这样她才有自由活动的可能，一直压着帝尊到南荒显然是不可能的事情，在光身子和当小狼崽的选择上，她理智地选择了后者。但，这样的结果就是，她的腰简直要被帝尊给枕断了。

“嗷呜。”

幻姬叫千离醒醒，飞了一天，他们也该休息一会儿，即便她和鹍鹤不用，鹤荼公主与侍卫也御风飞了一天。

“嗷。嗷嗷。”

帝尊真是属狼的吗？为什么这么爱睡觉，睡了一整天了，这个点了还不醒来。

鹤荼公主的声音从纱幔外面传来：“幻姬殿下，你要不要出来走走，塔沓河的风景优美，夜景尤其好看。”

幻姬真有种想哭的感觉，她倒是想四处走走看看，可是她这个样子要怎么到处晃呢？若是少夷山主没有令鹤荼公主带着护送她，自然就无须顾忌什么，若是用狼崽的身形走出去，他们该怎么想她呢？好好的娲皇宫殿下没事变成狼崽蹦跶，不觉她像脑子有病么。

像是被打搅到了，千离翻了个身，继续睡。

幻姬忍着自己被压酸的身体，使劲从千离的头下爬了出来，转身看他时，他已经睁开了惺忪睡眼，懒懒的目光让他看上去没有那么锐利。

“怎么，想出去？”

幻姬扭扭酸疼的小身子，瞥了帝尊一眼，不打算搭理他，转头看着垂帘之外，她真是

很想出去走走啊，可惜……

“殿下。”鹤荼公主又喊了一声。

明知帝尊在里面，可是没有亲眼瞧到他进去，她不敢贸然地请他出来，既然他能神不知鬼不觉地进去，必然也能谁人都不惊动地离开，若是现下帝尊不在里面了，她岂不是会闹笑话。

幻姬可怜巴巴地看着软轿的外面。帝尊太坏了，她要衣裳。

千离坐了起来，看看天色，说了声，“过来。”

叫她？

幻姬回头看着千离，轿子里就只有她了。

“本尊现在心情尚可。”

幻姬听后，立即跳到他的面前，仰着毛茸茸的小脑袋看着他，哎哟，碰到帝尊心情不错的机会难得，看样子他睡饱了之后可能会有那么一点点的仁慈，仅仅是一点点，但愿这一点点能给她带来不错的运气。

“我给你化套衣裳，你给本尊弄顿晚膳。”

晚膳？！

幻姬忽闪这圆溜溜的眼珠，她在娲皇宫里有众多的神侍伺候，从来就没做过饭，她哪里晓得弄晚膳啊，不是说神仙都不食人间烟火的吗，帝尊都是尊神了，怎么还要吃饭呀。可是，他给的条件太诱人，一套衣服，她如今最需要的东西。

“殿下，你在里面吗？”

轿外声声催急，轿内难事愁人。但，她是娲皇宫的殿下，没有什么事能难倒她，之前不会的事情，现在可以学，不过一顿晚膳，她岂能做不好。

幻姬朝着千离认真地点头，同意！

千离朝着身边空处挥了下手，一套白色的纱裙整齐地叠放在蒲团上，幻姬一喜，跑过去用鼻子闻了闻衣裳，还有白摩花的香味哎。张开嘴巴将衣服叼了起来，跑到千离的背后变回人形，快速地将衣裳穿上，扎好腰带，满意地看了看自己，总算觉得自己正常了。

“殿……”

鹤荼的脸上隐隐带了一丝不耐，才喊了一个字，白色纱帘朝两边拉开，幻姬从里面走了出来，看着鹤荼。

“刚刚我在休息。”

“是，殿下。”

千离跟在幻姬的背后走出来，鹤荼虽有心理准备，可亲眼见到他走出来，心中莫名的不悦，此不悦也不知是对幻姬还是对他。

“帝尊。”鹤荼行礼，“鹤荼不知帝尊在轿内，刚才失礼了。”

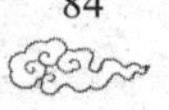

千离什么话都没说直接走过鹤荼，傲慢的态度让幻姬不免皱起眉头，帝尊也太跩了点，鹤荼公主对他可算得是恭敬有加了，他却是几次三番地不顾她的女子颜面。

“公主，赶了一天的路，你好生休息。”见千离越走越远，幻姬也顾不上再细细叮嘱鹤荼什么，提着裙子朝千离小跑过去，“帝尊，等等我。”她本意不过是体恤鹤荼公主劳累一天，可在鹤荼看来，幻姬是为了独占和帝尊的时光将她故意撇下，委实太有心机了。

鹤荼性子躁，最受不得别人跟她玩心机，一有人跟她斗这个，她就想干干脆脆地武力解决。

“来八个人跟着我一道去护卫殿下。剩下的原地等我们回来。”

“是，公主。”

幻姬追上千离后，碍于他的气势，一句埋怨的话都不敢说。他这个人行事太没有准则了，不晓得哪句话哪个词或者什么事招惹到他，眨眼间就能让人抓狂，最让人受不了的就是，他的修为一般二般三四般的人都不会是他的对手，得罪他只有挨罪的份儿，连她这个天外天的殿下都不被他放在眼底，可想而知过去那些神女仙娥被他欺负到什么程度。

身后脚步声渐近，是鹤荼带着侍卫追了过来，幻姬刚想建议大家一起做饭吃，一道白光闪现，再看时，她和帝尊到了不知何处的陌生地方，哪里还看得到鹤荼公主和侍卫的影子。

“帝尊，我们……这是哪儿？”

“天要黑了，抓紧时间。”

幻姬看着周围的树木和草地，在这里做晚饭？要怎么做？做些什么？这些她一窍不通。

“我……”幻姬难为情地看着千离，“我不知道怎么做饭。”怕千离觉得自己矫情，连忙解释：“娲皇宫里有专门的神侍负责我的饮食，平时没有接触过这类事情，我真的不知道。”

千离的目光幽幽的：“简而言之，你之前是骗本尊。”

“也不算骗啦。如果帝尊知道，帝尊可以做一次我看看，下次我就会了。”

“本尊不知道。”

幻姬惊讶不已：“帝尊你也不知道做饭啊？”

千离慢慢地朝前走着，对于幻姬得知他不会做饭后的表情略有不悦：“本尊早几个月就告诉你了，太完美的人，活不长久。莫非殿下不认为本尊现在已是十分完美了？”

幻姬想了想，帝尊跟完美之间的距离……差了应该不止一个天河吧。若是按照他的逻辑来说，他一定是天界里活得最久的人了。当然，这话也就敢在肚子里说说。

“咳呃……帝尊现在是挺好的。”如果他再善良一点，温柔一点，不要那么爱打击人一点，嘴不那么毒一点，脸皮稍微薄一点，行事略微不那么无耻一点，不那么自恋一点，不那么……等等等等一点，他其实还是一个很不错的尊神。

跟着千离走了一段路，天色全部黑了下来，幻姬不知道他要去哪儿，直到自己撞到他

的身上。

“啊。”幻姬问：“怎么不走了？”

千离目光看着前方，幻姬顺着他的视线看过去，见到一只肥肥的麻色兔子蹲在远处的树桩下，她懂了。可是……

“帝尊你能不抓它吗？”

“能。”

幻姬几乎以为自己听错了，帝尊竟是如此干脆：“真的？”

“因为是你要抓它。”

她？

看到兔子娇憨的样子，幻姬着实下不了手，杀生对她来说，是大忌！她只会救生灵，不会杀生灵。

“帝尊，我们再找找别的吧，那兔子看上去肯定不好吃。你想想，你我都不会做饭，兔子太难烹饪了。”

千离抬头：“这总可以吧。”

幻姬仰头，五只斑斓鸟站在树枝上，抓它们……

“帝尊，我觉得它们的肉太少了，不如放过吧。”

千离盯着幻姬瞧了片刻：“一炷香的时间内本尊若是没吃上东西，后果，你猜猜。”

在林中又走了一段路，幻姬遇到的活食材不少，可不论种类大小胖瘦，她都下不了手，善良泛滥，对于天兽狼王的千离来说，幻姬的这个不可那个不要完全就是矫情，大自然弱肉强食的淘汰规则自古至今从未改变，要想在激烈的生态食物链中生存下来，只有不断地强大自己，否则有一天成为强者的腹中餐是必然。

“帝尊。”

一炷香的时间快过去的时候，幻姬叫住了千离，“我们吃素菜行不行？”她看到地上有蘑菇，这是她一路走来唯一能认识的素菜原料了。

夜能视物的双眸让千离将幻姬为难的表情看得清清楚楚：“你听过狼吃小白菜的吗？”

“可你不是狼，是神。”

“做不到的事情便找借口，这是女娲娘娘教你的？”

幻姬飞快否认：“当然不是。我能用仙术捕抓到那些动物，可是我不忍心，于他们而言，我们是高高至上的主宰者，若是随意结束它们性命，我们岂不是违背了禅心。”

“本尊，只要结果。”

幻姬看着走到前面去的千离，他的思想是她完全不能理解的一种，他的行事风格挑战她以往对尊神的印象，她觉得他更像不轻易害人的魔，他与她曾经接触过的仙神太不同了。如果他只是看着结果的话，她……给他想要的。

一炷香的时间过去，千离从树林里走了出来，树林的尽头是塔沓河的一段，水流平缓，他正想抓几尾活鱼上来，幻姬小跑着拦住他。

“这个，可以吗？”

千离低头，看到一片碗大的树叶上放着一块带着鲜血的……蛇肉。他的眉心缓缓地蹙了一下，抬起手将幻姬捧着的东西打飞，一把扣住她的手腕，将她拎到跟前。

“你拿本尊当什么了！”

幻姬被千离眼中的光芒吓到，努力稳住自己的情绪：“我没有想惹你不高兴，帝尊饿了，我给你找吃的，就这么简单。”

千离的手指越收越紧，首次，他真心觉得眼前的女人是蠢的，真蠢！

“天界曾有佛割肉喂鹰，凡间也有介子推割肉救重耳，我对苍灵下不了手，割自己肉反而心安理得，帝尊你要的是结果，何须在意我从何而来的食物呢。”

紧扣幻姬手腕的手，渐渐松开了。

千离的晚膳没有吃成，连鱼都没有抓地带着幻姬回了纱轿，之后一转眼就不见了踪影，幻姬在周围找了他两遍，无果。

月亮升起后，塔沓河边景色如画，鹌荼叫了幻姬一起在河边赏景，直到深夜临睡，千离都没有现身。

幻姬坐在蒲团上，默念了一段心经后，躺下睡了过去。

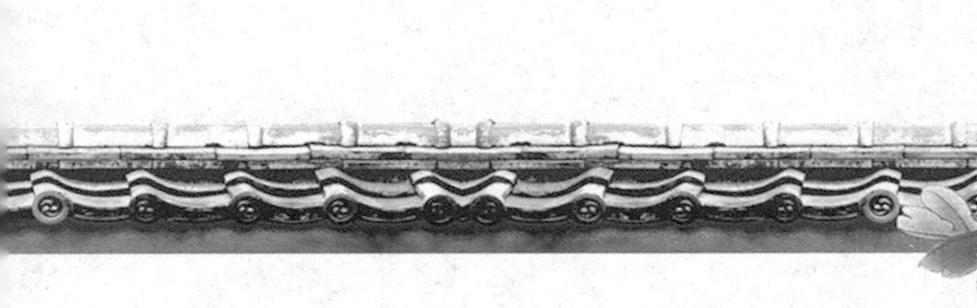

第五章　菩提有容，静默无痕

翌日。

幻姬轻轻翻了一个身，右腿上传来的疼痛让她很快清醒，坐起身，看着轿内就她一人，不禁纳闷，难道帝尊还没有回来么？走出白纱大轿，幻姬到塔沓河边掬了几把清水洗过脸，看到河边的浅清水中有不少的小鱼儿在嬉游，轻轻笑了。生命如此珍贵，值得每一个生灵珍惜。自然生存的法则已是十分残酷，她又怎能再不呵护好这些弱小的生灵。

"殿下起得好早啊。"鹤荼公主走到幻姬的身边，也在河边掬水洗脸。

幻姬微微一笑："昨夜公主休息得可还好？你和少夷山主对我太过担心了，我能照顾自己的。"

鹤荼公主笑了笑，却未显得多么真心实意，不过是寻常聊天客套的笑靥，"殿下从天外天来坤云山做客，我们保护好您也是应该的。"只是不晓得她和帝尊之间昨晚发生了什么，俩人一道出去的，虽是一起回来，可眨眼帝尊就不见了，她等了一晚上都不见他回来，俩人可是吵架了？抑或者，幻姬殿下将帝尊赶走了，不让他一道？若是这样，她对她的印象可就再差一分了，骄纵跋扈，仗势欺人，连浮屠天的帝尊都敢欺负。

"好像没有见到帝尊，他还没起？"鹤荼公主故作不知地询问幻姬。

"我不知道帝尊在哪儿。"说着，幻姬从水边站起来，"也许，等会儿他就出现了吧。"

鹤荼公主目光跟着幻姬走远，看到她进了华轿，她不知道帝尊在哪儿？怎么可能。

幻姬回轿中习早课，太阳从山坳升到山顶，她的早课做完，千离依旧没有现身。

等了一上午，千离没有现身。日头高挂，气温升得很高，各人的衣裳皆被汗水沁湿。

“殿下，你真的不知道帝尊去哪儿了吗？”鹤荼公主抬手擦了一把汗，实在是太热了，这样晒下去，她的皮肤都要被晒伤了。河边虽然偶尔有风吹起，可气温太高，吹也是吹的热风，不解燥热。

幻姬乘坐的精致软轿像是一个蒸笼，一滴滴的汗珠顺着她的脸颊落了下来， 这般盲目地等下去不行，若是帝尊三天五天不回来，难道他们就在此处晒几天吗。

“鹤荼公主。”幻姬叫来了鹤荼，“朝南荒慢行吧。”

“不等帝尊了？”虽然真的很晒，可一想到是在等帝尊，感觉自己能撑下去。

幻姬的声音似清风拂过众人的耳朵：“御风而飞慢些便是，帝尊会赶上我们的。”若他因事耽搁了，在塔沓河边没有看到他们，自会循路而往；若他已独自去往南荒，他们干等在此岂不是要错过南荒太子的婚典，将来他又得说自己故意找借口逃离他。

“是。”

四只朱顶鹍鹤被幻姬召唤出来，承飞起白纱轿，一行人朝南荒继续赶路。高空虽也有艳阳照射，温度却比地面低了不少，飞行时又有不小的风吹着，大家的衣裳渐渐在风中干了。

幻姬端坐在蒲团之上，无所事事之余，轻轻拉起自己的曳地旋裙，白皙的腿上看不到伤痕，这是化成人形的结果，可骨子里却是透着疼痛之意，昨晚割肉之后一直强忍着故作无事的样子，自伤是她选择的，断是没有埋怨谁的道理，表现伤情去博取帝尊的同情不是她的作风，原想着过一夜伤口的痛意会消失，不想还是这么清晰。幻姬掀了纱帘朝外面看了看，他们正在塔沓河上飞行，过了这条大河不晓得会到什么地方，待到傍晚落地，她得找些草药给自己敷上了。

飞越塔沓河河心时，一股异常的腥味从河中渲飘到高空，幻姬走到纱轿的边缘，掀开垂帘朝下面看去，茫茫的一片水域，因为距离隔得远，除了水她看不到任何东西，可气味却叫人闻得很不舒服，放下纱帘，幻姬叫了鹤荼。

“鹤荼公主。”

仙音传到鹤荼的耳中，她很快飞了过来。

“殿下，有何事情？”

“下面可还是塔沓河？”

鹤荼回道：“是。”

“为何有这种异味？平素就是这种味道吗？”

异味？鹤荼公主纳闷。殿下闻到了什么不正常的气味吗？可是她没有啊。听鹤荼说塔沓河一直就如此，幻姬不作他想。

“我知道了。”

幻姬原本以为忍过河心那种异气就会消失，却没想到，一直到傍晚他们还在塔沓河上面飞，而那股味道一直都没有散去，反而越来越浓，她不得不捂着自己的鼻子呼吸。

因为无法落在塔沓河上，幻姬一行人不得不连夜飞行，而她也几乎被河水里散发出来的气味弄得晕厥过去，有气无力地躺在轿子里，连腿上的疼痛都顾不上。

一夜过去，飘满橙色朝云的天边射来新日的阳光，幻姬他们终于飞过了塔沓河，看到了河岸。或许应该说，对幻姬一人来说，总算是到了岸边，因为她的症状在其他的人身上完全没有，大家都没有闻到多么刺鼻的气味。

为避白日阳光照射，幻姬的纱轿落在了一片小树林中，阳光钻过树叶间的缝隙把斑驳的光影投在厚厚的落叶上，风过时，树叶沙沙地响，泥土的气息比河中的腥味不知清新了多少倍。幻姬在轿中静躺了小半日，身上的力气恢复了一些，听到外面侍卫们在炫耀打了什么猎物回来，鹤荼公主的笑声也在其中，说着怎么吃那些野味。

“殿下。”

鹤荼公主走过来：“我们捕了很多食物，一起吃吧，很好吃的。”

幻姬摇头：“不了。”

一个侍卫在不远处开膛一只硕鸟，猛鸟没完全断气，发出一声凄厉的叫声，幻姬目光看过去，眉头拧了起来：“人间素有不食人间烟火来形容天上的仙女，公主美貌如花，仙气飘飘，为何还需吃这些东西呢？”

鹤荼爽朗一笑，懂了幻姬的意思。

“殿下是天外天来的，身份血统尊贵无比，您心怀大善，岂是我们这些人能比的。”

拒了鹤荼公主他们的肉食，幻姬自己在林中随处走着，准备采些素菜，所吃过的菜中，她唯一认得的，只有蘑菇，其他的绿叶菜一种都不识得。天护天之人，行善心善之人的运气果真不会太差，幻姬捡到了几个野鸭蛋，将鸭蛋拿在手中，低头笑了，然后又愁了。这东西要怎么做？心中暗道，从南荒回宫之后，她一定要好好地学习厨艺，不然独自行走非得被饿晕过去。

幻姬走开寻食时，鹤荼公主看着她的背影，如果她记得不错，殿下走的方向好像是一片鰼水沼泽地。

“公主，烤好了，你尝尝。”一个侍卫将烤好的硕鸟递给鹤荼。

鹤荼公主闻到香味：“好。好香啊。好久没有吃这样的野味了。”

侍卫道：“以前是浚君山主时，公主和我们还能去山里吃吃野味，如今是少夷当了山主，我觉得，这趟回去之后，我们的好日子就到头了，他啊，肯定不会让我们有闲晃的时间。”

“坤云山无乱无战的，他就算是想给我们找事也得有机会。”另一侍卫说道：“我们听的是公主的话，就算新山主登位，也不敢把我们怎么样，咱们公主可不是好欺负的。对吧，公主。”

鹤荼自信一笑："吃东西吧，有吃的还堵不住自己的嘴。"

这几人一聊，鹤荼再看幻姬走开的方向时，已经无影无踪了。

幻姬找到鸭蛋之后想着再寻寻，若是能找到更多则可以带回轿子里，留着吃。寻寻觅觅一路，小树林很快就到了尽头，一片青青的草地出现在她的面前，草儿绿得十分惹眼，一根杂草都没有，远远看去，让人好想躺在草上翻滚一番。尤其让幻姬惊喜的是，绿草中竟然有点点白色的东西，仔细辨认，竟是鸭蛋。

低头看看手中的鸭蛋，幻姬想，莫不是这里有成群的野鸭，有一只不小心把蛋生在了树林里？找到吃的让幻姬欢喜不已，踩着青草就朝鸭蛋走去。

纤指捡起鸭蛋的时候，幻姬微讶，温的？这么说，这些蛋才下不久，难道野鸭是被自己吓跑的？

幻姬朝四处看了看，不见任何动物。肚子发出抗议，幻姬连忙将草丛里的鸭蛋都捡到怀中抱着，站起身准备返回时，赫然发现青草地边的树林不见了，她记得自己没有走多远，怎么会……一望无际都是草地。

幻姬走了两步，惊讶地发现草地在移动，而且不单单是动，还变得很软，她的身体在一点点地朝下沉。

一记轻诀，幻姬飞到空中，可让她无措的是，她不知道自己来时的小树林在哪一方。

按着自己走来的记忆，幻姬选择朝自己的前方飞行，却不知她脚下的草地在她捡蛋的时候完全掉了个儿，她选择的前方其实是越飞离树林越远的方向。而且，那青草下两条涌动的脉络一直跟着她。

飞了两炷香的时间，幻姬渐渐慢了下来，树林到哪儿去了？

速度慢下来的幻姬不察有东西正慢慢地靠近自己，辨了辨太阳的方向，准备折回飞行时，从青草地中冲出一条长长的尾巴，灰色的大尾缠住她的腰身，将她用力地朝下拽。幻姬施术让自己定在空中，青草下面是沼泽，陷进去就出不来，她怎能让这只孽兽拉下去。两方抗衡了一段时间，从地下猛地冲出来一个东西，卷起一片青草屑迷了幻姬的眼睛。

幻姬将手中的鸭蛋松开，仙风扫空，还眼前一个清澈，只见一只巨型双头鳛鱼立在自己面前，它那条长长的尾巴正缠在自己的腰际。难怪鸭蛋是热的，怕是这只畜生把野鸭都吃了吧。

双头鳛鱼滑动自己的身体逼近幻姬，原以为今日收获甚少，不想准备回窝休息时发现有猎物靠近，从她的气味来分辨还是上佳之品，在草下感觉到她身上散发出来的美味气息，令它垂涎三尺，不得不叹息今天的运气着实太好，此等精品千年难得一遇，它怎会允许她逃掉。

幻姬冷静下来，看着立在两臂之外的双头鳛鱼，有一只的嘴角沾着点点鲜血，另外一只的嘴边长须上还有两根白色的野鸭绒毛，从他们凸出来的鼻孔里喷出的腥气让她禁不住皱

眉。自问，长这么大，她吃素不沾荤食，亦没有杀过生，怎么这回出来，接二连三遇到的都是想吃掉她的猛兽，佛说凡事有因有果，她没有种下因，不该得到这样的果才是。

双头鳛鱼鼻孔里呼出来的气息越来越粗重，眼中的光芒聚拢成点，从它收紧的长尾中能感觉到它的肌肉在绷紧，这是它准备攻击前的征兆。幻姬暗自算着双头鳛鱼的年岁，从年岁判断它的攻击能力有多强，估摸后，她觉得只有一个方法适合自己。

逃！

双头鳛鱼左右开弓朝幻姬张开血口扑将过去，幻姬化出真身，朝天空急速地飞起。身为女娲后人的她真身是半人半蛇，下半身的蛇身让她滑溜溜地就从双头鳛鱼的大尾中轻易逃脱出来，脱身之后朝着来时的回路疾飞。

原本就惊喜遇到上等美食的双头鳛鱼看到幻姬的真身，四只眼睛放着光，上人下蛇，这不是传说中避世之神女娲娘娘才有的特征吗？此人难道是女娲的后人？若真是如此，它便是将整个鳛水沼泽地都地覆天翻也要将这个女子给抓住，好好地美餐一顿，相信女娲后人的味道一定不同寻常，尤其她的血统尊贵，来自远古的神秘法力必会让它的修为增进不少。

化成真身后，飞行时甩动的蛇尾把幻姬前夜割肉之处好不容易结的痂撕开，一阵阵钻心的疼痛直袭她的神经，撕裂的伤口开始渗出鲜血。看着年岁必定上万的双头鳛鱼对自己紧追不放，而且越来越逼近自己，幻姬指尖掐出一道仙光，化成一团白雾迷了双头鳛鱼的视线，瞬息间将自己隐身藏入了青草中。

穿过白雾的双头鳛鱼见幻姬不见了，在原地查看了两圈，渐渐有了怒意，它的地盘她不可能飞出去，一定还在里面。两只鳛鱼头同时扎进青草中，钻到了沼泽地下，涌动着的身体将青草拱了起来，像一条巨型的大虫在地下爬行，从幻姬消失的地方开始搜寻她的踪迹。

鳛水沼泽地是双头鳛鱼生活了万年的地方，每一处的熟悉程度就如同对自己身体的了解，幻姬在草地里隐藏了没有多久便被它找到，双头夹击，将她逼出了草地，不得不显身到了空中。

绿油油的草地是移动的，不管幻姬如何躲避双头鳛鱼，她发现一直在同一个地方，她藏身的地方被她踩了一脚，青草倒了几棵，她避来避去总是在那几棵青草附近，连草地的边缘都到不了，更别说找到树林了。

双头鳛鱼决心要吃到幻姬，为了不让她再有藏身青草的机会，鱼身一阵强力摆动，青草下的柔软泥浆一层层地往上冒，将青草全部淹没，原本绿绿葱葱的地方变成了灰色的泥浆地，看着连一只小甲虫都要陷进去的稀泥沼泽，幻姬觉得她若想脱身，怕真是要挥剑相搏了。可她，不想要这只万年双头鳛鱼的命，能活这么长的时间，它经历的事情一定不少，觅食求生是任何动物的本能，她不怪它。只是，她不想死。

鳛鱼在沼泽上追着幻姬，移动的沼泽跟随着它一起飘动，不让幻姬离开沼泽中心，两人在空中追逐了将近一个时辰，幻姬略感疲惫，闪避的速度没有最开始那么快，而双头鳛鱼则抱着想饱餐一顿的愿望越斗越勇，忽而前后，忽而左右，终于被它逮到了机会，一只鳛鱼头咬到了幻姬的蛇尾。

疼痛传来，幻姬一道仙光射过去，鳛鱼吃痛，放开了她。另一只鱼头趁机咬住了她的肩膀，锋利的牙齿咬下的瞬间，纤细的肩膀立即冒血。

幻姬释放出自己的仙泽，护体的头顶银阳也出现了，银色的光芒将鳛鱼头从她的肩膀上震开，远古高贵血统赋予了幻姬的仙泽不但有护身的作用，还有一定的攻击效果，被震开的双头鳛鱼重重地跌进泥浆里，大口大口喘着气，眼睛定定地看着空中的幻姬。她的蛇尾和肩膀都出了血，那血气的香味飘在空气里，让双头鳛鱼频频咽着口水。

“我无意要你的命，你只需告诉我怎么离开这里，我不会伤害你。”幻姬居高临下地看着双头鳛鱼，她九万岁的年纪对尊神来说确实算不得什么，可九万年里她学任何东西都十分认真，修法更是精中求精，它万年孽兽还没有变成人形，如果不是罪孽十分深重，便是它的底子太差。她逃，不过是不想打架，也不想伤及它的性命，如果拼到底，胜算应该是她多些，但那样她受的伤估计也不轻，没有实战经验的她，真不喜欢打打杀杀的事情。

双头鳛鱼慢慢地闭上眼睛，身体渐渐地一动不动，幻姬看了看，不敢贸然下去查看它的伤情，想了想，它不动了，沼泽地自然也就不会再漂移，她朝着一个方向飞，总有一天会飞到尽头。

变回人形的幻姬朝着不晓得是东南西北哪一方的方向飞去，肩膀和腿上传来的痛楚让她无法飞得太快，伴随着饥饿的感觉，愈发觉得浑身无力。

太阳顶空而照，幻姬叠在自己的影子上飞着，汗滴从脸颊顺着脖颈滑到了衣服里，飞了这般久，为何还是没有看到岸边呢？

忽然，幻姬惊恐不已。

先前她的蛇尾被双头鳛鱼咬到，她看到有三滴鲜血连着滴在了泥浆上，普通的水没法化开她的血，她飞了这么久，低头看到的泥浆上竟然还是那三滴连在一起的血。她飞了很久，还是在原地！

便是在幻姬愣神的刹那，一直潜伏在泥浆中的双头鳛鱼突然冲了出来，幻姬虽然有了发现却不料万年双头鳛鱼的速度会那么快，未能闪避到安全的地方，一条手臂被一只鱼头狠狠地咬了一口，白色的衣裳眨眼被染红，回身之间她将鳛鱼头用手掌狠狠地打晕，另一只鳛鱼首缠了过来，顾不得手臂的剧痛，她用双手将张开的鱼嘴用力合紧，不让它咬到自己。

嘴巴被合住的双头鳛鱼，巨大的身子疯狂摇甩，试图逃出幻姬的手掌，尤其她把另一只鱼头打晕后，双头鳛鱼的怒火喷薄而出，若非幻姬闪避灵巧，必然被双头鳛鱼的大尾巴给扫到了泥浆里。身形纤娇的幻姬咬牙扣着鳛鱼的嘴，这只沼泽兽的力气太大，若她正常时都不见得能扣它多长时间，何况此时她浑身上下都是伤。正在勉力支撑时，一道轻轻的、缓缓的男音响在她的耳畔。

“事到如今你还不愿要它的命？”

幻姬愣了下，这声音……

帝尊！

幻姬转头，身着白色缎锦的千离神情淡然地看着她。她知道，在他的眼中，这只双头鳛鱼该死。可于她看来，它只是找吃的，不巧这回被它选为食物的是她，只要它放她回树林，她不会要它的命。

看着幻姬吃力地坚持却不愿意杀掉双头鳛鱼，千离转身踏花飞走。

“不要走。”幻姬看到被她打晕的那只鱼头有苏醒的迹象：“我没力气了。”如果还来一张咬人的嘴，她真不晓得拿什么抓住它。

千离像是根本没听到幻姬的声音，继续飞远。

双头鳛鱼感觉到攻击的最佳机会要来了。将力气凝聚，奋力一跃，厚实有力的大尾快速地甩起，朝幻姬抽过去。随着它跃高，被打晕的鱼头醒了过来，张着大嘴朝幻姬冲来，已腾不出手的她念诀施出护体银光，不知怎么搞的，银光乍现的瞬间，冲向她的那只鳛鱼头像是被护身仙光割伤，嘶叫了一声，双眼流血不止。而她的手则像是有种莫名的力量在催动，闪着光芒生生将手中的鳛鱼头扭断。

看着鱼嘴里流出的鲜血，幻姬猛然受惊，松开双手，巨大的双头鳛鱼重重地跌进泥浆里，不断流出的鱼血将泥水染成暗红色。

她、她杀生了……

不知是力气全部用完了还是被眼前的景象刺激到，幻姬双眼慢慢闭合，体内的力气忽然空虚，栽向鳛水沼泽。

霍然，坠落的身姿停在了空中。

远处一道白影出现，朝着失去意识的幻姬踏花而行，未到她的身边，灰色泥浆里数条涌动的长虫朝幻姬聚集，长虫破浆而出的瞬间，几道光芒射过，还未来得及冒出头的双头鳛鱼们便纷纷化成了一缕灰烟，泥浆沼泽地渐渐恢复成了最初的青草地。千离走到幻姬的身边，伸手将她抱住，解了定住她的法术，带她回了小树林。

千离抱着幻姬刚落地，鹤荼公主带着侍卫们从不远处寻了过来。

“幻姬殿下。”

“殿下。”

“殿下你在哪儿？”

最先一个侍卫看到了站在鳛水沼泽边的千离，高叫一声：“公主，快看。”

鹤荼带着侍卫们跑了过来，看到千离抱着半身是血的幻姬，吓得立即跪伏于地。

“帝尊。幻姬殿下她……怎么会变成这样？”

侍卫们异口同声：“属下该死，未能保护好殿下，请帝尊降罪。”

鹤荼仰头看着千离："帝尊，殿下她发生了什么事，怎么会受这么重的伤，鹤荼真是该死，应该寸步不离殿下的，是我的错。"她原本也没想到幻姬殿下会受这么重的伤，以为不过是小吓她一记，怎么料到会出现这样的事情。这要是给少夷晓得她保护天外天殿下不力，坤云山的那些老臣们可是一句好话都为她说不得了。

千离面无表情地看了鹤荼一眼，目光落到幻姬被血染红的肩膀和手臂上，声音轻轻的，只那轻缓的嗓音里带着让人透不过气来的威严感："她为何受伤你真不知么？"

鹤荼心中不安地看着千离："鹤荼确实不知。"

"如此无用还有脸留在这儿？"

鹤荼大惊："帝尊……"

千离抱着幻姬走过鹤荼，听到她带着人跟在自己身后，步履节奏不改，脸色却是冷了几分。

"要本尊再说一次？"

幻姬醒来时，已过了三日。看到垂帘外面一片漆黑，什么时辰不想去管了，只是记忆里她在一片泥浆沼泽上方……

倏地一下，幻姬坐了起来，呼吸不平地大喘两口气，她杀了生灵！咦……她什么时候变回了真身？不是用人形和那双头鳛鱼搏斗么。除了发现自己是真身以外，幻姬还发现她的上半身一丝未着，肩膀和手臂上敷着的药因为她坐起身而掉了下去，不算太好闻的草药味飘满了她整个软轿，自己蛇尾上的伤口也被处理了，最奇怪的是，那块被她割掉的肉竟然补上了，缝合的地方虽没长好，但却没有之前那么疼了。正想着是谁为她做的这些，白色纱帘被人掀开。

千离端着一个敞口瓷盅走了进来。

看到千离，幻姬迅速双手环胸，红着脸，不知道要说什么，也不晓得躲哪儿去才好。她觉得，实在有必要在轿子里备一床薄被，不管春夏秋冬，实乃防身避狼的上佳之物，在满身是伤的情况之下自己竟然还能想到如何保全清白，她真是一个品行端正的好姑娘。是的，她是个天定聪明的好姑娘。

"现在捂着太迟了。"千离端着瓷盅坐到幻姬的旁边，"躺下。"

幻姬瞟了眼瓷盅里的草药，原来是他在替自己疗伤啊，还真是看不出来帝尊有这样的好心，听话地慢慢躺下，两条手臂护在胸前，一颗心怦怦直跳。

千离把掉到蒲团上的草药收到一旁，将新药敷到幻姬的肩膀上，"上了药就别动。"

"嗯。"

因为手臂上也被双头鳛鱼咬伤，敷完肩处，千离抓了一把草药也没拉开幻姬的手，就着她捂胸的姿势便敷，上完药，她整个胸口都被翠绿的草药覆盖住，幻姬丝毫不敢动，觉得

自己姿势有点怪，小声地问："就这样一直躺着吗？"

千离反问："不然呢？"

"这样不怎么舒服。"

"我让你捂的？"

幻姬："……"算了，还是这样吧，袒胸而对太尴尬。

千离给蛇身上药时，幻姬看着软轿的顶，因为看不到他的人，触觉就变得很敏感，他轻轻地碰一下她都有清晰的感觉，虽然是蛇身，但心里总觉得不好意思，他是先帮自己脱了衣裳再变回真身的？还是先变了真身再脱的衣裳呢？他在轿内给她换药，鹤荼公主他们岂不是都晓得他看了她的身子？

"帝尊。我觉得，换药这种小事还是让……鹤荼公主来吧。她是女子，身份也方便些。"

千离低头上着药，几缕发丝从两鬓滑到身前，嗓音很是清懒悠然："你是想本尊为了你这件小事去坤云山叫鹤荼来？"

鹤荼公主回坤云山了？

"公主走了？"

"你喜欢她在？"

幻姬否认，"不是。她既然回去了就罢了。"原本她就觉得不需要侍卫，只是忽然回去，总觉得有因："帝尊，是你叫她回去的？"若非如此，鹤荼公主应该还不敢将她半道扔下。"是你救的我？"

把瓷盅里的药用完，千离收拢用过的药渣，起身走了出去，没一会儿又走进来，靠着一根悬雕轿柱闭上了眼睛。

躺着一动不能动的幻姬委实找不到什么话头跟千离聊，俩人之间出现了很长一段时间的沉默，长到幻姬都怀疑他肯定睡着了，大约她睡得太久了，一点儿睡意都没，脑中不自觉地想到了一些事，试探性的，她喊他："帝尊，你睡着了吗？"

无声回应。

长长的一段宁静清寂后，幻姬确信千离沉睡入梦，极轻微地叹了一口气："帝尊，你生平第一次取了别的生灵性命是在什么情况之下，你还记得吗？"

话音还没落下，幻姬的眼眶红了。

"我不想要它的命。就算它想吃了我，我依旧觉得它可以被原谅。我亲眼见过尊知将一个十恶不赦的凶神感化，我以为，此天下，没有不能变好的坏人。若是性命没了，一切可能就都消失了。"

"帝尊，你战名赫赫，听说经历的大大小小战伐不计其数，看着那些人在你面前倒下，是什么感觉？会难过吗？"

幻姬眼眶蓄满泪水，泪光闪动："看着双头鳛鱼摔到泥浆中时，我好瞧不起自己。佛说，

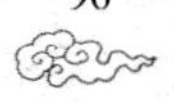

我不入地狱，谁入地狱。我跟着娘娘九万年，竟一点都没参悟透其中的自我牺牲精神。”

“帝尊，你说我是不是不配做女娲娘娘的后人？”

“我……”幻姬的声音不停颤抖，“我不是个坏人，我真的不是。”两行泪水从幻姬的眼角滑落。

幻姬看着轿顶咬着唇无声地流了许多泪，她从来没想过自己会伤害别人，沼泽地里的事情对她刺激太大了，让她仿佛看到了另一个完全不认识的自己，她心目中的幻姬不是这样的。她善良，美好，大度，包容万象；她积极向上，聪颖智慧，温柔优雅；她应该是帮助他人远离痛苦的人，她怎会……

月影西斜，凉风徐徐。泪过鬓，发长湿，累觉深处悄沉梦。幻姬的呼吸节奏变得均匀而轻缓，梦中，她还是自己认同的幻姬。

宁静的华轿中，一双狭长的眼睛慢慢打开，清清的目光落在幻姬的脸上，长长的翘睫上还有一滴没有干透的泪珠，晶莹似明珠。很久很久以后，每当千离回忆这一段和幻姬独处的时光时，他总会轻轻蹙一下眉头，为幻姬问他的那句话：帝尊，你生平第一次取了别的生灵性命是在什么情况之下，你还记得吗？第一次结束别人的生命，怎么会忘记那回的场景。哪怕日后经历再多激烈的战斗，第一回的每一处细节都不会被忘记。

他看过太多种的心，执着的，热情的，冷漠的，高贵的，无忧无虑的，封闭的，多情的，无情的……可她是他遇到的人中拥有最纯尚干净的一颗心，那颗心不沾染一点点的邪恶和血腥。她和他，太不同了。

第二天醒来，幻姬刚想翻身，肩膀吃痛，想到千离叮嘱的，老老实实保持平躺姿势。

“帝……”

尊字还没出口，千离从外面进来，将瓷盅放到幻姬的身边。

“既然醒了就自己换。”

幻姬真想说她没醒他看到的是幻觉，转念一想自己是个女的又没穿衣裳，还是自己动手比较好，连忙道谢：“多谢帝尊配药。”欲言又止的，幻姬又道：“帝尊你能不能化一套衣物给我啊？”

“不能。”

“为何？”

“不想给你变。”

幻姬：“……”他就这么讨厌她吗？她到底哪儿得罪他了，不就那一次在星穹宫吗？都过去这么久了，他怎么还计较。

见幻姬被自己回绝得一句话都说不出来，千离好整以暇地看着她：“看本尊不爽吗？”嘴角微微扬起：“那就对了。你若爽了，本尊如何高兴？”

“你可以化一套很丑的衣裳给我，这样我也会不高兴。”

千离目光淡扫幻姬："殿下觉得本尊会给你拉低我审美高度的机会吗？"

"我的审美是不怎么样，因为我居然觉得帝尊你长得极好看。"幻姬挑衅似地盯着千离的脸，有本事嫌弃她，那他也有本事承认自己不俊吧。

千离的嘴角浅浅地勾了下："此事应该是殿下唯一和大家目光水平相同的一件了。"

"我……"

"不要得意，这全部都得归功于本尊长得实在太好，让你没法挑剔出瑕疵。"

幻姬张了张嘴，一句话都说不出来。她得意？她得意什么了，得意的那个人是他吧，尾巴都翘天上去了。帝尊，你这样自恋真的好吗？见千离转身要出去，连忙道："帝尊你要是给我套衣裳，我给你弄吃的。"虽然她找个吃的能把自己变成别人的吃食，但总不至于回回都运气不好吧。

千离走出软轿，幻姬的身边多了一套整齐的白色衣裙。

起身后的幻姬先为自己的蛇尾换药，又撕了两块裙边将新药包扎好，念诀变成人形，洁白无瑕的双腿上看不到一点伤痕，只是骨子里隐隐有点儿疼，若是坚持敷药，应是用不了多久就会痊愈的。将贴身的小衣小裤穿好之后她才开始换肩膀和手臂上的药，没有帮手，这两处的包扎她耗费了不少的时间，好在结果甚得她满意，穿好衣裳鞋袜后，慢慢走出了白纱轿子。

千离背身而立，修长的身姿笔挺如松，长及脚踝的银丝根根顺滑，让幻姬忍不住想起他在北黛湖上灭梼杌的景象。即便是在交战中，他的发丝也不乱一根，平整的衣袍上更是不会出现褶皱，对于一个行事一向我行我素的尊神来说，事事不羁才像是正常的风格，可他却在个人事务上表现了他的要求有多高，有多讲究。一个不让自己出现一丝紊乱的男子，他所追求的，是对任何事物的绝对掌控，所有的一切，都必须按照他想要的发展、存在，这样的人自我控制能力有多高，是一般人无法想象的。彼时的幻姬还不晓得眼前的男子是这样的人，她走到他的身后，轻轻唤他。

"帝尊。"

"你回天外天吧。"

千离忽然一句让她回宫的话让幻姬愣住了。

"帝尊？"

"一直朝你身后的方向飞，你便能找到回去的路。"

看着迈步走开的千离，幻姬不知道发生了什么事，竟然让帝尊如此干脆地放她走，她是真心实意想跟着他去南荒，她不是逃避自己责任的人，他若是看到她受伤了动了恻隐之心，那大可不必。而且，她觉得帝尊不是会有那种心思的人。忍着腿上的疼，幻姬跑上前拦住千离。

"这些伤我能扛得住，帝尊你不要瞧不起我。"幻姬目光坚定，口气更是坚决，"我说过陪着帝尊去南荒，多远我都去，我不会逃避我应该负的责任，直到你想到让我为你做什么来弥补你受伤的心灵之前，我不会离开你。”

“殿下，死缠烂打的人在本尊这儿讨不到一丁点儿的便宜。”

幻姬解释：“我不是对帝尊死缠烂打，想我跟着的是你，现在要我走的又是你，你总得让我走得明明白白吧？”

“本尊为什么要让你走得明白？”千离挑眉，“有这个义务吗？”

被问住的幻姬没了话，他确实没这个责任一定要对她解释，可是，就这样回宫，她不会心安理得。

“就算帝尊没有义务对我解释，可我……误欺负了你，还受到你的恩德，我觉得我有必要为你做点什么才行。”

“那是你的事，不是本尊的事。”

说完，千离走过幻姬，不再与她说话。被晾在原地的幻姬看着千离走远，帝尊真是很难相处啊。

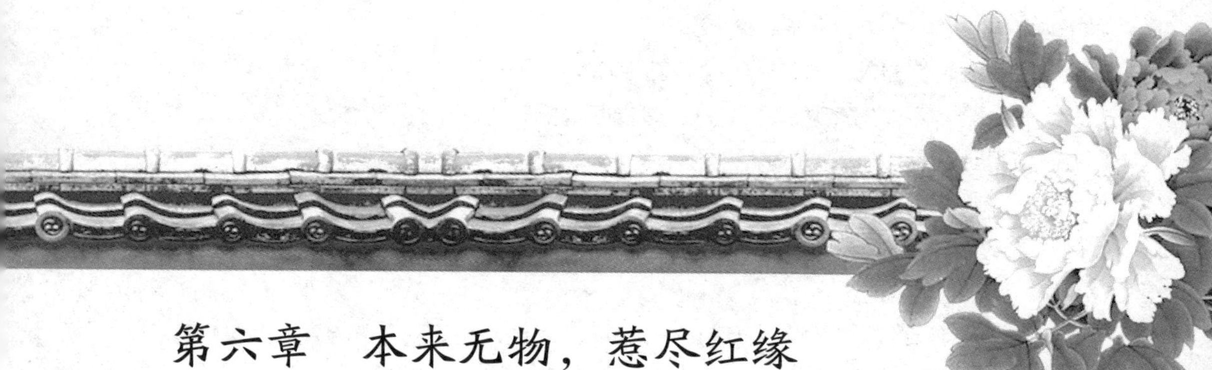

第六章　本来无物，惹尽红缘

很快，日子过去了二十五天，离南荒太子婚典只有五天的时间了。麒麟到千辰宫里找了千离，俩人一道从浮屠天去往南荒。

南荒太子婚典，说大不大说小不小的一件事。对久未出现过喜事的南荒来说自然是举国同庆的一件大事，若放到四海六道八荒里看，便显得可关注可不关注，与南荒国主十分交好的自然会到场祝贺，关系不错的会派使者过来送份大礼，平时关系一般般的也会让面子上过去，只有平素不来往的远国会静悄悄的。婚典的宾客中，南荒国主最为在意的是浮屠天星穹宫的世尊会不会来，喜柬三个多月前就送过去了，也不晓得世尊会不会给这个面子？若是给了，那南荒在众宾客的面前可真真就倍儿有面了。

麒麟想着能早些到南荒，奈何千离不紧不慢，赶着点儿到了南荒皇城。两人现身时，在城门口迎接来宾的南荒二皇子惊得以为自己眼花了，哆嗦一下跪伏在地。

“恭迎帝尊驾到。”

“恭迎麒麟上神驾到。”

城门口跪了一大片。

千离和麒麟进城之后，南荒二皇子天淏立即差人去皇宫禀报国主。世尊没来，帝尊和神首来了。

得知帝尊和神首麒麟驾临，南荒国主天成禹吓了一大跳，他请的可是世尊，帝尊是谁都没法请动的，他自然从没想过碰那个壁。三十三重天里谁人不知世尊和帝尊的交情，世尊没到帝尊来了，莫不是来问罪的？连传说中神龙见首不见尾的神首麒麟上神也来了。二话没说的，天成禹带着一干人等飞出皇宫，恭迎帝尊和神首，连准备去接亲的南荒太子天策都被叫上一道先迎帝尊亲临了。

皇城中，天成禹等人老远看到千离和麒麟就跪了，齐刷刷地跪了整片儿。

“恭迎帝尊。”

若不是这次早先答应了星华会来参加婚典，五百万年来千离都不知道南荒皇城的城门朝东还是朝西，看到地上跪着的人，连一句客套话都没有，面无表情地从中直接走过。麒麟瞟了他一眼，德行！

“哎，回头找你。”

千离轻轻应了声：“嗯。”

麒麟慢了脚步，对着起身的南荒国主道：“赶紧前头给帝尊带路吧。这次他和我是代替世尊过来的，世尊家的小殿下太小，离不得人，也不便带出来。还有，虚的礼节就免了，帝尊烦这套。”

“是，上神。”南荒国主抹了一把额头上的汗，原来帝尊和神首是来喝喜酒的，这样就安心了，这次世尊不但给了面子，还是一个大大的面子，看来当初送到星穹宫和世尊世后新婚大喜和小殿下诞生的重礼果然没有送错啊。

看到太子天策在恭迎的人群中，麒麟笑着走过去：“新郎官还不赶紧去接新娘子？”

一身喜服的天策立即抱拳行礼，笑道：“麒麟上神。这就去。”

“赶紧忙你的去吧，帝尊和我不过是来喝喜酒的，不必太过紧张，和其他宾客无异。”

“多谢帝尊和麒麟上神能来，天策实在受宠若惊。”

麒麟笑得爽快：“哈哈。去忙。”

走在恭迎队伍最后的几人轻声地交谈着。

“这次太子殿下大婚可是不得了啊，来了好些尊神。”

另一人感叹：“可不是。还有前几天来的那两位。”

想到前几天来到南荒的贵客，几人纷纷交换了一下眼神，他们可是怎么都没想到有一个人竟然出现在了南荒。两人中有一人来南荒还能想得到，他毕竟是太子殿下的师父，可另外随他而来的人，那可是想破脑袋都没想到会来的人，直叫国主惊喜得热泪盈眶了。

“你们说，国主现在是高兴多，还是紧张多？”

“高兴吧。”

“我觉得是紧张。你们想想，起先他还担心咱们太子大婚没什么贵客过来，到时候在八荒国主面前可不是没面子嘛。但是现在，别的贵宾我们就不说了，光今天来的这两位和前几天来的那两位，这四个人可够咱们国主在众人面前得意一把了，今天他的面子，倍儿大！”

说话的人停了停，继续道："这面子大，压力就大，要注意的地方就多，国主能不紧张吗？传说，那浮屠天的帝尊可是谁的面子都不给，这回竟然出现了，你不觉得国主要提着心招呼着啊。"

有人不赞同了，"麒麟上神不是说他们是代替世尊来喝喜酒的吗，让太子他们都别紧张。"

小官儿压低声音道："麒麟上神那么说是客气，太子毕竟是今天的主角儿，可你想想，就算是代替世尊来喝喜酒，他们的身份都不是代替的吧，搁哪儿一放那都是老大，国主若是招呼不周，得罪的可是三位尊神，今儿这喜宴可是半点都马虎不得。我看呐，国主现在都要想着怎么重新排贵宾位了。"

"别嘀咕了，还有很多事情等着我们做呢。"

"嗯嗯，走吧走吧。"

千离一到，南荒国主便是其他客人都无暇亲自照顾了，让自己皇子们尽心招呼，迎着他直接走向喜宴大殿。麒麟走哪儿都不寂寞，一个人被簇拥着到处游玩。南荒太子天策在千离和麒麟进了皇宫之后骑上高头骏马，带着迎亲队伍浩浩荡荡地接新娘去了。

南荒自治，和其余七荒一样，不止国民需要繁衍生息，皇族也需要绵延后嗣。可是，为了不招惹国土争端或者不必要的族群血统麻烦，八荒内的男人只能娶和自己成长在同一国的女子，姑娘也只能嫁同荒男子，若是想跟别荒或是四海外道的人在一起，难度无异于仙妖相恋，是不被族人所认同的。哪怕，天策贵为南荒的太子，也要遵守这样的族规。幸运的是，天策的新娘是他的心上人，两人在天策一次外出狩猎时认识，二十万岁的天策救了十八万岁的折依，出身平民的折依和天策相恋仅仅一年天策便去了昭部山拜师学艺，一学就是八千年。

南荒国主感觉到自己身体不如以前，有意传位天策，三千年前叫他回来，将国事一点点地交予他来处理。看着他年纪越来越大，虽不愿太子妃为平民出身，可也知自己的儿子对折依用情很深，国后亦未加阻拦，允了他们的婚事。

南荒其他皇子对太子娶的是平民女子倒没什么话，若是娶了贵族家的娇小姐他们反而有些担心了，平民折依对天策的帮助不大，对皇子们来说不是坏事。只是，南荒皇宫里的公主们对太子妃折依是意见颇多，觉得太子哥哥让他们皇族的血统变得不尊贵了，平民怎可入住南荒皇族呢？其中，尤其以素有南荒第一美人之称的天瓖公主最为不高兴，到婚典前一天还在劝自己的哥哥放弃折依。天瓖公主和天策同为国母所生，因为是同父同母，又都是嫡出，两人地位高于其他皇子公主们不说，彼此的感情也最好，除了在自己娶妻的问题上坚持，平时天策对小自己一万岁的天瓖公主很是疼爱纵容。

同城迎亲不费时，没有多久天策便带着自己的新娘子进了皇宫，红彤彤的皇族马车一直到了婚宴大殿的门口。众宾客也都到齐。麒麟入了殿，侍女将他领到了相邻千离的贵客席上。此时的南荒国主和国后都已经坐到了主位上，国主还时不时地瞟一眼帝尊，生怕他老人家不高兴。

麒麟笑着打趣千离，“你来了，可让天成禹比他今天娶亲的儿子还紧张啊。”正说着时，一个藏蓝色长袍的身影从殿外走了进来，腰间束着轻黄色齐鞋面的腰带，一枚精雕百谷的千年冷玉环佩与腰带等长，挺拔身姿行走间，环佩随着腰带轻摇，闪着柔和的光，格外惹眼。麒麟愣了下，百曦古神？略微想下，麒麟很快就理解了。南荒太子天策拜师昭郜山八千年，师父便是昭郜山之主百曦古神，师父来参加徒儿的婚典，倒也没什么值得奇怪的。可是让他惊讶的，百曦古神身边那个人。

幻姬殿下？！

麒麟纳闷不已，她怎么来了？不知是他的错觉还是真有那么回事，他觉得三月不见，幻姬殿下似乎长高了那么一丁点，也更瘦了一点。麒麟转头去看旁边的千离，发现他什么表情都没有，仿佛不认识幻姬一般。想想，对他来说碰过两回面的女子确实就跟陌生人差不多。

百曦古神先带着幻姬到她的座位：“你先坐，我等会儿就来。”

幻姬朝着他轻轻一笑：“嗯。”

在南荒，不论是皇族还是平民，男女成婚时都需要一个非父母的未婚长者来为他们撒姻缘圣水，辈分越尊贵越能护佑新人的姻缘长长久久，又要是长者，又要未婚，这样的人并不好找，尤其还得跟新人一方或者双方沾点儿关系。所以，在很多时候，因为找不到很长的未婚人，办亲事的人家只能找年纪比新人稍微大一点点的没结婚亲戚帮忙。南荒太子天策的福气算是极好的了。他不仅有和自己关系匪浅的未婚长者，且是一个身份很是尊贵的古神。

百曦古神！

百曦古神深居昭郜山，每日到昭郜山向他拜师学艺的人络绎不绝，且他性情温良，待人诚恳，十分受人尊重。

太子天策牵着一身红嫁衣盖着红盖头的折依从殿外走了进来，站到百曦古神的面前。侍女为百曦古神端上了从月老那儿拿来的姻缘圣水，净过手之后，百曦将圣水撒到了天策和折依的身上。

“天策拜谢师父。”

百曦温和地笑着，点点头：“好生对待她。”

“是，师父。”

百曦回了自己的座位，天策和折依开始行拜天地父母之礼，喜宴大殿内一派喜气。

幻姬看着一身大红嫁衣的折依，嘴角的笑容一直没有散去，她的衣裳绝大部分都是白色，少有几套别的颜色也都是很淡很淡的色泽，如此艳红的衣裳不晓得她穿起来是什么感觉，会不会丑丑的？

新人礼成之后，太子妃折依被送到了太子宫中，太子天策则在席间答谢众客，大家大有一番不灌醉他不罢休的架势，殿内的气氛越来越热闹。

百曦古神和幻姬坐在一边，两人的座位挨着，一大群的人将他们围住，敬酒的，寒暄的，

里外三层，围得严严实实。而帝尊这边却是没几个人敢靠近，于是，南荒国主和国后不得不重点招呼他，频频使着眼色叫自己的皇子们别怠慢了帝尊。自封情圣的麒麟上神在新人礼成之后到处串场子地喝酒，他到哪儿，哪儿就乐成一片。

终于，麒麟端着酒杯拨开一个个人，站到了幻姬桌子的面前，笑嘻嘻的。

“哟，幻、姬、殿、下。”

幻姬轻笑，“麒麟上神。”她怎么有种到哪儿都能遇到他的感觉啊。

“来，好久不见，陪本神喝一杯，如何？”

幻姬端杯：“上神，请。”

一杯香酒下肚，麒麟笑着问：“你不在天外天好好待着，怎么跑南荒来了？啊，不对，我记得你三个月前是跟着帝尊一起来南荒的，你怎么不跟他坐一块儿，反倒和百曦古神坐一起了。”他还真是不想承认，她和百曦古神走在一起真有种男的俊女的美的感觉。百曦古神的清俊里带着特别亲和的感觉，不同于别的仙神的仙气，他身上的仙味儿感觉与众不同，柔软里带着远古的感觉，大家君子之风范幽然而存。

“呵……”幻姬笑着道：“上神有所不知，三个月前我便和帝尊分别回了天外天。没过几天之后，娘娘问我要不要学习栽种之术，我便去了昭邰山跟百曦古神学艺。恰巧他是南荒太子天策的师父，天策太子请他来撒姻缘圣水，古神怕我在昭邰山无聊，带我一起过来了。”

麒麟笑着。哪里是怕她无聊啊，明明就是看她身份特殊才带着吧。细细算来，百曦古神来自远古，虽然复生过，可他最先还是存在过久远时期。女娲娘娘虽在洪荒之前就去了天外天，可死乞白赖地硬扯点关系的话，百曦和幻姬都和远古有那么一星半点的牵连，算是一路人了。就这点说没有也有、说有也没有的关系，百曦对幻姬特别照顾下也在情理之中。

酒杯斟满，麒麟端起来，走到百曦古神的面前：“百曦古神，久仰大名。”

百曦端起酒杯，温和地笑了。

“麒麟上神。”

众人推杯碰盏之间，几个女子的娇笑声从殿外传了进来。来的人不是别人，皆是南荒国主的公主，为首便是最得宠爱的天瓖公主。这几位公主因为不满太子娶了平民姑娘，一致决定不来参加太子的喜宴。只是，帝尊亲临南荒的消息传得实在太快，几位公主压不住对帝尊的好奇，组团又来了。

天瓖公主带着几个姐妹走到殿前给国主和国后行礼，娇滴滴的声音让众人心中不禁微风轻荡。

天成禹虽然疼爱自己的女儿，今天的场面她们集体迟到多少让他不悦，挑了眉：“天瓖啊，今日是你太子哥哥大婚，你看看你们，喜宴竟然迟到。”

“父皇教训的是，女儿知错了。”

“还不赶紧向帝尊行礼。”

“是，父皇。”

天瓖公主领着几位妹妹走到帝尊的面前，比起其他公主的羞怯，天瓖直刺刺地看着千离，发现他比六年前要更为清俊好看，直瞧得她控制不住地怦然心动。

想当初，她慕他的名去浮屠天里请他喝茶，费了好一番的工夫才找到千辰宫，他不在宫里就算了，好歹她还是在天河旁边找到了他，那点劳累她就不与他计较了。可是，她一番好意的邀请竟然完全不被他放在眼底，找他前就做了其人很难请到的心理准备，她也没想过一句话就让他拜倒在她的石榴裙下，若是那样，她反而要对他失望了。心里的话都打好了腹稿，只待她依次说出来，可他竟然耍弄她，害得她掉进了天河里。从小到大，哪个人不是让着她哄着她疼着她，她要去东，父皇和母后绝对不会强迫她去西边；若是她要吃南城买的果子，太子哥哥必然不会给她北城的糖果。她永远不会忘记他在天河边对自己说的那句话。

他说：本尊有个习惯就是，最讨厌跟没脑子又长得不好看的女子吃饭品茶了。

他说她没脑子！长得不好看！

“天瓖拜见帝尊。”

心里对帝尊虽有着极度不满，但礼节上天瓖公主却做得很到位，柳腰轻摆，行礼的身姿婀娜柔软，看得旁边一些男子心旌摇曳不已，暗呼帝尊真是艳福不浅，竟然能让天瓖公主如此顺服。

另外几位公主随着天瓖一起行了大礼，却无人敢抬起头直视千离的面容，早闻帝尊模样极美，到了眼前却是不敢细细一看究竟，这让他们的心里犹如百猫抓挠，心痒难耐。

几位行礼的公主说完拜见帝尊就想起身，千离眼帘都没有掀起地轻轻说了一句：“本尊让你们起来了吗？”

天瓖和几位公主皆是一愣，保持着姿势，再不敢动。

一番热闹的喜宴上杵着几个人不能动弹，大家的兴致一下子都降下来不少，原本就因为帝尊古神和神首几人在场而拘谨的酒席变得越发规矩起来，从说话到喝酒众人都不敢放开，连新郎官天策都难为天瓖公主等人求情，只是趁着给麒麟上神敬酒的时候小声为自己的妹妹求了个情面，希望麒麟上神能给他。

麒麟本不是喜欢为难人的人，端着空空的酒杯走到天瓖公主的身边，笑着道：“公主这个礼还真是不小，起来吧。”

天瓖公主声音里带着怒气：“帝尊没有让我们起来我们怎敢。”

慢慢饮酒的千离将酒杯里的清酒都喝尽了才慢悠悠地说话：“公主们可是想在此殿中跪上十天半个月的吗？”

天瓖不敢置信地抬头看着千离，这里是她的家，是南荒，他竟然在南荒太子的婚宴上如此对她们几位公主。

南荒国主了解自己的女儿的脾气，急忙从主位上走了下来，连连向千离赔罪：“帝尊，

天瓖她们还小，不懂事，喜宴姗姗来迟确实有错，请帝尊宽恕她们这一次，以后我一定严加管教，不让她们再做出如此大不敬的事情来。”

麒麟挥了下手，南荒国主立即催着天瓖等人赶紧离了场，到了殿外之后嘱咐她们不可再进席。

天瓖公主等人走后，麒麟坐回到自己的位子上，侍女为他斟酒，他则倾过身子与千离说话。

“这么对你的旧情人似乎不是很妥当吧？”

千离深觉喜宴的无聊，若不是代替星华来的，他必然会离席而走了。一诺，则千金！他既然答应了星华，定然会让他的面子上过得去。听说当年星穹宫办喜宴时，南荒国主将镇国之宝送给他作为贺礼，那东西对星华没什么用，可对他家那口子的身子有不错的帮助，若非如此，星华也不得将南荒太子的婚事放在心上，不过是收了别人的礼欠着总觉得不舒服。无聊间，麒麟同他说话，便回了声。

“旧情人？”

麒麟笑：“你不会连刚才那个大美人是谁都不记得了吧？”

千离挑眉：“你觉得她长得好么？”

“哈哈……”麒麟乐了，“那得看看你拿她跟谁比了。如果是跟一般的神女仙娥比，那天瓖公主自然算得是很美丽的女子，身姿窈窕，柳腰翩翩，一笑一颦间都带着无限的娇媚。可是，如果你拿她跟……”麒麟故意拉长了话音，仔细观察着千离的面部表情，“我们的世后娘娘比，那自然就比不得了。”笑了笑，麒麟问：“或者，你心里有觉得能跟飘呆呆比上一比的女子？”

千离不以为意地道：“比这个做什么？”哪个女人长得好看，哪个女人长得不好看，皆跟他没有任何关系。他从来都不关心这些，女人间的事情他都没有兴趣，看女人斗艳还不如睡觉来得舒服。

“哎，我可是好心提醒你啊，刚才那位天瓖公主在大概……”麒麟想了想：“六年前，去浮屠天找过你。她请你喝茶，你没答应，还嫌弃人家没脑子长得丑，捉弄她掉到天河里，人姑娘现在肯定还记着对你的仇呢。你刚才又让她跪了那么久，指不定现在在哪个旮旯弯儿里诅咒你。”麒麟笑得得意，能看到一个个的人嫌弃帝尊，他觉得是一件颇为开心的事情，帝尊委实太自恋了，只有广大的群众不断的打击他才能让他清醒啊：“新仇旧恨的，你可算是让姑娘记得你的无耻了。”

“我以为你应该夸我六年前就那么有眼光。”

麒麟乐笑出声，“我觉……”话未完，对面百曦古神的声音传了过来。

“帝尊。”

千离闻声将目光缓缓地投了过去，看到百曦古神端着酒杯敬他。

“帝尊之名早已久仰。今日得见，十分荣幸。”

千离轻轻一笑，端起了自己面前的小耳酒杯：“百曦古神，请。”

百曦浅笑，温润万千：“请。”

两人喝过之后，麒麟十分小声地问千离：“你认识他？”

“你指什么程度？”

“你认识他到什么程度？”

“名字。”

麒麟睁大眼睛，有没有搞错，他就仅仅知道百曦古神的名字？那不用怀疑，一定是刚刚听到大家喊他才晓得的。简而言之，他对对面那个男人一无所知。

百曦古神和帝尊喝完之后，轻声地与幻姬殿下说着话：“那一位就是三十三重天里战绩累累的帝尊，你应该认识一下。”

幻姬暗想着，要不要跟百曦古神说她一早就认识了帝尊呢？不仅认识，俩人还交手了两回，第一回她颇为得意地回了天外天，虽然胆战心惊地过了一阵子，但怎么说丢的脸没有帝尊大，她觉得自己是胜利的一方。至于第二回，回宫的她蔫了好久，莫名其妙地就被帝尊给赶回了宫，到现在都想不明白哪里惹得他不高兴了。

“幻姬？”百曦将走神的幻姬喊回过神，奇怪地看着她：“怎么了？”

“没事。”

“帝尊不止在三十三重天里的地位极高，四海六道八荒里也是人人敬畏的尊神，你来三十三重天游历，拜见他总不会错。”

“帝尊，有幸相聚，本神多事，向你介绍一个人。”

千离目光从百曦古神的脸上悠悠慢慢地移到旁边低着头的幻姬身上，薄唇轻抿，表情甚是清淡。

眼看装不下去了，幻姬硬着头皮站了起来，从桌子拿起酒杯，低头不看千离：“天外天幻姬见过帝尊。”

麒麟看着幻姬殿下连看都不敢看千离，忽然笑出声来，让他相信三个月前这姑娘没和千离出点什么小意外他真是不信，要是和平地分开，何至于从进来到现在一眼都没敢瞧帝尊呢？

“殿下这么客气干吗，都一起……眠过的人了，放松些放松些。”

百曦不解，看看麒麟，又看看幻姬：“眠过？”

幻姬转头望着百曦：“一个误会，你别多想。”

喜殿内一道声音轻似微风，却是吹进了所有人的耳朵。

“殿下在坤云山头脑清醒地把本尊睡了居然说是个误会？”

幻姬一直不知道为什么每次关键话语帝尊都能抓中人群最安静的时候说，在浮屠天星

穹宫是这样，在坤云山也是，在南荒又出现了这样精准的满堂皆听清的情况，难道他每天修炼的是如何在人多嘈杂的时候让自己的声音脱群而出吗？这功夫她都领教三回了，回回都让她有无语问苍天般的感觉，她在三十三重天里统共就参加了三次宴会，三次遇到他，次次要被他弄得想逃遁，她觉得日后在三十三重天里若是要露面什么大会一定得早一步探听帝尊是不是也会到场，她要躲他三百里。不，八百里。但是……幻姬哀怨地想，此刻莫说八百里，就是八里地都没法躲。

因为帝尊的话，整个大殿里都变得很安静，是真正的很安静那种，幻姬从来不知道，这么多人在场她竟然会听不到一点儿呼吸声，帝尊的话得多震撼他们的心啊，她这个娲皇宫殿下的脸面这回算是丢满整个八荒了。

事，左右是被说开了。藏，是没什么必要了。眼下最好的法子便是拿出她天外天殿下的风范和聪慧来应对这个传说中的帝尊了。

幻姬心绪忽然安定下来，抬起头，怔怔地看着千离："难道不是个误会么？我在头脑清醒的情况下做了此事，若不是误会，帝尊您现在不该是缠着我让我对您负责么。"

麒麟一挑眉，哟嚯……够胆儿啊幻姬殿下。

满堂的人都没料到幻姬会如此说，连千离都没想到幻姬竟敢如此回他，颇有些四两拨千斤地将问题公开解释淡化的味道。

"殿下是在埋怨本尊没有纠缠你？"

幻姬莞尔，神情自然得很："岂会。帝尊心知那次不过是个小误会，且本身又讨厌死缠烂打的人，自然不会让自己变成那种不受人待见的模样。既是误会，这回说开也好些，免得日后有人误会我和帝尊之间有什么。"

麒麟看着幻姬，不由得笑了，"呵呵……"他不知道是幻姬的性格使然，还是她的身份给了她无比自信的底气，她的态度和话语让他很意外，但又觉是理所应当的。这姑娘，有点殿下的派头。

百曦嘴角微微扬起，向千离道："我原本还想着介绍幻姬同帝尊认识，不想你们俩人早就相识，看来是我多事了。"

回应百曦的是千离的默然不语，不说可，也不说不可，自顾认真地品起酒来了。

千离的反常让麒麟有点儿摸不着头脑，之后的宴席没有再起身离座，很有神首的样子在位子上受着众人敬的酒，时不时就凑过身子跟千离说话。

"我说你怎么了，我说了这么多话你一个字不搭理，生气啊？"生气的话，毒舌回过去不就完了，他又不是干不出这样的事情，别说一个百曦古神坐在对面，就是再来三个古神他也不怵。虽然看到千离不说话心中略有疑问，但是麒麟太清楚自己这个老友的战斗力了，幻姬殿下这么几句话还是不会伤到他的，而且看到他沉默不语的样子，从内心来说，他挺爽的。于是，嘴角扬起，笑嘻嘻地打趣，"看到百曦古神为她说话，不好意思再欺负人家小姑娘？”虽然麒麟觉得这个可能实在没什么可能，但他不得不这样猜，因为没理由千离就这样放过幻姬殿下呀。

“不好意思？”千离略偏脸，看着麒麟：“你要教教我么。”

麒麟干干地笑了笑：“这个东西好像是不大可能在你身上出现。那你为何不高兴？就因为幻姬殿下那几句话？”

千离表情淡得像一阵无痕的风：“你觉得她有这个分量吗？”

“那你不说话？”

“说什么？”千离反问。

麒麟想想，好像也真是没什么可说的，这里的人都认识他，他却是除了他和幻姬谁都不识，也难怪他觉得无聊。

“说说你对幻姬殿下的看法吧。”麒麟很好奇，“你之前说‘无趣’把她赶回了娲皇宫，现在见到她，什么感觉？”

千离目光投向正倾身靠向百曦说着什么的幻姬身上，轻轻地说了两个字：“女的。”

“没了？”

“还应该有什么吗？”

麒麟放弃地摇头，算了，帝尊的眼中看人大概就是男人和女人了，高矮胖瘦美丑应该是没什么分别。

不知道幻姬跟百曦说了什么，听完她的话，百曦脸色的浅笑变得很深，连眼睛都笑得眯了起来，目光还有意无意地朝千离瞟了过来，让麒麟一颗心好奇得要命，幻姬殿下跟百曦古神在说什么呢？还真是看不出来，幻姬殿下会这么逗人开心。身为移动八卦大典，麒麟觉得此时如果自己不挖到幻姬向百曦说什么便有损他的威名。于是，略施小术准备探听幻姬在对面说什么，仙术刚刚施出他就愣了。

幻姬身周有两道高强的仙术在暗斗！

这个发现让麒麟兴奋了。他就说嘛，怎么能就这样欢天喜地地喝着酒聊着天，以千离的脾气肯定是要弄点什么动静出来才是，这就对了嘛，斗的法越高戏就会越精彩，身为一个专注看戏万千年的上神，他十分地恪尽职守。

太子天策在宴厅里兜兜转转地敬酒，到了自己师父这边时，免不得跟他多说几句话，趁此机会，麒麟探过身子问千离：“你赢了还是他赢了？”

千离莫名其妙地看着麒麟：“嗯？”

“别装了，在我面前还有什么假可做么。”麒麟下巴努了一下幻姬，继续道：“还以为你真的那么好心就听了幻姬殿下的话呢，没想到暗中搞小动作啊，啧啧，真是……狼心难测。”

“你以为我在和百曦古神暗斗？”

麒麟鄙视地看着千离："不会吧，还装？"

"你觉得有什么事是我不敢承认的？"

做了就是做了，没做就是没做，为了一个见过几次的女人跟陌生人斗法这种事，他觉得自己实在没兴趣。

麒麟疑惑不解了，将自己的发现告诉了千离："我刚刚发现幻姬殿下身边有人在暗中斗法，修为不低。"

"然后呢？"

"我以为是你。"他又不是没干过暗中下手的事。

千离再问："然后呢？"

"你说不是你。"

"然后呢？"

麒麟耸肩："我就不知道是谁和谁斗了。"

"然后呢？"

"没然后了。你无不无聊啊。老是然后然后，有那么多然后吗？"

千离继续品酒："你终于知道自己无聊了。"

麒麟白了一眼千离，觉得他才是真正无趣的人，这么值得深究的事情他竟然一点兴趣都没有，难道他就不想晓得是谁在和百曦古神暗斗么？这大殿之上，除了他和自己，还有谁的修为能和百曦古神相斗呢？百曦虽然不管天界的什么事，可身份地位在那儿摆着，得罪他应该也捞不到什么好处吧，何况主意打到幻姬殿下的身上，胆子不小。谁呢？

和百曦暗斗的人没有发现，麒麟倒是发觉有个侍女频繁地穿梭在他和千离的面前，斟酒添茶，好不殷勤。美人过眼前不浪费是他的习惯，在她穿了两次之后，他特地细细地看了她一眼，不看不知道，一看心就笑。原来是她啊。

新郎官本就是今天的主角儿，偏生天策又找了百曦吃酒，不多时便有不少的宾客聚到了他们一块儿，幻姬自个儿在座位上剥着葡萄吃，看到她乖顺的模样，原本就喜欢招事的麒麟笑着喊她："殿下，方便过来吗？"

幻姬抬头，笑了："上神要喝酒吗？"

"殿下剥的葡萄若是能让我吃上几颗，我会更高兴的。"

幻姬低头看看自己手里的葡萄，嘴角笑容加大，对麒麟上神她的印象是非常好的，这位神首热情且屡次帮过她，他的行事风格在她看来才像洒脱的尊神，和他喝酒自己倒是很乐意，就是他旁边的人……

"看来殿下只喜欢和百曦古神在一起啊。"

"呵呵……"幻姬轻笑出声，"上神说笑了。"说着，拿着自己手中剥好的葡萄走了过去，行走间丝毫不觉麒麟在她身周施开了防护仙术："上神，给。"

对于麒麟要吃葡萄这事，幻姬觉得他未必就是真想吃葡萄，大概就是想和她热络热络，好歹他是神首，抛开身份不讲，年岁上也是自己小他太多，他跑到她那边不大好看，叫自己过来也是能理解的。她自认不是小气之人，只要不是故意为难她，她愿交所有人为友，与众人和睦相处。

麒麟心中暗道，百曦古神因事没在她旁边护着，还以为另一道仙术会公平地休战，不想竟然还想染指幻姬，若非他掐了护仙术，这位沉鱼之貌的天外天殿下怕是要好好地吃上一回暗亏了。

拿过幻姬剥的葡萄吃下，麒麟笑着道："不晓得为什么，殿下剥的葡萄味道就是不同些，是我吃过的葡萄中最甜的。"

"呵呵，上神今天的嘴巴是先抹了蜜再出门的么。"

麒麟从自己桌面上的果盘里拿了一颗葡萄给幻姬，让她继续剥一颗尝尝的意图很是明显，抬手将她桌上的酒杯吸了过来，亲自为她斟满酒。

"殿下，天外天我是难得去上一回了，咱们在三十三重天里碰个面不容易，看在你我也算投缘的分上，今日陪本神喝上几杯，如何？"

幻姬剥着葡萄笑容清甜："我要是不喝，你会不会又说我只爱和百曦古神喝酒啊。"

"哈哈……"

麒麟被幻姬的话惹得大笑，"会噢，我肯定会误会你只喜欢百曦古神。要知道，我可是三十三重天里的大情圣，连我这么俊美的男神你都不搭理，我肯定吃醋的。"麒麟朝旁边挪了些位子出来，继续道，"你看看你刚才跟百曦古神聊得那个欢啊，估计这个殿里，除了我，都以为你和他有点什么。"

听到麒麟提及百曦古神，幻姬转头朝他看了下，发现还是有很多人在和他聊着，一边朝麒麟让出的位子走，一边道："百曦古神是一个很好的人。"她来三十三重天里几次，感觉比较好的就两人，一个是义姐世后娘娘，另外一个就是百曦古神了，她觉得这两位都是极好聊在一块的人。

刚好，麒麟让出来的座位靠近千离那边，幻姬走过去的时候，那一直在千离和麒麟跟前晃来晃去的侍女上前为千离添酒，按着规矩，此刻侍女该候着待幻姬坐下才是，也不知是不是新人，贴着幻姬就挤过去了。

低头剥着葡萄的幻姬不防有人推挤自己，身子重重地磕了一下桌角，忽然的疼痛让她轻轻叫了一声，"啊。"奈何那撞挤自己的力道还在加大，让她身子朝前扑倒，而身侧靠后的那名侍女更像是被她撞倒一般地朝千离身上扑下去。

麒麟闻声伸手想扶住幻姬，指尖还没有碰到她的衣裳，眼中已然出现了一闪而过的笑意。

"啊！"

"啊。"

喜殿内，接连两声女子的惊呼声响起，一声软绵绵的，一声却是吓人的尖叫。殿内的喜悦气氛戛然而止，纷纷看向千离和麒麟这边。一个侍女姿势不雅地倒在了麒麟的席桌上，身上洒满了酒渍，身下压坏了水果，杯盘散得一片狼藉。而原本该被麒麟扶住的幻姬不知道怎么搞的后摔到了千离的腿上，被他接了一个端端正正，葱白的指尖掐着一个刚刚剥好的晶莹葡萄放在千离的嘴边，瞧着他们俩人的姿势竟一点不觉是一场意外下的结果，仿佛幻姬一早就坐在千离的腿上为他剥葡萄。

幻姬的目光对上近得可以数他根根睫毛的千离眸光："我……对不起。"

千离的目光缓缓下移，落到她手上的葡萄上，幻姬的视线也跟着移动。他，是想吃葡萄么？

幻姬了悟，大方地道："给你吃。"

千离不语，目光又回到幻姬的脸上。

幻姬纳闷，他又不想吃了？

"呃……那好吧，我自己吃。"

幻姬刚把葡萄送到自己的嘴边，清晰地看到千离蹙了下眉头，动作停住了。他，是想吃？

"那……还是给帝尊你吃吧。"

看到千离没动，幻姬又道："麒麟上神说很甜。"这回，幻姬不敢再缩回来手，终于，千离润泽的薄唇微微开合，将幻姬指尖的水晶葡萄吃了下去。

"酸的。"

幻姬不信地看着千离："酸？"

"再剥。"

被侍女毁掉席桌的麒麟已经被南荒国主诚惶诚恐地请到了一旁，国后胆战心惊地教训着坏事的侍女，刚说了一句话，侍女看着千离和幻姬气得用力跺了一脚，跑掉了。

幻姬被跑掉的侍女转移注意力，还没觉自己和千离有何不妥，百曦便走到了跟前了。

"幻姬。"百曦古神声音亲和地唤了一声幻姬，将她的目光从跑开的侍女身上拉回，看着她微微笑着："我有些事情要去忙，你跟我一道去吧。"

幻姬一听，连忙道："好啊。"想也没想地起身准备跟百曦离开，才站起来，想到了自己刚才坐在了什么地方，脸颊微红地转过去看帝尊，发现他正慢慢地掀起眼帘瞧她，面上毫无表情，可她却仿佛听到他说不准走，到底为什么不能走呢？在与帝尊的对视中，幻姬自以为很聪明地明白了，一定是刚才帝尊吃了一粒酸葡萄造成的，他刚刚不是说让她再剥么，若是她就这样走了，他应该会不高兴。不，以她对他的了解，不是应该会，是肯定会。但是，百曦古神是有事情要办，他只不过是吃了颗酸葡萄，孰轻孰重很明显。

"帝尊，百曦古神既然要我跟他一起去办事，那……"幻姬故意拉长声音，仔细观察着千离的表情，"我去了。"

千离什么话都没说，看着幻姬，只是缓缓地浅蹙了下眉头。

幻姬当即心下道了声不好，他们帝尊老人家又皱眉了，他一皱眉她就觉得事情不顺他的心。人活着哪能没有不顺心的事情呢，就算是神仙也有不能按照心之所想行事的时候，可是这样浅显的道理在他们的帝尊面前是不存在的，谁要是让他不开心了，他一准儿能让人哭都找不到坑儿。

幻姬转头看着百曦古神："不如百曦古神这次……我就不去了吧。你忙事情，我在旁边估计也帮不上什么忙，若是给你添乱了，岂不是不好。"

百曦道："这次你一定要去，我需要你。"

"帝尊，要不……我去了？"

千离还是不说话，只那眉头皱得比前一次深了些，幻姬心想，完了，这回肯定是不高兴了，赤裸裸的"本尊很不爽"已经出现在他脸上了。明明他跟自己什么关系都没有，她也说了希望两人不再有交集，可是就是做不到完全无视他的转身跟百曦古神走掉，倒不是多么在意他，而是她深深地明白这位尊神吃罪不起，惹到他，一眨眼他就能让她欲哭无泪，为了自己的天外天殿下形象，她还是稍微忍让些才好。

"我……我还是不去吧。"幻姬再次看着百曦古神，"百曦古神，我觉得……"让他独自离开的话怎么都说不出口，若是论起情谊，她和百曦古神的不晓得比和帝尊的多了多少。

侍女们在收拾麒麟的席桌，远些地方的宾客都只当百曦古神在和幻姬殿下帝尊闲聊，一个个也没太注意他们。只有一个坐在不远处别的宾客椅子上摇着扇子的男人看着眼前的画面笑得一脸灿烂春光，一看百曦古神就不钻研动物世界，到了狼王怀中的东西想生生地抢了去，怕是有些难度了，若千离不松手，今儿个怕是谁来都叫不走幻姬殿下的。

百曦古神看到幻姬两边如此为难，心生不忍，看着千离，说道："不知帝尊将幻姬殿下留在身边可是有要事要办？"

幻姬暗想，帝尊哪里是想留她在身边啊，要是真想，三个月前就不会赶她走了。现在，肯定是因为没吃到葡萄，可是葡萄这东西，他自己想吃不能剥么？或者让侍女给他剥个一小碟，很容易办到的事情。

但帝尊却是很自然地嗯了一声，"嗯。"

"不知，帝尊有何要事需要幻姬办呢？"

幻姬觉得，帝尊估计不大好意思说出是想吃她剥的葡萄，因为这种事情小得完全可以忽略不计，都算不上事。但，很快她就发现自己低估了帝尊的无耻程度。

只见帝尊很是悠然地反问了百曦古神一句："本尊什么事不重要呢？"

百曦轻轻笑了："帝尊的事情自然是件件都非常重要，但我以为事情有轻重缓急，从实际情况看，本神的事情略比帝尊的事情急那么一点点。不若，幻姬便随我去办完事情再来帮帝尊吧。"

幻姬不吱声，偷偷地瞄千离的反应，看到他狭长的双眼忽地眯了一下，心中大呼糟糕，百曦古神怕是惹毛了帝尊，帝尊老人家哪里可能甘于人后。可是不待幻姬有任何反应，就听得大殿里一声惨叫响起，众人循声看去，两个人影嗖的一下飞过大殿，身体重重地摔在了千离的席桌之前，待看清时，宾客里的女子们纷纷尖叫。只因，那摔在地上的俩人浑身赤条条的，正是南荒四皇子天峯和西荒大公主的夫君遒泽。

喜殿里混乱了片刻后安静下来，女宾们纷纷撇开脸避开不宜直视的画面，南荒国主和国后一脸苍白地看着地上的四子，南荒国主声音颤抖得不敢置信，“这……这、这……”好好的一场喜宴怎么变成这样，先是化成侍女的天瓖捣乱出了丑，现在又变成老四丢这么大的脸，今天这场喜宴是要他的面子都丢尽才能完是不是。

天峯和遒泽捂着自己的关键位置，两人瑟缩地靠在一起，浑身发着抖，怯怯地看着坐在椅子上一直都没动过一丝的千离。

西荒大公主见自己的夫君被人剥得干干净净在人前出丑，冲上前看着他：“你、你这是干什么！”

天峯颤抖不停地看着千离：“帝、帝尊，我们错了，我们知错了。您就饶了我们这次吧。”

众人不解，面面相觑，最后目光落到了千离身上。

千离的声音轻轻的，缓缓的，像是在不经意地说一件很寻常的事情，“本尊有个习惯，特别不喜欢别人碰我手里的东西。”

“不敢了，帝尊，我们下次绝对不敢了。”

一众人还不明白到底发生了什么事，只见千离广袖忽然一挥，桌前地上的天峯和遒泽就被扇到了大殿内的顶梁柱上，一人一根，四肢打开地被钉在了圆柱上，浑身动弹不得。

“给本尊展着！”

说完，千离目光缓慢地移到百曦古神的脸上，“在本尊看来，你还不够格带她走！”身为男人，要么对伤害视而不见，落得一个冷漠的口碑。若是想保护身边的女人，就该拿出男人的样子，干干脆脆利利索索，一招不绝的拖泥带水在他的眼中不会显得此人有多善良只让人觉得无能！

天峯和遒泽在喜宴开始没多久便动了打幻姬主意的心，两人在一块儿喝酒眼睛就没离开过她，合力暗中对她施术。邻座的百曦一早就发现了他俩人的诡计，却只是暗中用自己的仙术控了他俩人的法术，不让他们伤害到幻姬，却没有将他们揪出来。倒不为别的，只因大喜宴上，他为太子天策的师父，始终要考虑到徒儿的面子一说。人与人的性格不同，处事方式自然也不同，百曦觉得护好幻姬参加完喜宴便无事了。

本来天瓖公主出糗那会儿天峯和遒泽顾忌麒麟护着幻姬已停手，奈何等百曦走到幻姬面前又按捺不住心中的色念，准备对她施术。可惜的是，吃了幻姬一粒葡萄的千离觉得自己该还个小礼给她。两个身份算得皇族的人，在大庭广众的喜殿之上能对一个女子下这般邪恶的毒手，他可不认为放过他们这次两人会感恩戴德地改邪归正。靠一句禅语便放下屠刀立地成佛的人，屈指可数。过度坏恶之人，惩治到底才会长记性！

幻姬丈二和尚摸不着头脑，不晓得帝尊他老人家又刮的哪门子邪风，忽然就剥光了南荒四皇子和西荒长公主夫君的衣裳，他是不是有爱脱人衣裳的嗜好啊？

“百曦古神。”幻姬看着百曦，“我们耽误不少的时间了，走吧。”她不喜欢帝尊的霸道，一点不顾及场合和对方的身份，抛开南荒四皇子和西荒公主夫君两人不说，百曦古神可是昭郐山的古神，他对他也太不客气了点。身为女娲后人，如果这样的事情都不表明她的态度的话，那她会瞧不起自己的。

百曦看看千离，再看看幻姬，思虑了一会儿之后，点点头。

幻姬和百曦离开喜殿之后，麒麟看着圆柱上的天峯和遒泽，折扇挥了下，给他俩穿上下半身的裤子，心里发笑，小离离也真是太不注意影响了，这么多美人儿在场呢，就这样大剌剌地让她们看这种东西，好奔放。

天策看着自己的弟弟被钉在殿内大柱上，心想着，师父走了，如今殿内敢向帝尊求情的人就只剩下麒麟上神了。寻了个敬酒的机会，天策贴近麒麟，小声地为自己弟弟说好话。

“麒麟上神，有一事……”

天策还没开口说完，麒麟笑着摇头：“新郎官，本神知道你想说什么。今日莫说是我，就算世尊为他求情都没用。”千离若是出手训人了，那就不需要再去求情了，闹出性命他都不会改变自己的决定。何况那两个人实在该好好收拾一番，别说幻姬是女娲后人，就是寻常人家的女子也不可如此欺辱。别的不说，一个坐在帝尊腿上没有被他挥开的女子难道还不会动脑子想想她能不能招吗？如此没有眼力见儿，在帝尊眼皮子底下沾惹他碰过的人，岂不是找死。

喜宴的气氛不论南荒国主和太子天策如何努力也回不到最初的热闹了，人人都小心翼翼的，生怕忽然惹得某位老大不高兴，想离席的只敢在心里哀怨地喊着，没人敢在帝尊还在席间就走掉，一个个都在殿内故作轻松谈笑着。

麒麟的座位被重新布置好了，回到自己的位子上，笑眯眯地跟千离说话，“小离离，英雄救美的感觉怎么样？”别人英雄救美之后姑娘家都要好好感激一番，救得漂亮的，姑娘一个芳心暗动就以身相许了，可他们的帝尊救了美人反而招致美人的误会，不晓得这样的事情会不会给极少出手救人的帝尊留下心理阴影呢？唯恐天下不乱的麒麟觉得自己实在是太对得起“活动八卦大典”这个名号了，为了制造新鲜的八卦，他可是冒着生命危险在招惹帝尊啊。

千离缓缓转过脸看着麒麟，“戏，好看吗？”他是真的扶不住幻姬？明明前扑的动作被他生生推成了后仰，这样拙劣的手法他也好意思玩出来。

“嘿嘿。”麒麟讪讪地笑了两声，“好看是好看，就是略暴力了一点。”麒麟看向被定在顶梁大柱上的两个人，“你好歹也藏住点儿吧，这婚宴可折腾出不少的事儿了。”他做的事没有错，可就如现在看到了，大家只看到他惩治了天峯和遒泽，至于为何这样对他们，除了几个修为高深的大神以外，其他人都蒙在鼓里，只觉他很难相处，连被救的幻姬都误会他了。“哎，我说，你对天瓖公主倒也真下得去手，那么利索地就把她挥到我这边，吓了我一跳，要不是我身手矫捷都差点被她袭胸了。”

“彼此彼此。”

麒麟不赞同道：“什么彼此彼此，少拿我跟你相提并论，我多温柔一个人啊，角度拿捏得好，力度掌握得好，时机把握得好，咻的一下就把小狼崽给你扫腿上去了。”麒麟很是得意地笑了，“要不是我，你能吃酸葡萄？”

千离目光落在席桌上的葡萄串上：“跟你在一起的时候，我总觉得自己有点猥琐。”

幻姬跟着百曦古神出了喜殿之后，看了他脸色好几次，见他平静如初，忍不住问他：“帝尊对你那般不敬，你一点儿都不生气？”

“如果对手让你生气了，那说明你还没有胜他的把握。”

百曦和幻姬走了一段路，幻姬正想问他们要去哪儿做什么，百曦先出声问了她。

“你觉得帝尊如何？”

“帝尊就是帝尊啊。”

百曦嘴角微微翘起：“没别的印象？”

“这还用问吗？”幻姬脱口而出，“三十三重天里绝对不要惹到他，否则刨坑埋自己都来不及。”

“呵……”

百曦被幻姬的话逗笑，想了想，道：“其实你误会了帝尊了。他那么做，是为你好。”

“为我好？”幻姬无法相信，“百曦古神你不必为了帝尊的形象来哄我，我和他不是第一次遇到，他是什么样的人，我觉得我还是有基本了解的。”

“幻姬，他这回是为了你才出手的，若是他不抓住那两人，此刻在喜殿内丢脸的人就是你。”

幻姬停下脚步看着百曦：“你……说的是什么意思？”

“那两个被帝尊教训的人想暗中欺负你，被他发现了。”

帝尊………护她？

“他暗中护着我，我……我谢谢他。”幻姬的口气里明显有自责的味道了，“可是，这跟他对你不敬有什么关系，他一点都不知道尊重人，不管对谁。”

“他说我的那句话是说我没保护好你。算得是为你出头。”

幻姬看着百曦好一会儿：“帝尊他才不会有这么好心呢。”

话虽如此，但幻姬说千离的口气与之前大为不同了，想到他那番行为竟是保护自己，她觉得自己头也不回地离开有点过于无情了。不晓得现在帝尊怎么样了，肯定觉得救了一只白眼狼。

带着对千离的歉疚，幻姬想着百曦的事情早些结束她好去找帝尊解释清楚，可百曦的事情都不是什么大事，却是些耗费时间的繁琐之事，竟是在太子天策的东宫里隔帘临时教折依一些技艺，好让她能顺利过掉明日的小宴。

月上青空，觅鸟归巢。

幻姬总算从东宫里偷了闲出来，一个人散着步子，不期遇到了一人。

“麒麟上神。”

和几个女子赏月闲聊完的麒麟看到幻姬走过来，脸上浮现笑容，“幻姬殿下。”随口调侃道：“殿下真是好兴致。”

幻姬微微一笑，特意朝麒麟左右看了看，上神的身边少有缺人的时候，尤其现在在南荒，他和……帝尊不是应该在一起的么，怎么不见帝尊。

“比起兴致，我想没有人能赶过上神你，你在这里散步是……”幻姬不确定地问，“一个人吗？”

麒麟笑了：“依殿下看，我应该是几个人啊？”

幻姬默默地没有立即接话，他这会儿当然应该和帝尊在一起才是呀，此时临深夜，有些早睡的人怕是已入了梦了，按说南荒国主应该是把他俩安到了同一个贵宾楼内休息的，若帝尊不在，可是睡下了？

“上神，你和帝尊，可有打算何时回浮屠天？”

麒麟脸上笑容不减：“怎么，殿下有事找我们？”

“我找帝尊有点儿事情，若是你们打算明日便回浮屠天，幻姬想上神为我捎句话给帝尊。”

“噢？”麒麟很是感兴趣地看着幻姬，眉梢挑得高高的，眼睛亮了许多：“不晓得殿下想让我传什么话给帝尊呢？”

幻姬想了想，道谢的话自然是当面说显得更真诚：“你们真的准备明天就走？”

“这个嘛……”

麒麟状似非常认真地想了想：“还是先听听殿下找帝尊说什么吧，如果很要紧的话，我帮你劝劝他延迟些也无不可。”

“其实……也不是什么特别的话，我就是想跟帝尊说谢谢。”

麒麟表情愣了下，很快笑开了：“原来是想谢谢帝尊啊，这谢人嘛，我以为当面说比较好哎。”

幻姬小鸡啄米一样地连点了三次头，“我也是这么想的。可是，上神和帝尊明日就走，今晚都到这个时辰了，我也不好意思再去打扰帝尊，明日也不晓得你们什么时候离开，我……

我其实是真的很想当面向他道谢的，当时我不知道实情，若是晓得，我……”幻姬内疚地轻轻咬了一下唇角，“我一定不会误会他。”她只顾着气帝尊不尊重百曦古神，却没想到他的出发点是为了她。

看着幻姬懊恼的模样，麒麟悠闲地扇着扇子，现在晓得他们的小离离其实是个好人了吧，吃她一颗葡萄就给她帮了这么大一个忙，这样不对等的交易也就跟帝尊才有得做。

“想当面致谢就当面吧。本神帮你传话也不是不可，但是过了我的嘴，还是不是那个味儿，就难说了。”麒麟笑笑，“毕竟，我是我，你是你。你说，对吧？幻姬殿下。”

“可是已经很晚了……”

帮百曦古神的时候她一直惦记着去找帝尊道谢，可还没走开又被百曦古神叫去了，不得已才拖到现在。大晚上的，她一姑娘家去男子的寝房多有不妥。

啪的一声，麒麟收了折扇，“不用担心，本神帮你瞧瞧。”说完，麒麟仰头看天，抬手掐算，对幻姬道：“经本神夜观星象，掐指一算，我们的帝尊还没有睡觉，你可以放心地去找他。”

幻姬抬头看看夜空。麒麟上神，这天上除了一轮月亮，一颗星星都没有，你夜观星象的星象是从哪儿看到的？

“殿下，去吧。”

“帝尊他住在哪儿？”

“这个……”麒麟略想了想，“如果我算得不错的话，帝尊应该还在喜殿。”

幻姬诧异不已，“还在大喜殿？难道喜宴还没有结束吗？”在她的记忆里，世尊家小殿下的百日宴帝尊都提早离了席，这次的喜宴他能现身就多有不易了，怎么可能待到现在还没有走。

“喜宴肯定早就结束了。但我走的时候帝尊还在那，以他的习惯来说，应该还在。”

“上神你是什么时候离开的？”

麒麟回忆片刻：“午时一刻。”

幻姬：“……”

他中午就走了，那时候帝尊在不代表现在还在吧。都过去了一整个下午加半个晚上了，帝尊留在那儿做什么呢，吃葡萄么？

“殿下要不要去那看看，没准就在。”

“若是不在呢？”

麒麟笑道：“那我今晚见到帝尊就替你传个话。”

幻姬点头：“多谢麒麟上神。”

“客气客气。”

别了麒麟之后，幻姬一路问了五个人才找到白天办喜宴的大殿，此时的殿外除了八名护卫以外，看不到其他人，她拾级而上的时候暗想，午时过后喜宴就散了，帝尊怎么可能还在这里坐着呢？她也真是，麒麟上神说来看看她就真的来了，也没好好想想可不可能。一边想着自己的可笑，一边还是朝殿内走去，觉着既然来了，到里面瞧一眼无妨。若是没人，麒麟上神会传话给帝尊，也算得了了她一桩心事，只是那诚意必定是折了许多。

殿堂门口，侍卫朝幻姬行礼。

“参见幻姬殿下。”

幻姬走过去之后，几个侍卫相互看了眼。这位天外天来的殿下长得真是好看，以前只觉他们南荒的六公主是最美的女子，看过幻姬殿下后才晓得，外面的女子还能出现比天瓖公主更美的。

走入大殿的幻姬朝白日里千离席位的方向看去，忽地就愣住了。那一袭白袍金泽闪闪坐在席位上的男子不是帝尊又能是何人呢。

看到千离一人坐在那儿，静静的，孤孤单单的，幻姬不知道为什么会有种十分自责的感觉涌上心头。如果谁说帝尊独坐到此时和她一点儿关系都没有，除非她是呆傻，否则断不会相信。看着他，她一步步地朝他走近，心里想不透，帝尊到底是怎么样的人，仅仅就因为自己跟百曦古神走了而固执地坐在这里等着她么？若是百曦古神不告诉她真相，他难道就不怕自己不会来找他吗？其实，她不懂白日席间他留着她在身边有什么作用，就仅仅是为了剥葡萄吗？这个说法有点幼稚。可除了这个解释，她找不出他做事的出发点。想想，可能是她想的太多了，帝尊做事哪里需要什么初衷，想如何做便做了。

幻姬朝千离慢慢走着，心中忐忑不已。

怕！

她不是没招惹过他，除了一次烧光他的衣裳，其余招他的结果都不是很好，这回更是让他在喜殿里坐了这么久，以他的性格，怕是要把自己生吞活剥了才解恨。想着想着，幻姬害怕了，看着千离纹丝不动的身姿，她走得越来越慢，最后索性站住了，看着他，犹豫着是转身逃跑呢，还是送上前去让他剥皮拆骨？

幻姬暗暗地在心里算着两个选择后面的结果，走到这里若是逃遁的话，以她目前的修为，成功的可能性微乎其微。被他抓住后的结果和现在送到他跟前主动让他惩罚，哪个悲惨点？哎，不言而喻。

认命般地，幻姬抬起脚步朝千离继续走，到了桌前站定，看着他，很小声地喊道：“帝尊。”

偌大的殿堂里，怯怯的她站在静静的他的面前，生平第一次没有底气地面对一个人，她奉行有理不畏强权的准则，可这一次，她将他的好心误会，对于旁人可能解释开便没什么，但他不同，心性高得众神望之不即的帝尊受她的委屈一天，不消人说，她都晓得应是他第一次被人如此对待了。

好一会儿，千离没一字一音。

幻姬心中越发不安，帝尊毒舌她早就领教过，比起此刻他的沉默，她宁愿选择他打击自己一番，起码能从他的话语里看出他生气在什么地方，生气的程度有多深。眼前的不语，是她最拿捏不准的。

“帝尊，谢谢你。”

又是好一会儿过去，千离仍旧一句话没说。

千离沉默时间越长，幻姬心里越慌，两只手放在身前，暗暗地绞着手指。该怎么办才能让帝尊消气呢？如她这般天定聪明的姑娘，哪里会想到自己也有吃罪人的一天，而且还是一个大人物。娘娘命人教了她不少的东西，可里面就没有教人如何哄一个生气的人不生气，临场发挥这种事情她一点经验都没有。

“帝尊，你别生气了，我知道自己误会你了。我不知道那时你是为了保护我，我真的一点儿都不知道。”她觉得以她的年岁来说，自己的修为算是很不错了，可是南荒四皇子和西荒长公主的夫君年长她太多，两人又是合力，她自然是半点不觉。百曦古神大概是不想惊吓到她才什么都没说地暗暗护着她，以至于她误会了忽然惩人的他。“我知道真相后想过来道谢的，可……”可东宫的事情真的太繁杂，她找不到机会来见他。

幻姬声音更小更柔和了：“帝尊，你别生气了好不好？”

见千离还是不想搭理她，幻姬觉得哄人真是一件难事，哄帝尊更是一件难上加难的事情，她当时怎么就没能发觉两个邪心之人在打自己的主意呢？看来这次跟百曦古神回去之后定要更加勤奋修炼，道行不高的人连恩情都能误会，传出去她这个娲皇宫殿下可就真是一只白眼狼了。他让她剥葡萄时走了，那她继续给他剥葡萄好了，没准帝尊吃到了葡萄心情好，很快就会原谅她。

“我给你剥葡萄吧。”

说完，幻姬很认真地从果盘里选出一粒她觉得最大个的葡萄，格外认真地剥了起来。剥好之后，隔着席桌，微微倾身，将葡萄送到千离的面前。

“帝尊。”

慢慢地，千离的目光总算是移动了，看着一臂远的葡萄，微微地皱了下眉头。

幻姬反应迅速地看到了自己指尖的水晶葡萄和千离之间的距离，再倾了些身子送近一些，后又觉得还是远了，索性绕过席桌走到千离身边：“帝尊，你尝尝。”

默然不语的千离略略偏了下头看了眼葡萄，目光上移，看着幻姬，不说话。

见千离看着自己，幻姬觉得此刻没有比这个更让她高兴的了。以前害怕他的眼神落在自己的身上，现在她却心中大叹他终于肯看她了，从她进来到现在，他一直将她无视，此时愿意看她了，是不是就说明自己做的是对的呢？幻姬暗道，身为女娲后人的她果然是想笨都难，摸索中竟然也让她找到了如何哄帝尊的法子，她真是天定的智慧。略想了想，她知道怎么样让帝尊吃下去了，殷勤地将葡萄送到千离的嘴边。

“帝尊。”

竟然无动于衷？

幻姬仔细想想，是有什么地方不对么？白天她给帝尊喂葡萄的时候也是送到嘴边啊，这会儿都到嘴边了他怎么还不吃？难道……中午她是坐在帝尊的腿上喂的，莫非帝尊现在想她完全照着白日里的情景来？对于这个猜测，幻姬纠结了。喜宴时坐到他腿上完全就是个意外，现在就他们两人在殿内再那样，实在不妥。若非意外，她怎会坐到他腿上。毫无预计的情况下发生的，叫意外；灵台清明时做出来的，那就是……“献身”了。但看帝尊的反应，应该就如她想的那般，让她还原白日的情形。她是天外天的殿下，怎可做出如此不顾身份的行为来呢？只是，帝尊这个恩情不可不还。她……有了！

想出法子的幻姬觉得自己真是太有智慧了，甜笑地看着千离：“帝尊，你坐了许久，腿肯定酸了，你看看我，这么高，这么胖，必是很有分量的人。你白日里对我出手相救，是我的恩人，我怎么能坐到你的腿上给你增添负担呢。我有一个好办法，既能让你吃到我喂的葡萄，又能不让你的腿承太重的重量。”

说完，幻姬嗖的一下变成了小白狼崽，嘴里叼着那粒她剥好的水晶葡萄，从地上一跃而起，跳到了千离的腿上。因为跳跃的动作，头顶上的白色大朵语佛花抖得十分可爱。小狼崽面对着千离，忽然抬起前腿站了起来，两只前爪扑在他的胸口，伸长了脖子朝他嘴边送那颗叼着的葡萄。

奈何幻姬化成的小狼崽实在不大，她脖子都抻得不能再抻了，离帝尊的嘴还有段距离，为了让自己再近一点，她后腿朝前又踮了踮，仰着脖子看着那双狭长而目光清明的眼眸。

因为不能张嘴嗷叫，幻姬只能从喉咙里发出一声声低低的软绵绵的声音，“嗯嗯……”

变成白毛小狼崽的幻姬咬着葡萄保持站立的姿势，虽然不是人形的模样坐在帝尊腿上，可也算是她啊，尽管没有手拿着葡萄，可她用嘴叼着比手拿着辛苦多了，总感觉一不小心就会被自己吃掉。

幻姬从喉咙深处发出嗯嗯声，希望帝尊能吃下葡萄，她很有诚意地来给他道谢，她是真心实意地认识到自己的错误了。

终于，幻姬惊喜地看到那张冰冷的俊颜缓缓的低下，又低一点，再低些，近到她从那双墨色的瞳珠里看到清晰的自己，一下呆住了，连叼着的葡萄被人吃了去也没发觉。

帝尊他……真是好看得紧啊！

被钉在大殿圆柱上的天峯和遒泽看着幻姬进来，看着她给帝尊道谢，也看着她剥葡萄讨好帝尊，更看到了她变成了狼崽叼着葡萄喂帝尊，如果他们的境况不是眼下这种，必定会对帝尊羡慕得抓心挠肺。来南荒好几天的幻姬殿下对任何人都温和，但那种温和很明显带着距离感，她身上的尊贵优雅让别人不敢轻易靠近，从她身上散发出来的气质不是皇族公主身上那种娇贵之气，是一种睥睨天下的傲贵大气，假以时日，经过时光历练的她必定会变得成

熟，更加光芒四射。这个只能偶遇不可强取的女子，让人做梦都想将她占为己有。可她，却对着帝尊温柔细语，殷勤纷纷。天峯和遒泽痛苦中更有着惊讶，身为女娲后人的幻姬殿下竟可把自己的身份在帝尊面前放低至此。

毛茸茸的白毛小狼崽站在帝尊的胸前一直望着他，直到头顶的语佛花被拽了一下，方才回神。

“嗷嗯。”幻姬叫了一声。

千离低头看着幻姬，“酸。”

又酸？

“嗷呜。”

幻姬低嗷了声，将前肢从千离的胸口放下来，转身从他的腿上跳到桌面，在盛满水果的盘子里认真地挑了挑，叼下一粒葡萄，跳回到他的腿上，坐下专心地给他剥葡萄吃。只是，两只肉乎乎的前爪实在不适合剥葡萄皮，试了好多次都没成功剥好，幻姬不得不用自己的小嘴帮忙，两只爪子捧着水晶葡萄，小嘴一点点撕下葡萄皮，只因没有经验，多汁饱满的葡萄一不小心就被她吃了下去。

“嗷。”幻姬唰的一下转头看千离，看到他正看着自己，连忙站起来从他的腿上跳到桌上，再挑了一粒葡萄，重新剥。

没多久，又听到千离腿上的小狼崽嗷了一声。

“嗷。”

又吃下去了。

幻姬再跳到桌上，在葡萄串上咬下一颗，这一次绝对不能再吃下去了，帝尊都眼睁睁地看着她吃了两颗了，如果再不给他葡萄吃，他说不定吃掉的就是她了。这一次，幻姬叼着葡萄跳到了地上，变成人形，将葡萄剥好，再变成小狼崽跳到千离的腿上，用小狼崽的嘴巴喂给他吃。

“酸的。”

还酸？她刚才吃了两颗明明都很甜，怎么帝尊吃的葡萄就是酸的？

幻姬跳到地上，变出人形，摘下一粒葡萄，剥好后自己十分小口地咬了一点点，甜的。

叼着剥好皮的葡萄，白毛小狼崽献宝似的站在千离的腿上，看着他吃下葡萄，这回她都试过味了，是甜的，他可不能再说酸的了。

“水分好像不是很多。”

幻姬歪着头看着千离，水分不多？可能是因为放了一天，不够新鲜了，这个问题她可没法解决。大半夜的她上哪儿给他找新鲜的葡萄？

“嗷呜。”

小狼崽叫了一声，跳到桌上，在果盘子里低头找着什么水果适合代替葡萄给帝尊吃，只要他能开口吃她喂的东西，今儿晚上就是累倒她都只能认命，谁让自己将帝尊的好心当成了驴肝肺。

正在变成小狼崽的幻姬给千离找水果时，殿堂外面走进来一个女子。

听到脚步声走近，低头忙着找水果的幻姬抬起小脑袋，看到一截玫红色的腰带，再仰起头看上去，天瓖公主？不用想，她肯定不是来找自己的，她来南荒这么些天，天瓖公主对她一直都不怎么热情，准确地说是冷淡，淡到路上相遇直接扭头当做看不见她地走掉，尊敬她的人那么多，多她一个不多，少她一个不少，她倒还真不放在心上。现在这位下巴总是抬得高高的公主进来，是找等葡萄吃的帝尊吧。

幻姬转头去看帝尊，发现他的眼睛一直看着她，好像没发觉有人走到桌前一般。呃……幻姬想想，反正不是找自己的，她还是老老实实地找吃的给帝尊吧，如果找不到合适的，只能继续剥葡萄了。

“天瓖见过帝尊。”

忙碌的幻姬心里哆嗦了一下，平心而论，她真觉得天瓖公主的声音好听，特别的温柔，带着女子的娇媚，一句话就能钻到人的心坎儿里去，只闻其声便令她都有种想好好呵护她的感觉，若是男子听了，怕是恨不得将她捧在手心里疼着吧，南荒第一美人的名号当真不是胡乱吹出来的。

幻姬在果盘里实在找不到比葡萄更水润的水果了，苹果香蕉水晶梨这些那么大，蜜桃喜橙坚果也不如葡萄的清软水分多，还一些香甜的水果都已切成了小丁，看样子就不怎么好吃，若是拿给帝尊怕是要被他嫌上五百里去。算了，还是乖乖地给他剥葡萄好了。考虑到天瓖公主在场，幻姬觉得自己不能变出真身给葡萄剥皮，被她看到传出去，那样她这个殿下成什么了！

从装着葡萄的果盘里叼下一粒葡萄，幻姬跳到千离的腿上，特别老实地坐好，两只肉肉的前爪捧着葡萄，十分小心地用嘴撕着葡萄皮。她以前不觉得，现在想着，为什么吃葡萄要吐葡萄皮呢？如果不用去皮该多好啊，叼一颗直接喂，现在帝尊都不知道吃多少了，一粒粒地剥，费时费力，放到嘴里没几下就吃完了。

“帝尊，你在此坐了一天，浑身肯定酸疼，天瓖有捶背捏肩的好手艺，让天瓖来服侍你吧。”说着，天瓖从桌前走向千离的身边。

坐在千离腿上的幻姬忽然轻咕了一声，“咕！”将爪子里的葡萄给吃下去了，惊恐地眨巴了两下圆溜溜的眼睛，什么……天瓖公主在这里服侍帝尊？那……那她岂不是要在她的眼皮子底下给帝尊喂食，这也罢了，反正她不晓得自己是谁，或许会当一只小狼崽在讨好他们的天兽传奇——王中之王。可是，她在这里伺候，自己就得一直用狼崽子的肉爪剥葡萄皮啊，这……这成功率几乎能让她哭出来。

吃掉了爪子里的葡萄，幻姬跳到桌上，又摘了一颗，再回到千离的腿上，暗暗地给自

己打气。不能分心，不能被外界影响，她可是娲皇宫的幻姬殿下，没有什么事情是她做不好的，她要静下心来好好地用嘴巴剥葡萄。

天瓖公主走到千离的身后，见他没吱声，以为是默许了她，心中欢喜不已。帝尊果然也抗拒不了她的美貌，之前在众人面前对她冷漠无情都是装出来，现下四周无人，他就让她接近了，这不就是男人那点儿心思么，明明就是想跟她亲近，却故意装模作样地不在乎她，其实不过是为了得到她的注意，想从那些追求她的男子中脱颖而出，以期得到她关注他这个与众不同。越想，天瓖公主越觉得自己分析得好正确，嘴角的笑意朝眼底蔓延，人面艳丽似桃花，春光片片染开。

一双白皙的纤手抬起，还没碰到千离的衣料，就听到天瓖公主一声尖叫，“啊！”整个人飞了起来，跌到远处的地上。

专心给千离剥葡萄的幻姬被天瓖的叫声吓到，咕的一声，又把葡萄给吃下去了。而且，由于是受惊而吞，那粒葡萄卡在她的喉咙里让她难受得很，不停地卡咳着。

“咳咳，咳。”

千离抬起手轻轻地拍了几下幻姬毛茸茸的后颈，帮她把那颗卡喉的葡萄给拍了出来。幻姬用小爪子接住咳出来的葡萄，叹气，又失败了。

坚持不懈的幻姬再跳到桌上叼葡萄，这次，她咬下葡萄后没有回千离的腿上，之前跳回去是觉得自己很快就能剥好，站起来就能喂给帝尊吃。现在，她觉得要用嘴巴剥好一粒葡萄委实不容易，她还是在桌子上先剥出来再跳他腿上吧，不然总这么跳来跳去她觉得像巨型跳蚤。

被千离震飞的天瓖公主从地上爬起来，怒火中烧地冲到他的面前，“帝尊你是什么意思！”他到底是不是正常人，她好心来伺候他，他居然用这样的方式对她？

千离目光轻轻地看着坐在葡萄果盘旁边张开小嘴一脸惊讶地望着天瓖公主的幻姬，她那表情是何意？

幻姬突然觉得天瓖公主是一个很勇敢的女子，她一直想做却没有做出来的事情居然被她做了，吼帝尊！嗯，这件事情她很早的时候就想过，可惜没胆子，被他气得跳脚也不敢对他开吼，因为除了胆量不够以外，她脑子里没有那种吼人用的话语，吼出来特别有气势的那种。她想，如果日后有机会的话，她可以向天瓖公主学习学习。

“帝尊你太过分了！”天瓖公主的怒气在千离对她的持续无视中烧得更旺，“我这么好心好意来看你，你一点尊重都不给我吗？”白天她来为他斟酒，若不是不想惹人起疑，她怎会连带麒麟上神一次伺候，她为他这般委屈，他不感激也就罢了，竟然还挥开要摔倒的她。

“你不要以为你不说话就没事，今天晚上你必须向我赔礼道歉。”

瞬间，幻姬惊了，再次张开小嘴看着天瓖公主。被娇惯了二十万年的天瓖公主估计有种眼前这个男人和她的父皇太子哥哥没什么太大差别的感觉，若不然就是对她自己太自信了，居然想让帝尊给她道歉，这……

此时，幻姬觉得自己对得起女娲后人这个身份，才跟帝尊相遇三次就能了解他不少，她是绝对不会像天壤公主这样质问帝尊的，完全就是送上门给他打击，太不聪明了。

看到幻姬一直看着天壤公主没有动，千离伸手拽了一下她头上的语佛花，他等着葡萄呢。这一拽，也让天壤公主把目光转到了桌子上，看到一团毛茸茸的东西坐在果盘旁边抬头看着她，火气呼啦一下就迁怒了过去，怪这只小畜生看到了她刚刚丢脸的一幕，怪她竟然能得到帝尊的目光。说时迟那时快，天壤公主猛的朝桌子上一挥手，“滚开！”

“嗷呜！”

没有明白发生了什么的幻姬嗷的一声叫，白团子般的身体就飞了出去。瞬息之间，殿堂内又听到了一声女子的惊叫。一道白影忽闪，幻姬感觉到自己旋飞的身体停了下来，定睛看清时，她已被帝尊抓在了手中。而发出尖叫声的天壤公主则被飞得撞在了殿堂内的主座上，满脸的痛苦昭示着她的身体撞得多惨痛。

千离轻轻将幻姬放在地上，一眼未瞧倒在主座上的天壤公主，转身朝大殿门口走。

白毛小狼崽见千离朝门口走，立即跑着跟了上去。帝尊朝外面走是不是就说明他不想吃葡萄了，那自己就算是安抚好他了吧。幻姬变得小狼崽小小的一团，跑的时候头上的语佛花晃得像是要掉下来，灵动至极。

身姿修长的男子和小狼崽走近殿堂门口时，大殿忽然一阵地动山摇般的震动，让人无法站稳，一道不知从何处吹盖而下的冷风伴随着一片刺眼的白光赫然出现，幻姬立即感觉到一阵天旋地转。

“嗷呜。”

重重摔下的身子疼得幻姬嘶了一声，发生什么事了？抬起头看到周围的景象时，幻姬以为自己在做梦，刚才还好好的在南荒大殿之内，怎么现在到了陌生的地方？陌生也就算了，可眼下四处全部都是寒冰，她好像掉到了什么冰窟里，连地面都是光滑可照人的冰地。

“哈哈……”天壤公主的笑声从远处传来，边笑边从地上爬起来，朝幻姬这端走来，“我倒要看看帝尊你如何出得去。你不是不想看到我吗，一点点独处的机会都不肯给我，可是你看看现在，你还不是要跟我在一起。这里……”天壤公主摊开手，看看四周，“是南荒大殿内境中的玄冰天地，南荒大殿就是一个机关，掉到这里面的人，不打开机关是出不去的。”天壤公主越走越近，“帝尊你可别想着拿杀了我来做威胁，我既然敢启动机关就不怕你杀我，有本事你杀了我啊，你杀了我，就永远都出不去了，只能跟我的尸体作伴永永远远。”看到地上的小狼崽，天壤公主抬起脚准备踢飞，“还有这只该死的小畜生。”

幻姬忽觉身子朝后飞起，又安全地到了千离的手中，仰着脑袋看着他，脑子里很奇怪地冒出一句，他也掉进来她就不怕了！

“嗷嗯。”

幻姬叫了一声，现在，他们要怎么办？她难道要一直当小狼崽吗？若是现在变出人形会不会好点。天瓖公主每每叫她小畜生的时候她真是想化出人形给她好好瞧瞧，堂堂天外天殿下被她误会成小畜生，她什么眼神！

千离什么话都没说，一只手臂将幻姬托抱在怀中，转身朝玄冰天地的其他地方走去。

幻姬乖乖地趴在千离怀中，看着他，很想问他，他们去哪儿？天瓖公主说不打开机关就不能出去，他们不如好言相劝，或许能让她放他们出去呢？毕竟，这冻人骨髓的地方她自己也在里面不是吗，总不能真的待一生一世吧。

“帝尊你别白费心思了。”天瓖公主跟在千离的后面喊着，“你走不出去的，玄冰天地没有出口，你只能靠我打开机关放你出去。”

幻姬软乎乎的小爪子扒着千离的衣袍，冷得直抖。

最开始天瓖公主还能跟上帝尊的步伐，两人之间保持着十来步的距离，她不停地讥讽，让他放弃寻找出去的可能。很快，天瓖被远远甩在了后面，幻姬完全听不到她在喊着什么。

千离在玄冰天地里走得越远幻姬就越感觉到寒冷，开始还只是轻轻地抖着小身子，到后面实在忍不住，颤得不像话，紧咬着牙关不让自己嗷嗷出声。她暗想，是不是因为她是小狼崽所以特别惧冷，帝尊就没有她这种发抖的情况。

呼呼一阵寒风刮过，幻姬抖得像个筛子。

“嗷呜……”

幻姬实在是扛不住了，身体像变成了冰块，冷得麻木了，她再不取暖真可能成为一只冰冻狼崽了。

“嗷……”

低低地叫了两声之后，幻姬顾不得是不是妥当，扒着小爪子朝千离的衣襟里钻。她冷，太冷了。寒风吹进她身上的茸毛，一下下都像是冷刀在割她的皮肤，以前在冬天看到毛茸茸的动物特别羡慕它们，觉得有毛皮挡着寒冷是得天独厚的天之赏赐，现在才晓得，冬天就算有毛毛那些动物们也是会感觉到冷。

千离低头看着朝他衣襟里钻的幻姬，掐着她后颈的皮毛将她拎了起来，不等她嗷嗷叫唤的解释，把她整个儿塞进了他的广袖里。有了衣袍挡了寒风，幻姬果真觉得没先前冷了，尤其广袖的袖口被帝尊用法术封绝，一点儿冷风都吹不进来，除了看不到玄冰天地的夜景，其他遗憾没有。又一次的，她觉得帝尊也不是太狠心的人，最起码今天他屡次出手帮自己。不算白日喜宴的，光晚上就帮了她三回，帮她拍卡在喉咙里的葡萄；接住被天瓖公主打飞的自己；现在又把她放到广袖里避寒。嗯，想想，帝尊其实还挺好的，就是教训起人来一点不手软，这点着实让人对他心生畏惧。

在广袖里身子回暖的幻姬好奇外面的玄冰天地，她曾在书卷上看到过，据说玄冰天地里除了冰，没有其他东西，且玄冰终年不化，不管天空的太阳多么毒辣，玄冰永远融不出一滴水，玄冰天地里寸草不生，除了无穷无尽的冷冰色再没有第二种颜色，若是一个人的心性不够稳定不够强大，进了玄冰天地会从一个正常人变成神志错乱的疯癫病人。在四海六道八荒里，只有南荒和北荒才有玄冰天地的境界，一直是惩治罪大恶极之人的地方，平时不会轻易打开。

幻姬爬了几下，钻出千离的广袖，将自己的小脑袋探出来，看着悬挂一轮月亮的天空，这不是她在南荒皇宫里看到的夜空么？莫非玄冰天地里的天空和外面的是共一个？正想着，幻姬忽然感觉到千离飞了起来，朝下一看，惊恐地叫了出来。

“嗷！”

黑不见底的深渊！

幻姬只觉一阵头晕袭来，连忙躲到千离的广袖里面，四只小爪子紧紧地揪住他的衣裳，生怕自己掉下去。好好的冰天冰地怎么会出现这么深的无底渊呢？书卷上没有记载过啊。过了一会儿，幻姬小心翼翼地探了一点点脑袋出去，发现千离还在飞越深渊，愈发抓紧他的袖子，好宽的冰渊。

看到帝尊落地，幻姬的心也跟着落了下来。此时，广袖袖口的法术被撤掉，毛茸茸的幻姬从袍袖里滚了出来，在冰地上翻溜了几圈，停下。

“嗷呜。”

爬起来的幻姬对着帝尊叫了一声。今晚真是多亏了他，要是没他，她……转念一想，不对！如果没有帝尊，那她就不用到喜殿去找他，自然也就不会遇到天瓖公主，更加不会被天瓖公主害得来这个劳什子的玄冰天地里了。今晚遭遇的，都是帝尊带来的厄运。可是呢，朝前再一看，是自己误会了帝尊才导致她晚上要去大殿找他道谢和道歉，总归来说，还是帝尊救了她。

“帝尊……”

“帝尊，你在哪儿？”

冰渊的那边传来天瓖公主撕心裂肺般的焦灼喊声，听得人心里不免生出怜惜之情来，顿觉让她一人在那边孤孤单单实有不忍。

“帝尊！”

幻姬看着声音传来的方向，太远的距离让她看不见天瓖公主，可从她的声音里听得出来，她是真的着急。若是交换身份，她可能也会害怕，冰天冻地的环境里就只有天空里的一个月亮相伴，极寒之下没有旁人相伴，任是谁都要生出恐惧来吧。不，还有一个人不会害怕。想到帝尊，幻姬转身去看他，发现金泽闪闪的帝尊正靠坐在一张大得堪比大软床的四方香榻上，软榻三方有靠背雕栏，四方围着垂到冰地上的纱幔，幔帘在寒风里被吹得飘着，微微的白摩花香气飘散在空气里，尽管天地间依旧冰冷，可闻到香气的幻姬觉得似乎冷得没有之前那么可怕了。

悠然淡定像是什么声音都没有听到的帝尊抬手朝榻边拂了一下，一张矮桌在金光里出现，上面摆着一壶清酒，一个小耳酒杯，还有一个精致的香炉搁置在矮桌的下格里，缕缕幽香白烟从炉内慢悠悠地飘了出来。

呼呼的冷风里，幻姬头上的语佛花被吹得花瓣都掀过去几瓣，看着帝尊，内心感叹不已。帝尊真是好讲场面的尊神啊，第一次见到他时他踏花而行，所有的仙神都为他让道。后来在坤云山也是于万众的眼中从天而来，花道凌空，劲气磅礴，气势强大无比。连如今被困在玄冰天地里竟然还要讲究休息的舒适度，连香炉这种小物件都不能缺少，得多在意生活的人才能干出这样的事情呀。

千离支起一条腿，只手摊开，一本经卷摊开在他的手上，悠然自得地看起了书。

幻姬心中对帝尊不免佩服得五体投地起来，都被关在玄冰天地里可能生生世世都出不去了，帝尊竟然还能在这里享受起静静看书的乐趣，他是觉得天瓖公主一定会打开机关放他们出去吗？还是他觉得在这里生活也不是坏事？朝四周看了看，借着月光，幻姬十分肯定地知道，她绝对不要在此境生活一世，除了冰，再无其他。别的不说，她会被饿坏的。想到饿，幻姬便想到了吃的；想到了吃的，她就想到了一件事。

毛茸茸的小狼崽欢欢喜喜地跑到软榻旁边，用力地跳上去，一跳一跳地蹿到帝尊的面前，见他目不斜视地看着佛理书，幻姬觉得，难得她有献宝的机会，不能浪费了。于是，壮着胆子跳到了千离的肚子上，挡住他看书的视线，对他摊开自己一只肉乎乎的小爪子，看！

一粒水晶葡萄在她的爪子里躺着！

“嗷呜！”

幻姬很是得意地看着千离，这可是她被天瓖公主扫飞的时候抓紧在爪子里的，一路上她攥在爪子里不敢弄丢，为的就是能剥给他吃。

千离的目光从幻姬的脸上移到她的小爪子上，看着那粒被她捏得有点扁的葡萄，良久都没有说话，也没有任何的表情。

“嗷。嗷。”

幻姬叫了两声，两只爪子捧着葡萄就给葡萄剥皮，小嘴刚碰到葡萄就想起她为什么还要用嘴呢？现在这里又没有外人，她完全可以变成人形。幻姬跳下千离的肚子，变回人形，坐在千离的身边，看着自己手里的葡萄，略有失望地道：“有点扁了。”

一旁的千离无声无息地朝袖子里掏了一下，一大串水晶葡萄出现在幻姬的眼前。

幻姬：“……”

帝尊，你是有多喜欢吃葡萄啊，竟然藏了这么一大串葡萄在袖子里。当然，这话幻姬是不敢说出来的，抬起手接过帝尊手里的葡萄放在腿上，开始认认真真地为他剥葡萄。

人手就是方便，很快幻姬就剥好了一颗，犹豫了一下，就着手送到了千离的嘴边：“帝尊。”

千离看着书，没理。

"不能不让我变成小狼崽叼着喂你吗？"她觉得那样真的很不方便，就这样吃他也舒服不是么。幻姬继续道，"我知道白天是我不对，可是我的修为要是能知道真相，也用不着帝尊你出手救我了。看在我是不知者不罪的分上，你原谅我这次吧。"幻姬特别真心实意向千离道谢，"我是发自内心地感谢你今天帮了我，百曦古神说，如果今天不是你，在喜殿上丢脸的就是我了。"

看着书的千离仍旧看着书，对幻姬的求饶和道谢一点儿反应都没有，幻姬无法，只好变成小狼崽叼着葡萄抻着脖子送到他嘴前。

千离低头将葡萄吃下，安静地翻着书卷。

照着人形剥葡萄狼崽喂葡萄的方式，幻姬连剥了十二颗葡萄给千离，剥第十三颗的时候，忍不住问："帝尊，你是不是特别喜欢吃葡萄？"

千离的声音很轻，在风声里若不仔细听还以为会是自己的幻觉，他说："不喜欢。"

幻姬："……"不喜欢那你一直让我剥？

就算帝尊不喜欢吃葡萄也没法改变幻姬必须在他身边为他剥葡萄的事实。因为，幻姬发现，自己如果不剥葡萄便无所事事，什么也不做地坐在帝尊身边岂不是尴尬，要是看到她没事干帝尊起了小嫉妒，说不定会让她去爬冰渊的崖壁，尽管这种事情看起来不可思议，可是在帝尊的身上，什么变态的事情不能发生呢？她现在终于相信，帝尊结结实实就是三十三重天里一朵绝无仅有的奇葩。比如说，喜宴的人都走光了，他竟然还在殿内坐了一天。这，是她无论如何也想不明白的。为什么呢？

"帝尊，我能问你一个问题吗？"

没人回答。

幻姬在心里自动将帝尊的沉默转化成默许，话到嘴边又打住了，天瓖公主不就是因为将帝尊的不语理解成了默许才被他震飞得老远么？人家公主还是为了给他捶背捏肩。

"算了，我不多嘴了。"

"问！"

幻姬停下剥葡萄的动作，看着千离，"你为什么要在大殿内坐一整天？"小声地，不确定地，幻姬猜测了一句，"是为了等我过去找你吗？"可他怎么就那么确定自己一定会去呢？

"嗯。"

幻姬怎么都没想到帝尊竟然承认得如此干脆，以他的风格不将她打击得体无完肤都觉得不正常，他竟是为了等她在喜殿坐一天，这是什么让人匪夷所思的心理啊。

"那若我今晚没去找你呢？"

千离随手翻开新的一页，云淡风轻地说道："本尊最不差的就是时间。"

幻姬："……"

帝尊就是帝尊，这思维真是她理解不了的，她一天不去等一天，两天不去等两天，如果她随百曦古神回了昭部山，他岂不是要等个无止境？噢，想想也不可能，南荒太子天策不是笨人，稍微想想便会明白缘由，定会派人到昭部山找她。

“帝尊你为什么要这样等呢？”幻姬好是不解，“其实你可以派人找我。”她知道自己误会了他，必然不会端着架子傲着。

千离目光落在书上，缓缓地道：“那还怎么能像这样愉快地使唤你呢。”

幻姬：“……”

千离的视线从佛理书上慢慢地移到无语幻姬的脸上：“想想本尊一人孤零零地在大殿坐等你一天，那情景，你内疚吗？”

幻姬想想都觉得自责得不行，格外认真地点了两下头。

“那就对了！”说完，千离继续看书。

帝尊，你真是太有心机了，为了让她内疚能“忍辱负重”到这般地步，你这样不顾忌自己身份的行为真的好吗？既然他是故意让她内疚，那她偏偏不歉疚，看他能如何称心如意。幻姬扭头继续剥葡萄，心里挥不去自己进大殿时看到的画面，想是想心里不歉疚，可那幅画面太过纯粹，一片金光中的他除了清俊无双的容颜以外，还有着让她过目便不忘的遗世独立。那画面太美过仙，直叫她不敢看第二遍。

内疚！

她心里怎么都赶不走对他的那份歉疚之意。

幻姬终不是任性刁钻的女子，即便千离说等她是为了能心安理得地欺负她，她还是觉得自己有愧于他，好心被误会对谁来说都是委屈，何况她当着不少仙神的面拂了帝尊的好意，理亏的是她。

“不管帝尊你怎么说，我是真心地感激你。”

将剥好的葡萄拿在手里看了看，幻姬又道：“我活这么些年，你是第一个等我的人。”

在娲皇宫她受的是“预则立，不预则废”的教导，行事必然准时，不拖拉，不懒散，不逃避。从不曾让任何人因她而耽搁过时间或事情，帝尊此回当真是让她觉得难以宽谅自己。所以即便他要肆无忌惮地欺负她，她也半点怨言都没有。

随即，幻姬变成小狼崽，叼着葡萄跳到千离身上，给他送葡萄吃。

看着幻姬嘴里叼着的那颗葡萄，千离好一会儿都没有低头吃下去，只是跟她对视着。幻姬以为千离又在想什么法子刁难自己，内心紧张一下，连忙嗯嗯出声，两只小爪子还扒拉了他几下，催促他赶紧吃掉。只有他吃下去了，她才不会有什么担心。

千离什么话都没说，低头将葡萄吃下。

葡萄一进千离的嘴幻姬就从他的身上赶忙跳下，跳得仓促了，一只肉乎乎的前爪不小心踩到了东西，幻姬嗷了一声，“嗷”。翻过小爪子一看，一粒葡萄被她踩扁了。她觉得自己挺轻盈的，怎么一只爪子就把一粒葡萄给踩成这样，莫非她身上的肉太多了么？想到自己踩扁的是帝尊要吃的葡萄，幻姬连忙故作无事的变成人形，偷偷地瞄了眼身边的男子，幸好幸好，他的注意力都在书卷上。幻姬果断地将手里被踩烂的葡萄迅速扔出香榻，摘了一颗好葡萄开始剥。

冰渊对面天壤公主的声音时不时传来，听得出她内心的恐惧比之前大了很多，带着绝望的呼喊显得那么揪心，一声声的，似是泣血而唤。

幻姬边剥葡萄边看了千离好几眼，想为天壤公主求情，却又晓得自己人微言轻，即便说破嘴皮子也不见得能为天壤公主讨来一丝好，平素别人没招惹他，他都不见得会出手相救，这次天壤公主对他如此无礼，又岂会得到他一丝怜悯。但是，她是女娲后人，悲悯一切生灵，天壤公主犯下的错在她看来并无不可恕,若是因为她不敢出声而让天壤公主孤单地面对惊惧，她亦会自责。所以……她决定先喂葡萄给帝尊吃，再跟他讨一个人情，虽然她一点把握都没有，但是必须这样做。

蹦上千离身子的幻姬将自己的脖子尽量抻长一点，看到千离俯首下来，又再抻一点点。之后，她有种帝尊俯得太低了的感觉，为什么有种他的脸要贴上她的脸的感觉？再之后，嘴里的葡萄不仅被帝尊吃掉，唇上还传来疼意。

“啊！”

幻姬低低地叫了一声，抬起手摸着自己被帝尊咬疼的唇瓣。等等！为什么是她的手？惊恐地，幻姬发现自己不晓得在什么时候变成了人形，眼下的自己坐在帝尊的身上用自己的嘴去喂他葡萄。

“叫你扔了本尊的葡萄。”

幻姬看着千离，脸颊越来越红，越来越热，这么小气，就是踩扁他一粒葡萄而已，竟然咬她。她变成人形肯定是他做的手脚，就跟之前他拽到半天云里一样说过“以本尊的身份来说，总不能让人发现我跟一只畜生在床上睡了一晚吧”。帝尊现在肯定也是觉得：以他的身份来说，总不能让人晓得他咬了一只畜生一口吧。

对视着帝尊的目光，幻姬脸上的红晕到了脖子根，撑不下去的时候找了个借口从他身上离开：“太晚了，我睡觉了。帝尊要吃的葡萄明天我再剥吧，晚上吃多了对牙齿不好。”

亏得香榻足够大，大得有些离谱，幻姬走到榻边看了看，和帝尊之间的距离足足隔了四个人之远，躺下后翻身背着他，连要为天壤公主求情的事情都给忘记了。

寒风吹刮的冰天雪地里晚上睡一觉都会将人冻成冰团子，更何况是在玄冰天地里，尽管有垂幔挡了软榻外的一些冷风，可毕竟不严实，总有些风吹了进来，香榻内外的温度又无差异，没多久，幻姬冻得缩成了一团，身子不停地轻轻抖着。

抖着抖着，幻姬竟然也睡着了。

天壤公主看着宽得望不到边际的冰渊另一边，浑身冷得直抖。她害怕，她想跟帝尊在一起，她没想到玄冰天地里如此的寒冷可怖，她设想里觉得这里会是个冰天雪地的美丽世界，最多不过玄冰很冷，但绝对不会冷成这样。她得知大殿机关秘密是偷偷知道的，父皇告诉太子哥哥，恰巧她在门口听到了，从未进来过，不知这里原来像是要吃人的冰冻世界。

“帝尊……”

“帝尊你在哪儿？你不要丢下我不管，我知道错了，我不该启动开关，帝尊你别丢下我。我害怕……”

漫漫无边的冰地让天瓖公主不晓得该往哪儿去，哪儿都是冰，哪儿都很冷，连头上的那个月亮都好像变冷了，孤孤单单地将冷光全部都照射到她的身上一般。

天瓖公主试图飞过冰渊，可看到无底的冰崖深处，她又退缩了。前不见冰渊的另一边岸，下不见一点儿崖底，虽是二十万年的修为了，可她依旧不敢冒险，如果没有成功，她掉到冰渊下面，不就永远都出不去了吗？

“帝尊你出来好不好？”

天瓖公主冷得说话声音又颤又小：“我把机关告诉你，你别不管我，你带我出去行不行，我以后不敢进来了。”

呼呼的冷风刮了一阵又一阵，天瓖公主绝望地看着冰渊另一边，帝尊是在那边看着如今无望的自己吗？他为什么能如此狠心，难道她这样娇俏的女子都不能唤起他一点点怜惜之心吗？

冰渊的另一边，香榻里幽香四溢，香炉里的香气将千离身上的白摩花味道和幻姬身上的语佛花香气都掩盖了过去，宁神的幽香在一呼一吸间让人的睡眠达到至纯安宁的境地。

榻边的幻姬已经卷成了一团，纤细的身子不住地颤抖。

看着经卷的千离抬头看了下月色，合上经书，淡淡的白光闪现，书卷从他的手中消失不见。随后，将软榻上的葡萄拿起放到香榻边的矮桌上。扬手轻挥，一道纯白的光芒闪过，软榻的四周和顶上都被厚厚的白色毛幔密实地围合起来，一丝寒风都吹不进来。

千离取下自己的护额升到空中，护额中心镶嵌的宝石白摩花发出纯净的光芒，将香榻照亮。

动作缓缓的，千离转头看向缩在远远的榻边的幻姬，一边看着她一边宽解自己的衣袍，脱下来的白色衣袍被他变成了一床又大又厚又软的被褥悬在了空中。

幽幽的香气里，千离走到榻边，惊动了飘忽在空气里的香味，带起一缕缕更幽润的清香，修长的身姿弯下腰来，将卷成一团的幻姬轻轻地抱了起来，走到榻中，一同躺了下去。厚厚的软被慢慢地落下来，盖在了两人的身上。

尽管有了被褥加身，还有千离躺在身边提供源源不断的温热，被冻了太久的幻姬仍旧不停地抖着，一时半会儿冰冷的身子缓和不过来。看到她冻得乌紫的嘴唇，千离微微地蹙了一下眉，犹豫了一下，抬起手托着幻姬的脑袋，将她的脸贴到了自己的颈窝里，冰冷的触感让他的思绪变得极为清醒。

许久之后，幻姬脸色恢复了一点红润，身上没有那么冷却依旧不暖和，感觉到身边有温暖的东西，下意识地朝那边一直贴紧过去，迷迷糊糊中声音很小地说了一个字，“冷……”

千离抬起手，指尖轻轻地碰了碰幻姬头上的那朵大大的语佛花簪花，她问，如果她没有去大殿找他怎么办？他是不是会一直在那儿等她？答案，他一直没有告诉她，也不打算告诉她。

你若不来，我怎会走！

忽然的，被褥里的男子不见了，取而代之的是一匹毛发白得发出银光的天兽千王之王的白狼王。健硕的狼身趴在被子里，柔软而温暖的肚腹绒毛下睡着一个娇俏玲珑的少女，除了一颗小脑袋露出在外，身体的其他部位都在他的温暖笼罩之下。过了一会儿之后，幻姬的身体恢复完全，一片柔软中睡得很是香甜。

千离将身子慢慢收拢起来，四肢和肚子之间成了一个十分温暖的毛绒窝，幻姬睡在里面暖和得像在太阳底下打盹，全身被无数个小太阳照射一般。见幻姬睡得深沉，千离将下巴搁在她的头顶，半合起眼睛，听着外面越来越大的风声，恍然忆起，他有多久没有化出真身了？上一回变成真身还是在……是了，在三十万年前。若弹指一挥间的，他用人形行世三十万年了，若不是今晚她扛不住玄冰的寒冷，他这副真身怕是还不晓得哪天才会现出来。

全身都温暖无比的幻姬睡得很是舒服，在纯天然的“毛绒狼窝”里翻了一个身，继续睡……

卧静冰天醒不记，梦春云寥，聚散听缘。斜月追西还少睡，天屏地展无色缀。

风上花香心中情，点点滴滴，不话往来意。

一抹天壤自怜无好遇，夜寒空空长目垂不泪。

黄月退场，天边拂开幕色泛现一点点鱼肚儿白，被白色毛幔围合的软榻里，睡在狼肚下幻姬觉得实在是舒服，慵懒地翻过身，脸颊蹭蹭柔软的茸毛，舒服哇，又滚翻到另一边，再蹭蹭，两只手臂无意识地扒了扒，露在衣袖外面的白皙手臂抱住了贴着自己的温暖绒毛，睡意大袭，又沉眠了过去。

千离缓缓地睁开眼睛，稍稍抬起头，看着用两条光洁的胳膊搂着自己脖子的幻姬，还真能睡！都说吃了睡睡了吃能让人长肉，他看她也没少吃没少睡，怎么还是身无二两肉，尤其腰肢纤细得他两只手都能掐圆了。

“帝尊……”

睡着的幻姬也不晓得做了什么梦，绵软着声音说梦话。听到她梦里都在叫自己，千离颇为受用，还没高兴下，很快又觉得不大满意，智商低的人梦里都是自己，这应该不算什么

好事，多半是对自己太过于崇拜了。

“你别过来……”

千离一双清亮非常的眼睛看着迷迷糊糊说话的幻姬，别过去？！她梦里竟然还嫌弃起他来了！他要是不过去，她早冻死了，还他别过去，没良心的小白狼一只。他倒是也不想过去，现在也不晓得是谁两只胳膊搂着他。果然，女子口里出来的话信不得，嘴巴说着别过来，手臂却把他抱得紧紧的，生怕他走了一般。

毛色纯亮的天狼抬了抬脖子，立即听到少女不满地轻嗯了一声，两条手臂愈发搂紧了有着厚厚白毛的狼脖子。思虑到天色还没有完全放亮，千离便也不动了，闭上眼睛，打算再睡一会儿。

没一会儿，抱着千离的幻姬又说梦话了。

“百曦古神，你不要走。”

“帝尊，你别过来！”

“百曦古神，你不要走！”

忽地，浅寐中的天兽狼王睁开一双凌中带厉的晶眼，瞬息间变成了人形，盖在软榻上的厚厚被褥眨眼消失不见，一袭白袍金泽闪闪的男子站在榻边，悬浮在空中的护额飞到他的头上。香榻上睡着的幻姬忽然失去温暖，哆嗦了一下，睡梦里朝旁边靠了靠，想再寻到温暖的源头。靠一下，没有。再靠一下，还是没有。换个方向，贴一次，冷的。再贴一次，还是冷的。

“……嗯嗯……”幻姬很是不满地哼哼出声。

千离素手轻拂，听得啊的一声，原本好好睡在软榻上的女子掉到了冷冰冰的地上，精致的香榻消失得无影无踪，清晨的微风中，千离挺拔的身姿如玉树般地站在冰地上，跟前正醒来一个迷糊得根本不晓得发生了什么事的女子。

幻姬睁着惺忪的睡眼看看周围，看到一角衣袂，目光顺衣巡去，见帝尊正表情冷冷地看着自己，心里略有不爽，怎么又是他啊！慢吞吞的，幻姬从地上爬了起来，四处望了望，昨晚不是在软榻上休息么，怎么醒来什么都不见了，难道她在冰地上睡了一晚？万幸万幸，居然没有被冻死。

“帝尊，早。”

千离一言不发地走开，幻姬不明所以地跟上他，见他不停地走，纳闷地问：“帝尊，我们这是去哪儿啊？”

“本尊的去向与你何干？”

幻姬：“……”

幻姬愣了下，很是不明白地看着千离，昨晚剥葡萄给他吃的时候不是还好好的么，怎么一觉醒来就变得如此冷漠了？现在他们同在玄冰天地里，她得跟着他，既是跟他一道，问

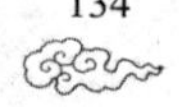

问去向又有何不可。帝尊做事老是这样，做什么只看他自己的心情，回答一下有什么呢。

清晨的阳光从云层里透得越来越多，越来越亮，幻姬发现自己得用仙术才能跟上帝尊的步伐，他走得不是一般的快。她觉得，从他的行为来看，肯定有问题。昨晚他没有睡好，以至于他现在的心情不佳。这个可能性，她觉得不大，帝尊的修为高深，一晚两晚不睡觉不会有任何不适。难道他是嫌弃自己睡得太久，他嫉妒她的好睡眠？这个，有可能，毕竟帝尊的心眼只有一点点大，别人不会嫉妒的事情在他的身上未必就不会被羡慕。还或者，帝尊还在记挂她踩扁了他一粒小葡萄的事情，嗯，可能。顺着这个思路幻姬又一想，她知道为什么了！

帝尊肯定是因为昨晚她睡得太早，没有给他剥葡萄吃！

幻姬了悟了帝尊之所以一大早对她不悦冷冰冰的原因后，立即根据自己的经验采取弥补措施。

“帝尊。”

“帝尊，你听我解释。”幻姬跑到千离的面前将他拦住，“事情不是你想的那样。我是有理由的。”

千离表情冷淡得让幻姬觉得就像她脚下踩着的玄冰，目光定在她的脸上：“说。”

“我年纪小，修为也比不得你，因此我耐寒的本事没有你厉害。不过，不用担心，假以时日，我一定会变得很厉害的。”幻姬颇为骄傲地暗暗给自己鼓劲：“昨晚我睡得比你早是因为晚上吃多了东西对牙不好，我现在起床了，可以再为你剥葡萄，帝尊你就别为这么小的事情生气了吧。再者……”幻姬略略地迟疑了一下，继续道：“昨晚我们发生了那样的事情，你让我怎么好意思面对嘛。”

“昨晚？”千离挑眉：“什么事？”

幻姬脸上浮起红晕，“就是‘那个’啊……”丢了粒葡萄而已，咬她一嘴儿。

“你抱着本尊死活不撒手要睡在一起，还是指你压扁了所有葡萄？”

什么！

幻姬圆睁着眼睛太过于震惊地看着千离，她、她……昨晚死命抱着帝尊要睡一块儿？还……还把他老人家的葡萄给全压扁了？两件事犯一件就不得了了，她竟然干出了两件。

不可能！

幻姬潜意识直接否定：“帝尊你骗我。昨晚我睡觉的时候明明睡到边边上的，我看过，我们之间隔了好几个人的距离，我的手就这么长，抱不到你。”幻姬伸出自己的手臂示范了一下：“至于那些葡萄……压扁的在哪儿，我看看。”也许帝尊在诓她。

千离的声音悠悠慢慢的，“你睡觉不滚的？你一只毛爪子就压扁了我一粒葡萄。”目光将幻姬从头到脚打量了一遍，“这虎背熊腰的人形还压不坏本尊那整串？”

一句话，幻姬抓住最牵动她心的四个字，虎背熊腰！如在风中石化了一般地看着千离，他、他说身姿轻盈的她虎、背、熊、腰？

虽然幻姬一向不大在意自己是不是长得漂亮，容貌乃天生，倾国倾城或者寻常姿色都没可好介意在心的，人最重要的是内质，她看重是否能成为一个有智慧有包容心的女子，而不是一个华而不实的女娲后人。但是长久以来每个人第一次见到她时的表情她都看在眼里，惊艳重重，慨叹重重，更不乏看她看到呆愣的人，连娘娘偶尔都会说她太过于纤细玲珑，要长胖些才好。没想到，在帝尊眼中她居然是虎背熊腰的女子！虎背熊腰不是形容男子的吗？若是大家都这样说她，她也认了，可是帝尊是第一个，这说法也太……太打击她了。

“在帝尊的眼里我是……我是……”幻姬都不忍说出那四个字：“帝尊撒谎。帝尊昧着良心在说话。”

千离很是自然地道：“谎是怎么撒的，你教教本尊。”

幻姬好像听到了自己心碎的声音，不是真的，她不是虎背熊腰的女子，她明明很纤瘦的，她哪里那么孔状威武啊，说得她好像很丑的样子。

“帝尊你别想欺负我，我看的书很多，虎背熊腰是什么意思你诓不到我。要说起来，你比我虎背熊腰多了。”幻姬将千离从头看到尾：“你比我高这么多，胳膊和腿也比我长，比我的粗，你的腰也比我的大很多，虎背熊腰说的就是你。”

“本尊要是不虎背熊腰，昨晚怎么可能有人死活抱着不放呢？”

幻姬：“……”

幻姬觉得自己在帝尊面前战斗力总是提升不上去，原因不是别的，而是帝尊能多方位攻击，对她来说不好的词到了他身上可能就是褒义了，他占着男子之身的优势。但是昨晚这里就她和他，他说什么都没有人证，她是一点儿记忆都没有，就记得自己拉开了安全距离。

“没人看到。”

“嗯。”千离显得很庆幸，“要是被人看见，本尊现在应该在找地方学着怎么哭了。”

幻姬：“……”

帝尊，这句话应该是她说的吧。

目光收回，千离绕过幻姬朝前走去，步伐一点儿都没有要等她的意思，弄得幻姬不得不使用仙术勉强跟上他。跟了一段路，幻姬渐渐跟不上千离了，看到两人之间的差距，她想到了天瓖公主，昨天天瓖公主就是这样被帝尊甩掉的，他明明能瞬息间将人甩开，却偏偏要让人看着跟不上，那种心焦的煎熬让人又急又慌，眼看自己就要成为第二个天瓖公主了，幻姬心生惧意。没东没西的玄冰天地里，没了帝尊在身边，她真要被困一世也说不定，不知道天瓖公主现在怎么样了，但听她昨夜的呼喊，很是凄凉，她可不想扯着嗓子喊帝尊救命。为了让帝尊原谅自己，幻姬使出了自己最后的杀手锏，抱着不成功便成仁的信念冲了上去。

“嗷呜。”

千离的脚步忽然停了下来，脚边传来狼崽的叫声：“嗷呜，嗷呜……”

一团毛茸茸的东西正爬在他的脚踝上，不，准确地说是头顶着语佛花的幻姬前肢用力地抱住了千离的腿，仰着头看着他，软萌软萌地发出嗷嗷唧唧的叫声。她不停地告诉他，自己知错了，下次他不睡觉她就不睡下，他想吃葡萄她就剥到什么时候，绝对不会再压扁他的葡萄了。

千离低着头，看了一眼幻姬，抬脚继续走，没想到幻姬抱住他的腿跟着被抬了起来，他落下，她也落下，他再抬起来走动，她又跟着被抬起来。

“嗷呜，嗷呜。”

幻姬觉得，无论如何她都不能被帝尊给甩下来，万一今天还不能出去，晚上那么冷，风那么大，没有帝尊的晚上太可怕。比起孤孤单单的在玄冰天地里，给他剥葡萄吃简直成了世间最幸福的事情。

走了十来步的千离停下来，低头看着毛茸茸的幻姬：“松开。”

幻姬不停地甩头，头顶的语佛花摇得像中了癫痫病。她不要被丢下。

“本尊不喜欢一句话说两遍。”

看到千离十分清肃的神情，幻姬心里咯噔紧了一下，犹犹豫豫地慢慢放开了自己毛茸茸的小短腿，难道她落得跟天瓖公主一样的下场吗？晚上睡着了滚到他的身边抱紧他又不是她故意的，睡着了的事情谁晓得啊，醒着的时候给她十二个胆子她也不敢抱着他啊。而且，反正他也被她睡过了，再多抱一次又有什么，为这个生她这么大的气也忒小心眼了点吧。

放开千离之后，幻姬站在他的脚边，仰着脖子定定地看着他，希望他能稍微好心一些，不要将她甩下，在玄冰天地里，她真的很需要他。

“嗷呜……”

千离收回落在幻姬身上的视线，刚抬起脚，幻姬紧张地扬起两只小爪子抓住他衣袍的锦边，看到他低头瞟她，小声地嗷了一声，放开软乎乎的爪子，失望又委屈地低下了头，头顶的语佛花也蔫嗒嗒的，没戏了。

白袍身影开始走开，幻姬耷拉着脑袋站在原地，想着这下自己要怎么办才好。不然，回去找天瓖公主，显出她的人形，让她告诉她怎么打开机关。只是，那条不见底的冰渊她要怎么飞过去？天瓖公主没有把握能飞过的渊崖，她恐怕也没多大的把握。飞……

恍然一下，幻姬想到了。她本身可能难飞过冰渊，可是她有娘娘送给她的朱顶鹍鹤啊，这四只神鸟哪儿不能飞过去啊。

“站那想谁呢？”

忽然一道声音传来，惊回了幻姬的思绪，抬起头朝声源看去，帝尊竟然在丈远的地方等她。内心一阵大喜，幻姬急忙跑了过去，亮滑的冰地上，一个白团子蹬着四只小短腿飞快地冲着，到了千离的面前没停住，毛茸茸的身体冲过很远，总算停下来之后，幻姬又回头跑到帝尊的跟前。

“嗷。嗷。”

她不是故意的，冰面太滑了，停不稳当。

千离复行，这一回速度慢了很多，幻姬只用匀匀慢步就能跟他并行。漫无边际的玄冰天地里，高俊修长的男子身边一只纯白的小狼崽亦步随行，随着她的行走，狼崽头顶的花朵轻轻地抖着，散发出异常雅淡的清香。

走了一里地远，幻姬突然就想到了一件事。此处又没有外人，为什么她还是小狼崽呢？她可是天外天的殿下，身份还是要多加注意的。这么一想，幻姬立即变回人形，昂首挺胸地走在千离的旁边。虽然她很想问帝尊他们这么走啊走的，到底是要去哪。不过，考虑到帝尊对她的不满刚刚缓和了一点，她决定忍着，此时不说话应该是最聪明的作法。

不知道走了多远，幻姬看到冰地上他们两人的影子从斜斜的拉得很长缩短了一半，再走一段时间，他们就能踩着自己的影子了。一路而来，帝尊一个字都没有对她说，好像多不待见她一般，她晓得他嫌弃自己，可是他也不用表现得这么明显吧。

“给本尊一个带你出去的理由？”帝尊忽然说话。

幻姬先愣了下，反应过来帝尊是跟自己讲话，惊喜地问，“我们能出去了？”见千离看着自己，又道，“帝尊问我这个是什么意思啊？”难道理由不够他便不带自己出去么，这是什么逻辑。

“本尊说服不了自己带你一道离开。”

幻姬疑惑，“为何？”带她一起走有多难吗？

千离似乎并不愿在这个问题上同幻姬探讨个结果出来，略有好心地提醒她：“给出让本尊带你出去的理由比改变本尊的意志要容易许多。”

幻姬觉得帝尊说得很有道理，给什么理由是她的事，不想带她出去是帝尊的事情，两者相较，自然是控制自己的思想更为容易，从帝尊的为人处事看，想改变他根深蒂固的习惯绝非一言一事一天可做到，她还是找出让他不好意思不带她一起的理由吧。

“因为我是女的。”

帝尊反问：“这里就你一个女的？”

稍想，是了，天瓖公主也是女的。而且，男人女人在帝尊的眼中确实也没什么区别，都是人罢了。看来得找一个凸显她的存在对他来说是唯一不可替代的理由。幻姬略想，有了。

“因为我能变成小狼崽喂帝尊您吃葡萄。”

千离又问：“你是在提醒本尊记得你踩扁我葡萄的事么。”

幻姬：“……”一粒而已，要不要记得这么久。再想。“因为我是天定聪明的娲皇宫幻姬殿下。”这个，总够了吧。天外天就她一个殿下，三十三重天里还没有，这个是唯一得不能再唯一的了。只是，这样的理由说出来，总显得她有些拿地位压人的感觉，实乃不愿。

“天定聪明？”千离慢悠悠地重复幻姬说的四个字，慢到几乎是一字一顿了：“十亩青草地，内有羊一只，草地中心立了一根木桩。羊被一根一丈长的羊绳拴着，如果不断绳，也不解开羊脖子上的绳，此羊能否吃到十亩草地每一处的草？”

幻姬想也不想地回答：“当然不行了。羊都被你用绳子拴着了，才丈长，它怎么跑遍十亩地。”

千离忽然停下脚步看着幻姬，声音不紧不慢：“我说了羊绳拴在木桩上了吗？”

被千离的话愣在原地的幻姬仔细回想，草中立了根木桩，羊被一根绳拴了，绳的另一头好像……没拴。看着走开的帝尊身影，幻姬小跑着追上去，颇不服气。

“我只是没有仔细想帝尊的话，若我认认真真地钻研每一个字，一定会发现帝尊话中的漏玄。”幻姬放低了声音，很小声地道：“娘娘说没有人不会犯错，连佛祖都有犯小错的时候，我这个就是小错了，一个题没答出来根本不能说明我就不是天定聪明的姑娘。”

“一国宫内侍卫统领爱上了他天天保护的公主，公主发现了他的爱慕，对他说，如果他能五百天接连不断地出现在她每天睁眼就能看到的地方，她便去求她的父皇下旨将她下嫁给他。于是，公主的侍卫统领每天早上都潜伏进她的寝宫，在她睁眼时就让她看到自己，统领坚持了四百九十九天，到了第五百天，却没有出现。为何？”

这一次，幻姬不敢迅速给出心中的第一回答，她觉得帝尊不会有好心给她很简单的问题，这个问题这么长，肯定玄妙之处更多，她得好好想想。

幻姬想着想着就关注到另一个问题上去了，为什么侍卫都坚持了四百九十九天而不再坚持下去呢？最后一天放弃，岂不是非常可惜。成功的临门口，他这样错过了，日后想起，必然十分惋惜吧。那位公主也是，若是喜欢统领，何须要他出现五百天，五十天不就可以了。想了很久，幻姬选择了她心中觉得没有一点儿错误可能的答案。

“统领在公主的寝宫门外等着和她一起去见国王，准备领旨迎娶公主。”

千离不停地走着，轻声的话语在阳光照射下的玄冰天地里显得很漂浮，似有不真实的感觉，但幻姬听清了。“殿下真是好智慧。”幻姬脸上的笑容刚漾开，还没来得及出口夸赞自己，千离的声音又响起了：“错误答案那么多，偏偏选中最蠢的。”

幻姬脸上的笑容僵住了。

“如果统领不是在公主的门外等她，那你说，他去哪儿了？”幻姬百思都不得最好的答案，“总不可能是刚好第五百天的时候统领生病了，所以迟到。或者，他在最后一天记错了日子，以为自己已经出现满了五百天。还是，公主搬了寝宫，他没有找到公主。”这些回答明明都能找到缺口反驳，根本是立不住的回答。

千离忽然抬头看了一下天空的太阳，回复平视后，悠悠的，不甚在意地道：“第五百天时发生了谋权篡位事件，国王被推翻，公主不再是公主了。”

幻姬：“……”

帝尊，这也行？

“不算。”幻姬不服。

“理由？”

“五百天，哪天不好，怎么偏偏就第五百天，这不是故意的吗。”

“就第五百天。”千离转头看着幻姬，“不满意啊，咬他。”

幻姬：“……”

难道她不是天定聪明的姑娘？

不晓得帝尊是不是看到幻姬被打击得好久都振作不起的失落样起了一丝丝不忍的心，说道：“本尊问个简单的。”

幻姬无精打采地还在自我怀疑中，她不信帝尊能问简单的问题，肯定是将她最后一点点自信都抹没的问题。

“昨晚谁压扁了本尊的那串葡萄？”

幻姬眼睛一亮，哈哈，这个问题还叫问题吗？随随便便就能回答啊，而且答案是怎么看都对她有利。昨晚玄冰天地就她和他在一起，他说那串葡萄是她压扁的，她照着回答不就是了。如果帝尊承认，那她就是答对了。如果帝尊不承认，那就不是她压的，没有干错事的她不就能被他带出去了。越想，幻姬越觉得自己赢回自信心的机会来了，帝尊的这个问题果然好简单。

“我！”幻姬抬头看着千离，答得很是理直气壮，“昨晚的那串葡萄是我压扁的。”

千离有一会儿没说话，幻姬忍不住问道：“怎么样，帝尊，我说对了吧。”话音刚落下，一个什么东西从空中掉到幻姬的怀中，她低头一看，葡萄！是一串葡萄也就罢了，关键幻姬认真看的时候还发现有不少葡萄被摘下的梗结。这，不是她昨晚给帝尊剥的那串葡萄吗？

幻姬惊讶地道：“我没压扁它？”又仔细确定了一下，幻姬肯定自己手里的就是昨晚那串睡前剥过的葡萄串：“帝尊你骗人，我就说我没有滚过去压扁葡萄吧。”

“嗯。”

幻姬追问，“帝尊你这个嗯是承认哪件事？”是他撒谎了，还是她没有压扁葡萄。“还有，葡萄好好的，你就不能说我是虎背熊腰的人。”一想到他形容自己的这个词她就好想跳脚。

“承认……”千离似是想了想，道，“你不天定聪明。”

她怎么又不是天定聪明的姑娘了，她明明就答对了啊。等等……

幻姬反应过来了，她说压扁葡萄串的是她，可结果却是她没有，那岂不是她的答案就是……错的！

“帝尊你太坏了！”

连着被千离气了三次的幻姬实在压不住火了，他打击自己最看重的东西打击得这么彻底，她要是再不炸毛他是不是就觉得她真的很好欺负。抱着怀中的葡萄，幻姬深深呼吸两下，发现压不下去，恼他的火气怎么都压不下去，忽的，一把摘下一粒葡萄朝千离扔过去。

“破葡萄，再不给你剥了。”

千离身形一闪，躲过幻姬扔他的葡萄。

还躲？！

幻姬气得再摘，再扔。

闪到几步远的男人好像背后长了眼睛，又是一闪，又没打到他。

接着，玄冰天地的冰地上出现了一幕葡萄砸人的暴力事件，几步远掉一粒葡萄在冰面上，很快被冻成了冰葡萄。

将手里的葡萄都扔完之后，幻姬气得好想跳脚，瞬闪到千离的背后，还没出手就看到千离回头看她，嘴角微微翘了下，很有些“你就是打不中我”的感觉。

“帝尊你个坏人！”幻姬扬手想抓住千离捏圆捶扁，粉拳记记落空，追着千离在冰地上一直跑，“我以后再不要给你剥葡萄，你这个葡萄帝尊，讨厌死……啊！”冻滑的冰面走路尚且不稳当，何况是追逐跑来跑去，幻姬一个重心不稳，整个身子朝后仰去。

白影划空，千离若一道光地掠过冰面，搂住幻姬，紧扣入怀，嘴角噙着一抹淡淡的笑意。

惊魂甫定的幻姬稳住身体后见是帝尊抱住了自己，脸颊瞬间通红，只因为两人紧贴得实在太近，近到了她觉得眼睛只能看到他嘴角笑容的程度，其他的一切，她都看不到了。仔细算来，她也看到过帝尊几次勾起嘴角，但都是很浅的弧度，如果不注意，眨眼就能怀疑自己产生了错觉了的那种。像眼前微暖阳光清清寒风里的微笑，她还是第一次见到。

有人笑得美目盼兮，有人笑得温柔似水，有人笑得倾国倾城，有人笑得张扬肆意，有人笑得面笑心不笑……不管哪种笑，都带着当时人的心情，或开心的，或苦涩的，或下意识的，等等等等。可幻姬觉得，哪一个人的笑都没有帝尊笑得好看，更没有一个人能笑得让人看不透他的心情却深陷他的笑容里，不管真假，只能沉溺。

他笑，净如天外天玄静池里的水。他笑，似是一片白摩花在阳光下绽放，飘着香，惹了眼，醉了人。

幻姬饮酒未有醉过，她不会让自己出现那样失态的情况，三分微醺的时候就会让自己停下来，可是此刻，她觉得自己有点儿头晕，像是喝下了一整壶千年女儿心，迷得她的心里头晕乎乎的，目光像是被仙术定在了帝尊脸上，怎么都移不开。

“呃？”

忽地一回神，幻姬站在冰地上看着自己举起来的手，再看看放下她后退开一步的帝尊，脸颊越发地红了。她是怎么了，竟然抬起手去摸帝尊的脸，如此唐突的事情她应该是做不出来的呀，真是邪门了。看看帝尊那表情，似乎……不悦？嗯，想想也是该不悦，好心救了人，被救的人还想摸他的脸，如此轻薄的姑娘，他恐怕后悔出手了吧。

“那个……”

幻姬找着词语，“我不是故意的。我……我也不知道怎么就抬起了手，对不起。”说完，幻姬偷偷地感觉了一下，她刚才是摸到了帝尊还是没有摸到啊？他笑得那么好看，脸庞摸起

来应该也是很舒服的吧,可是她怎么没有印象自己摸到了呢？应该是没摸到就被帝尊躲开了。

“为自己耍流氓找借口时还是挺聪明的。”帝尊很是中肯般地表扬了一下幻姬，可这表扬对幻姬来说，简直比打击她还要让她纠结抓狂。

“我……我真的不是有意的，我也不知道怎么就……就……摸上去了。”

帝尊轻声地说道：“不是故意，不是有意，那就是特意了。”

幻姬急忙否认：“不是。也不是特意，就是一不小心，我一定是昨晚睡得不大好才会对帝尊你做出如此失礼的事情，请帝尊不要往心里去，我真的……很抱歉。”她以前就没有出现过这样的情况，现在失礼，自然是有缘由的。

“算了。据书卷上说，有种动物若是睡得不好也容易干出不正常的事。”

幻姬：“……”

帝尊，你说的是猪吗？

心里虽然猜测着，但幻姬自认是个好学的姑娘，不耻下问是一个美德，她具备。

“帝尊说的书，是哪本啊？”她出去以后得好好看看。

“不说。”

“为什么？”

千离很是肯定地道：“你想对自己的智商产生绝望的感觉？”

幻姬：“……”

帝尊你不打击人是不是就活不下去？

云霞散去的天空，日光越来越强烈，玄冰冰面折射的光芒让幻姬不得不眯起了眼睛，阳光甚烈，走在玄冰上的人都不觉寒冷，可玄冰竟真是一滴水都没有化出来，幻姬惊奇地看着脚下的冰地，书卷上的记载果然是真的。白天的玄冰别有一番奇景，美不胜收，行走其上，仿若置身一片冰天冰地的画中，让人平生出几丝不想离去的心绪，只是这玄冰白日太阳高照时感觉不到冷，到了夜幕降临温度便会大降，若是他们今天不能出去，岂不是又得过一个寒风猎猎秉烛夜斗的晚上？

“啊！”

只顾着低头走路的幻姬忽然被人拉住，撞到了什么上面，低呼了一声，抬起头看看发生了什么，见帝尊抓着自己的胳膊，不解地微微歪头，“嗯？”

“想当冰美人？”

幻姬顺着千离的视线看去，刚才她差点踏进去的地方，冰层特别的薄，冰下是粼粼的清水，清晰可见到水纹的波动，仿是一层薄膜覆盖在一汪清水之上。

“这里不是玄冰天地么？”幻姬抬头问千离，“怎么会有一个冰窟窿。”且是很大的水坑，冰窟窿周围的冰层很滑润，并不像是什么东西无意砸出来的，也不像是塌陷而成的坑，玄冰天地里还有能流动的清水实在是不可思议。看着涟漪清清的水，幻姬忽然觉得干渴，蹲下身子准备用手在冰层上敲开一个洞，掬一把清水来喝，手刚伸出去，人就被千离给拎起来了。

幻姬有些委屈地看着千离，“帝尊，我有点渴了。”他总不至于生气到连一口水都不让她喝的地步吧。

千离什么话都没说，抬手从幻姬的头上拔下一根青丝，在她呼疼且不解的目光里把青丝放到薄冰上，看着青丝飘落到冰层上，穿过冰膜，落到水中。

咔嚓，咔嚓。

幻姬的眼睛在清水里发出的咔嚓声中睁得圆圆的。

她的那根头发竟然能穿过冰层落到水中，最惊吓人的是，碰到水的发丝瞬间被冰冻住，成了一根硬邦邦的冰条，一根青丝变成了一只食指那么粗的冰棍。

“怎么会这样？”

千离一个字都懒得解释，刚才就问她是不是想当冰美人，没想到她竟没反应过来，这样的智商还想在四海六道八荒里历练，他真不晓得女娲娘娘怎么会有这么好的胆量放她出来，以为她真的不会干蠢事么？他看，她就没干过什么聪明的事情，不晓得谁灌输她“她是一个天定聪明的姑娘”的信念，眼光真是独特。四海六道八荒里神奇而危险的地方数不胜数，大自然的绝妙之处就在于，很多东西如果不是亲身遇到，穷其一辈子可能都不会想象到世间有那种东西的存在。天道造物的神奇，无人能解。

到了冰水池后，千离不再行走，掐了下小诀，算准时辰，静静地凭水而立，很有一番仙风道骨谪仙绝世的感觉。

幻姬险入冰水池两次之后，再不敢乱动，老老实实地站在千离身边，有那么一瞬间，她觉得帝尊是一个很好的尊神，随便伸两次手就成了她的救命恩人。他其实，也不像他说的那么无情，如果真的是见死不救，她在他眼前都死了五六回了，按照他们见面的次数来算，她的死亡频率很高。

站在千离的身边看着看着，幻姬似乎也看出了一点什么，想到了书卷上说如何出玄冰天地的办法，记得是要关闭一个机关，帝尊到了这里就不走了，如果她没有猜错，这里就是那个机关的所在之地，而机关就在冰膜下面的水中，想关闭机关，就必须到水下去。

“帝尊，你有把握吗？”幻姬担心地看着他。

千离看着冰膜，声音如冷风刮过幻姬的心头：“本尊还没想好带不带你出去。”

什么！帝尊还没有想好？

幻姬觉得这下问题大了，且不说帝尊能不能成功，单单就是他的心思就对自己非常的不利，他怎么还没有决定带不带自己走啊，她虽然连着三个问题都没有答对，可是最后证明她没有压扁他的葡萄啊，这难道还不够？

“我没有压扁帝尊的葡萄，这条够不够啊？”

帝尊有些奇怪地反问：“难道你应该压扁本尊的葡萄？”

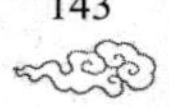

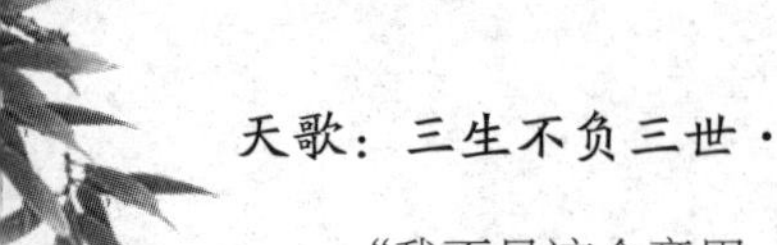

“我不是这个意思，我的意思是，我没有犯错，这还不够么？”

“饶是对旁人来讲，不犯错是极为正常的事情。你身为天外天的殿下，不犯错不是更应该的事情吗？”千离挑了挑话音，“莫非，殿下以为没犯错就是非常了不得的事？”

被千离一说，幻姬也觉得自己对自己的要求确实太低了，但是她也是实在找不到理由了才会如此，谁晓得帝尊带个人还要理由啊，能干出这样的事情，恐怕三十三重天里也就只有他了。如果是百曦古神和她关在这里面，都不用说什么，百曦古神必定走到哪儿都带着她，不让她受到一点儿伤害。

“我出去之后可以赔给帝尊你很多的葡萄。”

“本尊不喜欢吃葡萄。”

幻姬特别诚心地问：“那帝尊你喜欢吃什么？”

“肉。”

幻姬：“……”沉默了一会儿，很小声很小声地道，“都成为了尊神，还吃肉啊？”

“本尊又不是和尚。”

“可您是帝尊啊。”

千离不以为意地道：“和尚还有酒肉和尚呢，酒肉穿肠过，佛祖心中留，善念佛心都只是一种精神的信念，肉体的生活状态和精神的纯善不是一码事。殿下以为，若有两个和尚，一个天天吃肉喝酒，云游四海，但他每日行一善；一个天天粗茶淡饭，但是只晓得看看佛理书，诵诵经，却是什么事都不理，居庙深静。哪一个，更好？”

想了想，幻姬觉得两个人都有不足之处，两个人在她看来都是最好的，可若是非要选择一个，她还真的……不知道怎么选了。遂问：“难道不能每天粗茶淡饭又云游四海普度众生吗？”

“殿下觉得，既要本尊长得俊美，身居高权之位，修为鼎深，又要本尊心地善良处处助人为乐，待人亲和，逢人便有求必应，求爱女子献身个个来者不拒。这，可能吗？”

幻姬看着千离好一会儿，认真地摇头，这种要求对百曦古神来说都做不到，帝尊就更加别想了。

“可是，我这次是一个人麻烦帝尊你啊，没有下次了。”

千离略显惊讶地道：“刚才殿下是不是说过会赔给本尊很多葡萄？”

“说过啊。”

“那你说没下次了？”

幻姬连忙解释：“我的意思是，我赔您很多的葡萄，但是我不会再有下次麻烦帝尊的可能，我以后会特别小心行事的。”

千离似是很认真地考虑着，好一会儿都没有说话。

看着千离沉默，幻姬的心里十五个吊桶打水，七上八下的，总觉得不安稳，生怕眼前

的男子嗖的一下不见了。可她的担心还没有出现，就见千离抬起脚准备跨进冰膜里，幻姬的心唰的一下紧了，顾不得旁的，一把将千离抱住。

“帝尊小心！”

幻姬用力地抱着千离的腰身，带着他朝后退，“帝尊，你不想带我出去就不带吧。”只要他自己别做傻事就行，踩下去就变成了冰冻帝尊了，她可不想看着他被冰起来。

千离低头看着自己腰身上的手臂，慢慢转头看向身侧紧张不已的女子，眸光深深，不可见底。

“我知道帝尊你嫌弃我笨，嫌弃我麻烦。我也知道你习惯见死不救。”幻姬对视着千离的眼睛，“你不用委屈自己做不喜欢的事情，你不想带我就不带吧，我在这里面没事，你别下去。”

千离微微皱了一下眉头，展开，轻声地问:“你以为本尊是因为要带你出去而自寻短见？”

“那不然……不然你干吗去跨冰窟窿？”难道她理解错了？

恰时，冰膜的底下出现了一个亮光，阳光此时正直射在冰面上。幻姬还没有听到千离的回答，只觉自己的腰肢上陡现一个力道，身子被千离抱到了身前，白光闪现，两人跃进了冰膜。

冰凉的水中，幻姬抱着千离的脖子，看着自己被他搂在怀中于水中飞行，奇怪的是，她可以像和陆地上那般呼吸顺畅，可两人的发丝和衣袂明明都飘飞在水中。冰水虽然冷，可却没有冷得刺骨，更别说将人冻成冰团子。

幻姬想开口问话，刚张嘴就喝了一口水，吓得她立即闭上了嘴巴。这里到底是什么奇怪的地方，呼吸是自由的，话却不能说。

三丈水深并没有太耗费时间，千离很快就到了玄冰天地机关处，收紧了抱住幻姬的手臂，另一只手在旋转机关之前托着幻姬的后脑勺，将她的头摁在了自己的颈窝里，直到她若本能动作般地将缠着他颈子的手臂也收紧，才旋对机关。

咔哒一声，机关上的齿口对上，听得哗啦一声大响，地心像是一个巨大的吸盘，将千离和幻姬的身体瞬息间吸入。须臾之间，幻姬觉得身体里的冰冷之气汹涌地朝外涌，一股热浪袭来，让她有种热得喘不过气来的感觉。这一回，她不敢轻易出声问什么，怕又有什么东西进自己的嘴里，乖乖地抱着千离，闻着他身体白靡花的香气，莫名地觉得安心。从心底觉得很安心的那种，就像是天塌下来了，他顶着。虽然帝尊是个不好靠近的尊神，可听话一点，乖一点，好像还是有可能让他心软的，只不过这个可能性真是悬乎其悬，不好把握。

玄冰天地的外面，左右无事，麒麟和百曦在花园里下起了棋，侍女在一旁伺候着，能同时看到两位男神下棋，对她们来说是件眼睛有福的事，所以大家伺候得特别尽心。

一胜一负一平局。

百曦和麒麟下了三盘耗时不短的棋，两人的战果都是一样。

“百曦古神好棋艺。”

百曦浅笑：“我俩都是一赢一输一平局，上神夸我，就是夸自己了。”

“那不若再来一局，这局分出一个你我的胜负出来？”麒麟提议。

“好！”

话音才落下，忽然嘭的一声巨响，皇宫里的花草都被震得抖了三抖。麒麟和百曦同时看向声音传来的方向。

南荒大殿？！

麒麟嗖的一下不见了，百曦见麒麟去了，连忙瞬闪尾随他而上。

麒麟和百曦到南荒大殿的时候，其他的神仙还没有到，南荒的人也就几个大殿的侍卫惊恐地看着抖动得很厉害的大殿，别的人还没有赶过来。

“还真是准时。”摇着扇子的麒麟看着大殿，脸上笑眯眯的。

百曦问：“上神算得会有此一事？”

麒麟笑：“显而易见。”

南荒大殿的殿堂里面忽然射出一道光芒，笔直的穿过大殿的宫顶，入了云霄。百曦不解时，看到光芒里渐渐出现了两个人影。一个是白袍翩翩金光闪闪的帝尊，另外一个就是他寻了许久不见人影的幻姬。难怪麒麟上神不说幻姬去了哪儿，原来她和帝尊在一起，可无端端的，她和帝尊从南荒大殿的里面飞上来干吗？刚才的声响就是他们弄出来的？

想到前一天喜宴上幻姬对帝尊说的某些硬气话，百曦的心一下担心起来，帝尊的为人和行事习惯他略有耳闻，如果说麒麟上神和幻姬在一起，他比较不担心，麒麟此人的口碑在四海六道八荒里比较好，为人仗义，喜于帮人，人缘十分地好，在太子天策的喜宴上和幻姬的交谈也很愉快。如果麒麟请幻姬去，他只能找到一个解释，麒麟上神瞧上了天外天美貌无双的幻姬殿下。

是的。在百曦古神的分析里，麒麟上神对幻姬殿下动了心思。略再一想，麒麟是上古神兽，位及神首，以他的本事，为了娶幻姬升到神尊并不是难事，尤其他本人长得俊，一双狭长的桃花眼里时时含情，仿佛永远带着笑意，让人莫名地就有心愉的感觉。

但是关于帝尊的说法……

百曦皱眉，莫不是帝尊和幻姬私下解决什么个人矛盾去了？以幻姬的能力绝对不是帝尊的对手，不管是修为还是心智，差的不是一点两点，虽未和帝尊深交，可单单是说了几句话便知他不简单。想想，一只天兽成为千王之王，又登鼎了苍穹帝尊的极权之位，想简单也不可能，一个动动手指就能玩死幻姬的绝对强者。

朝宫顶上的两人仔细一看……

百曦愣了下，看幻姬的模样根本不像是被欺负的样子呀，被帝尊抱着不该是推搡他么。

她搂着他的脖子，将脸埋到他的颈窝是个什么情况？

冲天的光芒里，若淡天一片琉璃，皓色千里澄辉，金风凛凛，清光铺洒，清樽素影，一景气势压人只可远观的公子佳人图。

幻姬抱着千离的脖子，不敢抬头看什么，他托着她的后脑按下她的脑袋时，那瞬间她对他不晓得为什么就极为放心，尽管只是个小动作，可她觉得帝尊那会儿温柔极了。他做的，一定是为她好的。

怕他，不假。

可信他的能力，更是真得不能再真。

鼻息的白摩花香里，幻姬听到轻轻的一句。

“到下面等我。”

呃？

幻姬慢慢地抬头，看着千离，他是在跟她说话吗？还没问出来，身子便朝后飞开。看着他用法术将她送往地面，她忽然就涌出不想离开他身边的感觉，脱口而出：“不要伤害到自己！”

“嗯。”

一个字音，轻轻的，淡淡的，甚至他连表情都没有一丝。可幻姬却激动得好想扑上去，让帝尊再应她一次。她和他说了不少的话，唯独这次感觉不一样，她第一次见到如此顺柔的帝尊，都要怀疑那是不是他了。

直到幻姬稳稳地落到了地上，千离的目光才从她的身上收回，于一片清光里飞升得更高，幻姬不知道他想干什么，想到他踏向冰水池的模样，心里总怕他再做出什么伤害自己的事情。其他不说，帝尊多次出手护了她，人总得念恩情，她对他，倒真是没有之前那么反感和害怕了。他偶尔还是很好的。一双眼睛紧紧地跟着空中的男子，不移半分，连百曦急急忙忙地走到她身边都没有注意到。

“幻姬。”

“幻姬你可还好？”

百曦问到第二遍的时候幻姬才反应过来，转头看着他：“百曦古神？”

“你还好吗？”百曦见她气色不错，心中的不安落了下来，就怕她脸上的表情是受伤之意，从刚才帝尊对她的态度来看，应该不算坏：“一晚上不见，我担心你。”

“我没事。有劳百曦古神挂怀。”

幻姬将自己和帝尊被卷到玄冰天地的事情简化了，说出来除了让百曦古神紧张以外，没有别的用处了。何况，在玄冰天地里她和帝尊相处的事情，哪一件好像都不能让外人知道，是喂他吃葡萄，还是同榻而处？或者是她连着三题都没有答对，抑或者她抱住帝尊误会他轻生？确实是件件都只能成为他和她的秘密。

忽然，空中传来一阵清冷的声音，地面上的人循声看去，天上的白袍男子双手手心朝着南荒的大殿，像是将整个大殿扣住一般。事实上，从他手心里撒出来的光芒却是将大殿整个罩住，清冷的声音转急，隐隐地感觉地面在颤动。

南荒国主和太子天策等人闻声赶了过来，见自己的大殿被一片白光笼罩，而旁边站着幻姬殿下，百曦古神和麒麟上神，众人越发地急了。在见到帝尊于空中将大殿收入光下，南荒国主惊得就差上前告饶了。他实在想不明白，为什么自己的大殿都会得罪帝尊，难道就是因为帝尊在里面坐了一天么？可他明明是安排了侍女认认真真伺候啊，每隔一个时辰就有人将他桌面上的水果和酒茶换新，生怕招待不周，怎么还是让这个老大冒火了。

“师父。”天策走到百曦的面前，恭敬行礼。

南荒国主则在麒麟上神的身边停下脚步：“见过麒麟上神。”

麒麟朝着南荒国主笑了下：“来了。”挺慢的。

天策看了眼帝尊，不敢说什么，小声地问自己师父：“师父，这是……”

“为师也不知到底发生了什么事。”

幻姬自觉自己知道的略多，但是她不能说，一个字都不能说。

突然，地动，山摇。

众人只觉暴雨急急风吼吼，万家劲松白芒拂，大树沉花飞不起，瀑夏付与寒冬汇，人人皆得使用定术才能让自己站稳，而身体的感觉像是置身在一片火与冰的天地里，冷热交融，叫人好不舒服。

厚沉的裂塌声从地下渐渐地传上来，众人惊恐地看着自己脚下的地面，一股害怕大地瞬间将自己吞噬掉的恐惧开始蔓延，像是被冰火疾风洗礼天地里霍地大震了一下，不少修为低下的人都被震得跌到了地上，连天策都摇晃了两下，若非百曦抓住了幻姬的身子，她已是摔了地。

轰隆一声，南荒大殿整个儿坍塌入地，一丝灰尘都没有扬起来就沉了。缺失殿堂的大坑里渐渐升起一块巨型的玄冰。幻姬瞧得真切，那不是什么一块玄冰，那就是她和帝尊被困住的玄冰天地，帝尊竟然将这个玄冰天地都拿出来了。

玄冰天地慢慢升高，从冰层里冷不防地滑下一个人影，天策的反应快，立即飞身上去将从玄冰天地里掉出来的人抱住，看到已经气息微弱的天壤公主，一颗心变得极为紧张，飞到地面就喊。

“快叫太医！”

南荒国主从天壤的衣着上认出了她，焦急地跑到她面前，看到自己女儿的模样，心疼着急得不得了。

百曦走上前，蹲下身子为天壤公主号脉，天策一群人紧张地看着他。

“师父？天壤她怎么样？”

百曦不语，很快便用自己的仙术为天瓖公主挽命息。

无云的蓝天下，千离白袍翩烈，凌厉的双眸微微一眯，双手朝下劲压一记，两束刺眼的白光掠速而下，听得轰的两声，整个玄冰天地在他的掌下瞬间裂开，成了一块块的碎冰冰，啪啪的落冰声不绝众人的耳朵，好些人被落下的冰团子砸得啊啊直叫。

百曦布开一道结界，将所有人都笼罩在自己的结界里，免他们被砸伤。玄冰极寒，被砸疼是小事，寒气入了体就会噬去原本人体的健康。天瓖公主就是寒气入了心肺，就算是救活了命，也永远当不了一个健康人，身体会变得奇差无比，一点儿伤风冷热不适都不能承受。

幻姬仰起头看着落在结界上的冰团子，南荒的玄冰天地就这样被帝尊给毁得干干净净了？由于冰块落得密，她并不能看到天空中的帝尊在哪儿，又是什么样子，是解气还是得意，或者仍旧是面无表情，对他来说，可能这算不得什么。想想自己在冰冻寒天里受了他的照顾，他虽说是自己滚到他身边死活抱着他取暖，可以他的本事，要是不想被她抱住，眨下眼睛就能让她消失在他身边，可他没有。

冰地里她几次差点跌倒，他可以视而不见，可他又没有。

可以不带她先出来，让她像天瓖公主一样从冰层里滑落，不管她的死活，他还是没有。连刚才他要毁掉玄冰天地都是先放下她，那句让她在下面等他的话，在此刻暖透了她的心。

帝尊，你到底是好人，还是坏人？她，开始有点不懂了。若是好，为何好得不彻底；若是坏，为何又坏得不绝对。一个人，可以有这样两面共存的可能吗？是她接触的人太少，还是她一直把苍天万物想得太过于简单化了？

被碎掉的玄冰天地整整落了一个时辰才干净，若非百曦古神的结界护着众人，估计不少的人要被砸成了傻子。

幻姬看到天空里一个金泽熠熠如辉的人影，金灿灿的，让人陡然间就有了敬畏之意。百曦古神布开的结界撤掉，高高在空中的那个人脚下生花，一条宽阔的花道掀风起浪，从他的脚下一直铺向到她的面前。

阅美景无数，气势磅礴的也不在少数，可帝尊破掉玄冰天地的气势和他凌空而下时带起的花景气浪，却是叫幻姬叹服无比。毁人东西自是不对，她不赞同。可她又不得不承认，帝尊就是帝尊！

一抹显身，俯瞰天下，他若问鼎，莫敢不从。这样的气势，大约也就他独有了。

她以前总觉得修炼的时间长了，修为和气势自然就高了，可一番接触下来才明白，气势这种东西还是因人而异的。世尊身上的，是清冷得柔和。麒麟上神身上的，是温暖的正义和随和。百曦古神身上的，是包容宽怀的温和。帝尊他，藐灭万灵。

衣袂香，人影近。

千离踏下花道，于幻姬五步开外看着她。

五步开外，距离不远，何况帝尊从天空踏花而至一直看着幻姬，她便是想装没看见他

也不可能。见他看着自己，她想起自己被他送下来前听到的那句话，心里生出一种奇异的柔软感，仿佛他们有多么的熟悉。

——到下面等我。

一旁已有一众人等跪在地上向帝尊行礼，他像是完全没看到一般，目光只落在了幻姬的身上。迎着他的目光，幻姬走向千离。

近到抬手便可触碰到他的衣裳，她仰头看着他，声音轻轻地问了一句："没伤着吧？"

千离看了幻姬一会儿："我不是答应了你不伤到自己么。"

不知为何，幻姬觉得这句话听起来让人的心特别软和，一句很寻常的话，她却知道了帝尊一个优点，是一个真正的优点。不管是谁，只要他给出了承诺，便会做到。对世尊是这样，对她也是这样，不分事情的大小，他应下了，就不会食言。一言九鼎，言出必行。

意识被百曦古神救回来一点的天瓖公主听到千离说话的声音，艰难地将自己的眼睛睁开，在眼前寻了一圈，看到千离站在几步远，视线像是黏在了他的脸上，怎么都不肯移开。尤其，听到幻姬说到她，越发仔细地看着千离，想从他的脸上看到一丝半点的紧张害怕，可直到千离转身走开她都没有收到他的正眼相看。

是的，当幻姬向千离提到天瓖后，千离的目光一丝一毫都没有做移动，看着幻姬，说道："走吧。"

幻姬不解："去哪儿？"

"渴了。"

听帝尊说渴了，幻姬想到她早就口渴想喝水了。但是旁边还在救人呢，他们就这样走掉，会不会不合适啊，显得太过于无情冷漠。

幻姬抱着试试看的心理说道："要不要等天瓖公主救过来我们再走？"为了增加暂时性留住帝尊的可能，幻姬从自己的广袖里掏出一粒葡萄，嘴角漾开笑容，很是得意地看着他："瞧！我还有一粒这个，你先吃了润润嗓子。"在玄冰天地里她拿葡萄砸他，怕事后他说自己扔掉了他所有的葡萄，特地偷偷留了一颗，准备他说自己时就拿出来回击他。跟帝尊斗，那真是必须处处都留心，不然一个不小心就会被他整个欲哭无泪，想想都觉得她好聪明。

"脏。"

脏？

幻姬看看自己手里的葡萄，又看看千离，他嫌弃她的葡萄脏，哪里脏了？

"这衣裳你昨儿没换吧。"

听到帝尊的理由是这个，幻姬一下就不服气了："我的衣裳没换不假，可帝尊你的难道就换了？"他当时的葡萄可不就是放在广袖里的，真是个只许州官放火不许百姓点灯的人。

千离很肯定地答道："嗯。"

还嗯？

幻姬真不想当着众人的面戳穿帝尊在撒谎，可是说谎就是不对，不管是不是尊神，堂而皇之地说谎必须揭穿。

“帝尊你别蒙我了，从昨晚到现在我们一直在一起没有分开过，你换没换衣裳难道我还不晓得吗？”幻姬很是笃定地道：“你昨天就是这件衣服。”只顾着证明帝尊也没换衣裳的幻姬没有注意到自己说了什么，她的话说完，所有人都惊讶地看着她，除了一人。

麒麟嘴角含笑地摇着扇子，一副看好戏的表情，神情甚是期待幻姬再说点什么出来。

“亏得你和本尊同床共枕过几次，我的衣裳都是一个样子没发现么。”

呃？

幻姬眨眼，这一点她倒还真是没有注意过，只见到过帝尊每次都穿白色的衣裳，别的颜色还真是没见过，他自然是不可能只有一套衣服，若是每套都是一个样子，那便不难解释了。

本来幻姬的话就够让人误会她和帝尊有什么非同寻常的关系了，结果千离随口一句话将众人的猜测直接坐实。天外天娲皇宫的幻姬殿下和浮屠天千辰宫的帝尊果然是有……情！连为天瓖公主救护的百曦古神都惊讶不已地看着幻姬，她和帝尊真的……睡过？她不是说只是误会吗？怎么看她刚才说话的语气，一点儿不像是误会，仿佛挺高兴和他在玄冰天地里独处了一晚。

麒麟摇着扇子踱到幻姬和千离的旁边，笑眯眯地道：“我说你们两个就不要在大家面前秀恩爱了，知道你们俩感情越来越好。现在救人的救人，口渴的去喝水，该干吗的就干吗吧，都挤在这里看人家谈情说爱啊。”

幻姬低头剥葡萄，边剥边想，按照帝尊他吃葡萄的习惯，自己用手喂的不吃，难不成叫她在这么多人的面前变成小狼崽叼着葡萄喂他吗？这是绝对不可能的事情。哪怕他是帝尊。

旁边忽然传来一道声音，娇弱无力，惹人怜：“是幻姬殿下打开了玄冰天地的机关。”

天瓖公主的声音很轻，但是也足够她周围的人都听到了。帝尊上神古神这些人的修为又是极高，声音再轻，隔得这么近也不会让他们听错。

南荒国主和天策等人惊讶地看着天瓖公主，再看向幻姬殿下，却是半个字都说不出来。幻姬殿下打开了机关，他们还能责难一番不成？或者去天外天叫女娲娘娘给他们赔一个？

单纯善良的幻姬看着虚弱地靠着天策太子怀中的天瓖公主，大概是第一次被人冤枉，她的眼中有着不可思议。玄冰天地的开关在哪儿她到此刻都不知道，天瓖公主怎么能将自己做的事情怪到她的头上来？

“父皇。”天瓖公主缓了一口气，显得自己的身体十分娇弱：“我本去大殿看看帝尊是不是需要点什么，没想到幻姬殿下也在里面，而且对大殿里的东西十分好奇，我还没来得及喊她不要乱碰，她就碰到了玄冰天地的机关。就是这样，我们三个人都被卷了进去。”天瓖公主又是缓了一口长长的气，眼带怜光地为幻姬说话：“父皇，太子哥哥，幻姬殿下也是无意的，你们可千万莫要责怪她什么，若是要怪，就怪我，是天瓖没有提醒及时，是我没用。”

幻姬的眉头微微蹙了起来。

南荒国主看着女儿，心疼得要命，内心想发火，可一点儿火气都不敢发出来。

从小到大，天瓖公主虽娇贵蛮横，可没有说过谎，以至于她的话出来，南荒的人无一人不信，都坚信是幻姬殿下因为好奇碰了玄冰天地的机关，造成了眼前的局面。

“玄冰天地的机关不是我打开的。”幻姬出声为自己辩解，她虽善良，却不愿被人诬陷背黑锅。

天瓖看着幻姬，柔弱地道：“幻姬殿下，我知道你身份尊贵不好意思承认这样的事情，没关系的，我已经为你向父皇和太子哥哥求过情了，他们不会怪你的，你莫要紧张害怕了。”

“我没有紧张，也不会害怕，事情不是我做的。”

一个是自家从没说过谎话的公主，一个是天外天来的陌生殿下，又是亲口说了一整晚都和帝尊在一起，而帝尊在玄冰天地的极光中飞升却是不争的事实，大家都看到了。信谁，不信谁，似乎很容易选择。

南荒国主站了起来，看着幻姬：“殿下，不管是不是你，此事都不要再说了。天策，赶紧带天瓖去休息吧。”说着，再对着百曦古神行礼：“有劳古神相救。”

“不必。”

天策抱起天瓖就准备离开。

南荒国主的话看似大度，谁都听得明白，他选择相信他自己的女儿，只是碍于幻姬的身份不想追究。

“等等！”

一道冷冷的声音忽然响起，停了所有人的动作。

幻姬看着帝尊，他知道所有的真相，此时出声是想为她证明清白么？虽是第一次遇到这样的事情，可是幻姬并不笨，她觉得帝尊还是不要在现在这个时候为她解释什么。从刚才他们俩人的相处和交谈来看，旁边的人定然将他们看成了一体，他为她辩护的每一个字在他们看来都是维护自己人的感觉，没有公信力，反而会给他自己抹黑，她已被冤枉，他能明哲保身置身事外未尝不是件好事，她理得清事，不会怪他什么。尤其，他们的身份又都不低，他们说了什么，别人面上肯定不好驳斥，可心里指不定对他们腹诽。再说，他毁掉了南荒的大殿和玄冰天地，南荒国主赔是不敢叫他赔的，可心里必然不高兴，她替他的公主背下一个冤屈，不算什么。算起来，她觉得他们还是过分的一方。

即便是出声的千离目光依旧落在幻姬的脸上，仿佛一点都不在意旁边的人是什么反应，更好像他的“等等”是对幻姬说的。

“先前叫你走，不走。原来，是做了亏心事啊。”

幻姬疑惑，她做什么亏心事了？他难道也信天瓖公主的话，觉得玄冰天地是她无意中打开机关的？他不是一直都跟自己在一起吗，那会儿她是小狼崽，根本没有离开过他的身边，他怎么能如此冤她。

“本尊对做了错事却死不承认的人尤其憎恨。”

幻姬：“……”

她没有！他明明是知道真相的，为什么！

一旁的天瓖看着幻姬手足无措的模样微微扬起了嘴角，果然，人多就是好办事，帝尊到底不敢在这么多人面前拆穿自己。

百曦古神看到幻姬眼中出现了惊讶之色，怕帝尊再继续说什么让她太尴尬，连忙出声维护：“帝尊，就算是幻姬殿下打开了玄冰天地的机关，但你也听到了，她是不小心打开的，你何苦对她如此严肃。”

千离像是完全没听到百曦的话，看着幻姬：“你可知玄冰天地的开关是如何制成的？”

玄冰天地的开关，由仆勾山一百二十万年的冷玉石、齐为山三十万年的流沙金、非富山三千年的墨铜、太华山六十四万年的寒晶、小华山三百万年的奎浮磐石、最珠山一百零九万年的红铁、西姆山四百九十万年的石青岩、愧江五百年的天纯黄金、轩辕海五百零二万年的琅玕彩钻混造而成。任一矿质的时间不可错乱一年，融九注浓水灌于天地池沸腾九百九十九天，取其最为精华纯稠的部分浇模而成，开关带有九种金属矿质混融而成的特殊气味，一旦碰到机关，味道便沾染到人身上千年不散，只是那气味太过于特别，便是修为上乘的尊神都难以闻到。

千离目光瞟向南荒国主：“即便是如此难得的玄冰天地机关也有它唯一的缺憾之处。”

南荒国主怔了下，帝尊说的莫非是……

千离的目光收回到幻姬的脸上：“玄冰天地的主机关之所以要放在冰水池里，附属机关只能放在玄冰寒气能控制的大殿内，便是因为它在正常环境里散发出来的气味人虽然闻不到，天地间却有一种天魄噬金虫能准确闻出它的气味，它最爱吃的，就是集了九种金属矿质精华的玄冰天地机关。”

说着说着，千离的目光变得很冷，看得幻姬都忍不住暗暗起了心田冷战，帝尊的话到底是什么意思？她没有碰过机关，他为什么要对她说这些？

“还有……”千离拉长了声音，“碰过机关的东西。”

被天策抱着的天瓖公主不由得战栗，气味千年不散，那是不是说……没事没事，那种什么天魄噬金虫她活了二十万年从来就没有见到过，父皇肯定知道玄冰天地机关不能被那种虫子吃掉而早做了防护，南荒的皇宫里不可能有那种虫。

“太子哥哥，我很不舒服，你送我回宫吧。”

天策见天瓖的脸色确实很难看：“好。”

千离慢慢地抬起左手，掌心化出一个白色的光球，心诀召唤，不多久光球内浮现一只浑身金色身形有一个猕猴桃般大小的八脚带翅虫子。

“本尊不过是代世尊来参加婚典，结果却在冰天冰地里过了一晚，逮到一个肇事者，却还不肯承认。”千离说话不疾不徐，却是让众人的心越发紧张起来。

光球破，金虫飞。

天魄噬金虫飞动翅膀的时候，百曦古神飞快地出手将幻姬拉到了自己身边，照着帝尊的性格来说，没什么事情是他干不出来的，哪怕对象是幻姬殿下他也不会给面子。

可，让众人惊讶的是，天魄噬金虫飞向的不是幻姬，而是被天策抱住的天瓖公主。

到此刻，幻姬岂能不明白千离的用意，心中对他感激十分，却又担心被天魄噬金虫吓得惊叫的天瓖公主。

真相，不言而喻。

天瓖公主惊恐万分的声音穿透每个人的耳膜，天策用仙术挡住一遍遍想突破结界的天魄噬金虫，但噬金虫张牙舞爪的模样和翅膀振飞发出的声音太过吓人，养尊处优的天瓖看到吓得花容失色，抱着天策不停尖叫。

南荒国主的脸面已是挂不住了，开始的骄傲在此时无影无踪，别说求饶，连目光都不敢看帝尊，护女心切的他只得施术加入护女的行列，虽然知道是天瓖栽赃了幻姬殿下，可身为父皇，他不能眼睁睁地看着自己女儿的手被噬金虫咬掉。

抱着天瓖的天策不敢轻易移动，出了结界，天魄噬金虫就可能飞到天瓖的身上，虫子沾了身，就难得赶走了。

听着天瓖凄厉的叫声，幻姬心下不忍，出声向千离为她求情：“帝尊，饶了她这次吧，她都被冻伤了，算是受到了惩罚，你就好心地放过她这回吧。”她和他都没有受到什么太过分的不公正待遇，真相也大白，她并不觉得需要给天瓖公主更重的惩治了。

麒麟收了扇子走到幻姬的跟前：“殿下此言差矣。玄冰冻伤和噬金虫，明明就是两件事。她打开玄冰天地的机关被卷进去冻伤，那叫自作孽。现在有虫子要咬她，那是她诬陷人的后果。不能混为一谈。”

百曦微微皱了下眉，道：“帝尊，刚才我为天瓖检查时，发现她的腿已经被冻伤，今世再也无法行走，便是看到她受此重罚的分上，你且宽恕她一次吧。”他之前没说，是怕天瓖接受不了这个打击，如今看到她被噬金虫吓破胆，倒可用这个来博一博帝尊的同情心了。

天瓖公主不能行走了？

听到这个，幻姬惊讶不已，看着抱着天策疯狂叫喊的天瓖，昨日还好好的一个姑娘，今日就……

“帝……”

幻姬才喊了一个字，千离便出声了，却是对着百曦古神说的:“古神的面子，本尊很想给。”这是他的真心话，他对百曦古神颇有好感，是个踏踏实实的好尊神，为人看得出正直善良，但是很可惜，纵然他是古神，却是对他非常不了解的古神：“可今日这面子，本尊不给。”

“为……”幻姬的字才蹦出了一个就收到千离的目光，一下没了声音，在他的目光里慢慢地低下了头。帝尊他连百曦古神的面子都不给，对于让他嫌弃得不行的她，他更不可能给了。

白摩花香在空气里微弱地飘动了一下，一个白影晃过幻姬的余光，千离无声地走开了，在乱糟糟的叫喊声里，他走得那么从容淡定而又孤高独立。

幻姬的身子被人轻轻地用手肘拐了下：“还不去追？”

幻姬抬头，看着提醒自己的麒麟，有点儿不明白，她为什么要追帝尊啊？她很想想明白为什么，可麒麟用手稍稍推了她一把，像是本能一般地，连忙加快了步子追了上去。

“帝尊。”本来呢，幻姬想说，麒麟上神让我追你来了，可出口的话却成了：“我们就这样扔下他们走了么？”

麒麟的声音乍然从幻姬的另一边响起：“不然你还想留下来继续看热闹？”

幻姬睁大眼睛看着冷不丁就冒出来的麒麟，他什么时候跟上来的啊。

“帝尊，你就放过天瓖公主这次吧，我看她以后真的不敢了。”

嗖的一声，千离的手里飞出一个金色的小影子，幻姬没看得太清楚，以为自己出现了错觉，没当一回事，继续为天瓖公主求情。

“帝尊，就这次吧，一次就好。”

嗖的又是一声，千离手里又闪了一点什么东西出去。

“帝尊……”

幻姬的话还没说完，天瓖公主撕心裂肺的叫声传了过来，吓得她连忙回头去看，竟是接二连三的天魄噬金虫飞向护着她的结界，这时幻姬才晓得，刚才从帝尊手里闪现的影子不是幻觉，而是他放了一只又一只噬金虫。她求情一句，他就放一只，又多了三只天魄噬金虫攻击天瓖公主了。她真有种欲哭无泪的感觉，明明是替人求情，怎么反而给她招祸啊。扭回头后，发现帝尊和麒麟上神都走到数步开外了，急忙追了上去。

为了防止自己出声千离就放天魄噬金虫，幻姬想了个办法，拦到千离的面前，两只手抓着他的两只手，飞快地道：“听我说完，不许放虫子出去。”

噢？！

麒麟在一旁看到幻姬的动作，眼睛睁大，浓眉挑得高高的。好厉害的幻姬殿下啊，居然敢主动抓小离离的手。要知道，帝尊老人家可是非常不喜欢别人碰他的身体，不管男女，他都不喜欢。而且，这人的衣服都是白色，还都长得差不多，要不是晓得他有天天换衣裳的习惯，还真会误会他几百万年都不洗澡。小幻姬的胆子比天瓖公主还大呀。

千离什么话都没说，两只手没有丝毫动作，任幻姬抓在手里，目光清清地看着她。对着他的目光，幻姬有一瞬间的怀疑，眼光清澈的帝尊真是罚起人来如此心狠的人吗？

幻姬攥紧千离的手，生怕他抽出去又对付天瓖：“我不求你放过天瓖公主了，你不放噬金虫了，可好？”她真是怕了他，哪里有他这样的人，别人越求就越惩得严重。

“还有，谢谢你。”

这句话，她是十分真心实意的感激。

“说完了？”

幻姬想了想，好像没什么想说的了，点点头：“嗯，说完了。”

千离将自己的手从幻姬的手里抽出，两道金光隐现，又有两只天魄噬金虫飞向了天穰，看得幻姬忽然就恼火了。

“哎，帝尊你说话不算话。”

“本尊说什么了？”

“你说……”幻姬哽了声，他好像就问了自己是不是说完了，其他的没答应：“帝尊你欺负人。”

麒麟在一旁哈哈大笑：“幻姬殿下，我们的帝尊呢是不懂得怎么怜香惜玉的，你看看，要不要跟着我去四海转转？以我的口碑和名声，肯定不会让你像和帝尊相处这么恼火。”

说到四海，幻姬还真是动了心。只是，不行。

“麒麟上神，你的好意我心领了，娘娘让我去昭郃山学艺，我不能半路跑掉，等我学成了，再去找你，可行？”

麒麟似是很认真地想了想：“等你学好，我若是没了兴致，怎么办？”

“那，我可以等你有兴致了再去。”

“哈哈……”麒麟乐了，“幻姬殿下，能得到我的邀请可不是容易的事情噢，你错过了这次，下次我的兴致可就不晓得什么时候冒出来了。再考虑考虑吧。”

幻姬思虑时，一个男声传了过来。

“既然幻姬不想去，那便随我回昭郃山吧。”

幻姬又暗自想想，明明计划在南荒多留些日子的，这么快就回去，她还有很多关于南荒的东西没有了解呢。不过，发生了今天的事情，继续留在这里显然也不大合适了。遂，对着百曦古神点点头。

“幻姬殿下真打算今天回昭郃山去？”麒麟显出惋惜的表情，继续道，“要不要打算到浮屠天的千辰宫去玩玩？”

幻姬不解：“千辰宫？”

麒麟摇着扇子笑：“别告诉我你不知道千辰宫是什么地方啊。”

乍一听，幻姬还真的没有反应过来千辰宫是哪，略微想了下，反应过来了。可她还没说去不去，有人就说话了。

“不要来千辰宫。”千离说得直接，半点面子都不给幻姬，“本尊不喜欢你。”

幻姬刚想说她从没打算去千辰宫，千离走了她的先，又说了一句话，“你一来千辰宫，整个千辰宫的人智商都要被拉低。”

幻姬：“……”

星穹宫世尊的小殿下喝母乳智商会被世后娘娘拉低，她去千辰宫，千辰宫所有人的智商又会被她拉低，在帝尊的眼睛里，她和世后娘娘难道成了绝傻双姝么。

幻姬略又不服地道：“帝尊你恐怕只觉自己是聪明的吧。”

千离声音懒懒轻轻的：“你说实话的时候智商看上去挺正常。”

幻姬：“……”

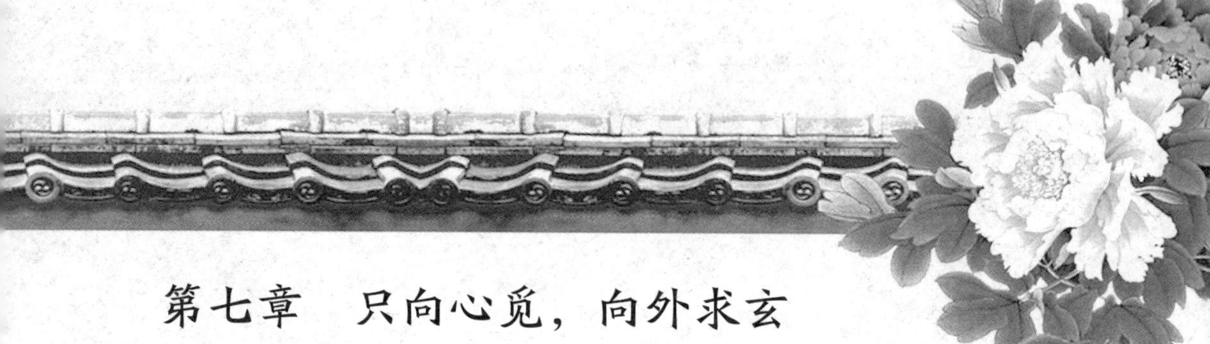

第七章　只向心觅，向外求玄

浮屠天，星穹宫。

艳阳高高照，晚春的风徐徐吹着，夹着花香在空气里，风景似画，怡人非常。

“哎哎哎，你怎么又悔棋啊。”麒麟将小毛球退回去的白色围棋子放回到他先一步下好的位置，看着这个世尊星华和世后飘萝心尖尖上的小宝贝，故意拿出很严肃的表情道：“男子汉大丈夫，说一是一，说二是二，下出去的棋就跟泼出去的水一样，收回来的只能是盆，水是收不回来的。”

帅气地打开自己的折扇，麒麟摇得很是悠闲散漫，刚准备下自己的棋子，小毛球又把自己的棋悔了回去，微微扬着小下巴，很是有理地看着麒麟道：“父尊跟我说了，跟神首伯伯在一起不用讲太多的规矩。”

小毛球头顶左右扎着两个白中带点蓝的毛球，原本还是小宝宝的时候他母后总爱在他衣裳的臀部位置扎一个大大的毛球，满了两岁后，英明的世后娘娘觉得扎在那个位置太损自己儿子威猛的形象，将大毛球扎到了小毛球殿下的发尾，左看右看，都不是很满意，正找不到地方的时候，世尊说了一句：他头发会长长的，扎发尾挺好，等头发长了，就会在翘——腚的位置了。于是，世后娘娘觉得自己眼光还是很准，她满意了。

所以，四岁的小毛球殿下除了头顶两个小毛球以外，发尾还有一个大大的毛球球，他一走路，毛球就会在他的背后晃动，很是可爱。

麒麟看着下巴微抬的小毛球，四岁的他说话童音十足，少了宝宝时期的奶声奶气，小孩童的柔软声音听起来可爱钻心，只一开口就把麒麟逗笑了。

“你父尊为什么这么说啊？”

“父尊说，神首伯伯你没有什么原则，我太有原则会吃亏。”

麒麟：“……”

星小华，你这样教你儿子不是很妥当吧，他什么时候没有原则了！这完全就是在下一代的心里毁掉他崇高形象的邪恶心机。

时光若白驹过隙，一晃便是三年春秋，自从一年前小毛球满三岁后，他父尊就将原本每天陪他的时间分了一大半到他母后的身上，经常一溜烟儿就不晓得带着他媳妇儿去哪儿逍遥快活去了，留下他们的心肝宝贝儿在宫里由人照顾着。

三年前，南荒太子婚典之后，麒麟上神隔几个月就会顺道去昭部山玩玩，开始昭部山的百曦古神还非常客气地招待他，后来知道他隔阵子就去，慢慢也就随意了，因为麒麟每次要找的人都在忙，忙得没有时间跟他玩。四个月前，在昭部山学艺三年的女娲后人幻姬殿下回了天外天，麒麟觉得昭部山实在太远了，各种不顺道，便不再去那儿转悠了，宁可无聊到星穹宫里陪小殿下下棋。

突然小毛球两眼放光地看着麒麟身后，惊喜地喊了一声：“千离哥哥。”

千离来了？

麒麟转头，千离从从容容地走进亭内，在小毛球原来坐的椅子上坐了下来：“星华两口子又出去玩了？”

“可不是。”麒麟叹气：“哎……这无极时光的日子过得长了，还真觉得无聊得很。”星华还能带着他媳妇儿到处游山玩水，他们可就没他的好命喽。尤其小毛球现在四岁，星华放养他一年，出门都不跟他打招呼了，要不是每次世后飘萝惦记儿子，世尊大人估计玩得乐不思蜀。

“你找星华有事？”

“先前在他这儿借了两本典藏的古书。”

“呵呵，你倒是生活得悠闲。”麒麟轻笑：“下次还吧。今天星华才带着他家那口子出门，最少也得几天才能回来。”

以前到星穹宫找人，不存在遇不到人的情况，现在能不能遇到人全凭运气。三年，浮屠天里看似没什么变化，但是看不见的地方又觉得不同了。

“你借了星华什么书？”

“兵器策。”

麒麟颇为讶异地看着千离：“你最近在研究兵器？”

“没。整理书架时偶然翻到本兵书，上头提到了几本兵器典藏古书，我那不全。”

“哎，这日子可真够无聊的，回头真得好好想想找什么乐子来打发。”

千离微微笑了下：“你若专情，现在应该儿孙满堂了吧。”

“说起这个，我还真想起一事。”麒麟八卦的兴致被千离的话勾引了起来，“约莫是两个月前，我到西海去了，你可是不晓得，那的九公主多么奔放，太彪悍了，投怀送抱地要跟我走，吓得我当天就走了。”

“还有能吓到你的女人？”

麒麟回想起当时的惊险，摇头叹息，幸亏自己跑得快，不然真是招惹麻烦。

“西海龙王公主十有四，只有这个九公主怎么都嫁不出去。传闻，西海十四公主才五万岁时就有络绎不绝的人上门提亲，可九公主是西海龙王拜托人说媒都没嫁出去。”麒麟停了停，回忆到九公主的模样，继续道：“我本是去看看十四公主如今怎么样了，哪里晓得遇到九公主，她比以前更威猛，身材魁梧得都不像是女人了，就我这么厉害的男人都不想招惹她，你说，怎么能嫁得出去。呵呵，倒是那十四公主。”麒麟笑眯眯地看着千离：“确实长得标致。”

摸摸自己的下巴，麒麟想了想，内心做了一番比较，说道：“西海龙王的十四公主要是和我们的世后娘娘比，有点儿差距。”忽然，麒麟略微提高了些声音：“但是世后毕竟就一位，不能拿她来作为参照标准，她得出局。再美，世后娘娘都是当娘的人了，跟姑娘家不是一类人。若是飘萝不算，那十四算得是四海六道八荒里的大美人了。”

千离拨弄着小毛球发尾的大毛球，麒麟说的话一点儿没听进去，他对女人没兴趣，美不美都一个样儿。

说到美人的麒麟却是停不下来，拿着西海龙王的十四公主和这个比完，又和那个比，发现还是十四最好看。

“……可惜腿残废了。你说，当年她怎么就不能聪明点儿。”麒麟看着千离，“不过，话又说回来，就算她当年不是遇到你和幻姬殿下，也肯定会招惹出别的事情，天骧美则美矣，就是脑子不怎么机灵。”

千离拨弄毛球的手微微停了一下，幻姬殿下？有点儿印象。

说到幻姬殿下，麒麟更来劲儿了。

“哎，我跟你说，如果拿十四公主和幻姬殿下比，我觉得……幻姬更好看。”麒麟特地仔细地盯着千离的脸，“从心眼儿里说，幻姬长得真没可挑的。”

一直就没应声的千离轻轻地嗯了声：“嗯。”

麒麟惊喜：“你也觉得幻姬殿下长得美？”

千离想了想，继续玩小毛球，没再出声。

“哎，一晃就三年了。千离你说，如果当年你在南荒不是对幻姬殿下说让她不要去千辰宫，你不喜欢她去，她会不会跟着你回浮屠天呢？”

三年前，千离毫不含糊地说不要幻姬去千辰宫，嫌弃她太笨，当天下午幻姬随百曦古神回了昭部山，学艺一学就是三年。当然，三年对他们来说算不得什么，可他一直觉得幻姬那会儿对千离的感觉好坏参半，若是两人再处处，可能还真有点儿什么八卦出来。没想到，千离拒绝得相当干脆，幻姬本就对他没什么异常的感觉，被他直白地嫌弃后，更是再没从她的嘴里听到过帝尊两个字了。

“她又不是浮屠天的人，为何要来？”

“可是你不觉得她挺有趣的么？”

千离反问：“那又怎样？”

“有趣的人留在身边不是能打发时光么。”

说完，麒麟又觉得自己好像太过于乐观，四海六道八荒里的各位公主或者女帝对他们来说倒是不难接触，名目繁多的各类大宴不少，不用他们如何刻意关注，现个身就能认识一大群的人，但天外天娲皇宫的殿下，位分确实高了些，想留在身边的难度着实不小。女娲后人的身份注定了幻姬要承担的事情比其他女子多很多。

“哎，不想了。反正那姑娘现在也回天外天去了。”

金泽闪闪的星华搂着飘萝的腰肢出现在远处，小毛球见到自己的父母出现，高兴得直喊:“母后，母后。”

飘萝抱着小毛球，脸上挂着笑容，甚是欢喜见到小宝贝。

“哟，今儿不是才出去么，怎么就回来了？”

看到自己两个老友在，星华也没拐弯抹角，事实上他要说的事情还真是不能拐着弯说了。

“刚好你们俩都在，我就直说了。”

麒麟耸了下肩膀，示意星华但说无妨，他们之间真不需要什么含蓄。

“幻姬殿下失踪了。”

什么!

麒麟和千离对视一眼，刚才还提及幻姬殿下，怎么忽然就冒出来她失踪的消息，有没有搞错？四个月前她从昭部山回了天外天，如果你是说在昭部山找不到她，那是自然。

“不是。”

星华看着千离：“幻姬殿下四个月前回了天外天，只在娲皇宫里住了一个月，娘娘让她到西天尊知那儿学些佛理。待了不过几天，尊知让她带着一套《摩金经》来找你，三个月了，人还没到浮屠天。刚我和阿萝出门遇到了娲皇宫后遣使者，从千辰宫那边没打听到幻姬殿下的消息，特地过来找我们问问。”

麒麟皱眉，三个月时间从西天佛祖那儿到浮屠天，若按照他和千离这样的修为来说，个把月差不多，以幻姬的朱顶鹍鹤御风飞行来说，两个月绰绰有余。三个月不见人，确实有点儿问题。

“幻姬迷路是常事，但迟了一个月，娘娘难免担心。”飘萝看着麒麟：“麒麟，不如你让人在神界找找，许是到了神界找不到来浮屠天的路吧。”

麒麟点点头，但又觉不大可能。

“小毛球百日宴那天幻姬来过星穹宫，那时神界的人来了不少，都识得她，如果她真是在神界迷路，随便找个人问问也该到了。即便是问一个不行，有人也会为她主动带路，我估计，人没到神界。”

星华点头。幻姬殿下若是到了神界，应该不至于耽误一个月的时间还没到。

“千离。”星华问，“你万年去一次西天尊知那，路上经过哪些地方比我们熟悉，你想想，有没有什么很危险的地方，我们派人去找找。”

千离看着星华，他每回去西天哪会存在什么危险，看到他别人躲都来不及，一路畅通无阻。且他回回御风而行速度极快，经过哪些地方自然熟悉，危险程度却是没怎么了解，因为没机会了解，无人无兽敢招惹他。

“依我看，千离到哪儿都是安全的地方，幻姬殿下到哪儿都是危险之地，这两人彼此间没法作为参照体。”麒麟将自己的想法说了出来：“以幻姬对方向的分辨能力来看，恐怕她走的也不是千离走的那条道儿。”西天到浮屠天的距离不算近，这么大一块儿的地儿想找到一个乘着轿子的姑娘，不甚容易。

星华问千离：“有什么法子么？”

几个人沉默了片刻，千离没有出声，大家也都没有说话。

“幻姬不是傻子，应该能保护好自己，估计只是迷路。”麒麟见飘萝担心，宽慰她道：“我回神界派人开始朝西天那边寻找。说不定明天幻姬殿下自己就来了浮屠天。别太担心。”

飘萝点头，希望如此。

星华麒麟都了解千离的性格，照说要找幻姬殿下，他是最为有能力的。他为天兽千王之王，四海六道八荒里的各类兽族莫敢不听他的号令，一生血战而来的名声让他的话在兽族之内有着绝对的分量，他若下令寻幻姬殿下，遍布各处的兽禽自然比他们派出神仙找起来要快得多。只是，帝尊是个从来不受人摆布或者命令的人，只有他自己心里想找幻姬才会下令，旁人再怎么着急也是白搭。

千离将两本典藏的书给了星华，没多聊，回了千辰宫。

待千离走远，麒麟换了严肃的表情，问道：“你说，他会不会找幻姬殿下？”

“难说。”

麒麟的口气似有无奈的味道：“是啊，难说。”

从星穹宫回到西古天，进千辰宫的时候，千离在门口停了一下，弄得在门内园中修剪

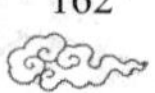

矮丛的花探真君看到他的动作奇怪了一记。很快，千离抬脚走进了宫门。

“帝尊。”

千离看了眼花探手里花草剪，没说什么，走开了。走了几步，千离忽然站定，转身看着花探。

“那个……”

花探抬头看着千离，呃?

“什么？帝尊。”

“没什么，你忙吧。”

看着千离走远的背影，花探想了想，没想出什么，继续修剪园中的花草起来。

比起为仙为神甚至到了浮屠天若不是世后诞下小殿下绝不会用神侍的世尊，帝尊千离的千辰宫里神侍多得招手就有，近身神侍只在给帝尊上茶或者他有吩咐的时候才得以近身。

回到千辰宫的千离于溪边竹园中浅酌几杯仙酿后，缓缓地闭上眼睛，开始午休。

不染天下不染尘，半分形迹半分影。清风不晓风雨事，圣贤不过笼中依。

一觉直到日暮西斜。

晚风轻拂，竹林里的树叶轻轻发出沙沙声。千离慢慢地睁开了眼睛，听着溪水潺潺，享受着宁静的夜晚即将来临。

夜色笼罩天地之后，天边起来了月亮，点点星星开始悬在夜空里。千离的身边响起一个轻轻的声音。

“帝尊。”

花探真君端着一壶茶走上前来：“今日制成的碧御天雨茶。”

尝了一口花探斟的茶，千离轻声道：“总执就是总执。”

花探轻笑：“帝尊满意就好。”

对于花探，千离实心的满意，跟他最久的人就是他，也是唯一的一个。花探办事，他十分放心。当日他渡劫成仙，花探也刚好在历劫，阴差阳错地，他无意相助却是意外帮了他一把，让他顺利地成仙，若不然花探那次便灰飞烟灭了。从那之后，花探便一直跟随在他的身边，他认为自己的仙籍是千离给的，终身相随方可报答。

千离将杯中的温茶喝完，花探又为他斟满了一杯。

“花探告退。”

花探真君走开两步，千离忽然出声：“花探。”

“帝尊，什么事？”花探立即转身看着千离。

千离略微沉默了片刻，转脸看着他：“将千辰宫的天夜珠全部开启吧。”

天夜珠，比夜明珠光芒更为耀眼明亮的一种天珠。能在夜里放射出若白昼般的光芒，且光芒极为纯净，即便是在很远的地方都能看到天夜珠照射出来的光亮。

花探真君以为自己听错了，看着千离："帝尊？"

"你没听错。"

"所有的？"

"嗯。"

花探想了想，试探性地问道："帝尊，你今天中午本想跟我说的，是不是就是这件事？"

"中午？本尊那时有跟你说话吗？"

好吧，既然他们的帝尊不记得，那就当作没什么吧。

"呵呵，许是我记错了。我去忙了。"

"嗯。"

第一次，宫里的晚上到处都被天夜珠照亮，尤其是主殿上的那一颗，特别的明亮，从远远的地方就能看到西古天最高处的天际在夜晚里发着柔似白色绒毛般清软却清晰的光芒。不明所以的神侍们纷纷议论，非常不解怎么忽然就将宫里的天夜珠都开启了。

一连三天，千辰宫的天夜珠晚上都亮着，新一天太阳升起时，珠光熄灭。暮色升起时，天夜珠便又亮了起来。

花探真君想着是不是帝尊有什么特别的事因才让天夜珠在晚上全部亮起来，可是连着三天都没看出什么问题，想不明白的他索性什么都不想了。帝尊的心思，从来就没人猜得中，他要做什么，不做什么，全部都只在他的心里。也许仅仅就是想天夜珠晚上亮亮吧。

第四夜。

夜晚的千辰宫，在一片亮堂堂的珠光中静静地屹立着。

一袭白袍的千离睡在了他寝宫里的花园里，精致的摇椅幅度很轻微地慢慢摇着，一只白锦广袖落在臂扶的外面，指尖掐着一本看似马上要掉到地面的书卷，长长的银发坠到了地上，丝丝银亮。椅子旁边是一方小桌，桌面上一壶仙酿清酒，三个小耳白瓷酒杯，酒香淡淡地飘在空气里，小醉羞香。

远处四名神侍恭敬地站立着，昨晚帝尊就在花园里睡到深夜，怎么今晚又在花园里睡着了？难道帝尊是嫌屋子里面热么？可看眼下的节气，晚春时节的气温甚是舒爽，不到那般热得让人受不了的程度啊。

子时一刻。

千离还在园中睡着，神侍不敢近身打扰，只得盼着花探真君能赶紧来让她们回去休息。不多久，不知是不是神侍们的心灵祷告被花探真君听到，只见他快步地从外面走进来。走到千离的身边，轻声唤他："帝尊。"

千离眼睛都没有睁开，慵懒十分地轻声问道："何事？"

"宫外来了一个人，要见你。"

"这种事情你还来找我？"

花探知晓千离素来不在千辰宫见客，若是世尊和麒麟上神，那都是直接走进来了，在宫外等着见他的人从来就没人能求得到他露面，而他也干多了帮他拒绝人的事情。只是，若来者是一般人，他也就不会来打扰他休息了，惊悚到他的是，今晚来找帝尊的人不是寻常人，这个人他做不了主帮他拒绝，必须得他本人亲自出面。

“帝尊，这次的来人，您还是亲自去看看比较好。”花探的话里有着十分的恭敬，听得出此次来头不小，不是他能解决得了的人物。为了让千离能动一下尊身，花探略微补充道：“不是四海六道八荒里的人。”

千离在柔光中慢慢睁开眼睛。

千辰宫的门外，神卫们站得笔直，却是控制不住地将目光朝不远处的长阶边上站着的人身上投去，刚瞧到来人的模样让他们好生惊艳了一番，竟不知世间还有如此美貌的仙子。不解的是，为何如此晚来找帝尊。找帝尊啊，不管是什么时辰来找，只要是女子，都是见不到帝尊的。长得如此好，却要被帝尊伤透心，真真叫人心生不忍。

一幕背影，一幕夜光。

一处寂静，一处宁等。

缕缕青丝一长竿，珠色曲勾一窈山；身游飘逸潇湘梦，尘衣不染俗事端。

巍峨的千辰宫大门里，一道白影从里面优雅慢慢地走出来，看到的就是站在宫门前不远处的长阶边玉立翩翩的一个娇俏纤细的女子背影，美得脱了仙尘。

花探真君走出宫门就站住了脚步，看着千离朝女子慢慢走去，他身后是跟着走来的四位神侍，好奇地看着门外看不大清楚的背影，来的人是个女子？那……帝尊怎么可能会出来相见呢？

莫说神侍们惊讶，就连宫外的神卫看到帝尊出来都好生在心底诧异了一番，这是不是真的，应该是他们的眼睛看到的幻觉吧？帝尊竟然在子时后出来见人了！见女子了！

晚来风中，千离闻到了异常的幽香，淡淡的，润润的，带着一股子说不出的柔软感觉。

两人的衣裳近到几乎相贴，幻姬才感觉到背后有人，连忙转身，心中预计见到的应该是那个一直说不确定帝尊会出来的千辰宫总执真君。却不想一下见到近得过分的一张俊美男子的面容，像是很熟悉，却又像是非常陌生。

幻姬没想到千离会出来得这么顺利，也没想到他会如此地靠近自己，下意识地朝后退步，一脚踩空，低低地惊呼一声身子朝后仰去。

“啊！”

没有仙术，没有多想，幻姬扬起的手很自然地就抓住了千离胸口的衣襟，稳住身子站好，扬起下颌看着目光清清淡淡看着她的他。

三年多了！

距离上次在南荒和他别后，他们有过千日没有见过了，既没有听到他的消息，也没有从她的嘴里再说出关于他的话，若非尊知让她来寻他，怕是永远不会再见到他。

不晓得是不是千离和幻姬两人都没开口说话让气氛凝住了，还是千辰宫的夜晚本就不适合出现什么声音，一片柔柔的天夜珠光中，一切都像静止了，无声，无息。

他低头看着身前的她，极沉静。

她仰头看着默然的他，很安宁。

门口的花探真君以为自己眼花了，帝尊和幻姬殿下居然靠得那么近，近到两人的衣袂都飘贴到了一块儿，跟着帝尊这么多年，还是第一次看到有女子能靠帝尊如此近的。

尊知让她来浮屠天找帝尊的时候，幻姬很清晰地听到自己内心说不要的声音。她真的不想见到帝尊，并不是因为别的什么，他有足够强大的能力，地位和权力，这些她都认同，她甚至也记得他屡次出手救过她，他的恩情她没有忘记。可她觉得自己并不适合和帝尊在一块儿生活，他的性格……让她略不快。诚实一点说，是很有些不快。一个让她觉得不怎么喜欢的人，如何能在千辰宫潜心学得好佛理呢。何况，她真的没想到尊知让她跟帝尊学佛理，在她的印象里，哪位尊神都可能佛法通透，唯独帝尊不可能，他不是一个纯善之神。这样的人，如何能从他的身上学到佛理的智慧？

可，毕竟是尊知的话，她只好接过尊知赠她的《摩金经》来浮屠天找帝尊了。

在赶路的朱顶鹏鹤轿里，她将三年前和帝尊相遇的几次一丝不差地回忆了一遍，发现对他的感觉好坏参半，在危急关头，那个号称从不出手救人的帝尊三番几次救了她，可在两人关系稍有缓和的时候，他却会毫不客气地打击她，嫌弃她，瞧不起她，半分面子都不给的那种，让她总能冒起一股子想捏死他的冲动。

从西天到浮屠天的路并不短，错了一个地方还能很快修正，可总是弄错方向，便会不知道自己身在何方了。心本来就不坚定要来找他，一错又错再错之后，她都动了直接回天外天的念头。

可若回去了，娘娘会不会失望呢？

幻姬想到了自己去尊知那儿是学佛理的，其实所有的东西娘娘都能教她，但娘娘却让她到三十三重天里行走学习，为的就是让她学百家之长，见多识广，不要总局限在天外天娲皇宫里。娘娘的苦心，她懂。

劝好了自己的心，幻姬才晓得，即便她的心坚定了，可来找他的那段路却不够顺畅。个中艰辛，只她自知。所幸，来了西古天，看到了那一处无法忽视的光芒，西古天成了她唯一没有迷路的地方。

看着千离的脸，幻姬一路上反反复复打好的腹稿忽然一个字都不记得了，只记得自己想在帝尊的面前表现得成熟稳重大气得体，不失天外天的面子。她记得自己并没有很多话跟帝尊说，她一直觉得两人之间没话可说的。可为何在他的目光里，她觉得自己有很多的东西想跟他说。

她想告诉他自己这一路来得多么不容易；她也想告诉他自己并不是真心实意想来麻烦他；她还想问他这三年来过得好吗，她来千辰宫是为了跟他学佛理，学好了她就走，不会让他看着烦的；她也想告诉他，她、她……太多想说了，不知道从哪儿开始。

她没预计到他会真的出来见她，他性情让人难以捉摸，对任何人都不爱搭理，自己这么晚来找他，他定然又要让她吃上一番苦头，忽然见到他，她……惊多过喜！

千离目光清清的，幻姬看不出他一点儿情绪，只觉他的眼睛似深潭，墨色瞳珠像有无形的吸附力，将她的目光牢牢地收定在他的眼睛里，移不开。可她心中的百味情绪却从她的眼睛里直接被他看了个通通透透。

花探真君和其他的神侍神卫们端正地站着，不敢发出一点儿声响，尽管他们此刻内心已经犹如万马奔腾而过了。

明明有太多的话可以捡来开口，可幻姬也搞不懂自己到底怎么弄的，张口的第一句话既不是“帝尊，好久不见”，也不是“帝尊，我来找你了，深夜到访，万望见谅”，更加不是端起点身份的“帝尊，我是幻姬”，而是一句——

“我好想睡觉。”

话一说出来幻姬就傻了，她怎么说了这句话，明明不是想说这个。

回神的幻姬立即为自己解释：“那个我不……”

千离的声音轻轻的，带着他惯有的慵懒感觉，缓缓道：“千辰宫没有你住的地方。”

瞬间，幻姬想到了三年前和千离在南荒分别前他说的最后几句话。

“不要来千辰宫。”

“本尊不喜欢你。”

“你一来千辰宫，整个千辰宫的人智商都要被拉低。”

果然，不管时间如何过去，帝尊对她的嫌弃不会改变，在他心里自己就是一个蠢到没有救的人。哪怕人人都夸她是个聪明的姑娘，可帝尊就是瞧不起她，她到底哪儿让他觉得笨？三年前她没想明白，三年后她依旧想不透。

一阵风过，幻姬身体微微摇晃了一下，目光从千离的脸上移开，发现自己踩在了祥云之上，正跟着他飞向不知道何处。

幻姬尽量维持着声音的平静：“帝尊，我知道你不喜欢我，是西天尊知叫我来千辰宫找你，我并非无缘无故过来。”说着，幻姬从广袖里拿出尊知送她的《摩金经》：“他让我带着这个来找你。我不奢求帝尊你能待见我，但恳请帝尊能稍稍指点一二，幻姬感激不尽。”

她一早就做了他会拒绝自己的心理准备，可没想到他什么都不问地就将她赶走。

千离的目光从幻姬手里的《摩金经》移动到她的脸上：“星穹宫有偏厢殿，你今晚住那。”

幻姬愣了愣，今晚住星穹宫，那是不是说他并非拒绝她的意思，而仅仅只是为她找一

个尽快休息之所？毕竟，刚刚她说的第一句话是“我好想睡觉”。

花探真君和神侍们看着千离腾云驾雾带着幻姬飞远，一干人许久都没有回过神来，总觉得自己一定是看错了，要不然就是在做梦吧。

千离脚下的祥云朝东方越飞越快，远离千辰宫后，没有天夜珠光芒的照射，周围的光线变得越来越暗直到仅能看到天幕上挂着几颗稀疏的星辰。幻姬将《摩金经》收到袖中，想着是不是跟千离提一下自己跟他学习的事情，或者此时不说，等她在星穹宫里休息过后再到千辰宫里将来意仔细地说明清楚。心中还没做出决定，不知是她硬撑到了极点还是千离的祥云飞得确实太快，幻姬的身子一记踉跄，朝云朵下直栽。

“啊。”

腰肢上陡然传来有力的劲道，纤细的身姿被一臂半揽入怀。

光线不明，幻姬勉勉强强地看到千离的面容，腰上传来的力道和着鼻息里闻到白摩花香，让她悄然心安，却也让她忽然鼻头泛酸，三个多月来经历的事情于她心中翻江倒海般地涌着，那份天天强制撑下来的隐忍到了快要绷不住的地步。抬起手，轻轻地推着千离的胸口，想自己站稳，却在听到一句话后彻底地断了心中紧绷的那根弦，推他的手瞬间没了一点力气。

“化出真身来。”

幻姬的心头一颤，鼻尖酸得更加厉害，微微摇头。

飞行的祥云停在了空中，不再前行，幻姬攒了力气想自己站好，腰肢受到了千离收拢手臂的力量，眉头紧紧地蹙了下，忍着没有发出声音来。

“想我亲自来？”

听到千离的话，幻姬原本只是轻轻放在他胸口衣裳上的手抬起来，捶了他的心口一记，却好似用尽了她所有的力气，捶完他之后双脚发软，身子朝下滑去。千离搂住晕厥的幻姬，弯腰将她悬空抱了起来，腾云调转方向，飞快地回往千辰宫。

刚到自己的房中，花探还没来得及喝上一口茶，宫门神卫便匆匆赶来，连门都忘记敲地冲了进来，吓得花探以为遭偷袭了。

“花探真君，你快点儿去，帝尊回来了。”

花探冷静地放下茶杯，平静地道：“慌什么，这是千辰宫，帝尊回来有什么值得大惊小怪的吗。”今天晚上的神侍和神卫真是叫人不满意，幻姬殿下来找了下帝尊就让他们失了平时的水准，看来还是平时教导得不行啊。

神卫快速地又说了句：“帝尊不是一个人回来的，是抱着幻姬殿下直接飞进宫的。”

啥！

神卫眨了下眼睛，跟前空无一人，花探真君人呢？！

花探真君到帝尊寝宫门口的时候，门外候着四名近身神侍，见到他赶来，有个胆子颇大的立即上前小声道："帝尊是踹门进去的，真君你赶紧进去瞧瞧，幻姬殿下好像出了点事。"

啥！

花探眼睛里的光忽亮，帝尊踹门进去的？

神侍眨眼，花探真君瞬间消失在她的面前。

进了寝宫的花探脚步急匆匆地到了千离寝室的外面："帝尊。"

千离的声音一如往常地轻轻的，缓缓的："打盆热水来。"

"是。"

抱着幻姬到寝宫的千离并没有将她直接放在他的床上，而是把她放到了窗下的柔软美人靠里，看着外表没有丝毫伤情的她，面色平静。

很快，花探真君的声音就在寝室外面响起。

"帝尊。热水来了。"

千离转身走出寝室，从花探真君的手里接过热水，看到他不可思议的神情，问道："中风了？"

"不、不是。"花探真君结巴地问道，"帝尊，要不要让神侍来做这些？"

"候着。"

"是。"

千离半丝失常都没有地端着热水进了房，放在美人靠旁边的圆桌上，探了一下幻姬的脉象，之后什么也没做地坐到了旁边的椅子上，闭目休憩，房内静静的，好似没有人存在。

约莫一炷香的时间过去，幻姬极慢地睁开眼睛，看清头顶的东西后，耳中听到一句。

"化真身出来。"

幻姬闻声转头，千离从不远处的椅子上站起来，走到她的身边，低首看着她。

"这是星穹宫？"

"你很想去打扰世尊世后'钓鱼'？"

幻姬听明白了打扰世尊世后，最后两个字她理解成，大晚上世尊带着世后在钓鱼，她过去的话，会把水中的鱼儿吓跑。可是，她不明白的是，都到这个点儿了，世尊和世后怎么还有闲情逸致钓鱼啊，难道晚上钓的鱼特别好吗？

"不想。"

千离再无话，只是看着幻姬。

终于，在他的目光中，幻姬再坚持不下去，朝房内看了看，见没有其他的人在，念诀变成了自己真身的模样。虽然她极力表现平静，可那微微蜷缩的蛇尾还是泄露了她止不住的紧张。

看到幻姬真身的一刻，千离的眉头很细微地蹙了下，浅得让人抓不住那个小细节。

真身的幻姬身上没有一块完好的布料，除了她的脸，连脖子上面都有细细的伤痕。她脾气虽不骄横，可毕竟是出身在娲皇宫，女娲娘娘对她极为疼爱，养得一副皮肤极为白皙细腻的身子，便是一道在旁人看来可能算不得什么的划伤出现在她的肌肤上都有点怵目的感觉。

除了她的脖子，肩膀手臂到蛇尾，每处都有泛血的伤口，蛇尾有三处几乎还看到了白色的骨头。

"我……"

幻姬看着千离一会儿，不知道说什么，低下了头："对不起。"

美人靠旁边的白色身影移动，清清的浣水声响在房里。千离将拧好的帕子拿给幻姬："擦把脸。"

幻姬无声地抬起手想接过帕子，却是扯动了手臂和肩膀上的伤口，疼得她只皱眉，却忍着没有吟出声音。她的手刚抬了一半，千离忽然弯腰，亲手为她擦起脸来，银发从他的肩后滑到身前，带起一缕白摩花香，幻姬莫名地就觉得安心。

洗过脸后，幻姬轻声道谢："谢谢。"

"除了你想睡觉，对不起，谢谢，你还会说什么？"

幻姬怔了下，看着千离，她确实很想睡觉，来找他的路上，她没有一晚睡好了，不是她不想睡好，是根本没可能睡好，百余日的不得安眠让她很累，只是见他不能表现出来才硬撑的。她晓得他嫌弃她，看到她受伤成这样，还得劳烦他来照顾，他肯定更加不喜欢她，除了对不起，她不知道还能跟他说什么。

千离将帕子放到水中，回到幻姬的身边："解开。"

"什么？"

看到幻姬满身都是伤口，千离便也懒得再多言，掐诀直接将她身上的衣裳褪了去。

忽然的凉意让幻姬惊觉帝尊对自己做了什么，顾不得疼痛地用双手护着自己的胸，明明他是好意，她还是觉得恼火。明明知道是为了治伤，她还是觉得相当不好意思。脸颊一下红到了脖子根，一双眼睛不知道看哪儿，就是不敢和身边的男人对视。

面对浑身是伤的幻姬，千离比她要坦然得多。也是，他穿得整整齐齐，能有什么不好意思呢。微微一想，幻姬受不受伤帝尊都放得很开，而且不止是对她，对任何人，帝尊都有着无与伦比的坦荡。

千离弯腰查看着幻姬身上的伤口，从她的脖子上开始检查起，发现脖子上面的伤口是最近几天留下的，而肩膀上则为新伤叠在旧伤上，和脖子上受到的划伤不是同一类别物种所致。检查到手臂的时候，幻姬紧紧地抱着胸口不放松，千离微微皱了下眉头。

"闭上眼睛。"

幻姬转脸看着千离："不用检查这么仔细的，我没……大事。"

千离淡淡地扫了幻姬一眼，长指掐住她的手腕，将她的一只手臂直接拉开，毫无表情地检查起来。幻姬一只手捂着胸口，在他拉开她手臂的瞬间紧紧地闭合双眸，却还是止不住红透了脸颊，蛇尾更加蜷缩起来，长长的睫毛不停地颤抖。

一会儿之后，幻姬前身的伤口都检查到了，千离一只手托着她的脑袋扶着她慢慢坐了起来，拨开她的青丝，细查她后背的伤。很多的伤口不是一次造成的，根本就是前次没有好，马上又遇到了攻击，再添伤。

人身上的伤全部检查过后，千离看着卷到了一起的蛇尾，没出声说什么。捂着自己胸口的幻姬脸上羞红未褪，暗暗感觉到了千离的认真，觉得自己也当大方点儿，轻轻地将卷起的蛇尾全部打开，让他检查，目光一直跟着他检查的位置走，看到蛇尾上的伤口，心底有种说不出的酸楚感。倒不是埋怨何人，而是觉得自己确实无能，从西天来浮屠天的路上竟然让自己受了这么多的伤。听说帝尊每万年去一次西天尊知那，他肯定不会像她这么惨。这，就是他们之间的差距，难怪他瞧不起自己。

“待着别动。”

陷入自我鄙视的幻姬被一道声音拉回了神，抬头只看到千离走出去的背影，蛇尾检查完了？他好像说让她就这样待着不要动。

千离出去之后，幻姬朝四周看去，从房中布置来看，应该是帝尊住的，每一处、每一件，都甚为讲究，有些东西她虽未近距离细看，可远观就看得出是极为珍稀的宝贝，千辰宫里大概也就帝尊能有这些了。再看了看，她便发现帝尊住的寝室很大，自己目前所在之处还不能算他的内室，被十二折星宿屏风遮隔的里面应该才是他睡觉的地方，他寝宫给人的感觉就跟他给人的感觉一样，处处都透着一股唯我、高傲、冷情的感觉。

看到自己布满伤口的蛇尾，幻姬朝地上寻着自己破烂的衣裳，脏是脏了些，破是破了些，但是还能遮遮身上的羞，蛇尾给帝尊看到没什么，可上半身还是得顾忌。环看了一下，幻姬在美人靠旁边的圆桌那方椅子上看到了自己被帝尊施术褪下来的衣裳，刚想挪动自己的蛇尾下地去拿自己的衣裳，门口传来脚步声，幻姬立即在美人靠上待好，双臂捂着自己的胸，看着门处。

脚步声在门外停住，好一会儿不见进来，幻姬不解，帝尊既然在门外为什么不进来呢？

又过了一会儿，再响起朝门口走来的脚步声，这次幻姬很快就在门边看到了一个白色的身影。千离只手托一个白玉盘走了进来，盘子里放着许多小坛小罐，还有塞着锦塞的细瓷瓶和各种药包，包扎用的柔丝缎锦都有三卷。

千离将白玉盘放到圆桌上，端起之前用过两次的热水走到门外，过了片刻进来时，手里是新换过的热水和帕子。浣好新的帕子，看着幻姬。

“把手拿下来。”

“我、我自己来。”

千离一边拉下幻姬的手，一边道：“当本尊没看过？”

幻姬："……"

除了红脸，幻姬真是不晓得自己还能出现什么反应了，为什么帝尊说这样的话一点都不会脸红呢？厚脸皮的人在这种时候太有利了。

温热的帕子碰到肌肤的时候，幻姬禁不住轻轻地颤抖，两只手下意识地抬起来想遮羞，又怕千离会不高兴，再慢慢地放下去，如此反复几次，实在是羞赧的她索性闭上了眼睛，掩耳盗铃，就当自己不晓得他正在为她小心翼翼地拭擦胸口吧。可，幻姬不知道的是，她闭着眼睛什么都看不到，身体却会更加敏感，千离非常注意地避开伤口，只是清理着她没有伤到的肌肤，热帕擦过的地方让她起了细细的鸡皮疙瘩，身侧的两只柔荑紧紧地捏着，她的脸在帝尊面前真是没有了！完全地，没有了！

忽地，幻姬抬起手捂住自己的脸，不让千离看到脸红得要命的自己，也不想看到他的眼睛，那小女子的娇羞无措抓狂惊慌统统都从她的眼睛里、动作上表现了出来。看到幻姬捂住自己的脸，千离的嘴角微微勾了下，低头继续帮她拭擦着。

"躺下来。"

幻姬毫无抗议的可能，慢慢地躺到美人靠里，看着千离低头给她清理伤口，上药。

"抬手。"

幻姬听话地抬手。千离将宽软的白色包扎缎锦覆到她的胸口，绕过她的臂下，从背后绕了一层，转到前面，再绕回后背，用仙术将缎锦连成无结。

胸口的包扎像是给她穿了一个裹胸，将羞人的风光都遮盖起来，幻姬心里的紧张感一下消失了，脸上的红晕也慢慢地褪去。难怪帝尊先给她的胸口清理，原来是考虑到她会不好意思啊。想到帝尊的细心和体贴，幻姬的嘴角浅浅地扬起，好像三年过去，帝尊给人的感觉有点儿不同了，若是三年前，他……

嗯……三年前似乎也没扔下她不管，总的说来，在她生命受到危险的时候，帝尊没有不管她。

幻姬轻声地道："帝尊，谢谢。啊。"

话音还没落下，幻姬肩膀上就传来刺痛的感觉，千离撒上去的药粉疼得她低叫出了声来。大概一个半时辰之后，幻姬的上半身处理好了，除了脖子和头，其他地方都被包裹起来。从手腕往上的手臂也被裹得严严实实，仅仅露出两只手。

寅时初刻，千离开始为幻姬清理蛇尾上的伤口，轻伤和小伤口处理起来还没什么，有三处伤口极深的地方。估计是太痛了，蛇身控制不住地卷起了很多，让他处理伤口时颇为不便。

千离手里拿着药，低声道："哭出来吧。"

幻姬倔强地摇头。她是很痛，可哭得再凶那痛还是痛，又不会减轻什么，反倒叫他看轻了去。

药膏敷到深及白骨的伤口上，幻姬叫了一声，"啊！"一只手突然用力地抓住千离的手臂，细长的手指几乎尽了她全力地扣着他。

千离手里的动作停了下，什么都没有说，也没有将幻姬的手从他手臂上扯下去，继续为她上药。他每上一下药，她抓着他手臂的手就更紧一分，指甲仿佛要钻破他的衣料一般。

然，痛得至此，她都没有哭出来。

看到幻姬坚强，千离秉着长痛不如短痛的想法，很快地为她处理好蛇尾上的伤口，等他都处理好之后，幻姬早疼得晕了过去，额头上满是疼出来的冷汗。

千离端起凉了的水，让花探真君又换了一盆干净的，为幻姬擦了几把脸，整理好坛坛罐罐，拿出房交给花探。

“把这些药都添满。”

“是。帝尊。”

“你亲自做。”

花探应声：“是。”

千离瞟了眼窗外，天亮了。

“帝尊。”花探真君提醒千离，“卯时正了。”他一整宿都没有休息了，实在不知道里头的幻姬殿下到底出了什么问题，竟然让帝尊照顾了这么久。

“你去熬些素粥来。”

“素粥？”

花探真君以为自己听错了。有没有搞错，帝尊从来不吃这东西的，他也从来都没有在千辰宫里听过什么素粥，让他熬，他上哪儿熬啊。

千离挑眉：“难？”

“不难！”

花探真君看着千离，他觉得在千辰宫里要一份素粥算不得难，是很难啊！

“好了后趁热端来。”

“是，帝尊。”

千离从门外走进房间，痛得昏厥过去的幻姬正悠悠转醒，看到他走进来，浑身无力得连一句招呼都打不了。被包扎好的蛇尾虽然没有之前他上药那么痛，可药膏在伤口处发挥药效，持续的痛意还是存在。幻姬本能地扭着蛇尾，想蜷缩起来，哪知才动了下，痛楚加剧，疼得她眉心拧到了一起。

“你身上有些伤口是狴蜥蜴咬的，有毒，药膏里含有祛毒的灵药，难免会有刺痛感，你忍忍。”千离走到幻姬的身边，看到她不甚多好的脸色，知道她现在全身都在疼，还有些伤口也有毒，他一一对伤用了药，这些估计她自己懂得不多，否则不至于不将毒素逼出来就赶路，一种两种的毒要不了她的命，可好几种毒若是混合到了一起，就不见得还是原来的毒了，她能拖着受如此重的伤的身子来千辰宫找他，也不容易了。

幻姬也想听话地安安静静躺着，奈何上了药的身体确实疼痛难忍，她控制不住地颤抖着上半身，下半身的蛇身小幅度地一点点蜷曲。看到她难忍的苦楚，千离袖手轻轻一挥，白色的柔软美人靠忽然变成了一方大床。

“不是想睡觉吗？”千离低头看着幻姬，“睡吧。”

幻姬赫然想到自己来找帝尊说的第一句话就是“我好想睡觉”，他是不是觉得她是个不懂礼节的人呢？

“帝尊。我不是故意那么说的，我、我也不知道怎么就说了那句话。”幻姬觉得自己解释一下也许会好点，“我从西天过来，三个多月，每天晚上都没有睡好，我……真的困。所以，请你别介意，我本意是想问候帝尊的。”

千离看着幻姬一会儿，一字不发，转身准备离开。

看到千离要离开，幻姬忽然抓住了他的手，拉住了他。她身上的伤都包扎好了，他这次走开就是留下她一个人在房中吧。

“帝尊……”

千离略微转回身，低头看着自己被幻姬攥住的手，发现她没有松开的打算，目光从手上移到她的脸上，他的习惯，她都忘记了吗？

手心的温热让幻姬心安，尽管收到千离的目光，幻姬仍旧不放开他的手。

“我怕！”

百余日，她之所以晚上没有睡好，便是总有凶兽趁着夜晚偷袭她，她本身厮杀经验就不足，遇到攻击自己的猛兽从没想过将对方杀死，若能收服便想收服，若是不能则想着保住自己的命逃开。到了晚上，朱顶鹂鹤可以不歇息地飞行，但凶兽也不是固定在一个地方，到了不同的地方，新兽出现，猛兽相追，她要对付的兽、禽越来越多，四只朱顶鹂鹤虽然厉害，可也有种寡不敌众的感觉，当围攻她的猛兽多得可怕时，鹂鹤除了强行飞行企图突破重围外，没有别的更好法子保护她。

除了她受伤，四只朱顶鹂鹤也不同程度地受伤。晚上要留心被偷袭，白天也不是让她能安全省心的时光，追杀她的凶兽虽然没有晚上那么多，可不同地域的天气情况不同，遇到风暴沙尘或者别的危险情况出现，她便要想着怎么平安过去，一天到晚只想尽快到浮屠天。晚上睡觉，总感觉耳边是呼呼的烈风声，若不然隔一会儿就惊醒，感觉到猛兽正在准备扑食自己，草木皆兵，娇心惶惶。

曾经听说，西天取经，难上难。她以为只是形容路途遥远，现在才晓得，单单从西天到浮屠天这条路上要遇到的困难就数不胜数，更何论其他。

两人的视线对视了很久很久……

千离不移，幻姬也不移。

以往她从不敢和他对视太久，这次不管他怎么看她，她都攥紧了纤手里他的手，心中不安让她压过了对千离的敬畏，如同她告诫自己一定要活着到浮屠天找帝尊一样，此时她心中的目标就是留住身边的这个男子。

“我害怕。”幻姬又说了一次。

看着她，千离声音很轻很轻，缓缓地道：“有我在，还怕？”

日日被凶兽攻击幻姬没有哭，一个人看不到方向胡乱飞行时她没有哭，和朱顶鹧鹤在一片叫嚎声中被围攻也没有哭，受了许多罪吃了许多苦才找到千辰宫她没有哭，连帝尊跟她说哭出来吧她都坚强地忍住了泪水，即便痛晕过去她也不想流泪。可料不及的是，帝尊一句话就让她所有的坚强隐忍都溃了堤。

看着千离，幻姬将自己的唇瓣都咬破了，也没忍住涌出眼眶的泪水。

恍然间，她想到了和他相遇的几次，哪怕他打击她打击到怀疑自己，可她的身体却没有受过伤，他嫌弃她，不喜欢她，可在玄冰天地里也没让她伤到丝毫。

有他在，她不怕。

细数她的伤口，皆是他不在的路上留下的。

幻姬忍不住的泪水不停地朝外涌，千离站在旁边看了她一会儿，白色的身影缓慢地坐到了床边，不知道要怎么止住她的泪水，想着她躺着哭颤抖的身子会摩擦背后的伤口，伸手将她扶着坐了起来。幻姬另一只手握着虚拳一下下地捶着他，边哭边控诉：“你不在。你不在。就我一个人，帝尊你没在。”

看着包扎成“缎锦人”一般的幻姬，帝尊任她打着自己，那只被她攥着的手也没抽出来。

“别哭了，我不晓得哄人。”

话一出，幻姬的眼泪掉得更快了。

千离无法，实在不想看到女子落泪的模样，抬起手将幻姬搂到了胸口，让她的脸埋进自己肩窝，无声地听着她哭。

花探真君端着素粥急匆匆地走进来时，看到就是他们高高在上的帝尊坐在床边搂着女子的模样，啊了一声，飞快转身背对着千离：“我什么都没看到，我什么都没看到。”

原本因为千离轻揽入怀而稍有抚慰的幻姬在听到花探真君的声音后，身子一僵，顾不得身上的疼痛，迅速从他的怀中退开，眼中的泪珠又掉得飞快。

“帝尊，我不是故意的，我只是怕素粥凉，怕你等得太久就匆匆进来了。我真不是有意的，我什么都没有看到。”怕帝尊不信他，又强调了一遍，“真的，什么都没有看到。”他把幻姬殿下救进来，不是应该放到床上去么，怎么还放在了屏风外间，他心里想的是他们在十二星宿屏风的里面，他走进去不会有什么大碍，哪里晓得会看到一幕差点把他眼睛戳瞎的画面。

千离端过花探真君手中的晶玉碗，看了眼素粥，对他道：“回头你找圣医神君看看眼疾。”

花探真君不解地看着千离，他眼睛很好没毛病啊，找圣医神君作甚？

一瞧就知道花探不懂自己的话，千离略加好心地补充了一句：“俩活人在你眼前你说

什么都没看到。还有，这粥看上去怎么跟世尊做出来的不一样？”他曾经在星穹宫里尝过星华熬的粥，味道相当鲜美，他端来的这个卖相实在不佳。

“帝尊，我第一次熬粥，难免有做得不好之处，怎能和世尊相比。”为了弥补自己闯房的错误，花探很认真地表自己的诚心，“我一定多加练习，向世尊学习，熬出鲜美粥羹。”

千离嗯了一声，端着素粥走到了幻姬的床边。

“谢谢帝尊。”

包扎得严实的两条手臂并不方便，但想到是花探真君第一次熬的粥，幻姬觉自己应该都吃光，才对得起花探真君的第一次。但是，一勺素粥入嘴，幻姬就感觉到自己恐怕要辜负花探真君的美意了。不，不是恐怕，而是一定会辜负。十分艰难地咽下口中的素粥，幻姬抬起红肿未消的眼睛看着千离。

“帝尊你为我忙了一夜，你也尝尝。”

这味道，吃过之后，会让人难以忘怀。

“本尊不喜喝粥。”何况是花探第一次熬出来的粥，他没有那么傻。

幻姬低头看着素粥，实在是不想再喝第二口，便道：“帝尊，我不饿，这个，就不喝吧。”

说自己不饿本身是个不错的借口，肚子是饱的自然不用吃东西，可是让幻姬恨不得呼晕自己的是，她刚说完，肚子就很配合地咕咕直叫，声音特别清晰，惹得她格外尴尬，还有什么比自己用客观事实否认自己说过的话更让人窘迫的呢。

“那个……”

幻姬觉得如果直接说花探真君熬的粥很难吃，应该会引起帝尊的不满吧，他可能会觉得自己是个非常挑剔的人，都有得吃了还嫌弃味道，可是这粥真是吃不下去。

“帝尊，你尝一口吧，就一小口就好。”

幻姬用小勺舀了一点点的素粥送到千离的嘴边，情景略有些怪异，明明应该是健康的人喂食重伤者，可他们却是反着的。

“一点点就好，一点点。”

千离看了下嘴前的勺子，薄唇抿了一点素粥。他对花探一向有信心，觉得即便是熬不出星华那样的水平，怎么也不至于不能下咽吧。但他这回真是高估了他，此碗素粥难吃到了一定的境界。其实，看到幻姬撒谎说不饿他就知道花探的手艺肯定差到了让人无法忍受的地步，连她这只呆货都忍不下去的东西，那真是到了极致。

拿过幻姬手里的素粥，千离走出了房间，叫来了花探真君。

“帝尊。”

看到帝尊手里的素粥似乎原样不动，花探心道，难道是太好吃了，帝尊自己也想要一份？

千离将素粥递到花探的面前：“吃三口。”

“帝尊？”

“不用多了，就三口。”

“是。”

端过自己熬的素粥，别说三口，才一口下去花探真君就想跑到旁边将吃下去的粥吐出来。熬的时候他认为自己很用心，虽然是第一次熬，但也不至于熬成这个味啊，这味道吃下去，他估计以后再不会吃素粥了，味道实在是出奇的差。

“帝尊，我再去熬一份来。”

千离看着花探：“还两口。”

花探真君皱眉，帝尊果然就是帝尊，从不改变说出来的决定，半字都不改的那种，任何人都没有跟他讨价还价的可能。眼闭上，想着早死早超生的说法，花探飞快吃下两口素粥，睁开眼看着千离的眼眶里都要浮现泪光了。因为，别人做出来吃的要钱，他做出来吃的要命啊。

“帝尊，我去了。”

“不用。拿两个仙桃过来吧。”

花探真君顿生解脱感：“是。”

千离进房之后，幻姬端端地坐在床上，一双眼睛紧盯着门口，看到他进来，神情明显有松口气的感觉，他才走到床边她就伸手握住了他的手，自然得完全忘记了他是一个非常不喜欢别人碰他身体的人。握着他的手，她才有安全感。也只有这样，她才会真实相信自己到了千辰宫，而帝尊他就在身边，任何想吃掉她的恶兽才不会有机会靠近。

幻姬控制不住地连打了两个哈欠，忽闪着水汪汪的眼睛看着千离时，脸颊绯红：“对不起。我太困了。”如果放在平时，她真的不会失礼。

“等下吃完仙桃你便休息。”

没想到还能吃到东西的幻姬微微笑了，点头。她还以为自己嫌弃花探真君熬的粥后在千辰宫再也吃不到东西了呢，这种事情别人干不出，帝尊干得出。

想到花探熬的粥，幻姬问：“会不会是花探真君在熬粥的时候没有放盐？”

千离问：“做饭要放盐？”

幻姬又想了想，不确定地道：“好像要吧。”回忆了一下娲皇宫里神侍们做给她吃的菜肴，肯定道：“做菜要放盐。我觉得，熬粥应该也要放，估计花探真君不晓得，所以味道不好。”

“回头我提醒他。不用节省，做一份菜放一盅盐。千辰宫不穷，吃得起。”

虽然帝尊会让花探真君学会放盐，可是幻姬还是觉得不可思议，帝尊和世尊都是浮屠天的尊神，一个是东古天，一个是西古天，两人平起平坐的，为何在烧菜方面帝尊竟一点儿都不晓得呢？

“帝尊，看到世尊那么会做饭，你有什么想法吗？”比如，自己和世尊差距不小，要多多向他学习。

千离低头看了眼幻姬抓着他的手，又慢慢地看到她的脸上，面色很是平静。

就在幻姬感觉自己太多话惹得帝尊不高兴了准备低头默然不语时，一道声音响起。

“世尊他……”千离停顿了一下，慢悠悠地道，“最初也不晓得做饭。”

幻姬用非常崇拜敬重的口气说道：“可是听说现在世尊好厉害。”

“那是为了钓他媳妇儿才学的。”

顿了顿，千离又道：“他开始只会做油炸花生米，用仙术做。虚假。”

幻姬：“……”钓媳妇儿……

“帝尊，是不是每一个为了钓媳妇儿的尊神都会去学做饭啊？”如果不是的话，那为什么千辰宫一个会烧菜的都没有？还不是因为千辰宫里从来就没有人想着要钓媳妇儿。

千离看了幻姬片刻，缓缓地道：“每一个靠美食被钓到的女人都是蠢货。”

幻姬：“……”

帝尊，你自己不会做饭就不要嘴毒地攻击爱吃的女子吧。

聊到了这里，幻姬觉得没法说下去了，按照帝尊的说法来看，三十三重天里最笨的人就是星穹宫的世后娘娘，因为她有一个十分会做饭的世尊夫君，那个男人让无数的神女仙娥们爱慕，人人都巴不得成为他的眼中人，哪怕被称为笨蛋。在帝尊的眼中，世后都要被嫌弃，难怪她要被他瞧不上了。在她的心里，她觉得世后娘娘非常地厉害，从一只小妖坚持到了和世尊守得云开见月明的一天，这等毅力可不是寻常的仙神能做到的。

幻姬不说话后，千离默然，轻轻地闭上了眼睛。

看着床边的男子闭着眼睛，幻姬不知道怎么了，觉得帝尊比三年前要更好看，说不出的感觉，就是觉得他俊得没有一处不精致。那只空着的手像是不受控制地慢慢抬起来，朝合着眼睛的千离脸上伸去。她自觉不是贪图美色之人，可如此近距离看着帝尊，她莫名非常地想触摸他的脸颊，好奇如果掌心覆到他的脸上，会是怎样的感觉。

幻姬的指腹轻轻触摸到千离脸颊的瞬间，门口闪进来一个人影，看到她凝望着帝尊，一只手抚着帝尊的脸，啊地叫了一声。果断而迅速地背过身子，连说两句。

“我什么都没看到，我什么都没看到。”

花探真君觉得自己好想哭，为什么啊，这是为什么啊！帝尊第一次抱女子被他撞了个正着，女子凝目纤手抚摸帝尊的脸他又看了个正，撞破帝尊和幻姬殿下的相思浓情，他还能不能看到明天的太阳啊，觉得自己整个人都感觉不好了。

“再捏就看到核了。”

听到声音，花探真君回神，惊慌地看了眼千离，低头看手里一个被他扣住捏扁的仙桃，眼睛睁得圆圆的，连忙将捏烂的仙桃拿出托盘，将剩下的好仙桃递给千离：“帝尊，我再去拿一个好的来。”

话音还没落下花探真君就消失在房间里。

千辰宫里的仙桃个儿大，幻姬看到盘中的仙桃时，忍不住咽了下口水，在天外天都没有看到这么粉嫩的桃子，一定好吃。

千离走近床边，忽然说："桃好像没洗干净。"说完，转身朝门口走。一双眼睛一直盯着仙桃的幻姬见帝尊要将桃子拿走，也没听清他说什么，肚子太饿的她顾不得什么，张开手去扑拿盘中的仙桃，不小的动作幅度扯动了她全身的伤口，叫了一声朝床下跌。

"啊！"

白色身影瞬息间闪动，千离一只手拿着托盘，修长的身子矮下来接住跌出软床的幻姬，两人的模样像是幻姬从床上扑了千离在地上，而这一幕恰好又被进来的花探真君撞见了。

"啊！"花探转身，"我什么都没有看到，我什么都……"看到了啊！为什么他觉得这句话一早上说了好多次啊。

帝尊将搂住的幻姬抱着轻轻放到床上，一番动作下来，尽管已特别注意，还是让她疼得皱眉，尤其蛇尾上的三处重伤，疼得她额头又沁出了冷汗。

"再动一下本尊立即把你扔到星穹宫去。"

太馋了，为了一个仙桃竟然扑向他，三个月没吃东西还是怎么？！

幻姬坐在床上老老实实地一动不敢动地看着千离转身走向花探真君，帝尊好凶！虽然他说话的声音平和如常，可那份威严感很强烈，一旦他说出口的警告，绝不是儿戏，他肯定是嫌自己三番两次给他招麻烦了。

将花探真君手里的托盘拿到手里，千离看着他，轻轻悠悠地说了一句："眼睛要瞎了吧。"

花探真君想哭但是着实挤不出眼泪地看着帝尊："快了。"

"下次戳瞎再进来。"

说完，千离端着托盘朝幻姬走去。

带着一颗吓得差点不知道要怎么呼吸的心，花探真君哆嗦着走出了帝尊的寝宫，出了大门不停地小声嘀咕："我什么都没看到，我什么都没看到……"

花探真君走后，千离坐到床边拿了一个仙桃给幻姬，看她的样子，一个仙桃都未必能吃完，花探拿了两个不算，还拿了一串新鲜的水晶葡萄，倒也真是太看得起她的食量了。说起葡萄，倒还真是叫他想起了三年前的一件事。

比起帝尊看到葡萄想到过去的事情，幻姬则实在得多，忍着手臂上的疼痛，双手捧着仙桃一口口专心地吃着。不晓得是因为太饿，还是千辰宫的仙桃味道确实好，幻姬觉得手中的桃子是她吃过的桃子里最为甜香多汁的，有着补益、补心、生津、解渴、消积、润肠、解劳热之功效的桃一直就是她喜欢吃的水果，没想到帝尊这么了解她的口味。

哎呀！

幻姬停下来，她受这么重的伤竟然还能清晰地记得桃子那么多功效，这得多聪明的姑娘才能做到哟。果然，她是个天定聪明的女娲后人。自信，一点点地回到了幻姬的身上。吃了半个仙桃之后，她终于开始关注床边坐着的男人了，一见盘中还有葡萄，眼中浮现一道喜色，真好，葡萄她也喜欢吃。

“帝尊，这串葡萄也是给我的么？”

“果然。”

幻姬不解：“什么果然？”

“吃得太多的人脑子都不怎么好使。”

幻姬：“……”

虽然帝尊没有明说，可是幻姬感觉到帝尊是在嫌弃她吃得太多。看看手里的仙桃，这仙桃大是确实比别的桃子要大，可是水果多吃些能美容，又不会影响人形的胖瘦，多吃水果不是坏事，娘娘说过，女孩子能吃是福，怕的就是那些不会吃的人。她不过才吃了半个仙桃帝尊就觉得她很能吃了？

“娘娘说，我太瘦，要多吃些。”

千离扫了眼幻姬全身：“女娲娘娘没告诉你哪儿太瘦么？”

幻姬嘴里嚼着仙桃，将自己认认真真看了一遍，她觉得自己哪儿都瘦，不过……

“我觉得瘦点好。我从西天到这里来找你，就我这么瘦，那些凶兽都盯着不放，如果我再肥美一点，恐怕真的没有命来见帝尊你了。”又咬了一口桃子吃下，幻姬继续道：“虽然我晓得帝尊你不喜欢我，可我还是比较喜欢自己的，娘娘再怎么教导我要谨记真善，我也不能为了善良就将自己献给恶兽当食物吧。性命，很重要。”

低头吃桃子的幻姬只顾着自己小声地说话，没注意到她说话的时候帝尊一直看着她的脸，她说的每一个字他都听得清清楚楚。

“三个多月里，我好像就吃了四回比较饱的晚餐，其他时间都是吃果子，还不能放心地吃，总怕那些果子有毒，更怕那些果子是妖兽变成的。”幻姬抬头朝千离笑笑：“好在我是女娲后人，即便只吃一点点东西也能扛住饥饿。”

幻姬难得一次跟帝尊说不少话，可惜帝尊一言不发，没接她几句，薄唇抿着，只是看着她。

一个仙桃下肚，幻姬觉得不饿了，看着盘中的另一个仙桃，再吃一个肯定吃不下，旁边的葡萄倒是可以吃上几颗，就是她的手剥起来太麻烦，捧着仙桃吃了这么久，再一点点剥葡萄皮，想想那种艰难和疼痛，她宁可不吃。但是，又好想吃。

“帝尊……”

幻姬有些不好意思地看着千离：“我还想吃葡萄。”

千离把盘子递到她的面前。

“帝尊，你看，我的手，又疼，又不方便。”怕脾气傲然的帝尊误会自己骄慢，幻姬尽量让自己的口气和表情都显出十二万分的诚意：“不若帝尊您剥给我吃吧。我保证，等我好了以后，我剥双倍的葡萄给帝尊你吃。”说起来，她记得自己三年前在南荒给他剥过葡萄呢。这回他剥几粒葡萄给她，应该不算她过分吧，她事出有因。

床边的男子静静地看了幻姬片刻：“听说饱暖思淫欲，果真不假。”

幻姬：“……”幻姬小声地抗议：“只是让帝尊剥下葡萄就算是思淫欲么。”

“你一个姑娘让一个男人坐在床边给你剥葡萄吃难道该算纯洁？”

“我、我……不三年前也给帝尊你剥过葡萄吃么。”还是变成了小狼崽叼在口里喂他吃，他那时也算饱暖思淫欲？幻姬觉得帝尊太计较了，她又不是对他无理取闹，她若手未受伤，哪里需要他动手。

千离目光清清地锁住幻姬双眼：“今天本尊把你扔下跟百曦古神走了？让你孤单地在殿中等一天？成为不记你出手相救之恩的白眼狼？陷入玄冰天地后求着你救出来？”

被质问的幻姬不停摇头。好吧，当年是她的错，是她误会他、丢下他、央求他，可都过去三年了，帝尊还记得这么清晰，也太小气了一点吧，当年她不是都说了感谢吗。

“可是我……”幻姬眼睛瞟到葡萄上，“想吃。”

咻的一下，盘子里的紫色葡萄不见了，只剩下一个大大的仙桃。幻姬看着千离，忽觉委屈，当年帝尊那么刁难她她都没说一句怨言，今天只不过请帝尊剥几粒葡萄就直接将葡萄都扔了，他不剥就不剥吧，留着让她看看解解馋也行吧，竟是一下就飞没了。

“帝尊，我好困，先休息了。”

说完，幻姬略有负气不满地小心翼翼躺下去。因为全身都是伤口，千离并没有给幻姬盖锦被，担心被子会阻她扭动身子，到时阻力加大，会扯开她的伤口。好在，晚春初夏的白天气温不低，即便是不盖被子也不觉冷。幻姬躺下之后，伸出一只手抓住千离的手，对上他冷冷淡淡的目光，暗自在心中鼓动一把自己。不放开，不管帝尊怎么看她都不放开！

正所谓，狭路相逢……坚持者胜。

幻姬在明知帝尊不喜欢她抓着他手的前提下，成功地让帝尊默认了。成功袭来的时候，幻姬明白了一个道理，帝尊其实不是从不妥协，而是在她十分坚持的情况下会适当地妥协，只不过这个适当的情况让人不好捉摸，没法确定帝尊在何事何时会让人得逞，成功与否，端看各人运气。

一只手紧紧地攥着千离的手，疲惫的幻姬慢慢闭上眼睛，她想，总算能睡一个放心的安稳觉了。

过了好一会儿，千离试图从幻姬的手中轻抽他的手，才微微动了一下，沉睡中的幻姬就死死捏紧，看着在睡梦里一丝惊动都会引起她紧张的幻姬，千离沉了心，不再想着抽离。

小半个时辰过去，幻姬忽然像是惊醒一般地睁开眼睛，看到千离闭着眼睛坐在她的床边，手里还抓着他的手，怦怦直跳的心缓缓缓和下来。还好还好，帝尊他在。

慢慢地，幻姬又睡了过去。

她刚闭上眼睛，千离就慢慢地打开了眼睛，看到她额头上一层细汗，安静地看了她片刻，

复又闭上眼睛。

一炷香的时间过去，幻姬又睁开了眼睛，紧了紧握着千离的手，看到他还是保持之前的坐姿，心又安了。睡觉睡觉，帝尊在旁边呢，她不怕。

屋外双花，锦屏天骏。长山黛眉，春色飘零。一唱高山流水，一片客答春江。

宫琼千年巍峨，艳阳横际天阙。

阶下柳丝稠稠，梦里桃花深深。

素衣素装浅眠，银发染尘凝望。

石上青草斑痕，檐下俏丽无声。

白摩开透玉宇，何人候着来人。

幻姬睡觉时三度惊醒睁开眼睛后，过了一会儿，她感觉到嘴唇有什么东西在轻微地触碰，凉凉的。睁开眼一看，帝尊正掐着一粒剥好皮的葡萄送到了她的嘴边。

“帝尊……”

看着千离剥好的葡萄，幻姬不知道是高兴还是惊讶，抑或是委屈，鼻头稍稍有点酸，红润的小嘴张开将葡萄吃下，边吃边想，难怪三年前帝尊让她不停地剥葡萄，原来吃别人剥的葡萄味道特别好啊。在南荒的时候她特别紧张，好几次将葡萄整个儿地吞了下去，味道什么的根本没有尝出来。今天帝尊剥的葡萄吃着，果然好吃。

千离从放在身边的玉盘里又摘了一颗葡萄，将葡萄悬浮在他的身前，单手剥着葡萄皮。那番样子看得幻姬忍不住嘴角扬起，她还想呢，她抓着帝尊的一只手，他是怎么剥的葡萄，原来用了仙法。

一连吃了九颗葡萄，幻姬稍稍有些不好意思地看着千离，“帝尊，你会不会觉得我吃得很多？”

“你的属性里添一条能吃也不嫌多。”

幻姬：“……”

她还是专注吃葡萄吧，跟帝尊说话太容易内伤。

又是九颗葡萄入了嘴，千离停了手，看着幻姬：“安心睡。”

“嗯。”

待到幻姬彻底沉睡后，千离暗中传音叫花探真君点了安眠天香送到房里，在花探进来前拂了他的广袖盖在了她身上，留着一截蛇尾在外面。有了安眠天香宁神，幻姬睡得更深了，连千离从她的手中抽出手都没有发觉。

千辰宫寝宫外面的神侍看到帝尊出来，齐齐行礼：“帝尊。”

不远处的花探真君加快步子朝远处走，听到千离喊他时，心尖一个颤抖。他刚才进去可是闭着眼睛啊，真是什么都没有看到。

“帝尊。”花探比平时更加恭敬。

“叫人送个东西到星穹宫去。”

“是。”

千离从旁边的花园里摘了一朵白摩花，捏诀化花，白摩花变成了一朵语佛花的模样。

“把这个送给世尊。”

花探真君接过语佛花：“是。我马上去办。”

又隔了三天，幻姬醒了。

她醒的时候，房间里没有人，睁眼看了房内许久才将记忆都恢复。她到了千辰宫里，帝尊帮她疗伤上药，还很温柔地为她剥了葡萄。可睡觉的时候看了好几次帝尊都在床边，她一直抓着他的手，怎么这会儿看不到他了？想到自己坚持抓帝尊的模样，幻姬低头看看自己的手，主动握住男子的手这种事情她竟然也做得出来。看看自己身上被包扎细致的伤口，幻姬轻轻笑了。一觉醒来，她觉得不怎么痛了。蛇尾蜷了些，幻姬轻皱眉，还是有些疼，但和最开始比起来，要缓和很多了。

咕咕……

幻姬摸摸自己的肚子，好饿。

想到帝尊包扎后对自己的态度，幻姬并不敢轻举妄动，坐起来之后朝着门口问道：“有人在吗？”

门外候着的神侍听到幻姬的声音，立即去找千离，没多久他便从宫外走了进来。

看到千离的瞬间，幻姬眼中喜悦浮现，连喊他的声音里都带着笑意：“帝尊。”

千离看到幻姬的表情愣了下，很快恢复正常，那一下快得她都没有捕捉到。从认识而来，她还是第一次见到他露出如此开心的表情。到了床边，没多说什么，低头为她检查了一遍伤口。

“帝尊，谢谢你。”幻姬觉得自己应该适时地夸赞一下帝尊，毕竟自己受了他的恩：“帝尊，你的药很有效哎，睡了一天，我发现全身都好多了，不太疼了。”她觉得自己睡得够久了，睡时是白天，睡醒又是白天，一天一夜，也就只有她受重伤才会这么久。

“一天？”

幻姬纳闷，小声地，不确定地问道：“难道不是一天一夜？”

千离看着幻姬，表面上并没有糗她的意思，可他的话却让她感觉他在调侃：“看来你对自己的属性还没有完全了解啊。”

“那……我睡了多久？”

“七……”

千离后面的字还没有说出来，门外嗖的一下冲进来一个小身影，还伴随着一个童声：“小姨娘。”

只是瞬息间，幻姬的身上盖了一层薄薄的锦被。

小毛球跑到床边，抬头看着坐在床上的幻姬，先是愣了愣，看着她好半晌没有出声。幻姬奇怪地看着忽然跑进来的小孩儿，如果她没有理解错，这个小孩儿是冲着她来的，他喊自己小姨娘，可自己什么时候有个……小亲人？

“你是我的小姨娘吗？”小毛球贴近床边，一双小手撑到床上，问着幻姬：“我是小毛球。”

小毛球？

幻姬脑中过滤了一遍自己认识的人，没有一个叫小毛球的小孩儿记忆，转向一边的帝尊。

“他是帝尊你的……孩子？”

千离反问：“跟你生的？”

幻姬：“……”

什么态度！她就是问一句，不是就不是嘛，说得这么硬邦邦的干什么。但是如果不是帝尊的孩子，谁家的？

“我是世后娘娘家的。”小毛球自报家门。

幻姬顿时想起了：“你是世尊家的小殿下。”看着床边精致的娃娃，幻姬难以想象当年她专门送神籍卷的宝宝竟然长这么大了：“才……三年多的时间你就长这么高了。”

对于幻姬想起自己，小毛球很是满意，看来她还真是小姨娘，献宝似地道：“我四岁了。小姨娘你多大了？”

“我啊，跟你比，我好老了。”

“没关系，我长得快，到时娶你没有问题。”

幻姬呆了呆，以为自己听错了什么话，眼前的小不点儿说长大娶她？

“呵呵……”幻姬伸出手摸着小毛球的头，“小毛球啊，虽然你想娶小姨娘，可是恐怕我不能嫁给你。”

“为什么？”小毛球转头看看旁边的千离，“是因为你要当千离哥哥的媳妇儿吗？”

幻姬：“……”

小毛球又道：“我长大了会比千离哥哥更好看，而且，我也可以造一座比他家更大的宫殿。”生怕幻姬选了千离的小毛球蹭了蹭，故意挡在千离的前面，趴在床上看着幻姬：“还有噢，我可以从母后那儿学到怎么钓鱼，到时候你就可以钓到一个像我这样聪明伶俐的小孩。”

话音才落下，小毛球就被千离单手给拎了起来，送出门外，朝门口用扇子捂着脸偷笑的麒麟怀中一扔：“去告诉星华，他家那口子的教子方法逆天了。”

才多大点的小孩儿啊，就知道钓鱼，竟然还要教幻姬钓鱼。自己毛都没长齐就学到这个，他就晓得星华娶的那媳妇儿靠不住，太教坏孩子了。

小毛球被麒麟抱在怀中，朝着千离笑嘻嘻的：“早熟比晚熟好，懂事得快，知道得多，我觉得飘萝做得挺好。”何况，人小毛球一直记得自己是他母后钓鱼钓上来的，小娃娃的世界单纯，他就当自己是水中游着的小青龙被抓上岸，哪里懂大人的那些暗语啊：“小离离啊，是你本身不纯洁噢。”

千离挑眉，语速缓缓的：“麒麟上神最近好像很闲？”

麒麟顿时后背汗毛竖立，感觉到了一股无形的危险感：“嘿嘿，我忙呢，很忙，我这就去忙了。”说完，抱着小毛球出去，怀中的小家伙还冲着房内喊：“小姨娘。小姨娘你等我长大啊，小姨娘。千离哥哥太老了，你等我啊。”

房中传出轻轻的笑声，钻到千离的耳朵里，像一撮小软毛扫着他的耳膜，微微地有些痒。

丢小毛球出门的千离回到房内，床上的幻姬还没来得及收起笑容，见他进来，硬生生地忍了笑。敢如此公然大叫帝尊太老的人，恐怕除了世尊家的小殿下，还真没有哪个有这样的胆子了，初生牛犊不怕虎这句话果然不假。

“殿下刚才可听到房中有什么声音？”

幻姬差点儿就带着笑容摇头了，看到千离平平静静的脸，使劲压了下来，装出无辜的样子看着他：“刚才有声音响起么？我什么都没有听到。”

千离目光锁着幻姬的眼睛，看着她好一会儿，直看得幻姬心里都起了不安的小波澜。帝尊一般是不会正眼瞧人的，如果他看向什么地方，那就有点问题了。如果他一直看着什么，那就是大问题了。她想了想，自己似乎没有说错什么啊，刚才除了她的笑声，房间里没有其他声音了，难道他指的是她的笑声？

“……”默然不语的幻姬终于抵不住千离的目光，软着声音道：“我笑不是鄙视帝尊你太老的意思，我只是因为小毛球的话笑了。帝尊难道不觉得他说的话很可爱吗？”

千离道：“可爱？”

“呃……搞笑。”

“搞笑？”

幻姬想了想，可不就是搞笑吗？难道还有别的词来形容刚才小毛球的话？总不能说他讲的是事实吧，那她还要不要跟帝尊一起学习了，直接会被他扔出千辰宫。

“帝尊，年纪这种东西是我们无法控制的，无极时光里一天天的日子过着，在我们稍稍不注意的时候就过去了上万年。我知道刚才小毛球的话可能太直接了一点，帝尊觉得难以接受我也能理解，我们谁都不喜欢自己变老。可，我们是抗拒不过时间的，要想心情平顺，只能宽慰自己的心。”幻姬觉得帝尊对自己有恩情，她小理大义地劝说是很应当的事情，如果帝尊以为小毛球太过直接的话而变得郁郁寡欢，她说不定会同情他：“在我看来，帝尊完全不用在意年纪的事情，从你的外表看，根本不像是……是……”幻姬找不到更为合适的词语来形容，太过寻常的，不合他的身份，也达不到宽慰人的效果。可如果是夸张的用词，那岂不显得很假，她不喜欢，想必帝尊也不喜欢。“不像小毛球说的那样。帝尊是一个丰神俊朗的男子。”

千离依旧无言地看了幻姬片刻，在她都要准备新的安慰词时，忽然出了声。

“所以，照你的话来说，本尊赢了小毛球，你选我弃他？”

什么选择帝尊放弃小毛球？幻姬一时没明白过来，帝尊在说什么，他们说的是同样一件事吗？脑子里浮现小毛球走时说的话，惊讶地看着帝尊。

“帝尊，你的意思该不会是……”

房间里短暂地安静了一会儿后，听到一声。

“钓鱼我厉害。”

坐在床上的幻姬仰头看着帝尊，他这是要她的夸赞呢，还是想说他可以教她钓鱼？

“我知道。想必帝尊不仅钓鱼厉害，在其他方面也厉害非常，是众神膜拜之尊。”

夸是诚心地夸了，可是让幻姬不解的是，为什么小毛球说教她钓鱼能钓到一个像他那么聪明可爱的娃娃，他难道是世后钓鱼钓上来的吗？想想她自己也真是傻得可以，没有听过帝尊大婚的她竟然问他小毛球是不是他的孩子。

“呵……”

笑过之后，幻姬发现床边的帝尊看着她，微微有点不好意思地道：“想到自己开始猜小毛球是你的孩子，很可笑。”不过，她虽然可笑，帝尊那会儿也不见得多聪明，竟然还反问她是不是和她生的，他难道也不想想，四年前她还没有来过浮屠天呢，就算来了，以他们当初的关系，是完全没可能生个一男半女的。

“可笑么？”帝尊声音轻轻的。

幻姬老老实实地点头，如果帝尊真有儿子的话，确实……奇怪。

看到幻姬点头，帝尊又道：“是本尊生不出，还是你生不出？”

什么？！

千离低头俯视幻姬：“本尊不能还是你不能生？”

幻姬很快就接了千离的话：“我当然不能生出一个四岁的小孩儿啊，那么大，我哪里有东西装下他，难道真去河边钓上一个来么？”幻姬略有不甘地放低了声音，又道：“何况，我根本不知道怎么生小孩儿。”

在天外天娲皇宫，因为根本就没想过要嫁人，男女之事没有人教她。娲皇宫里神卫有一半是女子，尤其她住的宫群，常年只有女子出入。即便到外宫，也没人告诉她女子要怎么生出娃娃。

看到幻姬认真得近乎到可爱的表情，还有她说的话，千离嘴角微微地勾起，弯下腰身，俊脸俯近她亮晶晶的双眸，似笑非笑地看着她，声音轻缓中带着白摩花香扑到幻姬的面颊上：“一下让你生个四岁的孩子是不可能，但……”

“但什么？”

千离嘴角的弧度微微大了一点，道：“没什么。”

虽然帝尊没有把话说完，幻姬却很聪明地把他的话补充完整：一下让你生个四岁的孩子是不可能，但是你能和我生一个小宝宝。

幻姬暗暗地在心里道，拒绝帝尊是一件很危险的事情，若是婉拒得不够妥当，帝尊恼羞成怒后不晓得会不会将她剥皮拆骨。

“帝尊，小宝宝确实可爱讨人喜欢，但我们应该没机会有属于我们的……孩子。”幻姬的声音有些低，她本就不善于拒绝人，何况面对的是帝尊，越发不知道要如何说才不至于让他不尴尬：“当然，这不是说帝尊你不好，帝尊的好，三十三重天里众神有目共睹，只是我没有成为帝后的福分而已。若是帝尊想要孩子，我觉得，不妨在天界好好寻寻，一定能找到深得你心的美丽女子。”

话毕，幻姬觉得自己的拒绝应该不会让帝尊感觉到不悦吧。她虽拒绝了他，但也夸了他，还给他出了主意，能考虑到这么多，她觉得自己很不错。

帝尊看了幻姬片刻，问道：“本尊有说和你生宝宝么？”

“……”

看到幻姬的脸红到了耳根，千离嘴角浅浅地勾了一下，也仅是一下，很快就消失于他的嘴边，随口问道：“你刚在想和本尊生宝宝？”

“没有啊。”幻姬否认，“我只是举个例子。”

千离像是松了一口气：“没有最好。”

看到千离的表情，幻姬感受到了来自帝尊的嫌弃。他要不要这样嫌弃她，她好歹也是天外天的殿下吧，给他生宝宝也不是没资格吧。她现在还受了伤，他都不知道要照顾下她的心情吗？

“看到小毛球，我觉得遗传这种东西很神奇，他遗传了世尊世后的好容貌和聪明机灵。幻姬私心觉得，帝尊还是不要轻易留后的好。”他这么毒舌，如果生出来的小殿下也毒舌，天界的神仙们还要不要好好生活了。而且，世尊会做饭，帝尊什么都不会，千辰宫的花探真君熬个素粥都能让人再也不想吃粥，如果宫里有了小殿下，能不能健康长大都成了问题。

帝尊略略想了想，点头，赞同了幻姬的话。

“宫里已经有个拉低人智商的货存在了，要是再生个出来拉低一把，本尊受不了。”

“……”

帝尊以为没有点名她就不知道是在说她？

看了眼幻姬，千离转身走出去，没多久回来，手上多了一个换药的托盘和一套衣裳。将衣裳放到一旁，拿着药走到床边坐下。

“把身子侧过来。”

幻姬立即乖乖地将背转过来对着他，看不到他的脸的她自然不晓得，有一个清浅却迷人的笑容出现在了千离的脸上，浅如五月荷的幽香，却在显出的刹那美得像烟雨丝丝的醉玉柳。

包扎用的柔丝锦缎被拆开，幻姬低头去看胸口上的伤痕，发现好了许多，问道："帝尊，我睡了多久呀？"

"七天。"

幻姬惊讶地回头看千离："七天？"

"嫌少？"

"不是不是，太多了。"

后背的药换起来顺利，到了胸前时，幻姬害羞得不行，双手抬起来捂住千离的眼睛："帝尊不许看。"捂着千离眼睛的时候，幻姬感觉到他长长的睫毛扫在她的手心，痒痒的，轻轻的感觉像是扫到她的心上。

"换药后，随我去星穹宫。"

幻姬放下手，看着千离："为何？"他不要她住千辰宫了？

胸口出现清凉的感觉，幻姬低头，惊觉自己的胸又被……看光了。想护是来不及了，膏药涂满，若是护住就会沾到手上。

千离为幻姬裹锦缎的时候，幻姬小声地问："我身上的伤都没有完全好，真的要去星穹宫吗？"到了星穹宫谁给她换药呢？虽然每次被帝尊看光都不好意思，可要是换别人的话……

她宁可是他！

听到幻姬的话，千离反问："你身上的伤没有好和你到星穹宫去有什么关系？"

"我不想让别人为我换药。"幻姬的声音很小，她觉得此话说出来不好意思，帝尊到底是个男子，她这么说，不晓得他会不会以为自己太奔放，在一个男子面前如此地不知害羞。可是，从天外天到三十三重天，也就他一个人看过她的身子，她……她认了。

千离听到幻姬的话，嘴角勾起。刚好包扎的缎锦需要从背后绕到她的胸前，他没让她转过来，就着她背对他的姿势将两只手从她的臂下穿过，两人的姿势像是他从后面环抱住她，一道轻轻的男声在幻姬的耳畔响起。

"然后呢？"

幻姬觉得自己的暗示很明显了啊，难道帝尊还没有理解？

"然后……我不想在伤没好前到星穹宫去住。"

"然后呢？"

又然后？

前胸和后背的伤换好药，千离给幻姬的手臂换药，她则得以转过身看着他，说道："然后我觉得只能麻烦帝尊为我换药了。我保证，等我伤好，一定不在千辰宫里打扰帝尊。"

"新上的药渗透修复很慢，两个月换一次。"一旦过了两个月，她全身的伤将会出现惊人速度的恢复，连一丝伤痕都不会留存下来。后一句话，千离并没有说出来。

幻姬看着收拾药瓷瓶的千离，帝尊的意思是，两个月之后再来找他换药吗？不对，她要和帝尊学佛理，那还不如每天见面，到时让他换下药应该不难吧。她真是傻，怎么都没想到这个。换药的事情解决后，幻姬对于要去星穹宫完全没了担心，穿上千离拿进房中的衣裳，欣然接受了他送她去星穹宫的事情。

因为幻姬重伤到的是真身，若想不破坏包扎的完好性，最好不要换到人形，可看着自己露在裙衫下的蛇尾，幻姬皱眉了。她，并不想别人看到她的真身。虽然人人都知道女娲后人的真身是人蛇共身，她用蛇尾立起身子走路也不是不可以，可她就是不想用这样的形象示人。

忽然间，幻姬又不想去星穹宫了，换药之后的她在星穹宫里难道也要用真身生活？

"帝尊。"幻姬坐在床上向在十二星宿屏风内忙着什么的千离说道："我又不想去星穹宫了。"边说，她还边卷动着自己的蛇尾，看到千离还没出来，抓过自己的尾巴尖尖拨弄着玩："帝尊，你听到我说话么？"

没一会儿，千离的身影从屏风里面走出来，看着幻姬玩着自己的小尾巴。

"帝尊。"

"今晚会下雨。"

幻姬不解地看着千离，今晚会下雨和她去星穹宫有什么关系？

"下雨怎么了？"幻姬抬头看看房顶，"难道下雨这里就不能住人了么？"

"本尊的宫里当然不会漏雨，但是花园里就不行了。"

幻姬更加不明白了："那没事啊，下雨我又不住在花园里。"原来他是为了这个才让她去星穹宫啊，还真是很奇怪的帝尊，如果嫌弃她住久了就直说吧，拿下雨来搪塞她，也真是笨拙。不过，等等。帝尊是那种不好意思把话说得很直接的人吗？

"殿下是想晚上看本尊在雨中钓鱼么？"

"帝尊你晚……"

幻姬惊讶地看着千离，手上玩着的小尾巴也停了下来，他、他的意思是……他晚上一直都睡在花园里了？

"从我住进来开始，对吗？"幻姬不敢确定自己的猜测是对的。

"你说呢？"

幻姬不知道要用什么表情来表达此刻内心的震惊："为什么？"

千离又是一句不咸不淡的反问："你说呢？"

尽管帝尊几次相救让幻姬感激他，可她对他的印象依旧是好坏参半，好得不彻底，对她却也不是坏得太过分，虽然和他说话时不时就欲哭无泪，但次数多了，她也练就了抗打击的能力了。第一次到星穹宫被他打击时，她真恨不得出手捏死他。虽然实际捏不死，但一点不妨碍她在内心将他捏个八遍十遍。可得知为了自己的名节，帝尊竟然在花园里睡了七个晚上，幻姬觉得不是自己听错了，就是帝尊不是帝尊。

怎么可能呢？

别人做出这样的事情尚且难以置信，又何况是一贯在众神心中不敢接近的帝尊，将自己的主宫让出来给她睡，而自己睡到了外面，这怎么看都不是帝尊老人家干出来的事情。

“其实，我睡外间，帝尊你睡里间，没有影响的。”

帝尊挑眉：“这么奔放？”

“奔放吗？”幻姬觉得帝尊误解了自己，“你看，屏风隔开了里外间，睡觉时，我们是看不到彼此的。”

“你我知，别人知吗？”

幻姬看着千离，心里好想对他说点什么，可是不知道要说什么才能表达出她内心的感动！

是的！是感动！

也许在帝尊看来，他不过做了一件很小的事情，可是对于她，是一件很大的事情！

帝尊他，人品好正！

幻姬第一次觉得，看人不能看表面，在她没有注意到的地方，帝尊的行为比其他人要高尚太多。

而且，当尊知告诉她《摩金经》是帝尊编撰的时候，她才惊觉帝尊说他没看过什么书很无知是在逗她玩。

想到眼前的男子为了她的名声在外面睡了七天，幻姬看着千离好一会儿，从美人靠上下来，蛇尾立地，慢慢朝前滑动到他面前，困难地憋出一句话。

“帝尊，我可以抱你吗？一下就好。”

千离拒绝得很干脆：“不可以。”

“就一下。抱了之后我就去星穹宫。”

千离目光冷淡地看着幻姬：“本尊岂是人想抱就能抱的。”

白色身影动的瞬间，幻姬也不知道哪儿冒出的勇气，张开双臂一把缠住千离的脖子，纤细的身子扑到他的怀中。说谢谢已经不能让她宣泄内心对他的感激了，哪怕他说自己奔放也没关系，就这一次，她就是想对他奔放。

“帝尊，你是好人。”

“等你康复了，你在本尊的宫外睡七天，相信花园里的蚊子也会觉得你是好人。”

幻姬：“……”

“我恢复健康了，你还要我住在千辰宫里吗？”比起喂饱千辰宫的蚊子，她觉得能夜宿千辰宫才是问题。

千离的身体一动不动，任由幻姬抱着自己，语速缓缓的，道：“你好意思来拉低千辰

宫里所有人的智商吗？”

这回幻姬十分聪明地反应过来了，带着轻笑道：“帝尊的智商太高，我只要来拉低帝尊一个人的智商就好。”

哼，有本事，他说自己的智商经不起她拉低啊！

忽然地，幻姬似乎听到了头顶传来一声低笑，待她抬头去看时，帝尊又是那副嫌弃她的表情。难道她刚才是幻听？

视线对上的一刻，幻姬觉得帝尊真是……好看极了。

看着看着，等幻姬被千离叫回神时，她已站在星穹宫的门口了，星华和飘萝也不知道在什么时候已等在门口。

“幻姬。”飘萝很高兴能看到幻姬。

“世后姐姐。”

两个人还没有说上第二句话，千离的声音就飘进了幻姬的耳朵，她听到他对星华世尊说。

“有事，两个月。”

星华点头：“嗯。好。”

幻姬转头看着千离：“帝尊你要离开两个月？”难怪他给自己用的药是两个月不换的，原来是他要离开。

千离目光很淡然地看着幻姬，“我两个月后再来看你。”

幻姬莫名地不想千离走，柔声问：“可以一个月吗？”两个月，好长。

静静地，千离看了幻姬片刻，留下两字。

“走了。”

眨眼，白色身影消失在星穹宫门口。

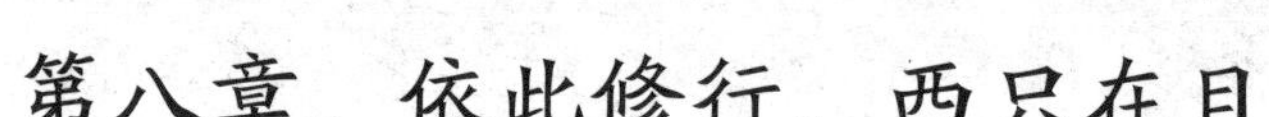

第八章　依此修行，西只在目

小毛球知道幻姬住在星穹宫里是在幻姬住了五天之后，还不是从自己的父尊和母后口中得知的，而是他和麒麟上神跑去千辰宫玩，发现帝尊不在宫里，幻姬也不见了。得知幻姬在星穹宫后，小毛球腾着小云嗖嗖地朝自己家飞，麒麟上神将他拎到自己的祥云上，一脸笑意地飞到了东古天星穹宫。

“母后。”

“母后。”

到了自己宫里的小毛球撒腿飞跑地找飘萝：“母后你在哪儿？”

星华在园子里看书，听到自己儿子喊自己媳妇儿，微微地转了头，看着小家伙跑近。

“父尊，你看到母后了吗？”

星华朝自己儿子招手，小毛球走到星华的跟前，又问了句：“父尊，母后呢？”

“我说，你这几天看了父尊几眼？”每天就是跟着麒麟到处野，他现在倒是过得开心了，一天到晚见不到人，才这么点儿大就跑出去玩整天，将来等大了，岂不是他这个当父尊的都要不知道自己儿子去哪儿混荡？

小毛球歪头想了想：“好像三次。”

“你看你母后几眼？”

“很多啊，数不清。”

“那你看麒麟上神几眼？”

小毛球睁大眼睛，哇了一声：“哇！我天天和麒麟哥哥在一起，看了多少眼，都记不得了。”

“明天，《三字经》抄写五百遍。抄不完，不准出去玩。”星华冷冷地看着小毛球，“不准用法术。”说着，掐诀禁了小毛球的法术。

小毛球一双眼睛瞪得大大的，不敢置信地看着自己的父尊。

“父尊你太不讲道理了！”

星华摸着自己儿子的头，语重心长地对他道：“儿啊，现在对你讲太多道理会显得父尊好蠢。”

一个四岁的小娃娃，字都没有认全，跟他讲什么大道理那是浪费宝贵的时间，在他现在的世界里，只有开心地玩耍，健康地长大，开始明辨是非善恶，别的东西，他那颗小脑袋现在还理不清楚。现在，他就要好好教教他，父尊是什么人物！一天看他一眼都达不到，他不治治他，他都要不记得自己姓什么了吧。

“父尊你小气！不讲理！霸道！”小毛球试试自己的法术，发现一点儿都用不出来，气得直跳脚，“父尊你欺负人。”头上的小毛球抖得都像要被甩出去一样。

星华得意一笑：“谢谢夸奖！父尊对于你给的夸赞，欣然领了。”

“父尊你不要脸！”小毛球气得童声加大了好些，说完想到“不要脸”是夸赞父尊的意思，又修正道：“不是，不是不要脸，我不能夸你，父尊你是变态！”

星华笑出声音来：“变态这个也被你发现了？”

带着小毛球到处玩的麒麟有时候聊天说起帝尊或者北古天的河古神尊，总会蹦出“变态”的形容词，小毛球听了几次，觉得这词用起来感觉不错，而且麒麟告诉他，变态就是说不与别人相同，异常到令人发指。他想，父尊禁他仙术这回事，就算得上变态了。

小毛球头一甩：“不告诉你！”他要找母后告状去，父尊又欺负人了。

小毛球飞快地跑开，麒麟摇着扇子走到星华的旁边，择了张椅子坐下，自己给自己斟茶，笑嘻嘻的：“不用羡慕我太有魅力。你要理解小毛球，神女仙娥都抵不过我的吸引力，你儿子就更别说了。”

“生不出儿子的人对别人的儿子总是带着疯狂的痴迷。”星华翻着书，“我理解。”

麒麟：“……”

一晃半月过去。

月下窗边，初夏的风习习吹着……

幻姬坐在窗边，托腮看着外面的月亮，园中的花香一阵阵扑鼻而来，凝神静气，让她慢慢地涌起一点点睡意。浅浅的，似睡非想睡的感觉，不确定是被安宁的生活醉了，还是被月华里的风景美到了。

在星穹宫里半月了，身上的伤口恢复得很慢，十多天过去才感觉好了一点点，照此下去，她还得如此生活一个半月。不晓得帝尊到底是干什么了，两个月的时间说长不长，说短也不短，对于修为高深的他来说，两个月能做很多的事情呢。

日子虽然安静，但幻姬倒也不觉多么难过。

时光如在指缝里流着，一眨又是十天过去，白天世后会陪着她，而且小毛球动不动就溜进来找她，邀请她出去玩，虽然她回回好意拒绝，但小家伙一点都不介意。尤其世后告诉小毛球，小姨娘的身体这段时间不舒服，在他们宫里疗伤后，小毛球来得更勤快了，每次都带许多好吃的过来，连星华做给他的玩具都带给幻姬解闷，看着小家伙大方慷慨的样子，幻姬每次都感动得很。她觉得，对于小孩子来说，玩具是他们非常看重的东西，能主动拿出来分享，十分不易。而且，小毛球还跟自己的爹娘说要多来看看她，不然小姨娘一定觉得很无聊，他没人陪着的时候就觉得星穹宫里很无趣，连麒麟都被他拉着来了厢殿好几次。

帘外传来雨声，在亭中小憩的幻姬睁开眼睛，透过垂帘看着外面下起了大雨，一滴滴地落在草地上，甚绿了草叶，泥土的香气飘到空气里，格外清新。

“这边这边，小姨娘在这边。”

忽然，一道声音传来。

幻姬转脸看去，小毛球拉着麒麟上神正撑着一把大伞走了过来。藏好蛇尾，幻姬视线跟着他们进了小亭。

“小姨娘。”

幻姬向小毛球伸手，示意他过去，朝麒麟上神笑了下：“麒麟上神。”

“殿下真是好雅兴啊。”麒麟笑着化散了雨伞，坐到了幻姬的对面。

小毛球走到幻姬跟前，享受着她给自己整理身上的衣裳，尤其幻姬给他抹掉身上的雨水时，脸上更是露出了十分惬意的模样，他觉得小姨娘的手法好轻柔，很舒服。

“这么大的雨你跑来找我，可是有什么好玩的要给我看么？”

小毛球摇头：“最近没有什么好玩的。”

“那好吃的呢？”幻姬已经学会了浅逗小毛球。

“我等会儿跟父尊说，让他做几道好吃的菜吧，零嘴儿刚才跟麒麟哥哥一起玩的时候，都被他吃光了。”小毛球抗议地看着麒麟：“我都跟麒麟哥哥你说了，要留一点给小姨娘，结果，你还是一把吃光了。哎，现在可好，小姨娘一点儿都没得吃。”

麒麟笑道：“哪里是我吃光的，明明是你自己贪吃，吃了一个又吃一个，怎就怪到我的头上来了。”

“可是我才吃了九个，你吃了十个，你比我多吃一个。”小毛球比画着自己的手指，“你多吃掉的那一个就是我准备给小姨娘吃的，她的，就是你吃掉的。”

麒麟：“……”

毛球小殿下啊，你对你的小姨娘可真是够大方的啊。

幻姬被小毛球的认真样子逗笑："小毛球，我觉得你下次有好吃的，得先送给小姨娘我，不然我会吃不到。"

"这个……"小毛球想了想，"我考虑一下。"

幻姬故作惊讶，"还要考虑啊？"

"是啊，你是我的小姨娘，那如果我有了媳妇儿，我觉得我应该先给我媳妇儿吃，等她吃饱了，再给小姨娘送来。"

麒麟："……"

幻姬："……"

果然是世尊的种啊，疼媳妇儿这点真是学了十成。

"小毛球，尝尝这个。"

到底是小孩儿，幻姬将桌上的小点心送到小毛球的面前，他的注意力立即就转过去了，坐大凳子上，慢慢地吃了起来。

麒麟从袖中拿了两卷大典出来，递给幻姬，"给。"

前几日小毛球拉着麒麟来看幻姬，幻姬正在看尊知给的《摩金经》，他瞧见了，说如果在看之前先看透《摩天卷》和《万天历典》更好，若是直接看《摩金经》很可能会发现什么都不懂。幻姬感激，让麒麟下次来星穹宫给她带来。

"多谢麒麟上神。"

"呵，小事一件，何须言谢。"

麒麟摇着扇子，随口问道："殿下身上的伤恢复得如何了？"他看她在星穹宫里老是待在厢殿内，不怎么出去，有点拘谨。

幻姬暗暗地算了算日子，过了二十五天了，感觉比之前要好，可用蛇尾行走起来还是能感觉到痛意。她没有拆开过帝尊包扎的柔丝缎锦，不晓得伤口恢复得怎么样。

"有劳麒麟上神的关心，好了许多。"

麒麟关心幻姬的伤势倒也不是完全的客套，而是觉得她这回伤得确实重，得知是千离给她治伤，他还好生惊讶了一番，那家伙恶战经验丰富，治伤比前天尊神厉害很多。幻姬这伤过了一个月还没完全康复，不得不让人感慨了。

"那就好。殿下有时间应该多出去走走，星穹宫很大，风景非常好。初夏来了，午后时不时会下雨，雨后的星穹宫别有一番韵景，殿下应该会很喜欢。"

看着雨景，幻姬微笑着点头："这是浮屠天这个月下的第二场夏雨了吧。"

"呵……"

麒麟笑着，忽然感觉不对劲："第二场？"他的记忆里浮屠天这个月就下了一次，就是这次，殿下的第一次是什么时候？

"呃？"幻姬看麒麟疑惑，道，"二十五天前帝尊送我来星穹宫的晚上不是也下了么？"

麒麟回忆了一下，诧异了，又了然了。难道千离是因为那件事才出门两个月？

从麒麟的表情变化上，幻姬看得出他应该是知道帝尊干什么去了，心中虽有疑问，却是不大方便细问帝尊的去处，只希望到两月过完他就按时回来。星穹宫住着虽然也很自在，世后和世尊对她非常好，尤其是世后，她觉得同胞姐姐对妹妹应该也就是这样了吧。可也不知是不是心理感觉，她总觉得自己住在星穹宫打扰到了世尊一家子，尽管她没干什么，尽管在千辰宫被帝尊嫌弃，但总觉得他那样明明白白地嫌弃她、打击她，反而觉得轻松。

"麒麟上神，你觉得，帝尊两个月时间能回来吗？"

"两个月？"麒麟问，"这个时间是帝尊亲口跟你说的？"他去千辰宫里时星华跟他说帝尊出门去了，应该有段时间才会回来，时间多久，不好猜测。这两月若是千离明明白白地说出来，那事情就该在他的预计耗时之内吧。

幻姬摇头："帝尊不是跟我说的，是跟世尊说的。"

"噢……"麒麟拉长声音，"若是千离对世尊明确地说出两个月，那就应该能回。"

麒麟暗暗地觉得，千离说的两个月是不是够？若他猜测他去办的事是对的，那应该不是两个月就能处理好，要是仅仅两个月就能弄好的事情，那边应该不会惊动千离才是。要知道，能请动千离出面的机会有多难得到，没人不知道，那边不至于如此轻易就浪费掉这个金牌令箭。两个月……呵呵，那怕是千离自己内心预期吧。

精如麒麟，阅人无数，幻姬心底算得坦荡，当麒麟还是从她的问话里闻出点儿小味道，笑眯眯地调笑："看来殿下对我们的帝尊大人很是想念啊。"

幻姬："……"

浮屠天的雨，一下便是一整天，到了晚上幻姬睡觉时，雨还没有停的迹象。听着雨声，躺在床上的幻姬想到了白天的一个细节，她说浮屠天下了两次雨时，麒麟上神出现了诧异的表情，虽然很快他就露出了然的神情，可她总觉得麒麟上神那一下不像是健忘，更像是莫名其妙。罢了，浮屠天这月下了几次雨与她没有任何关系，帝尊既是一代传奇的尊神，又怎会随随便便地受伤，她是多虑了。

第二日，幻姬醒来时，大雨还在下。

一连三日，浮屠天的雨势长劲不弱，幻姬站在门前看着灰色的天空，觉得有种天河被打开了一道口子的感觉，她不讨厌下雨，只是观天象，这雨怕还是要落上些日子。

因为大雨，小毛球来厢殿的次数也变得少了，开始每天还来找她三四次，到了第四天，小毛球一整天都没有出现，幻姬在厢殿觉得除了雨声，什么都没有了。晚饭时，飘萝送了幻姬的晚膳到厢殿，一改平时的轻松玩闹，陪着幻姬吃了一点东西后，便要离开。

"姐姐。"

幻姬不笨，看得出飘萝有事，关切地问道：“是不是星穹宫里发生了什么事？”

“不是星穹宫发生了事情。”

“那是？”

“西海那出了点意外。若是明天事情还不能解决，小毛球的父尊可能需要亲自过去一趟，我想着，是不是跟他一起过去，他父尊不许。”

幻姬心中咯噔一下，能让世尊亲自现身的意外肯定不是小事，而且还能让世后娘娘如此不放心，那就更加不得了了。

“姐姐你在宫里照顾小毛球，不如让我和世尊姐夫一道过去看看。”

飘萝摇头：“幻姬，你身上的伤还没好，西海离浮屠天太远，你安心在宫里养伤。”说完，飘萝笑了：“别担心，你姐夫不是那么没用的人。”

“西海出了什么事？”

“具体的不大清楚，星华也只是简单地跟我说明天事情若还不能解决，他恐怕得过去，但也没说一定过去。”飘萝轻轻笑了，“说不定一觉醒来，西海的事情就处理好了，不用他去呢。”

“姐姐，若是有什么需要我的地方请尽管直说。我身上的伤，不要紧。”

“嗯。”

雨夜，幻姬习字到子时，放下狼毫笔，不自觉地就想到了西海的事情，不知明天世尊要不要去西海，明天好像也正好是她在星穹宫住满一个月的日子。时光果真匆匆如白驹过隙，一挥手就是一个月。

翌日。

飘萝像平时一样送早饭和午饭到厢殿，也没有任何不安地陪着幻姬吃了饭，倒是幻姬，小心翼翼地观察着她的脸色，怕自己这个姐姐是故意装出来的平静。到了晚膳，幻姬担心得忍不住了。

“姐姐，西海的事情，可是处理好了？”

“应该好了吧。我刚来的时候小毛球的父尊说，他不用去了。”

幻姬心安了，笑着道：“那真是太好了。”

“呵呵，你是不是一整天都在担心这个啊？”

幻姬没有否认。

晚膳之后没多久，下了五天的浮屠天大雨总算慢慢小了，过了一会儿，完全停了，空气里的水汽慢慢沉下来，从檐角上滴下的水落到地上的小水洼里，发出叮咚的声音，清清脆脆。

飘萝走后，幻姬坐在窗下的美人靠里闭目养神。近子时，悠悠地睁开了眼睛。地上的蛇尾从白纱里钻了出来，忽然朝桌面横扫，蛇尾的尾尖盘着一杯清茶送到了她的面前。看着茶杯水中自己的脸，一个月了……端过茶杯刚要喝，一道男声忽然在她身后响起。

“凉成这般的茶也喝？”

幻姬猛的一怔。

这个声音……

轻轻的，缓缓的，总是给人很慵懒的感觉，别人也可以说话轻轻的，也可以缓缓的，可每个人的嗓音皆有特属自己的唯一识别性，她或许会辨错他人的声音，但有两个人的声音她是绝对不会听错，一个是女娲娘娘的，另一个就是——帝尊的！

幻姬放下蛇尾，端着茶杯倏地转头看向身后。

美人靠后面五步开外的地方，长身玉立一道气质卓群的白色身影不是帝尊又能是何人呢。

幻姬难掩自己内心的高兴，放下茶杯，蛇尾立身走到千离的面前：“帝尊。”

大概是在美人靠里休憩的时候蹭到了发簪，幻姬头上的语佛花斜了不少，千离看着眼前一脸笑意看着自己的幻姬，抬起手将她头顶的语佛花取下来，重新簪好。

本来看到千离就十分地惊喜了，他又做出为她戴簪花的事，幻姬内心像是有千百只喜鹊在叽叽喳喳地唱歌，开心得很想跟他说点什么不同的话，可又不知道什么话能表达自己见到他很高兴的心情，最后用她一贯的委婉方式诉说见到他的兴奋。

“帝尊，今天刚好一个月。”

他离开的时候对她说，两个月后来星穹宫看她，她随口问他一句：可以一个月吗？其实不过是不抱希望地问问，他既然能说出两个月的时间，应该是早就计划好了，她提出来的一个月足足缩短了一半时间，可行性实在不大。关键是，她不认为自己的话在他那里有什么存在的分量，他就是当做没听见她也无话可说。可没想到，真就是在一个月的最后一天，他来了。幻姬话虽然没有说得多直接，可她高兴时小尾巴尖就会不停地左右摇晃，厢殿里就她和千离，她也没想着顾忌什么，蛇尾一直露在白纱曳地裙摆的外面，从站到千离面前就翘着尾巴在身后，不停地摇，表达着她内心的愉快。

千离扫了眼幻姬身后摇动得像抽风一般的尾巴尖尖，不紧不慢地说道：“星穹宫的伙食果然不差。”

“是啊。”幻姬飞快地接话，“世尊做的饭好好吃。”说完，她觉得自己说错了话，这么直接夸世尊那不就是在说千辰宫里花探真君做的很难吃吗？麒麟上神说过，帝尊的心思不在烧菜做饭上，指望他学做菜是没盼头的，如果她嫌弃花探真君做的东西，那帝尊岂不会用千辰宫的东西太难吃来拒绝自己去千辰宫住吗？哎呀，果然说话前得用脑子想想，不然很容易得罪人。幻姬连忙又道：“不过我是不挑食的人，好吃或者不好吃，我都不会嫌弃的。”除非像花探真君煮的素粥那样，那真是难吃到极致。如果千辰宫里真没人会做饭，她觉得一直吃水果什么的，她也能接受。

看着千离实在看不出什么情绪的脸，幻姬怕自己的话惹他不悦，特别认真地解释：“我的意思是，世尊做的饭还比较可以，但我不是娇生惯养的人，吃不好吃的东西我也愿意。哪怕就是吃水果，我也很乐意。我不是嫌弃什么人的意思，真的，帝尊，我没嫌弃。”幻姬心里是略有嫌弃花探真君做的粥，但是说出来的话听着感觉成了她嫌弃帝尊不会做饭，看着他的脸，她生怕他误会。

“你觉得朱顶鹍鹤会不会嫌弃你？”

幻姬纳闷：“它们为什么嫌弃我？”

千离又问：“世尊没说要赶你走？”

“为何？”不是他送她来星穹宫里住的么，世尊好端端地为什么赶她走？

收到千离的目光，幻姬很自然就将他的意思读成了“鄙视”。细细地从头到尾回想一下他的话，先说星穹宫的伙食好，然后说朱顶鹍鹤会嫌弃她，再是世尊赶她走，她……

懂了！

帝尊的意思的是她吃得太多，变胖变蠢了，曾经他为了减轻朱顶鹍鹤的飞行重量脱过她的衣裳，现在胖了，华轿重了，鹍鹤肯定要嫌弃她的吧。

“我才没有胖很多呢。”幻姬有点急了，低头看着自己的身材，“这套衣服还是像当初穿那样，要是我胖了，肯定穿不下。而且，我也没有拉低星穹宫所有人的智商。”

“现在扔一套衣服下去估计不够了。”

这回幻姬听明白了：“我真的没有长胖。”

“每一个胖蠢胖蠢的人都会自欺欺人地说自己天定聪明。”

幻姬：“……”

瞬间，幻姬到了喉咙里的“娘娘说我是天定聪明的女娲后人”这句话被千离硬生生地堵了回去，憋得她好想跳脚，不，甩尾巴。脑子一气恼，她说话就开始急乱，冲着千离便道：“左右我只能穿一套衣服，扔一套不够就扔帝尊你的下去，你的衣裳比我的重多了。”

千离微微地挑了下眉梢，问道：“你帮我脱？”

幻姬愣了，跟着红晕爬到了脸上，羞赧不已，抬起手轻轻地捶了一下千离的胸口：“你欺负人！”

受了幻姬粉拳一记的千离轻轻蹙了下眉，便是这一记凝眉，让幻姬捕捉到，赫然心紧，她刚刚打帝尊了？忽感慌张的幻姬忽然后退，蜷在地上的蛇尾一下没有摆开，踉跄着似要摔倒。千离长臂轻揽，搂着幻姬的腰身将她扣入怀中，声音轻轻的：“挨打的好像是我吧。”

幻姬两只手臂屈放在千离的胸口，看着他衣襟的金丝边，柔声仿带委屈：“你蹙眉，吓到我了。”

千离无话，静静地看了幻姬一会儿，直到她慢慢地抬起头看他，遂道：“不早了，歇息吧。”

幻姬点点头，问他：“你要回千辰宫吗？”

“嗯。”

幻姬没有理由让千离带她去千辰宫，心里虽然想去，话却是没说出口。

“给你查下伤便回。”

幻姬从千离的怀中退出来，转身打算走进内间让千离检查她身上的伤情，意外地看到门口站着一个人影，吓得惊呼了一声下意识地后退，幸亏千离眼明手疾地从旁边捞住她的腰肢才没让她跌倒。

“她、她是谁啊？”幻姬转头看着千离，“你带来的？”

“西海十四公主。”

幻姬的心慢慢平复，既然是西海的公主，那她倒也不怵了。自己可是大意了，只顾着惊喜帝尊的出现，却没感觉到房中还有人。看着看着，幻姬感觉到了不对劲，站在门口的西海十四公主不会动，脸上的表情完全没有，像是一座雕塑人。

“她怎么了？”

“中了天镜符咒。”

幻姬不知天镜符咒是什么东西，大约猜得是咒术的一种。帝尊不会是想救她吧？按照他的习惯，见死不救才是他的风格，带着十四公主来见她，可是几个意思？还是说……

“帝尊你这个月是去了西海，为了救十四公主？”

千离没回答幻姬的话：“我看看你的伤。”搂着她朝里间走，经过十四公主的时候，幻姬认认真真地看了看她，真是个很标致的姑娘。

坐在床边一只手放在腰带上的幻姬忽然就不想宽衣了，检查伤口要褪衣裳，以前帝尊看到她身子那种羞人的感觉她忍了，现在他特地去西海救回来的姑娘就在外面，他怎么好意思看她？她再傻也大约知道帝尊的习惯，他出手救人的次数少得可怜，更别说带在身边的姑娘了，便是救她说不定还是看了女娲娘娘和尊知的面儿，大老远地去西海救人，还把十四公主从西海带回来，他对十四公主的在乎，不言而喻。若是在意了一位姑娘，他就该知道和她有所忌讳，非礼勿视。

“我的伤恢复得很好，不劳费帝尊挂心了。”幻姬从床边站起来，“帝尊还是赶紧去看看十四公主的情况吧。”

千离盯着幻姬看了片刻，不与她废话地一把抓过她的手臂，指掐仙诀，眨眼将她身上的衣裳全部褪尽，哪里晓得这个举动惹得幻姬忽然怒了，双手不顾伤口疼痛地猛推千离。

“你别碰我！”

里间的门口传来脚步声，幻姬没反应过来，千离却是在来人早一步现身前侧身背对着门口，将幻姬护在怀中，长长的广袖将她的身子遮个严实。

飘萝出现在门口的时候看到的就是千离的背影，一截蛇尾从他的衣裳里摆开在地上，不由得轻轻笑了：“哎哟，看我，进来也没顾得上敲门，不好意思啊，打扰到了你们，那什么，你们继续，继续，啊，不用管我，我什么都没看到。什么都没看到。”

飘萝转身出去后，千离看着怀中一言不发的幻姬，轻声道："别闹。世尊世后都在外面呢。"知道幻姬是个极看重自己身份和面子的人，千离掐着她的软肋将她安抚下来，检查完她的伤，指尖轻挑，地上的衣裳飞起来，穿到了幻姬身上。

"歇息吧。"

说完，千离放开幻姬，走出了里间。看到他出来，在外间等着的星华慢慢品着茶，眼皮都没抬一下。

"谁啊？"

千离坐到星华的对面，端起他为他斟好的热茶："西海，十四公主。"

"呵呵，你倒是不避嫌地带进来了。"

"难不成你还怕你家那口子误会啊。"

星华笑了："阿萝是不会误会，可是我觉得，有人大概要误会你了。"

千离恍然想起刚才幻姬好好的忽然情绪就不对了，他认识她这么久，还是第一次看到她毫无预兆地就来火气，刚才要不是世后进来，恐怕用仙术都稳不住她。莫非，还真是误会他和十四了？

飘萝在千离出来之后进了里间找幻姬，看到她坐在床上，走过去，笑了。

"其实呢，不用不好意思的，姐姐我是过来人，能理解。你和帝尊一个月不见，亲热下我很明白的。呵呵……"飘萝感叹，"要不是亲眼看到，我还真不信帝尊真的回来了。"

刚要睡觉的时候，星华跟飘萝说帝尊回来了，在厢殿看幻姬殿下，她还不信。直刺刺地闯进来，故意不敲门，听到幻姬的声音更是激动，嗖的一下就闯进来，打算逮现场，还真是看到了帝尊的背影。不过，她也是纳闷的，为什么门口有个很漂亮的女的，要不是星华说不用理，她还会在外面琢磨下那个女子呢。

"我和帝尊没有什么。"幻姬急忙解释，"他只是来给我检查伤的。"

"呵呵……"飘萝笑得坏意丛生，"特地赶在一个月后的今天跑回来给你检查伤口，如果说不是因为你那天那句'可以一个月吗？'姐姐我的名字倒着写都不信。"飘萝坐到幻姬的身边，叹道："我认识帝尊这么久，还是第一次看到他在意一个女子，虽然可能因为你是天外天的殿下，也可能你身上的伤确实太重，可他能做到这个程度，我觉得不简单。"

"帝尊在意的，是外面的那个女子。西海的十四公主。他这次就是去的西海，还亲自带她回来了。"

飘萝笑容隐去："外面的人是传说中西海大美人十四公主？"

"嗯。"

"初初地看了眼，是好看。"飘萝不解，听星华说帝尊去了西海办事她就奇怪，西海不小，可请得动帝尊，那好像分量还是少了点，眼下又带个十四公主回来，看上去是在乎得很啊。

飘萝揽过幻姬的肩膀，小声地问她："你告诉姐姐，你喜欢帝尊吗？女子喜欢男人的那种感情？”

幻姬摇头。

“真不喜欢？”

“姐姐，我不会动红尘之心。”

飘萝定定地看着幻姬一会儿，她不知道天外天的规矩，可是她的身份却是不好动情，责任大。要是三十三重天里哪个神女得到帝尊这样的对待，都要喜得晕过去。

“既然不喜欢帝尊那就算了，不管他带十四回来还是带十五十六十七，都跟你没有关系。”

幻姬点头，“嗯。”

好奇星华和千离在外面说什么，飘萝施术，让他们的声音传了进来。

“不说两个月么？”星华问，“这么快就搞定了？”

“没有。”

“还要去？”

千离的声音略有点低：“嗯。”

“知道那事后我就晓得你预期的两个月短了，你倒好，还一个月就赶回来，在那一天当两天用，不休息？”

千离轻轻笑笑，没说什么。

倒是房内的幻姬惊讶了，两个月时间都短，那自己要求的一个月，帝尊岂不是每天都……

“十四中的是天镜符咒吧。”

“嗯。”

星华又笑了：“这事我可帮不上忙，这玩意就你能解。”

“待会儿花探会来接舞倾公主。”千离朝里间看了眼，“你给她做清火的素食，她身上有两处伤口不适合现在吃的。”

“呵呵，好。”

飘萝听到千离的话，高高地挑起眉毛，很是惊讶，有没有搞错啊，帝尊如此细心？

“舞倾公主就是十四的名字吗？”飘萝问幻姬。

“应该是。”

幻姬暗想，原来天镜符咒只能帝尊解啊，那……那会不会并不是他故意去西海的啊，只是因为没人能救西海龙王才找的帝尊呢？他这么关心自己，刚才她的态度那么差，帝尊肯定觉得她是个无理取闹蛮不讲理的人吧。

幻姬站起来，慢慢地走出里间，撩起垂帘看着千离，想道歉，又碍于星华在场，不好意思。

看到飘萝走出来，星华放下茶杯，笑道：“娘子，走吧，有人觉得我们在这里碍事了。”

被星华带出门的飘萝还想听墙根，被星华抱着拉走了。

千离一字不言，喝完茶，落杯，看了眼幻姬，起身准备出门。

幻姬飞快跑上去，拉住千离的手："帝尊。"

千离本就没走多快，幻姬一拉就站住了，看着她。

"我不知道你在西海要忙多久，我以为两个月的时间很充足的，我、我不是故意让你一个月就回浮屠天的。"其实好像也不能说不是故意，她可不就是明确地希望他能离开一个月就来看她吗，就是有意想他早点回的。只是，她并不知道事情会要那么多的时间："不知者不为罪。帝尊，你别生我的气。"

幻姬想到自己一句已不抱希望的话被人记得，这样的感觉，实在很好。拉着千离走了几步，避开了十四公主视线，又朝门口看了看，探起身子忽然抬起手抱住千离的脖子。幻姬的动作委实太突然，连千离都瞬愣一记。

"谢谢帝尊。"

一个月前他离开时她抱了他，那次可紧张了，但抱完之后感觉不错，她想说的话似乎都能在轻拥里传递出来，虽然她不晓得帝尊能不能明白她抱他时的感激。但她觉得抱他比让她说直白的话来得容易，一回生，二回熟。再抱他，她就没那么害怕了。闻着千离身上的白摩花香，幻姬心安极了。最近感觉身体总有点儿不适，没当回事，原来被他查出来是吃的东西不适合两处伤口恢复，听到他跟世尊说的话，暖心得很。余光不经意间瞟到了十四公主，幻姬脑子里又冒出了一件事。

"十四公主就是这么直挺挺地站在帝尊身边来浮屠天的吗？"如果他御风飞行很快，十四公主会不会跌倒？帝尊会不会像三年前在南荒的玄冰天地里抱着她脱险那样抱着十四公主？从西海来星穹宫的路这么远，他得抱着她多久呢。

千离缓缓地道："难道我应该这样？"说着，一直垂着的两条手臂轻轻抬起手，搂住了幻姬。

纤细的身躯上传来被千离抱住的感觉，幻姬的心咯噔猛跳了下，她记得很清楚，不管她因为什么事情主动抱帝尊，他都不会回应她的拥抱，除非是在救她才会碰她，这一次他回抱了，算不算他不那么嫌弃她了？想到此，幻姬开心地笑了，收紧了抱着千离的手臂。原本她人形的时候就与他有不小的身高差距，真身蛇尾立起的高度和人形差不多，拢紧手臂的她尽量探起身子，却还是略有拉低千离的脖子来迁就她的身高。暗想着，到十万岁的话，她抱帝尊应该就不用辛苦地踮脚了吧。

忽然间，幻姬感觉到腰肢上的手臂收紧，她的身子被帝尊朝上提了些，白纱下的蛇尾不再吃力，摆在地上的蛇尾轻松地卷动着。

两人无声地拥抱了好一会儿。

幻姬看着十四公主的背影，轻声问道："帝尊，你在千辰宫为十四公主解符咒的时间我可以去西古天吗？"

“这么不想待在星穹宫里？”

“这里挺好。可是你不是回来了么。”

“就在这住着吧，我今晚还得去西海。”花探做的东西实在难以下咽，但凡能让人忍得下去他都会夸他，无奈，实在没有那样的机会。

幻姬从千离的肩头抬起头，望着他，“今晚又去？”西海的情况真的这么糟糕吗？“我也想去。”为了打动千离，幻姬献宝一般道：“我可以变成小狼崽跟着帝尊，你累了给你当枕头，你饿了给你叼吃的，我不会给你添麻烦的。”

千离想也没想地拒绝了幻姬的提议：“你想留后遗症可以，莫要毁了本尊的名声。”她伤的是真身，治伤阶段最好不要变身，真身完全康复她以后变什么才不会出现问题。他亲自上的药，若是没能治好她，便是一处败记，他素来不喜欢事情不按照他的设想发展。

“那、那我就用真身跟着。”

幻姬心里清楚，若是等帝尊明确地说出拒绝，她是半点儿改变他决定的可能都没有，只能抢在他说话之前打动他。于是，赶在他出声之前又道：“我来三十三重天好几次了，西海是什么样子到现在也没见过，这回帝尊去西海，就带上我吧。”

虽说幻姬的理由听上去像是很好奇西海的样子，但实际原因还是不愿意住在星穹宫。她觉得自己打扰世尊一家人的清静，飘萝对她十分照顾，便是对她太好，越发让她感觉压力大，觉得自己欠了世尊世后许多的人情。千离何尝不晓得幻姬的心思，对于真正勇于历练的人，他不讨厌。身为女娲后人，女娲娘娘让幻姬出来周游的目的很明显，若是不妨碍他任何事情，她想去西海独自去就行了。可尊知让她来千辰宫找他，落得一身伤半条小命地来了，他怎可在她还未复原的时候带着她去西海，若是出了意外，便是他错了全部。

千离坚持不肯让幻姬跟着去西海：“不早了，休息。”

“我不困。”看到他出现，精神得很。

“我困。”

“那你今晚不要去西海。”

千离掐灭幻姬的希望：“西海你不能去。”

“为何？我保证不添乱。我……我不出手，就待在朱顶鹍鹤里面看着帝尊你，总可以吧。”

见千离难以被说动，幻姬失望地小声嘀咕：“之前说什么‘有我在，还怕？’”结果呢，总不在。

门口突然进来一个人，看到千离和幻姬相拥，嗖地转身，双手捂着脸，恨不得戳瞎自己的双眼。为什么会这样！在千辰宫看过几次就算了，怎么到了星穹宫里来又看到这样的画面啊，他的眼睛看来是真的要瞎了。

“我……我什么都没有看到。”接到千离千里传音来星穹宫带西海舞倾公主去千辰宫旨意的花探真君很想哭，帝尊抱一次姑娘那得是多稀奇的事情啊，不能因为他是千辰宫的总执就老是让他撞见吧，很吓人的，他这双眼睛还要不要了。

花探贸然闯进来让幻姬不好意思，放开抱着千离的手，想推开他，却发现他的手臂半点不松，就那么保持抱着她的姿势，幻姬用唇语说道：花探真君会看到。

千离像是没听到她在说什么，搂着幻姬转身看着花探："带回去安置好，等我回宫。"

"是，帝尊。"

花探真君瞟到旁边的身影，施术将舞倾公主化成一个小人儿托在手中，连身子都不敢转过去面对千离，背对着他快速地说道："帝尊我先回宫了。"

话音落，花探的人影便不见了。

千离转身后幻姬因为害羞一直将脸埋在他的胸口，帝尊不要脸的程度她望尘莫及啊，她抱他都得避开人的视线，他却反而大剌剌地抱着给人看，他就不会脸红的么？

吹拂到身上的风让幻姬疑惑，从千离的怀中抬头，发现他们在腾云驾雾赶路，幻姬掩了掩内心的欢喜，故作平静地问："我们去西海么？"

"嗯。"

夜色时光寂，幕中月下明。

覆了一盏清茶的时间，不觉说动一方磐石。

你无话，我却是唇间带笑。

沉默寡言的清灵之间，扫不尽一处柔软，连悄启开。故事曾言，搬不动的冷，改不掉的傲，祈不开的桀，皆如影随形。

我方懂，是非善恶岂是……一语能话。

千离御风飞行得并不快，远远地看到世尊世后的寝宫，幻姬低声问："要不要告诉世尊和世后我走了？"

"你以为世尊和你是一个水平？"

祥云飞出星穹宫后，天空里的月亮在云层里时隐时现，昏黄的月色，稍远一点儿的景物就看不大清楚了，雨后的空气里湿度比较大，没多久千离覆在幻姬身上的广袖和他的衣袍就沾上了一层细细的水珠，一直被搂住的幻姬倒是未有凉到。天际忽现一道闪电，跟着没多久雷声就响了。

千离摊开手，掌心飞出一朵纯白的白摩花，花朵在白光里逐渐变大，变成了一顶仙泽闪闪的白摩花轿，带着幻姬，两人飞入轿内。

一人多高的轿内莫说幻姬不需要弯腰，连千离站着行走都不碍到什么。幻姬一直都知道帝尊老人家不会轻易迁就什么，可她没想到，哪怕是一顶轿子，他都不随随便便乘坐。白摩花变成的白轿内，花蕊变成了一张至圆的大……软靠？还是说叫软床更适合？说靠，没有给人靠的地方；说床，又没有床柱和枕头。虽不知叫什么妥当，可一眼就能明白其功用，给帝尊睡觉用的。若是要坐着，他何至弄得这么大。

千离放开幻姬，走到软床旁边，轻轻拂袖，一张小桌在仙光里出现，再翻手变出了一朵白摩花放在桌子上，花朵碰到桌面时化成了一只香炉，里头飘出淡淡的轻烟，轿中没多久便浮动着凝神静气的幽幽香味。轿外的闪电是看不见，可雷声却清晰地传进来，大雷炸响，像是在幻姬的头顶劈下，吓得她立即用蛇尾走到千离的身边，微微皱着眉心。

“帝尊，这雨是不是又会连续下几天？”天外天的雨季下雨也有连续的时候，可没有浮屠天里的这么大，就好像是有人拿着盆在舀着倒下来，听到耳朵里怪瘆人的，害怕被大水冲走。若是这样下个十天半月，不晓得会不会波及到人间，山洪暴发的话，又是一场灾难降临凡间了。

焚香后，千离偏头看着幻姬：“不喜欢下雨吗？”

“那倒不是。只是觉得这雨下得太大，有点担心闹出天灾。”

千离瞟了眼幻姬，没说什么，侧身躺到了床中，闭上了眼睛。

天空里隔一会儿就出现闪电和雷声，千离又躺下休息一副勿扰的模样。幻姬精神头还不错，看看花蕊大床，帝尊睡在中间，她是睡到他的左边好呢，还是睡到他的右边好？男女授受不亲，她现在不是小狼崽，虽不是人形，可也算得有一半是人形，若是这么躺下去，好像有点不妥吧。思虑了一下，幻姬决定到轿帘边看看外面的雨景。

虽说是女娲后人，但天公也有不遂愿的时候。幻姬撩起轿帘靠在轿门的圆柱上，准备好好地赏一番雨景，可天边的闪电都闪了几十下了，雷声也响了不少，就是不见雨滴落下来，倒是风刮得越来越大了，呼呼卷卷，吹得她的衣裙翩翩翻飞。在吹了好一会儿的风后，幻姬都觉得自己要被吹成偏头痛了，雨还是没落，看到天边连闪六道闪电，正想感叹闪得真漂亮，头顶嘭地劈下一道惊雷，吓得她整个人一哆嗦，身子摇晃几下，跌出了轿子。

“啊！”

坠落的身子被一道白光裹住，飞进了轿中，落到白色柔软的大床上。

惊魂甫定的幻姬看着近在眼前的帝尊，知道他这会儿肯定没睡着，要是沉睡了怎么会能及时地出手救她，可她又怕他出声打击她，便抢了先为自己辩解。

“不怪我的，不是因为我笨，光打雷刮风不下雨，我是不小心被风刮下去的。”

双眸紧闭的男子什么话都没说，像是刚才出手捞幻姬的人不是他一般，她的话音落下之后，轿内变得很安静。幻姬看着千离，甚是奇怪，眼前人真是帝尊吧？要是搁以前，帝尊抓到她失足肯定要嘲讽她两句，今天这么好的机会他居然就这样沉默着过去了？暗暗想了想，幻姬懂了。帝尊为了能一个月赶回来见她，定是日日不眠不休，这会儿他必然是太累了。思及此，幻姬觉得自己太不体贴了，帝尊既是为了赶回来见她才如此累，她怎么能让他睡觉都不能安心呢，她得安安静静地待着，给他一个能放心休息的环境。

可也不知道是不是因为帝尊，且还成功地让他带她来了西海，幻姬一点儿睡意都没有，侧身躺在千离的身边一动不动过了一会儿，脑子里又想到了他们男女有别，觉得自己应该拉开和他的距离，轻轻地，再轻轻地，朝床边挪动，挪着挪着也没注意到自己已挪到了床边边上，再挪一点……

“啊！”

身子摔出床的幻姬又被一道光给捞住，等她回神后，自己已经贴着帝尊的胸膛被他抱住了，腰上缠着一条手臂，让她悔不当初，本想拉开距离的，这下反而直接贴合无缝隙了。

“帝、帝尊，对不起。”

幻姬屈起两只手臂轻轻推着千离的胸膛，想把两人的距离给拉开一点，奈何他搂得紧，她的力气没点儿作用。幻姬使了劲推，看到千离皱眉，立即停下手里的动作，小声道：“我不是故意要打扰帝尊睡觉的。”只是他们这样搂着躺在一块儿，她觉得不自在。“为了防止我打扰到帝尊休息，不如让我去旁边的角落里待着吧。”

御风飞行的白色轿子忽然调转方向，幻姬立即懂了千离的意思，连忙道：“我不动了，也不去角落待着了，帝尊你不要送我回星穹宫。”白色轿子继续飞行没有掉头的意思，幻姬急了，两只手捏成虚拳，不敢用力地连连敲着千离的胸口。“帝尊……”

一直闭目未曾睁开的千离忽然伸出手臂钻过幻姬的颈下，让她把头枕在了他的手臂上，空中的轿子停了下来，转回原来的方向，慢慢地在夜色里飞着。

这回，幻姬再不敢乱动，老老实实地待在千离怀中，睁着眼睛盯着他的脸直看。等她认为帝尊应该睡着了之后，轻轻地抬手，指尖快要碰到他的脸颊时，停住了。

帝尊的修为高深，碰他一下肯定会惊醒他，他已经很累了，自己再添乱，他肯定就把她扔回星穹宫了。费了那么多的口舌才让他带自己去西海，还是不要动摸他脸的心思，虽然好几次想摸都没成功，但所谓小不忍则乱大谋，她又不是贪图美色之人，长得好看的帝尊多看几眼就行了，摸人家显得多不懂礼数啊。如此宽慰自己的心后，幻姬慢慢收回自己的手。说时巧，幻姬收手的时候，颈下的手臂忽然收紧，带得她的头朝前贴过去。

她的脸前……不正是帝尊的脸么。

幻姬的手没碰到帝尊的脸，但她的唇瓣却是密密实实地贴到了千离的唇上。等她明白自己的唇碰到了帝尊哪儿的时候，两只眼睛惊恐不已地睁得大大的，她、她……和帝尊……

此时，幻姬无比地希望帝尊睡得不省人事，最好他什么都不知道，然后自己悄然退开，大家当做没有发生任何事情。可……一直没打开眼睛的帝尊慢慢地……睁开了眼睛，看着近在咫尺的幻姬。彼此的呼吸拂到对方的脸上，柔柔的，带着微微的痒意。

惊慌中的幻姬双手用力，掐了心诀，倏地将千离推开，竟是将侧躺的他直接掀成了平躺，连她自己也因为力的反作用滚到了床边，意外地听到了一记轻轻的咳嗽。幻姬听得很清楚，帝尊咳得很轻，可她一定没有听错。又羞又慌的幻姬目光一直盯着千离，她觉得自己推开他的力道不轻，又用了法术，帝尊自尊心那么高的尊神，这次肯定是要怒了。她也不知道自己为什么就那么想推开他，好像再多贴近他一下都会烧晕掉她的脑袋，浑身的血液流动得很快，

心脏都要跳出心口的感觉，这样的感觉让她害怕。

“帝尊，我……”

幻姬红着脸，不知道要说什么，见千离的呼吸比刚才重了些，暗想着自己难道下手过于重？不该的呀，帝尊的修为根本不是她能伤到的，怎么可能就推了他一下就打乱了他的平顺呼吸。

当软床上的男子全身都浮现出金泽护体时，幻姬呆了。

今晚帝尊出现的时候没有用金泽，她有过一丝纳闷，但也仅仅只是一闪而过的奇怪，很快就因为他的出现而心情十分高兴冲过去了。现在金泽护体出现，说明帝尊的身体真是有问题。

幻姬顾不得害怕，三两下地爬到千离身边，焦急地问他：“帝尊，你怎么了？我不是故意的，我不知道会伤到你，我、我真的不是有意的。我只是想推开你，没有想过要伤害你。”

千离缓缓地睁开眼睛：“你能伤本尊？”

“难道不是因为我推你伤的么？”幻姬指着千离身周的金泽，“要不是伤着了，为什么用金泽护体？”他以为她真的什么都不知道么，虽谈不上博学多才，但她学富五车还是有的。

“帝尊，对不起。”

千离声音很轻，但也够幻姬听清楚：“与你无关。”

“那与谁有关？”幻姬猜测，“是在西海受的伤吗？西海到底出了什么事，竟然能让帝尊都受伤？

“不是受伤。”

千离说着，坐了起来，幻姬紧张不已，伸手扶着他，收到他的目光也不放下，眼睛里满是担心和紧张。

“不过是耗费了太多的法力我暗自修复罢了。”

原本两月时间就不够充足，因赶着一个月回浮屠天，他几乎每天都是成倍地使用法力，入了浮屠天后的几十万年这还是第一次用大法，身体略有点儿疲倦。哪知，静神复原修为的时候她还掐诀用仙术推他，力道对他没什么影响，只是她的仙术干扰了他的修复，那瞬间打断了他的元气复原，造成他呼吸有些不稳。

幻姬自知犯错：“是我打扰了帝尊的复原，对不起。”

千离的目光落到幻姬的脸上：“一句对不起就够了？”

“那……帝尊想我怎么做？”

想了想，幻姬道：“不如我传真元之气给帝尊你吧，助你一臂之力。”

千离看着幻姬，面色有点儿冷，他需要女人相助？！

看着千离的脸，幻姬以为他越发不舒服了，紧张得不得了，扶着他的两只手一只改为搂着他的肩膀，连声音里都是担心的味道：“帝尊你别急，我虽然修为没你高，可我是女娲后人，救人的真元之力是我与生俱来的东西，很快你就能复原所有的法力。”

幻姬正打算传真元之气给千离，双手忽然被他拉开，不待她反应地，一颗头颅就躺到了她的蛇尾上。那位置，若是她为人形的话，应该刚好就是她大腿上。

“帝尊？”

“别说话。”

“你的法力……”

千离收了金泽，静静地闭眼，再不多言一个字。

幻姬低头定定地看着千离很久很久，他还说什么与她无关，如果不是为了赶回来见她，何须耗费他那么多的法力？这可不就是跟她有关系么。暗自修复法力也不与她说一声，难怪在星穹宫里她捶他的时候他微微蹙了眉，恐怕那个时候她的力道就有点儿影响他复原，被他忍着没说。若不是刚刚她用了仙术，恐怕永远不会晓得这件事。

越想，幻姬越觉得自己过分了。

帝尊搂着她躺下不过是为了不想她再摔下床吧，手臂不自觉地收拢好像也不是什么大事，谁睡着以后没个小动作呢。两人唇瓣相贴，他什么都没说，她却那般惊恐，不晓得帝尊会不会觉得她大惊小怪？

左思右想，幻姬觉得还没到西海呢，光路上就给帝尊添了不少的麻烦，难怪他一开始不想带她来，要是在西海也这样频频出现状况，他还要不要处理事情了？

幻姬抬手，轻轻地将千离嘴角边的发丝拨开。看到他躺着的姿势，猜想可能不是特别舒服，动作轻微地卷动蛇尾，让他枕得更舒服一些。又低头看了他一会儿，伸出两只手抱着他，一点儿睡意都没有。

不知在何时停下的雷声又响了起来，幻姬忍不住皱眉，这么大的雷声可是要扰到帝尊睡觉的。想了下，幻姬伸出两只手捂住千离的耳朵，她觉得这样传到他耳膜里的声音就该小很多。

雷声响了半个时辰后，雨滴总算落下来，啪啪的声音打在轿顶上，打得幻姬都想用法术驱走乌云了。她知道娘娘可以，她现在还没有这么大的能力，可她多想此刻的自己能做到。

雨声里，千离慢慢睁开眼睛，看着头顶一双眼睛直勾勾看着他的幻姬。

“是不是下雨吵醒你了？”幻姬问。

千离答非所问地问幻姬：“今晚你精神这么好？”

“嗯。我不困。”

幻姬心忧千离的身体：“帝尊，你的身体，没问题吗？”

“你眼中的我，是纸糊的？”

幻姬摇头：“我眼中的帝尊是任何事情都难不倒的传奇尊神。”可是就是因为他在她心目中太厉害，看到他召唤出金泽护体的时候才会惊讶，得知他耗费太多法力的时候才会吃

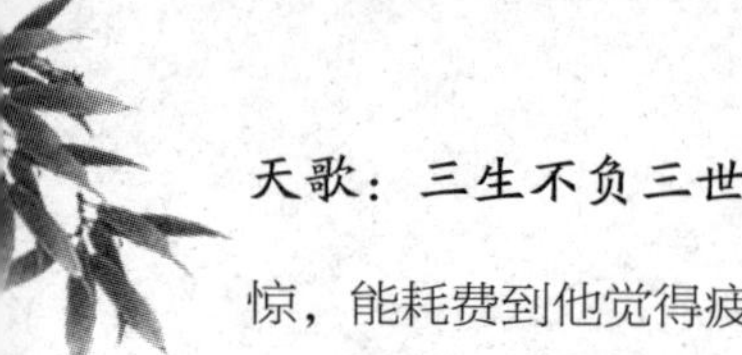

惊，能耗费到他觉得疲倦，那法力就不是耗去一点两点了，西海她虽然没有去过，可也觉得不会出什么天翻地覆需要惊动帝尊的大事，他亲临西海，她觉得非常不可思议："帝尊，西海出了什么事，能说么？"

"很多年前，本尊欠了个人情，得还。"

四百万年前，千离还是一个大仙，在一次天兽闯劫的时候，对手出乎意料的强大，他闯得过去就成神，过不去就会灰飞烟灭，没有第二次机会给他。厮杀到最后的时候，他变成了真身展开恶斗，银色的狼毛都被鲜血染得看不到一根本色，一口硬气撑着他不倒。拼杀到最后，当时的西海龙王追杀赤天龙到他渡劫的地方，渡劫本到了最后也是最危险的关头，如果被西海龙王和赤天龙搅乱，他百万年的修为就会全部成为一缕青烟，再不存于此世。

赤天龙是西海的灭族危险大敌，西海龙王有责任为了自己本族人的安危将他追杀到底，可看到天兽白狼王的他在闯劫，心慈的龙王不想他灰飞烟灭，忍痛放过了赤天龙，并且龙王怕赤天龙会不怀好意地破坏他渡劫，一直守在了原地，直到他渡劫成功。

身为狼王，他从不愿接受别人的帮助，素是独来独往，孤绝行走。那一次，算是他唯一接受人帮忙。西海龙王的人情，他铭记在心。渡劫成功之后，他曾郑重地向西海龙王承诺过，若是有一日西海有求，不论任何事，他必还西海一个人情。他的承诺，重过千金。那一诺，他给了西海龙王一道红雨符。西海有求，只需打开红雨符，不论他在哪儿，皆会出现红雨，他便知晓西海有事求他。

二百万年后，当初的西海老龙王死了，他把红雨符交给了继任的西海龙王，传到现在的西海龙王手中，已经是第三代了。即便是当初的恩情，但红雨符只要在西海，他就认这个人情，孙子用爷爷流传下来的"金牌令箭"说得过去。

后来，星华和麒麟在一次聊天中偶然得知了此事，便晓得千离欠了西海一个人情没有还。

得知事情原委的幻姬点头，欠了那么大一个人情是得还。可是，帝尊好像并没有告诉她西海出了什么事。

"那这次西海是出了什么事情请帝尊过去呀？"

"四海皆有自己的镇海宝物。东海是定海神针。西海便是镇海宝塔。"千离说话的声音缓缓的，听在幻姬的心里舒服得很，像是悠远而来的故事，让她整个注意力都在他的脸上。

因为千离渡劫那次放过了赤天龙，西海龙王后来损兵二十二万才抓到赤天龙，由于当时的龙王仁慈，只是将赤天龙封印在了镇海宝塔之下，不想三个月前，赤天龙逃出镇海宝塔，且将镇海宝塔给盗走了。西海追不回镇海宝塔，便求了他来相助。

原本只需寻回镇海宝塔镇住即可，可是让人没想到的是，因为镇海宝塔离开，西海整个海底开始出现了地裂地涌，若是控制不住，整个西海就会从四海六道八荒里消失。

幻姬皱眉："那现在，镇海宝塔找到了吗？"

千离摇头。

“所以现在必须帝尊用法力保住西海不消失？”如此大事，对他法力的消耗如何不大。

幻姬十分坚决地道：“帝尊，我帮你。”

“你来之前可是怎么答应本尊的？”

幻姬：“……”皱眉着，幻姬内心替千离着急：“我的伤不要紧。”

“你回去！”

见千离脸色严肃，幻姬晓得自己没得讨价还价了：“我知道了，我不插手就是了。可是，你答应我，如果需要我帮助，不准不开口。”

“现在就需要。”

幻姬立即来了神：“什么？帝尊，你说。”

听到帝尊需要自己帮忙，幻姬觉得自己施展本领的机会来了，她得好好表现，让帝尊刮目相看，也让她证明自己不该被他处处嫌弃，带她随行还是有作用的，心中期待着帝尊请她帮什么忙，却不想听到了两个字。两个她以为自己听错了的字。

“睡觉。”

幻姬歪头看着千离，睡觉？帝尊让她帮忙的事情是睡觉？

“怎么，不愿意？”

自己打断了法力复原中的帝尊老人家，他又掌握着赶她回浮屠天的权力，她哪里会不愿意。再者，他一月未有休息好，也是因为自己的一句话，现在帝尊想好好睡一觉，合情又合理。更是他身体目前最为需要的。

幻姬忙不迭地点头，“愿意。愿意。”她还以为会是别的什么很重要的事情，没想到是睡觉，这个一点都显不出她的厉害。睡觉，谁不会啊。还没出声问帝尊是不是有其他的事情需要她帮忙，幻姬只觉自己身子忽然被人拉倒，再看时，她已枕着帝尊的手臂贴着在他的怀中了。

莫非，帝尊说的睡觉是这样的方式？

“帝尊？”

轿外的风呼呼刮着，若不是千离在幻姬从轿帘口摔下去后在轿外布开了一道结界，只怕大风吹进来都能将纤瘦的她吹飞。结界挡了风雨，却没挡住声音，风声如鹤唳，听得幻姬心里微微地颤抖，有种他们的轿子会不会被吹散的感觉。

千离取了幻姬一截发丝变成锦被盖在两人身上，对她道：“再出声就封了你的嘴巴。”

一直在千离面前脑子就不怎么机灵的幻姬也不晓得哪里来的清明灵台，他话音一落她就跟了一句，“用你的嘴巴吗？”说完，看到帝尊明显愣了一下，慌觉自己说了什么，一张俏脸瞬间红了个透，闭上眼睛埋到千离的肩窝里，蛇尾巴激动得不停地扭摆。丢脸死了，真是丢脸到娲皇宫去了，怎么会对帝尊说出那样的话来。

“呵……”

幻姬清楚地听到自己耳边传来了一记轻轻的笑声，越发感觉不好意思了，小尾巴扭得

像麻花，一只手揪紧千离胸口的衣裳，她都羞成这样他还笑。粉拳都抬起来了，想到帝尊现在的身体状况，幻姬将自己的小虚拳改成了一只食指，戳着帝尊的心口，因为害怕又打断了他的法力修复，她戳得很轻很轻，刚刚够千离感觉到她的小动作。

一下，又一下。

没想到，幻姬听到笑声变大了。

幻姬又连着戳了三下，发现帝尊竟然像止不住一般地又笑了。

恨不得躲进地缝的幻姬实在是羞得没办法了，从千离的胸口抬起头，伸手捂住千离的嘴巴："帝尊不准笑。"

千离含着笑意的双眸让幻姬看得想跳脚，伸出另一只手捂住他的眼睛："不准笑。我又不是故意那么说的，只是一时嘴快。"

待到帝尊收了笑，幻姬将自己的手放开，看着千离，一张小脸红得不像话，连跟他对视的目光都变得闪躲："赶紧睡觉吧。"

"脱口而出的，往往就是人内心最真实的想法。"

幻姬："……"才不是！是没有经过大脑的错误话语。

她不说话！不说话！

"不要太迷恋本尊。若是你把持不住就不好了。"

幻姬："……"

她是个矜持的姑娘，才不会对他把持不住呢。她绝对不出声说话。但是，这一点都不妨碍她心里说出必须要说的话。帝尊，你自恋到这般境界，就不怕被群殴么？

千离忽然像是想到了什么很重要的事情，说道："以后你该不会为了让我亲你而变成话痨吧？"

"我一点都不想帝尊亲我。"

说完，幻姬怕千离拿嘴巴封她的唇，立即用手捂着自己的嘴巴，忽闪着亮晶晶的眼睛看着他。他要是敢亲过来，她就用法术推开他。

"嗯，懂，你只想亲我罢了。"

幻姬放开捂着小嘴的手，飞快地说道："才没有。"

"刚刚是谁冷不丁地亲了本尊？"

幻姬："……"

她、她不是故意的，那是因为他的手臂忽然收拢啊，谁让他睡觉有不自觉的小动作啊。

"又是谁亲了我之后还推我的？"

幻姬："……"

帝尊，我知错了。

"是谁被我救了几次不知感恩戴德反而用仙术打断本尊法力复原的？"

幻姬：“……”

为什么明明她觉得自己错得也不是特别大，经过帝尊的嘴说出来，她好像干了多少对不起他的事情一样啊？她以前在娲皇宫千年万年都不会犯一次错，到了帝尊的面前，动不动就错误连连，难道在娲皇宫真的是因为别人碍于她殿下的身份蒙蔽了她的眼睛吗？

“是谁……”

都快要被千离问责到自训的幻姬抢了他的话：“是我。是我。是我。”幻姬内疚不已地看着千离：“是幻姬莽撞愚笨才会做出这么多对不起帝尊的事情，帝尊你大人有大量，原谅我吧。”

“不想。”

“为什么？”

“不想被你拉低智商。”

幻姬想了想，决定夸一下帝尊：“帝尊的智商那么高，被我拉低一下又有什么关系。”何况，她真的不觉得自己笨。更何况……幻姬继续道：“帝尊说将来有小殿下的话，被他拉低点智商没什么。可是你又不动十丈红尘的情爱之心，自然不会有小殿下出现，被我拉低一点点不也没什么么。”幻姬本来想说，帝尊可以将她看成小殿下啊，从他们的年纪来说，又不是不可以，只不过从外形来看倒是绝对不像父女，怕帝尊误会她嫌他老，忍住了。

“小殿下是本尊的种，身为父尊被拉低没得选择，你又是我何人？”

“我、我……我是帝尊的幻姬殿下啊。”

千离挑了眉梢：“我的幻姬？”

“尊知不是让我来跟着帝尊学佛理么，没学好离开浮屠天之前，我可不就是帝尊你的幻姬吗。”

听着幻姬的无理狡辩，千离倒也没表现出不悦，轻声道：“三年不见，攀关系的本事倒是看长。”

若是放到以前，幻姬一定要为自己辩解，她才不屑于跟任何人攀何关系呢，可眼下她聪明地觉得沉默是最好的方式，如果铆起劲儿跟帝尊辩个明白，不是惹他不快就是被他赶回浮屠天，两者都是她不想看到的，他现在是复原法力的“伤人”，她不跟他一般见识，她理解，她体贴，她懂事。这么一想，幻姬觉得自己哪里是一个天定聪明就能概括的哟，她简直还是端庄贤淑的好典范。

与千离无声无息地对视了一会儿，幻姬收回目光，微微地贴近他的肩窝，闭上了眼睛。帝尊不说话的时候，很像一本厚重的远古大典，摆在那儿，读或者不读，他就在那儿，沉静而安宁，散发着无穷的吸引力。单单是从他那双青墨的眼睛里就传递出许多的故事感，想看透他，却是一点儿都看不透的感觉。

两人都无话了，只闻雨打白轿，风雨前行的宁静里，之前的意外亲密便浮现在两人的

脑海里。

小缘梦中，柔软丝丝，梦不清，梦不断，梦不明。

幽香浮绕，微微缕缕，撩了神，撩了心，撩了灵。

雨打风吹依旧，轿中人纯心不宁。

千离闭上眼睛，没一会儿便是睡了过去。

然，待得幻姬醒来，已是第二天的傍晚。

狂风大浪卷高卷落发出的巨大声音让幻姬很快就从惺忪的初醒中变得清明，从被子里坐起来，看到帝尊站在轿帘口，起床走到他的身边，撤掉了结界后，大风吹过轿门，卷得幻姬摇晃着站不稳当，细软的腰肢上忽然出现一条手臂，搂着她站稳。

“帝尊。”

“西海海面这些日子不太平，你住到龙宫去吧。”

幻姬下意识地问：“那你呢？”

“争取早些回浮屠天。”

千离看似没有回答，当幻姬听懂了，他的意思是，他可能没多少时间休息。

“帝尊，你的身体？”

“无碍。”

话音落下，千离布开摩天雨结界将整个轿子笼罩，穿过巨大的海浪，仙泽闪闪的白色大轿飞入海中，朝西海龙宫潜飞而去。幻姬看的书虽不少，可却是第一次到海底，看到结界外面游过的海鱼海龟、特别漂亮的鱼虾就想伸手去捞，越往龙宫靠近奇形怪状的生物就越多，最后因为看得多了，反而不知道抓哪只了。白色的轿子穿过三十里彩色珊瑚岛，到了西海龙宫的大门口。幻姬想着这回怕是要用真身示人了，没想到千离直接将轿子飞到了西海龙王早前安排给他住的宫殿里。

白轿落在了千离夜宿的寝宫里，结界破开，白轿像是一朵巨大的白摩花盛开在房间里。

“夜里你睡在轿内。”

“哦。”

幻姬觉得，想她天外天殿下来了西海龙宫，龙王给个偏殿待客该是很正常的事情，缘何帝尊要她睡在轿子里呢？不过再想想，自己真身来了这里，又不想旁人看见，睡在轿子里似乎是个不错的办法。眼下他们落脚的地方应该就是西海给帝尊住的宫殿，跟他住在一起也能有个照应，倒是不错。

很快，西海龙王带着一大群人来了宫里找帝尊。

在宫殿的殿堂里见到千离身边站着一位绝色女子，众人纷纷诧异，龙王到底见多识广，首先从怔愣中回神，恭敬地向千离行礼。

“帝尊。不知帝尊此时赶来，未能远迎，万望帝尊恕罪。”

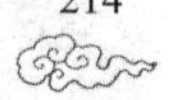

西海龙王前两天听到帝尊要回浮屠天，心有担心他会扔下西海不管，耗费了帝尊不少的法力还没能将事情处理好，他怕帝尊会厌烦。在帝尊应下出手救中了天镜符咒的十四后，他的心才稍稍安稳，素闻帝尊从不出手救人，这回能答应救十四，便说明帝尊对他们西海是不一样，有这个不一样他就放心了。看到帝尊亲自带着十四回浮屠天，他可是结结实实地高兴了一把。待他们走后，他和王后好好地琢磨了一番，十四可是四海里有名的大美人，更是一位贤德的公主，他们西海里最拿得出手的姑娘就是他的十四，那么多来求亲的人他都没有答应，为的不过就是希望十四能嫁得一个好夫婿。通过一个月的仔细观察，他觉得帝尊就是最好的人选。不论地位还是能力，他都堪称三十三重天里数一数二的老大了，十四要是成了帝后，他们西海的地位可就不能同日而语。只是，帝尊受万神敬仰，关于他的传说也是多如牛毛，万万年里从不见他和哪个神女传个一点两点桃色八卦，到了他这个位置，怕是不得动红尘之心了。他和王后虽想着十四是不是有成为帝后的命，却也不会太过于强求，若是帝尊看得上十四，那自然是很好，若是看不上，也没有关系，他们还能选择别人。只是，世尊都能破天道娶世后，帝尊身上难道就不能出个奇迹？他们家的十四可是相当卓优的女子。

十四美，那帝尊身边比十四看上去更美得不可移目的女子，又是何人？

“帝尊，不知这位是……”

千离扫了一圈眼前人，目光最后落到了幻姬的身上：“你自己说吧。”

幻姬端了端身姿，看着众人：“我是幻姬。”

幻、幻姬……

别的人还没有反应过来，西海龙王却是听得心一颤，连忙行礼：“不知可是天外天娲皇宫的幻姬殿下降临我西海龙宫？”

幻姬微微颔首。

“参见幻姬殿下。”齐刷刷的，刚才跪下去的众人又对着幻姬跪伏下去，心中纷纷大吃一惊，天外天和四海六道八荒里素来不怎么交集，何况是女娲后人的幻姬殿下，那更是只在传说里听过,从来没机会见到,这回却是在西海龙宫里见到了殿下的真颜,让众人激动不已。

西海龙王站起来后,立即道:“不知殿下忽然到访西海,失迎殿下,实乃大罪,请殿下恕罪,我这就命人给殿下安排住宿的寝宫。”

“不必了。”说话的是帝尊。

西海龙王还准备说些敬畏幻姬殿下的话，被千离止住了：“她住在我宫里。以后一日三餐按时送吃食进来即可，旁的东西无须多扰。”

西海龙王看看千离，又看看幻姬，这……会不会显得西海对幻姬殿下大不敬？

幻姬微微一笑：“龙王按照帝尊说的办便是。”

幻姬素来不吝啬自己的笑容，看到她的微笑，一群年轻的龙皇子都傻眼般的定定地看着她，老半天都不知道自己的父王和帝尊在说些什么。

“是，幻姬殿下。”

不敢多扰的西海龙王带着一群人拜礼过千离后便退了出来。

西海龙王走后，千离嘱咐幻姬：“西海海底比那海面还要动荡，这些日子你安生地在宫里休养身体，莫要到处乱跑。”

幻姬问：“我能帮你什么吗？”

千离微微蹙眉，幻姬便晓得自己说错了话，放低了声音：“我知道了，以后不问这句话了。”他怎么就这么瞧不起自己呢，还是打算一个人来处理西海这么大的事情吗？她又不会觉得他欠她人情什么的，反而是她，不晓得欠了他多少次了。见千离的眉心没有展开，幻姬不自觉地抬起手用指尖轻轻地抚平他的眉心：“帝尊你别皱眉，我会被吓到。”

平了眉头后，千离轻声道：“莫逞能，记住我跟你说的每一句话。”

“嗯。”

没到第二天，西海龙宫就传遍了帝尊带了天外天幻姬殿下到龙宫的消息，关于幻姬的美貌更是传得十分极致，让一度以为舞倾公主是天下最美女子的西海宫人一个个都想一睹幻姬的真容。千离住着的宫殿外面游荡着一圈又一圈的人，比他住在里面时更惹人关注。大家纷纷好奇为什么帝尊要和殿下住在一个宫里。

可没想到，幻姬在西海龙宫还没住完一天，千离就被惹恼了。

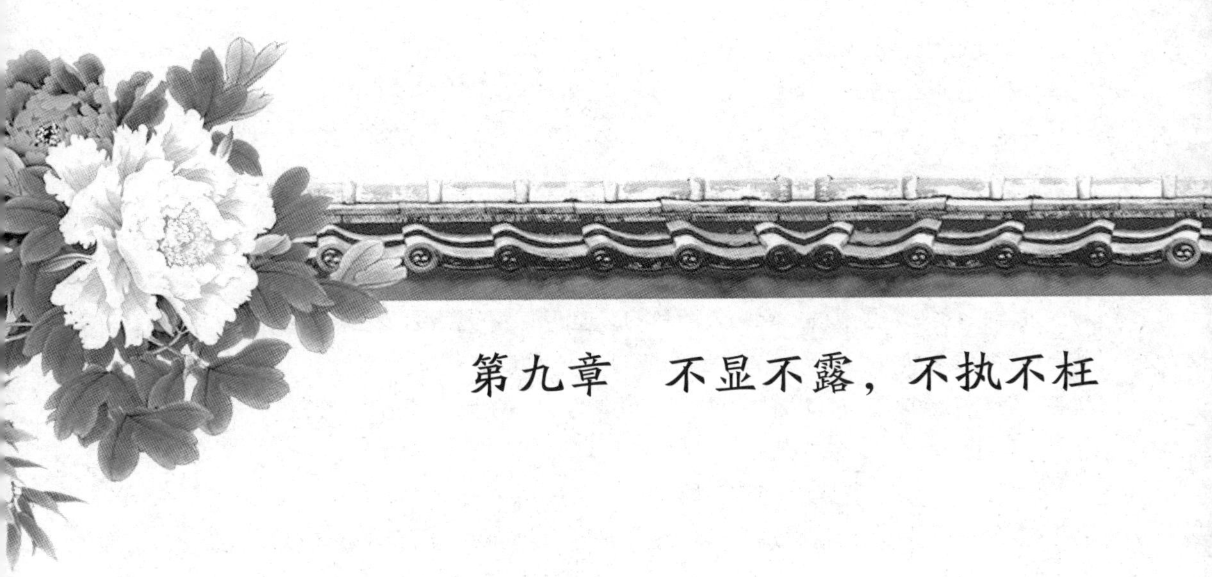

第九章　不显不露，不执不枉

第二天起床后，幻姬洗漱整理好自己的仪容走出寝室。见她出来，龙宫里的侍女立即上前行礼。

“参见幻姬殿下。”

“殿下，现在用早膳吗？”

幻姬道：“嗯。”

由于前一晚吃得多，早膳幻姬只吃了几口便饱了，侍女收拾桌子的时候，问了一句：“你们可曾看到帝尊早上何时出去的？”

侍女抬头看着幻姬，摇头：“回殿下的话，我们没有看到帝尊出去。”

“你们什么时候来宫里候着的？”

“从殿下昨日晚间来西海龙宫后我们一直就在宫门外候命。”侍女看着幻姬，声音轻轻地继续道：“龙王交代我们不得离宫半步，免得殿下和帝尊有吩咐的时候找人不及时。卯时正，我等怕殿下和帝尊起床宣膳不及，便到殿内来候着了。从未看到帝尊出去。”

幻姬皱眉，她昨晚等了不短的时间不见帝尊从内间出来，侍女又不见帝尊出去，莫不是他昨晚移身出了宫？想到帝尊说尽早回浮屠天，幻姬觉得分析没有错，帝尊定是连夜处理西海镇海宝塔被赤天龙盗走之事去了。也不晓得他的法力都复原了没有，看他的气色没差，面子功夫做得太到位，实际的情况就只有他自己晓得。

“殿下是没看见帝尊么？”

幻姬的思绪拉回来：“没什么。你们下去吧。”

“是，殿下。”

侍女走出去没多久，便又进来通报。

“殿下，二皇子求见。”

原本打算到内间修心的幻姬停下脚步，转身看着侍女：“二皇子？”

她才来西海龙宫不过一晚，大清早的，连西海龙王都没特地来见她，这龙宫的二皇子倒是来了？要说龙王忙于西海存亡的事情抽不出时间来行这些客套之礼，说得过去，她也能理解，自是不会计较。可若懂得礼数的，也该是龙宫的太子领人来，二皇子成了第一个觐见之人，是几个意思？

“是的。殿下，要让二皇子进来吗？”

想了想，幻姬说得很委婉：“昨儿连夜赶路来西海，这会儿我还没缓过劲儿，让他先回去吧。”

“这……是，殿下。”

幻姬入了内室，进了白摩花轿，开始打坐静心。她虽经历的少，却不是不懂宫中规矩之人，若是今天见了龙宫二皇子，外头的人说不准便要传她欣赏二皇子的流言，四海六道八荒里，身份品阶的高低有时候可不在意，可有时，却得十分小心。西海龙王没册立龙太子就算了，宫里有了太子，其他的皇子就不能越了他的身份来做太子该做的事，长幼尊卑在皇权按地位继承的族群里，尤其重要！那二皇子怕是以为她不过九万岁的年纪能轻轻松松地糊弄过去。

一上午，二皇子之后又来了其他皇子，皆被侍女阻拦了。皇子们都挨个儿找来，唯独少了西海龙太子。

皇子们来拜见幻姬或许还能找到各种理由，但公主们找来，却是让人想不明白的。龙王、王后和龙太子都没有正式觐见，这些个皇子公主们如此积极，让人不免怀疑西海除了存亡问题，可能宫中内斗也不少吧。可外间传言，西海龙族很是团结，并无他们族内大斗的事情发生。

幻姬跟来西海本无心管什么，帝尊不想她插手镇海宝塔的事情，而她自己虽想看看真实的西海是什么样子，却不想招皇族内斗的麻烦，一族要稳定，在掌权者无大过错的时候，不要出现分权之人，这一点她很清楚，她不能落下她支持哪位皇子或者公主的把柄。只是，让她颇为不解的是，难道龙王和龙太子不知道皇子公主们来找她的事情么？

修心接二连三被打断的幻姬在侍女说七公主求见时，将心中的疑惑问了出来。

“龙王和龙太子今日有来过吗？”明知龙王和龙太子没有出现的幻姬故意说错，以期侍女能从这个地方打开话头，免叫人觉得她摆架子，生气龙王和龙太子没前来拜礼。

侍女伏礼：“殿下，龙王和龙太子今日没有来。”许是怕幻姬发怒，侍女立即为自己的主子解释：“请殿下明察，因为西海的镇海宝塔被赤天龙盗走，西海目前存亡不定，若是找不到镇海宝塔，我们西海都不晓得还能存在几日。龙王和龙太子每天为了找到镇海宝塔四处奔波，尤其是我们的龙太子，从赤天龙逃走之后便一直领兵在外追捕，还望殿下莫要责怪龙太子。”

听完，幻姬甚感欣慰，看来西海龙王和龙太子倒是不错的掌权者，如此，她是更不能提前见那些皇子们了，不管他们出于什么目的，在龙王和龙太子未有见过她之前，他们都不可能单独拜见她。

问及龙太子的事情，倒让幻姬又想起了另外一个人。

“西海十四公主前些日子被带到浮屠天，可是怎么一回事？”

说到十四公主，侍女忽然抬头看着幻姬，很是惊讶她晓得此事。

“殿下知道我们的舞倾公主？”

“我知她中了天镜符咒，可不知为何中了。”

侍女忽然缩了鼻头，眼眶发红，抬起手抹了抹眼角的泪珠，声音悲戚：“殿下有所不知，我正是舞倾公主的贴身侍女，我们公主是被赤天龙害得中了天镜符咒。”

幻姬蹙眉，又是那条龙？

“赤天龙是我们西海龙族的敌人，当年被老祖龙王镇压在镇海宝塔的下面，几百万年来，那条恶龙的法力不晓得为什么增加了很多，逃出来后把西海的镇海宝塔都给盗走了。赤天龙知道我们舞倾公主貌美，想将她一道带走强娶做夫人，我们公主誓死不从，那赤天龙便趁着夜里潜入公主的寝宫打算掳走她，不想在半路遇到我们龙太子率兵回宫，一番打斗时，龙王也率兵赶到，赤天龙拿着我们十四公主威胁龙王和龙太子，十四公主不想成为人质，欲要自尽被赤天龙拦下，然后对我们公主施下了天镜符咒，公主成了眼可观、耳可闻的封印人。”

侍女的眼泪掉得厉害：“我也不知道天镜符咒是怎样的厉害，只听到龙王和龙太子说，如果在三个月内没有把舞倾公主身上的符咒解开，她会变瞎变聋，然后全身一点点地腐化而死，腐化时，她的感觉会变得异常清晰，慢慢地看着自己死亡却是发不出一点声音，痛苦异常。”忽然，侍女对着幻姬跪下，声泪俱下：“幻姬殿下，你是女娲后人，你一定非常的厉害，求求你，救救我们公主。我们公主她心地善良，她没有做过一件坏事，天道不是说有因果轮回么，好人不是不该受到责难吗？”

幻姬倒是没想到十四公主是这样中了天镜符咒。

“你先起来吧，莫要哭了，天镜符咒只有帝尊可解，他既然带了舞倾公主回浮屠天，便是一定会救她的。”

侍女抹开泪水站了起来，不确定地问：“帝尊真的能救好我们公主吗？”

幻姬反问：“你怀疑帝尊的能力？”

“不不不，我不是怀疑帝尊的能力，我只是想我们公主能早一点被解开，她只有三个月的时间，可西海如今……”侍女放低了声音：“也不晓得三个月内帝尊是不是能赶回浮屠

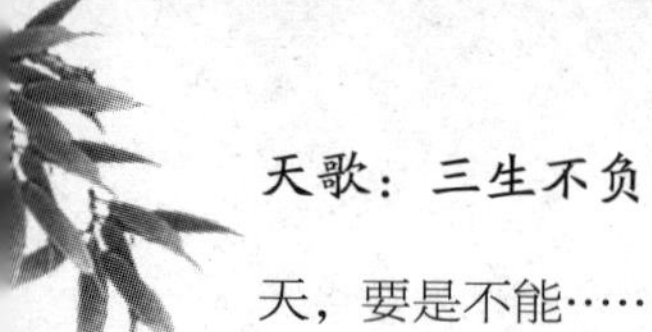

天，要是不能……"

幻姬默然不语，镇海宝塔若是被赤天龙盗走，他不可能轻易就让人夺回来，三个月的时间能不能让西海恢复平静，倒真是未知。但，她莫名地就是信任帝尊，觉得他一定能把事情处理好。

"你既说舞倾公主一贯为善，便要相信她定然会平安，莫要担心。"

侍女点头。她觉得，连女娲后人都这样说了，那她们的十四公主应该会没事。

片刻后，宫外走进来两名侍女，手里端着晶玉托盘，上头放着一碟碟的午膳。向幻姬哭诉的侍女对她欠了欠礼："殿下，午膳到了。"说完，便走过去，将菜碟一个个摆放到桌上。

六道菜后，宫外又走进来一个侍女，模样很是精致，走路的步态也与一般的侍女不同，颇有些气势。到了桌边，侍女不急着将菜碟拿出来，倒是盯着幻姬猛看，嘴角扬起，忘记了行礼，反而是说了一句。

"殿下当真长得极美啊。"

浑然天成一番特有尊贵气势的幻姬目光淡淡地扫了下来人，声音轻轻的："公主如此混迹进来见本殿下是不是有些不妥当？"

侍女吃惊："你知道我是公主？"

幻姬瞟了眼侍女头发里藏得并不好的龙角，四海龙宫里除了皇族之人，谁还能头上长出龙角？怕是因为自己一个皇子公主没见，有些固执的公主便是想着歪法子也要来看看她吧。

侍女换回公主的模样，向幻姬行了大礼："西海七公主羽瀞拜见幻姬殿下。"

"起来吧。"

对于乔装进来的七公主，幻姬虽心有不悦，却因她的脾性而没有说什么。

羽瀞起身，笑着将自己带进来的菜肴一个个拿出来，放到幻姬的面前："殿下你尝尝，这可是我花了一上午特地为你做的，羽瀞手笨，殿下平时吃的肯定是绝世美味，羽瀞献丑了，还望殿下莫要取笑才是。"

幻姬注意到羽瀞手背手指上有伤痕，看色泽该是不久前划下的，养尊处优的公主能为她亲自下厨，原本就没打算说什么的心忽觉自己是不是太高傲了。

"想不到羽瀞公主如此贤惠。劳烦费心了。"

"殿下，你快尝尝。"羽瀞将筷子递给幻姬，"我长这么大，还是第一次下厨呢。"

听到第一次下厨，幻姬暗暗哆嗦了一下，想起了花探真君，眼前的这个七公主应该不会是第二个花探真君吧？心有担心地，幻姬夹了一点放到嘴里。

做好了强咽准备的幻姬发现羽瀞公主做的菜竟然不难吃，或者说若是参照的人为花探真君的话，算是很好吃了，超出她的预想。

"殿下，味道怎么样？"七公主期待地看着幻姬，世间万事难抵用心二字，她平时虽然没有烧过菜，可是凭着蕙质兰心，第一次做出来的菜肴她有自信能让殿下满意。不过再怎么信自己的手艺，羽瀞在面上还是保持了谦虚的姿态："若是不好吃，殿下可直接说出来，羽瀞下次一定会努力做出可口的美味。"

幻姬原就不是习惯苛责旁人的人，羽瀞公主如此费心来见她，行为虽不得她认同，却不想受了人家的情还让对方落一个不高兴。

"七公主做得很好吃。"幻姬未免自己的话听上去太敷衍，又补充了一句，"不像是第一次做出来的手艺。"

羽瀞惊喜不已："真的吗？殿下不是在哄我开心的吧？"

"公主若是没有吃午饭，一起吃吧。"

羽瀞见幻姬亲和相邀，与她相对地笑了笑，想按照礼节来办又想接受她的邀请，不好意思地在椅子上扭捏了几下，最后到底也是没站起来，默默地接受了幻姬的邀请，两人一起用膳。

饭后。

"七公主送来的午膳味道上佳，不觉间，我们竟吃了这么多。"

羽瀞没听出幻姬话里的意思，笑道："我没想到自己第一次做饭就有这样的水平，殿下喜欢吃，我晚上做了再送来。殿下住在西海的这些日子啊，我顿顿给殿下你做。"

盛情的羽瀞让幻姬只能轻轻笑了，"呵……"她想，看来还得把话说得稍微明白点儿才行啊："七公主午休的么？"

"午休？"羽瀞摇头，"从不。殿下，你呢？"

幻姬点头："每日皆需。"

话至此，羽瀞岂会再不明白，立即抱歉地笑了。

"你看看我，跟殿下太投缘了，聊着聊着就忘记了时辰，都这个点儿了，肯定打扰殿下你午休了。殿下，你午休吧，我先走了，晚膳再过来。"

羽瀞走后，幻姬品一杯清茶，入了内室午休。侍女们收拾好膳桌后，退到了宫门之外候着。

离西海镇海宝塔安放之处三十里之外，帝尊正在施术复合地裂，昨晚他在宫里洗了个澡换了身衣裳后便瞬息闪身而出，一晚未休地忙着稳定西海的海底，不让地裂增大。一月前他放出了天玄万兽令，可一直没有收到任何一只天兽的回报，赤天龙隐藏够深，在寻到镇海宝塔之前，只能用他的法力压住要翻覆的西海。

涌动的海水，掀起一阵阵咸腥的气味，曾经宁静的海底变得动荡难平，一片白光之中飘着白摩花香，覆盖深海的光芒将发出厚沉声音的地裂笼罩，像是唱着一曲安宁的晚歌，终将浮动的危险抹去。浩广的墨色水中，那一片白光是救世的希望，那光中的男子面色平静，银发飘长，白袍上闪着金泽，淡然而视，好像眼前不过是一件小得不够他蹙眉的事，淡定中透着俯察天地的气势。

最后一条大地裂被千离稳住之后，已是夜幕降临。

海中那些五彩斑斓的鱼便是深夜海底里的星星，敛收法力的千离静静地悬浮在水中，看着或远或近的那些海底星星在身边自由地游动，平静而自由的生活之所以被万物生灵喜欢，便是因为它能让其体会到什么是真正的快乐。而那些被责任捆绑的人，是真的开心么？

从昨夜出宫到安定地裂，千离几乎一夜一日未休，正准备到西海别的地方巡查翻覆的情况，一直领兵在外找寻赤天龙的西海龙太子从不远处飞了过来。

“帝尊。”

千离看着略显疲惫的龙太子邑度，这身太子之袍，他穿得倒也算是尽责了。

“方才远远地看到这边有仙光，猜想是不是帝尊，赶过来一瞧，果然是。”邑度的态度十分恭敬，感激道：“邑度代西海的臣民感谢帝尊不辞劳苦相救，日后……”

“太子无须多言。”千离声音轻且慢，他本不想打断龙太子的话，奈何他说的，确是他不喜的，这一次是他欠了西海的人情必须要还，日后西海出了什么事，只要不是他这次留下的后遗症，他都不会管。他不愿意跟外界诸多的人扯上关系，他不是神首麒麟，他也不是温和的世尊星华，他有没有能力处理事情是他的本事，但想不想招惹事情是他的心情：“太子尽速回宫休息吧，本尊再去别处瞧瞧。”

邑度看了看海底的地裂，地裂要压住，法力的消耗非常大，帝尊修为必是无边，但总归是西海的贵客，这番都到了夜幕落下的时刻，再让帝尊大人到处奔波，怕是他们的失礼了。尽管疲惫，邑度却将西海的事情看得更重要。

“帝尊，夜已至，不如请回宫休息吧，巡视的事情，交给我来做吧。”邑度神情坚定地道：“维护西海的安定是我责无旁贷的事情，我应该做的，帝尊已为我西海做了很多了。”

千离看着一直在外奔波的邑度，倒是有些责任心的年轻人，想了想，应了。

“嗯。”

“恭送帝尊。”

此时的千离不知道，他一个小至极微的决定竟然是一个太正确的选择，选择回宫休息。

午膳过后的幻姬在白摩花轿内休息，半个时辰后，隐约觉得自己的心有点儿躁，淡淡的感觉，倒也不碍着人什么不适的感觉。又一炷香过后，沉睡的幻姬眉心微微地蹙了起来，觉得浑身都不对劲儿，到底哪里不舒服，却又说不上来。幻姬在被子里翻来覆去，睡得不安稳，想着是不是因为自己一直都生活在地面上，来了海底水土不服，忍一忍就过去了。

渐渐地，她感觉到一丝丝的疼痛从体内冒出来，隐隐的，倒也不觉得有多疼，尚能忍受得住。可随着时间流过，全身的疼痛开始变得清晰，变得厉害，一点点加剧的疼痛在一个时辰之后痛得幻姬将蛇尾全部卷到了一起，双手环抱自己的胸口，不停地轻颤。

“好疼！”

额头上因为疼痛而冒出来的冷汗越来越多，幻姬的身体除了痛楚席卷之外，全身都感觉到燥热难挡，头晕目眩的感觉越来越重，睁开眼睛看着轿内，却是什么东西都在摇晃，根本看不清楚。

“来……”人。想召侍女进来，发现声音都喊不出来。

卷成一团的幻姬想施术召唤人进来，却发现痛得她根本掐不了小诀，眼前的东西不仅摇晃，还慢慢地变得模糊不清。趁着自己还有一点点意识的时候，幻姬忍着剧痛一点点挪出了被子，从床上跌了下来，朝着轿帘口蹭去，却终是在离轿口一步的地方疼得昏死过去，剧痛和烧热继续变烈……

千离回宫里时，走的正门，一众侍女呆呆傻傻地看着他走了进去，还没到内室便有侍女端着清茶和点心走了进来。

“帝尊，请喝茶。”

千离瞟了眼桌上的茶杯，伸手端了过来，用杯盖轻轻地拂了拂水面，茶是好茶，可惜到了不会泡茶的人手里，一壶好茶泡出了洼沟水的水平，实在让他没有喝茶的欲望。

落了茶杯的千离转身走向内室，进房之后，房中静悄悄的，下意识地，千离朝白摩花的白轿看去，目光瞬间被定住，看着轿口内一步的地方卷着一个被蛇尾包裹住的人儿。

几是瞬息的，千离闪到了幻姬的身边，用手探着她的额头。烫人手心的温度从幻姬的皮肤上传来，刹那便让千离皱了眉。立即一点点地用手打开她的蛇尾，奈何幻姬的本能反应实在太本能，他打开一点点她又蜷曲了回去。

无法，千离只得将团起的她抱到了床上，强行从她的蛇尾里扯出手臂，号她的脉。

帝尊的脸色就在号脉中一点点变黑……

翻手掌心对着幻姬，白色的仙光将幻姬整个儿罩住，卷成一团的蛇尾慢慢地打开，摆直。

千离一手穿过幻姬的后肩，将她抱入自己怀中，让她的头靠在自己肩窝里，另一只手并起食指和中指摁在了她人形和蛇尾相交的中心，金色佛光在他的指尖闪现，随后蔓延到幻姬的整个身体。随后，便是无声的俯首，唇瓣轻轻地覆到了幻姬已不见血色的唇上，佛光从幻姬的体内逼出了一道澄黄之气，一缕缕被千离吸入腹中。

将幻姬体内的澄黄气都吸净之后，千离收了仙法，抬手抹掉她额头上的冷汗，眼中的光芒冷得慑人，今时是他回了，且是恰好赶得及回了，若是再晚个一杯茶的工夫，她就该飘魂转生了。轻轻地将幻姬放平，为她盖上锦被，千离刚想出轿，发现被中她的手微微地动了一下。

千离拧了眉心，将幻姬的一只手从被子里拿出来，握着她，俯低了脸，在她耳畔轻轻地道：“不怕，我在。”

昏死得差点命都交待出去的幻姬意识恢复并没有多少，连千离的话甚至都没有听到，

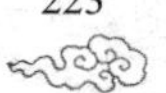

她的状况，他都知道。却，落座床边，一步未再离开。等着她，等着她睁开眼看到他在。

千离在床边坐了没一会儿，外间传来侍女的声音。

“帝尊，殿下，晚膳已经备好了。”

等了一会儿，不见内室有动静，侍女微微提高了声音，又禀告了一遍：“帝尊，幻姬殿下，晚膳已备妥了。”

“候着。”

听到帝尊的声音，侍女情不自禁地打了个颤，不见尊神，却觉尊神的声音里透着一股凉意，不，是冷意，昭然着他现在的心情不佳。

没过多久，七公主羽滯拿着菜盒兴高采烈地走进来，因为中午幻姬吃了她送的菜，两人聊得欢快，宫门口的侍女也未加阻拦便让她进来了，看到桌上摆满了菜碟却不见幻姬的人，召了侍女到身前问话。

“殿下呢？晚膳都摆上了，怎么不请殿下出来吃饭？快去，真是一群不懂事的，菜凉了让殿下怎么吃。”

侍女小声地回答：“七公主，不是我们不请殿下。帝尊回了，正在内室跟殿下生气呢，让我们候着，估计还得一会儿才能出来。”

羽滯眼睛一亮：“帝尊在里面？”

“是。”

“他为什么跟殿下生气啊，幻姬殿下做了什么不妥当的事情吗？”

侍女摇头：“不知道。只是我们请帝尊和殿下出来用膳时，帝尊让我们候着，声音听着有些冷。”

羽滯放下了菜盒，轻手轻脚地走到内室门口，朝里面探望了几下，又仔细地听了听房内的声音，发现什么都听不到。越听不到什么，越想听到什么，羽滯朝房内迈了一步，脚还没踩稳实，就被一道劲气给扫得飞落到了外间的地上。

“啊。”

侍女们惊吓不已地跑过去将地上的羽滯公主扶了起来：“公主，你没事吧。”

羽滯小声嘀咕：“打人之前话都不说一句！什么人啊！”

话音没落，又是一道强劲的仙力横扫，羽滯公主整个儿被扔出了宫殿，跌落在宫门外的地上，疼得她龇牙咧嘴。从地上爬起来之后，看着那些从宫里快速跑出来的侍女，敢怒不敢言。

帝尊，肯定是帝尊干的！

“七公主，你怎么样？”

“七公主，可伤到哪儿了吗？”

羽滯挥开侍女们欲扶着自己的手，狠狠地盯着宫门内，什么意思啊，生幻姬殿下的气有必要对着她来撒吗？

“啊。”

一声尖叫，一脸愤慨的羽瀞公主忽然双膝跪地，正正地跪对着宫门口，怎么都起不来。

宫外的侍女们纷纷跪在羽瀞公主的后面，不敢再出声。

没多久，羽瀞公主跪在幻姬殿下宫门口的事情传遍了整个西海龙宫，惊得在忙着处理西海镇海宝塔之事的龙王带着皇族一大群人急匆匆地赶来。看着双眼含泪的女儿，龙王又心疼又气愤，自己平时都不舍得训斥的皇儿如今跪着，为父的看着心有不忍。可是，也气其不懂事，如今西海大难当前，她不安安分分地待着怎么能招惹事端呢，那幻姬殿下是她能招惹得起的吗？

“羽瀞，怎么了？你做了什么事情惹得幻姬殿下不高兴了？”

羽瀞想起来，却发现自己动不了，泪眼婆娑地看着西海龙王：“父王，我不是惹了幻姬殿下，是帝尊惩的。”

什么！

西海龙王差点被自己的七公主气得背过气，惹了幻姬殿下求个饶或许就没事了，女娲娘娘的后人定是仁慈心善的，幻姬殿下看着不像一个得理不饶人的人。可若是得罪了帝尊，那就不好说了。莫说帝尊现在是西海存亡的关键，哪怕就是没这回事，得罪他那也不是他们能受得起的，四海六道八荒里可不缺关于得罪帝尊下场的传说。

“哎哟我的小七啊，你是怎么搞的嘛，好端端的，怎么就惹得帝尊不高兴了？”

“我什么也没干，我也不知道帝尊怎么就生气了。”

西海龙王此时哪里会信自己的女儿什么都没有干，要是真如她说的，帝尊是疯了不成？现在西海的事情帝尊一直忙着，他难道还会同她一个公主计较什么。

“你说实话，你做什么了，不然，父王连求情都不知道从哪儿开口。”

“我、我……”

羽瀞公主觉得自己没什么大错，不过就是想进房看看帝尊和殿下在干什么，她也是出于关心他们，帝尊不想她看直接出声提醒她一句不就好了，犯得着将她扔出来吗？他对殿下不悦，怎么不扔殿下出来啊，还不就是欺负她的身份没有幻姬殿下高么。

“别我了，赶紧说说，你都做什么了。”

羽瀞觉得委屈得很，嘟了下嘴，不情愿地说道：“我听侍女说帝尊和幻姬殿下在房内斗气，好奇，想进去劝劝，到了门口被帝尊扔出来了。”

西海龙王皱眉：“没了？”

“没了。”

“真没了？”

“没了啊，我还能干什么啊。我是来给幻姬殿下送晚饭的，我是好心，我没想到帝尊

会这样小气，我……唔唔唔……”

“帝尊，今日羽瀞冒犯您，实乃我教女无方，望帝尊看在我西海目前动荡存亡的分上，饶了她这一次，日后我一定严加管教。”

西海龙王连拜三拜，宫内丝毫动静都没有。

“帝尊，求您。”

宫中依旧无声。

房中。

帝尊握着幻姬的手，对宫外发生的事情丝毫不闻，隔一段时间就为她检查一次身体，等着她苏醒。一个时辰过去，幻姬脸色的血色才恢复了一点，长翘的睫毛轻轻颤动了几下，缓慢地，打开了眼睛。

“帝……尊……”

幻姬浑身无力，明明想喊一声清晰的，却成了唇语，半点儿声音都没有。

“再睡会儿吧。”

幻姬想到自己午休时剧痛的身体，究竟是怎么回事？为什么忽然就变成那般控制不了的疼痛了。帝尊他……又是什么时候回来的？是他救了自己么？

“帝尊……”想问的话在喊了一声之后就说不出来了，太过虚弱的幻姬无措地看着千离。

“你现在虚得厉害，休养好，自然就能完全恢复。”

幻姬微微地点头。看来，只能等她休息好之后再问他了，现在心有余而力不足。

千离松开一直握着的幻姬的手，将她的手放到被子里，说道：“我先到外间处理点事，你好生在这里躺着。”

“好。”

出了白摩花轿，千离走出寝室，坐到了殿厅的主座上，广袖轻轻一拂，面前的殿门和殿墙眨眼消失不见，几十丈开外是跪成一片的西海龙王众人。

看到千离出来见他们，西海龙王差点就老泪纵横了，跪了一个时辰，他觉得自己的膝盖有种中箭的感觉，若是帝尊一晚上不出声，他这把骨头恐怕都要散架了。

“拜见帝尊。”

整齐的声音从殿外传到了殿内，连白摩花轿里的幻姬都听得清清楚楚，这么多人来见帝尊，为何？西海的情况变得非常糟糕了吗？心系西海的问题，幻姬聚精会神地想听清外间说些什么。

“今天午膳送给殿下吃的东西一份不差地备来。”千离的声音缓缓的，像是在说一件很稀松平常的事情，一点儿都看不出他有不悦的情绪。

西海龙王不解地抬头看着帝尊，今天午膳……帝尊的意思是午膳太好还是不好？他记得他交代下去的可是给殿下上西海龙宫最好的膳食，应该不会惹得帝尊不满才是。

“是。”

西海龙王给身边的人下令：“赶紧让人把中午送给幻姬殿下的午膳一碟不差地做好送来。”

“是，龙王。”

之后，很长一段时间，千离一句话都没说，手肘支在臂扶上，指尖点着眉骨，闭着眼睛浅寐。

“帝尊，羽瀞鲁莽，冒犯您了，恳求你能给她一次机会，饶了她这回。”

“帝尊，您大人大量，饶了她吧。”

千离轻轻地道了一句：“好吵！”

一下子，西海龙王一个字都不敢再说，他可不想求情不成反而自己又惹得帝尊不快，看帝尊的态度，羽瀞是不会饶了。

幻姬在床上听到千离的话，他说得很轻，她必须十分专注才能听到一点点，还不是很清晰。心道，帝尊就是帝尊。任别人求得多么真诚，无视就是无视，他这脾气，也亏得他贵为浮屠天的帝尊才有人受着，若不然，被群殴是逃不掉的。

两炷香的光景过去，五个侍女端着中午送给幻姬的饭菜走进宫里，将菜碟一一摆放在房中的另一张圆桌上，其中一个侍女伏礼：“帝尊，中午送给幻姬殿下的午膳就是这些。”

主座上的千离缓慢掀起眼帘，看向桌面，目光从一个个菜肴上走过，落到说话的侍女脸上：“确定？”

侍女被帝尊的目光震慑住，吓得腿都有点儿发软，未免出现差池，认真地看了看桌上，确定送来的就是这些，方才看向主座上的男子。

“确定。帝……尊，中午，我们给幻姬殿下送的就是这些，没有少一份。”

千离收回视线，慢悠悠地道：“本尊给了你机会，你既如此肯定，也罢。若本尊说了一个殿下吃过而桌上没有的，差一样，我灭一人。”

桌边的侍女们被吓得直哆嗦，个个都去看桌面上是不是缺了什么，生怕自己记错了。

“乞灵千岁鲤。”

千离的话音落下，之前答话的侍女瞬间睁大眼睛，想到了什么，惊恐地喊道，“帝……”第二字却是没有出来便化成了一缕轻烟，消失了。

顿时，不止侍女，连西海龙王都吓到了。而比西海龙王吓得更严重的是旁边的羽瀞公主，乞灵千岁鲤是她带来给幻姬殿下吃的，那群侍女肯定是没有把她送来的菜算进去。

“醉心花珊。”

又一个侍女连惊叫都来不及地变成了烟儿。

“帝尊饶命啊。”

“帝尊饶命。”

剩下的侍女哭喊着趴到了地上："帝尊，我们是无辜的。桌上的菜确实是午膳送给幻姬殿下吃的，没有少一样。只是，羽瀞公主在吃午饭的时候来找殿下，带了几个她亲自烧的菜和卿黄酒给殿下，公主的菜，我们不确定她怎么做的，以为帝尊只是要龙宫里准备给殿下吃的菜肴，没有想到公主带来的也要算。"

西海龙王惊恐地看着身侧后方的羽瀞公主，她中午还跑来给幻姬殿下送菜和卿黄酒了？

一片紧张中，千离的声音清晰地传到了每一个人的耳朵里："本尊说的让你们备殿下午膳吃了什么菜的话，忘记了么？"

侍女哆哆嗦嗦地回答："没、没有。"

"本尊说了什么？"

"帝、帝尊说，今天午膳送给殿下吃的东西一份不差地备来。"

千离的声音更轻了，更缓慢了："本尊有说分谁送的吗？"

侍女哆嗦得更厉害了："没、没、没有。"

"帝尊饶命。帝尊饶命啊。"

"天寿折菇。"

千离又说了一道菜名，又一个跪着的侍女消失。

"海星扇蕨。"

地上被吓昏死过去的侍女化成了轻烟飘散。

看到帝尊毫不费力地将侍女们一一收尽，跪到地上的羽瀞公主终于感觉到事态的严重了，也感觉到了传说中帝尊不能随便招惹的真实性。任何人，在他那儿都只有一次机会，他提出来的要求，必须做对，否则再怎么求饶都没用，别的尊神干不出来的严厉事情他干得出，他真的干得出！帝尊说一，绝不可能出现二！

又说了两个菜，殿厅里最后一个侍女不见，羽瀞公主身边的一个侍女也化成无形，吓得羽瀞公主一张脸变得惨白，浑身不停地颤抖。

千离垂着的目光慢慢抬起，落到了羽瀞公主的身上，薄唇轻轻翕动："卿黄酒！"

收到帝尊的目光，羽瀞公主吓得匍匐到了地上，哭喊着求饶："帝尊，求你饶了我，求求你。我、我做菜给幻姬殿下没有恶意，这六个菜都是我亲手做的，味道可能不好，但是我真心实意做的。侍女没有送上我做的菜，是她们以为不用，我也以为不用，若不然，帝、帝尊你解开我身上的禁术，我现在立即做那六道菜送过来。求求你，帝尊，不要灭了我，我以后再也不敢偷听你和幻姬殿下说话了，不敢再对您大不敬了。帝尊，我知错了。"

西海龙王被之前的六个侍女吓得不轻，生怕自己的女儿也瞬间消失，一把老泪地为羽瀞求饶："帝尊，小七她知错了，求你饶了她这次吧，求您了。"

龙王领了头，一片为羽瀞公主求情的声音，却不知这样丝毫打动不了帝尊。

恍然之间，殿厅的偏侧门口出现一个白色的身影，幻姬扶着门框看着主座上的千离，因为体力不支依着门框缓缓地朝地上滑去。一缕白摩花香飘来，一双手轻轻地将她从地上抱了起来。

“你晓得我不喜欢不听话的人。”

幻姬勉力撑着自己的身子，用很无力的声音道：“七公主对我没有恶意，帝尊你误会好人了。倘若帝尊是因为她对你不敬而治罪，可否不要死罪。”幻姬很清楚自己想求得羽瀞公主一点儿惩罚都没有，不可能，她能保住命就不错了，挑战帝尊的权威，下场都不会多好：“你不在的时候，她陪了我不少时间，亲手做了那么多菜，味道挺好，我蛮喜欢的。”想到帝尊不赦人的习惯，幻姬总觉得自己求情的词说得不够打动他，末了加上一句：“幻姬既是帝尊的幻姬，可不可以求了这一次的薄面，莫要灭了她，可好？”

私心里，幻姬觉得帝尊若是因为羽瀞公主对他不敬而灭人，实在有点儿说不过去。若因此灭她，那她三年前对他不敬的次数并非一次两次，岂不得被他灭好几回了。

“如果本尊不饶她呢？”

不饶的话，她还能怎么样，她又打不过他，她说什么他也不得听，那就只能眼睁睁地看着羽瀞公主灰飞烟灭了，但，若真是这样……

幻姬对视着千离的目光：“我会难过。”

千离狭长的双眸看着幻姬好一会儿，缓缓地投向外头的羽瀞公主，解了她身上的禁术：“本尊等你的六道菜和卿黄酒。”

羽瀞公主开始还没听到，直到西海龙王拉了她一把才从惊吓中回神。

“还不赶紧对帝尊谢恩。”

“啊，噢，谢谢帝尊，谢谢。”

西海龙王再催了催羽瀞公主加快速度：“快去做中午的六道菜来，莫让帝尊久等了。”

“啊，好。”

羽瀞从地上爬起来，膝盖因为跪得太久而踉跄地跌倒地上，痛呼了一声，急忙再站起来，朝自己宫殿飞去。

千离抱着幻姬打算把她放回轿内，被她出声阻止了。

“我想跟你一起等羽瀞的菜。”

“你怕本尊不守信？”

幻姬忙道：“不是。我没有那么想。我只是不懂，为什么帝尊要生气。”

千离抱着幻姬折身，带着她到了主座位置，将她轻轻放在宽大的座位上，自己坐到她的旁边，听不出嫌弃与否地淡淡说了句。

“你能活到今天真是奇迹。”

幻姬：“……”

她难道该死么？

千离挑眉，看着跪着的西海龙王：“龙王晓得为何本尊要生气么？”

西海龙王想了想，没明白，他只觉得是因为小七对帝尊不敬才招致的。可是看帝尊的样子，好像还有别的事情，别的……他真是不知道，除非小七和侍女还有没有告诉他的实话。就在西海龙王想不通的时候，一道声音响起。

“帝尊动怒是因为羽瀞公主做的那六道菜。”忽然从后面走来的西海王后看着帝尊，边走边道，“那六道菜本身没有任何问题，一起吃也安全，可是六道菜不能和卿黄酒一起被人吃下。一菜一酒便是毒，六菜一酒，是为剧毒。幻姬殿下乃女娲后人，人形蛇身，蛇灵唯一不能碰的酒是雄黄酒，那六道菜配着卿黄酒下肚，是比直接让蛇灵饮下雄黄酒还痛苦的禁忌之毒。”

西海王后跪在西海龙王的身边，看着幻姬殿下，虔诚而歉意地伏地行大礼：“西海王后拜见幻姬殿下。帝尊，殿下，我自知羽瀞此次犯下的是谋杀天外天殿下的死罪，她虽无意，可不懂酒菜不可乱配之理便莽莽撞撞地让殿下吃下这些东西，确是她大错特错。帝尊今日便是灭了她，也不过是她咎由自取。不想，帝尊和殿下竟免她一死，为其母后的我，万谢。”

听到自己的女儿差点杀了娲皇宫殿下，西海龙王惊得一个激灵，差点儿瘫坐到地上，幸好啊，幸好殿下没事！若不然，来西海龙宫不到一日，幻姬殿下就命丧宫中，他这个西海就真的别想存在了。

得知原委的幻姬大吃一惊，原来中午羽瀞公主送给她吃的东西和卿黄酒混在一起对她而言是剧毒啊。难怪自己午休中会疼得昏死过去。

幻姬好奇：“午膳帝尊你又没一起吃，你怎么会知道我吃了那些？”

“不这样，怎有多余的智商给我儿子拉低。”

幻姬：“……”

“帝尊，你看到我昏死过去的时候，有没有担心？”幻姬定定地看着千离的脸，他对任何人任何事都是冷漠的，完全不关他任何地置身事外，得知她身中剧毒的时候，可害怕过么？“是不是很紧张地喊我的名字？”

千离目光轻轻浅浅地看了幻姬片刻，说道：“你是尊知派来搞笑的吗？”

看着千离，幻姬又想，帝尊虽然不温柔吧，可她醒来的时候看到他坐在床边，握着她的手，那种感觉说不出的安心。就像她在千辰宫里治伤，抓着他的手睡觉，每次醒来都看到他在身边，沉沉的安全感将她包围，让她感觉连呼吸都变得轻松。

“帝尊，谢谢。”

言谢之后，幻姬好奇：“我昏迷的时候，帝尊你有没有试图叫醒我呀？”

“本尊说……”千离慢慢地睁开眼睛，转头看着幻姬，“不怕，有我。”

不怕，有我！

幻姬瞬间就呆得像木鸡，她猜想看到自己中毒，帝尊要么是默默地救了她不说话，若他说了点什么，一定是嫌弃她笨的话。她就是想破脑袋也不会想到帝尊竟然对着昏迷不醒的她说这样四个字。

怎么办！

她好想抱帝尊！

“帝尊，能陪我去下内室吗？”

“不想去。”

“去一下吧，就一下就好。”

“说不去就不去。”

在听到帝尊说不去就不去后，幻姬为难地蹙了眉头，帝尊是恩人，强人所难的事情她不愿意干。可是，外头那么多人在，虽是跪着，但万一有人抬头看到她抱着帝尊，实在有损她的身份。这，可真是一个问题。问题出现，对于想要成为一个行事光明磊落的女娲后人来讲，坦言是最好的方式。

于是，幻姬十分诚实地对千离道：“可是我想抱帝尊。”

他不随她进内室，她怎么抱？

千离看着幻姬，好一会儿都没移开视线，定定地看着她，看得幻姬都感觉不好意思了。

她，说错什么话了吗？

“帝尊不愿意么？”幻姬像是宽他的心一般，说道，“我就抱一下。”

“身无二两肉，不抱。”

自从被帝尊嫌弃成虎背熊腰后，幻姬就没觉得自己瘦，他说的身无二两肉她很自然地就放到了他的身上，将他全身都看了一遍，表现出很包容的模样：“帝尊不用自卑，你没肉我也不嫌弃你，我抱一下就好了。”

千离忽觉，一个人的智商不能下降得如此迅速吧。

“你走开。”

“为什么？”

幻姬不解，不就是想抱他吗？不给抱她不抱就是了，犯得着赶她走么，难不成还以为她会强抱他么。她才干不出那样没品的事情呢。

“不想被你拉低智商。”

幻姬：“……”

她又被嫌弃了！帝尊又嫌她笨了！她真的不知道自己笨在哪儿，她没说错什么呀。

“我是帝尊的幻姬，拉低帝尊的智商是我的权利，我不走。”

千离看着幻姬，一会儿后，起身下了主位，一副你不走本尊走的姿态，留下幻姬一人坐在主位上。见他进了内室，幻姬反应过来，帝尊可不就是被她气得进了内室么？好好的请他不成，没想到却把他气进去了，甚好甚好。

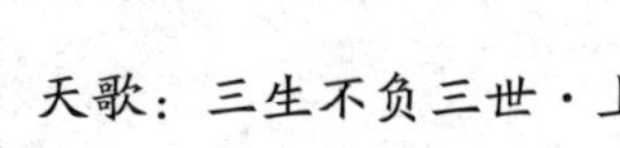

幻姬的身体虚弱得厉害，用蛇尾慢慢地从主位下来，一点点地挪进到了内室门口，刚进去两步，帝尊看似是因为她进来要走出去，迎着幻姬欲擦身而过的时候，幻姬张开手臂一把抱住千离的脖子，纤细的身子贴到他的胸膛里，声音含笑地叫他。

“帝尊。”

看，被她抱住了！

像是做了什么了不得的事情，幻姬开心又带着得意的声音钻到千离的耳朵里，因为身体尚虚得紧，她的声音很小，却因音不大反倒叫他用了心听，听得很是清楚。

“我不怕，因你在。”

她跟他来西海之前不知道西海是这样的情况，来了之后没有害怕过，不因她的身份和地位，就只因为是跟着他一道来的西海，他在，即便她不是天外天的殿下，也不害怕任何。想想还真觉得不可思议，明明帝尊嫌她打击她，而她对帝尊也是半好半坏的感觉，也不晓得哪里来的自信，她就是信任帝尊。无条件地相信，他带她来西海，必能保她性命无忧。他的端正和善良，不易被人发现，却真实的存在。她，就是信！

打着抱一下来宣泄自己感激之情的幻姬并没有打算抱千离多久，说完话后，勾着他脖子的手臂欲松，却在感觉到自己的腰身被人搂住的刹那停了动作。

帝尊他……抱她了？！

千离的手臂不紧不松地搂着幻姬。她还不怕？今日若不是那龙太子赶回来的路上看到他，主动请求代替他去巡查西海的情况，他便不得回宫，而她……命就交给了西海。五百万年，他的眼前死了多少人都已记不清了，可若是她在他手里没了，他不晓得自己会怎么处理西海。不为她的身份，只因她是他带来的。一路从西天来千辰宫他管不着，但进了千辰宫就是他的事，人既接了，若在他的手里没了，他如何过得了自己心里这关。她说，她跟着他的时间里，她是他的幻姬，他的人，怎么能被别人弄没！

“以后不是世尊给的东西，莫要什么都吃。”

“将来帝尊给的也不要乱吃么？”

千离问：“本尊做的菜你敢吃？”

幻姬：“……”好像是不大敢吃。麒麟上神就说过，花探真君做出来还能看得出原材料，味道不正，可起码他晓得用什么做，若是帝尊来做，原材料看不出的同时，根本猜不到他会用什么。吃帝尊做的东西，那应该是不要命了。

见幻姬身体虚，千离让她在房中好生休息，自己则到了外间，处理羽瀞的事情。幻姬躺了一会儿，担心七公主说话太直招惹到千离，便起床打算去瞧瞧。

从里间走到外间时，需穿过一道珠帘，幻姬走得慢，且用了仙术，没让自己的尾巴在地上游出声音，先前进房时没有注意到，在珠帘上有几只小海鱼，不同的颜色，大小差不多，一只只拴在了珠帘的末端，一共六只。看着可爱的小海鱼，幻姬皱眉，昨天和上午都还没见到有海鱼挂在珠帘上，怎么这会儿多了六只呢？

六……六只……

这数字怎么感觉有点儿耳熟呢？

幻姬弯腰将小海鱼从珠帘上捞到自己的手心里，发现小海鱼的眼睛会眨。再捞一只，眼睛也会动。羽瀞公主送来的菜是六碟，小海鱼是六只，都是六，这么巧？想到自己身处西海龙宫，而帝尊因为侍女办事不利惩罚的人数刚好也是六个，幻姬忍不住将剩下的四只小海鱼都抓到手中，被帝尊灰飞烟灭的六个侍女变成了小海鱼挂在珠帘上了？再一想，幻姬又觉得不大可能。帝尊行事果决，侍女没有尽到监察之职，不仅未拦住羽瀞公主来拜见她，还让她随意地带了未经检查过的菜肴给她吃，如此失察之罪，帝尊该不可能给她们留存的机会吧？

但，若不是她们，这小海鱼又怎么来的？

稀觉帝尊竟然手下留情了，幻姬欲向他问个清楚，放下珠帘打算用仙术穿过去，没想到六只小海鱼在被放下时轻轻地碰撞到了一起，轻微的声响惊动了主位上的男子，目光朝她这边投来，无视了从外面拿着菜盒进来的羽瀞公主。

幻姬进退不是，看着千离，解释道："我、我睡不着，就出来看看。"

羽瀞公主走到殿厅中间："羽瀞拜见帝尊。"

幻姬转身欲进房，千离的声音轻轻地响起。

"莫不是要本尊过去抱你不成？"

幻姬用她天定聪明的脑子稍稍一想，帝尊的意思让她过去吗？是的，应该是的。

"拜见幻姬殿下。"

看到幻姬到了主位就座，羽瀞公主倒是聪明了一把，恭恭敬敬地和幻姬行了跪拜大礼。看到幻姬在，羽瀞的心里稍微地放了点心，外面跪着的西海龙王和西海王后也安心了几分，殿下是个善良的女娲后人，有她在，帝尊应该不会要他们小七的命，在他们看来，帝尊多多少少会给殿下一点儿面子，若不然刚才那么多人求了那么久的情都没用，殿下说几句话就把羽瀞的命给保了下来，可见帝尊对幻姬殿下还是有顾忌的。

帝尊抬起手轻轻地挥了下，羽瀞立即站起来，将食盒里的六道菜肴和一壶卿黄酒拿出来摆到了桌面上："帝尊，就是这些东西，是我中午送来给幻姬殿下吃的。"说着，羽瀞又跪了下去："帝尊，幻姬殿下，请原谅我这次吧。我是一片真心想请殿下吃饭，我没有想到那些东西一起吃下去会有毒，我第一次烧菜，食物内性相克之理并不熟悉，我没有想过要谋杀殿下。别说我本身的胆子不大，就是谁借我十二个胆子我也不敢这么做啊。请帝尊和幻姬殿下宽恕我这一次吧。下次，羽瀞再也不敢乱拿东西给殿下吃了。"

千离的目光从桌面上新添的六道菜上扫过，淡淡地挑起话音："下次？"

一道白色的仙光从帝尊的手指尖飞出，桌上的菜碟里所用的原材料竟然都复原了，成了一只只的活物。莫说羽瀞和西海众人，就连幻姬都吓了一跳，帝尊他这是想做什么？

“这一桌，赏你了。”

羽瀞惊恐地叫了一声：“活、活的？”

“不然呢？”

千离的声音很轻，可压进众人的耳朵里，却好像重得让人喘不过气来。羽瀞看着一盘盘的活物，为了保持窈窕，她平时吃东西十分注意，这一桌子的活物要怎么吃？

“帝尊，这……这些能做成熟的再吃吗？”

一道清冷的目光扫到了羽瀞的身上：“你这是在跟本尊讲条件么？”

听着千离说的话，连幻姬都不敢出声为羽瀞再求情，这些东西对她来说是剧毒，对羽瀞没什么，既然吃不死人，帝尊要罚，便就让他罚吧，在这么多人面前公然损了他的威严的话，难保自己还能在千辰宫里好好地学佛理。对帝尊，她算是看出了一套相处法则。

帝尊说的，永远都是对的。

帝尊做的，永远都是对的。

幻姬看着羽瀞公主红了眼眶，心有不忍，刚想出声，身子忽然一轻，被帝尊横抱了起来。

“帝尊？”

千离抱着幻姬从主位上走了下来，边走边道：“你们几个好生给本尊看着，若有敷衍，即刻来报。”

幻姬不明，你们几个？指的是哪几个？西海龙王还是西海王后？

“帝尊，我们去哪儿？”已是深夜了，他抱着她去哪儿？这么多人的面前抱着她，叫她多难为情啊。

一心挂着帝尊抱着自己去哪儿的幻姬并没有听到六只小海鱼碰撞发出来的声音。她未有猜错，那六名侍女成了小海鱼悬挂在了珠帘之上，魂灵在小海鱼里，那一缕缕的轻烟不过是千离幻化出来吓唬羽瀞公主的，他不过是想看看这样一个骄蛮的公主有没有一丁点儿担当，却失望地发现她是一个敢做不敢认的人。

帝尊走到西海龙王的面前，西海龙王立即从地上站了起来，“帝尊，我这就给您和殿下安排新的住处，绝不让任何人打扰到你们，保证不会再发生这样的事情了。”

“不必了。”

千离很果断地回绝了西海龙王的好意。

一阵忽然而至的狂风吹得幻姬睁不开眼睛，一只手挡着眼前，将脸埋到千离的颈窝里。没多久之后，耳边的风声不绝，但已没风刮到了她的身上，从他的颈子里抬起头来，发现他们竟然在白摩花的大轿里。

“这轿子不是在龙宫里么？”才问出口幻姬就吐了下舌头，笨啊！帝尊的仙术还不能移动一顶轿子么。

“我们……这是在海上？”

“很快就不是。”

幻姬惊讶：“帝尊你不管西海了？”

“我们住哪儿跟西海有什么关系？”

“我以为你要回浮屠天。”

白轿一直飞升，轿外的风声渐渐小了，直到大轿停了下来，风声一点儿都听不见了。千离看着幻姬的脸，轻声道：“往后就在轿内等着我，安分些。”西海的情况并不乐观，她现在是真身，小伤他还能用仙术帮她复原，若是伤得再重些，便又是新伤叠旧伤了。

“我一直安分。”

“万一我忙起来没顾全你，你可如何是好。”

幻姬很肯定地道：“我不怕。”

不是怕与不怕的问题。带人随行，行事多有不便，他从来就是独来独往，只身办事无牵绊，而今倒不得不分心管她。千离掐了掐时辰：“好了，很晚了，休息吧。明日起，我让食神按时给你送膳食。”

忽地，幻姬扑到千离胸口抱了他一下，不等他有什么回应，放开他，钻到了被子里。

“帝尊，我睡觉了。”

前一晚等帝尊洗澡而和衣随意躺了一晚的幻姬尽管下午睡了一觉，却是被痛得昏死过去的一觉，并没有真正休息，有了帝尊在身边，没多久便安稳地沉睡了过去。

千离袍带未解地躺在被子外面，轻轻地闭着眼睛，听着轿外的流云声。忽然，一道尖锐的声音传进他的耳朵，声音的频率很快，若不是修为高深的尊神尚且不能发现这道声音。千离面色平静地听着天兽传音，抿着的薄唇微不可察地轻轻勾了一下。天兽音连续传了两次，待要传第三次的时候，千离暗中掐了一诀，那声音便止住，知道消息已送达尊听。

第二日早上醒来的时候，幻姬枕着帝尊的手臂贴着他的胸口，看着他近在咫尺的脸，目不转睛地盯着他看，如果一天到晚贴这么近地看着帝尊，那她大概就不会饿了，所谓秀色可餐的秀颜大约也只能俊到这样了。

看着看着，幻姬的视线渐渐就定到了千离的唇上，想到了自己之前亲到他的感觉。离得这么近，她似乎有点儿控制不住自己想再“一亲芳泽”。可是，身为一个品行端正的女娲后人，她怎么能干出如此不要节操的事情。何谓节操，表征一个人品质的重要判定之一，亦称之为“气节”、“德操”。它指一个人在任何条件和处境下，都能笃守某种被誉为高尚纯正的道德品质的行为表现。想她身为天外天的殿下，必须坚守自身的节操，若是没了，她怎么回去见女娲娘娘？

一边是男色的诱惑，一边是道德的秉持，幻姬移不开眼睛，但又坚决告诉自己不能去碰帝尊，颇有种痛并快乐着的感觉。心底还有些庆幸，多亏自己今早醒得比帝尊早，不然哪里能看到他的睡颜。

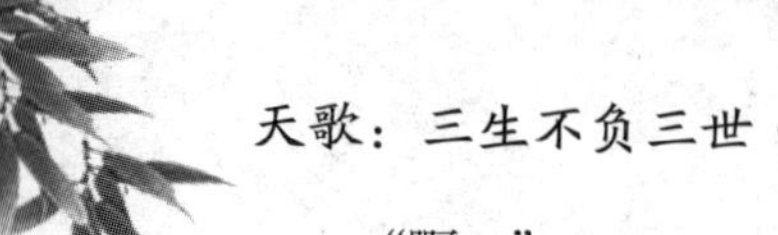

“啊。”

忽然，幻姬轻轻地叫了一声，本来和帝尊侧身相对的姿势变成了她在上，他在下。这也就罢了，左右不过是帝尊抱着她睡觉一个习惯性翻身不小心带着她压上他。可以解释，也很好解释得清楚的一回事。但要命的是，她的头原本是枕着他的胳膊，帝尊一个翻身平躺，他后颈处的手臂压着她的头，导致她的唇瓣不偏不倚就贴到了他的嘴上。

看清自己眼皮子底下的脸时，幻姬脑子里一阵轰隆隆的雷声滚了过去，又、又亲上了？！她觉得，亲这种事情，那是必然只能在两情相悦的情人之间，比如说世尊和世后就能亲，而且越亲得多越显示他们的感情好。没有任何关系的男女要是亲上，那就是……非常不好的事情，非常不妥当的！她亲帝尊第一次，那是误会，是一个无心的意外。这……这第二回，嗯，它也是个意外，不是她主动亲的。帝尊莫醒来，帝尊莫醒来……心里祈祷着，幻姬打算翻身而下，装成什么也没有过。

但，搂着自己的两条手臂将她抱得这么紧是怎么回事？！

缓缓地，一双眼睛睁开了。

四目相对，本来就红着脸的幻姬面颊愈发烧得厉害，红到了耳根子，被子里的蛇尾害羞地卷啊卷，却没注意自己是绕着帝尊的一条腿在卷紧。

抬不起脖子的幻姬只得将唇朝旁边偏移了一些，那感觉，不，那动作就是她从帝尊的唇上亲到了他的嘴角，正想着总算能开口说话了，帝尊绕在她后脑的手臂拿开了。

“谋杀？”

没听到帝尊说自己要流氓，反而听到他说自己谋杀，这让幻姬好一个惊讶，立即否认。

“我没有。”

“你堵我嘴干吗？”

幻姬的心跟着帝尊的话紧了一下，支支吾吾的：“我、我……我不是故意的。”幻姬深知，遇事不可慌，自己若是先慌了，那事态就不好控制了，定了定神，那自己看上去很自然大方的，说道：“帝尊你睡觉喜欢翻身这件事，其实是个不好的习惯。你一个人睡觉时，也罢了。反正床上就你一个人，爱怎么翻都可。但是，我们睡一块儿的时候，你就不能想翻就翻。”

“为何？”

“会影响到我啊。”幻姬脸上的烧红渐渐变淡，“比如今天吧，要不是你翻身，我怎么可能压到帝尊的身上。”

帝尊似是觉得幻姬有理，看了她片刻，决定了：“以后你睡地上。”

“为何？”这次轮到幻姬问了。

“我高兴。”

清晨的阳光穿过云层照射到轿帘之上，因为角度不同，白色的白摩花轿子像被染上了不同颜色，从里面朝外面看去，像是一朵逐渐变色的大仙花，亮堂起来的轿子每一个细微的角落都变得清晰，清新晨光里，幻姬一双眼睛明亮如星。她一接不上话，轿内就变得安静。与人讨价还价，最忌讳的就是没话可说，一旦接不了对方的话，多半就是败下阵来。幻姬发觉自己每次跟帝尊讨什么，总也不成功，没觉他话多呀，可就是理总在他那边。

嘭的一声。

惊了幻姬，也打断了她差点儿就落到千离唇上的吻。

巨大的声音震得白色轿子都摇晃了几下，轿内的人全然清醒，轿中的轻暖气氛一下消失不见，千离将幻姬放下，起身穿好了衣袍，看着忙找衣裳的幻姬，将她拉着摁到了被子里。

“好生待着。”

“我随你去看看。”

这么大的动静，怕是西海的事情恶化，她跟着去，或许能帮点忙。

“往后几天我若忙得没空回来，顾好自己。”

“嗯。”

一连半月，幻姬都没见到千离。这日，她如常地在早膳之后走出花轿，踩在云朵上散步，等着帝尊。忽觉，一股不善之气逼近。

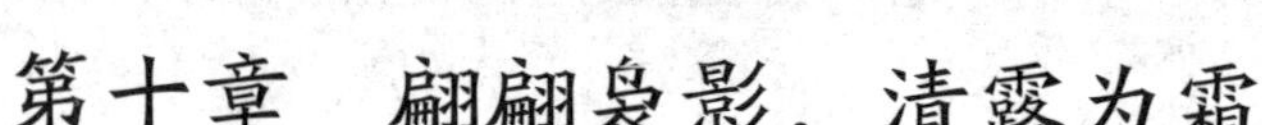

第十章　翩翩袅影，清露为霜

不善的感觉袭来，幻姬仔细感觉是来自何方的靠近，却发现来者的修为实在不低，相距甚远她能感觉到他靠近的感觉却不知道他具体位置。幻姬故作不察，继续慢慢地走着，仙诀却是掐得微妙，若是有攻击袭来，她必瞬闪避开。

说来也是奇怪，幻姬感觉到来人不善，可她等了许久，那人都没有现身攻击她，只是让她感觉到他在附近。散步到了云端，幻姬转身朝回走，为了不让人看出她已察觉，像平时一样，飞到旁边的云朵上，一个人自娱自乐，目光动不动就投到水面上，殷殷期盼的目光让不知情的人误会她在等自己的心上人。

突然，一个身着黄华锦袍的男子挡在了幻姬的面前，看着她，一双眼睛直勾勾地盯着她，嘴角邪邪地勾着笑。

“天外天的幻姬殿下，果然名不虚传。”

幻姬端起了姿态，一言不发地看着面前的男人，都知道她的身份了，想来对自己怕不单单只了解一点点了吧，而且，应该也晓得她是跟着谁一起来的。如果她猜得不错，他应该是算准了今天帝尊不会出现才来的。

“殿下觉不觉得我们很有缘？”

见幻姬不说话，男子笑了：“哈哈，看来，幻姬殿下对我的出现不是很高兴。可是怎么办，我对能见到幻姬殿下感觉很不错，非常的不错。”男子一边朝幻姬走，一边说着：“殿下好端端的不在天外天待着，跑到西海来，而且是在这个时间里，可不就是注定跟我要相遇么。”

在幻姬面前两步之远，男子站住了脚步，眼底惊艳拂过，赞叹着："到底是娲皇宫的殿下，见多识广，真不紧张我的出现，啊。"

"为何要紧张？"幻姬轻轻一笑，"对一个胆小如鼠的人，我何须恐惧？"

黄华锦袍的男子被幻姬的话成功挑怒，收了脸上的笑容："你说什么！"敢说他胆小如鼠？他赤天龙西爵还从未被人如此评说过，这样的评价对任何一个男人来说都极其伤自尊，她是在对他宣告她不怕死么？

"若是胆大，为何偏偏趁着帝尊不在来找我？"

在帝尊的面前她或许敌不过他的反应和嘴皮子功夫，但旁人，她还不会怵其三分，天外天的面子，她这个殿下折不起。

"哈哈……"

西爵忽然开心地笑了："若是这样一说，你倒是猜中我是谁了？"

本来幻姬还不确定是谁，听得西爵如此一说，八九不离十地晓得他是谁了。之前她还想着，也许未必就是他，说不定也可能是路过此地见她一人独处特来找茬的人。

"西海颠覆对你似乎也没有什么好处，不如将镇海宝塔还回去吧。"

"噢？"西爵挑眉，又走近一步看着幻姬，"如果我说不还呢？"

幻姬笑了，转头看着云朵下面的西海，风浪似乎比之前更大了，海水也更加浑浊，今日想来也是等不到他回来了，像是随随便便的闲话家常般地说道："不还就不还吧，不过是多费帝尊两天时日，终归是要回到原位的。"

西爵看着幻姬的侧脸，目光顺着她的视线看了下去，随即笑得得意，还以为她真是面上看着的淡定从容呢。原来，不过是装得好。

"怎么，想着帝尊忽然出现来一个漂亮的英雄救美？"

西爵甚是开心地看着幻姬："我好心地劝一句幻姬殿下你，别费那心思了，没戏。"西爵回头朝白摩花大轿看了看，绕着幻姬走了半个圈儿，将她全身上上下下打量了几遍，抬起手摸摸自己的下巴："虽然在殿下你看来，我此时找来，是胆小怕帝尊。可我不这么认为，我觉得这是聪明的策略。策略，懂吗？我的小幻姬殿下。"

说着话，西爵不怀好意地伸出手想碰幻姬的身子，被她感觉到，轻巧地躲开了，转身面对着他，微微皱了眉头，此人真是不自重得很。

西爵的手落了空，看着幻姬，耸了下肩膀，不以为意，脸上邪笑更甚。

"躲？嗯，躲得好，要是你不躲，我可能还会没什么兴趣，聪明的女子，往往更讨我的喜欢，呆头呆脑的，叫人好生无趣。不过，殿下，我既然敢来，你就该晓得，帝尊是没什么可能来救你。如果我算得不错，他现在应该在浮屠天里救西海十四公主。"

幻姬诧异了，帝尊他回了浮屠天？

"哎，别不信，要知道，既然我晓得帝尊在西海，我不会傻得他在还来掳走你吧。"

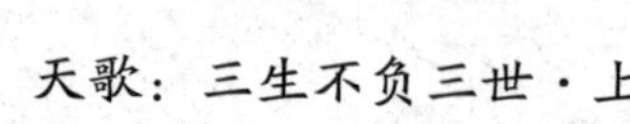

“舞倾公主有三个月的时间，帝尊无须现在赶回去救她。”

见幻姬不信，西爵笑着不停地摇头，似乎对幻姬很是失望的感觉。

“我说幻姬殿下，你是不是也太单纯了。这摆明了就是我的调虎离山之计，你觉得我难道不知道舞倾公主有三个月的时间么？我既然要调离帝尊，难道就不会先去浮屠天里弄点儿事情出来？”西爵叹息着：“哎呀呀，幻姬殿下啊幻姬殿下，你还是太年轻了，我们这种人的世界，你想不透的，你呢，也就适合在天外天娲皇宫里当当殿下，喝喝茶，赏赏花，学学佛，需要用脑的事情，不适合你。”

被帝尊鄙视就够让幻姬郁闷了，没想到赤天龙在完全不了解她的情况下说她只能赏花喝茶，幻姬的自尊心受到了打击，倒不是不能听到不认同自己的话，而是她觉得赤天龙根本没有资格说自己。这样一个祸害西海没有安定日子的人竟然瞧不起她的智商，那感觉就像她的智商活生生地被他拉低，以前她不懂帝尊嫌弃她笨时他是什么心理，现在她体会到了，那真就是赤裸裸的嫌弃。但，体会归了体会，现在帝尊回了千辰宫，她只能自保，也叫他看看，她并不是那么没用。

“悠闲自在的生活里偶尔来点热闹也不失是件趣事。”幻姬微微地笑了，“东海的定海神针我没看到，西海的镇海宝塔总想见识见识。不然，来一趟三十三重天一件宝贝都没见到，岂不可惜。”

凡间有词，醉别西楼醒不记，春梦秋云，聚散真容易。斜月半窗还少睡，画屏闲展吴山翠。至今时她处，若似一场无言的别离，闲看云端云聚云散，朝升暮落，分别挥袖依兮。纵是少睡少醒，他人来去无只影。

“呵呵……”

听到幻姬的话，西爵笑得有些高深，更像是一种精明，“殿下来西海，只是为了见识镇海宝塔？”

“莫非这西海除了镇海宝塔，还有什么稀奇宝贝值得本殿下见上一见么。”幻姬反问。

西爵笑意更深了：“若是殿下想见镇海宝塔，也不难。”说着话，西爵很仔细地观察幻姬的神色：“只是，殿下既然晓得我是谁，就该明白，我不可能将镇海宝塔带在身上，你若想看，敢不敢随我走上一趟？”

面对西爵的问题，幻姬回得很干脆。

“不敢。”

“哈哈，想不到幻姬殿下的胆子这么小，方才，也不知是谁说我胆小如鼠。原来，真正胆小如鼠的人不是我啊。”

幻姬神色平静地看着西爵：“我当然不敢。帝尊将我安置在云端，为的不过就是不想我受到任何伤害。你趁着帝尊不在来找我，叫我随你走一遭，我若是跟着去了，那就不是胆小的问题，是蠢！”笑了笑，幻姬继续道：“何况，女子胆小，又有什么丢脸的呢。”

浮云流动，阵阵风儿吹来，云端的风景美得清净，与那底下的西海形成了鲜明的对比。

西爵挑眉邪笑：“殿下以为不跟着我去还能继续在这云端待着？”

“你既知我是娲皇宫的殿下，必也不敢轻易伤我性命，于你看来，灭不了我的命，倒不如两人和和气气地相处。但于我看来，这不失为一个好的优势。帝尊已出面处理西海之事，他素来不喜女人掺和他的事情，所以西海之事，我只观，不管。你无须担心我会对你做什么，对你的不管，就是我对帝尊的信任。”她相信帝尊将来一定会把镇海宝塔给找回来，莫名地就是信他有这样的能力。

赤天龙微微眯着眼睛看幻姬，传闻天外天的殿下才九万岁，没想到想事情还有点儿脑子，既然她知道自己不会轻易伤她的性命，之后的事情倒是好说了。

“殿下既不管西海之事，那我们倒还能交个朋友。我怎么对西海，那是我和西海多年的宿怨，与殿下无关。帝尊管，那也是他的事情，我能不能从他的手里偷得成功，是我本事。殿下想看镇海宝塔，没问题，但要是想在这里看，就不行了。”西爵走近幻姬，“我不伤你的命，但带走你的能力，还是有的。”

近距离看着幻姬，西爵又忍不住抬起手想摸她的脸，被幻姬朝后飞开避掉了，浑身的仙泽浮现，头顶一轮圆盘般的银阳也随之浮现出来，目光清润地看着西爵，远古而来的高贵典雅之气瞬间张扬开来。俯视天地的天外天殿下气势让赤天龙看得怔愣了片刻，女娲后人果然与众不同，那十四被他抓到的时候惊慌了不短的时间，看到自己拿她威胁西海龙王和龙太子的时候，表现得很是刚烈，他以为那算得是个佳女。可不想，这幻姬殿下面对他却是另一种态度，似冷非冷，似远非远，总有种只可远观不可亵渎的感觉，她的血统让她带着与生俱来的高贵大气，虚得让人不觉真实。

幻姬飞开之后，周围的天空里忽然浮现十万虾兵蟹将，为首的便是一身太子黄袍的西海龙太子邑度。

见邑度带人来围攻自己，西爵仰天大笑。

“哈哈，我说，邑度小孙儿，你太祖爷爷都没有将我拿下，你就带这么点儿的小喽啰想抓我，是不是有点儿异想天开啊。”

邑度冷色视之：“镇海宝塔乃我西海之物，交出来，饶你不死。”

“哈哈。”笑毕，西爵看着邑度，“小孙儿你的口气倒是不小啊，饶我不死？哈哈，镇海宝塔就在我的身上，有那本事的话，尽管来拿啊。”

说完，西爵飞到幻姬的面前，一身张狂之气里竟带着淡淡的温柔：“殿下，我不想对你用强，你是高贵的，圣洁的，我特别想尊重你。我若想强行带走你，眨眼之间就走了。相信我，这些人根本保护不了你！”说着，西爵对着幻姬慢慢地伸出手，嘴角噙着微笑，他笃信，她没有第二个选择。

“你当本尊是死的么！”

忽然一声，轻轻的，缓缓的，却若有雷霆乍震石破天惊之感。

一道金色佛光普照云天，白袍翩翩金泽闪闪的银发男子从高高的天空里缓慢地飞下来，悬浮在赤天龙的背后，目光很是冷淡地看着他。便是这人，在四百万年前他渡劫之时闯了他的境界，若非他，自己也不得在那危急关头惊了一把，更不得欠西海的人情。新仇旧怨，今日一起算了甚好。

“你……”西爵惊讶地看着忽然出现的帝尊，他不是回了浮屠天吗？怎么……

被笼罩在佛光里的幻姬目光一直落在帝尊的脸上，说不出为什么，她心里高兴极了，一种想跑过去抱他的感觉疯涌，不过，忍着！

千离声音悠悠地问：“听你说，有本事的话，尽管从你身上拿镇海宝塔，对吧？”

西爵不想与赫赫战名的帝尊对抗，瞬间一闪想掳走幻姬逃遁，却在伸手抓她的刹那间落了空，待他再看时，白纱飘飘的幻姬已是完好无损地被帝尊抱在了怀中，两人正深情地对视。

失了手的西爵一股恼火之气忽然生出，忍不住骂了一句：“妈的！”打个架还带抽空跟女人谈情说爱的啊！

在外人看来她和帝尊是在深情凝视，可是在幻姬看来，她觉得帝尊是在鄙视自己。他鄙视归鄙视，她觉得自己也没笨到真的跟赤天龙走掉，柔声道：“我有安分在这里等你回来。”

幻姬刚觉帝尊的嘴角有上扬的迹象，可也仅仅只是一瞬间的事，眼前他的脸忽然一闪，耳畔便听到刀剑相拼的声音。那欲逃的赤天龙西爵被帝尊拦截，两人战在一起。

西爵忍不住在心底再骂一句，抱个女人来跟他打架，是多看不起他啊！

幻姬耳边听到刀剑不绝的相杀声，不免心中好奇，她从来都没有看见过帝尊的法器，他召唤出来了么。因为帝尊和西爵打斗得太激烈，幻姬双臂抱着他的脖子，将脸埋在了他的颈窝里，别说她没机会看，就是真让她转身看两人比斗也看不清楚，空中的身形闪得太过于快速，没多久便听见一声闷哼。幻姬的心一紧，发现不是帝尊的声音，心又落了下来。刀剑无眼，赤天龙的年岁比帝尊恐还要大，虽不知他的修为是不是比帝尊高，可帝尊抱着她，多多少少会有些不便，若是赤天龙抓住这个缺口发了狠，怕是会伤到帝尊吧？

“啊。”

正担忧着，幻姬听到西爵一声大叫。

西爵握着剑用手抹掉嘴角的血迹，瞪着帝尊：“你是不是男人啊，打架就打架，抱着女人干吗，想要醉倒温柔乡的话，回你窝里去抱，害得人都不能专心打架。”

幻姬怕自己影响千离的发挥，小声地对他说着：“帝尊，你放下我吧，莫要给你增加负担。”

清风过来，帝尊的声音被轻轻吹开，清晰地传到了西爵的耳朵里。

“本尊是不是男人，你想试试？”

西爵啐了一口，“呸！”帝尊，你也太不挑食了，男女通吃！

看着恼羞成怒的西爵，千离冷冷地笑了下，缓缓道：“抱个女人单手也能收了你，你喊声爷，本尊受得起。”

单、单手……

幻姬抬起下巴看着帝尊，他不是给西海维稳半月么，还去了趟浮屠天，法力没有被损耗吗？

西爵大笑：“哈哈，帝尊好大的口气啊。”

“你应该期盼本尊的口气再大点儿好让你活得也久点儿。”

此时，西爵已经感觉到了对面的帝尊全身都散发出一种异常压迫人的气势，不同于他曾经遇到的任何一个对手，哪怕敌人是上古神兽后裔，他都不曾有这种难以逃脱的感觉。

传说中，帝尊在五百万年里，只有战伤，没有败绩！

西爵心中哆嗦了一下，问道：“看来，帝尊是打算在一口气内取了我的性命？”

没有一个字的废话，一道白影忽然掠过天空，快得来不及看清的剑影中，黄华锦袍的男子变成了一条黄龙飞在天空，连一次长龙摆尾都没有做完，龙身便挺挺地绷直，在一缕从头穿到尾的白光里，化成人形，趴在云朵之上，无力地看着不远处的帝尊。

“你个骗子！你说单手的，不算数，我看到你用脚了。”

千离化掉手中用云朵变成的长剑，轻声道：“本尊何时说过不用脚了？”

“你反正就不是一只手干掉的我，骗子。”

“跟万年老流氓讲道义，本尊不是骗子是傻子。”

幻姬小声地在帝尊耳边修正道：“帝尊，他没碰到我。”

千离转头将目光从西爵的身上移到幻姬脸上，静静地看了她片刻：“你倒是想他碰？”

“不想！”

云朵上的西爵人形再化为黄龙，龙身变成一缕缕的轻烟飞升起来，留下一颗赤黄色的内丹从他的体内飞了出来。千离伸手将龙丹吸入手中，轻轻一捏，听到咔嚓的声音，打开手指，一座小小的冰晶宝塔出现在他的掌心。

幻姬盯着帝尊的手心直看：“这就是西海的镇海宝塔？”

“出来吧。”

幻姬愣了下，莫名其妙地看着帝尊，什么出来吧？正不明白的时候，一道笑声传来。

“哈……”

摇着百色扇的麒麟上神腾着祥云出现在天空里，他旁边还有一朵小云，踩着小云的正是那浮屠天星穹宫世尊世后的宝贝儿子。

“小姨娘。”

小毛球踩在云朵上很是激动地看着幻姬，一只小爪子不停地挥动：“小姨娘，我来看你了。”小毛球脚下的小云飞动，小身板儿落到幻姬的面前，看到帝尊一只手臂搂着幻姬，看了看，又看了看幻姬和千离：“小姨娘，你是不是已经嫁给了千离叔……哥哥？”

幻姬："……"

随后跟来的麒麟扑哧一笑，惹得幻姬红了脸。

"小姨娘没有嫁给你的千离哥哥。"幻姬抬起手摸着小毛球的头顶，"你怎么跑来西海了？你父尊和母后知道吗？"

小毛球直接忽略掉幻姬后面两个问题，仰着头望着幻姬："要是你没有嫁给千离哥哥，那为什么他一直抱着你？我父尊经常这样抱着我的母后，父尊说，只有对自己的媳妇儿才能这样抱，连我都不能那样抱我的母后。要是你没有嫁给千离哥哥，他这样抱着你，是怎么一回事呢？"

幻姬低头去看着腰肢上的手，她腰甚细，千离一条手臂可揽上一个整圈儿，她便是低了头，他也没有松开的样子。不免尴尬的幻姬不知该如何提醒帝尊，有两个外人在，一个是孩子，他们若是有些亲近的行为，不好向小毛球解释。

幻姬试图从帝尊的臂弯里挣扎出来，动作幅度不敢过大，于是效果就等于没有，一款柳腰被帝尊搂得牢牢的，逼得她不得不在解释上下功夫："那个吧，主要是因为小姨娘的腰受伤了，你的千离哥哥这样抱着是为了不让小姨娘的腰伤得更重。如果小姨娘没有受伤，你的千离哥哥肯定不会这样抱着我的，明白了吗？"

"噗……"

麒麟上神笑眯眯地看着幻姬："殿下的解释真是好恰当啊。是刚才我们帝尊抱着你打架时扭伤的吧。"

幻姬愣住了，麒麟上神在帝尊和赤天龙打架时就来了？那为何没有现身呢？

小毛球伸出一只手摸着幻姬的腰，关心地问："小姨娘，你的腰什么时候能好啊？要不，我来搂着你吧，我也能保护好你。母后说，身为男人保护媳妇儿，保护弱小，是为天经地义的事。我现在还小，没有媳妇儿，就暂时先保护好小姨娘你吧。"

伸出两只手准备抱着幻姬的小毛球落了空，帝尊带着幻姬忽然从空中飞下，直向西海的海面。

宁静的天空里，一道轻缓的男音响起："星华对他的崽宝贝得不得了，你看着点儿。"

麒麟笑道："晓得嘞。"说着，麒麟伸手牵过小毛球的一只小爪子："男子头，女子腰，只许看，不许摸。记住了。"

小毛球不服地反驳："那为什么千离哥哥可以摸小姨娘的腰？"

"因为你千离哥哥不要脸。"

嗖的一个什么东西从下面飞了上来，麒麟上神带着小毛球飞快地躲开，冲着云下说话。

"我要去告诉星华你打他儿子。"

"星华什么时候有个你这么大的儿子啊。转告他，管教不严。"

麒麟："……"

千小离你这张嘴巴善良点能要了你的命啊。他要去告诉天界的人，帝尊抱着女人打架，抖帅抖威风，抱的人还是天外天的幻姬殿下，臊不死你我。

到了海底龙宫的时候，千离抱着幻姬直接去了镇海宝塔失窃的护海台，镇海宝塔被盗，那儿的守卫也全部被撤离派去找赤天龙西爵。在离塔台颇远的地方，千离放开幻姬，独身一人飞到护海台上。摊开手心，一座水晶小塔赫然出现。精致的小塔飞出千离的手中，飞行时塔身渐渐变大，颜色也从晶莹剔透的水晶色变深变暗，等到塔高三十丈的时候，镇海宝塔已经成了浓绿色。当塔心与塔台的地心对成一点的时候，镇海宝塔忽然猛增大数十倍，迅速旋转起来，带动周围的海水形成了一个越来越快的旋涡，幻姬脚下踩着的海底开始振动，高旋的海水带起了一股卷席力量，身体轻盈的她勉强用仙术才稳定住，看着一身白衣的帝尊站在塔台上纹丝不动，心下生出敬服之情。

他没有世尊那么温润完美，也没有百曦古神那么善良淳厚，嘴毒无耻的不如麒麟上神那么开朗可亲，可他站在那儿即便什么都不做就会给人一种很安全的感觉，其他的尊神也会给人俯苍生的安定感，可不是帝尊这样的，像是可以颠覆天地的长天豪气。在她的认识里，长得精致好看翩翩优雅的男子，该是温和的，好亲近的，如帝尊这样的脾性，她不知道是上苍误给了他一张俊脸还是他误养了一身脾气。可说不出哪儿不对劲，她又觉得帝尊就该是这样秉性，换成别样的，就不是帝尊了。

忽地，镇海宝塔从高处朝下落，站在护台上的帝尊拔地而起，金泽闪现，飞上塔尖的他一轮大摩佛光笼罩宝塔，踩着镇海宝塔飞快地下落，对准了护海台上的塔心，震耳欲聋的一声巨响，宝塔重立原位，一圈强大的劲气从塔台朝四周扩散。幻姬感觉到劲气朝自己逼来，尚未掐诀让自己飞离，忽觉身子一轻，已安全地避开了会重伤她的劲气。

不作他想，幻姬很自然地就想到了帝尊，定然是他怕她受伤飞身前来带离了她。可待她看清的时候，实实在在地吃了一惊。

百曦古神！

幻姬不敢置信地看着忽然出现的百曦，他怎么来了西海，还是她眼花了？

“百曦……古神？”

百曦看着幻姬，轻轻地笑了：“怎么，半年不见，不认识了？”

“真的是你？”幻姬仿觉自己在做梦，本该在昭部山的百曦古神怎么会出现在西海的海底，他应该不晓得自己在西海吧，那必然也不是特地来西海找自己的。“你来西海办事吗？”

百曦抱着幻姬缓缓地落到安全地方，看了看耸立得高不见顶尖的镇海宝塔，心里的石头落了地，西海这回总算是安定了，幻姬跟着百曦古神的目光看向镇海宝塔，刚才还不见这么大，现在都看不到塔顶了，果然是镇海的宝贝，如今回了位，西海从此就安宁了。帝尊呢？幻姬努力朝塔顶看去，却是怎么都看不到那个白色的身影。

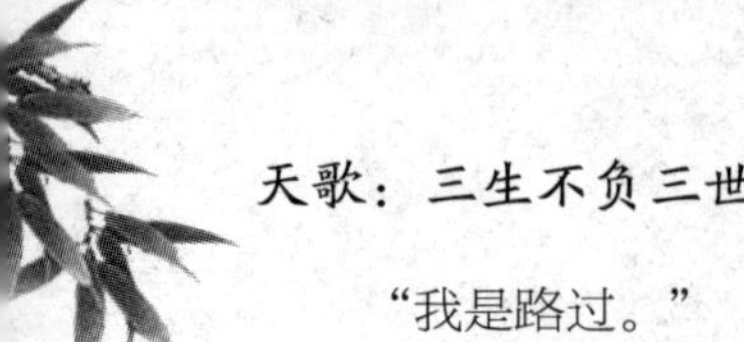

“我是路过。”

正在幻姬抬头找帝尊的时候，百曦的声音传进了她的耳朵。

“我去神农族落办点儿事，可巧听到风箫和他的正妃在说西海的事情，风箫的正妃希望他能陪着她一起回西海来看看，想着顺路，风箫邀我随行时，我便过来了。”

幻姬问：“风箫的正妃是西海人？”

“西海十公主雨潋。”

如此一说，幻姬便明白了，风箫是神农族落的二皇子，据闻神农族落的大皇子因为恋上了一个凡间女子而被神农族落关押了起来，二皇子风箫代替他的哥哥学习如何成为一个合格的神农族落首领，之前她在昭郜山学习的时候还见过她两回，却没想到他娶的妃子竟然是西海的十公主。

百曦继续道：“我刚在海底查看西海的情况，听到这边的动静，过来瞧瞧，没想到看到帝尊正在归位镇海宝塔，幸好眼力还不错，及时地看到了你。”

幻姬微微一笑：“刚才真是谢谢你。”

“呵，你我之间何须说这些。”百曦关心地问，“听龙宫的人说，你和帝尊来了不少的日子，你住到哪儿去了？”

“我没住龙宫，在云端。”

说着话，西海龙王带着一大群的人赶了过来，见到镇海宝塔归位，一个个激动得不得了，飞到幻姬和百曦古神的面前，恭敬施礼。

佛光撒下，众人抬头去看，一袭白袍的帝尊停在空中俯视海底。

西海龙王带着臣民整齐呼道：“帝尊。”

看着高悬的帝尊，幻姬觉得他特别的高大，虽说他给人不轻易施善的感觉，但他做一件事就能救万万千的苍灵，这样的大善并非人人都有机会有能力出手相救，一命抵七级浮屠，帝尊今天都不知道要积下多少浮屠善果了。

镇海宝塔回了镇海台，龙王在周围布下了许多的兵将，又派人去外面将龙太子找回宫。到此时幻姬才知道，白摩花轿周围出现的龙太子和十万虾兵蟹将竟然不是真的，而是帝尊化出来欺骗赤天龙西爵的假象，不过是为了满足他不将西海放在眼中的虚荣心，让他主动说出镇海宝塔在他身上的话。若是西爵不主动说宝塔在哪儿，四海六道八荒里想找到一座小小的水晶塔，比大海捞针还要难上更多。

西海恢复稳定，全仗帝尊出手相救，一场谢恩宴西海龙王办得可谓是相当热闹，也是相当地舍得下本钱，但凡西海能拿得出的，什么珍贵就赶着什么来，幻姬看着面前的美食，瞧着都不错，不知味道怎么样。中午时，因为几位尊神的到来，西海龙王开了小宴，大家谈笑风生，聊得多，吃得少。她在旁边带着小毛球玩耍，没吃什么东西，到了晚膳可得好好吃一顿，明日说不定就得跟着帝尊回浮屠天去，路上大概只能吃果子了。

“小姨娘。”坐在幻姬身边的小毛球喊她，“我饿了，可以吃了吗？”

本来小毛球是安排在麒麟上神的旁边，可是小家伙拉着幻姬的手不肯撒，西海龙王只好把他的位子放到了幻姬的旁边，好在他一声声的小姨娘也让人觉得确实该幻姬来照顾小毛球。

幻姬看了看宴厅上交谈甚欢的宾客，离正式开宴怕是还需要一会儿，歌舞丝竹才刚开始。但是小毛球这么小，正长身体的小娃娃可是不能饿的，世后娘娘不在他的身边，他叫了自己一声小姨娘她就得像个姨娘样儿地照顾好他。按说，小毛球的身份十分尊贵，礼仪风度是该从小就教导好，可幻姬实在不忍心看着他挨饿。

“饿了你就吃吧。”

小毛球点头，小声地对幻姬说道：“我偷偷吃，不让他们看出来。”

幻姬轻轻一笑，要是她也能偷偷地吃不被发现就好了，一个人饿不饿跟她是不是小孩子一点儿关系都没有，她也饿了，很饿。

麒麟在对面桌看着小毛球飞快地抓了一只烤鱼，那动作可算得是麻利了，小脑袋还贼溜溜地看了看四周，不想被人发现的精灵样儿。

“呵……”麒麟笑了。

晚膳的座位是西海龙王亲自排的，帝尊当仁不让的是东方主座，左下是幻姬殿下，因为龙王觉得幻姬殿下是帝尊带来西海的，放在他的身边是理所当然，幻姬殿下的左下便是世尊家的小殿下了。然后，百曦古神年纪最大，又是远古复生过的尊神，自然也怠慢不得，于是安排到了西方主位，与帝尊相对，而他的下方则是神首麒麟上神了。

自打帝尊归位镇海宝塔之后，幻姬就没跟他对说一句话，不是她不说，而是没什么机会跟他说话，好不容易说上了吧，他都不回应她。他被大家簇拥着进龙宫，她趁着在他身边，小声地赞他，帝尊你好厉害！可帝尊一副平淡的样子连看都没看她一眼就走向前去了。午膳小宴吧，她带小毛球在一边玩，没多少机会插那些尊神的话，偶尔被麒麟上神喊两句，也不过都是些帝尊不喜欢的话题，他几乎沉默于整个小宴，一张俊脸冷冷静静的，看不出什么情绪。她觉得，他可能是累到了吧，毕竟这半月法力消耗肯定不少。谢恩宴她被安排在帝尊的旁边，可她实在不知道要怎么开口跟他说话，要什么才好呢？

无奈，幻姬只得将目光投到水榭台上起舞翩翩的妙龄女子身上，认真地赏起舞来。

不知道西海龙王说了什么，宴厅里一片齐呼帝尊的声音，幻姬只得端了身姿，目光不经意地和对面的百曦古神对上，朝着他微微点头。

没等幻姬和百曦古神的目光交会出什么心得来，一大群西海龙宫的人在龙太子的带领下走到帝尊面前谢恩，因人不少，挡了百曦和幻姬两人之间的视线，两人想交流只得作罢。不止镇海宝塔被帝尊寻回，西海一个半月来的稳定也皆是帝尊的功劳，西海对他如何感激都是应当的事情，于是，看着一拨一拨的人涌来感谢自己身边的帝尊，幻姬很理解，理解到最后各位公主都跑来感谢帝尊都觉得理所应当。只是，她不大明白的是，为什么西海的公主们有些感谢完一次又来感谢一次？其中，三公主出现次数尤其多。

幻姬的身份让她没法随意离席，安安静静地坐在位子上喝着小酒，吃着晚饭。忽见到桌前一个藏蓝色的身影出现，一道轻轻的声音响起。

“幻姬。”

幻姬抬头，笑了：“百曦。”

“不介意我坐你旁边吧？”

幻姬忙让出些位子：“当然不介意。坐啊。”

在昭部山三年，百曦古神一直喊幻姬，在一年的学艺之后，幻姬也在百曦古神的要求下喊他百曦，少了一分疏远，多了一分亲密。百曦坐下之后，看了看幻姬面前的菜碟，轻轻一笑：“看你胃口这么好，我都想吃了。”

目光扫了一遍自己吃过的东西，幻姬不好意思地笑了笑：“我早上和中午都没吃什么东西，有点饿。要是你不介意的话，一起吃吧，味道还不错。”

侍女给百曦添了一副干净的碗筷，本欲给幻姬的桌面再添点儿新菜，被百曦给推了，就着幻姬的席面两人就吃了起来。

麒麟带着小毛球玩，间或得空的时候，看看对面，觉得画面有点儿有趣，百曦古神什么时候凑到幻姬殿下那桌吃饭去了？旁边的帝尊嘛……淡定得好像一尊雕像,没有任何表情。不过，他前面施礼敬酒的人是不是有点儿多，多得他都没注意到旁边相谈甚欢的两个人吗？

“小毛球，听好了，就在这个大厅里玩，不可以跑出去，半步都不行。”麒麟摇着扇子叮嘱小毛球，“被我发现你跑出去了，以后不带你出来了，听到了吗？”

小毛球玩得乐乎，挥挥小爪子：“知道了知道了。”

麒麟拿着一壶酒，也凑到了幻姬的桌子前：“殿下这桌的菜不晓得是不是好吃些，不介意我一起吃点儿。”幻姬哪里会想别的什么，高兴地欢迎麒麟一起，又让侍女添一副碗筷，上几碟新菜，三个人一桌子吃了起来。

几杯清酒过后，麒麟问幻姬：“殿下打算在西海再留几日啊？若是无事，不如跟着我和小毛球一起去东海看看。”麒麟朝小毛球投去目光，端的一派慈祥的模样。

吃了不少东西的幻姬连笑容都似乎多了些，听到麒麟的提议，转脸去看千离，发现他正好也将目光投向她，嘴角的笑容更大了，对着他笑得温暖，可笑容还没有完全漾开就感觉到不对劲。感觉帝尊怎么又变得很冷漠了？

幻姬慢慢地收了笑容，转回脸，继续吃东西，将麒麟问的话抛到了脑后，直到听见他的笑声，方抬头看他。

“殿下，想好了吗？”

“我这次来西海是帝尊带着来的，什么时候回浮屠天，也得看帝尊的决定。”

麒麟了悟地拉长了声音："噢……意思就是帝尊去哪儿殿下你就去哪儿，对吧？"

幻姬点头。

"殿下，你和帝尊这么形影不离的，可是会叫人误会的。"

"误会？"幻姬不解，"误会什么？"

麒麟摇着扇子，目光慢悠悠地转到旁边千离的身上，看着他，笑得很是悠然："男未婚，女未嫁，浮屠天千辰宫里别的倒是不缺，细细算来，唯一缺的就是一个帝后了。"

幻姬莞尔："麒麟上神若是说误会这个，当真是不必。帝尊从未想过娶帝后，而我，亦从未想过要嫁人，我的身份……呵呵，总之，麒麟上神是多虑了。我跟着帝尊，不过是尊知荐我来随他学佛理，没有其他的意思。"

"殿下这算是跟帝尊撇清关系吗？"麒麟挑了挑眉梢，又问，"莫不是怕什么人误会你和帝尊有点什么？"说着，目光瞟了一眼百曦古神，笑道："百曦古神，你说呢？"

从麒麟坐到一桌后就没说话的百曦笑了，原本他还真觉得幻姬和帝尊之间有点儿什么不正常的感情，可观察了一下午，倒也没见两人之间有什么，加上幻姬此番一解释，他愈发肯定自己开始是出现了错觉。帝尊是何许人也，他哪里会沾惹十丈红尘的儿女情长。至于幻姬，她秉性十分善良单纯，既是西天尊知叫她来跟着帝尊学习，自然不会懈怠，一心想着成为一个受到众人肯定的女娲后人的她，怎么会动心情爱呢。他，真是想得太多了。

百曦道："本就无关的两个人，何来撇清关系一说呢。麒麟上神就莫要再开幻姬的玩笑了吧。"

"呵呵……"麒麟也笑，说话的声音大了些，"殿下到底是跟着百曦古神学艺三年，感觉果真不同些。"麒麟的目光落在幻姬的脸上："你瞧瞧，我不过开个玩笑，古神就心疼了。"

幻姬拿百曦当十分尊重的师长，麒麟如此一说，倒叫她红了脸，不好意思地笑了笑。

西海三公主原本坐在宴厅下偏的位置，不知道什么时候蹭到了龙太子邑度的旁边，幻姬这桌聊了些什么她没听到，只是抓了个时机，向帝尊开了声。

"帝尊，此次西海动荡，幸得您出手相助，我们西海地方小，即便是有些珍宝，在帝尊看来恐怕也是入不了眼的俗物，可我们西海却是一个十分懂恩情记恩情的地方，俗物表谢意，恐污了帝尊的圣眼。"三公主婉约巧兮地笑了，"若是帝尊准允，我西海三姐妹愿意随侍帝尊左右，潜心修佛，每年行善千件，造福四海八荒，将帝尊的福泽播撒广域，惠泽万物。"

三公主话毕，西海的七公主和小十二都跪地朝帝尊行礼。

因为三公主的声音不小，宴厅大部分的人都听到了，自然也包括幻姬这一桌。看着地上跪着的七公主羽瀞，幻姬微微皱眉，她被帝尊罚过，还有这等潜心随侍的心思，可是真不容易了。只是，西海三位公主要跟着帝尊，那……千辰宫可不就有四位西海的公主了吗？还一个小十四已经在宫里了呢。

麒麟摇着扇子，慢慢地道："西海三公主，丧夫。七公主，和离。小十二，待嫁。嗯，都是单身呀。"

百曦轻笑："若是有夫之妇又怎会跟随帝尊修佛呢。"

麒麟点头，声音不高不低地说道："十二公主长得可真水灵，看着就是一副聪明样儿。"说着，目光浅浅地瞟向幻姬，发现她听着他的声音将目光转向小十二，嘴角勾了勾，继续道："我认识帝尊万万年，他好像确实对水灵又聪明的姑娘有不错的印象。"

幻姬纳闷，十二公主那个样子的姑娘就叫聪明的样子？帝尊，喜欢十二公主这样的女子？

西海王后适时出声："帝尊，西海存亡幸有您出手相救，我们亦知你不在意俗物，这几位公主诚心想跟着你修佛，万望您允了她们跟着，以期能学会福泽天地千灵万物，将帝尊的善举广播四方。"

一片安静的等待中，西海龙王也说话了。

"帝尊，请您允了她们吧。"

大厅里安静得有些过分了，人人皆在等待帝尊的话。

忽然，一道轻轻的，缓缓的声音响起，仅仅一个字。

"好。"

千离的好字刚出来，静得谁呼吸重一点都能听见的厅内突然响起啪的一声，众人大惊。

一直无声无息的幻姬一掌拍在桌面，目光看着跪在地上的西海十二公主，她的脸上是因为帝尊的话而惊喜后因她拍桌而惊吓的表情，这就是聪明的表现？这就是帝尊喜欢的女子？

在旁边玩得开心的小毛球看着众人被吓到的样子，不明所以，看看周围，最后看到幻姬这块儿，童声清脆又清晰地问："小姨娘，有人要跟你抢千离哥哥了吗？"

西海众人倒吸了一口冷气，惊色满目。

帝尊和幻姬殿下……

听到小毛球的话，幻姬周身的气势渐渐地收了。心下恼着自己，怎么就拍了桌子呢。听到帝尊说允许西海三位公主跟随到千辰宫时，她赫然就想到了自己到千辰宫受的待遇。他给她治伤是不假，可见面时，那么晚，他说的却是一句千辰宫里没有她住的地方。若不是她晕厥，他必然将她送到了星穹宫。她不能住千辰宫，舞倾公主可以住，西海再去三位公主也可以住，偏偏她不行。她堂堂娲皇宫的殿下被他如此嫌弃，一点儿尊重都不给她，她是有多差？差到连西海的公主都比不上了吗？还是，帝尊当真就是喜欢十二公主！

麒麟的扇子没有摇了，看着幻姬，目光转到千离的脸上，用口语对他道，拍桌子啦。

小毛球走到幻姬的面前："小姨娘，你不高兴了吗？"

幻姬摇头："没有啊。"

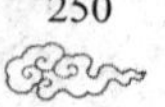

小毛球又问："小姨娘，你吃完了吗？这里都没什么好玩的了，你带我出去玩吧。"说着，告状似地看着麒麟："麒麟哥哥说不准我出去，你带我出去吧。"

拍桌之后，幻姬一时也不知道用什么借口来搪塞眼前的尴尬过去，觉得自己真是太失态了，再怎么不满帝尊的有失公允也不能当着大家的面表现出来，毕竟帝尊是帝尊，而她也不能跌了身份。于是，索性借了小毛球要闹着出去玩，同意了。

幻姬起身，说道："先失陪了。"说完，带着小毛球，走出了宴厅。

西海龙王和王后相互看眼，帝尊带着幻姬殿下来的西海，难道俩人真是……可素闻帝尊从不触碰红尘情爱的呀。

幻姬带着小毛球从宴厅里出来不久之后，百曦找到了他们。

"幻姬。"

"百曦，你怎么出来了？"

百曦静静地看了幻姬片刻："出来找你。你，没事吧？"

"呵，我没事啊。"

百曦欲言又止。

小毛球过来拉幻姬："小姨娘，我们去那边玩。"

"好。"

看着幻姬走远，百曦微微地蹙眉，他的身后，一个白色的身影慢慢地走了过来。

金泽闪闪的男子走过百曦的身边，看着他长及地面的银发，百曦出声喊住了他。

"帝尊。"

千离站住脚步，背对着百曦："有事？"

"幻姬很单纯，有些事情，还请帝尊别放在心上。"

千离静了片刻，轻声道："她单纯，古神呢？"

百曦轻轻一笑："我好像没说什么能让帝尊误会的话吧。"停了停，又道："再者，你我皆是男子，即便有什么误会的话，也无伤大雅，你我心知肚明便可。"

一直用背影对着百曦的千离什么话也没说，朝前慢慢走去。

西海晚宴，落了个面上尽欢心不欢的结果。千离更是独自提前回了千辰宫，幻姬则被麒麟带着回了浮屠天。

星穹宫。

把小毛球送到星穹宫后，麒麟想带着幻姬去千辰宫，被她拒绝了。

"麒麟上神，今天我就不跟着你去千辰宫了。"

麒麟问："为何？"

"我想和姐姐住一段时间。"

麒麟看看旁边的飘萝，好像也是，姐妹相聚，无可厚非。人，他带回了浮屠天，千离那小子要是想见，来星穹宫找就是了，殿下不去千辰宫这就怪不得他了，总不能绑着人家过去。

“行，我有事，先忙。”

从西海回来一晃就是七日过去，小毛球和幻姬的感情越发地好，每天小毛球都跑厢殿找她，而幻姬也渐渐地在星穹宫里住得习惯了，之前非常放不开的感觉在小毛球和飘萝的陪伴下消失了很多，尤其小毛球，每天都能弄出乐子，惹得幻姬觉得小孩儿实在太可爱了，经过小毛球每天无意抖出他父尊和母后生活在一起的事情，她觉得外人不敢造次的世尊和世后私底下其实很……逗。

比如世后有求于世尊时会喊他夫君；如果世后心情不大好了，就什么也不喊，直接有什么说什么；再若世后被刺激不开心了就会喊世尊星小华，出现世后怒了的情况便是喊他“贱人”！四海六道八荒里，敢喊世尊贱人的，估计也就只有世后了。

“小姨娘，天太热了，下午我们去游泳吧。”

在星穹宫莲池边钓鱼的小毛球问着旁边一起和他学钓鱼的幻姬，因为人小，飘萝不准幻姬和小毛球去天河边垂钓，总怕两人在河边出点什么岔子。不过，四岁的小毛球哪里晓得钓什么鱼，一会儿扔粒石子到水里，一会儿又扔瓜子仁下去，好不容易游到鱼饵边的小鱼又给他吓跑了。幻姬也是完全不知道怎么钓，拿着一根鱼竿坐在小毛球的身边，认真地盯着水面，看到鱼游过来就恨不得把钓竿给提起来，每每都吓跑了鱼。

听见小毛球的提议，幻姬看看天空里的太阳，应了声：“嗯啊。”

稍远处，星华在凉亭里泡茶，飘萝睡在星华的旁边，偶尔掀开眼帘看一下池边坐着的两个人，一大一小，不，在她的眼睛里，两都是小的。只是，有一个非常的小。

“你安心睡吧，我看着呢。”星华轻轻地出声，他觉得自己的媳妇儿真是越来越像贤妻良母了，就在星穹宫的池子里，还能出什么问题呢，他们儿子真身就是小青龙，掉水里也能游，幻姬就更不用说了。

飘萝盯着幻姬的背影，看了好一会儿：“我不是担心他们掉到水里淹死。你觉不觉得幻姬有点不对劲？”

星华转过头看了自己媳妇儿一眼：“我的眼睛只能看到媳妇儿你。”

飘萝笑着捶了一下星华的手臂：“讨厌！”

“哎，我跟你说真的，我觉着，幻姬从西海回来有点儿不对劲。”飘萝开始罗列自己观察到的，“你看幻姬这几天跟小毛球玩得开心吧，可是她回来的头几天，我找她吃饭，她胃口一点都不好，也就昨天和今天好点儿。我问她身体怎么样了，她冒出了一句，她不想去千辰宫里换药。她又不是耳背，哪里会听不懂我问什么，一下子扯到千辰宫，我觉得她跟帝尊之间好像有点儿什么，怪怪的。”

飘萝从美人靠里坐了起来，神秘兮兮地看着星华：“还有，你不觉得不正常吗？千离带走的幻姬，送幻姬回来却是麒麟。千离哪里去了？他能赶着一个月回来见幻姬，他会不送她回来？何况，幻姬都在宫里七天了，我听说西海的事情解决了，那帝尊也该回来了吧，怎么不见他来看看幻姬，怎么说幻姬身上的药再过……我算算……再过三天就要换了，他不记得这回事了？”

“还有还有啊，昨天我问幻姬等身体好了，要不要我每天陪她去千辰宫学佛，我怕她前期在帝尊那学得不踏实。”

星华不解：“她学佛，你跟着去干吗？”

“我觉得幻姬对千离有点怕，也不是完全的怕，还有小心翼翼，似乎很怕在他面前做错什么。你说，在我们面前都显得落落大方像个大人的姑娘，怎么在帝尊的面前就像只小白兔呢。”飘萝颇为心疼地看着幻姬，“这几天她一个字没提到帝尊，我提了两次，她都表现得很紧张很受伤的样子，不知道是不是在西海又被帝尊给打击了。”飘萝伸手打了一下星华，不高兴地嘟着嘴：“我说你能不能为幻姬在千离面前说两句话，她可是你媳妇儿的妹妹。”

星华笑，“说什么？”

“让帝尊少打击幻姬一点，他嘴毒我们这些人习惯了受得了，幻姬才认识他多久啊，算年头不过三年多，中间三年还是在昭邰山跟百曦古神学艺，和帝尊相处才几个月，人一小姑娘，哪里受得了他，我都怕幻姬被他打击出郁郁寡欢的毛病来。”

“昨儿麒麟那小子来找我了。”

“噢。”

飘萝淡淡地应了一声，麒麟来找他有什么好说的，他不是隔三差五就溜过来玩么，不过，这几天好像不见他来找小毛球玩，难道忙正经事情去了？

“想带幻姬去千辰宫住。”星华慢慢地斟着茶，漫不经心地说道，“我没答应。”

飘萝随意了一句：“麒麟管得够宽的呀。”

“呵……幻姬不去找帝尊，他急。”

“为什么？”

“大概是有人心情不爽吧。”星华笑得高深，“人心情一不爽，就不想做什么事。”

飘萝完全没听明白，推了一下星华：“说清楚点儿。”

“呵……”

星华将自己的嘴送到飘萝的面前，等到她在上面亲了一记之后才慢慢道出：“西海舞倾公主在千辰宫等着被千离施救。明白了？”

飘萝想了想，舞倾公主她有印象，西海龙王的小十四，中了天镜符咒等着千离解开。难道说，幻姬不去千辰宫，千离心情不好，于是不肯救舞倾公主，那关麒麟什么事？他这么着急地想幻姬过去，莫非是……

麒麟喜欢舞倾公主？

“哎，星小华，不带你这样吊人胃口的，知道什么就都说了吧。”

“今晚，三次。”

“昨晚不是有过了么。”飘萝不满地看着星华，今晚还要三次，她这把骨头还要不要了，“一次。”

“已经很少了，不能减。”

“两次。”

星华一副什么都没听到的表情，继续泡着自己的茶，飘萝瞪着他，无用，最后咬牙切齿地说：“三次就三次！”

牺牲了自己的晚上安稳睡眠，终于让飘萝知道了在西海发生的事情。

帝尊在西海大患赤天龙的手里救了幻姬，两人关系缓和很多，带着幻姬去安放镇海宝塔的时候，百曦古神忽然出现，救了差点儿被劲气伤到了的幻姬。这本也没什么，哪里晓得帝尊似乎不大乐意，冷了幻姬一个下午，晚宴吃饭时，因为照顾小毛球，帝尊和幻姬的关系恢复了，还没稳住，百曦古神找幻姬吃饭，又给帝尊添了不舒服，恰着西海三位公主请命跟着帝尊随侍，帝尊才说了一个好字，幻姬在安静的大厅里拍了一记桌子，为什么恼那么一下，估计只有她自己晓得。只是那一下，却叫西海所有的人都认为帝尊和幻姬有什么男女之情。后面幻姬带着小毛球出来了，帝尊那句话的后半句错过了，误会了他。帝尊当晚回了浮屠天，麒麟带着小毛球和幻姬回了星穹宫。

“你的意思是，帝尊看上幻姬了？”

星华抿了一口茶，用肯定的语气道：“有好感。”但要说真喜欢幻姬到什么程度，应该还没有，估计是这姑娘身上有什么东西得到他的欣赏了，再不然就是小姑娘有什么事情入了他的眼。

“肯定？”

“不然他怎么会按着幻姬的希望回来，又带着她去了西海。”星华挑了挑眉头，“你以为幻姬撒个娇真有那么大的分量？”若不是千离心甘情愿，幻姬就是撒个百媚千娇也不可能被带去西海，唯一的解释就是千离本身就想带她去，她一说，他顺势就带上了。

飘萝惊讶：“你那时就看出帝尊对幻姬有意思了？”

“好感这东西，能产生，也能消失。”它不是爱，不是刻骨铭心磐石无转移的挚情，好得深了，或许两人就在一起了，好得淡了，也许就回归到陌生人的位置。千离的好感，他肯定。但那小子到底怎么想的，是不是要了幻姬，估计这会儿他自己都没想明白。毕竟，幻姬的身份是天外天的殿下，娶她，不是件容易的事情。年纪不说，女娲娘娘那，怎么开口？幻姬的心思怎么样，现在也不知道。他们两人，合不合适在一起生活，也不晓得。

想到帝尊，再想想幻姬，飘萝不知道怎么说，帝尊对幻姬一句随随便便的话都那么在意，不像是闹着玩的，若是帝尊真动了心思，这姑娘可……要被不少的神女仙娥们羡慕嫉妒恨了呀。三十三重天里的这朵奇葩，多少女子想摘下来都没成功，连闻都没闻到，她就这样不知不觉地偷去了。

“你觉得他们能行么？”飘萝不敢确信地问星华。

星华看了下飘萝，笑了：“这不是千离那小子要想的问题吗，你替他着急干吗。”

“我替我妹妹把关，不行？”

“呵呵，行。感情这种事，得他们俩人自己来处理，我们就旁边看看就好。”星华剥了一粒瓜子仁送到飘萝的嘴里。

忽然，一道笃定万分的声音响起。

“什么不适合啊，适合，十分适合。”

麒麟不知道从哪儿冒了出来，走进凉亭，看着星华，瞪了他好一会儿。

“救人一命胜造七级浮屠，你们知不知道？”麒麟开始了苦口婆心地劝说，“舞倾只有两个月的时间了，要是千离不解咒，她就没命了。让我带幻姬去千辰宫吧，我保证她不受欺负。”

飘萝端了一杯茶到麒麟的面前，不是她不救人，只是她觉得，幻姬到千辰宫去千离就心情美丽，这一点怎么想都有点儿夸张。

“我不喝茶。”麒麟把面前的茶杯推到一旁，看着星华，“就让我带走吧。”

“我不同意。”飘萝直接拒绝麒麟。

“为什么？”

“你让我怎么相信帝尊是真的，啊，对她有好感啊，要是骗过去恶整她，我这个当姐姐的，不就是把自己的妹妹往狼窝里送吗？”飘萝吊了吊眼梢，伸出手抓了一把瓜子，慢慢地嗑着，“麒麟上神啊，我也不说自己位分儿多高，但帝尊要是这么高的调子追求姑娘，怕是追不到吧。”

麒麟立即用手点着飘萝，一副我都不知道怎么说你才好的表情，又用手指点了点幻姬，这俩姐妹怎么就不是亲生的姐妹呢，一个姐姐当年迷得星华昏头转向，现在要又出一个妹妹入了千离的眼，浮屠天的两尊神已经栽了一个，难不成还真要栽进去一对？

三人在凉亭里说着，莲池边传来幻姬和小毛球的笑声，小毛球站起来帮幻姬抓钓竿，看来是幻姬钓到了鱼，俩人正激动地拉鱼出水呢。

“世尊，有人到访。”

飘萝连忙问：“谁啊？”

“昭邰山的百曦古神。”

星华，麒麟和飘萝都愣了下，尤其飘萝，这个百曦古神她从未见过，怎么就忽然来了星穹宫？星华和麒麟对视一眼，星华笑了。

“你还不赶紧去千辰宫转转。”

麒麟瞬间就乐了，哈哈大笑："好主意。"

百曦位分不低，星华和飘萝用了非常正式的迎客大礼迎接了他。

看着温和优雅的百曦，飘萝嘴角一直挂着笑，她还以为古神都是很年迈的容貌，没想到这个古神却好看得紧，幻姬在昭部山的三年看着这样一张脸，还能学得进艺？

星华余光瞟了眼飘萝，孩儿他娘，你的目光看得是不是太久太专注了一点，收敛！含蓄！

既是大礼待客，规矩自然就多，耗费的时间也长，飘萝心里头惦记着去千辰宫的麒麟，趁着喝茶的工夫，用仙术偷偷地传音给星华，问他：你说，帝尊会来吗？

星华看着她，摇头。

飘萝问，不来？还是不知道？

星华唇语回，不知道。

麒麟从宫外进来的时候，是一人。

飘萝失望地看了一眼身边的星华，帝尊果然就是帝尊。

"哟，百曦古神。"麒麟满脸惊喜地看着百曦，"可是稀客啊，难得看到你来浮屠天里做客。"

百曦也没藏着自己来的目的，笑笑："在西海遇到幻姬，你们回得太快了些，没和她聊上几句，特地过来看看她，若是等她回了天外天，就远了。"

"百曦古神对跟您学过艺的学生可真好，不晓得，如果我想去昭部山学艺，古神收不收？"

百曦轻轻笑出声："素闻世尊是三十三重天里的完美尊神，世后娘娘身边有一个无所不能的人，何必舍近求远去小小的昭部山学艺呢？相信，世尊教娘娘定然教得比我更好。"

飘萝笑了："百曦古神这是嫌弃我的意思？"

"岂会。只不过是实话实说罢了。"

正儿八经的会客最是无趣，但却不能马虎，星穹宫的正宫大厅里，一派客客气气。

莲池边。

小毛球看看自己的鱼篓，一条鱼都没有，再倾身看看幻姬的鱼篓，里面竟然有两条鱼儿，虽然不大，可两条鱼儿那么眨眼，他觉得自己怎么能输给第一次学钓鱼的小姨娘呢？于是，趁着幻姬不注意，小毛球将幻姬鱼篓里的两只小鱼儿偷偷抓到了自己的鱼篓里，然后很满意地坐下来，垂钓。

一阵风过，幻姬闻到一阵花香，有点儿熟悉。

心有惴念兮，不敢断思；细望来路兮，不确猜心。

念而不知，望也不知，思心默默，却而望步。难静，难进。

对于闻到鼻子里的花香，幻姬心中十有八九确定了一个人，只是完全没想到他会在此时出现在莲池边，这几天她在星穹宫里过得很安静，人静，心也静了不少，回想很多事情，觉得不像她该做的，可她却实实在在地做了，自省一遍，除了自责和自我否定，实在找不到可以被肯定的地方。想来，她和娘娘之间差得委实太大了，一种深深的挫败感让她忽然想回去，回娲皇宫，旁的都不想修炼了，专注修心万万年，或许再来三十三重天里会好很多。

“千离哥哥。”

可小毛球一声呼唤，她的心湖，又起了一点点风浪，只因让她自责和自省的人正是帝尊。

偷了幻姬鱼篓里两条小鱼的小毛球兴奋地朝千离道：“千离哥哥，你快点儿教小姨娘钓鱼，她一条都没钓到。”

一条都没……

幻姬立即反驳小毛球：“小孩儿不要养成撒谎的习惯，我哪里没钓一条，明明是两条。你才一条都……”一边说话一边低头看鱼篓的幻姬忽然不说话了，看着空空的鱼篓，纳闷了。她的鱼呢？她记得自己放了两条进去，还是很小心地放着。

小毛球看着不说话的幻姬，乐了：“看吧看吧，一条都没有。”

“你把我的鱼……抓过去了是不是？”幻姬看着小毛球，“赶紧还回来。”

“小姨娘哪只眼睛看到我抓了你的鱼？”小毛球一句话就把幻姬给问住了。

一身金泽然然的千离走到幻姬的旁边，低头看着她的鱼篓，再听到小毛球的话，慢慢的，轻轻的，说道：“数数这个，应该不是娘娘教的吧。”

“我……”

幻姬无声地张嘴说了一个我字，没想和帝尊辩什么，他说什么就是什么吧，他忽然出现，她钓鱼的心情一下子也不知道跑哪儿去了。

看着小毛球，幻姬说道：“你赢了。我有点乏了，先回去休息，你自己慢慢钓。”

说完，幻姬放下钓竿，站起身准备离开，一个白色的身影挡在了她的面前，收了金泽的帝尊没有那么拒人千里之外的冷漠感，但他衣裳边纹的极致精绝叫人瞬间就能感觉到他的身份和地位，说不出的感觉将幻姬笼罩，就像一只原本在莲池里自由自在游戏的小鱼，忽然之间被一个人放到了小鱼篓里，一举一动都在别人的目光下，不敢乱动，小心翼翼。她知，这样的幻姬不是她自己想要的幻姬，可她又没法挣出帝尊给她的无形鱼篓。或许，她是该回天外天修个几十万年的心再来三十三重天学什么。

“帝尊。”

幻姬平视着，刚好避开了对视千离，这会儿她无比庆幸自己和他的身高差距。

“他才四岁。”

幻姬愣了下，明白千离说什么，小声道：“我的鱼被他拿了。”小毛球那是胜之不武。

“有什么区别？”

想到帝尊从来是个看结果的尊神，幻姬心里认了输，好吧，她的鱼篓里没有鱼，她就是输。但，她本来就没当小毛球是对手，和一个四岁的娃娃她争什么输赢呢，不过是陪着他玩罢了。

“帝尊说的是。”幻姬只想着尽快离开，便微微施礼，“幻姬有些困，失陪。”

垂钓的小毛球忽然蹦出一句话：“我母后说了，老是睡觉的话，光长个子不长脑子。”

幻姬：“……”

被一个四岁的娃娃嫌弃让幻姬无论如何都接受不了，转身用手戳了一下小毛球头顶的毛球球：“我再睡个十年八年脑子也比你的好使。你母后让你好好习字念书，你怎么记不住啊。”

“我记住了啊。”小毛球抖着两条小腿，一本正经地看着莲池的水面，“可是在念书和陪小姨娘玩的事情，我觉得陪小姨娘更重要一点。”

幻姬：“……”

陪她玩？是他自己想钓鱼吧，打着教她的幌子逃学，别以为她不晓得。

“千离哥哥，你不在，小姨娘可寂寞了，所以我只能用习字的时间来陪她。”

幻姬：“……”一把将小毛球从小凳子上拎了起来：“你现在不用陪我了，去，念书去。”

“小姨娘你怎么跟我父尊一样。”小毛球很是不满地看着幻姬，“每次看到母后就赶我走，现在千离哥哥来了你就赶我走。”

“我哪有这样过河拆桥。”

小毛球挣扎了几下，从幻姬的手里溜出来，重新坐回到了凳子上：“那我不走。”

“……”

被小毛球一打扰，幻姬顿时不知道再说什么来续点话，或者什么也不说地直接走开。拿不定主意的她朝千离点了下头，打算绕过他回厢殿。

“到底在气什么？”

突然地，一句轻轻的话飘到了幻姬的耳朵里，定住了她的脚步，连一直努力维持平静的心都被撩动了，她决意猜不到帝尊会问她这样一句话。

“我不知道帝尊在说什么。”

“确定要装？”

幻姬的眉心浅浅地蹙了起来，她是气，可那是在几天前，她现在不气了，反省过后，她知道是自己做得不够好，她已有了决定。

“幻姬愚钝，实不该太过自恃聪慧灵清，已自省数遍，不日便回娲皇宫静修，这段日子，承蒙帝尊照顾，不胜感激，幻姬自当铭记在心。”

千离微微地拧眉：“你要回天外天？”

“嗯。近几日我觉得修心乃修行的根本，心若不清明，灵台何以清明，之前太过于求达成才会没悟透这个理。”

静静地，千离看着幻姬，从他现身到此，她一眼都没敢抬起来看他，她是真想得通透了？

“我送你回去。”

幻姬诧异，但很快就婉拒了：“帝尊好意，幻姬心领。此去天外天路途遥远，千辰宫想必离不得帝尊，幻姬一人能安全回去。”

“千辰宫为何离不得本尊？”

“因为……”

因为宫里不是有人需要他救、有人需要他教么。她看到自己的不足，自会修正，不劳他再费心了。

“说出来本尊便不送你。”

幻姬咬了咬下唇：“因为各位西海的公主离不得帝尊。”

“果然……”

果然，什么果然？

“以后把话听完整了再掀桌子。”

幻姬一愣，回忆到了什么，慢慢地抬头看着千离，那天他还有后半句话没说？

“帝尊那天后面半句话是什么？”

“现在没心情告诉你。”

幻姬：“……”不说也罢，反正她决定回天外天。

“帝尊，失陪了。”

千离微微动了下身子挡住幻姬：“只要本尊的幻姬同意她们去就行。”

幻姬瞬间没反应过来，顺了一个呼吸才明白，那天在西海帝尊的话是：好，只要本尊的幻姬同意她们去就行。

“我才不要当帝尊的幻姬。”

千离微微地愣了一下：“那你……要当谁的幻姬？”

“我要当娘娘的幻姬。”说着，幻姬觉得有必要声讨一下帝尊，小声地抗议，“你总是嫌弃我笨。”话虽如此，可幻姬再没避开千离的目光，从他说出西海她没听到的半句话后，一直看着他，心里是满满的……悸动。她就是想破脑袋也不会想到帝尊他会说出这样的半句话。

“本尊的智商借你拉低。”

幻姬：“……”

帝尊，你就不能说两句好听的话来哄哄人吗。你用得着如此含蓄地承认她真的很笨吗。到这时你还要明着夸赞自己一把吗。

“我不要。帝尊你的智商是给你的崽崽拉低的，我没资格。”

“不用担心，你们俩一起拉，我们仨也能超三十三重天的水平。”

幻姬实在是气恼不过了，帝尊这嘴儿也太毒了，抬起手捶了他的胸口一记："帝尊你不打击我不行么？"

千离目光下移，看着幻姬捶自己的粉拳，再看看自己被她捶的地方，轻声问她："还气么？"

望着千离的眼睛，幻姬不知道该点头还是该摇头，若说还气，那气从何来？是她自己误会了他，他没有怨自己就不错了。可若说不气，那不就是间接地承认自己因为他带西海三位公主到千辰宫而生气么。那她……成什么人了？

"帝尊你是不是喜欢西海十二公主？"

千离眸光深深地看了幻姬片刻，问道："何以此问？"

"麒麟上神说，西海十二公主一看就是很聪慧的女子，帝尊你喜欢那样水灵模样的。"幻姬觉得若是帝尊喜欢西海十二公主，只是碍于她的面子而不让小十二来千辰宫，她会内疚："帝尊若是喜欢她，让她来浮屠天吧。"

"麒麟说的？"

幻姬点头。

"你信？"

麒麟上神比她认识帝尊的时间长多了，她自然是信的。只是，这话幻姬不敢说出来，心里揣度着帝尊这么问的用意，应该是不满吧。看他的神情，应是想否认。

"我也不是确信。"幻姬回了一个自觉还算聪明的话。

"那就是信了。"

幻姬想了想小十二的模样："十二公主是长得水灵呀。"他还不是带了舞倾公主回来，再带一个十二，也不是不可能的事情。

"若是真欣赏人家，你何故拍桌？"

轻轻的一句话，千离便叫幻姬没了言语，看着他，又恼又内疚。慢慢地，幻姬皱了眉心，她已知错了，他还提，可是想她自责得立即回天外天吗。

见幻姬皱眉，千离抬起手，指尖轻抚她的眉心："莫皱眉。"

带着小温度的指尖离开眉心后，千离的身形稍微朝前倾了倾，两条长长的手臂欲轻揽她入怀中，幻姬抬起手推在千离的胸口，低低地说了声。

"小毛球在。"

在小娃娃的面前，不妥当。

"星矢，捂眼。"

小毛球一听，立即放下钓竿，"哦！"双手捂住自己的眼睛，十指叉开得都能穿过鹌鹑蛋的缝隙里露出两只黑黑的眼珠儿，扭着头看着千离和幻姬。

幻姬还想说什么时，千离的手臂收拢，将她纳入怀中，温柔地抱着。

闻着帝尊身上的白摩花香，幻姬开始还轻轻地挣扎了几下，小毛球那孩子叫捂着眼睛吗？那么大的缝隙，跟没捂有什么区别，早知如此还不如什么都不说呢，开始小家伙在专心地钓鱼都没看他们，帝尊那么一说，他反倒回头看他们要干吗了。

"帝尊……"

"若你因西海那些人气恼我，要回娲皇宫，大可不必。但若你是真心想回天外天修心，我不说什么，你一路注意安全，回吧。"

幻姬静静地听着千离的话，她本来是真的想通了，想好了，可他来找她，说了这些话后，她觉得自己误会了人，要是这会儿回去，岂不是叫人觉得她……小气又太不懂事么。但，西海之事后，她明白，修心是修行的基础，没有静澈的心，修不出高深的佛法。

"我想好好地修心。"

小毛球冒了一句话："我母后也动不动就让我父尊修心去。"

幻姬顿悟，她怎么没想到呢，修心本是在心，在哪儿不能修呢？若是她只能在天外天修心，那修出来的自己依旧只能在天外天生活。修心不在何方的境与界，只在自己的本心。既然她懂这个理，在天外天也好，在星穹宫也好，抑或者在千辰宫也该可以修心养性才是。

常言云之，要锻炼一个能做大事成大任的人，必劳其筋骨，百不称心，如此方能养成坚忍的信心。秉性如何，行事便会怎样。所谓命运，很大一部分都是握在自己的手中，是怎样的人，成怎样的事。只经历不同程度的历练，获得不同程度的修为，如此便可看到不同高度的境界。如香，捣得愈碎，研磨得愈细，方会香得愈长久。如酒，放得愈沉古，才会愈醇香，留齿润肺沁心。

幻姬的心，豁然开朗。

"我不回去了。"

轻轻的声音钻到千离的耳朵里，随之而来的还有幻姬慢慢攀上他脖子的两条纤细手臂，动作很轻微地搂着他。

不是第一次抱帝尊，可幻姬觉得今天的拥抱特别的……安心，还有她不想承认却不得不承认的愉悦感，几天来的沉闷一扫而空，他的到来像是一场春风吹散了她心头挥不掉的霾气，明净的心湖轻飘飘的，轻松而欢心。

片刻后，幻姬轻声细语地问道："西海的几位公主，都没有随你来浮屠天吗？"

"你不说话比较好。"

她那轻轻的一拍桌子惊得可不止是晚宴上的西海众人，连他都没想到她会有那个举动，她的行为配上他的话，西海那群人还有胆子来浮屠天么。事后回想起她当时的模样，他竟然觉得可爱！真是百思不得其解，放在哪个女子身上他都会觉得不入眼的行为，她做出来他却一点儿不气。

"舞倾公主，你帮她解咒了吗？"

“没。”

幻姬从千离的胸口抬起头看着他，不是回来七天了么，怎么还不救十四公主呢？

“还有三天你要换药了。”

“可这……和你给舞倾公主解咒有什么关系？”

“解她的天镜符咒需要的东西有两样千辰宫里没有，我得外出去寻。”若是他这几天外出，到了她满两月的时候肯定是赶不回来，不如换了她的药再去。再者，解天镜符咒不是一时半会的事情，开解的时候他起码半月不能出关，到时他忙着舞倾公主的事情，她身上的伤谁照顾？

幻姬不是没想到千离是为了她才特地不救舞倾公主，可她又不敢轻易地相信是真的：“你可以这几天先救舞倾公主，等我需要换药了再来的。”

“你和她……怎能相提并论！”

一旁的小毛球又冒出一句话：“千离哥哥，小姨娘，为什么你们不亲亲？我父尊和母后像你们这样抱抱的时候，都会亲亲的。”

幻姬：“……”

千离：“嗯，小毛球这个问题问得好啊。”

幻姬正被小毛球的话弄得无语时，千离模样认真地看着幻姬，问她：“是啊，为什么你不亲我呢？”

“为何是我亲你而不是帝尊你亲我？”问完幻姬就意识到自己说错了话，她被帝尊的话绕进去的，立即红透了脸颊，双手推搡着帝尊的胸口，娇嗔不已：“帝尊你诓我。”

千离问：“上次你亲我，什么时候来着？”

幻姬红着脸撇过头不看千离：“不记得了。”又补充一句：“那都是偶然。我不是故意的。”

偶然？

小毛球不知道写偶然两个字，但是他想起了她母后的又一句话。

“小姨娘，我母后说，偶然是穿着衣裳的必然！”

幻姬：“……”

小毛球，为什么你的娘亲这么多的话！这么多！

千离觉得，智商这东西果然是能拉高的啊，星华他媳妇儿跟他久了，居然也能说出这么有道理的话来，难得！

“要不要给偶然再穿回衣裳？”

幻姬摇头：“不要！”

小毛球一直看着，幻姬实在不好意思，用了些力气在手上，想把千离推开，奈何他的手臂不轻不重的，刚刚好的不觉他用了力却推不动他。心觉不妥，可她也没有白痴到傻的程度，帝尊来星穹宫找她，又亲口说出西海她没有听话的原话，西海三位公主没有带来浮屠天，十二也不是他喜欢的人，甚至为了她连舞倾公主都没有施救，她虽不能猜准帝尊最深层的心意，却是晓得他对自己很好。救她，照顾她，容忍了她。她不知道他的包容是像世后世尊对她那样的，还是像麒麟上神对她的宽容那种，觉得她是妹妹，认为她是天外天的年少殿下，抑或者身为尊神的他本就有着容苍生的本性，受着他对她的好，她感激着，也高兴着。

"帝尊，对不起。我误会你这么久，不如你罚我消消气吧。"

"罚什么？"

幻姬在想着罚自己什么好的时候，千离又道："陪我钓鱼？"

知道世后娘娘那句小毛球是钓鱼钓上来的话以后，幻姬警惕地看着千离："你说的钓鱼……指的是什么？"

千离看了一眼旁边的钓竿，然后似笑非笑地看着幻姬："你想到什么了？"

"我什么都没想到。"

"你脸上写着……"

害羞千离说出自己心猜的话，幻姬抢了话，快语道："不是我想的，是世后娘娘说的。"

"我可没教你在莲池边抱着帝尊不撒手啊。"

突然之间，飘萝的声音传了过来，幻姬吓得不轻地去看，不止飘萝，世尊、麒麟上神都来了，还有一个让她很惊讶的人，百曦古神竟然也来了星穹宫。

幻姬立即放下攀在千离胸口的手，脸红得不知道藏哪里去才好，千离放开她之后，悄悄地朝他身侧躲了躲，羞低着头不敢看走来的几个人。她就说不能在这莲池边抱吧，全被看见了。

星华走过来抱起凳子上扭得脖子都要疼了的小毛球："你稍微也忍耐点，别带坏我儿子。"

麒麟也凑上一脚损千离："虽说窈窕淑女，君子好逑。但追求姑娘的地方，帝尊还是要选好点，干柴烈火的，这光天化日之下，若是把持不住，有事情，做起来不方便。"

"走了。"

千离身动，幻姬愣住了，他说的走了是对自己吗，还是世尊？

走了两步的千离回身看原地没反应的幻姬："还想住在星穹宫？"

"我也一起去千辰宫吗？"

"世尊家客人这么多，赖这不好。"

幻姬一想，也是，麒麟上神和百曦古神都在，加上她就是三个外人了，确实感觉不少，她本就是去千辰宫学佛理的，跟帝尊走是应该。

"哎。"飘萝伸手拉住幻姬，"妹妹住姐姐家，天经地义。星穹宫的宫殿多得住不完，莫说来三位客人，就是三百位那也住得下。幻姬在三十三重天里就我这么一个姐姐，我不看着她心里头不踏实，帝尊的心意我收下，但她，还是就住这儿吧。"

说着，飘萝又看着幻姬："按说呢，你九万岁，姐姐我不该太管束你，可你想想，你和帝尊，

不是师徒关系，亦不是琴瑟之友，住到千辰宫里反而添麻烦，是不是？”

千离目光看着幻姬，再落到飘萝的脸上。倒不是不满她的阻拦，而是意外她会说出这样一番话。按着面上的身份来讲，他确实不宜将幻姬接到千辰宫去住，他们之间不会有正式的拜师大礼，他也不打算有那么一出。若说琴瑟之缘，现在于他们确实尚早了些。

“小姨娘，你就住我家吧，不是说好了今天下午游泳的么。”

游泳？！

飘萝看着小毛球：“你下午又想带你小姨娘野哪儿去？”

“太热，去天河边游泳。”

麒麟用扇子敲了一把小毛球的屁股：“游什么泳，你小姨娘现在还有伤在身，不能沾水。”说完，笑眯眯地看着飘萝：“呆呆啊，幻姬殿下不住千辰宫可以，但是你看，她和帝尊久未见面了，让帝尊带回去两人聚聚总可以吧，天黑帝尊就把她送回来。”

飘萝拉着幻姬走开：“好热，下午游泳去。”

几个男神看着幻姬飘萝走远。麒麟白了眼星华：“你媳妇儿太折腾了。”故意的，肯定是故意的。

千离瞟了眼星华，是折腾！

被飘萝牵着走开的路上，幻姬问道：“小毛球的本名叫星矢？”

“嗯。”

“世尊取的？”

“嗯。矢志不渝之意。”

幻姬笑了：“真贴切。你和世尊对彼此的感情，担得起这四个字。”

飘萝话锋一转，立马就扯到了幻姬的身上。

“你喜欢帝尊吗？”

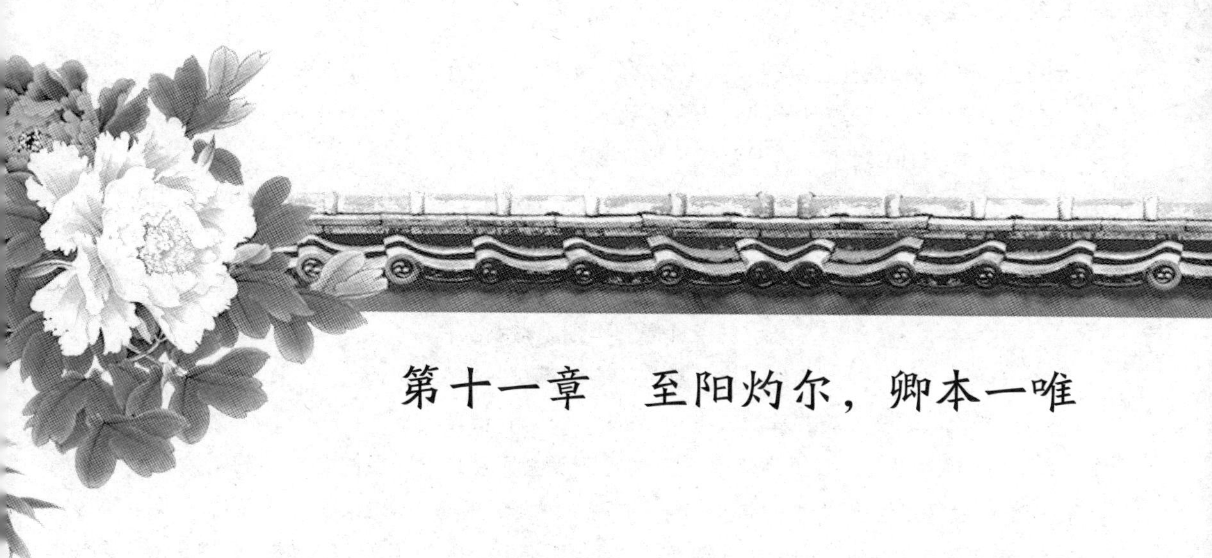

第十一章　至阳灼尔，卿本一唯

先还在说小毛球大名的话头儿一下子蹦到自己身上，幻姬陡然止步，悚然不已地看着飘萝，她问的什么？她是不是听错了。

飘萝跟着幻姬停下脚步，看着惊讶又不知所措的她，忽然觉得幻姬不回答她的问题她也知道答案了。

“呵……”飘萝轻轻笑了笑，“别紧张。”

想着飘萝问自己的问题，幻姬默然。她喜不喜欢帝尊？她……真的不知道。

“我晓得了，你不喜欢帝尊。”

飘萝的肯定话语得到幻姬的否定。

“不是。”

飘萝眼睛微微一亮：“你喜欢帝尊？”

幻姬为难地摇摇头：“也不是。”

花园的偏角，有一方小小的八角亭，飘萝拉着幻姬走了进去，坐下来，挥手退了欲上前给她们上茶的神侍，没了外人一旁听话，幻姬可能更说得清楚自己内心的想法。

“你的意思是不是，帝尊对你有恩，你喜欢他，但是不是男女之情的喜欢。”

幻姬细细想了想：“大概就是姐姐你说的这个意思。”

三年前她来星穹宫送神籍卷，那时真的非常不喜欢帝尊，他高傲，冷漠，自恋，还毒

舌无耻，不要脸的程度实在叫她无法理解，尤其对她这个陌生人，他整治起人来根本不看别人的身份和性别，招惹到他就会让人欲哭无泪。现在她觉得，帝尊有不少的优点，对他也没过去那么害怕和不喜了。可男女情，她是没想过的。

“麒麟上神说的话，你认为是真的吗？”幻姬不确定地看着飘萝，难道她也以为帝尊是在追求自己？

飘萝问：“哪句？”

“就是……”幻姬不大好意思地道，“窈窕淑女，君子好逑。”

飘萝笑了：“你是不是一点儿都不信帝尊喜欢你？”

幻姬脸上浮现淡淡的羞涩，点头。

“呵呵，说实话，要是单单听麒麟说，我也不会信。只当他是开你的玩笑罢了，他嘴巴里八卦最多，什么时候都能瞎掰出一堆奇奇怪怪的事情。”飘萝随手飞折了一朵亭外的牡丹到自己手中，拿在指尖慢慢地转着，“可若是联系帝尊这几个月对你做的事情，我觉得他对你，应该是有那么一点儿意思。”

幻姬的心，咯噔一下，连世后娘娘都这样说了，难道帝尊是真的喜欢自己么？

“幻姬。身为女娲后人，可以有十丈红尘里的情爱吗？”

大约是自己的情路走得坎坷，飘萝对幻姬能不能和帝尊相爱有了第一个担忧，如果女娲后人不能陷入情爱之中，那……她和星华与天道斗已是那么艰辛，若是幻姬不可有情爱，帝尊便是要从避世之神的女娲娘娘手里要人，如何要得成？

幻姬茫然地看着飘萝：“娘娘没有跟我说过这个允不允许。在天外天，我接触不到男子，不会出现男女情爱的可能。”

飘萝想，幻姬到底是年纪小了点，在男女感情方面一窍不通，估计女娲娘娘也没想到她这次来千辰宫会入了帝尊的眼。女娲后人能不能动红尘之心，还是问她家那口子比较好，他应该晓得。

“帝尊这个人……”飘萝拉长声音，似乎是想找一个十分恰当的词语来形容，想了一会儿，“是朵奇葩。”

幻姬：“……”

“万年不败那种。”

幻姬：“……”

“若是你瞧上他，也是件不错的事情。”到时她在东古天，她在西古天，两人时不时还能聚聚，若是她一直就在天外天，她就没多少机会去娲皇宫里看她了。

小声的，不确定的，幻姬问：“我一定要喜欢帝尊吗？男女间的那种喜欢。”

飘萝怔怔地看着幻姬片刻，明白她的意思了，扑哧一笑，真是单纯的姑娘。

“当然可以不喜欢。”飘萝宽心幻姬道，“男女之间的感情，讲究一个缘字。缘分缘分，有缘还得有分。你和帝尊有缘相识，有没有分成为夫妻，现在还说不准。红尘情爱最是玄妙，看上去完全不相配的人，可能会爱得死去活来，难舍难分。看上去十分匹配的两人，也能怎么都瞧不对眼。情这东西，可能金风玉露一相逢，便胜却人间无数。也可能长长久久相对面，只道百年手难相牵。”

“帝尊他喜欢你，是他的事情。若是没法喜欢上他，自然不必强求自己对他动心。哪里有一个男子看上一姑娘，姑娘就必须也看上对方的说法啊。爱情，讲究的是两情相悦。一方喜欢，一方不受，那叫单相思。要晓得，强扭的瓜，不甜。”

幻姬默默地听着飘萝的话，没怎么说话。

幻姬在房间里安安静静地坐着，人是静的，心却是怎么都静不下来。不想去想帝尊，却控制不住地想到他。思来想去，难道麒麟上神和世后娘娘说的，都是真的。帝尊对她，有好感？

幻姬的脸，微微地红了。

想到帝尊抬起手抹平她的眉心随后再展开手臂轻轻揽她的模样，幻姬一抹从心尖儿产生的微笑浮现在她的嘴角。

“过来。”

呃？

房间忽然出现声音，幻姬愣了下，以为幻听，直到垂帘轻晃，一个白色的身影出现在珠帘那儿。

“帝尊？”

“来吃点东西。”

幻姬起身走了过去，发现桌上摆了四碟素菜和一碗清粥。

想到自己说身子不适避了午膳，幻姬心想是不是该表现得虚弱点儿才像真的，最后虚弱到卧病在床更好，她刚才坐在床边真是失策，帝尊叫自己就马上出来了更错误。若是帝尊单刀直入地问自己喜不喜欢他，她要怎么回答？

“帝尊，我……”

千离出声断了幻姬的话：“现在找借口避而不见是不是太晚了。”

幻姬：“……”

帝尊你好像就没有给人找借口不见的机会吧，直接进来找人，她想早点儿躲避也没可能。

“人挨饿时，脑子反应会变得迟钝。”千离转身坐到椅子上，斟着茶，像淡云像轻风地轻声道，“像你这样的，就别再受饿了吧。”

已经被打击习惯的幻姬坐到椅子上，她就晓得，什么帝尊喜欢自己，那都是不大可信的，要是真喜欢她，讨好她还来不及，怎么可能会嘲讽她？麒麟上神和世后娘娘只看到了表面就

猜帝尊对她有好感，害得她差点儿就信了。

“劳烦帝尊了。”

千离端起茶杯抿了一口茶，语声慢慢地问：“你不去一道吃午饭，是怕见我还是百曦古神？”

幻姬莫名其妙地看着千离，问他：“我为何要怕见百曦古神？”

“那就是怕我了。”

下意识地，幻姬否认：“不是。我是……身体不适。”

千离的目光定在了幻姬脸上片刻，没揭穿她，两人一个慢慢喝着茶，一个快快地吃着饭，飘萝从外头进来的时候，看到就是帝尊的背影和幻姬的侧颜，无声的画面让她忽然感觉到空气里流淌着温情。悄悄地，转身离开。

幻姬吃过饭，还没动脑子想找什么话题打破她和帝尊之间的安静，右手腕便给帝尊拿了过去，稍微撩起她的广袖，为她号脉。幻姬的心里，微微紧张了，她没有感觉身体不适，帝尊如此一查，岂不就知道她在撒谎？不过她也不全是说谎，近几日确实感觉精神有点儿差，容易犯困。

“今日随我去千辰宫一趟。”

“呃？”

千离放下了指尖的瓷杯，起身道：“换药之前得先给你上点别的药。”

“哦。”

幻姬出现在千辰宫里时，花探真君陡然间站住，施礼：“幻姬殿下。帝尊。”好不容易安全了两个月，这幻姬殿下怎么又来了千辰宫，他这双眼睛难道又要担着被戳瞎的危险？不行，以后帝尊的寝宫是他不能轻易靠近的地方，没有必要，绕五丈之外行走。

进了寝宫，千离走到窗边的美人靠前：“趴下。”

幻姬听话地趴着，趴好之后转头去看千离时，不见人影。等了一会儿，脚步声传来。看到他拿着一个小瓷罐走了过来。

腰带被千离扯开的瞬间，幻姬紧张地抓住自己的腰带，惊讶地看着他：“帝尊？”

“我知道帝尊是想为我上药，可是能不能告诉我，我身上的伤怎么了？”

千离加了些力道扯掉幻姬的腰带，边道：“过去几日你是不是没忌口？”

“嗯。”

她本身也不知道什么是需要忌口的，在星穹宫有什么就吃什么了。

“你后腰上有一处伤口是母鲫兽咬下的，没忌口膳食，致使溃色了。”千离拉开幻姬的衣裳：“你的腰，还要不要了？”

“要！”

“趴平。”

这下，幻姬听话得不得了。千离掀开她的衣裳，解开她腰肢上的包扎束带，拂过一道仙光祛掉她肌肤上的药痕，看着已经完全愈合的伤口，伤口的颜色开始变化，心里莫名地涌起一丝说不出的感觉。她来千辰宫找他那晚看着她满身的伤，他欣赏她的执着不退，再无其他。今日再看，明明伤愈，却觉一层淡淡的……怜惜。

千离将药粉撒到伤痕处时，轻轻的嘶嘶声响起，瞬间响起的还有幻姬疼得受不了的叫声。上半身被千离用手掌压住不能动弹，下半身的蛇尾痛得卷成一团，止不住地颤抖。

“好痛……”

被千离手掌摁住的幻姬上半身不能扭曲，可她的手他没法抓住，蛇尾痛得蜷曲时，指尖深深地扣进了柔软的美人靠里，两条纤细的手臂不住地颤抖。痛！真的太痛了！她想当个坚强的女子，不畏将来，不畏重责，懂天地，怜苍生，苦心志劳筋骨的事情她素来不怕，更不愿轻易流下泪水。但这钻心的疼痛让她心不哭，泪却流。

刺痛感越来越厉害，幻姬叫的声音持续钻着千离的耳朵，压着她身子的手想松却不能松，担心她受不住这份疼痛蜷曲起来将药粉蹭掉。

痛得太过于厉害，幻姬生生地被痛得昏死过去，额头上冷汗一颗颗滚落。

见幻姬疼晕过去，千离松了手，把药粉撒在她后腰还没来得及撒上的伤口上，嘶嘶的声音很微弱，听在他的耳中却不晓得为何那么的清晰，看着仙灵药粉沁入幻姬的肌肤，他的眉心，缓缓地皱了起来。

“啊！”

痛得昏死过去的幻姬又被新一轮锥心的痛楚弄醒，身体本能想缩成一团，千离眼明手快地将幻姬摁住，不让她的身体乱动。

“痛……痛……”

幻姬已是痛得叫不出声音来，低哑而细微的声音仿佛是用喉咙里的气息说出来的，整个人的神志都被痛得散似无形。

“痛……”

很快地，幻姬的蛇尾朝她的后腰和上半身卷来，见状，千离伸手将趴在美人靠里的幻姬搂进怀中，一只手臂浮空揽在她的腰肢上，阻着她的蛇尾触碰到她的伤口，抱着她身子的手臂拢得紧紧的，颈窝里沾着从她额际蹭到他肌肤上的冷汗，混着她的体温，像是很烫的热水，灼着他。

于凡人而言，受伤莫受内伤；于仙家来说，则不要伤及真身。成王之路，最初的他受伤并不少，也有过好几次伤到真身，个中的痛苦只有承受伤痛的人才会体会到，他从来不认为痛苦可以被分担。亦如，当年看着星华因为天道不许他和飘萝在一起而痛苦到锥心刺骨，他唯有旁观。细数身上的伤，人人都只能自己抚慰。可今日，面对怀中痛得昏死过去的幻姬，

他竟有种说不出的感觉。

千离低头看着幻姬后腰上在药粉下慢慢恢复正常颜色的伤痕，经此一事之后，她可不可以长点儿心，四海六道八荒不是天外天的娲皇宫，不是人人都对她存着善心和恭敬，还有更多的人期望能吃掉她，以期让她尊贵的血统和与生俱来的天法仙灵帮助他们获得更强大的法力。

伤害，无孔不入。

痛得没有知觉的幻姬靠在千离的怀中一动不动，蛇尾缠着他的手臂，止不住地颤抖。

花探真君在千离寝宫的外面听着幻姬的叫声，心口拧得像一团麻花点心，幻姬殿下在里头被他们的帝尊大人怎么对待的哟，叫成这样。

一名面有担忧的神侍走到花探真君的身边，小声地问："花探真君，你说，幻姬殿下不会出什么事情吧？"进去的时候看着还好好的人，现在叫成这样，帝尊对她干吗了？

"能出什么事？"花探拉着脸问。

神侍小心翼翼地猜测："会不会是被帝尊……揍？"

"你觉得帝尊想揍谁还用带回房间里？"

神侍闭上了嘴巴，如果不是帝尊揍人，那帝尊也不可能对幻姬殿下做别的什么事情啊，帝尊可是从来都不会动红尘之心的。

花探想到幻姬殿下是需要按时吃东西的人，说不定等会儿帝尊就会出来让他熬粥送进去。不行，他得现在就准备，帝尊需要他立马就能端给他。等等，还是不行。他熬粥的技术进步得不明显，万一帝尊再让他自己喝三口，岂不是要命，他还是准备水果比较妥当。嗯，水果好！

"你们在这里候着，帝尊有什么吩咐，立即去办。"

"是。花探真君。"

花探再叮嘱："要办得漂亮。"

"是。"

花探真君预计错误的是，帝尊并没有在他准备好各种水果之后出来，而他因为听到幻姬殿下叫得那么让人不忍，不敢出宫忙事情，一下午就在千辰宫里转悠，等待帝尊有事找他。他相信，帝尊一旦走出寝宫，第一个要找的人就是他。

暮色降临天地间，花探真君轻轻地走进千离的寝宫，小声地在房门外问他："帝尊，需要为幻姬殿下准备晚膳吗？"他们可以不吃，殿下是肯定不能不吃的。

房间里静悄悄的，就在花探真君以为自己打扰到帝尊休息的时候，一个轻轻的男声从里面传了出来。

"去星穹宫，七菜一汤，不要粥。"

花探真君愣了愣，帝尊的意思……

“是。”

说到花探真君去星穹宫里要饭，就不得不提到两个人了。

麒麟上神和百曦古神。

也不知道怎么就那么巧，花探真君到星穹宫的时候，世尊一家子正在吃饭，看到花探真君，麒麟上神眼睛都放光了。

“花花！你怎么来了，快来快来，吃饭。”

花探真君朝麒麟笑了下，向星华表明来意，十分不好意思地说道：“世尊，真是对不去，这么一点小事都来麻烦你，是我那手艺真拿不出手，没法招待幻姬殿下，实在是不得已才来打扰您。”

星华笑了笑，点点头。

麒麟道：“待会儿花花你回去我跟你一起去千辰宫。”

花探真君为难地看着麒麟上神，他难道忘记了么，帝尊下令了，最近两个月都不准麒麟上神到千辰宫里去，不为别的，他忒烦人了，之前天天在宫里缠着帝尊尽快救舞倾公主，还大说特说救人胜造浮屠的大道理，别说一贯不喜欢闹腾的帝尊烦了他，就连千辰宫里的其他人都被麒麟上神弄得想一棒槌敲晕他，可惜大家没那个胆儿。

花探没有接起来的话，星华出声道：“花探，这位是昭郃山的百曦古神。”

“花探见过百曦古神。”

百曦点点头。

“帝尊命你来星穹宫里……拿晚膳，怎么不带着幻姬殿下直接过来，这样岂不是更省事些。”百曦看着花探，轻轻一笑：“莫不是帝尊看到我在这里，不想见到我吧。”

花探不知道在南荒和西海百曦与自家帝尊间的暗涌潮动，更加没有细细去了解百曦是幻姬三年的艺学夫子，只当百曦古神是来星穹宫里有事的贵客，跟他说话也不过是开玩笑，为了帝尊在外的形象，连忙解释。

“古神说笑了，不是帝尊他不想带着幻姬殿下过来，而是殿下的身体不适，得在千辰宫里静养。”

“母后。”小毛球拉着飘萝的手，“身体不适就是生病吧，那我要去千离哥哥家看小姨娘。”

花探又为难了，看着小毛球，再看向飘萝，“世后娘娘，恐怕你们去也见不到幻姬殿下。”

“噢？”飘萝不解，“为何？”

“今儿下午幻姬殿下到了千辰宫之后……”

花探想了想，发现不知道怎么描述幻姬殿下在帝尊房间尖叫的事情，他不知道里面到底发生了什么，光凭叫声似乎说明不了什么，反而……可能……会让人想到别的什么让人面红耳赤的事情上去。

“之后……”花探绞尽脑汁，“就需要在千辰宫里休息了。”

飘萝看向星华：“你听懂了？”

星华勾了下嘴角：“花探你的意思是不是，幻姬殿下到了千辰宫之后就到了帝尊的房间，其他的你不知道。”

“是。”花探发现不对，又否认，“不是。幻姬殿下是在帝尊的房间一下午没有出来，虽然我没有进去，但是我听到了声音。”

麒麟问：“什么声音？”

为了不吓到人，花探自认为很含蓄地描述了一下：“幻姬殿下的叫声。”

“叫声！”

“叫了！”

麒麟和飘萝异口同声，飘萝想到了一件事，麒麟也想到了一件事，虽然他们只是一个眼神的交流，但是相互都确定想到一块儿去了。一个下午都没有出房间，晚膳都不能到星穹宫吃，加上一个身体不适，一男一女在一个房间，还能发生什么事！尤其，男方对女方不怀好意。

星华咳嗽了一声，他们两个要不要这样大声说出来，就算花探的话有某种嫌疑，那也不能仅凭一个叫声就断定是某种事情吧，一个人撞到东西也会叫一声啊。

百曦古神看着花探，以为自己听错了，难以置信地看着他。

一向好八卦的麒麟忽然笑了，讨好似的朝花探真君微微倾了倾身子，问道：“幻姬殿下就叫了一下么？”

“不是，好一会儿。”

飘萝：“……”

麒麟：“……”

百曦：“……”

“对救死扶伤之术，本神略知一二，幻姬殿下不是身有不适么，不若让我跟着花探真君一起到千辰宫去看看吧。”百曦很是温润地看着花探，“兴许还能帮点儿帝尊的忙。”

“古神多虑了。”花探道，“帝尊照顾幻姬殿下没有问题。”

“不是听到幻姬叫得惨烈吗？”

花探哪里敢承认幻姬殿下的叫声是凄惨的，笑了笑，风轻云淡地道：“古神大概误会什么了。帝尊和殿下相处一室，叫声不是凄厉的那种。”

在花探的心中是想将事情轻描淡写，想让世尊和世后都不要担心幻姬殿下。娲皇宫的殿下若是在千辰宫出了什么事，大家都担待不起。可没想到，他的“风轻云淡”在其他人看来，就是欲说还羞得不好意思。

飘萝低低地叹服一句：“真是好速度啊！”

花探意识到自己的话似乎有歧义：“我的意思是，殿下其实没有被欺负得很惨，你们不用担心，我们帝尊他做事有分寸的。”

麒麟摇着扇子：“他第一次做这样的事情，分寸轻重什么的，不好把握吧？”

“帝尊不是第一次。”

麒麟大惊：“啊！”

花探很认真地道：“其实早在两个月前帝尊亲自为幻姬殿下换药的时候，他们之间就出现过今天这样的事情，那次我看到幻姬殿下并没有显得很痛苦。”

“什么！”麒麟诧异地看着花探，“你还看了现场？”

“嗯。”花探摇头，“也不是事情进行中的现场。是事后的。”从话题那想起当初误闯帝尊房间见到的画面，道，“我也是误闯进去的，看到帝尊抱着幻姬殿下，两人感觉都挺好的。后面又误闯了一次，是殿下扑倒了帝尊，我看她脸上也没痛苦。”停顿了一下，花探安慰着大家：“所以，这次，我习惯了。”

麒麟摇着扇子，叹息着，摇头道：“禽兽。”

下手那么快！那么早！大家都被他蒙在鼓里。还以为他对幻姬有点意思是最近才出现的苗头，他还打算从头到尾记录下帝尊的追爱征程。没有到，帝尊他老人家老早就下手了。不要脸，对一个小他那么多的姑娘下手这么快，无耻！

轻微的疼痛感中，幻姬慢慢地睁开眼睛。映入眼底的，是一小片算得白皙的肌肤，移了移目光，看到一个下颌，随着目光的上移，幻姬轻而慢地抬起头，看到缓缓打开眼睛的千离。因为疼痛太甚，她的唇血色一直没有恢复，脸上的红润也欠得厉害。虽云发略显蓬松，而意态幽闲纯美，尽染楚楚可怜之致。

眸下女子，让千离真正地懂了一个旧词，何谓我见犹怜，大抵就是他此时看到的幻姬这样吧。不论男女，他素不会轻易地同情或是怜惜谁，世间行走，多的是可怜之人，怜之不尽，唯有自己变得强大。可怀中的幻姬，他却怜她怜得想保她久久安宁。

“还疼吗？”千离轻轻问道。

幻姬微微点头：“有点。”

看着帝尊精致无双的脸，幻姬的鼻尖开始发酸，当她的目光落到他眼里时，那酸涩的味道刺痛她的感官，眼眶里浮起清清的湿意。帝尊再怎么打击讽刺她时，她只是恼火得欲哭无泪，可从没因被嫌弃而哭鼻子。受到帝尊温柔相待时，还是他这张脸，还是他这双眼，但她就是止不住泪眼朝外涌。

一手搂着幻姬，一手被她的蛇尾缠绕着，千离腾不出多余的手来安抚幻姬，看着她蓄上泪水的双眸，慢慢低下头，用额头抵着她的，鼻尖轻轻地碰着她的小鼻头。

“别哭好不好，你晓得的，我不会哄人。”

以前数不胜数的神女仙娥被他气哭，看着她们或低泣或大哭或怂哭，他都完全没有感觉，哭就哭吧，女人遇到什么不称心的事情除了哭没有别的反应，他已司空见惯，早炼了一副铁石心肠，眼泪比鲜血更难打动他。他，是个不相信眼泪的人。可幻姬的眼泪，看得他的心都拧了。

“我没听说谁生来就会哄人。”

不会的，他可以学，他不是帝尊么，智商那么高，这点小事难道还能难倒他。

有那么一瞬间，帝尊觉得，难道剧烈的疼痛还能把人的反应给弄得变快吗？总是一副蠢蠢傻傻纯样儿的小妮子居然还能回他一句这样的话。

“不想学。”

幻姬眼中的泪水更多了，那一层层加满的晶莹让千离觉得她脑子里是不是装的都是水，要是这把没给她止住，是不是会流个一晚上。

“大男人没事学哄女人做什么。”千离觉得幻姬的要求实在是突然，五百万年来他就没觉得自己会在意过哪个女人，既然不会出现女子在他身边，学哄人不是浪费精力吗？哄人就是骗人，他不想说谎话。男人就该有男人的样子，抱着女人骗来骗去那是找揍。“你是我的幻姬，和别的女人不一样，哄骗人的话，不适合你听。”

幻姬的嘴角轻轻地勾了一下，敛起笑容后，没忍住，又弯起了嘴角：“你还说不会哄人。”这样的话他都说出口，根本就是哄人高手。

“这算哄吗？”千离问，“本尊不过是实话实说。”

他用的东西，住的地方，哪一样不是与众不同的好。自然，他瞧上的姑娘，那也肯定是三十三重天里，不，天外天和三十三重天里最好的姑娘。虽然她现在是笨了点，但他会给她时间，人家星华那口子都能从呆呆变成现在动不动就口出哲理的世后，他家这个比飘呆呆九万岁的水平高多了，要成为一个聪慧的女子不在话下。他的，能不好吗！

幻姬的心，暖了，甜了，用手轻轻地捶了千离一下，眼中的泪渐渐倒回去了。

看到幻姬没哭，千离安了心，柔声道：“把蛇尾打开，给你查查伤口的情况。”

闻言，幻姬松开缠绕在帝尊手臂上的蛇尾，他将她的身子放平，乖顺地趴在美人靠上，后腰上隐隐地还有些持续的疼痛，但已能承受。若是不去在意，还能忽视那种疼的感觉。只是她没想到，只是不禁口，竟为自己招来了这么惨痛的经历，若是早知，便是顿顿喝粥她也不会乱吃东西。

幸亏幻姬伤口的溃化千离发现得早，经过一个下午，恢复了正常，若是过上十天半月再发现，她就不是疼半天便好了。将束缎包扎好之后，千离从旁边拿过幻姬的衣裳，将仅着了贴身小衣的她半抱半扶着坐了起来。

“花探也快回来了，穿好衣裳出去吃饭吧。”

幻姬心有不安地问：“花探真君做的吗？”

“嫌弃？”

幻姬很想说，不是嫌弃，那是非常嫌弃。花探真君做的东西，感觉真不是一个有正常味觉的人能吃下去的。明着不能说花探真君做的不好吃，拐着弯委婉地表达一下应该很有必要。

“帝尊，你学世尊做做饭吧。”

“关于这个，我们已经讨论过。”

千离将幻姬的外裳和中衣放到一旁，拿着她的里衣抖开，放到她的手里。烧菜这类事情，在三十三重天里很少见，尤其是一个男神做饭。如果不是世后这个人水平太低，他觉得怎么也轮不到星华练了一手好厨艺来显摆。星华他，肯定是被逼无奈，徒弟是自己收的，饿死了在他的手里忒丢脸。幻姬不懂，他的幻姬肯定比飘萝聪明，学烹饪，定然能漂亮地出师。

拿着里衣的幻姬没有反驳，她记得上次和帝尊说起学烧菜的结果，帝尊的态度很坚决，他不会去学。可是……

“做饭时的男神特别吸引人。”

她不觉得帝尊做出来的东西能比花探真君更难吃。帝尊这么自傲的人，按照他的性格来说，如果做不出一道菜的极致味道，他应该不会放弃。因为是帝尊，他出手，必然要称王。只是他不想学而已。

千离看了看幻姬片刻，似带着一点儿回味的感觉，“不穿衣裳的仙子也特别吸引人。”

手里拿着里衣忘记穿上的幻姬低头，唰地脸红，飞快地把里衣穿上，束好。又默默地将旁边的中衣拿过来，穿上。外裳因为过长，不得不站起来才能穿整齐，蛇尾因为疼痛盘缠得太久，立身而起时，如人的腿久盘发麻一样，不得力。

“啊。”

瞬间，千离出手扶住了幻姬的身子。她站着，他坐着。白色的广袖因倾斜的手臂滑下一截，幻姬低头看着千离道谢，目光不经意地看到了他的手臂，上面布着一条条的红痕，很是醒目。

幻姬心惊，立即问道：“你的手怎么了？”

“无碍。”

见幻姬站稳，千离松开手。幻姬却不信，放下手里的外裳，拉过千离的手，将他的广袖掀起：“另一只也这样？”

千离默然，欲收回手，幻姬略加用力，抓紧了。他不答，她自己拿过他另一只手查看，手臂上一个红点都没有。略微一想，幻姬猜测到了。

“这只是被我蛇尾缠住造成的，对么。”

她痛得厉害时，蛇尾盘卷的力度控制不了，会本能地用最大劲儿扭紧，以期能减缓疼痛。他被自己缠了一个下午，若是自己再长大些，他这条手臂都能被她强劲的蛇尾卷得截截断裂。看着帝尊的手臂，幻姬心尖丝丝颤动，连抓着他手的柔荑都不敢再用大力，生怕抓疼了他。

“药放在哪儿了？”幻姬问。

“我没事。”

幻姬对视着千离的目光，特别轻地放下他的手，朝门口走，听到背后的动静，停身转回，看着已站起来的帝尊。

“坐下！”

一刹那，千离愣了下。幻姬身上散发出来的气势让他忽然……就不动了。她说话的声音很轻，不呵非斥，可就是轻轻的语气里带着不怒而威的感觉，认真严肃的表情拿捏得十分到位，这样的端雅尊贵之气不是一天两天养成的，也非一年两年能在一个人的身上生成得如此自然，三十三重天里哪怕是成熟的上古神兽后裔神女也未必能有她这样浑然天成的冷贵感。不是严厉凶狠的表情，不是高声斥责的语气，却能让人软服下来，顺着她的话。娲皇宫的时光，让幻姬有着别人没有的气度。缓缓坐下的千离非常清楚，眼前的幻姬还远远没有到达她最辉煌的时候，若经过无极时光万万年的淬炼后，他的幻姬会散发出万丈光芒，让人莫敢仰视。

看到千离坐下，幻姬很满意，走了两步，发觉自己没穿外裳，连忙折回到美人靠前，指尖勾起衣裳很快地穿好，看着她的动作，千离嘴角无声地勾了起来。

束好腰带之后，幻姬面色平静地走出寝宫，天晓得她心里紧张得不行，刚才竟然叫帝尊坐下，他居然也乖乖听话地坐下了，话说出口不久后她心里就害怕了，怕帝尊给自己来一招反击。他这个人，脾性不好琢磨，稍微不注意就能招惹他不满。凡间有云，伴君如伴虎。三十三重天里一定是伴尊如伴狼，不对，就是狼，还是头千王之王的狼王。

幻姬走出寝宫的门口，神侍立即走上前。

“幻姬殿下。”

幻姬随即吩咐：“去拿些治疗外伤的药来。”

“外伤？”神侍抬头看着幻姬。

“嗯，擦伤勒伤那种。”

“是。”

幻姬在门口等了一会儿。

神侍将修复外伤的仙药端给幻姬，轻声问道：“殿下，需要我们伺候您吗？”于神侍看来，如果帝尊和幻姬殿下独处一室的话，受伤的肯定是幻姬殿下，他们的帝尊大人早就过了受伤的年纪，也就只能在书卷里能看看帝尊小时候厮杀受伤的记载了，莫说如今的帝尊，早在万万年前，他们的帝尊就拥有让别人受伤而自己毫发无损的修为。

“不用。”

幻姬进了寝宫后，看到千离还保持坐下去的姿势，忍不住地轻轻笑了。走到他的身边坐下，将他的手拉到自己腿上放着，撩起他的广袖。这时的她才发觉，帝尊的衣袖被她的蛇尾缠出了印子，不深不明显，她知道不是因为自己的力量不够，只是帝尊衣料太好，从始至今，还是第一次看到他衣裳上出现褶印。

“以后遇到这种情况你只管将我的蛇尾拿开，莫要让我伤了你。”

“还有以后？”

幻姬转头看着千离：“时光这么悠长，谁知道以后我还会遇到什么呢？三十三重天我肯定没有帝尊你熟悉，可就来了这么能数得清的次数就让我几番受伤，往后的日子，我不做那一程风顺的美梦。”她非不长记性的人，每一次经历都会在她的脑中留下印记，助她成长。

说完，幻姬拿过药膏，用指尖挑出来一点点，手法轻轻地给千离抹上，每一下都很小心很专注。这些伤是她留下的，她做梦都没想到竟然会伤到帝尊。

药膏敷上去之后很清凉，千离看着拂在自己手臂上的纤指，这点儿伤在他的眼中实在不值一提，跟没有一个样儿。可看到她紧张的目光，他第一次觉得受伤这种事情其实还有点趣。

“等我再长大些，受伤时，帝尊你可千万记得离我的蛇尾远一点。”

千离问：“你还要长多大？”

幻姬想了想，回道：“还要长高点儿，脸可能还得长成熟点儿，真身蛇尾长得会很明显。”看了眼自己裙下的蛇尾，继续道，“听娘娘说，我的蛇尾完全长成时，是金色的。现在的蛇尾还太短，以后会变长变得非常有力量。”要是那个时候缠着他，就不是缠手臂是缠着他整个身子了。她，不想伤害任何人。或者细化些说，她不想伤害帝尊，尽管他打击她讽刺她的时候口下不留情，但那也只是嘴巴上毒，真在危急关头，帝尊从没有撇下过她一回。当然，她觉得他之所以没有丢下她，是因为自己聪明，若她不是个天定聪明的姑娘，哪里能斗智成功让帝尊几次出手相救呢。

敷好一边之后，幻姬把千离的手臂翻过来再敷另一面，越敷越自责。

看着幻姬渐渐蹙起来的眉心，千离的声音轻轻的：“没有以后了。”

幻姬专心地为帝尊敷药，一点也没注意他说的什么，待挑药膏的时候抽空转头看着他，问：“嗯？”

“没什么。”

过了一会儿，房间外面传来花探真君的声音。

“帝尊，我回来了。”

幻姬停了下手，没说话，继续为千离敷着药。不想，千离也没出声，只是看着幻姬。

在门外的花探真君等了等，没听到里头有动静，又喊了一声：“帝尊，我回了。”结果，里面的人还是没出声。花探真君不免担心，是不是帝尊和幻姬殿下在里面出了什么问题？虽然这个可能性委实不大，可万一呢？有道是，什么事情都不怕一万，就怕万一。昨儿殿下叫得让人心揪不已，里面是个什么情况，真不好猜测。心中担忧，一咬牙，冒着被戳瞎的危险，花探真君提着食盒走了进去。

“啊！”

花探叫了一声，将头迅速地撇向一边："我没看到什么。"

看了眼花探，幻姬轻轻笑出声："呵，花探真君你可以看。"她和帝尊之间又不是在做什么见不得人的事情，他看又有什么关系。

花探连续不断地摇头："不看。那个……我就是担心帝尊和殿下，我是误闯。"走到门口，千离的声音响起，吓得花探差点儿夺门而逃，好在听上去帝尊没有不悦。

"跑什么。她让你看你就看。"

"帝尊，我真不是故意的，我是担心你们。"花探都想哭了。他们俩在房间里相亲相爱他没意见，可明明听见他说话，为什么不出个声啊，吱一声真就那么没空？人就是那个局部放点什么东西出来，那还有点声响呢。

幻姬瞟了眼千离："你看看你平时的风格，把人吓的。"

千离转头去看花探："转身。"

花探木鸡般地转身，一直保持低头的姿势，看着自己的脚尖。

"抬起头看我们。"

慢慢地，再慢慢地，花探抬起头，看着千离和幻姬。还好还好，俩人既没有没穿衣裳，也没有搂搂抱抱在一起，这样坐在一起看上去……

帝尊受伤了？！

花探提着食盒大步走了过来，看着帝尊的手臂，关切地问道："帝尊，你的手臂怎么伤着了？"

敷药的幻姬拧了拧眉，内疚不已，抬头看着花探，歉意非常："我弄的。"

"殿下你？"

"我不是有意的。"

"幻姬殿下，其实这点儿伤对我们帝尊来……"

千离忽然说话："花探，去熬碗粥来。"

花探很自然的反应："帝尊，我从星穹宫拿了八样菜回来，足够你和殿下吃了。而且，你不是说不要粥吗？"这会儿这么又要他去熬粥了？他熬粥还没学会呢，熬出来他与殿下也吃不下去。

千离语速缓缓地问："本尊说了是自己要吃吗？"

自然地，花探转头去看幻姬，幻姬听到千离让花探熬粥，也停下手里的动作抬起头看他们。帝尊不吃花探真君熬的粥，难不成是要她吃？

"她今晚不喝粥。"

花探想，帝尊不吃，殿下不喝，熬的粥那不就是……他、他是做错什么事了吗？迅速回想一遍帝尊让他熬粥的前后对话……等等！花探想到了自己没说完的那句话。

试探性地，花探说了一句："幻姬殿下，你可得上心点儿对我们帝尊，他身子骨娇弱，一旦受伤没个十天半月，难痊愈。”

幻姬：“……”帝尊娇弱？！

“你别看我们帝尊长得俊，其实很需人照顾的。”

“我知道了，我会很用心的。”

花探笑着点头：“嗯。”转头看千离，“帝尊，我给你熬粥去？”

“又不想你熬了。”

花探：“……”

帝尊，你还能再无耻一点吗！

花探真君从帝尊的寝宫出来时，幻姬还没有为帝尊上完药，但这一点都不妨碍他知道了一个惊天大秘密。站在宫门口，花探想着自己脑中深觉不可思议的事情，帝尊摆明了就是想让殿下关心他，紧张他。一个男人想要一个女人的心思都在自己身上，那除非是……

看上了她！

入夜中，千离在寝宫花园中闭目养神，桌对面的幻姬在静心打坐，原本她是陪着他来花园里坐坐，大概见他合上了眼睛自己便修起静心诀来。

月色花色，色色怡人。

俊静美静，静静通心。

花探真君站在园外看着园中月下两人，忽然舍不得踏足过去。不忍打扰却不得不打扰时，花探走路都特别自信。走到帝尊的身边，弯下腰，在他的耳边轻轻地说了一句话。

千离睁开眼睛，缓缓地，起了身。走开前，转头朝旁边的幻姬看了眼，没惊动她，走出了园子。

麒麟找来的时候，看到的便是幻姬一人在花园里静心打坐。麒麟朝四周看了看，心道，还真是留着她一人在这里。见她修得专心，不想打搅到她，转身打算去找千离。走开没几步，幻姬的声音从后面传来。

“麒麟上神？”

麒麟站住脚步，回身看着已经睁开眼睛望着他的幻姬，笑了。

“看我，打扰到殿下静修了。”

“没有。刚好修完。”幻姬从椅子上起身，看了眼空着的千离座位，又朝四处看了下，说道：“上神找帝尊么？好像不在这儿。”

麒麟笑眯眯地道：“不在这里好啊，说明我们帝尊老人家他还没有中毒到神魂颠倒的地步。”

中毒？

幻姬听到千离中毒，心一下就紧了，连忙走到麒麟的跟前，关切地询问道：“帝尊中毒了？

什么时候的事情？他中的什么毒？”

“呵呵，殿下莫要担心。依我看，帝尊中毒是他自己心甘情愿的，中毒的深浅他自己会把握住。”麒麟笑：“只要殿下不给他加量就没事。”

“我？”

幻姬不明白麒麟的话，很认真地保证：“麒麟上神放心，帝尊是我的恩人，伤害他的事情我肯定不会做的。”

“如此甚好。”

“麒麟上神。”幻姬欲言又止，“不知可否帮我一个忙。”

麒麟挑眉：“你说。”

千辰宫外面稍远的天河边，幻姬和百曦并肩站在河边，看着倒映着繁星的天河，两人轻声地说着话。

“来这里真的好吗？”百曦问。

幻姬微微地笑了下：“到目前为止，我觉得还不错。”

“不错？”百曦不大信。幻姬善良，即便真是受了帝尊给的委屈，恐怕也会因为要跟他学习而不说出自己真实的感觉，不伤害人是她的习惯，哪怕是在人背后。

“百曦，帝尊对我，很好。”

幻姬又笑了：“虽然言语上帝尊说话是气人，可他不是个坏人。三年前我不了解他，总觉得他的傲气傲骨太甚，到了目中无人冷酷无情的地步。可是现在看来，帝尊并非不善，他是有善根的。”一个人能成为天兽千王之王，登顶尊神之位，绝非是轻而易举的事情。帝尊既然能位及至高，必然有他的本事，更是得到了天道的认同。

听着幻姬评价千离，百曦转头看着她，她才来浮屠天几个月，就对帝尊有这么大的改观？

“他对你好便好。”

幻姬轻轻地笑着，打算来千辰宫找帝尊的路上她也担心过会被帝尊干脆地拒绝。可没想到，两个多月生活过来，她会变得如此地感激他。

麒麟靠在远处的歪脖子树上，看着天河边的幻姬和百曦。俩人在那边说什么呢？在千离寝宫花园里听到幻姬说要他帮个忙，他想也没想地答应，料想她也说不出什么大事。事实上，还真不是什么大事，但是怎么都没想到竟然是让他带着她出千辰宫见百曦古神。带她出来不难，用法术传音找百曦古神也不难，就是不知道为什么幻姬要出来见百曦古神？

天河水域宽广，繁星像是浮动在水面上，格外的漂亮，幻姬看了好一会儿，才出声问百曦。

“百曦你到星穹宫，可是找我有什么事吗？”在西海遇到他时，两人就聊过了，尽管时间不长，可若是有什么事，他大可在龙宫便跟自己说了：“听世后姐姐说你专程来看我，是么？”

百曦点点头。

“谢谢。”

幻姬以为百曦有什么事情特地过来寻自己，他不是喜欢游山玩水的人，她怕是什么要紧的事情，特地晚上找他。

“你怎么让麒麟上神传音给我，让我来天河边见面呢？”百曦不解，“晚上你回星穹宫找我也是一样的。我会在星穹宫里住一阵子。”

幻姬微微惊讶道：“你要住在星穹宫？”

“怎么，不想我住？”

“呵呵，怎么会呢。”幻姬解释道，“我方向感不好，如果自己出宫找你，说不定最后还得落下你出星穹宫寻我的结果。”

百曦理解地点头，随即笑了，清亮的笑容让他的五官看上去温润而富有神色。说到她的方向感，在昭郃山的时候她可没少迷路，好多次都是他找她。

“夜也深了，我们回去吧。”

幻姬道：“我今晚不回星穹宫。”

百曦愣了下：“为何？”

“帝尊下午因为我伤到了手臂，我这几天得在千辰宫里照顾他。”

“你伤到了帝尊？”她是在跟他开玩笑吧，以她的道行能伤到帝尊？若是小伤，又何须特地留下照顾他。百曦想了想，道：“幻姬……”

等着百曦的话，却发现他没了词，幻姬浅笑：“百曦你有什么想说的就直说吧，如果找我有事，也可以明说。我在昭郃山麻烦了你三年，你若有什么需要我相助，不用客气。”

心中欲说之话虽不算背后放暗箭的缺德事，但百曦自觉也不是个傻子，他不了解帝尊，却能从他的眼神和寥寥几个动作里看出他对幻姬的心思。可是，对于幻姬来说，被帝尊喜欢上，未必是件好事。

“幻姬，莫忘记了你是女娲后人，身兼重责。不单单是天外天需要你，四海六道八荒里的万事万物都需要一个成熟稳重的你。”

幻姬眨着眼睛，很严肃地点头：“若无事，百曦你也早点儿回去休息吧。等帝尊的手好了，我回星穹宫里找你。”

说完话，幻姬朝百曦笑了下，转身欲离开，百曦忽然伸手拉住幻姬的手。靠在歪脖子树上的麒麟余光瞟到了河边的百曦和幻姬，嗖的一下来了精神，眼睛大睁地看着他俩。不是吧，百曦古神拉住了幻姬殿下？他岂不是大拆帝尊的台，将他看上的姑娘送到了情敌身边，还成为他们你侬我侬的纯天然高安全性高战斗力的守护者？

百曦的手微微用力抓住幻姬：“今晚随我回去吧。帝尊修为高深，哪怕真是有伤在身，他也能照顾好自己，何况他的宫中还有诸多的神侍，你不在，没有关系。”

“百曦，我是一定要回去照顾帝尊的。”

下意识地，百曦的手又加了些力道：“为何？”

看着百曦，幻姬觉得他问了一个真是不够聪明的问题，伤了人自然要负责，这是为人的基本德行。如果这件事发生在他的身上，想必他也不会丢下被自己伤到的人，怎么到她身上就如此劝说呢？责任心不分身份，若真拿身份说事，她身为天外天的殿下，当更要以身作则，如此跌份儿的行为她绝对不能做。

“因为现在帝尊对我来说，是我的责任。”

她或许还不够强大，不够成熟，但是她绝不是个逃避责任的人。

百曦忽然提高了声音：“幻姬！”

远处的麒麟挑高眉梢，发出一声，“哦？！”两口子吵架了吗？不是！俩人吵架了吗？因为帝尊吧。凭他的慧眼，一看俩人的架势就知道。

百曦忽然提高声音让幻姬诧异了一下，百曦是怎么了，说话总是很温和的人，忽然就大声了。

“百曦，我们对帝尊心存偏见是不对的。”她以前不想跟他有交集，可是现在她认为他并不可怕。

“我没有对帝尊有偏见。他值得人尊敬。”百曦无法将自己的担忧告诉幻姬，很多事情只有活得长久才会经历，她活得还不够长，不会懂。“只是我以为，你和他，还是保持距离的好。”百曦有种不知所措的懊恼，“你，你怎么能跟他……”女子的贞洁何其重要，她怎么会这么不小心就和帝尊……有了男女之实。

幻姬以为百曦是在替她担心男女授受不亲。虽然她和帝尊是有过亲昵的事情，但那都算意外，两人并没存什么不洁之心。他们是清白的，至少除了意外地亲了两次之后，没有再进一步发生什么。她不知道，她的话反而让百曦更加地担心。

“幻姬，我是为你好，你和帝尊莫要太过于亲近才是。”

不知道为什么，赫然之间，幻姬感觉到什么地方射来一道极具存在感的目光，朝四周看了看，除了麒麟上神，再无其他。可麒麟上神一直就在那儿，不会到现在才察觉到他的目光。投射过来的目光，感觉不是太好。

“怎么了？”百曦问。

幻姬摇头：“没什么。百曦，你的好意我心领了。很晚了，我得回去了。”

心知幻姬坚持己见，百曦不愿太过勉强她，或许他的担心是杞人忧天，但愿不会发生那种事情。

百曦点头。随后，从袖中拿出一个小包：“这是千颜花种子，共五粒。给你吧。”

千颜花，顾名思义，一朵花开千种颜色，一种颜色盛开一个月，开完枯败，再不复生。它绚丽的生命，只有一场，一旦开始就注定是没有轮回之路的绝唱。花落之后，能不能留下一粒种子，全看天命，有可能一百朵千颜花中没有一朵成功留下种子，也可能十朵里出现两粒存留的花种。除了能变色千月，千颜花还有最为神奇的一个地方。当它盛开时看到的第一张人脸，会伴随花开千月的记忆，当花落的时候，如果有人将花朵凝聚了上千个日月的天地灵气吸入体内，便可换成花心记忆里的那张脸，分毫不差，足可乱真。

若作为药用，千颜花是五百种仙药的最佳药引，盛开的月份越长久，其发挥的作用就越大。只不过，寻常人得不到千颜花便用其他的药引代替，但效果却是远远没有千颜花好。

幻姬看着百曦放到她手里的锦布小包，她在昭郃山的时候做梦都想培育出千颜花，可惜这种花别看它一开能开千月，看上去生命十分顽强。其实，不然。千颜花一旦盛开便可活千月是没错，可让它成功盛开却是一件非常难的事情，不单单耗费人的心力，气候、温度、日照，风霜雨露这些都有着讲究，它对成活环境十分挑剔。也正是因为如此，千颜花的种子才显得弥足珍贵。花开，极难。花开之后得到花种，难上加难。

“这……”

幻姬把锦布小包递还给百曦，“我不能要。太珍贵了。”她是跟他学过艺，可她有自知之明，晓得自己在种花植树上的本事如何，千颜花的种子给她，有种暴殄天物的感觉。“这种全靠天运的珍稀花种在你的手中保存更好。”

“再珍稀的也有再得的可能。以后有了，我再留下。”在昭郃山三年她都没有培育出一朵千颜花，他看得出她想成功。这次他去神农部落办事便是看千月之前在神部一个绝密山谷里种下的千颜花，他种了六十九朵，收获了五粒花种，还算得收获颇丰。

无功不受禄。幻姬说服不了自己。

“既然如此，不如将来你再得时，再赠我吧。”

百曦轻轻一笑，打开锦布小包，从里面拿出两粒圆溜溜的千颜花种子，收好。

“现在，我有两颗了。这三颗，你能收下了吧。”

幻姬笑了，接过装着三颗千颜花种子的小包：“好吧。谢谢你，百曦。”

从天河边回千辰宫的路上麒麟忍住没有问幻姬和百曦说了些什么，太个人的问题他实在不好意思问，尽管好奇得像是三五只小猫在挠他的心窝子一样痒痒。忍！他必须忍住八卦的心，将幻姬尽快带回千辰宫里，如果让千离那小子知道他看上的姑娘夜半出来私会男人，指不定要怎么恼火他了。

紧赶慢赶，麒麟将幻姬带到千离寝宫门口时，还是一眼就看到了在花园里长身如玉立的千离。

麒麟心道，还是晚了！

幻姬也在看到千离身影的时候忽然愣了下，要是帝尊问起自己去哪儿了，说实话没有问题吧。嗯，应该是没问题，她只是出去见一下百曦，又没有不告而别地回星穹宫。

“真是好兴致呀。”麒麟若无其事地甩开自己的折扇走向千离，脸上挂着他惯有的笑容：

“刚才，是去救人了吗？听说你解咒还缺了东西，缺了什么，你说，我也出把力，给你减轻点儿负担。”

千离看了眼麒麟，什么话都没说地将目光投到他身后走来的幻姬，也只是看了一眼，无话，转身进了寝宫房间。

麒麟和幻姬对视了一眼，打了个让她追上去的手势，幻姬摇头，不知道为什么总感觉帝尊的心情似乎不好。可看他的脸色，又什么都看不出。

白色身影进了房间之后，麒麟招手叫来了花探真君。

“怎么回事？”

花探不解：“什么怎么回事？”

“帝尊不高兴，为什么？”

花探问：“帝尊有不高兴吗？”

“没有吗？”麒麟反问。

“我没看出来。”

麒麟再问：“他先前做什么去了？”

“到西隅殿看舞倾公主去了。”

麒麟连忙问道：“舞倾公主怎么了？”

“她中的天镜符咒很不一般，情况比预计的糟糕很多，我先前给她用药能控制符咒在她身上起作用，今天晚上用药不行了。”

“舞倾现在什么情况？”

花探将麒麟上下看了一遍，麒麟上神是不是关心舞倾公主关心得过度了？

“赶紧说。”

“帝尊稳住了她的情况。”

麒麟放了心，朝幻姬看了眼，催她进屋。

幻姬走进寝宫后径直朝千离的睡房走去，脚步停在了十二星宿屏风外。要进去么？帝尊怕是睡下了吧，若是进去，恐会扰了他。

轻声地，幻姬自言自语，“还是不进去吧。”也许他没心情不好呢。定了心后，幻姬转身打算到美人靠里安歇，刚转身被一个白色的身影吓了一跳，“啊。”帝尊他、他怎么站在她的身后了？

“帝尊。”

看到千离穿着纯白色的中衣外面腰带略松地束着柔丝软袍，幻姬轻声问道：“你洗澡去了？”手臂上的药膏不就被洗掉了么。幻姬伸手拉起千离受伤的那只手臂，撩起袖管，低低地呼了一声，“呀！”怎么会变成这样，原本不是消了红痕么，怎么现在变得红中带紫了。

幻姬急忙道：“我马上给你敷药。”

“算了。”

千离欲缩手，被幻姬用力拉住，目光坚决地看着他。

“怎么能算了，都变紫了。”

幻姬硬拉着千离坐到了椅子上，拿来先前给他用的药膏，将他的衣袖卷到肩膀上，十分轻柔地把他的手托起来放平在身前，害怕弄疼他，抹着药膏的手格外轻盈，像是羽毛划过他的肌肤。看着条条发紫的伤痕，幻姬的歉疚大涌而起。幸亏她坚持不回星穹宫，若是跟百曦回去，帝尊手臂上的药谁给他上？他自己断不会主动上药，别人又不晓得他手上有伤，花探真君是除她以外知道的人，但若帝尊对花探说不上药，照花探对帝尊言听计从的风格来看，估计也是由着帝尊。

一边上药幻姬一边纳闷，像是自己说给自己听一般，“之前上完药不是好了许多么，怎么会变得这么严重呢？”低头抹着药膏，不确定地问着千离，“帝尊，你是不是吃错什么东西了？”想到自己不禁口遭了罪，幻姬觉得伤情加重必事出有因，忽然抬头，看着千离：“上完药后我们就吃饭，你说，是不是那些菜你不能吃？”

“洗澡。”

简单的两字，幻姬一下没反应过来，抹了两下药之后，明白了。

“你泡澡的水中加了东西？”

“嗯。”

没有一点儿责备或者埋怨的，幻姬看了千离一会儿，声音柔柔的：“手臂上的伤没好之前，记得别再放东西到洗澡水中了。”

因伤加重，幻姬敷的药加量，用时比上一次长许多，上完药之后弯着腰俯低身子帮千离轻轻地吹着，直至药膏全部沁入他的肌肤，又复查一遍是不是都敷到了，才放心地把他的衣袖捋下来。

“晚上睡觉别压到这只手了。明早我再给你上药吧。”

说话时，幻姬注意到千离的银发还没有干透，又道：“你现在还不能睡觉，等头发全干了再去。”

千离看了幻姬一眼，欲站起来，幻姬以为他要去休息，眼明手快地将他摁住，“你怎么不听话呐。头发还有些湿，不能去睡觉。”收到千离怔怔地看着她的目光，幻姬气势软了下来，微带怯怯地道，“我是为你好。”

“我渴。”

幻姬：“……”

呃，好吧，人家帝尊想喝水被她给按住了。想到自己理解错误，幻姬立即道：“我给你倒。”一会儿便端着热茶送到了千离的面前：“帝尊，喝茶。”

幻姬看千离不接过去，等会儿，还是没有把茶端过去，奇怪了。

“帝尊你不是口渴了吗？”难道是要自己玩的？

千离看着茶杯里慢慢展开的一片茶叶，悠悠地道：“能把本尊的静香泡成一股水沟味儿，你是第一个。”

幻姬：“……”

“幻姬的手艺欠缺，糟蹋了帝尊的静香。可眼下神侍们都休息去了，帝尊将就一下吧。”

千离声音轻轻地问：“你何时见过本尊将就过什么？”

他的世界，没有将就。为何要将就？将就便是不满，是逼不得已的凑合，既然是违心地勉强自己，倒不如干干脆脆地不要。

幻姬真想问一句，现在就这种茶喝，如果没有他想喝的茶，他宁可渴死吗？

“帝尊你等会儿，我给你叫神侍。”

幻姬转身的时候，千离站了起来，在幻姬不解的目光中，他自己泡了一杯静香。真的就是——

一杯！

一杯静香，满室飘香。

幻姬开始还觉得是帝尊无理取闹故意的，当他的茶泡好之后，她才明白，还真不怪帝尊挑剔，而是她泡出来的茶比他泡的差了已经不是一层两层的水平。

房间里，静悄悄的，俩人好一会儿没有说话。

幻姬心中纠结了几下，决定对千离坦白：“我先前出宫去见百曦古神了。若无事，他不会出山，他到星穹宫来找我，我们一直没找到合适的机会聊天，我怕他有要紧的事情找我，所以连夜见了他。”

想了想，幻姬又道：“我不知道帝尊你是不是因为这件事不高兴。如果是，那就是幻姬的不该了。我对帝尊有钦佩，尊重，欣赏，仰望。很高兴能成为帝尊的幻姬，让我觉得无比的荣幸。你像太阳，我望着你！”

“你的太阳，有几个？”虽然表情还是冷冰冰的，可千离的语气里有了一丝柔和。

幻姬道：“一个！就你一个！你是我唯一的，太阳！”不过，她觉得这个太阳给人不是温暖的感觉，是冷意啊。

能听见彼此心跳般的宁静里，千离慢慢地抬起手扶上了幻姬的腰肢：“记住你说的这句话！”

突的，幻姬的心，猛地跳了一下，她感觉到了帝尊的郑重。

坚定地，幻姬应下她的承诺：“我会的！”

“可……”

幻姬的话才说出来一个字，扶在腰肢上的手忽然一个微微用力，拉得她朝前促了一小步，唇瓣不偏不倚地刚好亲到了千离的唇瓣上。他坐着，微仰头，双手掐着她的柳腰；她弯腰，低着头，双臂半搂在他的肩上。心中大惊，幻姬飞快地抬起头，看着千离，两颊红霞飞上。

“我、我不是故意的。”

“是我有意。”

幻姬：“……”

帝尊，你的脸皮这么厚真如何是好，就这么大大方方地说出来了，刚才她感觉到腰身上的力度，虽然不大，但若不是他的手用力，她不会朝前小走半步，也就不会亲到他了。

千离话音才落下，手臂一个圈揽，将幻姬拉到自己的腿上坐着，一条长臂搂在她柔软的细腰上，慢悠悠地道：“你刚才说了个‘可’字，可什么？”

幻姬挣了两下想起身，发现有人摆明不让，他现在有伤在身，她得有耐心且温柔似水，不能对帝尊太过于用蛮力。

“你是我的太阳。这话我会永远记得。可你这个太阳给人的感觉不温暖，冷冰冰的，夏天也就罢了，若是冬天……”幻姬内心抖了下，冬天寒风呼呼的时候，就千万记得不要惹帝尊不高兴，否则不是变成被挂在珠帘上的小鱼仔，会直接成为看门的冰雕。

忽然间，千离将幻姬抱了个满怀，收紧自己的手臂，问道：“现在温暖了吧。”

幻姬被抱得腰肢都要断了，对帝尊的行为哭笑不得，他是故意曲解她的话吧。

“放开我啦，好热。”

他刚洗完澡，身上还带着澡后的香气，衣裳也穿得薄，体温透过衣裳让她清晰地感觉到了。现在正值高温时节，虽说晚上的温度不高，可他这么紧紧地抱着，叫她如何不燥热害臊。

“还冷冰冰么？”

“你故意的。”明知道她说的不是这个意思。

千离轻笑，放开了手臂，看着幻姬。他的笑，让她一直紧张的心放松下来，看到他笑，她就知道自己的解释成功了，不然总感觉他还会翻脸。对于帝尊，她现在知道，他的笑容多可贵。可是他肯定不知道，他笑起来的样子，格外好看！若是真心笑时，那双狭长的眼睛里都是亮亮的笑意，直醉人的心魂。

“我不知道怎样做才会让你觉得我很温暖。”

千离忽然一句话，叫幻姬愣了，呆呆地看着他，不明白他怎么忽然就说这样的话，又听得他继续说着。

“温暖这词我没有过切身体会。如果你觉得太阳晒在身上那种暖和就是温暖，我可以让千辰宫一年到头都是恒定的温度，不会让你觉得冷。”至于别的什么温暖，他自己都不知道，如何给得了她?

听着千离的话，幻姬不知道要说什么，因为他说的，她听得懂，却不知道他为什么忽然说这个，她并不怕寒冷的冬天，她的真身有一半是人形，对于要冬眠的蛇类来说，她御寒的能力高很多。何况，温暖的阳光和人与人之间的温暖是两回事，帝尊他……不懂人情的温暖呢。尽管这样，他说的话，还是感动了她。

倦意袭来，千离走到床边，坐下，用手拍拍自己的身边："赏你的。"

"……"

所谓，威武不能屈，贫贱不能移。这种"赏"来的照顾，她才不稀罕呢。

"帝尊身贵位极，您的床榻岂是幻姬可轻易沾碰的，待你睡着我便离去。"

千离慢悠悠地复述了幻姬的话，"身贵位极？"慢慢地闭上了眼睛，躺了下去："懂了，你不想靠近本尊，怕太过于迷恋我而不得自拔。"

"……"

幻姬守在千离的床边，本想等他睡着了就到外间休息，不知不觉中，趴到他的床边睡着了，直到第二天。

"醒了？"忽然，千离的声音响起。

幻姬惊恐地看着千离，什么时候他们同床共枕了？瞬间尴尬不已，翻身想起床，被千离拉住。

"昨晚没睡好，陪我再睡会儿。"

幻姬下意识地问："是因为疼了一晚么？"

"一半。"

"那还有一半原因呢？"

千离默然了一会儿，说道："有人的尾巴动不动就缠上来。"

幻姬大惊："我又缠上帝尊了？又伤你哪儿了？"

看着幻姬紧张自己的样子，千离颇有些受用："你现在的关注点难道不该是为什么昨晚你会缠上我，如何缠的我，缠了多少次，缠到了什么程度么。"

心不知所措的幻姬忽然清明了脑子一般，望着千离，是啊，她昨晚不是坐在床边吗？怎么会缠上帝尊的？

"帝尊你莫骗我，昨晚我是在床边坐着，即便我后面睡着了，那也不可能用蛇尾缠着你。"她睡觉老老实实的，帝尊是诓不到她的。她对自己有这个自信。

"嗯。你睡觉是挺安静的。"

幻姬正待沾沾自喜，又听得千离说了下半句。

"但是我好像不怎么老实。"

幻姬心中忽然一紧，什么意思？

"好了，不岔开话了，我的蛇尾昨晚没伤到你吧。"

千离搂着幻姬不让她下床："伤是没伤，就是睡不好。"

"那你怎么不把我推开？"

"你觉得本尊能干出那么没有风度的事情吗？"

幻姬：“……”

帝尊，据说你打击起人来不分男女老少，三十三重天里被你打击得直哭的女子不要太多啊！在欺负人的事情上，你的风度有多少，用她自己的亲身体验来说，应该……没几两吧。

“帝尊，我睡在旁边，你既然睡不踏实怎么不叫醒我？”

千离闭上眼睛：“忍。”

“要是我忍不住呢？”

“我说我。”

“……”

她没有听错吧！帝尊说要忍着，帝尊什么时候忍过事忍过人啊！

“帝尊，我记得你好像说过，不会将就什么，你确定要忍？”

千离的口气颇为无奈地道：“有些事情，不忍能怎么办。”

“可以不忍啊。”

千离收紧手臂：“忍得住。”

幻姬：帝尊，忍久了怕是不好吧，等你爆发的时候她还有活路吗？

千离说完再没出声，幻姬挣扎不出他的怀抱，只得陪着他继续睡觉。

天歌

三生不负三世

（下）

伍家格格 著

重庆出版集团
重庆出版社

目　录

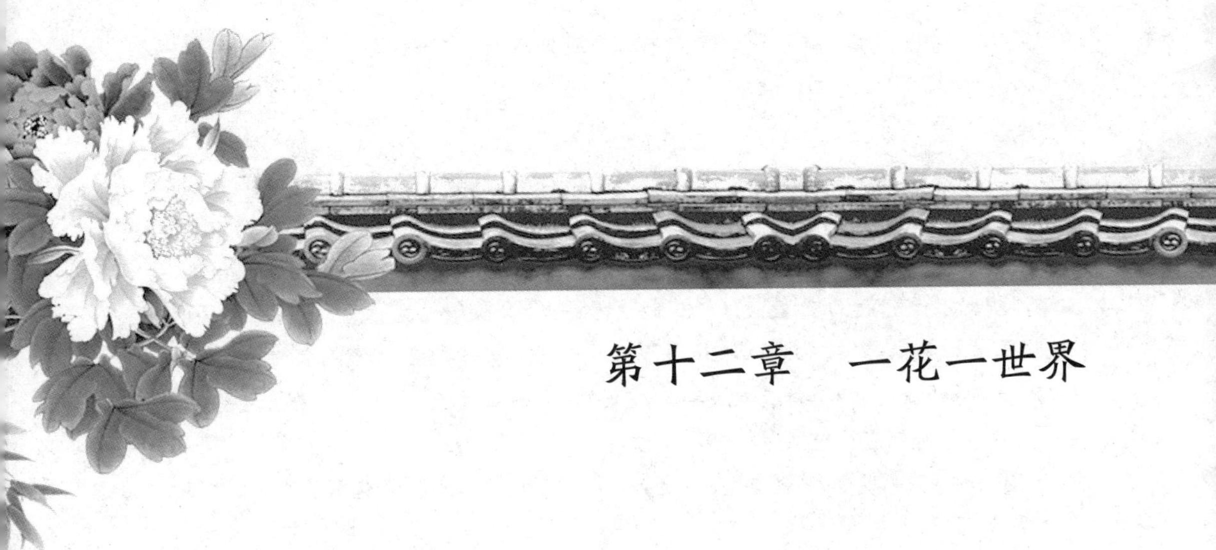

第十二章　一花一世界

千离本不想送幻姬到星穹宫，奈何千辰宫里没人做饭，让花探跑星穹宫拿饭对他来说没什么不好意思，幻姬却过意不去。

“幻姬殿下，气色不错哟。”麒麟调侃着面颊白里透红的幻姬：“看来昨晚虽然累，但帝尊还是很不赖嘛。”

幻姬不好意思地笑了笑，坐到位子上，声音轻轻地道：“我昨晚倒是没怎么受累，反而帝尊被我扰得没睡好。”

飘萝眼中带着惊色看着幻姬，看她外型纤细娇弱，平时行为十分端正含蓄，不想在闺房秘事上竟然如此奔放，居然会主动撩拨帝尊。果然是，人不可貌相，海水不可斗量。小小年纪的她在那种事情上精力可真是强悍啊，能让帝尊一晚不睡，若是她家那口子来折腾她，一晚三次她就不要想早起了，定然腰酸背疼。不承想，他们两个在一起，那个不能好好睡觉的人居然是帝尊。忽然之间，飘萝目光挪到千离的身上，帝尊他……不会这么娇弱吧？还是说，幻姬真是个体能超群的奇女子？

相对于飘萝的目光疑问，星华默然不语，只是听着。

麒麟则不敢置信地看着千离，调侃道：“如此不中用？”

“今晚我们好好切磋切磋。”

麒麟笑：“此种事帝尊还是和幻姬殿下一起学习比较好，我就不掺和进去了。”说着，麒麟看着幻姬，叮嘱道：“殿下，五百万年来帝尊的第一次，你多费点儿心。”

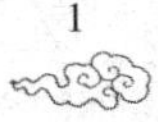

纯善的幻姬以为麒麟是在说她向帝尊学佛理的事情，五百万年来他是第一次愿意授业解惑吧，她晓得机会难得，会非常珍惜，用心肯定是少不得。而且，她觉得，此时正是一个夸赞帝尊的好机会。

“麒麟上神你多虑了，虽然帝尊是第一次，可是他做得很好了。”幻姬感激地看了一眼千离，他对她的照顾，出乎了她的意料。还有他受伤时的表现，都让她对他有进一步的认识，她越来越觉得帝尊不可怕，若是她用心随学，相信定能和帝尊相处得很愉快。

飘萝又是一记大为吃惊，看着幻姬，像是不认识她一般，如此公然夸赞自己的男人很行！幻姬她真是奔放啊，她跟星华认识这么久，她都没有在众人面前夸过他很行。不行，以后她一定要找到机会向所有的人宣告，她家那口子那种事情很棒！转头看向星华，飘萝的眼中有着哀怨。她都没有公然夸过他那事很好呢！

被赞美的千离嘴角微微勾起，心情好得十分明显了，转头看着幻姬，缓缓地道：“以后会更好。”

听到这句话，幻姬内心大悦，帝尊此话相当于她今后生活的保障啊，别人不了解他，他自己肯定懂自己，他都觉得以后会更好，她还有什么理由不信呢？

麒麟看着自己身边一对爱意浓浓的人眉目传情，一对坠入爱河的人言语暧昧忽然有种被欺负的感觉，他们是不是故意秀恩爱啊，难不成让他和百曦古神在一起秀么？端起酒杯，麒麟微微吊起了一点点的尾音，“好一枝梨花压海棠啊。”

“呵呵……”桌面上响起低低的笑声。

千离目光瞟过麒麟，落到轻笑的星华脸上：“这么说你，还让他吃饭？”

麒麟道：“装！”

千离浅笑：“你知道你什么时候最帅吗？”

麒麟眼睛发亮，忙问：“什么时候？”

“嫉妒我的时候。”

麒麟：“……”

他有什么好值得他嫉妒的？！他有的他哪点没有？不就是个女人么，他只是不想要，想献身他的神女们都能把麒麟宫住满。

到底是修为上乘的尊神们一起吃饭，尽管百曦古神和大家不熟悉，可星华飘萝和麒麟还是把百曦照顾得很好，有了开朗的飘萝在，加着八卦大典麒麟，桌面上的气氛倒不显沉闷，而且好心情的千离竟然话多了些，又有幻姬时不时被人喊着讲话，晚饭几人吃得颇为热闹，其间千离和百曦还说了好几句话。面子上，大家总是过得去的，而且是很过得去。

饭后小毛球拉着幻姬出去玩，飘萝在后面冲着小毛球说了一句：“都晚上了，你拉着你小姨娘跑花园里玩什么呐？”

话音落下，两人都不见了踪影，飘萝无奈地摇头，吩咐神侍上些好茶给星华等人，自己便也去忙自己的事去了。

夜色浓了，幻姬和小毛球还一起趴在草地上抓蟋蟀。幻姬不想伤到小生灵，可在四岁的小毛球眼里哪有什么小动物不能抓的道理，好奇什么玩什么。幻姬趴着时，蛇尾从衣裳的下摆里平展出来，悠闲地在草丛里慢慢地游摆，蛇尾的尖尖上还卷了一根草，扫来扫去。

“小姨娘，你看，在那边。”

趴在幻姬身边的小毛球将头凑到她的耳边，伸手指了一个地方，很小声地说着话，发尾上的那颗大大的毛球刚好在他的臀部上，小屁股圆圆的，模样甚是可爱。

幻姬偏了头看过去，赞同小毛球的判断，两人正准备偷偷地爬过去，一道声音从他们的身后传来。

“走了。”

这声音……

幻姬回头，一袭白袍的千离站在她的身后，低头看着她。随即，幻姬从地上爬起来。

“走？去千辰宫吗？”她以为今天晚上在星穹宫住。

跟着千离一道走过来的麒麟摇着扇子笑了：“殿下，你不去千辰宫里，难不成是要去别的男人宫里？”说话间，麒麟的眼梢吊起来瞟了眼千离：“等哪天帝尊羽化了，这个愿望可以实现哟。”

帝尊羽化？

出生至今的幻姬知道活得长久的尊神最后会选择沉睡或者羽化，这是仙神界的规矩，和凡间的生老病死差不多，最后的结果都是离开世间，不论是无垠沉睡还是永恒的羽化，一旦哪位尊神选择了，便是难以再见。辟世之神的娘娘都活得好好的，她在书卷里每次看到沉睡或者羽化的时候，觉得离自己很遥远，陡然间听到帝尊羽化几个字，她忽然鼻头发酸。她没想过毒舌帝尊会羽化消失，连听到都有种奇怪的感觉在心里，不舍，难受，想哭。

幻姬抬头看着千离：“你以后要羽化吗？在什么时候？”

千离定定地锁着幻姬的双眸：“你活着，我就活着。”

“真的？”

“我何时骗过你？”

幻姬不客气地道：“骗过好几次。”虽然是无伤大雅的小事，那也是骗。

“噗……”麒麟道，“小骗怡情，大骗伤心。幻姬殿下，帝尊骗你最大的一件事是什么？说说，我给你分析分析。”

幻姬想了想，摇头：“都是些小事罢了。闹着玩的。”尽管如此，幻姬心里还是闷闷的。览阅卷宗的时候觉得沉睡和羽化算得美好的字眼，现在听着都觉残忍。

“小姨娘，你不陪我玩了？”

“今天不行了。改天吧。”

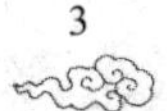

“你小姨娘要回去陪千离叔叔玩了，走吧，小毛球，麒麟哥哥帮你抓。”

对于来破坏他和小姨娘一起抓蟋蟀的千离，小毛球很是不满，从鼻子里哼了一声，仰着头看着千离：“最不喜欢千离爷爷了。”

千、千离……爷爷……

麒麟和幻姬都愣了下，看着扭头跑开的小毛球，想笑但是不敢笑。三十三重天里敢如此在帝尊面前变节的人估计也就只有小毛球了。以前是最喜欢的千离哥哥，现在成了最不喜欢的千离爷爷，不晓得此时帝尊的心里是个什么感觉呢？由此可见，在凡间有个好爹的道理同样适合天界，天地间，无处不拼爹啊。

千离无话，转身便走。

幻姬忍了笑，看着千离的背影：“帝尊。”

难道被小毛球打击到了？

“每次都这样，动不动就不说话。”幻姬小声地咕哝，“也没见叫过我的名字。”不是没有称呼地走了，就是直接转身离开，等她没跟上的时候才会回头看她一眼，满是鄙视。他要是走前喊她一声，她也能晓得是在叫她啊。

走开几步的千离停了下来，回头看着幻姬：“莫非你是想我叫你小姬姬？”

幻姬：“……”

麒麟扑哧一笑，“小鸡鸡？”收到幻姬的目光，连忙用折扇掩面，戏谑笑声低低地响起，“呵……挺好听的名字，殿下叫着不错。”

千离的目光悠悠慢慢地扫向麒麟的下半身某处：“嗯，是小鸡鸡。”

感觉到千离的目光在看着什么地方，麒麟嘴角抽了两抽：“你的才是小鸡鸡。”

“嗯，小姬姬确是我的。”

麒麟：不要脸！

甩合了扇子，麒麟朝小毛球跑离的方向走去，边道：“我去找小毛球了，千离！爷爷！”

幻姬忍不住笑了，看到千离的目光看向自己，急忙收敛笑容，走到了他的身边，跟着他一道回宫。

走在星穹宫出宫御道里的时候，幻姬听到旁边的花园里有人在小声地聊天。

“……是啊。”

“哎，你说，帝尊那么与众不同的一个人，为什么总是穿白色的衣裳呢？”

“帝尊穿白色有什么好说的。要说，就说幻姬殿下吧。”

“幻姬殿下有什么好说的，也是白色的衣裳。啊，好像也不是，她还穿过很浅的粉色。我就不明白了，天界到处都是穿白衣的，难不成个个都觉得白色是最好看的？”

“白色是很好看啊，显得干净，精神，像帝尊那模样的尊神穿着，你不觉得显得他格外清俊么？每回帝尊出现，我都有种不敢直视他的感觉，看他一眼都要长寿几年。”刻意压低的笑声里，神女又道，“可是我好奇，为什么帝尊总是要金泽之光闪闪呢？”看到那些金泽光芒，叫人好生不敢接近啊，一种拒人千里之外的感觉浓烈地散发出来。

“不知道。可能是保护自己吧。”

“别逗了。帝尊修为高深，谁能轻易伤到他？谁又敢？活腻了么。”

一个神女笑了：“帝尊的心思我们是猜不到了，有本事，下次你见着帝尊自己问他啊。”

“啊！我还没活够。”

听着神女的笑声，幻姬嘴角又浮现禁不住的笑，果然啊，大家都把接近他当成了一种对勇气的大考验，不晓得他听到这番话是怎么想的。不过，说实话，她觉得他穿白色是真的很好看，也见过别的神穿白色，可都没他这般气度非凡，绝世离尘。

走到星穹宫大殿的时候，幻姬轻声道：“帝尊，我想去告诉世后一声我走了。”

“星华知道。”

“你告诉世尊今晚去千辰宫了？”

“嗯。”

先前他还不明白他们几个人看自己和幻姬的目光为什么有异样，饭后闲聊才发现，他们都误会自己把幻姬给收了，而且这个误会还是源自自己宫里的花探。旁敲侧击地带了话，发现花探的话没有错，只是这几人想岔了。索性，他顺水推舟地默认了他们的误会。这个误会，存在得可是极好。都收了的人，若是还让她住在星穹宫，以星华的智商，怎会不知真相。

出了星穹宫，幻姬忍不住将御道里听到的问题问出来。

“帝尊，世间颜色千万种，为何你选择白色呢？”

“帅。”

幻姬：“……”

无语了片刻，幻姬又问：“那为什么你总是金泽闪闪呢？”那个神女没说错，一般非战斗时，绝大部分的神仙都不会显出仙泽，寻常时哪里有人会伤害到他们呢。

“更帅。”

幻姬：“……”

她真是一个字都说不出来。她知道他不要脸，可在踱帅上他居然还如此用心自恋到这般境界，她着实想不出到底要怎样才能修炼到他这样的地步，难道就因为天界穿白衣的太多了，为了彰显自己特别俊美才如此而为？耍帅这件事呢，是很需要本钱的。好吧，帝尊他，确实也很有资本。

从星穹宫到千辰宫的路途不算很近，千离腾云御风的速度不快，飞到路途中间的时

候，沉默了好一会儿的幻姬不由自主地想到了在花园中麒麟说的一个词上。

羽化。

“帝尊。”

幻姬的声音在风里显得很轻，中间带着一丝异样，千离将祥云的速度放慢了些，星空下借着月光看着她。

“你说，我活着，你就活着。可会放到心底去当真？”

“我让你觉得很靠不住吗？”

“不是。”幻姬将自己心里的担忧说了出来，“我的年岁比帝尊你小了很多，我还要活很长很长的时间，可是帝尊你……”

千离微微蹙了下眉：“你嫌我老？”

“不是不是。”幻姬连忙解释，“我的意思是，我会记住你说的那句话，你一定要做到。”说完，幻姬想到了一句话。

君生我未生，我生君已老。

看着幻姬非常认真的表情，千离忽然间心中自问是不是在她面前失言过，为何她会有如此的不安全感，好像他说过会随她活到永恒只是一句哄慰人的话。他从来没有刻意要求自己做一个一言九鼎的人，他觉得给自己设定呆板规矩的人太蠢，时光这么长，每一天的太阳都是新的，尽管一年周而复始有春夏秋冬四季，但看到的风景绝对是不同的，去年一枝树干上红透的树叶，谁能保证今年它也会每片都红？一件事，去年遇到了用的处理方式，到了今年若再遇，或许自己会采用别的方法对待，时光在走，人的心智也会不同。一个人在郑重承诺的时候，必然是用了真挚的心，可漫漫时光里，当时过境迁，承诺还会不会是当年的承诺，谁又晓得？他没法说对任何人一旦承诺，便是亘古不变。他只晓得，他的承诺对人！若在意，誓死铭心，不死不忘！若不在意，何来诺言一说。

对她，他在意！

是意外！他很清楚地感觉到对她的在乎是一个他始料不及的意外，从他发现自己把她的话放在心里的时候就诧异了。那时的他，对她还不是现在这样的感觉，只是欣赏她的坚强，过去出现在他眼前的女子，无一不是用仰慕和依赖的心思出现，仿佛有了他就有了一切。那种依仗他的感觉让他不喜，虽然那是肯定他的另外一种方式，可他需要别人肯定吗？他的人生，只有自己满不满意。

三年前的她，在他眼底真的太笨，笨得他都不想多看一眼，除了与生俱来的傲气贵气，他在她身上找不到什么吸引他的地方。若说唯一让他记得她这个人的，当属她的勇气了，可他很清楚，她所有的勇气来自她对他的不了解，来自她对三十三重天的不了解，如果事先她知道他是怎样一个人，恐怕就不会有那么多挑衅他的事情了。可，三年后，再见她，除却发现她长高了一点儿，五官又长开了一点，他还看到她眼中对他的排斥和坚韧。一个明明对他不喜的人，却控制自己内心的反感与强忍满身的重伤，只为在他的面前不输阵地扬起高傲的头颅，他忽然就对她有种淡淡的欣赏了。一如当年，他发现身为上古神兽的星华靠扎实的功底走上神坛一样的感觉。不骄不躁，不急不弃，定着心，定着目标，一步步地走过去。如今看她，他知道，顶峰金光闪闪的王座她一定走得上去，会戴上属于她的王冠，光芒四射。

因为，她是幻姬。

欣赏着欣赏着，不知不觉里就把她说过的话放到了心底，慢慢地慢慢地，会不自觉地想到她，想起她的时候还甚觉不可思议。他不是个对事情逃避的人，想她那就想吧，又不是什么见不得人的事情，就算是见不得人的事，只要他想做，谁能奈何他。想的次数一多，就觉得想起来太空，还是眼见为实的好。相处过后才明白，欢愉的相处原来是种毒，它会慢慢沁入到人心里面，会让人发现更多有趣的事情。比如，她看他的时候，眼里的排斥少了，钦佩多了。害怕少了，笑意多了。比如，她常常笨嘴笨舌的被他打击，脸上写着“怎么又这样说我”的表情，却想不出反驳他的话。她不晓得，她生气的时候，眼睛很亮，脸颊微微发红，让她看上去格外明艳灵动。还比如……

那么多的比如，让他觉得，帝后之位或许是可以让人坐上去了。那个人，他希望是她。

轻轻地，千离问幻姬：“你想我怎么做才会相信，我会陪你一直活着？你说，我做。”

幻姬飞快地想，着急地想，使劲想，怎么都想不出更好的法子，就在她打算说“我不知道”的时候，脑子里忽然想到了。

“你对着我的封镜球说，我活多久，你就活多久。你还要说，如果你出现不好的事情，不许抗拒我救你。”他太霸道了，根本不会接受任何女子的帮助，她并不是想证明自己多么厉害，她就想让他明白，其实她还是有用的，她不是只会受人保护的娲皇宫殿下，她想保护别人，而不是反过来。

幻姬摊开自己的右手心，召唤出一颗流光十色的封镜球，看着千离：“这颗封镜球会把你说的话一字不差地保存起来，若你食言，我便召唤它出来与你对质。你，不可以抵赖。”

千离看了幻姬的封镜球一眼，问：“如果抵赖会怎么样？”

“抵赖的话……”幻姬想了想，道，“那你就不是男人！”

千离忽然就笑了：“你知道什么是男人吗？”

“帝尊你现在就是男人啊。你要是抵赖，就不是男人。”

说完，幻姬将封镜球送到千离的面前：“帝尊你说。”

千离默默地看了幻姬一会儿，看得她心里渐渐没底，帝尊如此高傲的尊神，对谁都是

按照他的风格而为，自己如此大胆，他恐怕又要打击自己了吧。就在幻姬不确定是不是要收回封镜球的时候，千离说话了。

“天地玄黄，星月为证，我千离今日许诺，凤语佛活多久，我便相随活多久。若有一日，我命在旦夕，只要她愿，我绝不抗拒她出手相救。”

听着千离的话，幻姬的心尖不停轻颤，她没想到他会说得如此郑重，她也没想到他竟然用的是她的本名而不是封号。她出生后娘娘即赐了封号，她的名讳所有人皆忌讳直呼，亦没有听过别人用本名称呼她。帝尊是第一个。乍然间让她根本反应不过来凤语佛这个名字，如果不是晓得他此时对封镜球说的话是予她作的承诺，她都想问凤语佛是谁。

千离说完，看着幻姬。从怔愣中回神的幻姬为了掩饰内心的激动，把手缩回来，低头看着封镜球里的景象。她和帝尊站在星空下的祥云上，他一字一字很清晰地说着：天地玄黄，星月为证……

看着封镜球中白衣飘飘的男子，幻姬的心湖轻微地荡起了涟漪。

对十丈红尘里的情爱，她承认完全不熟悉，更没想过要触碰。她相信，帝尊对男女之情必然也是隔绝在神心之外，他的修为众人皆知。之前对于麒麟上神和世后说帝尊有点点喜欢她的话，她委实没有真正放在心上过，因为感觉是无稽之谈，是不会出现的一个玩笑。红尘感情，是她绝不会想到出现在她身上的词。相比自己，帝尊更加心如止水。可是……

……凤语佛活多久，我便相随活多久……

她不想招惹谁的红尘，也不觉得帝尊会坠入红尘情爱里，可眼前的事实却让她不得不心颤。她九万岁，对于活万万年的尊神来说，短得不能算一个成年人。她以后的时光，很长很长……她并非咒帝尊羽化，她怕他羽化消失再也看不到他，可是她不得不想，她活多久，帝尊就活多久陪她，为何？他们不是亲人，不是夫妻，不是师徒，他们两人找不到一起相守亘永的理由，但他却郑重承诺会与她等活。她不信帝尊是为了她不伤心随口应下，他素来不会顾忌别人的感受，尤其他的将来从来都握在他自己的手中。她让他承诺遇险必得接受她的救助，这于帝尊来说，是最大的关于他尊严的让步了吧。如果她只是天外天的幻姬殿下，他断然不会答应的。他何曾在意过她的来历。如此承诺，只可能是帝尊他……

心中的三个字，幻姬想都不敢想。怎么可能，怎么可能呢！

“满意了？”

千离突然出声吓到了沉浸在自己思绪里的幻姬，啊了一声，手抖了，封镜球从她的手里掉下去，又惊呼了一声，急忙探手去捞封镜球。千离眼明，也伸出了手。瞬息间，他抓到了封镜球，她抓住了他的手。

一股热血从幻姬的心底冲了出来，连忙放开自己的手：“我……”

千离把封镜球放到幻姬的手中：“收好了。球若碎了，我可是会不认的。”

“那怎么可以！”封镜球只是一个保证，承诺许下，最要紧的还是在于人心。亲口应下的诺言，岂能全部靠封镜球来保证。

幻姬接过封镜球后，将它小心翼翼地收进手心里，又再三地确定自己收藏好了才放心。有了封镜球，她心里踏实多了，以后帝尊若是出现意外，她想帮忙再不会被他拒绝了。

“虽然我收好了封镜球，可我希望没有使用它的一天。”幻姬抬头看着千离，声音很轻柔，目光却十分的坚定，“比起你到时接受我相救，我更期盼你永远安康。”她没有机会亲眼看到他曾经如何骁勇地走到现在的尊位，但她能想象那一路的伤痕必然不少，她愿他从此不再受到丝毫伤害。

“你是女娲后人，又不是后羿后人。”

幻姬愣了愣，稍微想了下，懂了千离的意思。小声道：“不管我是什么后人，我才不会伤你。”

千离嘴角轻轻地勾起，在幻姬微微诧异的目光中，动作很轻柔地将她搂入怀中。

“我不怕伤害。”他是男人，扛不住伤害算什么男人。

原本还想着推开千离比较合适的幻姬在听到他说的话后，鼻头猛然酸涩，心中浮出丝丝心疼与不舍，抬起双臂抱住了他的腰身，柔声细语地叮嘱他：“我晓得你不怕受伤，可我不想看到你受伤。以后遇到伤害，你记得避开，哪怕对方是我，知道吗。”他受伤后肯定不讲出来，她哪里可能每次都发现他的伤情。只有他不受伤她才能安心。

千离没说话，只是收紧了自己的手臂。

感受到千离的紧拥，幻姬闭上眼睛，全然放松地把脸贴到他的肩窝里，不自觉地也抱紧了他一些。与他亲近，现在好似成了一件很自然的事情，是因为他身上的香气吗？

第二日清晨。

低低的对话声音扰醒了睡梦里的幻姬，睁开眼，愣了下。很快坐了起来，看了看身边，昨晚她给帝尊上完药后等他睡着了，睡到了屏风外面的美人靠上，怎么醒来是在帝尊的床上？细细听外面的说话声，是花探真君。他应该是在和帝尊说什么吧。

疑惑中的幻姬起床，穿好衣裳，走出了里间，下意识地去看窗下的美人靠，昨晚她记得很清楚就是在窗下睡着的，难道梦里爬到了帝尊的床上？仔细想想，不可能的事情。她睡觉时翻身的次数都很少，怎么会移动到里间去？帝尊抱她进去的？似乎也不怎么可能，他沉睡中还能起来抱她？再想想，幻姬猜测是帝尊早上起来看她睡在美人靠里，良心发现，把她抱到床上去了。这些都是小事，也就不计较了，今天他手臂上的伤应该复原，她也要换药，今晚就能回星穹宫住了。比起和帝尊住在一个寝宫，她觉得星穹宫还是好点儿。这次来千辰宫，神侍们看她的眼神都变了，她到现在都不知道为什么。

幻姬走到寝室拱月珠帘前时，南窗外的清风忽然大了一点，将窗下案桌上的几页白色宣纸吹动，最上面的一张香纸被吹得飘飘浮浮地飞了起来，划过半个房间，轻飘飘地落到了

幻姬不远处的地上。看着白色的落纸，幻姬轻笑，夏风不识字，何故轻翻词。走过去，原本想将香纸捡起来放到原处，弯腰探下的纤手忽然在触及纸面刹那停住了。

她看到五个字，君生我未生……

幻姬盯着遒劲中带着行云流水般顺畅的墨字，心房悠悠地悸动了。纤指轻轻，心湖轻轻，拾起地上的纸卷，展开。

君生我未生，我生君已老，君恨我生迟，我恨君生早。

君生我未生，我生君已老，恨不生同时，日日与君好。

我生君未生，君生我已老，我离君天涯，君隔我海角。

我生君未生，君生我已老，化蝶去寻花，夜夜栖芳草。

她不是这样想的，她从没有嫌弃过帝尊老，事实上，她没有考虑过两人之间的年岁，在她看来这些都不算什么。如果没有足够的时光，他不会是帝尊，她也不是能独自从天外天来三十三重天的幻姬。时光给人的，不会只是年纪，还有属于每个人自身的世间阅历，那是谁都带不走的美好。心非如此，缘何看到这首诗她却有种闷闷的感觉，一抹说不出来的忧伤忽然之间浮上她的心头。

是她，来迟了吗？

幻姬又将纸上的诗看了一遍才走向桌案，放下香纸的时候，发现桌上被吹折了一角的纸上，写着：

我生卿未生，卿生我已老，不恨卿生迟，只恨我生早。

我生卿未生，卿生我已老，虽生不同时，但见卿安好。

我生卿未生，卿生我已老，我在天之涯，卿在海之角。

我生卿未生，卿生我已老，坐等陌花开，卿可缓缓归。

缓缓归……

幻姬伸出手，指尖抚摩着最后三个字，若说昨日晚上在来千辰宫的路上她震惊帝尊对她的感情，那么这首诗就让她最后一丝不确定都消失了。有句话，她是晓得的。

陌上花开，可缓缓归矣。

那是等候在宫中的帝王对自己归省娘家的王后的相思和等待。那句话，美透了世间多少痴男痴女。她不知道帝尊写最后这句话的意思到底是怎样，是在默默等她回应他的情，还是等她将千辰宫看成她的皇宫。可是不知道又如何呢，他的心思她看得太清透，若是不能给他相等的情意，倒不如装糊涂来得更自在些吧。是几何时，帝尊对自己有了这样的感情的？

不恨卿生迟，只恨我生早。

幻姬看着柔情满怀的十个字，心却懂，他的霸道都藏在里面了。想到他们之间相差了那么多岁月，她都不忍。他却用男子的大度说无碍，平时他可曾如此包容过迟来的人。迟来的，是她。坐等太久的人，是他。

第十二章　一花一世界

头上传来簪花被人轻轻扶正的动静，惊回了失神的幻姬，看着不知何时到她身边的千离，心忽然紧了一下。

“帝尊。”

扶正幻姬头上的语佛花，千离微微一笑：“眼睛怎么红了？”

“呃？”

幻姬下意识地抬起手捂了一下眼睛，口气轻快道：“许是没睡好，被风吹了几下，就红了吧。”若非他提醒，她不知自己红了眼眶。

“换药吧。”

说完，千离转身。

“帝尊。”幻姬忽然叫住了千离。

千离停下动作，看着幻姬。

对上千离的目光，幻姬也不知道自己为什么叫住他，好像再自然不过的反应，如果不叫他反而显得怪异一般。想跟他说什么，她还没有想好。想装傻的，因为第一次遇到这样的情况，她不懂如何处理才是最好的。他应该晓得自己是从来没想过要嫁人的。可如果告诉他，她不想成为千辰宫的帝后，他会伤心吧。

幻姬久没说话，千离倒也不追问她什么，重新迈开步子。忽然一下，幻姬拉住千离，抬起手抱住了他。贴到他怀中的瞬间，她感觉到自己的心跳突然加快。她想，如果麒麟上神没有说到羽化和沉睡该多好，她便不会因为害怕帝尊消失而让他承诺，便不会看到他的情。如果他没有写下这两首诗多好，如果清风没有吹落他的柔情到她身前多好，如果她没有看到两张香纸多好，可她发现了，看到了，要如何装作一无所知。

“不要恨自己。”

听到幻姬说的话，千离慢慢抬起手搂住她的腰肢，轻轻地应了她：“嗯。”

其实哪里是恨自己呢，他不是个会后悔的人，从头至今，他就没想过会遇到她。一遇再遇，他连这是不是缘分都没有想过，他只晓得，她现在他的身边，以后也想她在，如此而已。

感觉着他的体温，幻姬觉得，如果她不做他的帝后，是不是就有别的女子来坐到那里？是不是再不能像这样抱着他，跟他说着真心话？那时他和她相见，可会是形同陌路？他是千辰宫的帝尊，她是天外天的殿下，此生再无交集。如是这样，她会毫不在意那个帝后之名吗？

幻姬的眉心，紧紧地蹙了起来。在意吗？

世尊世后的爱情故事她知晓得不细，闻得他们是经历了漫长的时光和数不清的大小苦难才在一起的。帝尊和世尊的年纪相近，四海六道八荒里的人比天外天多太多了，帝尊见过的美丽仙子只怕多如天上之星。他虽是踽踽独行，但却是一个怀瑾握瑜之人，如此美好的

男子，自然让众多神女仙娥们倾心爱慕。更早前的时间不说罢，那时身份不够也不便想些旁的什么，但他位极帝尊之后，若是想娶一位帝后，放眼四海八荒，何愁没有人啊，愁的应该是想进千辰宫的女子太多了。万千年间在帝尊眼前出现的仙子多了不说，最少可能，万者有余。

万里挑一，帝后无人。

除了她是女娲后人，她不觉自己有其他的地方出众到帝尊能独独看中她。虽然她一直自信是个天定聪明的姑娘，可帝尊不是不那么看么？难不成，帝尊是看她长得漂亮所以就……

幻姬很快否定，帝尊不是如此肤浅的人，他怎么会冲着一个人的外貌而喜欢上她呢。一定是因为她的内涵！嗯，是内涵！

“如果……”幻姬停了下，“我只是说如果。如果你有了帝后，你会只对她一人好吗？”

千离双眸亮了微微：“尽我所能。再无二人。”

幻姬的心沉了，如果是这样，他有了帝后之后便不会再对她好了。似乎也是合理，如果有了帝后娘娘，她又怎能接受自己和帝尊如此亲密的相拥，更加不可能让她和帝尊同榻而眠，若她回绝了帝尊的情，恐怕两人都不会再有相见的机会。没来佛陀天之前，如果谁告诉她，永不见帝尊此人，她不晓得要高兴成什么样子，不见他是再好不过。可如今让她从此不见他，她不想欺骗自己的心说可以。

他以为她在担心远离自己成长的娲皇宫来千辰宫里生活会不被人珍惜，哄人高兴的话他实在说不出口，脑子里也没那些哄女人的词儿，说千句好听的，不如做一件好看的事。他能保证的，只有在他的能力范围之内给她最好的一切。四海六道八荒里超出他能力的事，掐指一算，怕也没一两件吧。

但，幻姬却心情低落了。如果拒绝帝尊，那就等于失去他这个……朋友？兄长？师父？统统都不是，他对她来说没有定位。可她对他却有着很奇怪的在意，或者……不拒绝吧。帝尊是毒舌无耻了一点，可仔细瞧瞧，还是能找到优点。

心里一想到不拒绝帝尊，幻姬感觉略微轻松了一点，没有想到看着他对别的女人十分疼爱那么心闷了。假想一下自己现在抱着的男子抱着别的女子，她心里的不爽噌噌往上冒。

“帝尊，你到现在抱过几个女子？”

听到幻姬的问话，千离勾起嘴角，轻轻地笑了。

幻姬抬起脸看着千离：“要说实话。”

“没你多。”

“我是女的，碰女子，有什么关系。”幻姬道，“再说，我没正儿八经地抱过女子。”她连娘娘都没有抱过。话音才落下，幻姬感觉视线忽然旋转，被千离悬空抱了起来，走向美人靠。

随即，一个男声在她耳畔响起。

“一个！”

她以为他的怀抱那么轻易给人靠么？

明明不是一句甜蜜的情话，也完全不是一句哄人的好话，可幻姬听了就是开心，那种突然一下子就高兴起来的愉快。千离把她放下的时候，她双臂抱着他的脖子，拉着他，不让他直起腰身，俏脸埋在他的颈窝里乐得笑出了声音。清清脆脆的声音钻到千离的耳朵里，让他的心情也大好起来。就一个回答能把她乐成这样？

千离笑道：“这么高兴？”

幻姬放开千离，忍着笑，故作平静道：“我没有啊。”

平时在众人面前谨记端庄严肃的幻姬，哪怕是和千离单独在一起时，也少有露出少女俏皮的时候，但到底还只是九万多岁的年纪，乐到心底时，终于禁不住露出了装傻可爱的模样。她一否认，千离脸上的笑容加大了。

“刚才我听到笑声，以为是你，原来不是。”

帝尊都如此说了，幻姬顺水推舟地继续抵赖：“我刚才没笑。”

“嗯。那么好听的笑声确实也是你笑不出来的。”

幻姬：“……”

娘娘说她的声音很好听，这点她可是颇有自信的，怎么到了帝尊的眼里，她又不行了。他是故意这么说的吧。想引她承认刚才的笑声是她的，她才不要送上门自己搬石头砸自己的脚。

千离低头检查给幻姬拿进来的药是不是都齐全了，听到盘着蛇尾坐在美人靠里的幻姬小声地咕哝。

“我笑起来很好听的。”

千离微微浅笑，道了句：“千辰宫里的次妃笑声也悦耳。”

次妃？

幻姬愣住了，千辰宫里什么时候有次妃了？帝尊娶过亲？

“你有妃子了？”刚不是还说只抱过一个女子么，都有次妃了，还能只抱过一个吗？何况，还说什么只对帝后好，都有人跟她一起分享他了，还能“再无二人”？幻姬的脸色明显沉了。

千离轻笑：“以后。也许。”

幻姬的脸色恢复如初，以后？也许？她若是成了帝后，哪里还会让他有次妃的可能？虽说要博爱苍生，可是她所欣赏的男女情牵，必得是一双人才可，像世尊和世后那样的专一不贰，才是真的好感情。若他有娶了帝后之后再纳次妃的打算，她便可以很肯定地回绝他。

“帝尊你是在有帝后之后还想要次妃？”

“帝后谁啊？”千离问。

一句话，倒是让幻姬没了言语，不知道要怎么接话，她总不能说他的帝后就是她吧。虽然帝尊的心思她知道了，可人家不也没直白地对她说出“喜欢她”几个字吗，万一他说那两首诗不过是写着玩儿的，她在自作多情，那面子可就丢得大了。

幻姬立即打马虎眼：“我哪里晓得帝尊心里想让谁当你的帝后呢。”

她觉得，自己这么说了，帝尊应该会顺着她的话将内心的感情表达出来吧。譬如问上一句，我想你当我的帝后，可好？不然就，我心里的帝后就是你。想想，心里都想笑，之后就看她的表现了。她真是一个天定聪明又心地善良的姑娘，这么好表白心意的机会就这样轻易给了帝尊。

“次妃吧。”

呃？！

幻姬以为自己听错了，看着千离：“次妃？”

“嗯。次妃帝后都是一个人好了。”

幻姬问：“那就是帝后了，还弄个次妃做什么？”

“四海六道八荒里，但凡不是唯一的东西，都有‘小的’比较得宠一说。”千离好似认真地想了想，“帝后和次妃为一人，我瞧着不错。”

幻姬飞快地接了话，“我就是唯一啊。”她岂止是四海六道八荒里的唯一，她还是天外天里的唯一呢。天地间，再无第二个幻姬殿下。其实于她看来，每个人都是世间的唯一，只是身份高低不同罢了，但人格尊严是没有贵贱之分的。帝尊希望帝后和次妃都是同一个人，不就是在拐弯抹角地告诉她，被他娶到千辰宫里的那个女子会霸占他所有的疼爱么。但，话接得快并不见得是多么好的事情。收到千离的带着笑意的目光后，幻姬的脸渐渐红了。

“我、我只是随便说说，表达一下没有第二幻姬存在的意思。那个……帝尊不也是唯一么。”

“解释这种东西……”

千离说得慢悠悠的，幻姬想到了麒麟曾经对她说的话。解释就是掩饰，掩饰就是事实，事实就是不需要解释的。还说什么是哪本佛理书上写的，她回忆了许久都没发现哪本看过的佛理书里有这句话。他这么一说，她立即想到他要揭穿自己的心思了。明明是帝尊喜欢她，该不好意思的是他，为什么结果成了她的心思暴露反而是那个害羞的人呢，太没道理了。

“我知道，解释这种东西一开口就成了掩饰，想掩饰的就是事实。”幻姬不想等千离取笑自己，抢了话，自己给说了出来。

“你想掩饰什么事实？”

幻姬将脸别到一边，他不用装吧，她晓得他一定明白自己话中的意思，帝尊的智商可都不低。

看幻姬不理自己，千离笑了，轻声道：“难道是掩饰你……”

“我本来就是唯一的啊，才不需要掩饰呢。”着急的幻姬转头看着千离，“是你自己说唯一的和‘小的’一般比较受宠。我又没说我要当你的帝后被你宠爱。”

“呵呵……”

听到千离笑出声，幻姬直觉自己又说错什么话了，最近一段时间他笑得比以前多，可笑出声来的次数还是极少的，看来自己真是闹了一个大笑话。

“我本想要说的是，解释这种东西，不用重复的。”

幻姬：“……”不早说！为了掩去自己的尴尬，幻姬催促道：“换药了换药了。”磨磨蹭蹭的。

这一次，幻姬倒是十分的配合，主动扯开自己的腰带，将外裳中衣一件件地脱下来，解到里衣束带的时候，有些不好意思，便侧过身子背对着千离，将褪下的衣裳放到一旁，穿着贴身的小衣小裤背身坐着，蛇尾稍微弯曲着。低头看了下自己身上的伤口，还真是，虽然这药用了两个月，慢得出奇，可是效果却是惊人，她身上的伤口全部愈合了，只是有一些伤痕留在肌肤上。

看着幻姬的纤背，手里拿着药膏小瓷瓶的千离忽然愣了好半晌没有动作。幻姬等了许久不见千离有动静，好奇地转头看他。

“帝尊，怎么了？”

难道她身上的伤出现了什么变化？

“没什么。转过去吧。”

闻言，幻姬转过脸，一丝清凉出现在她的肩膀之上，不同于之前几次换药的疼痛，伤口痊愈后的膏药不过是沁入肌肤进行深层细枝末节修复和除掉疤痕的，一点痛意都没有，让她的心完全不紧张。只是觉得奇怪，忍不住提醒身后给她上药的千离。

“帝尊，我还有衣裳没脱，没关系吗？”

她记得，自己身前的伤很重，他以前总是先给她上胸前的药，这次变了？

千离道：“先给你涂背后的吧。”

“哦。”

感觉到背后清凉的范围越来越大，幻姬随手钩过一缕发丝在指头上卷着玩，伤愈的好心情碰到发现帝尊的心思，让她心悦不已，三年后来三十三重天里这么久心情最好的一天当属今天了。背部的药涂完之后便是手臂，看着上臂有几处浅色的疤痕，幻姬微微拧了下眉头。

“帝尊，这些痕迹会消失的吧。”

“你听话它们就会消失。”

“……”

千离给幻姬蛇尾上药的时候，不只是他，连幻姬自己都发现了。她的蛇尾长大长长了不少，原本青色的蛇尾颜色变淡，有点倾向于青白色了，待到纯白后，便会慢慢变成黄色，最后成为一条金光灿灿的大蛇身。

“咦……”幻姬惊喜了，“长大这么多了。”

“变老了还高兴？”

幻姬辩解道：“这不是老。是成熟。”末了，学着帝尊对自己的打击方式，小心翼翼地鄙视了他一句：“不懂欣赏。”说完，幻姬心里紧张得不行，要是被帝尊回击，她恐怕只能趴地上哭了，他的战斗力她可领教了太多次。

千离瞟了幻姬一眼，继续给她上药，缓缓地道：“那你以后多给我看看，或许看得多了，我就懂欣赏了。”

看着自己的蛇尾变成青白色，幻姬觉得今天真是幸运，竟然有这么多的好事，心情想不好都不行。看着千离给自己的蛇尾细心上药，脑子里冒出一个想法。帝尊照顾人如此细心周到，要是给了别的女子，她若不能再碰到这么好的尊神，岂不是要后悔？

药敷到蛇尾尖尖的时候，幻姬问：“帝尊，上好药后，我能换成人形吗？”

“嗯。”

“那几天要上一次药呢？”

千离看了下幻姬的伤痕：“连着十日。”

幻姬大喜：“然后就完全好了？”

“不然呢？”

“谢谢帝尊。”

十天以后她就是健健康康的人了，想想就激动，伤病困扰了两个多月，行走都是用真身，处处小心谨慎，实在是不方便。从今往后能用双腿走路，满满的期待。

蛇尾上的药涂完之后，千离微不可闻地呼了一口气，又换了种药膏拿在手中，看着幻姬，没说话。

幻姬倒机灵，晓得剩下最后的身前一块了。伤重的时候帝尊给她上药多半带着强势的味道，她反抗也没用。她心里晓得是为她好，可女子面子总是薄些。看他瞧着自己，觉得自己还是别害羞或者矫情什么了，心态调整好，只是上药，别无其他不妥。

哪知，幻姬的手刚反折到背后扯开小衣的细带时，千离将手中的小瓷瓶放到她的身边。

“身前的，自己来。”

幻姬下意识地就问，“为什么？之前不都是你上药的么？我不会。”

“上药不会？”

“这个药不会。”一直都是他给她治伤，现在可是不能留疤的关键时候，她要是涂少了或者抹多了，怎么办？

千离定定地看了幻姬片刻，忽然起身走出去。

“涂不好不准出来吃饭。”

“……”

看着帝尊的白色身影走出房门后，幻姬低头看身边的小瓷瓶，自己上药也不是不可，可从他为她治伤开始就是他亲手来，他不是个有始无终的人，到最后身前竟然丢给她自己来，真是想不明白。若是男女避讳，那他之前怎么不知道顾忌她是女子？她害羞的时候，他不是说过“又不是没有看过”么，都看好几回了，现在是几个意思？

褪下小衣，幻姬很细致地给自己前身上药，抹药抹到一半的时候，忽然抬起头，她明白了！她知道帝尊最后剩下前身的伤痕不给她上药的原因了。

他害羞了！

虽然乍一看这理由完全不可能。但是仔细想想，除了这个理由，别的解释都说不过去。尽管帝尊害羞了这个原因好像更靠不住，可幻姬坚信自己想的就是对的。以前帝尊不喜欢她，他眼中的她和寻常的物事没有任何区别，修道讲究空、静、无和心，帝尊必然是到了心的境界。修禅修定，有着四禅八定之说。初禅、二禅、三禅、四禅、空无边处、识无边处、非非想处、非非非想处。按说，帝尊该是到了最高一层境界。若入心，修奢摩他，又分九层。内住、续住、安住、近住、调顺、寂静、最极寂静、专注一趣、等持。修完九个阶段达成九住心，进入心一境性，成就正定。修止遂成。

她虽不确定帝尊修到九住心的哪一阶段，却肯定他到了心之境界。这样的人，即便是看到寻常人见了会面红耳赤的人形躯体，他也心如止水，毫无波澜，对任何人都不会产生不该的歪念。她以前没想到，还羞涩难当，其实那时的自己在帝尊眼中跟路边花花草草应该没什么区别。可如今不同了，他喜欢她，心不再似静水，再看她的身体，怕是连帝尊都担忧自己破功吧。

肯定是因为这个！

幻姬对自己的推理佩服不已，忍不住狠狠地在心底夸赞了自己一把。脸上带着笑，一边抹药，一边想着帝尊真是一个不错的人呢。平时生活真看不出他的好，可到了名节大事或者生死存亡的时候，他的处事方式总能叫人好生感动。

上完药，幻姬等药膏完全沁入肌肤后，穿上衣裳，化出人形，用双脚踩在地上的感觉让她满意地深呼吸一口，久违的脚踏实地之感。

走出寝室，偏厅的桌上摆着早饭，千离背对着幻姬站在窗前想着什么事。幻姬走过去，将两只广袖撸到肩膀上，两条光滑的手臂从后面抱住千离的腰身。

“帝尊不准回头，我没穿衣裳。”

千离低头，看到幻姬的手臂光光的，当下微微一愣，恰时宫外传来脚步声，他忽然出声喝止。

“先别进来。”

花探的声音从宫门口传来：“是。帝尊。”

千离在原地站了一会儿后才道：“粥要凉了，先穿上衣裳吃饭，饭后让你抱个够。”

“噗……”

幻姬笑声清脆：“吃饱喝足以后就不抱你了。”

千离勾起唇角，轻轻拉开幻姬的手臂，转身看她。她说没穿衣裳，他信以为真。后头不让花探进来，他才反应过来，自己居然相信了她一句随口之言。

“吃饭吧。”

“花探真君熬的？”

千离一点不含糊地掐灭幻姬心中的希望，“想在千辰宫里吃到美食，你可以去跟星华学，也可以等花探厨艺长进，没有第三种可能。”幻姬刚张嘴要说什么，千离堵了她的话，继续道，“想让我烧菜这个希望就不要有了。”

“人家世尊把世后养得那么水灵漂亮健康，帝尊你如果没有做饭这个技能，你的帝后不就要饿死了吗。”

看着幻姬，千离慢悠悠地，很是理所当然地道：“她可以烧得一手好菜把我养得俊美好看健康，如果她没有这个技能，我怎么敢带着她四处游山玩水呢？”

“星穹宫是世尊做饭。他是男的。”

“所以我们千辰宫要帝后做饭，她是女的。”

“帝尊你一点不疼帝后。”

千离笑说：“她疼我就好。”

“你都不疼爱她，她干吗要嫁给你。”

“也许……是为了提高智商吧。”

幻姬：“……”

说到这个，幻姬想到自己在抹药时想通的一件事，本来她还觉得放在心里默默地记着帝尊的好就行了。被他这么几句话气到后，她觉得自己不用给他留面子，就像他以前一点面子都不给她一样。

“帝尊。”幻姬微微斜着眼睛，挑起丝丝话音，说道，“刚才你不给我敷身前伤口的药，是因为害羞吧！”

千离朝桌边走，优雅落了座。

第十二章　一花一世界

“听过一个说法吗？”

“什么说法？”

千离将粥碗朝幻姬的面前拨了拨，缓缓地道：“每一个喜欢把身体给别人看到的女人体内都住着一颗闷骚的心。”

幻姬活了九万岁，还从没被人说过闷骚，一时对这个词愣了很久，这个词对别人而言是不是褒义词她不晓得，但是用在她的身上那肯定就不是好词了，因为不符合啊。

“我……你……”

实在是找不到说什么好，幻姬无力地反驳：“我不是闷……那什么，明明就是帝尊你自己不好意思看我。”

“骚字，不认识么？”千离很认真地看着幻姬。

“这么简单的字当然认识。”重点不是这个，是她不是闷骚的人，她只是想戏谑他而已。没想到，反而被他一句话就反调戏了。她再也不要他给她上药了，再也不要！嘴皮子功夫斗不过的幻姬只好按自己的方式来下结论：“不管帝尊你如何转开话题打击我，在我心里，你就是害羞才不给我换药。”

幻姬一边吃饭一边问千离：“帝尊，你是不是准备出去寻解咒舞倾公主缺的东西？”

他之前不出去是因为她身上的伤需要他上药，现在她自己可以了，他应该可以放心地去了。

“嗯。”

“大概多久能回来啊？”

“不知道。”

幻姬放下小粥匙：“舞倾公主身上的天镜符咒好像还有两个月不到的时间。”

千离默然，一个月的时间要找齐缺的三样东西。其中一个不难，就是路途非常遥远，路上耗费的时间会比较多；另外两个，有一个十足十的看运气，若是运气不佳，当真就只能眼睁睁地看着舞倾公主灰飞烟灭了。前后余留施救的时间，他仅有四十天的时间来回，若时间不急，他倒是想过……带上她一道前行。

“那你出宫的日子，我去星穹宫住么？”

千离没出声。

“你要早些回来。”

“好。”

饭后休息了一段时间后，千离走出千辰宫，幻姬送他到宫门口，看到宫外停着一辆八骏马车，匹匹皆是高头骏马，威风凛凛的感觉，马车更是金光闪闪，气势磅宏的感觉。

花探带着四名神侍走了过来：“帝尊，就是她们四位。”

千离扫了眼花探身后的四个神侍，点头。

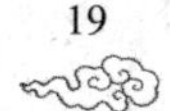

“帝尊，真的不需要我随同她们一道吗？”花探不放心地问。

“你变性后就可以。”

花探：“……”

幻姬看到花探身后的四个人都是女子，再看看长阶前的金色八骏马车，莫非是让这四个神侍去找舞倾公主缺的东西？既然花探真君要变性才能去，便说明只有女子方可。她可不就是女儿身么。

“帝尊，我跟她们一道去吧。”

不等千离出声，花探就知道幻姬肯定不会被允许。

“幻姬殿下，此去荒山极，路途十分遥远，你实在不方便过去。”虽然她是女子，但她的修为还不足以让她有本事去那个地方。

幻姬不肯认输：“她们可以，我就不可？”

千离转脸望着幻姬：“等会儿花探送你去星穹宫。”

想到又要和千离分开一个月，幻姬觉得太无奈，就算帝尊现在对她有异样的感情，他还是不认同她的个人能力，外出从来就没主动地想带她一起去。她就那么不让人放心么？

夏日的风，随着日头的高升大了许多，带着阳光的温度，吹在人的脸上，暖得有点热。宫外成片成片的西露花被风吹过，铺天盖地的白色花瓣从树枝上飞落，像是一场送行的浩浩花瓣雨，漫天飘飞的花瓣中，幻姬看着千离的侧脸，莫名地想拉住他的手。

一场花落，不是深秋，却让她想起一句。最是人间留不住，朱颜辞镜花辞树。从她来千辰宫找他，似乎他们就是在不断地分开，聚匆匆，散久久。

四位女神侍乘八骏马车离宫之后，千离将目光投向幻姬，还没说话，远处飞来一大片祥云，御风飞行得甚是快。近了，一看，幻姬像是意料之中地看着快步走来的麒麟。

“我跟你一起去吧。”麒麟没有说废话，直接对着千离就说明来意。

“你去堕天冰海里找一颗火龟珠吧。”千离说着，“一个月时间。”

麒麟皱眉，听说堕天冰海里生活了一种火龟，在冰海里生活的火龟，本身两者性相克，火龟能生存下来，长年累月优胜劣汰过来，活下的都是生命力极其顽强的珍稀水兽，它们体内的火龟珠更是珍稀的宝物。只可惜，在堕天冰海里生存下来的火龟并不多，想在海底找到它们的踪迹，不容易。

“好。”

麒麟走前，又问了一句：“其他两样呢？”

“荒山极已经安排人去了。天净沙我去。”

麒麟大惊：“天净沙？不如我们一起先去堕天冰海找火龟珠，之后我们再一起去天净沙。”

“不用。如此，省时。”

“但是……好吧。”麒麟叮嘱千离，“万事小心些。”

千离点头。

不管是荒山极还是堕天冰海，在幻姬听来都是不知名的地方。她相信帝尊既然安排了四个神侍过去，必然就是算得她们能成功。至于麒麟上神，他的修为不低，想取一粒火龟珠应该不是难事。只是，连麒麟上神都吃惊的天净沙，那是怎么一个地方？帝尊一个人去那种地方，真的没有关系吗？

麒麟腾云离开的时候，千离也闪现金泽，脚下祥云腾起，飞到空中。

瞬间，站在地上的幻姬不见了，出现在千离的身边。

花探在地上惊呼：“幻姬殿下。”

幻姬抓住千离的广袖：“我跟你一起去。”

他之前需要去两个地方，现在既然麒麟上神去了另外一个，她就能跟着他。危险减半，她又不是没有自保的能力，总不至于连自己的性命都保不住吧。

千离看了幻姬片刻，将她抓着他衣袖的手拉下，握在手中，一个字都没说地带着她越飞越快。

看着自己主子带着姑娘飞掉，花探无奈地摇头，“哎……”堕落了啊，堕落了。他们的帝尊大人以前不是这样的，哪里可能外出办事带着一个女子同行啊。天净沙是什么地方，那里就算是尊神没有非去不可的事情，谁都不想去那块地方，不是世间所有的珍品都值得冒险。那么危险的地方，帝尊独身前往，他虽有担忧，但更多的是信任。如今去了一个幻姬殿下，添乱可能不会，但就怕她成为帝尊的包袱，到时还得分心顾着她，那就不好了。

手被千离牵着的幻姬一颗小心脏怦怦直跳，她以为会受到训斥的，没想到他什么都没说，还握住了她的手。她连应对他训斥的话都想好了，没想到居然没有用上。原来，当一个男子喜欢上一个女子后，会有这么大的改变啊。包容，温柔，连脾气都好像变得好了。在星穹宫的时候她看到世尊对世后十分纵容，曾叹，性格如此好的星华世尊居然被世后遇到了，她的眼光真是准。嗯，她的眼光其实也不错。

因御风而行实在太快，幻姬召唤出自己的仙泽护体，随着千离不分日夜赶路……

千辰宫，西隅殿。

因为有鼎灵神灯续命，舞倾的身体慢慢地恢复了一点知觉，虽不能动胳膊动腿，但她的脑子渐渐清明，没有先前的混沌麻木。不能说话的她双眼能看到东西，能晓得自己被放在了一个冰晶柜里，身周是蓝色的仙气。花探进房间看她时，她盯着他看了很久。

这个人，她不认识。这里，又是什么地方？

花探注意到舞倾公主的眼睛里有了一点生气，走近冰晶柜，仔细地看了看她的眼神。神灯对她的续命作用倒是不错，如此下去，只要帝尊和麒麟上神能在施救的时间之前赶回

来，舞倾公主应该会没事。准备离开时，隐约见到舞倾公主的双眼中含着泪水。

花探在千辰宫里管束神侍十分严厉，能到千辰宫里的神侍都是经过他精挑细选的，素来没有什么人情可讲，办事看能力，能不能长期在千辰宫里待下去看自己的处世。一般只要不招惹到帝尊，进了千辰宫不会轻易被退出宫。对他来说，跟女人相处的方式便是直来直往地说事，对于泪眼汪汪的女人，他束手无策，不知如何处理。

“那个，你要是听到我说话就别哭了，这里是佛陀天的千辰宫，帝尊住的地方，帝尊正在想办法救你。”

渐渐地，舞倾的眼泪收了回去。

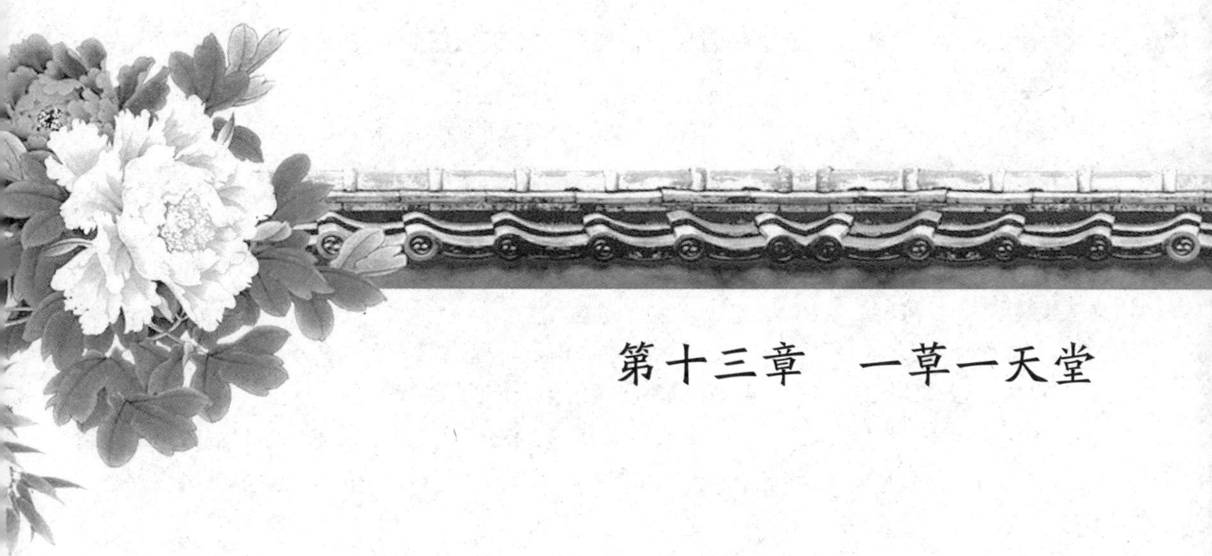

第十三章　一草一天堂

百曦知道幻姬跟着帝尊去了天净沙是在三天之后。

麒麟和幻姬都有事情忙去了，小毛球没人陪着玩，飘萝大发慈母光辉，带着她在东古天里四处玩耍，星华在宫里陪着难得一见的客人百曦。

昭部山离星穹宫确实不近，若不是幻姬在，星华也知道实在没机会和百曦古神相遇。对于这个古神，撇开他的身份，他心底对他颇为尊敬，作为从神农部族出来的古神，他的经历让人唏嘘，他为四海六道八荒里做出的贡献，担得起任何人的诚心尊重。

风和日丽，亭下燕儿飞掠。

星华和百曦在下着棋。

“传闻世尊是三十三重天里最完美的尊神，果真是名不虚传。”百曦看着棋面，赞着星华，“好棋。”与他下棋，更多的不是博弈，而是一种享受，享受着他的智慧光芒。

星华微微一笑：“古神过奖了。古神的棋，下得也极好。”都说昭部山的百曦古神对种植之术钻研到十分精妙的程度，从他手里栽培出来的植物，堪称天地之绝，只有别人想不到的珍奇，没有他种不出的东西。他的手艺，旁人学个三分，都了不得。所谓，心思花在什么方面，收获就在什么地方。他用在种植上面的心思怕是常人想象不到的多，这样的人还能下一手好棋，实在难得。

百曦笑：“与世尊相比，还是不行啊。”

“哪里。这棋才刚开始下，离分胜负还早得很呢。”

星华又道："此世间，很多时候，输赢其实不那么重要，过程享受了，便好。古神说，是吗？"

百曦无声地笑了笑，棋盘上的胜负确实不重要。但有些事情，与胜负无关，和平安幸福有关。如果是这样，那就要十分努力地不让伤心的事情发生。能看到未来，却不能改变伤痛，是一件十分让人痛心的事情。

"对于世尊来说，过程比结果重要。"百曦声音透着一股子无奈，"可对帝尊而言，结果往往比过程重要。"

星华落下棋子，轻声道："也不尽然。我和帝尊只不过是求同存异。不能说我一点不在意结果，看对什么事。"如果当年他不在乎结果，怎么会拼命地想跟阿萝在一起，哪怕舍弃仙首之位也要带着她和孩子隐居深山，不问世事。对于自己十分在意的事，很难有人做到不计较结果。尤其是两人之间的感情，如果没有结果，那没有结果的结果其实就是伤人心的结果。

"帝尊……"百曦拉长一点声音，似乎在想着帝尊那个人是怎么样的，将手里的黑子落到棋盘上之后，道，"他是个让人相当佩服的尊神。他的事情，我略有了解。"

星华挑眉，笑问："只是略微了解？"

"呵呵……"百曦终于笑出一个颇深的笑容，看着星华，"世尊知道的事情还真是不少。"

"古神知晓的比我多了许多。"

他复生过，远古时期那些他们只能在书卷上看到的故事他亲身经历过，当年的天界是个什么样子，四海八荒又是怎样的混乱，能得复生，可见他当时在人们心中的地位。

百曦嘴角挂着笑："我知道得再多，还是有一事不知。"

"噢？古神请讲。"

"幻姬去千辰宫好几日了吧，什么时候会回星穹宫住呢？"百曦道，"有她陪着我，世尊你也能专心去陪世后与小殿下了。"

星华默默地下了几步棋后，将实话说了出来。

"幻姬殿下随帝尊去了天净沙。"

百曦大惊。

"他们去天净沙做什么？"

"西海龙王的十四公主舞倾在千辰宫里等着千离帮她解天镜符咒，解咒需要的东西还缺了几样，千离和麒麟去寻了。"星华将话尽量说得比较轻松，"估计一个月内会回来。"

对于舞倾公主在千辰宫等待被救的事情他略知一二，却不知竟然还缺了东西。救人的物件缺了，确实需要去寻，帝尊和麒麟上神他自然不会担心，他们的修为足以行走四海六道八荒的任何地方，但幻姬不行。她那点儿本事在娲皇宫里还行，若是到三十三重天里来，根本不够。

“百曦古神不急于回昭郃山，在星穹宫里多住些日子吧。”

“幻姬那点修为去天净沙……”

星华知道百曦的担忧，听花探说千离带着幻姬去了天净沙，他也惊讶了一下。他自己去，那肯定是没事，顶多寻宝的时候多费点时间，那地方环境险恶，以他的本事倒也不会是什么有去无回的地方。可带着幻姬，不确定的可能情况就会多太多。尤其听闻是幻姬主动飞上了他的祥云，他还真是诧异幻姬的胆子，对千离是越来越敢了。千离那小子是不是自信爆满了，将她送到星穹宫里来不是更好么，带在身边，诸多不便。

“古神应该相信帝尊。”

“他们去了几日了？”百曦问。

“三天。”

棋局没有下完百曦就言和，直言自己要去天净沙看看，别的不为，他担心幻姬。

连夜赶路五日之后，终于在夜幕降临的时候千离落到一个小溪边，一只手搂着把大半身子重量倚靠到他怀中的幻姬。不眠不休地飞了五天，即便在她身体情况最佳状态下都未必承受得了，何况还是伤愈初期，因事先没预计带她随行，在吃食上他一点没准备。几天来，都是路上遇到了果林就给她摘了点吃下。

看着闭眼靠在怀中的幻姬，千离召唤出当地的土地爷。

“小土地见过尊神。尊神召唤，不知有何事吩咐？”

千离问得直接：“会做饭吗？”

“呃……”

土地爷愣了下，没想到尊神会问自己这种事，结巴了一下，回答道：“会一点，但是不擅长。”

“尽快做七八个菜来。”

“是。”

千离又提醒了一句：“偏素食。”

“好的，尊神。”

小土地消失好一会儿千离还保持搂着幻姬的姿势，静静地站在溪边，这五日的飞行速度他已是考虑到她的承受能力了，若没她，昨天晚上他便应该到了天净沙。今夜在此休息一晚，按这速度，明天晚上的子时他们应该能到。

潺潺的溪水声将伏在千离怀中的幻姬唤醒，十分疲惫的她抬起头看着他：“帝尊。”

“等会儿好好吃饭，今晚我们好生休息。”

“不赶路？”

千离轻轻摇头："明天晚上就能到天净沙，今晚不急。"再飞一晚，他怕她到了天净沙就醒不过来了，那里的食物可没有路上来得多，水源也少得可怜，这条小溪和树林还要给他们帮一个大忙他们才能上路。

白色广袖挥过，小溪边的一棵松树变成了一座四面飘着白色垂帘的圆亭，亭中一榻白色的软床。矮桌、香炉静列，白摩花香飘散在四周的空气里。

千离将幻姬抱起来走进亭中，把她放在软床上，疲得厉害的她却抓着他的衣襟不肯撒手。

"我就在这里，哪都不去。"

幻姬便道："既然不去哪儿，我抓着有什么关系呢。"

面对反应速度居然提高的幻姬，千离没拽开她的手。大概是周围的环境让她想起了从西天来找他的经历，一连五天，只要他到果林里给她找果子，她必会抓着他的衣裳半步都不肯让他走开，嘴巴上倔硬着不肯说出来为什么，眼底的恐惧掩饰不了。

无法，千离抱着幻姬坐到了大床上，渐渐地，幻姬睡了过去。千离动作极其轻柔地将她放到床上，掐了小诀让她的手松开，这才一个人走出圆亭到了小溪边，洗把脸后，寻到溪心水，念诀将清甜的溪水吸入自己的手心。

一道窸窸窣窣的声音忽然传进千离的耳朵，瞬间回到幻姬的身边，发现在床头两步开外，一只前肢流血不止的白毛狐狸正看着他。

千离打算挥开狐狸的时候，白毛狐狸变出一个女子跪在地上。

"尊神救我。"

前肢受伤的白毛狐狸变成的女子两只手臂上染满了鲜血，嘴角也有血痕，发丝凌乱，一双眼睛里有着强烈的求生欲望，看看千离，又看了看睡在床上的幻姬，猜不准是不是自己打扰了两位尊神的"好事"，只想能得到帮助保命活下去。

"尊神，求求你，救救我。"

千离冷冷地看着求救的女子，无动于衷。

女子慌张地朝身后看去，不见追来的人，转头对着千离不住地磕伏，求道："尊神，求求你，求求你……"

睡着的幻姬被白毛狐狸精的求救声扰醒，她刚睁开眼睛，站在亭内床头不远处的狐狸精被千离用仙法瞬间挥出了圆亭。他的态度很清楚，他不会灭它，求生乃任何生物的本能，它遇到威胁性命的事情跑进亭中求救他已容忍，但他不会出手相救，那些想当然是个神就会对所有人毫无原则地出手相救的人，实在是有些理所当然了。不是每一个修炼成仙的人心中怀的都是苍生，也许有些只想长生不老；也或许有的人只是想图一个仙界的宁静生活，不理世间烦恼；还有的只是无聊，一不小心就位列仙班了，漫长的时光里，无所事事，行善除恶的事情从来就没想过。至于他，从没想过救人，如果不够强大，那就让自己变强，变得不再需要别人相救。若是在成长的途中被灭了，权当命运不济吧。谁都想安康地活着，但是必须明白，所有的安康日子出现都是有前提条件的。

圆亭外的狐狸精惊慌无比地想再进到亭中，奈何飘动的白纱染上了一层仙泽，像是一个保护的结界般将亭内外隔绝，她想入内被仙泽弹飞了好几次。狐狸精再不敢轻易触碰白色纱帘，跪在地上求着。

“尊神，我知道自己身份卑贱，不能跟两位尊神在一起，我没有恶意，求求你，救救我，我不想被恶神抓去服侍他，求求你，求求你们……”

躺着的幻姬听到女子的求救声从床上坐了起来，看到被挡在仙泽外面的受伤女子，连忙起床走了出去，将地上的女子扶起来。

“姑娘，起来说话。”

“多谢尊……”

女子看清幻姬样子的时候，吓了一跳，看着她忘记了言语。

“……姑娘。”

“姑娘？”

幻姬喊了好几声才把女子从失神中叫回神：“姑娘你怎么了？”

“呃，啊，我……”回神的女子紧张不已，“我失态了，求求尊神相救。”

“你一直让我们救你，你发生了什么事？”遇到恶兽了？

女子嘴里流出了鲜血，将嘴角的血痕拉长了许多，一滴，两滴，鲜血滴到了衣裳上面，看得幻姬心中怜悯更甚。

“我乃翠溪山的一只狐狸精，原本这座山里只有一个土地爷，其他的都是妖精，三千年前，不知道从何处来了一个神，却是个恶神，他住到这里以后，我们便再无安宁的日子。起先，他还只是霸占山中的灵地，妖精们让了地盘便罢了，到后来，他变本加厉，开始抓人到他的寝宫服侍他。”女子嘴里的鲜血流得更多，却坚持继续道，“我们的修为不够，打不过他，许多妖精都被他抓走了。我一向出门少，躲过了初一，却躲不过十五，在一月前的小溪边被他遇到，抓了回去。”

狐狸精忽然跪到地上，抓着幻姬的手，“仙子，我求求你，救救我，我不想被他抓回去，今日中午我和另外三个姐妹费尽心力逃出来，刚出宫不久就被发现，有一个姐姐为了让我们逃走，已经……”狐狸精的眼泪唰唰直掉，“此时那恶神肯定到处找我们，求求仙子相救。”

“你另外两个逃出来的姐妹呢？”

“为了不想被一网打尽，我们分开跑了。我现在不知道她们在哪儿。”

闻此，幻姬对狐狸精的怜悯越发多了，再次把她从地上扶了起来，没想到去天净沙的路上竟然让她遇到这样的事情，既然身为神，为何不当一个好神，虽说听过种种恶神之名，

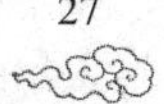

却不想恶神干起坏事来一点不输妖魔。

“真是屡教不改！”

突然，一道男声传了过来，狐狸精浑身颤抖，吓得立即躲到了幻姬的背后，眼底满是惊恐，拉着幻姬的手不停地发抖，脸色很快变得苍白。

幻姬怜她，用自己的手掌轻轻拍了拍狐狸精的手背：“莫怕，有我。还有帝尊。我们会救你的。”

狐狸精感激地点头，头还没点完，忽然愣了，看着幻姬，结巴道：“帝、帝尊？”

“是啊。”

狐狸精转头去看白纱飘舞的圆亭里坐在床上一直不曾说过一个字的男子，他……就是传说中佛陀天千辰宫里避世万万年从不出手管事的帝尊！狐狸精还想问幻姬是谁，却被从天而降的人打住了话，哆嗦得更加厉害。

一个灰色的身影从天而降，落暮未久，月亮还没有升起，凭着从圆亭里的夜明珠发出来的光芒，幻姬并没有将远处的男子看得真切，瞧他的身形，与她印象中的恶神不相符。瘦瘦高高的，若是做好人的话，可能还会配得上君子之风。男子落了地，步速均匀地朝幻姬和狐狸精走来，边走边说着话。

“我叫你很多次了，不要撒谎。为何你总是不改？今天竟然还骗陌生人，叫我拿你怎么办才好。”

撒谎？！

幻姬回头看了一眼狐狸精，她说的不是真的？

“我没有撒谎，你相信我，我真的没有撒谎。”

“你装可怜骗骗我就罢了，为何还要骗素不相识的人？”男子走近了，“在宫里你偷宝典想修魔功杀害别人，我惩罚你可是有错？有错就改，善莫大焉，这点我很早就告诉你了，结果你还咬伤人。如今天晚了，跑出来骗人可是又要闯祸？”

男子近身五步开外，幻姬看清了人，不得不说，如果不是狐狸精说他是恶神，单单看相貌她真不觉得这个男人是个恶人，秀气的五官，瘦长的身姿，说话的声音也像旁边的溪水，不急不躁，没有脾气暴虐的迹象。

看到幻姬，男人呆了一下，翠溪山竟然还能出现如此绝色的仙子，当真叫他好生惊讶啊。便又再近两步。

近两步的男子让幻姬警觉，仙泽唤出染了身周一层银色的光芒。

“青雨有礼了。”

施礼过后，青雨发现幻姬召出来的仙泽和别的仙家不同，银色的光芒格外纯净一些，而且从她身上散发出来的香气也异常的清幽，她额心的天印……

认出幻姬额心天印后，男子大惊。

第十三章　一草一天堂

“你是天外天女娲后人幻姬殿下？”

听到青雨对幻姬说的话，狐狸精也惊呆了，她、她求救的人是女娲后人？亭中之人是帝尊？她今天遇到的神是不是也忒……尊了！

“既是认得我，便放过她吧。”

得到幻姬的亲口承认，狐狸精愈发抓紧她的手，好像生怕她丢下她不管一般。

青雨面露难色：“幻姬殿下，不是我不想给你这个面子，而是我实在不能答应你。她，是我宫里的侍女，这翠溪山不比你的娲皇宫，没有什么仙娥侍女愿意来待着。为此，我开始也是很头疼，毕竟我等的身份都是仙家，和妖精们走得太近了，不好。可是，我又想，我们既然为仙，就要普度众生，妖精也是人，我怎能有歧视之心。所以，我便问山中有没有妖精愿意到我的宫里跟着我一起修道。”

狐狸精不停地摇头，在幻姬的耳边否认：“不是这样的，他说谎，不是他说的那样。他不是请我们，他是抓我们去的，我们都不愿意去。”

青雨不理会狐狸精的话，看着幻姬，仿佛狐狸精根本就不存在一般。

“殿下可能不会在意我这样的小仙，可妖精们想位列仙班的大有人在。她，狐狸精姗耳姗洱，就是其中的一个。见她一心想跟着我，我便收了她。没想到，在外野久了，她养成了爱撒谎的习惯，我可是好言说了她几次，却总是不改。日子久了，她在宫里和别的侍女相处不融洽，便起了歹心。前日，我训斥了她几句，想好好地惩罚她，让她记住不能杀害自己的姐妹，没想到，她完全不受训。”

“幻姬殿下，我没有想杀自己的姐妹，他说谎，没有一句是真的。”

青雨看着狐狸精：“姗洱，你不要再混淆幻姬殿下的视听了。跟我回宫吧，我这次不惩罚你了。”

狐狸精用力地抓着幻姬，指甲扎入到她的肌肤里。疼，她却没有说出来，任姗洱一直攥着。

“殿下要是不信，你看看我手臂上的伤。”

说完，青雨将手臂上的衣袖撸了起来，“殿下你看。”两条有力的手臂上，确实有几道怵目的抓痕，还有微微的血色染在伤口上，确实是新伤。

姗洱立即解释：“幻姬殿下，那是我们逃命留下的，如果不反抗，我就逃不出来了。殿下，你相信我，我真的没有骗你，求求你，不要让他带走我，我不想回去。他是恶神，没有表面看上去这么好，他是强抢我们进去的。”

幻姬沉默了片刻，朝圆亭中的千离看去，原本坐着的他竟然躺了下去。两方各执一词，她不好判断，他居然睡觉了。真是……帝尊就是帝尊。

“殿下，我不想跟他走。”

想到青雨说的几句话，幻姬转头问姗洱。

“你想位列仙班吗？”

姗洱想了想，“若是跟着他一道就不想。”身为妖精，位列仙班是大部分人的心思，能修成的，没有多少，要付出的心血实在是太多了，有时候没有遇到好的师父，修炼几千年也比不得好师父带着修炼百年。“殿下，我若说假话骗你，我会说不想。我经常不出门，便是在洞府内潜心修炼，可是他说的都是假话，他根本没想过让任何一个妖精真正修炼成仙。”

幻姬点头，看向青雨。

“你刚说，请妖精们去你的宫里，随你一道修炼。既是请，便不是强硬的抢。她如今明确地说不愿意去了，你可还要强求么？”

青雨道：“殿下有所不知。姗洱在翠溪山的妖精里可是出名会撒谎，被她骗过的，许许多多。如果不将她好好管束，将来不知要骗到多少人。青雨既是翠溪山的仙，就得为翠溪山的生灵做点儿事情。”

狐狸性狡猾，这一点幻姬不是不知道，当青雨出现说姗洱撒谎的时候，她就想到了。也许真是姗洱在骗她，看青雨的模样，实在不像恶神。但常言道，画虎画皮难画骨，知人知面不知心。看姗洱的伤情，她心生怜悯。看青雨的外型，她不愿他是恶神。可其中，必然有一个在骗人。

幻姬朝圆亭中的千离看过去，希望他能帮帮自己，说说他的看法。不对，他是帝尊，看人定然很准。他可以直接告诉她谁在说谎。不过，看他的态度，摆明了就是不管这件事，要是去打扰他，不晓得会不会被他……鄙视。幻姬正想着干脆不要脸一次，进去问他吧，不可冤枉好人和自己的面子之间，她选择前者。

可巧，幻姬刚想进去，土地爷提着食盒忽然冒了出来，在圆亭的纱帘外看着里面。

“尊神，小的送晚饭来了。”

幻姬立即对着土地爷道：“土地爷，你过来一下。”

土地爷看出幻姬是先前被千离抱在怀中的女子，立即走了过去，看到青雨，再看看姗洱，似乎明白了一点什么。

“小仙见过仙子。”

“你是翠溪山的土地爷？”

“正是。”

“狐狸精说这山里很多的妖精都被他抓去了宫里，人人都想逃出来，却不许。而他说，妖精们都是自愿去跟他一道修炼，他想造福翠溪山。你既是土地爷，必长久在此生活，你告诉我，谁在撒谎？”

拿着食盒的土地爷看着幻姬，她的气质和仙泽让他不敢怠慢，可……实话他不怎么好说出来。有时候，土地爷管着一方土地，也得看看那地上住着什么神仙，大家都想相安无事地生活。他可不想招惹什么事端给自己，到时候在翠溪山住不下去，就糟了。

土地爷的沉默，让幻姬渐渐地明白了什么。当考虑再三的土地爷准备开口时，幻姬止住了他的话。

“不必了。”

幻姬轻手挥开白色的纱帘，对土地爷道：“你把晚饭送进去吧，莫让帝尊久等。”

“是。”

青雨愣了，转头看向圆亭里，不敢置信地看了一会儿，带着疑问的眼光问幻姬：“幻姬殿下口中的帝尊可是佛陀天千辰宫里的千离帝尊？”

幻姬轻轻一笑，反问：“莫非三十三重天里还有两个帝尊不成？”

走向圆亭的土地爷听到青雨说“幻姬殿下”时，踉跄了一下！

啥！幻姬殿下！

这个名字在天界虽然极少极少出现，可谁都谨记这个封号是辟世之神的女娲娘娘赐名的，是女娲后人的娲皇宫殿下的封号，就连翠溪山这样旮旯地方生活的人都晓得幻姬殿下是天外天的人。

土地爷还没站稳，幻姬的回答又让他踉跄了一下，差点儿将手里的食盒都给摔了出去。

啥！千离帝尊！

这个名字在三十三重天里可是响当当！平时不出现，一旦出现就要震慑住所有的人。有些人从修炼成仙到最后仙根消亡都没有机会见到他一眼，翠溪山如此鸟不……呃，鸟兽众多的地方竟然能看到帝尊大人的尊颜，这，这可是他天天不洗澡省水换来的天福吗？

抱紧怀中的食盒，土地爷转身看着幻姬殿下，立即行礼：“小仙拜见幻姬殿下，刚才不知殿下亲临，望殿下恕罪。”

幻姬微微一笑：“无碍。”

土地爷抱起食盒立即跑进圆亭：“拜见帝尊。小仙刚才有眼不识帝尊，帝尊请恕罪。”

千离指尖飞出一道白光，亭中出现一张白玉桌，两把白玉椅子。土地爷见状，立即从地上起身，走到桌边开始摆菜。边摆边懊恼，竟是帝尊和幻姬殿下，早知道是他们，他怎么只做八个菜啊，应该做十八个菜才是，飞禽走兽，只要是翠溪山有的，他都得给他们弄来才是。疯了疯了！自己的手艺也不知道能不能让尊神吃得下去，平时烧菜自己吃感觉还行，帝尊大人的口味……

土地爷望望天，不晓得帝尊会不会拿他做的菜当毒药啊。

确定亭中之人是帝尊之后，青雨的脸色微微变了些，收敛起刚才的嬉笑，认真地看着幻姬。

“不知帝尊和幻姬殿下到翠溪山来，小仙有失远迎。还望，帝尊，殿下，见谅才是。”

幻姬笑了下：“不必装了。姗洱不会跟你回去的。如果你觉得能从帝尊和我的眼皮子底下将人带走，不妨试试。”

此时，幻姬觉得跟着帝尊出来那是忒有安全感了。

别的不说，光身边三人听到他的名号那表情，就足够她心中暗喜了。原来他在三十三重天里的名声这么响，简直有种横扫一切神仙妖魔的感觉。帝尊一出，莫敢造次。

“殿下，你可莫要被姗洱骗了才是啊。”

幻姬笑道：“多谢关心。既然你关心本殿下受骗，此番心意我当回礼才是。不妨，就告诉你一个帝尊的习惯吧。他吃饭时，特别不喜旁边有人。”

青雨忽然皱了皱眉，她的话，他听得懂。

“多谢殿下相告。既是如此，殿下便将姗洱给我带走吧。”

“姗洱我留下了。”

狐狸精姗洱感激得眼泪都要流下来了。

青雨再不甘心，却碍于圆亭里的男子坐了起来，怯怯地退后两步，施礼：“青雨告退。”

原本想着是不是留下来的土地爷听到幻姬的话，摆好菜后，问道：“帝尊可还有什么吩咐？”

千离挥下手，土地爷嗖的一下就不见了。

青雨走后，幻姬转身，姗洱对着她突然跪下：“谢谢幻姬殿下的救命之恩。有生之年，此恩情姗洱没齿难忘。日后若是殿下有需要，姗洱刀山火海绝不推辞。”

“你身负重伤，起来吧。”

幻姬把姗洱从地上扶了起来，看到她手臂上的伤口深入白骨，肉身的锥心之痛她不久之前经历过，若非舍命都想逃出恶神的手掌心，怎会忍得住那般的剧痛。心中的疼惜之情像是在湖面上掀起大浪，弄得她的心很不平静。拉着姗洱的双手，幻姬念下心诀，用自己的扶伤仙灵之术将她的双臂修复还原。

“我瞧着你应该还受了内伤，不如……”

幻姬看向起床的千离，想叫他帮个忙，她的修为不够高深，明天还得去天净沙，不能让自己体能不支，尤其现在她自己的伤还没有完全复原，如果帮狐狸精修原内力的话，精气折损必然不小，到时会成为帝尊的包袱，她是想来帮忙的，不是想给帝尊添麻烦。可是他完全就是见死不救的态度，恐怕想请他帮忙修原姗洱的内伤是白日做梦了。再者，天净沙应该是个极其危险的地方，帝尊现在不能损一丁点儿精元，总怕万一的情况出现。思虑后，幻姬对着姗洱笑了笑。

“不如从现在起，你在这里好好地修复自己的内伤，有我和帝尊在，那恶神不会来骚扰你。”

对于帮助自己复原双手的幻姬，姗洱很感激，连连点头。

“今日多谢幻姬殿下了。”

幻姬脸上笑容变得灿烂：“你真要谢谢的可不是我，是帝尊。”如果今天他不在这里，那恶神若是想硬来，她说不定保不住她不说，自己还会受伤。

“帝尊？”姗洱不明白地看看幻姬，又看向圆亭里的千离，虽然不懂幻姬的话是什么意思，但自认不会有错地对着千离施大礼：“小妖姗洱谢谢帝尊救命之恩。”

对姗洱的大礼完全没反应的千离让幻姬忍不住白了他一眼。

“姗洱，起来吧。”

狐狸精站起来，倒也懂事。

“幻姬殿下，你赶紧去用膳吧，我到旁边运功修元，不会打扰到你和帝尊的。”

幻姬心里愁着把她一人放在圆亭外面似乎有点残忍，但帝尊肯定不愿让她入纱帘之内。她的妖身如何才能进得了帝尊布下了结界的亭内呢？没想到姗洱会主动说去一旁静修，幻姬心中对她的好感又多了几分。世间真是有着说不出的各种可能，仙神里会有不为好事的人，妖魔里会有品行好的人。哪一类人都没有绝对好或者绝对坏。帝尊的身上有优点，她的身上会有缺点，谁都无法做到绝对的完美。或许，不完美才是世间真正的完美。

姗洱走开后，幻姬掩藏自己内心的雀跃，小碎步快走地入了圆亭，坐到千离的旁边：“帝尊。”轻轻的声音里头，带着属于娇俏小女子的欢心喜悦。

千离拿起筷子拣了离自己最近的一盘菜夹了一点放入口中，看着他细细咀嚼的样子，幻姬期待地问：“好吃吗？”活像满桌子的菜都是她做的一样。

直到菜咽下去后，千离都没有说话。幻姬大概晓得了，帝尊不高兴。可是他为什么不高兴呢？幻姬琢磨着，没想出缘由。他见死不救，她不是没怪他么。他不救，总不能干涉她救不救吧。身为娲皇宫的殿下，如果看到这样的情况还不伸以援手，她会瞧不起自己的。娘娘的教导她铭记在心，对万物都带着包容的心，不偏颇，不失德。还是说，帝尊是因为土地爷的菜做得不如世尊的好吃所以不高兴？那不是很容易就想到的事么，世尊是何许人也，这翠溪山的土地爷又是什么水平，怎么可能指着犄角旮旯里的小仙能做得像世尊那么美味呢。

幻姬自以为聪明地想，不管帝尊因为什么不高兴，她都有一个法子来让他高兴。

夸他！

其实，她是真心地想夸他，只是不好意思夸出口，现在看来，不得不夸出来了。

“帝尊。”

傲然冷淡的男子让幻姬差点就不打算夸他了，可她是个有耐心的姑娘，他以前比这更冷的时候都让她哄好了，没理由这次哄不好他。

“你好厉害！”幻姬笑眯眯地看着千离，“我是真心的。我觉得你真的非常厉害。你说，要是我打着你的名号在四海六道八荒里游历一圈，是不是谁都不敢招惹我？”

之前麒麟上神好几次叫她一同游山玩水她都婉拒了，错过机会之后不是没一点可惜的感觉。若是让她一人出游，未知的危险不可预计。但倘若借帝尊的名号出去，有如此战名赫赫的他“护驾”，谁敢欺负她？

“帝尊，如果我以后借你的名号路见不平，你会不会生气？”

亭中静了一会儿，千离缓缓地说道：“你什么时候见一个人跟一只狗生气的。”

“人自然是不会跟狗生……”

话说一半，幻姬忽然就懂了千离话后的意思，他在骂她狗仗人势。内心的恼火腾的一下就烧了起来，她可是女娲后人，身份尊贵无双，他居然说她是狗。她、她……要生气了。

冷不防地，连千离都没想到，幻姬忽然探过身子，在他的脸上咬了一口。是咬了一口。肌肤光滑的俊脸上留着她的点点口水印。

幻姬愤愤然，让他说她是狗，狗狗就能咬人，有本事他咬回来啊。

以行动反击的幻姬觉得自己实在是太聪明了，对待无耻没有底线的帝尊来说，言语上她是斗不过他了，他脑子反应比她快了太多，但她不承认这是两人的智慧差异造成的，一定是因为她活得没有他那么长，见识没有他那么多，若是她也活了几百万年，肯定能对他的毒舌张口就回击。在她的阅历还不够和他进行嘴皮上的抗衡时，她决定以后都采取行动，直观，直接，只要他不怕疼。

千离的目光瞟到拿起筷子装作若无其事吃饭的幻姬脸上，嘴角轻轻地勾了一下，笑了，放下筷子，筷杆碰到桌面，发出轻轻的一声，瞬间惊到了吃饭的幻姬，一脸警惕地看着千离，然后嗖的一下，暗中掐诀用仙术将自己和椅子一道搬到了千离的对面，对着他挑眉一笑，娇俏的脸上满是小小的得意。

“你这是什么意思？”千离低声问道。

幻姬将嘴里的东西咽下去后，说道：“帝尊你不用装，我知道你想做什么，肯定是想报复我咬了你那一下吧。”刚才她咬的那一下，说疼也不会太疼，但是说不会让人感觉到疼痛也是不可能，她记得自己是真的咬下去了。

静静地看了幻姬片刻，千离轻轻一笑，小样儿！

年幼的幻姬显然没有想到自己对帝尊的无耻程度猜测得还太不够。

眨眼间，和千离对坐的幻姬忽然不见，在千离的腿上多了一只毛茸茸的白色小狼崽，头顶着一朵语佛花，闪着乌黑溜溜的眼睛。

“嗷！嗷嗷！”

幻姬在千离的腿上跳着叫着，帝尊太无耻了，太无耻了！吃饭啊，他们在吃饭，把她变成小狼崽抓在他腿上是几个意思？不让她吃饭吗？她还饿着呢。

第十三章　一草一天堂

千离一只手按住蹦跳的幻姬，低头看着她："原本没打算对你做什么的，可你脸上写着'还不快点儿对我做以前没做过的事'，我觉得如果不对你做点什么，对不住你的期待。这个，还满意吗？"

听到千离的话，幻姬气得差点儿内伤。

"嗷嗷嗷。"

她不满意！非常不满意！

幻姬被千离摁住，跳不起来，但是他的力气不大，并没有让她难以承受他的力道，只是让她不能自在地跳起来叫。恼火的幻姬双腿刨着千离的腿，嗷嗷直叫，表达自己的不满。

太损她的面子了，用了两个多月的真身，好不容易才人形几天，他倒好，又把她变成了小狼崽，最可恶的是，她发现他居然禁掉了自己的仙术！帝尊，你还能更无耻吗！你以大欺小要不要做得这么彻底，不就是咬了你一下嘛，大不了让你咬回来啊。

千离看着幻姬抓狂的样子，嘴角噙笑："我明白你的满意。"

"嗷嗷嗷，嗷嗷。"

她不满意！

可是再怎么刨他，幻姬都只能眼睁睁地看着千离重新拿起筷子开始吃饭。不让她吃饭就罢了，但帝尊无耻就无耻在，他不仅仅只是让她吃不到饭，而是让她看着他吃饭。

禁了仙术的幻姬被千离定在腿上，抬着头，他一只手从她的头朝尾巴顺着毛，夹了一点菜放到嘴里，边嚼边低头看她，末了还要加上一句。

"虽算不得美味，但是比花探做的要好吃很多，香脆可口。"

幻姬眼神忿忿地望着帝尊，帝尊你无耻。

忽然，幻姬像是被闪电劈中一样，浑身打了个激灵。

帝尊，你的手摸哪儿呢！小狼崽的屁股就不是屁股了吗！

啪啪两下，千离拍了拍小狼崽的屁股，虽然是轻轻的，却让幻姬心火大烧。她觉得这是帝尊在用行动报复自己咬了他，她咬一下，他拍了两下，果然是报复心好重的帝尊啊。小屁股被拍已是让幻姬恼得想再咬人，千离的话瞬间就让她炸毛了。

他说："嗯，不糙。"

啪啪，千离又是两下拍到了小狼崽的屁股上。

若说乍一听还没有反应过来他话的意思，第二次幻姬是霎时就明白了。三年前，帝尊在坤云山说她"腚糙"。这次他拍着她的臀部说不糙，简直让她不能忍！

"嗷嗷嗷……"

为了表达自己的抗议，幻姬不停地嗷嗷，他是帝尊，要注意自己的风度，风度是什么，他懂吗！吃饭时怎么可以摸……那个什么地方，不对，不吃饭的时候他也不能摸。他就不怕别人说他是色尊吗！

“这个味道不错噢。”

幻姬：“……”

她又没吃，怎么知道味道不错，让她吃啊。

“这道菜才夹了两下好像就没有了。”

帝尊你吃就吃吧，你能别说出来吗。

“嗯，这个香。”

幻姬：“……”

幻姬觉得自己好饿，之前还不觉得，可是看着帝尊吃成这样，她觉得桌上土地爷送来的晚膳味道好极了。看着帝尊吃一点就气自己一次，她决定不看。可……让幻姬彻底毛了的事情发生了。

眼睛居然闭不上！

“嗷呜！”

幻姬张开自己肉呼呼的毛爪子大力地刨着千离的衣裳，大有不放了她就把他的衣服刨出个洞的势头，他位极帝尊，居然还用这样的幼稚把戏惩罚她，好意思吗！她才九万岁，他懂不懂谦让老幼啊，她本就不挨饿，他还这样馋她，他要不要无耻成这样。

白玉桌前，一个男子优雅从容地慢慢吃着东西，一只白色小狼崽在他的腿上不停地刨……

一刻钟后，千离放下了筷子。

“好饱。”

依旧在不知疲倦地刨着的幻姬不理会千离，忽然感觉自己身上的定术解开了，张嘴就咬千离的大腿，小嘴巴还没碰到他的衣裳，整个身子就被他抱起来，然后……某人施施然地躺到床上睡觉了。

幻姬趴在千离的怀中瞪着他，她还没吃饭呢！

千离抬起手摸着小狼崽的头，喃喃地像是自言自语：“长大了。”

幻姬愣了愣，难道他说的是自己变成的小狼崽也跟着长大了？三年前她变出来的小狼崽可小了，他走一步她要跑好几步。这个人就是可恶，她身上的伤没愈合的时候，她想变成小狼崽他反对，现在伤情没有影响之后他欺负她修为不如他。

小狼崽把头狠狠地别向一边，不让千离摸到。

“呵……”

千离轻轻地笑出声。

再摸。

小狼崽再狠狠地一甩头，不给摸。

甩了五次头后，幻姬有些头晕，四只小短腿奋力地爬着，想从千离的胸口爬开。他这样欺负她，她宁愿睡到床的角落去，不，是睡到圆亭之外去。

“好了，我叫土地来再给你做一桌菜。”千离将幻姬抓到自己的眼前，“等会儿陪你吃。”

召唤土地来了之后，千离叮嘱他三个菜咸了点，有两个菜腻了，得清淡点儿做，再嘱咐他送两三样小水果来。

幻姬听着，忽然莫名地就感动了。他刚才说好吃都是做给她看的吧，有种像在帮她试菜的感觉。

“嗷呜，嗷呜。”

土地走后，幻姬在千离的臂弯里蹬着小腿。

再次躺下之后，千离把怀中的幻姬变回了人形。三年前挺喜欢她小狼崽的模样，肉呼呼的，特别笨的感觉，现在看着，还是她人形好看。变成人形的幻姬贴着千离的胸膛，细腰上的手臂不松不紧地扣着她。

“以后不准把我变成小狼崽欺负。”

千离无声地轻笑：“嗯。”

他是不是该做个记录，看看她到底有多少个“不准”？

两个人的脸贴得太近，幻姬不好意思地轻轻推了下千离，小声道：“姗洱在外面，给她看到了不好。”在千辰宫的寝宫里虽说两人在一张床上躺过，但那是情有可原。

“她没工夫理你。”

幻姬想去看姗洱在干吗，结果头扭不过去，只得作罢。回过头看着千离清俊的容颜，心里说不出的舒服。

“你为什么都不问我怎么看出那个人是恶神的？”

“你怎么看出的？”

幻姬得意地笑：“我说出来你要夸我。我问土地爷谁在说谎的时候，他犹豫了，我顿时就明白了。如果是狐狸精，土地爷是仙家，怎么可能会顾忌。只有是修为比他高的恶神，他才会不敢说。我聪明吧。”

千离笑：“要奖励？”

忽然听到帝尊要奖励自己，幻姬当下一喜，但只是一喜。很快，她的心里就警惕上了。按照年份算，她认识帝尊三年有余，两人没有相处的日子她不知道，可从她和他相处的日子里来看，想要得到帝尊的奖励那可不是什么容易的事情。他不欺负人就算是天恩浩荡了，要他主动赏人东西，左右想想皆不可信。

“你打算奖励我什么？”幻姬小心地问，“你先说，我再考虑能不能接受。”

为了不让帝尊觉得自己是防备他，幻姬又道：“帝尊所有的东西皆是天界珍绝，幻姬不过是小小的聪明了一回，实在担不起大赏。何况，救人于危难是理所应当的事情，幻姬不

能接受贵重的奖励。”一般的夸赞几句她还是承受得住。她从不缺别人对她的溢美之词，就想听到帝尊真心实意地夸她几句。平时被他打击得太多了，他夸一句顶别人许多次。

看着幻姬期待的目光，千离轻轻地倾过脸，薄唇印了一个柔柔的亲吻到她的额心。

幻姬愣了下，心道，帝尊说的奖励不会就是这个淡淡的亲吻吧？奖励什么的，难道不该是物件吗？千离退开后，她眨巴着亮晶晶的眼睛看着他，等着他说奖励她什么。因为，她实在没法相信帝尊说的奖励如此简单。虽然，足够亲昵，也确实在她的内心撩起丝丝的波澜，可她心里想要的不是这种。

静静地等了一会儿，发现千离没有下一步的动作，幻姬不确定地问："奖励呢？不会就是刚刚的那个……"

"嫌少？"

幻姬实诚得可爱："嗯。"

她用自己的智慧判断出谁是好人谁是坏人，他既然主动说到奖励，怎么也得要拿出符合帝尊身份的东西才合适吧。不过，她不是贪图金银之人，稀世珍品也非她所爱，她最想要的是得到别人真心的认同。

"修仙之人不在意身外之物，帝尊不如夸我几句吧。"幻姬强调，"要真心的。"

千离又温柔地亲了幻姬的额心一记。

"再不够的话，我就换地方亲。"

幻姬："……"

帝尊，你想换哪儿下嘴？

幻姬真想问，帝尊是不是听不懂她的话，还是不想给奖励，她都说了不要东西，只要他夸上两句。结果他倒好，亲了一次，亲第二次。她虽然对男女亲密的事情懂得不多，可这个叫占姑娘便宜她还是知道的。

"我要帝尊夸我，不是……不是亲我。"后面两个字幻姬说得很轻。

"要赞没有，要亲的话，不限次数。"

幻姬瞪了千离一眼，还不限次数？那不是占她更多便宜么。帝尊这算盘打得可够响的。果然还是没有认同她，一句好听的话都不肯说，让他承认自己聪明就那么难么？她还不是老早就承认他是一个有智慧的尊神了。礼尚往来也轮到他承认她的智慧了吧。

"哼！"

愤愤然的，幻姬翻转过身子，背对着千离睡在他的身前，不想理他。

千离将搭在幻姬腰上的手臂收紧，把她搂到怀中，轻声道："休息吧，等土地来了我叫醒你。"连续五夜她都没休息好，前两晚精神不错站在他的身边御风飞行，第三晚硬撑着过了，到了第四天，熬不住的她被他搂到胸口站着迷迷糊糊睡着了。今天难得有床给她躺着，周围的环境也还不错，睡个安稳觉，明日就到天净沙了。

后背贴着千离的胸膛，衣裳隔绝了彼此的体温，因为看不到他的脸，幻姬脸上的红晕才没有变成烧红，耳鬓不知是不是真切地感觉到他微微的气息拂过。细心感觉，仿佛是一羽鸿毛在撩她。说不清楚为什么，明明她晓得和他不是能同床共枕的关系，也知道最恰当的方式是推开他，自己睡到别处，但内心深处有一个声音在为她找诸多的借口，如今在外她害怕一个人睡，又或者她知道不管自己用多大的力气都推不开他，还或者晚上会比较凉爽，分开睡觉说不定她会生病，总之是不想逃开他的圈揽，默认两人相拥是最好的安眠方式。不，准确地说，被他拥着是让她觉得最安心的休息。

幻姬双手屈放胸前，缓缓地闭上了眼睛。

一垂帘内外寂静，溪水潺潺，偶有夜莺飞过，风动树叶沙沙而响。

因为知晓千离和幻姬的身份，第二次土地爷送来的吃食与第一次可就大大的不同了，可谓是相当的精致，连水果都新鲜得外皮发亮。

“幻姬。”

千离将食盒打开放到桌上，看了幻姬一眼，还保持他起床的姿势在睡。

身后传来声响，幻姬迷迷糊糊地睁开眼睛，转身看着千离：“帝尊。”

“趁热，起来吃饭吧。”若是星华带着他家那口子出门，还能让他家那个吃上一口热菜，跟着他就没那么好的命了，有得吃就不错。到天净沙后，便是他有心也召唤不出土地爷。“若是想睡，只能明早起来吃凉的。”

幻姬从被子里起床，走到桌边开始吃饭。才吃了两口，忽然回头看着千离。“你不是说陪我一起吃的么？”她觉得土地爷做的菜味道很不错，没有她想象中的那么差，当然也可能是因为他提醒过了所以显得好吃。既然如此，帝尊就更应该一起尝尝了。

千离把身子随意地半躺在床上，目光悠悠地落在幻姬脸上：“这不是陪着么。”

这就是陪她吃饭啊？！

幻姬欲言又止，嘴巴张了张，最后没说什么，转回头，安静地吃起来。

开始幻姬还有点儿不自在，觉得千离在旁边躺着，自己一个人吃饭显得怪怪的。一小碟素菜入了肚子后，倒是将身后的男子无视掉了。原本千离半阖着眼睛，像是要睡着了一般，一记目光不意瞟到幻姬吃饭的模样，便定住了。娲皇宫里教她礼仪的殿师教得不错，即便看得出她饿了，吃起来的动作竟还优雅成这般。看着她吃，好像那桌菜真的有多好吃一样。

不久之后……

看着满桌子的小菜都被自己吃掉，幻姬惊了又惊，不会吧！都是她一个人吃完的？简直不能相信这是真的。她以前的饭量很小的，什么时候变得这么厉害？偷偷地摸摸自己的肚皮，幻姬想，一定是因为自己太饿了才会如此“风卷残云”，是太饿的缘故，并非她能吃。

一定是这样。忽然之间，幻姬想到了千离。她这么能吃，要是给帝尊晓得了，不知道会不会笑话她呢？十分小心地，悄悄地，幻姬慢慢转头准备去看千离看着自己没有，如果没有，她便用仙法把满桌子的菜碟子都抹掉，来一个“毁尸灭迹”。

呃？！

幻姬的头才转过去，便看到千离站在她的身后：“帝尊？”

“这么能吃，千辰宫不晓得养不养得起呢？”

被、被发现了。

“千辰宫那么大，怎么可能养不起我。”幻姬不高兴地拉着脸，觉得帝尊早不起来晚不起来，偏偏等她吃完了再起来，不是摆明了来笑话自己的么，“我又不是天天这么能吃，过去的五天我老是吃果子，一点儿油水都没有沾，肯定会比较饿。”说起这个，难道不是他的错么。如果他像世尊那样会做饭，何用她饿肚子。

千离像是完全没听到幻姬的话，沉浸在自己的思绪里，又道：“才五天没睡好就这么大的食量，以后的运动程度更甚的话，岂不是……”

幻姬以为千离说的运动是明天开始的天净沙寻宝之旅，抗议道：“再怎么运动也不会吃穷你的千辰宫。”她在天净沙能吃他什么啊，无非就是大果子小果子，还都是野生的，千辰宫她可没看到什么果树。帝尊也太会狡辩了，一个她就能把千辰宫吃垮，那他还娶什么帝后啊，连媳妇儿都养不活，自己一个人过得了。“我以后会还你钱的。”在娲皇宫里，她宫里的宝贝多得数不胜数，娘娘给她的珍品随便拿出一样都能让她在千辰宫里吃活几百千年的。

“那果子你怎么不吃？”

幻姬看过去，她还没来得及吃就发现自己吃了很多，现在被他这么一说，她哪里还敢继续吃。

“吃饱了。”

千离了悟似的哦了一声，手那么轻轻一挥，白玉桌上的杯盘一扫而空，包括幻姬还没来得及吃掉的果子。因为确实吃了不少，即便没有吃到果子幻姬也不介意。

“那串红果子听说有润肤美颜丰胸的功效，不知真假，原想着你吃了可以看看是不是那样。”

幻姬：“……”

为什么不早说！帝尊你是故意的吧，故意气人的吧，等挥掉了所有的果子才告诉她这个。美颜什么的她倒是不在意，与自信无关，而是她觉得女子的容貌不是最重要的。至于另外某个作用，她……若是能有，自是颇好。不为别的，他曾经说过一句话，真真儿让她记得刻骨。

他说：前后都有的才能称之为女子。

她特别想问他，她前后是哪里没有了让他觉得她不女子了！

“不早了，睡觉吧。”

这时的幻姬哪里能躺到床上睡觉，脑子里都是千离把她的果子扫没了。心里原本打算的一件事，这会儿变得十分强烈的想做。

洗澡！

她伤愈之后就能洗澡，只是连着赶路几天，都没发现适合洗澡的地方，眼下旁边有条小溪，当真是再好不过了。只是……

千离走到床边打算休息，他坐下去的时候，幻姬眼尖地发现从他的广袖里似乎滚出了一粒红色的小果子，定睛一看，那可不就是他说的能那个什么的果子么？她怎么就没想到呢，以前帝尊能在袖子里藏葡萄，这次藏果子也就不奇怪了，还以为他真的把那串红果子都扫没了呢，原来是做给她看的。

幻姬走到千离的旁边，坐下去：“帝尊，你现在就睡觉么？”

“嗯。”

“你有没有觉得今天还有什么事情没做？”他好像有每天洗澡后再睡觉的习惯吧。今天条件如此好，他难道忘记要洗澡这回事了？

千离口气随意地问：“没觉得。”

“怎么会没有觉得呢？”幻姬诧异千离居然忘记了要洗澡，“忘了吗，你还没洗澡。”

千离的身子已半躺，看着幻姬：“嗯。所以你不跟我一起休息？”微微停了下，继续道：“也好。旁边桌子，椅子，你看着哪个顺眼点，随便用。”

“我不是这个意思。”

幻姬挪了下身子，挨着千离更近些，“我当然是要和帝尊一起睡觉的，但我的……”等等，好像有什么话说错了。幻姬立即解释，“不是不是，我的意思是，我不睡桌子和椅子，我睡床上。”好像……也就是要和帝尊一起睡觉的意思啊。“反正我的意思你懂的。我不是那个意思，我是另外一种意思。我问帝尊洗不洗澡，是想说，你要不要去小溪里洗澡，我想去洗个澡。”她太久没洗澡了，重伤在身便忍了，没有比身体痊愈更重要的事情，可现在能洗了，再不洗，她会觉得自己臭臭的。

躺下的千离翻个身，回得干脆：“不去。”

一粒红色的果子又从他的袖子里滚了出来。幻姬心中一喜，飞快地伸出手，嗖的一下将滚出来的两粒小果子捏到手中，欣喜不已。帝尊这么不小心，那串果子肯定会都掉出来的。

“可是我想去。”

千离应了声，“嗯。”

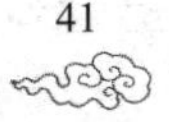

尽管很不好意思，但是幻姬还是说了实话："我想你陪着。"

好一会儿千离没有动静，直到幻姬伸出手搭在他的手臂上，很轻微地摇着，"帝尊，你睡着了吗？"幻姬的声音里有着无可奈何，"我知道男女授受不亲不该有过分的亲密。"她不是不知道他们两人不是能共浴的关系，她本身并没有不洁的想法，她只是希望他能在溪边待着，她不想一个人在水里。幻姬继续道："从西天来找你的路上，有一天我在河中洗澡遇袭，若非那次，我后背也不至于被咬伤入骨。我不是有意想麻烦帝尊，我是害怕。"这里和那天的环境差不多，树林、清水，她不是矫情的人，她只是心理上觉得恐惧。"我不要你全程陪着，你开始在溪边就好，可以么？"

她要开口对他提出这个要求也不容易，若是在千辰宫里，她哪里需要他陪着。

没听到千离回答，幻姬低下头，算了，不愿意就算了，她睡觉就是了。

千离慢慢地转身，伸手拉住幻姬，从床上坐了起来，什么话都没说带着她出了圆亭。

走在溪边的路上时，幻姬捏着手心的红色果子，偷偷打开看了眼，拿在手里不安全，还是吃掉比较好，不然被帝尊发现就不好了。幻姬故意慢了千离两步，将果子吃到嘴里，刚嚼了两下，千离忽然回头。

"我看……"

没想到千离忽然回头，幻姬吓得突咽嘴里的果子，噎在喉咙里，不停地咳嗽，"咳咳，咳咳咳……"他干什么忽然回头找她说话，他怎么什么事情都是"刚刚好"，刚刚好出现，刚刚好醒来，刚刚好说话。

幻姬打手势示意千离继续说，不要顾忌她的咳嗽。

"就这吧。"千离道。

幻姬朝溪水看了下，再朝溪水的上下游分别张望了一下，月亮已经出来，溪水清清，浅的地方可以见底，往中心的水深了不少，可不见底的溪水让她莫名的紧张。

"你在这。我去那边。"

幻姬缓了咳嗽，问："你也洗？"

"不准？"

"不是不准，你不觉得我们分得太开了吗？"幻姬看着千离说的两个地方，如果她遇到什么事，他来得及救她么。想到这里，幻姬惊了一跳，她和帝尊来了这里，姗洱怎么办？她一个人在圆亭那儿，会不会被抓走？"帝尊，姗洱会不会有事？"

千离朝自己选好的水域走去："哪里来这么多的问题。"

看着千离走开，幻姬愈发觉得两人洗澡地相距得太远。

作为一个有道德有节操知荣辱的姑娘，幻姬知道自己不能跑上去拉千离的手，更不能对他说"帝尊你不要走开陪我洗澡"这种话，说出来她成什么人了，再怎么心里害怕她也必须保有身为一个殿下必要的风范，跑上去求帝尊陪自己洗澡太跌份儿了。

第十三章　一草一天堂

看到千离的身影消失在小道拐弯的地方，幻姬微微皱眉，去他洗澡的地方怎么还要拐弯？这样她岂不是看不到他了。当然，她并不是想偷看帝尊洗澡，只是觉得两人洗澡的时候能看到对方露出在水面的头比较好，这样她遇到什么事情喊他一声他就听到了，如今都看不到他的人，怎么喊？

幻姬朝前面走了十来步，看看自己所在地和拐弯处的距离，还是有点儿远，再走十几步。还是远。

索性，幻姬朝着千离拐弯消失的地方走过去。她想，帝尊既然在弯那边洗澡，她就在拐弯的地方洗澡好了，有弯道挡着彼此依旧看不到，成功避嫌又不会她喊他的时候听不到。还没走到弯道处，幻姬忽然听到水响，停下脚步，帝尊下水了？嗯，能听到他下水的声音，就隔得不远了，就这里好了。

幻姬对西天来的路上的水中遇袭记忆实在太过深刻，在下水前左右看了又看，褪衣裳时思量着是不是穿着小衣小裤，但若是这样等会儿洗完澡她便没有干净的穿了。帝尊也真是，回回洗澡都换衣裳，他知道用法术带诸多衣裳，怎的就不帮她带几套在身上，用仙术变衣裳又不费他什么劲儿。

再三思量之后，幻姬觉得这是自己痊愈后第一次洗澡，得好好洗，便褪尽了身上的衣衫，慢慢步入到水中，将自己的身姿藏入清凉的水中。水没到胸口的时候，幻姬心中的紧张也到了十分，警惕地看看周围，总觉得有什么东西在靠近自己。月华光光，溪边的景物都看得清清楚楚，可她却觉得仿佛置身在当初被袭的水中，四面都是盯着自己的眼睛，一双双的，恨不得将她吞入腹中。

在心底，幻姬一遍遍地告诉自己不要害怕，这里不是当初那儿。为了让自己分心，掬起水洗着凝脂玉臂，洗第二只手的时候，不远处忽然跳起一尾小鱼，落水的声音吓了幻姬一跳，心紧看着晕开的涟漪，连呼吸都变得不平顺起来。幻姬皱眉，她这是怎么了，胆子怎么变得这么小了，以前可不是这样的啊，怯懦可不能成为一个真正的女娲后人。

看着滑过身体的溪水，幻姬隐隐感觉后背有点儿疼，那伤口好像又裂开了一般，让她止不住想起当初她一个人独身面对一群恶兽，现在回忆，她都不知道自己是怎么抵抗过来的，竟然也留下了半条命。如若现在让她遇见恶兽，她大概会……

幻姬慢慢地转头看向千离所在的方向，这里离帝尊那儿甚远，她若是偷偷地游过去一点点应该没什么问题吧，帝尊在洗澡，总不可能时时刻刻注意身边的动静吧，她只需要靠近他一点点不至于害怕就好了。

顺着溪水，幻姬一点点地朝千离游过去，游了一点，回头，觉得没游多少，再游，又觉得没游多远。第三次，她游了好一会儿才停下来，回头看的时候，溪水潺潺流动，岸边的景致又都差不多，她委实看不出自己从哪儿开始游的，猜想着估计也没游多远吧，便又朝前游了一段路。

千离泡在水中，闭目养神，忽然眼睛微微地睁开一点点。慢慢地，又阖上了。

幻姬停在水中，想着，现在自己都到弯道处了，要是游过弯，岂不就能看到帝尊了。别的不需多言，看到他，她就不怕了。不过，想想她毕竟是个女子，还是不要和帝尊在水中相对才好。幻姬自以为聪明地，把在水面游着的方式变成了潜到了水中，顺着水流朝弯口游去……

哎呀！

潜泳在水中的幻姬不知道碰到了什么，浮出水面抬起手摸摸自己的额头，好端端的水中怎么会有东西呢？她这么一抬起手摸头，便撩动了溪水，发出轻轻的水响，在宁静的夜色里，显得特别的清脆。

"谁？"

啊，幻姬立即放下手，学了几声猫叫。

"喵……喵……"

学完之后，她觉得自己实在是聪慧机智，反应迅速，而且多亏她学得像啊，要不然便会被帝尊发现她潜过来了。幻姬仔细听了听动静，发现千离没再出声，暗暗一笑，再游。

原本在水中就不好辨方向，何况幻姬又是在水中，越发不知道自己游到了哪儿，只晓得顺着水流朝下游，也没注意自己是不是游歪了方向，好一会儿都在水中打着转儿，一直就在弯道那里溜着。一口长气用完之后，幻姬冒出水面换气，顺道看看自己在哪儿。这一看，立刻就把她看傻眼了。

她是在哪儿？

幻姬看着左边的弯儿，又看看右手边的弯儿，到底哪一边才是自己游过来的方向？她怎么就刚刚好地到了弯道口这里呢？她记得自己潜入水中时离弯道就不远啊，没想到游了这么久，居然还是在这里，竟然还把自己给游晕了头。

到底是哪边呢？

心里蒙了一个方向，幻姬决定就在水面上游，才划了一下，听到千离咳嗽的声音，立即不敢动了。刚才帝尊的声音是从哪边传来的？可惜，她没注意，不然就好分辨了，眼下一定得知道自己的衣裳脱在哪儿，不然可要闹笑话了，洗个澡，衣裳都找不见。

"咳。"

千离又咳了一声。

幻姬还是没听清楚。心想，要是自己再学个什么东西叫两声，帝尊可能会再动一下，他咳嗽这么轻，谁能听得清晰呢，如果他在水里弄得水响，那就方便很多了。何况，他洗澡都没声响么？泡在水中能把自己泡干净？

"喵……喵……"

幻姬学了几声猫叫，听动静，没有。觉得自己可能学的东西不得帝尊的待见吧，他看

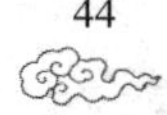

上去就不是喜欢猫的人，他喜欢的应该是……

有了！

“嗷嗷。”

“嗷呜。”

幻姬甚是聪明地学了狼崽的叫声，这个叫声肯定就是帝尊喜欢的了。心里忍不住喜了，哎哟，她怎么能聪明成这样，果然是天定聪明的姑娘啊。

哗哗的水声忽然响起，幻姬大喜，果然有效！

但——

幻姬还没喜得分辨出千离在哪边，忽然身后传来一个声音。

“春天过了。”

春……

幻姬惊恐地回身，看着浮在她身后的千离：“帝、帝尊？你、你怎么在这里？”

月下一头银发的千离清俊得让幻姬移不开眼睛，看着他半个身子浮在水面上忽然就烧红了脸，脚下一个不小心，没浮稳身子，晃荡了两下。

千离伸手抓住了幻姬的一只手臂，将她略略地拎到身前一点点，又觉不妥，自己悄然地退了不少，尽量拉开了两人的距离。幻姬虽然羞涩，却是注意到了千离的细微动作，心中顿时对他十分感激起来。旁人大约不晓得，她可是了解得清楚，帝尊在男女之事上算得有君子之风了。跟他平时那些无耻不要脸比起来，简直都不像是他能做出来的事情。

“你怎么会出现在这儿？”

说话间，幻姬将自己的身子沉到水下面一些，香肩小露，一番美韵，月下显得甚是极致。

“这话不是该我问你的么？”

幻姬答得理直气壮：“我洗澡啊。”

“跟发春猫和狼崽一起洗？”

猫？狼崽？

幻姬哽了下喉咙，微有不自在地道：“我没看见什么猫和狼崽。”她要是说看见了，帝尊让她把猫和狼崽找出来，她上哪儿找，不如一个不承认，他问什么她都不承认。

恍然之间幻姬觉得自己真是失策了，好端端的她学什么猫叫和狼崽叫啊，这里是小溪，哪里可能有什么猫和狼崽，就算是真的有，那也不是在水中而是在树林里啊，失策失大了。刚才帝尊说春天过了，难道他就是从自己的叫声里听出了什么？莫非她叫出来的声音是动物吸引异性前来交好的意思？

幻姬好奇不已：“狼也是靠声音来吸引异性的吗？”

千离微微挑眉：“你被吸引了？”

“这话应该是我问帝尊你吧。”刚才学狼崽叫的可是她，被吸引过来的也是他，退一步讲，她就算承认自己学的狼崽叫，那帝尊也是被叫过来的人。如此一想，幻姬内心喜了，想到他本身就对自己有情，越发觉得自己不用太小心翼翼，他对自己与旁人有些不同她不是没看出来，既然如此，她不如大大方方。“你是狼王，刚才听到狼叫就跑来。”幻姬划了两下蹭到千离的跟前，仰头看着他，“帝尊你不想说点什么？”

低头看着幻姬，千离深深吸了一口气，正想退开，忽然被幻姬拉住，眼中滑过一道不明的眸光，垂眸看着她。

“洗完了就回去吧。”

“我还没开始。”

千离看向幻姬拉着自己的手：“拉着我，想我帮你？”

“当然不是。”

幻姬放开手，又沉下一点身子，只露出一个头在水面：“我只是好奇帝尊是不是听到狼叫才过来找我的。”

“然后呢？”

“知道就没然后了。”

千离缓缓地眨了下眼睛，转身很快游开了，幻姬看到他到了岸边，一道白光闪过，整个衣袍整洁地到了岸上，背对着慢慢走远。不知道为什么，她隐约觉得委屈，她不是有意过来打扰他，她也不是奔放的女子，她只是害怕，结果费了心游过来没找到方向就够恼火的了，他还这样冷淡地走开，她的面子就不是面子了么。

心里恼火，幻姬憋了一口气沉到水底，赌气似的不浮上水面。

不晓得过去了多久，幻姬忽然感觉什么东西拉着她朝水面上浮去，头露出水面的时候，大大地喘了一口气，“呼……”

去而复返的……帝尊？

看着穿着衣裳在水中抓着自己的千离，幻姬鼻头一酸，把脸别到一边，不想理他。

缓缓地，千离轻轻笑了下，将幻姬拉到身前，轻轻地拥着。

“有气别对自个儿撒。”她水性好不好他不确定，但她的修为有几斤几两他却是晓得，在水下闷久了，晕了如何得了。

听到千离的话，幻姬一下就明白了，她想什么，他其实都知道，粉拳狠狠地砸了他一下。

“知道我怕你还走。”

他道：“不是来了么？”

“你之前就是走了。”

“今晚你泡多久我都在，行了么？”

幻姬从千离怀中抬头："你不准看。"

"嗯。不看，就抱着。"

"噗……"

听到千离说不看她，只是抱着，幻姬扑哧就笑了出来。帝尊他这是故意呢，还是真的不知道，那抱着不是比看着更过分么？不过，虽心中羞涩，她却是羞中难否的发现，他在身边，那颗紧张了许久的心，安若定真。

素时，幻姬总是笑容浅浅，因为本身年纪在众神面前算得末小，身份地位却是极高，若不在仪态神情方面成熟些便显得像个小娃娃，加之娲皇宫里对她的教导从小便是谨言端德优雅，使得她在平时笑起来都是淡中带着一股子尊贵之气，不像九万岁的少女，也少了些烂漫的稚和。被千离的话惹得扑哧一笑，叫她笑得纯真灿烂，尤其那眼底散不尽的羞赧，让她的笑越发勾人心魄，连自制力一向极高的千离都禁不住愣愣地盯着她看了许久。

幻姬双手放在千离湿透了的衣裳上，轻声地问他："帝尊一直抱着，我怎么洗？"

"你不准我看，又不许我走，除了抱着，还有其他法子么？"

幻姬勾起嘴角笑了，少了天外天殿下平时的大端，眉梢挂着少女才有的俏皮，更是她脸上少见的轻快笑容，"帝尊可是在承认被我的问题难倒了？"

千离扬起嘴角，清浅地笑了。

"我不走，闭着眼睛抱着你洗。"

说着，就闭上了眼睛，看似欲动手亲自为幻姬洗澡，吓得她花容失色，连忙惊呼连连。

"啊！不要不要！"

幻姬怕千离真的对她动手动脚，两只手各抓住他的一只手腕，浮在水中，觉得他也太坏了些。

"帝尊，你转过去，背身对着我，可行？"

这样既能避开他的目光落到她身上，也能陪在她的身边，他在水中也穿着衣裳，叫她更多了一层安全感，虽然她觉得他即便不穿衣裳也不会对她做什么，可也不知是有意还是无意，他如此入水，倒真让她有些意外。更意外的是，他居然折回来把她从水底捞了出来。

"美人沐浴，你叫我不看，会不会有点儿残忍？"

幻姬惊喜："你肯承认我是美人了？"

千离认真地看着幻姬："按照正常来说，你关注的应该是我看你沐浴。"

"这个可以后头说，你先承认我是美人的。"

"不晓得你听过麒麟的一句话没有。"

麒麟上神？幻姬忙问："他说过什么？"

"他说，对女子，不管是下至三岁或者上至八十岁的老妪，只要沐浴，统称美人沐

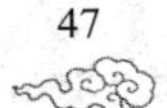

浴。这样说，不会伤害到任何一个女人的心。”

“……”

幻姬觉得，跟帝尊说话真的太难了，不管什么话题，与他聊不下去，他太能打击人了。瞪了一眼千离，幻姬放开他的手，转身准备游向别处。她刚有动作，身体忽然被纳入到一方怀抱，都来不及说半个字，只觉自己突然从水中飞出，幸亏他的广袖将她遮得严实，方才没有露出不该露的风光在月光下。

“帝尊？”

幻姬疑惑，无端端的，怎么就把她从水中抱出来了，可是打算让她去别的地方洗澡么。心中疑惑未解，一道白光忽然闪目，听得树林里一声惨叫，叫得幻姬的心都慌了下，连忙贴紧千离，双手搂着他的颈子不敢放开，林中何时藏了人的，她竟一点都不知。

“帝尊，我的衣裳在弯道另一边的岸边。”幻姬心中羞涩，小声地提醒千离，他为她上过药，或多或少在她心里比旁人亲近些，他偶看她的身子于她而言并不会肝火大动，大概正如他说过的，又不是没看过，尤其他是个很自制的人。心如止水时看她就是一个没有感情的物件，情动微澜时他懂得克制自身回身避开。可林中窥者，断不能瞧到她一分身子。

没有多余的话，幻姬的话音落下，一件衣袍披到了她的身上，长了一截的衣摆将她的玉足遮掩得严严实实，谢字还未出口，更别说将身上的衣袍系好，从林中跌跌撞撞地冲出来一个身影，弄得幻姬只好飞快地移下手臂，不让人瞧到除了她脸以外的肌肤，继续待在千离的怀中，两只手轻轻地抓着他的衣襟。看清林中来人时，惊了下，伤害姗洱的恶神？

青雨见到千离搂着幻姬站在溪水岸边，忍痛跪地：“帝尊饶命。小仙不知帝尊和幻姬殿下在此……在此沐浴，惊扰尊神，望……”

千离广袖轻拂，跪在地上的青雨便化作一缕白烟消散不见，连话都没叫他说完。只因，对他来说，谎言是不必听完的，听到后面只会想更严厉地惩处。幻姬诧异，一个活生生的仙家就这样给帝尊灰飞烟灭了？他……不赞同千离做法的话都到了喉咙里，她却没说出来。

曾经，他惩罚诬蔑她的南荒天瓖公主，虽说差点要了她的命，可最后还是留了她一口气。西海的那些侍女们，人前也是灰飞烟灭，可他还是留了她们的性命，魂魄在，希望就在，那些挂在珠帘上的小鱼仔或许会让那几个侍女转生后过得更好。如今恶神被灭，倒也是他罪有应得，可说不好帝尊暗中留了一丝希望给他呢？要是自己贸贸然地责问帝尊，误会了他可就不好了，从自己之前对他的印象来看，误会他也不是一次两次了，显得她智商多低似的。

对于青雨被灭，幻姬一时半会儿说不出什么话，目光随意瞟着，忽地惊呼：“啊。帝尊你看。”

刚才他们泡着的水中忽然晕开大片的黑色，不知道是什么东西在水下飞快地蔓延，让她想起了之前在水中被袭的记忆，身子止不住地轻轻发抖。

千离收紧手臂，抱着幻姬瞬间消失在岸边，再显身时，两人到了一处水面十分平静的水湾肚口，看着一直没说话的幻姬，千离微微地蹙眉。他不是不晓得她在想什么，只是按照他的习惯，这是小得不能小的事情，即便是害怕，他不是在么。他难道还给不了她足够的安全感吗？或许女子都如此，心思细腻，也容易伤春悲秋些，这些矫情的东西他素来不喜，因此极少与女子打交道，遇着她，他只能逐渐适应，可要他为此等微尔小事哄人，他当真是不会。

幻姬朝四处张望了一下：“这里是哪儿？”

“溪水上源。”

幻姬沉默了片刻，此处虽美，可她没了沐浴的兴致了，那大片染开的黑色让她心有余悸，每每在外遇水，都会发生不好的事情。

“我……不想洗了。”幻姬望着千离，“帝尊，我们回去吧。”

一阵风来，幻姬觉得身子有点凉，身上披着的衣裳落了地，一眨眼，她已入了水中，身前是穿着白色中衣的千离。月光下，他不说话时的脸显得很冷清，只用看他的脸，就有种他是孤寂之王的感觉。幻姬觉得，万万年的时光真的太厉害，能让人的气质神韵都雕刻到目光中。一瞥，钻心。

“你来找我路上遇到的猛兽，给我说说吧。”

幻姬略怔了下，“那么多，说不完。”而且她并不想回忆。

“说一种。”

“帝尊为什么想听呢？”

千离漫不经心般地道：“无聊。”

幻姬：“……”好吧，两人这样对着确实也无聊，拣一个出来说说免得两人尴尬也好。“那是在我离开西天的第七天……”

娓娓如丝的轻声细语拂过平静的水面，说着说着便将下巴轻轻搭在千离肩膀上的幻姬两只手随着回忆抓进了千离的衣襟，受伤的一幕幕重回自己的脑中，若不是鼻端闻到的白摩花香，她怎么也不会在水中回想故事。

“……我当时……”

呃？！

幻姬的话忽然停止，感觉到千离的手自她的肩膀抚向后背，三两下之后，她便懂了。他是在给她洗澡。脑中一乍间还以为他要做什么邪恶的事情，原来是趁着她缓了情绪在帮她。虽说懂千离的好意，幻姬还是觉得十分不好意思，将头从他的肩膀上抬起来，如水般柔软的目光看着他，羞赧的莞尔。

凝望相视片刻之后，缓缓地，不知到底是千离的手收紧，还是幻姬自己靠了过去，她

再贴到他颈窝里，两人之间无话，可那几抹相交的目光里，却好像包含了千言万语。

温柔的呵护中，幻姬感觉到千离的脸蹭着她的耳朵，很轻很轻。又感觉到他的下巴轻轻地划着她的肩膀。一番细细的亲昵中，她似乎听见自己的心跳，一声一声，十分精神。以前翻着书卷的时候，见到过耳鬓厮磨，那时她觉得那一定是世间最动人最细腻最温情的亲密方式，不似烈日浓情，不似脉脉温情，像无声，似有声，不浓不淡，传递着属于两人之间的情意。不觉间，幻姬感觉到耳蜗里有气息拂过，下一瞬，她清晰地觉出他在用唇轻轻地触碰她的耳廓，似亲非亲的。

拂在千离肩膀上的幻姬终于笑了，眼中的恐惧完全不见，被千离的亲昵惹得满眼都是纯纯的笑。

澡后，千离给自己和幻姬都化出了新的衣裳，带着她沿着溪水走向他们休息的圆亭。

路上，幻姬低头偷笑了好几次。

刚才的沐浴，虽说两人在一起，可帝尊也只不过帮她洗了后背和青丝，别处却是怎么都不肯下手。转身背对着她，半步不离地守着。边洗的时候她想过，如果帝尊……

“呵呵。”

听到幻姬的笑声，千离勾了下嘴角。

快到圆亭的时候，幻姬忽然想到什么，她晚上同帝尊睡一起，刚才他在水中对自己的那番亲昵她半分都没有排斥，这算不算他们之间是非常亲密的关系了？她觉得，男女情谊到了这分上，那也就算得是“夫妻”了吧。

一想到自己和帝尊成了“夫妻”，幻姬心里陡然间不平静了。这可如何是好？她还没有跟娘娘说过，娘娘也没说过她在外面能不能喜欢男子，若是不能，又如何好？她不想帝尊伤心，可也不想娘娘伤心。她将来是要肩负大任的，帝尊一贯避世，不晓得以后会不会不喜欢她老是出门呢？还有很严峻的一个问题，帝尊不会做饭，她也不会，难不成吃花探真君做的？另外还有，世尊和世后有小毛球，那他们会不会有他们的娃娃，她若忙起来就没工夫管他们的孩子，帝尊教出来的孩子……呃，她还是先想想如何不让他们的孩子饿死比较重要。

“好多问题啊。”幻姬小恼地将心里的话说出来。

千离问：“什么问题？”

“我们的宝宝吃什么长大呀？”

话一出来，幻姬就傻眼了。她……能说刚才的话不是她说的吗！

千离的目光落到幻姬的脸上，缓缓地，下移。

“我什么都没说过。”

千离的目光还没落到他想落的位置，幻姬双手捂着脸朝里面的圆亭跑去。那句话不是她说的，不是。

虽说都是脑仁儿，但人和人之间大有不同。千离晓得幻姬和他思考的东西有时搭不到

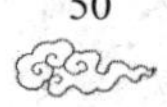

边儿，可他怎么都没想到她会担心他们的宝宝吃什么东西成长，这个问题对于现在的她来说，还太过于深奥，更让他奇怪的是，刚才两人在水中那般亲昵过后，按照正常人的想法，她难道不是该对他说点什么吗。比如，小女子的身子给了帝尊你，你要对人家负责才好，否则让人家如何在世人面前抬起头来。又比如，帝尊，待到舞倾公主的事情解决之后，你到娲皇宫里向娘娘提亲可好？这前面的问题还没解决，她怎么就想到了他们的孩子吃什么去了。不过，如此也罢，幸得生孩子是两个人的事情，若是没他的遗传，不敢指望她生出来的狼崽子是聪明的。

望着身着鹅黄色飘裙的幻姬跑着的身影，在后头慢慢走着的千离忍不住轻轻地笑出声，“呵……”

我们的宝宝吃什么长大呀？

“呵……”

一想到幻姬表情认真地问出心里的问题千离就禁不住笑出声来，他都没想那么远，她自个儿还像个孩子，和她有属于他们的孩子实在是一个遥远得他从没想过的问题。委实想不明白她脑子装的东西是不是和他们不同，怎么呼啦一下子就蹦得那么远，如果他没猜错的话，要不是他出声引她说了话，她那颗脑袋里肯定还会想出更奇葩的问题来担心。若她不提，他暂时未有想得那么深远。他承认自己对她有心，先前想着她什么都不懂，想等她有了意再言之后的打算，今夜瞧着，该是不用等太久了。

第二天幻姬醒来时，已快接近中午，金灿灿的阳光让圆亭里非常明亮，睁眼感觉到的第一件事是天气十分好，第二件事是……她的胸口有什么东西。看清千离的手放在自己胸口的时候，幻姬倏地起床，看着旁边半躺的他。

“以后不许。”

“嗯？”

“你的手。”

“为何？”

幻姬一本正经地道：“显得你不正经。”

千离笑：“谁说我正经了？”

“不管你正不正经，现在起都不能不正经。”

“你想不想你儿子健康地长大？”

幻姬不明白：“你不要诓我。将来孩子能不能健康长大跟你把手放在我的……那个上面没有关系。”

千离懒洋洋地伸个懒腰，慵懒无力地慢悠悠道：“回去问问世后。”

“我会问的。”

土地爷倒也机灵，不用千离说什么，将早饭送了过来。

千离口味挑剔，陪着幻姬吃了两口就放了筷子，幻姬见狐狸精还在晚上打坐的地方，让千离撤掉了他设置的结界劲墙，请了狐狸精一起吃算是午饭的早饭。姗洱紧张，在饭桌上许久都没有放松下来，幻姬放慢速度，一直陪着姗洱。

末了，幻姬吃饱后放下筷子，看着姗洱。

“饭后，你且放心去那恶神的宫殿放出你被困的姐妹。”

姗洱诧异地看着幻姬：“真的吗？”

“放心去吧，那恶神已经不在了。”

“那他……还会回来吗？”

幻姬摇头。她也不确定帝尊将那人怎么处理，不过，窥帝尊沐浴的人，想必不会得到多轻的惩罚。

“日后，你等在山中安心修行即可。”

姗洱放下筷子，小声地问：“幻姬殿下和帝尊等会儿就走吗？”

“嗯。”

“那我，还能再见到幻姬殿下吗？”

幻姬问：“为何还要见我？”

“报恩啊。”

幻姬轻笑，“不必了。”施恩莫望报，才是真正的善心。受恩铭心记，当然也是人要具备的品德。只是，有报恩的心，未必就一定要报恩在当时施恩的人身上。“待你日后见到不平之事，若能出手相助，就是对我报恩了。”

饭后没多久，千离带着幻姬腾云驾雾离开，圆亭旁边跪着的狐狸精姗洱一直看着他俩消失在天空里。白色的圆亭在千离消失后，忽然化成一缕星星点点的白光消失在草地上，看着寻不见的半点踪迹，姗洱呆呆地望了许久许久……

“哎呀，我们的翠溪山总算是恢复平静了。”

土地爷的声音传到姗洱的耳朵里，她立即回身：“土地爷，你说什么，翠溪山恢复平静？”

“是啊。青雨被帝尊灭掉了。”

“什么时候的事情？”

“应该是昨晚吧。现在他宫里的人跑出了不少人。”

土地爷感叹：“我活了这么一大把的年纪，没想到还能见到佛陀天里的帝尊和天外天的幻姬殿下，当真是不枉我守在翠溪山这么多年啊。帝尊的修为，当真是高啊。”

姗洱问：“何以见得？”

“哈哈……”土地爷大笑，“狐狸精，你我受了帝尊的恩惠难道还不知道吗？”

姗洱摇头，从昨晚她见到帝尊到他离开，他一眼都没看过她，更别说说话了。对幻姬殿下千离帝尊似乎话不少，还会逗她开心地笑，对别人，帝尊的脸似乎总是冷冰冰的。

“你看看你的内伤复原了吗？”

姗洱暗暗运气：“好了？怎么会这样？是帝尊偷偷给我疗伤了吗？”

“帝尊给你渡真元疗伤？”土地爷又是哈哈大笑，“狐狸精，你想得太多了，此世间，能得帝尊如此相待的人，我看除了幻姬殿下怕是不会再有第二个人。你没见到帝尊对殿下的照顾么，那么细心入微。你我等，就别想帝尊亲自出手了。”

“那我的内伤怎么会好了，而且感觉功力都大增。”

“刚才帝尊化出来的圆亭消失，那一缕缕的白色星光落到了你我的身上，便助你我功力增长了。”

姗洱问：“帝尊是故意这么做的吗？”

“几位尊神里，传说帝尊从不救人，不过是他的修为高深，我等在此刚好受益吧。你看那些落了星光的草，白白得了五百年的法力，都成精了。”

姗洱抿着唇，她想位列仙班。

因为迟了一个上午出发，到第二天清晨，千离和幻姬才到天净沙，看着云层渐渐拨开，幻姬的眼前出现了让她惊叹的画面。

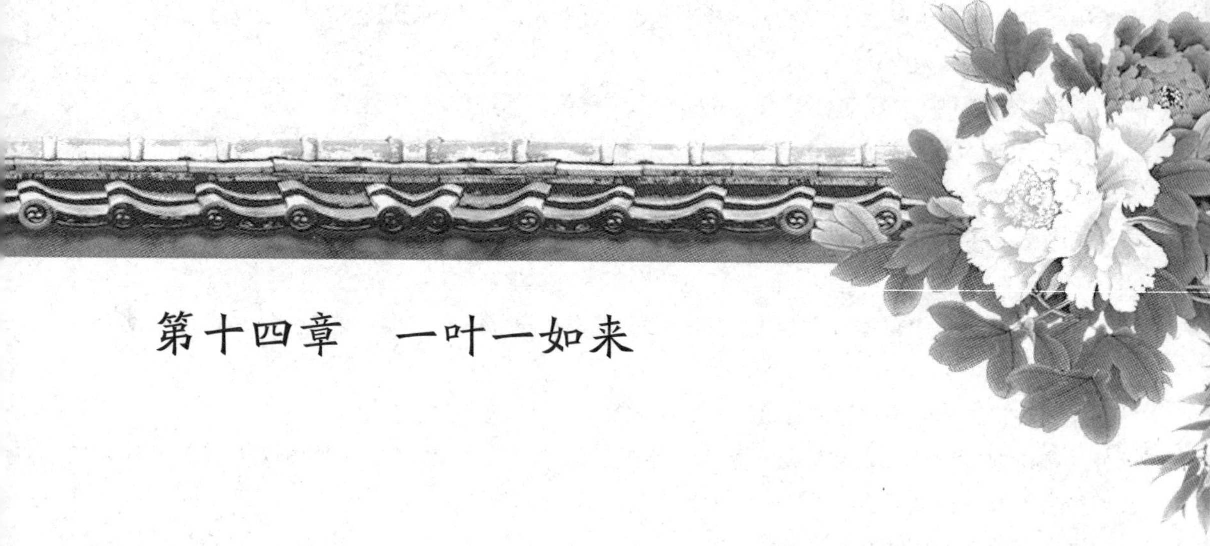

第十四章　一叶一如来

她听名字感觉天净沙是个有着清爽景致的地方，看到麒麟上神的反应以为是个地势险恶的地方，可亲眼见到，方才知，天净沙既不是让人觉得清爽之地也不是满目可怖的凶恶之所，而是一片金灿灿的大沙漠，每一粒沙子都好像是金子，发着灿目的金光，连天都被沙漠的金光映衬成金色。一般的沙漠皆有沙丘，或大或小，绝不会如一马平川。而她看到的天净沙，一点儿起伏都没有，一展平整，望不到边际。

风从云上吹过，吹动幻姬的裙袂，让她忍不住轻叹："好舒服啊。"转头看着千离，由衷地赞美："天净沙真漂亮。"

千离扫了眼天净沙，拂袖在云上变出桌椅，从袖中拿出三样水果和一套装满清水的白瓷净壶杯放在其上，慢慢落了座。看到他这样，幻姬纳闷，也坐到了椅子上，帝尊就是帝尊，即便是到了天净沙也如此讲究。不过，天净沙完全没有她想象中危险，从从容容地面对更好，先前还以为是一场需要耗费不眠不休的苦寻，如果是看着这么美的天净沙找东西，想必不会很难吧。她也不是不知道，如若是帝尊一人，他大可不必在云上吃东西，说到底不过是为了照顾她。他的用心，她感激着。

看到千离坐下后没有动作，幻姬伸手拿过长颈曲耳瓷壶，给两个白色的瓷杯里倒满清水，端了一杯到千离的面前，"帝尊。"

坐回自己的椅子后，幻姬便也没客套什么地剥了一颗小红樱果送入嘴里，轻声道谢，"谢谢帝尊。"边吃，边好奇，看上去帝尊的广袖和她的没什么差别，里面怎么塞了这么多

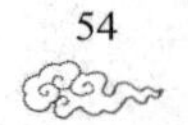

的东西？想来也是她外出的次数不够，料事不周全，天净沙再美，到底也是沙漠，沙地最是缺水的地方，她一点儿准备都没有，在翠溪山时若能带些溪水过来，应应急也是好的。

将一串红樱果吃下肚后，幻姬看着桌上剩下的翠芦青果和平安桃：“帝尊你不吃吗？”

千离转着指尖的白瓷杯，视线投在幻姬的脸上，微微摇头。

幻姬将青果吃掉以后，觉得自己很饱，看着平安桃，再劝千离：“帝尊，这个平安桃你吃了吧，昨天你就没怎么吃，吃了这个桃子我们好去找东西。”

瞟了一眼桌上的粉色桃果，千离说得很直接：“不喜欢吃桃子。”

“那你袖中还有什么吃的，拣你喜欢的吃点吧。”

千离别含深意地看着幻姬，缓缓地重复她的话：“我喜欢吃的……”

幻姬从千离慢悠悠的话音里听出点自以为明了的意思，帝尊拿出来的不是水果就是清水，都是素得不能再素的东西，便是之前在翠溪山土地爷送来的饭菜，也是素菜占了大部分，帝尊是天兽白狼王，他若吃，当是荤食为主，对果子这些必然不感兴趣，叫他吃桃子确实感觉不恰当。但，眼下的条件不就是如此么。

“这颗桃子我先保管着，等帝尊饿了就跟我说吧。”

幻姬把平安桃放到袖中，心里轻喜，如今她也是袖中藏了吃的的人啊。喜未过，千离说话了。

“将这壶水也收好。”

“哦。”

待幻姬把水收入袖中后，千离站了起来，看着幻姬起身走到他身边，云上的桌椅化成了白雾飘散。

“帝尊，你都没有告诉我，我们要找的东西什么样子，叫什么呀？”她来是帮忙的，都不知道要帮他找到什么。

千离神情严肃地看着幻姬：“你对天净沙的了解有多少？”

幻姬摇头，“如果不是这次，我都不知道天净沙这个地方。”在娲皇宫里，她读的卷宗大部分都是史书，对于四海六道八荒里的各处地方，知道的并不算很多，有些对他们来说不常提及的，于她而言，一无所知。

“天净沙不接受任何外物的进入。”

“什么意思？”

“一旦我们进入天净沙的境界里，哪怕是尊神，天净沙都会当成侵入者。”

幻姬不解：“天净沙只是一片沙漠，就算我们进入也不会有什么大的问题吧，难不成里面有十分凶猛的恶兽？”若是恶兽，别的她不敢说，肯定不会是帝尊的对手，她是如此的相信他。

“天净沙里没有活物。”

幻姬更加奇怪了，只是一片沙漠，又没有猛兽，何须担心旁的，他们只需要抓紧时间找到宝物回去就好。

天净沙里虽然没有活的东西，可是一旦有物种进入，平静的天净沙就会开启防御和驱赶结界，一片无边的金色沙漠就成了一个让人难以预测的活沙漠，狂风沙暴，飓风天坑，沙浪沙海，吃人沙魔……无数种可能让人不敢轻易进入它。甚至，如果运气不够好的话，还会被卷入天净沙数不尽的沙内世界里去。传说中，被卷入沙内世界的神仙，无一人成功活着出来。即便在天净沙里有一个让人垂涎的珍宝，它也是个让人再不敢踏入的地方。金沙中，深藏一个难见的女娲泉，据说那是辟世之神女娲娘娘有一次悲悯天下人流下的一滴眼泪变成的，泉水甘甜，永世不涸。在女娲泉的水底，散落着一粒粒的泉水冰心，若能得到一粒服下，活者可瞬间增进万年法力，天毒不侵。中了符咒的人用下后，天境咒语也能失效，让解咒之人能顺利地将咒语解开而不伤及自身一分一毫，为中咒之人续命修神。

“女娲娘娘的眼泪？”幻姬惊讶地看着千离，她从来就没见过娘娘哭，她当然知道娘娘悲悯天下苍生，可是她总教导她，要成为强者，去保护万灵。眼泪，并不能改变什么。

“女娲泉水底的泉水冰心万万年才凝结成一粒，我们这次若是不能拿到，西海必定是要做一场舞倾公主的丧礼了。”

幻姬皱眉，这么严重，那他们若想救舞倾公主，就必须要找到女娲泉，再拿到一颗泉水冰心。

“我们会拿到的。”幻姬安慰千离，她以为他在担心。

千离淡淡地说了四个字：“尽力而为。”

他欠了西海的人情，已经还了。救舞倾公主，不过只是给当年老龙王的一个多加还礼，当年渡劫时，老龙王的所作所为对他真是不小的恩情，没有他那时的仁慈，他早已不在世间。西海的问题，如果他处理不了，其他的尊神也会出面，于他的自尊心而言，总觉得算不得把当年的恩情还得干干净净。只有救了舞倾公主，他心里才会认为欠西海的彻彻底底还掉了。一命还一命，他对任何人就都不再有欠字一说。但，天净沙的情况，难以料及，若不能成功拿到泉水冰心，他也无法，西海当也无话可说。

幻姬点头，他的尽力而为，她一定全力相助。

没有任何只言片语的商量，千离看着幻姬：“到我的护额里待着可好？”

“为何？”

“一旦入了天净沙的境界，所有的事情我们都难以预计，在我的护额里，我们才可能不分开。”

幻姬想了想，问道：“在你的身边真的没可能吗？”

千离摇头。

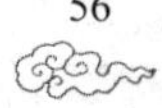

她的修为不可能扛得住天净沙的变化，即便是有可能，那也只是可能，如果他护得不及时，她很可能就再也看不到蓝蓝的天空了。

虽不甘，幻姬却不想给千离添麻烦，在金色的沙漠里若是和他散了，她都不知道去哪儿找他，首要保证的就是和他在一起，否则自己就成了他的拖累了。

“嗯。”

千离将幻姬变成一道清光收进他的护额，护额上的白摩花宝石变得愈发亮眼了。

“不论发生什么事情，都在里面好好地待着，不准出来。”

幻姬轻声应了：“哦。”

待在千离的护额里，幻姬正想交代他什么，忽然感觉一阵风袭来，虽然伤不到她，却叫她的心陡然间紧张了。

千离，已经进了天净沙。

幻姬最初还怀疑天净沙的神奇是否真如千离说的那般，哪里有这样的活沙漠呢？他们都是身份纯至的尊神，就算天净沙感觉到他们的进入，也不该真的把他们当成入侵者吧。可是，她想错了。眼前的天净沙一片金色的光芒亮得刺眼，巨大的沙浪从沙地上卷起来，从四面八方围追过来，想将千离围困在其中。而他，速度快得惊人，竟是在几个跃起后将天净沙的沙浪甩得不见。

躲过了沙浪的追击，金色的天净沙瞬间变成了黑色，从天到地都是黑色，看不见任何东西。幻姬第一次感觉到黑不见五指的环境，若不是晓得自己在帝尊的护额里，她当真是要慌的，什么都看不见的地方，她不知道怎么跟在他的身边。耳畔的风声呼呼地刮着，幻姬都担心帝尊的护额是不是戴得稳当啊，不要把她吹掉了才成，到时漫漫沙漠，他上哪儿找她。

墨黑中，幻姬不知道到底发生了什么，耳边的风声里出现了让人毛骨悚然的猛兽叫声，那些猛兽好像就在她的身边，正盯着她准备张口咬下。兽吼声没有散去，声音里又多了尖锐的叫声，像是有人在经受着惨绝人寰的酷刑，让她的心止不住地发抖。金色的天净沙怎么会变成这样？平静时候的模样，让人那般惊艳，没想到触动它，会是如此的让人崩溃。

传入耳中的声音越来越清晰，越来越近，幻姬渐渐扛不住了，仿佛自己真的命在旦夕的感觉。她强忍着不哭出来，也不让自己发出声音，不想让帝尊晓得她如此懦弱。

“不怕，我在。”

就在幻姬觉得自己控制不住要哭出来的时候，千离的声音传进她的耳朵，轻轻的，但格外清晰，一字一句都钻到了她的心底，就四个字，却给了她莫大的鼓励和安心。是啊，她没什么好怕的，这些都是扰人神志的假象，天净沙里没有活物，除了他们俩，何况帝尊还在她的身边，待在白摩花护额里的她实在没什么可怕的。

幻姬稳了稳心神，告诉千离：“帝尊，我没事。”

黑暗里，千离微微地勾了下唇。

风兽声中，千离带着幻姬寻了一个时辰，没有找到女娲泉在哪儿。天净沙到底有多大，没人知道。每一个魂归天净沙的人，都不会晓得自己到底死在了天净沙的哪个角落。

轰隆一声巨响，黑暗忽然消失，出现在千离和幻姬面前的，是万丈高的沙火，金色的沙火火苗腾腾高涨，一次次地扑向左躲右闪的千离。幻姬看不清眼前的东西，索性闭上眼睛听着沙火追逐他们的轰轰声。还是帝尊有先见之明，若不是在护额里，她现在恐怕已经没魂儿了。可是，他们如此下去也不行吧，一天，两天，帝尊能撑住，一个月呢？他们有一个多月的时间，难不成要在天净沙里找一个多月？帝尊就是再高的修为，如此和天净沙对抗一整月，恐怕在体能上也是吃不消的吧？

幻姬蹙眉，女娲泉到底在哪儿呢？

想到他们要找女娲泉，幻姬又睁开眼睛，而且是睁得大大的，想找到女娲泉。但直到她眼睛看得都痛了，还是没有见到除了金色沙子以外的东西，满眼都是金色。

不知道看了多久，幻姬实在盯着看不下去了，缓缓闭上眼睛，有种眼睛要瞎掉的感觉。

“帝尊，你眼睛痛吗？”

幻姬心疼千离不已，她看的时间肯定没有他长，他的眼睛现在肯定难受极了。

“帝尊，我们能中途休息吗？”

有一会儿幻姬没有听到千离的声音，以为他疲惫得一句话都不想说，心里越发不知道该如何是好，她是很想救舞倾公主，但如果因此让帝尊出事，她……她的心恐怕会痛得不知深及何种程度。

千离柔软的声音一如平常：“很晚了，你睡吧。”

很晚？

即便是闭着眼睛幻姬都能感觉到护额外面是金光灿灿的一片，帝尊居然说很晚了，幻姬随口寻了一句话来缓和下心底的紧张：“帝尊，天净沙的外面现在是晚上吗？”没想到他们居然在天净沙里待了一个下午了，感觉时间远远没有一个下午那么长久。度日如年，大约就是她现在的感觉吧。

幻姬揪心地小声道了一句，“才过去一下午。”进天净沙前的决心渐渐动摇了，天净沙太可怕了。

“睡觉吧，到了女娲泉我叫你。”

幻姬来了精神：“帝尊你知道女娲泉在哪儿了？”

“不知道。”

“那……”

沙火变幻，成了飓风，从天边卷了过来，一粒粒的金沙就像是刀刃般刮过，将空气撕成无数细缕。风过之后，金沙皆被卷到了风中，露出了贫瘠灰色的地面，连一粒小小的沙子都没有留下，飓风卷起的金沙旋涡越来越大，速度也越来越快，幻姬看着忍不住为千离捏了冷汗，他们这么下去实在不是办法，总得想个法子获得片刻的宁静休息才行。她只知道帝尊是唯一能救舞倾公主的人，却不想他救一次人竟然如此的艰辛。那赤天龙也真是太可恶了，竟然用那么狠毒的符咒，当初帝尊收他的时候，她还有一丝怜悯他，只是碍于帝尊当时对她的态度而不敢为他求情，也来不及为他求情。现在看来，有些恶人，对他们的同情不能太过于泛滥，因为他们本身一点儿善心都没有。修为高深的赤天龙能对着舞倾公主施天镜符咒，可曾有半分的怜惜和不忍？

忽然之间，幻姬似乎懂了一点点，对真正的恶人的同情，在某个时候其实是对好人的一把无形利刀，划伤着无辜的人，也牵累了无辜的人。难怪当初帝尊对她对任何人都报以善良的心思给予鄙视的目光，也许在他的心里，自己是个是非黑白都不分的笨蛋，妄想用善念去感化所有的人。她不能否认，在三十三重天里的日子她确实看到了让人无能为力的凶恶之人，可如果再让她选择，她还是会选择给任何人一个机会，一个改过自新的机会。人之初，性本善，没有一存在就作恶的人。

“帝尊，不能找个地方让你歇口气吗？”幻姬心疼不已。

千离轻笑：“才三日你就待不住了？”

三日？！

幻姬大惊：“你说我们在天净沙过了三天？”

“你想拉低谁的智商？”

“我……”幻姬道，“我只觉整个眼睛都是金色的沙子，什么都分不清楚，更别说时辰了。”

幻姬不忘千离没有回答自己的问题：“帝尊，是不是除了找到女娲泉，没有别的法子？”

“怕了？”

“我不怕。我只是……”心疼他！

去西海时，她想帮忙；来天净沙，她也想帮忙。结果，一次次的心思破灭之后，她越来越觉得自己有多渺小无能。真正的尊神应该是帝尊这样，有着极为高深的能力，不是像她，受着众神的尊敬，却不能为他们做什么事情。在娲皇宫的时候……

等等！

幻姬忽然想到了什么，惊喜地道：“帝尊，娲皇宫里也有一口泉水。不过不是娘娘眼泪变成的，是娘娘用一滴圣水化成的。我好像记得，在我很小的时候，有一次在泉水边嬉戏，娘娘跟我提过什么女娲泉。”幻姬仔细地回忆：“那时确实太小，我没记多清楚。娘娘好像说过，天外天之外的女娲泉和娲皇宫里的泉水是天宫八格对立相存的。”

千离问：“娲皇宫里的泉水在什么位置你记得清楚吗？”

“记得。”

“说。”

幻姬在心中确定好，把娲皇宫里东一格座天惠星位天机四卦的泉水位置说了出来，末了，肯定道：“就是我说的位置。”

千离将与娲皇宫泉水的天宫八格对立位置在心中拼出来，确定好天净沙的位置之后，迅速地回身朝他算出来的位置飞去，若是她记得不差，女娲泉应该能找到了。

三天未合眼的幻姬因为想起了女娲娘娘的话，希望自己能帮到千离，一点儿睡意都没有，看着又在变幻的天净沙，轻轻地安慰千离：“帝尊，不管发生什么事，我都会在你身边的。”

“你就那么想我出点儿事？”

“当然不想。”

突然，一张金沙形成的大口忽然从天空罩下来。

等到幻姬发现时，连提醒千离都来不及，而她在那一瞬间根本就没想到他比她发现得要早太多。或许是天净沙第一次感觉生灵入侵自己的境界长达三天吧，对千离和幻姬的追杀变得十分强烈，各种境界的变幻交换越来越快，威力也越来越大，幻姬藏身在千离的护额里，对他来说，确实没造成任何拖累，只是让他略有不爽的是，不该带她来的！

巨口从天空覆盖而下，无边无际，不管千离飞去哪儿，只要他不出天净沙，就逃脱不掉金沙的吞噬，在幻姬的惊恐中，千离面色平静地被金沙笼罩。巨口金沙吞掉千离和幻姬之后，迅速地收拢，想把他们彻底地消食在茫茫砂砾中。

一片越来越亮眼的金光中，幻姬强自定神：“帝尊，你还好吗？”

“怕吗？”

幻姬肯定道：“不怕。”

他在，她就不怕。

千离轻轻一笑。看着即将逼近自己身体的金沙，忽然一道白色的光芒发散四周，白光将毫无缝隙的金沙破开一条光道，千离的身子极快地飞行在光道之中，天净沙仿佛是一只活着的巨兽，发出呜呜的哀号声，声声入耳让幻姬心底打着战。如此凄厉的叫声，若他不在，她必定早已双腿发软难以站立。

金沙的巨口被千离破得愈来愈开，天净沙的地底下发出轰隆隆的声音，异常的沉厚，带着幻姬想突破金沙围困的千离心中暗道，糟了！

天净沙不单单能变化各种驱逐和围杀入侵者的沙境，还能开启金沙内暗藏的新境界，将人卷到独立于天净沙的另一个世界里，天净沙不消失，那些个世界就不会消失，被困的人会永生永世都在里面。当然，是他们的白骨而非活着的灵体。

地底传来的声音起初幻姬并没有当回事，想着不过是和之前一样围攻她和帝尊的声音，对他们的安危没有实际的伤害。直到声音越来越大，几乎要把她的耳膜都震破，才恍觉事情可能变得非常糟糕了，她和帝尊只怕今日是要栽在天净沙里面了。

伴随着震耳欲聋声音的是一层层疯狂扑过来的热浪，在千离护额里的幻姬倒没觉得什么，只是从千离的气息里觉察到一点点异样，担心他的身体出了什么事。她还没来得及明白发生了什么，天净沙里轰然一声天雷惊响，一团烈焰红光从一片金色里急速扩大冲向她和千离。

“帝……”

幻姬的话才说了一个字，陡然间觉得自己的身体轻飘飘的在迅速地高飞，待她看清的时候才发现，自己被帝尊从护额里变了出来，一个白色的光球笼罩着她，带着她朝天直冲，而他却只身被一团红光包围住。

“帝尊！”

幻姬趴在光球上看着下方的千离，他周身是一圈银色的光芒，他在抵抗嗜血红光的吞噬，那片红光越来越大，大有要将他席卷进去的架势。

“帝尊！”

幻姬急得想破开光球飞回千离的身边，无奈她的修为根本不够打开他设置的护身结界，而且极快的飞行让她离他越来越远，看着他在自己眼底越来越小，幻姬急得不知所措。一瞬间，她害怕了！不是怕自己死，而是怕帝尊就此丧命在天净沙，却在危急的时候将她给送出去。不是说好了，不管发生什么事情都不让她从护额里出来吗？为什么她没有出来，他却将她赶出来了，他说话不算话！

光球忽然停住，给幻姬护身的结界破裂，一双有力的手臂搂住她的身子。

“幻姬。”

幻姬抬头，百曦古神？

“百曦，你怎么来了？”

百曦将幻姬护在怀中：“知道你跟帝尊来了天净沙，担心你，特地过来看看。”

幻姬急忙道：“百曦，你快帮帮帝尊。”

百曦掐诀，护着幻姬一刻不停地朝天净沙的境界外破去。

“百曦，你这是做什么，我不走！帝尊还在下面！”

“幻姬，他拼命把你送上来就是想让我带你走，你不走，岂不是要辜负帝尊的心意吗？”

幻姬顿悟，原来他晓得红光有多危险，他也晓得百曦来了，他当她是什么，不能共患难的贪生怕死的女子吗？留着生的希望给她，让她带着永远的愧疚活着？看着红光离自己越来越远，那光中的白影都成了一个小小的点儿，幻姬的心忽然剧烈地抽痛。刹那，使劲一掌

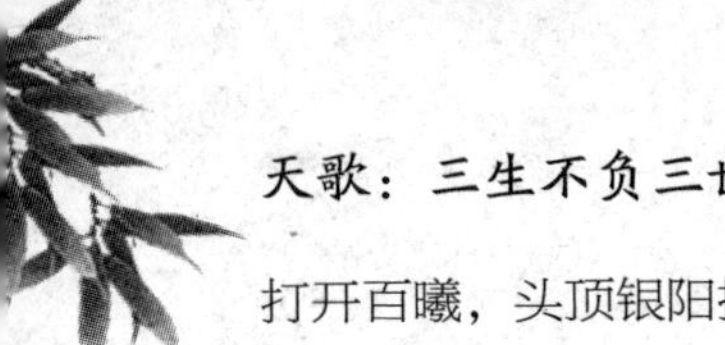

打开百曦，头顶银阳护体，俯身冲向了被困在赤焰血境里的千离。

“幻姬！”

此时的天净沙不是她能逞能的地方！百曦立即急追幻姬，他和帝尊使全力才勉强可能带她出天净沙，她还要回去和帝尊在一起而不肯抓住这唯一出去的机会么？

怕被百曦抓回去，幻姬御风俯冲得格外快，有好几次百曦的手都碰到了她的衣裳被她用仙术给震开了，看着幻姬固执不化地就想回去找千离，百曦指尖的仙光闪闪，欲强行抓她。没有千离结界护体的幻姬在俯冲的时候还得躲避金沙的攻击，借着一次金沙对百曦的阻拦，幻姬凌风疾落，将百曦甩开一人远的距离，心底明白得很，下次百曦定然就会逮着自己了。他的修为岂是她能逃得了的。

情急中的幻姬用尽了自己的全力朝千离飞去，终不负她的决心，白点儿变成了白色的身影，眼中的红光收缩得越来越紧，她在心中喊着，等等她，等一等就好。

千离用法力撑着红光收拢，想为百曦带幻姬出天净沙多留点时间，不意看到空中一个鹅黄色的身影不顾一切地朝自己飞来，那一片金沙的围攻里，惹得他的心刹那间就紧张起来了。她那点修为哪里抵得过天净沙的金沙攻击，一个不注意就是重伤。千离身周的银光忽然变强，白色的身影在与血境抗衡中迅速飞升。如龙卷风的金沙从四面攻向幻姬的瞬间，一上一下，一束银光和一束绿光将金沙击散，护了幻姬安然无恙。

看到千离飞来接自己，幻姬一个猛扑过去，抱着他又气又急。

“我不走！”

千离抱着急得要哭的幻姬，嘴角挂着淡淡的笑意：“这下想走都没机会了。”

话音才落下，赤焰血境强力劲合，将千离和幻姬一起卷入了血境的世界，飞身赶来的百曦只能眼睁睁地看着他们两人卷到了新世界中，相救不及，也相救不了。天净沙的金色集中起来攻击百曦，趁着血境才逝的机会，百曦一道破天诀，变成一缕厉光冲破天净沙的沙境，成功地退出了天净沙。

没有异灵生物存在的天净沙慢慢恢复了平静，平静如平川的沙面，金光灿灿的沙子，被染成金色的天空，白白的云朵飘浮在天空里，辉煌而纯净。

百曦站在祥云之上，处身境外看着天净沙，心里空而悲戚。幻姬，你这算是宁同死也不肯独活吗？望着静得完全看不出刚才有多可怕的天净沙，百曦给自己存了最后一丝希冀。强大的他，请一定打破天净沙的传说，带着她活着回来。

被卷进赤焰血境的千离和幻姬在一阵睁不开眼的强风中被带到了新的世界里，红色的土地上，寸草不生。

幻姬抱着千离，前所未有的紧，她怕自己和他被金沙分开，两人落地许久后都没有放松搂着他的手臂。直到拥着她的他在她耳畔轻声问话，才稍稍把绷着的心放松一丝丝。

第十四章　一叶一如来

“没伤到哪儿吧？”

幻姬慢慢地放开千离，之前对他来不及说出来的不满这会儿一股脑儿全部都涌上了心头。

“伤到了！”

心知他是为了自己好才将她变出来送走，可是他就没想过她也许并不愿离开吗？在她的心里，他们尽管没有婚嫁大娶，可事实上就算得是夫妻了，夫妻本是同林鸟，难道他想和她来一场大难临头各自飞？他想，她不想！

幻姬抗诉着千离送她出去的行为：“我说的话你根本就没有听到心里去，是不是？”

千离关心幻姬的伤，直接忽视掉她的不满：“伤着哪了？”被卷进来时，尽管他已经非常小心地注意护着她，但有可能没有照顾周全让她伤到了哪儿。

“在被金沙吞噬前我跟你说，不管发生什么事，我都不会离开你。你听见了，你肯定听见了。”千离无视她的抗议，幻姬便忽视掉他的关心，“为什么把我变出来赶走，你就那么不信任我？”说着，幻姬想到如果百曦真的成功将她带走，现在就是他一个人在这个世界里面，而她在天净沙外面会有多担心，他想过没有！她看重自己的生命，可她更知道天净沙之行，他到哪儿她就到哪儿，他们一同来的，便是要一同回去的，若不能，那就一起不回。

千离浅浅地蹙眉：“不是不信任你。”而是舍不得她跟着一起被卷进来，未知的世界，谁都料不定会遇到什么，他一人行走，便能无所谓。她跟着百曦出去，万事无忧，他放心。

“你就是不信任我！”

幻姬鼻头发酸，眼眶泛红，忍着眼泪不掉下来：“你一直就看不起我，嫌弃我，觉得我没用，只是顶着女娲后人的无能殿下。我说的话，你没有放到心里。我说你是我唯一的太阳，你勒令我永远记住那句话，我记住了，可你呢？你见过哪个人的太阳会抛弃她的？”比起被金沙伤到性命，她觉得，他的行为更伤她的心。

千离的眉心蹙得更深了些：“我不会抛弃你！”

“你就是抛弃了！”幻姬想到自己在他的结界光球里看着自己离他越来越远，那种无措，她真的感觉好无能为力，“你伤到的，是我的心！”

千离凝着眉看着怀中的幻姬，他是真不晓得怎么说好话来哄人，他为什么送她走的心思，她应该明白才对。在那种情势之下，哪怕就是换作星华，必然也是送飘萝走，不想让她跟着一起坠入新世界里受苦。他没有被谁伤过心，不知道伤心是什么感觉，但他想，伤身可以用灵丹妙药复愈，若是伤心了，又该用什么修补？

“你晓得的，我并非是想弃你。”

若是可能，他千万个不愿意将她送到百曦的怀中，他不是对自己没有信心，他也不是害怕天净沙，他只是不想她跟着受罪。以前，他确实觉得她缺少历练，需要吃上一番苦头才能修达大成之人，可事到临头的今天，他在一刹那却是一点儿都不想她受伤。天净沙不是她可以历练的地方。一直以来，想有所成的人，不分男女，都是要历经千辛万苦才可，他自然更秉可此理，当真是没想到，今日在赤焰血境吞噬过来的时候会作出将她送走的决定。听着她趴在结界劲墙上喊自己，他岂会听不出她声音里的着急。

幻姬忍着鼻尖的酸涩："你只顾着自己的想法，就没想过我么。"若是她安全地出了天净沙，而他有什么意外，叫她以后的日子如何自处？她良心如何能安稳。

活了万万年，千离还是第一次听到有人如此直接地埋怨他，而他对这份埋怨竟然欣然接受。将她送出护额的时候，他确实没想过她会怎么想，情急之下，哪里还顾得她想不想走。看她这般生气和委屈，倒好像他真的做错了一样，若是再重来一次，他的选择依旧会是送走她。可眼下，她伤心，他是不愿的。

轻轻地，千离将幻姬纳入怀中，让她的头伏在他的肩窝里，心里说不出来一股暖暖的感觉。

"现在我们不是在一起么。莫伤心。"在他看来，她可以伤他，而他身为男人却是不能使她伤心。

幻姬蹭了蹭千离的衣裳，小声地，语气软软地，叮嘱他，"以后不管我们一起遇到什么事情，不准你赶我走，哪怕是为我好，也得问问我的意思，不能你单独决定。不然，我定是要伤心的。"

"嗯。"

犹如失而复得般的珍贵，幻姬用力地抱着千离，第一次觉得不管帝尊是什么样的人，她都不想和他分开。毒舌也罢，欺负她也罢，无耻不要脸也没事，只要是他就好。她从来就没想过夫妻到底是一种什么样的关系，只晓得在凡间夫妻是最寻常不过的一种关系，是相爱的男女都想变成的一种关系，所谓有情人终成眷属。帝尊对她有意，她是晓得的。可她对帝尊是什么感情，她说不出来，如果说不想离开他就是喜欢的话，那她就算是喜欢他了。

一会儿之后，幻姬的心情平静下来，想着眼下他们的处境，忽然心生忧虑。

"这个地方，有法子出去么？"

千离的话让幻姬皱了眉。

他说："天地古典里只记载着天净沙的玄妙与危险，闯进来的人没有活着出去的。"

幻姬的脸色渐渐沉了，如此说来，她和帝尊岂不是要……

"怕吗？"

幻姬抬起头，看着千离，眼神坚定，摇头。

"有你，不怕。"

她后半句没有说，就算是死在这里，因为有他，她也会笑着面对，天地之间，能得伴随帝尊离世的殊荣，竟是被她得了去。只是这话不吉利，说出来显得晦气。

第十四章　一叶一如来

定定地，千离就那么看了幻姬好一会儿，什么话都没有说，只是看着她，瞧得她都不好意思了。

“是我的脸上脏了吗？”幻姬伸手摸着自己的脸，绯红着脸颊，问千离。

千离微微动了一下手，想抚上幻姬的脸，最终没抬起来，将头转向了远处。一眼看过去，全是红色的土地，没有生物，没有水，甚至有没有朝夕都不知道。幻姬顺着他的视线看过去，不免为他们的以后担心起来，这里要怎么出去？如果只是这样，对于神仙来说，尤其是修为高深的，倒也不算什么难事，他们本就不食人间烟火，在这里静心修行岂不是可活个长久。

放开幻姬，千离带着她朝前方走去。

不过百步，赤焰血境忽然整个大地移动起来，震动的地面让幻姬几乎站不稳。千离伸手将幻姬搂到怀中，飞入空中，他们站立的地方冒出一汩红色的脓水，如鲜红的鲜血，一种刺鼻的气味飘散在空气里。

幻姬用手捂着鼻子，皱眉看着不断涌出来的红色脓水，忽然感觉反胃，转头埋首在千离的颈窝里，闻着他身上的白摩花香，忽然想到帝尊都没用手捂着鼻子，又抬起头，用自己另一只手捂住他的鼻子，一双明亮的眼睛冲着他轻轻地笑。

千离带着幻姬飞行在空中，过了一会儿，刺鼻的气味消失，幻姬放开两人的鼻子，看着渐渐平静下来的地面，疑惑：“帝尊，我们只能一直这般飞行么？”

“嗯。”

天色微微发红，地面是什么参照物都没有的红色，幻姬不知道他们飞了多久，只觉得疲惫疯狂袭来，好像下一瞬间她的眼睛就要阖上。

“平安桃还在么？”千离问，“吃完就睡会儿。”

幻姬伸手进自己的袖中，摸出平安桃，笑了：“一点儿都没坏。”将桃子送到千离的嘴边：“帝尊你吃。”

“不喜欢。”

幻姬拿着桃子不肯收回手，她晓得他可以很长时间不进食，可……“我想你吃。”幻姬的声音很小，帝尊不喜欢的事情硬要让他做，肯定是不招他待见的，可她就是不由自主地担心他，想他吃点东西，这么几天他都在天净沙消耗仙力，她一点忙都帮不上，看在眼底，怜惜都在心里。

手中的桃子忽然传来一个轻微的力道，幻姬惊喜地看着千离张嘴咬了一口，不过是很小的一口。也怪她，拿得不得劲，让他没咬好。

“再咬一口吧，要大点儿。”

千离看着幻姬：“你喂。”

幻姬：“……”

“不想？”

幻姬看着桃子：“这……我要怎么喂？”没有刀，也没有勺，这么一整个儿的桃子她总不能都塞到帝尊的嘴巴里。

幻姬看看桃子，又看看千离，目光落到他的薄唇上，那上面还有他咬了一小口桃子留下的水渍。忽然之间，她想，该不会是要……用嘴巴喂帝尊吃桃子吧？

“帝尊，你还有小果子吗？”那个不用嘴咬。

“没了。”

幻姬又道：“那不如，帝尊你就别吃桃子了。”

“饿了。”

幻姬：“……”

刚才是谁说不喜欢吃的！

看着手里的平安桃，幻姬觉得喂不是，不喂也不是。帝尊的心思当真是摸不准，一会儿不吃一会儿吃，好在他们是“夫妻”，喂他吃东西也不是什么太羞于做的事。四下无人，就是做得不好也没人笑话她。

怕千离吃了一口就不再吃，幻姬尽自己最大的可能咬了桃子一大口，送千离嘴前时，忍不住为自己的聪明暗赞。这么一大口吃下去，帝尊就算是不再吃了也等于是寻常吃的两三口。只不过，她想得聪明，有人却不遂她的意。

千离看着眼前一大口桃肉，咬下一小口，优雅小嚼，咽下，再咬一小口……

帝尊怎么可以这样？！

幻姬暗道失策，帝尊原来愿意一口一口地吃桃子，她何苦咬下一大口叼着，照他这般一点点吃，还得好几口才能吃完，她口里都出现口水了，不能让它流出来，可也不好咽下去。

看着千离吃了五口后，幻姬叼着的桃肉才被吃了一半，她都忍不住叹息，她那一口是咬了多大，居然让帝尊要吃这么多次。

呃！

正在幻姬想着自己要不要用手势催催帝尊赶紧吃完时，剩下的桃肉忽然被他一口吃到了嘴里，两人的唇瓣贴到一起，柔软的触感让幻姬一下子酥到了心底，睁大眼睛看着近在咫尺的千离，没了反应。

口中的鲜嫩桃肉什么时候被吃了过去幻姬不晓得，直到唇瓣被什么软软的东西轻扫时才突然回神。认识到千离的舌尖在碰着她的嘴儿时，幻姬吓得后退，拉开两人面颊的距离，腾的一下红了脸，像是被火烧着了一般。

“我……你……”

不晓得要说什么的幻姬只发出了两个字音，随后目光别开，不敢看千离，心口怦怦直跳。想退出他的怀抱，却怕他不高兴。贴着他，又觉得不好意思。低着头，不知所措。想起在翠溪山水中和他的耳鬓厮磨，他那时下颌轻碰她的颈子和肩膀，轻亲她的耳廓，她以为作为夫妻一道鸳鸯浴时做到那般就算是最亲密了。可不想，原来他的舌尖还能抚她的唇么？

待脸上的红晕消散一些，幻姬小声地问千离："帝尊，你还要吃吗？"

"还想用你的血盆大口吓我一次？"

血……血盆大口……

幻姬抬起头，颇为不满，"我咬那么大一口是为了帝尊你能多吃点。"她这么好心，他却嫌弃。

"所以呢？"

"所以我是为了帝尊你才那样的。"

"那吓人的一口不是你咬的？"

幻姬蔫了。每次想表现得好一点，事实却是让她反而出糗。既然如此，剩下的桃子就由她自己来吃完好了，三天多没吃一点东西，放在以前不敢想。一言不发地，幻姬默默地把剩下的平安桃吃完，打了一个哈欠，困意袭来。张开手抱着千离的颈子，伏到他的肩膀上闭着眼睛睡了过去。

困倦几日的幻姬着实是累到了，睡着之后赤焰血境里刮起了血色狂风，千离抱着她躲闪过后，听着她均匀的呼吸，忍不住勾了下唇。

无边无际的飞行中，一场充满了腥味的血雨疯狂落下。千离用一朵纯光白摩花变出了一顶花轿，搂着幻姬坐在里面，白色的花瓣合拢，将他们封在花苞之中。透过纯色的花瓣，清晰可见外面的血雨染红了花瓣。

千离低头，看着怀中睡得安稳的幻姬，墨瞳深邃，猜不出他此时心中在想些什么。

走不过百步，地表震动。飞不过三个时辰，狂风大作。等不过半日，刺腥血雨。赤焰血境里的环境恶劣难存，此才三种，之后还有多少险恶的东西等着他们，他亦料不到。从查看的情况来看，血境比天净沙要小一些，只是血境似乎比天净沙更为活跃，这个由天净沙幻化出来的境界，如果天净沙不消失，它就一直存在，他们眼下连血境都出不去，如何能让天净沙消失？

无奈的是，天净沙要如何才会消失？

出了天净沙的百曦一刻不停地回了佛陀天的星穹宫，将千离和幻姬被困血境的事情告诉给星华飘萝，想看看他们是否有什么好的法子将他们救出来。

飘萝打发小毛球出去玩，看着坐在椅子上脸色有点黯沉的星华，她认识他许久，很少见他露出此种神情，哪怕他们的感情不被天道所容时，他眼中有的亦是坚定和信心，可现在，他的面色让她晓得，帝尊和幻姬的情况不容乐观。

“星华，那个什么血境真的如此厉害？竟然能困住帝尊？”在她的认识里，四海六道八荒早已没有能让千离放在眼底的地方和人物，他的名声可不是随随便便被人封起来的。

星华微微蹙眉：“天净沙不消失，血境不会破。”

飘萝道：“天净沙比南荒的玄冰天地还难毁掉么？”当年毁掉玄冰天地时，听闻千离眉头都没皱一下，双手优雅一摁，把人南荒国主的镇世宝贝毁得个干干净净。

在一边的百曦出声说道：“天净沙存在万万年了，不会消失。”

“换而言之，帝尊和幻姬再不能出来？”

百曦深深地凝眉：“现在看来是这样。”

房间里出现静然无声的沉默，星华的不言语和百曦的沉重神色让飘萝感觉到事情的棘手，怎么会有那么危险的地方，居然把帝尊都锁在里面了。

“大洪荒时期还没有天净沙吧，既然是后期出现的，就必定有可以破解的法子，只是我们现在还不晓得罢了。”飘萝看着星华，“不若翻翻古典，不对，问麒麟。他到处游山玩水，虽说八卦，但听到的事情多，说不定他知道有什么办法能打开天净沙里的血境。”

星华道：“麒麟去了堕天冰海找火龟珠。”

“这个要命的关头他怎么跑去堕天冰海了。”

“要解舞倾公主的天镜符咒缺了东西，时间不足两月，麒麟和千离分别去一个地方取东西。”

飘萝心直口快，忍不住道：“人，是要救。可是，也得看看怎么个救法吧。”帝尊答应救舞倾公主，他已是有这个心了，但是凡事总得量力而行，一个西海的公主而已，天界两大尊神都为她奔波了，不论成与不成，他们都尽力了。若是因此折了帝尊和幻姬殿下，多少个西海龙王都赔不起他们两个人。那帝尊也怪，从来都是见死不救，为何这次对西海十四公主竟这般大费周章，愿意救她也就罢了，还带着幻姬一起去了天净沙，幻姬不晓得那儿危险，他也不知道么？

百曦眉头不散，若是单看帝尊和幻姬的性命，只为救舞倾公主，实在有让人唏嘘的理由。若不能出来，倒是一下就去了三条性命了。

“世后娘娘，眼下不是说这些的时候，只能尽快想办法救帝尊和幻姬出来。”

星华问：“前前后后，他们可是去了十四天了？”

百曦点头：“算上今日，是第十五天。”

“若是我记得不错，千离还要留半个月为舞倾公主解咒，本就没有两个整月的时间，如今给我们的时间只有二十几日了。”

飘萝问：“若是像当初我们更改天道那样，找河古神尊过来，和你一起将天净沙变成桑海，可行？”

星华摇头。

第十四章　一叶一如来

“那时恰好有运，他和麒麟合力改变的沧海桑田是确实出现异象。天净沙此时运道正常，莫说我和河古合力，就是千离麒麟都参与，怕也改不了它。”

一切天物，皆有其存在的道理，若是出现异象，也才是它气数尽了。否则，能给改天运？

百曦试探性地说了一句：“不如我去找女娲娘娘吧。她是辟世之神，若有她出手，天净沙未必不能消失。”

星华和飘萝对视一眼。

飘萝问：“女娲娘娘会来么？”

“幻姬殿下是她的后人，她疼殿下非常，应是不会不管的。”

飘萝心喜，点头：“如此，我看行。”

只是，星华一直沉默。没说好，也没说不好。看到他的脸色没有变好反而变得更差，百曦不免问他。

“世尊可是觉得哪儿不妥？”

星华微微叹气，“女娲娘娘能出手自然是好。只是，女娲娘娘能救的也仅仅就是幻姬殿下一人。千离不是上古神兽，他的修为高深不假，却不知他的劫数是不是在位极帝尊时都尽了。若这次天净沙是他的大劫，又该如何是好？他从不救人，出手救幻姬已是难得，又费神地救舞倾公主，是他的命中天劫来了么？熬不过去，可会魂归天净沙？”

百曦和飘萝都听得出星华在担心什么。

“古神去天外天时，我去天净沙瞧瞧。”

“嗯。如此甚好。”

飘萝道：“我跟你一起去。”

幻姬一连睡了三日才醒来，醒来的时候，看到千离的侧脸，嘴角扬起，笑得暖心。忽然，打了一个冷战，感觉气温太低。

精神修心的千离慢慢睁开眼睛，看着幻姬，两人对视了一会儿。幻姬从千离的怀中坐起来，看到两人所处的地方，猜测地问：“白摩花中？”

“嗯。”

好冷！

幻姬又打了个战，双臂抱胸，透过纯色白摩花看出去，外面白茫茫的一片，花瓣上冻出一条条的冰棱。走到花瓣旁边，寻不到红色，问道：“帝尊，我们又换了境界么？”

“没。”

“既还……”话没说完，幻姬哆嗦一记，冷得直颤，走回到千离的身边，想挨着他，见他抬起手搂自己，顺势就偎依到他的怀中取暖：“既还是在血境里，怎么会……”这么

冷。

千离将幻姬抱紧一些，拿着广袖盖住她的身子，轻声叮咛她。

"勿念杂事，静心修法。"

开始幻姬冷得不能潜心修心，见千离闭着眼睛，便学着他一点点排除杂念进入到定然修法中，好在她的资质不错，仙术修炼的底子扎实，慢慢地静了心，仙泽一层层地变得仙亮，将寒气都抵御在身外。入了定心诀的幻姬不晓得，她睡了三天，而在过去的三天里，千离抱着她一起闯过了多少让人惊心动魄的场面，漫天的血水化成一片汪洋朝他们扑来，似利刀般割人肌骨的寒风，烧灼人衣裳的烈日高温……所有的危险他都替她挡在了美梦之外，不让伤害惊扰了她的梦。

四个时辰过去，在天色微微亮的时候，寒冷渐渐散去，白摩花上的冰层融化，一滴滴的雪水从花瓣上滴落到地上，地面渐渐露出了红色的土壤。

天光全部亮起来后，气温恢复了正常，千离和幻姬同时醒来，看到幻姬脸色白得近乎透明，千离拿手试了试她的额头温度。

"呵……"

幻姬轻笑，"我没事。别担心。"正说着，小肚子发出咕咕的声音。

千离出现几天来难得一见的笑容，从袖中给幻姬拿了一瓶仙露出来，"睡了吃，吃了睡。"

被调侃的幻姬手里接过仙露，因为太饿，没顾上跟千离斗嘴，乖乖地将仙露都喝完，将精致的瓷瓶放在手里把玩，在道谢之余忍不住问千离。

"帝尊，这些东西是你在千辰宫里就为我准备的吗？"

"姑娘家，面子不要太厚。"

幻姬："……"

千离打开白摩花，和幻姬一起飞出花苞，看着恢复平静的血境。他在里面待着倒不觉什么，左右在千辰宫里习惯一个人静修，可幻姬不行，她现在和他一起看不出什么，待他为她准备的吃食尽了之后，这里可是连一滴水都找不到，她熬不住多少日子。现在莫说找到女娲泉水底的泉水冰心，就是带着她出天净沙都没有头绪。

白摩花花苞在千离的拂袖中化掉，忽然一粒东西掉到了红色的土壤里。

幻姬看着渐渐沉到土中的平安桃桃核，了悟，她前几天吃完桃子一直把桃核抓在手里，不知道什么时候睡着了松开了桃核。千离想把桃核毁掉时，整个桃核儿都入了土中，这几日一直抱着她在花中休养生息，倒没注意到她那颗桃核。

"应该不会有事的吧？"幻姬问。

"但愿吧。"

他们在血境里走几步都有意外，桃核落了土，怕是也得生出什么事来。

第十四章　一叶一如来

忽然之间，千离问："你可清晰记得娲皇宫的圣水泉长什么样子？"

"记得。"

"待会儿我若需要，你可能将它的模样化出来？"

幻姬想想："应该不难。只是，帝尊，我不明白。"

原来，幻姬睡觉的几天，千离带着她按照他们行走的原路回到了他们被卷进血境的地方，从天净沙进来的时候，他们离女娲泉应该很近了。如他召唤出小白，汇天地之力，或许能冲出一条路来带她出去，只是，他们的运气必须十足的好，若是刚好他破开的地方就是女娲泉，则有一分成功的希望。若是寻得不准，即便是多年没有祭出的小白现世怕也无能为力。倘若她能化出圣水泉，说不定因为和女娲泉是天宫八格对立，能映照出女娲泉的位置，更便于他找准。

千离和幻姬刚想有所动作，从红色的土壤里哗啦一声冲出一条绿色的藤蔓，直飞他们。

眼明手快的千离带着幻姬躲开突袭的藤条，飞出丈远，落下桃核的地下生出更多枝叶，一根根地冒出来，张牙舞爪，没多久，一棵二十余丈高的桃夭树长在千离和幻姬的面前。

"桃夭魔精？"

千离勾唇，看着幻姬："你倒也有点见识。"

"帝尊，是我的错。"

"与你何干，不要什么功劳都揽到自个儿的身上去。"

幻姬看着故意说得轻巧的千离，他是不想她自责才如此一说吧。

"如果把桃核收好，也许就不会出现这样的事。"

千离抓着幻姬再次躲开桃夭树的攻击，风轻云淡地道："收哪儿也会有此一出。"该来的，躲不掉。要不出现这只桃夭魔精肯定还会出现别的幺蛾子，比起血境里的东西出来，他宁可是绿色的桃夭魔精，起码总算让他看到了除了红色以外的颜色。

桃夭魔精扎根的地上，红色土壤里一条条的树根在蔓延，疯狂地汲取红土的能量，试图让自己变得更强大。

千离数道白光射出去，将扑面而来的绿色蔓藤削个干干净净，飞身变出一把白光剑握在手中，去斩断桃夭魔精的地根。幻姬想跟上去帮忙，那地面的藤条一枝枝地朝她飞来。好吧，她跟着帝尊，总要有点作用，地面上的东西就交给她来处理。

仙泽护体，头顶银阳浮现，幻姬祭出自己的御灵剑开始斩断桃夭藤蔓。起初，她只是砍断藤蔓，没想到那些掉落的藤蔓居然落地生根，又长成一棵棵的小桃夭。幻姬念杀诀通染御灵剑，再被其断掉的桃夭蔓藤皆化成了一缕缕的轻烟。

地下的根藤蔓延得非常快，地下营养吸取得越多，桃夭的威力就越大，千离余光中瞟

见幻姬被无数藤条围攻，加快绝杀根藤的速度，那一片片白光中，仿佛听到撕心裂肺的嘶吼声。

被桃夭藤围袭的幻姬心平如镜，挥剑的姿势行若流水，飘逸非常，近身的蔓藤全部成烟飘散。太多的藤蔓让她看不到千离在哪儿，只是心中毫无畏惧，因为晓得即便是在看不见的地方，他一定在关注她。若她有不测，他定会出现来救她。不过，她要做给他看，她不是没用的幻姬殿下，而是可以保护他的——帝尊的幻姬。

千离和幻姬在奋杀中同时发现了一件事，绿色的桃夭魔精渐渐变成了红色，褪去绿色的它开始和血境融为一体。不用千离说，幻姬晓得，一定要在桃夭魔精完全血境化之前将它灭干净，否则他们不用想法子出血境就会被这棵桃夭魔精给折腾得精疲力竭。

没有第二个物种跟自己争抢能量的桃夭魔精将源源不断的血境元气吸收入体，迅速地变大，褪去绿色的速度也越来越快。

当所有的绿色藤蔓都围攻上幻姬的时候，被密密麻麻的根藤包围的千离蹙了眉，绝杀诀掐出，白光剑发出一声声白摩花开的声音，剑指树心，激射而去。树心吃痛，绿色藤蔓疯狂地朝幻姬收紧，将她紧紧地勒住。

被桃夭蔓藤紧勒的幻姬掐诀给自己全身布下三道护身结界，不让蔓藤伤到己身，此时她和帝尊在血境里，她知道保护好自己就是对他不小的帮忙了，她断不能受伤给他添不必要的麻烦。

撑开勒身藤蔓的护身结界被压得越来越小，幻姬将全身的仙泽释放出来，把藤蔓尽力又撑开一些，手中的御灵剑挥洒出一道道应接不暇的刀光，把结界周围的桃夭藤成片成片地砍断化烟。不晓得是不是被幻姬凌云无惧的气势吓到，结界周围的桃夭藤蔓在她舞成剑花般的剑道招式里松动了不少，有些红色的蔓枝竟朝后收缩了。杀伐生灵时总会犹豫不忍的幻姬第一次手起剑落，十分干脆，大片大片的桃夭枝被她削毁成灰。

愈战愈勇的幻姬衣袂飘飞，在果决里第一次有了想要杀掉桃夭的欲望。不，或许应该说，她第一次认识到血境是一块邪恶的土地，竟然能将一颗没有善恶观念的桃核儿变成一棵只想杀戮的桃夭魔精，若是不能将桃夭除掉，在血境源源不断的元气供养下，不晓得它要变成怎样一棵毒物。此精，断断是不可留的。

御灵剑通幻姬的心，感觉到她想挥斥灭尽的决心，发出耀眼的光芒，变得更加锋利，遇蔓即断其藤，慢慢地，幻姬的护身结界开始增大，围攻她的桃夭藤有些来不及退缩被她灭成烟灰，飘散空中。半绿偏红的一团藤蔓之中，一个鹅黄色的身影剑舞翩翩，空中升起的轻烟像是缥缈的云雾，将她衬得越发仙气漫漫，似真似幻。

幻姬心中惦记着树下灭桃夭根枝的千离，手法越发地果断快速，从围成圈的枝藤里劈开了一个缺口，飞了出来。只是，当她朝地下看去，不见白色的身影，顿时心中微微一紧。

帝尊呢？

第十四章　一叶一如来

桃夭魔精树心吃疼，藤蔓虽然不如之前攻击得激烈，却是依旧追着幻姬不放，一根根的藤条凌空劈向她，纤细灵巧的身姿躲过攻击之后，挥剑斩藤。就在幻姬下定决心把藤条全部斩断的时候，一条条的藤蔓忽然快速地朝回缩，藤尖直刺巨大的树身，一根根树叶变成血色的藤条钻到了树干里面。看着树干上被藤条钻出来的树洞里流出红如鲜血的汁液，幻姬看着眼前的画面皱了眉头，怎么会不攻击她而去钻自己的树干呢？

繁多的藤条钻到了树干里，二十余丈高的桃夭魔精树顿时像一个不断朝外面冒着鲜血的大球体，圆滚滚的树身里涌动着一条条的藤蔓，空气中都是刺鼻的味道，让幻姬险些作呕。

提着御灵剑悬浮在空中的幻姬四处寻找千离的身影，此刻他不可能去别的地方，定然就是在这里，只是为何看不见他？看着流着浓稠红液的树干，幻姬惊恐地想，莫非帝尊就在树干里头，藤蔓之所以撤回去不再攻击她便是因为帝尊在里面与她里应外合？思及此，幻姬握着御灵剑飞身上前，顾不得自己不喜那汩汩冒出来的东西，将一根根的藤蔓齐树干砍断。发现不论自己如何挥剑那些藤蔓都不再撤出来攻击自己时，幻姬愈发肯定千离在里面，所有的藤根都只对付他一人时，她当然相信这棵桃夭要不了他的命，却不想他受一点儿的伤。剑掠所处，轻烟袅袅。幻姬的心焦愈重，只恨自己不能一剑取了桃夭魔精的性命，嫌自己的手法甚慢。

忽的，幻姬纵身飞高，广袖飞舞得像是她生出一对蝶翅，收了御灵剑，一口熊熊天火喷出，从桃夭魔精的顶端一直烧到它的根部，淡金色的天火焚烧着桃夭，痛意与树心里的许是不分轻重了，一条条钻到树干里的蔓藤扭动着从树洞里挥舞出来，空气里一片烧焦的气味，呜呜飕飕的风声里充满了嘶嘶的叫声。见桃夭藤冲向自己，幻姬掐诀将天火烧得更大，天火的颜色也变成了炫目的浓金色，风声里的嘶叫声越发地大了。

没有犹豫，没有不忍，甚至脑子里想的是为什么天火还没有将桃夭魔精烧毁。彼时的幻姬还不晓得，一个人所有的怜悯和善良，是在最在乎的人没有危难时才可能存在的。她念的，只是为何千离还没有出来。

心中揽着责任在于自己，幻姬天火不断中，掐入收妖诀，以期能尽快把桃夭灭掉。天火烈烈，帝尊修为虽是高深，却怕万一不小心被她的天火烧伤怎好。

滔滔火光中，突然乍现一道白光。幻姬瞬间想到了千离，果断收了天火，火尽光亮，铃铃花开声中，群藤乱舞的桃夭魔精化成了一片片的虚烟，灰飞烟灭。

浮光散尽，幻姬以为自己会看到长身玉立的白衣男子站在地上对着她淡然注目，可眼底出现的，竟是千离一动不动地躺在了地上。她眨了眨眼睛，以为看错了。怎么可能！帝尊他怎么会……

不敢置信的幻姬再揉揉眼睛，确定地上躺着的就是千离之后，闪身落到他的身边，急从心来：“帝尊！”

幻姬拿手试探千离的呼吸，竟是——没了！

瞬间的，幻姬的心抽了一记，却是极快地就否认，不会的！一定是她弄错了，失误，肯定是失误，帝尊不会……

幻姬再感千离的气息，依旧没能探得，又拿起他的手腕号脉，没有！

心房越来越紧的幻姬凝神用心感觉千离的灵息，慢慢地，她心中坚定的否认变成了控制不住的抽紧，最后成了撕心的痛。怎么可能，战名赫赫的帝尊怎么可能会……

幻姬将两人的掌心相对，传自己的仙灵精元给千离，希望能将他救活，让她惊慌的是，她的仙元他完全吸收不了，传给他的仙元都返回了她的体内。连自己的仙元都救不了，幻姬不死心地施回生术，仙力覆到千离的身上却没有任何作用。死亡，第一次如此接近她，哪怕是从西天去千辰宫找他的路上遇袭，她都没想过死亡有靠近自己，看着眼前的男子没了气息而她无能为力时，她发现生死离神仙并非虚之，无非沉睡和羽化两种，仙体可损殁，灵魂可出窍飘忽。

“帝尊！”

幻姬摇着千离的身体，不敢用力怕他身上何处受了伤会加重，却又恨不得使劲儿将他摇活过来。脑海里很清楚地认识到自己探不到他的气息，只是心里无论如何无法相信他死了。

“帝尊你醒醒，不要吓我。”

以前他拿假话逗她，此刻她多想他用假死来骗她。

“帝尊……”

幻姬伏下身子将千离扶了起来，纤瘦的她扶他扶得有些吃力，蹭着脚坐到他的身边，将他抱到怀中，让他的头枕在自己的肩窝里。明知自己的仙元对他没有什么用，却仍旧固执地将自己的内丹吐了出来，喂给了千离，纤细的手臂紧紧地抱着他，奢望着自己的内丹能将他救活。

“娘娘。”幻姬抬头看着血境的天空，“您福泽天地，求求您，帮我救救他。”幻姬的眼睛泛红，眼眶里迅速涌起泪水，她对权力和修为的渴望一直都不强烈，心里想成为娘娘那样的人，却不会强求自己非到那种程度不可。娘娘是辟世之神，永无人能超越她的尊贵和地位，她难以望其项背，只是想成为一个能助万物的有用之人。可是，她现在多希望自己和娘娘一样强大，那样就不用抱着怀中的男子不知所措，除了能把自己的仙元和内丹给他，她什么都不能为他做。血境没有仙药，没有第三个人，她甚至没有足够多的法力来救活他。

幻姬拿过千离的手，一只手紧握着他的，再试着渡自己的仙元给他，“你不是说过吗，我活多久，你就相随多久，我还活着，你怎么可以留下我一人在血境里。”幻姬用自己的脸颊蹭着千离的额头，冰凉的护额宝石抵着她的脸，“前几日你才与我说，不会抛弃我的，眼下可是想要弃我而去吗？”他们未必能出得了天净沙的血境境界，可终不该是用这样的方式离世才对。何况，他是帝尊，无所不能的帝尊，怎会因为一棵桃夭就丢了性命。

感觉到传给千离的仙元被送回自己的体内，幻姬的心越发地痛了，她一直忍着心痛，忍着泪水，忍着不去相信他没了气息。因为她不敢信，也不想信。她的帝尊怎么会丢下她一人在血境里孤苦无依，他再毒舌无耻，却是舍不得她有性命之忧的。他喜欢她，她还没来得及告诉他，她其实不讨厌他不反感他了，她还没来得及带他去天外天见女娲娘娘，他们还没来得及有宝宝，世尊和世后那种幸福的日子他们还没开始……这么多没有来得及，他怎舍得走。

双臂用着全力，幻姬把千离紧紧地抱住，两行清泪疯涌地冲出了眼眶。她的心，好痛啊！

幻姬整个人伤心得止不住地轻颤，咬着自己的下唇不哭出声音，好像哭出声就是承认他离开她一样。痛到心扉里，祈求都不知道是对天对地还是欺骗自己。

“不要死，我的……”千离！

幻姬的话没有说完，感觉千离的嘴唇似乎动了一下，惊喜地连忙放开他，竟是看到自己的内丹飞了出来，幻姬的心开始绝望，她的内丹可复活天地万灵，缘何独独复生不了他？

飞出的内丹飘浮在空中，忽上忽下，幻姬轻轻侧身，伸手将内丹召回，一滴泪水滑过她的脸庞坠在她精致的下巴上。无声无息里，紧闭的一双眼眸慢慢打开，目光恰好落在她下巴尖那颗晶莹欲滴的泪珠上，修长的手指缓缓抬起……

千离的指尖尚未触到幻姬的眼泪，那颗晶莹便坠落，滴到了红色的土壤里。

白色的内丹落进幻姬掌心的时候，千离的手掌轻柔地抚到了她的脸颊上，瞬间让幻姬愣了，这感觉……

“你不会有改嫁的机会。”

听到千离的声音，幻姬的泪水忽然间猛涌而出，不及细思他的话，低头看着抱住的男子，惊喜不已：“帝尊！”

望着幻姬哭红了的眼睛，千离微不可见地蹙了下眉头，手掌心温柔无比地抚摩着她的脸：“没事了。”

幻姬用力把千离抱进怀中，第一次觉得失而复得真是个极好的词。

“你要记住你答应我的，我没有死，你不准死！”幻姬带着微微的颤音，“我告诉你，我会活很长很长的时间，很长很长。”

双臂紧拥怀中人的女子和享受着温香紧抱的男子都没有注意到，在他们的身边，那滴幻姬滴下的泪水忽然发出微微的光，渐渐地，光芒增亮，泪珠浮出红色的土壤，晶莹剔透。水珠逐渐扩大，很快将千离与幻姬身下的红色土地变成清清的水面，清净的水面继续扩张，如小池塘，如大湖泊，如无边无际的海……

幻姬放开千离，看着自己的身周，怎么会变成这样？

千离朝幻姬伸出手，握紧她放到他手心的柔荑，拉着她从水面站起来，看着整个血境变成了一汪水域，如果他想得不错，是她那滴泪水改变了赤焰血境。

“帝尊？”

幻姬担心又要来什么危险，下意识地握紧他的手，她不想再经历失去他的可能了。

哗啦一声，整个赤焰血境像是被什么东西压塌了一般，红色的天瞬间消失，在远远的天边，一道蔚蓝色的瀑布从天而降，蓝色的水倾泻倒入了千离和幻姬踩着的水中。这一汪水域，他们不知是叫海，还是叫湖，或者只是一滴泪。

蔚蓝色瀑布的顶上，忽然出现星星点点的闪光，千离微微一思索便明白发生了什么事情，一字未说，长臂搂上幻姬朝瀑布御风飞去。

“帝尊，我们飞过去没事吗？”幻姬不放心地问。

千离轻轻勾了一下唇：“天净沙的传说看来要因你而改写了。”

“嗯？”

飞到瀑布的顶上，幻姬抬头看去，这瀑布并非由什么河流的水冲下形成，而是一片蓝色的海，或许称之为海还不贴切，只因那水太过于清澈，毫无杂质。即便是衍生下一道瀑布在水底，那水都静得毫无波澜。让幻姬惊奇的是，蔚蓝水底生瀑布，瀑布入了血境化成的海，那瀑布不就像是两处水域之间的联系么？

一道亮光将幻姬的视线从上方拉到了近处，看着千离从水中捡起两颗晶莹闪闪的圆珠，猛然间反应过来。

“女娲泉水底的泉水冰心？”

千离微微一笑，点头。

幻姬再抬头，这片蓝得没有波澜的水就是女娲娘娘当年悲悯天下人流下的眼泪，那刚刚自己滴到血境的红色土壤里的那滴泪水……她懂了。难怪帝尊说，天净沙的传说要因她而改写了。

原来天净沙不是无人可进入，而是仅有一人，便是她，女娲后人幻姬殿下。她的泪水滴入天净沙的地面，不论身处何处境界，女娲泉的泉水都会为她打开畅通无阻的指引之道。她与女娲娘娘之间的通灵之力，与生俱来。

将泉水冰心收好，千离带着幻姬飞向女娲泉的水面，到水面时幻姬真正明白了一句话：天净沙消失的时候血境才会破掉。女娲泉出现，天净沙便不存在，金沙全部变成了纯净的蓝色之水，整个天净沙就是女娲泉。难怪困住他们的赤焰血境会消失，当天净沙消失的时候，它化出来的任何境界都会消失，只剩下女娲之泪形成的天泉。天净沙的波诡和危险便是因为它肩负着守护女娲泉不被破坏的责任，如此大责，怎会容人轻易出入。

带着幻姬飞到云端之上，出了天净沙，千离才放开她。云下的一片蓝色水面，顷刻之间又变成了金色的天净沙，平如川，无波无澜，一如静得一丝细微涟漪都没有的女娲泉。

第十四章　一叶一如来

看着和来时见到的画面没有任何差别的天净沙，幻姬心中不免唏嘘，他们两人困在里头这么多天，有好几次都是死里逃生，只是怎么都没想到，如此叫人恐惧的天净沙竟是她一滴泪就能破开。

“早知我的泪水能让女娲泉显身，当初一来，我就该哭的。”

千离却是声音轻轻地说了让幻姬颇有些心凉的话：“早知你会哭，就不该带你来的。”

“为何？”

幻姬不解，“因为我给帝尊添麻烦了吗？”可是，她的泪水不是帮到忙了么，如果没有她，即便是他一人来了天净沙，怕也是不能取得泉水冰心吧。不过，若是他一人来，她……“以后，不准你一个人来天净沙。”说完，幻姬觉得不对，又补上一句：“不是，以后任何危险的地方，你都带着我，不准一个人。”

担心千离的幻姬并不懂千离的心，在他看来，宁可自己流血，不想她流泪。

千离悠悠地道了句：“带着你好让自己的灵魂不能回仙体么？”

“我哪有让……”

等等！

幻姬吃惊地问：“在血境里你灵魂离了仙身？”

“那桃夭魔精的魂灵藏在树心里，若不灵魂出窍，怎能将它彻底灭除。”

“你不是死了？”

千离挑眉：“你觉得我那么没用？”

“看我哭得那么伤心你的仙灵魂魄不早点儿回仙体。”幻姬又恼又担心地皱着眉，想到以为他死了自己那么伤心，忍不住抬起手捶了一下千离的心口，每次恼火不晓得怎么发泄时，她就喜欢捶他的心。

千离张了下嘴，到底是没打击幻姬，忍住了，张开手臂将她搂到怀里。不是他不想回，而是他刚要回去，她就传仙元给他，把仙元退回到她的体内，她又强迫地给他她的内丹。仙灵之魂要回仙体，必得仙体毫无外力侵扰，若不是瞧得她那般伤心，他怎会急于把她的内丹逼出身体。不忍打击她，是晓得她所做的皆是想救他，那一颗颗从她眼中滚出来的泪水全部都烫到了他的心上。终究，是自己让她哭得那般伤心。

“以后上哪都带着你。”

“那你收回那句‘早知道我哭，就不带我来’的话。”

千离微微地叹了口气：“我收回。”

幻姬轻轻地推开千离：“说得如此勉强，想来也不是真心的。”可即便如此，以后他去哪儿，她也是要跟着去的。

“刚巧有句想夸你的话，你既如此说，我说出来也是无益。”

幻姬眼睛一亮："什么夸我的话？你说说看。"

千离低低地啊了一声："忘了。"

幻姬："……"

御风飞行的祥云上，一个娇滴滴的女音说着："说啊，什么夸我的话。"

"年纪大了，记性不好。"

"帝尊不老，英姿潇洒，俊美翩翩，玉树临风……"

有没有弄错，帝尊，这是她在夸他了吧！太无耻了！

比预计顺利许多地拿到女娲泉内的泉水冰心，千离回去的路上腾云驾雾飞得不紧不慢，倒是幻姬心里暗暗着急，惦记着早些回去给舞倾公主解咒，千离御风腾云飞得慢悠悠的，她也不说什么，免惹他不悦飞得更慢。当然，若是飞慢些可能还是赶上他心情颇佳，最怕他反而飞回天净沙，一般人干不出的事情搁到他的身上就没什么不可能了。

磨磨蹭蹭地飞了三天之后，幻姬和千离总算到了翠溪山，先前从这里去天净沙用了一天，这次到此花了三日，幻姬心算着如果用这样的速度回去，也不知有无足够的解咒时间留给舞倾公主。

土地爷被千离召出来时，见到他俩，惊喜得跪在地上连拜了两个大礼，不等千离问话就主动说着："帝尊，可需要我为二位尊神送午膳吗？"

"嗯。"

土地爷喜笑颜开，"小仙这就去。"起身后，消失前，忽然想起什么，又问道："帝尊，可需要小酌一杯？"

千离什么话都没说，只是看了眼土地爷，幻姬没明白千离那一眼是需要还是不需要，但见土地爷一个字都没说地走了。她想，莫非连才见了帝尊两次的土地爷都能懂他的眼神，而她却不明白？想到有饭菜可以吃，幻姬心里忍不住期待了，连着三日虽不在天净沙里，可她还是吃水果。尽管帝尊给的都是仙果，对她有健体益寿的功效，可十来天吃的都是果子，她都要不知青菜是什么味道了。

和帝尊在一起谨言慎行是必要记住的，但有一个好处却是哪怕他毒舌无耻也掩盖不了的。跟着凡事极为讲究的帝尊生活，只要不招惹到他不满，所享受的必然也不一般。例如，幻姬眼前的小楼阁。比起上一回帝尊在溪边变出的垂纱圆亭，这一次帝尊出手就忒阔气了。楼前溪水涓涓，楼廊飘纱漫漫，香炉烟丝袅袅，一张圆桌放在厅中，幽静的意境忽然而至。那白纱垂着的二楼，便该是他休憩的寝室了。眼下不过午时，帝尊化出这么大一座楼阁在溪水边，断不是为了吃一顿午饭就走。难不成，他还打算在这里住上一晚？

跟着千离走进楼阁，幻姬忍不住问道："帝尊，我们是明日再赶路么？"

千离故意曲解她的意思："你想后天？"

"不是。我是担心我们赶不及回去给舞倾公主解咒。"

第十四章　一叶一如来

千离停下脚步看着幻姬：“所以呢？”

“所以……”

幻姬停顿了一下，将心中的想法说了出来，“我觉得我们不如午膳之后尽快赶回千辰宫。”救人如救火，宜早不宜迟，宜快不宜慢。哪里有像他这样的，慢腾腾的，像是在游山玩水。若神侍和麒麟上神取了东西回到千辰宫，岂不是要替他们多担心许多日子。他们费了这么多心血才拿到泉水冰心，若不能成功为舞倾公主解咒，岂不白忙了一场。

“困了。吃饭叫我。”

仿佛没听到幻姬的话一般，千离说完，悠悠然地走上了楼阁，睡觉去了。幻姬站在原地看着千离走开，有种被直接无视的感觉。不，不是感觉，而是实实在在被他无视了。

幻姬在楼下的长廊里站了一会儿，困倦的睡意袭来。过去三日尽管没急匆匆地赶路，可腾云驾雾飞行再慢也无法安歇。估摸着土地公一时半会儿来不了，便转身走入厅中，准备小憩。行至堂中，忽然站定，朝楼阁的上层投去目光。自从在赤焰血境里误会“帝尊死了”之后，她时不时下意识地想看到他，哪怕站在他的身边与他一起御风而行时也隔会儿便转头去看他，好像只有看着会眨眼的、鲜活的他才能打消她心中的不安。

脚步轻盈无声的，幻姬走到楼阁的上层，撩起玄屏处的垂帘，看到千离侧身卧在床上，头枕着一条手臂，静若浅梦。房间里的摆设位置和千辰宫的寝室里一样，只是里外间缺了那道十二星宿屏风的遮挡，使得她在垂帘处便能看到他的身影。

寂听风声，了无痕，

悠然慕白，只道是，一帘幽梦。

幻姬站在帘外看千离，只觉他静得像一幅画儿，却不知，他装饰了她的眼帘，她装饰了他的梦。

瞧了几眼之后，幻姬欲放下垂帘到一旁休息，千离忽然睁开眼睛看着她。悠悠地，幻姬落手的动作便停在了半空中，望着他。

千离微抬手，拍了拍自己身前的位置，幻姬明白看着他的动作，默然静了片刻，轻轻地走了过去，却没有坐到床边，只是低头看着他。

“我吵醒你了么？”幻姬轻声问。

答非所问地，千离道：“陪我睡会儿。”

幻姬第一反应是想拒绝的，可转念便想为何要拒绝？她本就是上来看他的不是么，既然他要她陪他，不正是遂了她的意。何况，作为“夫妻”，他们睡在一起旁人也无话可说。既不是第一次与他同眠，当然就没那矫情的必要。

动作轻雅，幽香淡淡之中，幻姬躺到了千离的身前，侧了身子面对着他，当他的手臂绕过她的腰肢时，又朝他的怀中贴了些，像一只乖顺的猫咪，欣然享受着与他的亲近。此时，她才觉得帝尊是真实的。若他不言语，她恍然之间会怀疑是自己出现了幻觉。他的“死

亡”，当真是把她吓得不轻。

土地公太想给千离和幻姬烧一桌好菜了，苦练了几日烹饪后，终于等来了再次发挥的机会，盘盘菜都倾注了他十分心思，尤其是在给千离准备的酒上，愣是忍痛割爱地拿出了自己珍藏千年的不醉无归。他觉得，帝尊宫里的珍奇宝贝多得数不胜数，一般的美酒佳肴对他而言也是再平常不过，只有出其不意才能让帝尊感觉到他的用心。不醉无归，就是这样一坛定能打动帝尊的好酒。等到土地公拎着食盒和酒坛子到楼阁前见千离时，离他拜别准备午膳已过一个时辰。

“帝尊。”

土地公在楼阁的厅堂内小声地喊着：“幻姬殿下。”

无人回答，土地公朝四周看了看，不见人影，正想再喊，一个声音从身后传来。

“放桌上吧。”

土地公吓了一跳，转身看着不晓得从哪儿闪出来的千离：“帝尊。”

土地公一边摆菜一边道歉：“帝尊，实在是不好意思，耽误您和幻姬殿下用膳了，这些菜是我精心为你们准备的，希望你们能吃得……”

“好吵。”

土地公：“……”

委屈的土地公不敢再说一句话，默默地将十个菜碟子摆好，又把不醉无归放到桌上，实在是想告诉帝尊他这坛酒有多好，可是帝尊嫌弃他吵，他若是开口不晓得帝尊会不会将他扫出去。若是不说，憋得委实难受。土地公纠结地看看自己的酒，又看看千离，最后选择……无声地退场。

熟睡的幻姬感觉到有人在为自己绾发到耳后，嘴角轻勾，睁开眼睛，看着已醒来的千离。

“醒了很久吗？”

“一会儿。饿么？”

幻姬老实回答：“你一说，有点儿。”

“起床吃饭吧。”

“土地公来了么？”问完，幻姬就跟着问了一句，“我们睡了多久？”许是让土地公在下面等很久了吧。

千离看着幻姬不以为意地道：“吃完接着睡。”

幻姬反应飞快地接上一句：“吃完就睡，睡醒就吃，那我成什么了。”

千离撑身起床，悠悠地道：“除了体型不像，你以为你还和某类动物有差别么。”

白了一眼千离后，幻姬起身，不等他系好腰带先自下了楼阁，看到厅堂内的桌上摆满了饭菜，走过去，入了座，香气扑鼻而来，馋得她味蕾大动。

第十四章　一叶一如来

饭桌上，幻姬一句话都没与千离说。美食当前，她可不想被人打击从而影响食欲，先吃完，才能有力气被帝尊打击。几些日子不见，土地公的厨艺真是大有长进，幻姬忍不住想到了千辰宫里的花探真君，如果他也有这样的进步，那自己在千辰宫的日子会好过很多。只可惜，花探真君大概跟帝尊太久了，被他传染成怎么学都学不会熬粥的男神。

千离尝了几口菜便没动筷子，只是土地公送来的那坛酒被他倒满杯，酒香四溢，很快整个厅堂内都是酒香，连不好酒的幻姬都忍不住赞叹，好酒！

一杯酒饮下，千离难得地拿起筷子又吃了点东西，幻姬注意到他的神情颇为轻松，目光朝桌上的那坛酒瞟去，看来土地公还真是摸中了帝尊的嘴儿，原来帝尊看他的那一眼是让他备酒之意啊。幻姬自以为了悟了，帝尊看人若不皱眉便是默许。以后，她也学会对他察言观色。

清清的酒香过后是一片醉人的桂花香，不似八月桂那么浓烈纯香，更像是雨后的末桂之香，极为清冽，一闻便要醉倒人的感觉。

幻姬被空气里变幻的香气勾引得动了心，伸手拿过酒坛，为自己倒了一杯酒，急不可待的一饮而尽，“啊呼……”酒滑入喉，幻姬便倒吸一口气入了肺，以手为扇，不停地扇着自己的嘴儿。

好辣！

这酒闻起来十分醉人，怎么喝起来却是如此的难喝。看着帝尊小酌，一番享受无比的神情，她还当这酒是多好喝的珍品，没想到竟是……

忽而，幻姬扇扇的手停了动作，入喉的酒温温地暖着她的胃，暖流很快通贯全身，似软还暖，让人犹似置身在四月的阳光里，微风拂面，很是悠然自得。口中的辣味消失，变成了滑而不腻的感觉，让喝酒之人升起飘飘然之感。

幻姬的目光再投到酒坛上，果然是好酒！看着坛子其貌不扬不像被精心用晶瓶装着的仙酿，可喝到嘴里这番滋味仙酿却难以相比。又伸手为自己倒了一杯，再喝尽。落杯时，幻姬呼了一口气，将口中的辣味吐了一些出来，没注意到，对面的男子看到她的动作，微微地勾唇笑了起来。

贪杯的幻姬忘记了对面还坐着千离，再想为自己倒第三杯的时候，忽然感觉身子变得软绵绵的，竟没力气拎起一坛酒。醉了么？可她的思绪很清晰，她知道自己是谁，也知道身处何处，更晓得自己对面坐着的男子是谁，他们为什么会在这里吃饭，只是浑身无力，若是酒醉，全身该是燥热不适，而她却觉身心都是飘然舒服。

半垂着眼帘的千离慢慢掀起长睫，看着对面脸颊粉红的女子，柔声细语：“过来……”

幻姬摇头，倔强着，“我才不要过去。”话是明明白白的拒绝，可身体却不知道为什么会轻微摇晃地站起来，顺着桌沿朝千离走，到他跟前时，还要表明自己的态度，“我渐渐

觉得你好，可你总不觉得我好，我不要跟你在一起。”她不明白的是，如果他嫌弃她，为何却又喜欢她呢？难道帝尊喜欢自己嫌弃的女子？这般喜好，当真是让人费解。

千离缓缓抬头，看着跟前双眼带着迷离之色的幻姬，嘴角噙笑：“没得选。”

她没得选！

他，也没得选了！

“我要选。”酒壮人胆，幻姬端出自己天外天殿下的架子，“我是幻姬。想选谁，就选谁。我……啊。”

摇晃的幻姬冷不防地扑到了千离的身上，软乎乎的身子被千离扶着坐在他的腿上靠入他的胸口，清晰的意识变得半醒半醉，醉不到分不清楚今夕是何夕，但也清晰不到七分。脸颊蹭着他，低声控诉，“帝尊你是个坏人。”

千离问：“你怎么对坏人的?”

“咬你。”

说着，幻姬两只手臂攀上千离的肩膀，十分自然地搂上他的颈子，一张小嘴朝他的脸上贴，一口一口地咬着他，浑身无力的幻姬，在她看来自己是发了狠劲儿在咬千离，一点儿不知她的力度更像是一口接着一口地亲着他。樱桃小嘴从他的脸颊上一直咬向他的唇瓣，白齿刚咬上千离的唇，桌上一只酒杯忽然嗖的一下飞向屋外。

楼阁前的空地上忽然出现一个身影，修长的手指夹着屋内飞出来的酒杯，轻笑：“呵，看来，来得不是时候。”打扰帝尊风流还能安然无恙地笑着，他该庆幸自己和他的兄弟感情够深了。

星华脸上带笑地走进楼阁，幻姬虽然微醺半醉，但还能分清眼前的人是谁，害羞得想起身回避，腰身上的手臂反而搂紧了她，让她不得不小声地提醒千离。

“帝尊？”

“幻姬殿下想做什么请继续，我不会不好意思。”

“……”

世尊，你好意思看，她不好意思做。

星华坐到幻姬之前的位子上，赞道：“好酒。”

“来得够快。”

星华轻轻一笑，眼底带着促狭：“不快点儿来，怕就错过一幕好戏了。”

幻姬的脸烧得厉害，听得出世尊是在调侃她和千离，心中羞赧，用力从他的怀中挣扎出来，顾不得说上一句话掐诀瞬间到了楼阁的上层，摇摇晃晃地爬到床上，钻进了被子里。

给自己倒了一杯酒的星华将酒杯拿到鼻端闻了闻，不急着喝下，看了一眼千离：“定下了？”

千离不说话，星华又道：“对我不用如此吧。”

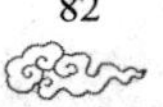

“嗯。”

千离淡淡的一个嗯字叫星华立即笑开了。

“哪儿好？”

千离笑了笑：“她又哪儿好？”

“也许对别人来说，她哪里都不好。”星华的眼底带着无尽的宠爱和幸福，“可对我来说，她哪里都好。”

千离为自己倒酒，眼底一片清澈。诚如星华说的，世后在所有人的眼中也许哪里都不够好，不是上古神兽，没有温良贤淑，可在他的眼中，她好得没有瑕疵，是天地间他唯一想要珍惜的女子。付尽三世修为，也只想和她牵手相伴。而他，那个娇俏的姑娘，在所有的人眼里哪儿都好，近乎完美无缺，尊贵无双的出身，沉鱼绝色之貌，温婉优雅的姿态，卓尔不群的贵气，连她的笑都美得让人叹息。可是，在那些显而易见的完美里，他却觉得她哪里都是毛病。固执的善念，倔强的揽责，呆笨的言语，迟缓的反应，爱胡思乱想的愚傻脑瓜儿，连她的修为他都能掐出诸多不满。对于什么都挑剔非常的他来说，她实在是有太多不好的地方了。只是，就因为她这里不好，那儿也不好，他才有种说不出来的感觉，仿佛有个声音在跟他说。你看，她这么多的问题，如果你不护着她，她该怎么办？他的观念没有变，还是觉得人得靠自己。如果她本身不强大，总怕他出现没护得周全的时候。只是，一想到自己若不能将她护个万全，心中便生出对自己的鄙夷。既让她跟了他，怎能不好好对待她。

端起酒杯，千离微微地拧了眉头。

只是看上一个姑娘，怎地就生了如此矛盾的想法呢？

既想她能顾好自己，又觉得她若能顾好自己，要他何用？当真是左也不是，右也不是。

星华终究没能知道千离看上幻姬哪儿，或者说，幻姬哪里打动了千离，让他的目光停留在了她的身上。也许，真正的答案只有千离自己晓得，而他只想当成他自己的秘密，谁都不愿分享，哪怕是他。千离与幻姬的情，何所起，对星华来说不重要，让他有惊有喜的是，有人能让千离的脚步停留下来。若是幻姬不出现，照他的修果，至纯佛之境毫无悬念。为老友的私心里，多多少少不愿他离开他们，五百万年来，他一人走到现在，若是入了纯佛，红尘绝断，纵看他一生，只留一个孤字。如今，有了幻姬这个牵挂，算是止了他的脚步，唯愿他们能修个好的结果。

“泉水冰心取到了么？”星华问。

“嗯。”

星华颇为好奇地道：“天净沙可非一般之地，你倒是厉害。”

千离将杯中的酒喝下，缓缓道：“厉害的不是我。”

“嗯？”

“是她。”

星华道：“幻姬？”

“嗯。”

千离将如何取得泉水冰心的经过简略地说与星华听，笑了下：“你我耗费半生修为未必能安然出来的天净沙，她一滴泪就破了。”

星华但笑，不语。

鸟鸣酒香中，楼阁的上层传来打斗之声，千离和星华对视一眼。

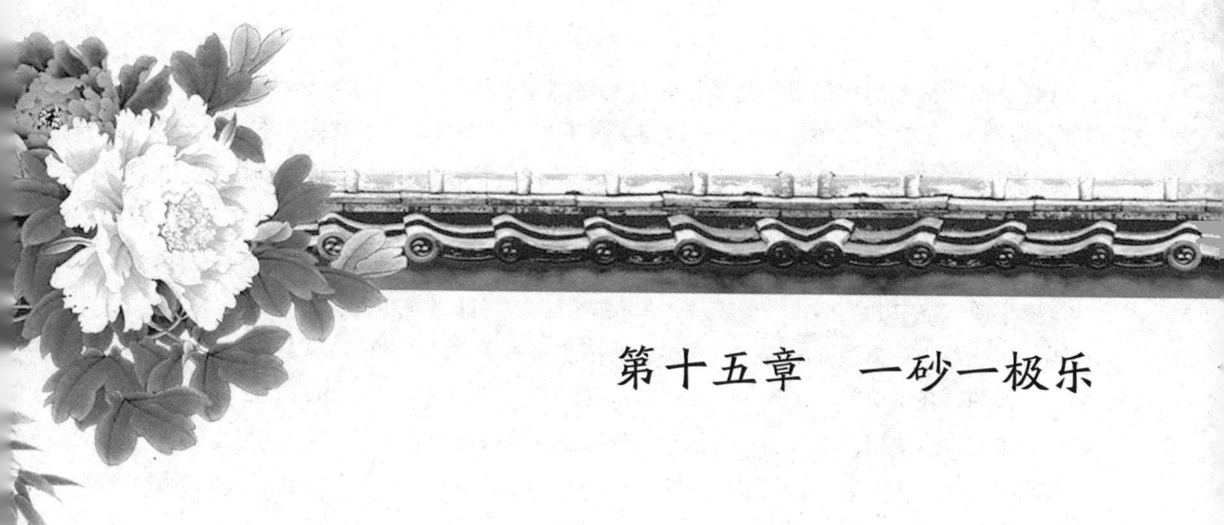

第十五章　一砂一极乐

瞬息间，原本坐落在溪水边的精致楼阁消失不见。毫无准备的幻姬从上层掉落，尚不及用仙法飞升，感觉到一道仙力托住了她的身子，让她慢慢地降落。不偏不倚地，落到了千离的腿上，瞬间就让她闹了个大红脸。不必幻姬想着说什么话来化解眼前的尴尬，旁边的打斗便拉去了她的注意力。

一男一女正在和狐狸精姗洱打在一块儿。

幻姬看着不远处草地上的三人，好端端在被子里躺着，他们三人怎么会出现在房间里？两人欺负姗洱一人，若是赢了，也是胜之不武。眼看着姗洱渐渐落了下风，幻姬从千离的腿上站起来，走了几步，想着是不是出手帮一把狐狸精。奈何不醉无归的酒力正在劲头上，摇摇晃晃的脚步浮软得很，三只妖精若是斗得激烈，她还有点儿分不清他们谁是谁了，不得不站在原地缓缓醒酒。

楼阁消失后仅剩下千离和星华用着的桌椅，两位尊神保持着悠闲的姿势喝着酒，星华对着千离无声唇语。

不谢！

千离抿唇一笑。

原来，幻姬以为托着自己徐徐降下的仙力是千离施出的，而事实上，是星华，他将她落到千离的腿上，算是刚才打扰他俩亲热的还礼。不过，星华觉得，对于他的好心，有人似乎不晓得抓住机会。若是换成他和他家那口子，完全可以演变成一场外人需要回避三里的画

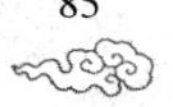

面。

看着狐狸精姗洱将自己的败势扭转，幻姬微微舒了一口气，对于自己前几天救下的这只狐狸精，印象不坏。放松之余，幻姬回头看千离，他似乎喝了好几杯，不会醉么？千离背对着幻姬，迎不了她的目光，倒是星华，在幻姬转头看千离的时候就把视线投向她，在她盯着千离看了一会儿之后与她不经意的目光碰上，微微勾起的嘴角让幻姬瞬间红了脸，羞赧的红色一下染到了她的脖根。幻姬转回头，继续看妖精们打架。

星华放下空空的酒杯，带着笑意："我觉得，她可能嫌弃我在这。"

"可能？"千离微挑尾音，目光淡淡地扫了一下星华。

"好吧。我走。"

星华倒也爽快，站起来后，什么废话都没说便消失了。

姗洱用尽全力，连续十三招将黑鹤精和蝴蝶精一同打伤滚在了地上，自己亦是不察他的反击受了黑鹤精一掌，险些吐血。好在，她赢了。

"你们好大的胆子，竟然敢来偷袭幻姬殿下。"姗洱剑指地上的两只妖精，"若是没有殿下与帝尊出手相助，我等还被青雨囚禁，为何如此不记殿下的恩情？"

黑鹤精将身边的蝴蝶精扶了起来，鄙夷地看着姗洱："说得比唱得好听。我们是妖精，记恩是愚蠢的凡人才做的事，妖精需要记什么恩，不干坏事的我们还算是妖精吗？狐狸精，你别以为幻姬殿下救过你，你就比我们高了一等，你同样是个妖，在我们妖的世界，你如此对付我们，以后别想……"黑鹤精的话没有说完，和身边的蝴蝶精忽然变成了轻烟消散在空气里。看得狐狸精愣住了。

浑身无力的幻姬看着忽然消失的黑鹤精和蝴蝶精，怔愣了一下，很快就明白是谁灭了他俩，转身，脚步虚浮地走到千离身边，"他们尚未近身伤到我，其实不必……如此。"话说出来，幻姬觉得自己还是应该道谢，帝尊毕竟是在为她教训人，"谢谢帝尊。"他无情的处事风格她素来不认同，但却不能否认掉他对她的好。

千离瞟了眼幻姬，缓缓地道："以前怎么没发现你有自作多情这个习惯。"

自作……多情？

难道帝尊灭了两个潜入房间想伤害她的妖精不是为了她？！

幻姬盯着千离看了好一会儿，他明明就是为她才收妖的，怎么就不能干干脆脆地承认？莫非是因为狐狸精在场么？幻姬自认为明白地理解了千离，他是男子，又是地位极高的帝尊，面子上肯定会有所顾忌，不想让姗洱觉得太在乎她从而折了他男人的自尊心，她懂。但是，他要面子，难道她就不需要么？

"如果我自作多情，那一定是有人先做出了让我产生自作多情的误会的事情。"

反应迅速的幻姬让千离不免又看了她一眼。赫然，提剑站在一旁的狐狸精姗洱消失不见了。看着并没有要伤害自己的狐狸精也被千离灭了，幻姬的火气借着酒劲忽然就腾起来了。

“帝尊你这是什么意思！”幻姬不忍狐狸精被灭，“姗洱是为了保护我才跟那两只妖精打起来的。她没有做坏事。你虽握有生杀大权，却也不能如此不分青红皂白。你……你……”不晓得要如何表达自己不满的幻姬瞪着千离。他对自己好的时候，让她恨不得一刻不与他分开，有种全天下的人都没他好的错觉。可他残忍起来，能把她的肺都气炸。

千离慢腾腾地为自己倒酒，轻言细语若微风一般：“本尊什么时候连处理私闯寝室妖精的权力都没有了？”若非瞧她看得认真，岂容那三人打完架才收拾。至于那只狐狸精，本想留她一命，便是因为她是护她而与自己的妖类大打出手，不想她却把他的习惯忘了个干干净净。他的寝室，岂容外人踏入。

火气腾腾的幻姬听到千离的话，一下子呆了。帝……帝尊灭妖是因为他们闯进了他的房间？细思起来，他确有不喜外人进入他房间的习惯，便是那千辰宫的随身神侍都没一人被允许进入他的寝宫，花探真君能几度闯入而没有被灭，大概是因为他跟随了他太多年，且是千辰宫的总执大人，又是个男子。狐狸精他们仨妖精……想想，确实帝尊不会允许他们靠近他的生活，何况是休息用的私人房间。再一想，自己和他同床共枕多次，依帝尊的脾性来说，她和他岂非是不分彼此了？

忽然间，幻姬觉得确实是自作多情地以为帝尊灭妖是为她了。不过，就算这次不是为她，凭她能跟他一起睡觉，她觉得两人的关系不必再多言，夫妻嘛，当然是要睡在一起。既是“夫妻”，她于他而言就非同一般，内心肯定自己对千离的重要性后，幻姬有了不少底气。

“帝尊……”

千离浅酌小酒，一派风轻云淡，脸色如常。幻姬觉得他肯定生气了，不过是在心底暗暗生她的气，对于喜怒不形于色的他，必要时，她得将自己的姿态放低些，再放低些。尽管，她很想辩驳他的处事风格，但觉不是时候，百万年来帝尊的习惯岂是她三两句话就能改变的。幻姬伸手轻轻拽着千离的衣袖，扪心自问，她不觉得自己错了，不过就是个与他的小误会，而他则是要了别人的命，可也不晓得为什么，两人在一起，先生气的那个人总像是更有理一些，她和他在一起，每每都是她道歉。

“我以后不会再自作多情了。”

酒香飘散的空气里，幻姬似乎更醉了，身子软绵绵的只想找个什么东西靠着，无奈楼阁消失，除了一把空着的椅子，再无其他可容她休息的地方。想走过去的时候，那把椅子竟也消失不见。幻姬不得不放弃走过去的打算，带着怨念的目光看向千离。真是帝尊风格。但凡让他不爽一下，立即就会尝到他不高兴的结果。

不过，酒壮尿人胆，醉酒的幻姬增了几分胆量，对着千离说道：“不坐就不坐。”天

为被，地为席，大自然是最慷慨的馈赠师。在娲皇宫的时候，她就曾在花园里的草地上睡过半日，如今不过是睡在溪边草地，没有什么不同。说完，自己摇摇晃晃地走到一旁的草地，躺下去，闭上了眼睛。开始还有点不适应，感觉青草不够浓密，草地太硬，睡了一会儿之后，感觉不错。渐渐地，竟真的睡着了。

千离将不醉无归喝尽，已是下午时光的末尾迎上傍晚的来临了，从椅子上起身后，见草地上睡着的幻姬，轻轻笑了。酒量不好，酒品倒是不错，醉后能乖乖地找个地儿将自己放躺，不哭不闹地睡觉。走到幻姬的身边，也躺了下去。

静静地，千离支起一条腿，双手交叉枕在脑后，看着浮上晚霞云光泽的天空，不久后的天边应该就会出现火烧云的景象了。几多曾经，他一个人躺在千辰宫的草地上看着夕阳西下，送走一天又一天的时光。那日日相似的时光里，他不知道世间有什么事情什么人是自己在乎的，或者更深些意义地说，是没什么能让他上心的人与事。当年对星华的不理解，而今看来，似有些懂了。千离转过头，看着幻姬。慢慢地，再慢慢地，撑起身子朝她的脸倾首过去，俊脸快要贴上她时，沉睡的幻姬像是感觉到他的靠近一般，给了让他满意的回应，抬起手抱住了他的腰身。

千离的唇，轻轻地落到了幻姬的唇瓣上。

可还未有下一步的动作，旁边出现衣料窸窣的声音，千离缓缓转脸，看着从天而降的星华，莫非他以为自己的脾气变好了？

星华笑得特别无辜："哎哟，看我，来得又不是时候。"

千离："……"

星小华你还能再贱兮兮一点吗？你就不怕跟世后"钓鱼"的时候出现什么不该出现的人，影响发挥？这种事，他眨眼就能做出来，一点内疚感都不会有。

"那个，我媳妇让我捎句话给你，我刚才忘记说了。"星华摸摸鼻头，"她让我提醒你，注意点幻姬的身子，人家身上的伤还没好呢。"

"她让你提醒的？"

千离的表情更像是一个肯定句，他宁愿相信猪能上树也不相信星华的嘴。

"嗯。认的妹妹也是妹妹，当姐姐的，应该有点姐姐的样子，不闻不问不好看。"

千离悠悠地道："世尊大人不觉得一个姐夫对妻妹又闻又问得太多会更不好看么。"

"呵呵，那自然也不好看。不过，帝尊大人许是误会本尊什么了。"星华脸上的笑容贱兮非常，大有他一笑，别人就有想抽他的神奇功效："本尊只是好心地想指导一下自己的兄弟，不管怎么说，在'钓鱼'方面，我的经验可算是三十三重天里最多的。想必，帝尊大人不愿意让幻姬殿下看到自己不行的一面。”

一个包含千离对星华无限感激的字音响起。

“滚！”

“哈哈……”

乐着离开的星华让千离很是鄙视，什么时候他贱成这样了，也真是难为他家那口子了。错了，他不是最近才贱兮兮的，他是一直！

星华的笑声让睡梦里的幻姬幽幽转醒，看着被自己抱住的千离，也没觉两人这个姿势与她睡着前有什么不同，莞尔清清，带着小女子的欢喜叫他，“帝尊。”一醒来就看到他的感觉真好。

虽然晓得星华的话是玩笑，可也提醒了千离，从千辰宫出来后就没再为幻姬上过药，虽说没持续上药也无大碍，只是让她内外痊愈得慢些，但若能用药，不用十来天她真身上的伤便可好得彻底，于她是件好事，也是件不小的事，从天净沙出来后，这一点他确是忘了。

“走吧。”

“去哪儿？”

“回家。”

离开翠溪山前，幻姬想到了狐狸精，看着空空的溪边草地，黑鹤精和蝴蝶精来寻她麻烦时，还未待她出手，姗洱就出来护着她，总觉得她是为了自己而死，心中不免自责。

千离袖手挥过，提剑的狐狸精复又出现在草地上，对着他和幻姬跪拜。

“姗洱拜见帝尊，幻姬殿下。”

幻姬惊喜地看着忽然出现的姗洱，走过去：“姗洱。”

“殿下。”

幻姬回头看着千离：“多谢帝尊手下留情。”

闻幻姬之言，姗洱便又对着千离行了个礼，感恩的姿态很是虔诚。

“姗洱，我们要走了。这一走，估计不会再来翠溪山了。你好生照顾自己。”

姗洱眼中露出不舍：“殿下和帝尊要去哪儿？姗洱自知身份卑贱，不能随侍左右，但私心却想，殿下能否让姗洱跟随您，日日当个服侍您的人。”

幻姬默然，娲皇宫的神侍皆是修满九宫的神女仙子，那些能近身服侍她和娘娘的就更别说了，让妖精成为自己的随身神侍，规矩上确实不可能。可姗洱心不坏，带在身边，没准还能修个仙位出来。幻姬转头看着千离，他们回的是千辰宫，她许，他若不许，也无用。

“帝尊，可吗？”

“殿下是想告诉我什么叫得寸进尺？”

遇到一个对她不坏心的妖精就收到身边带着，往后她在四海六道八荒里想带进千辰宫的人就多了，见一个收一个，千辰宫多大都不够住，她以为千辰宫是什么地方？自己还没在

里头捞得一寸半瓦，就想着带人进去住。

幻姬：“……”

果然，意料之中。

“姗洱，你有慧根，即便是现在不能随我一道入佛陀天，若能潜心修炼，他日必定可位列仙班。若有缘，你我终会再见。”

姗洱忙问：“倘若我修得仙身，殿下可愿收我为神侍么？”

“嗯。”

得了幻姬的承诺，姗洱立即拜伏在地：“姗洱定谨记殿下教诲，潜心苦修，以期能早日随侍殿下左右。此一去，姗洱不能为殿下做更多，望殿下安然顺风。”

幻姬点点头，朝姗洱笑了。晕着晚霞的祥云很快让云上的人和地上的人看不见彼此，姗洱感激幻姬，幻姬则感激着千离。尽管他不同意让姗洱去千辰宫，但她感激他没有真的灰灭姗洱，就如同他没有真的灭掉西海那几个侍女一样。

一路未作停留地回了佛陀天的千辰宫，幻姬只道是千离被妖精们扰了在外过夜的兴致，不曾想过他们赶回宫中是为了她的身体着想。当夜，千离为她敷了后背和手臂上的药后便出了房间，连蛇尾上的伤都让她自己上药。幻姬一边给自己抹药一边想，帝尊再有不好，在男女之事上，却是极为君子的。其实她觉得，都是“夫妻”了，他给自己全身上药应该没什么不妥吧。真是没想到，帝尊也有面子薄的时候。

花探真君没想到帝尊和幻姬竟然是三方里回来最快的，他心中想着帝尊去天净沙必然困境重重，能安然回来已是不易，却没想到比去荒山极的神侍回来得都早，且是带着泉水冰心回来的。对帝尊的崇拜不觉又深了许多，连天净沙都难不住帝尊，他的修为得高深到什么程度呢。他就是传说。而天界别的传说，就是用来给他打破的。后来，当花探真君晓得是幻姬破了天净沙的传说，他还是觉得他家老大很厉害，没别的，能追求到破掉天净沙的女娲后人，他们家老大就是厉害！无与伦比，无人可敌，无双再又。

千离幻姬回宫几日，花探真君每去星穹宫请午膳的时候幻姬就跟着他过去，下午在星穹宫和世后伴个半日，待到花探晚边霞光里再去星穹宫里将她接回千辰宫，日日早膳则是他早起去星穹宫请好了送到千辰宫帝尊的寝宫里，连他都说不透为何他们素来不食人间烟火的帝尊竟然也养成一日三餐不可少。红尘的男女情爱果然是个厉害之物，竟能动摇帝尊的习惯。

一连七日，幻姬皆是住在千离的寝宫里，第八天，花探真君忍不住小声问千离。

“帝尊，您看，要不要给幻姬殿下备一个寝殿？”

迎娶帝后的婚典没有举行，纵然他们郎情妹意，可他觉得，日日住在一起终究不妥。他是帝尊，是男子，自然没什么损失，可幻姬殿下乃女娲后人，未出阁的女子名节最重要。

千离理着衣袖，随意地问着：“外面有关于她的传言了么？”

“这……”

“说些什么？”

“倒没说什么。只是我以为，殿下要跟着帝尊您学佛理，备一个宫殿给她，许是好些。”

千离抬眼看着花探：“为什么好些？”

“这……”花探道，“方便殿下览卷习理嘛，若是她起居跟帝尊一起，学得晚了，岂不是要打扰到帝尊休息。”花探觉得自己实在太聪明。

千离想了想，点点头，道：“那就在本尊的房间隔壁给她备一间三进室的房间，远了，她会不愿意。”

花探：“……”

帝尊，你确定是幻姬殿下不愿意而不是你自己不愿意吗？

在幻姬的“不愿意”中，花探将千离寝室旁边的房间给收拾布置出来，最外间是小厅，玄屏隔开了书房与小厅，书房的里间是寝房。

因为没有布置女子闺房的经验，花探将幻姬的房间照着千离的摆设布局弄了一个一模一样的，连珠帘上的小雕花用的也是分毫不差。他觉得，幻姬殿下看到必然要赞他的用心，照着帝尊的来，她可是不能挑出瑕疵的。

“花探真君可是在布置新房么？”

听到幻姬的声音，花探立即转身行礼，十分恭谦地回答：“正是在给幻姬殿下布置寝房，殿下看看，可还满意吗？”

给她的？！

幻姬朝四处看了看，其实没什么可看的，一眼看去，熟悉感扑面而来，就像是天天都住着一般。朝旁边的房间看了眼，问花探，“为什么要布置在帝尊的房间旁边呢？”不觉得太近了么？而且，若是要给她安置寝宫，不该是一处独立的宫殿么？在坤云山或者南荒，哪怕是在星穹宫，各处主人皆是为她准备单独的宫殿，千辰宫虽然有自己的规矩，可也不该是在帝尊的寝宫里给她一间房吧，忒不阔气了，一点儿不像帝尊的风格。

“花探真君的眼中，我和帝尊很相似么？”

“嗯？”花探不明所以地看着幻姬，“花探不懂殿下的意思，还请殿下明言。”

幻姬看着房间里的布置，帝尊的房间如此摆设自然有一番他的大尊之气，可她的房间不是她住么，女子的房间多为温馨柔和，简洁大气是好，可对她而言未免过于有强硬清冷之感，不合她的身份。幻姬还没说话，一道声音轻飘飘地传来。

“本就是一间拿来做做样子的房间，讲究甚多干什么。”

幻姬：“……”

做做样子！

花探："……"做做样子？！

千离从门口走进来，目光投在幻姬的脸上："像我不好吗？你的意思是，本尊配不上你？"

什么！

幻姬很快道："我不是这个意思。帝尊哪里会配不上我，要说起来，也是我无用，只能仰望帝尊才是。帝尊乃三十三重天里战名赫赫的尊神，幻姬要跟随帝尊修习的东西还有很多。"华天之下，哪里有他配不上的女子。何况，他们之间怎会有配不配得上的问题，既是"夫妻"，就是同等的，不分高低贵贱，不分彼此。思来，帝尊说这间房是做做样子，言下之意她往后仍是和他起居在一起么？此房间，是布置来给人障眼的。

嗯……想想也是，"夫妻"怎可分房睡。

"其实不必叫花探真君多此一举的。"他这么做，若不是她晓得他的好意，都要误会他是不是嫌弃自己了。

在幻姬看来，隔壁这间倒不如学星穹宫的。世尊和世后的房间隔壁曾经收拾出来给小毛球睡，那时他还小，不方便离父母太远，而他们的孩子还不晓得何年何月降生，房间收拾出来也是空着，何况小宝宝的房间她想自己来布置，花探真君弄出来的不适合她住，就更加不适合他们的宝宝了。

千离表情略有无辜地看着幻姬："是他主动提出的。想分开我们。"

幻姬转头看向花探，他要分开她和帝尊？

因为确实是自己提出来的建议，花探真君一个字都辩解不出来，对着幻姬低下了头。帝尊出卖人也忒干脆了，虽然是他提议的，可他若不同意，他也不敢如此干呀，殿下淡淡一句话就让他把责任都推自己头上来了，活像他见不得他们恩爱故意要破坏一般。

见花探低头不语，无声地认错，幻姬反问千离，"你倒是同意了？"花探提议，可他不能否定么，千辰宫里谁还敢逆着他的意思办事？

"他说为我们好，此等心意，你叫我如何不允。"

花探："……"

帝尊，这么多年，多少人为了你好的建议都可装满千辰宫了，你怎么一个没听，偏偏到他这里，让他和殿下分房睡就听了呢？听就听吧，结果布置出来的房间在他眼中不过是做做样子，这他倒也默了，无权无胆说什么。帝尊和幻姬殿下两人情深意浓当是极好，房间弄出来他也有个借口对外敞着嗓子说话，信不信是别人的事，但他的底气有了啊。可帝尊在幻姬殿下面前装纯良是怎么一回事？一番好意过来，他反而成了坏人。

幻姬皱眉，"好意？"说着，看向花探，让"夫妻"两人分房睡觉是好意？

幻姬的声音很轻，若是别人如此说话，听者大概笑笑就过去了，可幻姬自幼养成的尊贵之气让她即便是轻轻低语，也带着莫名的威仪感，花探忍不住心尖紧了下，觉得有必要解释。

“幻……”

“他怕你日日亲近我，会痴迷得不知所然。”

花探：“……”帝尊，我不是这个意思。

幻姬莞尔，“怎会。花探真君多虑了。”帝尊虽好，她和帝尊的关系虽好，但自认到不了为他迷失分寸的程度，红尘情爱本就不是她追求的东西，只是帝尊予她的情，她不反感不排斥，甚至感动至心，故而不想婉拒。为男子放弃自我，她以为那便不是幻姬了。君子相交，有淡如水则长久之说；她以为，情人之间也是同理，若迷失了自己，那份情又怎可走得长远呢？

对千离十分忠心的花探听到幻姬的话，微微皱了眉头，殿下言中的意思是，她不会对帝尊用情么？若她撩了一池春水却没能善待帝尊，他是断断不会原谅她的。

千离的目光淡淡地划过幻姬，又掠过花探的脸，一字未说。

恍然间，幻姬想起千离早饭过后便去西隅殿，遂问：“帝尊，舞倾公主还好吗？”也不知是什么原因，他一直不让她进西隅殿见舞倾，是怕她瞧了舞倾的模样而难过？

千离极淡地应了一声，“嗯。”

摸不准千离情绪的幻姬猜测着是不是因为麒麟上神还没有回来所以他担心十四公主，看上去平静的情绪似乎低落了不少，主动走到他的身边：“若是帝尊不忙，我陪你到园中逛逛吧。”

看了眼幻姬，千离转身走出了寝宫。

艳阳高照，阳光笼着身子不一会儿便觉得有些热。幻姬陪着千离走过绿色藤蔓盘绕的长廊，穿花过草，走进寝宫前的花园小凉亭，四周的翠绿让刮进小凉亭的风都带着一股子清凉，颇为舒爽。

幻姬原以为陪着千离走走聊聊能让他的心情好些，不想千离到了亭中之后坐到老仙藤椅上阖了眼睛，叫本来就不知说什么才好的她愈发不知该如何做了。想到在星穹宫里见到世尊和世后相处的方式，幻姬觉得她可以稍微学一学。她若是吵醒帝尊陪自己玩，结果是什么？

算了，还是不要犯险。

幻姬决定自己摸索和帝尊的相处方式。她不能像世后姐姐那样对自己的夫君放肆，温和的行为应该不会让他不悦，麒麟上神不就叮嘱过她么，对帝尊，要柔情似水。

幻姬走到千离的身边，想着他许是倦了，抬起手想给他捶捶肩松松筋骨，手刚要落下，想起南荒天瓖公主献殷勤的结果。

等一下。

她还是再想想，万一帝尊不悦，将她震飞，岂不难堪。

亭中只放有一把老仙藤椅，这一点幻姬倒能理解，他独来独往惯了。可莫非要她在亭中站着看他睡觉？看看椅边的桌子，又看看千离，幻姬走不妥，留也不妥，学世后更不妥。最后无法，倒是拎着胆子轻轻坐到千离的腿上，小心翼翼地注意他的脸色，谨防他忽然将自己扔出凉亭。幸好，她坐下之后，他半点不悦都没有。幻姬微微一笑，缓缓地贴入他的怀中，一只手趴在他的胸口，一只葱白纤手轻轻抓着他的腰带，什么话都没说。

过了一会儿，千离一只手抬起，搂上了幻姬的腰肢，眼眸依旧闭着，却让幻姬安了心。静静地听着他的心跳，不再担心是不是会被他扔出去。幻姬忽然就懂了，与帝尊在一起，她无须世后那般活泼爱吃，也不用天瓖那么讨好殷勤，温柔的、温馨的就是他能接受的，也是她能给的。与其学别人，倒不如做她自己，幻姬只有一个，帝尊更是独一无二。

在浓浓的犹豫中将幻姬的房间收拾出来的花探真君，忙完房间的事情，又处理好从荒山极回来的四名神侍，把她们带回来的东西收好，看看时辰，到了送幻姬去星穹宫吃午饭的时间，可当他走到长廊尽头时，看着不远处园中休息的两人，忽然停下脚步。

帝尊他……可是真喜欢幻姬殿下啊。

千辰宫里的神侍不说人人艳冠天界群芳，能成为帝尊随身神侍的神女个个都容貌极为出色，机灵懂事更是不必多说。这么多年，愣是谁也没得帝尊一个正眼瞧上。他的身边，极少有女子能靠近，更别说躺在他怀中睡觉了。若非对幻姬殿下真心接受，她如何得以享受他这般呵护。那小手，一只竟然还抓着他的腰带，是想干什么！帝尊也是，腰带是什么东西，想想都要脸红，难道没感觉到殿下正拽着么，如此纵容她，太堕落了！

花探转身去了星穹宫，请了几道清爽可口的小菜回来，看到千离和幻姬还在亭中睡觉，便将午膳放到厨房里温着。

"花探真君。"

去荒山极的几位神侍等花探从厨房里出来后，迎上他。

"我们带回来的天人果帝尊可还满意？"

花探看了神侍一眼："应该会满意的。我看着，不错。"

一觉醒来，幻姬感觉千离的心情平和不少。也或许开始只是她的错觉，他的情绪一直都平稳，是她想多了。不论哪种情况，此时的他让她很想亲近。

"我睡在你身上，可有让你没睡好么？"

千离不答反问："你呢？睡得好吗？"

幻姬老老实实地点头，虽然坐在他怀中不如躺着来得舒服，可贴着他睡觉很安心，虽然晓得千辰宫里不会有什么危险的情况出现，可若有他在，总觉得自己哪怕就是睡沉得不省人事也不用担心什么。

"你还没有告诉我，我睡在你身上，会让你不舒服么？"

千离忽然似笑非笑地勾了下唇角："以后我上你下，你就知道了。"

"那你肯定不舒服。"幻姬想也没想地说道。

"这么肯定？"

幻姬点头："当然。看看我们的身高和体型，帝尊你大，我小。"她抱着他，且不说她抱不抱得起，他必然不会舒服。

千离慢慢悠悠地问："如此看来，以后我们都得你上我下了。"

幻姬抬起两只手臂抱着千离的颈子，笑眯眯地问："被我压着，帝尊愿意吗？"

"你呢？"

幻姬抿着粉润的唇瓣，笑得灿烂地连连点头，能搂着他睡觉她岂会不愿意，"愿意。"她是愿意，就怕他不高兴。

千离的眼底慢慢浮现笑意，搂在幻姬腰肢上的手稍微提了一下，拨得她的头朝前倾了些，不偏不倚的，红唇落到他的上面，乌溜溜的眼中瞬间着了层惊色，红晕爬上脸颊，却没退开。

大约因为好些天没有和千离亲昵，对于自己不小心亲上他的唇，幻姬内心的暗喜多过害羞。从翠溪山离开至今，都十几天了，除了每晚睡在他的怀中，其他时候她都没机会跟他亲近。虽然不知道问题出在哪儿，可是她感觉世尊与世后并不是自己和帝尊这样的，夫妻应该是他们给人的那种感觉，亲密无间，默契有加，两人在一起没有顾忌没有隔阂，用最真实的自己面对最亲爱的人。可她跟帝尊不是如此，她在帝尊面前害怕说错话，害怕做错事，不敢招惹他生气，尽管知道他对自己有情，可不能恃宠而骄。何况，她觉得帝尊并没有给她多少宠爱，至多没有像过去那般爱打击嫌弃她。

唇瓣贴着千离的，幻姬想起在天净沙的赤焰血境里他曾用舌尖扫过自己的柔唇，那份酥酥柔柔的感觉直钻心尖，叫她记忆犹新。趁着眼前的机会，她学了现用，伸出丁香小舌尝试扫千离的唇瓣。瞬间，幻姬看到千离的眼睛倏然亮了些许，她将他的眸光理解成惊讶。对于自己的小动作能让帝尊吃惊，幻姬觉得十分受用。他一定没想到自己会学到那招，不要以为她当时羞赧就会忘记他的做法，她可是个天定聪明的姑娘。

幻姬的舌尖描着千离的唇形，觉得他的唇柔软极了，比起他整个人给人的感觉，几乎要以为自己亲的不是他。看着千离半眯的眼睛，幻姬虽然红了脸，却坚持不退缩。她觉得，比起他那次用舌尖碰她，她这回算得成功，能赢一次帝尊不是容易的事情，她岂能把到手的胜利给放掉。坚持，她要继续亲。

有人想亲，有人想被亲。风景如诗画，鸟息人寂静，自当是柔情蜜意可惬时。偏偏，一个煞风景的人影忽然闪现，落在了亭内，看着正亲嘴儿的幻姬和千离，哎哟一声，惊了幻姬一个羞红满面，若不是千离牢牢地搂着她，差点儿吓得摔下他的腿。

麒麟上神笑嘻嘻的看着千离："我说，你们俩也忒不注意影响了，光天化日之下就做

这等有伤风化的事情，也不怕别人看到了笑话么？就算不笑话，万一被你们带坏了怎么办？这些三十三重天里的男神女神们，有一对星华飘萝刺激就够不得了了，要是你们也奔放起来，可叫人怎么活。”

千离冷冷地看着麒麟，真真是恨不得把他扔出千辰宫的心情，三次！星华两次，他一次！事不过三，他们没完没了是不是，再有第四次，谁敢扰他，来谁灭谁，最近一个个都忘记他的脾气原本是怎么样的了么？一个个年纪不小，尽干些“缺德”事，天雷怎么也没劈他们几把。

麒麟嘿嘿一笑：“为了维护世界的和平，为了防止天界被恶人破坏，坚持美和善良正义的化身——我，麒麟上神，将与天齐寿，永世不死。”

千离轻轻地瞟了一眼麒麟，嗓音轻得幻姬误以为自己听错了，可她确实听到亭中响起了一个字音。

“滚！”

“不滚。”一个刻意忸怩的声音不晓得从哪儿冒了出来，“就是不滚嘛。”随着声音出现的是一个清粉色的身影，一只翘着兰花指的手朝千离挥了一下，“人家要滚也是滚到小离离的怀中，不然我可是哪儿都不会滚去的。”

幻姬看着亭边走进来的男子，眉目十分的精致，浑身散发着一种绝境妖娆的魅惑之感，说不出为何，她总觉得不是第一次见到这个人，可他到底是谁，她一时又想不起来。

千离扫了眼走进亭中的河古，这妖孽怎么突然跑来了。

河古走进亭内，目光一直投在坐于千离腿上的幻姬脸上，三年多不见，这姑娘长得可是越发水灵了，眉目又长开了不少，倒真是难得一见的大美人。

“小幻姬，你坐了我的位置，来来来，腾个位儿。”

河古走过去，抬手像是要把幻姬从千离的身上赶下来，弄得幻姬非常不好意思地看看他，又看看一直扣着她腰肢的千离，这个人怎么会知道她的名字？而且，听他说话的口气，和帝尊关系匪浅，这个人……

她想起来了！

北古天的河古神尊！

想到三年多前在星穹宫见到河古的事情，幻姬伸手抱着千离的脖颈，看着河古，颇有些强势的派头。帝尊又不是他的，差点儿给他吓倒了，她的帝尊，他一个男人来抢什么劲儿。

“哟！”

河古笑了，看着麒麟，越发笑得妖娆：“麒麟你看看，好有正宫娘娘的架势呢。怎么办，我好怕怕啊。我的小离离要被抢走了，剩下我孤苦无依的，可怎么才能活下去。我不要活了，不要活了。”

“要死赶紧的。”千离说完，嘴角勾了下，看着河古装成心碎的模样捂着心口。

河古仰天叹了一声：“啊，被抛弃的我是如此的伤心难过。我要去沉睡，我要去羽化，我要去了。你们都不要拉着我，不要拉，因为你们拉也拉不住我风情万种的脚步，我……”河古一只手抖得像中风般地伸向麒麟：“不要拉我。”

麒麟正打算伸过扇子给河古做做样子，比他果断的，是千离踹出的脚。

河古机敏地跳到一边，冲着千离笑眯眯的，完全不见一点儿生气的样子：“没踹到，你没踹到。”

亭中气氛轻松愉快，幻姬放下抱着千离的手，当着麒麟和河古的面多有不好意思，悄悄地暗中推了他一把，想从他的腿上起来，无奈千离像是定了决心不想让她离开他一般，搂着她半丝都不放松。幻姬不得不转头看着他，对他使眼色。当着两位尊神的面，她委实不好意思跟他亲密，说来她和帝尊的运气实在是不佳，好几次亲昵都被人打断，若是一直这样，是不是他们就只能趁着晚上睡觉的时候在被子里做点什么了。

幻姬的动作再小也没逃过河古和麒麟的眼睛，两人故意逗脸皮薄的幻姬。

“殿下，我记得你来千辰宫是学佛理的吧。”麒麟看着慢慢低下头的幻姬，“女娲娘娘可不是让你来学怎么跟帝尊亲嘴儿的哟。”

幻姬的头低得要看不到脸了，臊红到了脖子根儿，她其实也不想“不务正业”，可奈何看着在眼底的帝尊，她便控制不住自己的心，总想跟他亲昵。她没忘记自己来千辰宫做什么，只是帝尊总要先救舞倾公主才是，学佛理来日方长。

“我知道的。”幻姬小声地说话，“等帝尊帮舞倾公主解咒之后我就会好好修习的。”

轻轻的一句话，是幻姬的认错之言，却让麒麟愣了下，立即换上认真的表情，丝毫不见刚才的嬉笑逗趣：“幻姬殿下你还小，佛理难参，一时半会儿也急不得，慢慢学习就好。我们帝尊别的不多，时间还是足够，殿下一年学不好可以学两年，十年，百年。一句话，只要你安心地跟着帝尊慢慢学即可，学好了，学扎实了。”

幻姬暗道，麒麟上神这个态度变得也忒快了点吧，刚才还揶揄她学习偷懒，这会儿又叫她不要急，说她不努力的是他，让她慢慢来不急躁的人也是他。

千离搂着幻姬，浅笑：“有句话说得好，笨鸟先飞。依我看，先教她学理是第一要事。”

一旁的麒麟脸色都差点变了。

“谁说的！谁说幻姬殿下不聪明，我看，殿下是个天定聪明的姑娘，学什么东西都快。”麒麟朝幻姬投去赞同的目光：“天资聪颖的女娲后人，往往只需要稍微的点拨就能明白个中道理。殿下，我相信你。”

当千离说先教她时麒麟的反应让幻姬明白了什么，他这么紧张，怕的应该是帝尊不救十四公主吧，刚才被两位尊神忽至弄得光顾着害羞，没想到等了好些日子的麒麟上神回来了，如此一来，舞倾公主应该很快就能恢复正常了。

被麒麟取笑的幻姬故意端着脸，很是认真地道：“在各位尊神的面前，幻姬自知愚笨，难得帝尊愿意教我，我觉得尽早修习是一件很好的事情。”说着，看向千离，“帝尊，不如就从明天开始吧。”

“明日？”千离挑眉，“现在。”

麒麟被千离的话吓得不轻，长腿迈了一步，挡在从老仙藤椅上起来的千离身前，“呵呵，我知道小离离不是个小气的人，好了好了，不逗你媳妇儿了还不行吗。”也忒小气了点，不就是揶揄了幻姬几句么，疼得跟什么似的。飘呆呆都不知道被他们逗过多少回，他还训过犯错的飘呆呆呢，人家星华不也没说什么。看他这模样，以后就是幻姬做错了什么事，那也只能他自己训是不是，别人可是半个不好的字都不能讲她了？

麒麟溜须拍马的话里，有四个字颇得千离的心，扫了他一眼，眼底竟浮现一丝半缕的笑意。麒麟一看就晓得他在爽什么。

幻姬把听话的重点放到前面，抿嘴轻笑，麒麟上神总是被帝尊欺负，每每看他被欺负的样子，都有些羡慕，不为别的，他和帝尊的感情能从言语间感觉得到，很好。她在天外天素来一个人，年岁相仿的朋友，没有。

“小幻姬，你还没有喊我呢。”河古掺和一脚进来。

幻姬立即道：“河古神尊。”

“嗯。”河古走到幻姬的身边，“说说，什么时候来的千辰宫。我说你可是瞧不起我北古天么，东古天的星穹宫你去住了，西古天的千辰宫你也来住，怎么独独就是我的北古天碧馨天海古刹不去呀？”

“这……”幻姬微微笑着，“不是不去，以后得机会，必定是要去北古天拜访河古神尊的，到时还望神尊莫要嫌弃我打搅才是。”

河古当即笑得邪魅非常：“瞧殿下说的。怎么会嫌弃呢。如果殿下是像打扰帝尊那样打扰我，我可……啊！”

千离一脚老不客气地踹在河古的翘臀上：“你给老子滚！”

“哇……”河古翘着兰花指指着千离，控诉，“你这样暴力，太不安全了，幻姬殿下，走，跟我走。跟帝尊在一起，你要时时刻刻小心你的小屁股。”

幻姬掩嘴轻轻笑出声。

麒麟用手很是嫌弃地挥了一下河古，“你先闪边儿玩去，我这还有正事呢。”说着，麒麟从袖中拿出火龟珠，递给千离，“两颗，怕一次不成功。”千离接过之后，麒麟又道，“堕天冰海里似乎有点儿不对劲。”

接过火龟珠看了一眼的千离朝河古瞟了眼，难怪他会来。

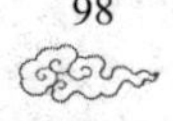

第十五章　一砂一极乐

“花探。”

千离唤来花探真君，让他带着幻姬去用午膳，自己则和麒麟河古到了寝宫偏殿，聊事去了。

吃饭前，幻姬看着摆菜碟的花探真君，将自己内心的疑问问了出来。

“花探真君，舞倾公主情况如何？为什么帝尊不许我去西隅殿看她？”

花探轻轻一笑：“殿下善良，自然是怕殿下看到了舞倾公主悲怜她。”

“真是这样吗？”

幻姬历事虽然少，可觉得并没有花探说的这么简单，她也曾想过帝尊是怕自己看了心里不好受故而不让她见，可是她用自己的内丹救过一次舞倾公主，鼎灵神灯接替她的内丹为舞倾续命，那效果自然不比她的内丹差，十四公主的情况还没有到恶化的程度，怎么就不许她看了。

“嗯。”花探忙着上菜，没看幻姬的脸，应了话。

花探真君是帝尊的人，若是帝尊真想瞒她什么，花探肯定是帮着帝尊，幻姬放弃从花探的嘴里打听到舞倾情况的想法。

“麒麟上神回来了，火龟珠有了，那去荒山极的神侍可还要几天才回来么？”幻姬随口问道。

花探道：“神侍回来了。”

“今天吗？”

“嗯。不久之前。”

“东西取到了吗？”

花探恭敬地站到一旁：“嗯。带回来了。”

闻及，幻姬的心放了下来，解咒的东西都齐全了，舞倾的命应该能保住了吧。只要舞倾公主能安然无恙地回西海，帝尊不让她见她也不要紧，本就是未说过一句话的陌生人，不过是舍不得美人儿香消玉殒才上心了一些，能康健地活着就行。

饭后，幻姬拿着特地给千离留着的午膳去偏殿找他，到门口时，听得里面传来麒麟的声音。

“……你自己多加小心。”

随后便是帝尊应了声：“嗯。”

幻姬站在门外蹙眉，可又是有什么危险的事情需要帝尊去做吗？麒麟上神难得叮嘱人，他特地嘱咐过天净沙，结果在天净沙里若非她的眼泪，她和帝尊不晓得要遭遇什么事。现在麒麟上神又要帝尊小心，让她如何不担心。拿着手里的午膳，幻姬走进房间。

“帝尊。”

看到幻姬进来之后就把认真的脸色换掉的河古笑了：“小幻姬还会做饭呀。真是可

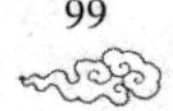

爱。”

幻姬不好意思地摇头：“不是我做的，是世尊。”

“啧啧。”河古立即不满地看着千离，“不像话。幻姬殿下，你看看，在千辰宫里连饭都没得吃，你还待这做甚，来，跟我回去。”

幻姬笑了笑，没说什么。帝尊确实不会做饭，可哪有因为自己夫君不会做饭就将他抛弃之说的。不过，总是去星穹宫里麻烦世尊也不是长久之计，千辰宫里，总归是需要有人烧得一手好菜的，不然可真要闹笑话了。

千离每回陪幻姬吃饭，吃得都不多，大部分的时候不过喝点汤。幻姬给他拿来的，是碗味道熬得极为醇正的浓汤。汤盅放到他旁边的桌上后，一股诱人垂涎的香味立即散发开来，惹得麒麟和河古相互看了眼，馋了。

“不行，我得去找星华。”

河古跟着站了起来：“我一起。”

麒麟朝幻姬看去：“幻姬殿下，不如我们一起去星穹宫，想必你也有些日子没见到世后娘娘了吧。”

“我昨天才去过星穹宫的。”幻姬谢过麒麟的好意，“今日就不去了。”

昨天去了……

河古笑，“昨天去了今天就不能去么，走走走，跟我们一起去，不要天天黏着帝尊嘛，他动不动就揍人，这样的男人你看上他什么了，放着眼前大好的男神不迷恋，眼光不要太差哦。”

“本尊听说，两年前在北古天有个姑……”

河古忽然抓住麒麟嗖的一下飞出了千辰宫。

河古和麒麟忽然不见，幻姬愣了下，轻轻笑了，看来河古神尊又有什么不想让人见到的把柄给帝尊晓得了。饶有兴趣地坐到椅子上：“帝尊，两年前河古神尊怎么了？”

“你倒是挺关心他。”

“我……只是好奇罢了。”

千离的指尖轻轻碰了下汤盅，收了回去，幻姬以为他没胃口，关心地问道：“怎么了？不想吃吗？”

“烫。”

烫？

幻姬立即伸手去探碗边的温度，她刚刚端过来一点不觉得烫，怎么会烫呢？

“不烫呀。”幻姬用手端起来，小勺子在浓汤里拨了两下，用嘴吹了吹，将汤盅送到千离的面前，“帝尊你再试试，不烫了。”

千离瞧了眼，没动作。

幻姬又吹了吹，她是真的觉得不烫，为什么帝尊……噢，她懂了。

舀了一小勺浓汤，幻姬将小勺子送到千离的嘴边："帝尊，试试。"

千离颇为满意地看着幻姬，这次反应倒是有些快，若是麒麟和河古两小子不走，看到她这番模样倒要气上一气了，没有女人疼的男神是很可怜的。

幻姬一边喂着千离喝汤，一边想起自己在门口听到的话，犹豫了一会儿，终是将自己的担心问了出来。

"帝尊，你可是准备要去哪儿吗？"

"嗯？"千离抬眼看着幻姬，"没有。"

"那……为舞倾公主解咒是一件很危险的事情吗？"

千离看着幻姬，没有立即喝下她喂来的浓汤，问她："你是不是听到了什么？"

"没听得多少。麒麟上神让你小心些。"幻姬复问，"救舞倾公主很危险，对吗？"

"不要瞎想。"

听着千离的话，幻姬轻轻点了点头。他处事素来谨慎，或许真是她瞎想多了。

晚膳前，幻姬想着是不是跟花探真君一起去星穹宫拿吃的，她中午没过去，世后和小毛球说不定会奇怪她为何没去。刚走出寝宫准备去找花探，迎面走来一个人，仙风翩翩，气度非凡，幻姬看着那道白色的身影走近，嘴角微微扬起。

"帝尊。"

"走吧。"

幻姬疑惑："去哪儿？"

"星穹宫。"

幻姬心道，正是她打算去的地方，遂欣然点头，跟着千离一起腾云驾雾去了东古天。千离没说去星穹宫做什么，幻姬也没问，在她看来，麒麟上神回来了，河古神尊难得来找他们，几人在一块儿聚聚是再正常不过的事情。

星穹宫。

在水中莲亭下着棋的河古见到千离带着幻姬走来，朝对面的麒麟眨巴了一下眼睛，几乎是从鼻孔里哼出一句话："我的小心房……"

麒麟挑起眼角，对他只说了半句话颇有些不爽："放完。"

"好疼。"

河古做出一个捂着心口的动作看着千离和幻姬走进莲亭，眉心浅蹙，眉眼之间流露出淡淡的忧思，仿佛受到了什么难以自拔的情殇，目光追着千离。

"哎……"河古轻轻地叹气，"小幻姬，你伤害了我，还一笑而过，你可知，你把我的小离离抢去了，让我以后找什么借口去西古天。哎……往后长夜漫漫，无心睡眠，可是要

让我整夜整夜的孤枕难眠了呀。”

幻姬露出了悟的神情，“难怪我觉得河古神尊比三年前要老了许多，原来是相思成疾。”随后，看了眼千离，笑了笑，继续对着河古道：“这可如何是好呢，我家帝尊不喜欢男人，不然，我倒是不介意河古神尊为千辰宫的次妃。”

次、次妃？

小毛球忽然从亭外探了一个小脑袋进来，问幻姬：“小姨娘，次妃是什么东西？”

“次妃不是个东西。”

麒麟忍了笑，没忍住，扑哧笑出来，看到河古瞪着自己：“呵呵，不关我的事。”

幻姬怕小毛球摔到水里，走过去把他给抱到亭内，“你从哪冒出来的，怎么不在房间里好好习字，小心你母后看到了又要责罚你了。”

小毛球抓着幻姬的衣袖，仰着脑袋问她：“小姨娘，以后你当母后了，也会让你的小殿下这么辛苦地习字吗？”

她的孩子……

“会。”

“啊！”小毛球纠结起眉头，歪着头看着幻姬，原来小姨娘也会像他的母后对他这样对她的小殿下，“为什么你们当父尊母后的要这么折磨我们，我们这么小，习字一天可是很累的。”小毛球很为将来的千辰宫小殿下担忧，想了想，说道：“我觉得，我要通知小姨娘你的小殿下不要当你的小孩儿，因为你会罚他习字读书。我还……”小毛球的话没有说完，一只手拎着他的衣领将他提了起来。

看到拎起自己的人，小毛球讪讪地喊道：“母后……”

“不好好习字跑来这里诅咒你的小姨娘和帝尊没有宝宝，出息了啊。”

飘萝拎着小毛球对着千离赔笑，“那个帝尊呐，小孩子不懂事，童言无忌，你莫往心里去。以你的能力，一夜七八次应该不是问题，要几个崽子那完全是轻而易举的事情。”说完，对着幻姬又笑了，“你中午怎的没过来，我给你做了点心，第一次试手，不晓得成不成功，等着你来尝呢。”边说，飘萝边拉住幻姬的手朝亭外走，“跟我瞧瞧去，我看着卖相有了，就是不知道味道合不合你的口味。”

幻姬朝千离看去一眼，跟着飘萝走了。

没走多远，小毛球带着我不入地狱谁入地狱牺牲我一个造福后来人的大悲壮喊声传到了莲亭里。

“千辰宫的小殿下你可千万不要来找你的父尊和母后呀……”

河古对着千离笑道：“没崽就没崽，莫难过，知道你不行。”

“当粉娘是不行。”千离走到一把椅子前面优雅地坐下去，慢慢品着神侍送上来的清茶。

第十五章　一砂一极乐

河古皱巴着脸朝麒麟诉苦："你瞧瞧他，就会欺负我。"

"没听他点名道姓，你怎的就知道是在说你？"麒麟说完，朝着千离挤眉弄眼了两下，原想着跟他眉目传情拉近关系，没想到千离一直低头看着杯中的茶叶，完全无视他的勾搭讨好。讪讪地，麒麟转回目光看着棋盘，有了媳妇儿就忘记兄弟的家伙，要是幻姬在这里，他还会盯着茶叶看？他会闭目养神。

河古落下一粒凶狠的棋子，大有将麒麟大杀四方的架势，边道："你个小没良心的小麒麟，在堕天冰海的时候，忘记我怎么帮你了么，拿到火龟珠就不认人，下次可别想我再帮你的忙，绿豆大的都不帮。"

在麒麟去堕天冰海的路上，经过北古天，意外遇到修行出关刚三天的河古，得知他要去堕天冰海，无聊的他也跟去转了一圈。几人中，河古的年纪最小，若是飘萝没有那段两百万年的聚魂凡人经历，飘萝年纪都比四百万岁的河古大了几十万年。地上拼斗，河古对千离三人恐是无一胜算，但若到了四海六道八荒里的水域，三人怕就可能要掂量掂量了。以四百万岁的年纪坐上北古天尊神之位，河古的名声里更多了两种东西，上善若水与邪魅妖娆。比起麒麟的不愿渡劫升位，河古绝大部分时间都在闭关修行，御尊之位，静待他的登鼎。取火龟珠因为有他同行，麒麟确实省了非常多的时间。

"小离离，你可得从我的身上汲取教训，没良心的人，帮他前要想好。"

麒麟瞟了眼河古："你少打岔他要办的正经事。他是还西海老龙王的人情，跟我没关系。"

"哎，话不能这么讲。西海差点儿天翻地覆地从四海消失，若非小离离出手，那西海什么美公主都要无家可归，当年老龙王给了再大的恩情也该足够还了。这回救人，不过就是顺道把事情做得彻底，可做，也可不做。"河古噙笑，看向千离，"是吧，小离离。"

麒麟很严肃地白了一眼河古，平时不见人，一出现就添乱，他怎么这么讨嫌呢。

"说起西海，你那会儿去哪儿了！不是你分内的事情吗！"

河古兰花指娇媚一甩，故意捏腔拿调的："哎哟，人家那时候在闭关啊。再说了，我知道有小离离和小星星，你们是不会坐视不管的。"

聊到正事，麒麟倒确实认真起来："堕天冰海的事情，你看出点什么没？"

河古耸了下肩膀，在这轻轻的一耸中，他的神色也变了，少了嬉笑妖颜，叫那浑身散发出来的邪魅之气里添了许多的清俊与高贵，微显湖蓝色的双眸里多了邪绝的冷静。

品茶的千离慢慢掀起眼帘看向河古，堕天冰海……

"一百万年前……"

千离的话，提醒了麒麟，更是在河古的心头扎下了细细的一根针。麒麟看了眼千离，目光流转到河古的脸上，难道是她？

见河古默然不语，麒麟笑了笑："我看着不像，也许只是一次沧海桑田的变幻罢了，

无极时光里，这不是再正常不过的事情么。”

莲亭里，变得很安静。河古与麒麟的棋都没下完，千离悠闲自得地喝着茶，时光漫漫，月色渐浮。

月下水中莲亭的一晚小聚，欢声笑语飘在水上直至月过亭心。

因为小毛球犯困，飘萝席中带他离开，送他回宫睡觉。桌上留下幻姬一个女子，好在有麒麟这本八卦大典在，倒也没让她觉得无趣。听了许多三十三重天里的故事，愈发觉得比天外天有趣得多。杯盏交错之间，幻姬喝了不少的美酒，近散席时，醉意过了七分，原本端坐的身子变得有些摇晃，纤指掐着酒杯也不如开始利索稳当，麒麟与她碰杯的时候，看着她的模样轻轻笑了，目光扫过她身边的千离，那笑带上了三分的坏意。

一饮而尽杯中酒，放下酒杯之后，幻姬再欲给自己倒酒时，觉得有点手不从心。一旁候着的神侍见状，立即上前拿过她手里的酒壶，为她斟满。

“来，幻姬，我们再喝。喝完我跟你说关于帝尊的故事。”

幻姬兴致高涨，“嗯。来。”她的手还没碰到酒杯，静立桌上的酒杯忽然飞到千离的手边，三只修长匀称的手指轻轻端杯，帝尊代她喝?

麒麟笑道：“帝尊这样不好吧，你可不是幻姬殿下。”

“有差吗？”千离淡淡一问。

幻姬觉得帝尊代她喝这杯酒肯定是不想麒麟上神说关于他的事情，不想让她晓得他的过去，他明的暗的威胁人的次数可不要太多哦。

“当然有差。”

说话的是幻姬，她微微倾过身子伸手去拿自己的酒杯：“我是女的，帝尊是男的，麒麟上神是要和我喝，不是和帝尊喝。帝尊你酒杯里还有酒，干吗要抢我的喝。”

幻姬酒量并没有多好，醉到七分已是有些过了，倾身靠近千离时，闻到他身上的白摩花香气，一下子不晓得怎么就柔软了心坎儿，晃神一记，柔软的身子靠到他的肩膀上。幻姬想起身坐好，腰肢被一条手臂揽住，鼻尖闻到的白摩花香更浓了，也更软了心房。

喃喃的，像是撒娇一般的，幻姬轻唤：“帝尊……”

桌上另外三个男神眼睛同时一亮，相互溜了一圈眼神儿，哎哟，小幻姬这一声叫得他们的心都软了，千离这小子心里怕是要爽成一摊水了吧。

“我说你就别端着了。”麒麟鄙视地看着千离，“想嘚瑟就嘚瑟吧。”

星华扬起嘴角：“你再不嘚瑟我就去找我媳妇儿去了。”

河古笑：“你们都有媳妇儿抱，我怎么办。小麒麟，不如，我们去寻个没人的地儿……”

麒麟抖一下全身的鸡皮疙瘩：“看星星看月亮聊诗词么？”

“讨厌，你明明晓得人家是什么意思。”

千离不紧不慢地喝下手里的酒，放杯之后，弯腰将幻姬横抱起来。走前，看着星华：“半月，莫让她出宫。还有，你家那只也是。”

星华点头：“嗯。”

看着千离抱着幻姬离开的背影，麒麟和河古依旧有点儿不敢置信。他们那个对人冷冰冰、对女子更冷冰冰的帝尊大人，竟然也能干出这么温柔的事情，太不可思议了。三年多以前，幻姬还烧光过他的衣裳，顶撞他的事情亦是没少干，虽有礼有节，但千离也没少惩罚她。以千离一贯对人的风格来说，幻姬早就是他视线之外的浮云了，没想到分开三年的两人如今反而亲密无间了。麒麟觉得，这两人的感情委实不好八卦，都不知道他们什么时候瞧对眼的。许是一次次的相遇中，摸不见看不着的倾心钻着空隙就进了他们的心吧。

千离抱着幻姬走后，星华去找了飘萝，麒麟也寻乐子离开了莲亭，独留河古在亭中对月影成三，长夜漫漫酒来伴，无声无息一江月。

送幻姬去星穹宫厢殿的路上，千离发现此人的酒品得分情况，在翠溪山还以为她喝醉之后只会老老实实地睡觉，没想到那只是她微醺后的表现，醉到七分，只会一句话不停重复地叨叨念。

“你还我的酒，我的酒……”

“帝尊你还我的酒。”

幻姬抓着千离的衣襟不停地扭着，醉得不轻的她还能晓得抱着自己的人是谁，这一点让千离颇为欣慰。手指头揪着他的衣襟，下意识地放软声音，“帝尊……”

看着她醉红的脸颊，千离忍不住微微笑了起来。刚才在亭中她靠着自己唤的那一声，着实让他也怔了一瞬，心尖在她喊的瞬间柔得不像话，连他自己都惊讶那份感觉。当年他还取笑过星华百炼钢成了绕指柔，对他家那只温柔得让他嗤之以鼻，没想到自己竟然也会有步他后路的一天。怀中的女子哪里都没他强，可却能在他身体最柔的地方穿来跑去，一声呼唤就让他生出些许疼惜和怜爱来。

“葡萄帝尊。”

千离的目光定在半阖半眯着眼睛的幻姬脸上，她倒是还记得三年前在南荒的玄冰天地里给自己取的别号。

幻姬放开揪在手中的衣裳，抓着千离衣襟的边缘，抬头看他：“不对。我家帝尊不爱吃葡萄，不能叫葡萄帝尊。”想了想，幻姬改口道：“狼王帝尊。”又觉得可以喊成：“白衣帝尊。银发帝尊。”取别号的感觉借着酒劲忽然文思泉涌，顺口而出：“不会做饭的帝尊。毒舌无耻的帝尊。经常不要脸的帝尊。”

步伐不快也不慢的千离渐渐地放慢了脚步，看着幻姬的眼睛，要是她明天醒来之后晓得自己对他说过这些话，会是什么表情？

千离没想到，他怀中的女子还没说完。

“打架非常厉害的帝尊。”

“写得一手好情诗的帝尊。”

“俊得让人小裤直掉的帝尊。”

这一句，千离乍一听，没忍住，笑出了声，“噗。”整个脸上全部都是笑意，之前她说那么多让他“记仇”的别号，最后一句却惹得他笑得眉眼弯弯。

始作俑者的女子不晓得自己的话对抱着自己的男子起了什么作用，神情渐渐地变了些，低声的，像是自言自语。

“让我忍不住担心的帝尊。”

千离的脚步，缓慢地，停了，看着幻姬低垂的双眸，静静地听着她醉酒后的话。

“君生我未生。我生，君可在？”幻姬的手，捏得更紧，“一直在。”

寂静无声的小道上，千离抱着幻姬站在花草中，不言不语，就那么安静地看着她，眸光深深清清的，不见底，却有两个小小的她。

“你是那么多那么多的帝尊，褒的贬的，你都不稀罕。可是你能不能稀罕一个，就一个。”幻姬慢慢地抬起翦瞳，对上千离的目光，“幻姬的帝尊。”

她担心他。他不说，不代表她感觉不到。她会笑，不代表她会忘记。麒麟的话，她一直都放在心底，只是没表现出来，他说让她别瞎想，她就装成什么都不想。可哪里会不想，若是轻轻松松的事情，麒麟上神何须叮嘱他。她不质疑他的本事，却忍不住担心。他说她活多久他陪着活多久，她死心眼地相信。就因为给她承诺的人是他。封镜球里的话，她记得清清楚楚。

他喜欢她，看到他写的诗后，她肯定他对自己有情的。可平时的生活里，她又不觉得帝尊有多喜欢自己。也不晓得为什么，总觉得有隔阂在他们之间，没有跨过，还是没有捅破呢？

久久的对视之后，千离并没将幻姬送到厢殿里睡觉，抱着她坐在旁边的草地上，让她把头靠在自己的肩窝里，由着清凉的夜风给她醒酒降温。

千离低头看着怀中把他的衣襟紧紧攥在手里的幻姬，脑中飘着她最后那句话，对他还没有足够的安全感，是他表现得还不够明显么？

夜风吹了一个时辰之后，幻姬清醒了不少，看到千离抱着自己坐在花园中，头顶一片繁星，心情瞬间变得极好。

“帝尊。”

千离轻声问：“头疼不疼？”

幻姬摇头。

“帝尊你怎么也不叫醒我，这么好看的星空差点就被我睡觉给错过了。”

千离看了眼夜空，柔声道：“你若喜欢，以后我常陪你看。”

“君子一言驷马难追。”

看着幻姬认真求证自己应下的表情，千离忽然明白过来，怕是自己平时陪她陪得少，从西天到现在她又经历了好几场大劫难，对她自己，对四海六道八荒，都充满了怀疑和不安全感。日日也就待在他身边的时候，她才会安心。

“嗯。”

得了千离的肯定，幻姬忽然笑着在他脸上亲了一口。

“我看世后姐姐高兴的时候就这样对世尊姐夫的。”他们也是“夫妻”，她应该也可以这样吧。

见幻姬开心，千离忍了将她送回房睡觉的打算。罢了，今晚就陪着她在园子里待一晚吧。若是送她回了房，必然就得告诉她要在星穹宫里住半月的事情，且这半月她还不得出宫一步，更不能去千辰宫里找他。

但，不能去千辰宫半月的事情还是让幻姬晓得了。她催他回千辰宫，他没瞒着。幻姬脸上的笑很快就没了。

千离声音柔得能掐出水来：“就半月。半月过后，我必会来接你。”

幻姬攥着他的衣裳，贴着他，一个字没说。

一整晚，千离就那么抱着幻姬在花园里坐了一夜。

幻姬贴着千离，一只手抓着他的衣襟，虽是一晚没说话，却让千离觉得她说了很多的话，她心里的话他仿佛每一句都能听见。她担心他，她不想跟他分开半月，她没有安全感。她来星穹宫每次看到星华陪着他媳妇儿说说笑笑的，许念及他陪她聊天太少，两人就算在一起，多半时候他都默然养神。每日见面倒还不觉得什么，现在要分开半月，甚至不许她出星穹宫，她心底那份委屈便抑制不住地冒出来了。

不觉间，千离收紧自己的手臂。从她来千辰宫找他，两人确实没好好在一起处过，先是她的真身伤重，伤未痊愈便将她送到星穹宫住一个月，虽然后面带着她去了西海，可终究自己忙西海的事情多过陪她。回佛陀天不久又带着她去了天净沙，险境求生出来，回了佛陀天他则准备给舞倾公主解咒，每日注意那公主的身体情况，闲下来也不过是睡睡觉钓钓鱼，任她每日来找世后聊天解闷。比起星华陪飘萝的时间，他陪她的确实少了太多。

千离低头，看着自己被幻姬攥得紧紧的衣襟，目光落到她的脸上，她脾气好，生气的时候哪怕想发火也常常因为找不到骂人的词语而把话憋了回去，她想闹着回千辰宫他是看得出的，只是她必然是晓得他打算给舞倾公主解咒了才不说话，不论是她想去西海还是飞上他的祥云跟着去天净沙，他从来就没觉得她是包袱，也更没有觉得她任性过。她是什么样的人，他知道。何况，就算她任性又怎样，他容她，别人就没有不容的道理，若是连她这个包袱都背不起，他有何资格看上她。对他来说，她是不同。她，凤语佛，对他而言是一个不同于任何人的存在。

"一晚上没睡，回去睡觉吧。"

听到千离的声音，幻姬抱着他的那条手臂赫然拢紧，从他的腋下抱着他的身躯，不肯放开，一个字没说，眼眶红了。

千离对别人狠，对自己更狠，可是他发现对幻姬，越来越狠不下心。若是依他的性格，不管她愿不愿意，将她送到房间里就算是照顾有加了，想不想睡觉是她自己的事情，哪里可能陪着她在园子里坐了一晚上。偏生，他就是陪了，毫无怨言。看着她趴在他怀中一晚上一言不发，不过一句送她回房睡觉的话就惹红了她的眼睛，他实在是舍不得强行把她留下。若说，也只能怪他没抽空多陪陪她，让她感觉到自己和她老是分开。

"等舞倾公主的事情了结，天天陪你。"

幻姬听在耳朵里，点了两下头，却还是不肯说话，眼睛依然红红的。

千离实在不晓得要怎么哄幻姬，分开半月是改变不了的事情。她不愿意离开他，想跟他在一起，他看在眼睛里喜在心底，若是没西海十四公主这件事，她这般不舍和自己分开，他不晓得要高兴成什么样子。可眼下舞倾的时间不多了，耗下去会危及她的性命。舞倾的性命他不在意，可若是因她没解咒成功，到时内疚的又是她。比起漫漫长长的自责时光，现在分开半月反倒就显得不值得一提了。

"别哭。今日我不回去，就在这里陪你。"迟一天就迟一天吧，多陪她一日，或许明日分开她心里会好受点儿。

这次，幻姬从千离的肩窝里抬起头，看着他，"这样不好。"他回千辰宫有事情要忙，在这里陪她是浪费时间。"你回去吧，我没事。"说着，幻姬又怕千离真的以为自己完全没事，叮嘱他，"你一定要记得半月后来接我。"

晨光升起，朝霞的柔光照射在幻姬的脸上，吹弹可破的肌肤让千离很想抬起手抚上一抚，可她眼底的微微困倦让他很清楚现在要做什么。昨晚知道半月不能出星穹宫找他，她整宿睁着眼睛贴着他，生怕他偷偷走掉一样，岂会一点儿不累。抱着幻姬，千离飞身而起，脚步轻轻地送她到了厢殿的房间，将她放到床上，自己顺势睡到她的身边。

幻姬愣了下，看着千离："你不回去么？"

"不回。"

"回吧。"幻姬催着千离，觉得因为自己而拖住他回宫的脚步不合适，"我会在星穹宫里等你半月的。"

千离用仙术拉过薄被盖在两人的身上："安心睡觉。我哪儿也不会去，就在你身边。"

看到千离的目光，幻姬晓得自己再多说什么也没用，心里又是歉疚又是甜蜜，枕着千离的手臂，嘴角弯弯地闭上了眼睛，没一会儿便睡着了。

中午时分，麒麟大步走进幻姬的厢殿，刚到她寝宫的门口，千离从里面走了出来，见到麒麟，脸色十分平静，好像早就料到他会来一般。

“我说你怎……”

千离闪了个眼色示意麒麟小声些，麒麟朝宫内室看了眼，放低声音，“还在睡？”昨晚可真够激烈啊，难不成真是一夜七八次？麒麟上上下下将千离打量了几遍，“纵欲过度很伤身的，要注意身体啊，千离爷爷。”边说，两人边朝殿外走去。

“我今天早上去千辰宫找你，花花说你一晚上没回去。”麒麟不敢相信地看着千离，摇头叹息，“小离离啊小离离，你堕落了，你堕落得太快太多了。”为了一个女子而夜不归宿，这种事情怎么可能发生在他们傲然天地眼无一物的帝尊身上！星穹宫和千辰宫虽然隔得不近，可对于从来没有留宿过星穹宫的帝尊来说，不得不成为一个八卦。他对幻姬实在是太迷恋了，迷到如此难舍难分的地步？不过就分开半个月而已，对无极时光来说，半个月就眨眼间。

“我不想解咒了。”

麒麟立即道：“别啊，我不说了，不说还不行吗？”

走出厢殿，千离停下脚步看着麒麟，“她不想离开我。”

麒麟恍然明白了，笑了下，“昨晚闹了？”

“她的性子……”千离摇头。就是因为她什么都不说不闹，他才越发心疼她。

麒麟皱了下眉头，揶揄归揶揄，他当然晓得千离不会因为他们的玩笑而真的撒手不管舞倾，可若是幻姬让千离动了见死不救的心思，恐怕就是来真的了。三年前见到幻姬，她是个很独立的神女，到现在她遇到事情也很独立，但若能在一些事情上对千离产生依赖，表示什么，不言而喻。让一个从小被教导成造福苍生的女娲后人产生依恋的心，不容易。他懂，千离更懂。

“哎。”

麒麟轻轻地叹了一口气，呆呆当年像幻姬这么大的时候跟着星华，星华对她日夜不离的照顾，虽说他们经历三生情劫，可感情没有被人发现时，星华疼她可是疼出了名。星华外出办事不带她时，她一个人在仙宫里倒也玩得不亦乐乎。到了幻姬身上，千离几次办事都带着她去了，大劫大难里两人一起经历过来了，怎么平静安稳的生活反而分开不得呢？

“真不救舞倾？”麒麟试探性地问。

“我今儿陪她一天，若明天还走不成，就不救了。”

晓得千离的打算没人改变得了，麒麟没再劝什么，只是告诉他。

“若明天你回去了，我替你在星穹宫看她半个月，保证不少你一根毫毛。”

千离微微笑了下，准备转身进宫，麒麟看着他的衣襟处，咦了一声。

“咦？”麒麟拿着百色扇轻轻敲了一下千离的衣襟，有了一个惊奇的发现：“我从认识你到今天，还是第一次看到你的衣服上有褶皱呢。呵呵，你小子昨晚战况可够激烈的

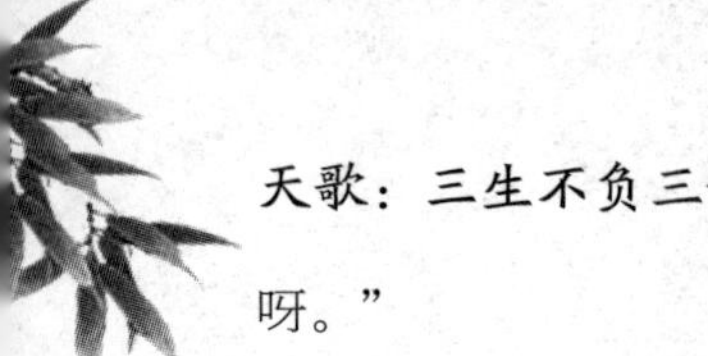

呀。”

千离低头看了眼自己的衣襟，慢悠悠地道：“一件衣裳罢了。有激烈的机会总比想激烈却激烈不起来要好。”

麒麟：“……”

幻姬醒来的时候，睁眼看到千离坐在床上，自己贴着他，心情大好，抱着他的腰身蹭了蹭，醒来就看到他，真好。

千离伸手揉着幻姬的头：“睡饱了？”

有一会儿幻姬没说话，从被子里坐起来看着他：“还能睡，但是不想睡了。”

“嗯？”

“睡太多，晚上睡不着，你又该走不了了。”

千离将幻姬拉到自己怀中抱着，他独来独往惯了，一时还没养成身边总是带着女人的习惯，她一直都是个不需要太操心的人，倒也没想过，其实还是需要他陪的。

“你数着指头过，十五天后就能看到我了。”

心里有了准备的幻姬这次没那么难受了，乖乖地贴在千离胸口点头。

两人起床后，吃过东西，千离和星华几人到天河边钓鱼，幻姬则伏在千离的腿上睡觉，后来星华看不过去，差了小毛球回宫叫了飘萝也来天河边看他钓，两口子挨了麒麟和河古不少的白眼。

到了晚上，千离想着再陪幻姬一晚，第二天早上回宫，没想到她竟在晚饭后催着他回去，一点不见难过的模样。

“那我回去了。”

“嗯。”

因为星华布下了天登绝步结界，幻姬送千离到宫门口就不能再走出去一步，只能眼睁睁地看着千离的身影飞远，直到看不见，失落的神情才浮现脸上。不能因为自己的情绪耽误了他的正事，这一点她是晓得的。舞倾公主早点恢复正常也能早些回西海见自己的家人，想必西海龙王和王后对她定是日思夜想，百般牵挂。

千离走后，幻姬并没有去找飘萝纾解内心的沉闷，回了厢殿，打算睡觉。她发现，睡觉是暂忘一个人的最佳方式，睡着了，便什么都可不想，睁开眼，一天过去了。如此闭眼，睁眼，十五个回合，她的帝尊就会出现。挥手退下了门口候着的神侍，幻姬关上门，朝自己的寝室走去。

垂帘丁零轻响，幻姬拨开珠帘的手放下，走过屏风，忽然停下脚步，看着床边坐着的人。一袭白衣款款，银发从他的背后落到地上，嘴角含笑地看着她，眉目里都是暖暖的笑。

帝尊？！

第十五章　一砂一极乐

幻姬心里冒出来的第一个想法是，自己眼花了！站在原地，不敢上前，也不敢喊出来，只是看着他，怕自己稍微动一下就将床上的人吓得消失。心想着，自己当真是太不想和帝尊分开了，他刚走，自己就能出现幻觉，往后十五天可要怎么过去？看了一会儿之后，幻姬带着万般无奈的口气对着床边的人影说话。

“如果你这个幻觉帝尊能出现我眼前十五天该有多好。”

千离嘴角勾起，朝着幻姬伸手：“过来。”

脚步十分轻柔地，幻姬走了过去，站到千离的面前，抬起手想碰他，可是害怕碰了幻影就看不到他，手抬起了两次都放下了。见状，千离主动牵过她的手，将她柔若无骨的小手握到手心里。

“既然不想我走，为何还要急切地赶我回去？”

“这次离别总是要来的。你不能不回千辰宫。”幻姬想到唯一见到舞倾公主的那次，“想到舞倾公主的时间很快就要没了，我如何能将你挽留在身边，来日方长，我们还有机会在一起。”等这次舞倾走了，她要多争取些和他在一起的时光，哪怕在他身边不做什么事都好。

一番话毕，幻姬发现了什么。帝尊握着她的手是温暖的。如果是幻觉，那不应该是没有感觉的么？幻姬低头看向自己被千离握着的手，惊喜地喊道：“帝尊！”

他没回去！

千离笑着，稍微拉了一把，将幻姬拉近一步，搂着她坐到他的腿上：“以为是幻觉？”

“嗯。”

她让他回去，他一句坚持留下来陪她的话都没有，说走就走，她怎么会想到他还会折返回来等在房间里。虽然晓得明天他还是要回去，可今晚他回来的行为让她特别暖心，像是又占了他一晚的便宜一样，忽然觉得一晚上的时间挺长，能说很多的话，能抱着他很久。

“你也不跟我讲一声。要是我去找世后了，你岂不要在房间里白白等上半个晚上？”幻姬心中十分庆幸自己选择一个人回来，不然可真就要惋惜了。

千离浅笑：“等你回来看到床上躺着一个俊美的男人岂不是更好，被子都有人帮你暖好。”

幻姬不觉千离说的那样好，“可是会失去跟你在一起的时间。”现在天气这么热，哪里需要他暖被子。若是回来看到他睡在被子里，她估计一晚上都不敢上床睡觉，只会在床边傻傻地盯着他看一晚上。

言者无心，听者有意。

幻姬并没有意指埋怨千离什么，却让他想到自己确实极少陪她，遂问她。

“昨晚星空那么好你没怎么看，今天陪你去数星星吧。”

幻姬笑着直点头，他在，做什么都好。

星穹宫大殿的屋顶上，千离将幻姬搂在身前，陪着她一起数星星。一般繁星散开，能数得清的人不多，数了这颗落下那颗，可幻姬却让千离心赞，但凡他们能看到的星星，指着那一块她便能数清那一块，眼睛和她的心一样，明净得让人惊讶。幻姬靠着千离的胸膛，身子越来越放松，一只手抓着他的手放在身前，心情比前一晚好了太多太多。

“帝尊你看，那颗好亮。”

“嗯。”

千离的目光只是在星空里扫了一眼，停到幻姬的脸上，搂着她的手臂稍微将她提起来一些，低下头，脸颊温柔似水地蹭着她的耳鬓，柔柔的，一下又一下，惹得幻姬感觉到软乎乎的。之前在千辰宫时，没注意夜晚的星星这么漂亮，当时怎么就错过这么多美好的时光呢？

“帝尊，你说，在千辰宫看星星和在星穹宫这里看到的星星会不会有不同？”

千离缓缓地闭上眼睛，下巴轻柔地靠着幻姬额穴旁边的发丝，轻声慢道：“等你回去后，就知道了。”

“嗯。”

有了千离延迟一天的陪伴，幻姬的心变得很安静，尤其是他今夜的惊喜。

又非生离死别，她竟如此留恋不愿他离去，如今的自己当真不像过去的幻姬了，犹记得三年前见到他，对他的印象十分不好，嘴巴毒，特别不饶人，行事更是果决无情，那时她绝不会想到今日靠在他的怀中，对他喜欢有加。

喜欢？！

突然的，幻姬愣了，睁大眼睛看着前面，她刚才念的好像是“两情若是久长时”，心中更是冒出一个叫“喜欢”的词，她喜欢上帝尊了？一直都觉得是他喜欢自己，而她只不过不反感他而已，不忍拒绝他也是因为自己善良，从没想过她也是喜欢他的。幻姬皱眉，她喜欢帝尊的话，从什么时候开始的？从哪件事开始的？她怎么不知道，一点感觉都没有，如今却是喜欢他了？！

千离眼底的笑，是无论如何都藏不住了。

“刚念什么呢，没听清楚，你再说一遍。”

幻姬哪里会肯，藏好自己的小心思，否认道：“我没说什么啊，一句随随便便的话罢了，帝尊没听到也没关系的。”要是让他晓得自己对他也似乎有情意了，不晓得会被他笑话成什么样子。她还曾信誓旦旦地对世后说自己绝对不会沾惹情爱的，哪怕帝尊对自己有心，她也会管好自己的心，可现在倒好。不行，她得藏着，严严实实地藏住。

河古和麒麟漫步在星穹宫的花园里时，一不小心看到大殿顶上的两个人影。

麒麟笑道：“真是好一幅‘天阶夜色凉如水，卧看牵牛织女星’的狼狈为奸、奸夫淫妇、妇人之仁画面啊。”说完，用扇子轻轻点了下河古：“哎，我用成语的水平是不是有所提高，快，夸夸我。”

“你读书太多，请离我远点。”

话音落下，河古的身影便上了星穹宫大殿的顶上。

幻姬转头去看河古，他怎么来了？

河古笑着走过来，挨着千离坐下，“问我归何处。我只想归到小离离的怀中去。小离离，你也抱抱我吧，不能总这样偏心吧。”

幻姬的脸蓦然红了，不好意思地再看河古，低着头，不想离开千离的怀抱，可又觉得河古来了，她和千离如此模样多有不妥。

“小麒麟，你看看他。不抱我就算了，现在竟然还对我下狠手，我的心哟。”河古捂着心口，蹙眉弯弯。

河古的话没说完，一道白光将他震得从星穹宫的大殿顶上落到了地上，千离缓缓地转头，看着用扇子捂着嘴笑出声来的麒麟。

“你也来一下？”

“呵呵，千离你不要这样动不动就揍人，女子皆喜欢温柔的男神，小心吓到你怀中的小姬姬。”麒麟嬉皮笑脸地看着千离，“你我老友一场，你跟你媳妇儿在这谈情说爱我们肯定不会打扰，这点儿道义我还是懂的。不过，这里是星华的窝，我们也是能上来坐坐的嘛。不要生气，你谈你们的。”

幻姬觉得好气又好笑，她跟帝尊卿卿我我的时候，不知道为什么这些个尊神就爱跑出来打搅，难道是以前帝尊太过于毒舌无耻招罪了他们，如今抓着机会就来报复他？他们是不是比她还健忘，以帝尊的脾气，可不是个将别人挑衅放在眼底的人，记他的仇来招惹他，他可是会成倍儿地还回去的。

“帝尊，我想睡觉了。”

为了让千离相信自己是真的想睡觉而非为眼前的事情解围，幻姬仰着脖子转头看着他：“睡觉之前我能吃点东西吗？”晚饭时记着他要走的事情，胃口并没有多好，吃得少。

忽然地，幻姬看到千离的脸在自己眼前放大，唇瓣上出现柔软的感觉，他长长的睫毛近得她都能借着月光数清楚。

帝、帝尊……亲她了？

千离的舌尖在幻姬的唇上扫了一圈，没有多加停留，微微退开，看着她开始染上红晕的脸颊，嘴角勾了下，抱起她飞下了殿顶。

麒麟：“……”

河古：“……”

千小离，不带这样刺激人的！

御道里星华搂着飘萝的腰肢看着大殿顶上发生的事情，在飘萝还没反应过来的时候，将她悬空抱了起来，朝他们的寝宫走，他觉得，有些事情，不能等。

飘萝挣扎几下，拉着脸："你放我下来。你怎么能这样呢，每天沉迷女色是非常不好的事情，你以前没有这个缺点的，怎么现在这个缺点越来越严重？"

"阿萝，你觉得，你的身体好点还是幻姬的好点？"

"我觉得……"飘萝颇为自信地道，"应该是我吧。毕竟我比她大了许多，她还是个嫩嫩的年轻姑娘呢。"

星华夸道："阿萝，你也嫩。一直很美。"

飘萝笑容消失："你不要以为夸我几句我就会同意。你现在越来越不上进不努力了。"

"我也觉得。娘子教训得是。为夫从今晚起，就要努力起来。"

"那你能放我下来去书阁努力吗？"

星华嗖的一下用法术回了寝宫，大步流星朝床榻走去："娘子你刚刚说什么，为夫好像没有听到。"

"……"

星小华你还能再贱一点吗！

"阿萝，你觉得我久点还是千离久点？"

飘萝恼火地吼道："我怎么会知道！"她又没有和帝尊怎么样过。

"星小华你住手。"

"我的衣裳……"

"星……唔。"

飘萝：帝尊你快点儿回去吧，以后和幻姬亲热的时候麻烦不要让她家的世尊大人看到。

第二日清晨。

幻姬醒得早，睁眼看到千离还睡在她的身边，欣喜了，盯着他看了片刻之后，闭上了眼睛。当身边有一点动静时，没有马上睁开，轻声地说着。"帝尊，如果你也醒了，就放心地回去吧。幻姬她还睡着呢。"睡着了，就看不到他走了。没多久，她的脑袋被人轻轻托起，枕在颈下的手臂抽了出去，后脑落到枕头上的时候，极力忍住不让自己的睫毛颤动，听着衣裳窸窣，然后房间里归于平静。

就在幻姬以为千离走了想睁开眼睛的时候，淡淡的白摩花香气忽然扑了下来，在她诧异间，粉润的唇上被人覆上了柔软，浓密的睫毛不停地颤动，感觉着谁的舌尖在描摹她唇瓣的形状，温柔得让她的心都溢得出水来。仿佛是本能的反应一般，幻姬微微张开唇瓣想伸出自己的舌尖时，覆在她唇上的人赫然退开，一双深邃的眼睛里极力在压着什么。

待到幻姬慢慢睁开眼时，鼻息间只有白摩花的香气，不见那个俊美异常的男子，可她的心尖，却如倒了一大壶的蜜，甜得要醉人了。昨晚和今日的清晨，帝尊皆是主动亲她，一次比一次温柔，惹得她心房怦怦乱跳，紧张得好想用什么东西绑住自己的心脏，怕它会跳出心口。

幻姬从被子里伸出手，指尖轻轻地抚点着唇，羞赧地笑出声来。

“呵……”

千离为舞倾解咒的半月时间里，幻姬听话得很，一步都不出星穹宫，倒是飘萝和小毛球，两人在被星华的结界困了七天之后，按捺不住，好几次都想破界出去。奈何星华的修为比他们母子高了许多，每次都被劲墙弹了回来，两人围着星穹宫找缺口，结果被弹回了不下百次。到后面，小毛球都忍不住埋怨起自己的母后。

“为什么父尊布下的结界母后都不能出去呢？”在他的心里，母后是比父尊还厉害的人，如今看着自己崇拜的人变得不厉害，他有点儿忧伤，觉得自己是不是应该崇拜父尊去了。

飘萝斜觑着自己的儿子：“那是因为你的母后我让你的父尊，如果我出去了，他的自尊心会受到打击。我得顾忌他的感受。”

“那……既然母后不能出去，就让我出去吧。我出去的话，父尊的感受肯定还在，我是他的儿子，他不会怪我的。”

飘萝抬起下巴：“我不想送你出去。”

“为什么？”

“不为什么，就是不想。”

小毛球愤愤地跺脚：“母后越来越不好了，我去找父尊。”

小毛球腾着小云朵走了之后，飘萝看着前面的劲墙，愤愤然，没事布置这么厉害的结界做什么，害得她在儿子的面前丢脸，今晚绝对不跟他睡一个房间。而且，他什么时候这么变态了，整个星穹宫都被他的结界笼罩，一个缺口都没有，防蚊子还是防蚂蚁？哦，是了，她家那口子从来就是这样贱兮兮的，当他徒儿的时候就被他用结界锁住过整个宫殿，想不到成了世后还要被困。

飘萝蔫蔫地从劲墙边回宫时，经过星穹宫的大花园，看到幻姬一个人坐在亭中看书，走了过去。

“什么书这么好看？”

见到飘萝，幻姬笑了，“姐姐。”现在幻姬喊飘萝姐姐，喊得很顺口，喊星华姐夫稍稍欠了些，但见到了，学着喊姐夫的次数多了很多。

飘萝用手挑了下幻姬看的书，“你和你姐夫可真有点像，没事就爱抱着佛理书看，这种书真的有那么好看么？”比起她看的那些书，佛理书简直丧心病狂，睡不着的时候翻几页倒是不错。

“能静心。”

幻姬将书合起，放到桌上。

“姐姐怎么没有陪着姐夫。”

“最近几天不要跟我提他的名字，提起他我就有火。”

幻姬笑了下：“姐夫脾气那么好的人也会惹得姐姐你不高兴么？”

“人无完人。虽然外头的人都说他是三十三重天里最完美的尊神，可是哪里真有完美一说，是活着的动物就有缺点，只是多少大小的问题。”飘萝一边给自己斟茶，一边道，“你们看到他的时候，都是他散发着优点光芒的时候，自然觉得他完美。可是在我面前，他那缺点可是张口就来。哎，不提他，一提他就气得晚饭都不想吃了。”

幻姬轻轻笑着，她有跟世尊姐夫生气的机会，她连向帝尊发气的可能都没有，已经七天不见帝尊了，也不晓得千辰宫的情况怎么样了。麒麟上神从帝尊回去后就离了星穹宫，七天里再没来过一次，便是想问他点什么也不可能。世尊布下的结界对帝尊和河古神尊、麒麟上神形若虚设，来去自如的他们，这几天忽然都不见人，除了看书睡觉，她实在想不出还能有什么事情可做，李安泽七日打坐静心都没有往日的效果，心不静，亦难静。

“姐姐，你晓得天镜符咒要怎么解么？”幻姬好奇地问。

飘萝一口茶喝在嘴里，咽下后，掀起眼帘看着幻姬：“怎么忽然问起这个？”

“不晓得是不是很危险？”

帝尊那晚在殿顶陪她数星星的时候，她其实很想问他，天镜符咒要怎么解，可惜被河古和麒麟两人冒出来打断了，回宫后吃了东西就安歇，倒把想问他的事情给忘记了。

“呵呵……”飘萝笑道，“千辰宫里住的人可是帝尊，你别担心。”

看着幻姬不展的神色，飘萝倒也明白她的心境，如果换作星华，她也会担心。不管他们在外人的眼底多么强大，在自己媳妇儿眼睛里都是舍不得受一丁点儿伤的，不论大事小事，总会担忧，希望他们能好好的。

“天镜符咒，我也就是这次舞倾公主中了才晓得。”飘萝将目光投远，看着花园里开得鲜艳的花朵，最近她的脾气好像变得暴躁不少，吃东西的嘴也刁了，之前问过星华关于天镜符咒的事情，还记得多少来着？“听星华说，施咒的，必得是上古神兽，解咒的必须是非上古神兽，耗费解咒之人的仙力自然不必说，解咒的时候还有诸多的顾忌。”想了想，飘萝只想到了星华那次说了很多，她没一一记住，只清晰地记得一条。

“啊，有一个顾忌我记得。天镜符咒不能破除消亡，只能从一个人的身上转到另外一人身上，此咒一旦中下，必得死一人。”

第十五章　一砂一极乐

幻姬惊得忽然从椅子上站了起来，难怪麒麟上神让帝尊小心，这可不是要小心的么，总得死一个人，不能舞倾公主被救之后帝尊就……

“哎，你别紧张。帝尊肯定没事。星华说过，此咒中在舞倾公主的身上，就必然要寻一个女子来接下她的符咒。而且，符咒的转移带有天性，会选择比原来寄咒身体更好的下家。”飘萝扬手示意幻姬坐下，“如果不是因为如此，你以为帝尊为什么要把你送到星穹宫来？而且嘱咐不准我们离宫。你姐夫怕出意外，用结界封了星穹宫。如此，方可万无一失。”

幻姬皱眉：“如此一说，岂不是终归有个人要死。”

“那是自然。总不能每隔三个月就叫帝尊救一个人吧。就算他愿意，那些解咒用的珍品也不够啊。”何况，帝尊救舞倾公主已是给了老龙王面子，再来第二个求他，估计只能等死。

幻姬担忧不止，“现在千辰宫里还有人比舞倾公主更好吗？”从容貌、身体、血统来说，她不以为能找到下一个接符咒的人。

“这个就不晓得了，既然帝尊能为舞倾公主解咒，必然就会解决这个问题，你莫要担心太多。”

说着说着，飘萝又想起了星华说的另一件关于天镜符咒解开时要注意的事，看着幻姬对符咒之事完全不了解，飘萝心里头掂量了一下，决定瞒着她不说。想必帝尊肯定没跟她说，若是她告诉她，说不定会叫他们之间出现疙瘩和嫌隙。事情不大，可放到哪个当娘子的耳朵里，都不算一件好事。幻姬一看就是第一次和男子相处，不晓得想不想得开，万一钻到死心眼里去了，她岂不是害了她和帝尊没法好好相处。平白无故给她添堵的事情，她这个当姐姐的还是不要做的好。

又过一个七日。

幻姬站在窗前看着外面的月空，明天就是半月的最后一天了，不晓得帝尊和舞倾公主怎么样了，她认知的世界中，非黑即白，好人坏人分得很清晰。可舞倾公主的事情，让她迷茫了。救她，就必须伤害另一个女子，不救她，她就得死。如果一直救人救下去，对帝尊何尝不是伤害。她一直都觉得，一件事总能选择最好的方式解决。可现在发现，有些事情，不管怎么选择，都不尽善尽美，如何做都看着对，也看着不对。

第十四天的晚上，幻姬没有睡着，躺在床上想千离，也想舞倾公主，更好奇千离选了谁接下了舞倾公主的符咒。心里闷闷的，觉得对谁都不忍，可是又没有更好的办法。如果她是个法力强大的女娲后人，是不是就能有多一种的选择？

彼时的幻姬还不晓得，世间很多的事情没有十全十美的解决之法，能顾全得大局就很不错了。

最后一日。

幻姬早早地就醒了，想睡觉，在床上翻来覆去，怎么都睡不着，索性起床做早课。试了三次，总算是静下心来。

与幻姬一样激动的是飘萝，数着日子过，总算过完了半个月，想到今天之后就能自由出宫，心情说不出的美丽。自由真是太可贵了，连带看了几天觉得不爽的星华都觉得他今天变得特别帅。

晚上吃饭的时候，小毛球坐在飘萝的身边，不解地问。

“母后，今天我看到小姨娘好几次去宫门口，她是不是想千离哥哥了？”

“哎哟，不错噢，今天的小毛球变得好聪明。”

小毛球一甩头，不服气地道：“人家本来就很聪明。”

日光退尽，夜幕降临。

时光如清清的流水不复返，很快变到了深夜。幻姬站在星穹宫的门口，望着来时的路，路上空无一人，千离没有出现。她以为，再晚一点他就来了。

可，他一直都没现身。

她等着，一炷香，又一炷香，一个时辰，再一个时辰……

他，还是没来。

整整一夜，幻姬站在宫门口等了千离一夜。

她以为，当清晨的阳光穿破朝云照射到她的脸上时，他就来接她了。

但是，当艳阳高照，脚踩身影时，他的身影还是没能出现在星穹宫门前的金色长阶之上。

星穹宫的神侍将幻姬站在宫门口的事情告诉飘萝时，已是第十六天的下午时分了，飘萝听后，快步朝宫门口走去，看着幻姬的背影，忽然生出心疼和觉得她傻气的生气来。帝尊肯定会来的，她这么站着，不累么？

“幻姬。”

飘萝走过，还没说什么，听见幻姬说。

“他从来不失约的。”

昨晚是第十五天，昨晚他没能来，她等。可今天不是第十六天么，都到了这个时辰，他为什么还没来？

“许是事情耽搁了，等会儿就会来了。你在这里站了多久了？”飘萝拉着幻姬的手，“早膳和午膳听说都没吃，不饿么？就算你不饿，你也为姐姐想想，帝尊来了，怪责我没给你饭吃，你舍得？”

幻姬眼中担心多过埋怨，看着飘萝：“姐姐，你说帝尊是不是遇到了什么麻烦？”

“怎么可能。他那么厉害，满三十三重天的人都有难也不会轮到他。”

知道说什么都打消不了幻姬心中的担忧，飘萝强行拉着她离开了宫门口，带到她的寝宫吃了点东西，陪着她聊天，下午便也就那么过去了。

天色渐晚的时候，飘萝看着屋外，忍不住也猜测帝尊怎么了，从千辰宫过来要不了他一天的时间，何况他和幻姬分开半月，相思情切，自然更想早点儿见到她。直到深夜，千离还没有出现，飘萝不放心幻姬，陪着她在厢殿里待到很晚，直到幻姬要休息了，才出来。

第十七天。

第十八天。

一直到第二十天，千离都没到星穹宫。

幻姬连着五天等他，担心了五天，也瞎想了五天，什么结果都想到了，最后她觉得没什么好想的了。若帝尊记得她还在星穹宫，自然会来的。若是不记得，等多久都是不会来。也许，舞倾公主康复之后，他被她的美貌和温婉打动了，觉得舞倾公主更适合成为帝后。又或许，他救了舞倾公主，再好心送她回西海，到西海那么远，来见她自然就迟了。

被星华结界多困住五天的飘萝终于忍不住在第二十一天的时候对星华起了声音。

“我说你家那个帝尊是怎么回事？说好了半个月来接幻姬，他不想接她回去没事，好歹来看看她吧，人姑娘等了他五天了，一点消息都没有，谁晓得他和那舞倾公主是怎么了？”

飘萝想到幻姬好几天不说话的样子，怜惜着：“被一姑娘惦记着是多美的事情啊，说好什么时候就得什么时候来，不来也让麒麟捎个信啊，让幻姬瞎等着也不嫌虐心得慌。”说着，飘萝气咻咻地双手叉腰：“要是出了什么事，趁早大家还能想法子。要是你家那个帝尊是因为看上了舞倾公主而不来见我家幻姬，看我怎么弄千辰宫！”

星华扑哧一笑，伸手将火冒三丈的飘萝抱到怀中，好脾气地哄着。

“第一，不要一口一个你家帝尊。千离不是我家的。小毛球是我家的。”

“第二，不要一口一个我家幻姬。幻姬不是你家的。我和小毛球才是你家的。”

“第三，你难道觉得舞倾公主能比得过你的妹妹幻姬么？”还豪言壮语地要弄千辰宫，她怎么弄？放火烧呢，还是放水淹？

“第四，娘子，你觉不觉得你最近的脾气好像越来越大了，这样不好，要静心。”

飘萝也觉得最近的脾气是越来越暴躁，一点火就着的感觉，以前的她不是这样的，来脾气了哪里会说这么多的话，早直接动手了。

正这时，一个白色的身影出现在门外，星华的目光扫过去，嘴角扬起，笑了。

星穹宫的莲花池边，幻姬站在池边看着风吹莲动，脑子里空空，不晓得要想什么，能想什么。恍惚间，听见身后传来脚步声。

幻姬深深吸了一口气："姐姐，你不用每天都来陪我的，我没事的。"

脚步声没有停，继续朝她走来。

闻着扑鼻而来的莲花香，幻姬灵台似乎豁然开明，故作轻松地说道："姐姐，我想回天外天去，或者想出宫到四海八荒里看看。"停顿了一下，继续道："我不想再喜欢帝尊了。"她觉得这种喜欢累人，她看不透他的心，也摸不透他每次做事的想法，她和他之间的差距太大了。如果十丈红尘的情爱如此耗费人的心力，她真的不想要。

幻姬身后的人脚步忽然停下，一双狭长的眼睛猛然亮了，她刚说什么！

身后脚步声停下来，幻姬看着莲池，第一次想说出心里的话。以前，麒麟上神他们笑话她和帝尊，她总是笑而不答，因为不知道怎么回答才好，更因为她弄不懂自己的内心，她之前尽管没有碰过红尘情爱，却晓得两人想厮守，必定是要两情相悦才可。她一直觉得和帝尊之间有看不见的隔阂，她想，那便是她的心吧。她看不到自己的心，她不确定自己对他是什么感情，正是缺了她对他的明确心意，她在他的面前总不能全然放开自己，直到这次跟他分开，在星穹宫大殿的顶上，她懂了自己的心。

她，喜欢他。

可这份喜欢才明晰二十多天就让她觉得累了。她不是个喜欢猜忌的人，每天不自觉的担心让她觉得累，比在天净沙里和帝尊拼杀血境桃夭更累，那个时候的他们，是分不开的整体，就算是死亡都没有让她恐惧。可现在看不到他，尤其知道他是在救另外一个女子，她想静心，却静不下来。她想相信他，可她忽然发现她不信别的女子。明明之前觉得三十三重天里最差劲的尊神就是他，可现在整颗心都是他，觉得谁都比不上他。哪怕他缺点那么多，还是觉得他好。

"我以为，十丈红尘里的情爱是温馨的，甜蜜的，会让人从早到晚都感觉如喝蜂蜜茶般甜至心底。可是，姐姐，好像我想错了，红尘情爱，让人觉得疲倦，看不见的感情让人心力憔悴。"幻姬口气里带着难以掩饰的泄气，"我只看到了你和世尊如今日日幸福的时光，曾经你们经历的坎坷与痛苦，全然不知。"幻姬微微蹙眉，继续道："可是就算将你们过去的故事都听完又能怎么样呢？你和世尊的故事，只属于你们，其中的坚决和感情，也只有你们才能体会。故事听得再多，路还是必须我亲自走。我觉得，我不是个适合触碰情爱的人，我没有你那么坚定，没有你们那么……执着。"

身后的脚步声传来一下，幻姬忽然道："姐姐你就站在那儿不要动。你过来后，可能我就没勇气把心里的话说出来了。"

幻姬身后的身影静静地站着，如松似柏。

"你告诉我他把我送到星穹宫是不想我被天镜符咒附身，我信。因此和他分开半月，我不觉得委屈，只会感激他对我的保护。他要走的那天，其实我是想坚持跟他走的，但我不想他觉得我是个任性的姑娘。从小在娲皇宫，什么情绪可以有，什么情绪不可有，什么事情可做，什么事不可做，都很明晰。我是女娲后人，任何时候我都不能跌了天外天的份儿。这是我的责任，责无旁贷。可我并不想在帝尊面前当幻姬殿下，我只想是他的幻姬。但是，我发现自己一点儿都猜不到他的心思，他心里的我，是什么样子的？”

“姐姐你晓不晓得，他从来都没有对我失信过。哪怕是三年前他那么不待见我的时候，说过的话，都会做到。那天我在宫门口等了他一整夜，我以为他会出现的。”

想起六天前在星穹宫门口望了一夜的自己，幻姬忽然觉得自己好傻：“你说，他答应半月后来找我的，他会不会想到我在第十六天的阳光下等了他许久？”

“你和世尊可以等彼此万万年，而我几十天都等不过来，我是不是配不上帝尊，他嫌弃我也是应该的吧。”

缓缓地，幻姬低下头，眼睛里蓄满了泪水，声音都低了好几度，“就算是这样不够好的我，却还是会想他。”她没想到自己会在乎一个老是欺负自己的人，她也没想到红尘里的感情竟然会让人感觉到心酸难过，爱情的味道怎么会这么多？

“姐姐，我真的……不想再喜欢帝尊下去了。”

幻姬的肩膀轻轻动了下。随后，她觉得掉眼泪显得懦弱，打算回厢殿，身形动的一刹那，身后忽然伸出两条手臂将她紧紧地抱住，一刹那，她闻到了熟悉的白摩花香，眼睛霍的睁大。下一瞬间，幻姬想施隐身术逃离，千离早她一步掐诀禁了她的法术，声音低低的，在她耳边说道：“我听到了！”

千离的嗓音里，带着压抑不住的兴奋。她一定不晓得，自己等她喜欢上自己等得多辛苦，依他的风格，必然是快狠准，就是因为害怕吓到她，他将脚步放慢再放慢。总算，苍天不负有心人。

幻姬僵着身体不敢乱动，也不敢跟千离说话，一颗心怦怦直跳。他什么时候来的？听到什么？又听了多少去？难道她身后的人一直就是他，不是世后姐姐？想到这个可能，幻姬身体僵直成了一根木头，纹丝不敢动。

月下的莲池边，千离抱着幻姬好一会儿，等她的身体稍稍放松点后，慢慢转过她的身子对着自己。

千离用前所未有的坚定语气说道：“不准停止！”

看到二十多天不见的千离，幻姬早已隐去的泪水疯涌上眼眶，这些天他都干吗去了，为什么不来接她？他一来就偷听她说话，现在她不打算喜欢他了，他又如此强势地命令她不准停止，因为是帝尊就能如此霸道吗？比起别人不敢对着千离大声说话，幻姬自小养成的尊贵之气让她少了几分顾忌，反正他也听到自己不想继续喜欢他的话，再多说些又何妨。

“我就停止。就是不要再喜欢帝尊。”

说话的时候，幻姬的泪水冲出眼眶，一颗颗泪珠很快地滑过脸颊，滴滴掉落。

第一次看到幻姬在自己面前落泪成这样，千离抬起手想为她抹掉眼泪，发现他的手抚到她的脸上时，泪珠滚得更厉害。轻轻地，千离蹙了眉。干脆不用手，将她揉进怀中，心疼不已。他不是猜不到她会等自己，也知道他迟到几天可能会让她胡思乱想，她的感情本就产生得不快，他也晓得他们之间远没有星华飘萝那么坚定稳固。他何尝不想第十五天的晚上就来找她，连动了两次想扔下舞倾公主不管来找她的念头，最后碍于麒麟在旁边相助而忍了下来，那时他若不管舞倾，连带麒麟会受重伤，他能无视舞倾的死活，可麒麟，毕竟是多年的老友，不能不顾忌他的安危。

幻姬使劲用双手推着千离，想从他的怀抱里出来，她不想迷恋他。可她越用力，他就抱得越紧，最后让她不得不放弃，哭得越发猛了。欺负她，他只会欺负她。

“气我恼我，你就打我。就是不准停止喜欢我。”

千离实在受不住幻姬掉眼泪，尤其她哭还是因为自己，让他从来不会自责的人都忍不住想训斥自己了，怎么就把她给惹得伤心成这样。

“别哭，好不好？”

她一哭他即手足无措，不晓得要怎么安慰她才好。千辰宫里那么多的书，怎么就没本是教男人如何哄女人的？再不济，有一本教男人说好听的话的书也成啊。回回她眼睛一红他就急得想捂住她的眼睛，好把她的眼泪给憋回去。

闻言，幻姬反而哭出了声音。

是不是她的哭泣在他的眼中也是烦人的事情，既是如此，他为什么还抱着自己，扔下自己不再见面不就好了吗？等了五日的人是她，被偷听了话的也是她，得他强令不准停止喜欢他的人还是她，她担心得好几日晚上没有睡好，突然见着他心里忍不住就是想哭，她不想违心地说自己很好，不好，她一点都不好。

安慰不成，反而让她更伤心，千离蹙着的眉心加深，自己说错什么话了吗？还是她确实真的不想再喜欢他，被他抱着觉得万般委屈？可他怎么许！不急不躁地等着她，虽然他行事素来是按照自己的习惯和节奏来，可对于她的心，他并不想逼迫，情这个东西若非是全心全意的心甘情愿，他宁可不要。他当年不理解星华，现在似乎渐渐明白他曾经为什么会有那些做法。十丈红尘里的情爱，一旦坠进去了，真是身不由己。装得了表面，却装不了内心，心中是怎么一个想法，别人不晓得，自己还能不晓得么。他终于等来了她的亲口承认，现在却又告诉他，不再想继续喜欢他，跑进了他手心里的猎物从来就没有再让她溜掉的可能！

除了抱着幻姬在莲池边站着，千离不知道自己能做什么，听着她的抽泣，两条手臂紧拥得几乎要把她揉进自己的身体才好，或许这样她就不会哭了，不会将他僵硬如石的心哭得柔软不已。不晓得从什么时候起，他这颗心，只要看到她，就冷决不起来。

一会儿之后，幻姬哭泣的声音小了，两条手臂却垂着，不肯抱千离。

千离慢慢放开手臂，低头看着眼睛红肿的幻姬，当日真是不晓得答应救舞倾会惹出这一茬事。轻轻地，千离用手挑起幻姬的下巴，让她看着自己。幻姬则固执地低垂着双睑，怎么都不肯看千离。

“这回是我不好。”

千离才开口说了几个字，幻姬的眼泪唰的一下又涌了出来。看到她这个样子，千离活了万万年第一次出现抓狂的心情，为什么他家的这只哭起来会是这个样子，难道不是哭一会儿就停止吗？怎么他开口说话好像成了她的下雨法诀，她是有多不想听到自己的声音？可不听他说话，他要怎么解释？

幻姬的双眼被泪水模糊，他总算承认是他不好。

哭着哭着，幻姬愈发觉得自己多有委屈，眼看又要大哭，千离急了。忽然，俯首将自己的唇瓣落到了她的唇上。幻姬本要呜咽出来的声音霍然被堵住，反应过来被千离亲着时，立即反抗。无奈他的反应速度比她快得多，原本掐着她下巴的修长手指放开她，手掌托在她的脑后，固着不让她逃开自己的温柔。

幻姬虽然动弹不得，却没有觉得多难受，千离把力度掌握得堪称精绝，让她挣扎不了，却也让她没有感觉到一点不舒服，红唇被他封着，也仅仅只是封着，不让她溢出哭泣的声音。慢慢地，幻姬停止哭泣，犹豫了一下，抬起手推了千离一下，示意他可以放开自己了。

可是，下一个瞬息间，千离的举动让幻姬惊得猛然睁大眼睛看着他。他的舌尖钻到她的唇里，将她毫无防备的牙关抵开，灵舌闯入了她的领地，舌尖碰到她的舌尖的时候，她整个人呆掉了，脑子里一片空白由着他攻城略地……

直到千离放开她，幻姬还愣得没有反应过来，看着她笨笨傻傻的模样，千离勾了下唇角，“回神了，我的……”后面的字还没说出口，幻姬的眼睛又红了。

没有二话，千离再低头，再吻。

这次，幻姬不再震惊得没有反应，双手不停地推拒着千离。他这是什么意思？惩罚么？在她看来，两人唇贴着唇，舌尖扫着对方的唇瓣就是极其亲密的事情了，他这个算什么呢？

柔香逗舞缠绵，芬芳独属幽绵。

逃无可逃，避无可避。

从始至终幻姬都在用双手抗拒千离，在她觉得浑身涌起不正常的燥热时，千离缓缓地放开了她，看着眼底晶亮的双眸：“不会再有第二次了。”

幻姬心里知道千离的意思，可也不晓得是不是女子羞赧的心理作祟，放在他腰带上的手用力地推着他，不知道是害羞还是气愤，想和他分开些距离。如果说第一次他将舌头溜进她的嘴里她误会是惩罚她，那么第二次的温柔缠绵她便懂了。不是惩罚，而是比嘴唇贴着嘴唇更亲密的表现，他在更深刻地表达他的情意。

见幻姬还要推开自己，千离当她还没有消气，第三次低头吻住了幻姬。不同前两次的

温柔，他确定她这次不会再哭了，之前不敢热烈是怕她呼吸不畅，这次他不会顾忌那么多了。

幻姬双手还没有用力，千离热烈的缠吻席卷而来，前两次温柔而绵长的吻余温尚在，不消多久幻姬便彻底没了反抗能力，酥软的身子依靠千离搂着她才得以站立，放在他腰间的手轻轻地抓着他的腰封，呼吸渐喘……

长久的缠绵热吻几乎让幻姬失了呼吸，在她以为自己要晕厥过去的时候，千离慢慢地收了热情，流连在她的唇上轻轻啄了她片刻，终于结束了对她彻底的亲吻。看到她娇喘吁吁，嘴角扬起，将她温柔地抱到怀中，等她平息。此时，幻姬的手不知道在什么时候已经搂着千离的腰身了，伏在他的肩窝，浑身又软又热。方知，原来夫妻两人之间还能亲吻到此般激烈的程度，当真是她以前知晓得太少了。

良久之后，幻姬的呼吸顺息了，闻着千离身上的味道，不晓得要说什么。

“舞倾的事情第一次不顺利。”千离的声音轻轻的，她不想听他说话他也得说，不然，她会胡思乱想以为自己故意不来接她，“第二次才成功。”

闻言，幻姬抬起头，看着千离，见他的脸又俯下来，立即用手捂住自己的嘴巴，“要肿了。”连着吻了三次，嘴唇都要被他吻得麻了。

千离轻轻地笑出声来，“才晓得，你是水做的。”看她平时殿下的架子端得十分大雅，却不想哭起来也有殿下的风范，回头他真要好好找找书卷，看看有没有教哄女子不哭的。

“那你就是石头做的。”幻姬不服地反驳，嫌弃她眼泪多，她还觉得他铁石心肠呢。

千离笑：“水滴石穿。看来我要被欺负了。”

“欺负帝尊？”幻姬放下手，做出惊讶的表情，“我这条小命还想活着回天外天呢。”

“经常回娘家不好，女娲娘娘要误会我欺负你的。”

幻姬底气十足地道：“难道你没有欺负我？”

看着幻姬还是有些红肿的眼睛，千离没说话，人都伤心成这样了，说没欺负她，自己都不信。虽然事出有因，可追根究底，还是他当初答应救舞倾公主惹来的事情。

“眼睛可疼？”

幻姬眨了两下，微微摇头，第一次哭成这样，哪里还敢说眼睛疼，只觉得自己丢脸极了。不知道怎么搞的，在天外天九万多年都没哭过，遇到他却是哭了好些次了，而且大有越来越厉害的势头，回想起来觉得自己特别不中用。

千离抬手，指腹温柔地抚摩着幻姬的双眼，他不曾像她这般流过泪，心疼了，眼睛肯定就痛了。

“以后难过就对我发泄出来，不要掉眼泪。”

幻姬听着，却道：“我以后不想难过。”

“嗯。”

这次他没想到第一次竟然没有成功。原本很顺利，到了第五天的时候，麒麟进西隅殿相助，舞倾见到他反应激烈，破坏了解咒。解咒第五天后的事情，他解咒前就和麒麟商量好了，他来协助，不是因为他的修为不够，而是他不想和舞倾有任何的牵扯。为此，麒麟还笑话他为幻姬守身如玉太自觉了。若不是麒麟在，他当时就不会再管舞倾。解咒成功后，他一口茶水都没喝就来星穹宫见她，所幸的是，不早不晚，听到了她的心里话，若不是刚刚好，怕是还不会变成眼前这样。

想到飘萝跟自己说的关于天镜符咒的事情，幻姬担忧地问：“听说天镜符咒只能转移到中咒之人以外的人身上，你把舞倾公主中的符咒转到哪一个身上了？”

救了舞倾公主，却要伤害另一个人，她总觉得残忍。若是她中了，怕就不会想解。

千离本不想说，想起幻姬先前把他当成飘萝时说的话，便道：“我处理好了，你莫忧心这个。”

“那个人，是不是必死无疑？”幻姬又问。

“你这颗脑袋里只要想我，这双眼睛只要看我，就够了。别的事情，不要多想。”

幻姬娇嗔着：“才不要想你呢。”

“可是我一直想你。”

瞬间，幻姬的脸红了个透透的，嘴角眼底全是羞涩又甜蜜的笑：“帝尊你不害臊。”

“害臊是什么东西。”

“害臊就……唔……”

话音戛然而止，红唇被封缄。

轻色笼烟似雾，莲香悠悠飘忽，一念是甜，一念是苦，一念是悲，一念是喜。天有多长，地有多广，情卷情开，忽忽然然心心念念，不负长灯，不负卿。

也许不是在最好的时光里遇到你，但却是在遇到你之后成就了最好的时光。

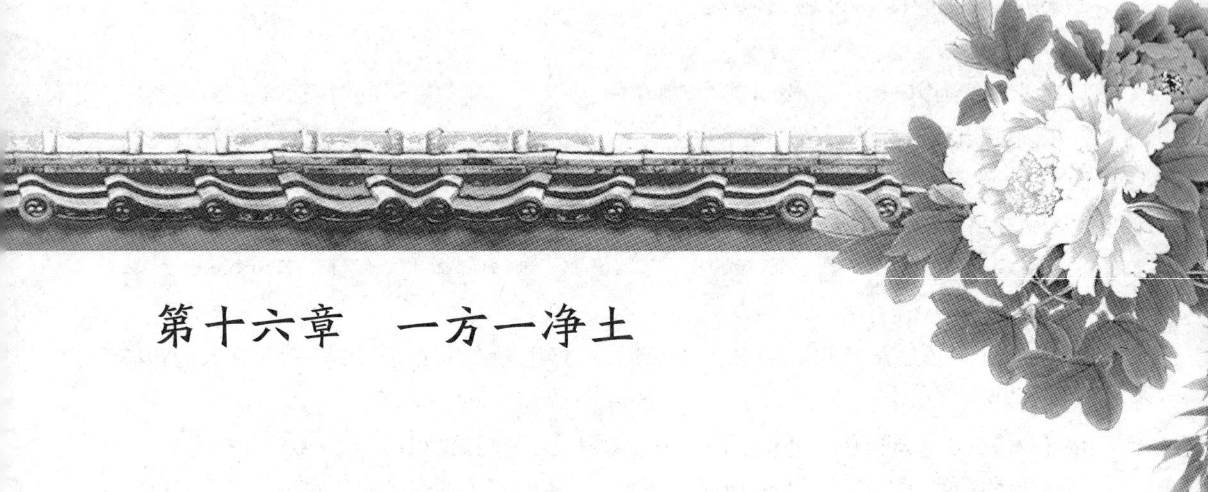

第十六章　一方一净土

幻姬被千离吻得差点儿一记呼吸拉不上来晕了过去，幸亏最后他渡了一口仙气给她，然后慢慢地放开她，看着双眼紧闭的她，几乎要忍不住再亲上去。幻姬浓密的扇睫微微颤动，含着迷离似梦幻之光的双眼打开，对视到千离的目光，倏地低下头，羞赧不已地钻到他的颈窝里。

“你的鼻子是摆看的吗？”千离轻声道。

他觉得自己的话没有嫌弃的意思，只是在做一个事实的陈述，可听到幻姬的耳朵里就不同了。她觉得自己被他亲肿了嘴儿还没捞到个夸赞，反而被嫌弃。本想忍过去算了，帝尊一直就嫌弃自己，不稀奇。可是，他们都这样过分的亲密了，她再忍气吞声就太跌娲皇宫殿下的份儿了。抛出殿下的身份不说，她也算得是千辰宫未来的帝后吧，身为帝后，她得有个正宫娘娘的风范。

幻姬稳了稳呼吸，说道：“就算是摆看的，那也是摆到本殿下的脸上才好看。”如果摆到帝尊的脸上，恐怕就有不小的问题了。况且……

“我是第一次接触这种事情，技术不熟练也是情有可原的。”幻姬想了想，心里有点儿吃味地放低声音说道，“有人做这件事驾轻就熟得很，也不晓得过去做了几千回。”

听到幻姬的话，千离无声地笑了。

“你不说我还没想过，我想想看我一共做了多少次。”千离停了片刻，数道，“一次，两次，三次……”

幻姬不等千离数到第四次，用力推开他，白了他一眼，“我还没吃早饭呢，不陪帝尊赏花了。”他不是第一次就算了，还真的一次次数出来，是觉得她这几天还不够伤心吗？

长臂探过，千离抓着幻姬的手腕将她拉回到自己怀中，低眸看着她：“想让我的第五次亲吻现在诞生么？”

幻姬愣了下，很快反应过来，眸光含娇似嗔，抬起粉拳捶着千离的心口，妙音糯软非常：“今天不准吻了。”

“每天四次不觉得太少么？”千离表情很是认真地看着幻姬，好像他正儿八经地计算过一天要吻多少一般，“你这个要求太不合理了。”

“少么？”幻姬觉得一天四次不少了。她还觉得多。

千离道：“不是少，是非常少。你去问问世尊世后，看看他们一天几次，你这个数字还不及他们一个时辰内的次数。”

一个时辰……

恍然间，幻姬觉得世尊和世后实在是太勤奋了，亲吻这么频繁难道不怕嘴巴肿得吃不下饭吗？

“你别诓我了。”幻姬不上千离的当，“我在星穹宫的日子不少，没见过世尊世后每个时辰都……那个什么。帝尊你说得太夸张。而且，如果真的亲那么多次，世后姐姐的嘴唇应该肿得都吃不下东西，我看她每天都好好的。”

千离淡淡地道：“我说的是亲吻的次数，我没说他们每次吻多久。”

“这……”

幻姬想了想：“那好吧。我们也可以亲很多次，但是每次不能太久，尤其不能让我……让我……”幻姬说不出口，红着脸道：“你知道我的意思。”

“不知道。”

“我知道你知道。”

“你怎么知道我知道。”

“你是睿智的帝尊你怎么可能不知道。”

“不知道就是不知道，我不撒谎。”

幻姬反驳：“帝尊你平时骗我的话不要太多噢。”

“次数，不能限制。长短，我看着办。”

幻姬问：“那我干什么？”

“享受。”

幻姬：“……”

帝尊他一定不知道他说这两字的表情让她想起两个什么字，猥琐！

莲池上面飘着的仙雾渐渐散去，一朵朵的花苞在阳光下次第开放，空气里的莲香越发

浓郁了，绿色莲叶上绽放着大朵大朵金色莲花，原本绿娆满眼的莲池变成金灿灿的一片。

幻姬看着开满莲花的莲池，被金色莲的美艳惊到了，之前的莲花都是淡淡的金粉色，看着和别的粉莲有些不同，可没有如此亮人眼，想不到完全盛开后，竟可以美成这样。千辰宫里的花池似乎不是莲花呢，仔细想想，她从没注意过千辰宫的池子里都养了些什么花。

由衷地，幻姬发出一声感叹：“真漂亮。”

千离目光扫了一遍莲花池，微微地笑了。

“不是说没用早膳么？走吧。”千离手臂轻轻带着幻姬从莲池边走开，悠悠地，说了一句：“吃饱了才有力气。”

听起来是一句很简单明了的话，幻姬也没多想，随口接了千离的话和他聊着。

“要那么多的力气干吗？”幻姬想起千离以前打击自己的话，又道，“吃得多，会胖。到时候虎背熊腰，有人又要嫌弃我。而且，说不定还会说因为我太胖而抱不起来。”这种事情，他动动嘴皮子就能干得出来。她看世尊对世后百般心疼宠爱，别说嫌弃她，一句话都舍不得打击，每天做那么多好吃的给她，不怕她胖，就怕她不吃。她家这个，似乎不晓得疼媳妇儿是怎么一回事。

千离缓缓转头看着幻姬，将她从上到下打量一遍，“这样看……”慢悠悠地道，“一晚上要晕死个七八次吧。”

“呃？”

幻姬不明所以地看着千离，什么一晚上晕死七八次？

“我吗？”怎么可能！她虽然看上去很瘦，可到底是女娲后人，与生俱来的仙力让她的身体很好，哪里会动不动就晕厥过去，她又不是病恹恹的女子。从西天来的路上尽管受了那么重的伤，她都没让自己晕死没有知觉。

幻姬口气轻松地说道：“帝尊你担心太多了，我身体已经完全康复了。”

看到千离的嘴角微微扬起，幻姬总觉得自己好像说错了什么话，可是哪儿错了又没发现，难道诚实地告诉她很健康也有问题吗？还是应该骗骗他，让他为自己担心，能得他上心的照顾？突然间，幻姬身体一轻，来不及惊呼时看到了千离的脸，脸颊绯红，娇羞不已。

“放我下来啦。”

幻姬不好意思地朝四周张望，好端端的，他怎么就忽然把自己抱起来了，难道是想趁着她没吃饭身子轻盈多抱会儿？

“小心给人看到。”他在千辰宫我行我素也就罢了，怎么在星穹宫里也如此不收敛点，好歹是世尊的宫群，也不怕给这里的神侍看了笑话么？

莲池尽头的御道里走来两位神侍，幻姬轻声催促着千离：“帝尊你把我放下来吧，好好的，叫人看到了会以为我又受了什么伤。”

千离仿佛没听到幻姬的话，抱着她大大方方地走在星穹宫里，一路上越来越多的神侍看到他俩，幻姬无望自己能劝动千离，害羞得抱着他的颈子当起了缩头乌龟，整个脸都埋到了他的颈窝里，心想着自己是不是不要再来星穹宫里玩了。这一路过去，她哪里还好意思见人啊。

原本以为千离会抱着自己到厢殿，看到星穹宫世尊和世后住着的寝宫，幻姬不解了。

“帝尊？”

幻姬以为千离误会每天要到这边才能吃到东西，急忙解释：“我的早膳有神侍送到我住的宫里了。”

步履云云不停，千离抱着幻姬走进星华的寝宫，在殿厅里刚放下她到椅子上，很快有神侍过来上茶，看着自己说什么都不听的千离，幻姬忽然觉得以后若总是这样，她这个帝后能说什么呢？到时她想做的，他不让做，自己就只能乖乖的不做吗？而他想做的，哪怕她极力反对是不是也无效？

“你老是不听我的。”幻姬小声地表达自己的不满，“我说什么你都只按照你的想法做。”她对他来说，如此的不重要吗？

千离目光清清地瞟到幻姬脸上，她既对自己有情，就该信任他不会对她做出什么不好的事情，他做什么，只会为她好。何况，这些小事还需要他解释么？她安然地享受他给的疼爱不就行了？

无声地，千离坐到幻姬的身边，他实在没有对人解释的习惯，哪怕是对她，他也觉得不用。他是什么样的人，难道她一点了解都没有？只是，不解释是不解释，看到她不开心，他不会不管。缓缓地，千离倾过身子，薄唇亲了幻姬的脸颊一记。然后，微微退开一些，看着她。

“你笑的时候，最美。三十三重天里的仙子加起来都没你好看。”

“……”

幻姬害羞，用手轻轻捶了千离一下，他以为夸自己她就会原谅他吗？虽然他夸自己的次数少得可怜，能夸一次不容易，但她是个很有原则的人。尤其，像这样不拐弯地直白赞美，在她的记忆里是第一次。可是她……好吧，看在他夸得如此真诚，她原谅他好了。

“夸我，我是接受的。”幻姬觉得，那是因为她确实长得漂亮，别看她平时不表现出来，可她又不是瞎子，别人投到她脸上的目光她难道还不能看出点什么吗？帝尊只不过是在说出一个客观存在的事实，严格说起来，都不算夸她。幻姬故意拉着脸，继续道：“但你不听我说话的恶习，得改改。”

千离在幻姬的嘴上啄了一下，嘴角噙笑。

看到他的模样，幻姬发不了气，只觉得拿他一点办法都没有。

“你以后要是再不听我的话，我也完全不听你的。”

千离轻笑：“以后，大事都听你的，小事都听我的。”

一听这个，幻姬乐了，立即眉开眼笑地看着千离，双手更是开心不已地抱住他的颈子，一经教导他就如此配合，当真是好极了。

“那我们就这样愉快地决定了。”

话虽然如此说，幻姬觉得自己很有必要给帝尊面子，他做出这么大的妥协，自己岂能一点儿不通情理，她并非想要握权，只是觉得既然两人在一起了，遇到事情偶尔商量下更好，一人独定，另一人的存在是为何呢？

于是，幻姬显得很大度地道：“我年纪小，知道的也没有帝尊多，往后大事我亦不见得能拿好主意，到时我们一起商量。至于小事嘛，帝尊决定就好，我不会过问的。”大事的权利都给她了，小事她还管，就显得过分了。

千离又准备亲幻姬，给她躲开了，娇嗔地剜了他一眼，老是凑过来亲昵，一点儿帝尊的样子都没有。

“以后不准在外面动不动就亲我。”他不要面子惯了，她要。

“这不是外面。”

幻姬道：“只要不是千辰宫的寝宫里面就算外面。”

千离拉过幻姬，严严实实地吻住她的唇，亲吻了片刻之后才放开她：“这算小事。我决定。”

幻姬余光看到门口的神侍羞红了脸捂嘴轻笑，越发不好意思了。是，这确实不是什么惊天动地的大事，但现在三十三重天里哪有那么多轰动天宫的大事发生，自然整天都是些小事。亲昵这种事情对夫妻来说，她觉得就算是大事了。不然，旁人怎么不见时不时地亲嘴儿呢。

“算大事。”

“你问问你姐姐，亲嘴儿算不算大事。”

此时，幻姬才发现她的世后姐姐和世尊姐夫不晓得什么时候走了出来，正看着她和千离，两人的表情截然相反。姐夫笑成一朵花，她的世后姐姐则愁眉苦脸的不高兴。

幻姬立即走过去，关切地看着飘萝：“姐姐，你怎么了？”见她如此不高兴，为何姐夫还能笑得这般开心，以前可从不会出现这样的情况，夫妻间的相处之道，看来她晓得的，确实太少。

“心情不美丽。”飘萝特别加重语气地又说了一遍，“非常的，不美丽。”

幻姬朝星华投去疑问的目光：“姐夫？”

星华笑得比莲池里的莲花没差了，半搂半扶地带着飘萝走到桌边，让她轻轻坐下，很是自豪地，很是骄傲地，很是嘚瑟地，说道：“乖，心情美丽起来，这样小东西才会长得像你一样漂亮。”他心心念念地想要他们的第二个孩子，现在总算是得偿所愿了。因为她最近的情绪十分不稳定，他为她把脉才惊喜地发现，她的暴脾气是因为有了他们的宝宝。

小东西……

幻姬顺着星华的手看到飘萝的肚子，惊喜了："姐姐你有宝宝了？"

飘萝皱眉："怎么就中招了呢？"

"娘子，不要这样说，她会听到的。"星华认真地看着飘萝，"你说，我们的小宝贝欢欢喜喜来到世上，还没出来见我这个父尊就被她的母后嫌弃，得多伤心，"

飘萝怀小毛球的过程并不轻松，尽管星华将她照顾得无微不至，但宝宝毕竟是在母体内，很多时候还是飘萝在吃苦。那些苦，她毫无怨言，是她和星华的爱情结果，她爱得不得了。可在她看来，他们有小毛球就够了，两人所有的关爱都给他。她并不是不喜欢肚子里现在怀的宝宝，只是不想现在怀上，在她看来，等小毛球有百来岁的时候再生第二个更合适，现在小毛球才四岁，这么小的他，需要她和星华的爱护。神仙不比凡间，几万年的年岁差别都算不得什么，何况五年。两个孩子长大以后，恐怕都没有大小之分了，要是小毛球长大懂事后再生，就能帮着照顾小的，她岂不是能到处玩了。

听到星华的话，飘萝立即收了不高兴的表情，笑了。

"姐姐，恭喜。"说着，幻姬看向星华："也恭喜姐夫。"

星华大献殷勤地看着飘萝："娘子，你想吃什么？我给你去做，酸的还是辣的？"

"没胃口。"

"不行。早膳你就吃了两口，你看你，这么瘦，再不多吃些，小东西都要把你给吃得只剩下骨头了。"星华满脸笑容地抚摩着飘萝的头发，"我去给你做些吃的来，你乖乖在这里等我，如果累了，就去床上躺着，不要到处走。如果想散步，等我来了陪你一起去。"

飘萝和星华感情极深，她脾气不稳定也不过是怀了孩子造成的，而今晓得宝宝在肚子里，有过经验的她很快让自己平静下来，笑着点点头："去吧，我等你。"

走前，星华朝幻姬看了一眼，目光再落到千离的眼睛里，脸上的笑容更大了。飘萝和幻姬看不懂，可千离却是清清楚楚地从星华的眼睛里看到了得意。这小子恐怕又要捅三十三重天里各位男神的心窝子了，媳妇儿娶了不说，儿子生了一个，现在又来一个，往后走哪儿，想揍他的人肯定不少。

星华走了之后，飘萝看着幻姬，眼神瞟了下千离，再落到幻姬的脸上，笑着问道："你恭喜我倒是恭喜得顺嘴，你们怎么样啊？"

"我们？"

幻姬没听懂飘萝的话，莫名其妙地看着她。

"难不成等到我肚子里的这个小家伙都能打酱油了，你们才有动静？"说起幻姬未来怀的孩子，飘萝很有些远虑地说道，"依我看，你的肚子可以生个小小女娲后人。我们家小毛球的年纪现在算是三十三重天里最小的，往后他的媳妇儿，似乎不大好找呢。你们家有个女娃娃，我就不用给他物色媳妇儿了。"

“我们家……”

幻姬愣了下，看着飘萝的肚子，要在自己的肚子里生一个小幻姬出来？那……要怎么生？而且，什么时候她就跑到自己的肚子里去，会跟她打招呼的吗？她现在还没有做好心理准备要生宝宝，她还有很多的事情没有做呢，有了宝宝之后就得天天陪着他，将小宝宝给帝尊带是绝对不会放心的。他可不比世尊姐夫，除了打架，其他的事情，她都不怎么放心。

“是啊，我看你和帝尊……”

飘萝的话没有说完，门外传来麒麟的声音。

“小幻姬。”

幻姬闻声转头去看门口，麒麟摇着百色扇走了进来。不只幻姬愣了，飘萝都愣了下。麒麟怎么把舞倾公主带来了？

一袭绿色纱裙的绝丽女子安静地跟在麒麟的身边走着，走近幻姬和飘萝，朝她们施大礼。

“西海舞倾拜见幻姬殿下和世后娘娘。”

幻姬看着地上的舞倾，说不出为什么，她觉得她的命是伤害了另一个人才换来的，有些残忍。帝尊没有告诉她是谁，但那毕竟是一条性命，她又如何能活得心安理得呢？

飘萝扫了眼地上的舞倾，再没看她，直刺刺地看着麒麟。他这算是带着舞倾来公告她的身份吗？

麒麟对着飘萝耸了下肩膀，别多想。

舞倾朝幻姬、飘萝行完礼后，站起来，走了两步，对着坐在一旁的千离行叩拜大礼。

“舞倾拜见帝尊。感谢帝尊救命之恩。大恩大德，舞倾毕生不忘。”

“过来。”

千离的声音轻轻的，仿佛是情人间的低声喃唤。听到他的话，房间里的人都愣了下，他用这么温柔的声音跟舞倾说话？幻姬和舞倾两人的惊讶程度不相上下，八只眼睛齐刷刷地看着他。而千离……他的目光却是定定地落在了幻姬的脸上，看到她吃惊的样子，慢悠悠地再道：“要我过去抱你？”

这下，原本起了半个身子的舞倾诧异地看着千离，他……他不是跟她在说话？叫过去的，是幻姬殿下？

幻姬奇怪地看着千离，不确定地问：“帝尊你在跟我说话？”

“皆说女子一孕蠢三年。”千离的目光扫到幻姬的肚子上，很快又移回她的双眸，“你这还没孕呢，怎么就跟蠢了三千年一样。”

蠢、蠢三千年？！

幻姬瞪着千离，又来打击她！她如果变蠢了，一定不是怀了他的宝宝变蠢的，而是被他打击蠢的。世界上没有蠢人的，被帝尊打击多了，蠢人自然就多了。让幻姬恼火的是，尽管面上她气千离打击她，可脚步不自觉地就朝他走过去。

“干吗？”幻姬问。

千离稍微抬了下手，把幻姬拉到自己的腿上坐着，也不顾房间里是不是还有别人在，更不管麒麟和飘萝都看着他们，将头贴到她的秀肩上轻轻蹭了两下，靠着。

“困。”

因为害羞而挣扎着想起开的幻姬听到千离的声音，安静了下来，看着他。这二十几天他都没有休息好么？见到他的时候光顾着自己伤心难过委屈去了，都没想到他可能比她更疲惫。为舞倾公主解咒想必不是轻松的事情，世后姐姐还说过，会消耗人的法力，第一次解咒没有成功，耗费的修为更多。幻姬心疼地抬起手，抱着千离，声音无比的温柔。

“我陪你去休息吧。”

“饿。”

听见千离说饿，幻姬越发心疼了。早前他养成了跟她一起吃饭的习惯，在千辰宫救舞倾二十几天，说不定滴水未进，仙神不食人间烟火，但若有得美食享用，谁又不会喜欢呢？何况，没有人间烟火的天宫，仙酿仙果总是不缺。他又困又饿还急赶着过来看她，如此想来，倒显得她的伤心像无理取闹的任性了。

“我给你拿些小点心来，你先垫垫胃？”

“不喜欢。”

幻姬想起自己确实从没见千离吃过点心，至多吃两口水果，那还是相当无奈或者无聊的情况下，遂又问。

“你渴不渴？”幻姬将自己的声音放低得很轻，像是害怕吵醒千离一般的柔软，“我给你端茶过来，嗯？”

“不想喝。”

这个不喜欢，那个不想喝，幻姬只得抱着千离，盼望星华能尽早地将吃食做好，想来世尊姐夫定然是晓得他的情况吧，也怪她，对他的了解太不够了，二十多天他都没吃东西，怎么光想着他抱她来是让她吃东西呢？可能是他自己想吃。而且，她还说风凉话，挤对他可能会嫌弃她胖。他抱着她走一段路，也许是为了向她证明，就算他很饿，一样能抱得动她。越想，幻姬越觉自责，不自觉中，搂着千离的手臂愈发紧了。

看到千离和幻姬亲昵在一块儿，这回不好意思的倒是麒麟飘萝这些外人了。若是换作别人，可能会默默退场，将安静无人的环境留给情意正浓的两人。可是，房间里的人是麒麟和飘萝，就算他们内心暗暗觉得不好意思，那也是绝对不可能离场的，在他们看来，越是这样的时候，他们越要坚挺地存在，什么该看的，不该看的，都得看了去才算对得起他们的眼睛。

比起麒麟和飘萝的没有节操，舞倾显然不够他们的厚脸皮程度，千离叫的是幻姬而不是她已经叫她非常尴尬了，看到幻姬被千离拉到腿上时，一张脸羞色布满，低着头不敢看他们，半跪半起间越发地尴尬。她见过幻姬的次数不多，印象里是个很美的女娲后人，除此之外，没有旁的，更不会将她和千离主动联系起来，尤其想不到的是，千离和她的感情似乎很好。不，不是似乎，是确实很亲密。

麒麟边坐下边朝着舞倾道："你起来吧。"

舞倾朝麒麟看了下，又朝飘萝看了看，慢慢地站起来，低着头后退几步，恭恭敬敬地站着。幸好自己没有完全站起来走过去找帝尊，不然就闹了一个大笑话。想到自己行礼之后千离一眼未瞧，还在她的话后叫了幻姬过去抱住，心思敏感的舞倾觉得帝尊是不是非常不喜欢自己。

搂着千离的幻姬听到麒麟的声音，想到舞倾公主还在地上给帝尊行礼，连忙转头过去，看着她退到一旁，心中略有些歉疚，光顾着他去了，倒是把她给忽视了。

飘萝随着幻姬的目光瞟了眼舞倾，开口道："舞倾公主你别介意，帝尊就这样的人。幻姬和他二十多天没有见面，夫妻俩第一次分开这么久，小别胜新婚，自然是想多在一起待着。"

夫妻……

幻姬和舞倾又是同时惊讶了。

只不过，幻姬是甜蜜的惊讶，舞倾却是不敢置信的惊讶。幻姬殿下和帝尊是夫妻？

震惊之后，舞倾转头看向幻姬，和她的目光在空中对上，说不出为什么，她在来的时候觉得幻姬殿下是极美的女子，现在她也美，可美得并没有她心中那么神圣。在她的认知里，女娲后人不应该是泽被天下的大善尊神么？为何她还能和帝尊在一起有婚情呢？女娲娘娘难道也允许他们在一起？女娲后人要造福天下苍生，她若专一地爱着帝尊，她又有多少精力分出来给天地万灵。可她多顾着万物，她给帝尊的感情还是纯净的全部心思吗？她以为，女娲后人是不该有情爱的。

心中虽然有想法，但舞倾很真诚地向幻姬道歉："是舞倾害得幻姬殿下和帝尊分开这么久，对不起。"

幻姬道："没关系。"

如果不晓得舞倾的命是伤害另一个人换来的，幻姬很想和她好好说说话，她觉得眼前这个绝秀的姑娘看上去十分的温婉，在西海的时候就听说了她的性格和脾气特别的好，她对她的印象是极好的。只是现在，她心里有点儿疙瘩。人，固然十分看重自己的性命，但左右要伤害一个人，为何舞倾公主没有牺牲自己的心？身为龙族公主，理应有些觉悟高于旁人，难道那个女子就是该死之人吗？人一出生，身份地位或许真有高低贵贱，可人的性命是不分轻重的，谁的命都极为宝贵。

幻姬很清楚地知道，自己说的没关系，是对她造成了自己和帝尊分开二十多天的谅解。可她，不能理解她的求生方式。

舞倾默默地听着幻姬的话，她说的没关系只是宽谅，并没有否认世后娘娘说的他们是夫妻的事情，可在她的记忆里，并没有帝尊和谁有过婚典的印象。世尊世后大婚之时，西海送去诸多贺礼，如果西古天的帝尊也有婚典，还是个天外天娲皇宫的殿下，西海没有理由不知道，难道是在她中咒的三个月里帝尊和幻姬殿下举办了大典？想到这个可能，舞倾越发沉默了。不为其他，只是觉得小小的自己竟然能在帝尊和幻姬殿下的大婚中分了些时间，实在太过荣幸。

看着幻姬，麒麟笑了。居然没有否认和千离那小子是夫妻的事情，这货估计要嘚瑟了。

幻姬不察，抱着自己的手臂悄悄地收紧，那靠着自己肩膀的人，心里头更是笑得柔情蜜意。

飘萝问幻姬：“我看帝尊累得厉害，你要不要带他到厢殿去休息会儿？我差人把早膳送过去。”

“不用麻烦了，姐姐。”幻姬道，“等会儿吃完早饭我陪他回千辰宫再好好休息。”

飘萝笑，“你确定要回千辰宫？”从刚才帝尊对她的亲嘴儿程度看，分开这么些天，回去还能消停？“幻姬啊，不是我当姐姐的硬要拆你们夫妻的台，你来我这里次数将来不见得会多，难得我往后几个月不能出去玩，你不如就在星穹宫里住着，多陪陪我。说不定，我身上这股子孕味一不小心就传给你了。”

麒麟暗笑，飘呆呆，你都要他们俩分居了，你还叫不拆他们的台？

“幻姬，要不就在星穹宫里住着吧，带小毛球玩也好啊。”

幻姬看着麒麟，“小毛球最喜欢的就是他的麒麟哥哥，看到麒麟上神你来了，他哪里还需要我啊。”说完，幻姬看着飘萝，“姐姐，虽然我没有怀过宝宝，可是我晓得，你现在刚有孕，不适合喧闹的环境，姐夫也不会让我们吵到你的。”世尊对她的照顾，有目共睹，现在她成了重点保护对象，自然就更甚了。幻姬笑着道：“不过不要紧，不管姐夫如何保护，以后，我一定想着法子经常来陪你。”于幻姬看来，她住在星穹宫的日子比在千辰宫都多，现在生活在这边没有以前的拘谨，可她终究是帝尊的“妻子”，两人在一起才是正常的。

麒麟目光扫到了眉梢微微动了一下的千离，坏笑一记，说道：“幻姬，听我的劝，住下吧，回去之后，我觉得短期内你是看不到我们了。”

除了舞倾，麒麟几人都以为千离早就把幻姬给收得彻彻底底，分开之后的重逢指不定多么激烈，打着为幻姬着想的幌子想坑千离，就不让他顺利地将媳妇儿吃到嘴里，馋他。

但，所有人大概被千离忽然温和下来的表象欺骗到了，忘记了他是个不晓得面子为何物的人，对于自己想要的东西，他可以随时随地地无耻，而且无耻的程度可以一再创造新的

纪录。

搂着幻姬，千离闭着眼睛，声音慢悠悠的：“等下回去你陪我睡，不然我睡不安稳。”

“……”

帝尊，这种话，你能回去以后没外人的时候再说出来吗？

幻姬以为千离是怕自己听信了麒麟上神的话真的留下来，很快就理解了他。就算他想她留下来，她也不会。两人分开这么些日子，她是心里想和他在一起，肯定会随他回去的。

“你穿衣裳抱着我睡时有点热，今儿躺下时就别穿吧。”

幻姬：“……”

帝尊，你是不是忘记了现在是在星穹宫，旁边还有人在呢？

麒麟：“……”这话也能说出来？！

飘萝：“……”帝尊，幻姬要是不穿衣服抱着你，恐怕你会更热吧！

舞倾：“……”

搂着幻姬的千离对着她又蹭紧了些，说道：“还有啊，每……”

幻姬担心千离说的话更让人羞赧，连忙出声打断了他，“好，回去你想怎么样就怎么样，我都配合你。”用手轻轻地捋着千离的银发，心里对他是密密麻麻的心疼，“现在先不说，好好歇会儿。”现下人多，若是不拦着他的话，不晓得他会说出些什么来，回到两人的寝宫里，他想怎么说都行，只要不让人产生误会就好。

麒麟嘴角有种想抽搐的感觉，回去想怎么样就怎么样，她都配合千离那小子……

飘萝无奈地摇头，没救了！

一直闭目养神的千离打开眼睛，目光不偏不倚的，恰好和麒麟的目光对上，薄唇勾起一个浅浅的弧度，那笑虽淡，却是到了眼底，清润的目光里浓浓的得意味道让麒麟差点想一口清茶喷过去。

太跩了！

别以为他不晓得他心里打的主意，他和飘呆呆想坑他，他无耻地向幻姬示弱，好像自己没了她就多不行一样，弄得人本来就善良的姑娘一头跳到他挖好的大坑里，这货就是吃准了幻姬面子薄。

麒麟和飘萝颇为同情地看着幻姬，她如何是帝尊的对手哟，这么容易心软，又没心机的，帝尊不要脸起来，她只怕恼得跳脚都没法。

千离靠在幻姬的肩头，声音和寻常无异，悠悠的，淡淡的，可是听到幻姬的耳朵里就不是那么回事，总觉得他现在很虚弱。

他说：“他瞪我。”

幻姬听到千离的话，低头看他，发现他和麒麟正在“两两相望”。这个时候，幻姬觉得自己不能不说话，她是帝尊的媳妇儿，现在麒麟上神当着她的面儿欺负她的人，她要不出来保护帝尊怎么像话。

“麒麟上神，人都有不适的时候，我晓得我家帝尊平时有小小地欺负你过，可现在他如此疲惫，你若欺负，可是不道义。”

“我欺负他？”麒麟不敢相信幻姬居然偏向千离，痛心疾首般地看着飘萝：“你瞧瞧，你瞧瞧，你的好妹妹啊，以后得多跟她说说关于她家那口子的故事。”麒麟忿忿地看着幻姬：“不是我浮夸，三十三重天里，我可能会欺负别人，但你家这口子，不可能。他，记仇，阴险，狡诈，无情，冷酷，毒舌……全身上下我就找不出他有什么优点，自恋、无耻、没有节操这种缺点我都不稀得说了，对他，小的不值得一提。”

为了让幻姬有更直接的感觉，麒麟又道：“我这么跟你说吧，三十三重天里，谁走出去最招人揍，你家帝尊说自己第二，没人敢说第一。”

幻姬扑哧一笑：“我觉得，世尊姐夫才最多人想揍他。”

她虽然没有在外头接触多少人，可从星穹宫和千辰宫里各位神侍平时的交谈中听得出来，世后娘娘是三十三重天里最被人羡慕的人，女子皆羡慕世后，而男神皆觉得世尊人生完美得让人想不嫉妒都难。若真说起来，世尊身上的优点确实多得过分。不过，帝尊缺点再多，也是她的帝尊，她偏生就是喜欢了。

星华的声音就在此时，传了进来。

“幻姬啊，被人羡慕得想揍可是件很幸福的事。”星华亲自端着给飘萝的早膳走了进来，“有人想被揍，还没得机会。”说完，星华把玉碗放到飘萝的面前：“来，乖，把这碗东西吃了。”

飘萝皱眉：“这么多？”

“多吃点，宝宝才会白白胖胖健健康康。”

麒麟愣了下：“她又有了？”

星华脸上的笑容回答了麒麟。

神侍将热乎乎的早膳端进来放到桌子上，飘香四溢，立刻馋得麒麟几人胃口大动。千离搂着幻姬起身，两人坐到了桌边。一旁的舞倾见到星华，愣了好一会儿。等千离和幻姬坐好之后，连忙向星华施礼。

“舞倾拜见世尊。”

听到旁边的声音，星华这才注意到舞倾，刚才脚步匆匆进来，就看到自己媳妇儿。

“起来吧。”

舞倾起了后，星华朝麒麟看了眼，他这是什么意思？昭告他们？

麒麟吃着东西，没注意星华的目光，等他看过去时，星华又关注到了飘萝身上，脸上笑容像是抠都抠不下来，看着特别的扎眼。左边一个扎眼的也就罢了，让麒麟觉得影响食欲

的是，右边一对人不是扎眼，是碍眼，非常的碍眼。

心疼千离没吃没喝二十多天的幻姬，将好吃的东西不停地夹到千离碗中，他吃掉了，她再夹，像个格外会照顾人的小媳妇儿，生怕千离没吃好，还时不时地温柔哄他慢点儿吃。

一派悠然自得的千离细嚼慢咽，很想享受幻姬的照顾，见她光顾着给自己夹菜，伸手为她夹了一个小肉丁送到她的嘴边。

“试试。”

幻姬摇头：“你知道的，我素来不吃荤食。”

千离举着筷子不肯移开，说道：“她以前也不吃荤食，可是你看看现在。”千离瞟了眼在旁边吃饭的飘萝，又道：“饮食习惯并非终生不可改变，善者，在于心，而不在于你吃什么。何况，你瞧瞧，你多瘦啊。不长点儿肉在身上，将来肚子里再冒出来一个小家伙，你让他吃什么？到时，你善良地对待了所有人，却残忍地饿坏了自己的宝宝，不内疚？”

一番话毕，幻姬抿着小嘴儿看着千离，好像说得很有道理呢？想到自己的宝宝要在自己的肚子里吃东西，幻姬觉得自己不能挑食，什么都吃一点才能生出健康的宝宝，像小毛球那样可爱的宝宝原来是世后姐姐什么都吃的结果。

“那好吧。”幻姬看着千离夹的小肉丁，微微蹙眉，实在是不想吃，可是为了他们的孩子，忍了。

看着千离喂幻姬吃东西，惊得星华都差点儿不信了。那个身份尊贵高高在上的男子，从来不把任何女子放在眼底的男子，那个不晓得温柔和照顾人为何物的男子，那个一条血路厮杀过来的铁铮男子，竟然会温柔地劝一个女子吃东西，还会耐心喂给她吃。满桌的人不得不感叹，十丈红尘之所以有最多的芸芸众生，是因为在红尘里从来不缺乏奇迹。红尘里的情感，千千万万种，无人能说得清楚，道得明白，参悟到最后，只源于一个字。

——情

第一次吃荤食，幻姬恶心反胃得厉害，逼着自己硬生生地将千离喂的东西咽了下去，连喝了好几口素粥才把心里那股味儿忍了下去。

麒麟在这时总算是看到了舞倾还站在一边，招了下手，“你过来，一起吃点东西吧。”说着连忙敲了自己的头一下，“怪我，光顾着吃了，把你忘在一边。”

舞倾客气，“谢谢麒麟上神，我没有关系的。”

星华性子温和，叫了舞倾一起吃饭。

“舞倾公主，你若不嫌弃本尊的手艺，过来一起用膳吧。”

此刻，舞倾在星华的眼里只是个很疏离的小客人，麒麟说忘了她在一旁，他就懂麒麟的意思了。想来也是，西海公主虽然有点儿身份，可麒麟的性格最是喜好自由，以舞倾容貌，想收他，不难。可她这样的性格，想搞定他，怕是不大可能。麒麟这小子的玩性到现在可没有半点儿收敛，娶妻生子这种事情对他来说像牵绊，看着多情的男人一个，其实比千离这小子还难以动心。见的神女仙娥太多了，他的心，也就养成了若百毒不侵一般的无情了。所谓多情者最是无情，是一句至理。

舞倾行礼：“舞倾不敢。”

麒麟招呼着：“世尊都说话了，来来来，坐我的边上。”

神侍为舞倾添了把椅子放在麒麟的身边，落座的时候，舞倾偷偷地看了桌上的人一眼，忽然产生了一种觉得自己特别渺小的感觉。以前在西海，她尚觉得自己能左右许多人的情绪，不高兴了，侍女紧张。过得好不好，父王和母后会特别的关心。那些慕她的名到龙宫的人，更是每天许许多多。可是如今看着桌上的人，才晓得，自己多么的微不足道。

“舞倾公主，别客气。”飘萝看着她，“难得来星穹宫一次，尝尝世尊的手艺。”

“谢谢世后娘娘。娘娘，你叫我舞倾就好。”

飘萝笑了笑，“我还是叫你舞倾公主吧。”叫名字，略显亲近，她觉得她们还没到那个分上。

又吃了两口东西，飘萝忽然道：“麒麟，到西海的路途遥远，你得好生送舞倾公主回去才行。”

闻言，舞倾说话了。

“娘娘，麒麟上神身为神首，每日必定事务繁忙，我自己可以回去的。”

不只飘萝，桌上其他的人亦在心底微微诧然了一下，舞倾的年纪在仙家里算是很小了，十四万岁的年纪，比幻姬大不过五万岁。麒麟是何许人也？四海六道八荒里，名声传得不比星华和千离弱的人，甚至更多人晓得他而不了解他们两个。多少人想见他一面绞尽脑汁都见不到，这次飘萝亲自给面子请麒麟送她，没想到姑娘竟然拒绝了，实在叫人对她刮目相看。飘萝懂，即便自己不开口，麒麟也会很有风度地送舞倾回去，星华不可能离她身边，至于帝尊，那就绝对不可能的，想都不要想，他对西海要做的事情都做完了。只有麒麟得空。她不过在场面上给麒麟一个顺水的台阶，免得将来舞倾在外头说神首主动要送她回去。却不想，十四竟有如此独立的性子，倒叫她心底默默鄙视了自己一把，是她小看了十四了。

幻姬看着舞倾，从佛陀天去西海的路程确实不算近，她一个独身女子，到底会让人不放心，便好心地劝舞倾：“舞倾公主，还是由麒麟上神送你回去吧，比较稳妥。”她美名在外，一个人回西海，不让人放心。费了诸多心血将她身上的天镜符咒解除，莫要在回去的路上生出意外才好。

舞倾对着幻姬微微一笑：“如果我没有记错的话，幻姬殿下应该比我还小几万岁，好像是一个人独自从天外天来三十三重天里游历的吧。我很佩服殿下。”

对自己素来严格要求的幻姬忽然不知道说什么，内心里，她觉得自己和舞倾公主是不同的，她是娇滴滴的公主，而自己是需要担起大责的女娲后人，她经历任何都是必须的，而她，则应该避开某些不必要的危险。不过，每个人皆有对自己想做什么事情的选择权利，她若坚持，她当不会再劝。

刚好飘萝吃得差不多了，放下小勺子，表情随意地说道："幻姬她和公主你是不同的。"

舞倾刚想说什么，飘萝继续道："女子独立坚强自然是好事，可是此去西海的路途遥远，公主你的性命可是几位尊神费了颇大心血才救回来的，若是路上有个什么闪失，尊神的心力浪费掉了事小，你的父王和母后定会十分伤心。呵呵，当然，我并不是说公主你回去就一定会遇到什么不好的事情，但你确实还小，独自回去我们不放心，麒麟上神统管神界，你既为龙族公主，也算是由他管着。再忙，送你一下的时间还是有的。我说的是吧，麒麟上神？"

麒麟笑了笑。

飘萝见舞倾还在犹豫拿不定主意，便道："幻姬去西海可不是一个人噢。"

想到自己去西海的第一次是千离带着，幻姬转过脸对他甜蜜蜜的莞尔，那次真没想到他会带着自己去，去之前她还在房间里抱了他，她记得很清楚，那次花探真君闯进来还看到了。不晓得，帝尊是不是那个时候就喜欢上了自己，当时的她真笨，居然没有看出他的情愫。

"殿下没有去过西海，自然是需要人陪伴的。"舞倾转脸看着麒麟，"舞倾要给麒麟上神添麻烦了，实在不好意思，有劳麒麟上神了。"

麒麟再笑笑，难得地话很少。

飘萝原本还以为舞倾继续推托，没想到她温和地向麒麟道谢，这姑娘还是挺会处事的。若不然，她和幻姬都开口了，她还不让麒麟送她，以为人家神首眼巴巴的就想送她回去么？

"以后若是外出，让我自己试试一个人吧。"幻姬小声地跟千离说着话，连舞倾公主都有此心，她就更需要努力了。

千离夹了一点菜放到幻姬的碗中，目光盯着她看了片刻，"没那个必要。"有他，她还须那么累么？

幻姬轻声地道："我不能因为有了帝尊就不努力吧。"

千离反问："为什么不能？"

"因为……"幻姬想了想，没想出什么很能说服人的理由，只得道，"帝尊再厉害也是帝尊的本事，我得有自己的本事才行，我最近懒了许多。"就是因为有他。一颗脑子动不动就想到他，怎么甩都甩不掉。

幻姬思虑甚远，道："以后会有很多的事情需要我做，总不能每一件事都找帝尊帮忙吧。你又……"打住了喉咙里的话，幻姬用了十分委婉的方式说出来，"帝尊平日多有忙时，老被我求救，会烦的。"他不是个见死不救的人么，到时候找他，没戏。

“是你，不烦。”

简简单单的四个字，完全没有暧昧缠绵的字眼，可幻姬却像是听到了一句柔情万方的情话，幸福到了心坎儿里。帝尊还说自己不会说话哄女子，瞧他说出来的话，比那些情诗爱语有过之而无不及。

幻姬朝着千离娇羞一笑，低下头，忍不住嘴角的笑容，笑意盈盈地吃着他夹给自己的东西，极小声地说了两个字。

“讨厌。”

千离听到，笑着伸手将幻姬那只没有拿筷子的手拉了过来，握在自己宽厚温热的手心里。幻姬脸上的红晕越发深了。丝丝缕缕的小甜蜜仿佛是她和千离两人的小秘密，不想被人分享，一不小心就沉浸在两人的世界里，耳中听到揶揄的声音，忽地回神清醒过来。

“哎哎哎，你们两人是不是要收敛一点点，想眉目传情回自己宫里去，光天化日之下，这么多人都在吃饭呢，也不怕影响我们吃东西么？”

麒麟的话让幻姬不好意思，却没让千离有半点尴尬，握紧幻姬想抽回去的手，继续吃着东西，胃口大好的他难得吃了不少。幻姬边吃边想，星穹宫里有世尊做饭，往后他们千辰宫里可不能老是蹭饭吃，帝尊这人说什么就是什么，哪里可能放低身段儿来找世尊学习烧菜呢？可她……也不想学。

琢磨着，幻姬总算是想到了一个法子，既能让她吃到可口的饭菜，也不用她和帝尊两人中的谁学做饭。

饭后，星华陪着飘萝到花园里散步；千离带着幻姬回了千辰宫；麒麟则送舞倾回西海。

千辰宫。

幻姬站在床边将薄被铺开后朝房间里别处看了看，二十几天没有回来，这里整洁得像是每天都有人静心收拾过一样。见无事，转身轻轻地坐到床边，等着沐浴后来休息的千离。

“等下回去你陪我睡，不然我睡不安稳。”

“你穿衣裳抱着我睡时有点热，今儿躺下时就别穿吧。”

不经意地，幻姬想起在星穹宫吃饭时千离说的话。陪着帝尊休息是肯定要做的，不过她穿着衣裳贴着他睡时，他感觉到很热吗？那每次他还抱得那么紧？有时候她动动身子想翻出他的怀抱他都不许。

幻姬喃喃地低语，“不穿衣裳……”眉头微微地蹙了起来，不穿衣裳睡觉会凉快点吗？她没有试过，不过，帝尊比她懂的东西多，他说的应该是对的。想到不穿衣裳贴着千离，幻姬的眉头皱得更紧了，这样岂不是非常的尴尬，她不穿衣裳，那帝尊他穿不穿？左思右想，幻姬觉得，为了不在千离的面前宽衣解带弄得彼此不好意思，自己还是先躺到被子里去比较好，等他进来了，自己可以装睡。

一番利索的动作之后，幻姬穿着贴身的小衣小裤钻到了被子里，看着床顶硕大的夜明珠，帝尊说的不让她穿衣裳是什么都不穿么？小衣小裤很薄，应该不会有什么不妥吧。如果让她这点儿衣裳都不穿，那她就不知道要怎么贴着他睡觉了，想想那画面都难为情，这已经算是她的极限了。不晓得姐姐和姐夫在一起睡觉是什么样子的，姐夫也会嫌弃姐姐穿了衣裳让他热么？

幻姬听到了很细微的推门声。

来了！

幻姬立即翻身背对着床边，闭着眼睛静听脚步声一点点走进房间，让她奇怪的是，脚步似乎只走了一半，并没有到床边来就停了。她想，可能是帝尊在做点什么，她继续等。又等了一会儿，脚步声还是没有重新响起。

帝尊干什么去了？

幻姬心里头纳闷，帝尊都到房间里来了，怎么停了这么久没有来睡觉呢？正想翻身去看，闻到了白摩花的香气，顿时，心中暗笑，保持着侧卧的姿势，心里偷偷地乐着。想骗她转身过去看他么？亏得她的鼻子灵敏，不然就被他骗过去了。等了一小会儿，床边陷下去微微，被子很快掀开，一个身躯躺了进来。

帝尊既然睡下来了，她是继续保持装睡的姿势呢？还是转过去贴着他睡呢？幻姬正纠结着的时候，感觉到千离翻身朝她靠了过来，从她的背后将她搂进怀中。背后细滑的肌肤贴上千离胸膛的一瞬间，幻姬整个人都僵了。

他没穿衣裳？！

幻姬一动不敢动地被千离从背后抱着，双腿感觉碰到了柔软的衣料，稍稍地放下心来，可是想不明白的是，帝尊怎么穿了裤子不穿上衣，难道不穿上衣真的就能凉快很多？她可不觉得，后背贴着他的胸口，她觉得体内的血液都流快了许多，连带体温都莫名其妙地升高了，全身有种从骨子里冒出来的燥热感。

千离的手轻轻抚上幻姬的肩膀，惹得她颤了一下，一层细细密密的鸡皮疙瘩涌了起来，越发揪紧了心，猜不到他打算做什么，但觉两人之间似乎变得好亲密，比他深深地热吻自己还要亲密很多的感觉。

想到千离深吻自己的那几次，幻姬的脸烧红得厉害，心中拿了主意，不轻易转身过去。不然，他又狠狠地亲吻自己该怎么办？她……她不想呼吸不畅要晕厥。

比起幻姬的装睡，千离似乎比她的耐心多了更多。她不转过来，他一点儿都不急，搂着她，修长的手指慢悠悠地在她的身上做着情人间才能做的小亲昵，弄得幻姬心猿意马，都不知道自己睡在被子里到底是做什么，更加忘记了外面艳阳高照。而她和帝尊竟然在床上休息。

第十六章　一方一净土

当千离的手从幻姬的细腰上游向她胸前时，幻姬紧张地抓住他的手，再也装不下去了。

“帝尊，你不是累了么？”

拿她当个玩意儿一般地抚了好久，难道他还不困吗？

“不累。”

幻姬：“……”在星穹宫里抱着她就睡觉，现在躺到床上这么久了，他居然还没有睡意。

幻姬翻身面对着千离，注意到他的头发还有点儿湿，拧了下眉头，伸手轻轻地抚摩在他的银发上，用仙术将他的头发弄干，轻声细语地提醒他，“以后头发没干就不要急着躺下来，对身体不好。”

抱着幻姬的手臂忽然收紧，让她密密实实地贴上了一方灼热的胸膛。

对视着千离的双眸，幻姬脸红，双目躲闪不敢看他，娇羞地钻到他的肩窝里，连呼吸都是轻轻的。她想，帝尊是不是弄错了。她觉得两人不穿衣裳睡觉反而更热，一不小心就看到了对方的身体，浑身抑制不住地会产生燥热的感觉。而且，两人不算是第一次同床共枕，可是这一次感觉特别不一样，心里格外的紧张，大气都不敢出，生怕自己的心会跳出来。

“帝尊，这样你能睡得着吗？”幻姬担心千离，小声地问他，“你二十几天都没休息好，我觉得这样反而热，你会不会不舒服？”

幻姬的声音很轻，像一缕香烟从千离的耳朵里钻了进去，然后流转到他的心房里，打着圈圈儿，将千离的心都熏成了幽幽香香的，满是属于幻姬身上才有的香味。

千离的声音十分慵懒，仿佛是刚刚睡醒了一般，可那低缓的嗓音里又带着一丝特别的清明，他说：“是不舒服。”

闻言，幻姬立即从他的肩窝里抬起头，看着他。

“那我去把衣裳穿上。”

千离搂着幻姬的手臂一点不放松：“你穿上我更不舒服。”

“会么？”

幻姬有点怀疑。可是，以前穿着衣裳睡觉的时候，她没有今天这种紧张感，现在的感觉委实太怪异了，若不是晓得自己现在身体没问题，她都怀疑自己是不是生病了。

“嗯。”

得到千离的肯定回答，幻姬想想，复又睡到了他的手臂上，舒不舒服是他的事情，帝尊素来不会委屈自己，既然他觉得现在这样好点儿，她便不穿衣裳吧。

“你都睡下好一会儿了，还没有睡意吗？”幻姬问。

千离看着幻姬的目光清亮得让她都移不开眼睛，一直就觉得帝尊长得极好看，有句话说，情人眼里出西施。可是帝尊是那种不管是不是情人都会成为别人眼中的“西施”的人，现在近距离地凝望他的双眼，越发觉得他的眼睛深邃，里面像是有着不容人抗拒的吸引力，勾得她怔怔地看着他，恨不得想融到他眼中去。

帝尊啊帝尊，你长得这么好看，你自己知道吗？

“我去点上安神香吧。”幻姬建议。

千离道：“不用。再忍会儿就好了。”

“忍？”

幻姬纳闷：“忍什么？”帝尊还有需要忍的时候？他什么时候想做什么事不是直接去做了。

“热。”

幻姬吃惊：“还热？”

他们都穿这么少了，他还觉得热，那……只能不盖被子了。想着，幻姬伸手把两人身上的被子掀开，一股凉气卷来，冷是不冷，却让幻姬不好意思地又用仙术把被子扯了回来。两人都穿得少，不盖被子感觉像没穿衣服一般，好没安全感。

“现在好点了吗？”幻姬看着千离，刚才放了热气出去，再热，她就得想别的法子。

千离微微地叹了一口气：“不用麻烦，再等等就没事了。”

“我去弄些冰块儿来给你降温。”天气很热的时候，娲皇宫的神侍就会在她的寝宫里放很多千年寒冰降温，如今在外面，神侍不在，很多事情就只能将就着过。

“没用的。我还是忍吧。忍不下来，以后不好办。”

给她上药的时候尚且能避开，睡觉就实在没办法，哪里有猎物不跟猎手在一起待着的道理。到了嘴巴里的美味，现在就等着美味能变成随意享用的熟食，可他家这只嫩嫩的猎物现在似乎还没到那个程度，为了不留下遗憾，只能暂时委屈自己了。

幻姬心疼地看着千离，没想到他这么怕热，心想着，从明天起，她得想个好法子帮他降温，不然太热了，帝尊睡不好。

默默的，房间里安静下来，幻姬乖乖地贴在千离怀中，渐渐地睡了过去……

幻姬睡过去之后，千离看着她的睡颜，狭长的双瞳一点儿不见疲惫之意，抱着她，过了许久才睡过去。

一觉，至第二天的早晨。

早膳的时候，花探真君将吃的东西摆好，很是献媚地看着千离和幻姬。

“帝尊，殿下，你们尝尝，这次可不是从星穹宫拿到的早膳噢。”

身为千辰宫的总执大人，为了能让自己家老大吃上可口的美食，他算是挖空了心思。毕竟，每天去星穹宫请吃的，他面子上过不去呀。偌大的千辰宫难道就找不出能烧菜的人？他虽然不行，可别人未必就不行。于是，勤劳的花探总执大人在千辰宫里认认真真地挑选出做饭颇有天赋的人，让他们一一试验，总算烧出了他觉得还不错的美食。在暗暗练习了半月之后，终于把这群人拉出来遛遛，看看成果。

花探满怀期待地继续道："帝尊和殿下不要害怕，虽然不是世尊做的，但是我相信，你们一定能吃下去，这次保证不会像我那次一样。"

其实，花探想过一件怎么都想不明白的事情，为什么帝尊不学烧菜？世尊会，他学会了不丢脸啊。或者说，帝尊不学，殿下可以学的嘛。在凡间，贤妻良母在家相夫教子不就是为自己的夫君做羹汤么？这两人都是身份尊贵之人，难道都要端着那个架子不肯为对方妥协。没关系，他们不妥协，他这个总执大人为他们想办法，有了他培养出来的厨子们，他们都不用会做菜。

"帝尊，这可是我们千辰宫的厨子做出来的饭菜。还有一批人在食神那里学习，等这批人烧的菜你们吃厌了，我再让那拨人回来。"如此反复，千辰宫的厨子能学到各种菜色的烧做，足不出户，帝尊和殿下就能尝尽天下美食。想想，他都忍不住夸赞自己，真是一个想笨都笨不了的人。

幻姬将信将疑地拿起筷子，试探性地吃了一点点。

入口即化。

甜而不腻。

吃了两口的幻姬惊喜地看着花探："花探真君真是有心了。"

花探笑："能得殿下如此赞赏，实在让我……受宠若惊。为帝尊排忧解难，这些都是我应该做的。"

千离淡淡地扫了一眼花探，慢悠悠地拿起筷子吃了一点，收到幻姬期待的目光，咽下去了。

"帝尊，你感觉怎么样？"

看了眼幻姬，千离将目光投到花探的脸上："不会让我一直吃这个吧？"

"不会不会。"花探真君立即保证，"我会让他们每天都进步一点点的。"

千离微微挑起尾音："一点点？"

花探真君立即发现自己说错了话，帝尊怎么能成为他们的试菜尊神呢，每天进步一点点，猴年马月才能做出让帝尊满意的一桌菜呢。

"很多点。我一定尽快让我们千辰宫厨子的手艺向世尊靠拢。"

花探真君出去的时候，幻姬同情地看着他的背影，他明明是想让帝尊高兴的，没想到帝尊会如此的严厉，总执大人大概没想到给自己招来了如此有压力的结果。如果用她的口味来衡量，比世尊是比不上，也没法比，更不需要和世尊比，他太完美。可和在翠溪山吃的相比，从食神那学艺归来的神侍们做出来的东西还是挺好吃的，只要不是特别难吃，她不挑味儿。

饭后，千离出宫信步闲庭。幻姬无事，跟着他一起漫无目的地走着，到了竹林里时，千离坐到椅子上，幻姬坐到桌子的对面。他沉默不语，她也不出声找话题，两人就静静地坐着。

没过多久，花探为千离端来了泡好的茶，茶香四溢，让幻姬想起自己要跟着花探学泡茶的事情，待花探走后，想着自己是不是追过去求学。

“你觉不觉得你看他的次数有点儿多？”千离忽然出声。

幻姬纳闷，看着千离。

“他？”

谁？

试探性地，幻姬问：“花探真君？”

“难道你今天还看了别的男人？”

“我没看他很多次啊。”幻姬想了想，诚实得近乎可爱，“就是早上起来看到花探真君，早课之后又一次，吃早膳一次，现在这次。四次而已。”

千离抬起手很悠闲地给自己斟了杯茶，一早上到吃完饭看了花探四次，他从起来到现在，她还没认认真真地看他两次呢。

“四次……而已？”

千离轻轻地重复幻姬的话，让她有种不好的感觉，帝尊是觉得自己看花探真君次数太多了吧？如此一来，幻姬原本打算去找花探的心思便作罢。暗暗地自问，她看花探四次很多吗？她还一直都看着他呢，他怎么不说。

品茶过后，千离慢慢地合上眼睛，又开始睡觉。幻姬发现帝尊是真的很喜欢睡觉，尤其是浅寐，只要环境清幽，他在哪儿都能睡着。赏花时，赏月时，钓鱼时，喝茶时……如果不是因为和他有过不少接触，她会怀疑他是睡神。

竹林风云淡淡，绿色娆娆婷婷，偶有鸟声传来，婉转清脆悦耳。

仙气缥缈，云卷云舒。

幻姬双手托腮，安静地盯着千离直看。

过了一会儿，千离的声音响起。

“你迷恋我，我是不介意的。只是，你这样看着我，不会不好意思吗？”

幻姬问：“为什么不好意思？”

他是她的帝尊，看他怎么了，他们都一起睡在一起过了，用他的话来说，就是眠过了他。连他的身子她都抱过了，看脸算得了什么。

“我脸皮薄。”

“……”

帝尊，你确定你说的那个人是你自己？

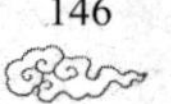

千离缓缓睁眼，转过头看着幻姬："不要太迷恋本尊，我会害羞的。"

幻姬："……"

帝尊，你是不是不晓得脸皮为何物？

跟千离亲密了许多后，幻姬放开了不少，他说他脸皮薄被她迷恋会害羞，那她就索性顺着他的话来。

"帝尊丰神俊朗，风度翩翩，是三十三重天里不可多得的美男子，我要是不多看会儿，难不成让别的女子把你看去。"幻姬一派理直气壮地看着千离，底气十足，"这天下，谁都没有我看帝尊来得名正言顺。对于我的目光，帝尊你要习惯才行，因为日后，我的目光将会一直追随在你的身上。不离不弃。"

千离轻轻一笑，转过头，继续睡觉。

一缕阳光透过密密麻麻的竹叶照射下来，刚好落在千离的眼睛上，让他的睫毛看上去又长又翘，幻姬惊讶地盯着千离的扇睫，怎么就能生得这么好呢？难怪麒麟上神说，天宫里许多神女仙娥被帝尊毒舌过，可还是对他痴恋得不得了，看到他又敬又畏但是又想吸引他的注意。一个男神有他这副皮囊，就算身份不尊贵也够让神女们倾心了。何况，他还是如此有绝对能力和权力的尊神，也难怪外面那些人喜欢他。

待到幻姬回神时，她已不晓得什么时候走到了千离的面前，看着他长长的睫毛，连想去拔他睫毛的手都抬起来了。看到自己的动作，幻姬立即放下手。她怎么走神到这种程度，竟然还想拔帝尊的睫羽，难道忘记他是个很记仇的人了么。

除了被阳光照射的长睫，幻姬见到千离闭目的样子，目光下意识地看到了他的唇，薄薄的，像有层细水润在上面，带着浅浅的红色，唇瓣抿成一条线，看着微微上翘的嘴角，让她……想一亲唇泽。

幻姬想，她一个女子，偷偷地亲男人多有不妥。可是，又想，反正她和帝尊也亲过不止一次啊，再多亲一次也没什么吧。何况，她可以亲完就跑掉，帝尊就算是想抓她惩罚都没机会。刚才还说什么"不要太迷恋本尊"，真是自恋到让人咋舌的程度，修炼这种不要脸仙术的人，恐怕只有帝尊一人。

纤手掐诀。

幻姬决定偷亲成功之后就跑掉。

缓缓地，幻姬倾身，低头，红唇落到了千离的唇瓣上，亲了他。她确实是想轻轻亲一下就跑掉，没有想更多。可是，当她亲了一口之后掐诀想逃遁的时候，发现！身子动不了，被定住了。

幻姬再试试，还是被定住了，不管她用什么逃离之术，都不能成功地挪动自己的身体，连脖子都抬不起来，一直保持亲千离的姿势。

看着近在咫尺的俊脸，幻姬急得想跺脚，谁晓得帝尊什么时候醒来啊，他醒来要是看到自己这样的姿势，会怎么想？

可不管幻姬怎么努力，她的仙术就是不能起作用，时间流走，连落到千离眼睛上的那缕阳光都跑掉了，她还是保持亲吻他的模样，一直到——千离醒来。

千离打开眼睛，看着幻姬："说了不要迷恋本尊。看你。"

"……"

幻姬听到千离的话，差点被他说得要哭了。

欲哭无泪啊。

因为说话时千离并没有退开自己的头，以至于他的唇瓣一下一下碰着幻姬的，让她感觉羞赧不已，一双眼睛瞪着他，"你故意的！"嘴巴说不要迷恋他，结果她偷亲他，他无耻地用定身术和禁术两种法术对付她，害得她一直亲在他的唇上，也让自己逃不掉。

"嗯？"千离无辜地看着幻姬，"什么故意？"

"你别装了，你肯定没睡着。"

千离挑眉，抬起手抱住幻姬的腰身："你偷亲男人还有理了，嗯？"

"帝尊你是我的，我亲你，不算偷。"

"呵……"

千离轻轻地笑出声来，随着他的笑声，幻姬身上的禁术解开，他的手带着她坐到他的身上，还没等她开口，他的唇就覆上了她的小嘴，搂着在她在竹林里深深地缠绵深吻起来……

后来，幻姬找了个机会问飘萝：你家那口子要是被你偷亲了是什么反应？

飘萝告诉她："那还能怎么样，肯定是装成不知道，我亲完走人，大家都好下台嘛。"

幻姬听后简直想捶胸顿足地哭。为什么她家这只这么变态啊！把人用法术定住，使劲亲！还无耻地取笑她！

一个月后。

麒麟从西海到佛陀天里溜达，飘萝肚子里的孩子有三个月了，过了最危险的前三个月，星华放心了一些，比起怀小毛球的时候，飘萝这次的情况更加辛苦些，吃什么吐什么，每天晚上都睡不大好，白天星华守着她补了些觉才没让她的身体太累。麒麟看着飘萝怀孕辛苦，没多打扰去了千辰宫里玩。

结果得知——

他送舞倾回西海走后的第三天，千离带着幻姬出宫玩去了。原因是他之前陪幻姬的时间太少，得闲无事了，带着她不晓得跑哪儿游山玩水去了。

麒麟看着花探，痛心疾首，"花花，你们家帝尊，太堕落了，真的太不像话了。"像这样到处玩的机会，难道不应该等他一起吗？没有他在旁边陪着他们，两人能玩得开心吗？

花探真君伸手挠挠头，嘿嘿地笑了两声。要是真说起来，他们还是很希望帝尊带着幻姬殿下出去玩的，这样每天就不用想着给他们做饭。做好吃的饭菜，已经成了千辰宫里每天最大最重要的问题。

“他们去哪儿玩了知道吗？”

花探摇头，“帝尊没说去哪。”那天一大早吃完东西他就带着幻姬殿下出去了，他还以为他们去星穹宫看世尊和世后呢。

“那他们什么时候回来？”

“帝尊也没说。”

麒麟暗道，千小离，你出息了，竟然带着小媳妇儿跑出去谈情说爱。

出乎麒麟意料的是，没过多久，他和千离幻姬竟然在意外的地方、意外的事情下遇到了。

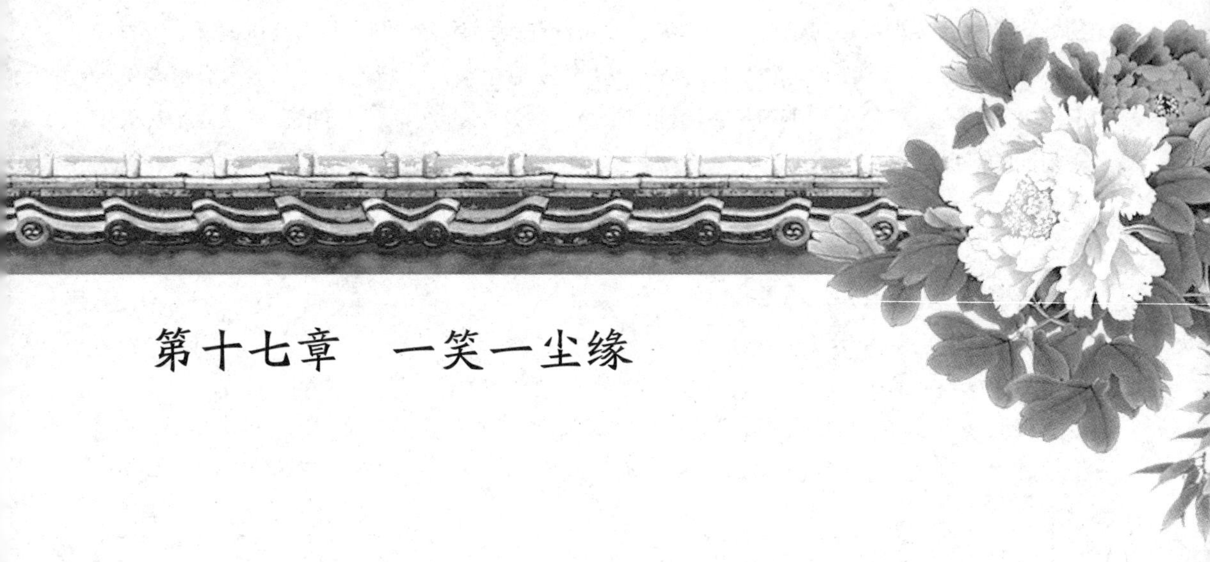

第十七章　一笑一尘缘

神界极南，有一处叫神川山的地方。

每过五千年就会从地下形成一座新的神山耸立而出，神山连着神山，神川山脉越来越长，神川山里的珍奇异兽也随着山峰越来越多而增加着种类。

在神川山里，住着一支仙灵女族，族内只有女子没有男人，仙灵女从出生到长成年只需要百年时间，成年之后，不管过多久，容貌都不会变化，不老不衰。而且，仙灵女在天界里以美貌著称，在成年那天，她们最后的容貌就会定型。仙灵女族统管着神川山，她们是神川山的主人，而仙灵女族的族长，则由族里最美貌和法力最高的仙灵女担当。任何人在成年之后都能在每年的七月初七向族长挑战，如果在法力上赢了族长，她就成为新的仙灵女族长。而一旦挑战失败，则要被逐出仙灵女族，在神川山外面自生自灭。

如今，仙灵女族的族长叫宠服，她坐族长之位已长达五十万年，在仙灵女族乃至神川山里，无人不服她的美貌和法力。五十万年里，数不清的女子向她挑战都没有成功，以至于到后来，很少有仙灵女子再挑战她，人人皆臣服在她的统管之下。

麒麟腾云驾雾急赶而来，落到仙灵女族的皇宫大门外。

侍卫见到麒麟驾临，立即迎上来："拜见麒麟上神。"

"嗯。"

"麒麟上神请随我来。"

二十来天前，麒麟从千辰宫回到麒麟宫，喝到嘴里的茶水还没有咽下去，神卫急匆匆

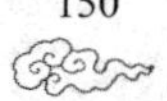

地带着一个仙灵女族的使者来找他。

原来，按理今年要出来的一座新的神山没有如期破土，神川山里反而出现了很多恶兽和恶灵。仙灵女族在神川山内四处追杀恶兽，想还神川山安宁和美好，不想越来越多的猛兽冒了出来，如今的神川山里被浓浓的邪恶之气笼罩，仙灵女族的灵女们杀不尽甚至越来越对付不了那些越来越强大的恶灵。仙灵女族的族长宠服开启了八卦盘，算得神川山遇到大劫，必有一场灾难要发生，她们眼前面对的恶兽还不是最厉害的，神川山下深埋无度的百足穷奇正在苏醒，它将带给神川山莫大的伤害。不得已，宠服才派人来神界请神首过去解救神川山出大劫难。

正在深宫打坐的宠服听到侍卫禀告说麒麟来了，立即睁开眼睛，从团座上起来，整理好仪容，快步走出去迎接。

虽然见过宠服两次，但第三次见到她的时候，麒麟还是暗暗地惊讶了一下，多年不见，宠服给人的感觉是越来越美了。她容貌身形虽不改，可随着年岁的增长，散发出来的风韵与气度却是大不同了。仙灵女族的传说，倒是名符其实。族里的女子，个个都美得出尘出众。尤其是宠服，一身白衣不染丝毫的杂质，明眸皓齿，眉黛细长，红唇润艳。

“宠服见过麒麟上神。”

麒麟抬了下手，笑道：“无须多礼。”

宠服起身，没跟麒麟客套半句话，转身请他进了屋，将神川山的事情一一道与他听。百足穷奇若是只危害神川山，她会拼命守护，哪怕为此牺牲自己的性命也不会惊动他。只是，恶兽和众多恶灵一旦从神川山跑出去，必会祸害许多无辜的人，尤其他们若是跑去了凡间，凡人必遭残害，实乃不忍。

手执百色扇的麒麟悠然地品着茶，相对宠服的严肃，他显得很漫不经心，以至于宠服说完之后有种他根本没有听进去的错觉。

“麒麟上神，你怎么看？”

“等。”

宠服微微皱了下眉头，看着麒麟，懂了他的意思，又问：“等的日子里，我会让人继续追杀神川山的恶兽和恶灵。百足穷奇苏醒后，有劳麒麟上神了。”想到麒麟从神界来到神川山，宠服拿出仙灵女族族长的姿态，“神首大人一路而来，今晚我会命人备上美酒佳肴多谢麒麟上神。”

麒麟轻轻一笑：“不急。等神川山的劫难过去之后，宠服你再好好谢谢我也不迟。”

“好。”

如此，麒麟便在神川山皇宫里住了下来。

开始两天，宠服还会亲自去麒麟住的地方看他，发现他过得自在时，从第三天起就没再去瞧他了。皆说神首麒麟除了常常神龙见首不见尾之外，还有一个习惯就是万花丛中过片

叶不沾身，人长得俊俏，脾气又十分开朗随和，和谁都聊得上的他，坐着高高在上的神首大位，果真是神女仙娥们的钟情对象。

灵山仙境。

一袭白袍的千离躺在绿色的草地上，身后是绵延的灵山，仙雾缭绕，身前是一片飘忽着如波浪似水雾的淼淼蓝湖，湖的对岸有一个飞流直下万千尺的天面瀑布，身下的草中散布着一朵朵各色的小花，草香花香淡淡地混杂在一块儿，令人心旷神怡。不远处的大石头上，两只身体圆滚滚的大白兔正躺在上面晒太阳，有一只兔子圆溜溜的眼睛一直盯着千离，两只长长的耳朵偶尔颤上一颤。

幻姬拎着一篮子的水果从灵山里面飞了出来，见千离睡在地上，放慢脚步，轻轻地，再轻轻地，悄悄走过去，想给他一个忽然的惊喜。到他的身边之后，慢慢地弯下腰，她还没想好是出声呢还是忽然抱住他，闭眼躺在地上的男人突然醒来，睁开眼睛对视上她猝然不及躲闪的目光。

“采蘑菇的小姑娘终于回来了。”

“下次不准装睡。”

千离朝幻姬张开双臂。幻姬将果篮放到一旁，乖顺地睡到他的怀中。千离双手搂住压在他身上的幻姬，闻着她身上散发出来的语佛花香，轻声道：“需要吗？”

“不然，你怎么晓得我回来了。”刚刚好地睁开眼睛。

“睡得再沉，只要你靠近我，就能闻到。”

幻姬嘴角扬起，“帝尊是在向我显摆有一只嗅觉十分灵敏的鼻子吗？”

“对你，我可能更愿意显摆点别的。”

“呵呵……”幻姬笑出了声音，好奇地从千离胸口抬起头，看着他，“帝尊你最想显摆什么给我看？”

他做什么事情都很厉害，若是他想显摆的东西，那必然就超乎寻常的让人惊叹了。他带她出来玩一个多月了，每天都陪着她看日出日落，看繁星满天，看风吹过，看云飘过，这段日子她觉得生活宁静美好得不像真实的，身边的男子睁眼是他，闭眼心中是他，让她都快忘记自己身处何处了。日日耳鬓厮磨，她对他的情谊日益见厚，只是了解却还是不够多，甜蜜的日子里没有争执没有矛盾没有事情发生，除了倾心的喜欢，他们没有第二件事需要做。她想更多地了解他，如果他愿意将自己展露给她看。

千离似笑非笑地看着幻姬，话音里似乎还带了一抹异样的味道：“想看？”

“如果帝尊心甘情愿给我看的话。”幻姬勾起嘴角，“我就看。”要是他不愿意，谁也看不到不是。

忽然之间，幻姬感觉到天地转换，本来是她压着帝尊的姿势变成了他翻身将她压在草地上，看着上方的他，嘴角含笑，一点儿都没觉得两人之间有什么不妥。在她看来，她能扑在他的怀中，自然他也可以压着她，只是她的身形比他纤细很多，不晓得他这样趴着会不会不舒服。

旁边大石头上的两只肥兔子看到千离压着幻姬，忽然从石头上站了起来，吱吱吱地叫了几声，惊讶地看着他们两人。其中有只兔子的胆子比较大，从石头上蹦了下来，跳近好几步看着幻姬。这几天幻姬摘了果子回来，每天会喂两只兔子，兔子也乐得享受她的照顾，吃得很开心，现在见她被压着，觉得她被欺负了，是不是要出手帮帮忙？但看她一脸笑意的模样，又觉得可能不需要，他们两人的感情像她和姐姐一般，十分亲密。

“那我……”

千离的话还没有说完，忽然身形腾空，抱着幻姬飞入十丈高空，他们躺着的草地忽然下陷，轰隆隆的声音，整个草地都塌陷下去，旁边的蓝湖水疯涌灌入到塌陷的草地里面，水面上溅起的不是白色的水汽，而是一浪高过一浪的黑色瘴气，连原本蓝湖的水都渐渐在变黑。

幻姬被千离抱在怀中，双手搂着他的颈子，看着乍然出现的地陷，被水面的黑色雾气惊到，若不是他在身边，她怕是躲不过掉到坑中去了。

“帝尊你看。”

蓝湖对面的天面瀑布落下的不再是纯净的湖水，而是变了色的含瘴毒水，很快整个湖面看不见一点儿清澈的水影，像是一个无边的墨汁海。黑色的雾气飘忽在水面上，一丝丝地朝岸边的灵山飘过去，所过之处，绿色青葱的植物都蔫了，慢慢地变成了灰色，黯淡无光。看到灵山里被黑气荼毒的树木越来越多，幻姬不禁皱起了眉头。

“帝尊，这是怎么回事？”她不知道，他应该知道。

千离面无表情地抱着幻姬飞向别处，当真是扫兴。

幻姬想起草地上的两只肥兔子，“帝尊，等一下。”说着，幻姬回头去找兔子，哪里还能看到它们的身影，早就是一片墨色，黑色的毒气让湖面都看不到。

“帝尊，我们去哪？”幻姬拉住千离飞行的身体，“刚才这里清新美好，转眼之间就变成了骇人的模样，难道我们不该查查为什么吗？”如果晓得缘由，可以尽自己的能力让这里恢复到原来的模样，为神为仙要做的，不就是给世界一个安宁和幸福吗?毒气蔓延，灵山里那么多的幼小生灵若是来不及逃遁，岂不是都要丧命。幻姬将自己的想法说出来，“我不想走，我想知道到底发生了什么。”

千离看着幻姬，搂着她继续御风飞行。

“此等小事自会有人来处理。”

难得他陪她来灵山里游山玩水，他又不是给自己寻麻烦才出宫的，不过是醒了一个恶灵而已，这种事情自然有仙神回来收拾，她又不爱杀生，取了别人的性命最后内疚的还是

她，何须多此一举，不如离开，图个眼不见为净。灵山里的仙兽难道笨得连逃命都不会么？

“可我们现在遇到了，既然是小事，随手处理一下不就可以吗？”何况，她不觉得眼前的画面表示的仅仅只是件小事，在他看来的小事，对别人来说可能就非常重要或者困难，帝尊他不该用他的水平来衡量别人的承受力。

千离扣紧幻姬，除恶对他来说，确实是一件举手之劳轻而易举的事情，难道就因如此所以遇到什么事情他都要出手？天下每天发生的事情何其之多，他们遇到的又岂会是一件两件，事事亲为，别人存在的意义是什么？或许，该带她去凡间走一趟，坐拥天下的帝王会每天在皇宫里浇水养花吗？会亲自出手追杀闯入皇宫的刺客吗？身在其位，有些事情该做，有些事情不必做。恶灵的出现，未必就是一件坏事，或许对别人来说，刚好是他们的劫数。天道轮回遵循的是因果关系，每一个东西若存在，便有其存在的道理，不是每一次多管闲事都能称之为好心，愚善并不是一个好词。她是女娲后人，既然有心想要努力登鼎，就该学会有些事情并不需要她管，事无巨细都揽到自己的身上，不累吗？如果她以为身为女娲后人遇事便要播撒善良的光辉，不分可为，不可为，没有选择之心，没有判断之心，成长的道路会非常辛苦，甚至会一事无成。

见千离执意带她离开，幻姬试图挣扎了几下，没有用，只得无奈地跟着他离开了。到了新的一片树林时，幻姬想起自己先前摘的果子还没有吃，肚子这时不觉空咕咕的。

“帝尊，我肚子饿了。”

千离从空中落下，放开幻姬，陪着她在林中找她爱吃的果子。

慢慢地，幻姬和千离之间的距离越来越远，她在前头找着自己喜欢吃的果子，他在后面目光一直落在她的身上。先前在灵山玩耍，他虽然人在草地上睡觉，却在她的身上种了随身诀，她在哪儿，离他多远，他都能感觉到，而且还在她的身上偷偷种下了他的白摩花仙香，免她在林中被鸟兽攻击。她回到他身边时，他撤了诀，这会儿目光一分不离地追着她。

幻姬心里头不满意千离的一走了之，但一个多月的相处让她越发依恋他，偷偷地瞧了他好几眼，看到他一直跟着自己，心中浮出丝丝的甜蜜。见到十步开外一棵树上长着红彤彤的仙人果，幻姬一喜，立即走过去。站在树下，抬头看看果子的位置，伸手够不到，她只能飞身上去。

纤纤素手刚抓到红色的仙人果，一根树枝忽然活动起来，缠上幻姬的腰肢。

幻姬低头，还没看清什么，忽然整个树林轰然下陷。

“啊！”

来不及飞身也脱不了身的幻姬被大树带着飞快地坠落，她想转头去找千离，却因为下坠的速度太快而被风吹得睁不开眼睛，松开抓着仙人果的手，想掐诀把缠着她身子的树枝断开，心诀默念未完，感觉一个什么力道拉着自己，轻轻一提，把她拉住，揽入一片淡淡的馨香温暖中。

看到千离的脸，幻姬的鼻头酸酸的，刚才还跟他耍小性子呢，现在就被他救了。

“帝尊……”

千离单臂抱着幻姬，抬起另一只手，将她刚才抓住的仙人果送到她面前：“光吃不长。”

幻姬拿过果子，辩解道：“帝尊你不是说过要吃荤食才能长胖么，我这段时日吃的不是水果就是素菜，想长也长不了啊。”幻姬停顿了一下，继续道：“世后姐姐有世尊给她做好吃的，我就没有厨艺好的夫君。”

千离眸光淡淡，亮了。

“刚才我睡觉的时候做了个梦。梦到，你居然给我做了一桌子美食，我吃了很满意，刚想夸你，结果你回来了。”

幻姬吃惊：“你的梦里我会做饭？”

“只是梦。不要当真。”

“梦里的，好吃吗？”

千离很肯定地道：“那是自然。”

幻姬拿着仙人果想，有句话说，日有所思夜有所梦。帝尊这大白天做梦她会做饭，她是不是要好好地去学一学呢？让他美梦成真。哎，要是知道帝尊在梦里夸她，她一定要到他的梦中去瞧瞧，看看他是怎么夸她的。

轰隆一声，千离和幻姬的头顶又塌陷下来一大片树林，脚下一片，头顶一片，两人被夹在中间。

千离温柔地用手掌将幻姬的头护到自己的颈窝里，周身金色的仙泽全然释放，把风沙尘土都隔绝在数丈开外，呵护着怀中的女子若长虹流光般地穿过上下塌林中间的安全地带，抱着她飞越狭峰，清清漫漫地到了一片鸟语花香的清幽之地。

落了地上，千离放开幻姬的头，腰肢上的手臂却没松开她：“没事了。”

幻姬抬头，冲着千离甜甜一笑，踮起脚尖刚想亲他，身后一道声音传来。

“小幻姬。”

不用回头幻姬就知道是谁来了。这声音，她想装成听不见都不行，她和帝尊的两人时光好几次被他打扰，她真想问他，为什么感觉哪儿都有他啊。太直接的话她不好意思问出口，但幻姬觉得很有必要委婉地表达下自己的不满。

“麒麟上神，我们又见面了。”

麒麟摇着扇子走到幻姬的面前，笑眯眯的，“哎哟，听幻姬殿下的口气，好像很不高兴见到我呢。可是怎么办，我很开心能见到幻姬殿下你啊。”说着，朝千离瞟了一眼，故作无知地问道，“不晓得我刚才看错了没有，殿下是想亲帝尊，对吧？”

被人当面戳穿后，幻姬不好意思地红了脸，否认了。

"麒麟上神你看错了，刚才帝尊的眼睛里进了沙子，我给他吹吹。"

说话的时候，幻姬的底气特别不足。这一个多月她和千离日夜在一起，好不容易让她在他面前能利索点说话，没有之前那么小心翼翼，可和他亲昵的事情被外人看到，对她来说，过去不适应，现在不适应，将来也不会适应。这样的事情，只能在四下无人两两独处时发生。想到自己主动亲帝尊的事情被麒麟看到，幻姬目光瞟到旁边，不敢看他，也不敢看千离。

麒麟挑起眉梢，看着千离："是吗？"

"怎么到哪儿都有你。"

"呵呵……"听到千离的话，麒麟不禁笑出声来，"我能不能理解为帝尊在夸我勤劳。"

幻姬反应过来，她和帝尊离宫在外，虽不知具体的地方，但晓得离佛陀天颇远，刚才一番地陷她不知道现在和帝尊身处何处，怎么麒麟上神会在这里？

"麒麟上神，是不是出了什么事？"幻姬想到刚才草地和树林一片片塌入地下，"刚才那边大片大片的草地与树林都塌陷了，你知道吗？"

"哪边？"

"就是……"幻姬想了想，"具体的地方我不知道。"说着，看向千离："帝尊知道。"

麒麟慢慢悠悠地摇着扇子，笑意盈盈地看着幻姬："殿下，你连自己在什么地方都不知道，还敢跟着帝尊到处玩？就不怕帝尊把你带到什么荒无人烟的地方做某些……禽兽不如的事情吗？"

"帝尊他不是这样的人。"

"对他这么有信心？"

幻姬特别认真地点点头，"嗯。"帝尊的为人，从某些方面来说，很高尚，让她很放心。更何况，她和帝尊亲密的事情做了不止一次两次，都如此无间亲密了，帝尊断不可能那么无情。

麒麟对着千离笑得高深莫测，富含别意，"看来坏事做了不少啊。"

看到麒麟对着千离这样说，幻姬疑问道："麒麟上神你在说反话吗？"如果帝尊对她做坏事，她怎么可能肯定他的为人，当然是对她很好才会得到她这样的评价。

千离轻轻一笑，将幻姬拉到自己的身边，对着麒麟眉梢微微一挑，神情颇为得意。

一个手执佩剑的女子走了过来，"麒麟上神。"

麒麟瞧了眼走来的人，对千离说道："神川山有异象，你和她反正没事，不如和我一起在这里住一阵子吧。"

"没兴趣。"千离想也不想地回绝麒麟的提议。

第十七章　一笑一尘缘

“你怎么不问问她的意思，说不定她想呢？”

幻姬对着千离连连点了好几次头，她确实想在这里待着，看看出了什么事。当事情来临的时候，她不愿意选择离开或者置之不理，那不是尊神和上古神族后裔应该做的事情。没想到，千离很干脆地了断了幻姬的希望。

“我不想的，她就不想。”

千离带着幻姬就要走。

看到麒麟嘴角的笑，幻姬觉得她应该坚持自己的选择。帝尊不喜欢的，她确实会思量是不是喜欢，可难道所有他不许的事情，自己就不能有主见吗？倾心相喜的两人是平等的，她修为不比他高确是，可不代表面对事情时她一点儿自己的选择权都没有吧。

幻姬停住脚步不肯走，小声地表达自己内心的想法：“我想留下。”

千离目光落到幻姬的脸上。

幻姬心中倏地紧张，帝尊是个不喜欢被人忤逆决定的人，鼓起勇气，迎上他的目光，她再次道：“帝尊，我想留下。”并解释道：“我来三十三重天就是成长的，帝尊带我游山玩水我当然非常高兴，非常喜欢。可是，一世人生并非只有美好的风景，还会有意想不到的风雨，就如同今天我们在蓝湖边遇到的一样。帝尊在我的身边，我安心，正是因为如此，我才想趁着有你在，看尽世间百态。好的，坏的，平静的，激烈的，都想经历。”如果他不在，或许她还会担心自己不能全身而退。她是女娲后人，总要做些事情才会得到大家的认同，如果永远只是因为她是娘娘的后人大家便尊敬她，她没法肯定自己。她现在不奢望能做惊天动地的大事，只想尽自己能力帮能帮到的人。是他，让她懂得什么能力做什么事，或急切，或浮夸，或妄自菲薄，或目空眼前，皆不可取。

仙灵女族的人第一次见到千离，听到幻姬唤他帝尊，等她说完话，立即朝千离行礼：“小仙拜见帝尊。”

千离眼未瞧地上伏礼的人，什么话都没说带着幻姬朝仙灵女族皇宫方向走去，麒麟得意一笑，抬手让地上的人起来，跟了上去。

看着千离的背影，麒麟笑容加大，果真是英雄难过美人关啊，若是搁别人，以命相求估计都留不下千离，小幻姬几句话就让他改变主意，呵呵……

宠服见到千离和幻姬的时候，一个没认出来，得麒麟介绍后，立即行大礼。

“仙灵女族宠服拜见帝尊和幻姬殿下。”

幻姬对宠服身上散发出来的气质折叹，让人很难忽视的美，然而与其他仙子不同的是，她身上有着在别人身上难得寻觅到的英姿豪气，玲珑修长的身体里似乎蕴含了让人不敢小觑的力量。她看过很多人穿白色的衣裳，帝尊是穿得最为极致的人，她自己也穿，可不晓得为什么，她觉得一身白衣的宠服格外的漂亮，好像白色就是为她存在的颜色一般，唇红齿白，秀雅绝伦。

面对拜礼，千离一贯漠然，幻姬微笑着让宠服带着人起了身。

宠服仔细看了幻姬一眼，这才将天外天的女娲后人看仔细，心中好是一番惊艳。复才转脸看向一旁椅子上坐着的千离，三十三重天里战名最为显赫的帝尊竟长得如此俊美，倒是出乎她的意料。

坐到自己的位子上后，宠服好奇千离和幻姬为何会来神川山，问得很直接："不晓得帝尊和幻姬殿下忽然到访神川山，可是有何要事？"神川山不小，可不请自来两位身份尊贵的大神，还是头一次，她不得不疑惑。

麒麟轻轻笑了："宠服你别紧张。他们啊，可不是来帮忙或者办事的。不过是我们的帝尊大人带着他的小幻姬四处游山玩水，刚好玩到神川山。"说着，麒麟看向千离，"哎，你们是玩到神川山吗？我看着，不像啊。"

幻姬摇头："我们不是特地来这里的。之前我们在……"看向千离："帝尊，我们之前在的地方叫什么？"

"灵山。"

听到千离的声音，宠服不由得看了他一眼，他进来后，这两个字是他第一次发声，听嗓音，帝尊年轻得很。她第一次听闻他的传说时，还以为他是个年迈的老大神。

麒麟微微诧异道："灵山离这里可不近啊。"

"原本我和帝尊在……"想到千离翻身压着自己的画面，幻姬停了声，"在草地上晒太阳，忽然整个草地塌陷下去，原本清澈的湖水也变成了黑色，我们到了树林中，树林也塌了，帝尊带着我飞到了这个地方。"

听着幻姬的话，麒麟笑着问："小幻姬，你说实话，你们真的是在草地上晒太阳，没干别的？"

"……"

幻姬想到，沉默在很多时候就是默认的意思，连忙出声。

"就是晒太阳没做别的。"

"噢？"

幻姬："……"

幻姬认真想了想，他们是没做什么啊，就是两人的姿势比较亲密罢了，可他们相互倾心，搂搂抱抱也是很正常的事情吧。比起世尊和世后，她和帝尊感觉挺含蓄的了。她在星穹宫时，世后姐姐可是当着她的面都亲世尊呢。

看到幻姬娇羞地朝千离投去求救的目光，宠服跟着她的视线也朝千离看过去，虽说她是第一次见到帝尊，可凭她看人的眼光，帝尊傲然于世，幻姬殿下这样娇滴滴的女子目光对他来说怕是连无视都懒得给吧。可让她没想到的是，进屋后谁都没有正眼看一眼的帝尊，居然转头对上幻姬的目光，朝她浅浅一笑。那抹笑，实在是浅淡，如果不是认真地盯着他，她都抓不到。

宠服心道，难道帝尊真是带着幻姬殿下到灵山游山玩水而误打误撞来了神川山？

“帝尊，幻姬殿下，神川山几个月以来不少的恶兽和恶灵作乱，新生神山也没有拔地而出，神地之下的百足穷奇正在苏醒，麒麟上神是我请来相救的，往后一段时间，我们会比较忙碌，若是有招呼两位不周的地方，万望见谅。”

幻姬点头：“宠服族长，若您不嫌弃，我希望能帮上一点忙。”

“呵呵。”宠服笑了，“殿下太客气了，能得殿下相助，实在是我求都求不来的恩典。只是，殿下第一次来神川山，是我们的贵客，哪里能让你犯险呢。”

“族长不必客气。”

宠服道：“殿下直呼我的名字吧，叫别的，我惶恐。”

幻姬知道自己的身份对于四海六道八荒里的人是无形的压力，三年前她觉得身为娲皇宫殿下是荣耀，现在于荣耀里增加了更多的负担，天界的人因为她与生俱来的地位尊敬她，只是因为她的出身，没有别的。而帝尊、世尊、神首等等人，他们是靠自己的能力获得尊敬，那种敬畏是发自内心的，是她很想要的。宠服给人的感觉干练而强势，她的直率没有让幻姬觉得不舒服，相反，她对这个仙灵女族的族长有着极好的第一印象，率真的人磊落，她把话都明着说，她不反感。

“幻姬你就叫宠服的名字，她性子直，不喜拐弯抹角那些。”

“呵，麒麟上神了解我。”

麒麟笑着逗宠服：“我了解你，不知你可了解本神啊？”

“神首大人可是一本厚沉的大古典，想了解透彻，不容易。”宠服说得很直接，“我素不爱看书，不想了解。”

麒麟故作伤心神态：“宠服你当着这么多人的面拒绝我，我表示很伤心。”

“麒麟上神，那些被你伤心的女子，不说多了，没上万也过千了吧。”

“那都是外面的人造谣。”麒麟端了端身姿，“我可是很专一的。”

幻姬暗暗咋舌，麒麟上神专情？她认识他才几年而已，光亲眼见到围绕在他身边的神女仙娥就过百了，三十三重天里的，南荒的，坤云山的，西海的……连当年他到昭郃山去，都能招惹得那些跟随百曦一起学艺的女仙子们心神荡漾呢。麒麟上神的桃花缘，不要太好啊。幸亏他没有娶妻生子的想法，若不然，他的正宫娘娘每天都得盯着他，否则一转身就能带次妃、三妃……各种妃子回宫。

香气飘忽的宫殿里，幻姬麒麟和宠服聊着天，千离一直没有说话，只是慢慢地品着酒，麒麟找他说话时也不过是抬眼看了看，一副兴致缺缺的样子。

幻姬暗想，帝尊不说话，肯定是不想待在这里，他现在能坐在这，不过是为了陪她。他既然妥协地留下来，她是不是也该稍微体谅一下他呢？可是，明说不想聊天了，会不会显

得她很没礼数？想了想，幻姬心中有了主意。聊天时，不经意地打了两个哈欠。果然，她准备再打第三个哈欠的时候，宠服麒麟和千离都看了眼。

“殿下，我看你比较累了，我让人带你去休息。”

幻姬不好意思地笑了笑：“添麻烦了。”

“不必客气。来人啊。”

有侍女很快进来，宠服交代着：“带幻姬殿下和帝尊下去休息。殿下安排在凤天阁，帝尊安排在东霆宫。”

“是。”

凤天阁近宠服的寝宫，东霆宫和麒麟住的云玺宫挨在一起，宠服如此安排在身份上人人都照顾到了，颇为妥当。

幻姬朝千离看去，目光中，他优雅地站起来，朝殿外走，什么都没说。幻姬起身朝宠服点了下头，转身朝千离跟去，明明是天外天的殿下，可说不出为什么，她觉得自己像是个逆来顺受的小媳妇儿。她装打哈欠还不就是为了他能早点去歇息么，怎么都不等她一下。

看着千离在前幻姬后追的背影，麒麟扑哧一笑，在自己小媳妇儿面前还这么跩兮兮的。

宠服的目光从千离的身上收了回来，看向麒麟：“麒麟上神，帝尊和殿下忽然来神川山，真的没有事？”

“能有什么事呢？说了，帝尊就是带着幻姬出来游山玩水的。”

“这……”

宠服不解，如果帝尊真是带着幻姬殿下出来游玩，怎么态度如此冷冰冰的，跟这样寡言冷眼的人在一起，幻姬殿下能玩得开心？

“怎么，不信？”麒麟问。

“看帝尊的模样，不觉得惬意。”

麒麟摇着扇子，道：“这你就不懂了。帝尊避世千辰宫万万年，从不轻易出宫，更不要说带着一个女子四处游荡了。他能带着幻姬出来，已是非常不易。别看刚才帝尊一言不发，那些沉默里可都是他对自己小媳妇儿的疼爱。”如果不是为了幻姬，他哪里可能坐在这里听他们聊天，她想经历，他就陪着。虽不喜，却不会离她而去。看着高傲目中无物，只有真正了解他的人才晓得，他的眼睛里不是没有物，而是只有一个人。

出了大殿去休息的宫阁路上，到了分岔廊道的地方，侍女分开，一个欲带着千离去东霆宫，一个带着幻姬去凤天阁。幻姬跟着侍女走着，不察手腕被人拉住，停下了脚步。

千离问：“住我那还是你那？”

呃？！

“不是你东霆宫，我住凤天阁么？”

第十七章　一笑一尘缘

千离微微蹙眉：“你和我分开住？”

他问得很是理所当然，让幻姬产生一种错觉，好像她若肯定地回答，便是做一件大错特错的事情。

“我……”幻姬心想，她若是和帝尊分开住，他恐怕会不高兴，本来就是勉强跟她留在神川山，若不在这些小事上顺着他，以后再央他陪自己做什么，怕就难成功了吧。而且，私心想想，她现在晚上睡觉也习惯躺在他的怀中，忽然自己一个人睡觉，也许会不适应。“呵呵，我当然要跟帝尊住在一起啊，我们两人是一对儿，怎么能分开呢。”

两名侍女相互看了眼，帝尊和幻姬殿下住在一起？

千离手掌微微下滑，握住幻姬的手，将她带着朝自己的东霆宫走去。欲去凤天阁的侍女无法，只得跟着一起去了东霆宫。事后回禀宠服的时候，宠服当真是吃了一惊。

“帝尊真的拉着幻姬殿下去了东霆宫住？”

“是的，族长。”

“下去吧。”

收隐手中的长剑，宠服终于确信千离和幻姬两人在一起的事情。起初她是真不信两人在一块儿，帝尊的传说在四海六道八荒已是多年，幻姬殿下也不过近十万年内才听得，甚至也只是在她出生之时晓得了她的存在，平时天界的人谁会想到她呢。没想到，小小年纪的她，竟然打动了那个传说中超凡出十丈红尘断不入的帝尊。难怪她将两人分开安排时，帝尊的眼中闪过一丝不悦，一闪而逝，却被她捕捉到了。

入了东霆宫的房间后，幻姬殷勤地泡了一杯茶送到千离的面前。

“帝尊，我刚看你喝了不少的酒，喝口茶吧。”

千离扫了茶杯一眼，视线停在幻姬的脸上：“靠这东西就想讨好我？”

幻姬飞快地看了下茶，扬起嘴角，“当然不是。”他是什么人物哟，她怎么会天真地以为一杯茶就能让帝尊原谅自己的不听话呢。何况，这杯茶还是她随手斟过来送给他的。在千辰宫里她尽力泡好茶给他喝都让他嫌弃得说是水沟味儿，宫外的茗茶，只怕帝尊连闻都不想闻。可除了这杯茶，她委实不晓得还能拿什么来献殷勤，如今帝尊明确嫌这杯茶不够，她要怎么办才好呢？

“我端茶给帝尊喝只是觉得你刚才一个字都没说，光顾着喝酒，会伤身。”

虽然她端茶给他有一部分原因是为了讨好他，但这样内心深处的想法怎么能说出来让他知道呢，到时不是被他嘲笑太看不起他而会被他打击太蠢。另外一个缘由确实是觉得他喝了不少酒，她走在他身边时，能闻到他身上的酒香，以前他和世尊几人浅酌时，身上不会带有酒味，只会闻到独属于他的白摩花香。

千离悠悠然地问：“然后呢？”

然后？！

幻姬连续快速地眨了两下眼睛，“然后是……”是什么呢？帝尊喝完茶就喝完了呗，还能有什么然后啊？难不成真的要挖空心思想着怎么讨好他？不就是陪着她在神川山里看看发生了什么事吗，怎么就这么小气，他陪的人又不是别人，是她！她是他的幻姬。若是姐姐出门在外，姐夫恨不得日夜黏在她的身边保护她，哪里需要姐姐开口央他留下来。她家这个好像陪她在神川山里多委屈似的，勉为其难得不得了。

“然后……”幻姬实在想不出，便道，“然后帝尊就能上床休息了。”

“我看上去像猪吗？”

幻姬想也不想地回答：“当然不像。”

不过，她觉得好像有一个地方挺像。帝尊和猪都爱睡觉，大部分的时间他都在睡觉，日子在他的安睡中过得很是悠闲自得。也许正是因为帝尊平时什么事情都不想，才在有事时显得他很聪明，智商平素不用都存起来了，需要时便有足够的智商用，她平常想的事情太多，遇大事智商自然不够用。

“帝尊喝完茶也可不睡觉做别的事情啊。”她还不是觉得他可能累了才让他休息的么，好心为他，反而感觉她做得不对。幻姬将端着的茶杯放下来，“当然，帝尊要是不想喝茶也可以不喝。”

幻姬将茶放到了桌上，暗想着，帝尊的心情看上去不甚好，不如放他一个人静静，她出去看看仙灵女族生活的地方，顺道了解最近神川山里发生了哪些事情，如果能为她们做点什么更好。或者！她去找麒麟上神，既然他是来处理神川山百足穷奇苏醒的事情，必然了解情况。

“帝尊，我……”

千离像是没听到幻姬说话，自顾自像是自言自语地说了一句。

“甚为怠慢，不如离去。”

离开？

幻姬连忙走到千离的面前，自以为心思神不知鬼不觉很是严密地悄然挡住他，劝道：“帝尊不要生气，我觉得她们也没有怠慢我们，刚才族长不是亲自接待了我们吗。现在神川山里有恶兽和恶灵捣乱，她们的心思自然更多地是放在如何守护神山的安宁上，我们来这里事先她们不知道，若是有什么没有准备周到，也是能理解的。”侍女带他们进来后就上了热茶与点心，她端给他，是他不喝。现在又怪仙灵女们怠慢了他，他是几个意思？莫非还让侍女们陪着他赏花休憩么。

想到千离不喜外人靠近的习惯，幻姬觉得他之所以想走不是因为仙灵女招呼不周，而是因为她，是在怪她没有安抚好他。不过小小地顺着她一次，怎么就这么难讨好呢。

“你能理解？”千离问。

“能啊。”

千离目光冷冷淡淡：“我不能。”

“……”

看吧，就是和她反着，故意找碴儿想离开，不想插手神川山的事情。她没奢望他能做点什么，麒麟上神在这里她也算是放心了，只是想留下来看看事情的经过和解决方式，长长见识也是好的。

“帝尊要怎么样才能理解呢？”他没有拂袖坚决地走掉，幻姬知道自己有机会。

千离反问：“这难道不是你应该考虑的问题？”

看吧看吧，果然就是她的原因。

换作以前，幻姬会劝千离，她觉得是件小事没什么不能理解的，可现在她晓得，劝说这种东西对帝尊来说根本就不存在成功的可能性。一旦他认定了，乖乖地接受他的要求就对了，做得到要做，做不到想尽办法也要做到。现在就是，他不理解，她必须让他理解，不然就只能随他走了。

“帝尊既然不想喝茶，不想睡觉，不如……”幻姬眼睛一亮，“我们一起到神川山里面转转吧。”话末不忘大赞千离，“神川山高大又绵延近千里，如果有帝尊在身边，必然会很有安全感，玩得很开心。”

千离挑眉：“想让我当你随身侍卫的意思？”

“……当然不是，是邀请帝尊一起玩的意思。”她敢让帝尊当自己的侍卫吗？四海八荒里谁也没有这个胆子啊。

“你不是图我在身边跟着玩得安心吗？我不是侍卫是什么。”

幻姬：“……”

这人，有必要这么斤斤计较吗？不想跟她一起外出就不跟嘛，她说一句他反驳一句，她说的都不对，做的也不对，什么事情他都只能按照他的意思来，一点儿乐趣都没有。他觉得自己像她的侍卫，她还觉得自己更像他的随身侍女呢，外出这么多天，每次找吃的都是她自己动手，他也就在游玩的前几天陪着她摘果子，后面不是在睡觉就是钓鱼，要真是侍卫，岂不若他来照顾她。可他们之间，端茶递水洗果子的事情似乎都是她在做，侍女命的是她好不好。

“帝尊……”

幻姬终于忍不住撒娇了，轻轻地拉过千离的手抓在手里，不想他走：“这里人生地不熟，我就是想讨好你也没条件啊，你带我出来玩的目的不就是陪我嘛，只要我们不分开，在哪儿不都是一样的么。”

“你想要什么条件?”

“……”

帝尊，这个时候你关注的重点难道不应该是后面半句话吗？重要的是他们两人在一

起，不是别的什么。

眼看自己要被千离问得溃败连连，幻姬忽然伸手钩下他的脖子，踮起脚尖在他的脸上轻轻地亲了一口："帝尊，陪我留下吧。"

"不够。"

幻姬又连着亲了两下，看到千离平静的脸色，转头朝门口看了下，确定侍女在外面，放心地转过头再对着千离的唇亲了上去。

因为踮着脚，幻姬坚持不了多长的时间，舌尖扫了千离的唇瓣几次就分开了，看着他双眼，"这样呢？"

"你觉得我这样好打发？"

幻姬暗道，就是晓得你不好打发才不晓得要怎么做你才会满意啊，帝尊啊帝尊，你到底想要我怎么样，你就直接说出来吧。

千离没有说什么，倒是幻姬，实在不晓得自己能做什么，小声地嘀咕道："我又不是你肚子里的小虫子，怎么能晓得你想什么。"

"那把你吃下去变成小虫子你不就晓得了。"

闻言，幻姬惊着，"帝……"后面的声音，全部在一片淡淡的酒香里被幻姬咽回了心里。

有仙灵女端着仙果进屋。虽然幻姬和千离耳间门内，可透过垂帘能看到他们拥在一起的身影。仙灵侍女见到垂帘里的影子，吓得飞快低头，一句话都不敢说悄悄退出了东霆宫，将宫门无声地关上，脸颊绯红地站在门外候着。

两人独处的一个多月里没少被千离吻上的幻姬不知道自己是被他身上的酒气熏得微微发醉，还是他比平时吻得更久些，觉得身子燥热得厉害，头也晕乎乎的，急促的喘息中才能让自己没晕厥过去，可从喉咙里逸出来的细碎哼吟声让她又羞又急，她抑制不住。娇喘中，觉得有人在她的身上撩着火，她抗拒不了，也摆脱不了。在仙灵山里和他深吻的时候，也会出现这样的情况，可都没有今日来得热烈，她心里紧张，却不害怕，像是一场冒险，因为有他在身边，无所畏惧。

直到……

"啊。"

幻姬惊慌地用手抓住了胸口的手掌，眼睛睁得大大的，一只温热的手心贴着她胸口的感觉清晰无比，看着身体上方的千离，脑子炸得又乱又热，他们什么时候到床上来的？而且她的衣裳被褪得仅仅剩下贴身的小衣裤，她竟然没有感觉。

唰的一下，不知道怎么办的幻姬爆红着一张脸掐诀变成了一只毛茸茸的小狼崽躺在了千离的身下，不敢看他的她嗖嗖两下钻到被子里，卷着身子，心房咚咚直跳，紧张得大气都不敢喘。

第十七章　一笑一尘缘

千离翻身躺下：“过来。”

听到声音的幻姬待着不肯动，他刚才的手碰到了……她那个地方，他好意思马上跟她说话，她还不好意思看到他呢。

“确定不动？”

“……”帝尊你除了威胁人你还会什么！

哎，帝尊会的东西太多了，她……她还是乖乖地出去吧。

白毛小狼崽慢吞吞地在被子里拱啊拱啊，钻了出来，看到千离躺在那儿，小步子地蹭了过去。幻姬想，幸好狼崽全身都是毛茸茸的，不然自己的尴尬全给帝尊瞧见了。哎，都怪自己，吻啊吻的，怎么就没注意到衣裳被他脱掉了呢？而且，脱了之后怎么就没注意到他手的动作呢。一想到刚才被帝尊握住的感觉，她就羞得恨不得逃遁得无影无踪。

幻姬爬到千离的身边，顶着一朵语佛花的头低着不肯看他，等他先说话，可她等着，他似乎也等着，两人好一会儿没有出声，幻姬按捺不住，抬头看千离。发现他一双眼睛正看着自己，立即又低下来，心里缓和的紧张又涨了起来。幻姬不知道，她低头脑子里想着被袭胸的事情，那朵纯纯白白的语佛花似乎能感觉到她的害羞，花朵儿在轻轻地抖着，纯白的花瓣都染上了一层粉红色，看上去甚是可爱。

不想便没事，想着想着，幻姬就觉得不对劲。干了坏事的是帝尊，为什么不好意思的是她呢？她又没错，受到欺负的人是她，她应该理直气壮地向他讨要公道才对，一副娇滴滴的小媳妇儿的模样，只会让他将来更为无耻。再说了，她的衣裳都被他脱了，他的衣服还穿得好好在身上，有这么不公平的事情吗？

嗖的一下，幻姬跳到千离的胸口上站着，乌溜溜的眼睛看着他，问责。

千离双手抬起来枕到脑后，好整以暇地看着胸口上站着的小狼崽，嘿哟，这么快就精神了！

“嗷……”

发声发现是狼崽的声音，幻姬立即掐诀打算变回人形，仙诀最后一个字时，她想到了什么，没念完，从千离的身上跳下来，叼着被子盖到了他的身上，确定将他盖得严实了，才重新钻到他的胸口，将被子拱了起来，看着他。

仙光闪过，幻姬变成人形趴在千离的身上，香肩纤细圆润，肌肤无瑕光滑，眼波间全是女子的娇羞和故作淡定的小勇敢，看得千离的眼底忍不住浮现温柔的笑意，枕在脑后的手抽出来，搂到了幻姬的腰肢上，又惹得她红了脸。

“帝尊是不是也太不地道了些，你穿这么多，我穿这么少。”

“我怕你热。”

幻姬反问，“难道你就不热么？”她记得，他是个怕热的人，她多穿一套里衣陪他睡觉他都嫌热，既然如此，怎么不先脱他自己的衣裳。

“热啊。”

“那你怎么不脱掉？”

“你觉得本尊自己宽衣解带好吗？”

幻姬道：“帝尊平时不都是自己做的么？”怎么偏偏到了今天就不行了。

“我平时没帮你脱。”

幻姬懂了，帝尊的意思是，他今天帮了她，他的衣裳就必须由她来帮他脱，既然如此，那她不脱，热坏他好了。

“我没有叫帝尊脱我的。”

“嗯。我自觉。”

幻姬：“……”

“帝尊，你觉得这种自觉是好事吗？”趁着亲吻把别人的衣裳褪了这个习惯难道是好？他这样的行为是耍流氓，怎么看帝尊的样子他不以为耻反以为荣啊？

千离问：“你不是我的幻姬么？”

呃？！

幻姬脑子里突然闪过一道光，豁然开朗的感觉通贯全身。是啊，她是帝尊的幻姬，帝尊也是她的夫君，有什么不能做的呢？她整个人都是帝尊的，心里也是帝尊，他探手进自己的……那个什么里面揉了她，虽然那种感觉让她心跳加速得好快，可似乎在紧张的时候带着莫名的兴奋，并不是那么难受的事情。

眼波流转间，幻姬眼中添了几丝娇媚的羞色，看了千离一眼，缓缓地，边低头边道：“我当然是帝尊的幻姬啊。帝尊也是我的。”又强调一句：“是我一个人的。”

想到被千离揉着的感觉，幻姬倏地抬起头，盯着他：“不准你那样对别的女子！”

“那样？”千离不解，“哪样？”

“就是‘那个’啊。”

“哪个？”千离还是不懂。

幻姬耐心道：“就是你刚才对我做的那件事啊。”

“亲你？”

“不是亲我。”幻姬道，“不过，你也不准亲别的女子。”亲她一个人就够了。

“不是亲，那是什么？”

“帝尊你别装了，我知道你知道。”

千离表情很是真诚，弄得幻姬觉得他可能真的不晓得自己指的是哪一件事：“刚才我对你做的事情那么多，你没头没脑地叫我不准对别的女子做，哪一件事，我如何晓得？”停了停，又道：“但凡有禁令叫人遵守的时候，你见过谁不说得明明白白，模棱两可是很容易让人钻了空子的。”

幻姬想，帝尊说得有道理，明令禁止的事情是得清清楚楚地说出来。

“帝尊是我的，我也是帝尊的，我们之间可以做很亲密的事情，但你不能跟别的女子做。除我以外的，不论是谁，你都不准亲她们，也不准你……不准你……给她们褪衣裳，然后……”幻姬脸上散去的红晕又爬了上来，她实在是不好意思说出来，那种事情他做得那么顺手，她说都说不出来。

“然后呢？”

“就是你脱完我的衣裳之后对我做的事情啊。”

千离挑眉：“接着亲你？”

“不是。”

“抱着你？”

“不是。”

“抱你到床上？”

“不是。”

“那不知道了。”

幻姬急了：“你有个没说。”

“没别的了。”

幻姬大声道：“有！”

“想不起了。”

“……”

幻姬欲哭无泪地看着千离，帝尊你真的忘记了吗？那么重要的事情，你第一次对我做的，你居然能忘记，你说不是故意的，叫人如何能信啊。

千离一只手掌放到幻姬的后脑上，轻声地问她：“要不要我们重演一次？”

幻姬想说不要，刚才的激情她差点儿魂都给他勾了去，若是再热吻一回，她恐怕真的要晕过去。可是，要或者不要，她没得选，一如曾经搂着她的男子告诉她的，所有的美好经历，她只需要享受，不需要想太多。

簪着语佛花的头被轻轻地摁下，红唇相贴，缠绵热吻……

当胸口的感觉袭来时，幻姬抓住了千离的手，停止了两人的亲吻，微微抬起头，四目相对，眼中虽有羞涩，却无比坚决地对他道：“我说的，就是这件事！你，不准对别人做！”她的身子就他一个人看过，她的心里装着他，只要是她有的东西，都愿意给他。但，对他必须只拥有她。

“嗯。”

幻姬不满意千离的简短回应。

“我想你肯定而直接地回答我。”

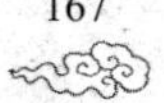

千离的表情很认真，说道："不会再有第二个人让我想对她做这件事。"

轻轻地，幻姬的嘴角扬起，抓着千离的纤指也在她的娇羞中慢慢地松开了。指尖离开时，身体一个旋转，压着千离的她被他翻身压到了他的身下，跟着是他带着淡淡酒味的唇瓣落了下来……

月明，星稀。

一柳庭前树，两影对成形，三声蛐鸣后，四目望如星。

麒麟一边给千离倒酒一边说着话，"有个事，我一直就想问你。"为自己倒满了酒后，麒麟笑了笑，"你带她出来，真是为了游山玩水？"

"不然呢？"

麒麟笑了，"不知道。"堂堂帝尊都能出人意料地坠入十丈红尘，他实在不知道该如何猜测他的所作所为了，不晓得星华能不能猜得一二。这么多年，他避世避事，几乎没有任何事情供人谈论。无事发生，自然也就难得了解他心里所想。以前觉得几人中间，他和星华会是最早修满果位登佛极的人，自从星华改天道之命和飘萝在一起后，就剩下他了。而今看来，怕是他都修不满果位了。

"玩就是玩，想那么多做什么。"

"如果我说，我和一个神女相亲相爱至死不渝，你信不信？"

看到千离的眼神，麒麟立即抓住了。

"喏喏喏，就是你这个表情。你不信我会为了一个女子放弃自由，而我也不会信你是单纯带幻姬出来玩。"他要是有这么好的兴致，过去怎么不出来，一定有目的，不可告人的心思深埋在他的心底啊。

千离伸手端起酒杯，轻轻笑了下，连他都不信，难怪她会不信自己那么好心陪她出来。

"你想多了。"

和她在一起的时候，他想得很简单。面对她，无须复杂。

麒麟抿了一口薄酒，朝东霆宫的方向看了眼，她能改变他的决定，足以说明他对她的在意。幻姬当然是位好姑娘，可是一出生就站在极高位置的她，并不了解世态万生万物，而千离却是尝尽了千态辛酸艰苦的人，他相信千离对幻姬的感情是真的，也相信幻姬是真的喜欢千离，可两人的差别不是一般。情意浓时，你说什么就是什么，你的委屈我都能替你分担，可情转淡后，他们还能站在相爱的地方看着彼此么？如果说星华带着飘萝一起成长，星华见证了飘萝为爱而生、为爱而战的旅途，那千离之于幻姬，可能不是伴着她成长。幻姬她，只不过历事太少，一旦她在四海六道八荒里历练成熟，她的行事风格……与飘萝恐怕大相径庭啊。一个是什么都可以不管不要只要星华的痴爱女子，而一个，拥着天下，拥着王冠，拥着无双尊贵，情爱对于她，或许只是懵懂时期的一个经历而已。

默默地，麒麟暗暗地叹了一口气，他能想到的，千离又何尝不会想到呢？

“不叫她出来一起坐坐？”

“玩累了。”

麒麟笑得不怀好意，“累？呵呵，半上午的时候就到房间里休息了，现在还累？”麒麟的眼中满是戏谑的笑，“虽说是取之不竭用之不尽的东西，不过，兄弟我还是要劝上一句，要懂得节制啊。”

千离低低一声笑：“星华很需要这句话。”

“哈哈……”

远处，一座种满鲜花的空中楼阁上，夜明珠的光芒将整座楼阁照亮得像一个巨大的灯笼，窗前人影闪闪现现，见得不分明。楼阁的最高处，一个身影笔直地站在窗前，像是看着远方，又像是看着东霆宫前的大湖，湖边的翘角亭中，千离和麒麟正对影酌酒，好不惬意。

天未亮，被饿醒的幻姬睁开眼睛，房间里漆黑一片，连月亮都不晓得躲到哪儿去了，若不是感觉到身边男人温热的身体，她会以为自己在做梦。

“帝尊。”

幻姬轻轻地喊着千离，人在睡梦中被吵醒一定会不高兴，她也不想这么做，只是他搂得她动不了，这还是其次。关键是她饿，深夜被饿醒，她不知道能去哪儿找吃的。

“帝尊，我好饿。”幻姬边说边轻轻摇着千离。

黑暗中，一个男声很轻地响起。

“哪里饿？”

“肚子。”

千离半天没有说话，幻姬以为他又睡着了，再摇他：“帝尊，我饿，想吃东西。”什么时候日子过得这么快了，躺下的时候是白天，醒来就到了晚上，只要睡觉，一闭眼一睁眼，一天就过去了。他也真是的，吃晚饭的时候为什么不叫醒她呢？

等不到千离的回答，幻姬道：“那我起床了？”

顺利从温暖的胸膛里坐起后，幻姬摸黑爬过千离的身体，下床。然后，傻了。睡觉前她的衣裳不是自己脱的，那时的情况……帝尊把她的衣裳扔哪里了？

“帝尊，我找不到衣裳了。”

床上传来声响，幻姬听着千离起床的声音，奇怪，她什么都看不见，为什么帝尊却像什么都看得清清楚楚的？

小衣贴到胸口时，幻姬微微愣了下：“帝尊……”

黑暗中，幻姬乖顺地站着，千离为她把衣裳一件件穿好，系腰带的时候，幻姬声音里

藏不住的笑意，“谢谢帝尊。”他不说，她不问，但是她很肯定帝尊一定是第一次为女子穿衣裳。

出门的时候，因为看不见，幻姬伸手抓住千离的衣袖，尽管瞧不到他的脸，但是她能感觉到他有转头看她，而且脚步似乎比平时慢了些，方便她跟着他走。

出东霆宫后，幻姬以为一轮昏月总是该有的，没想到，天空里连一颗星星都没有。

“帝尊，我们要不要先找一盏小灯笼来？”

声音落下，一只温热的手掌牵起了幻姬的手，带着她慢慢朝前走着。他的脚步慢慢的，她跟得稳稳当当，他不说去哪儿，她不问他带她去哪儿。最好的信任或许就是这样，他不说，她也不说，但是就算在黑暗里看不到对方的眼睛，他晓得她相信他，她晓得他会带着她去她想去的地方。

宫廷道路弯弯转转，走过一段路后，夜风吹过，幻姬忽然轻声说话。

“帝尊，如果不是事先晓得身边的人是我，在黑暗中，当你牵起一个人的手，你能判断出是不是我吗？”

“你呢？”

幻姬想了想，“我想，我能。”她不敢说自己多了解他，但就算看不见任何东西，只要他伸出手来握着她，她会晓得是不是他。

“靠我的气息？”

“不是。虽然我不可否认你身上的白摩花香会给我十分笃定的判断，可就算你无声无味，只要你牵着我，我一样会晓得是不是你。”

千离问：“怎么判断的？”

“感觉。”

幻姬捏紧千离的手，世后姐姐牵过她的手，小毛球牵过她的手，娘娘也牵过她的手，每一个人的感觉都是不同的，他牵着她时，那份感觉最为清晰，就算在无边的黑暗中，她也坚信自己不会判断错。

“帝尊，长在心里的东西，是不会被拔除掉的。”

慢慢行走的千离忽然停下来，摊开手，手心上浮现一盏夜明珠小灯笼，一朵盛开的白摩花中镶嵌着一粒闪闪发光的夜明珠，照亮着两人周围约十步开外的范围。柔和的夜明珠光芒让千离的脸上少了白日的冷情感，拿着小灯笼递给幻姬，牵着她继续朝前方走去。

“帝尊，即便看不见，你也能辨得我，对不对？”幻姬又加了个条件，“不用仙术噢。”

“嗯。”

“你靠什么分辨啊？”

“智商跟你差不多的，不容易出现。”

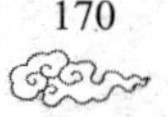

幻姬：“……”

帝尊你说什么，我什么都没有听见。

幻姬想着千离会不会是带着自己去林子里摘果子，没想到……

他带着她到了仙灵女族皇宫的大殿，让侍卫去传令给她做饭。

幻姬颇不好意思地看着千离：“帝尊，这样好吗？”

“你饿吗？”

“饿。”

可是饿也会不好意思啊，深夜叫人临时给自己做饭吃，这不是摆架子是什么。她是个很平易近人的天外天殿下，姿态这么高，别人会误会她。

没过多久，侍女将一桌子饭菜送了上来，幻姬不大好意思在皇宫的大殿里吃东西，看到千离完全没想挪身的样子，想到大半夜吵醒他来陪自己吃饭已是不易，便没说什么，刚吃了一口，宫门口传来声音。

“族长。”

幻姬停下动作，宠服来了？

“幻姬殿下。帝尊。”

没有多余的客套话，宠服坐到桌边，微微笑了下：“是我疏忽了，晚膳殿下和帝尊没吃就该想到你们深夜可能会饿，应该让侍从们在东霆宫外候着的。不过，神川山里难得有客人到访，尤其是皇宫，你们刚来，我不习惯。”连希望千离和幻姬谅解的话都没有，宠服的态度反而更像是他们有错，不该贸然到神川山来一般。

宠服如此一说，幻姬越发觉得自己添了麻烦，歉意地笑了笑。刚想说话，宠服对着侍女吩咐道。

“拿三坛上好的藏酒来。”

“是。”

面对满桌子的菜，说道：“我们仙灵女族不遭攻击时不会轻易杀生，吃食几乎清一色的素食，殿下若是不习惯，可交代侍女准备些别的。在我这里，太客气的人过得不会太舒服，有什么需要，可以直接讲出来。”

“刚好我是吃素的。”

听到幻姬的话，宠服笑出声，与她秀雅的外表不相符的是，她的笑给人很爽朗的感觉。

“殿下，我可不以为你吃素啊。”

幻姬很认真地道：“我真是吃素。”

“如果你吃素，怎么拿得下帝尊呢？”说话间，宠服的目光从幻姬的脸上转到千离身上，关于他的传说可不少，如此稀少的绝世尊神能陪着幻姬殿下到处游玩，她凭的不可能是

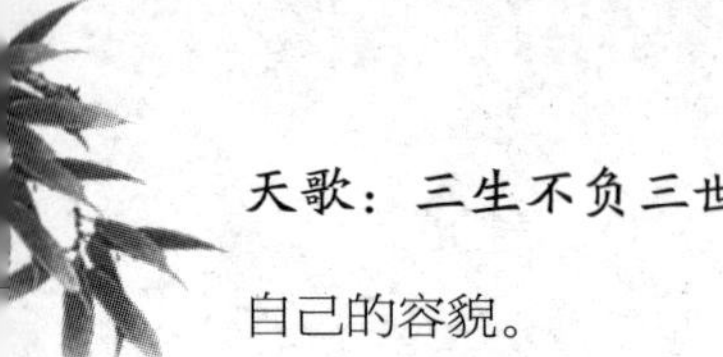

自己的容貌。

“……”

宠服太过直白的话让幻姬不晓得如何接话，羞涩中带着幸福的微笑，没辩驳，低头吃饭。

侍女拿了三坛藏酒上来，幻姬想起在翠溪山和星穹宫喝多了的两次，为了自己的形象，她不能喝酒。起码在千辰宫以外的地方还是不要随便开喝。

“宠服，我酒量浅，不如你和帝尊喝吧。”

宠服边笑边开酒坛：“我倒是想和帝尊喝，只怕他不稀罕和我喝。”

幻姬筷尖放在嘴里没拿出来，转脸看千离，还真是一副生人勿近的表情，除了对星华麒麟几人，他对别人都是这样的表情，不愿搭理。

“呵呵，帝尊他白天喝了不少，再好的酒也伤身。宠服也少喝点吧。”

“神川山与别地不同，终年多雨潮湿，喝酒对身体有好处。”宠服为自己倒了一大杯藏酒，“我们喝的酒都是特制的，驱寒健体十分有效，在仙灵女族里，不会喝酒的女子是活不下去的。”

幻姬心想，幸好她说自己酒量不好，宠服岂止是千杯不醉啊，恐怕是万杯不醉。

桌上，幻姬吃着东西。千离表情冷淡地坐着，偶尔会帮幻姬夹一下她够不到的菜。宠服则一杯接着一杯地豪饮。幻姬的饭吃完了，宠服的酒喝了三坛。

“宠服，你醉过吗？”

“醉？呵呵，酒不会醉人。”

千离问幻姬：“好了吗？”

幻姬压低声音地道：“我……我想稍微失陪下，我那个……”

侍女带着幻姬离开后，宠服一饮而尽手中的酒，大大方方地看着千离，笑了笑，再为自己倒酒。

“看不出来帝尊还真是一位……贞洁烈夫！从来只听说男子要求自己的女人不要看别的男子，不与其他男人交谈，没想到帝尊却是对幻姬殿下以外的女人不屑一顾。为了显出你的专情不贰吗？”宠服笑容不达眼底地冷笑了一记，“我虽然没有谈过情，却也晓得，真的感情不在表面上，你若看过千帆还能唯幻姬不改，才是真的喜欢她。”

“帝尊是不是想对我说：关你屁事！”

宠服哈哈一笑：“你可以对我这样说。不管是从身份上还是客观事实上，你都有资格这样说。不过，你就没想过，你这样的行事风格可能会让我对你的兴趣越来越大吗？”

初见他，除了他的模样和气度，别的她都没过多关注。天界的尊神千千万万，位置甚高的也不是只有他，各自在无极时光里平和地生活，这就是神仙的日子。直到，听到他拉住幻姬殿下跟他一起住到东霆宫后，她才回想他的样子。三十三重天里被传为佳话的世尊世后如何相爱的她没看过，发生在眼前的，才有真实的感觉。见多了麒麟调戏神女仙娥，帝尊的冷绝无情让人眼前一亮。不愿跟外人搭一句话的男子，却可以陪着自己喜欢的女子安静吃饭，他给的小宠爱让她有点羡慕幻姬。

“我知道，帝尊会想，本尊喜欢哪个人何须你一个仙灵女族的小仙来置喙。不错，你喜欢谁是你的选择，而我被你的风格吸引也是我的事情。帝尊还是理我一下吧，否则只会让我更加喜欢你。”

千离起身，朝门口走去，宠服坐在位子上，咯咯发笑。

“不晓得帝尊听没听过一句话，越是得不到的东西越吸引人。在我这里，越是清高傲然的人，越能让我喜欢。若是喜欢得紧了，便想据为己有。”宠服笑，“不过，帝尊，你放心，我喜欢你，就堂堂正正地告诉你我喜欢你，至于幻姬殿下，你尽管喜欢她好了，在神川山期间，我不会对她用什么不光彩的手段，公平竞争是我喜欢的处事方式。只是，帝尊，你可得小心了，我虽然不会伤害幻姬殿下，但为了得到你的注意，可能会有些动作噢。”

千离的脚步慢慢停下来，宠服眼睛微微发亮，等着千离转身看她，却不想，他慢慢地转过头，看着从旁边走过来的幻姬，待她走到身边后，牵起她的手，从始至终都没说一个字地离开了。

桌边的宠服，笑了。

果然，帝尊就是帝尊！

提着夜明珠灯笼的幻姬在出宫后，好奇地问千离：“帝尊，为什么没有灯笼你也能看得清路？因为你是天兽狼王吗？”

走了一会儿，幻姬又问：“帝尊，你总是这个不理那个不见，你就没想过他们会说你太高傲么？”

“然后呢？”

“然后？”幻姬道，“然后你的形象就会在大家心中不完美。”

千离反问幻姬：“为什么要追求完美？”

“得人尊敬啊。”

“你觉得现在有人不尊敬我吗？”

何人背后无人说。被人说高傲也罢，说温和也好，完美或者不完美，重要吗？不论别人说什么，说说永远只是说说，事实会在一切传言之后坚挺地存在。说他不好，不会影响他的生活，夸得再美，也不会改变什么。活在别人的话语里，不如活在自己的思想里，最起码问心无愧。

千离幻姬回到东霆宫的时候，天边露出了微微的鱼肚白，一顿晚膳成了早膳。

“帝尊，我不休息了，你呢？”

千离松开幻姬的手朝房间里走，幻姬见天色还很早，虽然不打算上床睡觉了，可她觉

得起码得陪在帝尊的身边等他睡着了再说。于是，他躺着，她在床边坐着。

“如果哪一天我不属于你了，你会怎么办？”

千离忽然问话，让幻姬好一会儿没有反应过来，以为自己听错了，不甚相信地看着他。

“帝尊你刚才说话了吗？”

“你没听错。”

幻姬看着千离许久没有说话，无端端的为什么这么说，是她做错了什么吗？思来想去，她都不知道自己错在哪儿，不得不开口问他。

“帝尊你是不是觉得我很麻烦？”没有她的时候，他每天在千辰宫里睡睡觉喝喝茶，自从她出现，给他添了诸多的事情，尤其这次还带着她出来玩了一个多月，若是神川山的事情弄清楚，怕是两月有余，陪着一个女子在外头什么正经事儿也不干，对帝尊来说是破天荒的头一遭，让他留下来陪着不说，晚上睡觉都不安生，他嫌她了吧。

千离问：“你觉得自己是个麻烦吗？”

想了想，幻姬点头。

“那就算是吧。”

幻姬神情渐渐失落了，无声地坐在床边，不再言语，连千离问的问题都没有回答。她本想成为一个帮助别人解决麻烦的人，没想到自己反而成了别人的包袱。沉默中，千离看着她的眼睛慢慢闭上，她是幻姬吗？三年前见到他，她无所畏惧地敢跟他铆起来表明自己的想法，现在的她，却连一点点的小自信都需要他明着给吗？

等了约一炷香，幻姬轻轻起身打算出房间，站起来后，深深地看了千离一眼。帝尊，我从来就没想过要成为你的麻烦。

一整天，幻姬和千离在早晨分开后没有见一面。

千离在东霆宫晒太阳，睡觉。

幻姬早上找到麒麟，跟着他到神川山里看恶兽恶灵的情况，直到晚上才回仙灵皇宫。

跟幻姬走在宫内清道上时，麒麟笑着揶揄她：“这么晚才送你回宫，待会千离那小子揍我的时候，你可千万要替我求情。”

幻姬看了看麒麟，笑了笑，在东霆宫和凤天阁分岔的地方停下脚步：“麒麟上神，东霆宫我就不过去了，麻烦你转告帝尊，我今天晚上睡在凤天阁。”

“哎？”麒麟纳闷，“昨晚不是和他睡在一起么，你们吵架了？”

“没有。我明天想跟你一起去神川山里看看，起早了，影响帝尊休息。分开睡比较好。”

麒麟看着幻姬，精明一笑，这样的理由也拿来骗他，怎么，他看上去很好骗么？

“我明天不起早。”麒麟悠闲扇着扇子，“你还是跟我一起去东霆宫吧。”

幻姬坚持，“不了。”说完，朝着麒麟点点头，转身独自朝凤天阁走去。

幻姬走开后，宠服拿着几坛美酒走了过来，见到麒麟，立即招呼：“麒麟上神，正好，我刚打算去东霆宫找帝尊喝酒，一起？”

“好啊。”

见到麒麟和宠服来找自己，千离掀了掀眼帘，继续躺在椅子里没有说话，麒麟和宠服将酒倒好，两人连喝三杯之后，才理千离。

麒麟用扇子轻轻敲着自己的手心，漫不经心地说道：“你小媳妇儿让我给你传话，她今晚睡在凤天阁，让你自己独守空房不要想她。”

因为千离闭着眼睛，麒麟和宠服看不到他的眼神，连表情都看不出什么，像是没听见一般。宠服的目光在千离的脸上停留了片刻，嘴角扬起，继续和麒麟喝酒。

幻姬走到半道因不识路叫了侍女将自己带到凤天阁，泡了一个澡后，穿着侍女准备好的纱袍走进房间，量量时辰，尚早。遂坐到美人靠里，摊开手心，将自己一直随身携带的摩梵天书变出来，慢慢翻阅起来。

今日在神川山内，她见到了许多不曾见到的东西，亏得麒麟上神的耐心足够，她不懂的问他，他皆一一告知。若是换作帝尊，大概就不会理她了。幻姬把白天看到的事物在天书上依次找到，每个都加以仔细了解，最后她发现，她和麒麟上神遇到的恶灵有一个共同的特征，而这个特点刚好和她修炼的一个仙诀相对相克。

幻姬叫人拿了笔墨纸砚，将自己发现的东西记录下来。写好之后，又在天书上找了百足穷奇的记载，细细读下来，发现这只让人骇然的恶兽还是有个优点。百足穷奇再怎么凶恶，对自己的同族却是极好，甚至从未相识的同族有难被遇到了，他们也能舍命相救。

看完最后一段文字，幻姬不禁感叹，“如果非同族小爱而是大爱，他们可能就不是恶兽了吧。”一卷书看完，她似乎没有找到办法收服百足穷奇，如果等它完全醒来，除了灭掉，麒麟上神还能有什么法子呢？

睡意袭来，幻姬连打了两个哈欠，合上书，将天书收好。已是近午夜了。躺到被子里后，她想，这么晚了，他应该已经睡下了才是。她要多跟着麒麟上神出去转转，早些帮神川山度过这次劫难，即能早一点和帝尊离开这里，在这里的日子越久帝尊会越嫌弃她。

宠服拿的酒被喝光，她又叫侍女送了六坛，麒麟忍不住佩服她的酒量。

“果然是仙灵女族的族长，宠服，你这样的架势，可是会让许多男神不敢找你喝酒啊。”

宠服笑：“无能的人当然不敢跟我喝酒。真正有本事的，怎么会怕我。”

“哈哈……”麒麟大笑，“说得好。来，喝。”

空气里，已满是酒味，连旁边的花花草草都因为酒气太重而醉得蔫了精神。麒麟和宠服又喝了两坛之后，实在忍不下一晚上一声没吭的千离了。

麒麟抓了一只酒坛扔到千离的身上，“我说你怎么回事。一晚上，屁都不放一个，要是想你媳妇儿，找她去呗。”看幻姬让他传话的神情就知道两人肯定发生了什么事，偏生千离是个凡事都懒得动的人，自个儿媳妇生闷气他也不去哄哄。

宠服笑问：“帝尊和幻姬殿下吵架了？”

麒麟耸耸肩，不清楚。

连着五天，幻姬跟着麒麟白天到神川山里转悠，晚上在凤天阁记下白天的所见所闻。

千离在东霆宫里睡了五天，他没找幻姬，幻姬每夜回来想找他，却没找过他。她觉得，神川山的事情不弄好，见他也是徒添不愉快。而幻姬和千离分开的五天里，宠服夜夜带着美酒去找千离，夜夜也都遇到麒麟，爽朗的性格让麒麟与之相处起来觉得甚为舒服。到第五天的时候，千离抬手执杯，与麒麟喝了一夜。

第六日，宠服离开东霆宫回去休息后，麒麟仔仔细细地端详了千离好片刻，“你和幻姬到底怎么了？白天她跟着我，好学得我都佩服。哎，跟你说，你小媳妇儿知道的东西真的不少，当得起博学多才这个词。不过，你是不是和她几天都没见面了？”

“她没手没脚吗？”千离目光淡淡地看着麒麟，“还是东霆宫的门对她锁着？”

麒麟反问：“你没手没脚吗？凤天阁的门难道对你锁上了？你是男人，让着她点不丢脸。”停了停，继续道：“听宠服说，晚晚经过凤天阁的时候，幻姬房间里的灯都亮着。定世异象之术三十三重天里谁厉害不好说，但天外天的女娲后人，那可就算是她的强项了，这几天她跟着我在神川山里查探，见解和解决之法很是了得。别瞧她歪点子没几个，正正经经的大家之法却颇不少，看她施术，确有娲皇宫殿下的派头。”

千离轻声道：“在山里你别让她一个人独处。”

麒麟失笑，“你还晓得要关心她啊。我以为你的心思都在怎么享受宠服对你的爱慕呢。”见千离淡淡然，又道：“不要告诉我你看不出宠服对你越来越有兴趣啊。”

宠服貌美，拜访神川山的男神不多，不是因为不想来拜访，而是难进来，进来后宠服也不会见，对于送上门来表好感的男神宠服素来不待见。何况，在三十三重天里，想爱出个好结果，必得男神的地位足够珍贵，否则就只能嫁予四海八荒的皇族，为他们神族后裔开枝散叶。宠服为人爽快直率，又是仙灵女族在位时间最长的族长，心气儿自然也高，随随便便嫁个皇族，怕是压不住她的气势。可天界的尊神又没多到一巴掌抓过去，一逮一个准，就算有几位老大，也不见得人人都想娶妻生子。有心想找尊后的，又不能一定瞧得上她。

这下可好，天上掉下个帝尊，还是个对她不理不睬的美男子，让她怎么不想收为己有。

“关我什么事。”

“她喜欢你，你说关不关你的事。”

千离看着麒麟，声音不大，却格外清晰：“我只要她！”

“噗……”

麒麟扑哧笑出声，“你这话应该当面对着幻姬说。我听了，没用。你和她怎么了？”之前两人好得跟一个人似的，他到哪儿都带着她，她上哪儿都想他在身边，结果这几天像陌生人一般，谁都不理睬谁了。

“没怎么。”

“哄小孩儿呢。”

又连着三天，幻姬和麒麟白天出门确定百足穷奇的苏醒情况，救助神川山里被恶灵危害的生灵，晚上她努力想解决之法，他则和宠服一起找千离喝酒赏月。

月色极好的晚上，宠服的心情也随着几天来千离愿意跟他们喝酒而变得很好。

“帝尊，来，我敬你。”

千离看了眼宠服，手中的酒杯没有端起来喝，麒麟与他碰杯的时候，浅浅地抿了一口。

三人喝得畅快时，一个侍女快步走来，俯身在宠服的身边，问道：“族长，幻姬殿下要了三大盘的新鲜荤食。”

“嗯。我说了，殿下要什么你们就给什么。”

“是。”

宠服又问道：“殿下不是一向吃素么，怎么会忽然要新鲜的荤肉？”

“殿下屋内有一个少男，给他吃的。”

“哦，知道，下去吧。殿下若是还要什么，挑好的给她拿。”

“是。”

麒麟偷偷地瞟了一眼千离的反应，听到自己小媳妇的房内有一个少年，他难道还没有反应？让他失望的是，某人确实没有反应，就像听到一句无关紧要的话。

只是，侍女来过之后，千离再没喝一杯酒，闭眼安睡。

“你别急，慢慢吃，没有人跟你抢。”

幻姬不忍见少年吃鲜食的画面，背身而立，忍住内心不忍的反胃，在房中陪着他直到吃完。

“你若是吃饱了，就把桌子稍微收拾一下。”

少年听懂她的意思，粗粗地收拾好后，紧张地站在房中看着她，不知所措。

幻姬让侍女进来把房间收拾干净后，让少年坐在椅子上，带着浅浅的微笑看着他，让

他放松下来。

“你不要怕，我不会伤害你。”看到少年手臂上的伤，幻姬让侍女送些药粉来，看着他继续道：“神川山有异象，此劫若平安度过，山中万物自当无事。你乃妖身，仙灵皇宫本不能待，可你浑身都是伤，怕是不能在山中继续住着。你今晚且在我这里睡下，明日我带你去找宠服，看她能不能通融你住在宫里。”

原来，白日里幻姬和麒麟在神川山里巡查，救了一只身负重伤的灰狼，半大不小的狼身上满是鲜血，幻姬心慈，带着它一起回了宫中。麒麟知道是妖，念及它的修为伤不了幻姬便没说什么。灰狼到了幻姬的房中，她还没做什么，它化出人形看着她，喊饿。

“你坐着，我给你上药。”

少年目不转睛地看着幻姬，身上的戒备渐渐地放松下来，上完药后，幻姬又为他要了一套干净的衣裳，仙灵皇宫里全是女子，难有男子穿的衣裳，侍女们用仙术急赶才缝了套少年穿的衣裳来，虽不华丽，倒也干净。

“你且休息吧。我晚上还有些事情要忙。”幻姬变出摩梵天书，今日是第九天，加上前八日她记录下来的异象，若是运道不错，她应该能找到异象的中心了。在百足穷奇苏醒之前若能克制住他的命息八卦，神川山说不定能避免掉这次的劫难。

幻姬将美人靠让给少年睡觉，自己坐在桌前看书，没一会儿，少年忽然走过来，坐到她脚边的地上，双手为枕放到她的腿上，趴头其上。幻姬愣住，用手将少年的头抬起来。

“你不可以这样。男女授受不亲。”幻姬含笑轻声地告诉少年，“去美人靠里休息吧，若是不舒服，我让侍女给你在凤天阁收拾间屋子出来。”

少年坚持趴在幻姬的腿上，看着他脸上的伤，幻姬联想到自己全身受伤时，也害怕一个人待着，那时看到帝尊才安心，或许眼前的少年和当初的自己一样，总要看到救助自己的人，才会觉得还活着。

“你趴着，别乱动。”

少年对着幻姬点点头。

安静的房间里，幻姬的身后忽然闪现一个白色的影子。

千离出窍的仙魂站在幻姬的背后，看到的便是她在执笔走墨，腿上伏着一个少年的模样，神情恬淡安然，看不到对他的一丝想念。她胡思乱想觉得自己是他的包袱，他不过反问一句，那句“你说觉得添了麻烦就算添了麻烦”的话，她是真的不懂他的意思还是装不懂，他若真嫌弃她惹麻烦还会带着她出来么？如果她是个包袱，他愿意生生世世地带着，多大，多重，多麻烦，他都不假他人之手地带着。瞎想也就算了，竟还私自跑到凤天阁来住着，九天都不去东霆宫看他一下，长本事了！

幻姬看着自己画出来的定世异象九宫格，轻轻地舒了一口气。明天和麒麟上神到神川山里去试试，若是成了，很快就能跟帝尊一起离开了。算算，她都有九天没有见到他了。幻姬浅浅地蹙了下眉头，帝尊都不想她的么？一天都没有来找过她，她好想他啊！哎，再忍忍，办好神川山的事情就能坦坦荡荡地见他了。

宠服略有失望地看着闭目养神的千离："帝尊怎么这么爱睡觉。"说着，看向麒麟："他在宫里这几天，从没见他出去，每天不是在睡觉就是在打算睡觉。"

麒麟笑道："睡觉？"

"你看他。"

"哈哈……"麒麟乐了，忽然伸脚踹了千离一下，难得有欺负他的机会，虽然现在欺负他的肉身他不会有什么感觉，可毕竟是"踹帝尊"，踹个样子也是很难得的："小离离，醒醒。不然，我可就再踹第二脚了啊。"

还以为他真的对幻姬房内的少年无动于衷呢，还是放不下心吧，明明想媳妇儿想得厉害，就是不肯放低架子去找人家姑娘，连关心都来灵魂出窍这招，也不嫌端着累。

千离目光从幻姬的身上移到她腿上趴着的少年身上，他的人都敢碰！

一口幽风吹过，幻姬打了个冷战，忽然之间觉得好困，这还是其次，更重要的是，她好想见到帝尊，恨不得马上就见到他的感觉。

放下墨笔，幻姬起身，连桌上的纸砚都来不及收拾，快步朝门外走。少年被幻姬突然的动作惊醒，刚想跟出去，幻姬站定脚步，口气强硬地说道，"你不准跟来！"

少年愣住，怎么感觉像变了个人？

幻姬快步从凤天阁出来，急匆匆地朝东霆宫走，路过麒麟和宠服所在的凉亭瞟都没有瞟他们，连麒麟喊她都没有搭理。

"幻姬。"

"小幻姬。"

"你走那么快干什么，来喝……"

麒麟的话都没有说完，幻姬三步两步地就走进了东霆宫。没多久，一个衣裳干净的少年东张西望地走了过来，看到麒麟和宠服，戒备地看着他们。看出麒麟就是白日里和幻姬一起救他的人，大着胆子朝麒麟走了过去。

看到少年，麒麟笑了，"胆子不小啊，还敢找到这里来。"

宠服收了脸上的笑意，感觉到少年身上的妖气，仙灵皇宫里不是他能待的地方。

少年声音很低，喉咙沙哑得很厉害："她呢？"

"幻姬吗？"

"救我的……那个。"

麒麟笑着将少年从上到下打量一遍："如果你想活着走出仙灵皇宫，现在听我的话，从哪儿来的回哪儿休息，幻姬不是你能追逐的姑娘。"

“她呢？”少年再问。

“她是帝尊的媳妇儿。”

麒麟又问了句：“帝尊是谁，知道吗？”

少年执着地追问：“她呢？”

“她在帝尊的床上。”

少年一听，忍着身体的剧痛朝东霆宫里面走，麒麟百色扇轻轻扇过，少年变成了一头灰狼慢慢地睡倒在路边的草地上。

看着重伤的灰狼，麒麟无奈地微微摇头，小青年就是小青年，幻姬救他一命就恨不得以身相许，帝尊的女人都敢抢，不怕死得很难看么。

宠服招手叫来两个侍女，让她们把灰狼抬了下去。

麒麟又用脚尖踹了一脚千离：“还睡呢？”

见千离没有醒来，宠服下意识地朝东霆宫里面看去，殿下刚才那么急促是为哪般？

“看来今天不能喝酒到深夜了。”麒麟无比惋惜地道，“走了。等明天把百足穷奇的事情处理完，宠服你一定得好好招待我和幻姬。”

宠服笑道：“那是自然。不过，明天就能处理好吗？”

“试试吧。幻姬今天晚上能完成定世异象九宫格。明天运气好的话，晚上你就得为我们准备宫宴了。”

悠悠地，千离睁开了眼睛，看着麒麟，目光冷冷的，视线瞟了他的脚一下，吓得麒麟立即跳开。

“看什么，看什么，我的脚是男人脚，比不得你小媳妇那种纤纤玉足，你别打我的主意。”

千离起身，轻轻拂袖带起一缕白摩花香，转身进了东霆宫。

麒麟摇着扇子坏笑：“别太卖力，明天我和你媳妇儿还有事呢。”

“滚！”

第二日清晨，幻姬醒来。睁开眼睛看到千离的脸近在咫尺，吓了一跳。帝尊？

幻姬以为自己在做梦，静静地看着千离，她觉得做梦能见到他也是件不错的事情，分开九天，这还是他第一次到她的梦里来。只不过，这梦也太真实了一点，将他看得清清楚楚，连他的气息似乎都能感觉到。慢慢的，幻姬抬起手抚摩着千离的脸颊，喃喃低语。

“你都不想我的吗？同在宫里，晚上我回来了也不去找我。”

“你晓不晓得，我好想你啊，晚上一个人睡觉总睡不安稳，尤其是开始几天，半夜总惊醒，想来找你，又害怕见你。怕你觉得我总是给你招麻烦。”

千离忽然说话，“所以终于忍不住了，晚上跑过来钻我的被窝，嗯？”说完，狭长的双眸慢慢打开，将幻姬的惊讶尽收眼底。

“你……我……”幻姬惊得不敢置信，“我不是在做梦？”

“装得很像。”

幻姬立即为自己解释：“我没有装，我真以为是在做梦。我昨晚……昨晚不是在凤天阁吗？怎么会到你的床上来。”

千离挑眉：“我的床上？很委屈你？”

“不委屈。”

幻姬立即回想昨晚的事情，她在凤天阁里看书写字……后面的，想不起来了，连自己怎么会到千离的床上也丝毫都想不起来。虽然她觉得这个可能性不是很大，但总要问问才会死心。

“帝尊，是你把我抱过来的吗？”

“你觉得可能？”

“……”是不怎么可能。他都好几天不去看她，怎么会主动把她抱到被窝里。可……

幻姬疑惑不解地说道：“我没有印象昨晚睡在东霆宫，又不是帝尊你抱我过来的，难不成……”难不成她睡着了之后窜过来的？“帝尊，我昨晚睡过来的时候，你有印象吗？”

“你觉得呢？”

“我是怎么样过来的啊？”

“走。”

幻姬完全不信自己的行为：“我在大半夜走到帝尊你这睡觉？”

千离问道：“不然你想白天来睡？”

“……”

想象一下自己深更半夜从凤天阁跑到东霆宫来钻帝尊的被窝，幻姬觉得自己真是丢脸丢到没边儿了，她一心想快点儿把事情处理好跟帝尊离开，没想到接近成功的时候，居然让她忍不住跑来见他了。见也就算了，可她竟然完全没有印象。想到自己晚上一个人来东霆宫，幻姬又忍不住夸赞了自己一把，她能一个人走夜路了。

突然，幻姬的目光从自己的手腕上一直朝手臂游动，再到自己的胸口，一声尖叫破口而出。

“啊！”

她没穿衣裳！

“帝尊，告诉我，这不是真的。”

“你的衣裳是你钻进被子后脱的。”

幻姬放心地呼了一口气，那她就放心了。

“帝尊，我们很快就能离开神川山了。”

连着九天没怎么吃好休息好，幻姬原本就纤瘦的脸颊更小了，千离将她搂紧怀中：“还早，陪我睡会儿。”

“帝尊，有件事我要跟你说。”

“嗯。”

“我昨天在神川山里救了一只灰狼，虽然是只妖，不过我瞧着他不像是坏人，和你又是同族，就把他带回来了。”

“哦。”

“还有，帝尊，我会努力不给你带麻烦的。”

千离放开幻姬，用手挑起她的下巴，让两人的目光对上，一字一字地说道：“凤语佛，你听好了。你带给我的，从来都不是麻烦。如果你非要觉得那些是麻烦，我警告你，只准招惹给我一个人。”

“帝尊……”

“记住了吗？”

幻姬眼眶泛红：“嗯。”

分开几天的两人终于化解不值得一提的小误会，面对千离的亲吻，幻姬甜蜜地回应着他，两人在一片晨光中缠绵久久……

赖床一个时辰之后，幻姬带着要醉坏人的甜蜜心情起了床，早膳都来不及吃就跑去凤天阁，准备带自己救的灰狼给千离看，到了凤天阁后，发现少年不见了。问侍女，无人晓得。幻姬纳闷，难道是走了？

“幻姬殿下。”

凤天阁和宠服住的寝宫不远，从寝宫里出来的宠服见到幻姬，笑着走了过来。

“殿下在找东西吗？”

“我还没来得及跟宠服你说，昨晚我救了一只灰狼回宫，是妖，因为身有重伤我才带他回来的，本想今天向你求个情，让他在宫中养伤，不过现在不知道去哪儿了。”

宠服笑：“殿下善良，救死扶伤不分身份贵贱，我能理解。”

“不过现在不晓得他去哪儿了。”

宠服忽然笑得高深：“殿下想找到他吗？”

幻姬稍微愣了下，随即说道：“宠服你有什么话就直说吧。”看到她在找人却这么问，话里意思不就是告诉她，她晓得少年在哪儿么。她性格直率，连对她和帝尊的不喜都能直接说出来，现在一只灰狼小妖的事情却拐弯抹角，不是有事还能为何。

“殿下果然冰雪聪明。”宠服笑了，“绕绕弯弯我确实不喜欢。那好，我直说。”

宠服从袖中拿出一粒七彩七星玲珑珠，对着幻姬道：“殿下将这东西吃下去，我便告诉你那少年在哪儿。”看到幻姬警惕地看着自己，宠服理解地笑了笑，“呵呵，殿下不必过于紧张，这不是毒药，如果殿下觉得不放心，我先吃给你看。”说完，宠服从袖中又拿了一粒出来，放到自己的嘴里，咽了下去。“如果殿下还是不愿意吃，我不勉强。”

尽管看到宠服吃下了七彩七星玲珑珠，幻姬还是没伸手拿过她手心里的那颗，无端端的让她吃东西，总是有目的。

“为何让我吃这个？”

“个中原因，请恕我现在不能告诉殿下。殿下吃下去了，我就说。”

幻姬微微一笑：“我倒以为宠服你不妨先说，我再决定要不要吃。”

“哈哈，殿下身份尊贵，自然能这样要求。可是我的性格想必你也晓得一二，我决定的事情，不喜欢做改变。殿下或许觉得，不吃没关系，反正你也不想听我的理由。但是，如果我告诉你是关于帝尊的，你还会很肯定地回答我不吃吗？”

帝尊？

幻姬的心有点动摇，她对帝尊的了解确实很少，如果能多知道关于他的事情，甚好。她特地拉长时间想看看宠服吃下那个东西后的反应，着实也没看出她有什么异样。不过，她也知道，不少东西反应为慢性，现在看不出什么不代表日后无碍。她和帝尊来日方长，未必就需要急在一时，她不说，以后她会晓得的。何况，帝尊常年避居千辰宫极少出来，神川山若非她央求，他不会留下，她非常断定帝尊和宠服过去没交集。既是如此，她晓得的关于帝尊的事情，多半也是道听途说，如此得来的故事，她问麒麟上神也是一样，没有必要将不知道是什么东西的珠丸吃下。

“我刚刚吃过早膳，这粒东西，宠服你还是送给别人吃吧。”少年在哪儿，她自己找，若是找不到，也是她和他没有缘分，遇到了，她救了，他要走，她也拦不住。如果是被宠服因他是妖而送出宫，自当是理所当然，她无话可说。

看着幻姬转身离开的背影，宠服轻轻笑了。看来，这个天外天的殿下年纪不大，警惕性却颇高。看她和帝尊关系那么亲密，拿帝尊当诱饵竟然没能勾她吃下七彩七星玲珑珠，倒真有几分理性。

没找到少年的幻姬见到千离，心想着宠服让自己吃东西也不是什么大事，便没跟他说。

看了看日头，幻姬道：“时辰不早了，我去找麒麟上神了。”

“我跟你一道去。”

幻姬愣了愣，看着千离的背影，欣喜地跟上他的步伐。

千离和幻姬见到麒麟的时候，宠服正端着酒杯准备敬他，见他们俩过来，停了动作，说道：“正好殿下来了，我刚要给麒麟上神敬祈福酒，希望今天他能成功地将异象破除。这些天，殿下亦为神川山的安定做了许多。来，我一并敬两位，期望你们归来时，能为你们大设宫宴，以为感谢。”

侍女倒酒时，宠服伸手挡了一下："殿下这杯少倒些，喝多了怕醉。"

原本幻姬想说她不喝，见宠服如此为自己考虑，到了嘴边的话便没讲出来，人家都特意只给她倒一点点，若是她再推托，显得矫情了。

看到千离这几天来第一次陪着幻姬，宠服知道，昨晚帝尊和她怕是和好如初了。那只少年小妖出现得还真是时候，什么都没做就助他两人和好了。虽然不晓得他们为什么而分开，但料想也不会是什么大事，若一件小事就能让他们之间出现矛盾，要争上一争还真不是件难事。

"看帝尊的样子，今儿怕是也要出去了，来，给帝尊也倒上一杯。"

恭敬举杯，宠服看着表情淡漠的千离："我知道帝尊现在不屑跟殿下以外的任何女子说话，不过，有道是，入乡随俗，我们仙灵女族要做大事前，都要喝一杯祈福酒，预祝事情顺顺利利地完成。帝尊不喜欢待在这里，想必也想早点儿离开，喝了酒，讨个好彩头，说不定今晚你们就能离开了。这酒，又不是跟我一个人喝，可是和幻姬殿下、麒麟上神一起喝。"

宠服一番话，对千离没有半点儿作用，他不想做的事情，任是谁有舌灿莲花的本事也说不动。只不过，看到幻姬望着他的目光，千离缓缓抬起手，端了酒杯。

见千离端杯，幻姬扬起一个微笑，用唇语说了两个字，谢谢。

有了千离相随，幻姬从出宫后脸上就挂着散不去的笑容，精神明显比前九天要好了太多，麒麟忍不住揶揄她。

"小幻姬，说说，今天为什么这么高兴啊？"

幻姬看着麒麟，不说话。她才不信麒麟上神不晓得她为什么心情好。

"你不说话，我可就当你是因为跟我一起出来而开心不已啊。"

"我不是因为你。"

麒麟挑眉打趣道："噢……不是因为我，那是因为……我们的帝尊？"

幻姬娇嗔地剜了麒麟一眼，惹得他哈哈大笑，看来天外天的这个殿下对千离也是真心的喜欢，前几天她可不是这样的状态，虽然冷静淡定处事，可逃不过他的眼睛，她的眼中有着藏得不太好的难过。今天可是连眼底都带着笑，那双眼睛显得格外明亮。心可以掩饰，嘴巴可以撒谎，唯独眼睛。不管人多么想控制自己的眼睛，它都不会屈服。

"你这么喜欢我们帝尊，要是我们的帝尊不喜欢你，你怎么办啊？"

幻姬的心咯噔一下，前几天帝尊就问她，如果有一天他不属于她了，她该怎么办。今天麒麟上神又这样问，难道帝尊真的会离开自己吗？她已经非常努力地想成为一个不给他招惹麻烦的人了，难道他还会不喜欢她？

看到幻姬沉默，麒麟逗她："如果帝尊不喜欢你，你就跟我在一起吧。"

幻姬很坚决地回答：“不要。”除了帝尊，她没想过以后和哪个男子亲密，如果他不喜欢自己，她……

“帝尊为什么不喜欢我？”幻姬问麒麟。

麒麟和千离两人都没想到幻姬会问这样一个问题，是啊，为什么不喜欢她呢？千离看着幻姬格外认真的表情，心底忽然就笑了，不喜欢她的理由很多，她哪儿他都觉得不满意，可是喜欢她的理由却只有一个。那个理由，说起来不可思议，可他却在乎异常。

“因为你……是天外天的殿下啊。”

“帝尊不会在乎我的身份。”

“因为你太小，太漂亮。”

幻姬反驳：“无极时光这么漫长，日子一天天过去，我就长大了。何况，我现在就是大人。我漂亮，你怎么不说帝尊很俊美呢，爱美之心，神凡皆有。难道非要丑丑的才能和帝尊在一起吗？”看着麒麟似乎还想找理由来打击自己，幻姬骨子里的傲气噌噌朝上冒：“麒麟上神你不用想什么借口来刺激我，帝尊他就是喜欢我。哪怕他有一天不喜欢我了，没关系，我会努力做到让他喜欢，虽然三十三重天里很多事情我没有经历过，可那是以前，现在和以后，我会用心学的。”

麒麟笑嘻嘻地哦了一声，“哦？”笑了，“呵呵，看来我们的殿下对帝尊可是势在必得啊。”

“他本来就是我的。”

“哈哈……”

听着幻姬的话，千离的嘴角也勾了起来，看来他家这只仅仅是在他的面前才会不自信，放到别人跟前，派头足足的，根本打击不到她。

朗朗的笑声里，幻姬想到自己刚才说了什么，一张脸立即红了个透，偷偷转头去看千离，见到他嘴角的笑容，脸更红了。原来，明明白白堂堂正正说出对他的所有权，感觉如此的好。

心情美，连身边的花花草草都感觉更美。一路而行，几人脚步轻快，原本因为麒麟在场有意与千离走开一些的幻姬不知不觉间和他并肩而行。若是早知道晚上去钻他的被窝能让两人的感觉如此好，她早就钻了。

走着走着，麒麟不知道去了哪儿，幻姬朝四处看看，不见他的踪影。

“麒麟上神呢？”

幻姬问：“帝尊，你看到麒麟上神去哪儿了吗？”

“有我，还不够？”

“……”

幻姬想了想，答道：“够。”

鸟语，风吹。

走了一段路之后，幻姬明白了，麒麟上神是在给她和帝尊制造两人独处的时光呢，别看麒麟上神成天嘻嘻哈哈没正经尊神的样子，为人处事还是很懂的嘛。

“帝尊，刚才谢谢你。”

“谢我什么？”

“宠服敬酒的时候，我知道你不想喝。”如果不是因为她看着他，恐怕他不会喝吧，他都不知道，看到他端起酒杯时她有多高兴。那时候，她很清晰地感觉到自己能影响他的决定，有种她对他来说非常重要的感觉，让她的心甜丝丝的。

千离慢慢转头看着幻姬，嘴角扬起：“我不喜欢口头谢谢。”

不喜欢口头的话……

幻姬自认为很明白地拉住千离站定，双手抱住他的脖子，踮脚亲他。只是，当她的唇刚刚碰到他的唇瓣上，一阵钻心的疼痛袭来，痛得幻姬瞬间皱了眉头，低呼出声。

“啊！”

幻姬用手捂着自己的心口，疼得眼泪一下涌上了眼眶。

千离伸手搂住幻姬的腰肢：“怎么了？”

“心口，好痛。”

千离立即给幻姬检查身体，平静的脸色瞬息间变得黯沉。

“慢慢呼吸，什么都别想，用静心诀试试。”

幻姬闻言，按照千离说的慢慢念诀，心口的疼痛果真缓和下来，恢复后，疑惑地看着千离。

“帝尊，我怎么了？”

千离搂着幻姬便要腾云驾雾回皇宫，被幻姬拉住了。

“帝尊，我和麒麟上神忙了九天，定世异象的九宫格我昨晚才画好，今日若能成功，我们明天就不用在神川山了。”幻姬不想在最后一天到要试试的时候放弃，“刚才心口是很疼，可现在没事了，不管成不成功，让我试一次吧。”看到他紧张自己，她很高兴，他冷漠了九天不找自己，她都要怀疑他是不是真的有喜欢自己，可早上睁眼看到他，听到他说的那句话，她觉得九天来的付出很值得。

千离将幻姬搂在胸口，一句话都没说地瞬闪回了仙灵皇宫。她的意思，他不是不理解。但是没有任何事比她的安危更重要。

看着千离带着幻姬从宫外走进来，端坐大殿族长之位的宠服满意地笑了。

“帝尊，幻姬殿下。”

幻姬不明白千离怎么这么霸道，他们都到神川山了，他怎么说回来就回来，尽管他是担心她的身体，可她自己晓得，没有什么大碍。

“你的九宫格还有些地方不准确，你到东霆宫里再细查一番，过会儿我去找你。”千离难得说了句稍长的句子，“我先和她了解一点事情。”

千离如此一说，幻姬释怀了，原来是他发现自己的定世异象九宫格画得还不够正确啊，那确实应该回来再细细检查。

“帝尊，那我先去了。”

“在东霆宫等我。”

“嗯。”

幻姬走了之后，千离的脸色变得极冷，身周的仙泽从金色慢慢变成金色中染了冷冰色，从他身上散发出来的仙力让宠服渐渐感觉到身体不适。顿惊，帝尊一诀未掐，仅仅只是仙泽之光便有如此强劲，若和他交手，怕是一招都没出便灰飞烟灭了。

撑着力气，宠服站起来，看着千离：“帝尊对我有不满，不妨先听我把话说完，迟早不过小半炷香的差别，你要我死，我逃不过，但你就不想弄清楚幻姬殿下怎么了吗？”

千离收了身上的金泽，长身冷立地看着宠服一步步走到他的面前。

宠服缓了缓身体的不舒服，舒了一口气，说道：“帝尊你不要生气，我没有想过要害幻姬殿下。不管我多么喜欢你，我都不想殿下在神川山我的皇宫里有损伤。可是，我不能否认，这次我确实利用了幻姬殿下，没别的，我只想多留你一点时间。”

“我承认幻姬殿下非常的美貌，可我也知道，帝尊你不在意要娶的帝后是不是美貌之人。你喜欢殿下，因为你早先遇到她，现在既然我们遇到了，你怎么就晓得我不适合成为你的帝后？”

宠服深深地吸了一口气：“你对幻姬殿下太过于专情了，我本想等神川山的事情过去后安安静静地看着你们离开。可我又想，你若走了，我这一生大概再难见到你。遇到一个让自己动心的不容易，如果我连试都没试过就放弃，恐怕午夜梦回的时候，我会看不起自己。”

“但我高傲无双的帝尊啊，你可知道，要让你看一眼多不容易，让你留下来就更要费一番心思了。不过，我承认，幻姬殿下的身体有问题是我做了手脚。不过，你想知道的，我都会说，不会有任何隐瞒。”

“今天早上，我在凤天阁见到殿下，我让她吃七彩七星玲珑珠，她不肯。哪怕我当着她的面吃了一粒，她还是很小心。”宠服笑了，“我不得不承认，她当时的拒绝让我很惊讶。因为我以为她是个……没什么辨别力的小姑娘，没想到，她倒有几分警惕。只是，再警惕，帝尊你恐怕都想不到，我还是让她吃下了。”

千离的眉头微微蹙了起来。

“还记得早上的祈福酒吗？就是担心殿下会拒绝，我特地让人不要倒那么多。”她抬手挡着侍女倒酒的那一下，便是将七彩七星玲珑珠放到酒里，有了她特别嘱咐的话，她料定殿下不好意思推拒，如此便顺利地让她喝下去了。

“帝尊你可还记得，我说过，我对你有兴趣，你要小心了。我本是想对你下手的，可你防范得太好了，我根本找不到机会。”宠服叹气，“昨天晚上得知殿下的定世异象九宫格完成了，我知道我的时间可能不多了，如果我再不留住你，真的没机会了。不得已，我才借助了幻姬殿下。”

幻姬吃下的七彩七星玲珑珠和宠服吃下的那一颗是一对儿，俗称鸳鸯珠，七彩七星玲珑珠总是一对两颗的存在，一个雌珠，一个雄珠。

在仙灵女族，因为都是女子，想诞下子嗣必得要有男子，可女族的规矩便是不能有男人，否则便会被逐出神族。于是，为了繁衍仙灵女族，经过筛选之后，女族内每年都会挑出两个女子，一同服下鸳鸯七彩七星玲珑珠，在性体上变成一男一女，共同生子，这是仙灵女族特有的体质。

“吃下鸳鸯七彩七星玲珑珠的两个女子，一旦跟别人亲热，体内的七彩七星玲珑虫便会噬咬她的心脏，将毒素注入她的心中。”宠服看着千离，笑了下，“帝尊，恐怕之后，幻姬殿下除了跟我亲热，再不能跟别人了，包括你。”

“呵呵，我知道，你现在特别想杀了我。我劝你别。因为，我吃了雌珠，殿下吃的雄珠。我和她，有一个人死了，另外一个人也会死。鸳鸯珠，是不可能被分开的。啊，还有。你是不是带着幻姬离开，永远不见我？那不可能。成对的七彩七星玲珑珠一定要在同一个地方生活，分开太远，她会痛不欲生的。”

宠服笑，笑容很美：“帝尊你不能杀我，又不能带走幻姬殿下，呃……还有，七彩七星玲珑珠一旦种下，除非找到比体内这对更年长的鸳鸯珠吃下，让它们在体内自相残杀，否则不会消失。可是怎么办呢，我和殿下吃的这对，是我们仙灵女族的珠王。天下，再没有比这对更厉害的。”

慢慢，宠服走近千离：“我可以给帝尊一个建议。你把幻姬殿下体内的雄珠引到你的身体里吧，这样，我们成一对儿。”

“我不想伤害殿下，我只想留下你，让你看看，是我适合你，还是她？”

望着千离的脸，宠服收了笑容，长长地叹了一口气。

“说实话，用这样的方式留下你，是我自己也没想到的。”光明磊落了几十万年，没想到在男人的问题上居然用了这个手段，实非得已。若不是帝尊太过于冷绝待人，她真的不至于将幻姬牵扯进来，要抢，她也想光明正大地抢。可她没有时间了，如果麒麟和幻姬成功了，帝尊一定会带着幻姬走掉，她怎么可能追到千辰宫去找他？更不可能见到他。

“我不要求别的什么，你在宫里住下，公平地，认真地，看看我和幻姬，到底谁适合你。”

千离没说话，眸色微微地深了些。

“我知道，你现在肯定觉得我用心险恶。可我不是因为没法子吗？但凡你的态度稍微好点儿，我也不会连累幻姬。”宠服目光正视千离，不畏惧，不躲闪，带着她自己拥有的固执和坚决，“你若是鄙视我，要不要也想想你的问题，我一早就说过，你对别人越冷漠可能就会让我越感兴趣。喜欢这种事情，没法控制，喜欢就是喜欢。我喜欢你，是我的事情；我想得到你，也是我的事情。对于我的感情，我努力争取，何错之有？”

她知道用这个手段留他不光彩，可确实是没有其他办法了，用一些三两下的小手段他眨眼就能处理掉。男未婚，女未嫁，她想尽自己最大的努力试试。

“幻姬殿下乃女娲后人，身份极为尊贵，加之我亦不了解她，她有多好，或者有多不好，我都不便言论什么。单单从这几天我看到的来说，我不以为她是适合帝尊你的。当然，四海六道八荒里的女子何其之多，无数女子想攀上帝尊。自问，未见你之前，我对你没有半分想法，甚至初见你还觉得你们来太打扰神川山了。”宠服微微拧着眉，“若你不傲然绝世，或者幻姬殿下不是这么快就画出了定世异象九宫格，我或许不会用七彩七星玲珑珠来留你。我更想用堂堂正正的方式，用我的好来获得你的青睐。”

宠服很诚恳地道歉，“我为自己对你，对幻姬殿下的行为，道歉。对不起。”默默地，宠服吸了一口气，“可是我不后悔我做的。”如果不这样，她明天可能就看不到他了，凡事总要尽到最后一分力才晓得自己会不会成功。她不是没有听过他的威名，也不是没想过他会暴怒，可如果什么都不做就放他走，她会后悔！她做了，她承认。他若是现在气不过灭了自己，她也认。从打定主意给幻姬吃七彩七星玲珑珠后，什么结果她都预想到了。

比起做了不敢认和连做都不敢做的人，宠服的大胆让千离并不反感。芸芸众生，对谁情起，对谁情落，都是很自然的事情。三年多前幻姬第一次到三十三重天里来，自那时起勾走了多少男神的心，他并非一无所知。只是，又有多少人碍于她的身份不敢对她有非分之想，他不说，不代表他的眼睛看不到。那些人，在他的眼里，修为比宠服高，胆量上却比她差远了。只是，宠服的手段太过于让人不齿，她若端端正正地站到他的跟前让他留下，哪怕对他用武，冲她的胆子，他许会手下留情。爽快之人，他素来不讨厌。没想到，多少显她胆识的法子不用，用了最不该用的一招。

千离翻手，一鼎四脚云光八耳的天火炉出现在空中，宠服抬头间，天火炉从头而下，将她罩入其中。千离指尖飞出一道银光，一团白色的焰火腾腾地燃烧在八耳天火炉的下面。很快，青铜色的天炉开始褪去原本的颜色，渐渐转变成和焰火一样的白色。被关在天火炉内的宠服不知所措地看着困住自己的大炉，透过炉耳的云眼，看着一脸冷漠的千离。

“帝尊？”

“除了知道本尊无情以外，还有些东西，你忘了吗？”

宠服皱眉，还有别的？

“帝尊难道以为将我放到丹炉里就能死我一人而幻姬殿下独活吗？”

“不是以为。”

宠服忽然无惧地笑了：“帝尊是不是太看不起我族的鸳鸯七彩七星玲珑珠了。”

“帝尊位久，你便忘记本尊的出身了吗？”

居尊位万万年，许是很多人都要以为他是上古神兽了。天兽千王之王这个名号，好像也就只有他浴血厮杀最为激烈的那些年被人记得呢。兽只种类何其之多，又岂会狼豺虎豹那些，能保持呼吸五百万年，靠的可不单单是他这张脸。

看到千离头也不回地转身离开，宠服想着他的出身。知道他不是上古神兽后裔，可这与她给幻姬殿下吃下的七彩七星玲珑珠有什么关系吗？

“啊！”

一不小心，宠服的手碰到了天火炉的炉壁，不是烫，而是异常的冰冷，被碰到的地方竟然冻结成了小小的一块，冷得钻心。而且，就算她使劲揉被冰冻的地方，也不见消散，痛意更是持续不减。一般的天火炉不都是将人焚烧成灰么，怎么这个会如此的冰冷？细细思来，宠服不得明白，却是再不敢触碰到炉壁。好歹她也是仙灵女族的族长，若是被帝尊困在这炉子里到晚上都不放出去，她的面子岂不丢尽了。不出去，就不能对他好，他自然看不到真实的她，违背自己原则争取来的机会岂不是要白白浪费。

可，连续尝试了十几次，宠服都不能离开天火炉。

“哎……”

宠服不得不放弃，看来帝尊的修为实在高她太多了。

东霆宫里。

饭后，幻姬在宫门前慢慢地散着步，偶尔抬头看看远处的千离和麒麟，不晓得麒麟上神怎么了，拉着千离说去陪他消化消化饭食，还不让她跟着，一看就是有什么事情找帝尊。

麒麟颇为认真地看着千离：“那么大个人杵在大殿，幻姬迟早会知道。”

“然后呢？”

“你既然不想她晓得，怎么不做得隐秘点？”

麒麟不解地看着千离，他虽然无情毒舌，可神女仙娥们明的暗的喜欢他，只要不主动招惹他，让他烦，他不会出手对她们怎么样。宠服的性格，若是真从合适不合适的方面说，他觉得比幻姬更适合他。宠服心肠不坏，直来直去，不会藏着掖着。只是可惜，幻姬运气太好，溜进去占了位子，旁人再想进去，别说她不同意，千离自己就会将外人隔绝。

“别人招惹你，让你生气，我就不说话了，可是宠服，你手下留情点儿吧，姑娘真不坏。神川山这些年在她的统管之下，没出什么问题，这次劫难，她还得贡献力量呢。别的不想，那么多生灵，总也得顾忌一下吧。”而且，不是他说，人家姑娘喜欢他怎么了，不就是个喜欢吗，多少人想宠服看上她还看不上呢，他犯得着用寒犀八耳天火炉困住人家吗？那玩意儿就是他进去都得冻成冰团子，何况宠服的修为远远不及他。

千离表情淡淡的：“她没招惹我。”

听到千离的话，麒麟差点儿跳脚了。

“人家姑娘没招惹你，你干吗那么对别人，吃错药啦。”

“幻姬被她种下了七彩七星玲珑珠的雄珠。”

什么！

麒麟从恨不得敲千离暴栗的表情变成了僵硬，然后变成了吃惊，大惊。

“什么时候的事情？”

“今天早上，那杯酒。”

麒麟双眉高高挑起，宠服胆子不小啊，当着他们两人的面对幻姬下仙灵女族特有的性蛊，这得吃了多少只熊心才敢做出来的事情啊。

“她看上的不是你，而是幻姬？”

千离瞟了一眼麒麟：“你非要把智商拉得比她还低吗。”

“说我！你怎么不想想，人家在你的眼皮子底下对着你媳妇儿下蛊啊，你居然都没发现。”麒麟叹气，“话又说回来，也是我们太轻视宠服的胆子了，不会想到她能做出这样的事情。不过，她喜欢的是你，为什么对幻姬下这个？难道想……幻姬给仙灵女族生孩子？”没这么傻吧，女娲后人怎么可能屈居在这种地方，幻姬同意，女娲娘娘也不会同意的吧。

“她自己吃了雌珠。”

麒麟啊了一声：“真想幻姬给她生孩子啊？”

“你吃什么长这么大的。”

“哎，你嘴巴不要这样毒啊。”

千离转身，看着在宫门口慢慢踱步的幻姬：“她暂时走不了。”

麒麟顺着千离的目光看过去，幻姬走不了，他就走不了，如此便困在了神川山。而且，鸳鸯珠一雄一雌，又不能灭了宠服，否则幻姬就会消亡。如此，倒是真的留住了千离。不过，宠服是不是忘记了千离的真身，作为天兽王中之王的他，有着操控天地间任何兽族禽种一切非神生灵的本事，七彩七星玲珑珠在体内养过四十九天之后就会变成一条潜伏在体内的七彩虫，虽是蛊虫，却逃不过是动物的命运。呵呵，岂非撞到了千离的手心里。

“姑娘是一片痴心，虽然法子错了，你不能看在她性子不错的分上，饶她一次？”

千离慢悠悠地说道：“你何时见过我的行事风格里有‘饶’这个字？”

她的性子他确实不厌，只错了一个地方，不该动到幻姬的身上，别的法子她怎么对他使出来，他都可当作看不见。她的胆子，让他想起了三年前的幻姬，刚遇到他的她，胆子也奇大，对他没有一点了解，凭着自己的性子处事。不过，她的可爱和聪明就在于，她就算反

击也选择无伤大雅的招术，而且只针对他来，不会牵扯到旁人的身上。他虽然不喜欢她处处博善，可那就是她，不是么。如果她心思险恶，恐怕自己也不会看中她。

“你不打算让她知道？”

“知道了，有什么好？”

麒麟想想，也是。依照幻姬的性格，肯定会让千离放了宠服，可千离的脾气……

“我估计，百足穷奇就这几日要苏醒了，四十九天……”麒麟摇头，“恐怕没有那么多时间给你和幻姬。”

麒麟正说着，忽然千离的身影瞬闪不见，待他再看清时，千离已经到了东霆宫的宫门前，弯着腰，双手扶着幻姬。见状，麒麟瞬间移身跟了过去。

幻姬从脚边捡起一只折了翅膀的蓝黄蝴蝶，还没直起腰身，忽然看到一方白色的衣袍出现在自己的视线里，双臂被有力地抓着，好奇地抬头，看着千离。

“帝尊？”

他的眼底怎么会有担忧被她捕捉到了。

“怎么了？”

幻姬不解地看着千离，什么怎么了，她只是弯腰捡一只蝴蝶啊。幻姬将翅膀受伤的蝴蝶送到千离的眼前，“我看到她跌落我的脚边，捡起来想帮她疗伤。”

“你身体有没有不适？”

幻姬摇头，“没有。”帝尊如此紧张，是在担心她的身体？想到在神川山里她亲他时忽然的心痛，他一直没告诉她怎么回事，她相信他知道原委，不过可能不是什么大事他才没告诉她。

麒麟在一旁看着千离将幻姬扶了起来，难得认真地叮嘱她。

“幻姬，如果有什么不舒服的地方，告诉千离，千万不要忍着。”

“嗯。”幻姬点点头，“我身体没事。”想到麒麟无事忽然提醒自己注意身体，幻姬问道：“是不是神川山的异象大变了？”

麒麟笑了，他一笑，脸上的严肃就不见了，回到了他一贯的洒脱随意模样：“有人今天白天光顾着跟男人跑，正事不办，神川山的事情如果变得糟糕，她有责任。”

幻姬本就是个极有责任感的人，千离强行带她回来已让她觉得错过机会可惜了，麒麟如此一说，心中不由得浮起了自责。如果她当时强烈坚持，会不会他们就没有回来？也许此刻，神川山的事情已解决好了。

“这不是你个人的事情吗？”千离目光悠悠然地看着麒麟，话里的意思很明白，本就不关他家幻姬的事情，人家好心帮忙，他倒真以为神川山是她分内的事情吗？

麒麟讪讪一笑：“这……”

“从明天起，你自己的事情，自己办。”

第十七章　一笑一尘缘

“喂，不要这么重色轻友吧。”

“她过去几天做得还少？”

幻姬在旁边轻声道：“帝尊，我是自愿的。”她并非为了帮助麒麟上神才去神川山里查探情况，初衷是为了他。“定世异象的九宫图我画好了，明天我们同麒麟上神一道去山中吧。”听过千离的话，她心里轻松一些。

千离道：“住了几日也未有好好看看，明日起，你陪我到神川山四处走走。”

呃？

帝尊，前几天那么好的时光没有散步，等到神川山里开始不安定了，你反而来了兴致，怎么和别人就是不同呢？难道这就是尊神的风格，每每都要与别人不相同方才能显出他的身份来。

“可是帝尊……”

现在神川山里异象越来越多，您这是明知山有虎偏向虎山行的吗？

千离缓缓地转过脸看着幻姬：“难道你不愿意？”

“愿意。很愿意。”

看着千离转身走进东霆宫的背影，幻姬百思不得其解，之前恨不得眨眼就离开神川山，现在她努力让他们能早点儿离开，他反而有了要留下来游山玩水的兴趣。帝尊的心思真是难以猜测啊。

麒麟笑笑：“好好陪他。”

“神川山的事情，麒麟上神你一个人能行吗？”

“你把九宫格的图画给我吧。”

“好。”

幻姬用仙术为手中受伤的蓝黄蝴蝶修复好翅膀，将她放飞，进东霆宫的房间里将自己的定世异象九宫格图拿了出来，展开后将每一个地方和需要特别注意之处细细说了一遍，末了，看着麒麟。

“就这些了。不过，麒麟上神，这图能用多久我没法保证，如果异象变幻太快，恐怕现在就不适合了。”

“行，我连夜去瞧瞧。”

幻姬感激地点点头：“麻烦你了。”

“哈哈，何来麻烦一说。我来神川山就是为了这件事，倒是你，这些天为了此事怠慢了帝尊，从明天起可得好好补偿补偿他。”

幻姬不满地嘀咕，“那为什么不是他补偿我？”她在山里忙了九天，他在宫里睡了九天，结果现在反而成了她冷落他，如果他有心，应该像今日白天那般陪在自己身边吧。

“如果千离在，你敢不敢说这句话？”麒麟笑眯眯地问幻姬，“我看你在他的面前总

是心不甘情不愿的样子，如果这么委屈，想不想放弃他？”

“不是心不甘情不愿。”

幻姬立即否定了麒麟的话，她觉得他这样的说法太严重了，好像是帝尊逼着她和他在一起一样，事实上，她现在一点儿不排斥和帝尊在一起，觉得跟他在一块儿很开心，只是她很多时候不知道该不该把这份开心表现出来。从小到大她接受的教导便是要谨记端庄稳重，如果将自己的喜怒哀乐全部表现出来，别人会觉得她像个小孩子，不能承担大责。帝尊的心思她猜不中，也拿不准自己怎么做他才会真的满意，面对他时会拘谨不假，可不是委屈自己跟他在一起。

“或许我表现出来的样子在麒麟上神你看来是小心翼翼，是在害怕帝尊。其实，不是的。我只是想做得让他，让自己，让所有人满意。”幻姬认认真真地看着麒麟，第一次很严肃地问他对自己和千离在一起的看法：“麒麟上神你老老实实地告诉我，如果我不是女娲后人，不是娲皇宫的殿下，你觉得我足够配得上帝尊吗？”

“你要实话还是假话？”

幻姬内心害怕听到实话，可她觉得自己必须听到真正的实话。

“实话。”

麒麟的目光悄悄地投了一瞥到东霆宫的门内，咳嗽了一声，清清嗓子，慢条斯理地道：“如果抛却你与生俱来的身份，你只有一个地方配得起帝尊。”

没想到自己还有一个地方能配得上千离，幻姬笑了，比她预计的要好。

“帝尊他，喜欢美人儿。知道为什么这么多年他都孤身一人吗？就是眼界太高。一般般貌美的女子到他的眼底，都算庸脂俗粉。”

幻姬小声地为千离辩驳：“帝尊他才不是这么肤浅的人呢。”

“那你就真的看错他了。他就是！”

“除了这个，其他的，我都不够格是不是？”虽然麒麟是拐着弯夸她长得好看，可这一点完全不能让她高兴起来，面相是生来的，她改变不了，若是这个配得上帝尊的话，那也太伤她的自尊心了。

看到幻姬颇为受伤，麒麟想着是不是不说了，万一被打击得一蹶不振，不晓得千离那小子会怎么收拾他。可是，难得幻姬主动问他这个问题，要是不说的话，不像他的风格。就是因为她家那只的风格，让他明明晓得他们相恋的事情却抓不到什么大八卦，这次如果不是意外遇到，他们第一次情意浓浓的外出发生了什么事，他愣是一点都不晓得，好在运气不错，仙灵女族内的八卦他可是看了个清清楚楚。

“身为情圣，教导后生一点点情爱的经验是应该的；身为帝尊的兄弟，帮你了解他，以便你们两人能更好地在一起，也是应该的。只不过，在跟你开说前，我问你一件事，你诚实不瞒地告诉我，如何？”

幻姬道："麒麟上神请问。"

"如果有人跟你抢帝尊，你会怎么办？"

呃？怎么又是这类型的问题？

幻姬想到了前几天千离曾问她，如果某一天他不属于她，她怎么办？当时她想的是他嫌弃她是个麻烦。只是帝尊告诉她的话，她深深地记在心中，她就算是个包袱，他也不会假他人之手。他说话的表情她看得很清楚，连说话的每一个字音都好像刻在了她的心上。他说过，他不会哄人，可她觉得，他不需要特地哄她，他偶尔说出来一句带着强势命令口气的话，就足够让她感动得无以复加。

"把他让给别人吗？"麒麟问。

幻姬不可思议地看着麒麟，"你怎么会这么想！帝尊他不是一件物品，不是说可以让来让去。更何况，修为可以渡，吃的可以分，珍宝可以赠，而自己的夫君，却不能与人分享。我虽然以前没有碰过情爱，可我以为感情从来不是可被让得到。帝尊很优秀，神女仙娥们爱慕他是一件非常正常的事情。良禽择木而栖，女子择良而爱，都是能理解的事情。她们可以喜欢帝尊，哪怕当着我的面告诉我看上了帝尊都没关系，可若想从我的身边夺走他，必得拿出真正的本事。"

第一次，麒麟看到幻姬身上散发出来的强势。

"我说的本事，不是她们对我用多高深的手段，而是对帝尊拿出真正能打动他的心的本事。想抢人，不是干掉我就够了，关键的是帝尊。如果他不动心，就算我回到天外天再不出现在三十三重天里也没用，五百万年的时间还不够她们争吗？"

幻姬目光里透着一股宣誓般的坚决："当年她们没能成功站在帝尊的身边，而今想成为帝后，当我幻姬只是摆看的瓷娃娃吗？"

这一刻，麒麟忽然笑了，不是对着幻姬，而是东霆宫的门里。他想，他看人到底没有千离准。或者说，千离也没有看准幻姬。她的小心翼翼，她的不自信，她的妥协，其实就是她的感情。若是不在乎，她骨子的傲气不输他们任何一个尊神。是的，她不像飘萝那样将感情都表露出来，因为成长的环境不同，幻姬的世界里，很多东西都隐藏在她的心底。而她，就如她说的，精致的瓷人只是她的外表给人的感觉，若论强势，待她哪日登鼎，只怕连他都自叹不如。

"幻姬。我想，我可能想错了一件事。"

"什么？"

麒麟笑着转身，冲着一脸茫然的幻姬摇摇折扇："我们都错了。"

我们？

幻姬道："麒麟上神你还有事情没有告诉我呢？"

"不需要了。"

他们都错了！

他，千离，错了。

修为，可以修炼得来；成熟，可以历练得来；地位，可以拼搏得来。而藏在心灵最深处的东西，是装不来，也修不来的。当他们用习惯性的思维来看幻姬的时候，以为不够好的是她，其实错误的是他们自己。喜欢是放肆，而爱，则是克制。每一次美妙感情的开始，是因为只看到了对方的好，放肆张扬着自己，然，若是从对方的身上看到了缺点之后，是否还能那么肆意自己的喜欢？若不能克制自己不喜的心，不去学着包容，或许再深的喜欢都不能持续多久。

幻姬她，从一开始看到的就是千离的缺点，哪怕她看到了千离的感情，也是在他的打击中看到的，要接受他，如何是易事？从心底里接受自己未来很长一段时光里相处的人，这个人满身都是缺点，而且他或许并不欣赏自己，只是有一种喜欢的感情在。这感情，她还不晓得会保持多久，也许很长，也许说没有就没有。她能做的，就是在他还喜欢自己的时候，让自己变得强大，变得值得他喜欢。

“哎……”

幻姬愤愤然叉腰，叹气，她也想打击帝尊啊，好歹不要每次都被他毒舌得无言以对。可，她的智商不够用啊。

天色全部黑了下来，幻姬转身进了东霆宫，进房之后，惊讶地看着窗边桌前正在泡茶的千离。不是眼花了吧？帝尊在泡茶？在千辰宫看他自己动手泡茶就一次，还是为了气她，今天他居然亲自动手，难道又是想刺激她？

“帝尊？”

“过来尝尝我泡的茶。”

幻姬越发惊奇了，帝尊说话的口气这么温和，真是难得，暴风雨前的宁静？但是她好像没有做什么招惹这只狼王的事情吧。怪她在外面跟麒麟上神说太久的话了？幻姬自以为猜对了，走到千离的身边，轻声地解释。

“帝尊，我刚跟麒麟上神说了下定世异象九宫格要注意的地方，故此耽误了一点时间，不如，喝完茶，我陪你休息吧。”

千离指间动作不停，问道：“你累吗？”

以为千离要讽刺自己，幻姬连忙道：“不累不累。”

“喝完茶我陪你在宫里四处逛逛。”

陪她？！帝尊，说反了吧。

千离端起一杯飘香的热茶，看了看茶叶在水中化开的样子，满意地放到桌上：“现在烫，等会儿你喝喝看。”

“哦。”

第十七章　一笑一尘缘

幻姬坐到热茶前的椅子上，觉得千离不大正常，她比较习惯对人冷冰冰不客气的帝尊，他忽然如此友善，心生不安。

“帝尊，你没事吧？”幻姬猜想，难道是生病了？

千离抬头看着幻姬，走到她的身边，慢慢坐下去，目光一直就落在她的脸上，瞧得她浑身都感觉不自在，紧张地朝旁边挪了一丝丝。结果，某人伸手将她搂过去很多丝丝，让她半个人都贴着他的身子。幻姬愈发觉得千离不正常了，抬手摸摸他的额头。不烫啊。帝尊，你不要忽然就这样，很吓人的啊。

“你想在神川山住多久？”千离问。

“我不想住多久，明天就想离开。”

千离道：“不行，来此第一回，你还什么都没玩，就这样走了，可惜。”

“我不用玩什么。在神川山里九天，很多东西我都看过了。”唯一的遗憾就是他没有陪在身边。

“你看的时候我没有陪着你，不算。”

幻姬坚定地觉得千离有问题，帝尊在没有生病的情况下说出这样的话，估计是对她很不满，打算整治她了。想着他要惩罚自己，她肯定逃不过，不如问出来，死也死个明明白白。

“帝尊，你就直接告诉我，我错在哪儿了？你说了，我好改。”

“你错哪了？”

“我不知道啊。”知道还问他干吗。

千离轻轻一笑，“我也不知道。”她哪里都没错，非要找，那就是错在打动了他的心，钻进去，他就不放她出来了。

“如果我没错，你怎么会这么对我说话？”

“和以前有分别吗？”

“……”

帝尊，你要脸吗？你以前那种打击死人的风格你真的都忘记了吗？

“帝尊你就直接告诉我你怎么会变得这么……柔和吧，不然，我不放心。”

“没什么。”千离想了想，悠悠然地道：“只是觉得你很好。”

帝尊夸她了？

幻姬从千离的眼神里看到他的认真，确定他不是在敷衍她或者说反语，嘴角慢慢扬起，娇羞中轻轻地笑出声来，探着脑袋想去亲千离。还没亲上时，身体被千离用手摁住。

“茶凉了，喝一口试试。”

“噢。”

没亲到千离的幻姬隐隐地有点儿失落，他以前很喜欢她亲昵他的呀。幻姬端过茶杯，

闻了闻，帝尊就是帝尊，同样的茶叶，从他手里出来的味道就是不一样。红唇浅抿时，幻姬感觉到自己的耳珠被柔软的唇瓣轻轻地含住了。

“啊。”

杯中的热茶随着幻姬的手抖全部洒了出来，热茶和茶叶尽洒她的衣裙上。一只手捂着心口，眉心紧蹙。

“好痛啊。”

千离的声音立即响起：“不要急，默静心诀。”

幻姬缓和心口疼痛时，千离将她紧紧地拥入怀中，还以为只她不能亲昵他，原来连他都不能碰她。如此四十九日，她岂会不发现端倪。

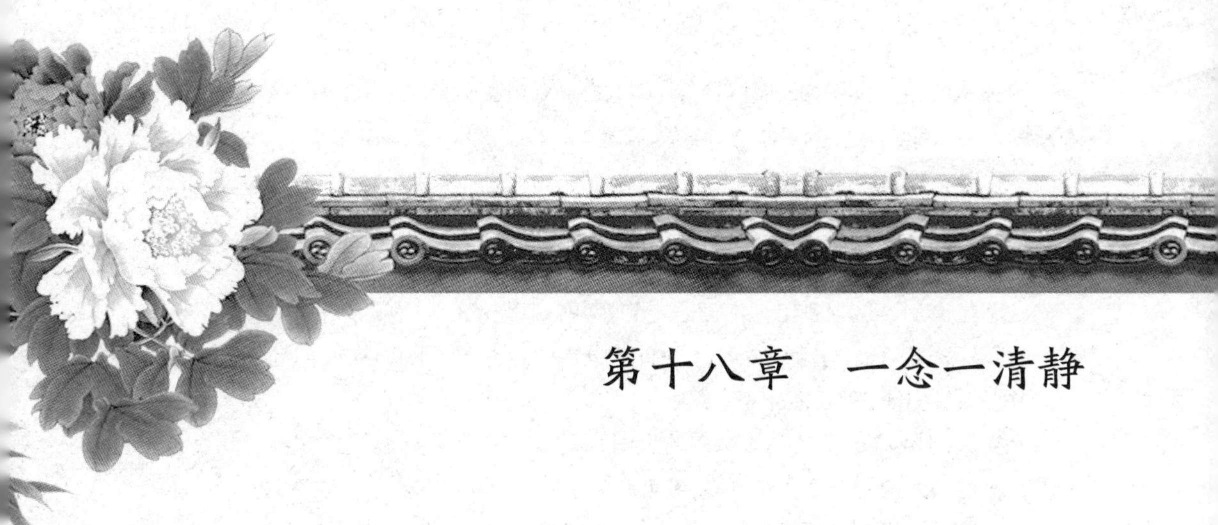

第十八章　一念一清静

没有等四十九天幻姬便感觉到了自己身体的异常，之前她想亲帝尊，心口忽然很痛。刚才帝尊亲她，又出现这样的事情。一次，为偶然。若再次，她不以为是意外。等到身体的情况平静下来，幻姬从千离怀中抬起头，轻轻地，声音柔软得千离心底生出一片挥不开的怜惜。他以前看星华对受点小伤的飘萝露出十分心疼的表情觉得过于矫情，那点伤算什么呢，而今才知道，不是伤大伤小的问题，而是伤在谁的身上。自己心尖尖上的人，是不能受丁点伤的。他怀中的这个，只一句话便能让他怜惜浓浓，她心口次次剧痛，又岂能不让他果决地下决心要惩处。

“帝尊，你告诉我，我的身体到底怎么了？”她不喜隐瞒他任何东西，也希望他能诚实地告诉她发生了什么事情，“或许你觉得不需要我知道，但又或许，我知道之后，会更好地避免禁忌。”说完幻姬觉得自己问了句废话，帝尊一定说，忍心啊，为什么不忍心，疼的又不是他。可是没有，他什么话都没说，只是低头定定地看着她片刻，将她的头托着摁到了肩窝里，安静地抱着，许久许久……

一连三天，幻姬觉得帝尊太奇怪。不和宠服一起吃饭她能理解，他不喜欢和外人处得亲近，而她也小小的私心觉得这样挺好。可他忽然像是变了一个人，对她很温柔不说，每天居然好脾气地陪着她在皇宫里四处闲晃，有时候他心情好了，还带着她去神川山里看看。虽说帝尊这次带着她出来游山玩水已是让人惊喜不已，可她感觉得出，他的心情比在灵山那会儿更好。只不过，因为对象是帝尊，她总怕这份惊喜变成惊吓。什么好事没发生，帝尊凭什么心情忽然就很好？

这天傍晚，千离带着幻姬回宫，不少的侍女见到他俩的身影退避得远远的，比平时更为恭敬，一人两人如此尚且不觉，到人人都如此时，幻姬觉得不对劲。

“帝尊，你发现了异常吗？”

“什么？”

“从我们进宫后，侍女看到我们似乎都很害怕。”

“不觉得。”这么多年，不管他走到哪儿，都是跪伏一地，一个个生怕跪慢了。

尽管千离否认，幻姬却觉得她没有感觉错，这些侍女明显在惧怕他们。可细细想想，他们并没有做出什么不善之事吧。

回宫的路恰好要经过仙灵皇宫的大殿，幻姬想到几天都没见到宠服，想着是不是去找一下她，见到大殿的门口多了许多侍卫，不免奇怪，停下脚步朝那边看去。

“帝尊，我们过去看看吧。”

“不去。”

幻姬刚想劝说千离，他又说了一句。

“你也不许去。”

“……”

帝尊就是帝尊，哪怕是温柔的帝尊，那也有他的霸道和不容人抗拒。

“可是你看那边那么多人，说不定出了什么大事。”

千离看着幻姬，声音不紧不慢地反问：“人家山里的事情，你管得太多，好吗？”

“……”

好吧，确实管别人的事情太多会让他们反感，可明明感觉自己是在做一件助人为乐的事情，不晓得为什么，帝尊一句话就让她感觉自己做错了。果然，修为的高低决定一个人能否一眼看到事情本质。

幻姬跟着千离还没有走两步，大殿里忽然传来一声女子凄厉的叫声，划破天空，刺得人心都发颤。

宠服的声音？

此时，顾不得千离不许她去，幻姬拉住他的衣袖，瞬间闪到了大殿的门前，疾步匆匆地朝里面走去。

“帝尊。”

“幻姬殿下。”

一路侍卫侍女们纷纷跪下，直到大殿里面，在一片跪着的人中间，幻姬看到了一个冰色大鼎内困着的宠服，此时的她一脸痛苦，表情扭曲得让人不忍多看。见到他俩进来，宠服的目光看了她一眼之后，紧紧地盯着她身边的帝尊。

幻姬向千离求救："帝尊，这……你能救救她吗？"这鼎她虽然没有见过，可也知道，在天界，颜色越浅的天鼎预示着天鼎的拥有人道法越高，其威力也就越大。此鼎为纯净冰色，近乎是没有颜色的天鼎了，用鼎之人修为的至高程度她乃望尘莫及。

"我知道帝尊你的习惯，可眼下神川山有大劫，若是宠服再出什么事，那山里的仙灵群龙无首，岂不是要乱么？"

千离慢悠悠地问了声："与我何干？"

"但……"

幻姬自知想劝千离救人实在太难，可宠服好端端的为什么就进了天鼎，下面烧的可是白色的火焰，这种火焰她只在书卷里看到过记载，从未见有仙神者烧出来。等下，书……书卷……

忽然之间，幻姬惊恐地看着千离，她想她明白为什么从皇宫大门进来，那些侍女对她和千离十分恭敬了。他们的恭敬不是对她，而是他。

"是你？"

千离神情淡淡的："然后呢？"

幻姬很想说，然后你应该放她出来。可是，以她对千离的了解，他虽无情，却不会主动对人狠绝无情，一般人只要不招惹他，他从不会故意挑起什么伤害。何况，身为帝尊的他，神川山实在没什么他看得上的东西，自然也不会为了争夺什么将宠服困住。说起来，必然是宠服先惹恼了他吧。

"然后，你原谅她吧。"幻姬没多大把握地看着千离，"就算她错在先，你是帝尊，凡间不是还有宰相肚里能撑船的说法嘛，帝尊的肚子里岂非撑船这点儿宽度。"

"宰相肚里即便是要撑船，也会看撑谁的船。"

千离一句话，幻姬顿时接不上话。

宠服在天火炉里看着幻姬，对她的好意，心领了，只是她以为，自己还是不要受她的好才好。

"幻姬殿下你不必为我求情，你的求情，在帝尊看来是愚蠢的。"

没想到宠服会如此说自己，幻姬愣住了。但，不知为何，她的心里反而更心疼起宠服来，对她一点儿不满都没有。

"殿下你现在是不是觉得我非常的亲切，恨不得自己进来救我出去？"

被宠服猜中心思的幻姬惊讶了，难道她的心里话都写在脸上了吗？还是宠服会读心术？

"幻姬殿下，恕我直言。如果没有帝尊在你的身边，你还是不要在四海六道八荒里游历比较好。"

女娲后人悲悯天人是一种天性，不是什么缺点。可她对人似乎太好了点，以为自己真的可以改变天地么，说得直白些，她现在还没那种本事，太过于自不量力了些。而她的好，未必人人都会感激。

“你知道为什么你现在对我感觉亲切吗？因为我们是一对儿，不管我对你做了什么事，你都不会对我动怒。帝尊困住我，自然有理由，你的求情，我谢过，却知道没什么用，只会让我感觉自己的行为很失败。”

幻姬走到天火炉的前面：“你说清楚。”

宠服看着千离，苦笑，“原来你什么都没跟她说。”当初他冷落了她九天不闻不问，她以为他对幻姬的感情其实不过尔尔，没想到，他也能细心到这种程度。

幻姬回头看了眼千离。千离朝她伸出手，长身如玉，神情平静，像是什么事都没发生，连声音都淡得让人莫名的心安。

“过来。”

幻姬不想过去，她想晓得到底发生了什么事，可她又相信千离，慢慢地走到他身边，抬起手，牵住了他手指修长的温热手掌。

千离什么话都没有说，带着幻姬转身朝大殿之外走。

宠服的声音从后面传来：“幻姬殿下你敢不敢拿帝尊跟我拼上一把？”

幻姬停下脚步，转头看着宠服，她都痛苦成这般了还想跟她拼？

“为何？”

“我喜欢帝尊。不管他现在喜不喜欢我，我都想试试我好还是你好，若我赢了，灰灭也会带着笑容。若是我输了，当可瞑目。”

幻姬问千离：“便是为了此事你才把她关进去的吧？”

千离无言。他不想她心里有什么负担。以前看星华把什么事情都为飘萝做好，不想她承担一点儿事情，他觉得星华太傻，生于世，若是不受点儿坎坷，如何懂生存之道。现在想来，是他当时不懂。亦如此时，他便不想幻姬再多背负什么，身体或者心灵上的，都不想，她肩膀上的责任已经太大了。这些年她就是背着大责成长，处处会要求自己比别人要承担得多，那些东西已经超过了她能承受的重量。

“不过是小事，其实你不用动怒的。”幻姬反而安慰起千离来，“天界那么多喜欢帝尊的，是不是人人你都要困住？”幻姬笑道：“别人喜欢你是好事，你该高兴才是。放了她吧？”

说完，幻姬看向宠服：“我不会跟你比的。不是因为我怕输。而是我不会拿帝尊去拼任何东西，尤其是一场完全没有意义的输赢。不管输赢，我都是赢家。”

“你就这么肯定？”

幻姬反问：“你就这么怀疑？”

“我不以为你适合帝尊。”

“禅语里有句话说，世间万物，唯一不变的就是变化。”幻姬的心境变得格外通透清明，“你现在觉得我不适合帝尊，可我有足够的时光让自己变得适合他。现在不适合，不代表以后不适合。现在适合的，未必长久之后还会适合。”

有句话，幻姬没有说出来，她觉得有用身份震人之嫌，但她心里很明白。

我凤语佛的东西，不是谁想抢就能抢得去的！

被困在天火炉里的宠服颇为惊讶地看着幻姬，她没想到看似娇娇柔柔的幻姬竟然会说出这样一番话，平时她给人的感觉实在是太温顺，而今看来，这姑娘只是收敛深藏了她的强势。

“虽然殿下你这些话让我认识到自己的错误，可是我不得不告诉你，你的……”

宠服的话还没有说完，千离的指尖闪现星点白光，可说时迟那时快，白光还未离他的手，整个仙灵皇宫突然剧烈晃动起来。

神川山瞬间地动山摇起来。

瞬息间，千离带着幻姬飞出了大殿，他们的身影刚现殿外的草地上，大殿轰然一声，全部坍塌。幻姬来不及想着去救人，周围的宫殿也开始了倒塌，只听见轰隆隆的声音，分不清楚是地面上的，还是从地面下传来，逃出来的侍女侍卫们纷纷被天地摇晃得站立不稳。

幻姬被千离抱着飞到了空中，仙灵女们见到跟着飞上了天空，一片浓得看不清人影的灰尘里，一团杀气从四面八方包围过来。

“帝尊，我想去救宠服。”

幻姬知道自己的话可能会让千离不满，可是她并不觉得她足以致死，或者说，她心里总有个声音在告诉她要去救宠服，好像宠服对她来说是多么重要的人，不救她自己会后悔。

“不要去听你心里的声音。现在好好应付围攻过来的恶灵吧。”

千离的话音才落下，大批不知道从哪儿冒出来的恶灵冲向他们，已经有不少的仙灵女和恶灵混战在一起。

飞快地，幻姬召唤出自己的御灵剑，飞身劈开扑过来的恶灵。

一时，仙灵皇宫成了哀号不绝的战场。仙光飞掠，恶灵重重。不断地有黑影和白色的身影倒下，原本飘忽在空气里的花香渐渐地被让人反胃的血腥味代替。黑色的恶灵像是杀不绝，越杀越多，而且涌来了大批的恶兽。

对付恶灵尚且还不觉得吃力，可是当四只恶兽围困自己的时候，幻姬有种回到了当初从西天到千辰宫找千离时路上遇到攻击自己恶兽的感觉。那时的自己一心念善，没有对它们痛下杀手，可现在听着仙灵女子们的尖叫声，她的灵台在一瞬间明白了。

三年前，从坤云山到南荒的路上，她遇到了双头鳍鱼不忍心取它的性命，那时帝尊忽然放她回天外天，当时她做好了被他恶整的准备，没想到他干干脆脆地就放她走了。那时，她百思不得其解，不知道为什么帝尊怎么忽然那么好心。现在看来，不是帝尊好心，是他觉

得自己太蠢，蠢得他连整治她的心情都没有。

帝尊那时没有说出来的话，她现在懂了。

对恶物恶灵的善良就是对无辜人的残忍!

当年她舍不得杀双头鳍鱼，那只恶兽便会在沼泽里吃掉一个又一个无辜的过路人，沼泽里安宁生活的生灵便会成为它的腹中餐。她放过了恶兽，却是留给了无数生灵丧生的可能。她若不能永远守护在沼泽中，能为那些无辜的生灵做的，就是除恶。可笑的是，她直到三年后才明白这个道理。

心思敞亮清明的幻姬手中的御灵剑发出夺目的光芒，一挥而下，蕴藏着果决的仙力，将眼前的恶兽一分为二，从中劈开。在其他恶兽还来不及反应的时候，幻姬连续三决，取了围攻自己的恶兽性命。一气呵成，心中再无不该有的悲怜。因为她懂了，不是每一次杀戮都是残忍，有些大善，藏在无情的挥剑之中。

千离周身的金色仙泽光芒熠熠，不用他动手，恶灵和恶兽近不了他的身，白色的身影静静地飞在空中，看着幻姬带着仙泽迎战一只只攻向她的魔兽。看她打得顺畅，薄俏的唇角慢慢地勾了起来。

看来，神川山的收获不小啊！对他，对她，都是!

发现一剑挥下斩兽不过三两只，幻姬收了剑势，忽然飞高，双手对掌，旋开莲花婆罗指，默诀于心。

“净！”

瞬间，一朵朵的语佛花从幻姬的身上飞出去，周围十丈内的恶灵和恶兽被一扫而空。得救的仙灵女子感激地看着幻姬，像是受到了巨大的鼓舞，一个个来了信心。

幻姬稳住自己的心神，连续用了十次心诀，一次比一次的威力更大。千离看着开到自己身边的语佛花，笑容蔓延到眼底。难怪麒麟会说她的底子很扎实，照她此刻的心诀仙力来看，过去的岁月她在修炼上确实是下了功夫，也难怪女娲娘娘敢让她一个人独自出天外天，不过九万岁的年纪，却有着足以超过三十三重天里五十万年的修为，这姑娘的身体里藏着多大的力量恐怕不只麒麟，连他都没看出来。

恶灵越来越多，恶兽来得也越来越猛，幻姬释放出来的仙灵杀伤力也越来越大，仙灵女子们自动围绕在她的周围，以她为中心代替了被倒坍的大殿压住的宠服。不知是责任心，还是幻姬的修为在战斗中增强了，悬浮在她头顶的银阳光芒百丈，护佑着被她的银光笼罩的仙女们，给予她们无穷的勇气和斗志，倒下的仙女们越来越少，不小心被恶兽伤到的仙子们也因为幻姬散发出来的光芒瞬间痊愈。

那一刻，所有的人才明白，女娲后人，护佑苍灵，名不虚传。

“吼！”

一声震天大吼，黑幕下的东边天空里忽然出现一头浑身烧着烈火的地霸虎。

地霸虎大跃冲来，幻姬改心诀默上，头顶银阳发出来的光芒大盛，将地霸虎喷出来的烈火挡了回去。仙子们及时避开，未有人伤亡。再看时，一大队追赶地霸虎的仙人腾云驾雾而来。

幻姬微微一愣，西海舞倾公主和珑婉公主？

珑婉为首，带着大批西海将士将地霸虎团团围住，不管仙灵皇宫发生的事情，一心斩兽。

一时，仙灵皇宫里的混战更厉害了。

舞倾的余光瞟到至高点处的金色光芒，看清千离的脸时，大吃一惊，帝尊？他怎么在这里？再顺着他的目光看去，却见幻姬带着一群仙子们在和恶兽恶灵相斗。正不解时，珑婉忽然一把抓住舞倾闪到旁边。

“战斗的时候走神，不要命了！”

“对不起，九姐姐。”舞倾拉住珑婉，“你看，帝尊和幻姬殿下。”

珑婉看都不看千离和幻姬，用力甩开舞倾的手，她们追了足足半个月还没能把地霸虎拿下，这个时候哪里还有心思去管什么帝尊和幻姬殿下，身份再尊贵的人也不能比战斗更重要，要拜见也得等她拿下地霸虎才行。

两团人厮杀不绝，原本宁静的神川山里处处是哀号声和吼声。

幻姬带着众仙子眼看就要将恶灵打败的时候，忽然一道强劲的气浪冲了过来，将所有人都震得飞不稳。西边的天空赫然出现一片翠绿得迷乱人眼睛的绿色。

一记长鸣，一只不见身尾的百足穷奇霸天而来。

幻姬曾在摩梵天书上看到过百足穷奇的画像，但画像毕竟只是书卷上的东西，记载上说得再怎么凶恶也不如看到真物来得让人感觉震撼。只是，让幻姬与众人难以置信的是，百足穷奇并非他们心里想的那种外形可怖的恶兽，翠绿的兽身上带着一层似雾梦幻般的白光，因为足过百，兽身奇长，庞大的体形让人心生丝丝畏惧，却因为它身上的色泽十分迷眼，引得人不舍转目地看着它。再细看，竟见麒麟上神站在百足穷奇的头上，那只眼如灯笼宽唇紧抿的巨兽居然不像以往的魔兽大吼大叫，很是冷静面对麒麟，扭动的身形不急不躁，更像是从从容容地面对一个和自己势均力敌的对手。

众人还没有从百足穷奇的出现中回过神来，地霸虎率先反应，幸得征战多年的珑婉反应速度奇快，从虎口前救下了自己的十四妹。看着惊魂甫定的舞倾，珑婉好脾气地安慰她。

“没事，你第一次恶战这孽畜，难免经验不足。你到旁边照顾好自己，地霸虎交给我。”

舞倾还没缓下虎口逃生的惊险，看着珑婉一杆长枪挑虎须，英姿飒爽好一番巾帼不让须眉的气势，心中陡生起一股崇敬之情，如此骁勇善战的女将军竟然是她的九姐姐，让她如何不欢喜。这厢珑婉和地霸虎打得难分难舍，那边幻姬带着众多仙女力战恶灵猛兽。

因为百足穷奇的出现，恶兽恶灵们的力量增强了许多，随着百足穷奇的苏醒，不计其数的恶兽全部跟随着它涌来，原本露出败象的猛兽们反扑幻姬和仙女们，一片圣光笼罩下的皇宫渐渐地被大片大片压过来的恶灵覆盖，四处都是黑压压的嘶吼声。

见到幻姬她们人手不够，舞倾立即飞身前去帮忙。

地霸虎也因为百足穷奇的出现而变得更加威猛，珑婉手下的不少将士被他咬伤，看着自己的人战斗力越来越下降，而地霸虎似乎越战越勇，珑婉决心拼死一搏，必须把这只家伙收服，否则西海那么多被它吃下去的虾兵蟹将如何能安心瞑目，而她又有何颜面成为西海百万大军的将军。

珑婉手中的长枪掐诀一分为二，每一下的挥刺力度加了数倍，连连刺得地霸虎十几招，借着一个副将的掩护，将地霸虎的尾巴齐根砍下，地霸虎的嚎叫声顿时传遍仙灵皇宫。

相较于珑婉的威猛，幻姬这边却显得力不从心了，非她们不能战，而是恶兽远远比她们多了太多，以一抵十不费力，以一敌百尚且还有胜算，可以一对千便让很多侍女吃不消，尽管幻姬发散出来的圣光让侍女身上的伤能很快地复原，但若无数的恶兽没有给她们受伤的机会而是直接取了她们的性命，幻姬再有仙光普照，也无济于事。

百足穷奇精若如斯，好几次想飞到仙灵皇宫这边来，被麒麟拦住，试图将它逼退。它心里的算盘他岂会不晓得。想到皇宫这边来一口气吞下诸多仙子，边战边用她们的灵力增添自己的道法，苏醒后的大魔兽还没来得及汲取一点仙灵就被麒麟先打了一闷棍，让百足穷奇如何不想吃灵体。混战了几百回合，百足穷奇还是没能接近皇宫，让它不免努力越来越大。

打斗中，舞倾好几次看向一直在天空静静看着的千离，为什么大家乱成这样帝尊都不出手帮忙呢？看着她们打，难道他看不出大家现在很吃力了吗？晓得帝尊素来习惯见死不救，可连幻姬殿下他难道都不救吗？

而幻姬，在所有人都指望千离能奇迹般地出手时，她一点儿奢望他出手的想法都没有，全神贯注地念诀消灭恶灵。面对杀戮，她最想的是制止，可当善良的劝导已经没有用的时候，她明白帝尊为何会有她最先不理解的行事风格了。而她，也很清楚，哪怕他们是夫妻，她和他还是有很多的不同，这些不同，他不曾强行要她改变，而她自然也不能用身份强求他一定做什么。他给了她足够的尊重，而她要修习的，是如何成为一个真正懂得四海六道八荒生存天则的女娲后人。

和珑婉缠斗在一起的地霸虎忽然转变血盆大口，对着舞倾一口地火喷射出来，珑婉惊呼一声却是来不及。

“舞倾闪开。”

舞倾被熊熊的地火烧得翻滚十几丈远，而她身边的那些恶兽和恶灵也因为地霸虎喷出来的火被烧光，那口地火不灭不息地滚向别处，所过之处，恶兽和仙女若是躲闪不及便被烧死。眼看火光离幻姬不过数步的距离，娇俏的身影忽然飞闪，躲过地火攻击。

地霸虎改变了战略，从西海的将士围攻中突破出来，混入了仙灵恶兽恶灵一起，不分谁是谁地混杀。珑婉和幻姬分别站在地霸虎的前后，幻姬手中的御灵剑召唤出来，脚下一朵盛开的语佛花，发出纯净洁白的圣光。

“西海众将听令，群杀恶灵恶兽。”

副将看了珑婉一眼，忽然明白，带着两个人飞到舞倾的身边保护她，其他的将士们则加入到仙灵女中，一起灭恶灵。而地霸虎，则由幻姬与珑婉两人合战。

仙光飞闪，剑花如绚烂的星火，飞速高旋的仙气像是流光溢彩的天阶营火，将仙灵皇宫上方的天空映照得五彩斑斓，那一道道的光芒高处，是一个静静注目的白衣男子，不言不语，不躲不闪。

有了幻姬的相助，地霸虎没多久便露出了难以相对的迹象，连珑婉都没想到，幻姬的修为竟然比她更高，在西海众位公主中，除了年纪最长的大公主，她算得是修为最高的一人，没想年纪比自己小了许多的幻姬殿下竟然有超过自己的法力，借着近身砍杀的一次机会，珑婉朝幻姬投去感激的一眼。

幻姬收到珑婉的目光，心中微微一笑，当真是想不到西海的九公主竟然有如此的胆魄，敢追杀这种猛兽到神川山来，比起她所见到的各处公主，她真是个异类，一个很值得人尊敬的异类公主。

被珑婉的副将保护着的舞倾见到幻姬和珑婉配合得十分默契，羡慕不已，九姐姐和幻姬殿下应该没多少的交情，两人不过一面之缘，竟然能一起战斗，为何她则要被人保护在危险之外。幻姬殿下的身份那么尊贵都能上阵搏杀最凶猛的魔兽，为何她要屈于被保护的角色？

舞倾默仙诀，飞身到地霸虎的跟前，想加入幻姬和珑婉的配合绞杀中，不料她突入得实在太突兀了，珑婉避闪不及，虽然有收势，身子还是撞到了舞倾的身上。舞倾没想到会被珑婉撞到，尖叫一声，被震开一段距离，便是这小小的一段距离，让地霸虎钻了空子，看到了珑婉和幻姬原本默契配合的缺口，一个大势猛冲，冲着幻姬罩了过去。

“小心！”

珑婉对着幻姬大喊。

幻姬反应不算慢，但怎么都没想到舞倾会忽然过来给了地霸虎可乘之机，掌心的仙法尽管同攻同护，却还是来不及。

可是，幻姬想象中受重伤的情况却没有出现。

从皇宫废墟里忽然飞出的天火炉直直刺入地霸虎的喉咙里，白色的焰火烧着天鼎，冷火蔓延到地霸虎的皮毛上，与他的猎猎地火烧拼着，痛得地霸虎声声嘶嚎。

幻姬看着被困在天鼎里的宠服，惊吓不已。宠服的一条腿被冻住，无法移动，被困在鼎内的她用尽毕生修为顶起天火炉冲了出来，给了地霸虎重重的一击。

珑婉见状，长枪从地霸虎的身后奋力刺杀。幻姬也从惊诧中回神，提起御灵剑，通灵剑身，划空劈下，将地霸虎的头砍了下来。两声冲入云霄的震耳大吼之后，地霸虎的身体从天空中摔了下来。

灰尘和火光散尽之后，幻姬与珑婉飞下来，天火炉立在已经看不到一棵绿色小草的地上，宠服筋疲力尽地弯着腰大口喘息，幻姬走到天鼎之前，想救她。心里有个声音一直在说，救她，一定要救她。刚才若不是她出来，她一定受伤了。

“谢谢你。”幻姬轻声道谢。

宠服慢慢地抬起头，看着幻姬：“我出来，不是为了救你。你别谢我，我也不需要你的谢谢。仙灵皇宫是我的家，我不能出来亲自保卫它，你拼死在战斗，该说谢谢的是我。那孽畜想在我的地盘撒野，身为族长，不管怎么样，我都得出手，哪怕会要了我的命，这是我的职责。”

“你的腿，怎么了？”

宠服轻轻的一记冷笑：“幻姬殿下，你不必同情我，也不该关心我，以后不管你是不是跟帝尊在一起，你必须要记住，不是每一个人都善良，不是每一次你的关心都会得到别人的感谢，也不是你的每一次同情都是正确的。善良，是有前提条件的。对不该善良的人，你不必去彰显你的女娲后人光辉，有些平和和美好，是通过无数的杀戮和鲜血才换得的。”

幻姬坚持道：“但我不以为你该死。”

“该死不该死，如果解释不通的话，我们可以归结于命运。或许，这次大劫不只对于神川山，对我，也是一次劫难。”如果不是因为异象，她和帝尊就不会来，没有相遇就没有后面的重重争取。没有人晓得事情会变成这样，她不后悔自己所做的任何事情，只是觉得命运好像太短暂了一点，还不够她变得足够强大，似乎就要对世间说再见了。

珑婉带着舞倾飞了下来，走到幻姬的身边，拜小礼：“幻姬殿下，多谢。”

“珑婉公主客气了。”

珑婉看着天火炉里的宠服，没说什么，不懂的事情她一向不爱插手，但，道谢是必须的。

“多谢你刚才出手相助。”

宠服看着珑婉：“我说你哪儿来的野丫头，带着一只孽畜跑到老子的山里撒野，没看到我这里乱成一锅粥吗？”

珑婉大概没想到宠服的脾气会如此暴躁，愣了愣，不好意思地道：“我乃西海九公主珑婉，追杀地霸虎到贵宝地，不想给你添了麻烦，实在抱歉。我会带着我的将士们帮助你们的。”

宠服道：“那你还在这里看着！”

舞倾看着态度不好的宠服，怯怯地道歉：“对不起。”

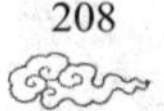

“对不起有用的话，老子希望你们站我跟前道歉个九九八十一天，看能不能让我的皇宫恢复。”

舞倾被宠服训得脸红，看着幻姬：“幻姬殿下，刚才真的不好意思，我是想帮忙的，没想到……”

幻姬轻轻一笑：“没事。”

宠服大声道：“什么没事。刚才要不是她插手进去，你和那个什么珑婉都能顺利砍了那只畜生，幸亏我出来了，你才没事。要是老子慢点儿，你现在肯定重伤躺在地上看着帝尊了。我说幻姬殿下，这种帮倒忙的人，你第一次不拿出点架子训好了，她会以为真的没事，下次遇到事情，她还会这样做，到时候不晓得谁会遭殃。这种不自量力的人，第一次犯错的时候就必须让她明白，没事别逞能，害死自己就算了，害死了别人你赔得起吗。”

第一次看到宠服说这么多的话，幻姬觉得她的嘴皮子真的厉害，她遇到这么多的仙子，还是第一次遇到如此能训人的。看着舞倾脸红得眼泪都要出来了，她隐隐觉得不忍。

“舞倾公主，宠服的脾气是这样，你别太难过。”

宠服看着舞倾：“要难过一边难过去，搁我眼前看着烦。”

老不客气的宠服让舞倾确实受不了，但好在她的脾气不错，而且知道确实是自己害了珑婉和幻姬，没说什么，走到一边跟着灭恶灵去了。

幻姬看着宠服，忽然朝四周看去，想找千离的身影，看到他在天上透过繁多的人影看着她时，浅浅地笑了，刚才他便如此看着她吧？

“如果让你现在不再喜欢帝尊，你做得到吗？”

宠服哈哈大笑：“幻姬殿下，我以为你成熟，没想到，你竟然问出如此不经大脑的话。别说让我做到，就连让我说出来，我都不会说。”

“我的意思是……”

“不用说出来。”宠服打断幻姬的话，“我知道你是什么意思，但是我劝你不用费这个心思了，他不会放我出去的。何况，幻姬殿下，我问你，你的感情是说来就来，说没有就没有的吗？”

幻姬肯定地道：“当然不是。”

“那就是了。你凭什么让我的感情说没有就没有。我宠服确实对你做了不光彩的事情，可我的感情没有虚假，我喜欢就是喜欢，我不想遮遮掩掩，但凡我能有足够的时间和帝尊相处，我绝对会跟你好好地竞争一番，我可以输，但我要输得心服口服。而现在，我不是输给你，是输给了帝尊的行事习惯。”如果他稍微亲和一点，不让她觉得日后见他是一个不可能的奢望，她不会用七彩七星玲珑珠的法子留他。自然也不会被他困在天火炉内，生死未知。

看着幻姬，宠服心里确实觉得抱歉，她不想牵累她的，只是帝尊在意她，如果不用在

她的身上，帝尊留不下来。她想过帝尊会屈服她的恶劣手段，也想过帝尊将她一掌灰灭，可是，她唯一没想到的是，帝尊会困住她，让她不得自由。没有了可以随心所欲的方便行动，她留住他又有什么用呢？传说，不要轻易招惹帝尊，她现在才明白，并不是说帝尊随随便便会取人的性命，而是说他会用最让人痛苦的方式为自己的行为付出代价。

“幻姬殿下，我喜欢他，就是喜欢了。如果你对帝尊的感情是说放就能放的，我会笑。笑帝尊。”

“你没有这个机会。”

幻姬轻轻一笑，从骨子里发出来的高贵和典雅让她瞬间变得光芒四射，连宠服都看得呆了。

“你道我年纪轻，经历少，此话不假，我亦辩驳不得。可是，九万年的时光，虽然没有给我俯视天地的卓绝能力，却让我懂得在旁人看不到的地方细细思考。”

她看到帝尊的感情那一刻，有过惊讶，甚至觉得那是帝尊又一次不怀好意的整治她。可是，她确定他的心后，对于他的感情自己是接受还是婉拒，她有过衡量。如果说，最初是不想伤害他。那么，当他对着她的封镜球说出她生他随的承诺后，她便很清晰地知道自己把他放在什么地方。只不过，平时碍于他给人的压迫感，她好像处处都趋于下风一般，可她自己晓得，若是不在乎，她何须放低身份妥协一回回，只消一次抬起高贵的头颅，以帝尊的自尊心和睿智，必然会晓得她是何意。爱情，不是只有一种回应方式。她的爱情，藏在她的忍让里，埋在她一次次对他的小心里。她是女娲后人，泽被天下万灵，可真正被她请进生命里的人，不会有多少个。而帝尊，就是其中一个。

“你思考的结果是什么？”宠服问。

“我爱他！”

爱是什么，她其实不知道。圆的？方的？高的？矮的？也许爱根本就没有形体存在，只是一种感觉。她以为，世后对世尊是爱，小毛球对父尊母后是爱，她对天下苍生是爱，可她对帝尊的感觉，就和世后对世尊是一样的。她愿意为他留在三十三重天里，愿意与他朝夕相对生生世世，愿意为他生下他们的孩子，愿意随他去任何他想去的地方，做他想做的事情。若有一日，他需要她的性命，她也会给，给得毫不犹豫。爱的深浅她没法说，也不知道何谓深何谓浅，但谁也不可在她的眼前伤害到帝尊一下，哪怕他高为帝尊，在她的眼底，他只是她的夫君。

高高在上的千离透过重重的人影看着地上的幻姬，重重叠叠的黑影让他看不大清晰她的身影，为此，他特地掐诀用了千里听音的仙法，将她和宠服的对话听得清清楚楚。

一大拨恶灵涌过来厮杀珑婉和舞倾，密密麻麻的影子让他看不见幻姬，正想着她何必与宠服如此废话的时候，听到宠服问她。

你思考的结果是什么？

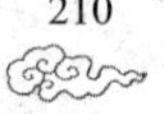

第十八章　一念一清静

她道：我爱他！

瞬间，千离的心咚地狠狠地紧了一下，跟着飞快地跳动起来。

她说什么！

围攻珑婉和舞倾的恶灵被一道忽然射来的白光扫得干干净净，连方圆十里的恶灵恶兽都化成了一缕青烟。众仙子不明白发生了什么，面面相觑地看着忽然不见的恶兽。

而幻姬，只觉身边突然间多了一个白色的身影。

“帝……唔。”

幻姬身子赫然一颤，心口痛得她眼泪瞬间就冲上了眼眶。太痛了。事情发生得太快了。他的忽然飞身而至；他忽然落下来的吻；她来不及喊出来的呼唤；她猝不及防地剧痛；所有的，让她没有思考的机会，近乎是在同一个瞬间发生一样，甚至连他唇瓣的离开她都没想到会那么快。没有任何多余的话语，只是四目相对，一眼胜了千言，她看到他眼底的心疼和歉意，若非实在疼得太厉害需要默静心诀来缓和疼痛，她很想仔仔细细地研读他眼中的歉疚，那是她以为绝对不会出现在帝尊眼中的东西。

自责忽然飞下来亲了她一下让她忍受痛楚吗？

用静心诀将心口的剧痛抚消后，不待千离说话，幻姬抢在他的先头说道：“你好些天不让我亲你了。”

她的声音十分轻盈柔软，如蚕丝绕着他的心房，一根一根，一层一层，每一缕的温柔他都感受得到，尤其她说话的口气带着淡淡的撒娇和嗔怪，仿佛因为没能亲到他而受到了颇大的委屈。

幻姬的话音还没有落下，忽然间，她一把勾下千离的脖子，踮起脚尖迎着他的唇吻了上去。

他突然飞下来绝对不会只是为了亲自己一下，她晓得他是怕她痛才不敢吻下去，可他却不晓得，比起好几天没有跟他亲近，看着他想亲昵自己却碍于她的身体不能碰她，她更愿意的是为他承受那些痛苦。有些痛苦可以忍受，而有些痛苦她却不愿意忍受。比如，只能看着他，而感觉不到他的气息。

被幻姬吻上的千离抬起手试图将她推开，并非不想，而是不能。可她的决心比他的坚持更强烈，仿佛真的是在埋怨他几天来都没有让她亲一般，搂着他的脖子不肯放开，心口再多的疼痛她都不管，强忍着身体的颤抖，将自己的丁香小舌义无反顾往他唇齿内钻……

坚决不放的力道里，他第一次感受她没有隐藏的感情。

比起不能跟他在一起，她宁愿选择肉身上的至痛。

放在幻姬手臂上想拉开她的手松开了，两条长臂将她纤细的身体紧紧地圈揽入怀，唇内灵活的舌很快回应她的吻，那般热情，那般缠绵……

幻姬想，是不是有一种爱情的味道叫痛并快乐着。如果以后与他所有的亲热都必须在

剧痛的基础上，她想，自己应该会痛着痛着就习惯了，而与他的所有事情，不论大小，她都不想不做。

天火炉内的宠服看着千离和幻姬，他赫然出现的时候，她以为自己还有一线生机，没想到下一瞬发生的事情让她说不出话来。对旁人冷若冰霜的帝尊，竟然会在众人的面前不顾身份地亲吻幻姬，而她想，他之所以做出了这样的举动，不过是因为幻姬刚才那句——

我爱他！

她的爱，他稀罕！甚至是太稀罕！

杀兽的珑婉没注意那么多，一心只想帮幻姬尽快处理好眼前的事情，地霸虎的人情，她需要还。而舞倾则没有自己九姐姐那么专心致志，偏角的余光看到一个白色的身影站在幻姬的身边，定睛一看，发现是千离，目光便控制不住地朝他瞟着，将他两人发生的事情尽收眼中后，惊讶得站在原地，忘记了灭恶灵。

帝尊和幻姬殿下竟然……

和百足穷奇在天上斗得战况激烈的麒麟抽空看了眼仙灵皇宫这边，原本在天空上一副“你们就是都死光了本尊也只会在旁边袖手旁观”的白衣男人不见了？出手了？麒麟在皇宫的地上找到了千离的身影，和魔兽斗过数十招后钻了空子细细一看。

什么！

麒麟在内心大呼，千小离你能不能不要这么无耻啊！满天满地的人都在这边打架打得热火朝天水深火热的，你竟然在一堆混战的人之中当众亲你媳妇儿，你是想刺激谁呢！谈情说爱的时间和地点都不对吧！有这么闲情逸致怎么不过来搭他一把手，尽快将这头难缠的畜生灭掉啊。

百足穷奇见到地霸虎被灭，正觉得它无用，不想却见到仙灵皇宫那团儿有人能一扫灭尽方圆十里的恶灵，如此高深的修为，若是能汲取他的仙力，岂不是能让它的力量登峰造极。一时，百足穷奇释放出来的力量增强数倍，麒麟不得不更加上心对付它，再不敢分神去看某个让他很想上去踹一脚的男人。

远处的恶兽恶灵再度涌过来，仙灵女子和西海的将士们不敢掉以轻心地迎敌，混战的中心却是一片金色的光芒，千离身周的仙泽将幻姬笼罩其中，免受任何伤害。绝断外界，却是解不了她体内的噬心之痛。

痛得太深，涌满幻姬眼眶的眼泪禁不住流出了她紧闭的眼眶。泪水滑过她的脸庞，沁入两人的唇中。

尝到幻姬的眼泪，千离果断地结束两人的深吻，一只手捧着她的脸，眼底满满的心疼。

看着千离的双眼，幻姬忽然觉得心口不是那么痛了，那份他给的甜蜜让她觉得再痛都值得了。他是个喜怒不形于色的人，很多时候如果不与他朝夕相处，一般不会看出他的情绪，除非他有意让别人看出来。例如，对她微微蹙眉，她便晓得他在不高兴。而此时，她能清晰地从他眼中看到浓浓的怜爱，不管是他情不自禁还是他有意让她晓得他的情感，她都高兴。不管她的爱情方式是怎样，看到自己心上人能如此怜惜自己，她如何不高兴呢。

“我……”

千离的话没有说完，幻姬伸出手指轻轻封住了他的唇。

“听我说。”

幻姬放下自己的手，忍住心口的疼痛，声音慢慢的，轻轻的：“不要管我的疼痛。再痛，也有过去的时候。在什么时候要做什么事，不能等，不能错过。我不想因为我的身体不适，让我们留下遗憾。”

“我不善于将自己的感情表达出来，就如同你不懂得如何哄伤心时候的我，但这不表示我对你没有情意。”

她选择不了从小长大的环境，也不会去说自己受到的教导是对还是错，没有朋友的成长历程让她极少有能将心里话说出来的机会，偶尔的时候，她羡慕帝尊有世尊那几个很要好的朋友，虽然他不爱将情绪表现出来，但他有可以倾诉的对象，而她，没有。好在，在天外天的娲皇宫里，她一直都过得十分平和幸福，没有烦恼，没有忧愁，也不会有任何不好的事情打扰到她，一路而来，她格外感谢苍天与娘娘于她的恩赐。

“尽管我这里不好，那里也不好，处处让你嫌弃不满意，可是在我们相处的日子里，我知道自己把你放到了什么位置。”

不会表达的爱情也是爱，只是藏在了她的笨拙里，藏在了她的习惯里，藏在她的性格里，藏在她的行事风格里。他带她出来游山玩水，她知道那就是他的感情，她在十丈红尘的情爱里不算一个聪明的好学生，可她一定是个肯用十二分心学好的人。

“我不知道要怎么让你相信，你对我非常的重要，非常特别。不是因为你是帝尊，不是因为你长得好看，也不是因为你的修为高深。仅仅因为，你是你。”她想，如果他现在还是一只在修炼路上奋斗的天兽狼王，只要他的感情是真的，她也会陪着他。

幻姬的眼泪因为痛楚的减轻而收住，对着千离，轻轻笑了。

“过去你一路荆棘我来不及参与，往后的风雨，请许我一点时间跑步追上你。”

“不要追。”千离的声音带着一丝低沉，似乎有什么东西哽在了他的喉咙里，看着幻姬的眼神变得前所未有的柔情，“慢慢地朝我走就好。”因为，他不会再朝前走了。他哪儿也不会再去，就在原地等着她走近，她走多久他就等多久。

幻姬嘴角的笑容慢慢漾开。

不远处，舞倾因为分神看千离和幻姬，被恶兽伤到了，珑婉将她救下，扶着她受伤的身子，连责备都说不出来。如果是她的部将，她肯定要狠狠地教训了，只是她的手下不会在战场上犯这样低级的错误。在要命的厮杀里，怎么可能还能分心看别人呢，要做的只是如何

将敌人尽快消灭，时间越长对她们越不利，在体能上和仙力上都是考验。

珑婉抱着舞倾到幻姬的身边，看了眼千离，却是对幻姬说道："殿下，这么下去肯定不行，恶兽恶灵太多了，你看看那些仙女，一看就是战斗经验不足够，现在她们还能撑住，再过几个时辰只怕都会成为恶兽的腹中之食。我们必须想办法。是战下去，就得有战法。如果没有好的法子，撤退保存兵力是最好的选择。"如果到最后大家的命都没了，岂不是损失大了，留了性命才能带更多的人来收复失地。

和千离表明心迹的幻姬恢复战斗场的冷静，点头："你说得对。"说完，看着千离："我知道你的心意很难改变，但是我还是不死心地想问你，你能放了她吗？"

千离不看旁边的宠服，但很直接地回答了幻姬。

"不能。"

犯错就要受到惩罚，也许有人因为求情逃过了惩治，但是在他这里，不会有这种可能。

"一点可能都没有吗？"幻姬还想为宠服争取活下去的可能。

千离摇头。

其实，他现在的心情真的非常好，好到如果宠服这次下蛊的对象是他，有她几次三番的求情，他肯定原谅宠服，一点都不会为难她。只是偏偏，她下手的对象是她，这是无论如何都不可能被原谅的。在他的眼前对她用了如此下作的手段，如果他因为她的求情放过宠服，以后再出现这样的情况怎么办？何况，让一个男人看着自己的女人被欺负而什么都不做，他是干什么用的！他不会因为宠服是女人就放过她，在他这里，错了就是错了，没有男女之分，妇人之仁很愚蠢。

"可她如果死了，我会很内疚。"

千离的声音很温柔："我向你保证，她不会死。"

听到千离的话，幻姬惊喜地看着他："真的？"

"嗯。"

幻姬没想到，此世间，有个词叫，生不如死。

珑婉正想叫幻姬让人撤走，宠服的声音传来，"快让开！"随着她的声音响起，天火炉倾倒，想为她们挡住从远处天际飞来的数道疾光。

幻姬还没弄明白发生了什么事，身子被千离抱着飞入高丈空中，珑婉虽然身手敏捷，但是因为带着舞倾，被一道光束狠狠打中了后背。困住宠服的天鼎挡下好几道光，她虽没有被光芒伤到，但因为天火炉的倒下，身体不可避免地碰到了炉壁，冰冻肉身的痛苦让她发出凄惨的叫声，连高高在上的幻姬都听到了。

幻姬看着千离："放她出来吧，你既然答应我不要她的命，就给她自由吧。她的皇宫变成这样，她的族人死了这么多，对她已经是很重的惩罚了。就算，你不为自己，不为我，也为我们将来的小殿下放过她吧。或许，你放过她了，我们就能为将来我们的孩子攒下福德呢？”

看着怀中的女子，千离眼底闪过无奈，竟然拿他们将来的孩子来求情，还真是有她的。

千离对着天鼎打开手掌，白色的仙光飞出去，困住宠服的天火炉被收回，半个身子被冻死的宠服躺在地上，听着刺耳的嘶号声，慢慢地抬起头，看着一片狼藉的皇宫，哪怕被困住受痛都没一滴眼泪流出来的眼睛红了。

看着脚下的土地血腥蔓延，幻姬一阵阵的心痛。见过美好的仙灵皇宫，再看眼前的一切，她才晓得，在天外天的世界里，杀戮是如此轻易就能出现。重伤的珑婉护着受伤的舞倾，动弹不得的宠服躺在地上无力地流泪，一个个的仙女被恶兽吞噬，再远处，麒麟上神和百足穷奇大战难止……

怀中的女子在心痛，千离不是不知道，只是，这些算什么呢？若是万万年前，这点都只能算小打小闹，若是她现在就承受不住，将来要怎么办呢？被他安安稳稳地养在千辰宫吗？他愿意，她愿意吗？

“宠服小心。”幻姬忽然喊道。

一根闪着光芒的绿藤从远处的天空传来，缠住地上宠服的身子，将她吸往天空。

幻姬瞬间从千离的怀中出来，飞向困住宠服的绿藤，也是此时，她才看清楚，那是百足穷奇的一只脚，她没想到竟然可以延伸到这么长。

就在幻姬不敢置信的时候，又有两根绿足缠住了珑婉和舞倾，那些跟恶兽搏斗的仙女也有不少被百足穷奇的长足给钩捆住。

幻姬手中的御灵剑挥向困住宠服的绿足，剑刃碰到百足穷奇的腿时，一股力量将她有力地震开。幻姬稳住身子，看到被百足穷奇绑住的仙子们身上的灵力被绿足吸收，立即掐诀。

“封灵！”

一只只绿足被幻姬封住，但又有十几个仙女被百足穷奇抓了上来，幻姬的封灵仙诀激怒了百足穷奇。它本想先从几个小喽啰的身上吸取到仙灵来引活自己的能力，却多番遇到幻姬的阻碍，它本不想先动她，没想到她如此的不识好歹。

幻姬掐诀的时候，珑婉意外看到百足穷奇两根黑色的长须和两根绿色的长足飞向幻姬，冲着她大喊：“殿下快闪！”大呼间，珑婉将自己手上的长枪飞出去，射断了百足穷奇一条腿。

“封灵王诀，定。”

施术的幻姬没有躲避，坚持将定数诀掐出来，一时天灵之光四面撒开，将所有被百足穷奇捆住的仙子全部定住，保存她们身上的仙灵不被吸收掉。而幻姬因为错过了最佳的躲避

机会，当她提着御灵剑打算斩黑色长须的时候，另外一根黑须凌空劈开。

白光掠过，幻姬的嘴角扬起。

她就知道，最危急的时候，他一定会出现。

幻姬看着抱着她的千离，笑道："大英雄，你要不要再多表现一下。"

"你倒是还能笑得出来。"

"有你在，我还用怕吗？"

千离嘴角微微地勾了下，很浅："这只畜生不是一般的家伙，你能不招惹就不招惹吧。"

幻姬委屈地看着千离："你是我的，我是你的，我刚才差点被它伤到，你都不为我出头吗？"

"要管闲事的是你，不是我。"

幻姬推着千离的胸膛："是啊，我爱管闲事，招你嫌弃了。可是怎么办，百足穷奇的事情我是管定了。"

几十条绿足被幻姬定住，百足穷奇和麒麟的缠斗变得不便，各个仙女的灵力没能持续吸收，大兽变得很暴躁。一声长吼，将绑住珑婉等人的长足自行断掉，几十根流着绿色血液的断足冲向千离和幻姬。

"啊。"

"啊……"

被放开的仙女们一个个尖叫着朝地上摔去。

带着杀气的绿色光芒射向千离幻姬两人，幻姬刚想挥剑，忽见一道白光乍现，心中顿喜，他可算是出手了。只是，让她没喜上眉梢的是，千离只是用一道结界挡了百足穷奇的攻击，并没有打算对它出手，让幻姬白喜了一场。她不懂他为什么就是不想出手，难道是觉得神川山是宠服的地盘，不想救？还是觉得，麒麟上神在对付百足穷奇，他相信他的能力？虽然她也信麒麟上神的本事，可早点结束不是更好吗？就算他不管百足穷奇的事情，地下还那么多的恶兽和恶灵呢，他也是不管。

"我去帮忙对付那些恶灵。"幻姬留下一句话，从千离的怀中出来，飞向地面。

没想到的是，那些围攻在千离结界外面的绿足见到幻姬飞出结界，一根根瞬间长出很长一节，速度快得惊人，几十根连续而下，闪身避过的幻姬依旧被三根长足连着劈到了身上。

"啊。"

闻声，千离的身影瞬息间消失在原地。

幻姬的身子跌到地面的瞬间，之前被百足穷奇摔下来的人中，舞倾和宠服两人分别撞到了地上的龙头和龟首，因为身体的重力，两人落地的瞬间同时将两个兽头压了下去，只听见轰然一声巨响。

整个皇宫朝地面塌陷下去，荒洪大水眨眼将皇宫覆盖，水面飞快地朝整个神川山蔓延。

千离飞到水面的时候，只捞到了幻姬的一个幻影，她的人已不知沉到何处。

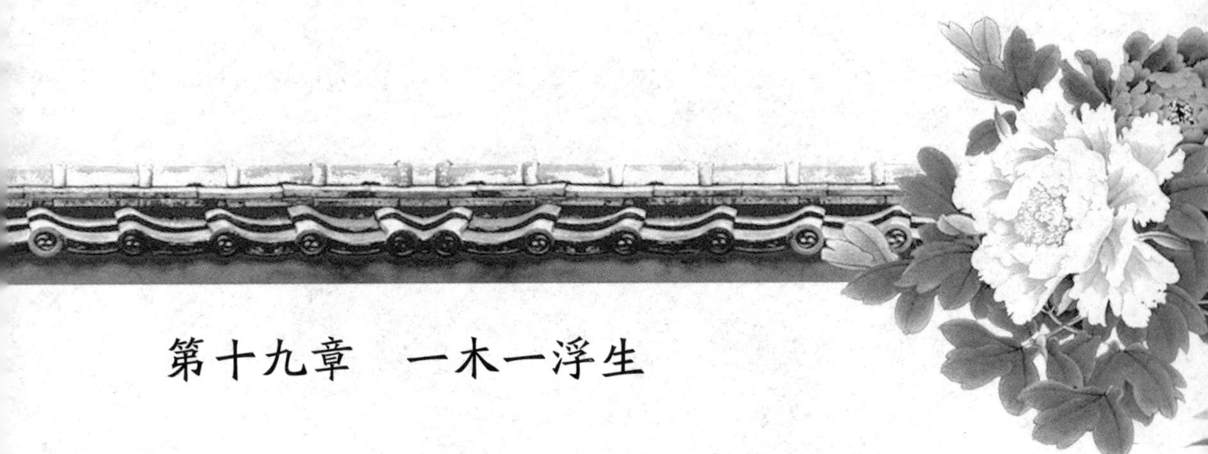

第十九章　一木一浮生

幻梦神川海重现？！

千离欲潜入水中寻找幻姬，不料百足穷奇的几十只绿足劈过来想将他捆住。瞬间，仙力厚重的一掌打在水面，一朵巨大的白摩花朝水下无边无际地扩大绽放。修长的白色身影却在长足逼近自己的时候陡然拔高，广袖在风中猎猎翻飞，流云般潇洒的一招佛法普度，以白色身姿为中心发散出一片金光，以圆弧形飞快扩张的佛光将四散逃窜的恶兽恶灵只只灰飞湮灭，甚至比重现的幻梦神川海展扫的速度还要快许多，悬飞在佛光里的仙灵女瞠目结舌地看着眼前发生的一切。

神川山皇宫的下面怎么会有这样一片海？难道神川山的大劫说的并不是百足穷奇苏醒，而是神川山要被消失了三百多万年的幻梦神川海取代？还有帝尊，一直都没有看到他出手相助，却原来，他只需一招就能将世界变得宁静干净。之前他的置之不理，是觉得她们那些厮杀连他眼中的小打小闹都算不上吗？眼见为实后，才明白，传说不是传说，是真正的一代王者的传奇。

灭尽恶兽恶灵后，千离的身影瞬间到了百足穷奇的面前，并指为剑，仙光如剑，甚至他的袖风都成为了一刀刀割肉的剑刃，一掌长虹挥出，道道剑气并合在一起展开得像一只庞巨的翅膀，霸占住眼界所及的天空，在被染成绿色的夜空里白得让人起寒战。百足穷奇想避开千离的攻势，麒麟从它的尾端把它逼住，翠绿的身子不得不迎头对抗千离的仙法，兽首轻巧避过之后，不想达及云霄的剑翅一道道密密麻麻地砍下来，竟严密得让它无处可躲，从挨了第一道仙光后，紧接着仙剑一把把从他的背脊破腹砍穿。天空里响起让众人胆寒的嘶叫声，从百足穷奇背上喷射出来的血液冲了数丈之高，又急又多的剑刃切入它的身体，惨叫声越发地凄厉。

麒麟还待好好欣赏百足穷奇被灭的过程，眼中忽见一道白影闪走。打完就走？找媳妇儿要赏去了么？哎呦呦，千小离啊千小离，你也不注意下，你媳妇儿可是女娲后人，你把这只畜生碎尸万段，也不怕吓到你媳妇儿吗？还以为过来会好好玩玩，没想到这么果断就把这只家伙收拾了，速战速决也得看看场合嘛，这样让别人误会他没有能力，这么久都拿不下来，而他来了，轻轻松松就把魔兽给灭了，让他如何在众位仙子面……

等一下！

看着眼前变成一片汪洋大海的神川山，麒麟惊诧不已，幻梦神川海竟然重现了！再看到海面上，不少人从水下游了上来。宠服被千离放出来了？

看到几个仙灵侍女将宠服从水面拉着飞到空中，麒麟轻轻地笑了，千小离这口气能咽下去吗？那……那个是谁？！

麒麟定睛看到水面上正拉着舞倾出水的女子，脑袋轰隆炸开了，珑婉？！她怎么来了，好端端的神川山离西海这么远，她怎么会晓得自己在这里啊？虽然他长得帅气，可他一直都是四海八荒里所有美人的麒麟上神，他不想成为谁一个人的麒麟，这个人更加不想、也不会是珑婉。她的感情，他实在是消受不起。

看到百足穷奇被解决，宠服也有了自由，麒麟广袖挥过，将水面上的仙子们都救上空中，不等她们发现自己便消失不见。余下的事情，他留给宠服自己解决。

千离潜入幻梦神川海里，循着自己先前打入水中的白摩花找去。

若只是一般的海域，千离不会有此举动，一切不过源于幻梦神川海的非比寻常。在海水中浸泡过的人，会出现幻眼。明明没有人的地方，看上去会出现人影；又或许，明明不是那个人，却会被误认。更有甚者，男人当作女人，女人可被看成毫不相干的男人。在幻梦神川海里，一切都是虚幻不真实的，可人本身却不会意识到自己的幻觉，只会坚决地认定自己看到的“真相”。

幻梦神川海重现后，不少猝不及防的仙子掉入水中，但凡活着的生灵都会本能地朝水上面游，以期能离开海里。而幻姬则不同，她被百足穷奇打伤，即便是想游到水面也很可能力不从心。情况若好，她自己会努力浮出水面，可千离没有看到她的身影，便晓得她定是朝水底沉下去了，希望他放下来的白摩花能找到她。

不知是不是心里太担心幻姬了，千离循着自己变出来的白摩花找幻姬的途中，好几次见到她，却回回都是幻影，等他走近时就发现人影消失不见。越到水下，出现幻影的次数就越多。千离随即闭上眼睛，朝水底飞去。

寻找幻姬的那朵白摩花在深深的水中停住，逐渐合起花瓣，千离感觉到白摩花的异常，迅速朝花心飞去。不多时，见到水中有好几个幻姬，个个都对他伸出求救的双手，看着她急切的双眼，他恨不得每一个都救，可心中却明白，这么多的幻姬，只有一个是真的，又或许一个真实的她都没有。

嗯？

突然，千离看到一个人影，不是幻姬的模样，若是平时，他定然瞧都不会瞧一眼，可此时不一样。没有受伤的仙灵女不会让自己沉到这么深的地方，西海的那些虾兵蟹将水性更是好得不在话下，游不到水面的人不得不沉下来的或许只有他的幻姬。

看着没有向自己求救的女子，千离急忙飞了过去，伸手捞住她的身子。

真实的！

化出真身的幻姬被千离搂在怀中，沉入水中的时候她有试图游上来，无奈身受重伤，试了好几次都没成功，身体控制不住地下沉，为了能更适合水中一点，她变出了真身，减慢了下沉的速度，等着千离来救自己。她知道，他一定会来。

不再下沉的身体让幻姬积蓄了一点力气，悠悠缓慢地睁开眼睛，看着千离，努力扯开一丝笑容，“帝尊。”

千离看到怀中的女子虽然没有幻姬的容貌，可是她喊自己的这一声，就像他的幻姬。

一道白光从千离的手指尖闪现，变成一个大圆球将他和幻姬装在其中，因为还不能确定怀中的人就是幻姬而不是别的受伤的仙灵女，千离没有立即让透明的圆球飞升，低头检查幻姬的身体，他虽出现幻觉，可她身上的伤应该不会消失。

没有伤？

在幻姬的真身上，千离没有找到百足穷奇留下的伤口，正想着自己是不是救错了人，听到幻姬说话。

“你终于来了。”

千离顿时晓得，自己怀中抱着的就是他的幻姬。别人，不会对他说这样的话。

“我的错。”

幻姬摇头，抬起手抱着千离的颈子，“你何错之有。”每个人都有自己的行事习惯，她素来不喜欢强求人，何况是对他。她受伤，是她想去救人，修为不够，受伤也是必然。他不习惯出手救济旁人，不救就是了，左右也不会影响他什么。如果因为和她在一起，让他一次次做自己不喜欢的事情，那他岂不是要不快乐了。

见得千离相救，幻姬变回人形。很快地，千离发现搂着幻姬腰肢的手心感觉到湿答答的黏腻感，低头一看，手上沾满了她的血。

伤？！

这时，幻姬看到自己被一个透明的大圆球装着，而结界外面是不少沉下来的仙子和恶兽，不由得蹙眉，又有多少生灵涂炭啊。

想到之前没有检查到幻姬的伤，千离问："你刚刚是不是从真身变回来人形的？"

"……"

幻姬纳闷，自己变身那么明显的事情帝尊还要问吗？但，她还是回了千离的问题。

"嗯。"

千离觉得有必要将幻梦神川海的情况告诉幻姬，便对她道："这里是幻梦神川海，这片海消失了三百多万年，神川山现在没有了，此海这次不晓得要存在多长的时间。沁过幻梦神川海水的人，会出现幻眼，看什么都不是真实的。"一如他现在看到的脸就不是她真实的样子，尽管晓得是她，但还是觉得不习惯，仿佛抱着别的女子。

"幻眼？"幻姬第一次听到这个词。

"比如我现在看你就不是你。"

幻姬问："那是谁？"

"不认识的一张脸。"

"可是我看你还是帝尊你啊。"

"嗯？"这次轮到千离诧异了，"你看我就是我？"

"是啊。而且，我还看到很多仙灵女子与恶兽沉了下来。还有……"幻姬看到透明的结界球外游来游去的海鱼，"不少的鱼儿游在装着我们的圆球之外。"

千离朝四周看了看，他看到的基本都是陌生人，若非说他认得出的，宠服和她身边的几个侍女，但他晓得那是幻觉，并非真实。只是，他没想到幻姬竟然不会被幻梦神川海弄出幻眼来。

"许是因为你是女娲后人。"女娲娘娘乃辟世之神，任何幻境虚假的东西都不能瞒过她的眼睛，得她遗传的幻姬，也有这样的特质。

幻姬轻轻一笑，抬手，并起自己的右手食指和中指，指尖点着千离的天印白摩花，心中默念天灵仙诀："净眼婆娑婆罗法，开。"

千离的天印上忽然重叠地开出一朵语佛花，白色的花瓣中带着一层淡淡的粉色，看着语佛花，幻姬微微地愣了下，直到千离连喊了她两声。

"……呃？"

"想什么呢？"

"没有。你现在能看到真实的我了吗？"

幻姬愣的，是她的语佛花是纯白色的，可是刚才开在帝尊天印上的语佛花为什么会带了一点点粉色，实在让她不明白怎么回事。

千离勾起嘴角，"还真是看不出来你的天资如此了得。"竟然能破掉幻梦神川海对他的幻眼之术。

“我早就告诉过你，娘娘说我可是个天资聪明的姑娘。”幻姬扬起小下巴看着千离，“现在信了吧。”总算在他的面前做出点真正本事的事情来，她一直都想做出点让他刮目相看的东西，总逮不着机会，没想到，毫无准备地就这样活生生地表现了一回，实在是叫她想不沾沾自喜都难。不想，乐后生悲。

“啊。”

得意的幻姬动了两下身子，后背被百足穷奇劈得皮开肉绽的伤口被扯痛，叫了一声。

千离立即用佛法为她疗伤。小妮子将他以前交代的话算是听到了心底，让她不在万不得已的情况下，不要轻易用自己的真身战斗，虽然战斗力会增强很多，可也意味着一旦受伤就伤及真身，那是最麻烦的。她伤了人形，他用仙术就能为她修复受伤的伤口，免她受那些养伤的苦。

身后是为自己治伤的千离，球外是游来游去的鱼儿，幻姬看着幻梦神川海，像是发现了什么新世界一般，惊奇地道：“帝尊，你有没有觉得这海跟别的地方不同啊。”

千离：“……”

刚才觉得她聪明一定是出现了幻觉。是个人就晓得幻梦神川海和其他的海不同，这需要觉得吗？

“别的海越深颜色就越暗淡，看不到水面上的光。你还记得吗，在西海的海底，如果离开龙宫，外面就只能看到那些星星点点游动发光的鱼虾。可是你看这里。”幻姬看向远处，“我们都到这么深的地方了，海水竟然如此清澈。”幻姬低头去看身下，惊呼：“哇，下面那么深的地方我都看得清清楚楚呢。那只鱼，好漂亮。哎呀，那只也好漂亮啊，它有像蝴蝶那样的大翅膀哦。”

千离为她疗伤。

幻姬低头寻着水底的鱼。

看着看着，幻姬嘴里头感叹：“真是想不到，居然有这么透明的海，不晓得海底是什么样子呢？”

忽然，停在水中的透明圆球慢慢地下降，幻姬愣了下，笑问：“帝尊，是你做的吗？”问着，幻姬又忍不住担心，“可是我们如果沉下去，还能浮出水面吗？”幻梦神川海如此与众不同，不会到时候他们俩要长期生活在海底成为鱼虾夫妻吧？

佛法虽帮幻姬修复受伤的肉身，可她被劈开的衣裳是坏的，身前衣裳完好，可背后几乎整个美背都露出在外面，连小衣的束带都被劈断了，只留下一根细细的束带扎了一个漂亮的蝴蝶结挂在她的脖子上。触目的伤口复原无痕之后，看着无瑕的玉背，千离的眼睛忽然闭上，再又慢慢地打开，忽而想是费了好大一番劲儿，又把眼睛闭上了。

千离从疗伤起一直没跟幻姬说话，幻姬安静了一会儿之后，看到透明的圆球还在下降，忍不住了。

“帝尊，会不会太深了我们浮不上去？”

双手佛光染闪的千离问：“浮不上去岂不更好。”

幻姬问：“为什么？”

纤细的腰肢上忽然出现两条圈住她的手臂，一方温暖的胸膛贴到了她的后背上，一个男声更是温柔无比地钻进她的耳膜，低低的声音轻轻地响在她的耳畔，她似乎能感觉到撩拨的悠悠气息让她的耳朵感觉微微发痒。

“你不是说喜欢深点吗？”

听到千离的声音，不知怎么的，幻姬的心尖忽然一麻，她觉得他像是呵气成话一般，带着说不出的勾人心扉的感觉，一字一字都带着让人躲不掉的柔情，仿佛整个人都被他的温柔笼罩一样。

幻姬微微偏了下头，千离的气息钻到她的耳朵里，唇瓣似有似无地触碰着她的耳珠，让她有种酥酥麻麻的感觉，像是有只小猫用爪子在她的心底轻轻地挠，很轻很轻的那种，想忽略不行，想感受清晰也不行。

“我……我是说喜欢到深一点的地方啊。可是……”幻姬的声音控制不住地温柔下来，“太深了，也不好吧。”虽然帝尊的本事很大，可他不是说这海三百多万年没出现过吗？谁晓得海底有什么呢？万一出现意外怎么办？她能看得到他，他若是再出现幻眼分不出谁是她，可如何是好？

想到千离可能认不出自己的情况，幻姬连忙转过身来看着他：“帝尊，你这个结界牢靠吗？”

“你想干吗？”

“它一直下沉，会不会被海水挤爆？”幻姬很担心地看着千离，“幻梦神川海对我没什么作用，可是如果我们被冲散了，你又出现了幻觉，怎么找到我？”

千离扫了眼自己施下的结界，似是很认真地思考之后，悠悠地道：“深到底的话，应该……可能真会有问题。”

这下，幻姬急忙道：“赶紧停下来吧。我的伤也好了，我们快点儿出去吧。”

“问题在你。”

幻姬不懂：“什么意思？”

“深到底，我没什么问题。”

“帝尊你说反了吧。”幻姬颇有些傲然地看着千离，“深到底，有问题的肯定不是我。”

千离挑了下眉梢：“试试？”

“不要。”

幻姬拉住千离的手：“这个时候不是开玩笑的时候啦。海里很危险，我们早点上去

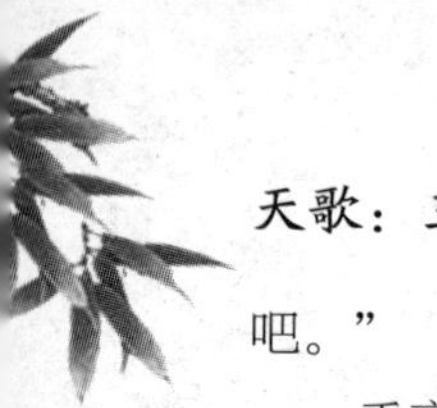

吧。”

千离看了幻姬好一会儿，慢慢地抬起手，抚上她的脸颊，声音前所未有的轻柔，几乎要把幻姬的心都柔成一摊水，“我现在只想深入其中，该如何是好。”

“……”

既然帝尊想去海底看看，那他们就去海底看看好了，他想做的事情，她就陪他做。

幻姬变得很坚定：“那就到底吧。”

“可你怎么办，会痛。”

幻姬：“……”

看着千离越来越情意浓烈的双眸，幻姬心尖轻轻地颤着，说道：“帝尊我没事，现在不痛了。”以为千离是在担心自己后背上的伤，为了表明自己的决心，抬起手抱住他的脖子，凑近他的脸颊，“群魔恶战的时候，我吻你。心口那时候可痛了，可只要想到我吻的人是你，再痛我都不觉得。你不知道，那痛，好钻心啊。”红唇忽然扬起，笑得甜蜜，“但我们的感情是蚀骨疼痛最好的疗药。”

千离的双眼像是忽然被点燃了两簇火苗，清亮热烈得让幻姬惊然，还没弄明白怎么回事，红唇霍然被覆盖，心口疼痛袭来，双手紧紧地捏着，忍住疼痛不肯推开抱着自己的男子。

不断下沉的结界球里，疼与爱着的缠绵中，幻姬的身子被慢慢地朝后压下，直到整个人被千离修长的身躯覆住……

不管心中多么想与千离亲热，噬心的疼痛是真实的，幻姬经历了几次，可一次比一次疼得厉害，让她想适应都不行，泪水从眼角颗颗连颗颗地落了下来。但好在，千离并没有吻她太久，放开她，看着她眼眶红红的模样心疼不已，温热的手轻轻地为她抹掉泪痕。

“别怕。”

幻姬的手将千离耳鬓边滑下的发丝挽到他的耳后，心口的疼痛让她一时说不出话，可她相信他懂自己的目光是什么意思。与他经历的一切事情对她来说都不会涉及“怕”，一如太阳有时候会被乌云遮住，但阻止不了阳光终会穿破云层照射万物，不会有人因为一时的风雨而怀疑太阳的伟大与长存，万物的太阳不会消失，而独属她的太阳——他，自然也不会消亡。她，何惧之有。

腰肢上传来轻微的拉扯感，幻姬没多想，直到看到自己的腰带从千离的指间飘落，羞涩喃喃地低语，“帝尊，这里……不适合吧。”虽然是晚上，可他想睡觉的话，等他们从海底上去之后再休息也不迟吧，总不至于他打算今晚就睡在海里了？根据自己对千离的了解，幻姬觉得他是个凡事都极为讲究的人，不可能在结界里凑合一晚。直到，她破破烂烂的衣裳像白色的蝶羽从他手里飞出去，才惊觉他可能来真的。

穿着小衣的幻姬看着千离，他的眼神她看不懂，或者也不能说是完全看不懂。以前和他独处的时候，也会见到他的眼中有热情的感觉，可仔细看时，又看不到，不晓得是被他掩藏还是自己看错了。但此刻，她觉得他的眼底像是有一团火在烧着，让她浑身莫名其妙想发热。

千离的手放到幻姬腰上时，感觉到他的意图，幻姬立即抓住了他的手。

“有……人……”

似乎是下意识的一种感觉，好像相爱的两人若不是在自己的房间里做亲密的事情，总有眼睛会盯着他们看，连拒绝的借口都说得很顺溜。幻姬连看都没看，压根儿就不知道周围有没有人，说完之后便心虚地朝结界外面看去。惊奇地发现，透明的劲墙上开出一朵朵的白摩花，劲墙的里里外外都在次第开放，一层开叠一层，大大的圆球很快成了花球，扑鼻满是白摩花的香气，连自己的身体都变成了躺在白摩花上，十分柔软。

朝外看的视线被挡住之后，幻姬的目光回到压着自己的千离脸上，惊觉他身上的白色衣袍竟褪了个干干净净，瞬间，不只脸颊，连身体都泛红，害羞得只想找个地方钻进去。如此一想，幻姬便想钻到白摩花里面去，刚动了一下，被千离禁了她的仙术，牢牢地禁锢在自己的身下。

千离低头看着身下羞涩得不知道要将视线看向哪儿的幻姬，两只手慢慢地将她的手抓到手中，两人十指交叉，盯着她的眼睛，声音很轻缓，但带着坚决。

“不管我等下做什么，不要恨我。”

幻姬不懂千离的意思，但直觉是信任他。

“嗯。”

千离双腿几下轻柔的动作让幻姬不解，两人身体的无隔相贴让她羞赧得无以复加，正想说她不喜欢这种感觉时，感觉有一点痛意从下半身的某处传来，跟随而来的，是她心口被撕咬般的剧痛感。

幻姬的手紧紧地扣住千离的手背，痛得她好想哭出来。

“我知道让你现在静心和放松下来很难。”千离心痛地看着幻姬，“你信我，不管现在多痛，都是为了以后再也不痛。”

幻姬控制不住的眼泪从眼角疯涌而出，连应声都带着惹人心疼的颤音。

“嗯。”

她当然信他，可她真的太痛了，心口的痛楚她都要扛不住了。

千离放开幻姬一只手，幻姬甚至不知道他腾出来的那只手做了什么，只感觉到下半身传来撕裂的痛，身体被异物撕开的那一瞬间，她心口的痛到了极致，将她活活地痛得晕厥过去。瞬息之间，幻姬的身体上出现一层七彩的光芒流走在她白皙无瑕的肌肤底下，最后光芒汇聚到她的心口，成了一个七星的模样。

千离手掌覆盖到幻姬的心口上，金色的佛光将他的手染得通明透亮，皮下的骨骼连骨

节都看得清清楚楚，手掌缓缓移动，幻姬心口处的七彩七星也跟着慢慢地游动，从她的心口走到她的肚腹处，再往下……

一记佛诀引，七彩七星玲珑珠从千离和幻姬相交和的地方游进了千离的身体，心口的疼痛让千离切身地感受到幻姬为了他承受了怎样的剧痛，看着她紧闭的双眸，第一次，他真真切切地感觉到她的感情了。要有多喜欢他，才会哪怕受这样的痛苦还坚持吻他呢？原来，他们都是嘴拙的人，笨到不会将自己的感情表达出来，让对方晓得心里多在意彼此。

千离封住自己的六脉，将五百万年的修为敛到内丹的外面护着，将体内的七彩七星玲珑珠引到自己的内丹处，迫力强收，将鸳鸯珠的雄珠吸入自己的内丹，用自己的佛法将其困入丹内。心口的疼痛慢慢地缓和下来，直到彻底地消失。

敛住修为的千离尚且不知道七彩七星玲珑珠到底有多大的能力，护住内丹的修为没有立即从卸敛的状态恢复，看着身下依旧昏迷的女子，嘴角微微地勾起，如果她晓得自己现在和她一样，法力被“禁”不可用，两人此刻和凡人的肉身无异时，不知道是什么表情？

缓缓地，千离动作极为轻柔地从幻姬的身体里面退了出来。俯身用手臂钻过她的肩下，将她轻轻地抱着，一只手为她将额头上被冷汗沁湿的发丝抹开，心疼得眉头紧紧蹙着。他不是没设想过自己在什么情况下收了她的人，可他想了那么多种，就是没想过在海底对她做这件事，更加不会想到他破她身是用毫不温柔的动作。他不是女子，以前也不会去体会女子的心思，可现在他觉得自己是个混账，他和她如此重要的一件事，竟然……

“对不起！”

活了万万年，千离第一次说出这三个字。

千离手臂收紧，将幻姬用了狠劲儿地搂到怀中：“对不起……”

他没别的办法了。

中了七彩七星玲珑珠的她，和他一点点的小亲昵都不能有，如果他不顾她身体要了她，他怕是恨不得灭了自己。他不否认自己内心很想收了她，可他更顾忌她的身体受不了。四十多天的煎熬，他等得，可怕她等不得，玲珑珠在体内四十九日之后就会化成七彩长虫活在体内，她的修为才九万年，若是熬不住，痛苦比现在要苦上数倍，他岂能眼睁睁地看着她受罪。想她不再受痛，法子只有将她体内的七彩七星玲珑珠转移出来，转到任何人身上都不可行，只因要引出那粒玲珑珠，只能用交合的方式。他如何会允许旁人来做这件事？也更不能对她说真相，以她的性子，怕是宁愿自己痛死都不想牵累别人，何况是他。

“疼……”

幻姬在一片花香里慢慢地醒来，被拥得骨骼都要碎了，缓慢地抬起手抱住千离的腰身，“疼。”

千离抬起头看着幻姬，紧张不已，“哪儿疼？”难道七彩七星玲珑珠还有什么后遗症在她的体内？

“身体里面。”

“哪儿？”

幻姬不大好意思说，但觉得如果不说千离就不晓得自己的症状，讳疾忌医是很要不得的事情。

“下……半身。”

千离看了幻姬一会儿，嘴角似笑非笑的，狭长的眼睛里浮上一抹淡淡的坏笑，问她：“心口疼吗？”

老实的幻姬感觉了一下，说道：“我们现在又没有做亲密的事情，心口怎么会疼，只有做的时候才痛。”刚才也不知道是怎么回事，痛得她扛不住地昏死过去，若是和他的亲吻要遭受那种痛，她真怕自己以后都不敢跟他亲嘴儿了。

“帝尊，刚……唔。”

以吻封缄。

嘴唇被覆上的一瞬间，幻姬吓得立即想推开千离。帝尊不要啊，她会痛死过去的！

呃？！

幻姬眨巴了几下眼睛，惊奇地看着唇舌钻进自己香齿的千离，心口不痛了？！

起初，幻姬还不敢确定自己的身体真的不会再痛，软软的舌头战战兢兢地不敢回应千离，害怕会痛得她受不了。可待他将她深吻到喘不过气来时，发现自己的身体除了燥热，没有其他不适，终于放下心来，一直呈推他的姿势的手渐渐攀上了他的脖子，欢悦地回应他……

仙泽闪现白摩花结界，像一个巨大的发光的花球落到了海底的地面上，香气飘散在海水中，吸引了许多五彩斑斓的海鱼游了过来，围绕着花球，游动着炫彩多姿的身体。

绽放的花中，疼痛或许犹在，却不改经年岁月终相爱的芬芳；浮沉的情里，蜜意焚心灼身，抵不住落在心底的至真倾身相付。

纯色摩花叠叠层层地盛开，那是最美的繁花围簇。无人无物无镜的时空里，留住了时光，留住了浓爱，留住了最美的盛放。

他看过最美的语佛花开，是在重现的幻梦神川海底。终生不忘。

一场华丽花赏，未必需要万花齐放，独秀一枝，亦能唱出最美的乐章。一幕星星雨落，未必需要千颗星宇的陨坠，指尖的一抹晶光，亦能画下最绚丽的海蓝星空。

躺在千离怀中的幻姬看着身边千离为她开出来的花海，看着头顶他画出的蓝色星星雨，脸颊红晕未散，心中满满的，说不出来的……爱。看着望不到尽头的花海，看着生平第一次看到的海蓝色夜幕星空，还有从星空里落下的一颗颗闪闪的星雨，幻姬真想怀疑，帝尊是不是把整个幻梦神川海的海底都变成了白摩花园，两人躺在无边无际的丛花之上，身心都予交，生死不负。

“有没有不舒服？”千离的声音略显低哑。

幻姬愣了：“呃？”

“身体。”

“还好。”

千离翻身将幻姬压下：“确定？”

“嗯。”

如果可以后悔的，幻姬应该会后悔自己说了——嗯。她应该说，身体感觉很不好啊。因为她的——嗯，足足让她被生生地连续又蹂躏了两次，到后面她想矜持都矜持不了，叫出来的声音连她自己都要听得受不了了。

终于结束。

虚弱无一丝力气的娇躯被千离抱着放到了身上，幻姬一动都不想动，他的手爱放哪儿任他随便放，发丝散开在她的背后，脑子里只有一个念头，她和帝尊做的这事儿，到底是谁发现的？又是谁告诉他的？那个最初发现此事的男人应该抓出来揍得他爹妈都不认识啊。

千离勾了幻姬的一缕发丝放到鼻尖闻着，一只手搂着她的身子，修长的手指还不大老实地享受着属于他的“好事”。连续几次男女之事下来，幻姬的身体还处在很敏感的程度，忍不住轻轻扭了下身子，不满千离的小动作。

“不舒服吗？”千离问。

幻姬刚想说，不是不舒服。一想到自己之前的回答给自己招来的事儿，连忙在心里掂量，她绝对不要再回答“挺好”“还好”“不错”这样的字眼。

于是，幻姬自以为很聪明地回答：“有点。”

“我给你揉揉。”

“……”

揉？

如果以前浑身没力气帝尊说帮她揉揉，她会很感激他，可是现在，帝尊说揉，她就想到他揉她某个地方，那简直是叫她面红耳赤得要叫哑嗓子。

“不用不用。”幻姬连忙拒绝，“也不是什么很不舒服，就是一点点而已，休息一下就好了。”

千离带着笑意地说道：“你跟我客气什么，语儿。”

语儿……

一瞬间，幻姬以为自己听错了什么，抬起头惊讶地看着千离，直到从他的眼睛里读到自己确实没有听错的肯定目光，心房陡地一紧。他极少叫她的名字，不管是本名还是封号，记忆里好像还叫过几次生疏极了的殿下，哪怕就是对她动了真情也不见他叫自己的名字。

幻姬想忍住笑，无奈实在是太过于惊喜，心底的高兴怎么都忍不住，笑出声来，

“呵……”看到千离的眼底也带着笑，娇嗔地连着用粉拳捶了他好几下，埋首到他的怀中，这该怎么了得哟，一个称呼就把她高兴成这样，他还说自己不会哄女人，他是不哄，光这样就让她受不住，要是真哄起来，她岂不是连姓什么都要忘了。

见一个称呼就让幻姬害羞得不敢看自己，千离笑得身体都在轻轻颤抖：“我家语儿的脸皮这么薄啊。”

幻姬闷着头：“你以为都跟你一样不要脸么。”

传说，帝尊可是盛开在佛陀天里的一朵奇葩啊。

“我怎么不要脸了？说说。”

“你不要脸的事情太多了，说都说不完。这种事情，你是怎么晓得的？”

“什么事？”千离的表情十足的不懂。

幻姬完全不上千离表情的当：“你别装了，我知道你肯定晓得我说的是什么事。你不是每天看的是佛理书吗？这些东西你是怎么晓得的？”

千离挑眉：“为什么要知道？”

“我好学。”

“好……学……”

听见千离重复自己后两个字，幻姬隐隐觉得有什么不好的感觉，帝尊这个人很叫人捉摸不透，他若是思考某件事或者某个词，那就要小心了，很可能他要干什么坏事了。

“我不管你心里在想什么，总之……”幻姬手掌揉上自己的后腰，颇为委屈地看着千离，“不要再来‘那个’了，我腰酸了。”

“出力的是我。”

幻姬反应奇快地反驳：“既然这么说，帝尊你本事高，力气多，不用我你一个人‘那个’呗。”这种事情是两个人一起，他把功劳都自己独占去了，那以后他自己忙活算了，不用找上她。

千离坏笑着地问：“你这是在向我谴责使力不够，害得你欲求不满吗？”

幻姬低声惊呼，“你还用力不够？”那他要用力够了，她这把骨头还是完整的吗？

“我觉得应该还有进步的空间。”

“……”帝尊，你进步的空间是照着谁来衡量的，肯定不能是你啊，我能跟你比么。

千离轻笑，将幻姬拉下来，静静地搂着。

一晚上经历两件从来没想过的事情，千离搂着幻姬没多久之后，累极了的她便在他的怀中沉沉地睡着了。馨香的梦中，她看到一片语佛花，只是让她不明白的是，语佛花是粉色的。几万年来，她看到的语佛花皆是白色，从没听过有粉色的语佛花，不知道为何会出现第二种颜色，而且一望无际的花团中，只有她一人，不见帝尊，不见娘娘，也不见任何她认识的人。

在原地四处张望后，幻姬试图朝远处走，她以为走远些就能看到人影，可不论她如何寻找，始终不见一个人。走到不知何处的地方，她回头朝来时路看去，惊讶地发现，没有来路，没有语佛花，只是一片茫茫的白色，像是一层白雪落在地上，也像是一层冰晶雾气铺飘在地面，什么印记都没有。幻姬转头看着身前没有走过的语佛花，静静的，一朵朵盛开着。

“帝尊。”

幻姬分不清自己该走向哪儿，向千离求救。

“帝尊，你在吗？”

回答幻姬的是，是一片无声的寂静。

“娘娘？”

幻姬朝天上看去，盼望女娲娘娘能惊奇般地出现来指引她一条明路。

“世后姐姐？姐夫？”幻姬看向远处，希望能看到一个半个人影，哪怕是不相识的人也好，“有人在吗？”

此时的幻姬前不见人，后不见路，不知道自己该如何是好。定了定心，决定继续朝前走，没走多远，听见身后有声响，回头看去，发现后面卷来数道高高的白色大浪，情急之下，她飞快地朝前跑去，后面的浪追得更快了。幻姬想用仙术飞起来，可不知道怎么了，仙术竟然没有作用，像是被人卸掉了一般，她不停地奔跑，可怎么都不能把身后的巨浪甩掉，跑着跑着，她觉得自己要精疲力尽了。脚下踩到了一朵语佛花的花梗，不小心滑倒，幻姬想爬起来已来不及，大浪从头顶轰然砸下。

“啊！”

一声尖叫，幻姬从梦中惊醒。

千离的手抚上幻姬的脸颊，微微惊喘的女子抬起手覆住他的手背：“帝尊？”

“做噩梦了？”

幻姬点点头，又摇摇头，她觉得那不算是噩梦，只是一个说来很奇怪的梦，她以前从没在梦里梦到过语佛花，这次不晓得怎么会看到粉色的语佛花呢？而且，梦中竟然飞不起来。

千离将幻姬的头摁到自己胸膛里，让她听着自己的心跳声，轻声地安抚她。

“梦境不真实，无须当真。”

幻姬想告诉千离，她做的梦真实度很高，女娲后人不会轻易做梦，一旦做梦就预示着什么，她以前做的都是美梦，梦中的事情皆成真。这次若是也成真的话，是要出现什么事呢？如果说粉色的语佛花让人并不觉得害怕，那些巨浪表示什么？灾难？是天下要出现灾难还是她的身上要出现大难？

“在梦里，我叫你，你不在，只有我一个人。”

千离收紧手臂，让幻姬感觉到他无缝隙的相贴：“不要瞎想，我就在你身边。”

幻姬晓得梦里他在不在，她真的怨不得，哪有人会因为心上人没有到梦里救自己就和他生气的。如果在现实的生活里，她遇险，而他不在，她不知道自己会不会埋怨他。若是以女娲后人的身份，她应该不会，没人有随时随地救谁的义务。可如果是以他的女人来看，她觉得自己大概会不高兴，从西天来找他的路上就因为他没出现而觉得委屈了，那次的委屈当然只是她无理取闹的随口话，毕竟两人没什么关系，至多不过相识一场。而现在不同，她是他的人，他不是传奇帝尊么，她需要他的时候，他应该会像天神一般地出现吧。

“帝尊，你以后能不能总在我能看到的地方。”

千离捋着幻姬背后的长发，嘴角微微扬起：“怎么不是你一直在我的眼皮子底下呢？”

“我怕你看久了烦。”

“你就不烦我？”

幻姬很肯定地应声，“嗯。”她是什么性格的人，自己了解，不会轻易烦什么人，尤其是对他。他的性格旁人捉摸不透，她不是外人，可也不敢说自己能揣摩透他的心思，在千辰宫里虽然能天天看到他，可大部分的时间都不知道他在做什么，让她有种不知道要做什么的感觉。跑出去吧，又怕回不来，还怕他生气。老是待在宫里吧，又觉得浪费时间。这次出来她是玩得很开心，可玩了差不多两个月，他们是不是要修习佛法了？

“以后，你想找我，不管我在做什么，尽管走到我的身边就好。”

幻姬抬起头看着千离，“真的可以这样吗？”这算是他给她最特别的允诺吗？

“你记住，你和别人不一样。语儿。”千离的声音很轻，轻得幻姬觉得他的声音又很重。

对自己素来严格要求的幻姬并不晓得，千离对她敞开了心的容忍，他允许她进入自己的世界，哪怕在自己的世界里横冲直撞都没有关系，以她的性格和行事风格，他不认为她能激怒自己，或者说，哪怕她真做出什么他不喜的举动，他亦不会对她怎么样。

幻姬笑：“怎么个不一样法？”

“你说呢？”

“我不知道。”

千离笑道：“真的不知道？”

“哎呀，你不要用这种口气问我话啦。”幻姬笑着从千离的身上滚了下来，看着遍地的白摩花，想到两人此时还在幻梦神川海的海底，转头对千离道，“现在什么时辰了？我们要不要浮上去呀？”

幻梦神川海面。

数十丈高的水柱忽然从水花花心里冲入天空，一片闪现的金光让幻梦神川海的海水仿

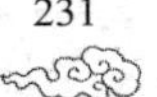

佛都成了金色，空气里的香味更加幽香，令人心旷神怡。舞倾抬头，透明水柱的顶端，站立的两个人影不正是她苦苦等了一晚的人吗。

千离单手搂着身边的幻姬，她身上的白色衣裳和他的衣袍有着异曲同工之妙，不过一套是男人穿的，一套是女装，连衣襟上的纹云都一模一样。

“舞倾拜见帝尊和幻姬殿下。”

礼数上，舞倾着实比宠服注意了太多。她的拜礼让幻姬的目光第一个就投向她，看到舞倾身边的珑婉，幻姬朝千离看了一眼，踏着海浪从天空里缓缓飞落到珑婉的床边。

“珑婉公主，你可还好？”

舞倾见幻姬主动飞下来，看到了希望。

“幻姬殿下，求求你救救我九姐姐。”舞倾眼中泛红，“我知道是我不懂事非要跟九姐姐来锻炼自己才让她为了救我受了伤，我知道是我害了她，如果可以，我拿自己的命救她都好，可惜我没有足够的修为。求求你，帮帮她。”

幻姬轻声道：“舞倾公主你先起来吧。”幻姬弯腰为珑婉检查伤势，对于珑婉，就算舞倾不求情她都会救，因为她是幻姬，她说得声泪俱下，好像她是多么铁石心肠的人。而且，从个人的私情上说，和珑婉公主一起杀地霸虎时，她很喜欢两人的默契，不需要一句话或者一个眼神，首次配合她们就能天衣无缝，能出现这样的情况，只说明她们的心性相当近似，要做什么，要怎么做，在危急关头，她和她的选择会是一样。这样的人，她怎会不相助。

被幻姬检查的时候，珑婉心中感激，但更记挂她身上的伤。

“幻姬殿下，你身上的伤怎么样了？”

“我已无碍，你不必担心我。”

检查过后，幻姬眉头微微蹙起来，珑婉身上并不只有这次被百足穷奇劈到的伤，她的体内还有好几处旧疾，甚至还有中毒的迹象，虽然毒并不会要命，但几种毒素混合在一起，难保以后再中毒不会出现毒毒相混成剧毒的情况。这些伤毒应该是她多次在外征战留下来的，应该彻底地治愈才好，否则年久时长，对她的健康非常不好。

“珑婉，你可愿随我去佛陀天？”幻姬问。

不只舞倾，就连沉稳的珑婉都没想到幻姬会如此问，愣了一下，不甚确定地道：“殿下的好意我心领了，只是，佛陀天非我这样的人能轻易去的地方，有劳殿下费心了。”

人人都想去佛陀天里，珑婉的婉拒让幻姬对她的印象更好了，除了她的外形不像一个仙子，别的地方倒比很多的神女仙娥更像修为至纯的仙家。如此良善的好女子，她如何能坐视不管。

“众生平等。珑婉你与佛陀天里的尊神本质上没有区别，无须妄自菲薄。”说罢，幻姬转头看看身后天空里的千离，她自然晓得他不愿意招惹珑婉去千辰宫，可他不同意她就把人带到星穹宫去治疗，世后姐姐和姐夫在那儿，哪怕她失手未能成功，还有他们俩。既助人，又不会让帝尊不高兴，一举两得。由此可见，亲人多，朋友多，处理起事情来会更顺利。

舞倾在一旁小声地道："幻姬殿下带着九姐姐去佛陀天，是去千辰宫吗，可据我所知，千辰宫乃帝尊所居之地，贸然带着我们姐妹进去，殿下要不要先问一下帝尊？"

"我没说去千辰宫啊。"

舞倾愣了："那……去哪儿？"

"佛陀天里不只有千辰宫一个地方。"幻姬轻轻笑了下，"帝尊素喜清净，我带你们去世尊世后的星穹宫。"

"星穹宫？"

舞倾和珑婉相视一眼，去那个地方会不会更不适合？

千离从水柱顶上飞到了幻姬身边，她还想揽事情做么？

"百足穷奇的伤，麒麟很擅长救治。"千离声音轻轻的，"他与西海又颇有缘分，不如让她去麒麟宫养伤。"

经千离如此一提醒，幻姬也想起来了，昨晚麒麟上神还在这里，这会儿不见人，不晓得他跑哪儿去了，总是神龙见首不见尾的。而且，他确实和西海有点理不断的牵扯，珑婉公主喜欢他，他似乎对舞倾公主颇有好感。只不过，他对舞倾公主的好感又不像是帝尊对她那般男女感情，或许只是觉得人家姑娘长得漂亮，纯粹欣赏美人罢了，反而是珑婉对他的感情，看得出是真情。若是让珑婉住到麒麟宫，也许养身完，他对她有了解，会发现珑婉其实是个不错的女子。

"帝尊说的是。"幻姬看着珑婉，"我虽有心救治你，可终归不如麒麟上神厉害，我送你去他那儿。"

珑婉没想到事情会变成这样，帝尊亲自开口建议她去麒麟上神那儿，幻姬殿下若是亲自送自己过去，他肯定没法拒绝吧。她开始还担心舞倾带自己过去，麒麟会不见自己，若是有殿下和帝尊屈尊降贵地送她去，她的担心应是不存在了。

"珑婉拜谢帝尊和殿下。"

幻姬扶住珑婉打算行礼的身子："你伤成这样，礼数就不用周全了。"

珑婉的事情决定之后，幻姬看着旁边躺着的宠服，她为她求情不止一次，虽然不忍心看她现在的模样，可……她实在无能为力改变什么。而且，幻姬没有注意到，自己对宠服的感觉里，少了几分亲近，看着她并不算多友好的目光，心里冷冷静静没有别的想法。神川山大劫已发生，仙灵女族在劫难中没有灭族，凭她们的本事，要在幻梦神川海上生存下来想必也会有法子，她这个族长还能不能继续当下去，得看她族人的选择，她不想多加干涉。

"帝尊，我们走吧。"

眼看千离和幻姬要走，宠服张嘴喊道：“帝尊。”难道他忘记了自己说的吗？幻姬殿下不能离开神川山，或者该说，她不能离她太远，否则哪怕她是女娲后人也会死，他不在乎她的命，难道连幻姬殿下的也不在乎了吗？

心知七彩七星玲珑珠在自己的内丹里封着，千离对宠服的喊声不闻不问，带着幻姬便要走。没了七彩七星蛊控制的幻姬对宠服没了说不清道不明的怜悯，视线从宠服的身上转到千离脸上，如果宠服比她早遇到帝尊，也许现在在旁边看着他冷酷无情的人就是自己了吧。

眼见留不住千离，宠服大声道：“你一意孤行地离开，难道你不怕幻姬殿下死吗？”

一句话，吓坏了所有人。

幻姬还来不及问怎么回事，一道白光从千离的指间飞出去，躺在床上的宠服变成了一尊冰冻雕塑，再不能发出声音。床边的侍女看着宠服的样子，齐刷刷地全部跪下。

“帝尊饶命。”

白色的广袖轻轻拂过，袖风卷过宠服躺着的床，连床带人，眨眼消失得无影无踪。

幻姬心中疑惑重重地看着千离，他肯定有什么事情瞒着自己，只是如今旁人在左右她问了他未必回答。

“我不能离开神川山，是吗？”幻姬问。

“你信她，不信我？”

幻姬道：“当然信你。”

话音不落，千离的祥云带着幻姬和珑婉舞倾便飞入云端。

完全离开幻梦神川海后，幻姬微微有点担心地看着千离，尽管宠服说离开神川山她就会死，可她觉得，帝尊既然晓得这件事，还敢带自己离开，就必然是想到了什么对策，而她竟然对自己的情况一无所知。幻姬继而想到自己每次和千离亲热就会剧烈疼痛的心口，宠服说的事情肯定和疼痛有关。只是，昨晚她和帝尊……除了第一次很痛之外，之后两人爱得那么激烈都没有问题，心口痛的病症不治而愈，是他处理好了她的事情吗？

想到在海底和千离做的事情，幻姬心下一个走神，脸颊红彤彤的，嘴角噙着娇羞的笑意，一口大风吹来，纤瘦的身子摇晃着没站稳当。千离伸手搂住她的腰肢，嘴角微微扬起，低眸看着她。

“想到昨……”

“我没想那件事。”

千离轻轻笑出声来：“哪件事啊？”

幻姬红着脸，此地无银三百两地对着千离说道：“你心里想说的那件事。”

“你要没想那件事，怎么知道我心里要说那件事？”

“凭我对你的了解。”他肯定想揶揄她。

千离一手变出一把大伞撑在两人的头顶，啪啪的雨滴声响起，一场大雨倾盆而下。

“我想说的是，想到昨晚的百足穷奇，你怕不怕？”千离挑眉，搂着幻姬的手微微收紧一点，“你想到的是哪件？”

“……”

帝尊想说的不是昨晚在海底……

幻姬的脸倏地变得通红，丢脸死了，她怎么会变成这样的人，大白天想那种让人面红耳赤的事情，都怪帝尊，在海底对她做那种事情，她没经验，第一次经历肯定会忍不住多想的。

看到幻姬羞红到了耳根子，千离带着笑意问道：“你该不会是想到昨晚在海……”话没说完，被幻姬用手捂住了嘴巴。

幻姬娇嗔，“不准说。”朝千离使了个眼色，旁边还有外人呢，他也太不注意了，他不要脸，她还要。

舞倾变出大伞为珑婉撑着，看到千离对幻姬的呵护，也看到幻姬对千离的撒娇，这些小事情她以前从不在意，到西海求亲的人再多，带的礼物再珍贵，她都没有想和他们亲近的想法。她的姐姐众多，自然也会看到姐姐们对姐夫撒娇的模样，大姐夫对大姐更是疼爱有加，可是说不出为什么，帝尊对幻姬殿下的照顾只是一个抱着她站在雨中为她撑伞的画面就让她觉得美好得不像话。

看着幻姬含笑的眼睛，千离的心不自觉地变得柔软，伸出舌尖舔着她的手指。指腹传来软湿的感觉，幻姬飞快放下手，虚拳捶着千离的胸口。

“呵。”

看到千离笑出声来，幻姬又捶了他几下。

伞外大雨滂沱，伞下两人小动作里带着浓情蜜意。

直到神界麒麟宫门前千离才放开幻姬，他虽不在意别人怎么看待自己搂着幻姬，可想到自己竟然能和幻姬贴在一块儿回来，不禁觉得自己好笑，半年前他怎么都不会想到自己有今日。

见千离和幻姬亲临，麒麟宫的神侍们立即上前行礼。

“拜见幻姬殿下、帝尊。”

“麒麟上神可在宫里？”

神侍回道：“回禀殿下，麒麟上神前段时间去神川山了，至今未归。”

幻姬朝千离看去，不是明明不在神川山了吗？怎么没有回宫呢？

千离微微侧了下身子，吩咐道：“这两个人是西海的公主，受伤的珑婉公主需要你们主子亲自救治，他没回宫前，你们好生照顾着。”

“是，帝尊。”

幻姬补上一句，“你们赶紧派人出去找麒麟上神。见到他，别的不用说，就说一句

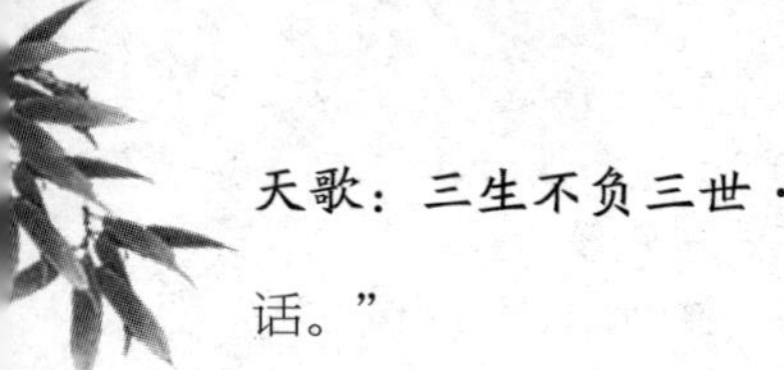

话。”

“殿下请吩咐。”

“说我送了两位美人儿到他的宫里，请他好生照顾。”

神侍抬头看向舞倾和珑婉，看到舞倾的时候眼睛微微发亮，看到珑婉的时候，一双眼睛简直是大亮啊。殿、殿下，你的眼神确定没有问题吗？这是两个美人儿吗？虽然我们没看多少佛理书，但是你不要骗我们啊。

虽说不认同珑婉是美人儿，但麒麟宫的神侍一个个都不是吃素的，跟着麒麟这么多年，没点儿察言观色的本事肯定混不下去，幻姬都如此说了，帝尊都亲自来了，这两个西海公主肯定是要好好伺候的。至于幻姬让他们传的话，他们照着传就是了，自家主子被骗回来之后，若是生气，就让他找幻姬殿下好了。

“是，小仙一定将殿下的话带到。”

人送到之后，千离带着幻姬回了佛陀天千辰宫。

玩了两个月的千离和幻姬回宫时，花探真君以为自己眼花了，揉了揉眼睛，确定真是自家老大后，喜极而泣地跑了过来。

“帝尊。”

“帝尊，你可算是回来了，我们都好想你啊。”

千离看着面前灰头土脸的花探：“本来品位就不高，两个月不见，人都不当了。”

花探被千离当头打击了一把，嘿嘿笑了两声，把双手上的泥巴往衣裳里擦了擦：“我不知道帝尊你和幻姬殿下今天回来，要是知道，我肯定光鲜亮丽地站在大门口迎接你们。我人是脏的，可是我对老大你的心，那是火热的，干净的，忠贞的，不贰的。”

“你这几个月修的什么功？”

花探不甚明白地看着千离，帝尊此话是什么意思？是打算夸他修为长进了吗？果然帝尊就是帝尊，没有跟他过招就晓得他有所进步。

“我谨记业精于勤荒于嬉，帝尊你不在的日子里，每天都早起晚睡，勤学苦练，不敢懈怠。”花探跟着千离行走的身子朝旁边让了让，“帝尊你看，那边的小花园被我开垦出来当菜园了。以后幻姬殿下想吃什么素菜，可以直接从园子里采摘，天然，新鲜，健康，并且保证不会有任何虫子在上面爬过。”说着，花探朝旁边的幻姬投去目光，他觉得此时哪怕帝尊不夸他，幻姬殿下也要夸他了，他对他们夫妻俩可真是上足了心。夫、夫妻……

脑子里冒出这个词儿后，花探惊讶地看看千离，又看看幻姬，注意到她身上的衣裳，嗷了一声。

“嗷。”

千离淡淡地瞟了眼花探，而幻姬则被花探的惊叫声吓得停下脚步，看着他惊恐的目光，从上到下打量了自己两遍：“花探真君，我身上有什么不妥吗？”

第十九章　一木一浮生

花探木头般地摇头，“没有，没有没有。很好，殿下芳华绝代，沉鱼容貌世间无双。”就算真的不妥他也不敢说啊，殿下的身上穿着和他们帝尊一样料子的衣裳，连裙边的勾纹都是一样的，他跟了帝尊几百万年，别的不敢说，帝尊最不喜欢和人分享东西的习惯他却是十分了解的。任何东西，帝尊都习惯独一无二，千辰宫里的珍奇皆是宫外不会存在的，不是真正的奇珍异品，哪里有命到千辰宫里来。帝尊让幻姬殿下和他穿一样纹绣的衣裳，说明什么问题，以他的智慧，不用再问什么了。千辰宫的——帝后，幻姬殿下！

不晓得是不是见到千离真的很高兴，花探一时没注意，跟着千离到了寝宫的门口，他迈脚进去，花探也跟着走了进去。

忽然，千离停下脚步，缓缓地转头，看着花探。

“你想看本尊洗澡？”

花探刚想点头，想到自己的命可能会没有，立即摇头：“不想。”

“你嫌弃本尊？”

“不是。我觉得，帝尊你应该不会给我看。”

千离微微眯眼：“我给你看了，你想过她的感受吗？”

花探一愣，脸红了，不好意思地笑了笑，实在是有些尴尬地放低了声音，说道：“其实让我看帝尊洗澡就很荣幸了，要是再给我看幻姬殿下的，我……啊！”

花探的话还没说完，都没看清楚千离怎么抬脚的，一飞腿就把他给踹出了寝宫，号叫声一直从宫内飞向千辰宫外面。幻姬从门口看出去，从听到花探说的话那一瞬间的不可思议到深深地同情他。花探真君是你的理解能力有问题呢，还是你有了耳疾？

千离伸手温柔地牵起幻姬的柔荑：“语儿，陪我洗鸳鸯浴。”

幻姬：“……”

帝尊，你的脸又不要了吗？

浴池外，幻姬纠结了很久要不要跟千离一起洗澡，最后怕他等得太久不耐烦，穿着宽松的袍子走到浴池边，飘着热气的浴池里不见千离的人影，幻姬四周看了看，仍旧不见人。

“帝尊？”

幻姬纳闷，不是洗澡么，去哪儿了？还是他洗完走了？

“真是……”说好鸳鸯浴的，结果自个儿洗完就跑了。

幻姬解开衣袍，净身走到浴池里，刚站稳，感到什么东西抓住了自己的脚踝，慢慢地顺着她的小腿朝上，掐诀想飞出浴池，仙术瞬间被禁。千离双手抚着幻姬的身体从下往上钻出水面，看着她泛红的白皙身体，清亮的眸子里逐渐浮上了一层情愫，无言无声，缓缓低头吻住了她的唇……

仙气缥缈撩动着层层垂纱，悠悠纱帘的里面传出女子娇媚酥心的喘吟之声，许久许久……

一连十日，幻姬在洗澡的时候都要被千离弄得筋疲力尽，他若是主动喊一起洗澡，那便相当于告诉她，媳妇儿，不要逃了，夫君在浴池等你哟。若是幻姬悄无声息地偷偷先跑去洗澡，到半路，他一定会钻进来，门关着从窗口进，窗关了直接穿墙而过，简直就像不能闻到鱼腥的猫儿，只要给他晓得她在沐浴，不管在忙什么事情，不管在千辰宫的哪儿，准能溜到她的身边抱着她一番云雨。让幻姬最气不过的是，她家那只天天洗澡时要忙活的男神不晓得怎么回事，后面几天连午休都养成要她陪在旁边才能睡着的习惯，睡也就睡吧，可每一次他们都没有好好睡觉，他不只晚上洗澡要“忙活”，连午休都给自己“加了餐”。

屋外知了鸣唱，艳阳高照。

“语儿，你泡好了没有？”千离侧身躺在软席上，一只手支着头，看着在桌边泡茶的幻姬，“你这杯茶泡太久了。”

幻姬慢慢倒着沸水，看着茶叶在翠玉杯中缓缓地展开，分心回了千离的话。

“才一会儿，哪久了，你先睡吧。”

“你不陪着我睡不着。”

幻姬道：“不泡好凉着，等会儿你醒了又嫌烫。”

最近几日天气太热，幻姬前一日在千离醒了之后给他泡了杯茶，烫到了他的舌头。烫起了一个不大不小的水泡在舌尖上，他没生气，她却是心疼得不得了，哄了他好久才张嘴让她上了药，觉得她太紧张了。可连千辰宫的神侍都看出来了，他们家的帝尊有多喜欢幻姬殿下紧张他。

“我不嫌弃。多烫都不嫌。”

幻姬口气严肃地道：“别说话，让我好好地泡完茶。”被他打岔之后，茶没泡好，他那张嘴可不会饶人。

千离支起一条腿，看着幻姬认真泡茶的模样，眸光似水柔情。他家语儿认真做事的样子真是好看得紧啊。看那长长翘翘的睫毛，跟幺蛾子的翅膀一样，闪一下，勾一下人心，高挺的小鼻尖，粉红色水润的双唇，瞧着就想一亲芳泽。

过了一会儿，幻姬还没泡好，千离又喊了。

“语儿你再不来我就过去找你了。”

“不睡了？”幻姬转头看着千离，笑道，“那正好，陪我去星穹宫看看世后姐姐，我有两个多月没见姐姐和小毛球了。”

千离翻身：“我困了。”

“……”

看着千离的背影，幻姬哭笑不得。

茶叶沉底，茶泡好了。幻姬收拾好桌子后，正打算到床边陪千离午休，花探的声音从外面小心翼翼地传来。

第十九章　一木一浮生

“幻姬殿下，有人给你送了个东西，昭郃山来的。”

昭郃山……百曦古神？

“帝尊，我先出去看看，等会儿就来陪你。”

说完，幻姬转身走出寝宫。她前脚刚出去，千离就从床上坐了起来，起床。

在寝宫外面，幻姬见到百曦，惊喜不已。

“百曦，你怎么来了？”

百曦见幻姬出来，微微一笑，将她认认真真地看了两遍，“看到你健康无事我就放心了。”她和帝尊被困天净沙后，他去天外天找了女娲娘娘，娘娘说她一定会没事，他安心之余便回了昭郃山。

“呵呵，我很好，你呢？”

“我也不错。”

百曦将脚边一盆栽捧起来递到幻姬的面前：“这盆东西，送你。”

幻姬看了看，盆栽外面罩着黑色的缎锦布，看不到里面是什么东西，不过，百曦为了一盆花草特地从昭郃山送到千辰宫来，是不是也太费心了一点儿。略想了想，幻姬猜测着。

“百曦，这里面……是千颜花？”

百曦笑了：“幻姬果真是聪慧非常的女子啊。”

“你养成了？”幻姬立即道，“不对，天下哪里有百曦你养不成的东西。”

正是千颜花难以养成，花探让百曦在大殿等候，他坚持要跟着一起找幻姬，当面见到她，像是急着赶时间一般地要见到她。

百曦捧着花：“这季节阳光太烈，怕晒伤花儿，我给罩了东西。你打开看看，要是我算得不错的话，应该就是这会儿前后开花了。怕你错过，我让花探真君带着我来寝宫这里找你。”

幻姬笑着感激：“百曦，谢谢你啊。”

“你还与我这般客气啊。”

幻姬高兴极了，抬起手正要掀开千颜花外面的黑色缎锦布，听得房间里传来啪的一声，什么东西摔到了地上。

“百曦你等下，我进去瞧瞧怎么回事。”

“幻姬。”

百曦喊了一声，音还没落下，幻姬嗖的一下瞬闪进了房间。

千离站在桌边，地上是摔坏的茶杯，幻姬看着地上散落的茶叶，急迈几步走到千离的面前：“怎么了？”

“口渴喝茶，太烫，手一抖……”

幻姬急忙抓住千离的手检查：“烫到手了吗？”不见伤痕，抬头看着他：“伸出舌头

我看看。”

千离轻松道：“没事儿。”

“既然没事我怎么不能看了？”他不穿衣服的样子她都看过，难道舌头就不能看了么？千离不让自己看，在幻姬看来肯定是舌头被烫伤了，他总觉得男人流汗流血不流泪，受伤也不该哼哼。可是他不晓得，他是男人，但他也是她的男人，伤到他了，她会心疼。“听话，张嘴我看看。”

无法，在幻姬的坚持下，千离张开嘴巴。

“还说没事，都烫出好几个泡。”幻姬抓着千离坐下，“我给你上药。”

“小伤不要命。”

幻姬目光冷冷地瞪了下千离：“你要是动了，以后午休我懒得陪你睡觉，我说到做到喔。”

幻姬走出寝宫，让花探立即取一盆冰块，泡一杯热茶送来，又让神侍马上送烫伤的药膏过来，最后让两名神侍带着百曦去大殿里面等她，帝尊的寝宫不进外人她是知道的，即便觉得这样对百曦有点儿怠慢，可也是没办法的事情，她家的男神就是这个脾气，在他的地盘只能顺着他的性子来。

百曦不急着去大殿，依旧在寝宫的门外，关心地问：“帝尊怎么了？”

“他爱喝茶，又讲究得很，刚才我泡了杯茶放那凉着，他口渴起床喝茶急了些，烫伤了。”

百曦低声地笑了。

“昨儿烫到了，今天特地早些给他泡好，没想到又烫到了。”幻姬没注意到，自己似乎是在埋怨帝尊，可里面带着让人很容易就听出来的心疼，“以前看着特别睿智的尊神，现在觉得哪儿都笨笨的。”现在她觉得，自己得盯着帝尊，不然他总会不小心地弄伤自己。

“呵呵……只有你看得到他的笨。”百曦笑着，她对帝尊有情，于是觉得他哪儿都做不好，得她照顾着才行，可在别人眼底，帝尊不仅不笨，还是极为聪明的男人，甚至他的智慧别人毕生都难以企及，“我才晓得，原来你会泡茶，当初在昭部山可没好好品品，可惜了。”

一句“只有你看得到他的笨”让幻姬脸上晕开了娇羞的红晕，她的帝尊，自然是只能她看到他的全部了。如此不会照顾自己的人，要是给别的神女仙娥们抢去了，未必有她这么细心，还是放在自己的身边照顾比较放心。

“我哪里会泡茶，我第一次泡给帝尊的茶被他嫌弃得厉害，可难喝了。”幻姬笑着，“最近跟花探真君学了点皮毛，每天学着泡，也难为帝尊愿意喝。”

“外头甚热，百曦古神不若进来喝杯茶。”千离一身白衣轻裁玉树临风出现在寝宫的门口。

第十九章　一木一浮生

幻姬问："你怎么出来了？"

"我脚没事。"千离走出来，对着幻姬微微一笑，"待会儿老老实实让你上药。"

幻姬的表情这才没有绷着，看到千离让百曦进寝宫喝茶，连忙招呼着："外面是热，百曦到里面坐吧。"

点头时，百曦注意到幻姬身上穿着的衣裳虽然是女装，飘逸精美，可细细一看，和帝尊的衣裳一样的衣料一样的纹边，几个月不见，他们的感情竟是如此好了。这会儿是午休的时间，他们没有分开在不同的宫殿里，难道是住在一块儿了？若是真的，未免也……

三人落座之后，花探泡好茶端了进来，手里还拿了盆冰块。见他进来，幻姬立即起身，接过装着冰块的盆，放到一旁的桌子上。

"花探，把热茶给我。你再给百曦古神泡一杯吧。"

"好。"

幻姬将冰块儿在中间挖出来一个小坑，将花探泡的热茶放到小坑里，指尖摁着杯盖儿，用冰块将整个茶杯都埋起来，因花探取的是寒冰，没一会儿，瓷杯里的热茶便凉了，幻姬将茶杯从冰块里端出来，拿了帕子将杯外的水渍擦干，端到千离的眼前。

"这下不烫了。"

花探一边端茶给百曦，一边赞叹道："殿下你真是聪明。我就没想到用冰块降温这么好的法子。百曦古神，你要降温喝吗？"

"呵呵，不用了。"

千离看着幻姬，嘴角噙着笑，端过茶杯，抿了一口，幻姬还在旁边小声地问："一杯够吗？"

"不够。"

幻姬想，他既然口渴，一杯确实不够："你先喝着，我给你再泡一杯凉好。"

"好。"

花探真君走到幻姬的身边，打算帮忙："殿下，这种事情我来就好。"

"没事。正好我也想学茶道，你跟着帝尊最久，泡的茶也最得他的口，你来指点指点。"

"不敢不敢。我泡茶的功夫还是帝尊教的，也不过学了点粗浅的东西，连帝尊的三分手艺都没学到。若是殿下真想学，帝尊教的肯定比我教的好。"

幻姬一边泡茶一边笑着，花探这些话还真不是奉承自家老大，帝尊泡出来的茶味道确实好喝，只不过难得看到他亲自动手。她来跟他学佛理，几个月过去，佛理没见学到多少，倒是跟他经历了不少的事情。至于学习茶艺，她看还是免了吧，现在如果没什么事情，她可不想和他挨得太近，帝尊老人家最近手脚都不大老实，她不想每天穿衣好几回。

旁边幻姬在泡茶，桌边的百曦听着她和花探的对话，笑了笑，看着千离。

“帝尊好福气。”

“是不错。”说着，千离轻轻盖上杯盖，将茶杯托在手掌里。

门外，送药膏的神侍来了，花探将药膏拿进来，心中稍微掂量了一下，把药膏给了幻姬。这种烫伤的药膏帝尊是不会稀罕的，也就殿下会紧张一点点的烫伤。不过，他实在想不明白，以帝尊的智商，如果茶很烫，他难道不会等茶凉了再喝吗？他的手难道感觉不出茶是热的还是凉的？就算很渴，他用仙气吹凉热茶也是瞬间的事情。再不济，身为佛陀天的帝尊，热茶入口应该也烫伤不了他吧，修为那么高，一杯热茶算什么？居然还连着两天被烫到，真是让人匪夷所思。不过，老大的媳妇心疼老大，他们怎么能有意见呢，越心疼越好呀。最近帝尊的心情好得出奇，千辰宫里的厨子日子也好过，那菜的味道不及世尊做的，可帝尊竟然什么话都没说，每天陪着殿下吃饭，真是让厨子们信心大增呢。

千离对不熟悉的人从来都是无话相对，眼前即便是两世为神的百曦，他也没话可说。幻姬和花探不说话后，房间里安静得出奇。大概总算是有一点点身为主人家的身份感觉，千离目光看到百曦椅子边的盆栽，一边伸手一边问：“这是什么？”

“不要掀开！”

百曦的话还没来得及说完，千离的手法快得出奇，将黑色的缎锦布扯掉个干干净净，恰好，紧包的千颜花花苞开放，一朵墨绿色的三十二瓣神花开得极致漂亮，花蕊对着千离的脸，扑鼻的花香覆满他的俊脸，墨绿色的花瓣轻轻地抖动着，像是很高兴能见到千离。

听到百曦急促的声音，幻姬急忙回头，看到千颜花盛开，忽然笑了。真是想不到，百曦是带着千颜花来看她，却给帝尊抢先看了去，不过也没差，她和他不分彼此。

千离看着千颜花，淡淡地说了一句：“花挺漂亮。就是太香。”

幻姬的茶泡好，埋到冰块里，拿着药膏走到千离的身边：“你看了第一朵千颜花，还嫌弃它太香，真是得了便宜还卖乖。”

“我去洗把脸。”

幻姬拉住千离，将自己的帕子给他：“我的帕子擦擦就好了。”千离不抬手，幻姬无可奈何，温柔地帮他擦了一把脸，她家这只就是什么都讲究。

“百曦，这花很漂亮。”幻姬不想冷落了百曦，与他说着话，一边给千离的舌头上药膏，小声地叮嘱他：“以后喝茶前先注意下温度，昨儿的伤才好，今天又烫伤了。”

千离难得柔顺着应声：“嗯。”

幻姬给千离上好药：“暂时别说话了，等舌头好了再说。”

千离点了下头，朝百曦示意了一下，转身进了寝室睡觉去了，留下幻姬在外厅陪着百曦。看着他进去，幻姬觉得千离真是难得的温和，百曦则怄气得想揍他，他真不是故意来搞破坏的？

留下幻姬和百曦在外厅相对而坐，两人聊了几句话，幻姬看到花探在扒自己埋在冰块里的那杯茶，想到千离说渴，茶还没掉他就去午休了。

“花探真君，茶给我吧，等会儿我进去端给帝尊。现在他才上完药，不能喝。”

看着手边花探放下的茶杯，幻姬想，在上药前就该让帝尊喝下的，口渴是件很不舒服的事情，若是依他的性格，就算是舌头上了药也会不管不顾地喝茶解渴，不晓得是不是看着她在，居然乖乖地进去休息了。

“百曦，难得你千里迢迢地送千颜花给我。”幻姬的目光落到千颜花上，“我一直就想养一株看看这花是什么样子，没想到，还真能看到。”虽然不是自己养出来的，可到底是珍稀的花草，又是他特地从昭郃山送来，若是她自己培育，恐怕要把那三粒千颜花的种子都糟蹋了。想到路途遥远，幻姬再次道谢，“百曦，真的非常谢谢你。”

被道谢好几次的百曦笑着道：“我发现自从你来了千辰宫，对我可是越来越客气了，弄得我都有种生疏感。我记得，在昭郃山的时候，我们可是无话不谈，好多个晚上还秉烛夜谈到不想睡觉。难道是有了帝尊就不需要我这个朋友了吗？”

“怎么会。”

幻姬连忙笑着解释：“千颜花十分难得，你送过来，我真的非常感激。只是，千辰宫毕竟不是娲皇宫，在这里我也没什么好的东西可以送给你，只能多多道谢来表达我的心情了。我有帝尊，可我也需要朋友啊。”

百曦看着幻姬，她的表情，她的眼睛，她的笑容，都在告诉他，她过得很开心，甚至比在昭郃山更开心。他原以为，随着日子的流逝，她会发现帝尊和她并不适合，她如此柔软，他那么强势，两人在一起矛盾重重，大概每次都需要她委曲求全方可。不公平的相处方式一开始可能因为新鲜而吸引她，但时间一长，他不以为她喜欢这样的日子。或许，几个月还是太短了，无极时光太漫长，他们的感情还没有到厌倦期。

“呵呵，是，我是你的朋友，不管你什么时候需要帮助，到昭郃山找我，我一定会帮。”

幻姬感激地点头。

在门口候着的花探听到百曦的话，忍不住内心嘀咕。百曦古神这是在说什么笑话呢？幻姬殿下如果有了麻烦，那也是帝尊出手解决，什么时候轮到百曦古神，跑到昭郃山找他帮忙，那岂不是等他来，什么忙都不用帮了，凭他们家帝尊的本事还需要殿下外出求助么？他真是太看得起自己也太看不起他们家老大了，帝尊的威仪可不是随随便便就能挑战的。

“咳。”

花探咳嗽了一声。殿下，我们的帝尊口还渴着呢，您是不是该端着茶进去伺候他老人家喝水了？不想，不只幻姬没反应，连百曦对他的咳嗽都没反应，两人继续在聊着。

花探偷偷地瞟了一眼屋内，有什么好聊的呢？帝尊也是，为什么会让百曦古神到寝宫里面去呢？世尊和麒麟上神进去就罢了，他们可是他过命的兄弟，可百曦古神感觉是走错了

门才来千辰宫的感觉，他居然也让他进去喝茶，还真是奇怪。莫非，是因为殿下在昭部山生活过三年，于是帝尊觉得要对百曦古神以礼相待？是的，肯定是这样，帝尊是为了他的媳妇儿才容忍百曦古神的。但是，殿下她晓不晓得帝尊的用心呢？帝尊还渴着呢，她居然不记得这回事，送茶是多么重要的事情，她怎么能忘记？他们家帝尊可不是世尊或者别的尊神，他不受委屈的。

“咳咳。”

花探又咳嗽了两声。他想，这次幻姬殿下应该明白他的意思了吧。

但，幻姬完全没注意到门外的花探，倒是百曦，随意瞟了一下门口，眼底滑过一丝笑。

“幻姬你现在没什么事吧，不如带我在千辰宫里四处走走看看，如何？”

幻姬正想说好，想到千离在休息，他说过，休息时她不在他旁边躺着他睡得不安稳。千辰宫何其之大，若是带着百曦观赏，到晚上都未必能看完。倒不是一下午的时间不能陪他，只是她下午想去东古天星穹宫看世后娘娘，他忽然到访，看来是要到明天才能过去了。

“百曦，你看现在的太阳正当午，不如等一个时辰后我再陪你走走如何？”

百曦没想到幻姬会如此说，又道：“我记得，星穹宫里很多御道，千辰宫没有？”

“有。”幻姬娇羞地笑了，说出了自己内心的真实想法，“实不相瞒了吧，帝尊休息的时候，我得陪着他。”

百曦当真是没想到幻姬对千离顺从到了这种程度，或者用顺从不对，说温柔体贴更为贴切。他休息，她陪着。他喝茶，她精学。他烫了，她心疼。不熟悉她的人，光从她给人的高贵气质上看，断不会想到她会对一个男人细腻照顾到如斯。她，是天外天的殿下啊。

“抱歉，我打扰到你们了。”

“不是，我不是这个意思。”

怕百曦误会，幻姬急忙解释：“最近天热，晚上他总睡得不安生，午休能缓和他白日的困顿。我们外出时，我每天都在他旁边陪着，回宫了，这个习惯他还没改过来。”想到晚上帝尊的不安生，幻姬觉得自己实在是太为他的形象考虑了，他哪里是因为天热不安生啊，千辰宫里四处都放着寒冰降温，凉快得很。他的不安生，全在于他的不老实。

百曦轻声问：“若是我没记错，帝尊将近五百万岁吧。”几个月就养成了改不掉的习惯，那他之前的日子是怎么过来的？万万年都没有人陪着他睡觉也能睡得好好的，独独现在就一个人睡不得了？

“咳咳咳。”

门外，花探第三次咳嗽。幻姬殿下和百曦古神没完没了了是不是，怎么还不去送茶给他的老大，再说了，这么热的天在千辰宫里走来走去，他们不热，他看着都热。

这回，幻姬听到了花探的咳嗽。

第十九章　一木一浮生

“花探真君，你是不是嗓子不舒服？”

花探嗖的一下冲到幻姬的身边，“多谢幻姬殿下的关心。殿下如此体恤我，我也不好让殿下你太过劳累，日头高烈，殿下去午休吧，我带着百曦古神到宫里转转。”招呼客人本来一直就是他分内的事情，帝尊可没工夫见客，只是……他好像也没几次招待人的机会。但，这一点都不影响他忠心不贰帝尊的心。为了不让幻姬说什么老友来访她要亲自招呼的话，花探自以为很聪明地说道：“就算殿下不休息，我们帝尊也要休息的，而且，帝尊的茶还在这里呢，他说不定非常口渴呢。”

花探一提醒，幻姬也觉得自己应该进去看看千离的情况。

百曦看着花探，笑了。

“帝尊不只桃花开得艳丽，连手臂之交的福气都这么好，真是叫人羡慕啊。”

花探转身看着百曦，微微弯腰行礼：“百曦古神过赞了。”

“我倒觉得我夸得还不够。”

“我跟随帝尊万万年，别的话不敢说，但三十三重天里，最让我佩服的一个人，就是我家帝尊，没有之一。”虽然其他的尊神也有自己的辉煌故事，可是他跟着帝尊一路看着他厮杀过来，不会有人比他更艰辛，也不会有人比他付出得更多。对他的敬仰，绵绵不绝。现在帝尊和幻姬殿下相亲相爱，他觉得很高兴，因为殿下是个很纯良的姑娘，她对帝尊的体贴他看在眼底，很感激她能真心地对待帝尊。而帝尊能接纳一个女子到身边陪着自己，他觉得非常不容易，特别希望他们能好好地在一起，像现在的世尊和世后那样，恩爱到老。

看着花探对帝尊的钦佩，幻姬嘴角扬起，她对帝尊也是好佩服，觉得他不仅长得好看，似乎哪儿都是优点，不过真要说出优点是什么，她又说不出来，只能用一句话来解释了。

情人眼里出西施。

“百曦，一路而来，你肯定也累了，不如去休息会儿吧，待安歇好了，我和帝尊一起陪着你转转。”

百曦点点头。除此之外，还能如何呢。

花探把百曦请出去之后，幻姬将千颜花抱起来，想放到寝室里面去，想到千离的习惯，打消了念头，把千颜花放到了外厅的窗前，早晨和傍晚可以晒到阳光的地方。放好之后，端着桌上已经凉了的茶走进房间。

“你没睡？”

千离坐在美人靠里看着佛理书，听到幻姬的声音，抬头。

“天气太热。”

幻姬端着茶走到千离跟前，房间里寒冰降温许多，穿着单衣睡觉还嫌凉快，他说天气太热是故意的吧。

“张嘴我看看你的舌头。”

千离听话地伸出舌头，仙药药效快，已经看不到烫伤的痕迹，幻姬把茶杯放到千离的手里，将他的佛理书收起来。

“喝完茶休息吧。”一边走向书桌，幻姬一边道，“醒来后，你觉得是陪着百曦古神在宫里转转，还是去看世后姐姐呢？”

慢慢地抿着茶，千离道：“百曦古神不去看看世后？”

“你的意思是……”幻姬笑，“也好，等起来后我问问他。”若是百曦能跟着他们转到东古天的星穹宫去，那是再好不过了。古神能跟几位尊神一起聊天，她能跟世后姐姐相聚。

两人一起躺到床上后，千离翻身将幻姬抱到怀中，俊脸朝她的颈窝里钻，惹得幻姬发痒。

“今天中午睡得迟，不准折腾我。”

千离的鼻子蹭着幻姬肌肤细腻的脖子：“是你在折腾我吧。”

“我不知道百曦会来。”

“噢？”

幻姬转头看着千离：“你不信？”

“反正都来了。”

说到百曦，幻姬想起他掀开的千颜花：“人家大老远的送珍贵的千颜花来，你说，我是不是要送点儿什么给百曦古神才好？”

千离一下翻到幻姬的身上压着她：“你求他来的？”

“……”

幻姬微微有些抵抗拉扯自己中衣束带的千离，手上的力气不大，倒也不是真心想拦他的动作，轻声道：“昭部山离我们这不近，就算是人家主动送来，也是心意，你这模样好像多不欢迎他似的。”

千离挥手将幻姬的衣服扔到床下：“不是好像。”

幻姬：“……”帝尊啊，你的性格是不是要改改啊。亏得他没对百曦毒舌，要不然她真不知道怎么在他们中间调和。

浓情纠缠在一起的两人，很快就忘记了旁人，在属于他们两人的情海里翻来覆去……

幻姬又见到麒麟，是在百曦来佛陀天七天之后。百曦来的第一天下午，她和千离与他三人一起去了星穹宫看望世后飘萝。肚子显怀的飘萝在花园里种草，种了几回没成功，百曦去看她，刚好求学。于是，百曦便在星穹宫里住了下来。

第七天，星华邀了千离喝茶，几个人在星穹宫外的雨海边闲日漫漫，怒气冲冲的麒麟赶来了。

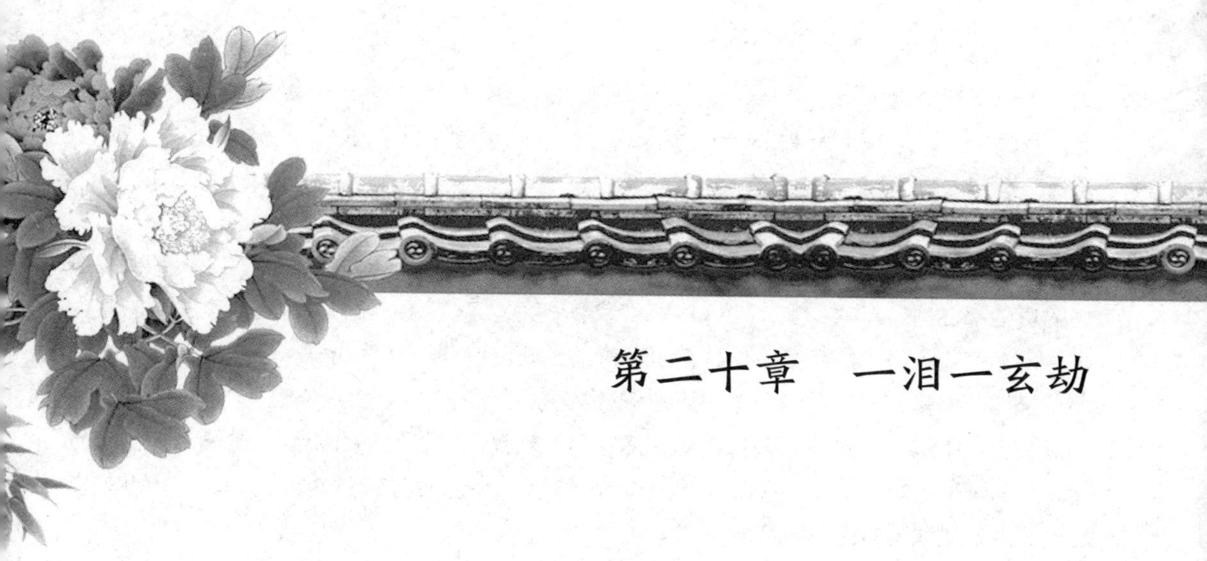

第二十章　一泪一玄劫

“怎么回事。怎么回事。”麒麟人还没走近，声音高八度地传来，“我说千小离你到底是怎么回事，我是干什么十恶不赦的大事让你这样恨我。我烧你的老窝了吗？我抢你的媳妇儿了吗？我干了对不起你的事情了吗？你说，你凭什么这样对我。过分，太过分了！”麒麟火气直冒地冲着千离走了过去。

原本陪着飘萝坐在小凉亭里聊天的幻姬看到麒麟的架势，对飘萝说了一句，“姐姐我先过去瞧瞧，等会儿过来。”便立即朝千离走去，赶在麒麟冲到千离面前挡在了他的身前，对着他轻笑，“呵，麒麟上神。”

麒麟态度很坚决地道：“美人计对我没用。”就算有用，对象也不能是眼前的女人，旁边坐着一个三十三重天里谁都不敢得罪的男人，他不要命了才会被幻姬的笑脸迷住。

看着幻姬的模样麒麟的气越发高涨得厉害，千小离这小子每天面对的媳妇儿如此的绝色无双，给他招到宫里去的人却是……虽说容貌并不是一个人最重要的东西，看人也不能只看肤浅的外表，若是珑婉对他没有那种男女情爱的念头也就算了，偏偏他不是不晓得珑婉对自己的心思，怎么还把她送到他的宫里去了？还说什么送了两个美人儿到他宫里，让他尽快回宫。结果，他屁颠屁颠地赶回神界，美人儿倒也不是没有，舞倾确是极美的姑娘，但珑婉可是他唯恐避之不及的啊，他怎么能把麻烦招给他呢。

“麒麟上神，你怎么生这么大的气，发生了什么事吗？”

“你男人对我干的好事他知道。”

幻姬试探性地问道：“是关于珑婉和舞倾？”她一直和帝尊在一起，他做了什么，她怎会不晓得，麒麟上神从神川山一别就没见过，今天来兴师问罪，除了西海两姐妹，她想不出还有别的什么事。

麒麟微讶，但很快就理解了：“连你都知道。”

“我当然知道。因为是我送她们到你宫里去的，也是我让人去找你回宫。”幻姬将事情的责任都揽到自己的身上，“这件事和帝尊无关，是我的主意。”想到麒麟总是躲着珑婉，幻姬解释：“珑婉身受重伤，百足穷奇的伤我没有信心能医治好，麒麟上神你修为高深，又怀着博爱天下的心，我想你肯定乐意救治珑婉公主。”幻姬笑着，又道：“珑婉是舞倾公主的姐姐，你对舞倾公主不是有好感吗，若是能救好她的九姐姐，她一定会很感激你。”她可是在帮他争取留下好印象，他应该感谢她才是。虽然帝尊当时在旁边，可他是什么样的人，麒麟上神还不知道么。

麒麟问：“你就不怕我对舞倾的九姐姐态度不好让她伤心吗？”

幻姬反问：“上神你会是那样的人吗？”

“我会。”麒麟笑得阴恻恻的，“你不要以为就只有你家帝尊有见死不救的性格啊，我也有的。如果是我非常非常……非常不喜欢的人，我可能也会当成没看见。”说着，很鄙视地看着转头看自己的千离，“你行啊，不只找到了媳妇儿，连黑锅都有人帮你背着。”幻姬是什么为人，他会不知道？珑婉重伤成那样，她肯定第一时间就会出手相救，怎么可能将人从神川山带到麒麟宫去，他用脚趾头尖一想就知道，肯定是千离这小子的主意，故意给他找憋。

麒麟觉得，不能就这么让千离整了，总要打击他一下才能发泄回宫见到珑婉那一眼的惊恐心情。于是，麒麟用极度瞧不起的目光配上很不齿的口气说千离。

“想不到堂堂千辰宫的帝尊现在居然吃软饭了。”

星华轻轻笑出声来。

千离面色完全没有不悦，目光朝幻姬看去，缓缓地道：“语儿，麒麟夸你会做饭。”

“呃？”幻姬看着麒麟，笑着道谢，“谢谢麒麟上神的夸奖。不过，我不会做饭。我们宫里的饭是厨子们做的。但是！”幻姬特别强调，“如果我会做饭，一定让帝尊只吃我做的饭。”说着，幻姬转头看着千离，很认真地问道：“帝尊你喜欢吃软一点的饭还是硬一点的？”

“软的。”

在麒麟瞪圆了的目光里，千离伸手把幻姬拉到自己腿上抱着，轻声细语地道：“语儿你喜欢硬的，我知道。”

幻姬纠正：“不要太硬。”

第二十章　一泪一玄劫

虽说非礼勿视，非礼勿听，可耳聪目明的，委实想装都装不下去，星华实在忍不住了，哈哈大笑。

“哈哈……”

麒麟眼底全是邪恶的光芒，对千离道：“你个禽兽啊。”太邪恶了！吃软饭居然还吃得如此冠冕堂皇，吃软饭不仅没有羞耻心，还堂而皇之在他们面前吃嘴巴豆腐，大占人家姑娘的便宜。

一旁的百曦也被惹笑，目光从千离几人的身上扫过，最后停到了幻姬的脸上。性格不同，命运也不同，出身更是不同，或许他比他要幸运吧。也或许，出生便是奇异的她能有传奇的一生。他能力有限，身份也不便多说什么，女娲娘娘既是知道此事，往后实乃无须他操什么心，个中结果皆为因果，天道轮回终有其既定的命运。看她现在过得如此开心，想来他对她是真好，得了她的真心。如此，便好。唯一可惜的是，带来的千颜花本是想让她看第一眼，哪知被他手法那么利索地掀开，连他想阻止都来不及。

麒麟用脚钩开一把椅子，坐了下来，“千小离，你觉不觉得你的无耻又提升了一个境界。”在他们面前都能调戏自己的媳妇儿，虽然他媳妇儿整个儿就没听明白他话的意思，但这不妨碍他们听懂了啊。

“你也想吃软饭了？”

“呸。”麒麟表达的方式颇为愤慨，“你不要把我和你拉到同一个水平上，身为情圣的我怎么能吃女人的软饭，无用的男人成不了情圣，只能成为情剩。”

幻姬不解地道：“不是差不多么。”

“你……”

千离笑了：“说得漂亮。”

星华也赞道：“嗯，讲得好。”

麒麟痛心疾首地看着幻姬，“小幻姬啊，你不行啊，近朱者赤近墨者黑，你跟千离黏在一起久了被他影响了，嘴巴变得这么毒，一点儿都不像是女娲后人了。快，安慰安慰我受伤的小心灵。”说到自己受伤，麒麟真觉得自己是受伤了，对千离和幻姬大倒苦水，“你们俩是不知道我回宫见到珑婉时的心情。用凡人的话来说就是，比四五清明节上坟还沉重啊。”

见麒麟如此，幻姬忽然心疼起珑婉。她的感情那么真挚，麒麟上神却是一点儿都不喜欢她，还当她是要远避之人，若是她晓得，该多么伤心。

百曦以前在西海和珑婉聊过几句关于麒麟，关于感情的话，看着麒麟的态度，眼神微微变得有些深沉，想说什么，忍住了。

“麒麟上神，珑婉确实不漂亮，可我觉得，看人得看人的心，美丑并不重要。”

麒麟叹气：“幻姬你还没懂。我不嫌弃珑婉长得不好看不想救她，我救她了啊，她既

到了我麒麟宫，就没有让她带伤回家的道理。如果当朋友，我非常愿意结交她，她义气，豪气，英气。我拿她的容貌和魁梧的身材开玩笑，只是玩笑。”他又不是什么三教九流的小妖魔那些人物，到他这般地位，什么女子没见过。“我是回应不了她的感情。”他从来就没想过要娶妻生子，更没想要招惹哪个女子对自己付出忠贞不贰的真心，如果他有心碰红尘情爱，何须一直在神首的位置上坐着啊，以他的修为和果位，最后的天劫随时可以去闯，神尊不过是唾手可得的尊位，原因无二，他不想。

“那么多女子的感情你都回应得，为何独独珑婉的你回应不得？”幻姬问。

“没有用真心的感情我当然能回应。”

他虽与她们嬉笑玩闹，可谁都晓得那不过就是一时的相聚欢乐，没有人会不自量力地想勾动他坠入情海。可珑婉不同，开始他以为她是看他长得俊美，一时的迷恋。可看到她眼底对自己紧追不放的热烈目光，加之对她的性格从旁了解之后，知道她是个从不玩游戏的女子，这样的人，认真起来可以拼命，他岂敢招惹。他一路游山玩水，最不需要的就是女子的真心。珑婉想给他他最不愿要的东西，他不躲，还能怎么办？

“麒麟上神，我有点想鄙视你。”

“来吧，鄙视我吧。”

幻姬很严肃地白了麒麟一眼，从千离的身上起来，走到别处陪飘萝去了。天下，还有不要别人真心的人，真是奇怪。

麒麟摇着扇子：“百曦，过去在佛陀天里难得看你一眼，现在好兴致啊。有时间，去神界转转吧。”

“以前不出来，出来才晓得，外面的世界真精彩。”

“哈哈……”麒麟笑问，“让你有想入十丈红尘的想法了？”

“我乃生死过的人，对那些，实在提不起兴趣，老了。”

麒麟笑了笑，如果他记得不错，关于他，倒还不只出身和复生的两个故事，还有的故事可算是荡气回肠了。想到百曦的过去，麒麟不免又多看了他一眼，目光微移，朝幻姬瞟了过去。他不会是把她和……呵呵，估计是他想多了。

“人治好了？”星华问。

“没。”

麒麟轻轻地叹了口气，“我看那西海也不缺兵少将的，怎么让一个公主整天在外头出生入死地征战啊。除了龙太子，那些皇子们就不能带兵打仗了，非得让一个女人拼死沙场。珑婉身上的伤，数都数不清，有些毒素沉积在她的体内好多年了。要不是幻姬送人到麒麟宫，就西海那点儿医术，估计肯定要落下顽疾。”

星华笑：“能者多劳。”

“嘁。”

麒麟不苟同，“能者？珑婉的修为在公主里算高的，但和西海的皇子比，她虽不是最低的，但肯定不是最高的。一个女人，再能，也不能把她当男人用吧。好歹她也是个公主，珍奇珠宝，名声地位，什么不缺。劳得再多，也就是个西海公主。”

百曦的声音很轻，但是足够千离麒麟几人听清楚。

他说：“无奈罢了。”

若是珑婉也生得美艳动人，哪里有今天的新伤旧疾叠叠加加。她的身形在西海的公主里确实让人对她怜惜不起来，总以为她是坚强的，是异类。她似乎也有意锻炼自己的顽强意志，久而久之，九将军的名号比九公主要响很多。

麒麟看了眼百曦，又叹了一口气。

星华微微转头也和百曦对视了一眼，无言相接。好一句，无奈罢了。

在雨海边一直玩到晚上，星华就地取材烧菜，百曦和幻姬飘萝三人沿着雨海的边缘散步聊着什么，千离睡在小凉亭里，麒麟坐在旁边慢悠悠地嗑着瓜子。

“宠服你怎么处理的？”

千离无声。

“我记得幻姬不能和宠服离开太远吧。”

千离依旧无声。

“七彩七星玲珑珠没有成虫之前你不是没法子么，怎么把她带回来了？”

千离还是一个字都没说。

“哎，你吱一声会死么？”

“不会。”

“那你不说话？”

“不想告诉你。”

麒麟一脚踹到千离的椅腿上，任何时候，只要他开口说话，一句话就能让人涌起想揍他的冲动。眼见这个话题聊不下去，麒麟八卦的心骚动了。

“你觉不觉得百曦很有种‘妇人之友’的感觉？”

“你是想夸自己是‘少女之友’么？”

麒麟乐了：“哈哈……哎呀，这么了解我，不好的吧。哎，百曦以前可从不来佛陀天的，自从幻姬来了之后，他是来了一次来第二次，不晓得对你家小幻姬是不是有什么呢？”

“你治好你家的珑婉就行了，担心太多了。”

麒麟差点儿跳起来纠正：“注意，不是我家珑婉，是西海龙王的珑婉，她跟我没有任何关系，不要把她扯到我的身上来。”

烧着菜的星华轻轻地笑了笑，胆小鬼！

时光悠悠流走。

天河边有一段水域岸边长着许多的苍茂大树，因为地势的奇特，哪怕是在高温天气，那一段河边的风也总是清清凉凉的，风吹着，河边树林里的温度让人很是舒爽。以前星华和千离还是单身时，两人总喜欢到树林里待着。有了飘萝的星华，则更喜欢待在宫里，尤其飘萝又怀上他们第二个孩子后，如果没有特别的需要，他并不想她在外面转悠。千离一个人时避世千辰宫里，有了幻姬后，嘴巴上不说，但她去哪儿，只要跟他说一声，他面上不说，身体却会跟着她走。有她的地方，他待着才舒服。

天气确实太热，千离带着幻姬到天河河边树林里乘凉。看到身边男人变出来的金琉色软榻，精雕的仙鹤追日香炉、棋盘、茶壶茶杯，暗叹不已，她家帝尊什么都讲究的毛病真是到哪儿都改不掉。只是乘个凉，他弄得好像一天到晚要睡在树底下。

千离坐好之后，幻姬深呼吸一口树林里的新鲜空气，将四周的环境好好看一番。

"这里是帝尊你的避暑之地？"

幻姬走到棋盘旁边捡着白色的棋子，"这里确实凉爽。"棋子碰到一起发出清脆的声音，幻姬继续道："我跟帝尊你认识这么久了，好像都没有一起下过一次棋。"虽然她泡茶的功夫不厉害，可下棋未必就会输他。在娲皇宫里，无事又不修炼时，她可是杀遍天外天无敌手啊。

千离半阖的眼帘缓缓打开，看着低头捡棋子的幻姬，嘴角微微上翘，起身走到她的对面坐下，轻声道，"来。"

"跟我下棋？"幻姬诧异地看着他。

"你不是想么？"

幻姬微笑："想看看是我厉害还是帝尊你厉害。"

"输了如何？"

"输了的人光着身子绕这片树林跑三圈。"

一道忽然的声音让幻姬转过头去，看到星华搂着飘萝从不远处走了过来，小毛球在他们的身后腾着小云朵飞来。看到她和千离，小家伙脚下的云飞得更快了。

"千离哥哥。"

"小姨娘。"

飞到千离面前时，小毛球觉得自己喊错了，又喊了一声："千离爷爷。小姨娘。"

幻姬被他的称呼逗笑，帝尊不带他出去玩的时候他会赌气喊爷爷，怎么好久不见他，没招惹这个小殿下，他还是喊帝尊爷爷呢。

"小毛球，你是不是喊错了？"

"你不是小姨娘吗？"

"我是小姨娘，可是你喊错他了吧。"

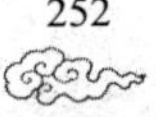

小毛球瞥了眼千离，摇头。他怎么可能喊错，他就是千离爷爷。

“小姨娘，我好久都没有见到你了。”小毛球激动地张开两只手臂朝幻姬身上爬，“小姨娘你抱我下。”

“好……”

幻姬的“好”字音还没落下，千离伸手弹了一下小毛球的脑嘣儿，拎着他的衣领将他从幻姬的身边拽到自己跟前：“过来抱我。”

“我不要抱你，我要抱小姨娘。”

“不准抱她。”

小毛球忽闪着大眼睛看着千离：“为什么？”

“她是我的。”

“她是我的小姨娘。”

“所以你不准抱。”

小毛球挥舞着爪子想挣扎出千离的“狼爪”，“我就抱，我就要抱我的小姨娘。千离爷爷你变了，我不喜欢你了。”

星华带着飘萝来乘凉后，变出来的场面让幻姬一下子没了话。她家这只乘个凉就够讲究了，世尊大人那就不是讲究了，是把整个宫殿都搬来了。星华用仙术在树林里直接变了一座楼阁出来，将飘萝扶着坐到屋内，四面通透，凉风习习。

有小毛球在旁边闹了一会儿，幻姬和千离的棋一个子儿都没下成，原本安静的树林里忽然变得笑语声声。

飘萝看着幻姬，见她和小毛球玩得开心，问道：“幻姬，你们什么时候要一个？”

“什么东西要一个？”幻姬不懂。

“孩子。”

忽然之间听到这个，幻姬愣住了，看着飘萝，又看看小毛球，再看看千离，刚好他的目光也投向她，两人视线对上，她没来由地就红了脸。她还没想过要宝宝。她现在和帝尊两人生活很和谐，如果多一个孩子出来，不晓得自己能不能应付得过来。说到孩子，幻姬觉得她和帝尊是不是有必要去天外天见见娘娘，她和他都到了现在这种程度，娘娘还以为她在千辰宫里修习佛理呢，哪里会晓得，她每天都在谈情说爱，把佛理大法都给扔到一旁了。

幻姬别开目光看着飘萝：“我还没想过。”

飘萝笑：“可以想想了。”

幻姬偷偷地看千离，他喜欢宝宝吗？他们的孩子难道不该是在他们婚典之后才添的人吗？婚典之前就有孩子，会不会不正常？

“想什么呀？”

麒麟忽然从天飞了下来，摇着扇子走向千离变出来的美人靠，舒舒服服地坐到里面，

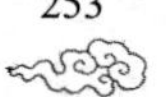

跷起腿，叹道："佛陀天里一到夏天就这里凉爽。舒服呀，我决定了，从今儿起，我每天晚上就睡在这里，你们要是得空可以晚晚都来这陪我数星星看月亮呀。"

星华忽然笑道："我要陪阿萝。"

千离慢悠悠地说着："我家语儿晚上离不得我。"

小毛球看到自己的父尊要陪母后，他的千离爷爷要陪小姨娘，插话，"那我陪谁呢？我要陪我的小妹妹。"

麒麟挑眉："你妹？"

"嗯。小妹妹。"

"在哪儿？"

小毛球指着飘萝的肚子："母后的肚子里。"

麒麟笑了："你怎么知道你母后的肚子里是个小妹妹啊，说不定是个小弟弟呢？"

"父尊说是个小妹妹。"

麒麟乐了："你父尊希望是个小妹妹，但是老天爷是不是给你妹，还不知道呢。"

星华目光看着远处飞来的人，笑了。

"我看不用找别人陪我们的麒麟上神了。"

"为什么？"

很快，麒麟觉得，自己眼前的天都黑了，被人挡住了所有的光彩。因为，花探真君也不晓得从哪儿冒出来的，他出来就算了，他还带着珑婉和舞倾两个人。看到珑婉和舞倾出现在自己的面前，麒麟有种跑都来不及的想法。

"舞倾见过幻姬殿下，帝尊，世尊，世后娘娘，和麒麟上神。"

珑婉对众人施武将之礼。

比起舞倾，飘萝将目光更多地放在珑婉的身上，若不细看，还真是看不出她是个女子，确实是魁梧得出众。

麒麟问："你们怎么来了？"他从麒麟宫躲她们躲到佛陀天，没想到竟然还是躲不掉。

舞倾回答，"是花探真君到麒麟宫接我们来的，他说麒麟上神请我们一起过来乘凉避暑。"舞倾笑容甜美地道谢，"多谢麒麟上神对我两姐妹的照顾。"

麒麟笑对舞倾，目光却是越过她，直勾勾地射着悠然自得的千离。

故意的！这货绝对是故意的啊，约他来这里避暑，把舞倾珑婉接来，还打着他的名号，千小离，你要不要这样记仇！

不就是前几天让你媳妇儿不惯着你吗，报复心这么强，简直有辱他帝尊的身份。可是……好吧，帝尊老人家本来就是这样的人，要是突然变成了好人才更可怕。

珑婉第一次到佛陀天来，又是"麒麟"请她来的，对他的印象愈发好。她以为他对自己很讨厌，每次看到她就迅速避开，没想到天气热他还会惦记她们姐妹，或许是她误会他了。他是神首，自然有许多的事情要忙，每天抽空给她检查身体配药已是不易，又岂能再腾出更多的时间陪她无所事事呢。

“珑婉谢过麒麟上神。”

看着珑婉的抱拳礼，幻姬和飘萝对视一眼，两人同时轻轻地笑了。倒是个男儿风范十足的公主。

“不用客气。”麒麟忍着想离开的心情，摆摆手，“你们随便找地方坐吧，天气太热，这里都是自然凉风，舒服。”这么好的地方，千小离也太狠了点儿，存心想让他在这里玩得不痛快。舞倾长得漂亮，性格又好，她来就算了。珑婉是真的不适合和他走得近，那姑娘死心眼，看到他的次数多了，肯定会陷入更深，他不想祸害珑婉，也不想出现情缘孽债，他什么都能玩，就是不玩女子的真心，这是他的底线，也是原则。女人的真心，玩了就还不回去了。

麒麟的话音落下，舞倾看了看周围，世后娘娘在屋内有世尊陪着在身边，她和他们根本不熟悉，若是坐过去，显得好突兀。而帝尊……他又在和幻姬殿下下棋，若是贸然坐到他的身边肯定会被他嫌弃的。只剩下麒麟上神和世尊家的小殿下，陪小孩儿玩耍，实在不是她的强项，不若……坐到麒麟上神的身边好了。

经过一番权衡，舞倾乖顺地走到麒麟的身边，轻声道：“麒麟上神，之前从千辰宫回去后，我学了几个月的茶道，你要不要尝尝我现在的茶艺功夫。”

“好啊。”

麒麟摇着扇子满心欢喜地看着舞倾，这姑娘倒是真得他的心，懂事，体贴，就这股子照顾人的劲儿，真像某人家的媳妇儿啊，什么都不用说地就过来伺候。看到珑婉在一旁杵着，麒麟心中叹气，千小离整他就罢了，连累九姑娘就是误伤，她一个常年在外征战的姑娘，怎么可能和他们一样懂吃喝玩乐悠闲散漫，此处多半的人她第一次见，放不开很正常，难道让她就木雕般站着光看他？

让麒麟无语的是，他猜对了。

谁都有事情忙。星华和飘萝在琢磨他们的第二个小崽子是男是女，千离和幻姬开始对弈，花探真君忙着给自家主子泡茶解渴，而小毛球……居然在天河边很有出息地玩泥巴。看着天河边玩泥巴的小毛球，麒麟感叹，果然！童年没有玩泥巴的孩子算不得一个有完整幸福童年的孩子，星矢殿下很幸福。每个人都找了事情做，唯独珑婉，她端端正正地站在一旁盯着麒麟。不知道该说她的目光太有存在感，还是说她的体形太扎眼，让人想无视掉都不可能，麒麟斜靠在美人靠里怎么都觉得不舒服，有种自己被剥光了衣裳放在大碗里端到珑婉面前的感觉，她举起手，一筷子戳下来，他就被她干掉了。

“哎，那个谁，你找个地方坐下吧，站着腿会酸。”

珑婉看到麒麟跟自己说话，笑了："没关系，我站着习惯。"

麒麟皱眉："我不习惯。"

"喔……"珑婉四周看了看，没地方给她休息，但既然麒麟上神不习惯看到她站着，她必须找个地儿坐。

幻姬刚好落下一粒白色的棋子，转头看着珑婉："珑婉，你坐身边来吧。"

幻姬身形十分纤细，她坐在椅子上显得椅子颇大，空出了许多的地方。

珑婉客气地婉拒："不用的。"

"没事，你坐过来，顺便和我聊聊天。"

麒麟立即笑了："哎哟，小幻姬你不错噢，跟我们的帝尊下棋还能抽空跟人聊天，有点儿本事啊，小心被他大杀四方吃得你没剩下几个子。"

幻姬挑眉，"是吗？"麒麟上神是不是也太看不起她了，她的棋艺可不是她的茶艺或者厨艺，这个肯定能拿得出手，赢帝尊不敢说，平手怎么也得捞到吧。

幻姬再邀，珑婉也没扭捏，走过去，坐到她的旁边，两人随意说了几句话后，聊到了兵法。幻姬熟读兵书，却从没机会真正用到战场上。而珑婉，却是兵书没看多少，实战经验十分丰富，两个人聊起来居然还有些默契。可，友情得意，棋场上就不尽如人意了。幻姬和珑婉聊着行军禁忌还没十句，白子被千离吃得剩下五颗，看着棋盘上对着自己"耀武扬威"的黑色棋子，幻姬觉得自己的脸丢得大了。她还想让大家刮目相看的，现在好了，刮目相看倒是不假，可是应该是嘲笑的刮目啊。

千离指尖转着一粒黑子看着幻姬，眼神似乎在告诉她。跟本尊下棋的时候你还能跟别人聊天，胆子不小，自信也忒多了点吧，不让你输个记忆深刻，你一定以为你家男人是吃素长这么大的。

嗒。

轻轻的一个落子声，幻姬看着自己剩下的五个白子被千离吃掉，眼睛圆睁地看着一团黑的棋盘，怎么可能！她用的是最保守稳固的防守战术，怎么可能输得如此干净？

"哈哈……"

麒麟笑得欢快，"我说小幻姬，如果边下棋边聊天的情况下让你下了十五个子，你家那口子就太没用了。"她真当千离和她一样的水平吗？帝尊老人家五百万年里什么东西没玩过，只有他没兴趣玩的，没有他玩得不出神入化的。下棋，那都是万万年前他就没兴趣的事情了。

面对第一次输棋，而且是输得极为彻底，幻姬不敢置信。尴尬到极点后，小女子的小任性便出来了。

"这次不算啦。"

跟帝尊第一次下棋就输得这么凄惨，以后就算是赢他也感觉挽回不了这次的声誉。

幻姬看着千离，小声地和他商量，“我和珑婉在说话，这次的棋，我们不算好不好？”是她轻敌了，她原本觉得自己不用那么费劲就能平他的。可没想到，他解决她解决得实在干脆，这么多人在场，他怎么半分面子都不给她呢？赢就赢吧，好歹给她留几个子儿充充面子，没想到一点情面都不给。

“以后你还想不想跟我下棋了？”千离问。

幻姬：“……”

难道如果她不承认这次失败以后都没有机会跟帝尊下棋了？他要不要这么认真？世尊什么都让着世后，同为媳妇儿，怎么差别这么大。

“可是你看看棋面，这么丑。”她一粒棋子都没有。

千离轻轻一笑：“这难道不是理所应当出现的画面？”

“……”

帝尊你这样自信，你觉得好吗？你难道不知道天外有天山外有山的道理吗？假以时日，不，不用等，只要她专心致志地下，结果不会是这样。

“小幻姬啊，要不要跟我下一盘啊？”麒麟出声问道，“我的棋艺可是很棒的噢。”

幻姬转头去看麒麟，舞倾端着茶送到麒麟的面前，嘴角含笑：“麒麟上神，请喝茶。”

麒麟接茶对着舞倾笑了，不知道怎么了，幻姬下意识地去看身边的珑婉。珑婉的皮肤不如天天深闺里待着的公主们，有些粗糙和偏黑，但她的一双眼睛格外明亮，眼瞳和眼白很分明，幻姬看得不够仔细，可在微微一瞥里，她能感觉到珑婉的眼中有羡慕之意。不是嫉妒，不是愤恨，也不是不理解，而是羡慕。幻姬忽然就心疼珑婉，她不知道她羡慕的是十四公主还是被麒麟上神接过去的那杯茶，她只觉得，珑婉的心和感情很真挚。但她越这样，麒麟上神就离她越远，他招惹不起她的心。

敬完麒麟茶的舞倾端着泡好的茶送到星华和飘萝的面前：“世尊，世后娘娘，舞倾茶艺不精，献丑了。”

飘萝朝舞倾点点头，算是谢过。

舞倾端着两杯茶到千离和幻姬的面前时，更是谦虚。将茶放妥之后，看着花探真君。

“花探真君，久闻你泡的茶十分得帝尊的口，一直很好奇你的茶艺高深到何种程度，不晓得今日舞倾能不能有幸茗求一杯热茶喝喝。”

花探真君笑了：“公主泡的茶香味醇正，已是不可多得的好茶，公主过谦了。”

“那我就当你答应了哦。”

花探看着千离，帝尊喝的茶不问任何就能让第二个人喝的，除了幻姬殿下，他觉得再无第二个。舞倾公主虽属西海皇族，可和千辰宫的关系到底远了许多，他岂能做主。

舞倾不傻，看到花探看着千离就懂了，还得听帝尊的意思，目光投到千离的脸上，不

闪不避地看着他。

幻姬输了棋，心里不怎么高兴，珑婉正和她说着什么，一时注意力没放到旁边，听着珑婉说话去了。直到千离忽然伸手将她从对面拉了过来，搂到腿上坐着，才回了心注意到他。发现自己坐在千离的腿上之后，幻姬挣扎着想站起来，在宫里亲密些无事，可外人这么多，帝尊当真是半点顾忌都没有。

“输一次就不高兴了？”千离浅笑。

幻姬反问：“难道要输个十次八次才有资格不高兴么？”

“这个愿望很容易实现。”

“帝尊你的自信心会不会太高了点？”

千离笑：“这句话真适合我对你说。”

“……”

千离抬手，将花探泡好的茶端起来一杯，送到幻姬的面前，轻声柔语：“出来这么久你都没喝口水，不渴？”

舞倾看着千离手里的茶杯，欲言又止，她送的茶，帝尊是没看到么？

千离没注意舞倾的茶，幻姬却是注意到了，看到白色的瓷杯里泡开的绿色茶叶，嘴角带笑，夸赞道：“舞倾公主不仅人长得漂亮，茶也泡得非比寻常。”

“殿下过奖了。舞倾哪里担得起殿下如此赞美。”

幻姬目光真诚：“我没说假话。公主人美手巧。帝尊你说，是不是？”

幻姬本意是让千离高开贵口夸一句舞倾，人家好意泡茶来，他不喝就算了，眼皮都没抬一下，哪怕就是客套的赞一声不算要求过分吧。可，被千离温柔对待一段日子的幻姬忘记了她家这只是什么样的人了。

动作慢悠悠的，千离抬手又端过一杯花探泡的茶，抿了一小口，缓缓地，说道：“语儿啊，智商没有就算了，审美还是要有的。”

幻姬：“……”

帝尊，你嘴巴这么毒，你晚上睡觉和出门在外不怕被群杀吗？

麒麟：“……”

千小离，你不毒舌会死是不是？

飘萝和花探亦是同样的表情，“……”

独独星华，面色淡淡的，嘴角似乎还带着一点点藏得很深的笑意。

舞倾的脸色从期待变成僵住，然后慢慢地变红，再变白，强忍住眼底的眼泪回到了麒麟的身边。帝尊的话，实在是太狠了，就算不喜欢她泡的茶，也不用如此否定自己吧。

幻姬心软，觉得是自己招惹的麻烦，想起身去安慰舞倾，不想搂在她腰间的手臂收紧，很明确地表示出不想她过去的意思。

“你啊……”幻姬用手指轻轻地戳了一下千离的胸口，嘴上真是不饶人。

嗖的一声。一个泥团子从千离的身后飞了过来。泥团子没到千离的近身处被花探用仙术定住了，看着扔泥团子的闯祸者，故意摆出严肃的表情吓唬小毛球。奈何小毛球猴精得很，晓得自己的父尊和母后在，而且又有疼他的小姨娘和麒麟哥哥，完全不怕地冲着花探做鬼脸。

飘萝抬起手指了一下小毛球，小家伙知道做法不对，低下头。片刻之后，抬起头来，冲着千离喊。

“千离爷爷把小姨娘放开陪我玩会儿我就不扔，不然我就……就……”收到星华的目光，声音立即变小，“就道歉好了。”

幻姬捧着茶笑了，看着千离：“我过去陪他玩会儿，你要不要眯会儿？”

“嗯。”

幻姬走的时候，拉着珑婉一起过去，顺便也把舞倾叫上了，总感觉十四快憋坏了。

远离林中休憩之地，幻姬安慰舞倾：“舞倾公主，帝尊的性格本是那样，你别朝心里去。”

“舞倾自知没有殿下你漂亮，也比不上世后娘娘的美貌，可是帝尊他也太……”

幻姬理解舞倾的心情，她以前被帝尊打击的时候，都怀疑自己一文不值了，到现在，她在他的面前还不能完全自信起来，他就是有那种一句话击垮一个人引以为傲的资本的本事，让人恨得牙痒痒，可又不敢拿他怎么样。

“不过一句话，你不听，它就不存在。”珑婉看着自己的妹妹，“要是为了一句话就哭，我都得把眼睛哭瞎了。”

幻姬赞同珑婉的话：“珑婉说得对。你不在意帝尊的话，自然就不会伤心。”

舞倾问：“殿下你在乎帝尊的话吗？”

幻姬想也不想地回答道：“当然。”她和他是夫妻，她岂会不在乎他呢？别说他的话，他就是皱个眉头，她都会思索是为什么。幻姬笑道：“我和你不同。”

“是啊，我们不同。你是天外天的殿下。而我，只是西海一个小小的公主，他自然……”

感觉舞倾理解错了自己的话，幻姬连忙解释：“不是的，舞倾你误会我的意思了。我说我们不同，不是说身份的高低，帝尊他不是看人出身来决定亲疏关系的人。”

“幻姬殿下你什么都不必说了。我知道你和帝尊的关系。”她和她，像是云泥之别，妄图在身份上追平她是不可能的，她出生就拥有至高无上的尊贵。舞倾深吸一口气，轻松着口气说道，“我的命是帝尊救的，我感激他，而且也了解帝尊的脾气，这点事不算什么的，以后若是有机会，我想让帝尊晓得，我真的非常感激他。”

小毛球拉着幻姬跑到天河边玩，舞倾和她俩玩得开心，倒是珑婉，站在水边，不知道

在想什么，时不时转头去看林子里的麒麟。他坐到了幻姬殿下的位子上，正和帝尊说着什么。珑婉看着麒麟的时候，麒麟转头，两人的视线对上，他立即别开，心中懊恼万分，早不转头晚不转，怎么就刚好在她看他时转了。

河边玩了半炷香的光景后，小毛球看着天河里干净清澈的水，一脸细汗地问幻姬：“小姨娘，到河里游泳去么？”

舞倾和珑婉都是西海龙族，水性奇好，小毛球的提议很快得到三个姑娘的同意。幻姬看着天河水，心中满满的期待，她来天河边就注意到了这里的水，清澈得让人很想潜到水中畅游一番，若是晚上夜深人静时，她真想拉着帝尊来这里泡澡。

小毛球手脚利索地解着自己的腰带，几下扒拉，穿着小裤衩儿就蹦到天河里，扑通一声溅起水花。

舞倾随手化开一道屏障，挡了林中的人影，尽管林中之人未必会看她们，但她觉得几个女子在天河里嬉戏，还是注意些为好。见到舞倾的细心，幻姬朝她笑着点头道谢，手刚放到自己的腰带上，飘来一句话。

“凤语佛，你脱一件试试看！”

幻姬的手停在腰间，愣了愣，看看珑婉，又看看舞倾：“你们听到什么没？”

珑婉看着幻姬，摇头。

舞倾也摇头。

幻姬想，她们在自己身边都没听到帝尊的话，应该就是她的幻觉。继续拉腰带的瞬间，又听见有人在耳边说话。

“你当我的话是耳旁风！”

再次听到千离的声音，幻姬心里哆嗦了一下，怎么感觉帝尊就在她耳边说话一样？放在腰带的手松了一下，又抓住，心里想着，他在树林里休息，自己跑天河里游几圈应该不会被发现，她太紧张了才会出现幻觉。可是，她为什么要紧张，又不是做什么违背仁义道德的事情。

“小姨娘，你快点儿下来。”小毛球在天河里喊幻姬。

“就来。”

幻姬的话音才落下，忽然感觉自己的腰间出现一个不轻不重的力道，还没反应过来是什么，感觉到自己身处的环境似乎变了，原本站在河风习习的天河边，恍然间就到了……熟悉香气包围的地方。转眼看清身处的地方，她竟然在帝尊的腿上？！可是，在他的腿上为什么会感觉到自己和他的高度差了这么多，仰望都有一段距离。幻姬低头看自己，毛茸茸的爪子！

什么？！

她变成了小狼崽在帝尊的腿上站着。

“嗷嗷。”

幻姬抬头看着闭着眼睛的千离，她在河边准备下河游泳，怎么会到他的腿上，而且怎么就变成了小狼崽？觉得甚为丢脸的幻姬想用法术让自己恢复人形，发现自己的仙术都被人禁了，只能当一只小狼崽在某人的腿上蹦跶。

“嗷嗷嗷……”

幻姬抗议着，双足抬起来趴到千离的胸口，冲着他嗷嗷直叫。这么多人在场，他要不要这样不给她面子啊，怎么说她也是女娲后人啊，跟大家玩的时候，变成了小狼崽，让别人怎么看待她啊？不让她脱衣服，她不脱就是了，何必用这样的法子惩罚她。再说了，惩罚人之前难道不要先提醒一下么。要知道他是把她变成这样，她肯定乖乖地不脱啊。

“嗷，嗷嗷。”

幻姬扒拉着自己的前足，终于看到千离缓缓地睁开了眼睛，看着她，很是慵懒的模样。

“嗷嗷。”帝尊，把我变回去吧，我不脱衣服了。

千离抬起手放到幻姬的头上，揉了揉她那朵花蕊微微有点儿变红的语佛花，以前纯白的语佛花怎么花芯会变成粉红色呢？被染色了，还是自然成长的结果？

看到千离抚摩自己的头，幻姬立即蹬着后腿朝他的胸口蹭，试图让自己爬得高点，离他的脸更近一点，一双乌溜溜的眼睛亮晶晶的。望着千离，流露出讨好认错的光芒。她现在晓得了，在河边幻听到的声音是真的。

幻姬努力地朝千离的胸口爬，千离抬起另外一只手搂过她毛茸茸的身子，揉着她头顶的手捏了捏她的小脸蛋儿，都三年了，变成小狼崽时的身子还是这么娇小，当初觉得她的小短腿撑着圆滚滚的身子一点儿不像狼崽，现在看来，果然不是真狼族，娇俏可爱成这样，要真是狼，不晓得被多少成年的大狼给叼回窝里当媳妇儿去了。

“嗷嗷。”幻姬着急，扒着千离胸口的衣襟，闹着让他把她变回人形，“嗷嗷嗷嗷……”

麒麟在一旁看着幻姬着急的样子，不由得笑出声来，“呵呵……”连自己的媳妇儿都敢这么欺负，他的心理平衡了，面子这东西对帝尊来说就是浮云，他现在已经到了不仅不需要自己的面子连自己媳妇儿的面子都毁干净的地步了。做神做到他这个地步，真是不服都不行。

听到麒麟的笑声，幻姬扭头看了看他，她就知道会招来笑话，听到脚步声走近，知道是珑婉和舞倾回来了，看不到她，她们肯定会寻找的，若是给她们看到自己这个样子，真是……面子全没了。

自以为聪明地，幻姬从千离的胸口爬下来，团成一个团子睡在千离的腿上，她装睡！看不到她们吃惊的表情，日后好相见。若是发现是她，她也有借口解释，就说自己突然感觉

到累了，变成小狼崽睡到了帝尊的腿上，因为他腿上睡起来舒服，她是个讲究品位的人，总不能随便找块地儿就躺下吧。

“帝尊，幻姬殿下不见了。”果然，舞倾快步走到千离的面前，焦急地向他禀报。

麒麟看到珑婉走过来，想到自己坐了她和幻姬的位子，琢磨着自己是不是回到美人靠里，但是又一想，她一过来自己就躲，以后有人一定会笑话他怕女人，堂堂神首怎么会怕女子呢，不过就是长得魁梧一点。心里掂量着，结果珑婉走过来，麒麟闪的一下回了自己原先的座位，摇着扇子将目光别开，没有看到珑婉投向他的目光，都如此态度了，这姑娘就不要死心眼了吧，不然真是朋友都没得做。

飘萝的声音从屋内传了出来：“舞倾公主不用担心，幻姬累了，在睡觉。”

“可是，殿下刚刚还和我们在河边准备一起到天河里游泳，瞬间就不见了。”舞倾碍于飘萝的身份不敢说她撒谎，只说幻姬突然消失的事情。殿下若是想睡觉，大可告诉她们，不可能忽然不见人吧，又不是什么见不得人的事情。

珑婉注意到千离腿上的白毛小狼崽，去天河边还未见有狼崽在帝尊的身边，回来就……珑婉特别看了小狼崽头顶的花，颇为眼熟。呃……语佛花。珑婉顿悟，难道帝尊腿上的小狼崽就是幻姬殿下？

“帝尊，幻姬……”

舞倾的话被珑婉打断，她拉了一把她的广袖，示意她看帝尊腿上的狼崽，对着她摇头。什么都别说了，如果殿下真的不见了，帝尊哪里会如此淡定。看来，腿上被帝尊在顺着毛的狼崽就是幻姬殿下了。只是，她不明白，睡觉就睡觉吧，为什么殿下要变成小狼崽睡在帝尊的腿上呢？稍微一想，珑婉懂了。林中不比宫中，自然没有舒服的大床，坐在椅子里睡觉殿下会觉得累，倒不如变成小动物睡在帝尊的腿上来得爽。殿下真是太聪明了。想着，珑婉转头看麒麟，又看看他的腿，如果她变成小动物睡在麒麟上神的腿上，他会不会也像帝尊这样，温柔地顺着她背脊上的毛，眼底满含柔情。

乍一眼舞倾还没发现帝尊腿上的狼崽有什么特别的，看了下准备继续说什么，又被身边的珑婉拉了下，才仔细看了眼，看到狼崽头顶的语佛花恍然了悟。原来是这样，难怪了。

“殿下她……”

舞倾弯腰凑近变成狼崽的幻姬，轻声道：“好可爱啊。”

被夸赞了，幻姬内心听得舒畅，眼睫毛轻轻微微地颤着，她就说嘛，凭她的容貌，变出来的小狼崽肯定漂亮，当初她就是靠这副模样让帝尊对她息怒一次又一次。虽然帝尊没有明着夸过她长得好看，可是她晓得自己肯定不赖。舞倾都夸她了，帝尊难道就不能看在她长得好看的分上把她变回去吗？这样憋着，她觉得很跌份儿呀。

小狼崽纯白的毛色让舞倾看得欢喜，伸手想摸摸幻姬，没想到指尖还没碰到狼崽的毛，忽地被一道劲气给震开。

“啊。”

舞倾一声尖叫，幸亏珑婉反应快，飞身抱住了她的身子，免她撞到了身后的树干上。

星华等人听到舞倾的尖叫，抬头看去，目光很快回到千离的身上。飘萝想对舞倾说什么，嘴巴张了张，忍住了。麒麟看着千离，微微蹙眉，他要不要这样无情啊，人家小姑娘不过想摸摸幻姬，又不是摸他，何况幻姬现在还是一只狼崽的样子，摸一下也不会损失什么，他这般不让人家碰，也太小气了点。

“没事吧？”珑婉问。

舞倾极力想忍下眼泪，却没忍成功，眼眶泛红，对着珑婉摇头，很努力才忍住哭腔：“没事。九姐姐，谢谢你。”

“殿下在休息，帝尊大概怕你吵醒她吧。”珑婉只能找这样的借口安慰自己的妹妹，她心中自然是对帝尊不满，可帝尊毕竟救过西海，还救了十四的命，而且身份又尊贵，断不能怪到他的身上，也就心里不满罢了。

舞倾点头：“我知道，我是错了。”

两姐妹从树下走过去，舞倾犹豫了片刻，终于还是走到千离的面前，小声道歉：“帝尊，对不起，是我不好。”

千离缓缓地合上眼睛，一言不发，一眼未看。

之后的气氛变得很微妙，舞倾坐到麒麟的身边，珑婉则坐到千离的对面，定定地看着麒麟，看得他汗毛倒立的感觉。花探泡好茶后，觉得林中实在是太“凉”了，走到天河边陪小毛球玩去了。麒麟被盯得不自在，起身也到了天河边，他觉得，自己真的要被盯出毛病了。

“啊。”花探皱眉看着拧了自己腰身上一块肉的麒麟。

麒麟手上使力，却不让林中的珑婉看出自己手里的动作，在远处看还以为他搂着花探的身体热络交情，咬牙切齿地道：“花花，说，你什么时候变得和千小离一个德行了。”

“什么意思，我不懂啊。”

“不懂？珑婉是你接来的，当我瞎子？”

花探疼得直拉麒麟的手：“珑婉公主确实是我接来的，可我也只是按照帝尊吩咐的做，你不能怪到我头上。”

“麒麟上神，你能放开我吗？”花探疼得麻木，“我的肉都要被你拧掉了。”

“真拧掉了才好。”让他记得以后不要管闲事，哪怕是他们家老大让他做的，也得看看是什么事，一股脑儿吩咐什么做什么，很容易得罪人，比如他。

傍晚，花探回千辰宫准备晚膳，珑婉和舞倾主动跟着过去帮忙，林中留下千离几人。

麒麟用手指戳了一下幻姬的背脊：“你还不把你媳妇儿变回来啊，这么多毛，不嫌热啊。”

幻姬猛点头，热啊热啊，可是某人不给她解禁仙术，她想变也变不了。

飘萝扑哧一笑，看着幻姬模样，她家这口子要是敢这样对她，她早把他的衣裳给撕烂了，哪里会乖乖地在他腿上睡觉，也就是她这个幻姬妹妹乖得让人觉得傻。

“帝尊，让幻姬陪我去走走吧，躺了一下午，腰都酸了。”

幻姬又是不停地点头。果然是姐姐。

千离低头看着幻姬，眨了下眼，小狼崽变成一个大姑娘坐在他的腿上，嘴角噙笑：“没有第二次。”

幻姬问：“什么第二次？啊，是没有第二次。”她以后脱衣服不在有他的地方脱，这人太可恶了。“姐姐，我们走。”

星华的目光追着飘萝和小毛球走远，从屋内慢慢踱步走出来，千离也起了身，三个男神朝着幻姬飘萝走开的反方向漫步。

夕阳斜入林中，斑驳了叶影，微凉了时光，连说话时的声音都似乎带着一种幽轻的感觉。

“半月前，河谷从我这里拿混元天珠去了。”

千离和麒麟相视一眼，麒麟问：“因为堕天冰海吧。”

“没问什么事。应该是吧。”

“我当初在海底找火龟珠时就感觉到不对劲了，没想到这么快。”麒麟啪的一声打开扇子，慢慢摇着，“我们一心只想修炼的河谷神尊这次也真是狠心，连混元天珠都借了去，哎……”

千离慢声道：“说得好像万万年前他不狠心一样。”

麒麟和星华交换了一下眼色，麒麟揶揄道：“哎，我们的奇葩帝尊能说出这样的话，不枉奇葩之名。很久很久以前，当我们得知河谷做的事情时，我和星华可是唏嘘了一番，觉得他太过于绝情，当时你还记得你怎么说的吗？”麒麟扬高了声调：“你说，女人是个麻烦的物种，早点儿解决早点儿清净。当初，你可是非常赞同河谷的做法。现在倒好，居然说他以前狠心，你当初怎么不觉得他狠心啊。哼，我看啊，你现在和星华一个德行，天天困在温柔乡里，都不记得以前的自己是什么样子了。”

“我对我家语儿可是绝对做不出那种事。”

“啧啧啧，一口一个语儿，你现在是做不出，当初对幻姬可没多客气。”

千离挑挑眉梢：“和河谷比起来，甘拜下风。”

麒麟点头：“这倒是。”

“怨不得他。”星华叹气，想起万万年前河谷做出的事情，“如果事情发生在你我身上，我们未必不会像他那样做。只是，做了一次，没想到还要做第二次。曾经不觉得残忍，有了阿萝之后，倒是同情起……她来了。”

麒麟看着千离：“你也是有了你家语儿之后就心慈了吧。要我说，你能不能告诉我，幻姬是怎么回事？我想了很久，没想明白。”

星华不甚明白地看看麒麟，又看看千离，幻姬怎么了？

“她很好啊。”

“就是因为她很好我才奇怪。”

趁着星华在，麒麟将心里的疑问讲了出来，他觉得如果是他猜测可能性最高的那种情况，他两人还能帮把手。

“七彩七星玲珑珠的雄珠在幻姬的体内，算时间，也差不多要成虫了。你别告诉我，你不知道后期种蛊之人要遭受的痛苦啊。可我看她，好得很。以幻姬现在的修为，想压住蛊王满身的噬咬，不可能。”麒麟紧紧地盯着千离的双眼，“你是不是把玲珑珠引到了自己的身上？如果是，你想没想过后果？”蛊王在幻姬的身上，到期了他能帮她弄出来，可蛊王如果在他的体内，后果就不如在幻姬体内那么乐观。医者尚且不能自医，他忘记自己是天兽了么。蛊王若是没控制好入了他的脑，后果是他将失去自己的意识，成为被蛊王操控的行尸。

星华默默地听着麒麟的话，初听七彩七星玲珑珠，他有一瞬没想到是什么东西。直到话听完，懂了。

“你们外出被种了七彩七星玲珑珠的蛊王？”

“嗯。”

麒麟问：“在你体内？”

“嗯。”

麒麟拧眉：“我就猜是这个。哎，我说你是不是喜欢幻姬喜欢得脑子变傻了。她乃女娲后人，就算挨不住后期的痛苦，那蛊王也肯定入不了她的脑子，疼痛或许超乎我们的想象，但没有致命的危险。你不同，你懂不懂啊。”

“你不懂。星华懂。”千离风轻云淡地说道。

星华什么话都没说，只是轻轻地叹了一声。他当然懂。男人是不能生孩子，若不然，他宁可他来怀孩子也不叫阿萝受这份罪，小毛球出世时，听着她的叫声，他心疼得不行。他看不得阿萝遭受任何伤害。现在的千离，和他心境应是相同，看不得幻姬受痛，那比痛苦直接降临到他的身上还折磨人。幻姬是女娲后人又能怎样，在千离的眼中不过是他的女人，他呵护她，照顾她，是一种甜蜜，更是心甘情愿背负的责任。

“我不懂，就你们懂，行了吧。现在的问题不是懂不懂，是蛊王成虫时，你全身会剧痛难忍，蛊王还可能入脑。”麒麟不知道生的什么气，瞪着千离，“你以为到时候幻姬会看不出来？”

“我闭关几日。”

“你连借口都找好了？”

忽然一声：“啊！”

从树顶上掉下来一个人影，摔到地上的舞倾爬起来，看着眼前的三位男神，低头。

“对不起。我不是故意的。”舞倾声音有些急，“我十岁生日时父王和母后送的腰佩不见了，一路寻回，不想飞到上面时走了神，掉下来惊扰了各位尊神，对不起。”

麒麟问道：“你腰佩掉了，飞天上干吗？”

“刚才花探真君带着我和姐姐飞去千辰宫，我怕腰佩掉到树上了。”

“你赶紧找吧。”

“是。”

舞倾别后，千离三人继续慢慢走着，麒麟对千离想的借口不甚赞同。能避开幻姬几日倒是不假，可如果蛊王成虫他没能成功驱除体外，若是入了脑……

“关键现在不是幻姬知不知道，如果有把握能成功弄掉蛊王，告诉她没什么。但问题是，若是不成呢？”麒麟想起自己看的书上记载的，深深皱眉。书上说，一对蛊王可都是吃了上万只自己的同类才得以长成，一旦寄生肉体之内，除非有更强的同类出现将它杀死，否则不可能离开寄居体。

麒麟问：“找嗣音如何？”

星华摇头：“若确定是七彩七星玲珑珠的蛊王，嗣音玩的那些恐怕是不值得一提了。”

“那怎么办？”

星华问：“既然能从幻姬的体内引到千离身上，不如趁着没有成虫将蛊王引出来？”

想也没想，千离拒绝：“不用。”

如何引出来？只能通过交合之事，他能和语儿做，但绝不会再引回她的体内，语儿本来就是这件事的无辜牵累者。他此生，除了她，不会再碰第二个女子，哪怕是情有可原。他宁可受痛历险，也不会做出有负她的事情。

“那个引虫的条件太变态了。”麒麟泄气地看着星华，“那种事情，我和你有心想帮他，也没可能的。”

“只能坐以待毙？”

麒麟无奈道：“眼下看着，似乎只有这个法子。但我觉得，应该能做点什么。”不然真是太危险。他一直忍着没说蛊王入脑的可能性有多大，因为他私心觉得千离不是一般人，他不会让这样的情况出现，别的不说，他现在有个幻姬要照顾，他要成了行尸，她怎么办？不为别人想想，也得考虑她。心地那么善良的姑娘要是晓得为了她，他送了自己的命，后半世还要不要活了？

“还有多少时间？”星华问。

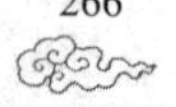

“十天出头。”

麒麟惊呼：“那你现在不是全身剧痛？”

千离瞟了眼，没说话。

“啧啧啧，十丈红尘的情爱果然非同小可，你说你都痛成什么样子了，居然还能在幻姬的面前装得那么若无其事，如果不是我问你，你是不是打算瞒我们两人到底啊？”

“没那么夸张。”

千离表情漫不经心，让麒麟忍不住怀疑难道书上的记载是错的，看他的样子也不是很痛苦。

星华又问：“还压得住吗？”

“嗯。”

星华蹙眉，想了想，将自己的内丹呵了出来，金色的上古青龙内丹飞到千离的面前：“你用着。”

千离看了眼星华的内丹，将它飞还给星华，嘴角微微地勾着。

“我看上去很没用吗？”

“多一重保护总好。”星华劝道，“想想她。”

千离还是坚持拒绝了星华的内丹，就是因为他想着幻姬，才不许自己失败，如果成了行尸，他的语儿怎么办，她若哭起来，他如何给她安慰。没了自我意识，他们还怎么要两人的孩子。若不是七彩七星玲珑珠这事耽搁着，他这会儿应该是陪着她回天外天见女娲娘娘了。佛理自然是要跟着他修习的，可两人的事也该定下来才是，名分这东西他不在乎，但她是女子，不能没有。

三个人随意地走着，以前三人心中无事无人，步若翩翩，轻盈款款。而今的三人，有妻儿的，有心上人的，有心中逃避之人的，各有心事，再难体会到无欲无求的心境。

“你们说，我们修炼了万万年，自认修为都算得不低了。十丈红尘是我们最先就断忘的东西，怎么到了现在，反而还是纠结在这个地方。”麒麟问。

星华笑：“红尘之事，我一开始就没想撇干净，一切都是顺其自然。而且，纠正一下，我不是纠结，我是享受。我很高兴能和阿萝一起坠到红尘里。”

“嘁。你当初就是一个字，色！”麒麟鄙视一眼。

“呵呵……”

千离慢悠悠地道：“我也没纠结。”

几百万年没动红尘情爱的心是真，初遇语儿也是心如止水，可哪里晓得后来的事情。来了，他迎着便是了。

“行行行，你们都没纠结，就是我一人纠结，可以了吧。”麒麟挥挥手，像是要把自己的烦恼挥掉一样，“你们都是心上人，我可是心下人啊。”能不烦吗。

星华笑："那个舞倾不错啊。"

"给你好不好？"麒麟问。

"哈哈，我有阿萝。多了不要。"星华笑得开怀，"而且，我觉得她看上的不是我。"

麒麟也笑了，"她看上的也不是我。"

千离扫了星华和麒麟两人一眼，问道："你们在说什么？"

"噗……"

"有人装傻。"

星华笑容未散："装傻比真傻好。"

"那是，我看某人的媳妇儿可是一点没看出来。"

三人走了颇远之后，往回走。一路闲聊，一路随意。

"呵……"

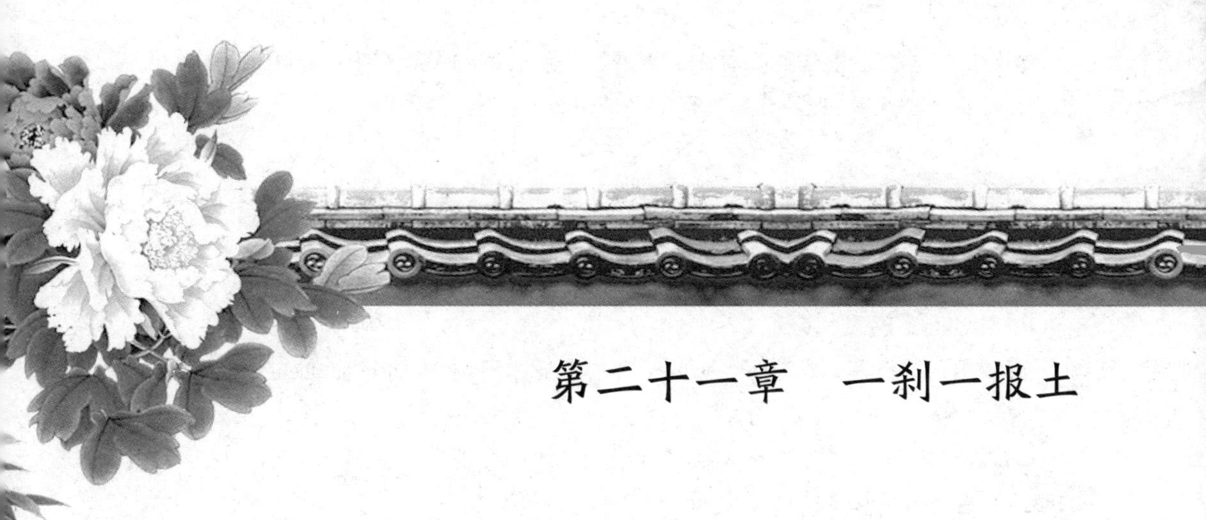

第二十一章　一刹一报土

林中小聚之后过了几天。

幻姬托腮在窗前，脑子里什么都没想，放空心房，修身养气。

门外，一袭飘飘白衣脚步缓缓地走到她的身边，轻轻落了座，看着她的侧颜，薄唇微微向上弯起。千离的目光定在幻姬的脸上好一会儿，抬起手想抚上她的脸颊时，幻姬睁开了眼睛。

“呵……”

“语儿，过几天我要离宫办点事，你一人在宫里可好？”

幻姬问：“我不能跟着去吗？”

“就一天便回来了，小事一件。”

“既然是小事，为何不让花探真君去办？”

千离轻笑：“我去办就是小事，别人去办，就是难事。”

“……”

帝尊，你如此自夸真的不会感到不好意思吗？

“乖乖在宫里等我回来。”

“嗯。你放心去吧，我又不是小毛球，可以照顾好自己的。”

花探真君的声音这时在门外响起。

“幻姬殿下，麒麟上神和舞倾公主来了。”

幻姬道："嗯。"想到在林中避暑那日分别时舞倾说有空来找她学种花，幻姬惊讶她居然当真了，起初以为她不过说着玩的，"帝尊，我出去了。"

"嗯。"

幻姬见到舞倾的时候，麒麟不知道跑到哪儿去了，留下舞倾一个人站在千辰宫大殿的大门前。见到她，舞倾很是礼貌地行了大礼。

"舞倾公主你起来吧。"

"谢幻姬殿下。"

舞倾微笑，看着幻姬道："听闻帝尊最近身体不适，我想着，他定然需要多休息，由我陪着殿下解闷，便来了。"

幻姬忽然皱眉："你怎么知道帝尊最近身体不舒服？"她都不知道的事情，舞倾公主知道，难道是麒麟上神说的？

尽管心里知道麒麟和千离的交情匪浅，老友之间说点事情并不值得她有什么想法，可幻姬觉得，她和帝尊的关系已是亲密无间，能告诉麒麟上神的事情为什么就不能告诉她呢？身体是一个人的根本，他身体不适，第一个要告知的人不应当是她么？连舞倾公主都知道他身体不好，而她却什么都不知道。

舞倾将幻姬的话理解成了"如何得知的"，想到她和帝尊的亲密，料想帝尊不至于瞒她，便实话实说了："前几日麒麟上神不是请我和九姐姐到天河边避暑么？那天我本和姐姐一道去千辰宫给花探真君帮忙做晚饭，哪知我弄丢了父王母后送的珍贵腰佩，折回寻找的时候，听到帝尊和星华世尊、麒麟上神的对话。知道帝尊为了不让你受苦，将蛊王种到了他自己的体内。"

前面的话没有理解难度，最后一句话，幻姬愣住了。不让她受苦是什么意思？蛊王又是什么意思？蛊王到了帝尊身上又是怎么一回事？

"幻姬殿下？"

见到幻姬发愣，舞倾心中涌起不安，是她说错什么了吗？

幻姬回神，努力让自己平静如水："把你听到的东西都告诉我。"

"殿下？"舞倾不知自己是不是做错了什么，"殿下，我不是故意偷听的，只是刚好就在那会听到他们的交谈，我并非有意要探知帝尊和你的事情。"

"你不用急着解释这个。告诉我你知道的。"

舞倾心想自己肯定是做错了什么，难道殿下不晓得帝尊种了蛊王的事情？想到这个可能性，舞倾睁大双眼看着幻姬，如果是这样，那她岂不是……

"殿下，我……"舞倾急了，"我真的不是故意的。我不知道你不知道这件事。"

幻姬很想转身立即去找千离问清楚，可她心里明白，既然他先前不说，就表明不想她知道，还不如从舞倾这里把能知道的都知道。

“现在知道了，你都告诉我吧。”

“我……我听到麒麟上神说，七彩七星玲珑珠的雄珠在殿下的体内，算时间，也差不多要成虫了。成虫的时候非常痛苦，可他看你好得很，起了疑心。他问帝尊，是不是把玲珑珠引到了自己身上？如果是，问帝尊想没想过后果？然后，帝尊承认了。”

想到当时麒麟说的，舞倾的心里涌起对帝尊的担心，继续道：“麒麟上神说，殿下乃女娲后人，就算挨不住后期的痛苦，那蛊王也肯定入不了你的脑子，疼痛或许超乎想象，但没有致命的危险。可帝尊不同，蛊王成虫时，他全身会剧痛难忍，蛊王还可能入脑。”

“后面，我听到帝尊说他会在驱蛊王出体时借口要闭关几日，不让你发现端倪，别的，就没听到了。我从树顶掉下去，被帝尊他们看到了。”

幻姬问：“七彩七星玲珑珠是什么东西？雄珠又是什么？”

舞倾摇头：“这个我不知道。”

幻姬想着舞倾说的话。七彩七星玲珑珠的雄珠原本在她的体内，帝尊晓得却没有告诉她，然后偷偷地把在体内成虫的玲珑珠蛊王引到了他的体内，代替她承受痛苦。她乃女娲后人，蛊王没法侵入她的脑中，而帝尊因为不是远古神族后裔，蛊王在他体内危险太大。尽管如此，他却不舍她受苦，想悄悄把此事解决。如此说来，难怪前几天在天河边避暑时，他吃饭会忽然蹙眉，还有这几天他的胃口很差，每顿饭几乎拿起筷子夹了一两下做做样子就说吃好了，完全只是陪着她用膳，不过是想不被她发现他正暗自承受蛊王的折磨吧。

忽的，幻姬想到千离说过几天要出宫办事，难怪不带她一起。

“幻姬殿下，我不知道你一点儿都不晓得这个事，我以为你和帝尊关系那么亲近，他什么都告诉你的。”

舞倾皱眉，她是什么都晓得了，可帝尊要是知道是她告诉幻姬殿下的，指不定会对她多生气。她也真是，一下没管住嘴巴，多嘴说那么多做什么呢？

“殿下，你能不能装成你不知道蛊王的事情，我怕帝尊晓得我告诉你会……”

幻姬能理解舞倾的担心，帝尊给人的感觉并没有那么容易亲近，她害怕也是理所当然。只是，这件事太重要，她不可能装做不知道，更没法对他的做法保持沉默，不闻不问，看着他为自己受苦吗？

“舞倾公主，我很感谢你告诉我这件事，但请恕我不能装做不晓得。”幻姬目光真诚地看着舞倾，“你既知晓我与帝尊的关系，就应该知道，他对我来说，非常重要。我很在乎他，他为我默默承受痛苦，我不知情便罢，而今晓得了，让我如何装？”幻姬停了停，继续道，“很抱歉，我无法答应你的请求。”

“幻姬殿下。”舞倾走近幻姬的身前，“求求你了。”

看着模样楚楚可怜的舞倾，幻姬想，若不是关于帝尊的安危，她倒很想遂了她的愿。娘娘教她为人处世要心慈广善，从前和现在她确是坚持如此，将来亦会博爱苍生。可，这几

年在三十三重天里经历的事情告诉她，不是任何事情皆可心软以对，即便是善良，也需要分清事情和场合，善心泛滥未必是一件好事。帝尊教她的，她一直记着。

“舞倾公主，尽管我不能答应你装不知的请求，但我会劝说帝尊不要迁怒于你。此事是我要你说的，他虽不与人亲和相交，但并非不讲道理的人，你不用担心什么。”

“可是……”

舞倾皱眉看着幻姬，她与帝尊原本就难有机会接触，从接触了几次来看，他对她一点儿情意都没有，她原本以为借着老祖龙王的面子，加之他救过自己，会有点儿不同，最起码会记得她是谁，可在天河边的树林里，他甚至一眼都没瞧自己，像是根本不认识她。

“放心吧，不会有事的，如果你觉得我的话对帝尊没有分量，还有麒麟上神呢，看在他的面子上，帝尊也不会为难你的。”

因心中惦记着千离的身体，幻姬便没跟舞倾多聊，让花探真君陪着她在千辰宫里走走。自己从大殿一路疾步匆匆地走到寝宫里，不见千离。神侍见她步履急促，问她何事，得知她在找千离，便告知她，他在寝宫后的竹林里。

见到千离躺在椅子上时，幻姬步子愈发不自觉地快了些，走到他的身边，话到嘴边停住了，看着他安睡的俊颜，忽然心中酸涩，心疼，生气，几种情绪混在一起，成了一股说不出来的感觉，让她好想用尽一切力气来保护好眼前的男子。

人人皆惧他，连她都觉得他不会是个温柔谦和的人，可他做出来的事情，却比翩翩君子更触动她的心。他的不好，不遮不拦，随时可见。他的好，却深藏在外人看不到的地方。如果舞倾公主没有偷听到他和世尊、麒麟上神的谈话，他应该直到事情处理好也不会告诉她蛊王的事。

幻姬搬了椅子坐到千离的身边，轻轻地拉过他的手握住。初遇他那会儿，怎么都想不到自己和他会变成如今的模样。

那时，他太坚硬，她太柔软；此时，他的强势里包裹着特属他的温柔，而她的娇柔里却有着难以察觉的强硬。

竹林里一阵风拂过，一缕银丝被吹到千离的脸上，幻姬抬手将发丝拨到他的耳边，指尖微微停了下，柔软的手心贴到了千离的脸颊上，轻轻地抚摩。

千离本就没睡得很深，幻姬走过来时他就听到了。她的手摩挲着他的脸时，他心口剧烈地疼痛起来，还差几天便完全长成的蛊王一日比一日的威力大，惹得他浅蹙眉心。

看到千离的小动作，幻姬立即紧张，小声唤他：“帝尊……”

缓缓地，千离睁开眼睛，看到幻姬担忧的神情，嘴角勾起：“你现在的表情很好看。”

还好看？

“既然你喜欢看我为你担心的样子，为什么七彩七星玲珑珠的事情要瞒着我？”

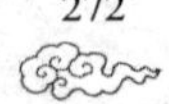

千离沉默了一会儿，声音轻轻的："一件小事而已。"

"小事？"

幻姬一直忍着的情绪因为千离的云淡风轻躁了起来："都关乎到你的安危了，你说是小事？"他知不知道她听到舞倾公主说完后有多担心，现在她的心情他懂不懂？说得如此轻巧以为她就会觉得没事，眨眨眼睡一觉就过去了？"既然是小事，蛊王在我的体内也是一件小事，为什么你要偷偷把它转到你的体内去？痛，我受得住。"

想到在神川山自己莫名其妙地剧痛几次，幻姬忽然明白了什么。

"七彩七星玲珑珠在神川山时就种到我的体内，是不是？"幻姬强调地问，"那时你就知道了，对吗？"她问过他她怎么了，他一直就没回答，只是让她用静心诀静心，那时的她想不明白自己怎么了，除了不知道什么时候出现的疼痛外，并没有感觉到别的什么。

"我为什么会被种蛊王？你又是什么时候将蛊王引到你身上去的？几日之后你要离宫，是为了解蛊？"幻姬目光紧盯着千离，"你去哪儿解？成功的把握有多少？如果没有将蛊王弄出来，你会怎么样？还有，不论你去哪儿，都必须带上我。"因为了解千离的风格，幻姬很认真地道，"如果你怕我看到了心疼而故意撇开我单独出宫，我保证，你回来就看不到我。"

闻言，千离从椅子上坐了起来，被幻姬握住的手悄然将她握紧："语儿，信我。"

"我当然信你。"幻姬微微凝起眉心，"可是信你和担心是两码事，如果真是小事，那你把蛊王的成虫再引回到我的身体里，好不好？不管多么痛苦，我都能承受。而且，麒麟上神不是说，因为我是女娲后人，所以蛊王无法侵入我的脑中吗？这样，危险也会少一些。"

"不行！"

千离想也没想地拒绝了幻姬的提议。

"你看，果然不是小事。"

"语儿，对于你来说，当然不是小事。我是男人，何况……"

幻姬问："何况什么？"

"好了，我答应你，解蛊的时候，带你在身边。"

"可我那么多的问题你都没回答我。"他一次次地无视她的问题，难道以为她就会忘记吗？在神川山是如此，现在她知道真相了，他还是如此。"帝尊，你说，我是谁，我是你的谁？"

千离将幻姬拉到自己怀中抱着："你是我的语儿。"

"可是你连关乎性命的事情都瞒着我，让我以后怎么相信你不会有别的事情藏着？"世尊知道，麒麟上神知道，而她却蒙在鼓里，想到连舞倾都知晓，她心中百般恼火，却被浓浓的心疼压住。那天在树林里，他们几个知道他的身体情况，而她却……

千离好一会儿没有说话，看到幻姬的脸色一直不太好，缓缓地回答了她的问题。

“你体内的七彩七星玲珑珠确实是在神川山被种下的。你疼的第一次我就知道你体内有异常，可没想到是蛊王。宠服跟我直接言明时，我才晓得这玩意儿的麻烦之处。”

幻姬诧异：“宠服？”

“嗯。她给你种下的。在我们三人去神川山里准备用定世异象九宫格重新困住百足穷奇的那天，祈福酒里，下了蛊。”

“因此你才将宠服困在天鼎里？”

千离点头。

“她为什么要种蛊到我的身上？”幻姬想不通，她和宠服无冤无仇，一心想帮助神川山避免大劫，何况从宠服的性格来看，她不是阴险狡诈之人，若是有事，她会选择光明正大地将事情公开解决，用这样的方式，不像她的风格。

千离神情淡淡地道：“她做人做事的初衷我们何须多想。想着解蛊就好了。”

“可你是什么时候把蛊王转走的，我怎么一点儿感觉都没有？”

“呵……”千离轻笑，“你确定你没有感觉？”那时她痛得晕厥过去了，还说没有感觉。

“没有啊。”

幻姬仔细认真地想了想，恍然大悟：“蛊王被种到体内之后，会引起我的剧痛，是不是？”

“和我亲密时。”

“……”

回忆当初的情况，幻姬发现果然是和千离亲热时才会剧烈地疼痛，而他们在海底做那件事时，她痛得昏死过去。

看着幻姬睁大的眼睛，千离笑着问：“知道了？”

“从海底……之后，每次和我亲热，你都很痛，是不是？”

千离摇头：“我的修为没你那么差。”

幻姬抓紧千离的手：“既然‘做那件事情’能引到你的身上，那我们再来一次，让蛊王回到我的体内。然后，如果你怕我疼的话，解蛊之前我们都不再亲密接触。好不好？”

“不好！”

“为何？”

千离倾过自己的头颅，用额头顶着幻姬的：“不管遇到任何事情，你要做的，就是陪在我身边，其他的一切，都由我来面对。”他虽贵为帝尊，可一直不觉得自己真真正正拥有什么，如果非要说，除了他自己的命，他好像不再有别的。直到，她成为他的人。那时，他忽然感觉自己真实地拥有了一件珍宝，一件可以比拟天地间万物的宝贝，用多少东西来换他想都不用想绝对不换的珍贵稀品。千辰宫再辉煌，里头的物品再绝世无双，也不过是没有生命的物品，有或者没有，都不会影响到他什么。他拥有的名号再尊贵，统不过只是个名声罢了，可有可无。而她，是属于他的，也只属于他的，活生生的人。

幻姬感动千离的呵护，可她更担心他。

“我知道你厉害，我承认你厉害，但是这次让我来承受，行吗？”

“过几天我不出宫，就在宫里解蛊。”她既然什么都知道了，他何须出去。只是，那个告诉她真相的人，委实叫他不爽快。他瞒了这么久，眼看就能瞒过去处理完了，竟在节骨眼上让语儿知道了。

拗不过千离的幻姬不知道要怎么劝千离，两人之间沉默了一会儿，幻姬陡然想到自己和千离亲密接触会惹得他体内剧痛无比，连忙推开他，从他的怀中跳了出来。

“解蛊之前，我都不靠近你。还有，这些天，我们不要睡在一起。”幻姬想，又道，“不对，我现在去星穹宫住。”这样就不用看到他，自然两人就能避免亲密，但是……“也不对，我不能去星穹宫，我哪儿都不去，就在你的身边看着你。”蛊王现在他的体内折磨他，她怎能弃他而去。

幻姬看看两人之间的距离，觉得不够，又走开几步：“这样够不够。帝尊，你现在疼吗？”

千离捂着自己的心口虚弱地靠到了椅子上，幻姬见状，吓得立即跑到他的身边，急了。

“帝尊，你怎么样了？”

“帝尊，把蛊王传给我吧。”

千离忽然一把抓住幻姬，将她搂着坐到自己的腿上，笑了：“现在不疼了。”

“……”

幻姬娇嗔一句：“你吓坏我了。”

心有不确定的，幻姬问：“这样，真的没有关系吗？”

“嗯。”

竹林里，花探真君带着麒麟和舞倾公主走来，看到千离抱着幻姬两人黏在一块儿十分甜蜜温馨，忽然停下脚步，不忍打扰他们。

“麒麟上神，你看……”

花探欲言又止，麒麟自然明白，目光深幽地看着千离。无情起来不像尊神，可对自己心尖尖上的那个女子，却疼成这般，红颜劫果然是英雄命途上最大的劫难啊。

知晓了千离身种蛊王的幻姬，在后面几天的日子里对他千依百顺，独独一件事她死活不肯，一旦千离表现出要亲热的迹象，她立即跑开，不碰他，也不让他碰。最后三天时，蛊王已完全成形，每日午时和子时会在千离的体内游动，七彩的身体在他皮下清晰可见。蛊王

畅游的第二天被幻姬发现，看到千离脖子上出现的彩色虫身游过，手里的茶杯差点儿摔掉，抖着手将茶杯放到桌子上，几步急走到千离的面前。

"蛊王在折磨你，是不是？"

千离本不想幻姬知晓，见她盯着自己的脖子直看，明白瞒不住，遂点点头。

"既然成虫出现，我们现在就将它引出体外来。"

"还需等两日。"

幻姬忙问："为何？"

"日子没到。"

"这两日我尽量离你远些，有什么事，你隔开些叫我。"幻姬心里很想靠着千离说话，可她怕自己靠近了他会更难受。

宠服给她种这个蛊王实在让她匪夷所思，是不想她和帝尊亲密接触吗？她和帝尊亲近碍她的事儿了？思来，宠服曾坦荡承认喜欢帝尊，如此便有了给她下蛊的理由。天下蛊毒无奇不有，蛊王是其中最为厉害的，若非亲身经历，她难信竟有不能和心上人相亲的蛊，解蛊之后，定要好看看蛊王的模样。只不过，蛊是宠服下的，她可会解蛊？

幻姬不无可惜地道："要是宠服没有被你……或许能让她帮你解蛊。"宠服既然喜欢他，必然舍不得看他受罪，种蛊之人解蛊是再容易不过的事情。

体内蛊王四处游走难制，千离不想幻姬看到七彩七星玲珑珠化成的雄虫在他体内嗜咬的恐怖样子，没有接她的话，缓缓地闭上眼睛，静心冥神，将体内的痛苦尽量减缓。看到千离闭目休息，幻姬安静地走出房间。

站在寝宫门口，幻姬放目休息，不经意地发现自己放在园中的千颜花不见了。走过去，在园中找了一圈，不见墨绿色花朵的千颜花。

"幻姬殿下，你可是在找千颜花？"神侍问。

"嗯。"

神侍回道："那盆花被花探真君搬走了。"

"搬去哪儿了？"

"那就不清楚了，得问花探真君。"

幻姬在千辰宫的药沐殿里找到了花探，他手里正拿着医书对照药格里的仙草辨认，直到幻姬走到他的身边都没有发觉。幻姬看了下药格里的仙草，七星还魂草？此仙草虽然能救人，但自身的毒性也不小，如果配比得不够准确，良药很可能变成毒药。要用到此还魂草时，一定要极为精准地控制药量，花探真君研究这个，是不是为了帝尊？

"花探真君。"

花探转头，看到幻姬，立即把拿着医书的手放下："幻姬殿下。"

"殿下怎么来这里了，是找我有事？"

第二十一章　一刹一报土

“嗯，我放在园中的千颜花，你搬到哪儿去了？”

“千颜花啊……”花探真君想了想。

自从在天河边的避暑树林里听到世尊说那花有毒后，他非常自觉地，自以为干得很漂亮地，在幻姬将千颜花搬出寝宫之后，趁着一个月黑风高的晚上，把那盆花偷偷抱走，放到了……离千辰宫颇远的天河边，一棵树下。

“殿下现在想看那盆花吗？”

“那倒不是，只是不见了，问一下。”百曦古神特地送来的珍稀神花，她总不能不明不白地弄丢吧，三粒千颜花的种子已经不见了，再把这盆花弄丢，她会懊恼。“你是不是把花搬到了你住的地方？”

花探愣了下，嘿嘿笑了起来：“是啊，千颜花那么神奇，我也是第一次看到。殿下你知道的，老是蹲在帝尊的寝宫门口会惹他不高兴，我就把花搬到了我那儿，搬的时候想到要跟殿下说一声，结果宫里事情多，一忙就把这事给忘记了，真是不好意思。殿下若是想看，我现在就把它搬回去。”

“不用。既然你喜欢，就先放在你那儿吧。”

幻姬想到千颜花有毒，而千离现在身种蛊王，一切有危险的东西现在都要避免出现在他的身边，万一出现一个毒上加毒的情况，她悔恨都来不及。

“你拿七星还魂草做什么？”幻姬伸手从药格里拿出一根仙草，把玩在手里，“为了帝尊？”

“不是。我虽然跟着帝尊万万年，可不论什么地方都远不如帝尊，趁着没什么事情，想多看点儿书，多学些东西。”花探笑着，“这样才不会给帝尊丢脸。”

幻姬看着手里的仙草，花探真君的修为到了什么程度她不知道，但必然没他说的那么差，身为千辰宫的总执大人还能如此谦逊努力，身为帝尊的女人，她岂有不努力的道理？算起来，她有好些日子没认真修炼了，每天在千辰宫里也不知道做什么，日子看上去平平顺顺的，可总能冒出一点儿事情来打搅安宁的生活，从她来千辰宫就没有消停过。等帝尊体内的蛊解决后，她一定要好好地修行。

“我不打扰你了，你继续忙吧。”

“殿下走好。”

看到幻姬的身影走出门口，花探长长地舒了一口气。以前没发觉自己还有撒谎的本事，都不用提前练习便能自然发挥。帝尊也真是，既然幻姬殿下晓得他体内有蛊虫，怎么配药的事情还要瞒着她。配出来的仙药不能出现任何差池，若是殿下能帮忙，也许他心里不会如此紧张，这几天他晚上睡觉做梦都在配药，生怕弄错一点点。幻姬走后，花探转身打算继续对比医书，忽然又转回头看着门口。千颜花被他放到天河边的树下去了，殿下怎么忽然又想起来了？他搬花时，感觉有一双眼睛从屋内看出来，那道视线很有存在感，凭他多年的经

验能得知，肯定是帝尊错不了。殿下的东西，如果不是获得了自家老大的默许，他怎么敢动？如果殿下到他的宫里去看，不见花，又该如何是好？

花探的担心没有发生，幻姬并没有到他的宫里去看千颜花，因为千离的解蛊出现了让幻姬根本无暇顾及旁物的事情。

四十九日一到，幻姬早早起床，轻手轻脚走到千离的床边。最后两日，她坚持分床睡，心里惦记千离解蛊的事情，想叫他起来，又想让他多睡会儿。于是，无声无息地在床边看着他。

千离睁开眼睛看着幻姬时，她伸出手想抱他，想到他现在的痛苦，忍住了，转身将他的衣裳拿了过来："花探真君应该已经摆好了早膳，吃过饭后，赶紧解蛊吧。"

"嗯。"

千离接过衣裳穿好。

看着他原本白皙修长的手指变成了红色，幻姬的心丝丝发疼，她没听他吭过一声，就算是晚上她悄悄进房间查看他的情况，也感觉不到他的气息有紊乱的情况，他以为这样她就感觉不到他的疼痛了吗？他手上皮肤的颜色一天天变红，那是他体内在承受剧痛的证明。他不说，她也不说。问他或者碰他，都不能减轻他的痛苦，甚至想安慰他都找不到话。除了心痛，她不晓得自己还能为他做什么。

饭后，幻姬跟着千离到了千辰宫的百佛殿，殿中香烟袅袅，佛音清幽。

幻姬朝着殿中大佛祖微微弯腰施礼，双手合十，默心祈祷。轻轻的脚步声在她的身后响起，待她转身，只见殿中放着两个莲花软金大蒲团，团面上放满了各种仙草，一眼扫过去，有些仙草她甚至还叫不出名字。花探真君还在检查软金蒲团上的仙草是不是都放准确了。幻姬看到七星还魂草，随即想到了之前在药沐殿找花探时他说的话，那时他说不过是他自己增加学识，看来是说谎。幻姬刚迈步朝花探走，他直起身子走到千离的身边，恭敬地说着话。

"帝尊，准备妥当了。"

"嗯。"

千离转身，看着走来的幻姬："语儿，你到殿外等着我。"

"我在殿内看你解蛊不行吗？"

"要驱蛊王成虫出体，只有种蛊之人方能在场。"

幻姬点头："好吧。不过，我不到殿外去，我躲起来，行么？或者，你用结界将我罩住。"

花探轻声地说道："幻姬殿下，其实到殿外等候帝尊也是可以的。"她在场，帝尊若是分心怎么办？

幻姬目光射向花探真君，他还敢主动跟自己说话？在药沐殿竟然敢欺骗她，他当时拿的那些仙草明明是打算给帝尊熬药，是不是觉得她现在还不是帝后娘娘没权惩他？

接到幻姬厉肃的目光，花探稍稍地缩了一下脖子，闭上嘴巴。他不说话了！

“我躲到梁上去，保证不打扰你。”

说完，不等千离开口，一道清光闪现，幻姬飞到了百佛殿的梁上，坐在最高一根横梁之上，目光定定地看着千离。

千离冲着花探抬了下手，让他退下。

“可是帝尊，殿下她……”

“随她吧。”

“是。”

花探退出去时，将百佛殿的大门一并关上，殿内被佛像之光照射得金碧通亮。千离双袖翻飞，广袖展过，飘渺仙气不知道从哪儿升腾出来，殿内原本看得清楚的神龛佛像香炉等等都变得若隐若现，幻姬觉得殿内焚的香味道都似乎变了。

忽然之间，她看到一朵白色的神花从千离的手心里开出来。越来越大的白摩花飞到一个软金蒲团上，白光闪现，一个身影出现在软金蒲团之上。她不是……宠服吗？

看着宠服出现在百佛殿内，幻姬想飞身下去问千离，到底怎么回事？在幻梦神川海时，宠服不是被他灭了吗？还是，宠服一直就没死，而是被他随身带着？想到宠服四十多天以来一直在千离的身上，幻姬心里觉得酸酸的，是不是她和帝尊亲热时，宠服也在？

千离飞身而起，缓缓落到另一个软金蒲团上面，小诀轻掐，被冰封的宠服缓缓醒来，完全醒后，躺着的身子也在千离的仙术中坐了起来，与他面对面。只不过，因为软金蒲团的巨大，两人之间大约隔了十来步的距离。

殿中升起的仙雾越来越多，几乎到了两步之外就看不见东西的程度，幻姬想飞下梁，却又怕自己的行为会打扰到千离，掐诀开启自己的幻天眼，透过浓重的仙气看清了殿中的景象。瞬间，幻姬惊得差点儿从横梁上直接掉下去。

帝尊和宠服竟然……一丝不挂！

幻姬两只手狠狠地捏紧，指甲深深地钻到了掌心里，不是解蛊么，怎么会需要这样赤裸相对？如此一来，帝尊岂不是将宠服什么都看光了？而她的帝尊也被宠服都看到了。难怪帝尊让她出去，这样的画面，他怎么会愿意她看到。幻姬的鼻头酸涩难忍，眼睛紧紧地盯着千离。

等等！

她用幻天眼才看清楚他们，仙气如此厚重，帝尊和宠服应该是看不到彼此的。发现自己乱紧张后，幻姬的心平静下来。

嘭的一声，软金蒲团忽然被点燃。蒲团上的仙草燃烧起来，千离和宠服坐在仙火之中被焚烧着，殿中很快飘着仙草沌香，沁到人的心脾里，勾起一种说不出来的感觉。幻姬闻着

香气，目光落在千离的身上，不自觉地回想起和他相遇而来的点点滴滴，每一件事情都仿佛发生在昨天，从她的脑海里一一浮现。

仙火烧了约一个时辰，幻姬看着殿下纹丝不动的两人，微微皱眉，将蛊王弄出体内果然麻烦。

缓缓，幻姬看到千离伸出右手，掌心向上摊开，随着他的动作，对面的宠服也抬起了右手，做出了同样的动作。没多久后，两人全身的皮肤之下浮现七彩的光芒，一条条流动的彩色之光窜来流去。最后，当两人的脸上都变成了七彩之后，彩光停下来不动了。

幻姬心中一紧，怎么回事？

慢慢地，七彩的光芒汇聚到了两人的胸口。如果不是因为害人的蛊王，幻姬很想说，眼前看到的七彩光是她看过的彩光中最为纯净的，每一个色泽都清晰分明，艳光张扬却不刺人眼，光泽混合得恰到好处。但，再好看的混光，一旦是害人的，便失去了动人心魄的真善美。

千离和宠服胸口的七彩光凝聚之后，慢慢蠕动，一团彩光里缓缓地伸出一个小圆团，圆团逐渐拉伸，朝着他们的右手臂蠕游，团身渐渐拉长，而他们胸口的彩光则一点点地变小。

幻姬看得惊呆了，一只手捂着嘴巴才没让自己叫出来。以她聪明，总算是看明白了。帝尊胸口的彩光就是蛊王团起来在他体内的样子，而伸出来的圆团是蛊王雄虫的头，它在顺着帝尊右手臂爬出来。虫头都爬到了他的手腕处，虫身还有一半在帝尊的胸口，这只种在他体内的蛊王到底有多大？让幻姬眉头紧蹙的是，宠服的右手臂里也爬着一只七彩蛊虫。

七彩光芒同时闪现于千离和宠服的手心，蛊王雄虫和雌虫在七彩光中从他们两人的体内探出头来，两根长长的触角不停地晃动，仿佛是在寻找另一半的具体位置，又像是在确定周围是不是有会伤害自己的东西。终于，一对蛊王慢慢地爬出千离和宠服的手心。两只七色长虫从他们的手上爬下来，在烧着的仙草火里畅快地游动，很是喜欢的样子。

幻姬纳闷，动物一般都怕火，蛊王这对儿怎么如此喜欢仙草烧出来的仙火？

两个软金蒲团同样大，宠服身上的雌虫朝边缘爬着，最后虫身只留下一点点在宠服的手臂上，可它还没够到蒲团的边，眼看整个身子就要离开宠服的身体了，雌虫忽然不动了，躺在软金蒲团上的仙火里，抬起头看着对面。

千离体内的雄蛊王比雌蛊王大了许多，它在仙火里畅游了一会儿之后，在雌虫停下来后，朝它游动，七彩身子越来越长，可千离的胸口还是有彩色的光芒。幻姬咬着嘴唇，恨不得飞下去将雄蛊王剩下的部分从千离身体里拉出来。

终于，雄蛊王爬到了蒲团边缘，触角确定雌虫的位置后，越过软金蒲团的边缘，从千离这边的仙火里爬到了宠服坐着的蒲团上，两只蛊虫的头纠缠在一起，旋转着，扭转在一起的虫身越来越多，立起来的虫身也越来越高。幻姬的心随着雄蛊王爬出得越来越多变的越来越紧张，别说大气，一口小气都不敢呼出来。雄蛊王实在太狡猾，不管它和雌虫纠缠在一起的虫身如何多，总是保持了雌虫的尾端在宠服的手心里，它的身子太长，以至于爬过来不少虫身却还没从千离的体内出来。

腾的一下，软金蒲团上的仙火烧得更旺，火苗将千离和宠服完全吞噬。幻姬紧张不已，虽不是天火，可他们在火中烧了快两个时辰了，两只蛊王却还没有完全离开他们的身体，帝尊为何不用法术将它逼出来呢？是逼不成吗？幻姬不知道自己还能忍多久，看着蛊王从千离的体内爬出来，她心痛得无法言表，这只东西原本是在她的体内的，现在却让他替她受这份痛楚，想到蛊王入侵他的大脑，她……

突然间，雄蛊王和雌蛊王扭得太深入，雌蛊的尾端完全离开宠服的手心，她身上的七彩光芒彻底消失不见。瞬息之间，幻姬看到千离抬起左手，一只幻影手穿过浓厚的仙气掐住了宠服的脖子。

“呃。”

幻姬看着殿中发生的一切，要下去救宠服吗？还是看着她被帝尊掐死？

“咿咿……”

和雄蛊王扭到一起的雌虫发出连续不断的声音，七彩虫身也不断地扭曲，在仙火里翻滚。

内心纠结着是不是飞下去让帝尊手下留情的幻姬放弃了此打算。蛊王离体，它们确是活着的东西，如果不将它们杀掉，会祸害别人。帝尊掐着宠服，雌蛊王满地打滚……幻姬反应过来，要杀掉寄生体蛊王才会死！

随着千离的手指越来越收紧，宠服的脸色起了变化，仙火中的雌蛊王卷曲得越来越痛苦，纠缠着它的雄蛊发出哀鸣声，和着雌蛊王的痛苦叫声，听得幻姬的心莫名苦涩起来。

情通情，心通心。

雄蛊王的痛苦嘶嚎里，已动了红尘之心的千离刹那间想到了幻姬，那一瞬间，他想到如果语儿出事，他的心会比雄蛊此时更痛上千万倍。便是这一闪而过的晃神，雄蛊王彩光乍闪，眨眼退回到千离的身体里，而雌蛊王则躺在了仙火里。

千离缓缓地松手，宠服的身体软绵绵地倒下。

软金蒲团上燃烧的仙火里，宠服和雌蛊虫的静躺让梁上的幻姬紧张不已。它们死了？可她看到雄蛊王回到了帝尊的身体里，如此说来，解蛊没有成功？仙气未散，幻姬不敢贸然飞下顶梁，怕惊扰了千离的解蛊，看到千离的胸口出现七彩光芒后，确定蛊王在千离的体内，心中陡然一紧，顾不得仙气缭绕整个大殿让人不能视清，白色的身影从梁上飞到千离身边，因为飞得急速，飞入仙火的瞬间亏得幻姬反应快，掐出了仙泽护体，差点儿被仙火烧伤。

“帝尊！”

幻姬蹲下，双手扶住千离的身体，焦灼地看着闭目不言额头上沁出微微细汗的他：“帝尊，你怎么样了？”亲眼看到七彩七星玲珑珠珠化虫的她，无法形容看到蛊王钻出千离手心那一刻的感觉，尤其看到那么长的身子从他的体内一点点爬出来，她在梁上忍耐得都不能自已，压住想飞下来灭掉蛊王的心。她不想因为她的冲动让帝尊的解蛊失败，可没想到，蛊王远比她想的狡猾，又或者应该说，雄蛊王超乎了她的预计。

千离胸口的光芒开始四散，幻姬立即用娲皇宫的仙术将千离笼罩，从嘴里吐出了一朵语佛花催入千离的心口，将千离皮肤下的彩光敛收入自己的佛花之中。她记得娘娘告诉过她，语佛花是异世花，是唯她独有的神花，可收容万象万灵，虽然杀不死蛊王，却能将蛊王暂时地困住，暂缓帝尊的痛苦。

雄蛊王被幻姬强行收入自己的佛花之中，亲眼见到雌蛊王死亡的它充满了悲伤，源源不断的恨意和伤痛从语佛花里散发出来。千离将自己的仙力凝到一处，掐天兽锁魂诀将语佛花收入自己的内丹，他的无边法力配合着幻姬的异世的神花，总算将雄蛊王老老实实地制住。

缓缓地，千离睁开了眼睛。

“帝尊？”

幻姬惊喜地看着千离打开眼睛：“感觉怎么样，是不是现在很痛？”

“没事了。”

“还说没事。”幻姬急得眼睛都红了，“我在上面什么都看到了，雄蛊王在你的体内，它还在折磨着你。”如果不是她亲眼所见，如果她听他的话到了殿外等他，她听到的结果一定是解蛊成功。他的风格，她开始懂了。

千离抬起手，抚摩着幻姬的脸颊：“不要担心。”

“把雄蛊王传给我吧。”她怕！怕悲伤过度的蛊王会侵入他的大脑，若是那样，她要如何救他？幻姬伸手抓住千离轻轻摩挲她脸庞的手，“雌蛊王死了，凭我女娲后人的远古神体，它奈何不了我的。”忽然，幻姬想到，骗蛊虫出来是雄雌同在，现在雌蛊死了，帝尊身体里的蛊虫要怎么弄出来？

幻姬转身穿过浓浓的仙雾快步走到宠服的身边，用自己的天古复生术将宠服仙魂召唤回来，看着她极其缓慢地微微睁开眼睛，连忙蹲下身子。

“宠服，在雌蛊死亡的前提下，雄蛊要如何引出帝尊的体内，你晓不晓得法子？”

尽管被幻姬召回仙魂，但宠服是被千离的法力所伤，气息十分微弱，近乎下一瞬间就会闭眼灰灭，看着幻姬焦急的样子，宠服尽量让自己的声音大一些。

“半魂。两个半魂……”话没有说完，宠服闭上了眼睛。

幻姬将脸贴近宠服：“你说什么？宠服说清楚。”

一袭白袍整齐翩翩的千离从仙气里显身，将幻姬从蒲团上拉了起来：“她说两个半魂人。”

“半魂人？”幻姬问，“那是什么人？”

千离用两朵白摩花将宠服和雌蛊王的身体收入花蕊中，广袖挥过，殿中的仙气散尽，软金蒲团上的仙火也慢慢熄灭。两朵花瓣合起来的白摩花从蒲团上飞起来，落到殿内供着佛祖的神龛前面，佛香飘渺，花朵静呈。

“半魂人不算人，”千离的声音轻轻的，“也不算仙。”

在仙界和凡间两界的相交处，隐藏着一个神秘的境界，平时无人看得到，在每年凡间的七月半时，那个神秘的境界才会显现一整天。那里，叫半魂烬墟。一半是土地，一半是海水，与别界不同的是，海水在天，沃土在地。进入境界就能看到，一片无垠的水域浮在地上。在半魂烬墟里，活着唯一的一种人，叫半魂人。每一个人都只有人影，没有实体的人身，仿佛是幽灵，但他们却不是幽灵，而是只有一半魂魄的幻人。不论太阳多么明亮热辣，半魂人不会出现影子，白天他们浸泡在天上的海水里，不见踪迹。到了晚上，半魂人便会出来到海下面的陆地上生活，像是凡人一样，吃饭，游戏，相聚……

半魂人没有生死，只要不是被捉去附魂，他们的命可以和无极时光一起，活到很远很远的时空。半魂人之间没有争执，每个人都是平等的，从狭隘的境界来说，半魂烬墟是四海六道八荒里唯一安宁祥和的地方，从来都没有出现过争夺和厮杀。同时，半魂人也是团结的，若是看到自己的同伴被捉去附魂，其他半魂人会拼命相救，不让他被抓去。

所谓附魂，是半魂人的一个特殊能力。不论是凡人还是仙者，哪怕是灵畜，只要身体在死亡之后被日月精华保养着，让身体处在与活着时无异的机能下，半魂人附魂于体，便能让死亡之灵重新复生，而半魂人因为附魂则失去了自己的意识，完全化成了复生之人的灵魂，无异于彻底死亡。正因为如此，半魂人一直是很多凡间神明大师或者歪门邪道的捉妖师想捕捉到的灵人，而半魂人则十分痛恨到半魂烬墟捉他们的入侵者。

由于每年七月半到半魂烬墟抓半魂人的人渐渐增多，半魂人对外界来者不论何人都带着十分强烈的敌意，戒备心更是一年比一年重，每年的七月半，半魂烬墟里不论是白天还是黑夜，都看不到一个半魂人。藏匿于海水中的他们，无影无形，无法捕捉。

幻姬看着神龛前的两朵白摩花：“宠服的意思是，叫我们抓半魂人来复生她和雌蛊王？”

“或许还有别的法子。”

“让我来复活宠服？”幻姬问，“还有雌蛊王？”

千离伸手将幻姬揽到怀中，摇头：“不用。”

她有心，但他知道，力不足。以她的修为，现在至多能复活凡人，宠服和雌蛊王都非等闲之辈，复活仙者她此时没有这个本事，除非是女娲娘娘。而他……见死不救是习惯，何况是一个死在自己手里的人，若是想救她，又怎会灭她。此时让宠服活过来，以她的脑筋，

语儿怕是应付不了，不若让她和雌蛊王一起在白摩花里被如月佛光养着，兴许她还能在解蛊雄虫上面有点儿作用。若是这点儿利用可能都没有，她也就不用存在于世了。

“凡事总要试试的。”

“一件事情不做就知道结果。做，就显得蠢了。”千离搂着幻姬转身，朝佛殿的门口走，“蛊王如今被封在我的内丹神花里，折磨不到我。”

幻姬皱眉：“是暂时折磨不到。”它在他的体内，总归不安全。

幻姬边走边算时间，惊呼：“到七月半还有两个月！这么久！”

星华和麒麟知道千离解蛊失败已是五天之后。

麒麟因为不确定千离蛊王化虫的日子，因此没在解蛊那天到千辰宫里来，听到千离说没成，惊奇地看着他，发出长长的一声：“咦……”

这如何可能！

“你逗我们玩的吧？”麒麟不敢置信地看着千离，他的手里还能出现失败？不可思议，“别开玩笑了。”

千离轻描淡写地道：“雌蛊死了。雄的没有。”

“啊？”麒麟越发奇怪了，既然死了一只，那就不算失败，最起码，宠服不再需要顾忌。看了星华一眼，麒麟问：“怎么会只弄掉一只呢？”

到自己在最后关头走神的一下，千离默然不语。那一瞬间，听到蛊王的哀鸣，他好像能感同身受，能理解他看着自己的伴侣死在眼前而自己却什么都不能做的无助与痛苦。如果他没有为语儿动情，他必然会一气呵成地将这对蛊王处理掉，可没有如果，那一刹，他想到语儿。

得知真相的麒麟忽然拍桌而起，看着千离，叹了一口气，用手指了指他，又放下。

“星华，你来说他。”

麒麟对千离到了无语的程度。他在解蛊的时候是怎么想的，蛊王是虫，再叫得悲哀那也是它的事情，人家的伴儿要死了，当然伤心，好端端地，他想到幻姬做什么，分心瞬间给了雄虫机会，悲愤欲绝的蛊王在他体内会怎么复仇可想而知。

“事已至此，想想如何解决吧。”星华看了千离一眼，虽然可惜解蛊只成功了一半，但他完全能理解千离，坠入十丈红尘的他们很多时候心不由己，情不自禁就会想到心中的那个她。雌蛊王在宠服的身体里，他能控制住自己的心性对宠服冷淡已是不易，蛊王在他的体内，让他在压住雄虫对雌蛊的深情后朝宠服出手，强大的自控感情已说明他对幻姬的心意比那对雄雌蛊王还深，他又怎忍心说他什么呢。

星华看着麒麟：“剩下的一只要怎么弄出来？”

“我看的远古大典里就说了怎么解蛊，没有记载死一只活一只怎么办。”麒麟笑了笑，看着千离，“这次你可为我的《三十三重天佛陀大典》又贡献了一个惊世故事。我会把你写得潇洒盖天，对战蛊王时气势磅礴，身姿飞转间行若流水，迷死大把神女仙娥，让帝尊老人家你英明神武的形象变得崇高伟大。我要让后人知道，我们的帝尊其实也是个情种，为了他的媳妇儿，他忍辱负重，任劳任怨，为牛为马，坚韧不催，风……”

千离的声音轻轻响起：“你快点儿写，昨儿个花探好像说便所里没纸了。”

麒麟：“……”

星华蹙眉，千离出声。

“等七月半。”

“嗯？”

千离道：“七月半，两个半魂人能让宠服和雌蛊王附魂复生。”

麒麟了悟：“你的意思是，再来引一次蛊王？”

“我不以为蛊王会上第二次当。”星华忧心忡忡地看着千离，他是经历过飘萝死亡的人，眼睁睁地看着自己的爱侣死亡是一件非常残忍的事情，痛到极致时，那种感情若是转化成恨，足以毁灭心中所不能忍之的一切。

麒麟信心十足：“会不会上第二当那是后话，现在我们可以想想怎么抓到半魂人，等宠服和雌蛊王附魂后，才晓得会不会成功。”麒麟笑着揶揄星华，“如果是按照你在人间见到飘萝的反应来看，蛊王没理由不上当，那简直就是飞扑而出。”

千离目光转到远处，看着幻姬：“我不想抓半魂人。”

星华和麒麟的目光跟着千离看过去，若是不去半魂烬墟，他体内的蛊王要怎么弄出来？

“你不想，她肯定想。”

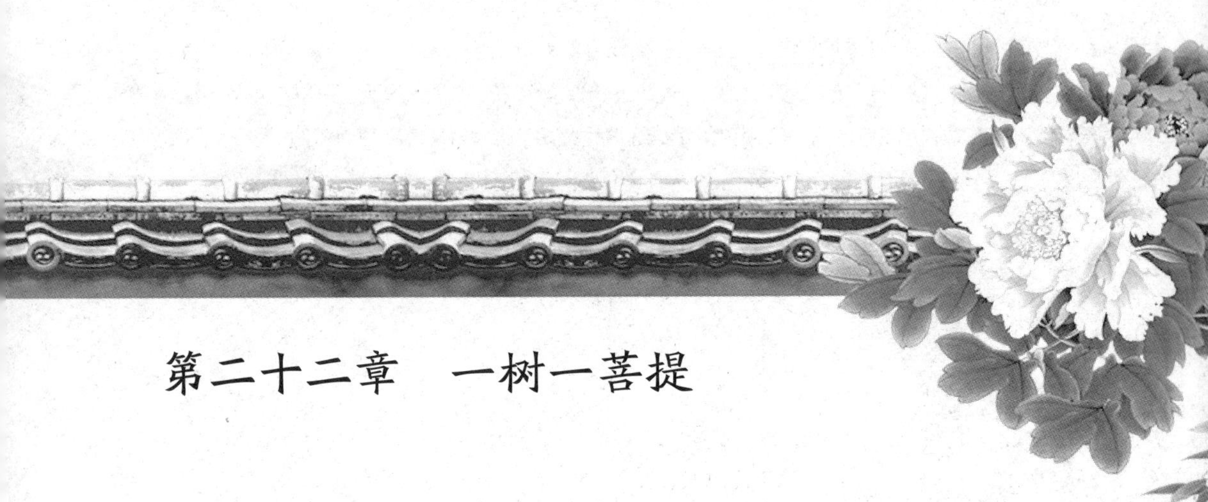

第二十二章　一树一菩提

比起千离的淡定从容，幻姬每天过得度日如年。尤其是星华和麒麟来过之后，心中越发着急。可她担心的人，却完全像个没事人一般，每天该吃吃该睡睡，一点事儿没有。

幻姬坐在树下翻着摩梵天书，这本书她从小就看，从远古至今，记载内容无所不有。关于七彩七星玲珑珠也说得非常详细，书中说，要解决被种下的蛊王，必得出现一对比原蛊更厉害的蛊虫。帝尊和宠服体内的蛊已是王了，想养出更甚者，短期内不可能。帝尊用的法子是天书上说的第二种，寥寥几句话而已，想必是无人用过。

焚百味仙火，精绝不可差毫厘。蛊人相对肉身赤诚，灼成密汗，柔心相吸，引蛊体外相缠。然，灭蛊寄之身。蛊，卒。

看着简单，幻姬心中却充满了疑问。种蛊的两人会被蛊虫控制心性，她在神川山种蛊后对宠服有说不出的感觉，当时以为是自己心慈所致，而今想来，是体内的蛊让她对宠服下不了狠心。帝尊体内的蛊王都成虫了，他是如何控制住自己的内心对宠服下手的？蛊王就在他的体内，他想什么，蛊王会不会晓得？便也是因为如此，蛊王才会让雌蛊最后没有爬出宠服的身体，留着尾端在她的体内。只是没想到，它们紧紧缠绵的时候，雌蛊因为身体不够大被不小心卷出了宠服的手心，从而给了帝尊对宠服出手的机会。天书都没有写百味仙火需要哪百味，花探真君如何晓得？八九可能是帝尊吩咐他的，帝尊又是如何知晓哪百味？仙火不能有一丝一毫的差池才会散发出吸引蛊王出体的味道。她手里的摩梵天书乃天地间最全的洪荒记事古典，这上面都没有记载的东西，他如何晓得的？

第二十二章　一树一菩提

幻姬的眉心紧蹙，天书没有说死了一只蛊虫要如何解救另一个人，她现在能为帝尊做什么呢？

“哎……”

“殿下缘何叹息？可是有什么烦心事吗？”

幻姬看着挡了一缕阳光投了段影子在自己身边的花探真君：“帝尊种的蛊没有驱除出来，真君你不担心吗？”

花探看着幻姬，表情平静：“殿下太在乎帝尊才会出现这样情不自禁的想法。我当然关心帝尊，可我更相信帝尊即便是在雌蛊死亡的情况下也能顺利将雄蛊解除。”

“他要怎么做？”

花探微微一笑：“这……我就不知道了。我只相信，帝尊不会败。”

她信他的本事，可她更控制不住自己紧张的内心。如果现在蛊王在她的体内，她应该会和帝尊是同样的心情，平静而淡然。反观帝尊，或许会像此时的她，害怕出现变故。

“百味仙火并无记载需要哪些仙草，你是怎么知道的？”幻姬看着花探，“能告诉我，让我记下吗？”

“在百佛殿焚烧的仙草我是按照帝尊吩咐放的，百味仙草记下来也不会有什么用。”在幻姬疑问的目光中，花探继续解释，“每一只蛊虫在成长的过程中吃入的仙草不同，所要焚烧成香的仙草自然也就不同了。”

幻姬十分诧异，在软金蒲团上烧出仙火的百味仙草都是蛊王曾食入的？

“可蛊虫一直在帝尊的体内，他是如何知晓的？”

花探笑容里带着显而易见的崇拜，“帝尊如何得知的我不清楚。不过，再不可思议的事情发生在帝尊身上都不觉得奇怪，他是帝尊嘛。”连跟她相爱这种事情都能发生，还有什么不可能出现呢。何况，只是知晓一只蛊王在过去的成长中吃过什么仙草，对他们来说至难之事，若由帝尊来处理，该是算不得什么事吧。

幻姬点点头，是啊，帝尊嘛，什么事情不会呢。

“殿下不必太过担心，帝尊不会有事的。”

“嗯。”

两人正说着，一个神侍走了过来。

“幻姬殿下，舞倾公主在宫外求见。”

“她来做什么？”千颜花的种子不是告诉她暂时没有么？

神侍道：“她说来跟殿下你学习种花草。殿下，要让她进宫来吗？”

舞倾随麒麟来千辰宫几次，每次都没有打扰千离。千离见幻姬与她也能聊上一会儿，便没说什么。舞倾倒也不笨，看得出千离并不喜欢和幻姬以外的女子接触，几次在千辰宫都只对着千离默默行礼，并没有什么不妥的举动，在千辰宫的神侍们眼中，她来宫里几次都不

起眼，若非衣裳与她们不同，倒叫人认不出她是西海的公主。因此，连花探在内，都觉得舞倾只是喜欢和幻姬在一块儿聊聊女儿家的话，安静且温柔的她，并没让人觉得不受待见。

“带她过来吧。”

“是。殿下。”

神侍走后，花探说道：“殿下，我先去忙了。”

“嗯。”花探走开几步，幻姬想到一事，“花探真君，帝尊在佛殿静心，待他修完，你立即来告诉我。”

“好的，殿下。”

一连五天。

舞倾每天上午准时到千辰宫来找幻姬，跟着她聊天，种花种草，在幻姬和千离要吃午饭时会回麒麟宫，不论幻姬如何挽留，她都不愿跟他们俩一起吃饭。幻姬只当舞倾是害怕千离才不愿跟他们一起吃饭。

第六日。

因为舞倾每天都来，千辰宫的神卫和神侍对她不再阻拦，知道她只是来找幻姬，到了时辰便会离开，乖巧的她从来不在千辰宫里乱走乱看。连花探都对舞倾放心，看到她进宫还会轻轻地点头。

从金光闪闪的巍峨大宫门进来之后，舞倾按着几天来的习惯往大殿后面的花园走，每日幻姬会在那个园子里告诉她种花草要注意的事情，每一种花草要注意的地方都不同，甚至有些花草照顾起来比照顾小孩儿还要细心，真真是一点儿都马虎不得。娇贵珍稀的花，风吹不得，雨打不得，日晒不得，得伺候得极细心。正走着，舞倾的脚步忽然停下来，看着不远处赫然出现的一个白色身影。

帝尊!

千离步伐翩翩地从檐下廊道尽头走了过来，在离舞倾丈远的地方目不斜视地转身走上了长长的金阶。

舞倾一声不言地跪地行拜礼，听到金阶上传来的脚步声，缓缓地抬起头，看着背脊笔挺的千离一步步朝大殿上走。帝尊，是没看到她吗？还是看到了，不想理？

千辰宫的大殿和其他尊神宫里的大殿一样，非大事件时，若不得各位宫殿主人的召唤，旁人不可进入。千辰宫里，连金阶都不敢有人轻易踏上。金阶下的神卫一个个目光清冷，表情严肃，大有谁敢踩一下就将人灭成灰烬的架势。

舞倾一直跪到千离的身影进了大殿才从地上站起来，朝高高的殿门口看了一会儿，心想，如果是幻姬殿下，她可不可以随意地走上去呢？

在园中培土时，舞倾将心中的疑问问了出来。

第二十二章　一树一菩提

“殿下，你进过大殿吗？”

“大殿？”幻姬问，“什么大殿？千辰宫的？”

舞倾点头：“嗯。我今天来的时候，见到帝尊走上金阶，有些好奇千辰宫的大殿里是什么样子。”

“呵……”幻姬轻轻地笑了下，“去过一次。”

“里面是不是特别的庄严肃穆？”

“大殿是告天大事时才会用的地方，自然与别处不同。帝尊平时惯过闲适生活，大殿去得少。”

舞倾又问：“今天是有什么大事吗？”

“没有。这阵子帝尊每天要修心，大殿后面是百佛殿，他在佛殿里静心。”

“难怪了。”

幻姬停下手里的活，去百佛殿不是还有别的路么？帝尊怎么会从大殿里进去？刚好散步散到那儿顺道就进去了？

千辰宫大殿。

千离广袖拂过，空旷的殿中出现两朵白摩花。随着他慢慢踱步走上帝尊神位，殿中的两朵白摩花在慢慢地变大中开放，千离优雅落座后，两朵白摩花也开好了。花蕊里，一个躺着宠服，一个是雌蛊王的七彩身体。一片金色中，佛音飘旋，殿中的两朵白摩花盛开得甚是好看，神位上的白袍男子更是散发出无与伦比的威仪。

只见千离抬起右手，掌心浮现一团白色的光芒，渐渐地，一朵白色语佛花幻影盛开在他的手中，花中隐隐约约闪着七彩的光泽。

千离的声音在佛音里格外空灵：“不出来吗？”

殿内，静悄悄的，好似千离一个人在自言自语。

过了好一会儿，他手心飘着的语佛花慢慢浮现鲜艳的七彩光泽，当颜色变得清晰时，忽然射出七彩的光芒，从语佛花里飘出一缕彩色的轻烟，烟丝袅袅绕绕，在千离的眼前变成雄蛊王的模样，两根触角不停地摆动，一双如拳头般大小的眼睛含着浓烈的仇恨死死盯着千离。就这样，雄蛊看着千离，千离靠着臂扶懒洋洋地看着蛊王。

良久良久……

终于，雄蛊王缓缓地转头看着殿中躺在白摩花里面的雌蛊，眼中浮现悲痛，看过自己的伴侣后，蛊王眼中的恨更浓了。

“你以为我会离开你的身体？”蛊王的幻影嘴唇抿合，十分沙哑低沉的人声从它的喉咙里发出来，“做梦！”

“我要一直寄生在你的体内，每天折磨你，撕咬你，待你和你的心上人亲热时，吞噬你的心，让你痛不堪言。”

“还有，我要侵入你的大脑，让你成为一具行尸，将你身上的光环全部毁掉，从神坛上狠狠地摔下来。你，不再是个王者。我要让你的心上人看着失去自我意识的你痛苦生生世世。”

在蛊王说了不少狠话之后，千离终于开口了。

他，缓缓地，很是悠闲地，道：“本尊看你还没睡醒，不如我们明天再见。”作势，千离便要收了语佛花。

蛊王吼了一声，七彩幻影冲到千离的脸前，“你杀了我的妻！我要你偿命！”

“双七已过，它在本尊的神花里集了十四天日月精华，受佛音圣光普照，你以为，本尊想做什么？”

蛊王一愣，转头看着殿中的雌蛊，收回自己的幻影到原本的位置，情绪冷静下来，看着千离，“你复活她？条件是，我离开你的身体。哈哈，你以为我会这么轻易就放过你？”

“本尊从没这样以为。”千离淡淡地勾起唇角，“因为你没资格跟本尊讲条件！”

“你！”

千离扫了一眼白摩花的雌蛊：“本尊出这殿门后，你若还在本尊的体内，她便灰飞烟灭，永世不得轮回。”

蛊王爆喝：“你敢！”

千离轻轻一记冷笑：“试试？”

“我若自愿离开你，你能保证复活她，让我们安全离开吗？”

“本尊说了，你没资格谈条件。”

出，也得出；不出，也得出。

“你别骗我！复活仙者和我们这种万年灵虫，绝非易事。”蛊王狠狠地瞪着千离，“不附魂，根本无法让她们复生。”仙魂离体，蛊和仙不是凡人，仙丹救不了她们的命。

千离淡淡地问：“你以为本尊和你们一样无能？”说着，千离站起来，朝神位下走去。

“等等！你若骗我，怎么办？”

“能怎么办？”千离看着蛊王，“你就当自己赌输了。”

千离一步步走下神台，狭长的眼睛丝毫未瞧一眼地上的白摩花，径直朝大殿的门口走，行过半，蛊王喊住了他。

“站住！我赌。”

雄蛊的幻影回到了千离的体内。千离将它从内丹里放了出来，又打开了幻姬埋在他体内的语佛花，雄蛊王舒展身体，从千离的手心钻了出来，爬向在白摩花里蜷着的雌蛊。当雄蛊只剩下尾端在千离的手臂里时，它离白摩花还有两臂远，看着一动不动的伴侣，雄蛊内心犹豫。再向前爬，他的身体就全部出了千离的身体，以他的修为，一旦摆脱它，自然不可能让它再抓住机会寄生回去。可若不爬出来，他继续走，出了殿门，花中的它便要永远地消失，让它如何能忍心。万年来，它们从出生就在一起，一起食了多少同类，经历多少苦难才成为今天的蛊王，眼睁睁地看着它灰飞烟灭，它做不到。

殿中，静悄悄的，连佛音都似乎绝耳了。

犹豫过后，雄蛊做出了选择，彻底地离开千离的身体。

雄蛊最后一点身体爬出千离的手心，瞬间，一根天兽祭魂银骨针从它的尾巴尖上直穿整个身体，针尖从它头上的触角里钻出来，长长的七彩虫身被针钉住，剧痛袭击蛊王，嘶吼的声音响彻大殿。

痛叫过后，雄蛊王双眼充血地看着白摩花内的雌蛊，大声道："混蛋！你不讲信誉！说话不算话，你是不是男人！你对得起你的身份吗！"

"吵什么。无非说明你赌输罢了。跟本尊的信誉有什么关系。"

"你说过会复活它，让我们走的。"

千离眉梢微微挑了下："本尊虽然记性不好，但这句话，没说过。"

"你混蛋！"

千离抬手，当着雄蛊的面将白摩花里的雌蛊灰飞烟灭，白摩花合上花瓣，消失得无影无踪。

雄蛊叫喊着："为什么不让我和它见最后一面，最后！"

"刚才有人好像说想我变成行尸，让我的心上人看着我痛彻心扉。"千离目光清清的，带着一丝柔和，"我家语儿胆子小，受不起这样的恐吓。你说，本尊该不该将危险斩草除根。"

蛊王咬牙切齿地看着千离："我只是说说而已，并没有把你怎么样，而你是杀了它。你杀了它！"

"你的'而已'不过是因为你的无能。"

若是真的有机会入他的脑，它岂会放过。面对眼前的现实才说出它好像多么仁慈的话。只可惜，这样的话，在他的耳朵里就是废话。

一掌仙风扫过，雄蛊王的身体被千离打到殿外，虫身被他的佛法到了金阶旁的雕栏里，七彩光泽清晰艳明，仿佛是最初就画在上面一般，蛊王的仙魂被千离用法术锁在了它的体内，天兽祭魂银骨针让它的身体被钉于栏上无可逃脱，从此风吹日晒经受穿骨剧痛，不生不死。那些它曾经给予幻姬和千离的痛苦，被千离千百倍地讨了回来。

千离站在殿内，看着白摩花里躺着的宠服，她倒还真是想得美，竟然想让语儿到半魂烬墟去抓半魂人，或许是真想帮他把蛊王弄出身体吧，但是她的建议实在太烂。语儿信，他不信，更不稀罕。

还生佛光从千离的指尖飞出去，双目紧闭的宠服在花蕊中缓缓地睁开了眼睛，看着头顶陌生的一切，慢慢地坐了起来，看到千离时，愣了下，朝四周看了看，不见其他人。

“帝尊？”

宠服抬起手摸了摸自己的脸和身体：“我这是……死了还是活着？”

“我曾答应过语儿，不让你死。但，你会生不如死。”

宠服心颤一记：“你折磨我，不怕我不帮你驱除体内的蛊王吗？”

“你觉得，本尊需要你的帮助吗？”

“蛊王若不是心甘情愿地离开你的身体，你种的蛊不会好。”就是因为每一对蛊都不会甘愿离开寄生体，于是需要用比它们强的另一对蛊入体撕咬，输了的，不甘心也没办法。帝尊的身体何其难得，她不信雄蛊会自愿离开他。

千离面容淡若镜：“半魂人能复活你和雌蛊，你能用活着的雌蛊勾引它出来，本尊难道不能用这个法子，还需走你这步弯路？”

“它是蛊王，很狡猾，不会轻易上你的当。”

在宠服看来，千离给她复生，说话如此轻巧，并不表示他体内的蛊王清除了，他只是在用心理战术对付她，她的作用还是存在。

“若是没有语儿之前，本尊或许会信你的话，三分。”

蛊是她种下的，她对七彩七星玲珑珠的了解自然比他们多。可她应该没想到，七彩七星玲珑珠是鸳鸯珠，所谓鸳鸯，便是情深义重。之所以第一次只灭了一只雌虫，幺蛾子便是出在了“情”上。失误于他本不该出现，有了一次，断不会出现第二次。既然他岔在了“情”上，第二次就利用“情”来处理雄的。钻了他一回晃神的空子，总也该付出代价才是，他的便宜可不是那么好占的。雄蛊再狡猾，也逃不过“深情”二字，他的长处变成他的弱点，想对付它自然就变得轻而易举。

“帝尊你……”宠服不信千离能自己解决蛊王，这对蛊王是仙灵女族最珍贵的蛊，他不可能破解的，“你在骗我对不对？”

“本尊从不对外人费心思。”

不在乎的人，连骗都觉得浪费精力。

话音落下，一只不知从何处飞来的银色大雕叼起宠服，飞出了千辰宫的大殿。振翅高展，雕影冲入云霄，将宠服咬着飞出佛陀天，飞往她永远无法挣出的苦楚囚牢……

大殿后的园子里，幻姬和舞倾培土培得用心。

舞倾虚心请教，幻姬耐心地教导她，对她的领悟能力赞不绝口。

“十四，我看你若到昭部山学三年，千颜花说不定还真能被你养成。”

和舞倾熟络几天之后，幻姬对她的称呼从舞倾公主到舞倾，然后在舞倾的要求下变成了十四，两人的关系也亲近了不少。幻姬在千辰宫里难有聊天之人，身份的悬殊和千离一贯的风格让神侍们不敢接近她，年纪只大她五万岁的舞倾与她聊得颇好。

“殿下，千颜花真的很难养成功吗？”

“我在昭郃山没养成过。”幻姬巧笑倩兮，“若是用帝尊的话来讲，智商太低。”

千离的声音悠悠传来，“真有自知之明。”话音钻到幻姬的耳朵里，随之而来的便是他从她身后搂过来的双臂，将她纤细的身子抱入怀中。

舞倾立即放下手里的培土小锹，朝千离行礼。

幻姬在千离的臂弯里挣扎了两下，耳根发红，小声地说道：“有外人呢。”

千离手臂轻轻一带，搂着幻姬朝园子外面走。

“我那些花草还没种好呢。”

千离嘴角带着笑：“比起种花，我们有更重要的事情要做。”

“什么事？”

“到房间你就知道了。”

幻姬紧张了，沾着泥土的手顾不得脏兮兮的便抓到了千离一尘不染的白色袖子上，“关于你身体吗？”

“嗯……算是。”

“那，快点儿。”

幻姬拉着千离一阵风似的朝寝宫赶去，留下独自在园子里看着他们背影消失的舞倾。她一直觉得自己只要能每天看一眼帝尊就会心满意足，这几天她确实过得很开心，可是她还是低估了自己对他的仰慕之情。她羡慕幻姬，甚至做梦的时候都想，如果没有幻姬殿下，帝尊会不会多看她一眼，又或者，如果没有幻姬殿下在千辰宫，帝尊在救了她之后，对她会不会产生男女之情。她想问苍天，难道是殿下抢走了她的机会吗？传说中，帝尊修得佛心，不动红尘情爱。可事实却是，他不仅会动凡心，他的爱还可以很浓烈。她以为，她可以看着帝尊和幻姬殿下恩爱的，毕竟她的身份那么高贵，又岂是她可以企及的。

她以为……

但，也仅仅只是以为。

当内心一直拥有的自信消失时，自卑和自我怀疑便会趁机侵入。它们会让你看不清楚自己，迷失掉真实的自己。亦如舞倾，看着心中仰慕的男子从出现到离开都未给自己一瞥目光时，她觉得自己的心被刺痛了。他的尊贵让她不敢将埋怨的话讲出来，哪怕是第一次来访的客人，帝尊他看一眼也好啊，何况她不相信他不认识自己。在他的心里，幻姬殿下固然很重要，可给她一丝丝的尊重不可以么？他如此我行我素到底是怎么成为帝尊的？她不求自己和幻姬殿下那样得到他的宠爱，可她真心受不了他如此的冷漠，仿佛他的眼中只能看到幻姬一人，别的人，别的物，在他眼中近乎不存在。这样的感情，让她不想承认，却不得不承认，她太嫉妒幻姬了。缘何所有的好东西都给她得了？她从出生起就拥有别人没有的一切，在天外天当好她的娲皇宫殿下不就好了吗，为何还要来三十三重天里抢走帝尊呢。

彼时的舞倾还没有意识到自己对幻姬用了“抢走”一词。直到她连续一个月到千辰宫里找幻姬都没有见到她，每天神侍们都会告诉她，帝尊陪着幻姬殿下在做什么……

也就是一个月的亲耳听闻，舞倾终于明白，那些传说里不近凡情的尊神，其实并不是他们没有感情，而是他们没有对你付出感情。对象不对，他们当然没有情。帝尊是这样，麒麟上神是这样，她相信四海六道八荒里其他被传绝世不管世事的大神们也是一样。帝尊无情于所有人，独独钟情幻姬殿下。麒麟上神看似对任何人都好，可没有人能得到他长期专一的宠爱，甚至没有人能连续见到他五天。不，她的九姐姐是唯一的例外，她倒是连续一个多月都见到了麒麟上神，反而是她，如果不守在九姐姐的身边等着麒麟上神为她检查身体，很可能就见不到他。当初他对自己那么热情，她还以为自己要为如何婉拒他的感情费脑筋，没想到，她想多了，麒麟上神的感情，眨眼就来，眨眼也就走了。

第二日。

舞倾在麒麟宫犹豫着要不要去千辰宫里找幻姬，身体恢复大半的珑婉由两个神侍陪着在散步，见到舞倾低头心事重重的样子，走到她的身边。

“舞倾。”

“呃？”

“在想什么呢？”

“没什么。”舞倾问，“姐姐你散步吧，我去找幻姬殿下了。”

珑婉点点头，“哦，对了。我身体好得差不多了，估摸着再过十来天我们就能回西海了，你打扰殿下不少日子，离开前别忘记跟她道谢啊。”

舞倾看了看珑婉的身体，“九姐姐你的伤都好了吗？麒麟上神不是说你的旧疾很严重，还中了各种毒，再住十天就能好吗？”

“我们在这里住了一个多月了。”珑婉提醒舞倾。

如果不算出征在外的战事，这是她在西海之外的地方住得最长的一段日子了。每天能见到麒麟她很高兴，可她和他毕竟不是夫妻关系，一直住在这里多有不便。这么久以来，除了跟她说伤情，他几乎没与她聊过别的。她从神侍的嘴里得知他很多事情，十件里九件不离美人。她想，在外形上，她是真的做不到。

“噢，是啊。”

舞倾的情绪越发低落了，她在神界待了快两个月了，虽然每天都去千辰宫，可和帝尊说话的次数一只手就能数清，等回了西海，她恐怕再也没机会见到他了。

“好了，九姐姐，你散步，我去千辰宫了。”舞倾笑着道，“不能让幻姬殿下久等。”

“嗯。去吧。”

没想到，舞倾到了千辰宫，得到的回答却是，幻姬和千离去了神界。而且，他们去的地方刚好就是麒麟宫。

舞倾惊讶地看着花探，“你说帝尊和殿下去麒麟宫了？”

“是的。殿下想去看看珑婉公主的身体，帝尊陪她去了。”花探奇怪，“怎么，公主来的路上没有遇到他们？”

“没有。”

花探看着舞倾，欲言又止，最后什么都没说，转身忙自己的去了。他觉得，这姑娘好像真是很想跟幻姬殿下学种花，可若是真的这般迷恋，不若去昭郃山学。殿下嘛，左右不过是女娲娘娘希望她什么都会，但又不指望她在种植农艺的事情上有多么惊世的造诣，找师父得找大师才对。比如，去拜百曦古神。帝尊而今天天陪着殿下，殿下哪里会有一上午的时间分给她呢？殿下是帝尊的，帝尊这个人是不会与人分享宝贝的。

得知幻姬和千离在麒麟宫的舞倾腾云驾雾朝神界飞去。

穿云过雾，远远地看见麒麟宫，舞倾的脸上漾开笑容。原本便有些阴沉的天色很快暗了下来，乌云飘布，紧跟着雷声轰轰，豆大的雨点随着雷声倾盆而下。舞倾使用法术瞬移到麒麟宫的门口，免被淋湿，身子刚站稳，立即快步朝宫里走去，廊檐蜿蜒，妙曼身姿穿梭若蝶。

拐过藤林，便是珑婉住的地方，舞倾的心，莫名地变得紧张，却在藤林的拐角看到了让她迈不动脚步的画面。

花团锦簇的花园里，千离一手撑着伞，一只手在为幻姬理着鬓边的发丝，瞧着该是雨点急下时有几滴落到了幻姬的身上，他手中的伞几乎全部都撑在了幻姬的头顶，呵护疼惜之情十分明显。雨帘里一头银发的他护着绝色的她，画面美得让人窒息。而旁边，难得在宫里的麒麟也为珑婉撑着伞，看着她淋湿了几缕头发，忍不住地说她。

“你是傻子吗？下雨不晓得飞到屋里去？再不济，用法术变出一把伞撑着这么简单的事情不会做吗？”麒麟看着不说话的珑婉，反应速度这么慢，西海的虾兵蟹将给她统领没有全军覆灭，真是奇迹。

珑婉似觉委屈：“我……”

“你什么你，还想反驳？你头发不是被淋湿是被口水吐湿的？”

“其实……”

麒麟伸手不客气地拉了一把珑婉，“其实什么啊，其实你就是反应慢。承认下，不死人。”蜗牛一样的。蜗牛还有壳保护自己的身体，她的身体就是个筛子，到处是需要修复的病洞。

珑婉：“……”

承认下，承认什么呢？承认她就是喜欢他？哪怕他如此地责备她，她也一点儿不生气？

千离为幻姬理好发丝，伸手搂过她的腰肢，朝屋里走，柔软的声音穿过哗哗的雨声跑进了舞倾的耳朵里，她甚至觉得帝尊好像就是在她的身边说话，不然她为什么听得如此清楚。

他说："天雨太凉，冷不冷？"

舞倾看着走到檐下廊里的千离，忽然觉得透心的凉，看着幻姬扬起的嘴角，还有她微微摇晃的头，她忽然觉得，很冷。

"冷！"

不知不觉间，舞倾自己都不知道她什么时候站到雨中，看着对面廊里她原本觉得熟悉的人，她在一瞬间觉得他们像陌生人，和她毫无关系一样。当念念不忘被伤害到锥心般疼痛的时候，她看到了绝望，也终于知道，嫉妒烧心是一种什么滋味。

"舞倾公主。"一个神侍发现舞倾站在雨中被淋个透湿，立即撑伞走到雨中为她撑伞，"公主，你怎么了，天雨甚凉，你看你都淋湿了，赶紧进屋吧。"

"走开！"

神侍一愣，没听清舞倾的话："舞倾公主？"

"我让你走开！"

舞倾一向温柔，说话轻声细语，知书达理，颇得神侍们的喜欢，她忽然的暴躁吓到了撑伞的神侍，也让在对面的幻姬几个人转头看了过来。

舞倾公主？

幻姬打算走过去看看发生了什么事，千离轻轻地拉住她。

"她在雨里淋着。"幻姬眼中有着关心。

千离轻轻地反问，"和我们有什么关系？"她有父母，有兄姐，本身也不是个不懂事的小孩儿，下这么大的雨不晓得躲雨反而在雨中淋湿自己，这样的人如果不是傻子就是有原因，她又何须去招惹不必要的麻烦。有些人的烦恼完全是自找的，外人帮不了她。而他，也不想她去管不必费心的事情。

看到自己最小的妹妹在外面淋雨，珑婉连忙走出屋内，冲着她喊了一声，"舞倾，你搞什么呢？"看到舞倾没有动，珑婉从檐廊里急忙走了过去。舞倾离开西海时，父王和母后将她托给她照顾，她是西海龙宫里最小的公主，更是一个美名远播的美人儿，不只是父王母后，就连各位皇兄们，对她都寄予厚望，希望她能成为西海最有名最幸福的人。说得俗气一点儿，在西海众人的眼中，不是谁随随便便就能配得上十四妹。而她，则是那个父王母后倒贴嫁妆想嫁出去的女儿。这些，对她来说不重要，她不在乎嫁不嫁人，她只想成为一个百战不败的西海女将军。如果说嫁人，她心中已有男神，若不是嫁给他，其他人就免了吧。带着西海一宝在外，如果十四出了什么问题，她这个当皇姐的如何向父母交代？

看到珑婉没有撑伞冲到雨中拉舞倾，麒麟嘴巴张了张，但却没喊出声音来，带兵打仗那么多年，怎么看着她，感觉像是个笨蛋，不会撑伞到雨里拉人吗？

珑婉将舞倾拉到廊道里，看着她脸上流下的雨水，忍不住对着她来气，“你在干吗，这么大的雨怎么不晓得进来，淋湿了生病怎么办。舞倾，你不是个孩子了，在外要知道怎么照顾自己。”这点儿小事都要她来提醒的话，怎么跟着她一起征战，如何保卫西海的安定。历练，不是放在嘴巴上说说而已的两个字，它需要付诸实际行动。如果她在外还想当娇滴滴的皇族公主，那趁早不要跟着她拼杀，她没工夫照顾皇妹，只懂得如何让自己的将士们少牺牲，最好不要牺牲。

心情特别低落的舞倾，憋了一肚子她自己都不知道算什么的气，看着同父同母的亲姐姐对淋湿的自己大声说话，愈发有气，用力将珑婉的手甩开：“既然我不是孩子，我就不需要你管。你跟别人愉快地相处去吧，我是不是生病跟你没有关系。我也不需要你来照顾。”

舞倾的脾气在西海出了名的好，在珑婉的记忆里，她从来就没有生过气，更没有在外人面前发脾气的情况，看着火躁的舞倾，珑婉一时反应不过来，觉得眼前的女子仿佛不是自己的妹妹。

“舞倾，你怎么了？”

“我没怎么。”舞倾看着珑婉，质问她，“反而是我想问你怎么了，我是你的亲妹妹吗？为什么我觉得你对别人都比对我这个妹妹更亲近一些呢？我知道你喜欢麒麟上神，在麒麟宫里住下你很高兴，我也为你高兴，如果麒麟上神能接受你，我会更高兴。可是九姐姐，我……”舞倾想说麒麟原本是看上自己，而自己因为对他并不喜欢故而没有接受他的感情，她当妹妹的没有给她这个姐姐难堪，她能不能不要和幻姬帝尊相处那么和谐，好像她是多余的一样，她不是晓得自己对帝尊很仰慕吗？为什么不帮帮自己。“我站在这里这么久，为什么你才看到我？我是舞倾，是你的十四妹。”

雨声很大，若是正常情况下，在对面的千离几人不会听到舞倾说什么，但偏偏，他们几人不是正常人，是神。尤其，幻姬对舞倾的反常颇为关心，便用了仙术听她们两姐妹在对面廊道里说什么。听完舞倾说的话，幻姬朝千离看了眼，又朝麒麟看了下，他们两人听到了吗？

千离的表情淡淡的，幻姬想，依照他的性格应该是没听，他素来不关心外人。可麒麟上神干吗一副“看我干什么”的表情，好像故意在告诉她，他什么都没听到，不晓得对面的姐妹在争执什么。

望着舞倾，幻姬了悟，原来舞倾公主是觉得自己的姐姐对自己的关心不够啊，其实刚才下雨她们也没想到会那么急，雨点落下来后，帝尊和麒麟上神就来到了她们的身边，带着她们进了屋，她们确实没有注意到舞倾来了。她相信，珑婉并不是有意忽视自己的妹妹，而

是没有发现她在。

“我看到你在淋雨就叫你了。”珑婉在军中待的时间长，说话并不是寻常姑娘家的轻言细语，她本意是想关心舞倾，可没想到自己的口气在舞倾听来更像责备而不是关心，“这样的事情，你不懂吗？下雨要避雨，小孩子都知道的事情，你还需要我看到后提醒吗？”她的十四妹从来聪明伶俐，这种事情还要教？

“既然你觉得不需要提醒，那你为何过来拉我，你在那边陪着帝尊和幻姬殿下就好了。是，我懂，我什么都懂。可是我就是想装作不懂，想得到关注的目光，想被呵护，被照顾，行不行？”

说完，舞倾狠狠地推开面前的珑婉，跑开了。

珑婉转身想拉住舞倾，没拉到她的手，“舞倾！”

看着舞倾跑远的身影，珑婉微微皱眉，她到底是怎么了？两姐妹还需要关注呵护和照顾吗？出宫以后一路上，她对她的照顾和呵护还不够多吗？如果她不是她的妹妹，像她这样的人，是不可能被她带在军中的。她什么都懂，装不懂做什么，一个人不懂事的时候特别容易闯祸，人生很多败笔就是出在不懂上，虽然活得清晰的人会比糊涂的人累一点，但比起不懂而闯祸，懂得事理的人更能讨大家的待见。

珑婉回到房间里，幻姬朝着她轻轻笑了笑，“别不高兴，舞倾的脾气不差，估计是吃你的醋罢了。”

“嗯。”

珑婉朝麒麟投去一眼，刚才舞倾那么大声地说话，不晓得他听到了没有，外面的雨下这么大，估计雨声盖过了舞倾的声音。即便没有听到舞倾说什么，他应该也知道自己的心意吧，故意不回应，其实就是拒绝了，她懂。

虽和幻姬有过几面之缘，可珑婉很清楚，幻姬说是来看她，其实更多的是出宫走走，如果要说为什么选择麒麟宫，一定是因为舞倾老是去千辰宫里找她，她稍稍地给了一个薄面。至于帝尊，以她的身份，更不可能请动这样的尊神，他不过就是陪着幻姬殿下转转，她其实是他们这场出宫仙游里最不重要的一个人。但，尊神把面子给足了，她岂有不配合的道理。

趁着幻姬和珑婉说话的时候，麒麟极其小声地问千离，“你家的，如果出现这样的情况，你怎么办？”原本以为舞倾是一只小白兔，没有脾气，柔柔弱弱。没想到，姑娘年纪虽然不大，可发起脾气来也是不小的。而且，她冲珑婉发的火，似乎没头没脑的感觉，珑婉招她惹她了吗？当姐姐难道就该被妹妹无理取闹般地骂一顿然后默默地受着？果然，女人都是不好惹的。哪怕性格再好的女子，都有可能变成吃人的母老虎。

千离瞟了眼麒麟，“参照物的水平能不用这么低的吗。”他家的语儿怎么可能和别人比，别的女子发脾气叫撒泼，他的语儿叫可爱。

“啧啧，德行。”麒麟笑，“难怪凡间有云，唯女子与小人难养也。果真不假。”

“你养过女人？”千离问。

麒麟道：“怎么没养过。她、她不是女人吗？”麒麟指着珑婉，“你不要看她长相不像女人，人家本质就是女的，货真价实。”

千离微微勾唇，“货真价实？”拉长声音说完四个字之后，似笑非笑地看着麒麟，“你验证过了？”

“去！去去去。”麒麟白了一眼千离，“纯洁点。小幻姬啊，你家帝尊试图带坏我，你得管管。”

幻姬目光转过来，对着麒麟笑道：“帝尊跟谁在一起我都不担心，唯独跟麒麟上神你在一块儿的时候，我总会提心吊胆，就怕你哪天一个不注意就把我家帝尊变成第二个三十三重天里的‘情圣’。”

麒麟哈哈大笑，“那还不好吗。你以为情圣是谁想当就能当的啊，没点儿本事可坐不稳情圣的宝座噢。何况，你家帝尊哪里需要我教坏啊，明明就是他带坏我，我很单纯的。帝尊老人家可是一点儿都不纯洁，你啊，不要被他俊美的外表欺骗了。”

“你确定语儿只看到过我的外表？”千离的语气淡淡的，可话里带着的意味却叫人心尖甜丝丝的，含着一股说不出来的柔情和亲密。

“喏，你看看，你看看。”麒麟一脸不怀好意地嬉笑，“我刚才说什么，他整个人都不单纯，而且一肚子花花肠子，跟他在一起，我很容易被他带坏的。他话里的意思你听明白了吧，意思是他的内里都被你看光了，殿下你说说，你都看到他什么地方去了，哪哪都看到了，是不是？”

幻姬被千离和麒麟的话弄得红透脸颊，娇嗔地剜了一眼千离，他真是……什么话都敢说啊，也不看看在哪儿。

“我不跟你们说了。珑婉，走，我们去看看舞倾。”

珑婉还没出声，千离先说话了。

“在这陪我。”

千离留下了幻姬，几人在房间里交谈甚欢。

花园的另一侧，一排雕空廊壁隔绝了另一面的风景。在廊壁的雕花孔上，有一双眼睛盯着房门大开的房间，看着里面的人笑得欢快，她开始觉得那些人都笑得好美，挑不出一点儿瑕疵。可是看得久了，她觉得房中的人笑得很不好看。他们会不会是在笑话她？笑她刚才像全身都被淋湿的落水鸡，笑话她下雨了居然不知道避雨，也笑话她像个小丑一般的蠢笨。是的，他们肯定有笑话她，在心里看不起她，觉得她太笨了。他们一个个修为比她高，身份也比她尊贵，就连自己的姐姐，除了是西海的九公主之外，她还是西海百万虾兵蟹将的九将军，她比自己能训兵打仗。

换好衣裳的舞倾躲在雕空廊壁的后面偷偷看着花园对面房间里的千离幻姬几人，她想过去，可是觉得刚才自己对九姐姐很失态，不像平时的自己，她也不知道为什么被拉出天雨后不分青红皂白地对着九姐姐一阵脾气，她本意不是那样的，只是当时不知道怎么了控制不住火气。端庄温柔的自己刚才的表现，应该吓到了帝尊和麒麟上神吧，他们会不会觉得自己平时的好性格是装出来的？

舞倾咬着自己一根手指躲在墙角想着，她现在过去，他们会不会很排斥自己？还有九姐姐，生气了吗？如果当着帝尊的面，跟九姐姐道歉，会不会很没面子？如果幻姬殿下问她为什么冲着姐姐发火，她要怎么说？实话实说，还是说自己脑子发昏？帝尊对她太过于平淡，倘若误会她是个性格暴躁的女子，肯定更加不会关注她吧。殿下的高贵典雅他可是每天都看到的，如此一来，她和殿下之间的差距更大了。想着，舞倾皱眉。

是了，帝尊肯定愈发觉得她不如幻姬殿下好。

人生第一次发脾气，却是在自己爱慕的人面前，也是在自己的感情敌人面前，更是对着自己的亲人无理宣泄，数重打击让舞倾恨不得让时光倒流，如果再给她一次机会，不管她看到了什么，一定会压抑住自己的火气。她不想帝尊看到她不好的一面，她不想幻姬殿下发现她不如她，她不想对着战功赫赫的亲姐姐发火，她是无辜的。她这么多的不想，可却都变成了挽不回来的过去。

“啊。”

舞倾闷闷地叫了一声，她的心，沉闷得透不过气来。她想把什么事情都做好，想每一个人都夸她，可结果却是好像没一件事顺了她的意。为什么会这样？

看着天空不停落下的冰凉天雨，舞倾觉得浑身无力。除了身份上她不如幻姬，她到底还哪儿不如她，幻姬殿下能做的事情，她都能做到。幻姬殿下不能做的事情，她也能。为什么帝尊不看看她呢？殿下不会做饭，她会。她问花探真君帝尊喜欢吃什么，他说帝尊只吃好吃的，她每天晚上都在宫里学着烧菜，为的不过是哪天让他尝尝自己的手艺。殿下是女娲后人，她身上背负的责任重大，而她只是西海的公主，她没有那么多必须的事情，她能全心全意地伺候他。殿下去过昭郤山学艺三年，她来不及去，她便向殿下学习，她相信凭她的聪慧，种花植树不会难倒自己。他在天河边的树林里震飞她，她全身差点儿骨头散架，因为是他，她没有生气。她晓得，他嫌弃自己靠他太近，从此都远几步行礼，不让他烦，甚至连问候都变成无声，为的不过是不让他觉得她唐突。为何，她默默地做了这么多，他却还是看不到。

她一心地付出，从他每次对自己的反应里看到自己哪儿让他不快，她改。哪怕放弃她曾经的骄傲，不悔。可是，不管她如何迁就他，他的眼睛就没朝她看过一眼。她以为，她争取得够用心。她不是不能做得明显，而是她晓得他不喜欢别人表现得很爱慕他，她不知道他是怕幻姬殿下看到伤心，还是他真的讨厌女子靠近。她愿意相信是前者，虽然这样想会让她觉得难过，可他真是不喜女子黏着他吗？那为何幻姬殿下就可以亲密无间地腻着他。甚至，是他更腻着殿下。

有时候，心里装着谁，可偏偏别人就是看不上自己。很多事情心里清楚，却不甘心放手，总觉得自己还是有机会，总以为自己会是特别的一个，是能够逆袭成功拥抱幸福的人。按照自己心里的判断不停付出，给予对方所能给的一切关心，关注。却忘记了，感情从来就不是一个人的事情。如果不求回报，为何会期待与他共守一生，而一旦希望对方回应自己，就变成两个人的事。迷恋到深处，会忽略掉一件事，自己给的，不是对方真正想要的，对方要如何看到自己？失去本真自我的事情做多了，会忘记自己到底是因为输得不甘心而争到底，还是真的非某人不可。

此时的舞倾还不懂一个道理。

一个人，他喜欢喝茶，不喜欢喝酒，而她不停地酿酒，各种美酒都想为他酿造出来，她希望自己酿出来的酒香能让他闻到，能将他吸引到自己身边来。可是，她不懂，他只是喜欢喝茶。酒，再香，又有什么用呢？也许，闻到各种酒香，他反而更讨厌靠近她。她将美酒一杯杯地想方设法呈到他面前，他看都不看一眼，她觉得自己受伤了，看着他手里的清茶，她怪他那杯清茶坏了她的美梦。可是，她没有看到，他手里的那杯茶才是他真心想要的，也是他费了诸多心思才得来的。他要的，从来就只是那杯唇齿留香的清茶。

一滴泪，从舞倾的眼角滑落。

她，只是要他的关注，就算明知道他心里的人是幻姬殿下，也想得到他的正眼相待，付出什么代价她都愿意。

难得千离到神界一回，麒麟想起一个多月前宠服种蛊的事情。那时他和星华准备稍微帮个忙被他拒绝了，以他的本事确实也不该是问题，这会儿看他跟幻姬这么亲密，蛊王的事情应该彻底解决了吧。

麒麟浅酌小酒，问千离：“那事，处理好了？”

“什么事？”

“小虫虫啊。”

“嗯。”

麒麟随即笑了，看着幻姬，嘴角的笑容变得暧昧起来，目光回到千离的身上：“哪天去天外天啊，告诉我一声，我一道过去玩玩。”

千离轻笑：“你倒是闲得慌。”

“哎，非也。我这叫作游历山水，增长见闻，让自己变成一个学识渊博见多识广的情圣。”麒麟沾沾自喜道，“知道为什么我很讨神女仙娥的喜欢吗？就是因为我知道的多，每次见到我，她们总有问不完的事情，每一个人在我这里能学到不少的东西，我不仅在身体上

让她们感觉到愉悦，还能从心灵上给她们传以无形的指引，如此完美的我，她们怎么可能不喜欢。”

幻姬凝眉：“身体上得到愉悦？”

麒麟上神难道跟众多的神女们……

麒麟鄙视不已地看着幻姬：“哎，小幻姬，你那是什么表情？啊，你说说，你的表情表达什么意思。像是嫌弃我一样？”

“不是像。”幻姬口气肯定道，“就是。”

“你嫌弃我什么？你是嫉妒，嫉妒我比你家帝尊受欢迎。”

幻姬大大地舒了一口气：“我的表情正确地说，是庆幸！庆幸我家帝尊不像你！”

“他又不是我儿子，当然不像我。”

千离悠悠地瞟了一眼麒麟，惹得他嘿嘿一笑。

“你媳妇儿太不纯洁了，都想到哪儿去了。”

麒麟故意装出不屑的眼神看了眼幻姬：“我说的身体上的愉悦，不是你理解的那种身体愉悦。小幻姬，你的思想什么时候变得这么猥琐了。啊，什么好的不学，你学猥琐。你看看我，我这身材，我这外貌，我这气质，像我这样的美男子，那些神女仙娥们看到我，难道不是身心愉悦？男神固然很多，神界里的男神一大把，可是神首只有一个，俊俏到我这样程度的男神，三十三重天里还是不多的。每一个能近距离看到我的仙女们，她们都应该从内心深处发出感叹，能遇到我，是她们的荣幸。懂了吗？还有，你了解娘娘的习惯，哪天去天外天娲皇宫合适？”

“你不说清楚。”幻姬纳闷，“去娲皇宫做什么？”拜会娘娘吗？

“是你脑子里装的东西不正经。哎，我说，你和帝尊就这样了，还不跟娘娘说一声？”麒麟看着千离，“你们俩的婚典赶早儿地办了吧。”什么该发生的，不该发生的，他们都发生了，总不能这样名分不清晰地住在一起吧。好歹当年星华和飘萝是师徒关系，住在一个宫里没人说，他们现在算什么。

幻姬脸颊一红，她哪里是不正经，这事还得怪帝尊老人家，如果不是他教了自己“那件事”，她哪里会晓得那么多。现在好了，让她在麒麟和珑婉面前出丑。至于他们的婚典……她还没想过。而且，还有一件事放在她的心底没踏实，那件事没处理好之前，她不想带帝尊去娲皇宫。

“我看啊，长此以往，你也会带坏我的。”

珑婉扑哧一笑，她算是知道了，麒麟上神若变坏，一定是被人带坏的。

“要是你这么容易就被我们带坏，你怎么不好好地学学帝尊和世尊，安安心心地娶个媳妇儿啊？”

“这……”麒麟一时语塞，“嘿嘿……”

幻姬暗觑了一眼珑婉，对着麒麟说道："要不我给麒麟上神介绍一个？"

"嘿嘿，这个……就不必了吧。你还是想想自己和帝尊的大婚怎么办。"

"我没想嫁给帝尊。"

什么！

珑婉吃惊了。

麒麟也惊呆了。

千离喝茶的动作停下来，眼帘掀起，看着幻姬。

"你们误会我的意思了，我的意思，暂时没想。"幻姬道，"帝尊体内的蛊王还没有驱出来，这件事不办好，我怎么能想大婚的事情呢？"他的身体最重要。

麒麟奇怪地看着千离："你不是彻底解决了吗？"

"嗯。她不信。"

原来，一个多月前，千离将幻姬从园子里抱回房间里，想跟她做男女之间最亲密的事情，结果幻姬死活不肯，不管他怎么说，她就是不信他体内的蛊王除掉了，一直都觉得是他用法力压制住，在她面前装没事。

"你为什么不信？"麒麟问幻姬。

幻姬反问，"你觉得他的话可信吗？"他瞒她的事情还少吗？不是一次两次了，每次伤害来临，他总是默默地为她处理掉，如果不是别人说漏嘴，她大部分的时候不晓得他为自己做了什么。宠服是种蛊之人，她说需要半魂人，她信宠服，不信他。她觉得，他肯定就是不想自己担心在撑着，他说过，什么事情他处理，她只需陪在他的身边。现在不是七月半，她没法为他做什么，只能少和他亲热，减轻他的痛苦。

麒麟大笑："哈哈……千小离，这就是你平时造下的孽啊，她不信我能理解。"

千离忽然出声："珑婉公主……"

突然地，麒麟站起身来，"啊，我忘记了，我今天还有事情要出宫去办，一件很重要的事情，非办不可的事。时辰不早了，我去了，你们慢慢玩，在我的宫里，随便转。走了。"话音还没落下，麒麟就不见了影子，房间里剩下千离幻姬和珑婉三人。

幻姬无奈地看着珑婉，"珑婉……"

"殿下不必说什么，我知道。"

珑婉的眼中有着藏不住的失望。说不期待麒麟上神对自己好，那是自欺欺人。军中不缺男人，她看到的男人早已过万，可能让她动芳心的，只有麒麟上神。看着姐姐妹妹们嫁人时那种喜悦劲儿，她曾经想如果有一天她能跟麒麟上神在一起，她会笑得比她们更幸福。但在麒麟宫住了这么些日子后，她明白，他是真的不喜欢自己。

"不要气馁。精诚所至，金石为开。"

"我知道。就算他不喜欢我也没关系，没有天规说，谁喜欢上了谁，被喜欢的那个人

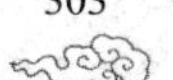

就一定要喜欢对方。感情，强不来的。我懂。”

幻姬被珑婉对感情的态度打动，喜欢了，就是一直喜欢，专一不贰。不强求，不惶恐，不害怕。千离一般难得睁眼看谁，但珑婉说完之后，他倒是投了她一记正视的目光。这姑娘，有着一股子洒脱劲儿，看事倒是清明得很。只可惜，怎么偏偏喜欢上麒麟那小子，他的心飘忽不定，不愿被束缚。

“麒麟上神不在，不如，我带你们在麒麟宫里看看。”珑婉有些不确定地看着千离，“或者帝尊觉得我回避下比较好？”

千离放下茶杯：“听语儿的吧。”

难得出千辰宫的幻姬欣然接受珑婉的提议，由她带着在麒麟宫玩了一上午，连午膳都是在麒麟宫里吃的，饭后，大雨还在下，千离变出了一顶华轿带着幻姬坐了进去，腾云驾雾回了佛陀天千辰宫。

珑婉送走千离和幻姬之后打算去看舞倾，转身后吓了一跳，看着站在几步开外直愣愣地盯着她的舞倾，急忙走过去。

“舞倾。”

“以前父王母后和各位皇兄都说你在人情世故上傻乎乎的，除了带兵什么都不懂，我看九姐姐你其实很厉害嘛。”

珑婉皱眉：“舞倾你的话我听不懂。”

“九姐姐你就别装了吧。”

她一上午都陪着帝尊和幻姬殿下，殿下和她有过默契的作战，两人有话聊不奇怪，可是她一直就在暗处跟着他们，她看到帝尊好几次主动跟她说话，而且他脸上的表情是她从来都没得到过的温和。她长得魁梧，和漂亮两字完全不沾边，可帝尊居然一点不讨厌她，她还不够厉害吗？

“舞倾你是不是误会什么了。”

“我没有误会，什么都是我亲眼看到的。”她想要的东西，幻姬殿下唾手可得。她努力想获得的尊重，九姐姐什么都没做，也轻易就得到了。为何偏偏就是她不可以。帝尊是故意的吗？

珑婉不知道舞倾此时的思想已经乱了，她甚至把自己的姐姐都当成了对手，觉得珑婉在跟她抢帝尊的关注目光，似乎人人都能从帝尊那里获得关注，唯独就是她没有。

“舞倾你看到什么了？”

舞倾什么话都没说，默默地转身。纤细的背影和她转身前的目光让珑婉莫名地涌起一阵心颤的紧张，不知道是不是她想多了，她觉得舞倾的情绪非常的不稳定，像是受到了激烈的刺激。

第二十二章　一树一菩提

从麒麟宫回到千辰宫。

幻姬想修心打坐，千离非拉着她午休。

“吃完午膳午休不是一直的习惯吗？”千离一边宽衣解带一边道，“语儿，过来。”

幻姬将桌上的佛理书抱进怀中：“先前有阵子你不是在百佛殿里静心么，我看不午休也没事啊。”

“那是特殊时期。”

幻姬抱着佛理书转身看着穿着里衣坐在床上的千离：“你午休，我在外厅看书修心。”

“不行。”

“我好久都没有做功课了。”幻姬蹙眉，“要是娘娘晓得我在千辰宫里过的是这样悠闲散漫的日子，非得气得背过气不可。”

千离轻笑：“你当娘娘不晓得？”

“她没来过，怎么晓得。”

说完，幻姬歪头仔细看了看千离：“你不会是鸿雁传书将我在千辰宫里的生活都告诉给娘娘了吧？”

“你觉得那么没有品的事像是我能做出来的吗？”

幻姬道：“帝尊，没品无耻不要脸的事情你难道做的还少？”他有什么干不出来啊。

“呵……”千离轻笑一记，清澈的眼眸干净清澈，笑容迷人。

然后，房间里响起幻姬的一声尖叫。

“啊！”

一丝不挂的幻姬双手环胸，佛理书掉到了她的脚边，整张脸红彤彤地看着床上一派悠闲看着她的千离，太过分了！居然用仙术脱光了她的衣裳。

千离姿态甚是优雅地对着幻姬张开双臂：“来吧，宝贝儿。”

幻姬一口气憋在胸口，恨不得转身跑出房间，想到自己片缕不沾身，而且法力又不足够跟眼前的男人抗衡，只得乖乖地走向他，恼火得要命。

入了被窝后，千离翻身将幻姬压在身下，就要上下其手，幻姬抓住他的手。

“不准。”

“我的蛊真的解了。”

幻姬态度坚决：“鉴于你以前的表现，对此我表示不信，你不用说了，说多少次我都不信。”

忽然，千离皱眉。

“怎么了？”幻姬着急地看着他，“疼了？”

“嗯。”

幻姬暗道，看吧，就说他没有解蛊成功，装好了。

“你亲亲我，我就不疼了。”

“不准开玩笑。”

千离俯首：“真的。剩下一只雄蛊在我体内，现在只要你亲我，它就不疼。”

“现在承认没解蛊成功了？”

“嗯。承认了。亲吧。”

幻姬推着千离的胸口：“我觉……唔。”

帝尊大人，你真的确定亲你就不疼吗？

房间里的低吟声在不久之后响起，随着时间的流逝，让人面红耳赤的声音渐渐大了起来。千离的玩笑，和幻姬的坚持自我判断，让她觉得蛊王还在他的体内，便也是因为这个不起眼的小误会，给他们带来了相爱以来最大的一件祸事。

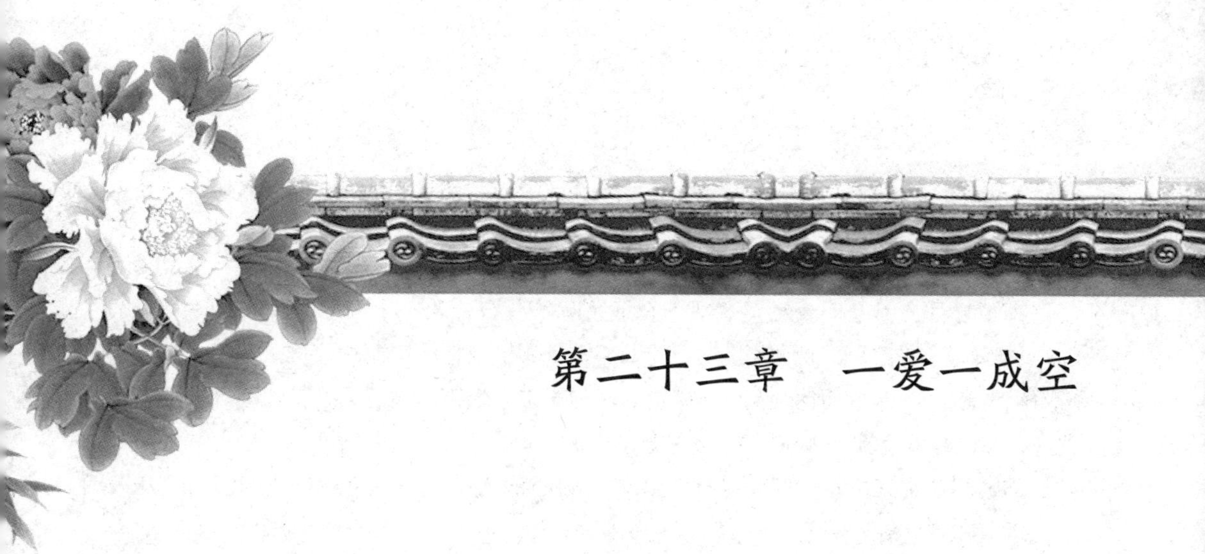

第二十三章　一爱一成空

从幻姬到神界麒麟宫看过珑婉后，一连十天舞倾都没再去千辰宫找她。幻姬每天没有听到神侍禀报舞倾到宫里找她，竟有些说不出来的感觉，一个好友忽然消失在自己的生活里，少了一个人，让她感觉缺了点什么。独自一人在千辰宫里散步时，幻姬暗想，舞倾公主怕是生她的气了吧，一个多月连续不间断地找她，她一次未见，到麒麟宫的时候，她原本以为两人要见面聊上的，没想到她淋雨之后就再没出现，不晓得是不是淋伤了身子。天雨极凉，她一个皇族娇滴滴的公主，不晓得受不受得了。

“殿下。”

花探抱着一个精致的大木盒子从对面走来，看到幻姬，稍微施礼，走了过去。几步后，疑惑地站住脚步，转身看着幻姬，她怎么独自在这里散步，帝尊没有陪着她么？哦，是了，帝尊叫他把手里的东西送过去，他们家帝尊大人正忙，殿下自然是一个人散步了。花探想喊幻姬，发现喊她不知道说什么，遂闭上嘴巴，转身走开了。

漫无目的的幻姬随意走着，走到千辰宫主大殿后面的园子旁边时，看到自己和舞倾一起培育的花草，越发觉得自己对不起她。她来找自己时，帝尊要求她陪他，他虽有着不容人抗拒的强势，可若她坚持，他应该会让她走的。只是，她每次只口头上表达不满，并没有坚持。舞倾若是生她的气，也是应该的。

一个神侍朝着幻姬走过来：“殿下，舞倾公主来了，您见她吗？”

幻姬微微一愣：“她在哪儿？”

“在宫门口。”

“嗯。让她进来吧。”

神侍走后，幻姬想到自己先前对舞倾的无奈疏忽，朝千辰宫大门的方向走去，想去迎她，刚绕过大殿，舞倾跟着神侍从不远处走了过来。

“舞倾拜见幻姬殿下。”

“十四。”幻姬歉意满满地伸手扶起舞倾，“许久不见了。”

舞倾起身，目光很淡然，“殿下忘记了吗？没有许久。十天之前我们还在麒麟宫见过面。”虽然没有交谈，可她在麒麟宫的幸福样子却是让她记忆深刻，难以忘怀。隔着大雨，听着雨声，她仿佛看到她的笑靥都带着嘲讽的味道，想笑话她的失态，笑话她得不到帝尊的关注，笑话她处处都不如她。

幻姬想到十天前在麒麟宫见到的舞倾，关心地问：“你淋雨后身体如何？这几天没有来，是生病了吗？”

舞倾看着幻姬，她就那么想看到自己生病吗？她没有来千辰宫，她的意思是怪她没来请安？呵呵，真是笑话，她来的次数还少吗？她来了，她见了吗？每天和帝尊卿卿我我甜甜蜜蜜，还记得她这个人吗？今天反而问她为什么没有来，是故意的吧。在抓把柄打击她？还是巴不得她生病永远都不要来打扰她和帝尊？

“舞倾？”

回神的舞倾看着幻姬，轻轻一笑：“多谢殿下的关心，我身体没事。”

“那就好。”

“殿下今天不用陪帝尊吗？”

幻姬摇头：“他在忙。”

舞倾心中苦笑，是啊，只有当帝尊在忙没工夫陪她的时候，她才会见她，若是帝尊得空，她根本不会见她。女娲后人，说得好听，其实不过是沉迷在红尘情爱的一个凡俗女子而已，她从天外天迢迢来千辰宫，为的就是得到帝尊吧。无名无分地跟帝尊住在一起，女子的清白和名声被她弃之不顾，这是娲皇宫殿下应该有的作风吗？

“看来我今天来得真是时候，我陪殿下你走走吧。”

“嗯。”

幻姬本无别的意思，可听者却想得太多。在舞倾看来，幻姬是承认了她在帝尊无暇顾及她的时候过来做对了，而之前来找她，都是自找没趣。

走到大殿金阶的前面时，舞倾注意到白色的扶栏上有一条彩色的……龙？还是虫？

舞倾喃喃自语：“以前好像没有这个东西……”

“你说什么？”

舞倾指着扶栏上的蛊王说：“我以前经过这里时好像没有看到过这个。”怕自己说错，舞倾不确定地又道：“不过，也可能是我没留意到罢了。”

幻姬看到蛊王，大吃一惊，这个……不是蛊王吗？她看到过帝尊和宠服一起解蛊，蛊王的样子不会记错。

“殿下？”舞倾从幻姬的表情看出异常，“这个……有什么问题吗？”

“帝尊之前将我体内的蛊珠引到他的身上，蛊王就是它。”幻姬皱眉，“一个多月前，帝尊跟我说，他体内的蛊王解决了，我总是不信，觉得他是为了让我不担心在说谎。前几天从麒麟宫回来，他又说……他的蛊没解。”幻姬想不明白了，“我现在不知道该信他哪一种说法了。”若是按照他的性格，不管蛊王在不在他的体内，他都会让她看到健康的他，以至于她真的不晓得该如何分辨。

舞倾看着蛊王，笑了笑，“殿下你看它的色泽，如此鲜艳，栩栩如生，肯定是最近才画上去的。你说，蛊王若是被解成功，帝尊为何不拿着死掉的蛊王到你的面前让你亲眼看看，偏要偷偷地在这里画上一只？我觉得，他可能是想等你无意中发现，信以为真。我看，他就是不想你担心他罢了。那蛊，十有八九还在他的体内。”

幻姬仔细看了看雕栏上的蛊王，虫身的色泽着实很鲜艳，看上去像画上去的，可她觉得蛊王本身的色泽就很鲜艳。这只，颇能以假乱真了。

“殿下，不如去问问帝尊吧。”

“他肯定说真的。”

舞倾点头：“也是。”

“真作假时假亦真，假作真时真亦假。”幻姬平静地道，“不管怎么样，过几天我亲自办件事，到时就放心了。”

舞倾问：“什么事？需要我帮忙吗？”

“不用。珑婉在麒麟宫养身体，她更需要你的照顾。”

提到珑婉，舞倾一边走一边道：“我就是为了这件事来跟殿下辞行的。姐姐的身体恢复得差不多了，我们已经在麒麟宫里打扰了两个月，打算后天就回西海。今天……可能是我最后一次来千辰宫里找殿下了，待我回宫，不知道何年何月才能再见到殿下。”

“后天就回西海？”幻姬道，“那今儿午饭在千辰宫里吃吧，此一别，还真不知道我们什么时候能见面。五天后就是七月半，我估摸着，午饭过后我也得收拾收拾，准备去半魂烬墟。”

舞倾第一次听到半魂烬墟，不甚明白。

“半魂烬墟是什么地方？”

“天界和人间相交的一个虚境。一年里，只有一天会浮现出来，五天之后就是我唯一的机会。”待她抓两个半魂人回来，那时才会真的放心帝尊的身体。她等七月半等了两个月了，机会难得，她不能错过。

舞倾问："帝尊也去？"

"不去。"幻姬笑，"准确地说，我不打算让他去。"她在天书里看了冠以半魂烬墟的记载，不是什么危险的地方，甚至说，四海六道八荒里最安宁的地方就是那儿，半魂人的修为不高强，她自己足够应付。这点儿小事哪里需要他堂堂帝尊出马，抓两个半魂人她肯定手到擒来。

由衷地，舞倾赞道："你对帝尊真好。"

"十四你错了，相比较而言，他对我的好，比我对他的好，好太多。"

"殿下，如果我说……"舞倾停顿了，不知道该不该把心里的话说出来，看到幻姬疑问的目光，她鼓足勇气，"我很羡慕你，你信吗？"

幻姬笑出声来："呵呵……"

"信吗？"

"信。为什么不信？"幻姬笑道，"我想，不管是千辰宫里面还是外面，很多神女仙娥大概都羡慕我。"幻姬笑得幸福，"我知道你们为什么羡慕我。"

舞倾问："殿下享受这些羡慕嫉妒吗？"

"我享受他给我爱。"但，不享受她们的羡慕和嫉妒，因为它们不是好的情绪。每个人都有自己的生活，对不属于自己的东西关注太多不是好事。

有道是，言者无心，听者有意。

幻姬的话让舞倾以为她是在炫耀自己拥有帝尊，她和幻姬相处次数不少，知道她不是个张扬的人，可今天竟然如此肆意嘚瑟帝尊给她的感情，她一定是故意刺激自己。就因为她坦白了，她便让她越发看到帝尊和她的感情有多深厚，她此刻的心底肯定在笑自己不自量力痴心妄想吧。

心中虽有不满，但舞倾的面上却没表现出来。她不是想午膳后收拾东西去半魂烬墟吗？去吧。五天后是她的机会，那么今天就是她绝佳的机会。没想到，孤注一掷时，老天爷都帮她。

两人走到千辰宫的一波碧湖边时，舞倾不小心摔了一跤，也不知道怎么摔的，两条手臂被地上的石子刮伤入肉，鲜血汩汩地冒出来，血流之快吓到了一旁的幻姬，看到舞倾的鲜血顺着湖边的青草流到碧湖里，急忙用仙术为她止血。奇怪的是，她的法术竟然对她的伤口没有任何作用。

幻姬连续试了两次，都不能帮舞倾止血。

"殿下，我没事的。"舞倾忍着疼痛，看着自己的血流入碧湖，"我从小就是这样，受伤就难以止血。别担心，流着流着就不会流了。"

"这怎么行。"幻姬急忙吩咐神侍取药膏来，一边带着舞倾朝最近的宫殿走去。

还未待幻姬和舞倾走到殿内，晴朗的天空毫无预兆地下起了暴雨，没有电闪雷鸣，没有乌云密布，空中艳阳高照，可大雨急急簌簌倾盆而落，很快将幻姬和舞倾淋湿。

一场措手不及的大雨不只让千辰宫里的众多神侍成了落汤鸡，佛陀天里其他地方的人也被大雨淋湿，星穹宫里的星华也因为在屋外帮飘萝种花被大雨浇透衣裳，倒是在屋檐下的飘萝一身干。

千离和花探从屋外跑到廊下，花探抹了一把脸上的雨珠："怎么回事，这雨这么急。"

千离看着天空里落下的雨滴，微微蹙眉，再低头看自己的衣裳，白色的衣裳被染成了红色，瞟了眼身边的花探，他是黑色的衣料，红色的雨水落到上面看不出什么。

抹完脸上水珠，花探也发现了异常，看着自己的手心，"红的？"转头看千离，惊呼，"帝尊，你的衣裳……"

千离一言不发地转身回了寝宫，洗个澡，换了身干净的衣裳，将淋湿的衣裳化成一缕轻烟散了，随即脚步匆匆地去寻幻姬。

神侍拿药给幻姬时，看着她的目光很是奇怪，像是不认识她一般，把药放下后，回头了好几次才走出门。

幻姬拿过药，见舞倾手臂上的鲜血还在流，二话不说帮她止血。可是，与她用仙术一样，哪怕是千辰宫的仙药，都不能帮舞倾止血。

"舞倾，这……"

"殿下，真的没有关系，过一会儿就好了。"

幻姬焦急不安："这样下去怎么行呢？"

"你把这些药都抹上，然后帮我包扎好，过会儿就不会流血了。"舞倾表情很轻松地看着幻姬，"我以前受伤出血时，母后就是这样做的。"

"有效吗？"

舞倾点头："当然。不然，我怎么会活着呢。"

"好。"

幻姬依舞倾的言，将药粉药膏都用尽，然后小心翼翼地为舞倾包扎好，忙完之后，她的手亦被舞倾的鲜血染红了。

"殿下，你要不要去洗下手，你看，全是血。"

"嗯。"

因为幻姬带着舞倾进的刚好是千离平时颇为喜欢的小凉阁，她记得在偏室有净手用的金盆，便没叫神侍端水来，起身到了偏室洗手。手没洗完，看到自己白色的衣裳变成红色，忍不住疑惑，怎么回事？带着疑问，幻姬走出偏室，想带舞倾一起到寝宫换干净的衣裳，却

在要抬手掀起珠帘时，看到千离一只手搂着舞倾，另一只手为她整理青丝。瞬间，幻姬的心抽颤了一记，帝尊？

千离低着头，声音轻柔："没淋湿就好。"

幻姬怔怔地站在珠帘后面不知所措，帝尊一向对舞倾公主冷淡，为何……

珠帘清声脆响，幻姬慢慢地走出去，看着千离。

"帝尊？"

千离瞟了眼幻姬，什么话都没说，搂着舞倾朝外面走。

"你好几天没泡茶给我喝了。"

舞倾轻笑："好。我现在泡茶给你喝。"

"舞倾公主。"幻姬喊了一声舞倾，而她，直到走出门都没有看幻姬一眼。

幻姬快步去追千离，却发现不论她怎么走，都赶不上他们的脚步，而廊道里遇到的神侍也对她不再恭敬，大家都像是看陌生人一般地看着她，甚至连花探真君都像不认识她。

"花探真君，发生什么事了？"

花探面色严肃地看着幻姬："你是谁？为何闯入千辰宫？来人，将她扔出宫。"

"我是幻姬。"

花探挑眉，"呵呵，你是幻姬殿下？那我还是帝尊呢。扔出去，扔出去。"花探对两名神侍严正以告："以后本君若是再看到非千辰宫的人闯入，你们知道会有什么惩罚。"

两名神侍看着花探，其中一个说道："本君？呵，你谁啊，总执大人若是听到你这番话，恐怕被扔出宫的就不只是她了。"

总执大人？

幻姬奇怪了，花探真君不就是他么？这两人怎么……不认识他呢？

花探气恼："本君正是总执。"

两个神侍各瞟了花探一眼，强行拉着幻姬打算将她扔出千辰宫。

幻姬掐诀挣出两个神侍的挟制，飞入天空，浑身的仙泽释放出来，头顶的银阳赫然出现，仙气飘袅。花探和两名神侍立即飞入天空将幻姬围住，对于闯宫之人，他们一致对外。

花探到底比两个神侍见多识广，看着幻姬头顶的银阳，知晓她的身份绝然不俗，金阳为大尊神方有，银阳却是极少出现，在他的记忆里似乎只见过天外天的幻姬殿下有，这个人是谁？

"仙子来千辰宫不知有何要事？"花探先礼，"但，不管何事，擅自闯宫，实属不礼之举。仙子若想见帝尊，大可从宫门口大大方方地进来。帝尊虽避世不见客，但仙子此举是不是也太鲁莽了些。"

如此花探已叫幻姬觉得多说无益了，他现在根本就不认识她，还有一路而来的神侍，一个个都当她是陌生人。甚至连帝尊都不认识她了。越来越多的神侍飞上来围住幻姬，每个人看她的目光都很清冷，将她当成了一个不受欢迎的入侵者。

大雨还在下，幻姬因为仙泽和银阳显现，雨点被仙光隔绝，淋不到她的身上。便是如此，她得以看到了雨点的不正常。雨珠的水心是红色的，像鲜血一样的红。难怪她的白色衣裳会变成了红色，是被这场猝急的大雨染色了。

幻姬顿悟，雨有问题！

花探忌惮幻姬的身份贸然出手会为千辰宫带来麻烦，虽然他不怕麻烦，他家老大更不怕什么，可现在老大和幻姬殿下在一起，两人感情甜蜜，千辰宫若是招惹上麻烦岂不晦气。

“仙子，请。”

将人误认的情况幻姬觉得似曾相识，每个人都清楚自己是谁，但看别人却不再是真人，每个人都出现了幻眼，而且以为自己的眼睛没有问题。

等等！

幻眼？！

幻姬想到了幻梦神川海，被幻梦神川海泡过的人也会出现幻眼，眼前这些人的情况和当初帝尊在海底分辨不出哪个是真实的她的情形一样。

飞快地，幻姬瞬间掐诀施术：“净！”

仙光散出，花探等人只是拿手挡了一下，以为幻姬用大招，没想到只是小诀划过，不痛不痒。

花探看着幻姬，轻轻一笑：“仙子是在逗我们玩吗？”

没有作用？

看到还是认不出自己的花探，幻姬想再试一次时，花探出手将她震出了千辰宫，排排神卫们瞬间出现，守卫在千辰宫的外面。幻姬此时才知道，平时看着神卫不算多的千辰宫，在暗处竟然还有这么多的人。

花探飞到幻姬的面前：“仙子，不送。”

心知是异雨造成了花探不认识自己，对于他的无礼，幻姬并未放在心上，面色冷静地看着他，“花探真君，神侍们不能认出你，而我知道你是真的千辰宫总执大人，难道你没发现这其中有问题吗？”

“呵呵，仙子平时必定很少和朋友开玩笑吧。”花探不以为然地道，“神侍不过跟本君闹着玩，本君岂会当真。我劝仙子还是不要费口舌了，别说你的嘴皮子功夫不怎么样，就算你舌灿莲花，想从本君这里找到突破口也不可能。倒是仙子你，我觉得问题不小，瞧你身份为尊，却做出私闯寝宫之事，不晓得你心里会不会有那么一点不好意思。”看着幻姬，花探很是鄙夷。

过了一会儿，花探转身打算回宫，转过去的身子又转回来，对着幻姬道：“我知道你们这些人对帝尊很仰慕。他是传奇，是传说。可是，芳心暗许就好，许在你们自个儿的心里没人晓得，若是千方百计想闯入千辰宫，会让我理解为活够了。姑娘，我家帝尊已经有心上人了，他很在乎那个人，你就别想太多了，打哪儿来的回哪儿去吧。你娘亲等你回家吃饭呢。”

说完，花探真君飘飘然飞走了。

看着花探的背影，幻姬哭笑不得。如果她真的哪来的回哪去，将来他应该会跟着他家的帝尊大人追到天外天求着见她一面吧。理解归为理解，可看着千辰宫外面一个个身材高大威猛面无表情的神卫，她很有自知之明，以她的修为不可能突破重重守卫进宫见到帝尊。何况，就算见到又能怎样？她解不了他们的幻眼，现在他们不认她是幻姬。以前随意进进出出的千辰宫，没想到，一旦褪去“幻姬殿下”的光环，变成想见帝尊一面都难的“无名小卒”。以前她在宫里和帝尊卿卿我我时，宫外想见帝尊的神女仙娥应该就如她此时的无奈一般吧，望断脖子也望不见高高在上的他。也只有到此时她才明白，为何在千辰宫外见到帝尊，众神会有伏地大礼和莫敢置信的惊讶表情。在外人的眼中，千辰宫是一个穷尽一世也进不去的尊贵之地，里面住着的那个人，太遥远，太大尊，太传奇。以前的她，从第一次出现在三十三重天就带着天外天殿下的尊名，便是各位大尊神见到她，都要给上几分面子，女娲后人的身份让她轻而易举地站在和尊神们齐平的高度，她差点儿忘记他们都是经过万万年修炼的大神，而她不过是占尽了出身的优势，如果没有女娲娘娘给她的光环，她和其他的仙子又有什么区别，在尊神的面前，她又能算什么？

幻姬静静地看着千辰宫。难怪宠服要说她与帝尊不适合，难怪天瓖公主会主动示爱帝尊，又难怪坤云山公主会为他献舞示好……不只在她们的眼中，在更多的仙女眼中，她除了与生俱来的身份，其他的任何都配不上帝尊吧。而她们定然也是晓得帝尊不看重可有可无的身份尊卑，才觉得她们和她是平等的。别说男未婚女未嫁，就算是帝尊真的娶了帝后，还能有次妃、三妃，或者更多。于是在见到他的时候，她们才会绞尽脑汁想获得他的青睐，希望他能收下她们的心。

但，帝尊，为什么偏偏就是她呢？

能回答她问题的人在深宫里，此时正呵护着一个被误认为是她的女子，花探就能将她毫不费力地驱出宫，如果招惹上帝尊，她恐怕就不是被震飞出宫了。此时不论她在他的面前说什么，都无用，她是唯一不会出现幻眼的人，在眼下她需要保持冷静，想想如何解决眼前的问题。千辰宫她进不去，或许……

幻姬飞到了星穹宫，红心雨还在下。千辰宫的神侍能出现幻眼，星穹宫的人恐怕也无法避免。她在千辰宫能被误认，在星穹宫恐怕也会遭遇同样的情况，于是，幻姬留了个心思，隐身潜入星穹宫里。果然不出她所料，星穹宫里也乱了，每个人在她眼中都是自己原本的样子，可在被异雨淋过的神侍眼中，看到的人全部变了样子，甚至出现了从未见过的陌生面孔。幻姬加快自己的脚步寻找飘萝和星华，但愿这场突如其来的暴雨落下时他们在屋内。

第二十三章　一爱一成空

“……你看清楚我到底是谁！”

幻姬走到星华飘萝的寝宫，还没进宫门就听到里面传出飘萝的声音。

“星小华！有本事你装到底！”

幻姬快步走进宫里，看到飘萝一只手托着肚子对着坐在椅子上的星华发火：“早知道你这么赖皮，我就不让你帮我种花。下次，不，没有下次，你别管我的事。”

“姐姐。”幻姬走到飘萝的面前，“姐姐你别生气，对身体不好。”看到飘萝完全没注意她，幻姬才意识到自己还是隐身的状态，立即显身，扶着飘萝的身体：“姐姐。姐姐你别动怒，这件事不怪姐夫。”

飘萝诧异地看着突然冒出来的幻姬，“幻姬，你从哪儿冒出来的？”

幻姬惊喜地看着飘萝：“姐姐，你认识我？”

“废话。”飘萝不甚理解地上下看了幻姬一遍，“难道学他一样装作不认识你吗？”

幻姬连忙解释：“姐姐，此事与姐夫无关，并不是他装不认识你，而是现在的他出现幻眼，你在他眼中不是真实的样子，成了别人。”

“啊？”

“刚才姐夫是不是淋雨了？”

“嗯。今天的雨又急又大，躲雨都来不及。”飘萝瞟了眼星华，“我等他换了衣服想夸他，结果他不认识我，出去找了一圈，没找到我，回来坐这，我以为他开玩笑，没想到这小子还想对我出手。”

幻姬顿时紧张：“有伤到你吗？”

“没有。我在他出手前拉着他的手摸我的肚子。”飘萝挺了挺自己的大肚子，“星穹宫里就我一个大肚子，这总骗不了人。你看他，摸完之后安静了。不过，还是装作不认识我。”

“姐夫不是装。姐姐，你出来看。”

幻姬带着飘萝到宫门外，指着檐外的雨：“这些雨，乍一看没什么，可是姐姐你仔细看，这些雨滴的水心是红色的，它们落到衣裳上，会将衣裳染色，如果我们用手接住，手会被染成血红色。我曾亲眼见证过神川山变成幻梦神川海，每一个掉入幻梦神川海里的人，都会出现幻眼，不管修为多高深，无可避免。那片海，据说消失了几百万年，海水的神奇是我们想象不到的。今天这场雨，和幻梦神川海的海水很像。可是，幻梦神川海造成的幻眼我能用法术破掉，这场雨带来的幻眼，我没法破除。”

飘萝仔细观察屋外的雨，并伸手接了雨水，果然如幻姬说的那样。

“这雨怎么来的？”飘萝问，她活了万万年，还是第一次见到这样的雨，“淋雨的都会出现幻眼，一直都变不回来了吗？”

“幻梦神川海造成的幻眼能恢复正常。这次，我不清楚。”

飘萝皱眉，星穹宫里应该还有人没被雨淋到，被淋到的神侍她有办法困住她们，不让她们在宫里制造混乱，可星华怎么办？他的修为比她高太多，想困可困不住。

“你现在能让帝尊过来吗？”她困不住星华，帝尊可以。或者两人打个平手也行。

幻姬摇头：“不能。”

“嗯？”

“帝尊他也……”

飘萝懂了：“他也认不出你了是吧。”

幻姬点头。

“不只认不出。花探真君也被雨淋到，我被他们赶出来了。”

飘萝的火气腾的一下上来了，“嘿！我这暴脾气！我们去找他。”居然把自己媳妇儿给赶出宫，他还真是干得出来啊。

“姐姐。没用的，千辰宫现在被神卫守护森严，即便我们过去，也进不去。”幻姬想到千离将舞倾当作自己，不无失落地道，“他现在和‘幻姬’在一起，我们强闯也见不到他。”

“幻姬？他把神侍当成你了？”

“舞倾公主。”

“她怎么去千辰宫了？”

“去和我告别。她后天跟珑婉回西海，去宫里见我最后一面。”

飘萝看着幻姬，不行！她们不能在这里干着急，必须得想法子解决这件事，她还能用自己的大肚子让星华安静下来，幻姬的情况不同，别说舞倾是个妙龄少女，就是千辰宫里的神侍那也身段儿玲珑，幻姬体形上没点儿独一无二能让千离分辨，尤其现在还把她赶出了宫，宫里现在什么情况她们无从得知，若是帝尊对舞倾公主做出点什么事儿，到时好端端的两情相悦变成三人纠葛不清，受伤的是幻姬。

“星华指望不上了。这样，我把星穹宫里淋过雨的神侍全部用结界困住，剩下正常的神侍在宫里照顾星华和小毛球。我们现在立即去找麒麟，他这本活大典肯定有办法解决问题。”飘萝加重语气，“让他带我们进千辰宫，进不去的话，他就是打，也肯定能打进去。”

幻姬拉住飘萝：“姐姐你别急，慢点儿，小心肚子里的孩子。你在宫里忙，我去找麒麟上神。”

飘萝想了想，“行，你一个人去找麒麟。我现在派人去北古天找河谷，若是麒麟上神也淋了雨，河谷神尊也是个希望。”

“好。”

第二十三章　一爱一成空

万幸的是，当幻姬到麒麟宫的时候，麒麟正好在门口，检查完珑婉身体的他正准备出宫去玩，看到幻姬飞下来，笑嘻嘻地摇着白色扇，“哟，小幻姬。”朝幻姬的身后看了看，不见千离，“就你一个人？”

“麒麟上神，有件事情需要你帮忙。”

“哈哈，难得你有事不找你家帝尊，说吧，什么事啊？”

幻姬拉上麒麟腾云驾雾朝佛陀天飞去，一路上将异雨的事情说了一遍。

“麒麟上神，现在要怎么办？”

“幸好我要给珑婉检查身体，若不然，跑去佛陀天也要遭此雨了。”记忆中幻梦神川海的海水才有如此魔力，怎么一场佛陀天的雨也会带来幻眼，而且幻姬的法术破除不了。

麒麟想到星穹宫情况，问：“飘萝和星华的情况怎么样？”

“姐姐说她用结界困住星穹宫出现幻眼的神侍，姐夫因为摸到她的大肚子，对她还比较冷静，只是不承认她是世后，但没有对她怎么样。”

麒麟点头，看来怀孕还是有好处的。

两人飞入大雨倾盆的佛陀天，麒麟将仙泽释放出来，将异雨挡在了仙泽之外，带着幻姬飞到千辰宫外面，他们刚停下来，飘萝挺着大肚子赶了过来。

“你怎么来了？”麒麟看着飘萝，这么大个肚子，她就别到处乱跑了。

飘萝笑眯眯的，“星华现在认不出我，管不了，我跑过来看看。”看到千辰宫外面神卫们的架势，飘萝哟了一声，“哟，这阵仗，一只蚂蚁都爬不进去。”

麒麟看了看不停下着的大雨，情况太异常，他一时也没好的法子，千离和星华只是出现幻眼，别的什么都正常，他得找他们商量，星华碍于飘萝的大肚子，暂时不会出现什么棘手的麻烦。千离这边不行，舞倾在宫里，而且被千小离当成了幻姬，他必须进宫去阻止他，若是一直让幻姬待在宫外，难保千离和舞倾不做出点什么出格的事情，到时他后悔莫及。

“听我说。飘萝，你回去，在星穹宫里好好待着。记住，如果星华有一点儿不对劲，立即到麒麟宫去，一直住到星华恢复正常我再让他接你回宫。”麒麟转头看着幻姬，“幻姬，等会儿我进千辰宫，他们让我进，你则跟着我一起进去，一旦他们不许，我若动手，你就在这里等着，不要靠近千辰宫，明白吗？”

“不行！”

“不行。”

幻姬和飘萝异口同声。

“我不回宫，我在这里帮你们。”飘萝闲得没事，觉得日子过得太平静。

幻姬道：“我不能让麒麟上神你一个人冒险。”

“我说你们两只能不能在此时不要添乱了？”麒麟扫了眼幻姬，又看了看飘萝，“你，确定自己的修为能打过那些人吗？你，这么大个肚子，你是想以后你家那口子满天宫

追杀我是不是？”跟他们说了很多次，女人很麻烦，不要招惹。可是，一个个倒好，不仅仅招惹，还娶妻生子。现在好了，两人都不正常了，两人的媳妇儿一个唯恐天下不乱，一个无家可归。

“啧，我以前来千辰宫怎么不晓得帝尊有这么多神卫？”

麒麟笑了下：“你以为你星穹宫里没这么多？”

“没有啊，星华只是布结界在宫外护着。”

“呵呵，世后娘娘，看来你家那口子背地里做的事情你了解的还没我多啊。”别看平时星穹宫和千辰宫神卫稀稀落落的，实际上，哪个尊神的宫群里都有平时看不到的神卫日夜守护，要真是眼睛看到的那点儿人，这佛陀天里还不早给一群求学拜师的神仙们挤得飞都飞不动啊。“好了，闲话以后再说，你俩好好的，幻姬你去星穹宫里陪着飘萝最好，幻眼不是什么大事，一定有办法解决，只要你俩没事，千离和星华恢复之后任你们处置。但若你们有点差池，我没法向他们交代，他俩要是发起火来，佛陀天都要给他们掀过去不可。”

“可是麒麟上神……”

麒麟安抚幻姬，“小幻姬，听我的话，这只是件小事，我来处理。不要担心。我保证，我一定给你一个完整的，只属于你的帝尊。”

幻姬点头。

“谢谢麒麟上神。”

道谢之后，幻姬想到一件事。雌蛊王已死，帝尊说他体内的蛊王没有解决，剩下雄蛊的他为了抵制疼痛，需要和她亲热，两人心心相印亲昵在一块儿他就不痛，如此一来，那他和舞倾……

“怎么还不走？”麒麟问幻姬，“赶紧跟飘呆呆一起回宫。”

幻姬坚持：“麒麟上神，我不能走，我担心帝尊他……他和舞倾……”

麒麟双手扶着幻姬的肩膀，“小幻姬，相信我，你在这里帮不了我的忙。不能帮忙，最好的方式就是别拖累。我答应你，就是把帝尊打成粉碎性骨折也会给你一个清清白白的帝尊。”出现幻眼的千离未必能认识他，若想将他和舞倾分开，很可能需要动武，没有顾忌他才能放开打，何况她留下，不怕事的大肚婆肯定也来掺和一脚，她可是惹祸出了名的。一个女的都照顾不过来，让他一下管俩，他真心有余而力不足。

“那……”

幻姬想到自己还不足以和千离花探对抗，麒麟说得对，她现在帮不了忙。她若在这里耽误时间，必定会赶不上去半魂烬墟。错过这次七月半，要等一年的时间，机会难得，她必须抓住。

“麒麟上神，拜托你了。五天，给我五天时间，我一定回来。”如果她在此帮不上忙，那么她就去做她能做的事，为帝尊好的事。

幻姬话音不落，人便消失了。

“哎，去哪啊你？幻姬！”

飘萝耸了下肩膀：“不是我干的。”

“我知道不是你干的，但是你现在能乖乖地回星穹宫吗？”

“我就站在这里看。”

“飘、小、萝！”

看到难得严肃的麒麟，飘萝和他对视了一会儿：“好吧，我回去就是了。不对，星穹宫现在太危险了，我去你的麒麟宫里玩。”说完，飘萝嗖的一下不见了。

麒麟摇头叹息，女人果然是一个可怕的物种啊，这么能折腾的两个人，还是珑婉乖巧听话省心啊。

幻姬从千辰宫前闪离之后，迅速赶往天界和凡间相交的地方，路过天河时，不经意瞟到一棵树下有个眼熟的东西，定睛一看。

千颜花！

幻姬飞下，蹲下身子抱起地上的千颜花，花变了，可花盆是百曦古神送她的。由于千颜花十分珍贵，养它的花盆也很讲究，她不可能记错。花探真君说千颜花在他的宫里，原来，花被他扔到了宫外。幻姬将千颜花收入袖中，时间紧迫的她没有多想，继续赶路。看来，等她从半魂烬墟回来，要算算账的人不止一位了。

日夜不休地赶了四天之后，一贯方向感奇差的幻姬竟然没有走错一点儿，来到天界和凡间相交的地方，看着无边无际的黑，她很冷静地看了看星辰，再过一个时辰就是七月半，她得速战速决，尽快抓到两个半魂人赶回去，一连飞了四天有余，麒麟上神也不知道有没有把异雨的事情解决，帝尊和舞倾又是什么个情况……

想到佛陀天的事情，幻姬越发觉得自己的时间很紧迫。

等待时，时间显得特别的长，特别的慢……

但，总算来临。

漆黑的夜里，幻姬感觉到天边隐隐地出现一条亮光，越来越亮，越来越大，最后亮光铺天盖地地朝她扩来，在她还没想好怎么进半魂烬墟时，一股温暖的白光将她包围，一道强劲的吸力卷过她的身子。再睁眼时，看到一片绿地，绿地上方的天空浮着一片蔚蓝色的海。

半魂烬墟！

幻姬记得千离说过半魂烬墟的样子，看到眼前的风景，她只想到了一个词。

温暖！

是的，半魂烬墟不是她见过最美的风景，也不是最富饶的地方，甚至绿草大海都与别境没有任何区别，但它却给她其他地方所没有的感觉。安宁和温暖。简单的海和简单的陆地，如此而已。置身其中，有种世外仙人的悠醉之感，放空心灵，享受大自然最纯净的恩赐，仿佛能听见自己的心声。如此美妙的地方的确不负它的盛名，天地间最宁静和平的境界。她以为天外天的天空已是十分纯净了，没想到半魂烬墟的天空比天外天的天空还要湛蓝清透。

幻姬深深地呼吸一记，来时的紧张渐渐缓和在安宁的气氛里。这么温暖的地方，如果帝尊能来多好啊。她如今经历的一切美好，都想与他一起分享。明年！她一定在七月半带着他到半魂烬墟来过一天，或者从此他们每年都在七月半这天到半魂烬墟来，感受宁静，感受平和。

静静地，幻姬站在原地朝远方看了许久，在这么温暖的地方抓走半魂人，自己的做法真是残忍啊，让他们献出自己的生命去救宠服和雌蛊，而最终宠服和雌蛊又是为了让帝尊脱离蛊王的控制。说到底，几番努力都是为了帝尊。如果蛊王不解决，入了他的脑，将他变成行尸，她该如何挽救那时的他？在情况还能控制的时候，她需要用自己的方式为他做点什么。尽管，他可能不稀罕她的帮助，但没有哪条天规说，相爱的两人一定是男人无条件地付出。他为自己默默地做了那么多，她又不是丧失行动能力的人，回应他的疼爱也是应该的。

幻姬想到进半魂烬墟是在子时，那便是晚上。半魂人晚上出来活动，可她站在原地良久，不见一个半魂人出现，怎么回事？想到许多人会在七月半这天到半魂烬墟抓半魂人，幻姬朝前走着，希望自己的运气不错遇到出来活动的半魂人。

许是半魂人常年在七月半这天遭遇入侵者，幻姬走了很远一段路也没见一个半魂人的影子，不只如此，甚至连别的潜入者身影也没见到。难道进半魂烬墟的人只有她？还是，她进来得最早？

一连寻找了三个时辰，幻姬一无所获，再过不久外境的天空就要亮了，到时半魂烬墟也算进入白天，半魂人会潜入头顶的大海里，无影无踪。如此一来，她白天的时间会白白地浪费，若是入夜依旧找不到半魂人，她不得不无功而返，等待来年。

幻姬站定，看看四周，她时间有限，这样漫无目的地寻找不是办法。幻姬释放出自己的仙泽和银阳，飞入天空，打开娲氏天眼，环视周围。

霍然，一个透明的人影站在五丈开外的地方看着她，从身高和模样来看，应该还是个孩子。

幻姬惊喜地看着不远处的半魂人：“你是半魂烬墟里的人？”

透明人影没有说话，只是静静地看着幻姬，不靠近她，但也没逃走。

“我乃天外天娲皇宫的幻姬殿下，今日来半魂烬墟，实属无奈之举，可否请半魂人现身。”说完，幻姬想走近半魂人，她的身影刚飞动，半魂人嗖的一下跑远，幻姬下意识地飞过去想追上他，却在飞了一段路之后看不到那个半魂人了。

幻姬纳闷，明明刚才还见到了，去哪儿了？

片刻之后，那个半魂人在不远处现身，他身后还出现了两个成年的半魂人，一男一女，三个人静静地看着幻姬，两个大人的面色充满了防备。

“你是何人？”成年半魂人中的男人问幻姬，“在今日闯入半魂烬墟的人都不是好人，你休想抓走我们的孩子。”

幻姬连忙解释，“你误会了。我今日来半魂烬墟虽然确实想请两个半魂人随我回宫，可我绝对没想过碰你们的孩子。”她并非恶毒之人，不论她多么想得到半魂人，未成年的孩子她不会伤害。“我乃女娲后人幻姬。闯入半魂烬墟惊扰你们很抱歉，可是我需要两个半魂人帮我复活一人一蛊。”

“女娲后人……”

一男一女的半魂人相互对视一眼，带着他们的孩子对着幻姬跪伏下来：“拜见幻姬殿下，方才不知殿下驾临，多有失礼，望殿下恕罪。”

幻姬想靠近些和半魂人说话，可从他们的眼中看到不安和警戒，便放弃了这个打算，一时半会儿凭她几句话恐怕也无法让半魂人放下戒心。

“你们何罪之有。反而是我，觉得对不住你们。”幻姬真诚却无奈地看着半魂人，“我本心不愿破坏你们的安宁生活，只是迫于无奈，请你们帮帮忙。”

跪在地上的半魂人看着幻姬，不发一声。

“我知道我的要求对你们来说很过分，可我实在没有办法。你们能帮我吗？”

地上的半魂人好一会儿没有说话，幻姬亦不知道要如何说，她要的是人家的命，换到谁身上都不是一件易事，她自然能理解，可她希望能找到自愿跟她走的。

“殿下，你能来半魂烬墟，对我们来说，是莫大的荣幸，可是……”

突然，一个决绝的声音传来。

“不用可是。一个半魂人都不会跟你走的。”

幻姬转头，看到一个身材高大的半魂人出现在她的身后，他的身边还有四个身形和他差不多的透明半魂人。

跪在地上的男女带着他们的孩子站了起来，对着来人鞠躬，“天剑长老。”

长老？幻姬看着寒着脸盯着她的男子，如此肯定地回绝她，难道一点商量的余地都没有吗？

“我请半魂人回宫并不是想做坏事，只是想他们……”

天剑长老打断幻姬的话：“我不管你想他们跟你回宫做什么，即便你是幻姬殿下也不能用身份强迫他们跟你走。你的事情，可以想别的办法解决，如果没别的法子可想，就让你要复活的人死了就好。我们半魂人，不欠你什么。”

“半魂烬墟每年只有一天开启的机会，错过今天，需要等一年。两个半魂人今天随我回去，如果有别的办法，我用自己的人格保证，我一定会保护他们的安全，并且在明年今日送他们回来。”帝尊的蛊若有别的法子可解，她带半魂人回去也不会牺牲他们，只是今天是一年之内唯一的机会，她必须带半魂人回去。

天剑长老看着幻姬，冷冷地道：“话听着漂亮，但身为半魂烬墟的天剑长老，保护他们是我的职责，只要我活着，你就别想在半魂烬墟带一个半魂人走。”

“但我今日必须带走两个半魂人。”

“看来殿下是想像别人一样强逼了？”

“我不想伤害你们。”幻姬十分无奈，“可帝尊的身体不能等一年。我可以向你保证，即便今日我带了半魂人回去，我也一定会和帝尊一起想办法，尽我们最大的可能不伤害半魂人。天剑长老，我并非不讲理之人，只是迫于无奈。”帝尊一会儿说解蛊成功，一会说没有，她只能信自己的判断。千辰宫大殿前雕栏上的蛊王，还有舞倾的话，都让她觉得有必要带半魂人回去。如果帝尊蛊没解，半魂人会有作用。如果帝尊的蛊解了，他肯定不会用半魂人复活宠服和雌蛊，真假立辨。她自会亲自送半魂人回来。

天剑长老抬起手，示意幻姬多说没用。

“幻姬殿下，我等尊你是女娲后人，不想怠慢你，更不想和你刀剑相向，不管你怎么劝说，都没用。今日只要我在，半魂人便不会跟你出去。”

幻姬问：“一点可能都没有吗？”

“我说得很清楚了。殿下，请回吧。”

幻姬没有动，等了两个月等到今日的机会，她岂能空手而回。天剑长老的目光与幻姬的交会，他不退缩，她亦不放。几个半魂人消失瞬间，幻姬掐诀，仙法飞出，打算抓住天剑长老和他身边的一个半魂人。他如此不信自己，便抓他回去，让他看看，自己并无伤人之心，只是机会在今天，她必须抓住。天剑长老从幻姬的目光里看到了坚决，在她出手的瞬间，带着四大护法飞开。气氛一下变得紧张起来。

男女半魂人带着自己的孩子消失不见，没多久，无数的成年半魂人出现，将幻姬团团围住，而那对男女，就站在一群半魂人中间，目光厉厉地盯着幻姬，好像她是来抢夺他们孩子的。

“幻姬殿下，你想抓走我，恐怕不容易。”天剑长老看着幻姬，“而你若想在我的眼前带走其他半魂人，那就更不容易了。”

“我无意伤害你们，只想请你们帮个忙。”

天剑长老反问幻姬：“你见过谁拿自己的性命帮忙的？帮了你，他们就死了。只有活着才有无限的意义，死了，就什么都没了。殿下，是你太天真还是我们太无情？”

话至此，幻姬知道想平和地请两个半魂人回去没可能了。她不天真，她只想多一个机会能帮助帝尊，若是帝尊无事，她怎会舍得伤害两个无辜的半魂人。但，或许是千万年来每一年的入侵者都给半魂人带来的噩梦，以至于当幻姬想抓半魂人时，所有的半魂人都团结在一起，一致对外，见她一个孤身女子没有同伴，毫无畏惧，对她的围攻变得越来越激烈。

幻姬施术，却不想伤任何人，只是让他们的攻击没法伤到自己，想抓住机会逮两个半魂人即可。她的防御让天剑长老看出来，指挥着更多的半魂人放肆进攻，誓要将幻姬赶出半魂烬墟。

半魂烬墟的白天在仙光飞舞中来临。对于半魂烬墟，白天和夜晚的差别在于天空上面有没有太阳，太阳出来是白天，太阳落水就是晚上，日复一日，年复一年，天色没有变化。

天剑长老担心别的入侵者会来抓半魂人，带领着半魂人飞往天空中的大海。幻姬暗道不好，如果半魂人都进入了海中，她恐怕会找不到。等到晚上，他们若是再这样群攻她，到时她可能依旧抓不到两个半魂人。跟着半魂人飞上高空的时候，幻姬掐诀布开天娲锁魂结界，结界不停地扩大，将越来越多的半魂人困在其中，跟着他们一起飞到蔚蓝色的大海里，结界进入海中还在不断展开，在界内的半魂人无法融进海水里，每个人的身影幻姬看得清清楚楚的。天剑长老没想到幻姬会追到海中，挥剑亲自迎上幻姬。

百招后，幻姬想停手，他们根本不是她的对手，她只想防御不被他们伤害，她并不想伤到任何半魂人。可天剑长老已经把幻姬当成了凶残的抓魂人，对她步步紧逼。

“啊。”

幻姬躲闪间，忽然被一把长剑砍伤了手臂，鲜血将原本被异雨染红的衣裳沁得色泽更深了。

天剑长老看着砍伤幻姬的人：“地剑长老。”

“闯入我半魂烬墟妄图抓半魂人的孽人，休得放肆。”地剑长老看着幻姬，“若你即刻速速离去，我等尚且愿意放过你一命，若执意妄想，休怪我们剑下无情。”

幻姬忍了痛：“我不想伤害你们。”

“那就请离开。”

“我必须带两个半魂人回去。”

天剑和地剑长老对视一眼，两人夹击幻姬。由于幻姬并没有采取任何攻击的招式，一味地避开，数百招过后，身上已受了好几处伤，而围攻她的半魂人却越发勇猛了，天剑长老好几次差点儿刺入她的心口。不知是不是看到幻姬频频被伤而滋生出了膨胀的自信，半魂人像攻击着了魔，一波比一波凶猛的攻击袭向幻姬，他们将心中对入侵者的仇恨与不满都发泄到了幻姬的身上。

幻姬闪避得越来越快，但双拳难敌万手，衣裳被划破的地方越来越多。当千支长剑对准她身体刺来时，她听到自己的内心在告诉她，自保！默诀于心，射出千万把摩光小箭。箭入魂体，向她冲来的半魂人手中佩剑掉落，透明的身体浮在了海水中。

看到自己的同伴被杀，半魂人对幻姬的愤怒达到了顶点，无数半魂人疯狂地杀向幻姬。

喊杀喊灭的凄厉叫声充斥在海中，水面上的高空里一轮太阳正从天边升起，温暖了空气，温暖了海水，却温暖不了海中愤怒的半魂人的心。

幻姬眼中原本的美好风景像是一场昙花花宴，凋谢消失，只剩下对她疯狂到失去理智的半魂人，她没机会去细细想是自己招惹了他们，还是他们把多年来的怨恨都对她一个人发出来，她看到一张张不想饶恕她的脸，也感觉到了自己身体上的疼痛。她只想请两个半魂人回去，她不想被伤害，更不想伤害人。在她的家中，还有她牵挂的心上人，她甚至不知道他现在还是不是她的帝尊，只是她一个人的帝尊。她想回去，想尽快赶回他的身边。

蓝色的海水在幻姬的眼中仿佛变成了血色，嘶喊声将她宁静的心撕裂，灵台上的清明渐渐被密密麻麻叫嚣着的半魂人的脸攻占。终于，清明熄灭了。

仙光射出，透明的身体像是折了根的树，断了翅的蝶，一个个倒下，然后漂浮。

耳畔厮杀不歇，幻姬想挣脱眼眶前的悲切，她仿佛听见海水中有人在呜咽，海水和草地之间，似乎尽满生离与死别，号叫像终结，所见的都在毁灭。她想停下自己的攻击，可看到的却是一把把朝自己挥来的血剑，有人喊她的名字，像声嘶力竭，也像是温柔的决绝，摇曳着她矛盾而绝望的心。

湛蓝的海水，吞噬了她所有罪孽，熟悉得像幻觉，仿佛曾经在一片火光之中她也曾这样被围杀过，看不清对手的眉睫，血落尘土悄无影，若魂魄能通心，可否知晓她内心的不愿和痛惜。

漂浮的尸和血，在折射到水中的阳光里显得那么凄冷，飞舞的未了结的是一片忘记了温暖的魂灵，穿波越浪汹汹而来，不及告别，尸横万里，哀伤千叠，海之尽头抹不去刀光剑影。

黑夜之前，她忘记所有胆怯，只记得遥远宫中的日月，蝉鸣里的男子眉目清俊，与她情意绵绵，缠绵着生世不离的深情厚爱，而今他在宫中等待着她，她要回到他的身边，不再想见到他搂着旁的女子卿卿我我。

暖风过叶，深海翻波。那曾笑得单纯无邪博善仁慈的姑娘，在扑面而来的群怒声里，杀红了眼，停不下的剑光将她带进了另一个陌生的世界，那里面的自己，逆着她最初的信仰，做着她做梦都想不到的事情。

猩红，蔓延不绝……

许久的许久，幻姬终于停下来，站在原地喘着气，红色的衣裳被鲜血染透，朝下滴着血珠，不知道是她的血还是半魂人的血。放眼看去，所能看到的地方全部都是尸体，没有风过，她却仿佛感觉到一阵阵的风吹着自己，风声里有半魂人痛苦尖锐的哭叫声。

幻姬双手抱着自己的头，仰颈痛苦地叫了一声。

“啊……”

那一声穿破深海穿透云霄的叫声带着无尽的痛苦，叫声不绝，绕海盘旋。听着自己的叫声，幻姬浑身的力气像被人抽干，茫然不知所措，不晓得自己下一步要做什么，纤细的身姿跌倒，呆呆地坐在原地。坐了很久，很久……

艳日西斜，海中光线不再那么高亮，海中的温暖渐渐散去，清凉开始包裹海里的一切。当太阳沉到水下，很快海水变得透入骨髓的凉。安静的水中，静谧得可怕，幻姬保持跌倒的姿势好几个时辰，空空的脑袋里不知道在想什么，眼睛也不知道在看什么，直到耳中传来细微的声音，才让她的眼珠慢慢地转动起来。

远远地，幻姬看到一个人影缓慢地朝水面上浮去。看到她艰难地拨开漂浮的尸体，结果却失败了好几次，幻姬慢慢地站起来，走向她。

“我来帮你吧。”

听到幻姬的声音，半魂人吓得跌到尸堆里，看着她哆哆嗦嗦地说：“别杀我，我……我跟你走。”

幻姬的心在那一刻猛然抽搐，剧痛无比。

“我……”幻姬的声音颤抖得厉害，“对不起。”

缓缓地，幻姬对着半魂人伸出手，“我真的不想伤害任何人的。我很……”

半魂人没有将手放到幻姬的手里，自己慢慢地爬起来：“我们快点儿出去吧，夜晚了，海里会很冷，我们会被冻死的。”

“好。”

幻姬准备带着半魂人出去时，想到一件事：“我们要不要去其他地方看看，或许还有需要帮助的人。”

半魂人没有说话，等了一会儿，才轻轻点点头。

幻姬和半魂人在海中搜寻着活着的人，直到海水完全冰冷下来也没找到，看到身边的半魂人熬不住了，幻姬放弃寻找，准备带着她出海。

“爹爹……”

“娘亲。”

幼童的声音忽然传进幻姬的耳朵里，循声看去，一个小孩儿蹲在一处很不起眼的小角里，幻姬急忙过去，将小孩儿抱到怀中，心中悲伤万千，强忍着泪水，带着一大一小半魂人飞出海。

出海的瞬间，幻姬感觉到天空一片白光忽然照射下来，下意识中，她将半魂人用仙术送到陆地上，自己的身体被白光打入海中，不停地沉下。有一道声音，像是从天际传来的，十分沉重，敲打着她的心。

“女娲后人凤语佛，为一己私情，违天道仁德，屠戮天地祥和之境半魂烬墟，血漫天海。”

“今此受天古惩处，封沉烬墟天海，以偿失德背善之恶。”

“海无终，天责不尽！”

看着一个个向上浮去的半魂人尸体，听着天之责声，幻姬有种说不出的坦然，这是她该得的啊，她认。只是，远在宫中的那个男子，请你好好的。

金光片片，你踏花而来；廊檐合下，你轻笑漫漫。

微风和煦，那是你我初见的季节。

谈话藏不住你的誓约，依稀宫门上弦月，白色身影，夜色如水，那是我见过最清冽俊美的身姿。

天地借我一段光阴，把你刻入我的心底。

千离，请你安好！

幻姬缓缓地闭上了眼睛。

无底黯墨的烬墟天海，吞没了一抹红色的身影。

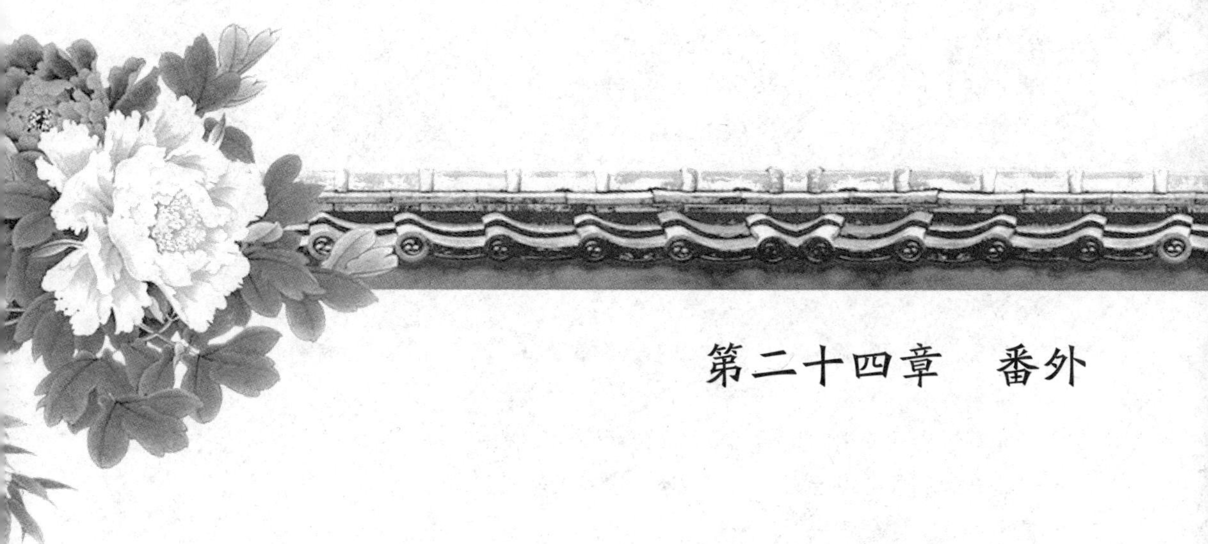

第二十四章　番外

一万二千年后。

六月半，骄阳似火。

佛陀天天河边的避暑树林里，飘萝慢悠悠地荡着秋千，很悠闲地嗑着瓜子。想着，要是能把星穹宫搬到这里来就好了，宫里虽然有寒冰降温，可总归没有自然凉风吹得舒服。

“母后。”

“母后……”

飘萝循声看去，一个锦衣玉服面容十分精致的小少年腾朵小云飞到她面前：“母后，可算找到你了。”

飘萝停下秋千，拉着小少年坐到自己的身边：“你找母后什么事啊？”

看着自己和星华的第二个孩子，飘萝的眼底满是笑意，比起性格像她多一点的大儿子星矢，他们的二儿子星玄则更像他们的父尊星华，相差四岁的年纪对仙界的神仙来说完全就不算个事，所以两孩子的身形差别几乎没有，也正是因为这一点，让当哥哥的小毛球很是不满，从来不喊星玄的本名，跟着长辈一起喊星玄为星二，而且人越多他喊得越大声，恨不得三十三重天里的人都晓得星矢有个弟弟叫星二。而星二呢，对谁都有礼有貌，脾气像足了星华，唯独小毛球喊他星二的时候，回回气得想跳脚，两小子也不晓得背地里打了多少次架，谁赢谁输不得而知。因为，谁都不认自己败了，一致指对方是手下败将。

“母后，小毛球哥哥说，过几天你和父尊要带着他去天外天玩，是真的吗？”星二看

着飘萝，“我也要去。为什么带他，不带我？”

飘萝愣了下，笑了：“母后不去，母后在宫里陪着你。”

“母后你为什么不去？”星二好奇地问，“天外天是什么地方，父尊要去那干吗呢？那里好玩吗？”

“天外天啊，那里……”飘萝忽然想到一个人，那个人在万年前曾喊她姐姐，绝色如她，善良如她，卓尔不群的贵气，一颦一笑都让人觉得尊贵无双，可惜……

飘萝轻轻地叹气，“哎……”

星二见到飘萝的脸色变化，“母后，你怎么不高兴了，是因为我问了什么不可以问的吗？”

“不是。母后的星二又乖又漂亮，母后看到你就很高兴。”

“那，母后你能不能跟父尊说，让我也去天外天。”

飘萝问：“你很想去天外天？”

“嗯。小毛球哥哥要去，如果我不去，他回来肯定跟我嘚瑟。”星二摇着飘萝的手，“母后，你让父尊带我一起去吧，我保证会乖乖的，父尊他最听您的话了。”

飘萝轻轻一笑，眼里藏不住的得意。他们父尊不听她的话，还能听谁的呢，她可是举世无双的宝贝世后娘娘。

晚上，星穹宫。

澡后，披着白色软袍的星华走到窗前，从飘萝的背后将她搂进怀中，声音很轻：“想什么呢？”

“你跟小毛球说带他去天外天？”

“没。今天麒麟来找我商量事情，小毛球听到罢了。”儿子说想跟老子一起外出转转，他岂有不答应的道理。

飘萝轻轻叹气，两人好一会儿无话。

“想到幻姬了？”

飘萝点头：“若是我记得不错，一万二千年了，什么时候是尽头啊。”停了片刻，飘萝问道：“麒麟找你商量什么事啊？”

“千离的事。”

一个月后，七月半当天，渡过升位天劫的北古天河谷要到天外天娲皇宫接受女娲娘娘的法赐御尊神印，身为东古天的世尊和西古天的帝尊，星华与千离需要在那天一起参加河谷的接赐大典。三十三重天离天外天路途遥远，若是不想急赶，六月半便要动身前去，近一个月的时间方能行走得从容。可千离已经多年不在西古天的千辰宫里了，举行大典的那天又是七月半，特殊的日子想让他现身娲皇宫，如何可能！可娘娘法赐，于河谷来说又只唯一的一次，不露个面总显得不妥。

“他不会去的吧。”

“嗯。”星华微微皱了下眉头，“娘娘的法典，能去是最好。”佛陀天东西南北四古天，原本麒麟早该升尊南古天，却因为他喜好自由自在，一直不去渡劫，眼下东西两尊神若只去了一个人见证北古天御尊大典，场面上不好看。其实，大家心里明白怎么回事，可时间过去这么久，旁人又岂能与他一般感同身受那种痛苦，只会看到帝尊的缺席。关于他的传说已经太多，多一件不多，少一件不少。

飘萝道：“麒麟的意思是什么？”

“让我去劝劝千离。”

“如何劝？”飘萝转头看着星华，“半魂烬墟每年七月半才打开，见到千离那天就是天外天的大典，就算他愿意去，时间上也来不及。”

星华笑了下：“我和麒麟打算用‘歪门邪道’提前进入半魂烬墟，希望能劝他出来吧。”

“你们还有这本事啊？”

飘萝想了想：“你们哪天去？我跟你们一起。”

“明天就去。很晚了，休息吧。”

“嗯。”

飘萝躺到床上，怎么都睡不着，回忆飘到了一万二千年前……

一万二千年前

突如其来一场让人出现幻眼的异雨落在佛陀天里，淋到雨的人分不清真实和虚幻，不论修为深浅，淋雨即中幻眼。幻姬因是女娲后人，天生的远古洪荒高贵血统让她没有受到雨水的丝毫影响，眼睁睁地看着爱着自己的帝尊搂着并非是她的女子从她眼前翩然走开，更有千辰宫的总执大人误认她是闯宫者，将她赶出了千辰宫。

无奈之下，她求助星穹宫的世尊世后，却发现世尊也中了幻眼，剩下怀孕好几个月的世后娘娘心眼清明。因此，她找到了神首麒麟，希望麒麟上神能解决佛陀天里的幻眼镜像。

麒麟的保证让幻姬稍稍安心，想到伤害帝尊的蛊王，幻姬为了抓住一年一天的七月半机会，只身前往半魂烬墟抓半魂人。她走后，麒麟飞到千辰宫的门前，想进宫找千离。

“站住。”

千辰宫的神卫拦住了麒麟：“任何人等不得入宫。”

麒麟摇着扇子，慢条斯理地问：“你们仔细看看本神是谁？”

“不管是谁，不得入内。”

让一个仙子闯入千辰宫已是他们失职，虽然他们百思不得其解她如何进去的，可若是

再让人巧溜进宫，不用帝尊说什么，总执大人就会大怒。

“你们确定不看看我是谁？”麒麟问。

神卫斩钉截铁地回答：“不看。”

话音落下，响起啪的一声，麒麟收起折扇，几乎与此同时，千辰宫门口的几个神卫眨眼被撂倒，麒麟的身影瞬息间消失不见，等神卫们反应过来时，麒麟已经到了千离的寝宫门口。

“你是何人？”

花探真君忽然拦住麒麟的脚步，心中纳闷，今日闯宫的人难道不是一个，是一群？扔出去一个仙子，怎么又来一个男人？五大三粗的男人跑来找帝尊是几个意思？难道男人也有爱慕帝尊的？如此口味，真是甚重啊。

麒麟袖手挥过，数道青光飞向花探，趁他躲避之间，瞬闪进了千离的内宫。

“休得无礼！”花探在麒麟的身后大叫一声，飞身去拦他。

麒麟头也不回地说道：“花花你站住！”他还得留着气力对付千离，不想跟他费口舌。

花探看着麒麟，花花这个词从来只有麒麟上神叫他，此人是从何得知的？而且，花花听上去就不是一个人名，他堂堂千辰宫总执大人玉树临风风度翩翩，叫花花很跌份儿的。是可忍孰不可忍，他绝对不能忍受一个叫他花花的闯宫者，此人必须干掉。

“……帝尊，我们不喝茶了，做点别的什么事吧。”舞倾放下手里的茶壶看着千离，嘴角的笑容让她看上去美艳动人。

麒麟看着对千离频送秋波的舞倾，大步走入房内，笑道：“看来我来得真是巧啊。正好口渴得要命，舞倾公主，劳烦了。”

舞倾看着忽然出现的麒麟，惊讶不已，他怎么来了？而且，他被雨淋到了吗？舞倾看看麒麟，又看看坐着的千离，笑了笑，抬起手给麒麟泡茶，送到他的面前。

“对了，珑婉一个人在我的麒麟宫，她可是你的亲姐姐，留下她跑来这里陪帝尊，而且是在小幻姬不在的情况下，是不是有些不妥？”麒麟招手，“花花，送舞倾公主回麒麟宫。”

舞倾站在原地愣了片刻，抬起脚，却不是走出宫，而是在花探跑进来后站到了千离的身后，小声地道：“帝尊……”

麒麟端起茶杯，轻轻一捏，装满茶水的茶杯变成了一只青色的小麒麟，活蹦乱跳在他的手心里，“舞倾公主，我尚给你西海龙族公主一分面子，你若现在走出千辰宫，我既往不咎。若是你执迷不悟，休怪本神天规处置。噢，忘了告诉你，他们都淋了雨，而我，没有！一滴，都没有！”所以，不管千离和花花看到她是多么逼真的幻姬模样，在他的眼中，她就是舞倾。

第二十四章　番外

将麒麟当成陌生人的花探不听他的话，只觉他在胡搅蛮缠扰乱视听，什么舞倾公主，眼前的女子明明就是幻姬殿下，此人擅闯帝尊寝宫，必须收拾掉。

花探的出手让麒麟意识到他们幻眼非常严重，因为花探对他使出的招数不是闹着玩，很明显就是想解决他。麒麟避开花探的攻击，连续十招大佛朝东将他震飞出寝宫，定身两丈之外看着一动不动的千离。

“千小离，不管你现在看到我是谁，你都好好去看看现在下着的雨，雨水有问题你看不出来吗？”麒麟盯着千离的眼睛，“幻梦神川海还记得吗？掉入海中的人会出现幻眼，这次的雨也是一样。”

舞倾喝道：“你胡说八道。你是谁，私闯千辰宫该当何罪。”

“舞倾公主，你说出这句话的时候，不觉得背脊骨发凉吗？”

“千离，我就说一句话。你可以认不出我是谁，你问你身边的‘幻姬’，问她一个只有你和幻姬知道的事情，她若答对了，你可以信她是幻姬。她若答错了，你就该知道出什么问题了！”

花探冲了进来打算和麒麟大战，千离抬手止住了花探的动作，虽然他看眼前愤怒的男人也不是花探的样子，可若依据这个陌生男人的话，加之他在幻梦神川海里确实出现过幻眼，这场雨他避雨在檐下时就发现了异常，只是没联系到幻眼镜像，若是真如他所言，现在眼前的陌生男人是麒麟，愤怒的人是花探，他身边的女子是……舞倾。那他的语儿去哪儿了？

千离转头看着舞倾。

舞倾伸手小心翼翼地拉着千离的衣袖：“帝尊，你不信我吗？”

“我当然信语儿。”

千离的声音轻轻的，看着舞倾：“别怕，不管发生什么事，有我在。”

舞倾满意而甜蜜地笑开了，眉眼间偷偷地瞟了眼麒麟，有着藏得并不好的挑衅与胜利后的得意。

“早上你不是跟我说向厨子学熬了粥吗？”千离目光很是温柔，看着舞倾，“我现在想喝，你去端来，可好？”

舞倾立即开心地应下：“好啊，帝尊你等等，我马上回来。”

舞倾欢快地小跑出寝宫后，刚到宫门前，发现自己的身子动不了了，身后，传来轻轻的脚步声。

千离站在宫门前看着雨中的舞倾，神若寒冰：“语儿从不进厨房。她今天早上跟我说的是：再有五天就是七月半了，我要守护你。”如果是真的语儿，听到他的话，一定会否认她熬了粥，她没做过的事情怎么可能应得那么开心。

七月半……

麒麟顿时明白过来，走到千离的身边：“半魂烬墟。幻姬去了半魂烬墟。”

“你没拦着她？”

“我哪里来得及，她话音都没散就跑了，无影无踪的，我那会儿哪里想到她去半魂烬墟。再说了，你也不想想，你之前什么事情都没跟她坦白说，一味地瞒着她，她压根儿就不信你的蛊王被驱除体外，我要是拦着她，她还会气我害她错失难得的机会。”

千离道：“我去追她，你到星穹宫找星华来处理千辰宫被雨淋了出现幻眼的人，随后赶来找我。”花探都出现了幻眼，现在肯定顾不好千辰宫了。而他有幻眼在身，又知晓幻姬不在身边了，恐怕追她的路上会误认许多人，他需要他在他身边帮他。

“星华帮不上忙，他也淋雨出现幻眼了，星穹宫的事情还是飘呆呆处理的。”

“你弄好千辰宫的事情立即来找我。”

千离留下一句话就消失不见了。

麒麟将千辰宫里淋了雨的神侍神卫全部困进自己的结界，花探的修为不低，麒麟的结界难以长久地困住他，不得已召唤出上古麒麟神器将他锁入其中，剩下了正常的神侍和神卫，乱糟糟的千辰宫总算恢复了平静，麒麟简单地交代了一番，顾不得被定在寝宫门前的舞倾，立即腾云驾雾去追千离。

心急如焚的千离飞得异常快，眼中的幻眼困扰着他的判断，很多时候看到幻姬的身影就在旁边，他怕错过了真的她，飞过去牵她，却次次失望，不过是虚幻泡影。

麒麟紧赶慢赶，却没能追上千离，忍不住在心底恼火，丢了媳妇儿的男人都这样？以前星华为了追飘萝，那速度也是快得他们几个人难赶上。

由于幻眼造成的牵绊，千离进入半魂烬墟的入口正好和幻姬是相反的方向，在半魂烬墟里无数的幻姬围绕在他的身边，等到麒麟找到千离时，太阳已经完全下山了。

“麒麟，快找她！”

“我在找，我在找。”

麒麟和千离开始朝幻姬的方向寻来。当初千离想也不想就拒绝抓半魂人的提议，相信自己是一个原因。另一个原因则是因为，半魂烬墟是天地间唯一宁和的地方，他虽习惯见死不救，可有了她之后，他并不想为自己增添孽果，说他为他们积德也好，说为他们以后的孩子也好，他不想主动伤人，尤其不想动半魂烬墟里的半魂人，连收拾蛊王和宠服他都在大殿里而不是百佛殿，为的就是不想在佛前造下什么孽。她是女娲后人，半魂烬墟是完全符合她信仰的境界，她在这里面是绝对不能留下孽果的。她说来半魂烬墟，而他根本不可能让她来，过了七月半他有一年的时间让她相信自己真的无碍，可没想到，就是关键几天给出了幺蛾子。

远远地，几乎让人看不清是不是有一道光闪过，千离和麒麟同时看到天边一抹光亮消失。

第二十四章　番外

千离和麒麟瞬间心紧，天谴之光！

那是麒麟从认识千离以来见过他最快的速度，快得他瞬间就追不上他。可，终究来晚了。

满目的尸体漂浮在海水里，染血的海水从边沿流出来，流到青青的草地上，将绿草都染成了红色。无风的空中，麒麟仿佛听到半魂人痛彻心扉的哀唱，诉说着过去的混战和残忍。

“也许，不是她做的。”麒麟如此安慰千离。

他们开始沿海寻找，麒麟频频看着一言不发的千离，他想劝点什么，可要说什么呢？如果真是幻姬做的，眼前的屠戮会让她万劫不复。

直到七月半这天过完，半魂烬墟启开的入口关闭，千离和麒麟都没能找到幻姬。

一年后

麒麟在新的七月半这天出了重新打开的半魂烬墟，回到佛陀天，而千离却从“麒麟，快找她”这句话后，再没说过一句话，也没有从半魂烬墟出来。

一年后的佛陀天恢复了正常。事实上，在千离和麒麟离开一天之后，佛陀天就正常了。因为，舞倾体内的龙族圣血流光了，而消失了几百万年好不容易才显现的幻梦神川海也彻底消失在天地间。

麒麟的三十三重天大典上记下迟了一年的故事：舞倾拜别幻姬前的十天不是生病，而是在神界天庙里跪了九天，拿自己的龙族圣血与天道做了交换，用她的血和幻梦神川海的神奇海水混合，求天公给她一次成为帝尊心爱之人的机会，让他能睁眼看她一回。龙血尽，天命归，生生世世无轮回。便是因此，别人能出现混乱的幻眼镜像，而她只会被人看成幻姬。龙血染尽桑田，情绝于天。

此后，西海海眼枯竭，龙宫曝于日下三千年，死伤无数。

天外天娲皇宫幻姬殿下封沉后，再无人见过千辰宫帝尊。

一年又一年，再一年……

传说，他一直在半魂烬墟里寻找他的语儿。

（上部完）